无障碍阅读典藏版

三言二拍

（明）冯梦龙 （明）凌濛初 著

侯海博 主编

中国华侨出版社

图书在版编目 (CIP) 数据

三言二拍 / (明) 冯梦龙 , (明) 凌濛初著 ; 侯海博主编 . -- 北京 : 中国华侨出版社 , 2015.7

(无障碍阅读 : 典藏版)

ISBN 978-7-5113-5585-0

Ⅰ . ①三… Ⅱ . ①冯… ②凌… ③侯… Ⅲ . ①话本小说—小说集—中国—明代 Ⅳ . ① I242.3

中国版本图书馆 CIP 数据核字 (2015) 第 168778 号

三言二拍（无障碍阅读典藏版）

著　　者: (明) 冯梦龙　(明) 凌濛初
主　　编: 侯海博
出 版 人: 方　鸣
责任编辑: 滕　森
封面设计: 彼　岸
美术编辑: 郭　静
经　　销: 新华书店
开　　本: 787mm × 1092mm　1/16　印张: 40　字数: 782 千字
印　　刷: 三河市兴博印务有限公司
版　　次: 2015 年 7 月第 1 版　2021 年 10 月第 7 次印刷
书　　号: ISBN 978-7-5113-5585-0
定　　价: 75.00 元

中国华侨出版社　北京市朝阳区西坝河东里 77 号楼底商 5 号　邮编: 100028
法律顾问: 陈鹰律师事务所
发 行 部: （010）88893001　传　　真: （010）62707370
网　　址: www.oveaschin.com　E-mail: oveaschin@sina.com

前言

“三言二拍”是指明代五本著名传奇短篇小说集及拟话本集的合称。“三言”即《喻世明言》《警世通言》《醒世恒言》的合称。作者为明代冯梦龙。“二拍”则是中国拟话本小说集《初刻拍案惊奇》和《二刻拍案惊奇》的合称。作者为凌濛初。“三言二拍”通过丰富多彩、情节曲折的市井故事，表达了对丑恶封建官僚的谴责和对正直官吏德行的赞扬，对友谊、爱情的歌颂和对背信弃义、负心行为的斥责，同时也描绘了明代市井百姓的各色生活。我们精心选择其中的精彩篇目，汇编成《三言二拍（无障碍阅读典藏版）》，旨在帮助读者快速了解当时的社会风貌和市井生活百态以及各种历史知识等，同时也增强读者阅读古典名著的兴趣，提高读者的阅读水平。

由于目前很多读者对古典名著存在各种各样的阅读障碍，所以本书的编写原则是帮助读者扫清阅读的障碍，让读者获得轻松的阅读体验。在编写体例上，本书以夹批和脚注的形式，对小说中的生僻字词进行了注音，对小说中难解的字词进行了解释，以及对古代文化常识等都有明确的解析。与同类书相比，本书具有以下显著特点：

一、采取文中夹注的形式，方便阅读

根据读者对古典文学名著学习的需求，以及阅读过程中遇到的难点，本书采取文中夹注的形式，对小说里的生僻字词进行注音，对难解的字词进行解释，而且对小说中出现的一些人物、官职、相关的传说、天文地理知识、文化知识等也进行了简要解释说明，使读者在阅读中真正无障碍，能顺利阅读作品、理解作品内容。

二、反复注释，为阅读扫清障碍

由于小说中重复出现的生僻字词、难解字词较多，为了更加方便读者阅读，编者对这些字词进行了多次的注解，为读者扫除阅读障碍，同时反复注释也可以使读者对这些字词加深印象，理解深刻。

三、集中分析主要人物，更好地理解原著

为了方便读者更好地理解原著，编者集中分析了作品中主要人物的形象特点，采用说理与举例相结合的形式，既突出了人物的主要性格特点，同时也折射出人物性格的多样性，能帮助读者更好地理解小说的人物形象及作品的思想情感。

四、穿插精美资料性插图，帮助读者更好地了解作品

为了帮助读者更好地把握原著中人物的性格特点和精神风貌，以及故事发生的历史背景和时代环境，编者特别在书中穿插了丰富多彩的资料性图片，以加深读者对作品内容的感性认识，从而达到更深入、更全面的阅读效果。

最后，祝愿阅读本书的每位读者，都能在阅读中获得快乐，让自己的阅读理解水平得到一定的提高。

目 录

喻世明言

警世通言

醒世恒言

初刻拍案惊奇

二刻拍案惊奇

喻世明言

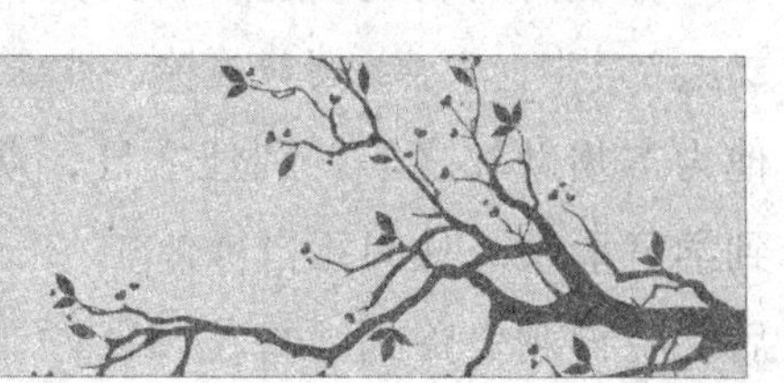

卷一　穷马周遭际[①]卖䭔媪[②]

前程暗漆本难知，秋月春花各有时。

静听天公分付去，何须昏夜苦奔驰？

话说大唐贞观改元，太宗皇帝仁明有道，信用贤臣。文有十八学士，武有十八路总管。真个是鸳班济济，鹭序彬彬（像鸳鸯一样济济一堂，像鹭鸶一样排列有序。是说行列整齐，人多而有气势，一般形容朝堂之上文武会聚一堂）。凡天下有才有智之人，无不举荐在位，尽其抱负。所以天下太平，万民安乐。

就中单表一人，姓马名周，表字宾王，博州茌平（地名，今属山东省。茌，chí）人氏。父母双亡，一贫如洗，年过三旬，尚未娶妻，单单只剩一身。自幼精通书史，广有学问，志气谋略，件件过人。只为孤贫无援，没有人荐拔（推荐，选拔）他，分明是一条神龙困于泥淖（比喻难以自拔的境地。淖，nào）之中，飞腾不得。眼见别人才学万倍不如他的，一个个出身通显，享用爵禄，偏则自家怀才不遇，每日郁郁自叹道："时也，运也，命也。"一生挣得一副好酒量，闷来时只是饮酒，尽醉方休。日常饭食，有一顿，没一顿，都不计较，单少不得杯中之物。若自己没钱买时，打听邻家有酒。便去噇（chuáng，吃喝没有节制）吃。却又大模大样，不谨慎，酒后又要狂言乱叫，发风骂坐。这伙三邻四舍被他聒噪（guō zào，声音杂乱，吵闹，令人烦躁）的不耐烦，没一个不厌他，背后唤他做"穷马周"，又唤他是"酒鬼"。那马周晓得了，也全不在心上。正是：

---

①遭际：遭遇。②䭔（duī）：蒸饼；媪（ǎo）：妇女。

未逢龙虎会，一任马牛呼。

且说博州刺史姓达，名奚，素闻马周明经（汉朝出现之选举官员的科目，始于汉武帝时期，宋神宗时期废除。被推举者须明习经学，故以“明经”为名）有学，聘他为本州助教之职。到任之日，众秀才携酒称贺，不觉吃得大醉。次日刺史亲到学官请教，马周兀自（仍旧，还是）中酒，爬身不起，刺史大怒而去。马周醒后，晓得刺史曾到，特往州衙谢罪，被刺史责备了许多说话。马周口中唯唯，只是不能悛改（悔改。悛，quān）。每遇门生执经问难（手捧经书，质疑问难。后多指弟子从师受业），便留住他同饮。支得俸钱，都付与酒家；兀自（仍旧，还是）不敷，依旧在门生家噇酒。一日吃醉了，两个门生左右扶住，一路歌咏而回。恰好遇着刺史前导，喝他回避，马周那里肯退步？瞋（chēn，瞪）着双眼到骂人起来，又被刺史当街发作了一场。马周当时酒醉不知，次日醒后，门生又来劝马周，在刺史处告罪。马周叹口气道：“我只为孤贫无援，欲图个进身之阶，所以屈志于人。今因酒过，屡被刺史责辱，何面目又去鞠躬取怜？古人不为五斗米折腰，这个助教（古代学官名。协助国子祭酒、博士教授生徒）官儿，也不是我终身养老之事。”便把公服交付门生，教他缴还刺史，仰天大笑，出门而去。正是：

此去好凭三寸舌，再来不值一文钱。

自古道：“水不激不跃，人不激不奋。”马周只为吃酒上受刺史责辱不过，叹口气出门，到一个去处，遇了一个人提携，直做到吏部尚书地位。此是后话。

■萧何：汉朝初年丞相，谥号“文终侯”，汉初三杰之一，辅助汉高祖刘邦建立汉政权。

且说如今到那里去？他想着冲州撞府（闯荡江湖），没甚大遭际，则除是长安帝都，公侯卿相中，有个能举荐的萧相国（汉初丞相萧何，曾力荐韩信），识贤才的魏无知（秦末人，曾向刘邦推荐陈平），讨个出头日子，方遂平生之愿。望西迤逦（yǐ lǐ，缓行）而行，不一日，来到新丰。

原来那新丰城是汉高皇（汉高祖刘邦）所筑。高皇生于丰里，后来起兵，诛秦灭项，做了大汉天子，尊其父为太上皇。太上皇在长安城中，思想（思念）故乡风景；高皇命巧匠照依故丰，建造此城，迁丰人来居住。凡街市屋宇，与丰里制度，一般无二。把张家鸡儿、李家犬儿，纵放在街上，那鸡犬也都认得自家门首，各自归家。太上皇大喜，赐名新丰。今日大唐仍建都于长安，这新丰总是关内之地，市井稠密，好不热闹！只这招商旅店，也不知多少！

马周来到新丰市上，天色已晚，只拣个大大客店，踱将进去。但见红尘滚滚，车马纷纷，许多商贩客人，驮着货物，挨三顶五（形容人多，连接不断）的进店安歇。店主王公迎接了，慌忙指派房头（房间），堆放行旅。众客人寻行逐队，各据坐头（座位），讨浆索酒。小二哥搬运不迭，忙得似走马灯一般。马周独自个冷清清地坐在一边，并没半个人睬他。马周心中不忿，拍案大叫道："主人家，你好欺负人！偏俺不是客，你就不来照顾？是何道理！"王公听得发作，便来收科（打圆场）道："客官不须发怒。那边人众，只得先安放他；你只一位，却容易答应。但是用酒用饭，只管分付老汉就是。"马周道："俺一路行来，没有洗脚，且讨些干净热水用用。"王公道："锅子不方便，要热水再等一会。"马周道："既如此，先取酒来。"王公道："用多少酒？"马周指着对面大座头上一伙客人，向主人家道："他们用多少，俺也用多少。"王公道："他们五位客人，每人用一斗好酒。"马周道："论起来还不勾（gòu，同"够"）俺半醉，但俺途中节饮，也只用五斗罢。有好嗄饭（下饭用的菜。嗄，shà）尽你搬来。"王公分付小二过了。一连暖五斗酒，放在桌上，摆一只大磁瓯（ōu，杯子），几碗肉菜之类。马周举瓯独酌，旁若无人。约莫吃了三斗有余，讨个洗脚盆来，把剩下的酒，都倾在里面，蹝（xǐ，踏）脱双靴，便伸脚下去洗濯（zhuó，洗）。众客见了，无不惊怪。王公暗暗称奇，知其非常人也。同时岑文本（唐朝宰相，善于文词）画得有《马周濯足图》，后有烟波钓叟（唐代诗人张志和，因自号"烟波钓徒"，故有此说）题赞于上，赞曰：

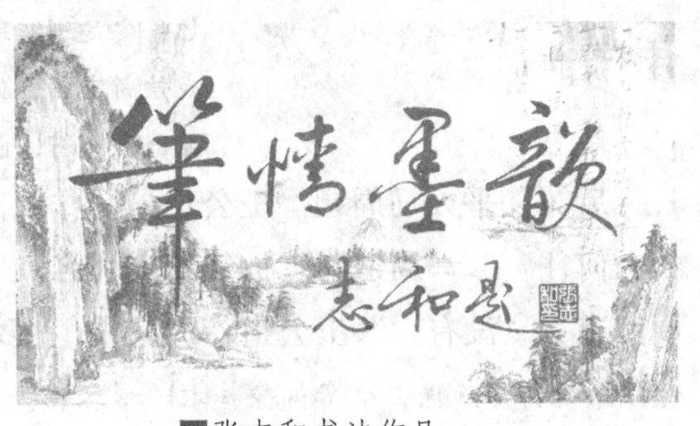

■张志和书法作品

"世人尚口，吾独尊足。

口易兴波，足能涉陆。

处下不倾，千里可逐。

劳重赏薄，无言忍辱。

酬之以酒，慰尔仆仆。

令尔忘忧，胜吾厌腹。

吁嗟宾王，见超凡俗。”

当夜安歇无话。次日王公早起会钞（付账），打发行客登程。马周身无财物，想天气渐热了，便脱下狐裘与王公当酒钱。王公见他是个慷慨之士，又嫌狐裘价重，再四推辞不受。马周索笔，题诗壁上。诗云：

古人感一饭，千金弃如屣[①]

匕箸安足酬？所重在知己。

我饮新丰酒，狐裘不用抵。

贤哉主人翁，意气倾闾里！

后写茌平人马周题。王公见他写作俱高，心中十分敬重。便问：“马先生如今何往？”马周道：“欲往长安求名。”王公道：“曾有相熟寓所否？”马周回道：“没有。”王公道：“马先生大才，此去必然富贵。但长安乃米珠薪桂（米贵得像珍珠，柴贵得像桂木。形容物价高，人民生活极其困难）之地，先生资斧（盘缠。斧，同“斧”）既空，将何存立？老夫有个外甥女，嫁在彼处万寿街卖䭔（duī，蒸饼）赵三郎家。老夫写封书，送先生到彼作寓，比别家还省事。更有白银一两，权助路资，休嫌菲薄（微薄。菲，fěi）。”马周感其厚意，只得受了。王公写书已毕，递与马周。马周道：“他日寸进，决不相忘。”作谢而别。

行至长安，果然是花天锦地，比新丰市又不相同。马周径问到万寿街赵卖䭔家，将王公书信投递。原来赵家积世卖这粉食为生，前年赵三郎已故了；他老婆在家守寡，接管店面，这就是新丰店中王公的外甥女儿。年纪虽然三十有余，兀自丰艳胜人，京师人顺口都唤他做“卖䭔媪”。北方的“媪”字，即如南方的“妈”字一般。这王媪初时坐店卖䭔，神相袁天罡（gāng）一见大惊，叹道：“此媪面如满月，唇若红莲，声响神清，山根(鼻梁)不断，乃大贵之相！他日定为一品夫人，如何屈居此地？”偶在中郎将常何面前，谈及此事。常何深信袁天罡之语，分付苍头（仆人），只以买䭔为名，每日到他店中闲话，说发（怂恿）王媪嫁人，欲娶为妻。王媪只是干笑，全不统口（改口。一般用于答应改变原来的主张）。正是：

姻缘本是前生定，不是姻缘莫强求。

①屣（xǐ）：鞋子。

却说王媪隔夜得一异梦，梦见一匹白马，自东而来，到他店中，把𫗦一口吃尽。自己执箠（chuí，鞭子）赶逐，不觉腾上马背。那马化为火龙，冲天而去。醒来满身郁热，思想此梦非常。恰好这一日，接得母舅王公之信，送个姓马的客人到来，又见马周身穿白衣。王媪心中大疑，就留住店中作寓。一日三餐，殷勤供给。那马周恰似理之当然一般，绝无谦逊之意。这里王媪也始终不怠。叵耐（可恨。叵，pǒ，同“叵”）邻里中有一班浮荡子弟，平日见王媪是个俏丽孤孀，闲常时倚门靠壁，不三不四，轻嘴薄舌的狂言挑拨，王媪全不招惹！众人到也道他正气。今番见他留个远方单身客在家，未免言三语四，造出许多议论。王媪是个精细的人，早已察听在耳朵里，便对马周道：“贱妾本欲相留，奈孀妇之家，人言不雅。先生前程远大，宜择高枝栖止，以图上进。若埋没大才于此，枉自可惜。”马周道：“小生情愿为人馆宾（幕僚），但无路可投耳。”

言之未已，只见常中郎家苍头，又来买𫗦。王媪想着常何是个武臣，必定少不得文士相帮。乃向苍头问道：“有个薄亲马秀才，饱学之士，在此觅一馆舍，未知你老爷用得着否？”苍头答应道：“甚好。”原来那时正值天旱，太宗皇帝诏五品以上官员，都要悉心竭虑，直言得失，以凭采用。论常何官职，也该具奏，正欲访求饱学之士，请他代笔。恰好王媪说起马秀才，分明是饥时饭，渴时浆，正搔着痒处。苍头（仆人）回去禀知常何，常何大喜，即刻遣人备马来迎。马周别了王媪，来到常中郎家里。常何见马周一表非俗，好生钦敬。当日置酒相待，打扫书馆，留马周歇宿。

次日，常何取白金二十两，彩绢十端，亲送到馆中，权为贽礼（拜见时赠送的礼物。贽，zhì）。就将圣旨求言一事，与马周商议。马周索取笔砚，拂开素纸，手不停挥，草成便宜（指有利于国家、合乎时宜的建议）二十条。常何叹服不已。连夜缮写齐整，明日早朝进呈御览。太宗皇帝看罢，事事称善。便问常何道：“此等见识议论，非卿所及，卿从何处得来？”常何拜伏在地，口称：“死罪！这便宜二十条，臣愚实不能建白（提出建议或陈述主张）。此乃臣家客马周所为也。”太宗皇帝道：“马周何在？可速宣来见朕。”黄门官奉了圣旨，径到常中郎家宣马周。马周吃了早酒，正在鼾睡，呼唤不醒。又是一道旨意下来，催促到第三遍，常何自来了。此见太宗皇帝爱才之极也。史官有诗云：

三道征书络绎催，贞观天子惜贤才。

朝廷爱士皆如此，安得英雄困草莱[1]？

常何亲到书馆中，教馆童扶起马周，用凉水喷面，马周方才苏醒。闻知圣旨，慌忙上马。常何引到金銮见驾。拜舞已毕，太宗玉音问道："卿何处人氏？曾出仕否？"马周奏道："臣乃茌平县人，曾为博州助教。因不得其志，弃官来游京都。今获觐（jìn，朝见）天颜，实出万幸。"太宗大喜，即日拜为监察御史，钦赐袍笏（hù，古代大臣上朝拿着的手板，用玉、象牙或竹片制成，上面可以记事）官带。马周穿着了，谢恩而出，仍到常何家，拜谢举荐之德。常何重开筵席，把酒称贺。

至晚酒散，常何不敢屈留马周在书馆住宿，欲备轿马，送到令亲王媪家去。马周道："王媪原非亲戚，不过借宿其家而已。"常何大惊，问道："御史公有宅眷否？"马周道："惭愧，实因家贫未娶。"常何道："袁天罡先生曾相王媪有一品夫人之贵，只怕是令亲，或有妨碍；既然萍水相逢，便是天缘。御史公若不嫌弃，下官即当作伐（做媒）。"马周感王媪殷勤，亦有此意，便道："若得先辈玉成，深荷大德。"是晚，马周仍在常家安歇。

次早，马周又同常何面君。那时鞑虏突厥反叛，太宗皇帝正遣四大总管出兵征剿，命马周献平虏策。马周在御前，口诵如流，句句中了圣意，改为给事中之职。常何举贤有功，赐绢百匹。常何谢恩出朝，分付马上就引到卖馅店中，要请王媪相见。王媪还只道常中郎强要娶他，慌忙躲过，那里肯出来。常何坐在店中，叫苍头去寻个老年邻妪，替他传话："今日常中郎来此，非为别事，专为马给谏（"给事中"的另一种说法）求亲。"王媪问其情由，方知马给谏就是马周。向时白马化龙之梦，今已验矣。此乃天付姻缘，不可违也。常何见王媪允从了，便将御赐绢匹，替马周行聘；赁下一所空宅，教马周住下。择个吉日，与王媪成亲，百官都来庆贺。正是：

分明乞相寒儒，忽作朝家贵客。

王媪嫁了马周，把自己一家一火（指所有家当什物），都搬到马家来了。里中无不称羡，这也不在话下。

却说马周自从遇了太宗皇帝，言无不听，谏无不从，不上三年，直做到吏部尚书，王媪封做夫人之职。那新丰店主人王公，知马周发迹荣贵，特到长安望他，就便先看看外甥女。行至万寿街，已不见了卖馅店，只道迁居去了。细问邻舍，才晓得外甥女已寡，晚嫁的就是马尚书，王公这场欢喜非通小可。问

[1]草莱：布衣、平民。

到尚书府中，与马周夫妇相见，各叙些旧话。住了月余，辞别要行。马周将千金相赠，王公那里肯受。马周道："壁上诗句犹在，一饭千金，岂可忘也？"王公方才收了，作谢而回，遂为新丰富民。此乃投瓜报玉，施恩报恩，也不在话下。

再说达奚刺史，因丁忧（遇到父母丧事。古代，父母死后，子女按礼须守丧三年，其间不得行婚嫁之事，不预吉庆之典，任官者并须离职）回籍，服满到京。闻马周为吏部尚书，自知得罪，心下忧惶，不敢补官。马周晓得此情，再三请他相见。达奚拜倒在地，口称："有眼不识泰山，望乞恕罪。"马周慌忙扶起道："刺史教训诸生，正宜取端谨之士。嗜酒狂呼，此乃马周之罪，非贤刺史之过也。"即日举荐达奚为京兆尹。京师官员见马周度量宽洪，无不敬服。马周终身富贵，与王媪偕老。后人有诗叹云：

一代名臣属酒人，卖䭔王媪亦奇人。
时人不具波斯眼[①]，枉使明珠混俗尘。

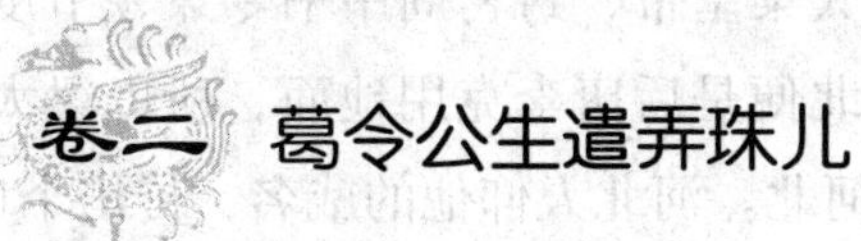

卷二　葛令公生遣弄珠儿

当时五霸说庄王，不但强梁压上邦。
多少倾城因女色，绝缨一事已无双。

话说春秋时，楚国有个庄王，姓芈（mǐ），名旅，是五霸中一霸。那庄王曾大宴群臣于寝殿，美人俱侍。偶然风吹烛灭，有一人从暗中牵美人之衣。美人扯断了他系冠的缨索（冠带），诉与庄王，要他查名治罪。庄王想道："酒后疏狂，人人常态。我岂为一女子上坐人罪过，使人笑戏（嗤笑）？轻贤好色，岂不可耻？"于是出令曰："今日饮酒甚乐，在坐不绝缨者不欢。"比及（等到）烛至，满座的冠缨都解，竟不知调戏美人的是那一个。后来晋楚交战，庄王为

①波斯眼：波斯商人多经营珍宝古董，善于识别器物真伪。因此以波斯眼借指识别力很强的眼睛。

■楚庄王雕像：位于今湖北省荆州市。

晋兵所困，渐渐危急。忽有一将，杀入重围，救出庄王。庄王得脱，问："救我者为谁？"那将俯伏在地，道："臣乃昔日绝缨之人也。蒙吾王隐蔽，不加罪责，臣今愿以死报恩。"庄王大喜道："寡人若听美人之言，几丧我一员猛将矣。"后来大败晋兵，诸侯都叛晋归楚，号为一代之霸。有诗为证：

美人空自绝冠缨，岂为蛾眉失虎臣？
莫怪荆襄多霸气，骊山戏火是何人？

世人度量狭窄，心术刻薄，还要搜他人的隐过，显自己的精明；莫说犯出不是来，他肯轻饶了你！这般人一生有怨无恩，但有缓急，也没人与他分忧替力了。像楚庄王恁般弃人小过，成其大业，真乃英雄举动，古今罕有。说话的（说书人的自称），难道真个没有第二个了？看官，我再说一个与你听。你道是那一朝人物？却是唐末五代时人。那五代？梁、唐、晋、汉、周，是名五代。梁乃朱温，唐乃李存勖（xù），晋乃石敬瑭，汉乃刘知远，周乃郭威。方才要说的，正是梁朝中一员虎将，姓葛名周，生来胸襟海阔，志量（志向和抱负）山高；力敌万夫，身经百战。他原是芒砀（dàng）山中同朱温起手做事的，后来朱温受了唐禅，做了大梁皇帝，封葛周中书令兼领节度使之职，镇守兖州。这兖州与河北逼近，河北便是后唐李克用地面，所以梁太祖特着亲信的大臣镇守，弹压山东，虎视那河北。河北人仰他的威名，传出个口号来，道是：

山东一条葛，无事莫撩拨①。

从此人都称为"葛令公"。手下雄兵十万，战将如云，自不必说。

其中单表一人，复姓申徒，名泰，泗水人氏，身长七尺，相貌堂堂，轮的好刀，射的好箭。先前未曾遭际（发迹），只在葛令公帐下做个亲军。后来葛令公在甑（zèng）山打围（打猎），申徒泰射倒一鹿，当有三班教师（明代称武术或军事教练）前来争夺。申徒泰只身独臂，打赢了三班教师，手提死鹿，到令公面前告罪。令公见他胆勇，并不计较，到有心抬举他。次日，教场演武，夸他弓马熟闲，补他做个虞候（官僚雇用的侍从），随身听用。一应军情大事，好生重托。他为自家贫未娶，只在府厅耳房内栖止，这伙守厅军壮都称他做"厅头"

①撩拨：撩惹、引逗。

（守厅的头目）。因此上下人等，顺口也都唤做“厅头”，正是：

萧何[①]治狱为秦吏，韩信曾官执戟郎。
蠖[②]屈龙腾皆运会，男儿出处又何常？

话分两头。却说葛令公姬妾众多，嫌宅院狭窄，教人相了地形，在东南角旺地上另创个衙门，极其宏丽，限一年内务要完工。每日差“厅头”去点闸（查点）两次。时值清明佳节，家家士女踏青，处处游人玩景。葛令公分付设宴岳云楼上。这个楼是兖（yǎn）州城中最高之处，葛令公引着一班姬妾，登楼玩赏。原来令公姬妾虽多，其中只有一人出色，名曰弄珠儿。那弄珠儿生得如何？

目如秋水，眉似远山。小口樱桃，细腰杨柳。妖艳不输太真，轻盈胜如飞燕。恍疑仙女临凡世，西子南威（春秋时晋国的绝色女子）总不如。

葛令公十分宠爱，日则侍侧，夜则专房。宅院中称为“珠娘”。这一日，同在岳云楼饮酒作乐。

那申徒泰在新府点闸了人工，到楼前回话。令公唤他上楼，把金莲花巨杯赏他三杯美酒。申徒泰吃了，拜谢令公赏赐，起在一边。忽然抬头，见令公身边立个美妾，明眸皓齿，光艳照人。心中暗想：“世上怎有恁般好女子？莫非天上降下来的神仙么？”那申徒泰正当壮年慕色之际，况且不曾娶妻，平昔间也曾听得人说，令公有个美姬，叫做珠娘，十分颜色（女子的姿色），只恨难得见面！今番见了这出色的人物，料想是他了。不觉三魂飘荡，七魄飞扬，一对眼睛光射定在这女子身上。真个是观之不足，看之有余。不提防葛令公有话问他，叫道：“厅头，这工程几时可完！申徒泰，申徒泰！问你工程几时可完！”连连唤了几声，全不答应。自古道心无二用，原来申徒泰一心对着那女子身上出神去了，这边呼唤，都不听得，也不知分付的是甚话。葛令公看见申徒泰目不转睛，已知其意，笑了一笑，便教撤了筵席，也不叫唤他，也不说破他出来。

却说伏侍的众军校看见令公叫呼不应，到替他捏两把汗。幸得令公不加嗔责，正不知甚么意思，少不得说与申徒泰知道。申徒泰听罢大惊，想道：“我这条性命，只在早晚，必然难保。”整整愁了一夜。正是：

是非只为闲撩拨，烦恼皆因不老成。

到次日，令公升厅理事，申徒泰远远踮着，头也不敢抬起。巴得散衙，这日就无事了。一连数日，神思恍惚，坐卧不安。葛令公晓得他心下忧惶，到把

①萧何：早年任秦沛县狱吏，后辅佐刘邦，任相国。②蠖（huò）：昆虫名。又名尺蠖，生长在树上，颜色像树皮色，行动时身体一屈一伸地前进。

几句好言语安慰他；又差他往新府专管催督工程，遣他点闸去。申徒泰离了令公左右，分明拾了性命一般。才得三分安稳，又怕令公在这场差使内寻他罪罚，到底有些疑虑，十分小心勤谨，早夜督工，不辞辛苦。

忽一日，葛令公差虞候许高，来替申徒泰回衙。申徒泰闻知，又是一番惊恐，战战兢兢的离了新府，到衙门内参见。禀道："承恩相呼唤，有何差使？"葛令公道："主上在夹寨失利，唐兵分道入寇，李存璋引兵侵犯山东境界。见有本地告急文书到来。我待出师拒敌，因帐下无人，要你同去。"申徒泰道："恩相钧旨（尊称上司的命令，是中国封建社会时对帝王将相下的命令或发表的言论的尊称），小人敢不遵依。"令公分付甲仗库内，取熟铜盔甲一副，赏了申徒泰。申徒泰拜谢了，心中一喜一忧：喜的是跟令公出去，正好立功；忧的怕有小小差迟（差错），令公记其前过，一并治罪。正是：

青龙白虎同行①，吉凶全然未保。

却说葛令公简兵选将，即日兴师。真个是旌旗蔽天，锣鼓震地。一行来到郯（tán）城。唐将李存璋正待攻城，闻得兖（yǎn）州大兵将到，先占住瑯琊山高阜（fù）去处，大小下了三个寨。葛周兵到，见失了地形，倒退三十里屯扎，以防冲突。一连四五日挑战，李存璋牢守寨栅，只不招架。到第七日，葛周大军拔寨都起，直逼李家大寨搦战（挑战。搦，nuò）。李存璋早做准备，在山前结成方阵，四面迎敌。阵中埋伏着弓箭手，但去冲阵的，都被射回。葛令公亲自引兵阵前，看了一回，见行列齐整，如山不动，叹道："人传李存璋柏乡大战，今观此阵，果大将之才也。"这个方阵，一名"九宫八卦阵"，昔日吴王夫差与晋公会于黄池，用此阵以取胜。须俟其倦怠，阵脚稍乱，方可乘之，不然实难攻矣。当下出令，分付严阵相持，不许妄动。

看看申牌（下午三时至五时。古于衙门和驿站前设置时辰台，每移一时辰，则以刻有指示时间的牌子换之，故称）时分，葛令公见军士们又饥又渴，渐渐立脚不定。欲待退军，又怕唐兵乘胜追赶，踌躇不决。忽见申徒泰在旁，便问道："厅头，你有何高见？"申徒泰道："据泰愚意，彼军虽整，然以我军比度（比较，衡量。度，duó），必然一般疲困。诚得亡命勇士数人，出其不意，疾驰赴敌。倘得陷入其阵，大军继之，庶可成功耳。"令公抚其背道："我素知汝骁（xiāo）勇，能为我陷此阵否？"申徒泰即便掉刀上马，叫一声："有志气的快跟我来破贼！"帐前并无一人答应。申徒泰也不回顾，径望敌军奔去。

---

①"青龙"句：比喻吉凶未分，事情的发展难以预料。青龙，古称吉神；白虎，古称凶神。

葛周大惊！急领众将，亲出阵前接应。只见申徒泰一匹马一把刀，马不停蹄，刀不停手。马不停蹄，疾如电闪；刀不停手，快若风轮。不管三七二十一，直杀入阵中去了。原来对阵唐兵，初时看见一人一骑，不将他为意。谁知申徒泰拼命而来，这把刀神出鬼没，遇着他的，就如砍瓜切菜一般，往来阵中，如入无人之境。恰好遇着先锋沈祥，只一回合斩于马下，跳下马来，割了首级；复飞身上马，杀出阵来，无人拦挡。葛周大军已到，申徒泰大呼道："唐军阵乱矣！要杀贼的快来！"说罢将首级掷于葛周马前，番身复杀入对阵去了。

葛周将令旗一招，大军一起并力，长驱而进。唐军大乱。李存璋禁押不住，只得鞭马先走。唐兵被梁家杀得七零八落，走得快的，逃了性命；略迟慢些，就为沙场之鬼。李存璋唐朝名将，这一阵杀得大败亏输，望风而遁，弃下器械马匹，不计其数。梁家大获全胜。葛令公对申徒泰道："今日破敌，皆汝一人之功。"申徒泰叩头道："小人有何本事！皆仗令公虎威耳！"令公大喜。一面写表申奏朝廷；传令犒赏三军，休息他三日，第四日班师回兖州去。果然是：

喜孜孜鞭敲金镫响，笑吟吟齐唱凯歌回。

却说葛令公回衙，众侍妾罗拜称贺。令公笑道："为将者出师破贼，自是本分常事，何足为喜！"指着弄珠儿对众妾说道："你们众人只该贺他的喜。"众妾道："相公今日破敌，保全地方，朝廷必有恩赏。凡侍巾栉（妻妾的谦辞。巾，手巾；栉，梳篦。古代以服侍夫君饮食起居为妻妾本分，故称。栉，zhì）的，均受其荣，为何只是珠娘之喜？"令公道："此番出师，全亏帐下一人力战成功。无物酬赏他，欲将此姬赠与为妻。他终身有托，岂不可喜？"弄珠儿恃着平日宠爱，还不信是真，带笑的说道："相公休得取笑。"令公道："我生平不作戏言，已曾取库上六十万钱，替你具办资妆（嫁妆）去了。只今晚便在西房独宿，不敢劳你侍酒。"弄珠儿听罢，大惊，不觉泪如雨下，跪禀道："贱妾自侍巾栉，累年以来，未曾得罪。今一旦弃之他人，贱妾有死而已，决难从命。"令公大笑道："痴妮子，我非木石，岂与你无情？但前日岳云楼饮宴之时，我见此人目不转睛，晓得他钟情与汝。此人少年未娶，新立大功，非汝不足以快其意耳。"弄珠儿扯住令公衣袂（mèi，衣袖，袖口），撒娇撒痴，千不肯，万不肯，只是不肯从命。令公道："今日之事，也由不得你。做人的妻，强似做人的妾。此人将来功名，不弱于我，乃汝福分当然。我又不曾误你，何须悲怨！”教众妻扶起珠娘，莫要啼哭。众妾为平时珠娘有专房之宠，满肚子恨他，巴不得撚（niǎn，同“撵”）他出去。今日闻此消息，正中其怀，一拥上前，拖拖拽拽，扶他到西房去，着实窝伴（安慰）他，劝解他。弄珠儿此时也无可奈何，想着令公英雄性子，在儿女头上不十分留恋，叹了口气，只得罢了。从此日为始，令公每夜轮遣两名姬妾，陪珠娘西房宴宿，再不要他相见。有诗为证：

昔日专房宠，今朝召见稀。
非关情太薄，犹恐动情痴。

再说申徒泰自郯城回后，口不言功，禀过令公，依旧在新府督工去了。这日工程报完，恰好库吏也来禀道：“六十万钱资妆（嫁妆），俱已备下，伏乞钧旨（尊称上司的命令，是中国封建社会时帝王将相下的命令或发表的言论）。”令公道：“权且寄下，待移府后取用。”一面分付阴阳生择个吉日，阖家迁在新府住居，独留下弄珠儿及丫鬟、养娘数十人。库吏奉了钧帖（古代对有身份的人的柬帖的敬称），将六十万钱资妆，都搬来旧衙门内，摆设得齐齐整整，花堆锦簇。众人都疑道令公留这旧衙门做外宅，故此重新摆设。谁知其中就里(内部情况)!

这日，申徒泰同着一般虞候，正在新府声喏（指古代下属进见上级，一面拱手作揖，一面出声致敬）庆贺。令公独唤申徒泰上前，说道：“郯城之功，久未图报。闻汝尚未娶妻，小妾颇工颜色，特奉赠为配。薄有资妆，都在旧府。今日是上吉之日，便可就彼成亲，就把这宅院判与你夫妻居住。”申徒泰听得，到吓得面如土色，不住的磕头，只道得个“不敢”二字，那里还说得出什么说话！令公又道：“大丈夫意气相许，头颅可断，何况一妾？我主张已定，休得推阻。”申徒泰兀自谦让，令公分付众虞候，替他披红插花，随班乐工奏动鼓乐。众虞候喝道：“申徒泰，拜谢了令公！”申徒泰恰似梦里一般，拜了几拜，不由自身做主，众人拥他出府上马。乐人迎导而去，直到旧府。只见旧时一班直厅的军壮，预先领了钧旨，都来参谒（yè，拜访）。前厅后堂，悬花结彩。丫鬟、养娘等引出新人交拜，鼓乐喧天，做起花烛筵席。申徒泰定睛看时，那女子正是岳云楼中所见。当时只道是天上神仙霎时出现，因为贪看他颜色，险些儿获其大祸，丧了性命。谁知今日等闲（轻易）间做了百年眷属，岂非侥幸？进到内宅，只见器用供帐，件件新，色色备，分明钻入锦绣窝中，好生过意不去。当晚就在西房安置，夫妻欢喜，自不必说。

次日，双双两口儿都到新府拜谢葛令公。令公分付挂了回避牌，不消相见。刚才转身回去，不多时，门上报到令公自来了，申徒泰慌忙迎着马头下跪迎接。葛令公下马扶起，直至厅上。令公捧出告身（授官凭信，似后代任命状）一道，请申徒泰为参谋之职。原来那时做镇使的，都请得有空头（空白的，不曾填写的）告身，但是军中合用官员，随他填写取用，然后奏闻朝廷，无有不依。况且申徒泰已有功绩，申奏去了，朝廷自然优录的。令公教取官带与申徒泰换了，以礼相接。自此申徒泰洗落了"厅头"二字，感谢令公不尽。

一日，与浑家闲话，问及令公平日恁般宠爱，如何割舍得下？弄珠儿叙起岳云楼目不转睛之语，"令公说你钟情于妾，特地割爱相赠。"申徒泰听罢，才晓得令公体悉人情，重贤轻色，真大丈夫之所为也。这一节，传出军中都知道了，没一个人不夸扬令公仁德，都愿替他出力尽死。终令公之世，人心悦服，地方安静。后人有诗赞云：

重贤轻色古今稀，反怨为恩事更奇。
试借兖州功簿看，黄金台[①]上有名姬。

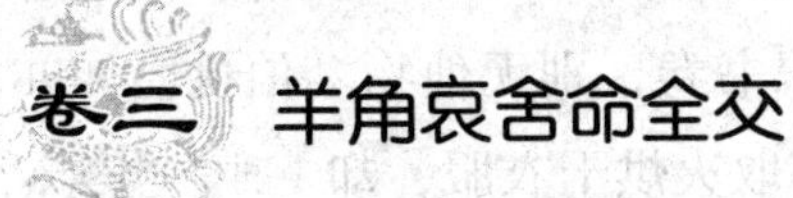

卷三　羊角哀舍命全交

背手为云覆手雨，纷纷轻薄何须数？
君看管鲍贫时交，此道今人弃如土。

昔时，齐国有管仲，字夷吾；鲍叔，字宣子，再个自幼时以贫贱结交。后来鲍叔先在齐桓公门下，信用显达，举荐管仲为首相，位在已上。两人同心辅政，始终如一。管仲曾有几句言语道："吾尝三战三北（败北，打了败仗），鲍叔不以我为怯，知我有老母也；吾尝三仕三见（被）逐，鲍叔不以我为不肖（不才），知我不遇时（碰到良好的时机）也；吾尝与鲍叔谈论，鲍叔不以我为愚，知有利不利也；吾尝与鲍叔为贾（gǔ，商人），分利多，鲍叔不以我为贪，知我

①黄金台：战国时，燕昭王在易水东南筑台，置千金于台上，以招纳贤士，号称为"黄金台"。

■管仲：名夷吾，谥曰“敬仲”，史称管子。春秋时期齐国著名政治家、军事家。

贫也。生我者父母，知我者鲍叔！”所以古今说知心结交，必曰“管鲍”。今日说两个朋友，偶然相见，结为兄弟，各舍其命，留名万古。

春秋时，楚元王崇儒重道，招贤纳士。天下之人闻其风而归者，不可胜计。西羌积石山，有一贤士，姓左，双名伯桃，幼亡父母，勉力（努力）攻书，养成济世之才，学就安民之业。年近四旬，因中国诸侯互相吞并，行仁政者少，恃强霸者多，未尝出仕。后闻得楚元王慕仁好义，遍求贤士，乃携书一囊，辞别乡中邻友，径奔楚国而来。迤逦（yǐ lǐ，缓行）来到雍地，时值隆冬，风雨交作。有一篇《西江月》词，单道冬天雨景：

习习悲风割面，濛濛细雨侵衣。催冰酿雪逞寒威，不比他时和气。山色不明常暗，日光偶露还微。天涯游子尽思归，路上行人应悔。

左伯桃冒雨荡（迎，冒着）风，行了一日，衣裳都沾湿了。看看天色昏黄，走向村间，欲觅一宵宿处（夜宿的地方）。远远望见竹林之中，破窗透出灯光，径奔那个去处。见矮矮篱笆，围着一间草屋，乃推开篱障，轻叩柴门。中有一人，启户（开门）而出。左伯桃立在檐下，慌忙施礼曰：“小生西羌人氏，姓左，双名伯桃。欲往楚国，不期中途遇雨。无觅旅邸（dǐ，住所）之处，求借一宵，来早便行，未知尊意肯容否？”那人闻言，慌忙答礼，邀入屋内。伯桃视之，止有一榻，榻上堆积书卷，别无他物。伯桃已知亦是儒人，便欲下拜。那人云：“且未可讲礼，容取火烘干衣服，却（再）当会话。”当夜烧竹为火，伯桃烘衣。那人炊办酒食，以供伯桃，意甚勤厚。伯桃乃问姓名。其人曰：“小生姓羊，双名角哀，幼亡父母，独居于此。平生酷爱读书，农业尽废。今幸遇贤士远来，但恨家寒，乏物为款，伏乞恕罪。”伯桃曰：“阴雨之中，得蒙遮蔽，更兼一饮一食，感佩（感激）何忘！”当夜，二人抵足而眠，共话胸中学问，终夕不寐。

比及天晓，淋雨不止。角哀留伯桃在家，尽其所有相待；结为昆仲（兄弟。昆，哥哥。仲，弟弟。比喻亲密友好）。伯桃年长角哀五岁，角哀拜伯桃为兄。一住三日，雨止道干。伯桃曰：“贤弟有王佐之才（辅佐帝王的才能），抱经纶（比喻谋划治理国家大事）之志，不图竹帛，甘老林泉，深为可惜。”角哀曰：“非不欲仕，奈未得其便耳。”伯桃曰：“今楚王虚心求士，贤弟既有此心，何不同往？”角哀曰：“愿从兄长之命。”遂收拾些小路费粮米，弃其茅屋，二人同望南方而进。

行不两日，又值阴雨，羁身旅店中，盘费罄（qìng，尽）尽，止有行粮一包，二人轮换负之，冒雨而走。其雨未止，风又大作，变为一天大雪，怎见得？你看：

风添雪冷，雪趁风威。纷纷柳絮狂飘，片片鹅毛乱舞。团空搅阵，不分南北西东；遮地漫天，变尽青黄赤黑。探梅诗客多清趣，路上行人欲断魂。

二人行过岐阳，道经梁山路，问及樵夫，皆说：从此去百余里，并无人烟，尽是荒山旷野，狼虎成群，只好休去。”伯桃与角哀曰：“贤弟心下如何？”角哀曰：“自古道生死有命，既然到此，只顾前进，休生退悔。”又行了一日，夜宿古墓中。衣服单薄，寒风透骨。

次日，雪越下得紧，山中仿佛盈尺。伯桃受冻不过，曰：“我思此去百余里，绝无人家；行粮不敷（fū，足够），衣单食缺。若一人独往，可到楚国；二人俱去，纵然不冻死，亦必饿死于途中。与草木同朽，何益之有？我将身上衣服脱与贤弟穿了，贤弟可独赍（jī，带）此粮，于途强挣而去。我委实行不动了，宁可死于此地。待贤弟见了楚王，必当重用，那时却来葬我未迟。”角哀曰：“焉有此理？我二人虽非一父母所生，义气过于骨肉，我安忍独去而求进身（被录用或提升）耶？”遂不许，扶伯桃而行。行不十里，伯桃曰：“风雪越紧，如何去得？且于道旁寻个歇处。”见一株枯桑，颇可避雪，那桑下止容得一人，角哀遂扶伯桃入去坐下。伯桃命角哀敲石取火，爇（ruò，燃烧）些枯枝，以御寒气。比及角哀取了柴火到来，只见伯桃脱得赤条条地，浑身衣服，都做一堆放着。角哀大惊，曰：“吾兄何为如此？”伯桃曰：“吾寻思无计，贤弟勿自误了，速穿此衣服，负粮前去，我只在此守死。”角哀抱持大哭曰：“吾二人死生同处，安可分离？”伯桃曰：“若皆饿死，白骨谁埋？”角哀曰：“若如此，弟情愿解衣与兄穿了，兄可赍粮去，弟宁死于此”伯桃曰：“我平生多病，贤弟少壮，比我甚强；更兼胸中之学，我所不及。若见楚君，必登显宦。我死何足道哉！弟勿久滞，可宜速往。”角哀曰：“今兄饿死桑中，弟独取功名，此大不义之人也，我不为之。”伯桃曰：“我自离积石山，至弟家中，一见如故。知弟胸次（胸怀）不凡，以此劝弟求进。不幸风雨所阻，此吾天命当尽。若使弟亦亡于此，乃吾之罪也。”言讫（qì，完），欲跳前溪觅死。角哀抱住痛哭，将衣拥护，再扶至桑中。伯桃把衣服推开。角哀再欲上前劝解时，但见伯桃神色已变，四肢厥冷（手足冰冷），口不能言，以手挥令去。角哀寻思："我若久恋，亦冻死矣，死后谁葬吾兄？"乃于雪中再拜伯桃而哭曰："不肖弟此去，望兄阴力相助。但得微名，必当厚葬。"伯桃点头半答，角哀取了衣粮，带泣而去。伯桃死于桑中。后人有诗赞云：

寒来雪三尺，人去途千里。
长途苦雪寒，何况囊无米？
并粮一人生，同行两人死；
两死诚何益？一生尚有恃。
贤哉左伯桃！陨[①]命成人美。

角哀捱（ái，遭受，忍受）着寒冷，半饥半饱，来到楚国，于旅邸中歇定。次日入城，问人曰："楚君招贤，何由而进？"人曰："宫门外设一宾馆，令上大夫裴仲接纳天下之士。"角哀径投宾馆前来，正值上大夫下车（到任）。角哀乃向前而揖，裴仲见角哀衣虽蓝缕，器宇不凡，慌忙答礼，问曰："贤士何来？"角哀曰："小生姓羊，双名角哀，雍州人也。闻上国招贤，特来归投。"裴仲邀入宾馆，具酒食以进，宿于馆中。

次日，裴仲到馆中探望，将胸中疑义，盘问角哀，试他学问如何。角哀百问百答，谈论如流。裴仲大喜，入奏元王。王即时召见，问富国强兵之道。角哀首陈十策，皆切当世之急务。元王大喜，设御宴以待之，拜为中大夫，赐黄金百两，彩缎百匹。角哀再拜流涕，元王大惊而问曰："卿痛哭者何也？"角哀将左伯桃脱衣并粮之事，一一奏知。元王闻其言，为之感伤。诸大臣皆为痛惜。元王曰："卿欲如何？"角哀曰："臣乞告假到彼处安葬伯桃已毕，却（再）回来事大王。"元王遂赠已死伯桃为中大夫，厚赐葬资，仍差人跟随角哀车骑同去。

角哀辞了元王，径奔梁山地面，寻旧日枯桑之处。果见伯桃死尸尚在，颜貌如生前一般。角哀乃再拜而哭，呼左右唤集乡中父老，卜地于浦塘之原。前临大溪，后靠高崖，左右诸峰环抱，风水甚好。遂以香汤沐浴伯桃之尸，穿戴大夫衣冠，置内棺外椁（guǒ，套在棺材外面的大棺材），安葬起坟；四围筑墙栽树；离坟三十步建享堂（供神位的祭堂），塑伯桃仪容，立华表，柱上建牌额。墙侧盖瓦屋，令人看守。造毕，设祭于享堂，哭泣甚切。乡老从人，无不下泪。祭罢，各自散去。角哀是夜明灯燃烛而坐，感叹不已。忽然一阵阴风飒

①陨（yǔn）：同"殒"，死亡。

■荆轲墓：位于今山东省菏泽市。

飒，烛灭复明。角哀视之，见一人于灯影中或进或退，隐隐有哭声。角哀叱曰："何人也？辄敢夤夜（深夜，凌晨三点至五点。夤，yín）而入！"其人不言。角哀起而视之，乃伯桃也。角哀大惊，问曰："兄阴灵不远，今来见弟，必有事故。"伯桃曰："感贤弟记忆，初登仕路，奏请葬吾，更赠重爵，并棺椁衣衾（qīn，被子）之美，凡事十全。但坟地与荆轲墓相连近，此人在世时，为刺秦王不中被戮（lù，杀），高渐离(战国时期燕国人，擅长击筑)以其尸葬于此处。神极威猛。每夜仗剑来骂吾曰：'汝是冻死饿杀之人，安敢建坟居吾上肩，夺吾风水？若不迁移他处，吾发墓取尸，掷之野外！'有此危难，特告贤弟。望改葬于他处，以免此祸。"角哀再欲问之，风起，忽然不见。角哀在享堂中，一梦惊觉，尽记其事。

天明，再唤乡老，问此处有坟相近否？乡老曰："松阴中有荆轲墓，墓前有庙。"角哀曰："此人昔刺秦王不中被杀，缘何有坟于此？"乡老曰："高渐离乃此间人，知荆轲被害，弃尸野外，乃盗其尸，葬于此地。每每显灵。土人(世代居住本地的人)建庙于此，四时享祭，以求福利。"角哀闻言，遂信梦中之事。引从者径奔荆轲庙，指其神位而骂曰："汝乃燕邦一匹夫，受燕太子奉养，名姬重宝，尽汝受用。不思良策以负重托，入秦行事，丧身误国。却来此处惊惑乡民，而求祭祀！吾兄左伯桃，当代名儒，仁义廉洁之士，汝安敢逼之？再如此，吾当毁其庙，而发其冢（zhǒng，坟墓），永绝汝之根本！"骂讫，却来伯桃墓前祝曰："如荆轲今夜再来，兄当报我。"归到享堂，是夜秉烛以待。果见伯桃哽咽而来，告曰："感贤弟如此，奈亲荆轲从人极多，皆土人所献。贤弟可束草为人，以彩为衣，手执器械，焚于墓前。吾得其助，使荆轲不能侵害。"言罢不见。角哀连夜使人束草为人，以彩为衣，各执刀枪器械，建数十于墓侧，以火焚之。祝曰："如其无事，亦望回报。"

归到享堂，是夜闻风雨之声，如人战敌。角哀出户观之，见伯桃奔走而来，言曰："弟所焚之人，不得其用。荆轲又有高渐离相助，不久吾尸必出墓矣。望贤弟早与迁移他处殡葬，免受此祸。"角哀曰："此人安敢如此欺凌吾兄！弟当力助以战之。"伯桃曰："弟阳人也，我皆阴鬼；阳人虽有勇烈，尘世相隔，焉能战阴鬼也？虽刍草之人，但能助喊，不能退此强魂。”角哀曰：“兄且去，弟来日自有区处（筹划安排）。”次日，角哀再到荆轲庙中大骂，打毁神像。方欲取火焚庙，只见乡老（乡下父老）数人，再四哀求曰：“此乃一村香火，若触犯之，恐贻（yí，留）祸于百姓。”须臾（片刻）之间，土人聚集，都来求告。角哀拗（niù）他不过，只得罢之。

回到享堂，修一道表章，上谢楚王，言：“昔日伯桃并粮与臣，因此得活，以遇圣主。重蒙厚爵，平生足矣，容臣后世尽心图报。”词意甚切。表付从人，然后到伯桃墓侧，大哭一场。与从者曰：“吾兄被荆轲强魂所逼，去往无门，吾所不忍。欲焚庙掘坟，又恐拂土人之意。宁死为泉下之鬼，力助吾兄战此强魂。汝等可将吾尸葬于此墓之右，生死共处，以报吾兄并粮之义。回奏楚君，万乞听纳臣言，永保山河社稷。”言讫，掣（chè，抽）取佩剑，自刎而死。从者急救不及，速具衣棺殡殓，埋于伯桃墓侧。

是夜二更，风雨大作，雷电交加，喊杀之声闻数十里。清晓视之，荆轲墓上，震裂如发，白骨散于墓前。墓边松柏，和根拔起。庙中忽然起火，烧做白地。乡老大惊，都往羊左二墓前，焚香展拜。从者回楚国，将此事上奏元王。元王感其义重，差官往墓前建庙，加封上大夫，敕赐庙额，曰“忠义之祠”，就立碑以记其事，至今香火不断。荆轲之灵，自此绝矣。土人四时祭祀，所祷甚灵。有古诗云：

古来仁义包天地，只在人心方寸间。
二士庙前秋日净，英魂常伴月光寒。

卷四 吴保安弃家赎友

古人结交惟结心，今人结交惟结面。结心可以同死生，结面那堪共贫贱？九衢（九，四面八方。衢，qú，大路）鞍马日纷纭，追攀送谒无晨昏。座中慷慨出妻子，酒边拜舞犹弟兄。一关微利已交恶，况复大难肯相亲？君不见，当年羊左称死友，至今史传高其人。

这篇词，名为《结交行》，是叹末世人心险薄，结交最难。平时酒杯往来，如兄若弟；一遇虱大的事，才有些利害相关，便尔我不相顾了。真个是：酒肉弟兄千个有，落难之中无一人。还有朝兄弟，暮仇敌，才放下酒杯，出门便弯弓相向的。所以陶渊明欲息交（停止交往），嵇叔夜绝交（嵇康，字叔夜，三国魏人。山涛当时担任尚书吏部郎。在他另谋高就的时候，朝廷要他推荐一个合格的人继任，他推荐了嵇康，嵇康立即给山涛写了一封绝交信），刘孝标（刘峻，字孝标。南朝梁学者兼文学家）又做下《广绝交论》，都是感慨世情，故为忿激之谭（同“谈”）耳。如今我说的两个朋友，却是从无一面的。只因一点意气上相许，后来患难之中，死生相救，这才算做心交至友。正是：

说来贡禹冠尘动[1]，道破荆卿剑气寒。

话说大唐开元年间，宰相代国公郭震，字元振，河北武阳人氏。有侄儿郭仲翔，才兼文武，一生豪侠尚气，不拘绳墨（木工打直线的工具，比喻规矩或法度），因此没人举荐。他父亲见他年长无成，写了一封书，教他到京参见伯父，求个出身之地。元振谓曰：“大丈夫不能掇巍科（擢高第，名列前茅。掇，duō，摘取。巍科，最高的科第），登上第，致身青云（比喻高官显爵。平步青云），亦当如班超（汉代人，汉明帝时出使西域，团结五十余国，封定远侯）、傅介子（汉代人，汉昭帝时出使西域，后以斩楼兰王立功，封义阳侯），立功异域，以博富贵。若但借门第为阶梯，所就岂能远大乎？”仲翔唯唯（恭敬的应答声）。

■嵇康：字叔夜，三国时期魏国谯郡铚县（今安徽省宿州市西），著名思想家、音乐家、文学家。

适边报到京：南中洞蛮作乱。原来武则天娘娘革命之日，要买嘱人心归顺，只这九溪十八洞蛮夷，每年一小犒赏，三年一大犒赏。到玄宗皇帝登极，把这犒赏常规都裁革了。为此群蛮一时造反，侵扰州县。朝廷差李蒙为姚州都督，调兵进讨。李蒙领了圣旨，临行之际，特往相府辞别，因而请教。郭元振曰：“昔诸葛武侯七擒孟获，但服其心，不服其力。将军宜以慎重行之，必当制胜。舍侄郭仲翔颇有才干，今遣与将军同行。俟破贼立功，庶可附骥尾（比喻追随先辈、名人之后）以成名耳。”即呼仲翔出，与李蒙相见。李蒙见仲翔一表

①贡禹冠尘动：贡禹，汉代人，元帝时，官至御史大夫。他和同时人王吉友善，二人取舍相同，所以时人有“王吉在位，贡公弹冠”的说法。意思是王吉做官，自然忘不了贡禹，贡禹只需拂除冠上的尘埃，准备出仕。

非俗，又且当朝宰相之侄，亲口嘱托，怎敢推委？即署（任命）仲翔为行军判官之职。仲翔别了伯父，跟随李蒙起程。

行至剑南地方，有同乡一人，姓吴，名保安，字永固，见任东川遂州方义尉。虽与仲翔从未识面，然素知其为人义气深重，肯扶持济拔（帮助，提拔）人的。乃修书一封，特遣人驰送于仲翔。仲翔拆书读之，书曰：吴保安不肖，幸与足下生同乡里，虽缺展拜，而慕仰有日。以足下大才，辅李将军以平小寇，成功在旦夕耳。保安力学多年，仅官一尉。僻在剑外，乡关梦绝。况此官已满，后任难期，恐厄选曹之格限也。稔（rěn，素来，素常）闻足下分忧急难，有古人风。今大军征进，正在用人之际。傥垂念乡曲，录及细微，使保安得执鞭从事，树尺寸于幕府，足下丘山之恩，敢忘衔结（即衔环结草，感恩图报）。仲翔玩（反复体味）其书意，叹曰："此人与我素昧平生，而骤以缓急相委，乃深知我者。大丈夫遇知己而不能与之出力，宁不负愧乎？"遂向李蒙夸奖吴保安之才，乞征来军中效用。李都督听了，便行下文帖，到遂州去，要取方义尉吴保安为管记（管文牍的官，即书记）。

才打发差人起身，探马报蛮贼猖獗，逼近内地。李都督传令，星夜趱行（催行、赶路。趱，zǎn）。来到姚州，正遇着蛮兵抢掳财物，不做准备，被大军一掩（袭击），都四散乱窜，不成队伍，杀得他大败全输。李都督恃勇，招引大军，乘势追逐五十里。天晚下寨，郭仲翔谏曰："蛮人贪诈无比，今兵败远遁（逃跑），将军之威已立矣！宜班师回州，遣人宣播威德，招使内附，不可深入其地，恐堕诈谋之中。"李蒙大喝曰："群蛮今已丧胆，不乘此机扫清溪洞，更待何时？汝勿多言，看我破贼！"

次日，拔寨都起。行了数日，直到乌蛮界上。只见万山叠翠，草木蒙茸，正不知那一条是去路。李蒙心中大疑，传令暂退平衍处屯扎。一面寻觅土人，访问路径。忽然山谷之中，金鼓之声四起，蛮兵弥山遍野而来。洞主姓蒙，名细奴逻，手执木弓药矢，百发百中。驱率各洞蛮酋穿林渡岭，分明似鸟飞兽奔，全不费力。唐兵陷于伏中，又且路生力倦，如何抵敌？李都督虽然骁勇，奈英雄无用武之地。手下爪牙（武士）看看将尽，叹曰："悔不听郭判官之言，乃为犬羊所侮！"拔出靴中短刀，自刺其喉而死。全军皆没于蛮中。后人有诗云：

马援铜柱[1]标千古，诸葛旗台镇九溪。

①马援铜柱：东汉时马援征服交趾，在边界上立铜柱，以夸耀战功。

何事唐师皆覆没？将军姓李数偏奇。

又有一诗，专咎（jiù，责怪）李都督不听郭仲翔之言，以自取败。诗云：

不是将军数独奇，悬军深入总堪危。
当时若听还师策，总有群蛮谁敢窥？

其时郭仲翔也被掳去。细奴逻见他丰神不凡，叩问之，方知是郭元振之侄，遂给与本洞头目乌罗部下。原来南蛮从无大志，只贪图中国财物。掳掠得汉人，部分给与各洞头目。功多的，分得多；功少的，分得少。其分得人口，不问贤愚，只如奴仆一般，供他驱使，斫（zhuó，用刀斧砍）柴割草，饲马牧羊。若是人口多的，又可转相买卖。汉人到此，十个九个只愿死，不愿生。却又有蛮人看守，求死不得。有恁般苦楚！这一阵厮杀，掳得汉人甚多。其中多有有职位的，蛮酋一一审出，许他寄信到中国去，要他亲戚来赎，获其厚利。你想被掳的人，那一个不思想还乡的？一闻此事，不论富家贫家，都寄信到家乡来了。就是各人家属，十分没法处置的，只得罢了。若还有亲有眷，挪移补凑得来，那一家不想借贷去取赎？那蛮酋忍心贪利，随你孤身穷汉，也要勒取好绢三十匹，方准赎回。若上一等的，凭他索诈。乌罗闻知郭仲翔是当朝宰相之侄，高其赎价，索绢一千匹。

仲翔想道："若要千绢，除非伯父处可办。只是关山迢递，怎得寄个信去？"忽然想着："吴保安是我知己，我与他从未会面，只为见他数行之字，便力荐于李都督，召为管记。我之用情，他必谅之。幸他行迟，不与此难，此际多应已到姚州。诚央他附信于长安，岂不便乎？"乃修成一书，径致保安。书中具道苦情，及乌罗索价详细："倘永固不见遗弃，传语伯父，早来见赎，尚可生还。不然，生为俘囚，死为蛮鬼，永固其忍之乎？"永固者，保安之字也。书后附一诗云：

箕子为奴[①]仍异域，苏卿受困在初年。
知君义气深相悯，愿脱征骖[②]学古贤。

仲翔修书已毕，恰好有个姚州解粮官，被赎放回。仲翔乘便就将此书付之，眼盻盻（眼巴巴。盻，xì）看着他人去了，自己不能奋飞。万箭攒心，不觉泪如雨下。正是：

眼看他鸟高飞去，身在笼中怎出头？

不题郭仲翔蛮中之事。且说吴保安奉了李都督文帖，已知郭仲翔所荐。留

①箕子为奴：箕子，商代人，名胥余，封于箕，所以称为箕子。纣暴虐无道，箕子劝谏不听，于是佯狂为奴。②征骖（cān）：驾车远行的马。也指旅人远行的车。

妻房张氏和那新生下未周岁的孩儿在遂州住下，一主一仆飞身上路，赶来姚州赴任。闻知李都督阵亡消息，吃了一惊，尚未知仲翔生死下落，不免留身打探。恰好解粮官从蛮地放回，带得有仲翔书信，吴保安拆开看了，好生凄惨。便写回书一纸，书中许他取赎，留在解粮官处，嘱他觑便寄到蛮中，以慰仲翔之心。忙整行囊，便望长安进发。这姚州到长安三千余里，东川正是个顺路，保安径不回家，直到京都，求见郭元振相公。谁知一月前元振已薨（hōng，古代称诸侯或大官死），家小都扶柩（jiù，棺材）而回了。

吴保安大失所望，盘缠罄(qìng，尽）尽，只得将仆马卖去，将来使用。复身回到遂州，见了妻儿，放声大哭。张氏问其缘故，保安将郭仲翔失陷南中之事，说了一遍，“如今要去赎他，争奈自家无力，使他在穷乡悬望，我心何安？”说罢又哭。张氏劝止之曰：“常言巧媳妇煮不得没米粥，你如今力不从心，只索付之无奈了。”保安摇首曰：“吾向（从前）者偶寄尺书，即蒙郭君垂情荐拔；今彼在死生之际，以性命托我，我何忍负之？不得郭回，誓不独生也！”于是倾家所有，估计来止直（同“值”）得绢二百匹。遂撇了妻儿，欲出外为商，又怕蛮中不时有信寄来，只在姚州左近营运（经营）。朝驰暮走，东趁西奔；身穿破衣，口吃粗粝（粗粮，糙米）。虽一钱一粟，不敢妄费，都积来为买绢之用。得一望十，得十望百，满了百匹，就寄放姚州府库。眠里梦里只想着“郭仲翔”三字，连妻子都忘记了。整整的在外过了十个年头，刚刚的凑得七百匹绢，还未足千匹之数。正是：

离家千里逐锥刀①，只为相知意气饶。
十载未偿蛮洞债，不知何日慰心交？

话分两头。却说吴保安妻张氏，同那幼年孩子，孤孤凄凄的住在遂州。初时还有人看县尉面上，小意儿周济他，一连几年不通音耗（音信），就没人理他了。家中又无积蓄，捱到十年之外，衣单食缺，万难存济（活下去），只得并迭（收拾）几件破家火，变卖盘缠，领了十一岁的孩儿，亲自问路，欲往姚州，寻取丈夫吴保安。夜宿朝行，一日只走得三四十里。比（等到）到得戎州界上，盘费已尽，计无所出。欲待求乞前去，又含羞不惯。思量薄命，不如死休，看了十一岁的孩儿，又割舍不下。左思右想，看看天晚，坐在乌蒙山下，放声大哭，惊动了过往的官人。那官人姓杨，名安居，新任姚州都督，正顶着李蒙的缺。从长安驰驿到任，打从乌蒙山下经过，听得哭声哀切，又是个妇人，停了

①锥刀：比喻微小的利润。

车马，召而问之。张氏手挽着十一岁的孩儿，上前哭诉曰："妻乃遂州方义尉吴保安之妻，此孩儿即妾之子也。妾夫因友人郭仲翔陷没蛮中，欲营求千匹绢往赎，弃妾母子，久住姚州，十年不通音信。妻贫苦无依，亲往寻取，粮尽路长，是以悲泣耳。"安居暗暗叹异道："此人真义士！恨我无缘识之。"乃谓张氏曰："夫人休忧。下官忝任（担任有愧。忝，tiǎn，谦辞，有愧）姚州都督，一到彼郡，即差人寻访尊夫。夫人行李之费，都在下官身上。请到前途馆驿中，当与夫人设处。"张氏收泪拜谢。虽然如此，心下尚怀惶惑。杨都督车马如飞去了。

张氏母子相扶，一步步捱到驿前。杨都督早已分付驿官伺候，问了来历，请到空房饭食安置。次日五鼓，杨都督起马先行。驿官传杨都督之命，将十千钱赠为路费；又备下一辆车儿，差人夫送到姚州普淜驿中居住。张氏心中感激不尽。正是：

好人还遇好人救，恶人自身恶人磨。

且说杨安居一到姚州，便差人四下寻访吴保安下落。不三四日，便寻着了。安居请到都督府中，降阶迎接，亲执其手，登堂慰劳。因谓保安曰："下官常闻古人有死生之交，今亲见之足下矣。尊夫人同令嗣远来相觅，见在驿舍，足下且往，暂叙十年之别。所需绢匹若干，吾当为足下图之。"保安曰："仆为友尽心，固其分内，奈何累及明公乎？"安居曰："慕公之义，欲成公之志耳。"保安叩首曰："既蒙明公高谊，仆不敢固辞。所少尚三分之一，如数即付，仆当亲往蛮中，赎取吾友。然后与妻孥（nú，子女）相见，未为晚也。"时安居初到任，乃于库中撮借（借取）官绢四百匹，赠与保安，又赠他全副鞍马。保安大喜，领了这四百匹绢，并库上七百匹，共一千一百之数，骑马直到南蛮界口，寻个熟蛮，往蛮中通话，将所余百匹绢，尽数托他使费。只要仲翔回归，心满意足。正是：

应时还得见，胜是岳阳金。

却说郭仲翔在乌罗部下，乌罗指望他重价取赎，初时好生看待，饮食不缺。过了一年有余，不见中国人来讲话，乌罗心中不悦，把他饮食都裁减了。每日一餐，着他看养战象。仲翔打熬不过，思乡念切，乘乌罗出外打围，拽开脚步，望北而走。那蛮中都是险峻的山路，仲翔走了一日一夜，脚底都破了，被一般看象的蛮子，飞也似赶来，捉了回去。乌罗大怒，将他转卖与南洞主新丁蛮为奴，离乌罗部二百里之外。那新丁最恶，差使小不遂意，整百皮鞭，鞭得背都青肿，如此已非一次。仲翔熬不得痛苦，捉个空，又想逃走。争奈（争，同“怎”。争奈，怎奈）路径不熟，只在山凹内盘旋，又被本洞蛮子追着了，拿去献与新丁。新丁不用了，又卖到南方一洞去，一步远一步了。那洞主号菩萨蛮，更是利害。晓得郭仲翔屡次逃走，乃取木板两片，各长五六尺，厚三四寸，教仲翔把两只脚立在板上，用铁钉钉其脚面，直透板内，日常带着二板行动。夜间纳土洞中，洞口用厚木板门遮盖，本洞蛮子就睡在板上看守，一毫转动不得。两脚被钉处，常流脓血，分明是地狱受罪一般。有诗为证：

身卖南蛮南更南，土牢木锁苦难堪。

十年不达中原传，梦想心交不敢谭。

却说熟蛮领了语，来见乌罗，说知求赎郭仲翔之事。乌罗晓得绢足千匹，不胜之喜！便差人往南洞转赎郭仲翔回来。南洞主新丁，又引到菩萨洞中，交割了身价，将仲翔两脚钉板，用铁钳取出钉来。那钉头入肉已久，脓水干后，如生成一般。今番重复取出，这疼痛比初钉时，更自难忍，血流满地，仲翔登时闷绝。良久方醒，寸步难移，只得用皮袋盛了，两个蛮子扛抬着，直送到乌罗帐下。乌罗收足了绢匹，不管死活，把仲翔交付熟蛮，转送吴保安收领。

吴保安接着，如见亲骨肉一般。这两个朋友，到今日方才识面。未暇叙话，各睁眼看了一看，抱头而哭，皆疑以为梦中相逢也。郭仲翔感谢吴保安，自不必说。保安见仲翔形容憔悴，半人半鬼，两脚又动弹不得，好生凄惨！让马与他骑坐，自己步行随后，同到姚州城内，回复杨都督。

原来杨安居在郭元振门下做个幕僚，与郭仲翔虽未厮（相）认，却有通家之谊；又且他是个正人君子，不以存亡易心。一见仲翔，不胜之喜。教他洗沐过了，将新衣与他更换，又教随军医生医他两脚疮口，好饮好食将息。不勾（gòu，同“够”）一月，平复如故。

且说吴保安从蛮界回来，方才到普淜驿中，与妻儿相见。初时分别，儿子尚在襁褓（qiǎng bǎo，包婴儿的被子），如今十一岁了。光阴迅速，未免伤感于怀。杨安居为吴保安义气上，十分敬重。他每对人夸奖，又写书与长安贵要，称他弃家赎友之事。又厚赠资粮，送他往京师补官。凡姚州一郡官府，见都督如此用情，无不厚赠。仲翔仍留为都督府判官。保安将众人所赠，分一半与仲翔留下使用。仲翔再三推辞，保安那里肯依，只得受了。吴保安谢了杨都督，同家小往长安进发。仲翔送出姚州界外，痛哭而别。保安仍留家小在遂州，单身到京，升补嘉州彭山丞之职。那嘉州仍是西蜀地方，迎接家小又方便，保安

欢喜赴任去讫，不在话下。

再说郭仲翔在蛮中日久，深知款曲。蛮中妇女，尽有姿色，价反在男子之下。仲翔在任三年，陆续差人到蛮洞购求年少美女，共有十人。自己教成歌舞，鲜衣美饰，特献与杨安居伏侍，以报其德。安居笑曰："吾重生高义，故乐成其美耳。言及相报，得无以市井见待耶？"仲翔曰："荷明公仁德，微躯再造，特求此蛮口奉献，以表区区。明公若见辞，仲翔死不瞑目矣！"安居见他诚恳，乃曰："仆有幼女，最所钟爱，勉受一小口为伴，余则不敢如命。"仲翔把那九个美女，赠与杨都督帐下九个心腹将校，以显杨公之德。

时朝廷正追念代国公军功，要录用其子侄。杨安居表奏："故相郭震嫡侄仲翔，始进谏于李蒙，预知胜败；继陷身于蛮洞，备著坚贞。十年复返于故乡，三载效劳于幕府。荫既可叙，功亦宜酬。"于是郭仲翔得授蔚州录事参军（州县属官，专管文簿及举善弹恶）。自从离家到今，共一十五年了，他父亲和妻子在家闻得仲翔陷没蛮中，杳（yǎo，远）无音信，只道身故已久。忽见亲笔家书，迎接家小临蔚州任所，举家欢喜无限。

仲翔在蔚州做官两年，大有声誉，升迁代州户曹参军（州县属官，专管户籍）。又经三载，父亲一病而亡，仲翔扶柩回归河北。丧葬已毕，忽然叹曰："吾赖吴公见赎，得有余生。因老亲在堂，方谋奉养，未暇图报私恩。今亲殁（mò，死）服除（守丧期满），岂可置恩人于度外乎？"访知吴保安在宦所未回，乃亲到嘉州彭山县看之。

不期保安任满，家贫无力赴京听调，就便在彭山居住。六年之前，患了疫症，夫妇双亡，藁葬（草草埋葬。藁，gǎo，草本植物）在黄龙寺后隙地。儿子吴天祐从幼母亲教训，读书识字，就在本县训蒙度日。仲翔一闻此信，悲啼不已。因制缞麻之服（用粗麻布做成的丧服。缞，cuī），腰绖（腰上缠着麻布带子）执杖，步至黄龙寺内，向冢号泣，具礼祭奠。奠毕，寻吴天祐相见，即将自己衣服，脱与他穿了，呼之为弟，商议归葬一事。乃为文以告于保安之灵，发开土堆，止存枯骨二具。仲翔痛哭不已，旁观之人，莫不堕泪。仲翔预制下练囊（用绢做的袋子）二个，装保安夫妇骸骨。又恐失了次第（次序），敛葬时一时难认，逐节用墨记下，装入练囊，总贮一竹笼之内，亲自背负而行。吴天祐道是他父母的骸骨，理合他驮，来夺那竹笼。仲翔那肯放下，哭曰："永固为我奔走十年，今我暂时为之负骨，少尽我心而已。"一路且行且哭，每到旅店，必置竹笼于上坐，将酒饭浇奠过了，然后与天祐同食。夜间亦安置竹笼停当，方敢就寝。自嘉州到魏郡，凡数千里，都是步行。他两脚曾经钉板，虽然好了，终是血脉受伤，一连走了几日，脚面都紫肿起来，内中作痛。看看行走不动，又立心不要别人替力，勉强捱去。有诗为证：

酬恩无地只奔丧，负骨徒行日夜忙。

遥望平阳数千里，不如何日到家乡？

仲翔思想："前路正长，如何是好？"天晚就店安宿，乃设酒饭于竹笼之前，含泪再拜，虔诚哀恳："愿吴永固夫妇显灵，保佑仲翔脚患顿除，步履方便，早到武阳，经营葬事。"吴天祐也从旁再三拜祷。到次日起身，仲翔便觉两脚轻健，直到武阳县中，全不疼痛。此乃神天护佑吉人，不但吴保安之灵也。

再说仲翔到家，就留吴天祐同居。打扫中堂，设立吴保安夫妇神位，买办衣衾棺椁，重新殡殓（liàn）。自己戴孝，一同吴天祐守幕受吊。雇匠造坟，凡一切葬具，照依先葬父亲一般。又立一道石碑，详纪保安弃家赎友之事，使往来读碑者，尽知其善。又同吴天祐庐墓三年。那三年中，教训天祐经书，得他学问精通，方好出仕。三年后，要到长安补官，念吴天祐无家未娶，择宗族中侄女有贤德者，替他纳聘，割东边宅院子，让他居住成亲，又将一半家财，分给天祐过活。正是：

昔年为友抛妻子，今日孤儿转受恩。

正是投瓜还得报，善人不负善心人。

仲翔起服（服，应当写作"复"。官吏遭丧守孝，服未满而起用，称为起复。后来服满起用，一般也称为起复）到京补岗州长史，又加朝散大夫。仲翔思念保安不已，乃上疏。其略曰：

臣闻有善必劝者，固国家之典；有恩必酬者，亦匹夫之义。臣向从故姚州都督李蒙进御蛮寇，一战奏捷。臣谓深入非宜，尚当持重，主帅不听，全军覆没。臣以中华世族，为绝域穷囚。蛮贼贪利，责绢还俘。谓臣宰相之侄，索至千匹。而臣家绝万里，无信可通。十年之中，备尝艰苦，肌肤毁剔，靡（无）刻不泪。牧羊有志，射雁（汉代苏武被匈奴羁留，牧羊于北海上。后来汉使诈言天子射雁得书，称苏武仍羁留匈奴，方得放还）无期。而遂州方义尉吴保安，适至姚州，与臣虽系同乡，从无一面，徒以意气相慕，遂谋赎臣。经营百端，撇家数载，形容憔悴，妻子饥寒。拔臣于垂死之中，赐臣以再生之路。大恩未报，遽尔（突然的样子。遽，jù）淹殁。臣今幸沾朱绂（官服的代称。绂，fú），而保安子天祐，食藿悬鹑（形容穷苦。食藿，以豆叶为食。悬鹑，形容衣衫褴褛，似鹑鸟的秃尾悬垂着）。臣窃愧之。且天祐年富学深，足堪任使，愿以臣官，让之天祐。庶几国家劝善之典，与下臣酬恩之义，一举两得。臣甘就退闲，没齿无怨。谨昧死披沥以闻。

时天宝十二年也。疏入，下礼部详议。此一事哄动了举朝官员。虽然保安施恩在前，也难得郭仲翔义气，真不愧死友者矣。礼部为此覆奏，盛夸郭仲翔之品，“宜破格俯从，以励浇俗。吴天祐可试岚谷县尉，仲翔原官如故”。这岚谷县与岚州相邻，使他两个朝夕相见，以慰其情，这是礼部官的用情处。朝廷依允，仲翔领了吴天祐告身一道，谢恩出京，回到武阳县，将告身付与天祐。备下祭奠，拜告两家坟墓。择了吉日，两家宅眷，同日起程，向西京到任。

那时做一件奇事，远近传说，都道吴郭交情，虽古之管鲍、羊左，不能及也。后来郭仲翔在岚州，吴天祐在岚谷县，皆有政绩，各升迁去。岚州人追慕其事，为立双义祠，祀吴保安、郭仲翔。里中凡有约誓，都在庙中祷告，香火至今不绝。有诗为证：

频频握手未为亲，临难方知意气真。
试看郭吴真义气，原非平日结交人。

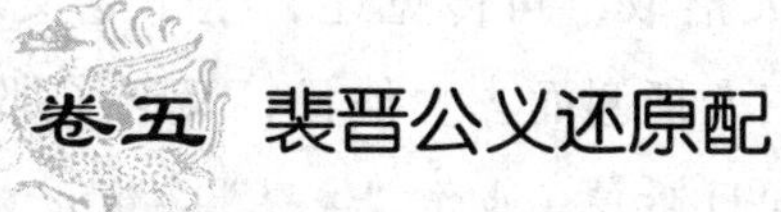

卷五　裴晋公义还原配

官居极品富千金，享用无多白发侵。
惟有存仁并积善，千秋不朽在人心。

当初汉文帝朝中，有个宠臣，叫做邓通。出则随辇，寝则同榻，恩幸无比。其时有神相许负，相那邓通之面，有纵理纹入口（相术家称人面部鼻端两旁的皱纹为法令纹，法令纹通到嘴里，叫作“纵理入口”，据说这种面相的人命中注定要饿死），必当穷饿而死。文帝闻之，怒曰：“富贵由我，谁人穷得邓通？”遂将蜀道铜山赐之，使得自铸钱。当时邓氏之钱，布满天下，其富敌国。一日，文帝偶然生下个痈疽（yōng jū，毒疮，多而广的叫痈，深的叫疽），脓血迸流，疼痛难忍。邓通跪而吮之，文帝觉得爽快。便问道：“天下至爱者何人？”邓通答道：“莫如父子。”恰好皇太子入宫问疾，文帝也教他吮那痈疽。太子推辞道：“臣方食鲜脍（细切的肉、鱼），恐不宜近圣恙。”太子出宫去了。文帝叹道：“至爱莫如父子，尚且不肯为我吮疽；邓通爱我胜如吾子。”由是恩宠

■邓通：西汉文帝宠臣，凭借与汉文帝的特殊关系，依靠当时铸钱业，广开铜矿，富甲天下。

俱加。皇太子闻知此语，深恨邓通吮疽之事。后来文帝驾崩，太子即位，是为景帝。遂治邓通之罪，说他吮疽献媚，坏乱钱法。籍（登记）其家产，闭于空室之中，绝其饮食，邓通果然饿死。又汉景帝时，丞相周亚夫也有纵理纹在口。景帝忌他威名，寻他罪过，下之于廷尉狱中。亚夫怨恨，不食而死。这两个极富极贵，犯了饿死之相，果然不得善终。然虽如此，又有一说，道是面相不如心相。假如上等贵相之人，也有做下亏心事，损了阴德，反不得好结果。又有犯着恶相的，却因心地端正，肯积阴功，反祸为福。此是人定胜天，非相法之不灵也。

如今说唐朝有个裴度，少年时，贫落未遇。有人相他纵理入口，法当饿死。后游香山寺中，于井亭栏干上，拾得三条宝带。裴度自思："此乃他人遗失之物，我岂可损人利己，坏了心术？"乃坐而守之。少顷间，只见有个妇人啼哭而来，说道："老父陷狱，借得三条宝带，要去赎罪。偶到寺中盥手烧香，遗失在此。如有人拾取，可怜见还，全了老父之命。"裴度将三条宝带，即时交付与妇人，妇人拜谢而去。他日，又遇了那相士。相士大惊，道："足下骨法全改，非复向日饿莩（也作"饿殍"，饿死的人）之相，得非有阴德乎？"裴度辞以没有。相士云："足下试自思之，必有拯溺救焚（比喻救人于危难之中）之事。"裴度乃言还带一节。相士云："此乃大阴功，他日富贵两全，可预贺也。"后来裴度果然进身及第，位至宰相，寿登耄耋（mào dié，指八九十岁）。正是：

面相不如心相准，为人须是积阴功。
假饶①方寸难移相，饿莩焉能享万钟②？

说话的，你只道裴晋公是阴德上积来的富贵，谁知他富贵以后，阴德更多。则今听我说"义还原配"这节故事，却也十分难得。话说唐宪宗皇帝元和十三年，裴度领兵削平了淮西反贼吴元济，还朝拜为首相，进爵晋国公。又有两处积久负固的藩镇，都惧怕裴度威名，上表献地赎罪：恒冀节度使王承宗，愿献德、隶二州；淄青节度使李师道，愿献沂、密、海三州。宪宗皇帝看见外寇渐平，天下无事，乃修龙德殿，浚（jùn，疏通）龙首池，起承晖殿，大兴土

①假饶：假如。②万钟：指丰富的粮食。钟，古量器名。

木。又听山人（隐士、方士）柳泌，合长生之药。裴度屡次切谏（直言劝谏），都不听。佞臣（奸佞谄媚的大臣。佞，nìng）皇甫镈判度支（官名，掌管国家财政），程异掌盐铁，专一刻剥百姓财物，名为羡余，以供无事之费。由是投了宪宗皇帝之意，两个佞臣并同平章事（官名，宰相）。裴度羞与同列，上表求退。宪宗皇帝不许，反说裴度好立朋党，渐有疑忌之心。裴度自念功名太盛，惟恐得罪，乃口不谈朝事，终日纵情酒色，以乐余年。四方郡牧，往往访觅歌儿舞女，献于相府，不一而足（同类的事物或现象很多，无法列举齐全）。论起裴晋公，那里要人来献？只是这班阿谀谄媚的，要博相国欢喜，自然重价购求。也有用强逼取的，鲜衣美饰，或假作家妓，或伪称侍儿，遣人殷殷勤勤的送来。裴晋公来者不拒，也只得纳了。

再说晋州万泉县，有一人，姓唐名璧，字国宝，曾举孝廉（汉武帝时设立的察举考试，任用官员的一种科目，孝廉是“孝顺亲长、廉能正直”的意思）科，初任括州龙宗县尉，再任越州会稽（kuài jī，地名）丞。先在乡时，聘定同乡黄太学之女小娥为妻。因小娥尚在稚龄，待年未嫁。比及长成，唐璧两任游宦，都在南方。以此两下蹉跎（cuō tuó，虚度光阴），不曾婚配。

那小娥年方二九，生得脸似堆花，体如琢玉，又且通于音律，凡箫管琵琶之类，无所不工。晋州刺史奉承裴晋公，要在所属地方选取美貌歌姬一队进奉。已有了五人，还少一个出色掌班的。闻得黄小娥之名，又道太学之女，不可轻得，乃捐钱三十万，嘱托万泉县令求之。那县令又奉承刺史，遣人到黄太学家致意。黄太学回道：“已经受聘，不敢从命。”县令再三强求，黄太学只是不允。时值清明，黄太学举家扫墓，独留小娥在家。县令打听的实，乃亲到黄家，搜出小娥，用肩舆（轿子）抬去。着两个稳婆相伴，立刻送至晋州刺史处交割。硬将三十万钱，撇在他家，以为身价。比及黄太学回来，晓得女儿被县令劫去，急往县中，已知送去州里。再到晋州，将情哀求刺史。刺史道：“你女儿才色过人，一入相府，必然擅宠。岂不胜作他人箕帚（jī zhǒu，以箕帚扫除，操持家内杂务，借指妻妾）乎？况已受我聘财六十万钱，何不赠与汝婿，别图配偶？”黄太学道：“县主乘某扫墓，将钱委置，某未尝面受，况止三十万，今悉持在此，某只愿领女，不愿领钱也。”刺史拍案大怒道：“你得财卖女，却又瞒过三十万，强来絮聒，是何道理？汝女已送至晋国公府中矣，汝自往相府取索，在此无益。”黄太学看见刺史发怒，出言图赖，再不敢开口，两眼含泪而去。在晋州守了数日，欲得女儿一见，寂然无信。叹了口气，只得回县去了。

却说刺史将千金置买异样服饰，宝珠璎珞（yīng luò，脖子上的饰物），妆扮那六个人，如天仙相似。全副乐器，整日在衙中操演。直待晋国公生日将近，遣人送去，以作贺礼。那刺史费了许多心机，破了许多钱钞，要博相国一个大欢喜。谁知相府中，歌舞成行，各镇所献美女，也不计其数。这六个人，只凑得闹热，相国那里便看在眼里、留在心里？从来奉承尽有折本的，都似此类。有诗为证：

割肉剜肤买上欢，千金不吝备吹弹。

相公见惯浑闲事，羞杀州官与县官！

话分两头。再说唐璧在会稽任满，该得升迁。想黄小娥今已长成，且回家毕姻，然后赴京未迟。当下收拾宦囊，望万泉县进发。到家次日，就去谒见岳丈黄太学。黄太学已知为着姻事，不等开口，便将女儿被夺情节，一五一十，备细（详细）的告诉了。唐璧听罢，呆了半晌，咬牙切齿恨道："大丈夫浮沉薄宦，至一妻之不能保，何以生为？"黄太学劝道："贤婿英年才望，自有好姻缘相凑，吾女儿自没福相从，遭此强暴，休得过伤怀抱，有误前程。"唐璧怒气不息，要到州官、县官处，与他争论。黄太学又劝道："人已去矣，争论何益？况干碍裴相国。方今一人之下，万人之上，倘失其欢心，恐于贤婿前程不便。"乃将县令所留三十万钱抬出，交付唐璧道："以此为图婚之费。当初宅上有碧玉玲珑为聘，在小女身边，不得奉还矣。贤婿须念前程为重，休为小挫以误大事。"唐璧两泪交流，答道："某年近三旬，又失此良偶，琴瑟(夫妇、匹配)之事，终身已矣。蜗名微利（虚名小利。蜗名：像蜗牛角那样极微小的名声），误人之本，从此亦不复思进取也！"言讫，不觉大恸（tòng，极悲哀，大哭）。黄太学也还痛起来。大家哭了一场，方罢。唐璧那里肯收这钱去，径自空身回了。

次日，黄太学亲到唐璧家，再三解劝，撺掇（cuān duo，在一旁鼓动人做某事）他早往京师听调，得了官职，然后徐议良姻。唐璧初时不肯，被丈人一连数日强逼不过，思量在家气闷，且到长安走遭，也好排遣。勉强择吉，买舟起程。丈人将三十万钱暗地放在舟中，私下嘱付从人道："开船两日后，方可禀知主人，拿去京中，好做使用，讨个美缺。"唐璧见了这钱，又感伤了一场，分付苍头："此是黄家卖女之物，一文不可动用！"在路不一日，来到长安。雇人挑了行李，就裴相国府中左近处，下个店房，早晚府前行走，好打探小娥信息。过了一夜，次早，到吏部报名，送历任文簿，查验过了。回寓吃了饭，就到相府门前守候。一日最少也踅（xué，来来回回地走）过十来遍。住了月余，那里通得半个字？这些官吏们一出一入，如蚂蚁相似，谁敢上前把这没头脑的事问他一声！正是：

侯门一入深如海，从此萧郎[①]是路人。

一日，吏部挂榜，唐璧授湖州录事参军。这湖州，又在南方，是熟游之地，唐璧也到欢喜。等有了告敕（即告身，朝廷授官的文凭。敕，chì）收拾行李，雇唤船只出京。行到潼津地方，遇了一伙强人。自古道“慢藏诲盗”（收藏财物不慎等于叫人来偷。慢藏，收藏不慎；诲，诱导，招致），只为这三十万钱，带来带去，露了小人眼目，惹起贪心，就结伙做出这事来。这伙强人从京城外直跟至潼津，背地通同了船家，等待夜静，一齐下手。也是唐璧命不该绝，正在船头上登东（上厕所，解手），看见声势不好，急忙跳水，上岸逃命。只听得这伙强人乱了一回，连船都撑去，苍头的性命也不知死活。舟中一应行李，尽被劫去，光光剩个身子。正是：

屋漏更遭连夜雨，船迟[②]又被打头风[③]！

那三十万钱和行囊，还是小事。却有历任文簿和那告敕，是赴任的执照，也失去了，连官也做不成。唐璧那一时真个是控天无路，诉地无门。思量：“我直恁（nèn，这样，如此）时乖运蹇（时运不好，命运不佳。时，时运，时机；乖，不顺利；蹇，jiǎn，不顺利），一事无成！欲待回乡，有何面目？欲待再往京师，向吏部衙门投诉，奈身畔（边）并无分文盘费，怎生是好？这里又无相识借贷，难道求乞不成？”欲待投河而死，又想：“堂堂一躯，终不然如此结果？”坐在路旁，想了又哭，哭了又想，左算右算，无计可施，从半夜直哭到天明。喜得绝处逢生，遇着一个老者，携杖而来，问道：“官人为何哀泣？”唐璧将赴任被劫之事，告诉了一遍。老者道：“原来是一位大人，失敬了。舍下不远，请那（挪）步则个。”老者引唐璧约行一里，到于家中，重复叙礼。老者道：“老汉姓苏，儿子唤做苏凤华，见做湖州武源县尉，正是大人属下。大人往京，老汉愿少助资斧（旅费、盘缠）。”即忙备酒饭管待。取出新衣一套，与唐璧换了；捧出白金二十两，权充路费。

唐璧再三称谢，别了苏老，独自一个上路，再往京师旧店中安顿下。店主人听说路上吃亏，好生凄惨。唐璧到吏部门下，将情由哀禀。那吏部官道是告敕、文簿尽空，毫无巴鼻（即把柄，来由，根据），难辨真伪。一连求了五日，

①萧郎：如意郎君。②迟：缓慢。③打头风，逆风。

并不作准（准许，同意）。身边银两，都在衙门使费去了。回到店中，只叫得苦，两泪汪汪的坐着纳闷。只见外面一人，约莫半老年纪，头带软翅纱帽，身穿紫裤衫，挺带皂靴，好似押牙官（亦称“押衙”。唐宋官名，管领仪仗侍卫或武官）模样，踱进店来。见了唐璧，作了揖，对面而坐，问道：“足下何方人氏？到此贵干？”唐璧道：“官人不问犹可，问我时，教我一时诉不尽心中苦情！”说未绝声，扑簌簌掉下泪来。紫衫人道：“尊意有何不美？可细话之，或者可共商量也。”唐璧道：“某姓唐名璧，晋州万泉县人氏。近除（被任命）湖州录事参军，不期行到潼津，忽遇盗劫，资斧一空。历任文簿和告敕都失了，难以之（到）任。”紫衫人道：“中途被劫，非关足下之事，何不以此情诉知吏部，重给告身，有何妨碍？”唐璧道：“几次哀求，不蒙怜准，教我去住两难，无门恳告。”紫衫人道：“当朝裴晋公每怀恻隐（对受苦难的人表示同情），极肯周旋（照顾，周济）落难之人，足下何不去求见他？”唐璧听说，愈加悲泣道：“官人休题起‘裴晋公’三字，使某心肠如割。”紫衫人大惊道：“足下何故而出此言？”唐璧道：“某幼年定下一房亲事，因屡任南方，未成婚配。却被知州和县尹用强夺去，凑成一班女乐，献与晋公，使某壮年无室。此事虽不由晋公，然晋公受人谄媚，以致府县争先献纳，分明是他拆散我夫妻一般，我今日何忍复往见之？”紫衫人问道：“足下所定之室，何姓何名？当初有何为聘？”唐璧道：“姓黄，名小娥，聘物碧玉玲珑，见在彼处。”紫衫人道：“某即晋公亲校，得出入内室，当为足下访之。”唐璧道：“侯门一入，无复相见之期。但愿官人为我传一信息，使他知我心事，死亦瞑目。”紫衫人道：“明日此时，定有好音奉报。”说罢，拱一拱手，踱出门去了。

唐璧转展（反反复复）思想，懊悔起来：“那紫衫押牙，必是晋公亲信之人，遣他出外探事的。我方才不合议论了他几句，颇有怨望（怨恨）之词，倘或述与晋公知道，激怒了他，降祸不小！”心下好生不安，一夜不曾合眼。

巴到天明，梳洗罢，便到裴府窥望。只听说令公给假在府，不出外堂，虽然如此，仍有许多文书来往，内外奔走不绝，只不见昨日这紫衫人。等了许久，回店去吃了些午饭，又来守候，绝无动静。看看天晚，眼见得紫衫人已是谬言失信了。嗟叹了数声，凄凄凉凉的回到店中。

方欲点灯，忽见外面两个人似令史妆扮，慌慌忙忙的走入店来，问道：“那一位是唐璧参军？”諕得唐璧躲在一边，不敢答应。店主人走来问道：“二位何人？”那两个答曰：“我等乃裴府中堂吏，奉令公之命，来请唐参军到府讲话。”店主人指道：“这位就是。”唐璧只得出来相见了，说道：“某与令公素未通谒（通报请求谒见），何缘见召？且身穿亵服（古人家居时穿的便服。亵，xiè），岂敢唐突（冒犯，亵渎）！”堂吏道：“令公立等，参军休得推阻。”两个左右腋扶着，飞也似跑进府来。到了堂上，教“参军少坐，容某等禀过令公，却来相请”。两个堂吏进去了。不多时，只听得飞奔出来，复道：“令公给假在内，请进去相见。”一路转弯抹角，都点得灯烛辉煌，照耀如白日一般。两个堂吏前后引路，到一个小小厅事中，只见两行纱灯排列，令公角巾（一种有棱角的巾，为隐居者所戴或在家戴）便服，拱立而待。唐璧慌忙拜伏在地，流汗浃背，不敢仰视。令公传命扶起道：“私室相延，何劳过礼？”便教看坐。唐璧谦让了一回，坐于旁侧，偷眼看着令公，正是昨日店中所遇紫衫之人，愈加惶惧，捏着两把汗，低了眉头，鼻息也不敢出来。

原来裴令公闲时常在外面私行耍子，昨日偶到店中，遇了唐璧。回府去，就查黄小娥名字，唤来相见，果然十分颜色。令公问其来历，与唐璧说话相同。又讨他碧玉玲珑看时，只见他紧紧的带在臂上。令公甚是怜悯，问道：“你丈夫在此，愿一见乎？”小娥流泪道：“红颜薄命，自分永绝。见与不见，权在令公，贱妾安敢自专？”令公点头，教他且去。密地分付堂候官，备下资装千贯；又将空头告敕一道，填写唐璧名字，差人到吏部去，查他前任履历及新授湖州参军文凭，要得重新补给。件件完备，才请唐璧到府。唐璧满肚慌张，那知令公一团美意？

当日令公开谈道：“昨见所话，诚心恻然。老夫不能杜绝馈遗（馈赠。遗，wèi，赠送），以致足下久旷琴瑟之乐，老夫之罪也。”唐璧离席下拜道：“鄙人身遭颠沛，心神颠倒。昨日语言冒犯，自知死罪，伏惟（下对上的敬辞）相公海涵！”令公请起道：“今日颇吉，老夫权为主婚，便与足下完婚。薄有行资千贯奉助，聊表赎罪之意。成亲之后，便可于飞赴任。”唐璧只是拜谢，也不敢再问赴任之事。只听得宅内一派乐声嘹亮，红灯数对，女乐一队前导，几个押班老嬷和养娘辈，簇拥出如花如玉的黄小娥来。唐璧慌欲躲避。老嬷道：“请二位新人就此见礼。”养娘铺下红毡，黄小娥和唐璧做一对儿立了，朝上拜了四拜，令公在旁答揖。早有肩舆在厅事外，伺候小娥登舆，一径抬到店房中去了。令公分付唐璧速归逆旅（旅店。逆，迎接；旅，旅人），勿误良期。唐璧跑回店中，只听得人言鼎沸。举眼看时，摆列得绢帛盈箱，金钱满箧（qiè，箱子）。就是起初那两个堂吏看守着，专等唐璧到来，亲自交割。又有个小小箧儿，令公亲判封的。拆开看时，乃官诰在内，复除湖州司户参军。唐璧喜不自胜，当夜与黄小娥就在店中，权作洞房花烛。这一夜欢情，比着寻常毕姻（泛指男女结婚）的，更自得意。正是：

运去雷轰荐福碑[①]，时来风送滕王阁[②]。

今朝婚宦两称心，不似从前情绪恶。

唐璧此时有婚有宦，又有了千贯资装，分明是十八层地狱的苦鬼，直升到三十三天去了。若非裴令公仁心慷慨，怎肯周旋得人十分满足？

次日，唐璧又到裴府谒谢。令公预先分付门吏辞回，不劳再见。唐璧回寓，重理冠带，再整行装。在京中买了几个僮仆跟随，两口儿回至家乡，见了岳丈黄太学。好似枯木逢春，断弦再续，欢喜无限。过了几日，夫妇双双往湖州赴仕。感激裴令公之恩，将沉香雕成小像，朝夕拜祷，愿其福寿绵延。后来裴令公寿过八旬，子孙蕃衍（fán yǎn，滋生繁殖），人皆以为阴德所致。诗云：

无室无官苦莫论，周旋好事赖洪恩。

人能步步存阴德，福禄绵绵及子孙。

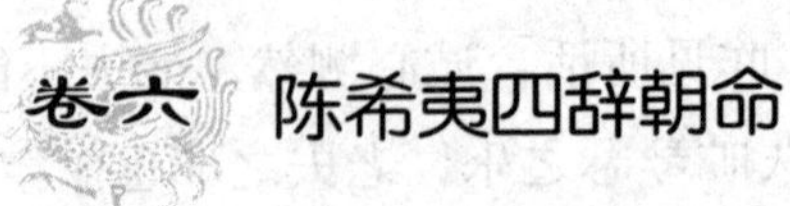

卷六 陈希夷四辞朝命

人人尽说清闲好，谁肯逢闲闲此身？

不是逢闲闲不得，清閒岂是等闲人？

则今且说个"閒[③]"字，是"门"字中着个"月"字。你看那一轮明月，只见他忙忙的穿窗入户，那天上清光不动，却是冷淡无心。人学得他，便是闹中取静，才算得真闲。有的说：人生在世，忙一半，闲一半。假如日里做事是

①雷轰荐福碑：宋代有一个书生十分潦倒，在饶州做官的范仲淹十分同情他。饶州荐福寺中有一欧阳询书写的碑文，其拓本在当时十分值钱，范仲淹想拓一些送给书生。不料，巨雷却把碑都击碎了。用这个故事比喻命途多舛，时运不好。②风送滕王阁：唐朝王勃去南昌时，在马当得到风神相助，路途虽远，但一夜即到南昌，得以参加宴会，从而在滕王阁的聚会上写出了名篇《滕王阁序》。③閒：即"闲"。

忙，夜间睡去便是闲了。却不知日里忙忙做事的，精神散乱，昼之所思，夜之所梦，连睡去的魂魄，都是忙的，那得清闲自在？古时有个仙长，姓庄，名周，睡去梦中化为蝴蝶，栩栩而飞，其意甚乐。醒将转来，还只认做蝴蝶化身。只为他胸中无事，逍遥洒落，故有此梦。世上多少渴睡汉（喜欢睡懒觉的人），怎不见第二个人梦为蝴蝶？可见梦睡中也分个闲忙在。且莫论闲忙，一入了名利关，连睡也讨不得足意。所以古诗云：

朝臣待漏五更寒，铁甲将军夜度关。

山寺日高僧未起，算来名利不如闲。

《心相篇》有云："上床便睡，定是高人；支枕无眠，必非闲客。"如今人名利关心，上了床，千思万想，那得便睡？比及睡去，忽然又惊醒将来。尽有一般昏昏沉沉，以昼为夜，睡个没了歇的，多因酒色过度，四肢困倦；或因愁绪牵缠，心神浊乱所致。总来不得睡趣，不是睡的乐境。

则今且说第一个睡中得趣的，无过陈抟（tuán）先生。怎见得？有诗为证：

昏昏黑黑睡中天，无暑无寒也没年。

彭祖[①]寿经八百岁，不比陈抟一觉眠。

俗说陈抟一觉，睡了八百年，按陈抟寿止（只）一百十八岁，虽说是尸解为仙去了，也没有一睡八百年之理。此是诨话（开玩笑的话。诨，hùn），只是说他睡时多，醒时少。他曾两隐名山，四辞朝命，终身不近女色，不亲人事，所以步步清闲。则他这睡，也是仙家伏气（指道家的吐纳修炼）之法，非他人所能学也。说话的，你道他隐在那两处的名山？辞那四朝的君命？有诗为证：

纷纷五代战尘嚣[②]，转眼唐周又宋朝。

多少彩禽投笼罩，云中仙鹤不能招。

话说陈抟先生，表字图南，别号扶摇子，亳（bó）州真源人氏。生长五六岁，还不会说话，人都叫他"哑孩儿"。一日，在水边游戏，遇一妇人，身穿青色之衣，自称毛女。将陈抟抱去山中，饮以琼浆，陈抟便会说话，自觉心窍开爽。毛女将书一册，投他怀内，又赠以诗云：

药苗不满笥[③]，又更上危巅。

回指归去路，相将入翠烟。

陈抟回到家中，忽然念这四句诗出来。父母大惊，问道："这四句诗，谁

①彭祖：据古代典籍记载，彭祖是颛顼的玄孙，相传他历经唐虞夏商等代，活了八百多岁。②尘嚣（xiāo）：世间的纷扰、喧嚣。③笥（sì）：一种盛饭食或衣物的竹器。

教你的？”陈抟说其缘故，就怀中取出书来看时，乃是一本《周易》。陈抟便能成诵，就晓得八卦的大意。自此无书不览，只这本《周易》，坐卧不离。又爱读《黄庭》、《老子》诸书，洒然有出世（对世俗之事不关注）之志。十八岁上，父母双亡。便把家财抛散，分赠亲族乡党。自只携一石铛（陶制烹茶器具。铛，chēng）往本县隐山居住。梦见毛女授以炼形归气、炼气归神、炼神归虚之法，遂奉而行之，足迹不入城市。梁唐士大夫慕陈先生之名，如活神仙，求一见而不可得。有造谒（拜访）者，先生辄侧卧不与交接。人见他鼾睡不起，叹息而去。

后唐明宗皇帝长兴年间，闻其高尚之名，御笔亲书丹诏，遣官招之。使者络绎不绝，先生违不得圣旨，只得随使者取路到洛阳帝都，遇见天子，长揖不拜，满朝文武失色，明宗全不嗔怪（责怪。嗔，chēn），御手相搀，锦墩（用锦装饰的一种坐具）赐坐，说道：“劳苦先生远来，朕今得睹清光，三生之幸。”陈抟答道：“山野鄙夫，自比朽木，无用于世。过蒙陛下来录，有负圣意，乞赐放归，以全野性。”明宗道：“既荷先生不弃而来，朕正欲侍教，岂可轻去？”陈抟不应，闭目睡去了。明宗叹道：“此高士也，朕不可以常礼待之。”乃送至礼贤宾馆，饮食供帐甚设。先生一无所用，早晚只在个蒲团上打坐。明宗屡次驾幸礼贤馆，有时值他睡卧，不敢惊醒而去。明宗心知其为异人，愈加敬重，欲授以大官，陈抟那里肯就（就职）。

有丞相冯道奏道：“臣闻七情莫甚于爱欲，六欲莫甚于男女。方今冬天雨雪之际，陈抟独坐蒲团，必然寒冷，陛下差一使命，将嘉酝一樽赐之，妙选（仔细挑选）美女三人前去与他侑酒（劝酒，为饮酒者助兴。侑，yòu）暖足，他若饮其酒，留其女，何愁他不受官爵矣！”明宗从其言，于宫中选二八（十六岁）女子三人，美丽无比，装束华整，更自动人，又将尚方美酝一樽，遣内侍宣赐。内侍口传皇命道：“官家见天气奇冷，特赐美酝消遣；又赐美女与先生暖足，先生万勿推辞。”只见陈抟欣然对使开樽，一饮而尽，送来美人也不推辞。内侍入宫复命，明宗龙颜大悦。次日早朝已毕，明宗即差冯丞相亲诣（到，旧时特指到尊长那里去）礼贤馆。请陈抟入朝见驾。只等来时，加官授爵。冯丞相领了圣旨，上马前去。你道请得来，请不来？正是：

神龙不贪香饵，彩凤不入雕笼。

冯丞相到礼贤宾馆，看时，只见三个美女，闭在一间空室之中，已不见了陈抟。问那美女道：“陈先生那里去了？”美女答道：“陈先生自饮了御酒，便向蒲团睡去。妾等候至五更方醒。他说：‘劳你们辛苦一夜，无物相赠。’乃题诗一首，教妾收留，回复天子。遂闭妾等于此室，飘然出门而去，不知何往。”冯丞相引着三个美人，回朝见驾。明宗取诗看之，诗曰：

雪为肌体玉为腮，多谢君王送得来。

处士不兴巫峡梦，空烦神女下阳台。

明宗读罢书，叹息不已。差人四下寻访陈抟踪迹，直到隐山旧居，并无影响。不在话下。

却说陈抟这一去，直走到均州武当山。原来这山初名太岳，又唤做太和山，有二十七峰，三十六岩，二十四涧。是真武（道教所奉的神。相传古净乐国王的太子，生而神猛，越东海来游，遇天神授以宝剑，入湖北武当山修炼，经四十二年而功成，白日飞升，威镇北方，号玄武君。宋讳玄字，因称“真武”）修道白日升天之处。后人谓：“此山非真武，不足以当之。”更名武当山。陈抟至武当山，隐于九石岩。

忽一日，有五个白须老叟（sǒu，年老的男人）来问《周易》八卦之义。陈抟与之剖析微理，因见其颜如红玉，亦问以导养之方。五老告之以蛰（zhé，动物冬眠，藏起来不吃不动）法。怎唤做蛰法？凡寒冬时令，天气伏藏，龟蛇之类，皆蛰而不食。当初，有一人因床脚损坏，偶取一龟支之。后十年移床，其龟尚活，此乃服气所致。陈抟得此蛰法，遂能辟谷（不食五谷，食气，吸收自然能量。过去道家当作修炼成仙的一种方法，现在辟谷是为了养生、排毒、美容、养颜，调理身体。辟，bì）。或一睡数月不起；若没有这蛰法，睡梦中腹中饥饿，肠鸣起来，也要醒了。

陈抟在武当山住了二十余年，寿已七十余岁。忽一日，五老又来对陈抟说道：“吾等五人，乃日月池中五龙也。此地非先生所栖，吾等受先生讲诲之益，当送先生到一个好所在去。”令陈抟闭目休开，五老翼之而行。觉两足腾空，耳边惟闻风雨之声。顷刻间，脚跟着地，开眼看时，不见了五老，但见空中五条龙夭矫而逝。陈抟看那去处，乃西岳太华山石上，已不知来了多少路，此乃神龙变化之妙。

陈抟遂留居于此。太华山道士见其所居没有锅灶，心中甚异，悄地察之。更无他事，惟鼾睡而已。一日，陈抟下九石岩，数月不归，道士疑他往别处去了。后于柴房中，忽见一物，近前看之，乃先生也。正不知几时睡在那里的，搬柴的堆积在上，直待烧柴将尽，方才看见。又一日，有个樵夫在山下割草，见山凹里一个尸骸（尸体。骸，hái），尘埃起寸。樵夫心中怜悯，欲取而埋之。提起来看时，却认得是陈抟先生。樵夫道："好个陈抟先生，不知如何死在这里。"只见先生把腰一伸，睁开双眼说道："正睡得快活，何人搅醒我来？"樵夫大笑。

华阴令王睦亲到华山求见先生。至九石岩，见光光一片石头，绝无半间茅舍。乃问道："先生寝止在于何所？"陈抟大笑，吟诗一首答之，诗曰：

"蓬山高处是吾宫，出即凌风跨晓风。
台榭不将金锁闭，来时自有白云封。"

王睦要与他伐木建庵，先生固（坚决）辞不要。此周世宗显德年间事也。这四句诗直达帝听，世宗知其高士，召而见之，问以国祚（王朝维持的时间。祚，zuò，专指帝王的宝座）长短。陈抟说出四句，道是：

"好块木头，茂盛无赛。若要长久，添重宝盖。"

世宗皇帝本姓柴名荣，木头茂盛，正合姓名。又有"长久"二字，只道是佳兆；却不知赵太祖代周为帝，国号宋，"木"字添盖乃是"宋"字。宋朝享国长久，先生已预知矣。

且说世宗要加陈抟以极品之爵，陈抟不愿，坚请还山。世宗采其"来时自有白云封"之句，赐号"白云先生"。后因陈桥兵变，赵太祖披了黄袍，即了帝位。先生适乘驴到华阴县，闻知此事，在驴背上拍掌大笑。有人问道："先生笑甚么？"先生道："你们众百姓造化，造化！天下是今日定了。"

原来后唐末年间，契丹兵起，百姓纷纷避乱。先生在路上闲步，看见一妇人，挑着一个竹篮而走，篮内两头坐两个孩子。先生口吟二句，道是：

"莫言皇帝少，皇帝上担挑。"

你道那两个孩子是谁？那大的便是宋太祖赵匡胤，那小的便是宋太宗赵匡义，这妇人便是杜太后。先生二十五六年前，便识透宋朝的真命天子了。

又一日，先生游长安市上，遇赵匡胤兄弟和赵普，共是三人，在酒肆（店铺）饮酒。先生亦入肆沽饮，看见赵普坐于二赵之右，先生将赵普推下去道："你不过是紫微垣（星宿名）边一个小小星儿，如何敢占在上位？"赵匡胤奇其言。有认得的，指道："这是白云先生陈抟。"匡胤就问前程之事，陈抟道："你弟兄两个的星，比他大得多哩！"匡胤自此自负。后来定了天下，屡次差官迎取陈抟入朝，陈抟不肯。后来赵太祖手诏促之，陈抟向使者说道："创业之君，必须尊崇体貌，以示天下。我等以山野废人，入见天子，若下拜，则违吾性；若不下拜，则亵其体。是以不敢奉诏。”乃于诏书之尾，写四句附奏，云：

“九重天诏，休教丹凤衔来；一片野心，已被白云留住。”

使者复命，太祖笑而置之。

后太祖晏驾（帝王死亡的讳称），太宗皇帝即位，念酒肆中之旧，召与相见，说过待以不臣之礼。又赐御诗云：

“曾向前朝号白云，后来消息杳无闻。

如今若肯随征召，总把三峰乞与君。”

先生见诗，乃服华阳巾（道士所戴的一种帽子）、布袍草履，来到东京。见太宗于便殿，只是长揖道：“山野废人，与世隔绝，不习跪拜，望陛下优容之。”太宗赐坐，问以修养之道。陈抟对道：“天子以天下为一身，假令白日升天，竟何益于百姓？今君明臣良，兴化勤政，功德被（恩泽）乎八荒（八荒也叫八方，指东、西、南、北、东南、东北、西南、西北等八面方向，指离中原极远的地方。后泛指周围、各地），荣名流于万世。修炼之道，无出于此。”太宗点头称善，愈加敬重。问道：“先生心中有何所欲？可为朕言之。”陈抟答道：“臣无所欲，只愿求一静室。”乃赐居于建隆道观。

其时太宗正用兵征伐河东，遣人问先生胜负消息。先生在使者掌中，写一“休”字，太宗见之不乐。因军马已发，不曾停止。再遣人问先生时，但见他闭目而睡，鼾齁（hān hōu，熟睡时打呼噜的声音）之声，直达户外。明日去看，仍复如此，一连睡了三个月，不曾起身。河东军将果然无功而返。太宗正当嗟叹，忽见陈抟道冠野服，逍遥而来，直上金銮宝殿。太宗见其不召自来，甚以为异。陈抟道：“老夫今日还山，特来辞驾。”太宗闻言，如有所失，欲加抟以帝师之号，筑宫奉事，时时请教。陈抟固辞求去，呈诗一首。诗云：

“草泽吾皇诏，图南抟姓陈。

三峰千载客，四海一闲人。

世态从来薄，诗情自得真。

乞全獐鹿性，何处不称臣？”

又道：“二十年之后，老夫再来候见圣颜。”太宗知不可留，特赐御宴于都堂（尚书省总办公处的称呼），使宰相两禁官员俱侍坐，每人制送行诗一首，以宠其归。又将太华全山，御笔判与陈抟，为修真之所，他人不得侵渔（侵夺，从中侵吞牟利）。赐号为“白云洞主希夷先生”，听（准许）其还山。此太平兴国元年事也。

到端拱五年，太宗皇帝管二十年的乾坤，尚不曾立得太子。长子楚王元佐，因九月九日，不曾预得御宴，纵火烧宫。太宗大怒，废为庶人。心爱第三子襄王元侃（kǎn），未知他福分如何。口中不言，心下思想：“惟有希夷先生陈抟，最善相人。当初在酒肆中，就相定我兄弟二人，当为皇帝，赵普为宰相。如今得他一来，决断其事便好。”转念犹未了，内侍报道：“有太华山处士陈抟叩宫门求见。”太宗大惊，即时宣进问道：“先生此来何意？”陈抟答道：“老夫知陛下胸中有疑，特来决之。”太宗大笑道：“朕固疑先生有前知之术，今果然也。朕东宫（太子）未定，有襄王元侃，宽仁慈爱，有帝王之度，但不知福分如何，烦先生到襄府一看。”陈抟领命，才到襄府门首便回。太宗问道：“朕烦先生到襄府看襄王之相，如何不去而回？”陈抟道：“老夫已看过了，襄府门前，奉役奔走之人，都有将相之福，何必见襄王哉？”太宗之意遂决。即日宣诏，立襄王为太子，后来真宗皇帝就是。陈抟在京师，又住了一月，忽然辞去，仍归九石岩。

其时，有门人穆伯长、种放等百余人，皆筑室于华山之下，朝夕听讲。惟有五龙蛰法，先生未尝授人。忽一日，遣门人辈于张超谷（在陕西华阴市华山毛女峰之东北，后汉张公超居此，故名）口高岩之上，凿一石室。门人不敢违命。室既凿成，先生同门人往观之。其岩最高，望下云烟如翠。先生指道：“此毛女所谓‘相将人翠烟’也，吾其（大概）归于此乎？”言未毕，屈膝而坐，挥门人使去。右手支颐（以手右托下巴。颐，yí），闭目而逝，年一百一十八岁。门人环守其尸，至七日，容色如生，肢体温软，异香扑鼻。乃制为石匣盛之，仍用石盖，束以铁锁数丈，置于石室。门人方去，其岩自崩，遂成陡绝之势。有五色云封住谷口，弥月不散。后人因名其处为希夷峡。

到徽宗宣和年间，有闽中道士徐知常（北宋道士，字子中，福建建阳人。善写文章，长于吟咏，精通道家经典，是北宋著名的宗教画家），来游华山。见峡上有铁锁垂下，知常攀缘而上，至于石室。见匣盖攲（qī，倾斜）侧，启而观之，惟有仙骨一具，其色红润，香气逼人。知常再拜毕，为整其盖，复攀缘而下。其时徐知常得幸于徽宗，官拜左街道录（掌管道教的官吏）。将此事奏知天子。天子差知常赍（jī，赐予）御香一炷，重到希夷峡，要取仙骨，供养在大内。来到峡边，已不见有铁锁，但见云雾重重，危岩壁立，叹息而返。至今希夷先生蜕骨在张超谷，无复有人见之者矣！有诗为证：

从来处士窃名浮，谁似希夷闲到头？

两隐名山供笑傲，四辞朝命肯淹留。

五龙蛰法前人少，八卦神机后学求。

片片白云迷峡锁，石床高卧足千秋。

卷七 范巨卿鸡黍死生交

种树莫种垂杨枝，结交莫结轻薄儿。杨枝不耐秋风吹，轻薄易结还易离。君不见昨日书来两相忆，今日相逢不相识？不如杨枝犹可久，一度春风一回首。

这篇言语，是《结交行》，言结交最难。今日说一个秀才，是汉明帝时人，姓张名劭（shào），字元伯，是汝州南城人氏。家本农业，苦志读书。年三十五岁，不曾婚娶。其老母年近六旬，并弟张勤努力耕种，以供二膳。时汉帝求贤，劭辞老母，别兄弟，自负书囊，来到东都洛阳应举。在路非只一日，到洛阳不远，当日天晚，投店宿歇。是夜，常闻邻房有人声唤。劭至晚，问店小二间壁声唤的是谁，小二答道："是一个秀才，害时症（瘟病），在此将死。"劭曰："既是斯文（古指读书人），当以看视。"小二曰："瘟病过人，我们尚自不去看他，秀才你休去！"劭曰："死生有命，安有病能过人之理？吾须视之。"小二劝不住。劭乃推门而入，见一人仰面卧于土榻之上，面黄肌瘦，口内只叫救人。劭见房中书囊、衣冠，都是应举的行动（行头），遂扣头边而言曰："君子勿忧，张劭亦是赴选之人。今见汝病至笃（dǔ，病沉重），吾竭力救之，药饵粥食，吾自供奉，且自宽心。"其人曰："若君子救得我病，容当厚报。"劭随即挽人请医用药调治，早晚汤水粥食，劭自供给。

数日之后，汗出病减，渐渐将息（调养），能起行立。劭问之，乃是楚州山阳人氏，姓范，名式，字巨卿，年四十岁。世本商贾，幼亡父母，有妻小。近弃商贾，来洛阳应举。比及范巨卿将息得无事了，误了试期。范曰："今因式病，有误足下功名，甚不自安。"劭曰："大丈夫以义气为重，功名富贵，乃微末（微不足道）耳。已有分定，何误之有？”范式自此与张劭情如骨肉，结为兄弟。式年长五岁，张劭拜范式为兄。

结义后，朝暮相随，不觉半年。范式思归，张劭与计算房钱，还了店家。二人同行。数日，到分路之处，张劭欲送范式，范式曰：“若如此，某又送回。不如就此一别，约再相会。”二人酒肆共饮，见黄花红叶，妆点秋光，以助别离之兴。酒座间杯泛茱萸，问酒家，方知是重阳佳节。范式曰：“吾幼亡父母，屈在商贾。经书虽则留心，奈为妻子所累。幸贤弟有老母在堂，汝母即吾母也。来年今日，必到贤弟家中，登堂拜母，以表通家（世代交好之家，指两代以上彼此交谊深厚，如同一家）之谊。”张劭曰：“但村落无可为款，倘蒙兄长不弃，当设鸡黍（丰盛的饭菜）以待，幸勿失信。”范式曰：“焉肯失信于贤弟耶?”二人饮了数杯，不忍相舍。张劭拜别范式。范式去后，劭凝望堕泪，式亦回顾泪下，两各悒怏（yì yàng，忧郁不乐）而去。有诗为证：

手采黄花泛酒卮[1]，殷勤先订隔年期。
临歧不忍轻分别，执手依依各泪垂。

且说张元伯到家，参见老母。母曰：“吾儿一去，音信不闻，令我悬望，如饥似渴。”张劭曰：“不孝男于途中遇山阳范巨卿，结为兄弟，以此逗留多时。”母曰：“巨卿何人也?”张劭备述详细。母曰：“功名事皆分定。既逢信义之人结交，甚快我心。”少刻弟归，亦以此事从头说知，各各欢喜。自此张劭在家，再攻书史，以度岁月。光阴迅速，渐近重阳。劭乃预先畜（xù，养禽兽）养肥鸡一只，杜酿浊酒。是日早起，洒扫草堂，中设母座，傍列范巨卿位；遍插菊花于瓶中，焚信香于座上，呼弟宰鸡炊饭，以待巨卿。母曰：“山阳至此，迢递（tiáo dì，遥远）千里，恐巨卿未必应期而至；待其来，杀鸡未迟。”劭曰：“巨卿，信士也，必然今日至矣，安肯误鸡黍之约？入门便见所许之物，足见我之待久。如候巨卿来，而后宰之，不见我惓惓（quán quán，深切思念）之意。”母曰：“吾儿之友，必是端士。”遂烹炰（pēng páo，烧煮熏炙）以待。是日，天晴日朗，万里无云。劭整其衣冠，独立庄门而望。看看近午，不见到来。母恐误了农桑（泛指农业生产，种地与养蚕），令张勤自去田头收割。张劭听得前村犬吠，又往望之，如此六七遭。因看红日西沉，现出半轮新月，母出户令弟唤劭曰：“儿久立倦矣！今日莫非巨卿不来？且自晚膳。”劭谓弟曰：“汝岂知巨卿不至耶？若范兄不至，吾誓不归。汝农劳矣，可自歇

①卮（zhī）：古代盛酒的器皿。

息。”母弟再三劝归，劭终不许。

候至更深，各自歇息。劭倚门如醉如痴，风吹草木之声，莫是范来，皆自惊讶。看见银河耿耿（明亮），玉宇澄澄（像水一样静而清），渐至三更时分，月光都没了。隐隐见黑影中一人随风而至。劭视之，乃巨卿也。再拜踊跃而大喜曰：“小弟自早直候至今，知兄非爽（失去）信也，兄果至矣。旧岁（去年）所约鸡黍之物，备之已久。路远风尘，别不曾有人同来？”便请至草堂，与老母相见。范式并不答话，径入草堂。张劭指座榻曰：“特设此位，专待兄来，兄当高座。”张劭笑容满面，再拜于地曰：“兄既远来，路途劳困，且未可与老母相见，杜酿鸡黍，聊且（暂且）充饥。”言讫又拜。范式僵立不语，但以衫袖反掩其面。劭乃自奔入厨下，取鸡黍并酒，列于面前，再拜以进曰：“酒殽虽微，劭之心也，幸兄勿责。”但见范于影中以手绰（chāo，抓取）其气而不食。劭曰：“兄意莫不怪老母并弟不曾远接，不肯食之？容请母出与同伏罪。”范摇手止之。劭曰：“唤舍弟拜兄，若何（怎么样）？”范亦摇手而止之。劭曰：“兄食鸡黍后进酒，若何？”范蹙（cù，皱）其眉，似教张退后之意。劭曰：“鸡黍不足以奉长者，乃劭当日之约，幸勿见嫌。”范曰：“弟稍退后，吾当尽情诉之。吾非阳世之人，乃阴魂也。”劭大惊曰：“兄何故出此言？”范曰：“自与兄弟相别之后，回家为妻子口腹之累，溺身商贾中。尘世滚滚，岁月匆匆，不觉又是一年。向日鸡黍之约，非不挂心，近被蝇利（比喻微小的利益）所牵，忘其日期。今早邻右送茱萸酒至，方知是重阳。忽记贤弟之约，此心如醉。山阳至此，千里之隔，非一日可到。若不如期，贤弟以我为何物？鸡黍之约，尚自爽信，何况大事乎？寻思无计。常闻古人有云：人不能日行千里，魂能日行千里。遂嘱咐妻子曰：‘吾死之后，且勿下葬，待吾弟张元伯至，方可入土。’嘱罢，自刎而死。魂驾阴风，特来赴鸡黍之约。万望贤弟怜悯愚兄，恕其轻忽之过，鉴其凶暴之诚，不以千里之程，肯为辞亲，到山阳一见吾尸，死亦瞑目无憾矣。”言讫，泪如迸泉，急离坐榻，下阶砌（jiē qì，台阶）。劭乃趋步逐之，不觉忽踏了苍苔，颠倒于地。阴风拂面，不知巨卿所在。有诗为证：

风吹落月夜三更，千里幽魂叙旧盟。
只恨世人多负约，故将一死见平生。

张劭如梦如醉，放声大哭。那哭声惊动母亲并弟，急起视之，见堂上陈列鸡黍酒果，张元伯昏倒于地。用水救醒，扶到堂上，半晌不能言，又哭至死。

母问曰："汝兄巨卿不来，有甚利害？何苦自哭如此！"劭曰："巨卿以鸡黍之约，已死于非命矣。"母曰："何以知之？"劭曰："适间亲见巨卿到来，邀迎入坐，具（准备）鸡黍以迎。但见其不食，再三恳之。巨卿曰：为商贾用心，失忘了日期。今早方醒，恐负所约，遂自刎而死。阴魂千里，特来一见。母可容儿亲到山阳，葬兄之尸，儿明早收拾行李便行。"母哭曰："古人有云：囚人梦赦（释放），渴人梦浆。此是吾儿念念在心，故有此梦警耳。"劭曰："非梦也，儿亲见来，酒食见在，逐之不得，忽然颠倒，岂是梦乎？巨卿乃诚信之士，岂妄报耶！"弟曰："此未可信。如有人到山阳去，当问其虚实。"劭曰："人禀天地而生，天地有五行，金、木、水、火、土，人则有五常，仁、义、礼、智、信以配之，惟信非同小可。仁所以配木，取其生意也；义所以配金，取其刚断也；礼所以配水，取其谦下也。智所以配火，取其明达也；信所以配土，取其重厚也。圣人云：'大车无輗（輗，ní，大车辕端与衡接的部分。大车无輗，则难以前进。比喻人若无信，则难以立足于社会），小车无軏（軏，yuè，古代车辕与横木相连接的销钉，小车没有軏就不能行路。也比喻人若无信，则难以立足于社会），其何以行之哉？'又云：'自古皆有死，民无信不立。'巨卿既已为信而死，吾安可不信而不去哉？弟专务农业，足可以奉老母。吾去之后，倍加恭敬；晨昏甘旨（美味的食品），勿使有失。"遂拜辞其母曰："不孝男张劭，今为义兄范巨卿为信义而亡，须当往吊（祭奠死者或对遭到丧事的人家给予慰问）。已再三叮咛张勤，令侍养老母。母须早晚勉强饮食，勿以忧愁，自当善保尊体。劭于国不能尽忠，于家不能尽孝，徒生于天地之间耳。今当辞去，以全大信。"母曰："吾儿去山阳千里之遥，月余便回，何放出不利之语？"劭曰："生如浮沤（水面上的泡沫，因其易生易灭，常比喻变化无常的世事和短暂的生命。沤，ōu），死生之事，旦夕难保。"恸哭而拜。弟曰："勤与兄同去，若何？"元伯曰："母亲无人侍奉，汝当尽力事母，勿令吾忧。"洒泪别弟，背一个小书囊，来早便行。有诗为证：

辞亲别弟到山阳，千里迢迢客梦长。
岂为友朋轻骨肉？只因信义迫中肠。

沿路上饥不择食，寒不思衣。夜宿店舍，虽梦中亦哭。每日早起赶程，恨不得身生两翼。行了数日，到了山阳。问巨卿何处住，径奔至其家门首。见门户锁着，问及邻人。邻人曰："巨卿死已过二七，其妻扶灵柩，往郭（城）外去下葬。送葬之人，尚自未回。"劭问了去处，奔至郭外，望见山林前新筑一

所土墙，墙外有数十人，面面相觑（qù，看），各有惊异之状。劭汗流如雨，走往观之。见一妇人，身披重孝。一子约有十七八岁，伏棺而哭。元伯大叫曰："此处莫非范巨卿灵柩乎？"其妇曰："来者莫非张元伯乎？"张曰："张劭自来不曾到此，何以知名姓耶？"妇泣曰："此夫主再三之遗言也。夫主范巨卿，自洛阳回，常谈贤叔盛德。前者重阳日，夫主忽举止失措（举动慌乱失常，不知道该怎么办才好）。对妾曰：'我失却元伯之大信，徒生何益！常闻人不能行千里，吾宁死，不敢有误鸡黍之约。死后且不可葬，待元伯来见我尸，方可入土。'今日已及二七，人劝云：'元伯不知何日得来，先葬讫，后报知未晚。'因此扶柩到此。众人拽棺入金井（墓穴），并不能动，因此停住坟前，众都惊怪。见叔叔远来如此慌速，必然是也。"元伯乃哭倒于地。妇亦大恸，送殡之人，无不下泪。

元伯于囊中取钱，令买祭物，香烛纸帛，陈列于前，取出祭文，酹（lèi，把酒洒在地上表示祭奠）酒再拜，号泣而读。文曰：

"维某年月日，契弟张劭，谨以炙鸡絮酒（用一只鸡和棉絮渍酒祭奠。指悼念故人，祭品虽薄而情意很深），致祭于仁兄巨卿范君之灵曰：於维巨卿，气贯虹霓，义高云汉。幸倾盖（指途中相遇，停车交谈，双方车盖往一起倾斜。形容一见如故）于穷途，缔盍簪（hé zān，朋友聚会）于荒店。黄花（菊花）九日，肝膈相盟；青剑三秋，头颅可断。堪怜月下凄凉，恍似日间眷恋。弟今辞母，来寻碧水青松；兄亦嘱妻，伫望素车白练。故友那堪死别，谁将金石盟寒？丈夫（男人）自是生轻，欲把昆吾锷按。历千古而不磨，期一言之必践。倘灵爽（指神灵）之犹存，料冥途之长伴。呜呼哀哉！尚飨。"

元伯发棺视之，哭声动地。回顾嫂曰："兄为弟亡，岂能独生耶？囊中已具棺椁之费，愿嫂垂怜，不弃鄙贱，将劭葬于兄侧，平生之大幸也。"嫂曰："叔何故出此言也？"勋曰："吾志已决，请勿惊疑。"言讫，掣（chè，抽）佩刀自刎而死。众皆惊愕，为之设祭，具衣棺营葬于巨卿墓中。

本州太守闻知，将此事表奏。明帝怜其信义深重，两生虽不登第，亦可褒赠，以励后人。范巨卿赠山阳伯，张元伯赠汝南伯。墓前建庙，号"信义之祠"，墓号"信义之墓。"旌表（表扬）门间，官给衣粮，以膳其子。巨卿子范纯绶，及第进士，官鸿胪寺卿（古代官署名，制定执行朝贺庆吊礼节的官员）。至今山阳古迹犹存，题咏极多。惟有无名氏《踏莎行》一词最好，词云：

千里途遥，隔年期远，片言相许心无变。宁将信义托游魂，堂中鸡黍空劳劝。

月暗灯昏，泪痕如线，死生虽隔情何限。灵輀[①]若候故人来，黄泉一笑重相见。

①灵輀（ér）：丧车。

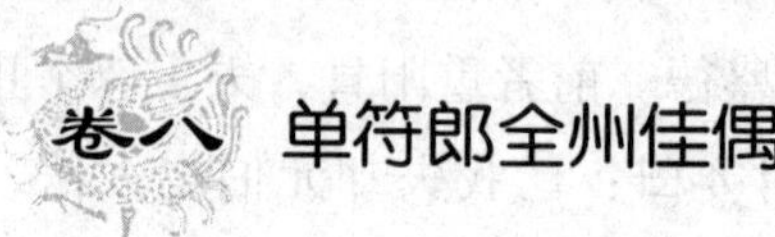

卷八 单符郎全州佳偶

郏鄏[①]门开城倚天，周公拮构尚依然。

休言道德无关锁，一闭乾坤八百年。

这首诗，单说西京是帝王之都，左成皋，右渑池，前伊阙，后大河，真个形势无双，繁华第一，宋朝九代建都于此。今日说一桩故事，乃是西京人氏，一个是邢知县，一个是单（shàn）推官。他两个都在孝感坊下，并门而居。两家宅眷，又是嫡亲姊妹，姨丈相称，所以往来甚密。虽为各姓，无异一家。先前，两家未做官时节，姊妹同时怀孕，私下相约道："若生下一男一女，当为婚姻。"后来单家生男，小名符郎，邢家生女，小名春娘。姊妹各对丈夫说通了，从此亲家往来，非止一日。符郎和春娘幼时常在一处游戏，两家都称他为小夫妇。以后渐渐长成，符郎改名飞英，字腾实，进馆读书；春娘深居绣阁。各不相见。

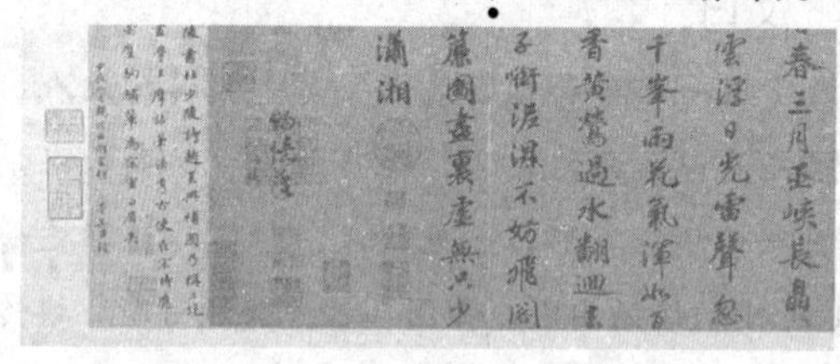

■宋高宗书法作品：宋高宗，名赵构，南宋开国皇帝，赵构政治上昏庸无能，然精于书法。

其时宋徽宗宣和七年，春三月，邢公选（被录用）了邓州顺阳县知县，单公选了扬州府推官，各要挈（qiè，带，领）家上任。相约任满之日，归家成亲。单推官带了夫人和儿子符郎，自往扬州去做官不题。却说邢知县到了邓州顺阳县，未及半载，值金鞑子分道入寇（侵）。金将斡离不攻破了顺阳，邢知县一门遇害。春娘年十二岁，为乱兵所掠，转卖在全州乐户（旧时官妓的别称）杨家，得钱十七千而去。春娘从小读过经书及唐诗若干首，颇通文墨，尤善应对。鸨（bǎo）母爱之如宝，改名杨玉，教以乐器及歌舞，无不精绝。正是：

三千粉黛输颜色，十二朱楼让舞歌。

①郏鄏（jiá rǔ）：周朝东都。故地在今河南省洛阳市。

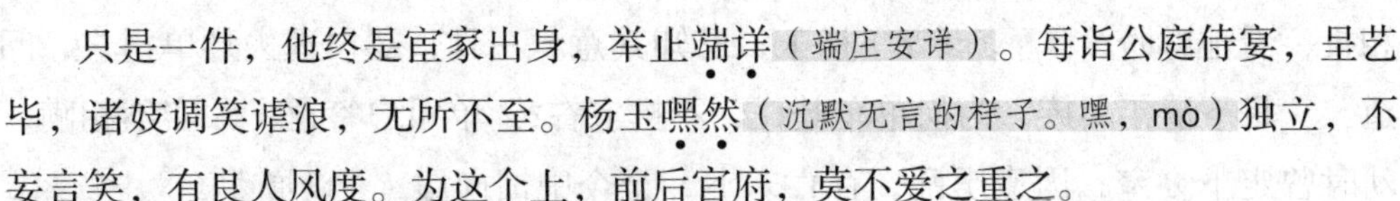

只是一件，他终是宦家出身，举止端详（端庄安详）。每诣公庭侍宴，呈艺毕，诸妓调笑谑浪，无所不至。杨玉嘿然（沉默无言的样子。嘿，mò）独立，不妄言笑，有良人风度。为这个上，前后官府，莫不爱之重之。

话分两头。却说单推官在任三年，时金虏陷了汴京，徽宗、钦宗两朝天子，都被他掳去。亏杀吕好问说下了伪帝张邦昌，迎康王嗣统。康王渡江而南，即位于应天府（今南京），是为高宗。高宗惧怕金虏，不敢还西京，乃驾幸扬州。单推官率民兵护驾有功，累迁郎官之职，又随驾至杭州。高宗爱杭州风景，驻跸（皇帝后妃外出，途中暂停小住 。跸，bì）建都，改为临安府。有诗为证：

山外青山楼外楼，西湖歌舞几时休？
暖风熏得游人醉，却把杭州作汴州。

话说西北一路地方，被金虏残害，百姓从高宗南渡者，不计其数，皆散处吴下。闻临安建都，多有搬到杭州入籍安插。单公时在户部，阅看户籍册子，见有一邢祥名字，乃西京人。自思邢知县名祯，此人名祥，敢是同行兄弟？自从游宦以后，邢家全无音耗（音信）相通，正在悬念。乃遣人密访之，果邢知县之弟，号为“四承务”者。急忙请来相见，问其消息。四承务答道：“自邓州破后，传闻家兄举家受祸，未知的否。”因流泪不止，单公亦愀然（忧愁。愀，qiǎo）不乐。念儿子年齿(年龄)已长，意欲别图亲事；犹恐传言未的，媳妇尚在，且待干戈（战争）宁息，再行探听。从此单公与四承务仍认做亲戚，往来不绝。

再说高宗皇帝初即位，改元建炎；过了四年，又改元绍兴。此时绍兴元年，朝廷追叙南渡之功，单飞英受父荫（yìn，封建时代因祖先有勋劳或官职而循例受封、得官），得授全州司户（掌管户籍的官员）。谢恩过了，择日拜别父母起程，往全州到任。时年十八岁，一州官属，只有单司户年少，且是仪容俊秀，见者无不称羡。上任之日，州守设公堂酒会饮，大集声妓。原来宋朝有这个规矩：凡在籍娼户，谓之官妓，官府有公私筵宴，听凭点名唤来祗应（供奉，伺候。祇，zhǐ）。这一日，杨玉也在数内。单司户于众妓中，只看得他上眼，大有眷爱之意。诗曰：

曾绾红绳到处随，佳人才子两相宜。
风流的是张京兆[①]，何日临窗试画眉？

司理姓郑名安，荥（xíng）阳旧族，也是个少年才子。一见单司户，便意气

①张京兆：汉代张敞，曾为京兆尹，人称张京兆，他常给他的妻子画眉。

相投，看他顾盼（眷顾，爱慕）杨玉，已知其意。一日，郑司理去拜单司户，问道："足下清年名族，为何单车赴任，不携宅眷?"单司户答道："实不相瞒，幼时曾定下妻室，因遭虏乱，存亡未卜，至今中馈尚虚（指没有妻子。中馈：古时指妇女在家中主持饮食等事，引申指妻室；虚，空）。"司理笑道："离索（孤独，寂寞）之感，人孰无之？此间歌妓杨玉，颇饶雅致，且作望梅止渴（原意是梅子酸，人想吃梅子就会流涎，因而止渴。后比喻愿望无法实现，用空想安慰自己），何如？"司户初时逊谢不敢，被司理言之再三，说到相知的分际，司户隐瞒不得，只得吐露心腹。司理道："既才子有意佳人，仆当为曲成之耳。"自此每遇宴会，司户见了杨玉，反觉有些避嫌，不敢注目，然心中思慕愈甚。司理有心要玉成其事，但惧怕太守严毅，做不得手脚。如此二年。旧太守任满升去，新太守姓陈，为人忠厚至诚，且与郑司理是同乡故旧。所以郑司理屡次在太守面前，称荐单司户之才品，太守十分敬重。一日，郑司理置酒，专请单司户到私衙清话（闲谈），只点杨玉一名祗候（伺候。祗，zhī）。这一日，比公堂筵宴不同，只有宾主二人，单司户才得饱看杨玉，果然美丽！有词名《忆秦娥》，词云：

香馥馥，樽前有个人如玉。人如玉，翠翘金凤，内家妆束。娇羞惯把眉儿蹙，逢人只唱伤心曲。伤心曲，一声声是怨红愁绿。

郑司理开言道："今日之会，并无他客，勿拘礼法。当开怀畅饮，务取尽欢。"遂斟巨觥（gōng，古代酒器）来劝单司户，杨玉清歌侑酒。酒至半酣，单司户看着杨玉，神魂飘荡，不能自持，假装醉态不饮。郑司理已知其意，便道："且请到书斋散步，再容奉劝。"那书斋是司理自家看书的所在，摆设着书、画、琴、棋，也有些古玩之类。单司户那有心情去看，向竹榻上倒身便睡。郑司理道："既然仁兄困酒，暂请安息片时。"忙转身而出，却教杨玉斟下香茶一瓯（ōu，杯）送去。单司户素知司理有玉成之美，今番见杨玉独自一个送茶，情知是放松了。忙起身把门掩上，双手抱住杨玉求欢。杨玉佯推不允，单司户道："相慕小娘子，已非一日，难得今番机会。司理公平昔见爱，就使知觉，必不嗔怪。"杨玉也识破三分关窍，不敢固却，只得顺情。两个遂在榻上草草的云雨一场。有诗为证：

相慕相怜二载余，今朝且喜两情舒。
虽然未得通宵乐，犹胜阳台梦是虚。

单司户私问杨玉道："你虽然才艺出色，偏觉雅致，不似青楼习气，必是一个名公苗裔（后代）。今日休要瞒我，可从实说与我知道，果是何人？"杨玉

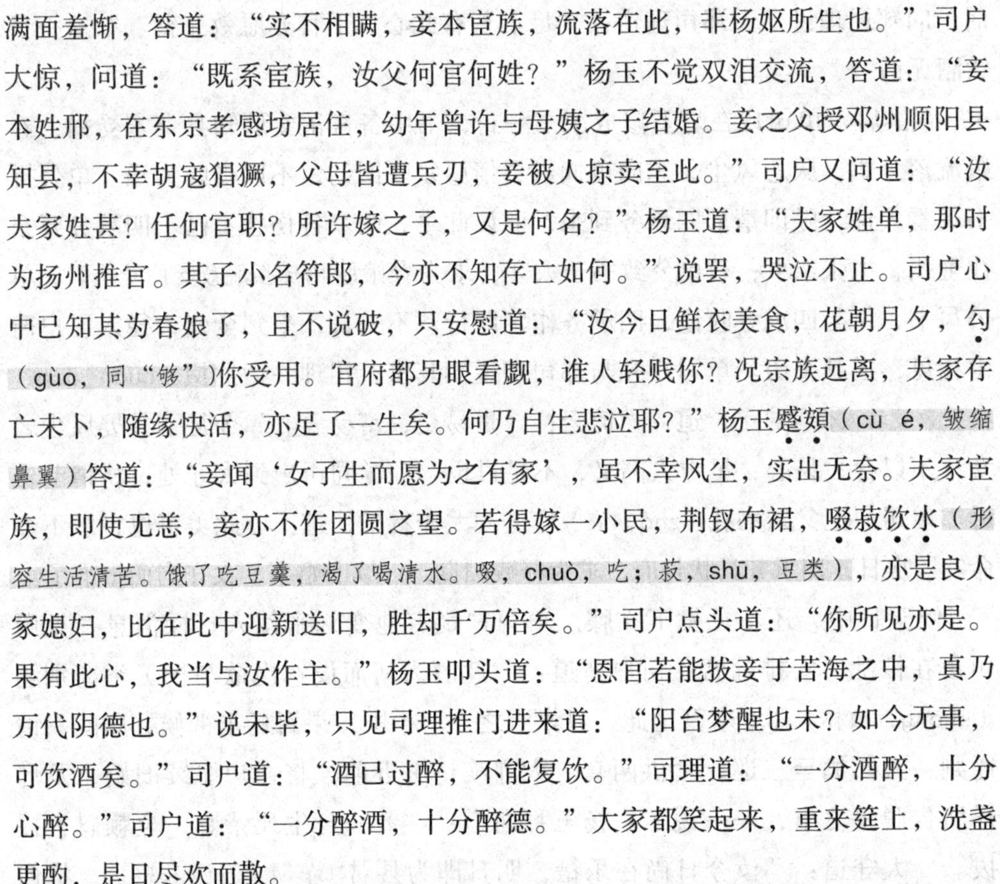

满面羞惭，答道："实不相瞒，妾本宦族，流落在此，非杨妪所生也。"司户大惊，问道："既系宦族，汝父何官何姓？"杨玉不觉双泪交流，答道："妾本姓邢，在东京孝感坊居住，幼年曾许与母姨之子结婚。妾之父授邓州顺阳县知县，不幸胡寇猖獗，父母皆遭兵刃，妾被人掠卖至此。"司户又问道："汝夫家姓甚？任何官职？所许嫁之子，又是何名？"杨玉道："夫家姓单，那时为扬州推官。其子小名符郎，今亦不知存亡如何。"说罢，哭泣不止。司户心中已知其为春娘了，且不说破，只安慰道："汝今日鲜衣美食，花朝月夕，勾（gòu，同"够"）你受用。官府都另眼看觑，谁人轻贱你？况宗族远离，夫家存亡未卜，随缘快活，亦足了一生矣。何乃自生悲泣耶？"杨玉蹙頞（cù é，皱缩鼻翼）答道："妾闻'女子生而愿为之有家'，虽不幸风尘，实出无奈。夫家宦族，即使无恙，妾亦不作团圆之望。若得嫁一小民，荆钗布裙，啜菽饮水（形容生活清苦。饿了吃豆羹，渴了喝清水。啜，chuò，吃；菽，shū，豆类），亦是良人家媳妇，比在此中迎新送旧，胜却千万倍矣。"司户点头道："你所见亦是。果有此心，我当与汝作主。"杨玉叩头道："恩官若能拔妾于苦海之中，真乃万代阴德也。"说未毕，只见司理推门进来道："阳台梦醒也未？如今无事，可饮酒矣。"司户道："酒已过醉，不能复饮。"司理道："一分酒醉，十分心醉。"司户道："一分醉酒，十分醉德。"大家都笑起来，重来筵上，洗盏更酌，是日尽欢而散。

过了数日，单司户置酒，专请郑司理答席，也唤杨玉一名答应（伺候）。杨玉先到，单司户不复与狎昵（xiá nì，指过于亲近而态度不庄重），遂正色问曰："汝前日有言，为小民妇亦所甘心。我今丧偶，未有正室，汝肯相随我乎？"杨玉含泪答道："枳棘（zhǐ jí，枳木与棘木。因其多刺用来比喻艰难险恶的环境）岂堪凤凰所栖，若恩官可怜，得蒙收录，使得备巾栉（手巾和梳篦。泛指盥洗用具。古代以服侍夫君饮食起居为妻子本分，故引申为妻子的谦称）之列，丰衣足食，不用送往迎来，固妾所愿也。但恐他日新孺人（对妇人的尊称）性严，不能相容，然妾自当含忍，万一征色发声（表现在脸色上，吐露在言辞中），妾情愿持斋（遵行戒律不吃荤食）佞佛（取悦佛祖），终身独宿，以报恩官之德耳。"司户闻言，不觉惨然，方知其厌恶风尘，出于至诚，非诳语（欺骗的迷惑人的话。诳，kuáng）也。

少停，郑司理到来，见杨玉泪痕未干，戏道："古人云乐极生悲，信有之乎？"杨玉敛容答道："忧从中来，不可断绝耳！"单司户将杨玉立志从良说

话，向郑司理说了。郑司理道："足下若有此心，下官亦愿效一臂。"这一日饮酒无话。

席散后，单司户在灯下修成家书一封，书中备言岳丈邢知县全家受祸，春娘流落为娼，厌恶风尘，志向可悯。男情愿复联旧约，不以良贱为嫌。单公拆书观看大惊，随即请邢四承务到来，商议此事，两家各伤感不已。四承务要亲往全州，主张亲事；教单公致书于太守，求为春娘脱籍（摆脱妓女的身份）。单公写书，付与四承务收讫，四承务作别而行。不一日，来到全州，径入司户衙中相见，道其来历。单司户先与郑司理说知其事，司理一力撺掇（cuān duo，在一旁鼓动人做某事），道："谚云：'贵易交，富易妻。'今足下甘娶风尘之女，不以存亡易心，虽古人高义，不足过也。"遂同司户到太守处，将情节告诉。单司户把父亲书札（zhá，信）呈上。太守看了，道："此美事也，敢不奉命？"次日，四承务具状告府，求为释贱归良，以续旧婚事，太守当面批准了。

候至日中，还不见发下文牒。单司户疑有他变，密使人打探消息。见厨司正在忙乱，安排筵席。司户猜道："此酒为何而设？岂欲与杨玉举离别觞（shāng，酒杯）耶？事已至此，只索听之。"少顷，果召杨玉祇候，席间只请通判一人。酒至三巡，食供两套。太守唤杨玉近前，将司户愿续旧婚，及邢祥所告脱籍之事，一一说了。杨玉拜谢道："妾一身生死荣辱，全赖恩官提拔。"太守道："汝今日尚在乐籍，明日即为县君（官员妻子的称呼），将何以报我之德？"杨玉答道："恩官拔人于火宅之中，阴德如山，妾惟有日夕吁天，愿恩官子孙富贵而已。"太守叹道："丽色佳音，不可复得。"不觉前起抱持杨玉，说道："汝必有以报我。"那通判是个正直之人，见太守发狂，便离席起立，正色发作道："既司户有宿约，便是孺人，我等俱有同僚叔嫂之谊。君子进退当以礼，不可苟且，以伤雅道。"太守踧踖（cù jí，恭敬而不安的样子）谢（致歉）道："老夫不能忘情，非判府之言，不知其为过也。今得罪于司户，当谢过以质耳。"乃令杨玉入内宅，与自己女眷相见。却教人召司理、司户二人到后堂同席，直吃到天明方散。

太守也不进衙，径坐早堂，便下文书与杨家翁媪，教除去杨玉名字。杨翁、杨媪出其不意，号哭而来，拜着太守，诉道："养女十余年，费尽心力。今既蒙明判，不敢抗拒。但愿一见而别，亦所甘心。"太守遣人传语杨玉。杨玉立在后堂，隔屏对翁、妪说道："我夫妻重会，也是好事！我虽承汝十年抚养之恩，然所得金帛已多，亦足为汝养老之计。从此永诀，休得相念。"妪兀自号哭不止，太守喝退了杨翁、杨妪。当时差州司人从，自宅堂中抬出杨玉，径送至司户衙中；取出私财十万钱，权佐资奁（嫁妆。奁，lián）之费。司户再三推辞，太守定教受了。是日，郑司理为媒，四承务为主婚，如法成亲，做起洞房花烛。有诗为证：

风流司户心如渴，文雅娇娘意似狂。
今夜官衙寻旧约，不教人话负心郎。

次日，太守同一府官员都来庆贺，司户置酒相待。四承务自归临安，回复单公去讫。司户夫妻相爱，自不必说。

光阴似箭，不觉三年任满。春娘对司户说道："妾失身风尘，亦荷（承蒙）翁妪爱育，其他姊妹中相处，也有情分契厚（交往密切，感情深厚）的。今将远去，终身不复相见。欲具少酒食，与之话别，不识官人肯容否？"司户道："汝之事，合州莫不闻之，何可隐讳？便治酒话别，何碍大体？"春娘乃设筵于会胜寺中，教人请杨翁、杨妪，及旧时同行姊妹相厚者十余人，都来会饮。至期，司户先差人在会胜寺等候众人到齐，方才来禀。杨翁、杨媪先到，以后众妓陆续而来。从人点客已齐，方敢禀知司户，请孺人登舆，仆从如云，前呼后拥。到会胜寺中，与众人相见。略叙寒暄，便上了筵席。饮至数巡，春娘自出席送酒。内中一妓，姓李，名英，原与杨妪家连居，其音乐技艺，皆是春娘教导。常呼春娘为姊，情似同胞，极相敬爱。自从春娘脱籍，李英好生思想，常有郁郁之意。是日，春娘送酒到他面前，李英忽然执春娘之手，说道："姊今超脱污泥之中，高翔青云之上，似妹子沉沦粪土，无有出期，相去不啻（不只，不止。啻，chì）天堂、地狱之隔，姊今何以救我？"说罢，遂放声大哭。春娘不胜凄惨，流泪不止。原来李英有一件出色的本事：第一手好针线，能于暗中缝纫，分际不差。正是：

织发夫人昔擅奇，神针娘子古来稀。
谁人乞得天孙[①]巧？十二楼中一李姬。

春娘道："我司户正少一针线人，吾妹肯来与我作伴否？"李英道："若得阿姊为我方便，得脱此门路，是一段大阴德事。若司户左右要觅针线人，得我为之，素知阿姊心性，强似寻生分人也。"春娘道："虽然如此，但吾妹平日与我同行同辈，今日岂能居我之下乎？"李英道："我在风尘中每自退姊一步，况今日云泥迥（jiǒng，远）隔，又有嫡庶（dí shù，正室与妾）之异，即使

①天孙：织女星。

朝夕奉侍阿姊，比于侍婢，亦所甘心。况敢与阿姊比肩耶?”春娘道：“妹既有此心，奴当与司户商之。”当晚席散，春娘回衙，将李英之事对司户说了。司户笑道：“一之为甚，岂可再乎！”春娘再三撺掇，司户只是不允，春娘闷闷不悦。一连几日，李英遣人以问安奶奶为名，就催促那事。春娘对司户说道：“李家妹情性温雅，针线又是第一，内助得如此人，诚所罕有。且官人能终身不纳姬侍则已，若纳他人，不如纳李家妹，与我少小相处，两不见笑。官人何不向守公求之？万一不从，不过拼一没趣而已，妾亦有词以回绝李氏。倘侥幸相从，岂非全美！”司户被孺人强逼数次，不得已，先去与郑司理说知了，捉了他同去见太守，委曲道其缘故。太守笑道：“君欲一箭射双雕乎？敬当奉命，以赎前此通判所责之罪。”当下太守再下文牒（文书），与李英脱籍，送归司户。司户将太守所赠十万钱一半给与李英，以为赎身之费；一半给与杨妪，以酬其养育之劳。自此春娘与李英姊妹相称，极其和睦。当初单飞英只身上任，今日一妻一妾，又都是才色双全，意外良缘，欢喜无限。后人有诗云：

官舍孤居思黯然，今朝彩线喜双牵。
符郎不念当时旧，邢氏徒怀再世缘。
空手忽擎[①]双块玉，污泥挺出并头莲。
姻缘不论良和贱，婚牒书来五百年。

单司户选吉起程，别了一府官僚，挈带妻妾，还归临安宅院。单飞英率春娘拜见舅姑（公婆），彼此不觉伤感，痛哭了一场。哭罢，飞英又率李英拜见。单公问是何人，飞英述其来历。单公大怒。说道：“吾至亲骨肉，流落失所，理当收拾，此乃万不得已之事。又旁及外人，是何道理？”飞英皇（同“惶”）恐谢罪，单公怒气不息，老夫人从中劝解，遂引去李英于自己房中，要将改嫁。李英那里肯依允，只是苦苦哀求。老夫人见其至诚，且留作伴。过了数日，看见李氏小心婉顺，又爱他一手针线，遂劝单公收留与儿子为妾。单飞英迁授令丞。上司官每闻飞英娶娼之事，皆以为有义气，互相传说，无不加意钦敬，累荐至太常卿（掌宗庙礼仪的官员）。春娘无子，李英生一子，春娘抱之，爱如己出。后读书登第，遂为临安名族。至今青楼传为佳话。有诗为证：

山盟海誓忽更迁，谁向青楼认旧缘？
仁义还收仁义报，宦途无梗子孙贤。

---

①擎（qíng）：举。

卷九 杨八老越国奇逢

君不见平阳公主马前奴（指西汉大将军卫青，卫青曾在平阳侯家做骑奴，后随卫子夫入宫，后因抗击匈奴立有大功，封为大将军。平阳公主主动下嫁卫青），一朝富贵嫁为夫？又不见咸阳东门种瓜者（秦东陵侯召平，秦亡以后，种瓜于长安东青门外），昔日封侯何在也？荣枯贵贱如转丸，风云变幻诚多端。达人知命总度外，傀儡场中一例看。

这篇古风，是说人穷通有命，或先富后贫，先贱后贵，如云踪无定，瞬息改观，不由人意想测度。且如宋朝吕蒙正秀才未遇之时，家道艰难。三日不曾饱餐，天津桥上赊得一瓜，在桥柱上磕之，失手落于桥下。那瓜顺水流去，不得到口。后来状元及第，做到宰相地位，起造落瓜亭，以识（zhì，标志）穷时失意之事。你说做状元宰相的人，命运未至，一瓜也无福消受（享受）。假如落瓜之时，向人说道："此人后来荣贵。"被人做一万个鬼脸，啐（cuì，用力从嘴里吐出来）干了一千担吐沫，也不为过，那个信他？所以说前程如黑漆，暗中摸不出。又如宋朝军卒杨仁杲（gǎo）为丞相丁晋公治第，夏天负土运石，汗流不止，怨叹道："同是一般父母所生，那住房子的，何等安乐？我们替他做工的，何等吃苦？正是：有福之人人伏侍，无福之人伏侍人。"这里杨仁杲口出怨声，却被管工官听得了，一顿皮鞭，打得负痛吞声。不隔数年，丁丞相得罪，贬做崖州司户。那杨仁杲从外戚（皇帝的亲戚，指皇帝的母族、妻族）起家，官至太尉，号为皇亲，朝廷就将丁丞相府第，赐与杨仁杲居住。丁丞相起夫治第，分明是替杨仁杲做个工头。正

■卫青墓：位于今陕西省兴平市，东紧邻霍去病墓。墓为山形。

是：

桑田变沧海，沧海变桑田。
穷通无定准，变换总由天。

闲话休题。则今说一节故事，叫做“杨八老越国奇逢”。那故事，远不出汉、唐，近不出二宋，乃出自胡元之世，陕西西安府地方。这西安府乃《禹贡》雍州之域，周曰王畿（泛指帝京。畿，jī），秦曰关中，汉曰渭南，唐曰关内，宋曰永兴，元曰安西。话说元朝至大年间，一人姓杨名复，八月中秋节生日，小名八老，乃西安府盩厔（zhōu zhì，现为“周至”）县人氏。妻李氏，生子才七岁，头角秀异，天资聪敏，取名世道。夫妻两口儿爱惜，自不必说。

一日，杨八老对李氏商议道：“我年近三旬，读书不就，家事日渐消乏。祖上原在闽、广为商，我欲凑些赀本，买办货物，往漳州商贩，图几分利息，以为赡（shàn，养）家之资，不知娘子意下如何?”李氏道：“妾闻治家以勤俭为本，守株待兔，岂是良图？乘此壮年，正堪跋踄（bá bù，艰辛远行），速整行李，不必迟疑也。”八老道：“虽然如此，只是子幼妻娇，放心不下。”李氏道：“孩儿幸喜长成，妾自能教训，但愿你早去早回。”当日商量已定，择个吉日出行，与妻子分别。带个小厮，叫做随童，出门搭了船只，往东南一路进发。昔人有古风一篇，单道为商的苦处：

人生最苦为行商，抛妻弃子离家乡。
餐风宿水多劳役，披星戴月时奔忙。
水路风波殊未稳，陆程鸡犬惊安寝。
平生豪气顿消磨，歌不发声酒不饮。
少赀利薄多资累，匹夫怀璧将为罪。
偶然小恙卧床帏，乡关万里书谁寄？
一年三载不回程，梦魂颠倒妻孥[①]惊。
灯花忽报行人至，阖门相庆如更生。
男儿远游虽得意，不如骨肉长相聚。
请看江上信天翁，拙守何曾阙生计？

话说杨八老行至漳浦，下在檗（bò）妈妈家，专待收买番禺货物。原来檗妈妈无子，只有一女，年二十三岁，曾赘个女婿，相帮过活。那女婿也死了，已经周年之外，女儿守寡在家。檗妈妈看见杨八老本钱丰厚，且是志诚老实，待人一团和气，十分欢喜，意欲将寡女招赘，以靠终身。八老初时不肯，被檗

① 孥（nú）:子女。

妈妈再三劝道："杨官人，你千乡万里，出外为客，若没有切己的亲戚，那个知疼着热？如今我女儿年纪又小，正好相配官人，做个'两头大'。你归家去有娘子在家，在漳州来时，有我女儿。两边来往，都不寂寞，做生意也是方便顺溜的。老身又不费你大钱大钞，只是单生一女，要他嫁个好人，日后生男育女，连老身门户都有依靠。就是你家中娘子知道时，料也不嗔怪。多少做客的，娼楼妓馆，使钱撒漫（sā màn，抛弃，断送），这还是本分之事。官人须从长计较，休得推阻。"八老见他说得近理，只得允了，择日成亲，入赘于檗家。夫妻和顺，自此无话。不上二月，檗氏怀孕。期年（一年。期，jī）之后，生下一个孩子，合家欢喜。三朝满月，亲戚庆贺，不在话下。

却说杨八老思想故乡妻娇子幼，初意成亲后，一年半载，便要回乡看觑；因是怀了身孕，放心不下，以后生下孩儿，檗氏又不放他动身。光阴似箭，不觉住了三年，孩儿也两周岁了，取名世德，虽然与世道排行，却冒了檗氏的姓，叫做檗世德。杨八老一日对檗氏说，暂回关中，看看妻子便来。檗氏苦留不住，只得听从。八老收拾货物，打点起身。也有放下人头帐（通"账"）目，与随童分头并日（连日）催讨。

八老为讨欠帐，行至州前。只见挂下榜文，上写道"近奉上司明文。倭寇生发，沿海抢劫，各州县地方，须用心巡警，以防冲犯。一应出入，俱要盘诘（盘问。诘，jié）。城门晚开早闭……"等语。

八老读罢，吃了一惊，想道："我方欲动身，不想有此寇警。倘或倭寇早晚来时，闭了城门，知道何日平静？不如趁早走路为上。"也不去讨帐，径回身转来。只说拖欠帐目，急切难取，待再来催讨未迟。闻得路上贼寇生发，货物且不带去；只收拾些细软行装，来日便要起程。檗氏不忍割舍，抱着三岁的孩儿，对丈夫说道："我母亲只为终身无靠，将奴家嫁你，幸喜有这点骨血。你不看奴家面上，须牵挂着小孩子，千万早去早回，勿使我母子悬望（盼望，挂念）。"言讫，不觉双眼流泪。杨八老也命好道："娘子不须挂怀，三载夫妻，恩情不浅，此去也是万不得已，一年半载，便得相逢也。"当晚檗妈妈治杯送行。

次日清晨，杨八老起身梳洗，别了岳母和浑家（古人谦称自己妻子），带了随童上路。未及两日，在路吃了一惊。但见：舟车挤压，男女奔忙。人人胆丧，尽愁海寇恁猖狂；个个心惊，只恨官兵无备御。扶幼携老，难禁两脚奔波；弃子抛妻，单为一身逃命。不辨贫穷富贵，急难中总则（总归，总是）一

般；那管城市山林，藏身处只求片地。正是：

宁为太平犬，莫作乱离人。

杨八老看见乡村百姓，纷纷攘攘，都来城中逃难，传说倭寇一路放火杀人，官军不能禁御，声息至近，唬得八老魂不附体。进退两难，思量无计，只得随众奔走，且到汀州城里，再作区处（谋划）。

又走了两个时辰，约离城三里之地，忽听得喊声震地，后面百姓们都号哭起来，却是倭寇杀来了。众人先唬得脚软，奔跑不动。杨八老望见傍边一座林子，向刺斜里便走，也有许多人随他去林丛中躲避。谁知倭寇有智，惯是四散埋伏。林子内先是一个倭子跳将出来，众人欺他单身，正待一齐奋勇敌他。只见那倭子，把海叵罗（海螺。军队中用作号角）吹了一声，吹得呜呜的响，四围许多倭贼，一个个舞着长刀，跳跃而来，正不知那里来的。

有几个粗莽汉子，平昔间有些手脚的，拚着性命，将手中器械，上前迎敌。犹如火中投雪，风里扬尘，被倭贼一刀一个，分明砍瓜切菜一般。唬得众人一齐下跪，口中只叫饶命。

原来倭寇逢着中国之人，也不尽数杀戮。掳得妇女，恣意奸淫，弄得不耐烦了，活活的放了他去。也有有情的倭子，一般私有所赠。只是这妇女虽得了性命，一世被人笑话了。其男子但是老弱，便加杀害；若是强壮的，就把来剃了头发，抹上油漆，假充倭子。每遇厮杀，便推他去当头阵。官军只要杀得一颗首级，便好领赏，平昔百姓中秃发鬎鬁（là lì，癣，皮肤病），尚然被他割头请功，况且见在战阵上拿住，那管真假，定然不饶的。这些剃头的假倭子，自知左右是死，索性靠着倭势，还有捱过几日之理，所以一般行凶出力。那些真倭子，只等假倭挡过头阵，自己却尾其后而出，所以官军屡堕（毁坏）其计，不能取胜。昔人有诗单道着倭寇行兵之法，诗云：

倭阵不喧哗，纷纷正带斜。
螺声飞蛱蝶，鱼贯走长蛇。
扇散全无影，刀来一片花。
更兼真伪混，驾祸扰中华。

杨八老和一群百姓们，都被倭奴擒了，好似瓮中之鳖，釜中之鱼，没处躲闪，只得随顺，以图苟活。随童已不见了，正不知他生死如何。到此地位，自身管不得，何暇顾他人？莫说八老心中愁闷，且说众倭奴在乡村劫掠得许多金宝，心满意足。闻得元朝大军将到，抢了许多船只，驱了所掳人口下船，一齐

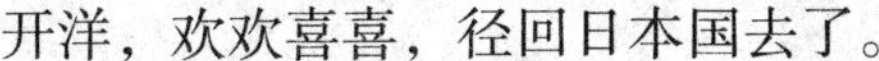
开洋，欢欢喜喜，径回日本国去了。

原来倭奴入寇，国王多有不知者，乃是各岛穷民，合伙泛海，如中国贼盗之类，彼处只如做买卖一般。其出掠亦各分部统，自称大王之号。到回去，仍复隐讳了。劫掠得金帛，均分受用，亦有将十分中一二分，献与本岛头目，互相容隐。如被中国人杀了，只作做买卖折本一般。所掳得壮健男子，留作奴仆使唤，剃了头，赤了两脚，与本国一般模样，给与刀仗，教他跳战之法。中国人惧怕，不敢不从。过了一年半载，水土习服，学起倭话来，竟与真倭无异了。

光阴似箭，这杨八老在日本国，不觉住了一十九年。每夜私自对天拜祷："愿神明护佑我杨复再转家乡，重会妻子。"如此寒暑无间。有诗为证：

异国飘零十九年，乡关魂梦已茫然。
苏卿[1]困虏旌俱脱，洪皓[2]留金雪满颠。
彼为中朝甘守节，我成俘虏获何愆[3]？
首丘[4]无计伤心切，夜夜虔诚祷上天。

话说元泰定年间，日本国年岁荒歉（荒年歉收），众倭纠伙，又来入寇，也带杨八老同行。八老心中一则以喜，一则以忧。所喜者，乘此机会，到得中国。陕西、福建二处，俱有亲属，皇天护佑，万一有骨肉重逢之日，再得团圆，也未可知。所忧者，此身全是倭奴形象，便是自家照着镜子，也吃一惊，他人如何认得？况且刀枪无情，此去多凶少吉，枉送了性命。只是一说，宁作故乡之鬼，不愿为夷国之人。天天（老天爷）可怜，这番飘洋，只愿在陕、闽两处便好，若在他方也是枉然。

原来倭寇飘洋，也有个天数，听凭风势：若是北风，便犯（侵犯）广东一路；若是东风，便犯福建一路；若是东北风，便犯温州一路；若是东南风，便犯淮扬一路。此时二月天气，众倭登船离岸，正值东北风大盛，一连数日，吹个不住，径飘向温州一路而来。那时元朝承平（太平）日久，沿海备御（防御）俱疏，就有几只船，几百老弱军士，都不堪拒战，望风逃走。众倭公然登岸，少不得放火杀人。杨八老虽然心中不愿，也不免随行逐队。这一番自二月至八月，官军连败了数阵，抢了几个市镇，转掠宁绍，又到馀杭，其凶暴不可尽述。各府州县写了告急表章，申奏朝廷。旨下兵部，差平江路普

①苏卿：苏武，字子卿，中国西汉大臣。奉武帝之命出使匈奴，被扣留。匈奴贵族多次威胁利诱，欲使其投降，但十九年持节不屈。②洪皓：建炎三年，假称礼部尚书出使金。金逼其做官，坚拒不屈，被流放冷山，居雪窖中，被扣留十五年。③愆（qiān）：罪。④首丘：狐死首丘，传说狐狸将死时，头必朝向出生的山丘。比喻不忘本，也比喻暮年思念故乡。

花元帅领兵征剿。

这普花元帅足智多谋，又手下多有精兵良将，奉命克日（约定日期）兴师，大刀阔斧，杀奔浙江路上来。前哨（军队驻扎时向敌人方向派出的警戒部队）打探倭寇占住清水闸为穴，普花元帅约会浙中兵马，水陆并进。那倭寇平素轻视官军，不以为意（不放在心上）。谁知普花元帅手下有十个统军，都有万夫不当之勇，军中多带火器，四面埋伏。一等倭贼战酣之际，埋伏都起，火器一齐发作，杀得他走投没路，大败亏输，斩首千余级，活捉二百余人，其抢船逃命者，又被水路官兵截杀，也多有落水死者。普花元帅得胜，赏了三军。犹恐余倭未尽，遣兵四下搜获。真个是：

饶伊凶暴如狼虎，恶贯盈时定受殃。

话分两头。却说清水闸上有顺济庙，其神姓冯名俊，钱塘人氏。年十六岁时，梦见玉帝遣天神传命割开其腹，换去五脏六腑，醒来犹觉腹痛。从幼失学，未曾知书，自此忽然开悟，无书不晓，下笔成文，又能预知将来祸福之事。忽一日，卧于家中，叫唤不起，良久方醒。自言适（刚）在东海龙王处赴宴，被他劝酒过醉。家人不信，及呕吐出来都是海错异味，目所未睹，方知真实。到三十六岁，忽对人说："玉帝命我为江涛之神，三日后，必当赴任。"至期无疾而终。是日，江中波涛大作，行舟将覆，忽见朱旛（同"幡"，旗帜）皂盖，白马红缨，簇拥一神，现形云端间，口中叱咤之声。俄顷，波恬浪息。问之土人，其形貌乃冯俊也。于是就其所居，立庙祠之，赐名顺济庙。绍定年间，累封英烈王之号。其神大有灵应。

倭寇占住清水闸时，杨八老私向庙中祈祷，问筶（掷杯以卜吉凶。筶，gào）得个大吉之兆，心中暗喜。与先年一般同被掳去的，共十三人约会，大兵到时，出首投降，又怕官军不分真假，拿去请功，狐疑不决。

到这八月二十八日，倭寇大败，杨八老与十二个人，俱潜躲在顺济庙中，不敢出头。正在两难，急听得庙外喊声大举，乃是老王千户，名唤王国雄，引着官军入来搜庙。一十三人尽被活捉，捆缚做一团儿，吊在廊下。众人口称冤枉，都说不是真倭，那里睬他。此时天色已晚，老王千户权就庙中歇宿，打点明早解官请功。

事有凑巧，老王千户带个贴身伏侍的家人，叫做王兴，夜间起来出恭，闻得廊下哀号之声，其中有一个像关中声音，好生奇异。悄地点个灯去，打一看，看到杨八老面貌，有些疑惑，问道："你们既说不是真倭，是那里人氏？

如何入了倭贼伙内，又是一般形貌？”杨八老诉道：“众人都是闽中百姓，只我是安西府盩厔县人。十九年前在漳浦做客，被倭寇掳去，髡头（kūn，剃去头发）跣足（赤脚。跣，xiǎn），受了万般辛苦。众人是同时被难的。今番来到此地，便想要自行出首。其奈形状怪异，不遇个相识之人，恐不相信，因此狐疑不决。幸天兵得胜，倭贼败亡，我等指望重见天日，不期老将军不行细审，一概捆吊，明日解到军门，性命不保。”说罢，众人都哭起来。王兴忙摇手道：“不可高声啼哭，恐惊醒了老将军，反为不美。则你这安西府汉子，姓甚名谁？”杨八老道：“我姓杨名复，小名八老。长官也带些关中语音，莫非同郡人么？”

王兴听说，吃了一惊：“原来你就是我旧主人！可记得随童么？小人就是。”杨八老道：“怎不记得！只是须眉非旧，端的对面不相认了。自当初在闽中分散，如何却在此处？”王兴道：“且莫细谈，明早老将军起身发解（起解）时，我站在旁边，你只看着我，唤我名字起来，小人自来与你分解（分辩，解释）。”说罢，提了灯自去了。众人都向八老问其缘故，八老略说一二，莫不欢喜。正是：

死中得活因灾退，绝处逢生遇救来。

原来随童跟着杨八老之时，才一十九岁，如今又加十九年，是三十八岁人了，急切如何认得？当先与主人分散，躲在茅厕中，侥幸不曾被倭贼所掠。那时老王千户还是百户（百户为百夫之长）之职，在彼领兵。偶然遇见，见他伶俐，问其来历，收在身边伏侍，就便许他访问主人消息，谁知杳无音信。后来老王百户有功，升了千户（千夫之长，隶属于万户），改调浙中地方做官。随童改名王兴，做了身边一个得力的家人。也是杨八老命不当尽，禄不当终，否极泰来（指坏运到了头好运就来了。否，pǐ，不顺利；泰，顺利；极，尽头），天教他主仆相逢。

闲话休题。却说老王千户次早点齐人众，解下一十三名倭犯，要解往军门请功。正待起身，忽见倭犯中一人，看定王兴，高声叫道：“随童，我是你旧主人，可来救我！”王兴假意认了一认，两下抱头而哭。因事体年远，老王千户也忘其所以了，忙唤王兴，问其缘故。王兴一一诉说：“此乃小人十九年前失散之主人也。彼时寻觅不见，不意被倭贼掳去。小人看他面貌有些相似，正在疑惑，谁想他到认得小人，唤起小人的旧名。望恩主辨其冤情，释放我旧主人。小人便死在阶前，瞑目无怨。”说罢，放声大哭。众倭犯都一齐声冤起来，各道家乡姓氏，情节相似。老王千户道："既有此冤情，我也不敢自专(自作主张)，解在帅府，教他自行分辨。"王兴道："求恩主将小人一齐解去，好做对证。"老王千户起初不允，被王兴哀求不过，只得允了。

当日将一十三名倭犯，连王兴解到帅府。普花元帅道："既是倭犯，便行斩首。"那一十三名倭犯，一个个高声叫冤起来，内中王兴也叫冤枉。王国雄便跪下去，将王兴所言事情，禀了一遍。普花元帅准信，就教王国雄押着一干倭犯，并王兴发到绍兴郡丞杨世道处，审明回报。

故元时节，郡丞即如今通判之职，却只下太守一肩，与太守同理府事，最有权柄。那日，郡丞杨公升厅理事，甚是齐整。怎见得？有诗为证：

吏书站立如泥塑，军卒分开似木雕。

随你凶人奸似鬼，公庭刑法不相饶。

老王千户奉帅府之命，亲押一十三名倭犯到杨郡丞厅前，相见已毕，备言来历。杨公送出厅门，复归公座。先是王兴开口诉冤，那一班倭犯哀声动地。杨公问了王兴口词，先唤杨八老来审。杨八老将姓名家乡备细（详细）说了。杨郡丞问道："既是盩厔县人，你妻族何姓？有子无子？"杨八老道："妻族东村李氏，止生一子，取名世道。小人到漳浦为商之时，孩儿年方七岁。在漳浦住了三年，就陷身倭国，经今又十九年。自从离家之后，音耗（音信）不通，妻子不知死亡。若是孩儿抚养得长大，算来该二十九岁了。老爷不信时，移文到盩厔（zhōu zhì，现为"周至"）县中，将三党亲族姓名，一一对验，小人之冤可白矣。"再问王兴，所言皆同。众人只齐声叫冤。杨公一一细审，都是闽中百姓，同时被掳的。杨公沉吟半晌，喝道："权且收监，待行文本处查明来历，方好释放。"

当下散堂，回衙见了母亲杨老夫人，口称怪事不绝。老夫人问道："孩儿今日问何公事？口称怪异，何也？"杨公道："有王千户解到倭犯一十三名，说起来都是我中国百姓，被倭奴掳去的，是个假倭，不是真倭。内中一人，姓杨名复，乃关中盩庢县人氏。他说二十一年前，别妻李氏，往漳浦经商。三年之后，遭倭寇作乱，掳他到倭国去了。与妻临别之时，有儿年方七岁，到今算该二十九岁了。母亲常说孩儿七岁时，父亲往漳州为商，一去不回。他家乡姓名正与父亲相同，其妻子姓名，又分毫不异。孩儿今年正二十九岁，世上不信有此相合之事。况且王千户有个家人王兴，一口认定是他旧主。那王兴说旧名随童，在漳浦乱军分散，又与我爷旧仆同名，所以称怪。"老夫人也不觉称道："怪事，怪事！世上相同的事也颇有，不信件件皆合，事有可疑。你明日再行吊审（提取审问），我在屏后窃听，是非顷刻可决。"

杨世道领命，次日重唤取一十三名倭犯，再行细鞫（jū，审问犯人），其言与昨无二。老夫人在屏后大叫道："杨世道我儿！不须再问，则这个盩厔县人，正是你父亲！那王兴端的是随童了。"惊得郡丞杨世道手脚不迭，一跌跌下公座来，抱了杨八老放声大哭，请归后堂，王兴也随进来。当下母子夫妻三口，抱头而哭，分明是梦里相逢一般。则这随童也哭做一堆。哭了一个不耐烦，方才拜见父亲。随童也来磕头，认旧时主人、主母。

杨八老对儿子道："我在倭国，夜夜对天祷告，只愿再转家乡，重会妻子。今日皇天可怜，果遂所愿。且喜孩儿荣贵，万千之喜。只是那一十二人，都是闽中百姓，与我同时被掳的，实出无奈。吾儿速与昭雪，不可偏枯（偏于一方面，照顾不均），使他怨望。"杨世道领了父亲言语，便把一十二人尽行开放，又各赠回乡路费三两，众人谢恩不尽。一面分付书吏写下文书，申覆帅府；一面安排做庆贺筵席。衙内整备香汤，伏侍八老沐浴过了，通身换了新衣，顶冠束带。杨世道娶得夫人张氏，出来拜见公公。一门骨肉团圆，欢喜无限。

这一事闹遍了绍兴府前。本府檗太守听说杨郡丞认了父亲，备下羊酒，特往称贺，定要请杨太公相见。杨复只得出来，见了檗公，叙礼已毕，分宾而坐。檗太守欣羡不已。杨郡丞置酒留款。饮酒中间，檗太守问杨太公何由久客闽中，以致此祸。杨八老答道："初意一年半载便欲还乡，何期下在檗家，他家适有寡女，年二十三岁，正欲招夫帮家过活。老夫入赘彼家，以此淹留（滞留）三载。"檗公问道："在彼三年，曾有生育否？"八老答道："因是檗家怀孕，生下一儿，两不相舍，不然也回去久矣。"檗公又问道："所生令郎可曾取名？"八老不知太守姓名，便随口应道："因是本县小儿取名世道，那檗氏所生就取名檗世德，要见两姓兄弟之意。算来檗氏所生之子，今年也该二十二岁了，不知他母子存亡下落。"说罢，下泪如雨。檗太守也不尽欢。又饮了数杯，作别回去，与母亲檗老夫人说知如此如此："他说在漳浦所娶檗家，与母亲同姓，年庚不差，莫非此人就是我父亲？"檗老夫人道："你明日备个筵席，请他赴宴，待我屏后窥之，便见端的。"

次日，杨八老具个通家名帖，来答拜檗公，檗公也置酒留款。檗老夫人在屏后偷看，那时八老衣冠济楚（整齐清洁），又不似先前倭贼样子，一发容易认了。檗老夫人听不多几句言语，便大叫道："我儿檗世德，快请你父亲进衙相见！”杨八老出自意外，倒吃了一惊。檗太守慌忙跪下道：“孩儿不识亲颜，乞恕不孝之罪。”请到私衙，与檗老夫人相见，抱头而哭，与杨郡丞衙中无异。

正叙话间，杨郡丞遣随童到太守衙中，迎接父亲。听说太守也认了父亲，随童大惊，撞入私衙，见了檗老夫人，磕头相见。檗老夫人问起，方知就是随童。此时随童才叙出失散之后，遇了王百户始末根由。阖（全）门欢喜无限，檗太守娶妻蒋氏，也来拜见公公。檗公命重整筵席，请杨郡丞到来，备细说明。一守一丞，到此方认做的亲兄弟。当日连杨衙小夫人张氏都请过来，做个合家欢筵席，这一场欢喜非小。分明是：

苦尽生甘，否极遇泰。丰城之剑再合（丰城县令雷焕使张华挖狱基时，挖到一只石匣，匣内藏有龙泉、太阿两把宝剑，两人各持其一。张华被杀后，失掉宝剑。后雷焕持剑过延平津，剑入水化龙而去，仅留剑匣在人间），合浦之珠复回（东汉时，合浦郡沿海产的珍珠誉满海内外，人们称它为“合浦珠”。当地百姓都以采珠为生。采珠的收益很高，一些官吏就乘机贪赃枉法，巧立名目盘剥珠民。他们不顾珠蚌的生长规律，一味地叫珠民捕捞。结果，珠蚌逐渐迁移到邻近的交趾郡内，不少人因此而饿死。汉顺帝刘保派孟尝当合浦太守。孟尝到任后革除弊端，不准滥捕乱采。不到一年，珠蚌又繁衍起来，合浦又成了盛产珍珠的地方）。高年学究（年龄大的读书人），忽然及第连科；乞食贫儿，蓦地发财掘藏。寡妇得夫花发蕊，孤儿遇父草行根。喜胜他乡遇故知，欢如久旱逢甘雨。两叶浮萍归大海，人生何处不相逢？

杨八老在日本国受了一十九年辛苦，谁知前妻李氏所生孩儿杨世道，后妻檗氏所生孩儿檗世德，长大成人，中同年进士，又同选在绍兴一郡为官。今日天遣相逢，在枷锁中脱出性命，就认了两位夫人，两个贵子，真是古今罕有。第三日阖郡官员尽知奇事，都来贺喜。老王千户也来称贺，已知王兴是杨家旧仆，不相争执。王兴已娶有老婆，在老王千户家。老王千户奉承檗太守、杨郡丞，疾忙差人送王兴妻子到于府中完聚。檗太守和杨郡丞一齐备个文书，到普花元帅处，述其认父始末。普花元帅奏表朝廷，一门封赠。檗世德复姓归宗，仍叫杨世德。八老在任上安享荣华，寿登耄耋而终。此乃是死生有命，富贵在天，荣枯得失，尽是八字安排，不可强求。有诗为证：

才离地狱忽登天，二子双妻富贵全。

命里有时终自有，人生何必苦埋怨？

卷十 杨谦之客舫遇侠僧

宝剑长琴四海游，浩歌自是恣风流。

丈夫莫道无知己，明月豪僧是客舟。

杨益，字谦之，浙江永嘉人也。自幼倜傥（tì tǎng，洒脱，不拘束）有大节，不拘细行。博学雄文，授贵州安庄县令。安庄县地接岭表，南通巴蜀，蛮獠错杂，人好蛊毒（用毒虫残害人。蛊，gǔ）战斗（争斗），不知礼义文字，事鬼信神，俗尚妖法，产多金银珠翠珍宝。原来宋朝制度，外官辞朝，皇帝临轩亲问，臣工各献诗章，以此卜为政能否。建炎二年丁卯三月，杨益承旨辞朝，高宗皇帝问杨益曰："卿为何官?"杨益奏曰："臣授贵州安庄县知县。"帝曰："卿亦询访安庄风景乎？"杨益有诗一首献上，诗云：

"蛮烟寥落在东风，万里天涯迢递中。

人语殊方相识少，鸟声睍睆[1]听来同。

桄榔[2]连碧迷征路，象郡南天绝便鸿[3]。

自愧年来无寸补，还将礼乐俟元功[4]。"

高宗听奏是诗，首肯久之，恻然心动，曰："卿处殊方（极远的地方），诚（确实）为可悯。暂去摄理(代理)，不久取卿回用也。"

杨益挥泪拜辞，出到朝外，遇见镇抚使郭仲威。二人揖毕，仲威曰："闻君荣任安庄，如何是好？"杨益道："蛮烟瘴疫，九死一生，欲待不去，奈日暮途穷（天已晚了，路已走到了尽头。比喻处境十分困难，到了末日），去时必陷死地，烦乞赐教！"仲威答道："要知端的（早期白话，始末，底细），除是与你去问恩主周镇抚，方知备细（详细）。恩主见（被）谪连州，即今也要起身。"二人同来见镇抚周望，杨益叩首再拜曰："杨某近任安庄边县，烦望指示。"

---

①睍睆（xiàn huàn）：形容鸟声清和婉转。②桄榔：乔木状，多生于密林中，具有较高的经济价值，亦为园林中良好的观形、观叶、观果植物。③便鸿：托人便中带的书信，鸿，借指书信。④元功：大功，首功。

周望慌忙答礼，说道：“安庄蛮獠出没之处，家户都有妖法，蛊毒魅人。若能降伏得他，财宝尽你得了；若不能处置得他，须要仔细（小心）。尊正夫人亦不可带去，恐土官（封建王朝封赐的独霸一方能世袭的官员或统治者。宋代开始成为统治少数民族的官职、官员的称呼）无礼。”杨益见说了，双泪交流，道言：“怎生是好？”周望怜杨益苦切，说道：“我见谪遣连州，与公同路，直到广东界上，与你分别。一路盘缠，足下不须计念。”杨益二人拜辞出来，等了半月有余，跟着周望一同起身。郭仲威治酒送别过，自去了。二人来到镇江，雇只大船。周望、杨益用了中间几个大舱口，其余舱口，俱是水手搭人觅钱，搭有三四十人。内有一个游方僧人，上湖广武当去烧香的，也搭在众人舱里。这僧人说是伏牛山来的，且是粗鲁，不肯小心（畏忌，顾虑）。共舱有十二三个人，都不喜他，他倒要人煮茶做饭与他吃。这共舱的人说道：“出家人慈悲小心，不贪欲，那里反倒要讨我们的便宜？”

这和尚听得说，回话道：“你这一起是小人，我要你伏（同“服”）侍，不嫌你也就够了。”口里千小人，万小人，骂众人。众人都气起来，也有骂这和尚的，也有打这和尚的。这僧人不慌不忙，随手指着骂他的说道：“不要骂！”那骂的人就出声不得，闭了口，又指着打他的说道：“不要打！”那打的人就动手不得，瘫了手。这几个木呆了，一堆儿坐在舱里，只白着眼看。有一辈不曾打骂和尚的人，看见如此模样，都惊张起来，叫道：“不好了，有妖怪在这里！”喊天叫地，各舱人听得，都走来看。也惊动了官舱里周、杨二公。

两个走到舱口来看，果见此事，也吃惊起来。正要问和尚，这和尚见周、杨二人是个官府，便起身朝着两个打个问讯（僧人边合掌行礼，边问“阿弥陀佛”），说道：“小僧是伏牛山来的僧人，要去武当随喜（旧指游览寺院）的，偶然搭在宝舟上，被众人欺负，望二位大人做主。”周镇抚说道：“打骂你，虽是他们不是；你如此，也不是出家人慈悲的道理。”

和尚见说，回话道：“既是二位大人替他讨饶，我并不计较了。”把手去摸这哑的嘴，道：“你自说！”这哑的人便说得话起来。又把手去扯这瘫的手，道：“你自动！”这瘫的人便抬得手起来，就如要场戏子一般，满船人都一齐笑起来。周镇抚悄悄的与杨益说道：“这和尚必是有法的，我们正要寻这样人，何不留他去你舱里问他？”杨益道：“说得是，我舱里没家眷，可以住得。”就与和尚说道：“你既与众人打伙（结伴，合伙）不便，就到我舱里权

（暂且）住罢。随茶粥饭，不要计较。”和尚说道：“取扰不该。”和尚就到杨益舱里住下。

一住过了三四日，早晚说些经典或世务话，和尚都晓得。杨益时常说些路上切要话，打动和尚，又与他说道要去安庄县做知县。和尚说道：“去安庄做官，要打点停当，方才可去。”

杨益把贫难之事，备说与和尚。和尚说道：“小僧姓李，原籍是四川雅州人，有几房移在威清县住，我家也有弟兄姊妹。我回去，替你寻个有法术手段的人，相伴你去，才无事。若寻不得人，不可轻易去。我且不上武当了，陪你去广里去。”

杨益再三致谢，把心腹事备细与和尚说知。这和尚见杨益开心见诚，为人平易本分，和尚愈加敬重杨公，又知道杨公甚贫，去自己搭连（长口袋，前后各有一袋，搭在肩上）内取十来两好赤金子，五六十两碎银子，送与杨公做盘缠。杨公再三推辞不肯受，和尚定要送，杨公方才受了。

不觉在船中半个月余，来到广东琼州地方。周镇抚与杨公说：“我往东去是连州，本该在这里相陪足下，如今有这个好善心的长老在这里，可托付他，不须得我了。我只就此作别，后日天幸再会。”又再三嘱付长老说道：“凡事全仗。”长老说：“不须分付，小僧自理会得。”周镇抚又安排些酒食，与杨公、和尚作别。饮了半日酒，周望另讨个小船自去了。

且说杨公与长老在船中，又行了几日，来到偏桥县地方。长老来对杨公说道：“这是我家的地方了，把船泊在码头去处，我先上去寻人，端的就来下船，只在此等。”和尚自驼上搭连禅杖，别了自去。一连去了七八日，并无信息，等得杨公肚里好焦。虽然如此，却也谅得过（相信）这和尚是个有信行（讲信用）的好汉，决无诳言之事，每日只悬悬而望。到第九日上，只见这长老领着七八个人，挑着两担箱笼，若干吃食东西；又抬着一乘有人的轿子，来到船边。掀起轿帘儿，看着船舱口，扶出一个美貌佳人，年近二十四五岁的模样。看这妇女生得如何？诗云：

独占阳台万点春，石榴裙染碧湘云。
眼前秋水浑无底，绝胜襄王紫玉君。

又诗云：

海棠枝上月三更，醉里杨妃自出群。

马上琵琶催去急，阿蛮[1]空恨艳阳春。

说这长老与这妇人与杨公相见已毕，又叫过有媳妇的一房老小，一个义女，两个小厮（仆人），都来叩头。长老指着这妇人说道："他是我的嫡堂侄女儿，因寡居在家里，我特地把他来伏侍大人。他自幼学得些法术，大人前路，凡百事都依着他，自然无事。"就把箱笼东西，叫人着落（安置）停当。天色已晚，长老一行人权在船上歇了。这媳妇、丫鬟去火舱（厨房）里安排些茶饭，与各人吃了，李氏又自赏了五钱银子与船家。杨公见不费一文东西，白得了一个佳人并若干箱笼人口，拜谢长老，说道："荷蒙大恩，犬马难报！"长老道："都是缘法，谅非人为。"饮酒罢，长老与众人自去别舱里歇了。杨公自与李氏到官舱里同寝，一夜绸缪，言不能尽。

次日，长老起来，与众人吃了早饭，就与杨公、李氏作别，又分付李氏道："我前日已分付了，你务要小心在意，不可托大（大意）！荣迁之日再会。"长老直看得开船去了，方才转身。

且说这李氏，非但生得妖娆美貌，又兼禀性温柔，百能百俐。也是天生的聪明，与杨公彼此相爱，就如结发一般。又行过十数日，来到牂牁（zāng kē，古水名，在今贵州）江了。说这个牂牁江，东通巴蜀川江，西通滇池（云南省最大的湖，素有高原明珠之称）夜郎，诸江会合，水最湍急利害，无风亦浪，舟楫难济。船到江口，水手待要吃饭饱了，才好开船过江。开了船时，风水大，住手不得，况兼江中都是尖锋石插（礁石），要随着河道放去，若遇着时，这船就罢了。船上人打点端正（妥帖），才要发号开船，只见李氏慌对杨公说："不可开船，还要躲风三日，才好放过去。"杨公说道："如今没风，怎的倒不要开船？"李氏说道："这大风只在顷刻间来了。依我说，把船快放入浦里去躲这大风。"杨公正要试李氏的本事，就叫水手问道："这里有个浦子么？"水手禀道："前面有个石圯（yí）浦，浦西北角上有个罗市，人家也多，诸般皆有，正好歇船。"杨公说："恁的把船快放入去。"水手一齐把船撑动。刚刚才要撑入浦子口，只见那风从西北角上吹将来，初时扬尘，次后拔木，一江绿水都乌黑了。那浪掀天括地，鬼哭神号，惊怕杀人。这阵大风不知坏了多少船只，直颠狂到日落时方息。李氏叫过丫鬟媳妇，做茶饭吃了，收拾宿了。

次日，仍又发起风来。到午后风定了，有几只小船儿，载着市上土物来卖。杨公见李氏非但晓得法术，又晓得天文，心中欢喜，就叫船上人买些新鲜

---

[1]阿蛮：唐代著名宫廷舞蹈家。原为民间艺人，后入宫廷。擅长《凌波舞》，深受玄宗宠爱。

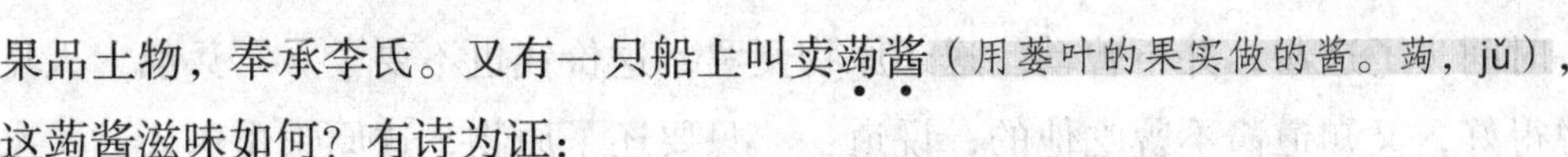

果品土物，奉承李氏。又有一只船上叫卖蒟酱（用蒌叶的果实做的酱。蒟，jǔ），这蒟酱滋味如何？有诗为证：

白玉盘中簇绛茵，光明金鼎露丰神。
椹精八月枝头熟，酿就人间琥珀新。

杨公说道："我只闻得说，蒟酱是滇蜀美味，也不曾得吃，何不买些与奶奶吃？"叫水手去问那卖蒟酱的，这一罐子要卖多少钱。卖蒟酱的说："要五百贯足钱。"杨公说："恁的，叫小厮进舱里问奶奶讨钱数与他。"

小厮进到舱里，问奶奶取钱买酱。李氏说："这酱不要买他的，买了有口舌（引起口角是非）。"小厮出来回复杨公。杨公说："买一罐酱值得甚的，便有口舌！奶奶只是见贵了，不舍得钱，故如此说。"自把些银子与这蛮人，买了这罐酱，拿进舱里去。揭开罐子看时，这酱端的（确实）香气就喷出来，颜色就如红玛瑙一般可爱。吃些在口里，且是甜美得好，李氏慌忙讨这罐子酱盖了，说道："老爹（对年老男子的尊称）不可吃他的，口舌就来了。这蒟酱我这里没有的，出在南越国。其木似榖（gǔ）树，其叶如桑椹，长二三寸，又不肯多生。九月后，霜里方熟。土人采之，酿酝成酱，先进王家，诚为珍味。这个是盗出来卖的，事已露了。"

原来这蒟酱是都堂（尚书省总办公处的称呼）着县官差富户去南越国用重价购求来的，都堂也不敢自用，要进朝廷的奇味。富户吃了千辛万苦，费了若干财物，破了家，才设法得一罐子。正要换个银罐子盛了，送县官转送都堂，被这蛮子盗出来。富户因失了酱，举家慌张，四散缉获，就如死了人的一般。有人知风，报与富户。富户押着正牌（正规的军士），驾起一只快船，二三十人，各执刀枪，鸣锣击鼓，杀奔杨知县船上来，要取这酱。那兵船离不远，只有半箭之地。

杨知县听得这风色（风声，消息）慌了，躲在舱里说道："奶奶，如何是好？"李氏说道："我教老爹不要买他的，如今惹出这场大事来。蛮子去处，动不动便杀起来，那顾礼法！"李氏又道："老爹不要慌。"连忙叫小厮拿一盆水进舱来，念个咒，望着水里一画，只见那只兵船就如钉钉在水里的一般，随他撑也撑不动，上前也上前不得，落后也落后不得，只钉住在水中间。兵船上人都慌起来，说道："官船上必然有妖法，快去请人来斗法。"这里李氏已叫水手过去，打着乡谈（家乡话）说道："列位不要发恼，官船偶然在贵地躲风，歇船在此；因有人拿蒟酱（用蒌叶的果实做的酱。蒟，jǔ）来卖，不知就里，一时间买了这酱，并不曾动。送还原物便罢，这价钱也不要了。”兵船上人见说得好，又知道酱不曾吃他的，说道：“只要还了原物，这原银也送还。”水手回来复杨知县，拿这罐酱送过去。兵船上还了原银，两边都不动刀兵。李氏把手在水盆里连画几画，那兵船便轻轻撑了去，把这偷酱的贼送去县里问罪。杨知县说道：“亏杀奶奶，救得这场祸！”李氏说道：“今后只依着我，管你没事。”次日，风也不发了。正是：

金波不动鱼龙寂，玉树无声鸟雀栖。

众人吃了早饭，便把船放过江。

一路上要行便行，要止便止，渐渐近安庄地方。本县吏书（秘书之类人员）门皂（看门的差役）人役接着，都来参拜。原来安庄县只有一知一典，有个徐典史（知县下面掌管缉捕、监狱的属官），也来迎接相见了，先回县里去。到得本次（本地），人夫接着，把行李扛抬起来，把乘四人轿抬了奶奶，又有二乘小轿，几匹马，与从人使女，各乘骑了，先送到县里去。杨知县随后起身，路上打着些蛮中鼓乐，远近人听得新知县到任，都来看。杨知县到得县里，径进后堂衙里，安稳了奶奶家小，才出到后堂，与典史拜见。礼毕，就吃公堂酒席。

饮酒之间，杨知县与徐典史说：“我初到这里，不知土俗民情，烦乞指教。”徐典史回话道：“不才还要长官扶持，怎敢当此！”因说道：“这里地方与马龙连接，马龙有个薛宣尉司（即宣慰司，掌管地方行政的军政、民政，并负责行政的调整，在边地由当地人世袭此职），他是唐朝薛仁贵之后，其富敌国。獠蛮犵狫（gē lǎo，西南地区少数民族名），只服薛尉司约束。本县虽与宣尉司表里，衙门常规，长官行香（官员进庙）后，先去看望他，他才答礼，彼此酒礼往来，烦望长官在意。”杨知县说道：“我都知得。”又问道：“这里与马龙多远？”徐典史回话道：“离本县四十余里。”又说些县里事务。

饮酒已毕，彼此都散入衙去。杨知县对奶奶说这宣尉司的缘故。李氏说：“薛宣尉年纪小，极是作聪的。若是小心与他相好，钱财也得了他的。我们回去，还在他手里。不可托大（傲慢），说他是土官，不可怠慢他。”又说道：“这三日内，有一个穿红的妖人无礼，来见你时，切不可被他哄起身来，不要采他。”杨知县都记在心里了。

等待三日，城隍庙行香（官员进庙）到任，就坐堂，所属都来参见。发放已毕，只见阶下有个穿红布员领戴顶方头巾的土人，走到杨知县面前，也不下跪，口里说道：“请起来，老人作揖。”知县相公问道：“你是那县的老人？

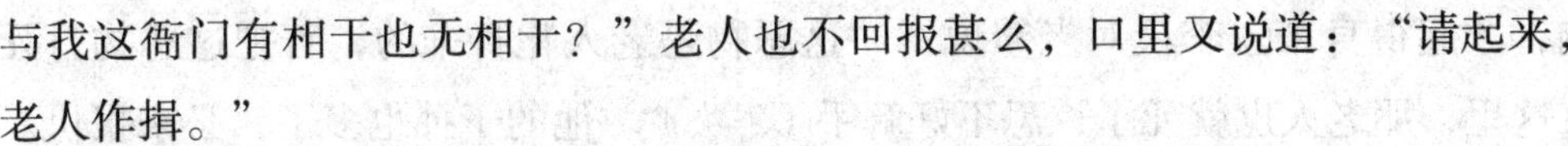

与我这衙门有相干也无相干？”老人也不回报甚么，口里又说道：“请起来，老人作揖。”

知县相公虽不采他，被他三番两次在面前如此侮弄，又见两边看的人多了，亵威损重，又恐人耻笑，只记得奶奶说不要立起身来，那时气发了，那里顾得甚么，就叫皂隶：“拿这老人下去，与我着实打！”只见跑过两个皂隶来，要拿下去打时，那老人硬着腰，两个人那里拿得倒？口里又说道：“打不得！”知县相公定要打。众皂隶们一齐上，把这老人拿下，打了十板。众吏典都来讨饶，杨公叱道：“赶出去！”这老人一头走，一头说道：“不要慌！”

知县相公坐堂是个好日子，止（同“指”）望发头（开头）顺利，撞出这个歹人来，恼这一场，只得勉强发落些事，投文画卯（旧时官署卯时办公，吏役按时签到的一种规定）了，闷闷的就散了堂，退入衙里来。李奶奶接着，说道：“我分付老爹不要采这个穿红的人，你又与他计较！”杨公说道：“依奶奶言语，并不曾起身，端端的坐着，只打得他十板。”奶奶又说道：“他正是来斗法的人！你若起身时，他便夜来变妖作怪，百般惊吓你。你却怕死讨饶，这县官只当是他做了。那门皂（看门的差役）吏书，都是他一路，那里有你我做主？如今被打了，他却不来弄神通惊你，只等夜里来害你性命。”杨公道：“怎生是好？”奶奶说道：“不妨事，老爹且宽心，晚间自有道理。”杨公又说道：“全仗奶奶。”

待到晚，吃了饭，收拾停当。李奶奶先把白粉灰按着四方，画四个符，中间空处，也画个符，就教老爹坐在中间符上。分付道：“夜里有怪物来惊吓你，你切不可动身，只端端坐在符上，也不要怕他。”李奶奶也结束，箱里取出一个三四寸长的大金针来，把香烛硃（zhū）符，供养在神前，贴贴的坐在白粉圈子外等候。

约莫着到二更时分，耳边听得风雨之声，渐渐响近；来到房檐口，就如裂帛一声响，飞到房里来。这个恶物，如茶盘大，看不甚明白，望着杨公扑将来。扑到白圈子外，就做住（停下来），绕着白圈子飞，只扑不进来。杨公惊得捉身不住。李奶奶念动咒，把这道符望空烧了。却也有灵，这恶物就不似发头飞得急捷了。说时迟，那时快，李奶奶打起精神，双眼定睛，看着这恶物，喝声：“住！”疾忙拿起右手来，一把去抢这恶物，那恶物就望着地扑将下来。这李奶奶随着势，就低身把手按住在地上，双手拿这恶物起来看时，就如一个大蝙蝠模样，浑身黑白花纹，一个鲜红长嘴，看了怕杀人。杨公惊得呆了半响，才起得身来。李氏对老爹说："这恶物是老人化身来的，若把这恶物打死在这里，那老人也就死了，恐不好解手（解决）。他的子孙也多了，必来报仇。我且留着他。"把两片翼翅双叠做一处，拿过金针钉在白圈子里符上，这恶物动也动不得。拿个篮儿盖好了，恐猫鼠之类害他。李氏与老爹自来房里睡了。

次日，起来升堂，只见有二十来个老人，衣服齐整，都来跪在知县相公面前，说道："小人都是庞老人的亲邻，庞某不知高低，夜来冲激（冒犯，冲撞）老爹，被老爹拿了，烦望开恩，只饶恕这一遭，小人与他自来孝顺老爹。"知县相公说道："你们既然晓得，我若没本事，也不敢来这里做官。我也不杀他，看他怎生脱身！"众老人们说道："实不敢瞒老爹，这县里自来是他与几个把持，不由官府做主。如今晓得老爹的法了，再也不敢冒犯老爹，饶放庞老人一个，满县人自然归顺！"知县相公又说道："你众人且起来，我自有处。"众人喏喏连声而退。

知县散了堂，来衙里见李奶奶，备说讨饶一事。李氏道："待明日这干人再来讨饶，才可放他。"

又过了一夜，次日知县相公坐堂，众老人又来跪着讨饶，此时哀告苦切。知县说："看你众人面上，且姑恕他这一次。下次再无礼，决不饶了！"众老人拜谢而去。知县退入衙里来，李氏说："如今可放他了。"到夜来，李氏走进白圈子里，拔起金针，那个恶物就飞去了。这恶物飞到家里，那庞老人就在床上爬起来，作谢众老人，说道："几乎不得与列位见了。这知县相公犹可，这奶奶利害。他的法术，不知那里学来的，比我们的不同。过日同列位备礼去叩头，再不要去惹他了。"请众老人吃些酒食，各人相别，说道："改日约齐了，同去参拜。"

且说杨公退入衙里来，向李氏称谢。李氏道："老爹，今日就可去看薛宣尉了。"杨公道："容备礼方好去得。"李氏道："礼已备下了：金花金缎，两匹文葛，一个名人手卷，一个古砚。"预备的，取出来就是，不要杨公费一些心。杨公出来，拨些人夫轿马，连夜去。天明时分，到马龙地方。这宣尉司偌大一个衙门，周围都是高砖城裹着；城里又筑个圃子，方圆二十余里；圃子里厅堂池榭，就如王者。知县相公到得宣尉司府门首，着人通报入去。一会间，有人出来请入去。薛宣尉自也来接。到大门上，二人相见，各逊揖（揖让，宾主相见的礼仪）同进。到堂上行礼毕，就请杨知县去后堂坐下吃茶。彼此通道寒温已毕，请到花园里厅上赴宴。薛宣尉见杨知县人品虽是瘦小，却有学问，又善谈吐，能诗能饮。饮酒间，薛宣尉要试杨知县才思，叫人拿出一面紫金古镜来。薛宣尉说道："这镜是紫金铸的，冲莹光洁，悉照秋毫。镜背有四卦，按卦扣之，各应四位之声，中则应黄钟之声。汉成帝尝持镜为飞燕画眉，因用不断胶，临镜呢呢而崩。"杨公持看古镜，果然奇古，就作一铭，铭云：

"猗与（叹词，表示赞美。猗，yī）兹器，肇制（创制。肇，zhào，开始）轩辕。大冶范金，炎帝秉虔。凿开混沌，大明中天。伏氏画卦，四象乃全。因时制律，师旷（春秋时著名乐师。他生而无目，故自称盲臣、瞑臣）审焉。高下清浊，宫徵（古代有五音：宫、商、角、徵、羽。徵，zhǐ）周旋。形色既具，效用不愆（qiān，过失）。君子视则，冠裳俨然；淑婉临之，朗然而天。妍媸毕见（美丽和丑陋都显现出来，喻指事情真相大白。妍，yán，美丽；媸，chī，丑陋），不为少迁。喜怒在彼，我何与焉？"

杨公写毕，文不加点（文章一气呵成，无须修改。形容文思敏捷，写作技巧纯熟。点，涂上一点，表示删去），送与薛宣尉看。薛宣尉把这文章番（同"反"）复细看，又见写得好，不住口称赞，说是汉文晋字，天下奇才，王、杨、卢、骆（初唐四杰：王勃、杨炯、卢照邻、骆宾王）之流。又取出一面小古镜来，比前更加奇古，再要求一铭。杨公又作一铭，铭云：

"察见渊鱼，实惟不祥。靡聪靡明，顺帝之光。全神返照，内外两忘。"

薛宣尉看了这铭，说道："辞旨（文辞或话语所表达出的含义）精拔，愈出愈奇。"更加敬服杨公。一连留住五日，每日好筵席款洽（款待）杨公。薛宣尉问起庞老人之事，杨公备说这来历，二人都笑起来。杨公苦死告辞要回县来，薛宣尉再三不忍抛别，问杨公道："足下尊庚？"杨公道："不才虚度三十六岁。"薛宣尉道："在下今年二十六岁，公长弟十岁。"就拜杨公为兄。二人结义了，彼此欢喜。又摆酒席送行，赠杨公二千余两金银酒器。杨公再三推辞，薛宣尉说道："我与公既为兄弟，不须计较。弟颇得过，兄乃初任，又在不足中，时常要送东西与兄，以后再不必推却。"

杨公拜谢，别了薛宣尉，回到县里来，只见庞老人与一千老人，备羊酒缎匹，每人一百两银子，共有二千余两，送入县里来。杨知县看见许多东西，说道："生受（客套话，烦劳）你们，恐不好受么！"众老人都说道："小人们些须薄意，老爹不比往常来的知县相公。这地方虽是夷人难治，人最老实一性的。小人们归顺，概县人谁敢梗化（顽固，不服从教化）？时常还有孝顺老爹。"杨公见如此殷勤，就留这一干人在吏舍里吃些酒饭。众老人拜谢去了。

旧例：夷人告一纸状子，不管准不准，先纳三钱纸价。每限状子多，自有若干银子。如遇人命，若愿讲和，里邻干证估凶身（行凶的人）家私厚薄，请知县相公把家私分作三股，一股送与知县，一股给与苦主，留一股与凶身，如此就说好官府。蛮夷中另是一种风俗，如遇时节，远近人都来馈送。杨知县在安庄三年有余，得了好些财物。凡有所得，就送到薛宣尉寄顿，这知县相公宦囊也颇盛了。一日，对薛宣尉说道："知足不辱，杨益在此，蒙兄顾爱，叨（tāo，承受）厚赐，况俸资（俸禄）也可过得日子了。杨益已告致仕（官员辞职归家），只是有这些俸资，如何得到家里？烦望兄长救济！"薛宣尉说道："兄既告致仕，我也留你不得了。这里积下的财物，我自着人送去下船，不须兄费心。"杨公就此相别。

薛宣尉又摆酒席送行，又送千金赆礼（送行的礼金。赆，jìn），俱预先送在船里。杨公回到县里来，叫众老人们都到县里来，说道："我在此三年，生受你们多了。我已致仕（古代官员正常退休），今日与你们相别。我也分些东西与你众人，这是我的意思。我来时这几个箱笼，如今去也只是这几个箱笼，当堂上你们自看。"众老人又禀道："没甚孝顺老爹，怎敢倒要老爹的东西？"各人些小受了些，都欢喜拜谢了自去。起身之日，百姓都摆列香花灯烛送行。县里人只见杨公没甚行李，那晓得都是薛宣尉预先送在船里停当了。杨公只像个没东西的一般。杨公与李氏下了船，照依旧路回来。

一路平安，行了一月有余，来到旧日泊船之处，近着李氏家了。泊到岸边，只见那个长老（对和尚的尊称）并几个人伴，都在那里等，都上船来，与杨公相见，彼此欢天喜地。李氏也来拜见长老。杨公就教摆酒来，聊叙久别之情。杨公把在县的事都说与长老。长老回话道："我都晓得了，不必说。今日小僧来此，别无甚话，专为舍侄女一事。他原有丈夫，我因见足下去不得，以此不顾廉耻，使侄女相伴足下，到那县里。谢天地，无事故回来。十分好了。侄女其实不得去了，还要送归前夫，财物恁凭你处。"

杨公听得说，两泪交流，大哭起来，拜倒在奶奶、长老面前，说道："丢得我好苦，我只是死了罢！"拔出一把小解手刀（解腕尖刀）来，望着咽喉便刎。李氏慌忙抱住，夺了刀，也就啼哭起来。长老来劝，说道："不要哭了，终须一别。我原许还他丈夫，出家人不说谎。"杨知县带着眼泪，说道："财物恁凭长老、奶奶取去，只是痛苦不得过。"长老见这杨公如此情真，说道："我自有处。且在船里宿了，明日作别。"

杨公与李氏一夜不曾合眼，泪不曾干，说了一夜。到明日早起来，梳洗饭毕。长老主张把宦资作十分，说："杨大人取了六分，侄女取了三分，我也取了一分。”各人都无话说。

李氏与杨公两个抱住，那里肯舍，真个是生离死别。李氏只得自上岸去了。杨公也开了船。那个长老又说道：“这条水路最是难走，我直送你到临安才回来。我们不打劫别人的东西也好了，终不成倒被别人打劫了去。”这和尚直送杨知县到临安，杨知县苦死留这僧人在家住了两月。杨公又厚赠这长老，又修书致意李氏，自此信使不绝。有诗为证：

蛮邦薄宦一孤身，全赖高僧觅好音。
随地相逢休傲慢，世间何处没奇人？

卷十一　杨思温燕山逢故人

一夜东风，不见柳梢残雪。御楼烟暖，对鳌山（宋元时，元宵节用彩灯堆叠成的山，像传说中的巨鳌形状）彩结。箫鼓向晚（临近晚上的时候），凤辇初回宫阙。千门灯火，九衢风月。绣阁人人，乍嬉游困又歇。艳妆初试，把珠帘半揭。娇羞向人，手捻玉梅（人工制作的白绢梅花。每年正月十四、十五、十六日夜，青年妇女盛行戴玉梅）低说。相逢长是，上元（元宵节）时节。

这一首词，名〔传言玉女〕，乃胡浩然先生所作。道君（圣君，指宋徽宗赵佶）皇帝朝宣和年间，元宵最盛。每年上元：正月十四日，车驾幸（指皇帝到某地）五岳观凝祥池。每常驾出，有红纱贴金烛笼二百对；元夕加以琉璃玉柱掌扇，快行客（御前走得快的差使）各执红纱珠珞灯笼。至晚还内，驾入灯山。御辇院（掌管皇帝步辇及宫廷车乘的机构）人员辇前唱《随竿媚》来。御辇旋转一遭，倒行观灯

■上清宫：道教名观，位于今河南省洛阳城北邙山翠云峰。相传为太上老君炼丹之处。

山，谓之“鹁鸽旋”，又谓“踏五花儿”，则辇官有赏赐矣。驾登宣德楼，游人奔赴露台（戏台）下。十五日，驾幸上清宫（上清宫是道教名观，位于今河南省洛阳城北邙山翠云峰），至晚还内。上元后一日，进早膳讫，车驾登门卷帘，御座临轩，宣百姓，先到门下者，得瞻天表（天子的仪容）。小帽红袍独坐，左右侍近，帘外金扇执事之人。须臾下帘，则乐作，纵万姓游赏。华灯宝烛，月色光辉，霏霏融融，照耀远迩（ěr，近）。至三鼓，楼上以小红纱灯缘索而至半，都人皆知车驾还内。当时御制〔夹钟宫·小重山〕词，道：

“罗绮生香娇艳呈，金莲开陆海，绕都城。宝舆四望翠峰青。东风急，吹下半天星。万井贺升平。行歌花满路，月随人。纱笼一点御灯明。箫韶远，高宴在蓬瀛。”

今日说一个官人，从来只在东京看这元宵，谁知时移事变，流寓在燕山（北京）看元宵。那燕山元宵却如何：虽居北地，也重元宵。未闻鼓乐喧天，只听胡笳聒耳。家家点起，应无陆地金莲；处处安排，那得玉梅雪柳(用绢或纸做的花，元宵节戴在头上)？小番（番兵）鬓边挑大蒜，岐婆（女真妇女）头上带生葱。汉儿谁负一张琴，女们尽敲三棒鼓。每年燕山市井，如东京制造，到己酉岁（己酉年，南宋高宗建炎三年）方成次第（排场，有气派）。当年那燕山装那鳌山，也赏元宵，士大夫百姓皆得观看。这个官人，本身是肃王(宋徽宗之子赵枢，有过目不忘的才能，后出使金不归)府使臣，在贵妃位掌笺奏，姓杨，双名思温，排行第五，呼为杨五官人。因靖康年间流寓在燕山，犹幸相逢姨夫张二官人，在燕山开客店，遂寓居焉。杨思温无可活计，每日肆前与人写文字，得些胡乱度日。忽值元宵，见街上的人皆去看灯，姨夫也来邀思温看灯，同去消遣旅况。思温情绪索然，辞姨夫道：“看了东京的元宵，如何看得此间元宵？姨夫自稳便先去，思温少刻追陪。”张二官人先去了。

杨思温挨到黄昏，听得街上喧闹，静坐不过，只得也出门来看燕山元宵。但见：

莲灯灿烂，只疑吹下半天星；士女骈阗（pián tián，聚集在一起），便是列成王母队。一轮明月婵娟照，半是京华流寓人。

见街上往来游人无数，思温行至昊天寺前，只见真金身铸五十三参（文殊、普贤等五十三菩萨）；铜打成幡竿十丈，上有金书“敕赐昊天悯忠禅寺”。思温入寺看时，佛殿两廊，尽皆点照（做斋的）。信步行到罗汉堂，乃浑金铸成五百尊阿罗汉。入这罗汉堂，有一行者，立在佛座前化香油钱，道：“诸位看灯檀越（施主），布施灯油之资，祝延福寿。”思温听其语音，类东京人，问行者道："参头（佛教禅林中称熟习礼仪，负责指导来自四方云游僧侣之人），仙乡何处？"行者答言："某乃大相国寺河沙院行者，今在此间复为行者，请官人坐于凳上，闲话则个。"思温坐凳上，正看来往游人，睹一簇妇人，前遮后拥，入罗汉堂来。内中一个妇人与思温四目相盼，思温睹这妇人打扮，好似东京人。但见：

轻盈体态，秋水精神。四珠环胜内家妆（宫中装束），一字冠成宫里样。未改宣和妆束，犹存帝里风流。

思温认得是故乡之人，感慨情怀，闷闷不已，因而困倦，假寐（打瞌睡）片时。那行者叫得醒来，开眼看时，不见那妇人。杨思温嗟呀道："我却待等他出来，恐有亲戚在其间，相认则个（语气词，无意义），又挫（同"错"，错过）过了。"对行者道："适来（刚才）入院妇女何在？"行者道："妇女们施些钱去了。临行道：'今夜且归，明日再来做些功德（为死者做佛事。"功"是指善行，"德"是指善心），追荐（请僧道诵经祭奠，超度死者）亲戚则个。'官人莫闷，明日却来相候不妨。"思温见说，也施些油钱，与行者相辞了，离罗汉院。绕寺寻遍，忽见僧堂壁上，留题小词一首，名〔浪淘沙〕：

尽日倚危栏，触目凄然。乘高望处是居延。忽听楼头吹画角，雪满长川。荏苒又经年，暗想南园。与民同乐午门前。僧院犹存宣政字，不见鳌山。

杨思温看罢留题，情绪不乐。归来店中，一夜睡不着。巴到天明起来，当日无话得说。

至晚，分付姨夫，欲往昊天寺，寻昨夜的妇人。走到大街上，人稠物攘，正是热闹。正行之间，忽然起一阵雷声，思温恐下雨，惊而欲回。抬头看时，只见：

银汉现一轮明月，天街点万盏华灯。宝烛烧空，香风拂地。

仔细看时，却见四围人从，拥着一轮大车，从西而来。车声动地，跟随番官，有数十人。但见：呵殿（谓古代官员出行，仪卫前呵后殿，喝令行人让道）喧天，仪仗塞路。前面列十五对红纱照道，烛焰争辉；两下摆二十柄画杆金枪，宝光交际。香车似箭，侍从如云。车后有侍女数人，其中有一妇女穿紫者，腰佩银鱼，手持净巾，以帛拥项。思温于月光之下，仔细看时，好似哥哥国信所掌仪（宋代鸿胪寺属官，专管辽使者来往交聘的事务，南渡后，国信所专主对金外交。掌仪，官名，主管礼仪）韩思厚妻，嫂嫂郑夫人意娘。这郑夫人，原是乔贵妃（宋徽宗妃，靖康之役，被金人所掳，北去不还）养女，嫁得韩掌仪，与思温都是同里人，遂结拜为表兄弟，思温呼意娘为嫂嫂。自后睽离（分离。睽，kuí），不复相问。着紫的妇人见思温，四目相睹，不敢公然招呼。思温随从车子到燕市秦楼住下，车尽入其中。贵人上楼去，番官人从楼下坐。原来秦楼最广大，便似东京白樊楼一般；楼上有六十个阁儿（即酒阁子，酒店中设有客座的小房间），下面散铺七八十副桌凳。当夜卖酒，合堂热闹。

杨思温等那贵家入酒肆，去秦楼里面坐地，叫过卖（旧称饭馆、茶馆、酒店中的店员）至前。那人见了思温便拜，思温扶起道："休拜。"打一认（认一认。打，是宋元时代的俗语）时，却是东京白樊楼过卖陈三儿。思温甚喜，就教三儿坐，三儿再三不敢。思温道："彼此都是京师人，就是他乡遇故知，同坐不妨。"唱喏了方坐。思温取出五两银子与过卖，分付收了银子，好好供奉数品荤素酒菜上来，与三儿一面吃酒说话。三儿道："自丁未年（即宋钦宗靖康二年，这一年四月，徽、钦二帝被俘北去，北宋灭亡）至此，拘在金吾宅作奴仆。后来鼎建秦楼，为思旧日樊楼过卖，乃日纳买工钱八十，故在此做过卖。幸与官人会面。"正说话间，忽听得一派乐声。思温道："何处动乐？"三儿道："便是适来贵人上楼饮酒的韩国夫人宅眷（家眷）。"思温问韩国夫人事体（事情，情况），三儿道："这夫人极是照顾人，常常夜间将带宅眷来此饮酒，和养娘（婢女，如丫鬟、乳母之类）各坐。三儿常上楼供过伏事，常得夫人赏赐钱钞使用。"思温又问三儿："适间路边遇韩国夫人，车后宅眷丛里，有一妇人，似我嫂嫂郑夫人，不知是否？"三儿道："即要复官人，三儿每上楼，供过众宅眷时，常见夫人，又恐不是，不敢断认。"思温遂告三儿道："我有件事相烦你，你如今上楼供过韩国夫人宅眷（家眷，多指女眷）时，就寻郑夫人。做我传语道：'我在楼下专候夫人下来，问哥哥详细。'"三儿应命上楼去，思温就座上等。一时，只见三儿下楼，以指住下唇。思温晓得京师人市语（隐语，暗号），恁地乃了事也。思温问："事如何？"三儿道："上楼得见郑夫人，说道：'五官人在下面等夫人下来，问哥哥消息'。夫人听得，便垂泪道：'叔叔原来也在这里。传与五官人，少刻便下楼，自与叔叔说话。'"思温谢了三儿，打发酒钱，乃出秦楼门前，伫立悬望。不多时，只见祗候人从入去，少刻番官人从簇拥一辆车子出来。

思温候车子过，后面宅眷也出来，见紫衣佩银鱼、项缠罗帕妇女，便是嫂嫂。思温进前，共嫂嫂叙礼毕，遂问道："嫂嫂因何与哥哥相别在此？"郑夫人揾（wèn，擦）泪道："妾自靖康之冬，与兄赁舟下淮楚，将至盱眙（xū yí，

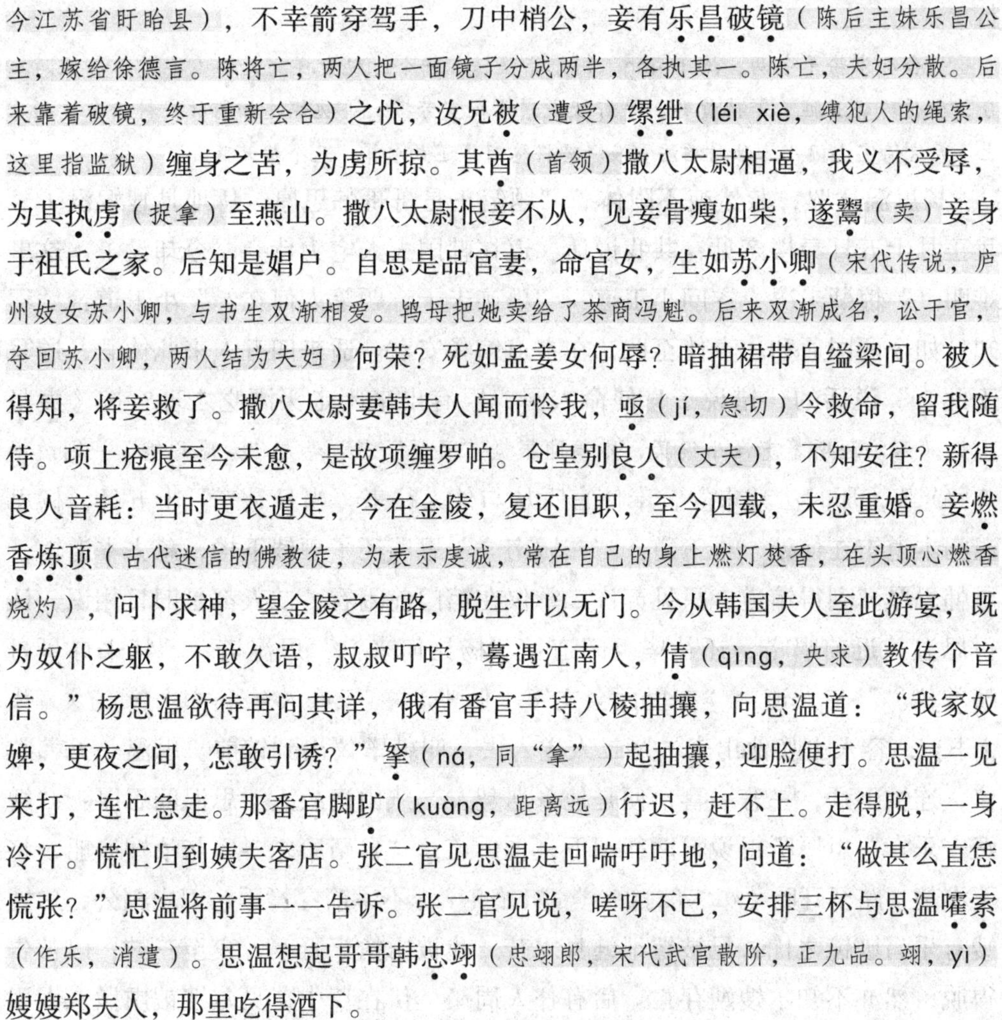

今江苏省盱眙县），不幸箭穿驾手，刀中梢公，妾有乐昌破镜（陈后主妹乐昌公主，嫁给徐德言。陈将亡，两人把一面镜子分成两半，各执其一。陈亡，夫妇分散。后来靠着破镜，终于重新会合）之忧，汝兄被（遭受）缧绁（léi xiè，缚犯人的绳索，这里指监狱）缠身之苦，为虏所掠。其酋（首领）撒八太尉相逼，我义不受辱，为其执虏（捉拿）至燕山。撒八太尉恨妾不从，见妾骨瘦如柴，遂鬻（卖）妾身于祖氏之家。后知是娼户。自思是品官妻，命官女，生如苏小卿（宋代传说，庐州妓女苏小卿，与书生双渐相爱。鸨母把她卖给了茶商冯魁。后来双渐成名，讼于官，夺回苏小卿，两人结为夫妇）何荣？死如孟姜女何辱？暗抽裙带自缢梁间。被人得知，将妾救了。撒八太尉妻韩夫人闻而怜我，亟（jí，急切）令救命，留我随侍。项上疮痕至今未愈，是故项缠罗帕。仓皇别良人（丈夫），不知安往？新得良人音耗：当时更衣遁走，今在金陵，复还旧职，至今四载，未忍重婚。妾燃香炼顶（古代迷信的佛教徒，为表示虔诚，常在自己的身上燃灯焚香，在头顶心燃香烧灼），问卜求神，望金陵之有路，脱生计以无门。今从韩国夫人至此游宴，既为奴仆之躯，不敢久语，叔叔叮咛，蓦遇江南人，倩（qìng，央求）教传个音信。"杨思温欲待再问其详，俄有番官手持八棱抽攘，向思温道："我家奴婢，更夜之间，怎敢引诱？"拏（ná，同"拿"）起抽攘，迎脸便打。思温一见来打，连忙急走。那番官脚旷（kuàng，距离远）行迟，赶不上。走得脱，一身冷汗。慌忙归到姨夫客店。张二官见思温走回喘吁吁地，问道："做甚么直恁慌张？"思温将前事一一告诉。张二官见说，嗟呀不已，安排三杯与思温啰索（作乐，消遣）。思温想起哥哥韩忠翊（忠翊郎，宋代武官散阶，正九品。翊，yì）嫂嫂郑夫人，那里吃得酒下。

愁闷中过了元宵，又是三月。张二官向思温道："我出去两三日即归，你与我照管店里则个。"思温问："出去何干？"张二官人道："今两国通和，奉使至维扬，买些货物便回。"杨思温见姨夫张二官出去，独自无聊，昼长春困，散步大街至秦楼。入楼闲望一晌，乃见一过卖至前唱喏，便叫："杨五官！"思温看时，好生面熟，却又不是陈三，是谁？过卖道："男女东京寓仙酒楼过卖小王。前时陈三儿被左金吾叫去，不令出来。"思温不见三儿在秦楼，心下越闷，胡乱买些点心吃，便问小王道："前次上元夜韩国夫人来此饮酒，不知你识韩国夫人住处么？"小王道："男女也曾问他府中来，道是天王寺后。"说犹未了，思温抬头一看，壁上留题墨迹未干。仔细读之，题道："昌黎韩思厚舟发金陵，过黄天荡，因感亡妻郑氏，船中作相吊之词"，名〔御街行〕：

“合和朱粉千余两，捻（niǎn，用手指搓转）一个，观音样。大都（不过）却似两三分，少付玲珑五脏。等待黄昏，寻好梦底，终夜空劳攘。香魂媚魄知何往？料只在，船儿上。无言倚定小门儿，独对滔滔雪浪。若将愁泪，还做水算，几个黄天荡。”

杨思温读罢，骇然魂不附体。“题笔正是哥哥韩思厚，恁地是嫂嫂没了。我正月十五日秦楼亲见，共我说话，道在韩国夫人宅为侍妾，今却没了。这事难明。”惊疑未决，遂问小王道：“墨迹未干，题笔人何在？”小王道：“不知。如今两国通和，奉使至此，在本道馆驿安歇。适来四五人来此饮酒，遂写于此。”说话的，错说了！使命入国，岂有出来闲走买酒吃之理？按《夷坚志》（宋洪迈所著志怪小说集，本篇即根据“夷坚丁志”卷九“太原意娘”一则改编而成）载，那时法禁未立，奉使官听从与外人往来。当日是三月十五日，杨思温问本道馆在何处，小王道：“在城南。”思温还了酒钱下楼，急去本道馆，寻韩思厚。到得馆道，只见苏许二掌仪在馆门前闲看，二人都是旧日相识，认得思温，近前唱喏，还礼毕。问道：“杨兄何来？”思温道：“特来寻哥哥韩掌仪。”二人道：“在里面会文字（也叫会文。几个人会聚一起，讨论文章或文书），容入去唤他出来。”二人遂入去，叫韩掌仪出到馆前。思温一见韩掌仪，连忙下拜，一悲一喜，便是他乡遇契友，燕山逢故人。思温问思厚：“嫂嫂安乐？”思厚听得说，两行泪下，告诉道：“自靖康之冬，与汝嫂雇船，将下淮楚，路至盱眙（xū yí，今江苏省盱眙县），不幸箭穿篙手，刀中梢公，尔嫂嫂有乐昌破镜之忧，兄被缧绁缠身之苦。我被虏执于野寨，夜至三鼓，以苦告得脱，然亦不知尔嫂嫂存亡。后有仆人周义，伏在草中，见尔嫂被虏撒八太尉所逼，尔嫂义不受辱，以刀自刎而死。我后奔走行在（天子巡幸所到的地方），复还旧职。”思温问道：“此事还是哥哥目击否？”思厚道：“此事周义亲自报我。”思温道：“只恐不死。今岁元宵，我亲见嫂嫂同韩国夫人出游，宴于秦楼。思温使陈三儿上楼寄信，下楼与思温相见。所说事体，前面与哥哥一同，也说道：哥哥复还旧职，到今四载，未忍重婚。”思厚听得说，理会不下。思温道：“容易决其死生。何不同往天王寺后韩国夫人宅前打听，问个明白！”思厚道：“也说得是。”乃入馆中，分付同事，带当直（值班的仆役）随后，二人同行。

倏忽之间，走至天王寺后。一路上悄无人迹，只见一所空宅，门生蛛网，户积尘埃，荒草盈阶，绿苔满地，锁着大门。杨思温道：“多是后门。”沿墙且行数十步，墙边只有一家，见一个老儿在里面打丝线，向前唱喏道："老丈，借问韩国夫人宅那里进去？"老儿禀性躁暴，举止粗疏，全不采人。二人再四问他，只推不知。顷间，忽有一老妪提着饭篮，口中喃喃埋冤（埋怨），怨畅那大伯（宋元间对老年人的一种普通称呼，犹如老头子、老伯伯）。二人遂与婆婆唱喏，婆子还个万福，语音类东京人。二人问韩国夫人宅在那里，婆子正待说，大伯又埋怨多口。婆子不管大伯，向二人道："媳妇是东京人，大伯是山东拗蛮（对山东人的一种侮弄的称呼。拗，狠强），老媳妇没兴嫁得此畜生，全不晓事；逐日送些茶饭，嫌好道歹，且是得人憎。便做到（即便）官人问句话，就说何妨！"那大伯口中又哓哓（xiāo xiāo，唠叨）的不住，婆子不管他，向二人道："韩国夫人宅前面锁着空宅便是。"二人吃一惊，问："韩夫人何在？"婆子道："韩夫人前年化去（飞升成仙）了，他家搬移别处，韩夫人埋在花园内。官人不信时，媳妇同去看一看，好么？"大伯又说："莫得入去，官府知道，引惹事端带累我。"婆子不采，同二人便行。路上就问："韩国夫人宅内有郑义娘，今在否？"婆子便道："官人不是国信所韩掌仪，名思厚？这官人不是杨五官，名思温么？"二人大惊，问："婆婆如何得知？"婆子道："媳妇见郑夫人说。"思厚又问："婆婆如何认得？拙妻今在甚处？"婆婆道："二年前时，有撒八太尉，曾于此宅安下。其妻韩国夫人崔氏，仁慈恤物，极不可得。常唤媳妇入宅，见夫人说，撒八太尉自盱眙掠得一妇人，姓郑，小字义娘，甚为太尉所喜。义娘誓不受辱，自刎而死，夫人悯其贞节，与火化，收骨盛匣。以后韩夫人死，因随葬在此园内。虽死者与活人无异，媳妇入园内去，常见郑夫人出来。初时也有些怕，夫人道：'婆婆莫怕，不来损害婆婆，有些衷曲间告诉则个。'夫人说道是京师人，姓郑，名义娘。幼年进入乔贵妃位做养女，后出嫁忠翊郎韩思厚。有结义叔叔杨五官，名思温，一一与老媳妇说。又说盱眙（xū yí，今江苏省盱眙县）事迹，'丈夫见在金陵为官，我为他守节而亡。'寻常阴雨时，我多入园中，与夫人相见闲话。官人要问仔细，见了自知。"

三人走到适来锁着的大宅，婆婆逾墙而入；二人随后，也入里面去，只见打扫净净的一座败落花园。三人行步间，满地残英芳草；寻访妇人，全没踪迹。正面三间大堂，堂上有个屏风，上面山水，乃郭熙（宋代著名山水画家）所作。思厚正看之间，忽然见壁上有数行字。思厚细看字体柔弱，全似郑义娘夫人所作。看了大喜道："五弟，嫂嫂只在此间。"思温问："如何见得？"思厚打一看，看其笔迹，乃一词，词名《好事近》：

“往事与谁论？无语暗弹泪血。何处最堪怜？肠断黄昏时节。倚楼凝望又徘徊，谁解此情切？何计可同归雁，趁江南春色。”

后写道：“季春望后一日作。”二人读罢道：“嫂嫂只今日写来，可煞惊人。”行至侧首，有一座楼，二人共婆婆扶着栏杆登楼。至楼上，又有巨屏一座，字体如前，写着《忆良人》一篇，歌曰：

“孤云落日春云低，良人窅窅（yǎo yǎo，深远）羁天涯。东风蝴蝶相交飞，对景令人益惨凄。尽日望郎郎不至，素质香肌转憔悴。满眼韶华似酒浓，花落庭前鸟声碎。孤帏悄悄夜迢迢，漏尽灯残香已销。秋千院落久停戏，双悬彩索空摇遥。眉兮眉兮春黛蹙，泪兮泪兮常满掬。无言独步上危楼，倚遍栏杆十二曲。荏苒流光疾似梭，滔滔逝水无回波；良人一过不复返，红颜欲老将如何？”

韩思厚读罢，以手拊（fǔ，拍）壁而言：“我妻不幸为人驱虏。”正看之间，忽听杨思温急道：“嫂嫂来也！”思厚回头看时，见一妇人，项拥香罗而来。思温仔细认时，正是秦楼见的嫂嫂。那婆婆也道：“夫人来了！”三人大惊，急走下楼来寻，早转身入后堂左廊下，趋入一阁子内去。二人惊惧，婆婆道：“既已到此，可同去阁子里看一看。”

婆子引二人到阁前，只见关着阁子门，门上有牌面写道：“韩国夫人影堂（悬挂遗像的灵堂）。”婆子推开槅子（即槅子门，上半部装有槅眼的落地长窗），三人入阁子中看时，却是安排供养着一个牌位，上写着：“亡室韩国夫人之位。”侧边有一轴画，是义娘也，牌位上写着：“侍妾郑义娘之位。”面前供桌，尘埃尺满。韩思厚看见影神（影像，遗像）上衣服容貌，与思温元夜所见的无二，韩思厚泪下如雨。婆子道：“夫人骨匣，只在桌下，夫人常提起，教媳妇看，是个黑漆匣，有两个鍮石（黄铜）环儿。每遍提起，夫人须哭一番，和我道：‘我与丈夫守节丧身，死而无怨。’”思厚听得说，乃恳婆子同揭起砖，取骨匣归葬金陵，当得厚谢。婆婆道：“不妨。”三人同掇（duō，搬）起供桌，揭起花砖，去掇匣子。用力掇之，不能得起，越掇越牢。思温急止二人：“莫掇，莫掇！哥哥须晓得嫂嫂通灵，今既取去，也要成礼。且出此间，备些祭仪，作文以白嫂嫂，取之方可。”韩思厚道：“也说得是。”三人再逾墙而去。到打线婆婆家，令仆人张谨买下酒脯、香烛之物，就婆婆家做祭文。等至天明，一同婆婆、仆人搬挈祭物，逾墙而入。在韩国夫人影堂内，铺排供养讫。

等至三更前后，香残烛尽，杯盘零落，星宿渡河汉之候，酌酒奠飨（xiǎng）。三奠已毕，思厚当灵筵下披读（阅读）祭文，读罢流泪如倾；把祭文同纸钱烧化。忽然起一阵狂风，这风吹得烛有光似无光，灯欲灭而不灭，三人浑身汗颤。风过处，听得一阵哭声。风定烛明，三人看时，烛光之下，见一妇女，媚脸如花，香肌似玉，项缠罗帕，步蹙金莲，敛袂向前，道声："叔叔万福。"二人大惊叙礼。韩思厚执手向前，哽咽流泪。哭罢，郑夫人向着思厚道："昨者盱眙之事，我夫今已明矣。只今元夜秦楼，与叔叔相逢，不得尽诉衷曲（内中隐秘）。当时妾若贪生，必须玷辱我夫。幸而全君清德若瑾瑜（美玉，喻美德），弃妾性命如土芥；致有今日，生死之隔，终天之恨。"说罢，又哭一次。婆婆劝道："休哭，且理会迁骨之事。"郑夫人收哭而坐，三人进些饮馔，夫人略飨些气味。思温问："元夜秦楼下相逢，嫂嫂为韩国夫人宅眷（家眷，多指女眷），车后许多人，是人是鬼?"郑夫人道："太平之世，人鬼相分；今日之世，人鬼相杂。当时随车，皆非人也。"思厚道："贤妻为吾守节而亡，我当终身不娶，以报贤妻之德。今愿迁贤妻之香骨，共归金陵可乎？"夫人不从道："婆婆与叔叔在此，听奴说。今蒙贤夫念妾孤魂在此，岂不愿归从夫？然须得常常看我，庶几此情不隔冥漠（阴间）。倘若再娶，必不我顾，则不如不去为强。"三人再三力劝，夫人只是不肯，向思温道："叔叔岂不知你哥哥心性？我在生之时，他风流性格，难以拘管。今妾已作故人，若随他去，怜新弃旧，必然之理。"思温再劝道："嫂嫂听思温说，哥哥今来（现时）不比往日，感嫂嫂贞节而亡，决不再娶。今哥哥来取，安忍不随回去？愿从思温之言。"夫人向二人道："谢叔叔如此苦苦相劝，若我夫果不昧心，愿以一言为誓，即当从命。"说罢，思厚以酒沥地为誓："若负前言，在路盗贼杀戮，在水巨浪覆舟。"夫人急止思厚："且住，且住，不必如此发誓。我夫既不重娶，愿叔叔为证见。"道罢，忽地又起一阵香风，香过遂不见了夫人。三人大惊讶，复添上灯烛，去供桌底下揭起花砖，款款掇起匣子，全不费力。收拾逾墙而出，至打绦婆婆家。次晚，以白银三两，谢了婆婆；又以黄金十两，赠与思温，思温再辞方受。思厚别了思温，同仆人张谨带骨匣归本驿。俟月馀，方得回书，令奉使归。思温将酒饯别，再三叮咛："哥哥无忘嫂嫂之言。"

思厚同一行人从，负夫人骨匣，出燕山丰宜门（金燕京城正南门），取路而归，月余方抵盱眙。思厚到驿中歇泊，忽一人唱喏便拜。思厚看时，乃是旧仆人周义，今来谢天地，在此做个驿子。遂引思厚入房，只见挂一幅影神，画着个妇人。又有牌位儿上写着："亡主母郑夫人之位。"思厚怪而问之，周义道："夫人贞节，为官人而死，周义亲见，怎的不供奉夫人？"思厚因把燕山韩夫人宅中事，从头说与周义；取出匣子，教周义看了。周义展拜啼哭。思厚是夜与周义抵足（足碰足，谓同榻共寝）而卧。

至次日天晓，周义与思厚道："旧日二十余口，今则惟影是伴，情愿伏事官人去金陵。"思厚从其请，将带周义归金陵。思厚至本所，将回文呈纳。周义随着思厚，卜地于燕山之侧，备礼埋葬夫人骨匣毕。思厚不胜悲感，三日一诣坟所飨祭，至尊方归，遂令周义守坟茔。

忽一日，苏掌仪、许掌仪说："金陵土星观观主刘金坛，虽是个女道士，德行清高，何不同往观中，做些功德，追荐（请僧道诵经祭奠，超度死者）令政？"思厚依从，选日，同苏、许二人到土星观来访刘金坛时，你说怎生打扮，但见：

顶天青巾（天青，颜色名。宋代道士戴青巾），执象牙简，穿白罗袍，着翡翠履。不施朱粉，分明是梅萼凝霜；淡伫精神，仿佛如莲花出水。仪容绝世，标致非凡。

思厚一见，神魂散乱，目睁口呆。叙礼毕，金坛分付一面安排做九幽醮（道士设坛念经做法事，遍召鬼神，忏悔罪孽，冀求超升。醮，jiào），且请众官到里面看灵芝。三人同入去，过三清殿、翠华轩，从八卦坛房内，转入绛绡馆，原来灵芝在绛绡馆。众人去看灵芝，惟思厚独入金坛房内闲看，但见明窗净几，铺陈玩物，书案上文房四宝，压纸界方（界尺）下露出些纸。信手取看时，是一幅词，上写着〔浣溪沙〕：

"标致清高不染尘，星冠云氅紫霞裙。门掩斜阳无一事，抚瑶琴。虚馆幽花偏惹恨，小窗闲月最消魂。此际得教还俗去，谢天尊！"

韩思厚初观金坛之貌，已动私情；后观纸上之词，尤增爱念。乃作一词，名〔西江月〕，词道：

玉貌何劳朱粉？江梅岂类群花？终朝隐几论黄芽（道家炼丹，称铅精为黄芽），不顾花前月下。冠上星簪北斗，杖头经挂《南华》（即《庄子》）。不知何日到仙家？曾许彩鸾同跨。

拍手高唱此词。金坛变色焦躁说："是何道理?欺我孤弱，乱我观宇！命人取轿来，我自去见恩官，与你理会。"苏、许二人再四劝住，金坛不允。韩思厚就怀中取出金坛所作之词，教众人看，说："观主不必焦躁，这个词儿是谁做的？"諕（同"吓"）得金坛安身无地，把怒色都变做笑容，安排筵席，请众官共坐，饮酒作乐，都不管做功德追荐之事。酒阑（酒筵将尽），二人各有其情，甚相爱慕，尽醉而散。这刘金坛原是东京人，丈夫是枢密院（官署名称，长官称枢密使，主要掌管军政）冯六承旨（官名，隶属枢密院）。因靖康年间同妻刘氏雇舟避难，来金陵，去淮水上，冯六承旨被冷箭落水身亡。其妻刘氏发愿，就土星观出家，追荐丈夫，朝野知名，差做观主。此后韩思厚时常往来刘金坛处。

忽一日，苏、许二掌仪醵金（凑钱。醵，jù）备礼，在观中请刘金坛、韩思厚。酒至数巡，苏、许二人把盏劝思厚与金坛道："哥哥既与金坛相爱，乃是宿世因缘。今外议藉藉（杂乱），不当稳便。何不还了俗，用礼通媒，娶为嫂嫂，岂不美哉！"思厚、金坛从其言。金坛以钱买人告还俗，思厚选日下定，娶归成亲。一个也不追荐丈夫，一个也不看顾坟墓。倚窗携手，惆怅论心。

成亲数日，看坟周义不见韩官人来上坟，自诣（到）宅前探听消息。见当直在门前，问道："官人因甚这几日不来坟上？"当直道："官人娶了土星观刘金坛做了孺人，无工夫上坟。"周义是北人，性直，听说气忿忿地。恰好撞见思厚出来，周义唱喏毕，便着言语道："官人，你好负义！郑夫人为你守节丧身，你怎下得别娶孺人？"一头骂，一头哭夫人。韩思厚与刘金坛新婚，恐不好看，喝教当直们打出周义。周义闷闷不已，先归坟所。当日是清明，周义去夫人坟前哭着告诉许多。是夜睡至三更，郑夫人叫周义道："你韩掌仪在那里住？"周义把思厚辜恩负义娶刘氏事，一一告诉他一番："如今在三十六丈街住，夫人自去寻他理会。"夫人道："我去寻他。"周义梦中惊觉，一身冷汗。

且说那思厚共刘氏新婚欢爱，月下置酒赏玩。正饮酒间，只见刘氏柳眉剔竖，星眼圆睁，以手捽（zuó，抓）住思厚不放，道："你忒煞亏我，还我命来！"身是刘氏，语音是郑夫人的声气（声调）。諕得思厚无计可施，道："告贤妻饶恕。"那里肯放。正摆拨（摆脱、解决）不下，忽报苏、许二掌仪步月而来望思厚，见刘氏捽住思厚不放。二人解脱得手，思厚急走出，与苏、许二人商议，请笪桥（金陵城内桥道）铁索观朱法官来救治。即时遣张谨请到朱法官，法官见了刘氏道："此冤抑不可治之，只好劝谕。"刘氏自用手打掴（guāi，用巴掌打）其口与脸上，哭着告诉法官以燕山踪迹。又道："望法官慈悲做主。"朱法官再三劝道："当做功德追荐超生，如坚执不听，冒犯天条。"刘氏见说，哭谢法官："奴奴且退。"少刻刘氏方苏。法官书符与刘氏吃，又贴符房门上，法官辞去。当夜无事。

次日，思厚赍香纸请笪桥谢法官，方坐下，家中人来报，说孺人又中恶。思厚再告法官同往家中救治。法官云："若要除根好时，须将燕山坟发掘，取其骨匣，弃于长江，方可无事。"思厚只得依从所说，募土工人等，同往掘开坟墓，取出郑夫人骨匣，到扬子江边，抛放水中。自此刘氏安然。恁地时，负心的无天理报应，岂有此理！

思厚负了郑义娘，刘金坛负了冯六承旨。至绍兴十一年，车驾幸钱塘，官民百姓皆从。思厚亦挈家离金陵，到于镇江。思厚因想金山胜景，乃赁舟同妻刘氏江岸下船，行到江心，忽听得舟人唱《好事近》词，道是：

"往事与谁论？无语暗弹泪血。何处最堪怜？肠断黄昏时节。倚门凝望又徘徊，谁解此情切？何计可同归雁，趁江南春色。"

思厚审（仔细）听所歌之词，乃燕山韩国夫人郑氏义娘题屏风者，大惊。遂问梢公："此曲得自何人？"梢公答曰："近有使命入国至燕山，满城皆唱此词，乃一打线婆婆自韩国夫人宅中屏上录出来的。说是江南一官人浑家，姓郑名义娘，因贞节而死，后来郑夫人丈夫私挈其骨归江南。此词传播中外。"思厚听得说，如万刃攒（cuán）心，眼中泪下。须臾之间，忽见江中风浪俱生，烟涛并起，异鱼出没，怪兽掀波，见水上一人波心涌出，顶万字巾，把手揪刘氏云鬓，掷入水中。侍妾高声喊叫："孺人落水！"急唤思厚教救，那里救得！俄顷，又见一妇人，项缠罗帕，双眼圆睁，以手捽思厚，拽入波心而死。舟人欲救不能，遂惆怅而归。叹古今负义人皆如此，乃传之于人。诗曰：

一负冯君罹[1]水厄，一亏郑氏丧深渊。
宛如孝女寻尸[2]死，不若三闾为主愆[3]。

①罹（lí）：遭受不幸。②孝女寻尸：汉代传说，上虞女子曹娥，其父淹死，曹娥自投于江，抱父尸而出。③三闾为主愆：屈原为楚三闾大夫，楚亡，自沉于汨罗江而死。

卷十二　晏平仲二桃杀三士

大禹涂山①御座开，诸侯玉帛走如雷。

防风谩有专车骨，何事兹②辰最后来？

此篇言语，乃胡曾（邵阳人，唐咸通年间，曾任过汉南节度从事）诗。昔三皇禅位（古代君主实行的王位禅让），五帝相传；舜之时，洪水滔天，民不聊生。舜使鲧（gǔn）治水，鲧无能，其水横流。舜怒，将鲧殛（jí，杀死）于羽山。后使其子禹治水，禹疏通九河，皆流入海，三过其门而不入。会天下诸侯于会稽涂山，迟到误期者斩。惟有防风氏后至，禹怒而斩之，弃其尸于原野。后至春秋时，越国于野外，掘得一骨专车，——言一车只载得一骨节——诸人不识，问于孔子。孔子曰："此防风氏骨也。被禹王斩之，其骨尚存。"有如此之大人也，当时防风氏正不知长大多少。古人长者最多，其性极淳，丑陋如兽者亦多，神农氏顶生肉角。岂不闻昔人有云："古人形似兽，却有大圣德；今人形似人，兽心不可测。"

今日说三个好汉，被一个身不满三尺之人，聊用微物，都断送了性命。

昔春秋列国时，齐景公朝有三个大汉，一人姓田，名开疆，身长一丈五尺。其人生得面如噀血（喷血。噀，xùn），目若朗星，雕嘴鱼腮，板牙无缝。比时（此时）曾随景公猎于桐山，忽然于西山之中，赶起一只猛虎来。其虎奔走，径扑景公之马，马见虎来，惊倒景公在地。田开疆在侧，不用刀枪，双拳直取猛虎。左手揪住项毛，右手挥拳而打，用脚望面门上踢，一顿打死那只猛虎，救了景公。文武百官，无不畏惧。景公回朝，封为寿宁君，是齐国第一个行霸道的。却说第二个，姓顾名冶子，身长一丈三尺，面如泼墨，腮吐黄

---

①涂山：亦名当涂山，为古涂山国所在地，据说原来是一座山，大禹治水把山一劈为二，让淮河水改道，变成由南往北流。②兹：这个。

须，手似铜钩，牙如锯齿。此人曾随景公渡黄河，忽大雨骤至，波浪汹涌，舟船将覆。景公大惊，见云雾中火块闪烁，戏于水面。顾冶子在侧，言曰："此必是黄河之蛟也。"景公曰："如之奈何？"顾冶子曰："主公勿虑，容臣斩之。"拔剑裸衣下水，少刻风浪俱息，见顾冶子手提蛟头，跃水而出。景公大骇（大惊），封为武安君，这是齐国第二个行霸道的。第三个，姓公孙名接，身长一丈二尺，头如累塔，眼生三角，板肋猿背，力举千斤。一日秦兵犯界，景公引军马出迎，被秦兵杀败，引军赶来，围住在凤鸣山。公孙接用铁阕（带有雕刻的铁柱子）一条，约至一百五十斤，杀入秦兵之内。秦兵十万，措手不及，救出景公，封为威远君。这是齐国第三个行霸道的。这三个结为兄弟，誓说生死相托。三个不知文墨礼让，在朝廷横行，视君臣如同草木。景公见三人上殿，如芒刺在背。

一日，楚国使（派）中大夫靳尚前来本国求和。原来齐、楚二邦乃是邻国，二国交兵二十馀年，不曾解和。楚王乃命靳尚为使，入见景公，奏曰："齐楚不和，交兵岁久，民有倒悬之患（倒悬：头向下、脚向上悬挂着。比喻极其危险的困境）。今特命臣入国讲和，永息刀兵。俺楚国襟三江而带五湖，地方千里，粟支数年，足食足兵，可为上国（宗主国。诸侯附庸之国，则称为下国）。王可裁之，得名获利。"却说田、顾、公孙三人大怒，叱靳尚曰："量汝楚国，何足道哉！吾三人亲提雄兵，将楚国践为平地，人人皆死，个个不留。"喝靳尚下殿，教金瓜武士（皇帝金殿上的仪仗兵兼侍卫，手持头部为金瓜状的长杆武器）斩讫报来。阶下转过一人，身长三尺八寸，眉浓目秀，齿白唇红，乃齐国丞相，姓晏名婴，字平仲，前来喝住武士，备问其详。靳尚说了，晏子便教放了靳尚，先回本国，吾当亲至讲和。乃上殿奏知景公。三人大怒曰："吾欲斩之，汝何故放还本国？"晏子曰："岂不闻'两国战争，不斩来使'？他独自到这里，擒住斩之，邻国知道，万世笑端。晏婴不才，凭三寸舌，亲到楚国，令彼君臣，皆顿首谢罪于阶下，尊齐为上国，并不用刀兵士马，此计若何？"三士怒发冲冠，皆叱曰："汝乃黄口（小孩子。常用以讥讽别人年幼无知）侏儒小儿，国人无眼，命汝为相，擅敢乱开大口！吾三人有诛龙斩虎之威，力敌万夫之勇，亲提精兵，平吞楚国，要汝何用？"景公曰："丞相既出大言，必有广学（广博的学识）。且待入楚之后，若果获利，胜似典兵（带兵）。"三士曰："且看侏儒小儿这回为使，若折了我国家气概，回来时砍为肉泥！"三士出朝。景公曰："丞相此行，不可轻忽。"晏子曰："主上放心，至楚邦，视彼君臣如土

壤耳。”遂辞而行，从者十余人跟随。

车马已至郢（yǐng，楚国的都城，在今湖北省江陵县附近）都，楚国臣宰奏知。君臣商议曰：“齐晏子乃舌辩之士，可定下计策，先塞其口，令不敢来下说词。”君臣定计了，宣晏子入朝。晏子到朝门，见金门不开，下面闸板止留半段，意欲令晏子低头钻入，以显他矮小辱之。晏子望见下面便钻，从人急止之曰：“彼见丞相矮小，故以辱之，何中其计？”晏子大笑曰：“汝等岂知之耶？吾闻人有人门，狗有狗窦（洞）。使于人，即当进人门；使于狗，即当进狗窦。有何疑焉？”楚臣听之，火急开金门而接。晏子旁若无人，昂然而入。

至殿下，礼毕，楚王问曰：“汝齐国地狭人稀乎？”晏子曰：“臣齐国东连海岛，西跨魏秦，北拒赵燕，南吞吴楚，鸡鸣犬吠相闻，数千里不绝，安得为地狭耶？”楚王曰：“地土虽阔，人物却少。”晏子曰：“臣国中人呵气如云，拂汗如雨，行者摩肩（肩挨着肩。形容人多拥挤），立者并迹，金银珠玉，堆积如山，安得人物稀少耶？”楚王曰：“既然地广人稠，何故使一小儿来吾国中为使耶？”晏子答曰：“使于大国者，则用大人；使于小国者，则当用小儿。因此特命晏婴到此。”楚王视臣下，无言可答。请晏婴上殿，命座。侍臣进酒，晏子欣然畅饮，不以为意。

少刻，金瓜簇拥一人至筵前，其人口称冤屈。晏子视之，乃齐国带来从者。问得何罪，楚臣对曰：“来筵前作贼，盗酒器而出，被户尉所获，乃真赃正犯也。”其人曰：“实不曾盗，乃户尉图赖。”晏子曰：“真赃正犯，尚敢抵赖！速与吾牵出市曹（市内商业集中之处，古代常于此处决人犯）斩之。”楚臣曰：“丞相远来，何不带诚实之人？令从者作贼，其主岂不羞颜？”晏子曰：“此人自幼跟随，极知心腹，今日为盗，有何难见？昔在齐国是个君子，今到楚国，却为小人，乃风俗之所变也。吾闻江南洞庭有一树，生一等果，其名曰橘，其色黄而香，其味甜而美；若将此树移于北方，结成果木，乃名枳实，其色青而臭，其味酸而苦。名谓南橘北枳，便分两等，乃风俗之不等也。以此推之，在齐不为盗，在楚为盗，更复何疑！”

楚王大惭，急离御座，拱手于晏子曰：“真乃贤士也。吾国中大小公卿，万不及一。愿赐见教，一听严命。”晏子曰：“王上安坐，听臣一言。齐国中有三士，皆万夫不当之勇，久欲起兵来吞楚国，吾力言不可。齐楚不睦，苍生受害，心何忍焉？今臣特来讲和，王上可亲诣齐国和亲，结为唇齿之邦（比喻双方关系密切，利害与共），歃血（古代举行盟会时，微饮牲血，或含于口中，或涂于口旁，以示信守誓言的诚意。歃，shà）为盟。若邻国加兵，互相救应，永无侵扰，可保万年之基业。若不听臣，祸不远矣。非臣相诡，愿王裁之。”王曰：“闻公之才，寡人情愿和亲。但所患者，齐三士皆无仁义之人，吾不敢去。”晏子曰：“王上放心，臣愿保驾，聊施小计，教三士死于大王之前，以绝两国之患。”楚王曰：“若三士俱亡，吾宁为小邦，年朝岁贡而无怨。”晏子许之。楚王乃大设筵席，送令先去，随后收拾进献礼物而至。

晏子先使人归报，齐景公闻之大喜，令大小公卿，尽随吾出郭迎接丞相。三士闻之，转怒。晏子至，景公下车而迎。慰劳已毕，同载而回，齐国之人看者塞途。晏子辞景公回府。次日入宫，见三士在阁下博戏（一种赌输赢、决胜负的游戏）。晏子进前施礼，三士亦不回顾，傲忽之气，旁若无人。晏子侍立久之，方自退。入见景公，说三士如此无礼。景公曰：“此三人常带剑上殿，视吾如小儿，久必篡位矣。素（一向）欲除之，恨力不及耳。”晏子曰：“主上宽心，来朝楚国君臣皆至，可大张御宴。待臣于筵间，略施小计，令三士皆自杀何如？”景公曰：“计将安出？”晏子曰：“此三人者皆一勇匹夫，并无谋略，若如此如此，祸必除矣。”景公喜。

次日，楚王引文武官僚百余员，车载金珠玩好之物，亲至朝门。景公请入，楚王先下拜，景公忙答礼罢，二君分宾主而坐。楚王令群臣罗拜阶下，楚王拱手伏罪曰：“二十年间，多有凶犯。今因丞相之言，特来请罪，薄礼上贡，望乞恕纳。”齐景公谢讫，大设筵宴，二国君臣相庆。三士带剑立于殿下，昂昂自若（形容无所顾虑，从容自如。昂昂，气慨昂扬，大模大样；自若，像平常一样），晏子进退揖让，并不谄于三士。

酒至半酣，景公曰：“御园金桃已熟，可采来筵间食之。”须臾，一宫监金盘内捧出五枚。齐王曰：“园中桃树，今岁止收五枚，味甜气香，与他树不同。丞相捧杯进酒以庆此桃。”上古之时，桃树难得，今园中有此五枚，为希罕之物。晏子捧玉爵行酒，先进楚王。饮毕，食其一桃。又进齐王，饮毕，食其一桃。齐王曰：“此桃非易得之物，丞相合二国和好，如此大功，可食一桃。”晏子跪而食之，赐酒一爵。齐王曰：“齐、楚二国，公卿之中，言其功勋大者，当食此桃。”田开疆挺身而出，立于筵上而言曰：“昔从主公猎于桐山，力诛猛虎，其功若何？”齐王曰：“擎王（擎，当作“勤”。起兵救援王室）保驾，功莫大焉。”晏子慌忙进酒一爵，食桃一枚，归于班部。顾冶子奋然便出，曰：“诛虎者未为奇，吾曾斩长蛟于黄河，救主上回故国，觑（qù，瞧，

看）洪波巨浪，如登平地，此功若何？”王曰：“此概（同“盖”）世之功也，进酒赐桃，又何疑哉？”晏子慌忙进酒赐桃。公孙接撩衣破步而出，曰：“吾曾于十万军中，手挥铁闵（带有雕刻的铁柱子），救主公出，军中无敢近者，此功若何？”齐王曰：“据卿之功，极天际地，无可比者；争奈（怎奈）无桃可赐，赐酒一杯，以待来年。”晏子曰：“将军之功最大，可惜言之太迟，以此无桃，掩其大功。”公孙接按剑而言曰：“诛龙斩虎，小可事耳。吾纵横于十万军中，如入无人之境，力救主上，建立大功，反不能食桃，受辱于两国君臣之前，为万代之耻笑，安有面目立于朝廷耶？”言讫，遂拔剑自刎而死。田开疆大惊，亦拔剑而言曰：“我等微功而食桃，兄弟功大反不得食，吾之羞耻，何日可脱？”言讫，自刎而死。顾冶子奋气大呼曰：“吾三人义同骨肉，誓同生死；二人既亡，吾安能自活？”言讫，亦自刎而亡。晏子笑曰：“非二桃不能杀三士，今已绝虑，吾计若何？”楚王下坐，拜伏而叹曰：“丞相神机妙策，安敢不伏耶？自今以后，永尊上国，誓无侵犯。”齐王将三士敕葬（皇上遣内侍监护葬事）于东门外。

自此齐、楚连和，绝其士马（停止战争），齐为霸国。晏子名扬万世，宣圣（指孔子。“宣”是谥号）亦称其善。后来诸葛孔明曾为《梁父吟》，单道此事。吟曰：

步出齐城门，遥望汤阴里；里中有三坟，累累正相似。问是谁家冢？田疆古冶氏。力能排南山，文能绝地理；一朝被谗言，二桃杀三士。谁能为此谋？相国齐晏子。

又〔满江红〕词一篇，古人单道此事，词云：

齐景雄风，因习战海滨畋猎[①]。正驱驰忽逢猛兽，众皆惊绝。壮士开疆能奋勇，双拳杀虎身流血。救君危拜爵宠恩荣，真豪杰！顾冶子，除妖孽；强秦战，公孙接。笑三人恃勇，在齐猖獗。只被晏婴施小巧，二桃中计皆身灭。齐东门累累有三坟，荒郊月。

①畋（tián）猎：打猎。

卷十三 沈小官一鸟害七命

飞禽惹起祸根芽，七命相残事可嗟。
奉劝世人须鉴戒，莫教儿女不当家。

话说大宋徽宗朝，宣和三年，海宁郡（即今杭州）武林门外北新桥（在杭州武林门外香积寺之北）下有一机户，姓沈名昱（yù），字必显，家中颇为丰足。娶妻严氏，夫妇恩爱，单生一子，取名沈秀，年长一十八岁，未曾婚娶。其父专靠织造段疋（pǐ，同“匹”）为活，不想这沈秀不务本分生理（生意，买卖），专好风流闲耍，养画眉过日。父母因惜他一子，以此教训他不下，街坊邻里取他一个诨名（绰号。诨，hùn），叫做“沈鸟儿”。每日五更，提了画眉，奔入城中柳林里来拖画眉，不只一日。忽至春末夏初，天气不暖不寒，花红柳绿之时，当日沈秀侵晨（天快亮时）起来，梳洗罢，吃了些点心，打点笼儿，盛着个无比赛的画眉。这畜生只除天上有，果系世间无，将他各处去斗，俱斗他不过，成百十贯赢得，因此十分爱惜他，如性命一般。做一个金漆笼儿，黄铜钩子，哥窑（宋代龙泉县有章姓兄弟，都造窑；兄长造的称为哥窑，弟弟造的称为章窑）的水食罐儿，绿纱罩儿，提了在手，摇摇摆摆，径奔入城，往柳林里去拖画眉（斗鸟）。不想这沈秀一去，死于非命。好似：

猪羊进入宰生[①]家，一步步来寻死路。

当时沈秀提了画眉，径到柳林里来，不意来得迟了些，众拖画眉的俱已散了，净荡荡黑阴阴，没一个人往来。沈秀独自一个，把画眉挂在柳树上叫了一回。沈秀自觉没情没绪，除了笼儿，正要回去，不想小肚子一阵疼，滚将上来，一块儿蹲到在地上。原来沈秀有一件病在身上，叫做“主心馄饨”，一名

①宰生：屠宰。

“小肠疝气（器官一部分离开了原来的部位，在薄弱的地方隆起。疝，shàn）”，每常一发一个小死。其日想必起得早些，况又来迟，众人散了，没些情绪，闷上心来，这一次甚是发得凶。一跤倒在柳树边有两个时辰不醒人事。

你道事有凑巧，物有偶然，这日有个箍（gū）桶的，叫做张公，挑着担儿径往柳林里，穿过褚（chǔ）家堂做生活。远远看见一个人，倒在树边，三步那做两步，近前歇下担儿。看那沈秀脸色腊查（比喻人患病或恐惧时的脸色）黄的，昏迷不醒，身边并无财物，止有一个画眉笼儿。这畜生此时越叫得好听，所以一时见财起意，穷极计生，心中想道：“终日括（kuò，搜求）得这两分银子，怎地得快活？”只是这沈秀当死，这画眉见了张公，分外叫得好。张公道：“别的不打紧，只这个画眉，少也值二三两银子。”便提在手，却待要走。不意沈秀正苏醒，开眼见张公提着笼儿，要阐（zhēng，同“挣”）身子不起，只口里骂道：“老忘八，将我画眉那里去？”张公听骂：“这小狗入的，忒也嘴尖！我便拿去，他倘爬起赶来，我倒反吃他亏。一不做，二不休，左右是歹了。”却去那桶里取出一把削桶的刀来，把沈秀按住一勒，那弯刀又快，力又使得猛，那头早滚在一边。张公也慌张了，东观西望，恐怕有人撞见。却抬头，见一株空心杨柳树，连忙将头提起，丢在树中。将刀放在桶内，笼儿挂在担上，也不去褚家堂做生活，一道烟径走。穿街过巷，投一个去处。你道只因这个画眉，生生的害了几条性命。正是：

人间私语，天闻若雷。暗室亏心，神目如电。

当时张公一头走，一头心里想道：“我见湖州墅（地名，在杭州北武林门外，本名湖州市）里客店内，有个客人，时常要买虫蚁（宋明间对小动物的一种通称。飞禽、走兽、昆虫之类），何不将去卖与他？”一径望武林门外来。也是前生注定的劫数，却好见三个客人，两个后生跟着，共是五人，正要收拾货物回去，却从门外进来客人，俱是东京汴梁人，内中有个姓李名吉，贩卖生药，此人平昔也好养画眉，见这箍桶担上，好个画眉，便叫张公借看一看。张公歇下担子，那客人看那画眉毛衣并眼生得极好，声音又叫得好，心里爱他，便问张公：“你肯卖么？”此时张公巴不得脱祸，便道：“客官，你出多少钱？”李吉转看转好，便道：“与你一两银子。”张公自道着手（得手）了，便道：“本不当计较，只是爱者如宝，添些便罢。”那李吉取出三块银子，秤秤看到有一两二钱，道：“也罢。”递与张公。张公接过银子看一看，将来放在荷包里，将画眉与了客人，别了便走。口里道：“发脱得这祸根，也是好事了。”不上街做生理，一直奔回家去，心中也自有些不爽利（不爽快）。正是：

作恶恐遭天地责，欺心犹怕鬼神知。

原来张公正在涌金门（杭州西面城门）城脚下住，止婆老（老婆子和老头子）两口儿，又无儿子。婆儿见张公回来，便道："篾子一条也不动，缘何又回来得早？有甚事干？"张公只不答应，挑着担子，径入门歇下，转身关上大门，道："阿婆，你来，我与你说话。恰才如此如此，谋得这一两二钱银子，与你权且快活使用。"两口儿欢天喜地，不在话下。

却说柳林里无人来往，直至巳牌（古制以牙牌报时，巳牌，即巳时，上午九至十一时）时分，两个挑粪庄家，打从那里过，见了这没头尸首，挡在地上，吃了一惊，声张起来。当坊里甲邻佑一时嚷动。本坊申呈本县，本县申府。次日，差官吏仵作（旧时官府检验命案死尸的人。仵，wǔ）人等前来柳阴里，检验得浑身无些伤痕，只是无头，又无苦主（被害人的家属），官吏回复本府。本府差应捕（负责缉捕的官兵）挨获（访拿）凶身，城里城外，纷纷乱嚷。

却说沈秀家到晚不见他回来，使人去各处寻不见。天明，央人入城寻时，只见湖州墅嚷道："柳林里杀死无头尸首。"沈秀的娘听得说，想道："我的儿子昨日入城拖画眉，至今无寻他处，莫不得是他？"连叫丈夫："你必须自进城打听。"沈昱（yù）听了一惊，慌忙自奔到柳林里看了无头尸首，仔细定睛上下看了衣服，却认得是儿子，大哭起来。本坊里甲道："苦主有了，只无凶身。"其时沈昱径到临安府告说："是我的儿子，昨日五更入城拖画眉，不知怎的被人杀了，望老爷做主！"本府发放各处应捕及巡捕官，限十日内要捕凶身着。

沈昱具棺木盛了尸首，放在柳林里，一径回家，对妻说道："是我儿子被人杀了，只不知将头何处去了。我已告过本府，本府着捕人各处捉获凶身。我且自买棺木盛了，此事如何是好？"严氏听说，大哭起来，一交跌倒。不知五脏何如，先见四肢不举。正是：

身如五鼓衔山月，气似三更油尽灯。

当时众人灌汤，救得苏醒，哭道："我儿日常不听好人之言，今日死无葬身之地。我的少年的儿，死得好苦！谁想我老来无靠！"说了又哭，哭了又说，茶饭不吃。丈夫再三苦劝，只得勉强。过了半月，并无消息。沈昱夫妻二人商议，儿子平昔不依教训，致有今日祸事，吃人杀了，没捉获处，也只得没奈何，但得全尸也好。不若写个帖子，告禀四方之人，倘得见头，全了尸首，待后又作计较。二人商议已定，连忙便写了几张帖子满城去贴，上写："告知四方君子，如有寻获得沈秀头者，情愿赏钱一千贯；捉得凶身者，愿赏钱二千贯。"将此情告知本府，本府亦限捕人寻获，亦出告示道："如有人寻得沈秀头者，官给赏钱五百贯；如捉获凶身者，赏钱一千贯。"告示一出，满城哄动不题。

且说南高峰脚下有一个极贫老儿，姓黄，诨名叫做黄老狗，一生为人鲁拙，抬轿营生（生意）。老来双目不明，止靠两个儿子度日，大的叫做大保，小的叫做小保。父子三人，正是衣不遮身，食不充口，巴巴急急，口食不敷（足）。一日，黄老狗叫大保、小保到来："我听得人说，甚么财主沈秀吃（被）人杀了，没寻头处。今出赏钱，说有人寻得头者，本家赏钱一千贯，本府又给赏五百贯。我今叫你两个别无话说，我今左右老了，又无用处，又不看见，又没趁钱（挣钱）。做我着（拼着我、豁出去我），教你两个发迹快活，你两个今夜将我的头割了，埋在西湖水边，过了数日，待没了认色（辨认的标志），却将去本府告赏，共得一千五百贯钱，却强似今日在此受苦。此计大妙，不宜迟，倘被别人先做了，空折了性命。"只因这老狗失志（失策），说了这几句言语，况兼两个儿子又是愚蠢之人，不省法度（法律制度）的。正是：

口是祸之门，舌是斩身刀。
闭口深藏舌，安身处处牢。

当时两个出到外面商议。小保道："我爷设这一计大妙，便是做主将元帅，也没这计策。好便好了，只是可惜没了一个爷。"大保做人又狠又呆，道："看他左右只在早晚要死，不若趁这机会杀了，去山下掘个坑埋了，又无踪迹，那里查考？这个叫做'趁汤推'，又唤做'一抹光'。天理人心，又不是我们逼他，他自叫我们如此如此。"小保道："好倒好，只除等睡熟了，方可动手。"

二人计较已定，却去东奔西走，赊得两瓶酒来，父子三人吃得大醉，东倒西歪。一觉直到三更，两人爬将起来，看那老子（老家伙）正齁齁（hōu hōu，鼻息声）睡着。大保去灶前摸了一把厨刀，去爷的项（脖子）上一勒，早把这颗头割下了。连忙将破衣包了放在床边，便去山脚下掘个深坑，扛去埋了。也不等天明，将头去南屏山藕花居湖边浅水处理了。

过半月入城，看了告示，先走到沈昱家报说道："我二人昨日因捉虾鱼，在藕花居边看见一个人头，想必是你儿子头。"沈昱见说道："若果是，便赏你一千贯钱，一分不少。”便去安排酒饭吃了，同他两个径到南屏山藕花居湖边。浅土隐隐盖着一头，提起看时，水浸多日，澎涨了，也难辨别。想必是了，若不是时，那里又有这个人头在此？沈昱便把手帕包了，一同两个径到府厅告说：“沈秀的头有了。”知府再三审问，二人答道：“因捉虾鱼，故此看见，并不晓别项情由。”本府准信，给赏五百贯。二人领了，便同沈昱将头到柳林里，打开棺木，将头凑在项上，依旧钉了，就同二人回家。严氏见说儿子头有了，心中欢喜，随即安排酒饭管待二人，与了一千贯赏钱。二人收了，作别回家，便造房屋，买农具家生（器具）。二人道：“如今不要似前抬轿，我们勤力耕种，挑卖山柴，也可度日。”不在话下。正是光阴似箭，日月如梭，不觉过了数月，官府也懈了，日远日疏，俱不题了。

却说沈昱是东京机户（从事纺织业的人户或作坊），轮该（轮流承当）解段匹到京。待各机户段匹完日，到府领了解批（解送货物的公文），回家分付了家中事务起身。此一去，只因沈昱看见了自家虫蚁（宋明间对小动物的一种通称。飞禽、走兽、昆虫之类），又屈害了一条性命。正是：

非理之财莫取，非理之事莫为。明有刑法相系，暗有鬼神相随。

却说沈昱在路，饥餐渴饮，夜住晓行，不只一日，来到东京。把段匹一一交纳过了，取了批回（即批状，官府答复下级的批示公文），心下思量：“我闻京师景致，比别处不同，何不闲看一遭，也是难逢难遇之事。”其名山胜概（美景），庵观寺院，出名的所在，都走了一遭。偶然打从御用监（专管造办皇帝所用器玩）禽鸟房（专司饲养各种飞禽）门前经过，那沈昱心中是爱虫蚁的，意欲进去一看，因门上用了十数个钱，得放进去闲看。只听得一个画眉，十分叫得巧好，仔细看时，正是儿子不见的画眉。那画眉见了沈昱眼熟，越发叫得好听，又叫又跳，将头颠（顶）沈昱数次。沈昱见了，想起儿子，千行泪下，心中痛苦，不觉失声叫起屈来，口中只叫得：“有这等事！”那掌管禽鸟的校尉喝道：“这厮好不知法度，这是甚么所在，如此大惊小怪起来！”沈昱痛苦难伸，越叫得响了。

那校尉恐怕连累自己，只得把沈昱拿了，送到大理寺（官署名，掌刑狱）。大理寺官便喝道：“你是那里人，敢进内御用之处，大惊小怪？有何冤屈之事好好直说，便饶你罢。”沈昱就把儿子拖画眉被杀情由，从头诉说了一遍。大理寺官听说，呆了半晌，想这禽鸟是京民李吉进贡在此，缘何有如此一节隐情？便差人火速捉拿李吉到官，审问道：“你为何在海宁郡将他儿子谋杀了，却将他的画眉来此进贡？一一明白供招，免受刑罚。”李吉道：“先因往杭州买卖，行至武林门里，撞见一个箍桶的担上挂着这个画眉，是吉因见他叫得巧，又生得好，用价一两二钱，买将回来。因他好巧，不敢自用，以此进贡上用。并不知人命情由。”勘（审问囚犯）官问道：“你却赖与何人！这画眉就是实迹了，实招了罢。”李吉再三哀告道：“委的是问个箍桶的老儿买的，并不知杀人情由，难以屈招。”勘官又问：“你既是问老儿买的，那老儿姓甚名谁？那里人氏？供得明白，我这里行文拿来，问理得实，即便放你。”李吉道：“小人是路上逢着买的，实不知姓名，那里人氏。”勘官骂道：“这便是含糊了，将此人命推与谁偿？据这画眉，便是实迹，这厮不打不招！”再三拷打，打得皮开肉绽，李吉痛苦不过，只得招做“因见画眉生得好巧，一时杀了沈秀，将头抛弃”情由。遂将李吉送下大牢监候，大理寺官具本奏上朝廷，圣旨道：李吉委的（的确）杀死沈秀，画眉见存，依律处斩。将画眉给还沈昱，又给了批回，放还原籍，将李吉押发（押送）市曹斩首。正是：

老龟煮不烂，移祸于枯桑。

当时恰有两个同与李吉到海宁郡来做买卖的客人，蹀躞不下（放心不下。蹀躞，dié xiè）：“有这等冤屈事！明明是买的画眉，我欲待替他申诉，争奈卖画眉的人虽认得，我亦不知其姓名，况且又在杭州。冤倒不辩得，和我连累了，如何出豁（解脱）？只因一个畜生，明明屈杀了一条性命，除我们不到杭州，若到，定要与他讨个明白。”也不在话下。

却说沈昱收拾了行李，带了画眉，星夜奔回。到得家中，对妻说道：“我在东京替儿讨了命了。”严氏问道：“怎生得来？”沈昱把在内监见画眉一节，从头至尾说了一遍。严氏见了画眉，大哭了一场，睹物伤情，不在话下。

次日沈昱提了画眉，本府来销批，将前项事情，告诉了一遍。知府大喜道：“有这等巧事。”正是：

劝君莫作亏心事，古往今来放过谁？

休说人命关天，岂同儿戏。知府发放（处理、分发）道：“既是凶身获着斩首，可将棺木烧化。”沈昱叫人将棺木烧了，就撒了骨殖（把尸体焚化，骨灰则抛撒在水池中），不在话下。

却说当时同李吉来杭州卖生药的两个客人，一姓贺，一姓朱，有些药材，径到杭州湖墅客店内歇下，将药材一一发卖讫。当为心下不平，二人径入城来，探听这个箍桶的人。寻了一日，不见消耗（音信）。二人闷闷不已，回归店中歇了。次日，又进城来，却好遇见一个箍桶的担儿。二人便叫住道：“大哥，请问你，这里有一个箍桶的老儿，这般这般模样，不知他姓甚名谁，大哥你可认得么？”那人便道：“客官，我这箍桶行里止有两个老儿：一人姓李，住在石榴园巷内；一个姓张，住在西城脚下。不知那一个是？”二人谢了，径到石榴园来寻，只见李公正在那里劈篾，二人看了，却不是他。又寻他到西城脚下，二人来到门首便问：“张公在么？”张婆道：“不在，出去做生活去了。”二人也不打话，一径且回。正是未牌时分（下午一点至三点），二人走不上半里之地，远远望见一个箍桶担儿来。有分直教此人偿了沈秀的命，明白了李吉的事。正是：

恩义广施，人生何处不相逢？冤仇莫结，路逢狭处难回避。

其时张公望南回来，二人朝北而去，却好劈面撞见。张公不认得二人，二人却认得张公，便拦住问道：“阿公高姓？”张公道：“小人姓张。”又问道：“莫非是在西城脚下住的？”张公道：“便是，问小人有何事干？”二人便道：“我店中有许多生活要箍，要寻个老成的做，因此问你。你如今那里去？”张公道：“回去。”三人一头走，一头说，直走到张公门首。张公道：“二位请坐吃茶。”二人道：“今日晚了，明日再来。”张公道：“明日我不出去了，专等专等。”

二人作别，不回店去，径投本府首告。正是本府晚堂〔官府每日两次视事，申时（傍晚三时至五时）升厅理事称晚堂〕，直入堂前跪下，把沈昱认画眉一节，李吉被杀一节，撞见张公买画眉一节，一一诉明。“小人两个不平，特与李吉讨命，望老爷细审张公。不知恁地得画眉？”府官道：“沈秀的事俱已明白了，凶身已斩了，再有何事？”二人告道：“大理寺官不明，只以画眉为实，更不推详（推究）来历，将李吉明白屈杀了。小人路见不平，特与李吉讨命。如不是实，怎敢告扰？望乞怜悯做主。”知府见二人告得苦切，随即差捕人连夜去捉张公。好似：

数只皂雕追紫燕，一群猛虎啖羊羔。

其夜众公人奔到西城脚下，把张公背剪绑了，解上府去，送大牢内监了。次日，知府升堂，公人于牢中取出张公跪下。知府道：“你缘何杀了沈秀，反将李吉偿命？今日事露，天理不容。”喝令好生打着。直落（接连不停。落，语助词，没有意义）打了三十下，打得皮开肉绽，鲜血淋漓。再三拷打，不肯招承。两个客人，并两个伴当齐说：“李吉便死了，我四人见在，眼同（会同，跟同）将一两二钱银子买你的画眉，你今推却何人？你若说不是你，你便说这画眉从何来？实的虚不得，支吾有何用处？”张公犹自抵赖。知府大喝道：“画眉是真赃物，这四人是真证见，若再不招，取夹棍来夹起！”张公惊慌了，只得将前项盗取画眉，勒死沈秀一节，一一供招了。知府道：“那头彼时放在那里？”张公道：“小人一时心慌，见侧边一株空心柳树，将头丢在中间。随提了画眉，径出武林门来，偶撞见三个客人，两个伴当，问小人买了画眉，得银一两二钱，归家用度。所供是实。”知府令张公画了供，又差人去拘沈昱，一同押着张公，到于柳林里寻头。哄动街市上之人无数，一齐都到柳林里来看寻头。只见果有一株空心柳树，众人将锯放倒，众人发一声喊，果有一个人头在内。提起看时，端然不动。沈昱见了这头，定睛一看，认得是儿子的头，大哭起来，昏迷倒地，半晌方醒。遂将帕子包了，押着张公，径上府去。知府道：“既有了头，情真罪当。”取具大枷枷了，脚镣手杻（chǒu，古代手铐一类的刑具）钉了，押送死囚牢里，牢固监候。

知府又问沈昱道：“当时那两个黄大保、小保，又那里得这人头来请赏？事有可疑。今沈秀头又有了，那头却是谁人的？”随即差捕人去拿黄大保兄弟二人，前来审问来历。沈昱跟同公人，径到南山黄家，捉了弟兄两个，押到府厅，当厅跪下。知府道：“杀了沈秀的凶身，已自捉了，沈秀的头见已追出。你弟兄二人谋死何人，将头请赏？一一承招，免得吃苦。”大保、小保被问，口隔心慌，答应不出。知府大怒，喝令吊起拷打半日，不肯招承，又将烧红烙铁烫他，二人熬不过死去，将水喷醒，只得口吐真情，说道：“因见父亲年老，有病伶仃，一时不合将酒灌醉，割下头来，埋在西湖藕花居水边，含糊请赏。”知府道：“你父亲尸骸埋在何处？”两个道：“就埋在南高峰脚下。”当时押发二人到彼，掘开看时，果有没头尸骸一副，埋藏在彼。依先押二人到于府厅回话，道：“南山脚下，浅土之中，果有没头尸骸一副。”知府道：“有这等事，真乃逆天之事，世间有这等恶人！口不欲说，耳不欲闻，笔不欲书，就一顿打死他倒干净，此恨怎的消得！”喝令手下不要计数，先打一会，打得二人死而复醒者数次。讨两面大枷枷了，送入死囚牢里，牢固监候。沈昱并原告人，宁家听候。

随即具表申奏，将李吉屈死情由奏闻。奉圣旨，着刑部及都察院，将原问李吉大理寺官好生勘问，随贬为庶人，发岭南安置。李吉平人屈死，情实可矜（怜悯），着官给赏钱一千贯，除子孙差役。张公谋财故杀，屈害平人，依律处斩，加罪凌迟，剐割二百四十刀，分尸五段。黄大保、小保贪财杀父，不分首从，俱各凌迟处死，剐二百四十刀，分尸五段，枭首示众。正是：

湛湛青天不可欺，未曾举意早先知。

劝君莫作亏心事，古往今来放过谁？

一日文书到府，差官吏仵作人等，将三人押赴木驴（装有轮轴的木架，载犯人示众后处死）上，满城号令三日，律例凌迟分尸，枭首示众。其时张婆听得老儿要剐，来到市曹上，指望见一面。谁想仵作见了行刑牌，各人动手碎剐，其实凶险，惊得婆儿魂不附体，折身便走。不想被一绊，跌得重了，伤了五脏，回家身死。正是：

■木驴：装有轮轴的木架，载犯人示众并处死。

积善逢善，积恶逢恶。

仔细思量，天地不错。

卷十四　金玉奴棒打薄情郎

枝在墙东花在西，自从落地任风吹。

枝无花时还再发，花若离枝难上枝。

这四句，乃昔人所作《弃妇词》，言妇人之随夫，如花之附于枝。枝若无花，逢春再发；花若离枝，不可复合。劝世上妇人，事夫尽道，同甘同苦，从一而终；休得慕富嫌贫，两意三心，自贻后悔。

且说汉朝一个名臣，当初未遇（未得到赏识和重用）时节，其妻有眼不识泰山，弃之而去，到后来，悔之无及。你说那名臣何方人氏？姓甚名谁？那名臣姓朱，名买臣，表字翁子，会稽郡人氏。家贫未遇，夫妻二口，住于陋巷蓬门（用蓬草编成的门，借指贫苦人家），每日买臣向山中砍柴，挑至市中卖钱度日。性好读书，手不释卷。肩上虽挑却（挑着）柴担，手里兀自擒着（拿着）书本，朗诵咀嚼（比喻对事物反复体会），且歌且行。市人听惯了，但闻读书之声，便知买臣挑柴担来了，可怜他是个儒生，都与他买。更兼买臣不争价钱，凭人估值，所以他的柴比别人容易出脱（卖出）。

■朱买臣：西汉大臣、辞赋家。字翁子，吴县藏书乡人。

一般也有轻薄少年，及儿童之辈，见他又挑柴又读书，三五成群，把他嘲笑戏侮，买臣全不为意。一日其妻出门汲水（打水，取水），见群儿随着买臣柴担，拍手共笑，深以为耻。买臣卖柴回来，其妻劝道："你要读书，便休卖柴；要卖柴，便休读书。许（这样）大年纪，不痴不颠，却做出恁般行径，被儿童笑话，岂不羞死！"买臣答道："我卖柴以救贫贱，读书以取富贵，各不相妨，由他笑话便了。"其妻笑道："你若取得富贵时，不去卖柴了。自古及今，那见卖柴的人做了官？却说这没把鼻（八字没一撇）的话！”买臣道：“富贵贫贱，各有其时。有人算我八字，到五十岁上，必然发迹。常言‘海水不可斗量’，你休料我。”其妻道：“那算命先生，见你痴颠模样，故意要笑你，你休听信。到五十岁时连柴担也挑不动，饿死是有分的，还想做官！除是阎罗王殿上，少个判官（古代传说中的阴间官名），等你去做！”买臣道：“姜太公（姜尚，字子牙，也称吕尚，寿至139岁，先后辅佐了六位周王。他是中国历史上最享盛名的政治家、军事家和谋略家）八十岁尚在渭水钓鱼，遇了周文王，以后车载之，拜为尚父。本朝公孙弘（字季，西汉人。他起身于乡鄙之间，居然为相，直至今日，人们依然对他推崇备至）丞相，五十九岁上还在东海牧豕（放猪。豕，shǐ，猪），整整六十岁方才际遇今上，拜将封侯。我五十岁上发迹，比甘罗（战国时楚国人，从小聪明过人，是著名的少年政治家，小小年纪拜入秦国丞相吕不韦门下，做其才客，十二岁被封为上卿）虽迟，比那两个还早，你须耐心等去。”其妻道：“你休得攀今吊古，那钓鱼牧豕的，胸中都有才学；你如今读这几句死书，便读到一百岁，只是这个嘴脸，有甚出息？晦气做了你老婆！你被儿童耻笑，连累我也没脸皮。你不听我言抛却书本，我决不跟你终身，各人自去走路，休得两相担误了。”买臣道：“我今年四十三岁了，再七年，便是五十。前长后短，你就等耐（等待和忍耐），也不多时。直恁薄情，舍我而去，后来须要懊悔！”其妻道：“世上少甚挑柴担的汉子，懊悔甚么来？我若再守你七年，连我这骨头不知饿死于何地了。你倒放我出门，做个方便，活了我这条性命。”买臣见其妻决意要去，留他不住，叹口气道：“罢，罢，只愿你嫁得丈夫，强似朱买臣的便好。”其妻道：“好歹强似一分儿。”说罢，拜了两拜，欣然出门而去，头也不回。买臣感慨不已，题诗四句于壁上云：

“嫁犬逐犬，嫁鸡逐鸡。妻自弃我，我不弃妻。”

买臣到五十岁时，值汉武帝下诏求贤，买臣到西京上书，待诏公车（汉代官署名。为卫尉的下属机构，设公车令，掌管宫殿司马门的警卫）。同邑人严助荐买臣之才。天子知买臣是会稽人，必知本土民情利弊，即拜为会稽太守，驰驿赴任。会稽长吏闻新太守将到，大发人夫，修治道路。买臣妻的后夫亦在役中，其妻蓬头跣足（头发散乱，双脚赤裸。形容人衣冠不整，十分狼狈或困苦之状。跣，xiǎn），随伴送饭，见太守前呼后拥而来，从旁窥之，乃故夫朱买臣也。买臣在车中，一眼瞧见，还认得是故妻，遂使人招之，载于后车。到府第中，故妻羞惭无地，叩头谢罪。

买臣教请他后夫相见。不多时，后夫唤到，拜伏于地，不敢仰视。买臣大笑，对其妻道："似此人，未见得强似我朱买臣也。"其妻再三叩谢，自悔有眼无珠，愿降为婢妾，伏事终身。买臣命取水一桶，泼于阶下，向其妻说道："若泼水可复收，则汝亦可复合。念你少年结发之情，判后园隙地（空地）与汝夫妇耕种自食。"其妻随后夫走出府第，路人都指着说道："此即新太守夫人也。"于是羞极无颜，到于后园，遂投河而死。有诗为证：

漂母[①]尚知怜饿士，亲妻忍得弃贫儒？
早知覆水难收取，悔不当初任读书。

又有一诗，说欺贫重富，世情皆然，不止一买臣之妻也。诗曰：

尽看成败说高低，谁识蛟龙在污泥？
莫怪妇人无法眼，普天几个负羁妻[②]？

这个故事，是妻弃夫的。如今再说一个夫弃妻的，一般是欺贫重富，背义忘恩，后来徒落得个薄幸之名，被人讲论。

话说故宋绍兴年间，临安虽然是个建都之地，富庶之乡，其中乞丐的依然不少。那丐户中有个为头的，名曰"团头"（宋时各行业都有市肆，叫作团行，他们的头子称为行老或团头。这里指乞丐头），管着众丐。众丐叫化得东西来时，团头要收他日头钱。若是雨雪时，没处叫化，团头却熬些稀粥，养活这伙丐户，破衣破袄也是团头照管。所以这伙丐户，小心低气，服着团头，如奴一般，不敢触犯。那团头见成收些常例钱（按惯例送的钱），一般在众丐户中放债盘利。若不嫖不赌，依然做起大家事来。他靠此为生，一时也不想改业。只是一件，"团头"的名儿不好。随你挣得有田有地，几代发迹，终是个叫化头儿，比不得平等百姓人家。出外没人恭敬，只好闭着门，自屋里做大。虽然如此，若数着"良贱"二字，只说娼、优（古代指演剧的人）、隶、卒，四般为贱流（卑贱的人），到数不着那乞丐。看来乞丐只是没钱，身上却无疤瘢（bā bān，疤痕）。假如（例如）春秋时伍子胥（名员，字子胥，楚国人，春秋末期吴国大夫、军事家。伍子胥之父伍奢为楚平王子建太傅，因受费无忌谗害，和其长子伍尚一同被楚平王杀害。伍子胥逃到吴国，成为吴王阖闾重臣）逃难，也曾吹箫于吴市中乞食；唐时郑元和（少年天资聪慧，其父常以"吾家千里驹"自豪，不到二十岁就以"名列第一"的

①漂母：韩信少年时得不到赏识，经常受到人们的鄙视。有一次，韩信在淮阴城下钓鱼，眼看到吃中午饭的时候，可没地方去。河边有一位老婆婆在漂洗棉絮，看见韩信饥饿难耐的样子，就把自己的饭菜拿出来给韩信吃，这样连着十几天。这个典故表示馈赠食物。②负羁妻：僖负羁，春秋时曹国大夫，晋公子重耳出奔，经曹国，负羁妻预知重耳将来必然回国得志，劝僖负羁结纳他，后来重耳成为晋文公，侵入曹国，僖负羁一族得以免死。后来负羁妻指有识见的妇女。

成绩通过了常州地方的科举考试，取得入京会试资格。至京后误入花街柳巷，贻误考期，所带资财耗尽，被娼家驱逐流浪街头，成为代办丧事的挽歌手)做歌郎，唱《莲花落》；后来富贵发达，一床锦被遮盖，这都是叫化中出色的。可见此辈虽然被人轻贱，到不比娼、优、隶、卒。

闲话休题，如今且说杭州城中一个团头，姓金，名老大。祖上到他，做了七代团头了，挣得个完完全全的家事。住的有好房子，种的有好田园，穿的有好衣，吃的有好食，真个廒(áo，收藏粮食的仓房)多积粟，囊有余钱，放债使婢。虽不是顶富，也是数得着的富家了。那金老大有志气，把这团头让与族人金癞子做了，自己见成受用，不与这伙丐户歪缠。然虽如此，里中口顺，还只叫他是团头家，其名不改。金老大年五十余，丧妻无子，止存一女，名唤玉奴。那玉奴生得十分美貌，怎见得？有诗为证：

无瑕堪比玉，有态欲羞花。
只少宫妆扮，分明张丽华[①]。

金老大爱此女如同珍宝，从小教他读书识字。到十五六岁时，诗赋俱通，一写一作，信手而成。更兼女工精巧，亦能调筝弄管，事事伶俐。金老大倚着女儿才貌，立心要将他嫁个士人。论来就名门旧族中，急切要这一个女子也是少的，可恨生于团头之家，没人相求。若是平常经纪人家，没前程的，金老大又不肯扳他了。因此高低不就，把女儿直捱到一十八岁尚未许人。

偶然有个邻翁来说：“太平桥下有个书生，姓莫名稽，年二十岁，一表人才，读书饱学。只为父母双亡，家穷未娶。近日考中，补上太学生，情愿入赘人家。此人正与令爱相宜，何不招之为婿？”金老大道：“就烦老翁作伐（做媒）何如？”邻翁领命，径到太平桥下，寻那莫秀才，对他说了：“实不相瞒，祖宗曾做个团头的，如今久不做了。只贪他好个女儿，又且家道富足，秀才若不弃嫌，老汉即当玉成其事。”莫稽口虽不语，心下想道：“我今衣食不周，无力婚娶，何不俯就（降格相从）他家，一举两得？也顾不得耻笑。”乃对邻翁说道：“大伯所言虽妙，但我家贫乏聘，如何是好？”邻翁道：“秀才但是允从，纸也不费一张，都在老汉身上。”邻翁回复了金老大，择个吉日，金家到送一套新衣穿着，莫秀才过门成亲。莫稽见玉奴才貌，喜出望外，不费一钱，白白的得了个美妻，又且丰衣足食，事事称怀。就是朋友辈中，晓得莫稽

①张丽华：陈后主贵妃，张丽华出身歌妓，发长七尺，光可鉴人，眉目如画，又有敏锐才辩及过人的记忆力，因此深得陈后主陈叔宝喜爱。那首著名的亡国之音——《玉树后庭花》便是为她而作。

贫苦，无不相谅，到也没人去笑他。

到了满月，金老大备下盛席，教女婿请他同学会友饮酒，荣耀自家门户，一连吃了六七日酒。何期恼了族人金癞子，那癞子也是一班正理，他道："你也是团头，我也是团头，只你多做了几代，挣得钱钞在手，论起祖宗一脉，彼此无二。侄女玉奴招婿，也该请我吃杯喜酒。如今请人做满月，开宴六七日，并无三寸长一寸阔的请帖儿到我。你女婿做秀才，难道就做尚书、宰相，我就不是亲叔公？坐不起凳头？直恁不觑人在眼里！我且去蒿恼（打扰）他一场，教他大家没趣！"叫起五六十个丐户，一齐奔到金老大家里来。但见：

开花帽子，打结衫儿。旧席片对着破毡条，短竹根配着缺糙碗。叫爹叫娘叫财主，门前只见喧哗；弄蛇弄狗弄猢狲，口内各呈伎俩。敲板唱杨花，恶声聒耳；打砖搽粉脸，丑态逼人。一班泼鬼聚成群，便是钟馗收不得。

金老大听得闹吵，开门看时，那金癞子领着众丐户，一拥而入，嚷做一堂。癞子径奔席上，拣好酒好食只顾吃，口里叫道："快教侄婿夫妻来拜见叔公！"吓得众秀才站脚不住，都逃席去了，连莫稽也随着众朋友躲避。金老大无可奈何，只得再三央告道："今日是我女婿请客，不干我事。改日专治一杯，与你陪话。"又将许多钱钞分赏众丐户，又抬出两瓮好酒，和些活鸡、活鹅之类，教众丐户送去癞子家当个折席（用金钱抵充酒席，多借此名义向人赠送金钱）。直乱到黑夜，方才散去。玉奴在房中气得两泪交流。这一夜，莫稽在朋友家借宿，次早方回。金老大见了女婿，自觉出丑，满面含羞。莫稽心中未免也有三分不乐，只是大家不说出来。正是：

哑子尝黄柏，苦味自家知。

却说金玉奴只恨自己门风（家风）不好，要挣个出头，乃劝丈夫刻苦读书。凡古今书籍，不惜价钱，买来与丈夫看；又不吝供给之费，请人会文会讲；又出资财，教丈夫结交延誉（传扬好名声）。莫稽由此才学日进，名誉日起，二十三岁发解（起解）连科及第。这日琼林宴（殿试后新科进士在琼林苑举行的宴会）罢，乌帽官袍，马上迎归。将到丈人家里，只见街坊上一群小儿争先来看，指道："金团头家女婿做了官也。"莫稽在马上听得此言，又不好揽事，只得忍耐。见了丈人，虽然外面尽礼，却包着一肚子忿气，想道："早知有今日富贵，怕没王侯贵戚招赘成婚？却拜个团头做岳丈，可不是终身之玷！养出儿女来还是团头的外孙，被人传作话柄。如今事已如此，妻又贤慧，不犯七出之条，不好决绝得。正是事不三思，终有后悔。"为此心中怏怏（yàng yàng，不高兴）只是不乐，玉奴几遍问而不答，正不知甚么意故。好笑那莫稽只想着今日富贵，却忘了贫贱的时节，把老婆资助成名一段功劳，化为春水，这是他心术不端处。

不一日，莫稽谒选（官吏赴吏部应选），得授无为（今安徽省无为县）军司户（掌管户籍）。丈人治酒送行，此时众丐户，料也不敢登门闹吵了。喜得临安到无为军，是一水之地，莫稽领了妻子，登舟赴任。行了数日，到了采石江边，维舟北岸。其夜月明如昼，莫稽睡不能寐，穿衣而起，坐于船头玩月。四顾无人，又想起团头之事，闷闷不悦。忽然动一个恶念：除非此妇身死，另娶一人，方免得终身之耻。心生一计，走进船舱，哄玉奴起来看月华。玉奴已睡了，莫稽再三逼他起身。玉奴难逆丈夫之意，只得披衣，走至马门（船舱）口，舒（探）头望月，被莫稽出其不意，牵出船头，推堕江中。悄悄唤起舟人，分付快开船前去，重重有赏，不可迟慢。舟子不知明白，慌忙撑篙荡桨，移舟于十里之外。住泊（停歇）停当，方才说："适间奶奶因玩月坠水，捞救不及了。"却将三两银子赏与舟人为酒钱。舟人会意，谁敢开口？船中虽跟得有几个蠢婢子，只道主母真个坠水，悲泣了一场，丢开了手，不在话下。有诗为证：

只为团头号不香，忍因得意弃糟糠[1]？
天缘结发终难解，赢得人呼薄幸郎。

你说事有凑巧，莫稽移船去后，刚刚有个淮西转运使许德厚，也是新上任的，泊舟于采石北岸，正是莫稽先前推妻坠水处。许德厚和夫人推窗看月，开怀饮酒，尚未曾睡。忽闻岸上啼哭，乃是妇人声音，其声哀怨，好生不忍。忙呼水手打看，果然是个单身妇人，坐于江岸。便教唤上船来，审其来历。原来此妇正是无为军司户之妻金玉奴，初坠水时，魂飞魄荡，已拼着必死。忽觉水中有物，托起两足，随波而行，近于江岸。玉奴挣扎上岸，举目看时，江水茫茫，已不见了司户之船，才悟道丈夫贵而忘贱，故意欲溺死故妻，别图良配，如今虽得了性命，无处依栖，转思苦楚，以此痛哭。见许公盘问，不免从头至尾，细说一遍。说罢，哭之不已。连许公夫妇都感伤堕泪，劝道："汝休得悲啼，肯为我义女，再作道理。"玉奴拜谢。许公分付夫人取干衣替他通身换了，安排他后舱独宿。教手下男女都称他小姐，又分付舟人，不许泄漏其事。

不一日到淮西上任，那无为军正是他所属地方，许公是莫司户的上司，未免随班参谒。许公见了莫司户，心中想道："可惜一表人才，干恁般薄幸之事！"

①糟糠：穷人用来充饥的粗劣食物，借指共患难的妻子。

约过数月，许公对僚属说道："下官有一女，颇有才貌，年已及笄（jí jī，古代女子十五岁时把头发绾起来，插上簪子，意思到了结婚的年龄），欲择一佳婿赘之。诸君意中，有其人否？"众僚属都闻得莫司户青年丧偶，齐声荐他才品非凡，堪作东床之婿（东床称女婿，源于晋代我国著名大书法家王羲之袒腹东床的传说。东晋太尉郗鉴要找女婿，就派一位门客到时任丞相的王导家选女婿。门客回来说："王家的年轻人都很好，但是听到有人去选女婿，都拘谨起来，只有一位在东边床上敞开衣襟，好像没有听到似的。"郗鉴说："这正是一位好女婿。"）许公道："此子吾亦属意（着意）久矣，但少年登第，心高望厚，未必肯赘吾家。"众僚属道："彼出身寒门，得公收拔，如蒹葭倚玉树（蒹葭：没有长穗的芦苇。芦苇靠在玉树旁。借别人的光），何幸如之，岂以入赘为嫌乎？"许公道："诸君既酌量可行，可与莫司户言之。但云出自诸君之意，以探其情，莫说下官，恐有妨碍。"众人领命，遂与莫稽说知此事，要替他做媒。莫稽正要攀高，况且联姻上司，求之不得，便欣然应道："此事全仗玉成，当效衔结（"衔环结草"的简称）之报。"众人道："当得，当得。"随即将言回复许公。许公道："虽承司户不弃，但下官夫妇钟爱此女，娇养成性，所以不舍得出嫁。只怕司户少年气概，不相饶让，或致小有嫌隙（因猜疑或不满而产生的恶感），有伤下官夫妇之心。须是预先讲过，凡事容耐些，方敢赘入。"众人领命，又到司户处传话，司户无不依允。此时司户不比做秀才时节，一般用金花彩币为纳聘之仪，选了吉期，皮松骨痒（形容表面轻松自如而内心急切盼望），整备（准备）做转运使的女婿。

却说许公先教夫人与玉奴说："老相公怜你寡居，欲重赘一少年进士，你不可推阻。"玉奴答道："奴家虽出寒门，颇知礼数。既与莫郎结发，从一而终。虽然莫郎嫌贫弃贱，忍心害理，奴家恪尽其道，岂肯改嫁以伤妇节！"言毕泪如雨下。夫人察他志诚，乃实说道："老相公所说少年进士，就是莫郎。老相公恨其薄幸，务要你夫妻再合，只说有个亲生女儿，要招赘一婿，却教众僚属与莫郎议亲，莫郎欣然听命，只今晚入赘吾家。等他进房之时，须是……如此如此，与你出这口呕气（闷气）。"玉奴方才收泪，重匀粉面，再整新妆，打点结亲之事。

到晚，莫司户冠带齐整，帽插金花，身披红锦，跨着雕鞍骏马，两班鼓乐前导，众僚属都来送亲。一路行来，谁不喝采！正是：

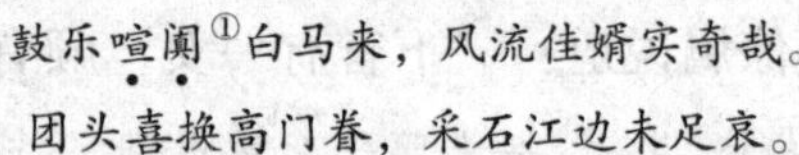
鼓乐喧阗[1]白马来，风流佳婿实奇哉。

团头喜换高门眷，采石江边未足哀。

是夜，转运司铺毡结彩，大吹大擂，等候新女婿上门。莫司户到门下马，许公冠带出迎。众官僚都别去，莫司户直入私宅，新人用红帕覆首，两个养娘扶将出来。掌礼人在槛外喝礼，双双拜了天地，又拜了丈人、丈母，然后交拜礼毕，送归洞房做花烛筵席。莫司户此时心中，如登九霄云里，欢喜不可形容，仰着脸，昂然而入。才跨进房门，忽然两边门侧里走出七八个老妪、丫鬟，一个个手执篱竹细棒，劈头劈脑打将下来，把纱帽都打脱了，肩背上棒如雨下，打得叫喊不迭，正没想一头处。莫司户被打，慌做一堆蹭倒，只得叫声："丈人，丈母，救命！"只听房中娇声宛转分付道："休打杀薄情郎，且唤来相见。"众人方才住手。七八个老妪、丫鬟，扯耳朵，拽胳膊，好似六贼戏弥陀（"六贼"比喻色、声、香、味、触、法六种尘境，弥陀定力深厚，外境六贼不能扰动其心。比喻某人不受外境干扰）一般，脚不点地，拥到新人面前。司户口中还说道："下官何罪？"开眼看时，画烛辉煌，照见上边端端正正坐着个新人，不是别人，正是故妻金玉奴。莫稽此时魂不附体，乱嚷道："有鬼！有鬼！"众人都笑起来。只见许公自外而入，叫道："贤婿休疑，此乃吾采石江头所认之义女，非鬼也。"莫稽心头方才住了跳，慌忙跪下，拱手道："我莫稽知罪了，望大人包容之。"许公道："此事与下官无干，只吾女没说话就罢了。"玉奴唾其面，骂道："薄幸贼！你不记宋弘有言：'贫贱之交不可忘，糟糠之妻不下堂。'当初你空手赘入吾门，亏得我家资财，读书延誉，以致成名，侥幸今日。奴家亦望夫荣妻贵，何期你忘恩负本，就不念结发之情，恩将仇报，将奴推堕江心。幸然天天可怜，得遇恩爹提救，收为义女。倘然葬江鱼之腹，你别娶新人，于心何忍？今日有何颜面，再与你完聚？"说罢放声而哭，千薄幸，万薄幸，骂不住口。莫稽满面羞惭，闭口无言，只顾磕头求恕。

许公见骂得够了，方才把莫稽扶起，劝玉奴道："我儿息怒，如今贤婿悔罪，料然不敢轻慢你了。你两个虽然旧日夫妻，在我家只算新婚花烛，凡事看我之面，闲言闲语，一笔都勾罢。"又对莫稽说道："贤婿，你自家不是，休怪别人。今宵只索忍耐，我教你丈母来解劝。"说罢，出房去。少刻夫人来到，又调停了许多说话，两个方才和睦。

次日许公设宴，管待新女婿，将前日所下金花彩币，依旧送还，道："一

①喧阗（tián）：声音大而杂。

女不受二聘，贤婿前番在金家已费过了，今番下官不敢重叠收受。”莫稽低头无语。许公又道：“贤婿常恨令岳翁卑贱，以致夫妇失爱，几乎不终。今下官备员如何？只怕爵位不高，尚未满贤婿之意。”莫稽涨得面皮红紫，只是离席谢罪。有诗为证：

痴心指望缔高姻，谁料新人是旧人？
打骂一场羞满面，问他何取岳翁新？

自此莫稽与玉奴夫妇和好，比前加倍。许公共夫人待玉奴如真女，待莫稽如真婿，玉奴待许公夫妇亦与真爹妈无异。连莫稽都感动了，迎接团头金老大在任所，奉养送终。后来许公夫妇之死，金玉奴皆制重服，以报其恩。莫氏与许氏世世为通家兄弟，往来不绝。诗云：

宋弘守义[①]称高节，黄允休妻[②]骂薄情。
试看莫生婚再合，姻缘前定枉劳争。

卷十五 张古老种瓜娶文女

长空万里彤云作，迤逦祥光遍斋阁。
未教柳絮舞千毬，先使梅花开数萼。
入帘有韵自飕飕，点水无声空漠漠。
夜来阁向古松梢，向晓朔风吹不落。

这八句诗题雪，那雪下相似三件物事：似盐，似柳絮，似梨花。雪怎地似盐？谢灵运曾有一句诗咏雪道：“撒盐空中差（chā，大体上）可疑（当作“拟”字）。”苏东坡先生有一词，名〔江神子〕：

“黄昏犹自雨纤纤，晓开帘，玉平檐。江阔天低，无处认青帘（旧时酒店门口挂的幌子）。独坐闲吟谁伴我？呵冻手，捻衰髯。使君留客醉恹恹（yān yān，困倦，精神萎靡），

①宋弘守义：东汉初年名臣，为人正直，做官清廉，对皇上直言敢谏。湖阳公主寡，想嫁宋弘，弘以“糟糠之妻不下堂”为由拒绝了这门亲事。②黄允休妻：后汉袁隗替他的侄女择婿，看见黄允，说：“如果能找到这样的女婿就满意了。”黄允知道了，便马上把自己的妻子休掉。

水晶盐（又名饴盐，一种带甜味的岩盐），为谁甜？手把梅花，东望忆陶潜。雪似古人人似雪，虽可爱，有人嫌。”

这雪又怎似柳絮？谢道韫（晋代名相谢安的侄女，才女）曾有一句咏雪道：“未若柳絮因风起。”黄鲁直（黄庭坚，字鲁直，北宋诗人，有《山谷内外集》等）有一词，名〔踏莎行〕：

“堆积琼花（又称聚八仙、蝴蝶花，四五月间开花，花大如盘，洁白如玉。洁白的朵朵玉花缀满枝丫，好似隆冬瑞雪覆盖。这里指雪），铺陈柳絮，晓来已没行人路。长空犹未绽彤云，飘飖尚逐回风舞。对景衔杯（饮酒），迎风索句（指作诗时构思佳句），回头却笑无言语。为何终日未成吟？前山尚有青青处。”

又怎见得雪似梨花？李易安夫人曾道：“行人舞袖拂梨花。”晁叔用（晁冲之，北宋著名诗人）有一词，名〔临江仙〕：

“万里彤云密布，长空琼色交加。飞如柳絮落泥沙。前村归去路，舞袖拂梨花。此际堪描何处景？江湖小艇渔家。旋斟香醞（浓香的酒）过年华。披簑乘远兴，顶笠过溪沙。”

雪似三件物事，又有三个神人掌管。那三个神人？姑射真人（姑射：山名；真人：得道的人。原指姑射山的得道真人）、周琼姬、董双成。周琼姬掌管芙蓉城；董双成掌管贮雪琉璃净瓶，瓶内盛着数片雪；每遇彤云密布，姑射真人用黄金箸（zhù，筷子）敲出一片雪来，下一尺瑞雪。当日紫府真人安排筵会，请姑射真人、董双成，饮得都醉。把金箸敲着琉璃净瓶，待要唱只曲儿。错敲破了琉璃净瓶，倾出雪来，当年便好大雪。曾有只曲儿，名做〔忆瑶姬〕：

姑射真人，宴紫府，双成击破琼苞。零珠碎玉，被蕊宫仙子，撒向空抛。乾坤皓彩中宵，海月流光色共交。向晓（拂晓）来、银压琅玕（láng gān，传说和神话中的仙树，果实似珠），数枝斜坠玉鞭梢。荆山隈（wēi，山水等弯曲的地方），碧水曲，际晚飞禽，冒寒归去无巢。檐前为爱成簪箸，不许儿童使杖敲。待效他当日袁安（东汉袁安没做官的时候，逢洛阳大雪，僵卧不起。洛阳令叫随从扫出一条路才进到袁安屋里。袁安正冻得蜷缩在床上发抖。洛阳令问：“你为什么不求亲戚帮助一下？”袁安说：“大家都没好日子过，大雪天我怎么好去打扰人家？”洛阳令佩服他的贤德，举他为孝廉）谢女（指谢道韫），才词咏嘲。

姑射真人是掌雪之神。又有雪之精，是一匹白骡子，身上抖下一根毛，下一丈雪，却有个神仙是洪崖先生管着，用葫芦儿盛着白骡子。赴罢紫府真人会，饮得酒醉，把葫芦塞得不牢，走了白骡子，却在番人界里退毛。洪崖先生因走了白骡子，下了一阵大雪。

且说一个官人，因雪中走了一匹白马，变成一件蹊跷神仙的事，举家白日上升，至今古迹尚存。萧梁武帝普通六年，冬十二月，有个谏议大夫（官名，专掌议论）姓韦名恕，因谏萧梁武帝奉持（奉行）释教（即佛教，由释迦牟尼创立，为世界三大宗教之一）得罪（获罪），贬在滋生驷马监（就是御马监，掌牧养统治者所用的马匹）做判院。这官人：

中心正直，秉气刚强。有回天转日之言，怀逐佞去邪之见。

这韦官人受得滋生驷马监判院，这座监在真州六合县界上。萧梁武帝有一匹白马，名作“照殿玉狮子”：

蹄如玉削，体若琼妆。荡胸一片粉铺成，摆尾万条银缕散。能驰能载，走得千里程途；不喘不嘶，跳过三重阔涧。浑似狻猊（suān ní，传说中龙生九子之一，形如狮，喜烟好坐，所以形象一般出现在香炉上，随之吞烟吐雾）生世上，恰如白泽（古代传说中的一种神兽）下人间。

这匹白马，因为萧梁武帝追赶达摩禅师，到今时长芦界上有失，罚下在滋生驷马监，教牧养。当日大雪下，早晨起来，只见押槽来禀复（向尊长回报）韦谏议道：“有件祸事，——昨夜就槽头不见了那照殿玉狮子。”唬（同“吓”）得韦谏议慌忙叫将一监养马人来，却是如何计结（了结）？就中一个押槽出来道：“这匹马容易寻。只看他雪中脚迹，便知着落。”韦谏议道：“说得是。”即时差人随着押槽，寻马脚迹。迤逦间行了数里田地，雪中见一座花园，但见：

粉妆台榭，琼锁亭轩。两边斜压玉栏杆，一径平钩银绶带。太湖石陷，恍疑盐虎深埋；松柏枝盘，好似玉龙高耸。径里草枯难辨色，亭前梅绽只闻香。

却是一座篱园。押槽看着众人道：“这匹马在这庄里。”即时敲庄门，见一个老儿出来。押槽相揖道：“借问则个，昨夜雪中滋生驷马监里，走了一匹白马。这匹白马是梁皇帝骑的御马，名唤做‘照殿玉狮子’。看这脚迹时，却正跳入篱园内来。老丈若还收得之时，却教谏议自备钱酒相谢。”老儿听得道：“不妨，马在家里。众人且坐，老夫请你们食件物事（东西）了去（离开）。”众人坐定，只见大伯子去到篱园根中，去那雪里面，用手取出一个甜瓜来。看这瓜时，真个是：

绿叶和根嫩，黄花向顶开。
香从辛里得，甜向苦中来。

那甜瓜藤蔓枝叶都在上面。众人心中道：“莫是大伯子收下的？”看那瓜颜色又新鲜。大伯取一把刀儿，削了瓜皮，打开瓜顶，一阵异气喷人。请众人吃了一个瓜，又再去雪中取出三个瓜来，道：“你们做（替）老拙（老人的自谦之辞）传话谏议，道张公教送这瓜来。”众人接了甜瓜。大伯从篱园后地，牵出这匹白马来，还了押槽。押槽拢了马儿。谢了公公，众人都回滋生驷马监。见韦谏议道："可煞（很）作怪（离奇古怪）！大雪中如何种得这甜瓜？"即时请出恭人（一种妇女的封号。宋代制度，中散大夫以上的官员的妻子封恭人；元制六品封恭人，明制四品封恭人）来，和这十八岁的小娘子都出来，打开这瓜，合家大小都食了。恭人道："却罪过（感谢）这老儿，与我收得马，又送瓜来，着个甚道理（用个什么办法）谢他？"

捻指（弹指）过了两月，至次年春半，景色清明。恭人道："今日天色晴和，好去谢那送瓜的张公，谢他收得马。"谏议即时教安排酒樽食垒（一种有几层屉的食盒），暖荡撩锅（用汤锅烫酒），办几件食次（食品）。叫出十八岁女儿来，道："我今日去谢张公，一就（一并）带你母子去游玩闲走则个。"谏议乘着马，随两乘轿子，来到张公门前，使人请出张公来。大伯连忙出来唱喏。恭人道："前日相劳你收下马，今日谏议置酒，特来相谢。"就草堂上铺陈酒器，摆列杯盘，请张公同坐。大伯再三推辞，掇条凳子，横头坐地。酒至三杯，恭人问张公道："公公贵寿？"大伯言："老拙年已八十岁。"恭人又问："公公几口？"大伯道："孑然（孤单。孑，jié）一身。"恭人说："公公也少不得个婆婆相伴。"大伯应道："便是。没恁么巧头脑（凑巧的对象）。"恭人道："也是说个七十来岁的婆婆。"大伯道："年纪须老，道不得个：百岁光阴如捻指，人生七十古来稀。"恭人道："也是说一个六十来岁的。"大伯道："老也，月过十五光明少，人到中年万事休。"恭人道："也是说一个五十来岁的。"大伯又道："老也，三十不荣，四十不富，五十看看寻死路。"恭人忍不得，自道，看我取笑他："公公说个三十来岁的。"大伯道："老也。"恭人说："公公，如今要说几岁的？"大伯抬起身来，指定十八岁小娘子道："若得此女以为匹配，足矣。"韦谏议当时听得说，怒从心上起，恶向胆边生，却不听他说话，叫那当直的都来要打那大伯。恭人道："使不得，特地来谢他，却如何打他？这大伯年纪老，说话颠狂，只莫管他。"收拾了酒器自归去。

话里却说张公，一并三日不开门，六合县里有两个扑花（卖鲜花的人）的，一个唤做王三，一个唤做赵四，各把着大蒲篓来，寻张公打花（采花）。见他不开门，敲门叫他，见大伯一行（一面）说话，一行咳嗽，一似害痨病相思，气丝丝地。怎见得？曾有一〔夜游宫〕词：

四百四病人皆有，只有相思难受。不疼不痛在心头，魆魆地（暗暗地。魆，xū）教人瘦。愁逢花前月下，最怕黄昏时候。心头一阵痒将来，一两声咳嗽咳嗽。

看那大伯时，喉咙哑飒飒（sà sà，象声词）地出来道："罪过你们来，这两日不欢，要花时打些个去，不要你钱。有件事相烦你两个：与我去寻两个媒人婆子，若寻得来时，相赠二百足钱，自买一角（一份，角为宋、元间沽酒单位）酒吃。"二人打花了自去，一时之间，寻得两个媒人来。这两个媒人：

开言成匹配，举口合和谐。掌人间凤只鸾孤，管宇宙孤眠独宿。折莫（同"遮莫"，尽教）三重门户，选甚（不论）十二楼中？男儿下惠（"坐怀不乱"，遵守中国传统道德的典范）也生心，女子麻姑（道教所尊的女仙）须动意。传言玉女，用机关把手拖来；侍香金童，下说辞拦腰抱住。引得巫山（巫山神女）偷汉子，唆教织女害相思。

叫得两个媒婆来，和公公厮叫。张公道："有头亲相烦说则个。这头亲曾相见，则是难说。先各与你三两银子，若讨得回报，各人又与你五两银子。说得成时，教你两人撰个小小富贵。"

张媒、李媒便问："公公，要说谁家小娘子？"张公道："滋生驷马监里韦谏议有个女儿，年纪一十八岁，相烦你们去与我说则个。"两个媒婆含着笑笑，接了三两银子出去。行半里田地（路程），到一个土坡上，张媒看着李媒道："怎地去韦谏议宅里说？"张媒道："容易，我两人先买一角酒吃，教脸上红拂拂地，走去韦谏议门前旋（走）一遭，回去说与大伯，只道说了，还未有回报。"道犹未了，则听得叫道："且不得去！"回头看时，却是那张公赶来。说道："我猜你两个买一角酒，吃得脸上红拂拂地，韦谏议门前旋一遭回来，说与我道未有回报，还是恁地么？你如今要得好，急速便去，千万讨回报。"两个媒人见张公恁地说道，做着只得去。

两人同到滋生驷马监，倩（qǐng，请）人传报与韦谏议。谏议道："教人来。"张媒、李媒见了。谏议道："你两人莫是来说亲么？"两个媒人笑嘻嘻的，怕得开口。韦谏议道："我有个大的儿子，二十二岁，见随王僧辩（南朝梁时人，为江州刺史，平侯景之乱，官至大司马）征北，不在家中；有个女儿，一十八岁，清官家贫，无钱嫁人。"两个媒人则在阶下拜，不敢说。韦谏议道："不须多拜，有事但说。"张媒道："有件事，欲待不说，为他六两银；欲待说，恐激恼谏议，又有些个好笑。"韦谏议问如何。张媒道："种瓜的张老，没来历（无缘无故），今日使人来叫老媳妇两人，要说谏议的小娘子。得他六两银子，见在这里。"怀中取出那银子，教谏议看，道："谏议周全（成全）时，得这银；若不周全，只得还他。"谏议道："大伯子莫是风？我女儿才十八岁，不曾要说亲。如今要我如何周全你这六两银子？"张媒道："他说来，只问谏议觅得回报，便得六两银子。”谏议听得说，用指头指着媒人婆道：“做我传话那没见识的老子：‘要得成亲，来日办十万贯见（同“现”）钱为定礼，并要一色小钱，不要金钱准折’。”教讨酒来劝了媒人，发付他去。

两个媒人拜谢了出来，到张公家，见大伯伸着脖项，一似望风宿鹅。等得两个媒人回来道：“且坐，生受（辛苦）不易！”且取出十两银子来，安在桌上，道：“起动（扰动）你们，亲事圆备。”张媒问道：“如何了？”大伯道：“我丈人说，要我十万贯钱为定礼，并要小钱，方可成亲。”两个媒人道：“猜着了，果是谏议恁地说。公公，你却如何对付？”那大伯取出一掇酒来开了，安在桌子上，请两个媒人各吃了四盏。将这媒人转屋山头（堂屋两头的房檐）边来，指着道：“你看！”两个媒人用五轮八光左右两点瞳人，打一看时，只见屋山头堆垛（堆积）着一便价十万贯小钱儿。道：“你们看，先准备在此了。”只就当日，教那两个媒人先去回报谏议，然后发这钱来。媒人自去了。

这里安排车仗，从里面叫出几个人来，都着紫衫，尽戴花红银揲子（银铸碗碟，宋代做喜事的人家常用以犒赏从人），推数辆太平车：

平川如雷吼，旷野似潮奔。猜疑地震天摇，仿佛星移日转。初观形象，似秦皇塞海鬼驱山（古代传说，秦始皇要造石桥，渡海观看日出的地方，当时有一神人，能够驱石入海。石头走得慢，神人便鞭打它，石头被打得流血）；乍见威仪，若夏奡（夏代人，寒浞的儿子，力气很大，能够陆地行舟。奡，ào）行舟临陆地。满川寒雁叫，一队锦鸡鸣。

车子上旗儿插着，写道：“张公纳韦谏议宅财礼。”众人推着车子，来到谏议宅前，喝起三声喏来，排着两行车子，使人入去，报与韦谏议。谏议出来看了车子，开着口则合不得。使人入去，说与恭人：“却怎地对副！”恭人道：“你不合勒（lè，勒索）他讨十万贯见钱，不知这大伯如今那里擘划（筹划。擘，bò）将来？待不成亲，是言而无信；待与他成亲，岂有衣冠女子，嫁一园叟乎？”夫妻二人倒断不下，恭人道：“且叫将十八岁女儿前来，问这事却是如何。”女孩儿怀中取出一个锦囊来。原来这女子七岁时，不会说话。一日，忽然间道出四句言语来。

“天意岂人知？应于南楚畿（jī，田野）。寒灰热如火，枯杨再生稊（tí，杨柳新长出的嫩芽）。”

自此后便会行文，改名文女。当时着锦囊盛了这首诗，收十二年。今日将来教爹爹看道：“虽然张公年纪老，恐是天意，却也不见得。”恭人见女儿肯，又见他果有十万贯钱，此必是奇异之人，无计奈何，只得成亲。拣吉日良

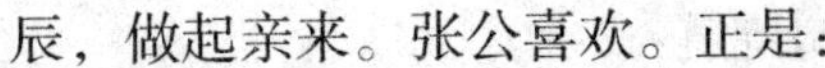
辰，做起亲来。张公喜欢。正是：

旱莲得雨重生藕，枯木无芽再遇春。

做成了亲事，卷帐回，带那儿女归去了。韦谏议戒约（禁止）家人，不许一人去张公家去。

普通七年，复六月间，谏议的儿子，姓韦名义方，文武双全，因随王僧辩北征回归，到六合县。当日天气热，怎见得？

万里无云驾六龙，千林不放鸟飞空。

地燃石裂江湖沸，不见南来一点风。

相次（将近）到家中。只见路傍篱园里，有个妇女，头发蓬松，腰系青布裙儿，脚下拖双靸鞋（一种没有后跟的草鞋。靸，sǎ），在门前卖瓜。这瓜：

西园摘处香和露，洗尽南轩暑。莫嫌坐上适无蝇，只恐怕寒难近玉壶冰。井花浮翠金盆小，午梦初回了。诗翁自是不归来，不是青门（汉长安城东靠南第一座门。因门青色，所以俗称青城门，或青门）无地可移栽。

韦义方觉走得渴，向前要买个瓜吃。抬头一觑，猛叫一声道："文女，你如何在这里？"文女叫："哥哥，我爹爹嫁我在这里。"韦义方道："我路上听得人说道，爹爹得十万贯钱，把你卖与卖瓜人张公，却是为何？"那文女把那前面的来历，对着韦义方从头说一遍。韦义方道："我如今要与他相见，如何？"文女道："哥哥要见张公，你且少待。我先去说一声，却相见。"文女移身，已挺脚步入去房里，说与张公。复身出来道："张公道你性如烈火，意若飘风，不肯教你相见。哥哥，如今要相见却不妨，只是勿生恶意。"说罢，文女引义方入去相见。大伯即时抹着腰（弯腰）出来。韦义方见了，道："却不叵耐（可恨。叵，pǒ）！恁么模样，却有十万贯钱娶我妹子，必是妖人。"一会子掣出太阿宝剑，觑着张公，劈头便剁将下去。只见剑靶搦（nuò，握持）在手里，剑却折做数段。张公道："可惜又减了一个神仙！"文女推那哥哥出来，道："教你勿生恶意，如何把剑剁他？"韦义方归到家中，参拜了爹爹妈妈，便问如何将文女嫁与张公。韦谏议道："这大伯是个作怪人。"韦义方道："我也疑他，把剑剁他不着，到坏了我一把剑。"

次日早，韦义方起来，洗漱罢，系裹停当，向爹爹妈妈道："我今日定要取这妹子归来。若取不得这妹子，定不归来见爹爹妈妈。"相辞了，带着两个当直，行到张公住处，但见平原旷□，踪迹荒凉。问那当方住的人，道："是有个张公，在这里种瓜。住二十来年，昨夜一阵乌风猛雨，今日不知所在。"

韦义方大惊，抬头只见树上削起树皮，写着四句诗道：

“两枚箧袋世间无，盛尽瓜园及草庐。
要识老夫居止处，桃花庄上乐天居。”

韦义方读罢了书，教当直四下搜寻。当直回来报道：“张公骑着匹蹇（jiǎn，跛）驴，小娘子也骑着匹蹇驴儿，带着两枚箧（qiè，箱子）袋，取真州路上而去。”韦义方和当直三人，一路赶上，则见路上人都道：“见大伯骑着蹇驴，女孩儿也骑驴儿。那小娘子不肯去，哭告大伯道：‘教我归去相辞爹妈。’那大伯把一条杖儿在手中，一路上打将这女孩儿去。好恓惶（xī huáng，悲伤）人！令人不忍见。”韦义方听得说，两条忿气，从脚板灌到顶门，心上一把无明火，高三千丈，按捺不下。带着当直，迤逦去赶。约莫去不得数十里，则是赶不上。直赶到瓜洲渡口，人道见他方过江去。韦义方教讨船渡江，直赶到茅山脚下。问人时，道他两个上茅山去。韦义方分付了当直，寄下行李，放客店中了，自赶上山去。

行了半日，那里得见桃花庄？正行之次，见一条大溪拦路，但见：

寒溪湛湛，流水泠泠。照人清影澈冰壶，极目浪花番瑞雪。垂杨掩映长堤岸，世俗行人绝往来。

韦义方到溪边，自思量道：“赶了许多路，取不得妹子归去，怎地见得爹爹妈妈？不如跳在溪水里死休。”迟疑之间，着眼看时，则见溪边石壁上，一道瀑布泉流将下来，有数片桃花，浮在水面上。韦义方道：“如今是六月，怎得桃花片来？上面莫是桃花庄，我那妹夫张公住处？”则听得溪对岸一声哨笛儿（一种笛子）响。看时，见一个牧童骑着蹇驴，在那里吹这哨笛儿，但见：

浓绿成阴古渡头，牧童横笛倒骑牛。
笛中一曲《升平乐》，唤起离人万种愁。

牧童近溪边来，叫一声：“来者莫是韦义方？”义方应道：“某便是。”牧童说：“奉张真人法旨，教请舅舅过来。”牧童教蹇驴渡水，令韦官人坐在驴背上渡过溪去。牧童引路，到一所庄院。怎见得？有〔临江仙〕为证：

快活无过庄家好，竹篱茅舍清幽。春耕夏种及秋收。冬间观瑞雪，醉倒被蒙头。门外多栽榆柳树，杨花落满溪头。绝无闲闷与闲愁。笑他名利客，役役市廛（市中店铺。廛，chán）游。

到得庄前，小童人去，从篱园里走出两个朱衣吏人来，接见这韦义方，道：“张真人方治公事，未暇相待，令某等相款。”遂引到一个大四望亭子上，看这牌上写着“翠竹亭”，但见：

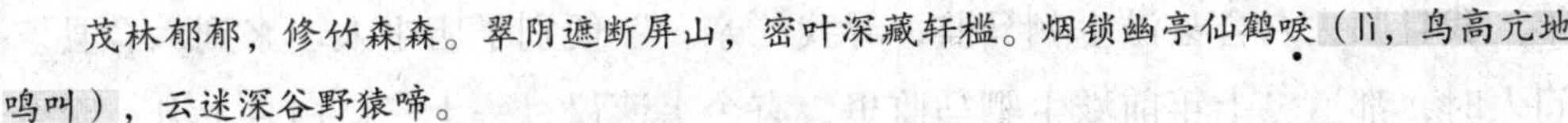

茂林郁郁，修竹森森。翠阴遮断屏山，密叶深藏轩槛。烟锁幽亭仙鹤唳（lì，鸟高亢地鸣叫），云迷深谷野猿啼。

亭子上铺陈酒器，四下里都种夭桃艳杏，异卉奇葩，簇着这座亭子。朱衣吏人与义方就席饮宴。义方欲待问张公是何等人，被朱衣吏人连劝数杯，则问不得。及至筵散，朱衣相辞自去，独留韦义方在翠竹轩，只教少待。

韦义方等待多时无信，移步下亭子来。正行之间，在花木之外，见一座殿屋，里面有人说话声。韦义方把舌头舔开朱红毬路（毬纹的槅眼，毬，qiú）亭隔（透光的槅子门）看时，但见：

朱栏玉砌，峻宇雕墙。云屏与珠箔齐开，宝殿共琼楼对峙。灵芝丛畔，青鸾彩凤交飞；琪树阴中，白鹿玄猿并立。玉女金童排左右，祥烟瑞气散氤氲（yīn yūn，烟气弥漫的样子）。

见这张公顶冠穿履，佩剑执圭（guī，古代帝王或诸侯在举行典礼时拿的一种玉器），如王者之服，坐于殿上。殿下列两行朱衣吏人，或神或鬼。两面铁枷，上手枷着一个紫袍金带的人，称是某州城隍，因境内虎狼伤人，有失检举。下手枷着一个顶盔贯甲，称是某州某县山神，虎狼损害平人（无病之人），部辖不前。看这张公书断，各有罪名。韦义方就窗眼内望见，失声叫道："怪哉，怪哉！"殿上官吏听得，即时差两个黄巾力士，捉将韦义方来，驱至阶下。官吏称韦义方不合漏泄天机，合当有罪，急得韦义方叩头告罪。真人正恁么说，只见屏风后一个妇人，凤冠雾（当作"霞"）帔，珠履长裙，转屏风背后出来，正是义方妹子文女，跪告张公道："告真人，念是妾亲兄之面，可饶恕他。"张公道："韦义方本合为仙，不合以剑剁吾，吾以亲戚之故，不见罪。今又窥觑吾之殿宇，欲泄天机，看你妹妹面，饶你性命。我与你十万钱，把件物事与你为照去支讨。"张公移身，已挺脚步入殿里。去不多时，取出一个旧席帽儿（一种帽子，用藤、席做成骨架，外面鞔以绢），付与韦义方，教往扬州开明桥下，寻开生药铺申公，凭此为照，取钱十万贯。张公道："仙凡异路，不可久留。"令吹哨笛的小童："送韦舅乘蹇驴，出这桃花庄去。"到溪边，小童就驴背上把韦义方一推，头掉脚掀，撷将下去。义方如醉醒梦觉，却在溪岸上坐地。看那怀中，有个帽儿。似梦非梦，迟疑未决。且只得携着席帽儿，取路下山来。

回到昨所寄行李店中，寻两个当直不见。只见店二哥出来，说道："二十年前有个韦官，寄下行李，上茅山去担阁，两个当直等不得，自归去了。如今恰好二十年，是隋炀帝大业二年。"韦义方道："昨日才过一日，却是二十年。我且归去六合县滋生驷马监，寻我二亲。”便别了店主人。来到六合县。问人时，都道二十年前滋生驷马监里，有个韦谏议，一十三口白日上升，至今升仙台古迹尚存，道是有个直阁（对于富家子弟的一种称呼），去了不归。韦义方听得说，仰面大哭。二十年则一日过了，父母俱不见，一身无所归。如今没计奈何，且去寻申公讨这十万贯钱。

当时从六合县取路，迤逦直到扬州。问人寻到开明桥下，果然有个申公，开生药铺。韦义方来到生药铺前，见一个老儿：

生得形容古怪，装束清奇。领边银剪苍髯，头上雪堆白发。鸢肩（两肩上耸，像鸱鸟栖止时的样子。鸢，yuān）龟背，有如天降明星；鹤骨松形，好似化胡老子。多疑商岭逃秦客（指“四皓”，即东园公、绮里季、夏黄公、角里先生。秦始皇时，他们逃隐于商山中），料是磻溪执钓人（指吕尚。吕尚七十多岁，垂钓于磻溪，遇到周文王）。

在生药铺里坐。韦义方道：“老丈拜揖！这里莫是申公生药铺？”公公道：“便是。”韦义方着眼看生药铺厨里:四个茖著（柳条编的器具。茖，gé）三个空，一个盛着西北风。韦义方肚里思量道：“却那里讨十万贯钱支与我？”且问大伯，买三文薄荷。公公道：“好薄荷！《本草》上说凉头明目，要买几文？”韦义方道：“回三钱。”公公道：“恰恨缺。”“回（买）些个百药煎（药名，为一种褐色味苦的液体，相传端午日采百草煎汁制成）。”公公道：“百药煎能消酒面，善润咽喉，要买几文？”韦义方道：“回三钱。”公公道：“恰恨卖尽。”韦义方道：“回些甘草。”公公道：“好甘草！性平无毒，能随诸药之性，解金石草木之毒，市语叫做‘国老’。要买几文？”韦义方道：“问公公回五钱。”公公道：“好教官人知，恰恨也缺。”韦义方对着公公道：“我不来买生药，一个人传语，是种瓜的张公。”申公道：“张公却没事，传语我做甚么？”韦义方道：“教我来讨十万贯钱。”申公道：“钱却有，何以为照（凭据）？”韦义方去怀里摸索一和（一会儿），把出席帽儿来。申公看着青布帘里，叫浑家（古人谦称自己妻子）出来看。青布帘起处，见个十七八岁的女孩儿出来，道：“丈夫叫则甚？”韦义方心中道：“却和那张公一般，爱娶后生老婆。”申公教浑家看这席帽儿：“是也不是？”女孩儿道：“前日张公骑着蹇驴儿，打门前过，席帽儿绽了，教我缝。当时没皂线，我把红线缝着顶上。”翻过来看时，果然红线缝着顶。申公即时引韦义方入去家里，交还十万贯钱。韦义方得这项钱，把来修桥作路，散与贫人。

忽一日，打一个酒店前过，见个小童，骑只驴儿。韦义方认得是当日载他过溪的，问小童道："张公在那里？"小童道："见在酒店楼上，共申公饮酒。"韦义方上酒店楼上来，见申公与张公对坐，义方便拜。张公道："我本上仙长兴张古老。文女乃上天玉女，只因思凡，上帝恐被凡人点污，故令吾托此态取归上天。韦义方本合为仙，不合杀心太重，止可受扬州城隍都土地。"道罢，用手一招，叫两只仙鹤，申公与张古老各乘白鹤，腾空而去。则见半空遗下一幅纸来，拂开看时，只见纸上题着八句诗，道是：

"一别长兴二十年，锄瓜隐迹暂居廛。
因嗟世上凡夫眼，谁识尘中未遇仙？
授职义方封土地，乘鸾文女得升天。
从今跨鹤楼[①]前景，壮观维扬尚俨然。"

卷十六 宋四公大闹禁魂张

钱如流水去还来，恤寡周贫莫吝财。
试览石家金谷地，于今荆棘昔楼台。

话说晋朝有一人，姓石名崇，字季伦。当时未发迹时，专一在大江中，驾一小船，只用弓箭射鱼为生。

忽一日，至三更，有人扣船言曰："季伦救吾则个（语气助词，表示祈使语气）！"石崇听得，随即推篷。探头看时，只见月色满天，照着水面，月光之下，水面上立着一个年老之人。石崇问老人："有何事故，夜间相恳（求）？"老人又言："相救则个！"石崇当时就令老人上船，问有何缘故。老人答曰："吾非人也，吾乃上江老龙王。年老力衰，今被下江小龙欺我年老，与吾斗敌，累输与他。老拙无安身之地，又约我明日大战，战时又要输与他。今特来求季伦：明日午时弯弓在江面上，江中两个大鱼相战，前走者是我，后赶者乃是小龙；但望君借一臂之力，可将后赶大鱼一箭，坏了小龙

①跨鹤楼：即骑鹤楼，楼址在扬州城东北大街上，宋时所建，后在兵火中焚毁。

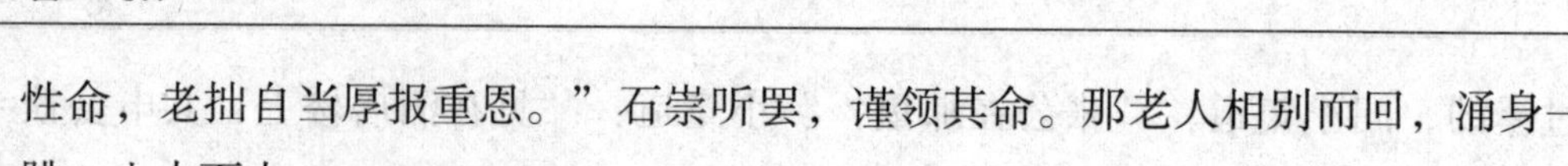

性命，老拙自当厚报重恩。”石崇听罢，谨领其命。那老人相别而回，涌身一跳，入水而去。

石崇至明日午时，备下弓箭。果然将傍午时，只见大江水面上，有二大鱼追赶将来。石崇扣上弓箭，望着后面大鱼，飕地一箭，正中那大鱼腹上。但见满江红水，其大鱼死于江上。此时风浪俱息，并无他事。夜至三更，又见老人扣（敲）船来谢道：“蒙君大恩，今得安迹。来日午时，你可将船泊于蒋山（一名钟山，今南京东）脚下南岸第七株杨柳树下相候，当有重报。”言罢而去。

石崇明日依言，将船去蒋山脚下杨柳树边相候。只见水面上有鬼使三人出，把船推将去。不多时，船回，满载金银珠玉等物。又见老人出水，与石崇曰：“如君再要珍珠宝贝，可将空船来此相候取物。”相别而去。

这石崇每每将船于柳树下等，便是一船珍宝，因致敌国之富。将宝玩买嘱（给人钱财，请托办事）权贵，累升至太尉之职，真是富贵两全。遂买一所大宅于城中，宅后造金谷园，园中亭台楼馆。用六斛（hú，容量单位，一斛五斗）大明珠，买得一妾，名曰绿珠。又置偏房婕奶侍婢，朝欢暮乐，极其富贵。结识朝臣国戚，宅中有十里锦帐，天上人间，无比奢华。

忽一日排筵（大摆宴席），独请国舅王恺，这人姐姐是当朝皇后。石崇与王恺饮酒半酣，石崇唤绿珠出来劝酒，端的十分美貌。王恺一见绿珠，喜不自胜，便有奸淫之意。石崇相待宴罢，王恺谢了自回，心中思慕绿珠之色，不能勾得会。王恺常与石崇斗宝，王恺宝物，不及石崇，因此阴怀毒心，要害石崇。每每受石崇厚待，无因为之。

忽一日，皇后宣王恺入内御宴。王恺见了姐姐，就流泪，告言：“城中有一财主富室，家财巨万，宝贝奇珍，言不可尽。每每请弟设宴斗宝，百不及他一二。姐姐可怜与弟争口气，于内库内那借奇宝，赛他则个。”皇后见弟如此说，遂召掌内库的太监，内库中借他镇库之宝，乃是一株大珊瑚树，长三尺八寸。不曾启奏天子，令人扛抬往王恺之宅。王恺谢了姐姐，便回府用蜀锦做重罩罩了。

翌日（指第二天。翌，yì），广设珍羞美馔（珍美丰盛的食物），使人移在金谷园中，请石崇会宴。先令人扛抬珊瑚树去园上开空闲阁子里安了。王恺与石崇饮酒半酣，王恺道：“我有一宝，可请一观，勿笑为幸。”石崇教去了锦袱，看着微笑，用杖一击，打为粉碎。王恺大惊，叫苦连天道：“此是朝廷内库中镇库之宝，自你赛我不过，心怀妒恨，将来打碎了，如何是好？”石崇大笑道："国舅休虑，此亦未为至宝。"石崇请王恺到后园中看珊瑚树、大小三十余株，有长至七八尺者。内一株一般三尺八寸，遂取来赔王恺填库，更取一株长大的送与王恺。王恺羞惭而退，自思国中之宝，敌不得他过，遂乃生计嫉妒。

一日，王恺朝于天子，奏道："城中有一富豪之家，姓石名崇，官居太尉，家中敌国之富。奢华受用，虽我王不能及他快乐。若不早除，恐生不测。"天子准奏，口传圣旨，便差驾上人（皇帝的禁卫军士）去捉拿太尉石崇下狱，将石崇应有家资，皆没入官。王恺心中只要图谋绿珠为妾，使兵围绕其宅欲夺之。绿珠自思道："丈夫被他诬害性命，不知存亡。今日强要夺我，怎肯随他？虽死不受其辱！"言讫，遂于金谷园中坠楼而死，深可悯哉！王恺闻之，大怒，将石崇戮于市曹。石崇临受刑时叹曰："汝辈利（占）吾家财耳。"刽子曰："你既知财多害己，何不早散之？"石崇无言可答，挺颈受刑。胡曾先生有诗曰：

一自佳人坠玉楼，晋家宫阙古今愁。
惟余金谷园中树，已向斜阳叹白头。

方才说石崇因富得祸，是夸财炫色，遇了王恺国舅这个对头。如今再说一个富家，安分守己，并不惹是生非；只为一点悭吝（qiān lìn，小气）未除，便弄出非常大事，变做一段有笑声的小说。这富家姓甚名谁？听我道来：这富家姓张名富，家住东京开封府，积祖（累代、祖传）开质库（典当铺），有名唤做张员外。这员外有件毛病，要去那：

虱子背上抽筋，鹭鸶腿上割股。
古佛脸上剥金，黑豆皮上刮漆。
痰唾留着点灯，捋[①]松将来炒菜。

这个员外平日发下四条大愿：

一愿衣裳不破，二愿吃食不消，三愿拾得物事，四愿夜梦鬼交。

是个一文不使的真苦人。他还（假如）地上拾得一文钱，把来磨做镜儿，捍做磬（qìng，古代打击乐器，形状像曲尺）儿，掐做锯儿，叫声"我儿"，做个嘴儿，放入箧儿。人见他一文不使，起他一个异名，唤做"禁魂"张员外。

当日是日中前后，员外自入去里面，白汤泡冷饭吃点心。两个主管在门前数见钱。只见一个汉，浑身赤膊，一身锦片也似文字，下面熟白绢裈拽扎着

①捋（luō）：摘取。

（敛束衣裳），手把着个笊篱（一种圆口尖底的竹器，有柄，用以淘米、捞面等），觑着张员外家里，唱个大喏了教化（乞讨）。口里道："持绳把索，为客周全。"主管见员外不在门前，把两文撇在他笊篱里。张员外恰在水瓜心（一种布的名称）布帘后望见，走将出来道："好也，主管！你做甚么，把两文撇与他？一日两文，千日便两贯。"大步向前，赶上捉笊篱的，打一夺把他一笊篱钱都倾在钱堆里，却教众当直打他一顿。路行人看见也不忿。那捉笊篱的哥哥吃打了，又不敢和他争，在门前指着了骂。只见一个人叫道："哥哥，你来，我与你说句话。"捉笊篱的回过头来，看那个人，却是狱家院子（就是狱卒。院子，宋代官府中供差遣的老兵）打扮一个老儿。两个唱了喏。老儿道："哥哥，这禁魂张员外，不近道理，不要共他争。我与你二两银子，你一文价卖生萝卜，也是经纪（买卖）人。"捉笊篱的得了银子，唱喏自去，不在话下。

那老儿是郑州奉宁军人，姓宋，排行第四，人叫他做宋四公，是小番子（光棍，无赖）闲汉。宋四公夜至三更前后，向金梁桥上四文钱买两只焦酸馅（菜馒头），揣在怀里，走到禁魂张员外门前。路上没一个人行，月又黑。宋四公取出蹊跷作怪的动使（器皿），一挂挂在屋檐上，从上面打一盘盘在屋上，从天井里一跳跳将下去。两边是廊屋，去侧首见一碗灯（一盏灯）。听着里面时，只听得有个妇女声道："你看三哥恁么早晚，兀自未来。"宋四公道："我理会得了，这妇女必是约人在此私通。"看那妇女时，生得：

黑丝丝的发儿，白莹莹的额儿，
翠弯弯的眉儿，溜度度的眼儿，
正隆隆的鼻儿，红艳艳的腮儿，
香喷喷的口儿，平坦坦的胸儿，
白堆堆的奶儿，玉纤纤的手儿，
细袅袅的腰儿，弓弯弯的脚儿。

那妇女被宋四公把两只衫袖掩（遮挡）了面，走将上来。妇女道："三哥，做甚么遮了脸子唬我？"被宋四公向前一捽（zuó，揪），捽住腰里，取出刀来道："悄悄地！高则声，便杀了你！"那妇女颤做一团道："告公公，饶奴性命。"宋四公道："小娘子，我来这里做不是（作奸犯科，这里指做贼）。我问你则个：他这里到上库有多少关闭（防御性的设施）？"妇女道："公公出得奴房，十来步有个陷马坑，两只恶狗。过了便有五个防土库（富豪人家的私人库房）的，在那里吃酒赌钱，一家（一人）当一更，便是土库。入得那土库，一个纸人，手里托着个银球，底下做着关棙子（能转动的机械装置。棙，liè）。

踏着关棙子，银球脱在地下，有条合溜（水槽），直滚到员外床前，惊觉，教人捉了你。”宋四公道：“却是恁地。小娘子，背后来的是你兀谁？”妇女不知是计，回过头去，被宋四公一刀，从肩头上劈将下去，见道血光倒了。那妇女被宋四公杀了。宋四公再出房门来，行十来步，沿西手走过陷马坑，只听得两个狗子吠。宋四公怀中取出酸馅，着些个不按君臣（违反药理）作怪的药，入在里面，觑得近了，撇向狗子身边去。狗子闻得又香又软，做两口吃了。先摆番两个狗子，又行过去，只听得人喝幺幺六六，约莫也有五六人在那里掷骰（亦称“掷骰子”。骰，tóu，骨制的赌具，正方形，用手抛，看落下后最上面的点数）。宋四公怀中取出一个小罐儿，安些个作怪的药在中面，把块撇火石，取些火烧着，喷鼻馨香。那五个人闻得道：“好香！员外日早晚兀自烧香。”只管闻来闻去，只见脚在下头在上，一个倒了，又一个倒。看见那五个男女，闻那香，一霎间都摆番了。宋四公走到五人面前，见有半掇儿吃剩的酒，也有果菜之类，被宋四公把来吃了。只见五个人眼睁睁地，只是则声不得。便走到土库门前，见一具胳膊来大三簧锁（一种坚固的大锁），锁着土库门。宋四公怀里取个钥匙，名唤做“百事和合”，不论大小粗细锁都开得。把钥匙一斗，斗开了锁，走入土库里面去。入得门，一个纸人手里，托着个银球。宋四公先拿了银球，把脚踏过许多关棙子，觅了他五万贯锁赃物，都是上等金珠，包裹做一处。怀中取出一管笔来，把津唾润教湿了，去壁上写着四句言语，道：

“宋国逍遥汉，四海尽留名。
曾上太平鼎，到处有名声。”

写了这四句言语在壁上，土库也不关，取条路出那张员外门前去。宋四公思量道：“梁园（本来是指梁孝王菟园，这里指汴京）虽好，不是久恋之家。”连更彻夜，走归郑州去。

且说张员外家，到得明日天晓，五个男女苏醒，见土库门开着，药死两个狗子，杀死一个妇女，走去复了员外。员外去使臣房（缉捕武官的班房）里下了状。滕大尹差王七殿直王遵，看贼踪由。做公的看了壁上四句言语，数中一个老成的叫做周五郎周宣，说道：“告观察（官名，缉捕武官），不是别人，是宋四。”观察道：“如何见得？”周五郎周宣道：“‘宋国逍遥汉’，只做着上面个‘宋’字；‘四海尽留名’，只做着个‘四’字；‘曾上太平鼎’，只做着个‘曾’字；‘到处有名声’，只做着个‘到’字。上面四字道：‘宋四曾到’。”王殿直道：“我久闻得做道路（偷窃）的，有个宋四公，是郑州人氏，最高手段。今番一定是他了。”便教周五郎周宣，将带一行做公的去郑州干办宋四。

众人路上离不得饥餐渴饮，夜住晓行。到郑州，问了宋四公家里，门前开着一个小茶坊。众人入去吃茶，一个老子（年龄大的人）上灶点茶（煮茶）。众人道：“一道请四公出来吃茶。”老子道：“公公害些病未起在（相当于着、得），等老子入去传话。”老子走进去了，只听得宋四公里面叫起来道：“我自头风（头痛病）发，教你买三文粥来，你兀自不肯。每日若干钱养你，讨不得替心替力，要你何用？”刮刮地把那点茶老子打了几下。只见点茶的老子，手把粥碗出来道：“众上下（对公差的一种尊称）少坐，宋四公教我买粥，吃了便来。”众人等个意休不休，买粥的也不见回来，宋四公也竟不见出来。众人不奈烦，入去他房里看时，只见缚着一个老儿。众人只道宋四公，来收（拘捕）他。那老儿说道：“老汉是宋公点茶的，恰才把碗去买粥的，正是宋四公。”众人见说，吃了一惊，叹口气道：“真个是好手，我们看不仔细，却被他瞒过了。”只得出门去赶，那里赶得着？众做公的只得四散，分头各去，挨查缉获，不在话下。

原来众人吃茶时，宋四公在里面，听得是东京人声音，悄地打一望，又像个干办公事的模样，心上有些疑惑，故意叫骂埋怨。却把点茶老儿的儿子衣服，打换（调换）穿着，低着头，只做买粥，走将出来，因此众人不疑。

却说宋四公出得门来，自思量道：“我如今却是去那里好？我有个师弟，是平江府人，姓赵名正。曾得他信道，如今在谟县。我不如去投奔他家也罢。”宋四公便改换色服，妆做一个狱家院子打扮，把一把扇子遮着脸，假做瞎眼，一路上慢腾腾地，取路要来谟县。来到谟县前，见个小酒店，但见：

云拂烟笼锦旆[1]扬，太平时节日舒长。
能添壮士英雄胆，会解佳人愁闷肠。
三尺晓垂杨柳岸，一竿斜刺杏花傍。
男儿未遂平生志，且乐高歌入醉乡。

宋四公觉得肚中饥馁，入那酒店去，买些个酒吃。酒保安排将酒来，宋四公吃了三两杯酒。只见一个精精致致的后生，走入酒店来。看那人时，却是如何打扮：砖顶背系带头巾（宋代一般平民所戴头巾，共有四带，二带下垂，二带反系脑后，所以称为背系带头巾），皂罗文武带背儿（一种对襟袍，袖较衫略宽，长

---

①锦旆：宋代酒店，常用画竿挂锦旆，作为幌子。旆，旗。

垂至足。宋代人常衬在公服的里面），下面宽口裤，侧面丝鞋。叫道："公公拜揖。"宋四公抬头看时，不是别人，便是他师弟赵正。宋四公人面前，不敢师父师弟厮叫，只道："官人少坐。"赵正和宋四公叙了间阔（别的话）就坐，教酒保添只盏来筛酒。吃了一杯，赵正却低低地问道："师父一向疏阔？"宋四公道："二哥，几时有道路（买卖，指偷窃）也没？"赵正道："是道路却也自有，都只把来风花雪月使了。闻知师父入东京去，得拳道路（一桩买卖。拳，量词，相当于"桩""件"）。"宋四公道："也没甚么，只有得个四五万钱。"又问赵正道："二哥，你如今那里去？"赵正道："师父，我要上东京闲走一遭，一道赏玩则个，归平江府去做话说。"宋四公道："二哥，你去不得。"赵正道："我如何上东京不得？"宋四公道："有三件事，你去不得。第一，你是浙右人，不知东京事，行院（同行帮之间的一种组织）少有认得你的，你去投奔阿谁？第二，东京百八十里罗城（内城外面的大城），唤做'卧牛城'。我们只是草寇，常言：'草入牛口，其命不久。'第三，是东京有五千个眼明手快做公的人，有三都捉事（捉捕）使臣。"赵正道："这三件事都不妨。师父你只放心，赵正也不到得胡乱吃输。"宋四公道："二哥，你不信我口，要去东京时，我觅得禁魂张员外的一包儿细软，我将归客店里去，安在头边，枕着头；你觅得我的时，你便去上东京。"赵正道："师父，恁地时不妨。"两个说罢，宋四公还了酒钱，将着赵正归客店里。店小二见宋四公将着一个官人归来，唱了喏。赵正同宋四公入房里走一遭，道了"安置"，赵正自去。当下天色晚，如何见得：

暮烟迷远岫（xiù，山）岫，薄雾卷晴空。群星共皓月争光，远水与山光斗碧。深林古寺，数声钟韵悠扬；曲岸小舟，几点渔灯明灭。枝上子规（杜鹃鸟）啼夜月，花间粉蝶宿芳丛。

宋四公见天色晚，自思量道："赵正这汉手高。我做他师父，若还真个吃（被）他觅了这般细软，好吃人笑，不如早睡。"宋四公却待要睡，又怕吃赵正来后如何，且只把一包细软安放头边，就床上掩卧。只听得屋梁上知知兹兹地叫，宋四公道："作怪！未曾起更，老鼠便出来打闹人。"仰面向梁上看时，脱（掉落）些个屋尘下来，宋四公打两个喷涕。少时老鼠却不则声，只听得两个猫儿，乜凹乜凹（猫叫声。乜，miē）地厮咬了叫，溜些尿下来，正滴在宋四公口里，好臊臭！宋四公渐觉困倦，一觉睡去。

到明日天晓起来，头边不见了细软包儿。正在那里没摆拨（安排），只见店小二来说道："公公，昨夜同公公来的官人来相见。"宋四公出来看时，却是赵正。相揖罢，请他入房里，去关上房门。赵正从怀里取出一个包儿，纳还师父。宋四公道："二哥，我问你则个，壁落共门都不曾动，你却是从那里来，讨了我的包儿？"赵正道："实瞒不得师父，房里床面前一带黑油纸槛窗，把那学书纸糊着。吃我先在屋上，学一和（huò，次数）老鼠，脱下来屋尘，便是我的作怪药，撒在你眼里鼻里，教你打几个喷涕；后面猫尿，便是我的尿。"宋四公道："畜生，你好没道理！"赵正道："是吃我盘到你房门前，揭起学书纸，把小锯儿锯将两条窗栅下来；我便挨身而入，到你床边，偷了包儿。再盘出窗外去，把窗栅再接住，把小钉儿钉着，再把学书纸糊了，恁地便没踪迹。"宋四公道："好，好！你使得，也未是你会处。你还今夜再觅得我这包儿，我便道你会。"赵正道："不妨，容易的事。"赵正把包儿还了宋四公道："师父，我且归去，明日再会。"漾（撒）了手自去。

宋四公口里不说，肚里思量道："赵正手高似我，这番又吃他觅了包儿，越不好看，不如安排走休！"宋四公便叫将店小二来说道："店二哥，我如今要行。二百钱在这里，烦你买一百钱爊肉，多讨椒盐，买五十钱蒸饼，剩五十钱，与你买碗酒吃。"店小二谢了公公，便去谟县前买了爊肉（烧肉。爊，同"熬"，烹烧）和蒸饼。却待回来，离客店十来家，有个茶坊里，一个官人叫道："店二哥，那里去？"店二哥抬头看时，便是和宋四公相识的官人。

店二哥道："告官人，公公要去，教男女买爊肉共蒸饼。"赵正道："且把来看。"打开荷叶看了一看，问道："这里几文钱肉？"店二哥道："一百钱肉。"赵正就怀里取出二百钱来道："哥哥，你留这爊肉蒸饼在这里。我与你二百钱，一道相烦，依这样与我买来，与哥哥五十钱买酒吃。"店二哥道："谢官人。"道了便去。不多时，便买回来。赵正道："甚劳烦哥哥，与公公再裹了那爊肉。见公公时，做我传语他，只教他今夜小心则个。"店二哥唱喏了自去。到客店里，将肉和蒸饼递还宋四公。宋四公接了道："罪过（谢谢）哥哥。"店二哥道："早间来的那官人，教再三传语，今夜小心则个。"

宋四公安排行李，还了房钱，脊背上背着一包被卧（被子），手里提着包裹，便是觅得禁魂张员外的细软，离了客店。行一里有余，取八角镇（地名，在开封西南）路上来。到渡头看那渡船，却在对岸，等不来，肚里又饥，坐在地上，放细软包儿在面前，解开爊肉裹儿，擘开（掰开）一个蒸饼，把四五块肥底爊肉多蘸些椒盐，卷做一卷，嚼得两口，只见天在下，地在上，就那里倒了。

宋四公只见一个丞局（衙役）打扮的人，就面前把了细软包儿去。宋四公眼睁睁地见他把去，叫又不得，赶又不得，只得由他。那个丞局拿了包儿，先过渡去了。

宋四公多样时（许久）苏醒起来，思量道："那丞局是阿谁？捉我包儿去。店二哥与我买的爊肉里面有作怪物事（东西）！"宋四公忍气吞声走起来，唤渡船过来，过了渡，上了岸，思量那里去寻那丞局好。肚里又闷，又有些饥渴，只见个村酒店，但见：

柴门半掩，破旆低垂。村中量酒，岂知有涤器相如？陋质蚕姑，难效彼当垆（卖酒）卓氏（即卓文君，她美貌有才气，善弹琴，她是汉临邛大富商卓王孙之女。新寡家居，司马相如过饮于卓氏，以琴悦之，文君夜奔相如，同归成都。因家贫，又回临邛，卖其车骑，置酒舍卖酒）。壁间大字，村中学究醉时题；架上麻衣，好饮芒郎留下当。酸醨（薄酒）破瓮土床排，彩画醉仙尘土暗。

宋四公且入酒店里去，买些酒消愁解闷则个。酒保唱了喏，排下酒来，一杯两盏，酒至三杯。宋四公正闷里吃酒，只见外面一个妇女入酒店来：

油头粉面，白齿朱唇。锦帕齐眉，罗裙掩地。鬓边斜插些花朵，脸子微堆着笑容。虽不比闺里佳人，也当得垆头少妇。

那个妇女入着酒店，与宋四公道个万福，拍手唱一只曲儿。宋四公仔细看时，有些个面熟，道这妇女是酒店擦桌儿的（酒店中巡座卖唱的歌妓），请小娘子坐则个。妇女在宋四公根底（面前）坐定，教量酒添只盏儿来，吃了一盏酒。宋四公把那妇女抱一抱，撮一撮，拍拍惜惜，把手去摸那胸前道："小娘子，没有奶儿。"宋四公道："热牢（骂人的话，类似于畜生），你是兀谁？"那个妆做妇女打扮的，叉手不离方寸（两手交叉紧掩胸部）道："告公公，我不是擦桌儿顶老（妓女），我便是苏州平江府赵正。"宋四公道："打脊的检才（类似于坏坯子、滑头之类）！我是你师父，却教我摸你爷头！原来却才丞局便是你。"赵正道："可知便是赵正。"宋四公道："二哥，我那细软包儿，你却安在那里？"赵正叫量酒道："把适来我寄在这里包儿还公公。"量酒取将包儿来。宋四公接了道："二哥，你怎地拿下我这包儿？"赵正道："我在客店隔几家茶坊里坐地，见店小二哥提一裹爊肉。我讨来看，便使转他也与我去买，被我安些汗药在里面裹了，依然教他把来与你。我妆（同"装"）做丞局，后面踏（尾随）将你来。你吃摆番了，被我拿得包儿，到这里等你。"宋四公道："恁地你真个会，不枉了上得东京去。"即时还了酒钱，两个同出酒店。去空野处除了花朵，溪水里洗了面，换一套男子衣裳着了，取一顶单青纱头巾裹了。

宋四公道："你而今要上京去，我与你一封书，去见个人，也是我师弟。他家住汴河岸上，卖人肉馒头。姓侯，名兴，排行第二，便是侯二哥。"赵正道："谢师父。"到前面茶坊里，宋四公写了书，分付赵正，相别自去。宋四公自在谟县。

赵正当晚去客店里安歇，打开宋四公书来看时，那书上写道：

"师父信上贤师弟二郎、二娘子：别后安乐否？今有姑苏贼人赵正，欲来京做买卖，我特地使他来投奔你。这汉与行院无情，一身线道（肉），堪作你家行货使用。我吃他三次无礼，可千万剿除此人，免为我们行院后患。"

赵正看罢了书，伸着舌头缩不上。"别人便怕了，不敢去。我且看他，如何对副我！我自别有道理。"再把那书折迭，一似原先封了。

明日天晓，离了客店，取八角镇；过八角镇，取板桥，到陈留县，沿那汴河行。到日中前后，只见汴河岸上，有个馒头店。门前一个妇女，玉井栏手巾勒着腰，叫道："客长，吃馒头点心去。"门前牌儿上写着："本行侯家，上等馒头点心。"赵正道："这里是侯兴家里了。"走将入去，妇女叫了万福，问道："客长用点心？"赵正道："少待则个。"就脊背上取将包裹下来。一包金银钗子，也有花头的，也有连二连三的，也有素的，都是沿路上觅得的。侯兴老婆看见了，动心起来，道："这客长，有二三百只钗子!我虽然卖人肉馒头，老公虽然做赞老子（指盗贼。赞，不正、邪恶），到没许多物事。你看少间问我买馒头吃，我多使些汗火（迷药），许多钗子都是我的。"赵正道："嫂嫂，买五个馒头来。"侯兴老婆道："着！"楦（拿）个碟子，盛了五个馒头，就灶头合儿里多撮些物料在里面。赵正肚里道："这合儿里便是作怪物事了。"赵正怀里取出一包药来，道："嫂嫂，觅些冷水吃药。"侯兴老婆将半碗水来，放在桌上。赵正道："我吃了药，却吃馒头。"赵正吃了药，将两只箸一拨，拨开馒头馅，看了一看，便道："嫂嫂，我爷说与我道：'莫去汴河岸上买馒头吃，那里都是人肉的。'嫂嫂，你看这一块有指甲，便是人的指头，这一块皮上许多短毛儿，须是人的不便处。"侯兴老婆道："官人休耍，那得这话来！"赵正吃了馒头，只听得妇女在灶前道："倒也！"指望摆番赵正，却又没些事。赵正道："嫂嫂，更添五个。"侯兴老婆道："想是恰才汗火少了，这番多把些药倾在里面。"赵正怀中又取包儿，吃些个药。侯兴老婆道："官人吃甚么药？"赵正道："平江府提刑散的药，名唤做'百病安丸'。妇女家八般头风，胎前产后，脾血气痛，都好服。"侯兴老婆道："就官人觅得一服吃也好。”赵正去怀里别搠换（调换。搠，shuò）包儿来，撮百十丸与侯兴老婆吃了，就灶前颠番了。赵正道：“这婆娘要对副我，却到吃我摆番（迷药）。别人漾了去，我却不走。”特骨地（故意地）在那里解腰捉虱子。

不多时，见个人挑一担物事归。赵正道：“这个便是侯兴，且看他如何？”侯兴共赵正两个唱了喏。侯兴道：“客长吃点心也未？”赵正道：“吃了。”侯兴叫道：“嫂子，会钱也未？”寻来寻去，寻到灶前，只见浑家倒在地下，口边溜出痰涎，说话不真，喃喃地道：“我吃摆番（迷药）了。”侯兴道：“我理会得了，这婆娘不认得江湖上相识，莫是吃那门前客长摆番了？”

侯兴向赵正道：“法兄，山妻眼拙，不识法兄，切望恕罪。”赵正道：“尊兄高姓?”侯兴道：“这里便是侯兴。”赵正道：“这里便是姑苏赵正。”两个相揖了。侯兴自把解药与浑家吃了。赵正道：“二兄，师父宋四公有书上呈。”侯兴接着，拆开看时，书上写着许多言语，末梢（信末）道：“可剿除此人。”侯兴看罢，怒从心上起，恶向胆边生，道：“师父兀自三次无礼，今夜定是坏他性命！”向赵正道：“久闻清德，幸得相会！”即时置酒相待，晚饭过了，安排赵正在客房里睡，侯兴夫妇在门前做夜作。

赵正只闻得房里一阵臭气，寻来寻去，床底下一个大缸。探手打一摸，一颗人头；又打一摸，一只人手共人脚。赵正搬出后门头，都把索子缚了，挂在后门屋檐上。关了后门，再入房里，只听得妇女道：“二哥，好下手！”侯兴道：“二嫂，使未得！更等他落忽（方言，熟睡）些个。”妇女道：“二哥，看他今日把出金银钗子，有二三百只。今夜对付他了，明日且把来做一头戴，教人唱采则个。”赵正听得道：“好也！他两个要恁地对付我性命，不妨得。”侯兴一个儿子，十来岁，叫做伴哥，发脾寒（发疟疾），害在床上。赵正去他房里，抱那小的安在赵正床上，把被来盖了，先走出后门去。不多时，侯兴浑家把着一碗灯，侯兴把一把劈柴大斧头，推开赵正房门，见被盖着个人在那里睡，和被和人，两下斧头，砍做三段。侯兴揭起被来看了一看，叫声：“苦也！二嫂，杀了的是我儿子伴哥！”两夫妻号天洒地哭起来。赵正在后门叫道：“你没事自杀了儿子则甚？赵正却在这里。”侯兴听得焦躁，拿起劈柴斧赶那赵正，慌忙走出后门去，只见扑地撞着侯兴额头，看时却是人头、人脚、人手挂在屋檐上、一似闹竿儿（一种小孩的玩具，是一根悬挂着各种玩意儿的竹竿）相似。侯兴教浑家都搬将入去，直上（向前）去赶。赵正见他来赶，前头是一派溪水。赵正是平江府人，会弄水，打一跳，跳在溪水里。后头侯兴也跳在水里来赶。赵正一分一蹬，顷刻之间，过了对岸。侯兴也会水，来得迟些个。赵正先走上岸，脱下衣裳挤教干。侯兴赶那赵正，从四更前后，到五更二点时候，赶十一二里，直到顺天新郑门（汴京外城西壁南首第一座门）一个浴堂。赵正入那浴堂里洗面，一道烘衣裳。正洗面间，只见一个人把两只手去赵正两腿上打一掣，掣番赵正。赵正见侯兴来掣他，把两秃膝桩番侯兴，倒在下面，只顾打。

只见一个狱家院子打扮的老儿进前道："你们看我面放手罢。"赵正和侯兴抬头看时，不是别人，却是师父宋四公，一家唱个大喏，直下便拜。宋四公劝了，将他两个去汤店（汤，用甘草等药料研末冲成的药茶。汤店，即专卖这种药茶的店铺）里吃盏汤。侯兴与师父说前面许多事。宋四公道："如今一切休论。则是赵二哥明朝入东京去，那金梁桥下，一个卖酸馅的，也是我们行院。姓王，名秀。这汉走得楼阁没赛，起个浑名，唤做'病猫儿'。他家在大相国寺后面院子里住。他那卖酸馅架儿上一个大金丝罐，是定州中山府窑变（定州，宋时以产瓷著名，称为"定窑"。窑变，烧瓷器时由于釉料中铜的还元焰所引起的变化，瓷呈红色或紫色）了烧出来的，他惜似气命。你如何去拿得他的？"赵正道："不妨。"等城门开了，到日中前后，约师父只在侯兴处。

赵正打扮做一个砖顶背系带头巾，皂罗文武带背儿，走到金梁桥下，见一抱架儿，上面一个大金丝罐，根底立着一个老儿：

郓州（地名，今山东省东平县。郓，yùn）单青纱现顶儿头巾，身上着一领茎杨柳子布衫。腰里玉井栏手巾，抄着腰（叉腰）。

赵正道："这个便是王秀了。"赵正走过金梁桥来，去米铺前撮几颗红米，又去菜担上摘些个叶子，米和叶子，安在口里，一处嚼教碎。再走到王秀架子边，漾（撒）下六文钱，买两个酸馅，特骨地脱一文在地下。王秀去拾那地上一文钱，被赵正吐那米和菜在头巾上，自把了酸馅去。却在金梁桥顶上立地，见个小的跳将来，赵正道："小哥，与你五文钱，你看那卖酸馅王公头巾上一堆虫蚁屎，你去说与他，不要道我说。"那小的真个去说道："王公，你看头巾上。"王秀除下头巾来，只道是虫蚁屎，入去茶坊里揩抹了。走出来架子上看时，不见了那金丝罐。原来赵正见王秀入茶坊去揩那头巾，等他眼慢，拿在袖子里便行，一径走往侯兴家去。宋四公和侯兴看了，吃一惊。赵正道："我不要他的，送还他老婆休！"赵正去房里换了一顶搭飒（破败，零落）头巾，底下旧麻鞋，着领旧布衫，手把着金丝罐，直走去大相国寺后院子里。见王秀的老婆，唱个喏了道："公公教我归来，问婆婆取一领新布衫、汗衫、裤子、新鞋袜，有金丝罐在这里表照。”婆子不知是计，收了金丝罐，取出许多衣裳，分付赵正。赵正接得了，再走去见宋四公和侯兴道：“师父，我把金丝罐去他家换许多衣裳在这里。我们三个少间同去送还他，博个笑声。我且着了去闲走一回耍子。”

赵正便把王秀许多衣裳着了，再入城里，去桑家瓦（北宋东京著名娱乐场所）里，闲走一回，买酒买点心吃了，走出瓦子外面来。

却待过金梁桥，只听得有人叫：“赵二官人！”赵正回过头来看时，却是师父宋四公和侯兴。三个同去金梁桥下，见王秀在那里卖酸馅。宋四公道：“王公拜茶。”王秀见了师父和侯二哥，看了赵正，问宋四公道：“这个客长是兀谁？”宋四公恰待说，被赵正拖起去，教宋四公：“未要说我姓名，只道我是你亲戚，我自别有道理。”王秀又问师父：“这客长高姓？”宋四公道：“是我的亲戚，我将他来京师闲走。”王秀道：“如此。”即时寄了酸馅架儿在茶坊，四个同出顺天新郑门外僻静酒店，去买些酒吃。入那酒店去，酒保筛酒来，一杯两盏，酒至三巡。王秀道：“师父，我今朝呕气。方才挑那架子出来，一个人买酸馅，脱一钱在地下。我去拾那一钱，不知甚虫蚁屙（ē）在我头巾上。我入茶坊去揩头巾出来，不见了金丝罐，一日好闷！”宋四公道：“那人好大胆，在你跟前卖弄得，也算有本事了。你休要气闷，到明日闲暇时，大家和你查访这金丝罐。又没三件两件，好歹要讨个下落，不到得失脱。”赵正肚里，只是暗暗的笑，四个都吃得醉，日晚了，各自归。

且说王秀归家去，老婆问道：“大哥，你恰才教人把金丝罐归来？”王秀道：“不曾。”老婆取来道：“在这里，却把了几件衣裳去。”王秀没猜道是谁，猛然想起今日宋四公的亲戚，身上穿一套衣裳，好似我家的。心上委决不下（犹豫不决），肚里又闷，提一角酒，索性和婆子吃个醉，解衣卸带了睡。王秀道：“婆婆，我两个多时不曾做一处。”婆子道：“你许多年纪了，兀自鬼乱！”王秀道：“婆婆，你岂不闻：‘后生犹自可，老的急似火。’”王秀早移过共头，在婆子头边，做一班半点儿事，兀自未了当。原来赵正见两个醉，掇（搬）开门躲在床底下，听得两个鬼乱，把尿盆去房门上打一枳。王秀和婆子吃了一惊，鬼慌起来。看时，见个人从床底下趱（zǎn，赶）将出来，手提一包儿。王秀就灯光下仔细认时，却是和宋四公、侯兴同吃酒的客长。王秀道：“你做甚么？”赵正道：“宋四公教还你包儿。”王公接了看时，却是许多衣裳。再问：“你是甚人？”赵正道：“小弟便是姑苏平江府赵正。”王秀道：

“如此，久闻清名（清美的声誉）。”因此拜识。便留赵正睡了一夜。

次日，将着他闲走。王秀道：“你见白虎桥（在宋东京城西北隅金水河上）下大宅子，便是钱大王府，好一拳财。”赵正道：“我们晚些下手。”王秀道：“也好。”到三鼓前后，赵正打个地洞，去钱大王土库偷了三万贯钱正赃，一条暗花盘龙羊脂白玉带。王秀在外接应，共他归去家里去躲。明日，钱大王写封简子与滕大尹。大尹看了，大怒道：“帝辇之下（指京城。帝辇，借指皇帝），有这般贼人！”即时差缉捕使臣马翰，限三日内要捉钱府做不是（偷窃）的贼人。

马观察马翰得了台旨，分付众做公的落宿，自归到大相国寺前。只见一个人背系带砖顶头巾，也着上一领紫衫，道：“观察拜茶。”同入茶坊里，上灶（灶上管茶水的人）点茶来。那着紫衫的人怀里取出一裹松子胡桃仁，倾在两盏茶里。观察问道：“尊官高姓？”那个人道：“姓赵，名正，昨夜钱府做贼的便是小子。”马观察听得，脊背汗流，却待等众做公的过捉他。吃了盏茶，只见天在下，地在上，吃摆番了。赵正道：“观察醉也。”扶住他，取出一件作怪动使剪子，剪下观察一半衫袖，安在袖里，还了茶钱。分付茶博士道：“我去叫人来扶观察。”赵正自去。

两碗饭间，马观察肚里药过了，苏醒起来。看赵正不见了，马观察走归去。睡了一夜，明日天晓，随大尹朝殿。大尹骑着马，恰待入宣德门（即宣德楼，北宋汴京宫城正门）去，只见一个人裹顶弯角帽子，着上一领皂衫，拦着马前，唱个大喏，道：“钱大王有札目（信件。札，zhá）上呈。”滕大尹接了，那个人唱喏自去。大尹就马上看时，腰裹金鱼带不见挞尾（腰带向下垂插的带头，视官阶的高下，而分别以金、玉、犀、银、铜、铁为饰）。简上写道：“姑苏贼人赵正，拜禀大尹尚书：所有钱府失物，系是正偷了。若是大尹要来寻赵正家里，远则十万八千，近则只在目前。”大尹看了越焦躁，朝殿回衙，即时升厅，引放民户词状（告状）。词状人抛箱（告状的人把状纸投入箱中），大尹看到第十来纸状，有状子上面也不依式（依照成式、惯例）论诉甚么事，去那状上只写一只〔西江月〕曲儿，道是：

是水归于大海，闲汉总入京都。三都捉事马司徒（官名，与司马、司空并称三公。这里用作对于缉捕武官的尊称），衫褙（bèi，古代中国的短外衣）难为作主。盗了亲王玉带，剪除大尹金鱼。要知闲汉姓名无？小月傍边疋士。

大尹看罢道：“这个又是赵正，直恁地手高。”即唤马观察马翰来，问他捉贼消息。马翰道："小人因不认得贼人赵正，昨日当面挫过（错过）。这贼委的手高，小人访得他是郑州宋四公的师弟。若拿得宋四，便有了赵正。"滕大尹猛然想起，那宋四因盗了张富家的土库，见告失状未获。即唤王七殿直王遵，分付他协同马翰访捉贼人宋四、赵正。王殿直王遵禀道："这贼人踪迹难定，求相公宽限时日；又须官给赏钱，出榜悬挂，那贪着赏钱的便来出首（告发别人），这公事便容易了办。"滕大尹听了，立限一个月缉获；依他写下榜文，如有缉知真赃来报者，官给赏钱一千贯。马翰和王遵领了榜文，径到钱大王府中，禀了钱大王，求他添上赏钱。钱大王也注了一千贯。两个又到禁魂张员外家来，也要他出赏。张员外见在失了五万贯财物，那里肯出赏钱！众人道："员外休得为小失大。捕得着时，好一主大赃追还你。府尹相公也替你出赏，钱大王也注了一千贯。你却不肯时，大尹知道，却不好看相。"张员外说不过了，另写个赏单，勉强写足了五百贯。马观察将去府前张挂，一面与王殿直约会，分路挨查。

那时府前看榜的人山人海，宋四公也看了榜，去寻赵正来商议。赵正道："可奈王遵、马翰日前无怨，定要加添赏钱，缉获我们；又可奈张员外悭吝，别的都出一千贯，偏你只出五百贯，把我们看得恁贱！我们如何去蒿恼（打扰。蒿，hāo）他一番，才出得气。"宋四公也怪前番王七殿直领人来拿他，又怪马观察当官禀出赵正是他徒弟。当下两人你商我量，定下一条计策，齐声道："妙哉！"赵正便将钱大王府中这条暗花盘龙羊脂白玉带递与宋四公，四公将禁魂张员外家金珠一包就中检出几件有名的宝物，递与赵正。两下分别各自去行事。

且说宋四公才转身，正遇着向日张员外门首捉笊篱（一种圆口尖底的竹器，有柄，用以淘米、捞面等）的哥哥，一把扯出顺天新郑门，直到侯兴家里歇脚。便道："我今日有用你之处。"那捉笊篱的便道："恩人有何差使？并不敢违。"宋四公道："作成你趁一千贯钱养家则个。"那捉笊篱的到吃一惊，叫道："罪过！小人没福消受。"宋四公道："你只依我，自有好处。"取出暗花盘龙羊脂白玉带，教侯兴扮作内官（诸省及禁卫之官）模样："把这条带去禁魂张员外解库（当铺。解，典当）里去解钱（当钱）。这带是无价之宝，只要解他三百贯，却对他说：'三日便来取赎，若不赎时，再加绝二百贯。你且放在铺内，慢些子收藏则个。'"侯兴依计去了。

张员外是贪财之人，见了这带，有些利息，不问来由，当去三百贯足钱。

侯兴取钱回复宋四公。宋四公却教捉笊篱的到钱大王门上揭榜出首。钱大王听说获得真赃，便唤捉笊篱的面审。捉笊篱的说道："小的去解库中当钱，正遇那主管，将白玉带卖与北边一个客人，索价一千五百两。有人说是大王府里来的，故此小的出首。"钱大王差下百十名军校，教捉笊篱的做眼（打听消息），飞也似跑到禁魂张员外家，不由分说，到解库中一搜，搜出了这条暗花盘龙羊脂白玉带。张员外走出来分辩时，这些个众军校，那里来管你三七二十一，一条索子（长而粗的绳子）扣头，和解库中两个主管，都拿来见钱大王。钱大王见了这条带，明是真赃（盗窃的原物），首人（告发的人）不虚，便写个钧帖，付与捉笊篱的，库上支一千贯赏钱。钱大王打轿，亲往开封府拜滕大尹，将玉带及张富一干人送去拷问。大尹自己缉获不着，到是钱大王送来，好生惭愧，便骂道："你前日到本府告失状，开载许多金珠宝贝。我想你庶民之家，那得许多东西？却原来放线做贼！你实说这玉带甚人偷来的？"张富道："小的祖遗财物，并非做贼窝赃。这条带是昨日申牌时分，一个内官拿来，解了三百贯钱去的。"大尹道："钱大王府里失了暗花盘龙羊脂白玉带，你岂不晓得？怎肯不审来历，当钱与他？如今这内官何在？明明是一派胡说！"喝教狱卒，将张富和两个主管一齐用刑，都打得皮开肉绽，鲜血迸流。张富受苦不过，情愿责限三日，要出去挨获（查获）当带之人。三日获不着，甘心认罪。滕大尹心上也有些疑虑，只将两个主管监候。却差狱卒押着张富，准他立限三日回话。

张富眼泪汪汪，出了府门，到一个酒店里坐下，且请狱卒吃三杯。方才举盏，只见外面踱个老儿入来，问道："那一个是张员外？"张富低着头，不敢答应。狱卒便问："阁下是谁？要寻张员外则甚？"那老儿道："老汉有个喜信要报他，特到他解库（当铺。解，典当）前，闻说有官事在府前，老汉跟寻至此。"张官方才起身道："在下便是张富，不审有何喜信见报？请就此坐讲。"

那老儿捱着张员外身边坐下，问道："员外土库中失物，曾缉知下落否？"张员外道："在下不知。"那老儿道："老汉到晓得三分，特来相报员外。若不信时，老汉愿指引同去起赃。见了真正赃物，老汉方敢领赏。"张员外大喜道："若起得这五万贯赃物，便赔偿钱大王，也还有余。拚些上下使用，身上也得干净。"便问道："老丈既然的确，且说是何名姓？"那老儿向耳边低低说了几句，张员外大惊道："怕没此事。"老儿道："老汉情愿到府中出个首状（告发的状子），若起不出真赃，老汉自认罪。"张员外大喜道：

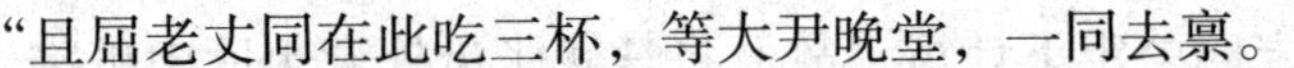

"且屈老丈同在此吃三杯，等大尹晚堂，一同去禀。"

当下四人饮酒半醉，恰好大尹升厅。张员外买张纸，教老儿写了首状，四人一齐进府出首（告发别人）。滕大尹看了王保状词，却是说马观察、王殿直做贼，偷了张富家财，心中想道："他两个积年捕贼，那有此事？"便问王保道："你莫非挟仇陷害么？有甚么证据？"王保老儿道："小的在郑州经纪，见两个人把许多金珠在彼兑换。他说家里还藏得有，要换时再取来。小的认得他是本府差来缉事的，他如何有许多宝物？心下疑惑。今见张富失单，所开宝物相像，小的情愿跟同张富到彼搜寻。如若没有，甘当认罪。"滕大尹似信不信，便差李观察李顺，领着眼明手快的公人，一同王保、张富前去。

此时马观察马翰与王七殿直王遵，但在各县挨缉两宗盗案未归，众人先到王殿直家，发声喊，径奔入来。王七殿直的老婆，抱着三岁的孩子，正在窗前吃枣糕，引着要子。见众人罗唣（吵闹，寻事），吃了一惊，正不知什么缘故。恐怕吓坏了孩子，把袖榅子掩了耳朵，把着进房。众人随着脚跟儿走，围住婆娘问道："张员外家赃物，藏在那里？"婆娘只光着眼，不知那里说起。众人见婆娘不言不语，一齐掀箱倾笼，搜寻了一回。虽有几件银钗饰和些衣服，并没赃证。李观察却待埋怨王保，只见王保低着头，向床底下钻去，在贴壁床脚下解下一个包儿，笑嘻嘻的捧将出来。众人打开看时，却是八宝嵌花金杯一对，金镶玳瑁（dài mào，一种爬行动物，其壳黄褐色，可做装饰品）杯十只，北珠念珠一串。张员外认得是土库中东西，还痛起来，放声大哭。连婆娘也不知这物事那里来的，慌做一堆，开了口合不得，垂了手抬不起。众人不由分说，将一条索子，扣了婆娘的颈。婆娘哭哭啼啼，将孩子寄在邻家，只得随着众人走路。众人再到马观察家，混乱了一场，又是王保点点搠搠（指点），在屋檐瓦棂内搜出珍珠一包，嵌宝金钏等物，张员外也都认得。两家妻小都带到府前，滕大尹兀自坐在厅上，专等回话。见众人蜂拥进来，阶下列着许多赃物，说是床脚上、瓦棂内搜出，见有张富识认是真。滕大尹大惊道："常闻得捉贼的就做贼，不想王遵、马翰真个做下这般勾当！"喝教将两家妻小监候，立限速拿正贼，所获赃物暂寄库。首人在外听候，待赃物明白，照额领赏。张富磕头禀道："小人是有碗饭吃的人家，钱大王府中玉带跟由，小人委实不知。今小的家中被盗赃物，既有的据，小人认了晦气，情愿将来赔偿钱府。望相公方便，释放小人和那两个主管，万代阴德。"滕大尹情知张富冤枉，许他召保在外。王保跟张员外到家，要了他五百贯赏钱去了。原来王保就是王秀，浑名"病猫儿”，他走得楼阁没赛。宋四公定下计策，故意将禁魂张员外家土库中赃物，预教王秀潜地埋藏两家床头屋檐等处，却教他改名王保，出首起赃，官府那里知道？

却说王遵、马翰正在各府缉获公事，闻得妻小吃了官司，急忙回来见滕大尹。滕大尹不由分说，用起刑法，打得希烂，要他招承张富赃物，二人那肯招认？大尹教监中放出两家的老婆来，都面面相觑，没处分辩，连大尹也委决不下，都发监候。次日又拘张富到官，劝他且将已财赔了钱大王府中失物，待从容退赃还你。张富被官府逼勒不过，只得承认了。归家想想，又恼又闷，又不舍得家财，在土库中自缢而死。

可惜有名的禁魂张员外，只为“悭吝”二字，惹出大祸，连性命都丧了。那王七殿直王遵、马观察马翰，后来俱死于狱中。这一班贼盗，公然在东京做歹事，饮美酒，宿名娼，没人奈何得他。那时节东京扰乱，家家户户，不得太平。直待包龙图相公做了府尹，这一班贼盗方才惧怕，各散去讫，地方始得宁静。有诗为证，诗云：

只因贪吝惹非殃，引到东京盗贼狂。

亏杀龙图包大尹，始知官好自民安。

警世通言

卷一　俞伯牙摔琴谢知音

浪说曾分鲍叔金，谁人辨得伯牙琴？

于今交道奸如鬼，湖海空悬一片心。

古来论交情至厚，莫如管鲍。管是管夷吾（即管仲，史称管子，是春秋时期齐国的政治家、军事家），鲍是鲍叔牙（亦称“鲍叔”“鲍子”，是春秋时期齐国大夫，管仲的好朋友）。他两个同为商贾（gǔ，商人），得利均分。时管夷吾多取其利，叔牙不以为贪，知其贫也。后来管夷吾被囚，叔牙脱之，荐为齐相。这样朋友，才是个真正相知。这相知有几样名色：恩德相结者，谓之知己；腹心相照者，谓之知心；声气相求者，谓之知音；总来叫做相知。

今日听在下说一桩俞伯牙的故事。列位看官们，要听者，洗耳而听；不要听者，各随尊便。正是：

知音说与知音听，不是知音不与谈。

话说春秋战国时，有一名公，姓俞名瑞，字伯牙，楚国郢（yǐng）都人氏，即今湖广荆州府之地也。那俞伯牙身虽楚人，官星却落于晋国，仕至上大夫之位。因奉晋主之命，来楚国修聘（古代诸侯之间派遣使臣进行友好访问）。伯牙讨这个差使，一来，是个大才，不辱君命；二来，就便省视（xǐng shì，看望）乡里，一举两得。当时从陆路至于郢都，朝见了楚王，致了晋主之命。楚王设宴款待，十分相敬。那郢都乃是桑梓（桑梓指家乡、故乡。古时人们喜欢在住宅周围栽植桑树和梓树，后人们就用物指代处所，用“桑梓”代称家乡。赞扬某人为家乡造福，往往用“功在桑梓”）之地，少不得去看一看坟墓，会一会亲友。然虽如此，各事（侍奉）其主，君命在身，不敢迟留。公事已毕，拜辞楚王。楚王赠以黄金采缎，高车驷马（四匹马拉的车）。伯牙离楚一十二年，思想故国江山之胜，欲得恣情观览，要打从水路大宽转（转个大圈）而回。乃假奏楚王道："臣不幸有犬马之疾，不胜车马驰骤。乞假臣舟楫，以便医药。"楚王准奏。命水师拨大船二只，一正一副。正船单坐晋国来使，副船安顿仆从行李。都是兰桡（ráo，船桨）画桨，锦帐高帆，甚是齐整。群臣直送至江头而别。

只因览胜探奇，不顾山遥水远。

伯牙是个风流才子。那江山之胜，正投其怀。张一片风帆，凌千层碧浪，看不尽遥山叠翠，远水澄清。不一日，行至汉阳江口。时当八月十五日，中秋之夜，偶然风狂浪涌，大雨如注。舟楫不能前进，泊于山崖之下。不多时，风恬（tián，安静、安然）浪静，雨止云开，现出一轮明月。那雨后之月，其光倍常。伯牙在船舱中，独坐无聊，命童子焚香炉内，"待我抚琴一操（弹奏），以遣情怀。"童子焚香罢，捧琴囊置于案间。伯牙开囊取琴，调弦转轸（zhěn，弦乐器上系弦线的小柱，可转动以调节弦的松紧），弹出一曲。曲犹未终，指下"刮喇"的一声响，琴弦绝了一根。伯牙大惊，叫童子去问船头（船上监督货运的头目，船主）："这住船所在是甚么去处？"船头答道："偶因风雨，停泊于山脚之下，虽然有些草树，并无人家。"伯牙惊讶。想道："是荒山了。若是城郭村庄，或有聪明好学之人，盗听吾琴，所以琴声忽变，有弦断之异。这荒山下，那得有听琴之人？哦，我知道了。想是有仇家差来刺客，不然，或是贼盗伺候更深，登舟劫我财物。"叫左右："与我上崖搜检一番。不在柳阴深处，定在芦苇丛中。"左右领命，唤齐众人，正欲搭跳（旧时供旅客上下船的跳板）上崖。忽听岸上有人答应道："舟中大人，不必见疑。小子并非奸盗之流，乃樵夫也。因打柴归晚，值（恰逢）骤雨狂风，雨具不能遮蔽，潜身岩畔。闻君雅操，少住听琴。"伯牙大笑道："山中打柴之人，也敢称'听琴'二字！此言未知真伪，我也不计较了。左右的，叫他去罢。"那人不去，在崖上高声说道："大人出言谬矣！岂不闻'十室之邑，必有忠信'。'门内有君子，门外君子至。'大人若欺负山野中没有听琴之人，这夜静更深，荒崖下也不该有抚琴之客了。"

■古琴台：传说中俞伯牙弹琴的地方。

伯牙见他出言不俗，或者真是个听琴的，亦

未可知。止住左右不要啰唣（luó zào，吵闹、寻事），走近舱门，回嗔作喜（由生气转为高兴。嗔，chēn，生气）的问道："崖上那位君子，既是听琴，站立多时，可知道我适才所弹何曲？"

那人道："小子若不知，却也不来听琴了。方才大人所弹，乃孔仲尼叹颜回，谱入琴声。其词云：

'可惜颜回命早亡，教人思想鬓如霜。只因陋巷箪瓢乐，'到这一句，就断了琴弦，不曾抚出第四句来。小子也还记得：'留得贤名万古扬。'"

伯牙闻言，大喜道："先生果非俗士，隔崖窎远（指距离遥远。窎，diào），难以问答。"命左右："掌跳（旧时供旅客上下船的跳板），看扶手，请那位先生登舟细讲。"左右掌跳，此人上船，果然是个樵夫。头戴箬笠（ruò lì，即用竹篾、箬叶编织的斗笠），身披草衣，手持尖担，腰插板斧，脚踏芒鞋。手下人那知言谈好歹，见是樵夫，下眼相看。"咄，那樵夫!下舱去，见我老爷叩头。问你甚么言语，小心答应。官尊着哩！"樵夫却是个有意思的，道："列位不须粗鲁，待我解衣相见。"除了斗笠，头上是青布包巾；脱了蓑衣，身上是蓝布衫儿；搭膊（dā bo，一种长方形的布袋，中间开口，两端可盛钱物，系在衣外做腰巾，亦可肩负或手提，也可称作"褡裢"）拴腰，露出布裩（kūn，裤子）下截。那时不慌不忙，将蓑衣、斗笠、尖担、板斧，俱安放舱门之外。脱下芒鞋，蹝（xǐ，甩去）去泥水，重复穿上，步入舱来。官舱内公座上灯烛辉煌。樵夫长揖而不跪，道："大人施礼了。"俞伯牙是晋国大臣，眼界中那有两接（即"两截"，指穿的衫和裤子）的布衣。下来还礼，恐失了官体，既请下船，又不好叱他回去。伯牙没奈何，微微举手道："贤友免礼罢。"叫童子看坐的。童子取一张杌（wù，小凳）坐儿置于下席。伯牙全无客礼，把嘴向樵夫一努道："你且坐了。"你我之称，怠慢可知。那樵大亦不谦让，俨然坐下。伯牙见他不告而坐，微有嗔怪之意，因此不问姓名，亦不呼手下人看茶。默坐多时，怪而问之："适才崖上听琴的，就是你么？"樵夫答言："不敢。"伯牙道："我且问你，既来听琴，必知琴之

■ 瑶琴：中国最古老的弹拨乐器之一，古琴是在孔子时期就已盛行的乐器，它在中国历史上流传了三千余年不曾中断，本世纪初才被称作"古琴"。

出处。此琴何人所造？抚他有甚好处？”正问之时，船头来禀话，风色顺了，月明如昼，可以开船。伯牙分付：“且慢些！”樵夫“承大人下问，小子若讲话絮烦，恐担误顺风行舟。”伯牙笑道：“惟恐你不知琴理。若讲得有理，就不做官，亦非大事，何况行路之迟速乎！”樵夫道：“既如此，小子方敢僭谈（jiàn tán，谦辞，越过等级妄谈）。此琴乃伏羲氏（伏羲氏是我国古籍中记载的最早的王之一，他根据天地万物的变化创造的八卦成了中国古文字的发端，结束了“结绳记事”的历史）所琢，见五星之精，飞坠梧桐，凤皇来仪。凤乃百鸟之王，非竹实不食，非梧桐不栖，非醴泉（甘泉。醴，lǐ）不饮。伏羲以知梧桐乃树中之良材，夺造化之精气，堪为雅乐，令人伐之。其树高三丈三尺，按三十三天之数，截为三段，分天、地、人三才。取上一段叩（kòu，敲击）之，其声太清，以其过轻而废之；取下一段叩之，其声太浊，以其过重而废之；取中一段叩之，其声清浊相济，轻重相兼。送长流水中，浸七十二日，按七十二候之数。取起阴干，选良时吉日，用高手匠人刘子奇制斲（zhuó，即斫，用刀斧等利器砍杀）成乐器。此乃瑶池之乐，故名瑶琴。长三尺六寸一分，按周天三百六十一度。前阔八寸，按八节；后阔四寸，按四时；厚二寸，按两仪。有金童头，玉女腰，仙人背，龙池，凤沼，玉轸，金徽。那徽有十二，按十二月；又有一中徽，按闰月。先是五条弦在上，外按五行：金、木、水、火、土；内按五音：宫、商、角、徵、羽。尧舜时操五弦琴，歌‘南风’（古代乐曲名，相传为虞舜所作）诗，天下大治（太平）。后因周文王被囚于羑里（古地名，又作“牖里”，在今河南省安阳市汤阴县北的羑里城遗址。羑，yǒu），吊子伯邑考，添弦一根，清幽哀怨，谓之文弦。后武王伐纣，前歌后舞，添弦一根，激烈发扬，谓之武弦。先是宫、商、角、徵、羽五弦，后加二弦，称为文武七弦琴。

此琴有六忌，七不弹，八绝。何为六忌？

一忌大寒，二忌大暑，三忌大风，四忌大雨，五忌迅雷，六忌大雪。

何为七不弹？

闻丧者不弹，奏乐不弹，事冗不弹，不净身不弹，衣冠不整不弹，不焚香不弹，不遇知音者不弹。

何为八绝？总之清奇幽雅，悲壮悠长。此琴抚到尽美尽善之处，啸虎闻而不吼，哀猿听而不啼。乃雅乐之好处也。”伯牙听见他对答如流，犹恐是记问之学（只是记诵书本，以资谈助或应答问难的学问）。又想道：“就是记问之学，也亏他了。我再试他一试。”此时已不似在先你我之称了，又问道：“足下

（古时对对方的敬称）既知乐理，当时孔仲尼鼓琴于室中，颜回自外入，闻琴中有幽沉之声，疑有贪杀之意。怪而问之。仲尼曰：‘吾适鼓琴，见猫方捕鼠，欲其得之，又恐其失之。此贪杀之意，遂露于丝桐。’始知圣门音乐之理，入于微妙。假如下官抚琴，心中有所思念，足下能闻而知之否？”樵夫道：“《毛诗》云：‘他人有心，予忖度（cǔn duó，推测）之。’大人试抚弄一过，小子任心猜度。若猜不着时，大人休得见罪。”伯牙将断弦重整，沉思半晌。其意在于高山，抚琴一弄。樵夫赞道：“美哉洋洋乎，大人之意，在高山也！”伯牙不答。又凝神一会，将琴再鼓，其意在于流水。樵夫又赞道：“美哉汤汤乎，志在流水！”只两句道着了伯牙的心事。伯牙大惊，推琴而起，与子期施宾主之礼。连呼：“失敬失敬！石中有美玉之藏，若以衣貌取人，岂不误了天下贤士！先生高名雅姓？”樵夫欠身而答：“小子姓钟，名徽，贱字子期。”伯牙拱手道：“是钟子期先生。”子期转问：“大人高姓？荣任何所？”伯牙道：“下官俞瑞，仕于晋朝，因修聘（古代诸侯之间派遣使臣友好访问）上国而来。”子期道：“原来是伯牙大人。”

伯牙推子期坐于客位，自己主席相陪，命童子点茶（唐、宋时的一种煮茶方法，即后来的沏茶），茶罢，又命童子取酒共酌。伯牙道：“借此攀话，休嫌简亵（jiǎn xiè，怠慢不恭；轻慢无礼）。”子期称：“不敢。”童子取过瑶琴，二人入席饮酒。伯牙开言又问：“先生声口（说话的口音、语调）是楚人了，但不知尊居何处？”子期道：“离此不远，地名马安山集贤村，便是荒居。”伯牙点头道：“好个集贤村。”又问：“道艺（指学问、技能）何为？”子期道：“也就是打柴为生。”伯牙微笑道：“子期先生，下官也不该僭言，似先生这等抱负，何不求取功名，立身于廊庙，垂名于竹帛；却乃赍志林泉，混迹樵牧，与草木同朽，窃为先生不取也。”子期道：“实不相瞒，舍间上有年迈二亲，下无手足（兄弟）相辅。采樵度日，以尽父母之余年。虽位为三公之尊，不忍易（放弃）我一日之养也。”伯牙道：“如此大孝，一发（更加、越发）难得。”二人杯酒酬酢（chóu zuò，宾主互相敬酒,泛指交际应酬）了一会。子期宠辱无惊，伯牙愈加爱重。又问子期：“青春多少？”子期道：“虚度二十有七。”伯牙道：“下官年长一旬。子期若不见弃，结为兄弟相称，不负知音契友（情投意合的朋友。契，qì）。”子期笑道：“大人差矣。大人乃上国名公，钟徽乃穷乡贱子，怎敢仰扳，有辱俯就。”伯牙道：“相识满天下，知心能几人？下官碌碌风尘，得与高贤结契，实乃生平之万幸。若以富贵贫贱为嫌，觑

（qù，轻视，小看）俞瑞为何等人乎！”遂命童子重添炉火，再爇（ruò，烧）名香，就船舱中与子期顶礼八拜。伯牙年长为兄，子期为弟。今后兄弟相称，生死不负。拜罢，复命取暖酒再酌。子期让伯牙上坐，伯牙从其言。换了杯箸，子期下席。兄弟相称，彼此谈心叙话。正是：

合意客来心不厌，知音人听话偏长。

谈论正浓，不觉月淡星稀，东方发白。船上水手都起身收拾篷索，整备开船。子期起身告辞，伯牙捧一杯酒递与子期，把子期之手。叹道：“贤弟，我与你相见何太迟，相别何太早！”子期闻言，不觉泪珠滴于杯中。子期一饮而尽。斟酒回敬伯牙。二人各有眷恋不舍之意。伯牙道：“愚兄余情不尽，意欲曲延（yán，邀请）贤弟同行数日，未知可否？”子期道：“小弟非不欲相从。怎奈二亲年老，‘父母在，不远游’。”伯牙道：“既是二位尊人在堂，回去告过二亲，到晋阳来看愚兄一看，这就是‘游必有方’了。”子期道：“小弟不敢轻诺而寡信（缺信用）。许了贤兄，就当践约。万一禀命于二亲，二亲不允，使仁兄悬望于数千里之外，小弟之罪更大矣。”伯牙道：“贤弟真所谓至诚君子。也罢，明年还是我来看贤弟。”子期道：“仁兄明岁何时到此？小弟好伺候尊驾。”伯牙屈指道：“昨夜是中秋节，今日天明，是八月十六日了。贤弟，我来仍在仲秋中五六日奉访。若过了中旬，迟到季秋月分，就是爽信（失信、失约），不为君子。”叫童子：“分付记室（掌管章表、书写记录文檄的官员）将钟贤弟所居地名及相会的日期，登写在日记簿上。”子期道：“既如此，小弟来年仲秋中五六日准在江边侍立拱候，不敢有误。天色已明，小弟告辞了。”伯牙道：“贤弟且住。”命童子取黄金二笏（hù，古代大臣进朝时手持的工具，作记事之用。这种笏为黄金所铸，一笏为二十四两黄金），不用封帖，双手捧定道：“贤弟，些须薄礼，权为二位尊人甘旨（对双亲的奉养）之费。斯文骨肉，勿得嫌轻。”子期不敢谦让，即时收下。再拜告别，含泪出舱，取尖担挑了蓑衣斗笠，插板斧于腰间，掌跳搭扶手上崖。伯牙直送至船头，各各洒泪而别。

不题子期回家之事。再说俞伯牙点鼓开船，一路江山之胜，无心观览，心心念念，只想着知音之人。又行了几日。舍舟登岸。经过之地，知是晋国上大夫，不敢轻慢，安排车马相送。直至晋阳，回复了晋主，不在话下。

光阴迅速，过了秋冬，不觉春去夏来。伯牙心怀子期。无日忘之。想着中秋节近，奏过晋主，给假还乡。晋主依允。伯牙收拾行装，仍打大宽转（转个大圈），从水路而行。下船之后，分付水手，但是湾泊所在，就来通报地名。

事有偶然，刚刚八月十五夜，水手禀复，此去马安山不远。伯牙依稀还认得去年泊船相会子期之处。分付水手，将船湾泊，水底抛锚，崖边钉橛。其夜晴明，船舱内一线月光，射进朱帘。伯牙命童子将帘卷起，步出舱门，立于船头之上，仰观斗柄。水底天心，万顷茫然，照如白昼。思想去岁与知己相逢，雨止月明。今夜重来，又值良夜。他约定江边相候，如何全无踪影，莫非爽信！又等了一会，想道："我理会得了。江边来往船只颇多。我今日所驾的，不是去年之船了。吾弟急切如何认得。去岁我原为抚琴惊动知音。今夜仍将瑶琴抚弄一曲，吾弟闻之，必来相见。"命童子取琴桌安放船头，焚香设座。伯牙开囊，调弦转轸（zhěn，弦乐器上系弦的小柱，可转动以调节弦的松紧），才泛音律，商弦中有哀怨之声。伯牙停琴不操："呀，商弦哀声凄切，吾弟必遭忧在家。去岁曾言父母年高。若非父丧，必是母亡。他为人至孝，事有轻重，宁失信于我，不肯失礼于亲，所以不来也。来日天明，我亲上崖探望。"叫童子收拾琴桌，下舱就寝。伯牙一夜不睡，真个巴明不明，盼晓不晓。看看月移帘影，日出山头。伯牙起来梳洗整衣，命童子携琴相随，又取黄金十镒（yì，古代重量单位，二十两为一镒，也有说是二十四两）带去。"倘（tǎng，通"倘"，如果）吾弟居丧，可为赙礼（拿钱财帮助别人办理丧事，赙礼指的是给丧家送的礼物。赙，fù）。"踹跳登崖，行于樵径，约莫十数里，出一谷口，伯牙站住。童子禀道："老爷为何不行？"伯牙道："山分南北，路列东西。从山谷出来，两头都是大路，都去得。知道那一路在集贤村去？等个识路之人，问明了他，方才可行。"伯牙就石上少憩。童儿退立于后。不多时，左手官路上有一老叟，髯垂玉线，发挽银丝，箬冠野服，左手举藤杖，右手携竹篮，徐步而来。伯牙起身整衣，向前施礼。那老者不慌不忙，将右手竹篮轻轻放下，双手举藤杖还礼，道："先生有何见教？"伯牙道："请问两头路，那一条路，往集贤村去的？"

老者道："那两头路，就是两个集贤村。左手是上集贤村，右手是下集贤村，通衢（qú，大路，四通八达的路）三十里官道。先生从谷出来，正当其半。东去十五里，西去也是十五里。不知先生要往那一个集贤村？"

伯牙默默无言，暗想道："吾弟是个聪明人，怎么说话这等糊涂！相会之日，你知道此间有两个集贤村，或上或下，就该说个明白了。"伯牙却才沉吟。那老者道："先生这等吟想，一定那说路的，不曾分上下，总说了个集贤村，教先生没处抓寻了。"伯牙道："便是。"老者道："两个集贤村中，有一二十家庄户，大抵都是隐遁避世之辈。老夫在这山里，多住了几年，正是

'士居三十载，无有不亲人'。这些庄户（农户），不是舍亲，就是敝友。先生到集贤村必是访友，只说先生所访之友，姓甚名谁，老夫就知他住处了。"伯牙道："学生要往钟家庄去。"老者闻"钟家庄"三字，一双昏花眼内，扑簌簌掉下泪来，道："先生别家可去，若说钟家庄，不必去了。"伯牙惊问："却是为何？"老者道："先生到钟家庄，要访何人？"伯牙道："要访子期。"老者闻言，放声大哭道："子期钟徽，乃吾儿也。去年八月十五采樵归晚，遇晋国上大夫俞伯牙先生。讲论之间，意气相投。临行赠黄金二笏（古代大臣进朝时手持的工具，作记事之用。这种笏为黄金所铸，一笏为二十四两黄金。笏，hù）。吾儿买书攻读，老拙无才，不曾禁止。旦则采樵负重，暮则诵读辛勤，心力耗废，染成怯疾，数月之间，已亡故了。"伯牙闻言，五内崩裂，泪如涌泉，大叫一声，傍山崖跌倒，昏绝于地。钟公用手搀扶，回顾小童道："此位先生是谁？"小童低低附耳道："就是俞伯牙老爷。"钟公道："元来（原来）是吾儿好友。"扶起伯牙苏醒。伯牙坐于地下，口吐痰涎，双手捶胸，恸哭不已。道："贤弟呵，我昨夜泊舟，还说你爽信，岂知已为泉下之鬼！你有才无寿了！"钟公拭泪相劝。伯牙哭罢起来，重与钟公施礼，不敢呼老丈，称为老伯，以见通家兄弟之意。伯牙道："老伯，令郎还是停柩在家，还是出瘗（yì，掩埋）郊外了？"钟公道："一言难尽！亡儿临终，老夫与拙荆（古代对自己妻子的谦称）坐于卧榻之前。亡儿遗语嘱付道：'修短由天，儿生前不能尽人子事亲之道，死后乞葬于马安山江边。与晋大夫俞伯牙有约，欲践（实现）前言耳。'老夫不负亡儿临终之言。适才先生来的小路之右，一丘新土，即吾儿钟徽之冢。今日是百日之忌，老夫提一陌（旧时指一百张纸钱）纸钱，往坟前烧化。何期与先生相遇！"伯牙道："既如此，奉陪老伯，就坟前一拜。"命小童代太公提了竹篮。钟公策杖引路，伯牙随后，小童跟定，复进谷口。果见一丘新土，在于路左。伯牙整衣下拜："贤弟，在世为人聪明，死后为神灵应。愚兄此一拜，诚永别矣！"拜罢，放声又哭。惊动山前山后，山左山右，黎民百姓，不问行的住的，远的近的，闻得朝中大臣来祭钟子期，回绕坟前，争先观看。伯牙却不曾摆得祭礼，无以为情。命童子把瑶琴取出囊来，放于祭石台上，盘膝坐于坟前，挥泪两行，抚琴一操。那些看者，闻琴韵铿锵，鼓掌大笑而散。伯牙问："老伯，下官抚琴，吊令郎贤弟，悲不能已，众人为何而笑？"钟公道："乡野之人，不知音律。闻琴声以为取乐之具，故此长笑。"伯牙道："原来如此。老伯可知所奏何曲？"钟公道："老夫幼年也颇习。如今年迈，五官半废，模糊不懂久矣。”伯牙道：“这就是下官随心应手一曲短歌以吊令郎者，口诵于老伯听之。”钟公道：“老夫愿闻。”伯牙诵云：

“忆昔去年春，江边曾会君。今日重来访，不见知音人！但见一抔土，惨然伤我心！伤心伤心复伤心，不忍泪珠纷。来欢去何苦，江畔起愁云。

子期子期兮，你我千金义，历尽天涯无足语，此曲终兮不复弹，三尺瑶琴为君死！”

伯牙于衣夹间取出解手刀（又叫解手尖刀，即解腕尖刀），割断琴弦，双手举琴，向祭石台上，用力一摔，摔得玉轸抛残，金徽零乱。钟公大惊问道：“先生为何摔碎此琴？”伯牙道：

“摔碎瑶琴凤尾寒，子期不在对谁弹！
春风满面皆朋友，欲觅知音难上难。”

钟公道：“原来如此，可怜可怜！”伯牙道：“老伯高居，端的（真正的，确实的）在上集贤村，还是下集贤村？”钟公道：“荒居在上集贤村第八家就是。先生如今又问他怎的？”伯牙道：“下官伤感在心，不敢随老伯登堂了。随身带得有黄金二镒（yì，古代重量单位，二十两为一镒，也有说是二十四两），一半代令郎甘旨之奉，一半买几亩祭田，为令郎春秋扫墓之费。待下官回本朝时，上表告归林下。那时却到上集贤村，迎接老伯与老伯母同到寒家，以尽天年。吾即子期，子期即吾也。老伯勿以下官为外人相嫌。”说罢，命小僮取出黄金，亲手递与钟公，哭拜于地。钟公答拜，盘桓半晌而别。

这回书，题作《俞伯牙摔琴谢知音》。后人有诗赞云：

势利交怀势利心，斯文谁复念知音！
伯牙不作钟期逝，千古令人说破琴。

卷二 庄子休鼓盆成大道

富贵五更春梦，功名一片浮云。眼前骨肉亦非真，恩爱翻成仇恨。

莫把金枷套颈，休将玉锁缠身。清心寡欲脱凡尘，快乐风光本分。

这首〔西江月〕词，是个劝世之言。要人割断迷情，逍遥自在。且如父子天性，兄弟手足，这是一本连枝，割不断的。儒、释、道，三教虽殊，总抹不得孝弟（也写作孝悌，指孝顺父母，敬爱兄长）二字。

至于生子生孙，就是下一辈事，十分周全不得了。常言道得好：“儿孙自有儿孙福，莫与儿孙作马牛。”若论到夫妇，虽说是红线缠腰，赤绳系足（赤绳：红绳，系：结、扣；旧指男女双方经由媒人介绍而成亲。出自李复言《续玄怪录》，相传古代杜陵少年韦固，路遇一个靠着红布囊席地而坐的老人，老人说他是主管天下姻缘的，囊中红绳是用来将夫妻的脚系在一起的，不管他们相隔多远，终会走到一起，如果断裂就表示夫妻离散），到底是剜肉粘肤，可离可合。常言又说得好：

夫妻本是同林鸟，巴到天明各自飞。

近世人情恶薄，父子兄弟到也平常，儿孙虽是疼痛，总比不得夫妇之情。他溺的是闺中之爱，听的是枕上之言。多少人被妇人迷惑，做出不孝不弟的事来。这断不是高明之辈。如今说这庄生鼓盆的故事，不是唆（教唆）人夫妻不睦，只要人辨出贤愚，参破真假。从第一着迷处，把这念头放淡下来。渐渐六根（佛教用语，指眼、耳、鼻、舌、身、意，是心与外界的媒介物）清净，道念滋生，自有受用。昔人看田夫插秧，咏诗四句，大有见解。诗曰：

手把青秧插野田，低头便见水中天。

六根清净方为稻[①]，退步原来是向前。

话说周末时，有一高贤，姓庄名周，字子休，宋国蒙邑人也。曾仕周为漆园吏。师事（向某人学习）一个大圣人，是道教之祖，姓李名耳，字伯阳。伯阳生而白发，人都呼为老子。

庄生常昼寝，梦为蝴蝶，栩栩然于园林花草之间，其意甚适。醒来时，

①稻：谐音“道”。

尚觉臂膊如两翅飞动，心甚异之。以后不时有此梦。庄生一日在老子座间讲《易》之暇，将此梦诉之于师。却是个大圣人，晓得三生来历。向庄生指出夙世因由，那庄生原是混沌（传说中盘古开天辟地之前天地一片模糊的状态）初分时一个白蝴蝶。天一生水，二生木，木荣花茂。那白蝴蝶采百花之精，夺日月之秀，得了气候，长生不死，翅如车轮。后游于瑶池，偷采蟠桃花蕊，被王母娘娘位下（座下）守花的青鸾啄死。其神不散，托生于世，做了庄周。因他根器不凡，道心坚固，师事老子，学清净无为之教。今日被老子点破了前生，如梦初醒。自觉两腋风生，有栩栩然蝴蝶之意。把世情荣枯得丧，看做行云流水，一丝不挂。老子知他心下大悟，把《道德》五千字的秘诀，倾囊而授。庄生嘿嘿（默默的样子。嘿，mò）诵习修炼，遂能分身隐形，出神变化。从此弃了漆园吏的前程，辞别老子，周游访道。

他虽宗清净之教，原不绝夫妇之伦。一连娶过三遍妻房。第一妻，得疾夭亡；第二妻，有过被出（使出，遗弃）；如今说的是第三妻，姓田，乃田齐族中之女。庄生游于齐国，田宗重其人品，以女妻之。那田氏比先前二妻，更有姿色。肌肤若冰雪，绰约似神仙。庄生不是好色之徒，却也十分相敬，真个如鱼似水。楚威王闻庄生之贤，遣使持黄金百镒（yì，古代重量单位，二十两为一镒，也有说是二十四两），文锦千端，安车驷马（四匹马拉的车），聘为上相。庄生叹道："牺牛（古代用作祭品的纯色牛）身被文绣，口食刍菽（chú shū，亦作刍叔，即刍豆），见耕牛力作辛苦，自夸其荣。及其迎入太庙，刀俎在前，欲为耕牛而不可得也。"遂却之不受，挈（带领）妻归宋，隐于曹州之南华山。

一日，庄生出游山下，见荒冢累累，叹道："'老少俱无辨，贤愚同所归。'人归冢中，冢中岂能复为人乎？"嗟咨了一回。再行几步，忽见一新坟，封土未干。一年少妇人，浑身缟素（缟与素都是白色的生绢。引申为白色），坐于此冢之傍，手运齐纨素扇，向冢连扇不已，庄生怪而问之："娘子，冢中所葬何人？为何举扇扇土？必有其故。"那妇人并不起身，运扇如故，口中莺啼燕语，说出几句不通道理的话来。正是：

"听时笑破千人口，说出加添一段羞。"

■ 庄子：我国先秦（战国）时期伟大的思想家、哲学家和文学家，是道家学说的主要创始人。

那妇人道："冢中乃妾之拙夫（古代对自己丈夫

的谦称），不幸身亡，埋骨于此。生时与妾相爱，死不能舍。遗言教妾如要改适（改嫁）他人，直待葬事毕后，坟土干了，方才可嫁。妾思新筑之土，如何得就干，因此举扇扇之。”庄生含笑，想道：“这妇人好性急！亏他还说生前相爱。若不相爱的，还要怎么？”乃问道：“娘子，要这新土干燥极易。因娘子手腕娇软，举扇无力。不才愿替娘子代一臂之劳。”那妇人方才起身，深深道个万福：“多谢官人！”双手将素白纨扇，递与庄生。庄生行起道法，举手照冢顶连扇数扇，水气都尽，其土顿干。妇人笑容可掬，谢道：“有劳官人用力。”将纤手向鬓傍拔下一股银钗，连那纨扇送庄生，权为相谢。庄生却（推辞）其银钗，受其纨扇。妇人欣然而去。

庄子心下不平，回到家中，坐于草堂，看了纨扇，口中叹出四句：

“不是冤家不聚头，冤家相聚几时休？
早知死后无情义，索把生前恩爱勾。”

田氏在背后，闻得庄生嗟叹之语，上前相问。那庄生是个有道之士，夫妻之间亦称为先生。田氏道：“先生有何事感叹？此扇从何而得？”庄生将妇人扇冢，要土干改嫁之言述了一遍。“此扇即扇土之物。因为我助力，以此相赠。”田氏听罢，忽发忿然之色，向空中把那妇人“千不贤，万不贤”骂了一顿。对庄生道：“如此薄情之妇，世间少有！”庄生又道出四句：

“生前个个说恩深，死后人人欲扇坟。
画龙画虎难画骨，知人知面不知心。”

田氏闻言大怒。自古道：“怨废亲，怒废礼。”那田氏怒中之言，不顾体面（体统、身份），向庄生面上一啐，说道：“人类虽同，贤愚不等。你何得轻出此语，将天下妇道家看作一例（一样，相同）？却不道歉人（坏人）带累好人。你却也不怕罪过！”庄生道：“莫要弹空说嘴。假如不幸我庄周死后，你这般如花似玉的年纪，难道挨得过三年五载？”田氏道：“‘忠臣不事二君，烈女不更二夫。’那见好人家妇女吃两家茶，睡两家床，若不幸轮到我身上，这样没廉耻的事，莫说三年五载，就是一世也成不得，梦儿里也还有三分的志气。”庄生道：“难说，难说！”田氏口出詈语道：“有志妇人胜如男子。似你这般没仁没义的，死了一个，又讨一个，出了一个，又纳一个。只道别人也是一般见识，我们妇道家一鞍一马，到是站得脚头定的。怎么肯把话与他人说，惹后世耻笑。你如今又不死，直恁（竟然如此）枉杀了人！”就庄生手中，夺过纨扇，扯得粉碎。庄生道：“不必发怒，只愿得如此争气甚好！”自此无话。

过了几日，庄生忽然得病，日加沉重。田氏在床头，哭哭啼啼。庄生道：

"我病势如此，永别只在早晚。可惜前日纨扇扯碎了，留得在此，好把与你扇坟！"田氏道："先生休要多心！妾读书知礼，从一而终，誓无二志。先生若不见信，妾愿死于先生之前，以明心迹。"庄生道："足见娘子高志，我庄某死亦瞑目。"说罢，气就绝了。田氏抚尸大哭。少不得央及东邻西舍，制备衣衾棺椁（guǒ，棺材）殡殓。田氏穿了一身素缟，真个朝朝忧闷，夜夜悲啼，每想着庄生生前恩爱，如痴如醉，寝食俱废。山前山后庄户，也有晓得庄生是个逃名的隐士，来吊孝的，到底不比城市热闹。到了第七日，忽有一少年秀士，生得面如傅粉，唇若涂朱，俊俏无双，风流第一。穿扮的紫衣玄冠，绣带朱履，带着一个老苍头（老仆），自称楚国王孙，向年曾与庄子休先生有约，欲拜在门下，今日特来相访。见庄生已死，口称："可惜！"慌忙脱下色衣（彩色的衣服），叫苍头于行囊内取出素服穿了，向灵前四拜道："庄先生，弟子无缘，不得面会侍教，愿为先生执百日之丧，以尽私淑（没有得到某人的亲身教授而又敬仰他的学问并尊之为师）之情。"说罢，又拜了四拜，洒泪而起。便请田氏相见。田氏初次推辞。王孙道："古礼，通家（两家交情深厚，像一家人一样）朋友，妻妾都不相避，何况小子与庄先生有师弟之约。"田氏只得步出孝堂，与楚王孙相见，叙了寒温。田氏一见楚王孙人才标致，就动了怜爱之心，只恨无由厮近。楚王孙道："先生虽死，弟子难忘思慕。欲借尊居，暂住百日。一来守先师之丧，二者先师留下有什么著述，小子告借一观，以领遗训。"田氏道："通家之谊，久住何妨。"当下治饭相款。饭罢，田氏将庄子所著《南华真经》及《老子道德》五千言，和盘托出，献与王孙。王孙殷勤感谢。草堂中间占了灵位，楚王孙在左边厢安顿。田氏每日假以哭灵为由，就左边厢，与王孙攀话。日渐情熟，眉来眼去，情不能已。楚王孙只有五分，那田氏到有十分。所喜者深山隐僻，就做差了些事，没人传说；所恨者新丧未久，况且女求于男，难以启齿。又挨了几日，约莫有半月了。那婆娘心猿意马（东想西想，安静不下来），按捺不住。悄地唤老苍头进房，赏以美酒，将好言抚慰。从容问："你家主人曾婚配否？"老苍头道："未曾婚配。"婆娘又问道："你家主人要拣什么样人物才肯婚配？"老苍头带醉道："我家王孙曾有言，若得像娘子一般丰韵的，他就心满意足。"婆娘道："果有此话？莫非你说谎？"老苍头道："老汉一把年纪，怎么说谎？"婆娘道："我央你老人家为媒说合。若不弃嫌，奴家情愿服事你主人。"老苍头道："我家主人也曾与老汉说来，道一段好姻缘，只碍'师弟'二字，恐惹人议论。"婆娘道："你主人与先夫，原是生前空约，没有北面听教的事，算不得师弟。又且山僻荒居，邻舍罕有，谁人议论！你老人家是必委曲成就，教你吃杯喜酒。”老苍头应允。临去时，婆娘又唤转来嘱付道：“若是说得允时，不论早晚，便来房中，回复奴家一声。奴家在此专等。”老苍头去后，婆娘悬悬而望。孝堂边张了数十遍，恨不能一条细绳缚了那俏后生俊脚，扯将入来，搂做一处。将及黄昏，那婆娘等得个不耐烦，黑暗里走入孝堂，听左边厢声息。忽然灵座上作响，婆娘吓了一跳，只道亡灵出现。急急走转内室，取灯来照，原来是老苍头吃醉了，直挺挺的卧于灵座桌上。婆娘又不敢嗔责他，又不敢声唤他，只得回房，挨更挨点，又过了一夜。

次日，见老苍头行来步去，并不来回复那话儿。婆娘心下发痒，再唤他进房，问其前事。老苍头道：“不成不成！”婆娘道：“为何不成？莫非不曾将昨夜这些话剖豁明白？”老苍头道：“老汉都说了，我家王孙也说得有理。他道：‘娘子容貌，自不必言。未拜师徒，亦可不论。但有三件事未妥，不好回复得娘子。’”婆娘道：“那三件事？”老苍头道：“我家王孙道：‘堂中见摆着个凶器，我却与娘子行吉礼，心中何忍，且不雅相。二来庄先生与娘子是恩爱夫妻，况且他是个有道德的名贤，我的才学万分不及，恐被娘子轻薄。三来我家行李尚在后边未到，空手来此，聘礼筵席之费，一无所措。为此三件，所以不成。’”婆娘道：“这三件都不必虑。凶器不是生根的，屋后还有一间破空房，唤几个庄客（旧时庄田中佃农和雇农的通称）抬他出去就是，这是一件了。第二件，我先夫那里就是个有道德的名贤？当初不能正家，致有出妻之事，人称其薄德。楚威王慕其虚名，以厚礼聘他为相。他自知才力不胜，逃走在此。前月独行山下，遇一寡妇，将扇扇坟，待坟土干燥，方才嫁人。拙夫就与他调戏，夺他纨扇，替他扇土，将那把纨扇带回，是我扯碎了。临死时几日还为他淘了一场气，又什么恩爱！你家主人青年好学，进不可量。况他乃是王孙之贵，奴家亦是田宗之女，门第相当。今日到此，姻缘天合。第三件，聘礼筵席之费，奴家做主，谁人要得聘礼！筵席也是小事。奴家更积得私房白金二十两，赠与你主人，做一套新衣服。你再去道达（告诉），若成就时，今夜是合婚吉日，便要成亲。”老苍头收了二十两银子，回复楚王孙。楚王孙只得顺从。老苍头回复了婆娘。那婆娘当时欢天喜地，把孝服除下，重匀粉面，再点朱唇，穿了一套新鲜色衣（彩色的衣服）。叫苍头顾唤（央请）近山庄客，扛抬庄生尸柩，停于后面破屋之内。打扫草堂，准备做合婚筵席。有诗为证：

俊俏孤孀别样娇，王孙有意更相挑。

一鞍一马谁人语？今夜思将快婿招。

是夜，那婆娘收拾香房，草堂内摆得灯烛辉煌。楚王孙簪缨袍服，田氏锦袄绣裙，双双立于花烛之下。一对男女，如玉琢金装，美不可说。交拜已毕，千恩万爱的，携手入于洞房。吃了合卺杯，正欲上床解衣就寝。忽然楚王孙眉头双皱，寸步难移，登时倒于地下，双手磨胸，只叫心疼难忍。田氏心爱王孙，顾不得新婚廉耻，近前抱住，替他抚摩，问其所以。王孙痛极不语，口吐涎沫，奄奄欲绝。老苍头慌做一堆。田氏道："王孙平日曾有此症候否？"老苍头代言："此症平日常有。或一二年发一次。无药可治。只有一物，用之立效。"田氏急问："所用何物？"老苍头道："太医传一奇方，必得生人脑髓热酒吞之，其痛立止。平日此病举发，老殿下奏过楚王，拨一名死囚来，缚而杀之，取其脑髓。今山中如何可得？其命合休矣！"田氏道："生人脑髓，必不可致。第（但）不知死人的可用得么？"老苍头道："太医说，凡死未满四十九日者，其脑尚未干枯，亦可取用。"田氏道："吾夫死方二十余日，何不斫（zhuó，砍）棺而取之？"老苍头道："只怕娘子不肯。"田氏道："我与王孙成其夫妇，妇人以身事夫，自身尚且不惜，何有于将朽之骨乎？"即命老苍头伏侍王孙，自己寻了砍柴板斧，右手提斧，左手携灯，往后边破屋中。将灯檠（灯架。檠，qíng）放于棺盖之上，觑定棺头，双手举斧，用力劈去。妇人家气力单微，如何劈得棺开？

有个缘故，那庄周是达生之人，不肯厚敛。桐棺三寸，一斧就劈去了一块木头。再一斧去，棺盖便裂开了。只见庄生从棺内叹口气，推开棺盖，挺身坐起。田氏虽然心狠，终是女流。吓得腿软筋麻，心头乱跳，斧头不觉坠地。庄生叫："娘子扶起我来。"那婆娘不得已，只得扶庄生出棺。庄生携灯，婆娘随后同进房来。婆娘心知房中有楚王孙主仆二人，捏两把汗。行一步，反退两步。比及到房中看时，铺设依然灿烂，那主仆二人，阒然（沉寂无声。阒，qù）不见。婆娘心下虽然暗暗惊疑，却也放下了胆，巧言抵饰。向庄生道："奴家自你死后，日夕思念。方才听得棺中有声响，想古人中多有还魂之事，望你复活，所以用斧开棺，谢天谢地，果然重生！实乃奴家之万幸也！"庄生道："多谢娘子厚意。只是一件，娘子守孝未久，为何锦袄绣裙？"婆娘又解释道："开棺见喜，不敢将凶服冲动，权用锦绣，以取吉兆。"庄生道："罢了！还有一节，棺木何不放在正寝，却撇在破屋之内；难道也是吉兆！"婆娘无言可答。庄生又见杯盘罗列，也不问其故，教暖酒来饮。

庄生放开大量，满饮数觥（古代盛酒的器具。觥，gōng）。那婆娘不达时务，指望煨热老公，重做夫妻。紧挨着酒壶，撒娇撒痴，甜言美语，要哄庄生上床同寝。庄生饮得酒大醉，索纸笔写出四句：

“从前了却冤家债，你爱之时我不爱。
若重与你做夫妻，怕你巨斧劈开天灵盖。”

那婆娘看了这四句诗，羞惭满面，顿口无言。庄生又写出四句：

“夫妻百夜有何恩？见了新人忘旧人。
甫得盖棺遭斧劈，如何等待扇干坟！”

庄生又道：“我则教你看两个人。”庄生用手将外面一指，婆娘回头而看，只见楚王孙和老苍头（老仆）踱将进来，婆娘吃了一惊。转身不见了庄生；再回头时，连楚王孙主仆都不见了。——那里有什么楚王孙、老苍头，此皆庄生分身隐形之法也。

那婆娘精神恍惚，自觉无颜。解腰间绣带，悬梁自缢。呜呼哀哉！这到是真死了。

庄生见田氏已死，解将下来。就将劈破棺木盛放了他。把瓦盆为乐器，鼓之成韵，倚棺而作歌。歌曰：

“大块无心兮，生我与伊。我非伊夫兮，伊非我妻。偶然邂逅兮，一室同居。大限既终兮，有合有离。人生之无良兮，生死情移。真情既见兮，不死何为！伊生兮拣择去取，伊死兮还返空虚。伊吊我兮，赠我以巨斧；我吊伊兮，慰伊以歌词。斧声起兮我复活，歌声发兮伊可知！噫嘻，敲碎瓦盆不再鼓，伊是何人我是谁！”

庄生歌罢，又吟诗四句：

“你死我必埋，我死你必嫁。
我若真个死，一场大笑话！”

庄生大笑一声，将瓦盆打碎。取火从草堂放起，屋宇俱焚，连棺木化为灰烬。只有《道德经》、《南华经》不毁，山中有人检取，传流至今。庄生遨游四方，终身不娶。

或云遇老子于函谷关，相随而去，已得大道成仙矣。诗云：

“杀妻吴起[①]太无知，荀令[②]伤神亦可嗤。
请看庄生鼓盆事，逍遥无碍是吾师。”

①吴起：战国时卫国人，一心想成就大名，齐国进攻鲁国，鲁国国君想用吴起为将，但因吴起妻子是齐国人，对他有所怀疑。吴起杀了自己妻子表示不倾向齐国，鲁国国君终任命他为将军，率领军队与齐国作战。②荀令：三国时期荀粲，妻死后他伤心至极，不久也死了。

卷三 王安石三难苏学士

海鳖曾欺井内蛙，大鹏张翅绕天涯。
强中更有强中手，莫向人前满自夸。

这四句诗，奉劝世人虚己下人，勿得自满。古人说得好，道是："满招损，谦受益。"俗谚又有四不可尽的话。那四不可尽？——势不可使尽，福不可享尽，便宜不可占尽，聪明不可用尽。你看如今有势力的，不做好事，往往任性使气，损人害人，如毒蛇猛兽，人不敢近。他见别人惧伯，没奈他何，意气扬扬，自以为得计。却不知八月潮头，也有平下来的时节。危滩急浪中，趁着这刻儿顺风，扯了满篷，望前只顾使去，好不畅快。不思去时容易，转时甚难。当时夏桀（夏朝第16代君主，在位52年，国亡被放逐而饿死，是历史上著名的暴君）、商纣（中国商朝末代君主，周武王称其为"纣王"），贵为天子，不免窜身于南巢，悬头于太白。那桀纣有何罪过？也无非倚贵欺贱，恃强凌弱，总来不过是使势而已。假如桀纣是个平民百姓，还造得许多恶业否？所以说势不可使尽。怎么说福不可享尽？常言道："惜衣有衣，惜食有食。"又道："人无寿夭，禄尽则亡。"晋时石崇太尉（石崇，字季伦，西晋人，初为修武令，累迁至侍中，后为荆州刺史，以劫掠客商至巨富，与贵戚王恺等争为奢靡，八王之乱时与齐王结党，为赵王伦所杀），与皇亲王恺斗富，以酒沃釜，以蜡代薪。锦步障大至五十里，坑厕间皆用绫罗供帐，香气袭人。跟随家僮，都穿火浣布衫（用石棉纤维纺织成的布做的衣服），一衫价值千金。买一妾，费珍珠十斛（旧器量名，亦是容量单位，一斛初为十斗，后为五斗）。后来死于赵王伦之手，身首异处。此乃享福太过之报。怎么说便宜不可占尽？假如做买卖的错了分文入

■石崇斗富图：石崇，西晋文学团体"金谷二十四友"巨子、著名富豪。

己，满脸堆笑。却不想小经纪（经营买卖）若折了分文，一家不得吃饱饭，我贪此些须小便宜，亦有何益。昔人有占便宜诗云：

我被盖你被，你毡盖我毡。
你若有钱我共使，我若无钱用你钱。
上山时你扶我脚，下山时我靠你肩。
我有子时做你婿，你有女时伴我眠。
你依此誓时，我死在你后；我违此誓时，你死在我前。

若依得这诗时，人人都要如此，谁是呆子，肯束手相让！就是一时得利，暗中损福折寿，自己不知。所以佛家劝化世人，吃一分亏，受无量福。有诗为证：

得便宜处欣欣乐，不遂心时闷闷忧。
不讨便宜不折本，也无欢乐也无愁。

说话的，这三句都是了。则那"聪明"二字，求之不得，如何说聪明不可用尽？见不尽者，天下之事。读不尽者，天下之书。参不尽者，天下之理。宁可懵懂（měng dǒng，糊涂无知；不明事理）而聪明，不可聪明而懵懂。如今且说一个人，古来第一聪明的。他聪明了一世，懵懂在一时。留下花锦般一段话文，传与后生小子，恃才夸己的看样。那第一聪明的是谁？

吟诗作赋般般会，打浑猜谜件件精。
不是仲尼重出世，定知颜子再投生。

话说宋神宗皇帝在位时，有一名儒，姓苏名轼，字子瞻，别号东坡，乃四川眉州眉山人氏。一举成名，官拜翰林学士。此人天资高妙，过目成诵，出口成章。有李太白之风流，胜曹子建之敏捷。在宰相荆公王安石先生门下，荆公甚重其才。东坡自恃聪明，颇多讥诮。荆公因作《字说》，一字解作一义。偶论东坡的"坡"字，从土从皮，谓坡乃土之皮。东坡笑道："如相公所言，滑字乃水之骨也。"一日，荆公又论及鲵字，从鱼从兒，合是鱼子。四马曰驷，天虫为蚕，古人制字，定非无义。东坡拱手进言。'"鸠字九鸟，可知有故。"荆公认以为真，欣然请教。东坡笑道："《毛诗》云：'鸣鸠在桑，其子七兮。'连娘带爷，共是九个。"荆公默然，恶其轻薄。左迁（迁，调动官职。左迁为贬官）为湖州刺史。正是：

■王安石：字介甫，号半山，中国历史上杰出的政治家、思想家、学者、诗人、文学家、改革家，唐宋八大家之一。

是非只为多开口，烦恼皆因巧弄唇。

东坡在湖州做官，三年任满，朝京，作寓（借宿、寄宿）于大相国寺内。想当时因得罪于荆公，自取其咎。常言道："未去朝天子，先来谒相公。"分付左右备脚色（古代从业人员填写的履历表）手本（明清时见上司、座师或贵官所用的名帖，写信时则附于信中，对方谦逊常封还），骑马投王丞相府来。离府一箭之地，东坡下马步行而前。见府门首许多听事官吏，纷纷站立。东坡举手问道："列位，老太师在堂上否？"守门官上前答道："老爷昼寝未醒。且请门房中少坐。"从人取交床（交椅，可折叠）在门房中，东坡坐下，将门半掩。不多时，相府中有一少年人，年方弱冠，戴缠鬃大帽（古代奴仆所戴帽子。鬃，cōng），穿青绢直摆（即直裰，也指道袍），攦（shài，挥摆、甩动）手洋洋，出府下阶。众官吏皆躬身揖让，此人从东向西而去。东坡命从人去问，相府中适才出来者何人。从人打听明白回复，是丞相老爷府中掌书房的姓徐。东坡记得荆公书房中宠用的有个徐伦，三年前还未冠。今虽冠了，面貌依然。叫从人："既是徐掌家，与我赶上一步，快请他转来。"从人飞奔去了，赶上徐伦，不敢于背后呼唤，从傍边抢上前去，垂手侍立于街傍，道："小的是湖州府苏爷的长班（仆役）。苏爷在门房中，请徐老爹相见，有句话说。"徐伦问："可是长胡子的苏爷？"从人道："正是。"东坡是个风流才子，见人一团和气，平昔与徐伦相爱，时常写扇送他。徐伦听说是苏学士，微微而笑，转身便回。从人先到门房，回复徐掌家到了。

徐伦进门房来见苏爷，意思要跪下去，东坡用手搀住。这徐伦立身相府，掌内书房，外府州县首领官员到京参谒（yè，拜见）丞相，知会徐伦，俱有礼物，单帖通名。今日见苏爷怎么就要下跪？因苏爷久在丞相门下往来，徐伦自小书房答应，职任烹茶，就如旧主人一般，一时大不起来。苏爷却全他的体面，用手搀住道："徐掌家，不要行此礼。"徐伦道："这门房中不是苏爷坐处，且请进府到东书房待茶。"

这东书房，便是王丞相的外书房了。凡门生知友在来，都到此处。徐伦引苏爷到东书房，看了坐，命童儿烹好茶伺候。"禀苏爷，小的奉老爷遣差往太医院取药，不得在此伏侍，怎么好？"东坡道："且请治事。"徐伦去后，东坡见四壁书橱关闭有锁，文儿上只有笔砚，更无余物。东坡开砚匣，看了砚池，是一方绿色端砚，甚有神采。砚上余墨未干。方欲掩盖，忽见砚匣下露出些纸角儿。东坡扶起砚匣，乃是一方素笺，叠做两折。取而观之，原来是两句未完的诗稿，认得荆公笔迹，题是《咏菊》。东坡笑道："士别三日，换眼相待。昔年我曾在京为官时，此老下笔数千言，不由思索。三年后，也就不同了。正是江淹才尽，两句诗不曾终韵。”念了一遍，“呀，原来连这两句诗都是乱道。”这两句诗怎么样写？“西风昨夜过园林，吹落黄花满地金。”东坡为何说这两句诗是乱道？一年四季，风各有名：春天为和风，夏天为薰风，秋天为金风，冬天为朔风。和、薰、金、朔四样风配着四时。这诗首句说西风，西方属金，金风乃秋令也。那金风一起，梧叶飘黄，群芳零落。第二句说：“吹落黄花满地金。”黄花即菊花。此花开于深秋，其性属火，敢与秋霜鏖战，最能耐久，随你老来焦干枯烂，并不落瓣。说个“吹落黄花满地金”，岂不是错误了？兴之所发，不能自已。举笔舐墨，依韵续诗二句：

“秋花不比春花落，说与诗人仔细吟。”

写便写了，东坡愧心复萌：“倘此老出书房相待，见了此诗，当面抢白，不像晚辈体面，欲待袖去以灭其迹，又恐荆公寻诗不见，带累徐伦。”思算不妥，只得仍将诗稿折叠，压于砚匣之下，盖上砚匣，步出书房。到大门首，取脚色手本，付与守门官吏嘱付道：“老太师出堂，通禀一声，说苏某在此伺候多时。因初到京中，文表不曾收拾。明日早朝赍（jī，携带，持）过表章，再来谒见。”说罢，骑马回下处（住所，临时歇息的地方）去了。

不多时，荆公出堂。守门官吏，虽蒙苏爷嘱付，没有纸包（赏钱）相送，那个与他禀话，只将脚色手本和门簿缴纳。荆公也只当常规，未及观看。心下记着菊花诗二句未完韵。恰好徐伦从太医院取药回来，荆公唤徐伦送至东书房，荆公也随后入来。坐定，揭起砚匣，取出诗稿一看，问徐伦道：“适才何人到此？”徐伦跪下，禀道：“湖州府苏爷伺候老爷，曾到。”荆公看其字迹，也认得是苏学士之笔。口中不语，心下踌躇：“苏轼这个小畜生，虽遭挫折，轻薄之性不改！不道自己学疏才浅，敢来讥讪老夫！明日早朝，奏过官里，将他削职为民。”又想道：“且住，他也不晓得黄州菊花落瓣，也怪他不得！”叫徐伦取湖广缺官册籍来看。单看黄州府，余官俱在，只缺少个团练副使，荆公暗记在心。命徐伦将诗稿贴于书房柱上。明日早朝，密奏天子，言苏轼才力不及，左迁（迁，调动官职。左迁为贬官）黄州团练副使。天下官员到京上表章，升降勾除，各自安命。惟有东坡心中不服，心下明知荆公为改诗触犯，公报私仇。没奈何，也只得谢恩。朝房中才卸朝服，长班禀道：“丞相爷出朝。”东坡露堂（即露厅）一恭。荆公肩舆（轿子）中举手道：“午后老夫有一饭。”东坡领命。回下处修书，打发湖州跟官人役，兼本衙管家，往旧任接取家眷黄州

相会。

午牌过后，东坡素服角带，写下新任黄州团练副使脚色手本，乘马来见丞相领饭。门吏通报，荆公分付请进到大堂拜见。荆公侍以师生之礼，手下点茶。荆公开言道："子瞻左迁（迁，调动官职。左迁为贬官）黄州，乃圣上主意，老人爱莫能助。子瞻莫错怪老夫否？"东坡道："晚学生自知才力不及，岂敢怨老太师！"荆公笑道："子瞻大才，岂有不及！只是到黄州为官，闲暇无事，还要读书博学。"东坡目穷万卷，才压千人。今日劝他读书博学，还读什么样书！口中称谢道："承老太师指教。"心下愈加不服。荆公为人至俭，肴不过四器，酒不过三杯，饭不过一箸。东坡告辞。荆公送下滴水檐前，携东坡手道："老夫幼年灯窗十载，染成一症，老年举发。太医院看是痰火之症。虽然服药，难以除根。必得阳羡茶，方可治。有荆溪进贡阳羡茶，圣上就赐与老夫。老夫问太医院官如何烹服。太医院官说须用瞿塘中峡水。瞿塘在蜀，老夫几欲差人往取，未得其便，兼恐所差之人未必用心。子瞻桑梓（桑梓指家乡、故乡。古时人们喜欢在住宅周围栽植桑树和梓树，后人们就用物指代处所，用"桑梓"代称家乡。赞扬某人为家乡造福，往往用"功在桑梓"）之邦，倘尊眷往来之便，将瞿塘中峡水，携一瓮寄与老夫，则老夫衰老之年，皆子瞻所延也。"东坡领命，回相国寺。次日辞朝出京，星夜奔黄州道上。黄州合府官员知东坡天下有名才子，又是翰林谪（zhé，封建时代特指官吏降职，调往边外地方）官，出郭（guō，在城的外围加筑的一道城墙）远迎。选良时吉日公堂上任。过月之后，家眷方到。东坡在黄州与蜀客陈季常为友。不过登山玩水，饮酒赋诗，军务民情，秋毫无涉。

光阴迅速，将及一载。时当重九之后，连日大风。一日风息，东坡兀坐（端坐）书斋，忽想："定惠院长老曾送我黄菊数种，栽于后园，今日何不去赏玩一番？"足犹未动，恰好陈季常相访。东坡大喜，便拉陈慥（zào）同往后园看菊。到得菊花棚下，只见满地铺金，枝上全无一朵。唬得东坡目瞪口呆，半晌无语。陈慥问道，"子瞻见菊花落瓣，缘何如此惊诧？"东坡道："季常有所不知。平常见此花只是焦干枯烂，并不落瓣，去岁在王荆公府中，见他《咏菊》诗二句，道：'西风昨夜过园林，吹落黄花满地金。'小弟只道此老错误了，续诗二句道：'秋花不比春花落，说与诗人仔细吟。'却不知黄州菊花果然落瓣！此老左迁小弟到黄州，原来使我看菊花也。"陈慥笑道："古人说得好：

广知世事休开口，纵会人前只点头。

假若连头俱不点，一生无恼亦无愁。”

东坡道：“小弟初然被谪，只道荆公恨我摘其短处，公报私仇。谁知他到不错，我到错了。真知灼见者，尚且有误，何况其他！吾辈切记，不可轻易说人笑人，正所谓经一失长一智耳。”东坡命家人取酒，与陈季常就落花之下，席地而坐。正饮酒间，门上报道：“本府马太爷拜访，将到。”东坡分付：“辞了他罢。”是日，两人对酌闲谈，至晚而散。

次日，东坡写了名帖，答拜马大守，马公出堂迎接。彼时没有迎宾馆，就在后堂分宾而坐。茶罢，东坡因叙出去年相府错题了菊花诗，得罪荆公之事。马太守微笑道：“学生初到此间，也不知黄州菊花落瓣。亲见一次，此时方信。可见老太师学问渊博，有包罗天地之抱负。学士大人，一时忽略，陷于不知，何不到京中太师门下赔罪一番，必然回嗔作喜（由生气转为欢喜）。”东坡道：“学生也要去，恨无其由。”大守道：“将来有一事方便，只是不敢轻劳。”东坡问何事。太守道：“常规，冬至节必有贺表到京，例差地方官一员。学士大人若不嫌琐屑，假（借用、利用）进表为由，到京也好。”东坡道：“承堂尊（明清时属吏对上司的尊称）大人用情，学生愿往。”太守道：“这道表章，只得借重学士大笔。”东坡应允。

别了马太守回衙。想起荆公嘱付要取瞿塘中峡水的话来。初时心中不服，连这取水一节，置之度外。如今却要替他出力做这件事，以赎妄言之罪，但此事不可轻托他人。现今夫人有恙，思想家乡。既承贤守公美意，不若告假亲送家眷还乡，取得瞿塘中峡水，庶为两便。黄州至眉州，一水之地，路正从瞿塘三峡过。那三峡西陵峡、巫峡、归峡。西陵峡为上峡，巫峡为中峡，归峡为下峡。那西陵峡又唤做瞿塘峡，在夔州府城之东。两崖对峙，中贯一江。滟滪堆当其口，乃三峡之门。所以总唤做瞿塘三峡。此三峡共长七百余里，两岸连山无阙，重峦叠嶂，隐天蔽日。风无南北，惟有上下。自黄州到眉州，总有四千余里之程，夔州适当其半。东坡心下计较：“若送家眷直到眉州，往回将及万里，把贺冬表又担误了。我如今有个道理，叫做公私两尽。从陆路送家眷至夔州，却令家眷自回。我在夔州换船下峡，取了中峡之水，转回黄州，方往东京。可不是公私两尽。”算计已定，对夫人说知，收拾行李，辞别了马太守。衙门上悬一个告假的牌面。择了吉日，准备车马，唤集人夫，合家起程。一路无事，自不必说。

才过夷陵州，早是高唐县。

驿卒报好音，夔州在前面。

东坡到了夔州，与夫人分手。嘱付得力管家，一路小心伏侍夫人回去。东坡讨个江船，自夔州开发，顺流而下。原来这滟滪堆，是江口一块孤石，亭亭独立，夏即漫没，冬即露出。因水满石没之时，舟人取途不定，故又名犹豫堆。俗谚云：

犹豫大如象，瞿塘不可上。
犹豫大如马，瞿塘不可下。

东坡在重阳后起身，此时尚在秋后冬前。又其年是闰八月，迟了一个月的节气，所以水势还大。上水时，舟行甚迟。下水时却甚快。东坡来时正怕迟慢，所以舍舟从陆。回时乘着水势，一泻千里，好不顺溜。东坡看见那峭壁千寻，沸波一线，想要做一篇《三峡赋》，结构不就。因连日鞍马困倦，凭几构思，不觉睡去。不曾分付得水手打水。

及至醒来问时，已是下峡，过了中峡了。东坡分付："我要取中峡之水，快与我拨转船头。"水手禀道："老爷，三峡相连，水如瀑布，船如箭发。若回船便是逆水，日行数里，用力甚难。"东坡沉吟半晌，问："此地可以泊船，有居民否？"水手禀道："上二峡悬崖峭壁，船不能停。到归峡，山水之势渐平，崖上不多路，就有市井街道。"东坡叫泊了船，分付苍头："你上崖去看有年长知事的居民，唤一个上来，不要声张惊动了他。"苍头领命。登崖不多时，带一个老人上船，口称居民叩头。东坡以美言抚慰："我是过往客官，与你居民没有统属，要问你一句话。那瞿塘三峡，那一峡的水好？"

老者道："三峡相连，并无阻隔。上峡流于中峡，中峡流于下峡，昼夜不断。一般样水，难分好歹。"东坡暗想道："荆公胶柱鼓瑟（用胶把柱粘住以后奏琴，柱不能移动，就无法调弦。比喻固执拘泥，不知变通）。三峡相连，一般样水，何必定要中峡？"叫手下给官价与百姓买个干净磁瓮，自己立于船头，看水手将下峡水满满的汲了一瓮，用柔皮纸封固，亲手佥押（在文书上签名画押表示负责。佥，qiān，古同"签"），即刻开船。直至黄州拜了马太守。夜间草成贺冬表，送去府中。

马太守读了表文，深赞苏君大才。赍表官就佥了苏轼名讳，择了吉日，与东坡饯行。东坡赍了表文，带了一瓮蜀水，星夜来到东京，仍投大相国寺内。天色还早，命手下抬了水瓮，乘马到相府来见荆公。荆公正当闲坐，闻门上通报："黄州团练使苏爷求见。"荆公笑道："已经一载矣！"分付守门官：

"缓着些出去，引他东书房相见。"

守门官领命。荆公先到书房，见柱上所贴诗稿，经年尘埃迷目。亲手于鹊尾瓶中，取拂尘将尘拂去，俨然如旧。荆公端坐于书房。却说守门官延挨了半晌，方请苏爷。东坡听说东书房相见，想起改诗的去处，面上赧然（形容难为情的样子；羞愧的样子。赧，nǎn）。勉强进府，到书房见了荆公下拜。荆公用手相扶道："不在大堂相见，惟思远路风霜，休得过礼。"命童儿看坐。东坡坐下，偷看诗稿，贴于对面。荆公用拂尘往左一指道："子瞻，可见光阴迅速，去岁作此诗，又经一载矣！"东坡起身拜伏于地，荆公用手扶住道："子瞻为何？"东坡道："晚学生甘罪（服罪）了！"荆公道："你见了黄州菊花落瓣么？"东坡道："是。"荆公道："目中未见此一种，也怪不得子瞻！"东坡道："晚学生才疏识浅，全仗老太师海涵。"茶罢，荆公问道："老夫烦足下带瞿塘中峡水，可有么？"东坡道："见携府外。"

荆公命堂候官（供差遣的仆役）两员，将水瓮抬进书房。荆公亲以衣袖拂拭，纸封打开。命童儿茶灶中煨火，用银铫（diào）汲水烹之。先取白定碗（宋代出产的名贵瓷器）一只，投阳羡茶一撮于内。候汤如蟹眼，急取起倾入，其茶色半晌方见。荆公问："此水何处取来？"东坡道："巫峡。"荆公道："是中峡了。"东坡道："正是。"荆公笑道："又来欺老夫了！此乃下峡之水，如何假名中峡？"东坡大惊，述土人之言，"三峡相连，一般样水"，"晚学生误听了，实是取下峡之水！老太师何以辨之？"荆公道："读书人不可轻举妄动，须是细心察理。老夫若非亲到黄州，看过菊花，怎么诗中敢乱道黄花落瓣？这瞿塘水性，出于《水经补注》。上峡水性太急，下峡太缓。惟中峡缓急相半。太医院官乃明医，知老夫乃中脘（经穴名，在上腹部）变症，故用中峡水引经。此水烹阳羡茶，上峡味浓，下峡味淡，中峡浓淡之间。今见茶色半晌方见，故知是下峡。"东坡离席谢罪。

荆公道："何罪之有！皆因子瞻过于聪明，以致疏略如此。老夫今日偶然无事，幸子瞻光顾。一向相处，尚不知子瞻学问真正如何？老夫不自揣量，要考子瞻一考。"东坡欣然答道："晚学生请题。"荆公道："且住！老夫若遽然（突然。遽，jù）考你，只说老夫恃了一日之长。子瞻到先考老夫一考，然后老夫请教。"东坡鞠躬道："晚学生怎么敢？"荆公道："子瞻既不肯考老夫，老夫却不好僭妄（jiàn wàng，在旧社会冒用上级的地位和名义，被认为超越本分，妄为）。也罢，叫徐伦把书房中书橱尽数与我开了。左右二十四橱，书皆积满。但凭于左右橱内上中下三层，取书一册，不拘前后，念上文一句，老夫答下句不来，就算老夫无学。”东坡暗想道：“这老甚迂阔，难道这些书都记在腹内？虽然如此，不好去考他。”答应道：“这个晚学生不敢！”荆公道：“咳！道不得个‘恭敬不如从命’了！”

东坡使乖，只拣尘灰多处，料久不看，也忘记了，任意抽书一本，未见签题，揭开居中，随口念一句道：“如意君安乐否？”荆公接口道：“‘窃已啖（吃）之矣。’可是？”东坡道：“正是。”荆公取过书来，问道：“这句书怎么讲？”东坡不曾看得书上详细。暗想：“唐人讥则天后，曾称薛敖曹为如意君。或者差人问候，曾有此言。只是下文说，‘窃已啖之矣’，文理却接上面不来。”沉吟了一会，又想道：“不要惹这老头儿。千虚不如一实。”答应道：“晚学生不知。”荆公道：“这也不是什么秘书，如何就不晓得？这是一桩小故事。汉末灵帝时，长沙郡武冈山后有一狐穴，深入数丈。内有九尾狐狸二头。日久年深，皆能变化，时常化作美妇人，遇着男子往来，诱入穴中行乐。小不如意，分而食之。后有一人姓刘名玺，入山采药，被二妖所掳。夜晚求欢枕席之间，二狐快乐，称为如意君。大狐出山打食，则小狐看守。小狐出山，则大狐亦如之。日就月将，并无忌惮。酒后，露其本形。刘玺有恐怖之心，精力衰倦。一日，大狐出山打食，小狐在穴，求其云雨，不果其欲。小狐大怒，生啖刘玺于腹内。大狐回穴，心记刘生，问道：‘如意君安乐否？’小狐答道：‘窃已啖之矣。’二狐相争追逐，满山喊叫。樵人窃听，遂得其详，记于‘汉末全书’。子瞻想未涉猎？”东坡道：“老太师学问渊深，非晚辈浅学可及！”

荆公微笑道：“这也算考过老夫了。老夫还席，也要考子瞻一考。子瞻休得吝教！”东坡道：“求老太师命题平易。”荆公道：“考别件事，又道老夫作难。久闻子瞻善于作对。今年闰了个八月，正月立春，十二月又是立春，是个两头春。老夫就将此为题，出句求对，以观子瞻妙才。”命童儿取纸笔过来。荆公写出一对道：“一岁二春双八月，人间两度春秋。”东坡虽是妙才，这对出得跷蹊（奇怪），一时寻对不出。羞颜可掬，面皮通红了。荆公问道：“子瞻从湖州至黄州，可从苏州润州经过么？”东坡道：“此是便道。”

荆公道：“苏州金阊门外，至于虎丘，这一带路，叫做山塘，约有七里之遥，其半路名为半塘。润州古名铁瓮城，临于大江，有金山，银山，玉山，这叫做三山。俱有佛殿僧房，想子瞻都曾游览？”东坡答应道：“是。”荆公道："老夫再将苏润二州，各出一对，求子瞻对之。"苏州对云："七里山塘，行到半塘三里半。"润州对云："铁瓮城西，金、玉、银山三宝地。"东坡思想多时，不能成对，只得谢罪而出。荆公晓得东坡受了些腌臜（心里别扭；不痛快），终惜其才。明日奏过神宗天子，复了他翰林学士之职。

后人评这篇话道：以东坡天才，尚然三被荆公所屈。何况才不如东坡者！因作诗戒世云：

项托曾为孔子师，荆公反把子瞻嗤。
为人第一谦虚好，学问茫茫无尽期。

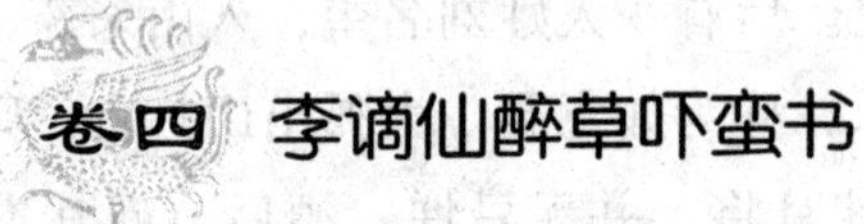

卷四　李谪仙醉草吓蛮书

堪羡当年李谪仙，吟诗斗酒有连篇；蟠胸锦绣欺时彦，落笔风云迈古贤。
书草和番威远塞，词歌倾国媚新弦；莫言才子风流尽，明月长悬采石边。

话说唐玄宗皇帝朝，有个才子，姓李名白，字太白，乃西梁武昭兴圣皇帝李暠九世孙，西川绵州人也。其母梦长庚入怀而生，那长庚星又名太白星，所以名字俱用之。那李白生得姿容美秀，骨格清奇，有飘然出世之表。十岁时，便精通书史，出口成章，人都夸他锦心绣口，又说他是神仙降生，以此又呼为李谪仙。有杜工部赠诗为证：

昔年有狂客，号尔谪仙人。
笔落惊风雨，诗成泣鬼神！
声名从此大，汩没一朝伸。
文采承殊渥，流传必绝伦。

李白又自称青莲居士。一生好酒，不求仕进，志欲遨游四海，看尽天下名山，尝遍天下美酒。先登峨眉，次居云梦，复隐于徂徕（cú lái，亦作"徂来"，在山东省泰安市东南）山竹溪，与孔巢父等六人，日夕酣饮，号为竹溪六逸。有

■李白：字太白，号青莲居士，唐朝诗人，有“诗仙”之称，中国古代伟大的浪漫主义诗人。

人说：“湖州乌程酒甚佳。”白不远千里而往，到酒肆中，开怀畅饮，旁若无人。时有迦叶（复姓）司马经过，闻白狂歌之声，遣从者问其何人？白随口答诗四句：

“青莲居士谪仙人，酒肆逃名三十春。

湖州司马何须问，金粟如来是后身。”

迦叶司马大惊，问道：“莫非蜀中李谪仙么？闻名久矣。”遂请相见。留饮十日，厚有所赠。临别，问道：“以青莲高才，取青紫（指公卿的服饰，这里指高官爵位）如拾芥，何不游长安应举？”李白道：“目今朝政紊乱，公道全无，请托者登高第，纳贿者获科名；非此二者，虽有孔孟之贤，晁董（晁错和董仲舒）之才，无由自达。白所以流连诗酒，免受盲试官之气耳。”迦叶司马道：“虽则如此，足下谁人不知，一到长安，必有人荐拔。”

李白从其言，乃游长安。一日到紫极宫游玩，遇了翰林学士贺知章，通姓道名，彼此相慕。知章遂邀李白于酒肆中，解下金貂，当酒同饮。至夜不舍，遂留李白于家中下榻，结为兄弟。次日，李白将行李搬至贺内翰宅，每日谈诗饮酒，宾主甚是相得。时光荏苒（rěn rǎn，时间在不知不觉中渐渐过去），不觉试期已迫。贺内翰道：“今春南省（唐代尚书省设在皇城正中，位居宫城南面，号为南衙；中书、门下、尚书三省中，尚书省的位置在其他两省之南，故通称“南省”）试官，正是杨贵妃兄杨国忠大师；监视官，乃太尉高力士。二人都是爱财之人。贤弟却无金银买嘱他，便有冲天学问，见不得圣天子。此二人与下官皆有相识。下官写一封札子（古代的一种公文，多用于上奏，后来也用于下行）去，预先嘱托，或者看薄面一二。”李白虽则才大气高，遇了这等时势，况且内翰高情，不好违阻。贺内翰写了柬帖，投与杨太师高力士。二人接开看了，冷笑道：“贺内翰受了李白金银，却写封空书在我这里讨白人情，到那日专记，如有李白名字卷子，不问好歹，即时批落。”时值三月三日，大开

■杨贵妃：唐玄宗的贵妃，大唐第一美女，与西施、王昭君、貂蝉并称为中国古代四大美女。

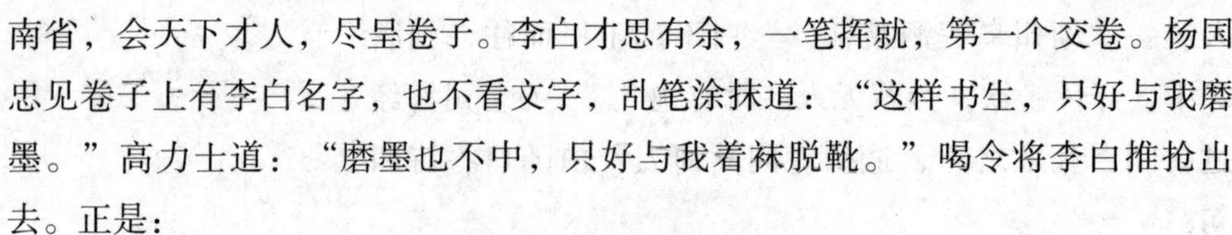

南省，会天下才人，尽呈卷子。李白才思有余，一笔挥就，第一个交卷。杨国忠见卷子上有李白名字，也不看文字，乱笔涂抹道："这样书生，只好与我磨墨。"高力士道："磨墨也不中，只好与我着袜脱靴。"喝令将李白推抢出去。正是：

不愿文章中天下，只愿文章中试官！

李白被试官屈批卷子，怨气冲天，回至内翰宅中，立誓："久后吾若得志，定教杨国忠磨墨，高力士与我脱靴，方才满愿。"贺内翰劝白："且休烦恼，权在舍下安歇，待三年，再开试场，别换试官，必然登第。"终日共李白饮酒赋诗。日往月来，不觉一载。

忽一日，有番使赍国书到。朝廷差使命急宣贺内翰陪接番使，在馆驿安下。次日阁门舍人（负责接待各国使臣的官吏），接得番使国书一道。玄宗敕宣翰林学士，拆开番书，全然不识一字，拜伏金阶启奏："此书皆是鸟兽之迹，臣等学识浅短，不识一字。"天子闻奏，将与南省试官杨国忠开读。杨国忠开看，双目如盲，亦不晓得。天子宣问满朝文武，并无一人晓得，不知书上有何吉凶言语。龙颜大怒，喝骂朝臣："枉有许多文武，并无一个饱学之士与朕分忧。此书识不得，将何回答，发落番使？却被番邦笑耻，欺侮南朝，必动干戈，来侵边界，如之奈何！敕限三日，若无人识此番书，一概停俸；六日无人，一概停职；九日无人，一概问罪。别选贤良，共扶社稷（国家）。"圣旨一出，诸官默默无言，再无一人敢奏。天子转添烦恼。

贺内翰朝散回家，将此事述于李白。白微微冷笑："可惜我李某去年不曾及第为官，不得与天子分忧。"贺内翰大惊道："想必贤弟博学多能，辨识番书，下官当于驾前保奏。"次日，贺知章入朝，越班奏道："臣启陛下，臣家有一秀才，姓李名白，博学多能。要辨番书，非此人不可。"天子准奏，即遣使命，赍诏前去内翰宅中，宣取李白。

李白告天使道："臣乃远方布衣，无才无识，今朝中有许多官僚，都是饱学之儒，何必问及草莽，臣不敢奉诏，恐得罪于朝贵。"说这句"恐得罪于朝贵"，隐隐刺着杨高二人。使命回奏。天子初问贺知章："李白不肯奉诏，其意云何？"知章奏道："臣知李白文章盖世，学问惊人。只为去年试场中，被试官屈批了卷子，羞抢出门，今日教他白衣入朝，有愧于心。乞陛下赐以恩典，遣一位大臣再往，必然奉诏。"玄宗道："依卿所奏。钦赐李白进士及第，着紫袍金带，纱帽象简见驾。就烦卿自在迎取，卿不可辞！"

贺知章领旨回家，请李白开读，备述天子惓惓（quán quán，恳切）求贤之意。李白穿了御赐袍服，望阙拜谢。遂骑马随贺内翰入朝。玄宗于御座专待李白。李白至金阶拜舞，山呼谢恩，躬身而立。天子一见李白，如贫得宝，如暗得灯，如饥得食，如旱得云：开金口，动玉音，道："今有番国赍书，无人能晓，特宣卿至，为朕分忧。"白躬身奏道："臣因学浅，被太师批卷不中，高太尉将臣推抢出门。今有番书，何不令试官回答，却乃久滞番官在此。臣是批黜（chù，降职或罢免）秀才，不能称试官之意，怎能称皇上之意？"天子道："朕自知卿，卿其勿辞！"遂命侍臣捧番书赐李白观看。李白看了一遍，微微冷笑，对御座前将唐音译出，宣读如流。番书云：

"渤海国大可毒书达唐朝官家。自你占了高丽（应为高句丽），与俺国逼近，边兵屡屡侵犯吾界，想出自官家之意。俺如今不可耐者，差官来讲，可将高丽一百七十六城，让与俺国。俺有好物事相送：太白山之菟（药草），南海之昆布（海带），栅城之鼓，扶余之鹿，莫贝颉之豕，率宾之马，沃州之绵，湄沱河之鲫，九都之李，乐游之梨；你官家都有分。若还不肯，俺起兵来厮杀，且看那家胜败？"

众官听得读罢番书，不觉失惊，面面相觑，尽称"难得"。天子听了番书，龙情不悦。沉吟良久，方问两班文武："今被番家要兴兵抢占高丽，有何策可以应敌？"两班文武，如泥塑木雕，无人敢应。贺知章启奏道："自太宗皇帝三征高丽，不知杀了多少生灵，不能取胜，府库为之虚耗。天幸盖苏文（盖苏文，原名渊盖苏文，是高句丽末期具有争议的铁腕军事独裁者。有人认为他成功抵御了唐朝想灭掉高句丽的企图；有人认为他残暴弑君，铁腕统治导致了高句丽后来的灭亡）死了，其子男生兄弟争权，为我乡导。高宗皇帝遣老将李勣、薛仁贵统百万雄兵，大小百战，方才殄灭。今承平日久，无将无兵，倘干戈复动，难保必胜。兵连祸结，不知何时而止？愿吾皇圣鉴！"天子道："似此如何回答他？"知章道："陛下试问李白，必然善于辞命。"天子乃召白问之。李白奏道："臣启陛下，此事不劳圣虑，来日宣番使入朝，臣当面回答番书，与他一般字迹，书中言语，羞辱番家，须要番国可毒拱手来降。"天子问："可毒何人也？"李白奏道："渤海风俗，称其王曰可毒。犹回纥称可汗，吐番称赞普，六诏称诏，诃陵称悉莫威（诃陵国女王），各从其俗。"天子见其应对不穷，圣心大悦，即日拜为翰林学士。遂设宴于金銮殿，宫商迭奏，琴瑟喧阗，嫔妃进酒，彩女传杯。御音传示："李卿，可开怀畅饮，休拘礼法。"李白尽量而饮，不觉酒浓身软。天子令内官扶于殿侧安寝。次日五鼓，天子升殿。净鞭三下响，文武两班齐。

李白宿酲（宿醉。酲，chéng）犹未醒，内官催促进朝。百官朝见已毕，天子召李白上殿，见其面尚带酒容，两眼兀自有蒙眬之意。天子分付内侍，教御厨中造三分醒酒酸鱼羹来。须臾，内侍将金盘捧到鱼羹一碗。天子见羹气太热，御手取牙箸调之良久，赐与李学士。李白跪而食之，顿觉爽快。是时百官见天子恩幸李白，且惊且喜；惊者怪其破格，喜者喜其得人。惟杨国忠高力士愀然有不乐之色。圣旨宣番使入朝，番使山呼见圣已毕。李白紫衣纱帽，飘飘然有神仙凌云之态，手捧番书立于左侧柱下，朗声而读，一字无差，番使大骇。李白道："小邦失礼，圣上洪度如天，置而不较，有诏批答，汝宜静听！"番官战战兢兢，跪于阶下。天子命设七宝床于御座之傍，取于阗白玉砚，象管兔毫笔，独草龙香墨，五色金花笺，排列停当。赐李白近御榻前，坐锦墩草诏。李白奏道："臣靴不净，有污前席，望皇上宽恩，赐臣脱靴结袜而登。"天子准奏，命一小内侍："与李学士脱靴。"李白又奏道："臣有一言，乞陛下赦臣狂妄，臣方敢奏。"天子道："任卿失言，朕亦不罪。"李白奏道："臣前入试春闱，被杨太师批落，高太尉赶逐，今日见二人押班（即朝会时领班，唐制规定凡朝会奏事，以监察御史二人押班），臣之神气不旺。乞玉音分付杨国忠与臣捧砚磨墨，高力士与臣脱靴结袜，臣意气始得自豪，举笔草诏，口代天言，方可不辱君命。"天子用人之际，恐拂其意，只得传旨，教杨国忠捧砚，高力士脱靴。二人心里暗暗自揣，前日科场中轻薄了他，"这样书生，只好与我磨墨脱靴"。今日恃了天子一时宠幸，就来还话，报复前仇。出于无奈，不敢违背圣旨，正是敢怒而不敢言。常言道：

冤家不可结，结了无休歇；
侮人还自侮，说人还自说。

李白此时昂昂得意，躧（xǐ，踩）袜登褥，坐于锦墩。杨国忠磨得墨浓，捧砚侍立。论来爵位不同，怎么李学士坐了，杨太师到侍立？因李白口代天言，天子宠以殊礼。杨太师奉旨磨墨，不曾赐坐，只得侍立。李白左手将须一拂，右手举起中山兔颖，向五花笺上，手不停挥，须臾，草就吓蛮书。字画齐整，并无差落，献于龙案之上，天子看了大惊，都是照样番书，一字不识。传与百官看了，各各骇然，天子命李白诵之。李白就御座前朗诵一遍：

"大唐开元皇帝，诏谕渤海可毒：自昔石卵不敌，蛇龙不斗。本朝应运开天，抚有四海，将勇卒精，甲坚兵锐。颉利背盟而被擒，弄赞铸鹅而纳誓（弄赞是唐初吐蕃的统治者，文成公主曾嫁给赞普弃宗弄赞；铸鹅是赞普弃宗弄赞为祝贺李世民征高句丽，朝贡了一只可以盛酒的金鹅）。新罗奏织锦之颂，天竺致能言之鸟，波斯献捕鼠之蛇，拂菻（fú lǐn，东

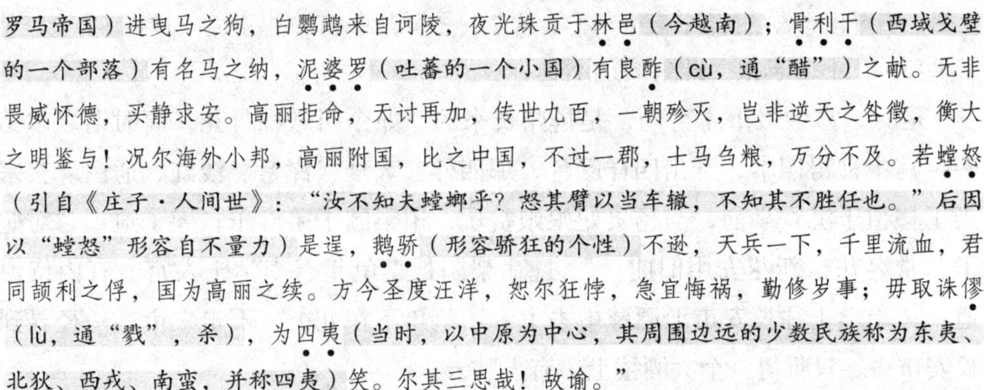
罗马帝国）进曳马之狗，白鹦鹉来自诃陵，夜光珠贡于林邑（今越南）；骨利干（西域戈壁的一个部落）有名马之纳，泥婆罗（吐蕃的一个小国）有良酢（cù，通“醋”）之献。无非畏威怀德，买静求安。高丽拒命，天讨再加，传世九百，一朝殄灭，岂非逆天之咎徵，衡大之明鉴与！况尔海外小邦，高丽附国，比之中国，不过一郡，士马刍粮，万分不及。若螳怒（引自《庄子·人间世》：“汝不知夫螳螂乎？怒其臂以当车辙，不知其不胜任也。”后因以“螳怒”形容自不量力）是逞，鹅骄（形容骄狂的个性）不逊，天兵一下，千里流血，君同颉利之俘，国为高丽之续。方今圣度汪洋，恕尔狂悖，急宜悔祸，勤修岁事；毋取诛僇（lù，通“戮”，杀），为四夷（当时，以中原为中心，其周围边远的少数民族称为东夷、北狄、西戎、南蛮，并称四夷）笑。尔其三思哉！故谕。”

天子闻之大喜，再命李白对番官面宣一通，然后用宝入函。李白仍叫高太尉着靴，方才下殿，唤番官听诏。李白重读一遍，读得声韵铿锵，番使不敢则声，面如土色，不免山呼拜舞辞朝，贺内翰送出都门，番官私问道：“适才读诏者何人？”内翰道：“姓李名白，官拜翰林学士。”番使道：“多大的官，使大师捧砚，太尉脱靴？”内翰道：“太师大臣，太尉亲臣，不过人间之极贵。那李学士乃天上神仙下降，赞助天朝，更有何人可及。”番使点头而别，归至本国，与国王述之。国王看了国书，大惊，与国人商议，天朝有神仙赞助，如何敌得。写了降表，愿年年进贡，岁岁来朝。此是后话。

话分两头，却说天子深敬李白，欲重加官职。李白启奏：“臣不愿受职，愿得逍遥散诞，供奉御前，如汉东方朔（字曼倩，西汉辞赋家，言辞敏捷，滑稽多智，常在汉武帝前谈笑取乐，亦能直谏）故事。”天子道：“卿既不受职，朕所有黄金白璧，奇珍异宝，惟卿所好。”李白奏道：“臣亦不愿受金玉，愿得从陛下游幸，日饮美酒三千觞，足矣！”天子知李白清高，不忍相强。从此时时赐宴，留宿于金銮殿中，访以政事，恩幸日隆。一日，李白乘马游长安街，忽听得锣鼓齐鸣，见一簇刀斧手，拥着一辆囚车行来。白停骖问之，乃是并州解到失机将官，今押赴东市处斩。那囚车中，囚着个美丈夫，生得甚是英伟，叩其姓名，声如洪钟，答道：“姓郭名子仪。”李白相他容貌非凡，他日必为国家柱石（国家栋梁），遂喝住刀斧手：“待我亲往驾前保奏。”众人知是李谪仙学士，御手调羹的，谁敢不依。李白当时回马，直叩宫门，求见天子，讨了一道赦敕，亲往东市开读，打开囚车，放出子仪，许他带罪立功。子仪拜谢李白活命之恩，异日衔环结草（春秋时期，晋国大夫魏颗没有按照父亲的遗愿让小妾陪葬而让她改嫁他人，小妾父亲的灵魂在战场上把草打结绊倒秦国大将杜回帮助魏颗取胜来报答。东汉人杨宝救了一只受伤的小黄雀，小黄雀伤好后叼来四个玉环来报答杨宝的救命之恩。旧时比喻感恩报德，至死不忘。结草，把草结成绳子，搭救恩人；衔环，嘴里衔着玉环），不敢忘报。此事阁过不题。

是时，宫中最重木芍药，是扬州贡来的。如今叫做牡丹花，唐时谓之木芍药。宫中种得四本，开出四样颜色，那四样？大红、深紫、浅红、通白。玄宗天子移植于沉香亭前，与杨贵妃娘娘赏玩，诏梨园子弟奏乐。天子道："对妃子，赏名花，新花安用旧曲。"遽命梨园长李龟年召李学士入宫。有内侍说道："李学士往长安市上酒肆中去了。"龟年不在九街，不走三市，一径寻到长安市去。只听得一个大酒楼上，有人歌云：

"三杯通大道，一斗合自然。

但是酒中趣，勿为醒者传。"

李龟年道："这歌的不是李学士是谁？"大踏步上楼梯来，只见李白独占一个小小座头，桌上花瓶内供一枝碧桃花，独自对花而酌，已吃得酩酊（mǐng dǐng，形容大醉）大醉，手执巨觥，兀自不放。龟年上前道："圣上在沉香亭宣召学士，快去！"众酒客闻得有圣旨，一时惊骇，都站起来闲看。李白全然不理，张开醉眼，向龟年念一句陶渊明的诗，道是："我醉欲眠君且去。"念了这句诗，就瞑然欲睡。李龟年也有三分主意，向楼窗在下一招，七八个从者，一齐上楼。不由分说，手忙脚乱，抬李学士到于门前，上了玉花骢，众人左扶右持，龟年策马在后相随，直跑到五凤楼前。天子又遣内侍来催促了，敕赐"走马入宫"。龟年遂不扶李白下马，同内侍帮扶，直至后宫，过了兴庆池，来到沉香亭。天子见李白在马上双眸紧闭，兀自未醒，命内侍铺紫氍毹于亭侧，扶白下马，少卧。亲往省视，见白口流涎沫，天子亲以龙袖拭之。贵妃奏道："妾闻冷水沃面，可以解醒。"乃命内侍汲兴庆池水，使宫女含而喷之。白梦中惊醒，见御驾，大惊，俯伏道："臣该万死！臣乃酒中之仙，幸陛下恕臣！"天子御手搀起道："今日同妃子赏名花，不可无新词，所以召卿，可作《清平调》三章。"李龟年取金花笺授白：白带醉一挥，立成三首。其一曰：

"云想衣裳花想容，春风拂槛露华浓。

若非群玉山头见，会向瑶台月下逢。"

其二曰：

"一枝红艳露凝香，云雨巫山枉断肠。

借问汉宫谁得似；可怜飞燕倚新妆！"

其三曰：

"名花倾国两相欢，长得君王带笑看。

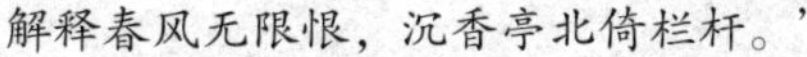

解释春风无限恨，沉香亭北倚栏杆。”

天子览词，称美不已：“似此天才，岂不压倒翰林院许多学士。”即命龟年按调而歌，梨园众子弟丝竹并进，天子自吹玉笛以和之。歌毕，贵妃敛绣巾，再拜称谢。天子道：“莫谢朕，可谢学士也！”贵妃持玻璃七宝杯，亲酌西凉葡萄酒，命宫女赐李学士饮。天子敕赐李白遍游内苑，令内侍以美酒随后，恣其酣饮。自是宫中内宴，李白每每被召，连贵妃亦爱而重之。高力士深恨脱靴之事，无可奈何。一日，贵妃重吟前所制《清平调》三首，倚栏叹羡。高力士见四下无人，乘间奏道：“奴婢初意娘娘闻李白此词，怨入骨髓，何反拳拳如是？”贵妃道：“有何可怨？”力士奏道：“‘可怜飞燕倚新妆’，那飞燕姓赵，乃西汉成帝之后。则今画图中，画着一个武士，手托金盘，盘中有一女子，举袖而舞，那个便是赵飞燕。生得腰肢细软，行步轻盈，若人手执花枝颤颤然，成帝宠幸无比。谁知飞燕私与燕赤凤相通，匿于复壁（夹墙，两重而中空，可藏物或匿人）之中。成帝入宫，闻壁衣（古代装饰墙壁的帷幕，用织锦或布帛做成）内有人咳嗽声，搜得赤凤杀之。欲废赵后，赖其妹合德力救而止，遂终身不入正宫。今日李白以飞燕比娘娘，此乃谤毁之语，娘娘何不熟思？”原来贵妃那时以胡人安禄山为养子，出入宫禁，与之私通，满宫皆知，只瞒得玄宗一人。高力士说飞燕一事，正刺其心。贵妃于是心下怀恨，每于天子前说李白轻狂使酒，无人臣之礼。天子见贵妃不乐李白，遂不召他内宴，亦不留宿殿中。李白情知被高力士中伤，天子存疏远之意，屡次告辞求去，天子不允。乃益纵酒自废，与贺知章、李适之、汝阳王琎、崔宗之、苏晋、张旭、焦遂为酒友，时人呼为饮中八仙。

却说玄宗天子心下实是爱重李白，只为宫中不甚相得，所以疏了些儿。见李白屡次乞归，无心恋阙，乃向李白道：“卿雅志高蹈，许卿暂还，不日再来相召。但卿有大功于朕，岂可白手还山？卿有所需，朕当一一给与。”李白奏道：“臣一无所需，但得杖头有钱，日沽一醉足矣。”天子乃赐金牌一面，牌上御书：“敕赐李白为天下无忧学士，逍遥落托秀才，逢坊吃酒，遇库支钱，府给千贯，县给五百贯。文武官员军民人等，有失敬者，以违诏论。”又赐黄金千两，锦袍玉带，金鞍龙马，从者二十人。白叩头谢恩，天子又赐金花二朵，御酒三杯，于驾前上马出朝，百官俱给假，携酒送行，自长安街直接到十里长亭，樽罍（zūn léi，酒杯）不绝。只有杨太师、高太尉二人怀恨不送。内中惟贺内翰等酒友七人，直送至百里之外，流连三日而别。李白集中有《还山别金门知己诗》，略云：

“恭承丹凤诏，欻起烟萝中。
一朝去金马，飘落成飞蓬。
闲来东武吟，曲尽情未终。
书此谢知己，扁舟寻钓翁。”

李白锦衣纱帽，上马登程，一路只称锦衣公子。果然逢坊饮酒，遇库支钱。不一日，回至绵州，与许氏夫人相见。官府闻李学士回家，都来拜贺，无日不醉。日往月来，不觉半载。一日白对许氏说，要出外游玩山水，打扮做秀才模样，身边藏了御赐金牌，带一个小仆，骑一健驴，任意而行。府县酒资，照牌供给。忽一日，行到华阴界上，听得人言华阴县知县贪财害民，李白生计，要去治他。来到县前，令小仆退去，独自倒骑着驴子，于县门首连打三回，那知县在厅上取问公事，观见了，连声：“可恶，可恶！怎敢调戏父母官！”速令公吏人等拿至厅前取问。李白微微诈醉，连问不答。知县令狱卒押入牢中，待他酒醒，着他好生供状，来日决断。狱卒将李白领入牢中，见了狱官，掀髯（胡子）长笑。狱官道：“想此人是风颠的？”李白道：“也不风，也不颠。”狱官道：“既不风颠，好生供状。你是何人？为何到此骑驴，搪突县主？”李白道：“要我供状，取纸笔来。”狱卒将纸笔置于案上，李白扯狱官在一边说道：“让开一步待我写。”狱官笑道：“且看这风汉写出甚么来！”李白写道：

“供状绵州人，姓李单名白。弱冠广文章，挥毫神鬼泣。长安列八仙，竹溪称六逸，曾草吓蛮书，声名播绝域。玉辇每趋陪，金銮为寝室。啜羹御手调，流涎御袍拭，高太尉脱靴，杨太师磨墨。天子殿前尚容乘马行，华阴县里不许我骑驴入？请验金牌，便知来历。”写毕，递与狱官看了，狱官吓得魂惊魄散，低头下拜道：“学士老爷，可怜小人蒙官发遣，身不由己，万望海涵赦罪！”李白道：“不干你事，只要你对知县说，我奉金牌圣旨而来，所得何罪，拘我在此？”狱官拜谢了，即忙将供状呈与知县，并述有金牌圣旨。知县此时如小儿初闻霹雳，无孔可钻，只得同狱官到牢中参见李学士，叩头哀告道：“小官有眼不识泰山，一时冒犯，乞赐怜悯！”在职诸官，闻知此事，都来拜求，请学士到厅上正面坐下，众官庭参已毕。李白取出金牌，与众官看，牌上写道：“学士所到，文武官员军民人等，有不敬者以违诏论。”——“汝等当得何罪？”众官看罢圣旨，一齐低头礼拜，“我等都该万死。”李白见

众官苦苦哀求，笑道："你等受国家爵禄，如何又去贪财害民？如若改过前非，方免汝罪。"众官听说，人人拱手，个个遵依，不敢再犯。就在厅上大排筵宴，管待学士饮酒三日方散。自是知县洗心涤虑，遂为良牧（贤能的州郡长官）。此信闻于他郡，都猜道朝廷差李学士出外私行观风（民风）考政，无不化贪为廉，化残为善。

李白遍历赵、魏、燕、晋、齐、梁、吴、楚，无不流连山水，极诗酒之趣。后因安禄山反叛，明皇车驾幸蜀，诛国忠于军中，缢贵妃于佛寺，白避乱隐于庐山。永王璘（玄宗儿子，李璘）时为东南节度使，阴有乘机自立之志。闻白大才，强逼下山，欲授伪职，李白不从，拘留于幕府。未几，肃宗即位于灵武，拜郭子仪为天下兵马大元帅，克复两京。有人告永王璘谋叛，肃宗即遣子仪移兵讨之，永王兵败，李白方得脱身，逃至浔阳江口，被守江把总擒拿，把做叛党，解到郭元帅军前。子仪见是李学士，即喝退军士，亲解其缚，置于上位。纳头便拜道："昔日长安东市，若非恩人相救，焉有今日？"即命治酒压惊，连夜修本，奏上天子，为李白辨冤，且追叙其吓蛮书之功，荐其才可以大用，此乃施恩而得报也。正是：

两叶浮萍归大海，人生何处不相逢。

时杨国忠已死，高力士亦远贬他方，玄宗皇帝自蜀迎归，为太上皇，亦对肃宗称李白奇才。肃宗乃征白为左拾遗。白叹宦海沉迷，不得逍遥自在，辞而不受，别了郭子仪，遂泛舟游洞庭岳阳，再过金陵，泊舟于采石江边。是夜，月明如昼。李白在江头畅饮，忽闻天际乐声嘹亮，渐近舟次，舟人都不闻，只有李白听得。忽然江中风浪大作，有鲸鱼数丈，奋鬣（liè，兽类颈上的长毛）而起，仙童二人，手持旌节，到李白面前，口称："上帝奉迎星主还位。"

舟人都惊倒，须臾苏醒。只见李学士坐于鲸背，音乐前导，腾空而去。明日将此事告于当涂县令李阳冰，阳冰具表奏闻。天子敕建李谪仙祠于采石山上，春秋二祭。

到宋太平兴国年间，有书生于月夜渡采石江，见锦帆西来，船头上有白牌一面，写"诗伯"二字。书生遂朗吟二句道："谁人江上称诗伯？锦绣文章借一观！"舟中有人和云："夜静不堪题绝句，恐惊星斗落江寒。"书生大惊，正欲傍舟相访，那船泊于采石之下。舟中人紫衣纱帽，飘然若仙，径投李谪仙祠中。书生随后求之祠中，并无人迹，方知和诗者即李白也。至今人称"酒仙"、"诗伯"，皆推李白为第一云。

吓蛮书草见天才，天子调羹亲赐来。

一自骑鲸天上去，江流采石有余哀。

卷五　三现身包龙图断冤

甘罗[①]发早子牙迟，彭祖[②]颜回[③]寿不齐，

范丹[④]贫穷石崇富，算来都是只争时。

话说大宋元祐年间，一个太常大卿（负责礼仪、祭奠、乐律等部门），姓陈名亚，因打（弹劾）章子厚（宋哲宗时期宰相，主张新政）不中，除（任命，授职）做江东留守安抚使，兼知建康府。一日与众官宴于临江亭上，忽听得亭外有人叫道："不用五行四柱（五行指金、木、水、火、土；四柱指年、月、日、时；旧指命相家替人算命的根据），能知祸福兴衰。"大卿问："甚人敢出此语？"众官有曾认的，说道："此乃金陵术士边瞽（gǔ）。"大卿分付："与我叫来。"即时叫至门下，但见：

破帽无檐，蓝缕衣裙，霜髯瞽（盲人）目，伛偻（yǔ lǚ，腰背弯曲）形躯。边瞽手携节杖入来，长揖一声，摸着阶沿便坐。大卿怒道："你既瞽目，不能观古圣之书，辄敢轻五行而自高！"边瞽道："某善能听简笏声知进退，闻鞋履响辨死生。"大卿道："你术果验否？……"说言未了，见大江中画船一只，橹声咿轧，自上流而下。大卿便问边瞽，主何灾福。答言："橹声带哀，舟中必载大官之丧。"大卿遣人讯问，果是知临江军李郎中，在任身故，载灵柩归乡。大卿大惊道："使汉东方朔复生，不能过汝。"赠酒十樽（zūn，古代盛酒的器具），银十两，遣之。

---

①甘罗：战国时楚国人，著名大臣甘茂之孙，从小聪明过人，是著名的少年政治家，为秦立功，被秦王拜为上卿。②彭祖：先秦传说中的仙人，养生家，后道教奉为仙真，传说活到880岁。③颜回：字子渊，春秋时期鲁国人，享年40岁，在孔门诸弟子中，孔子对他称赞最多，赞其"好学""仁人"。④范丹：时常断炊的贫苦者。

那边瞽能听橹声知灾福。今日且说个卖卦先生，姓李名杰，是东京开封府人。去兖州府奉符县前，开个卜肆，用金纸糊着一把太阿宝剑，底下一个招儿，写道："斩天下无学同声（同行）。"这个先生，果是阴阳有准。

精通《周易》。善辨六壬。瞻乾象遍识天文，观地理明知风水。五星深晓，决吉凶祸福如神；三命秘谈，断成败兴衰似见。

当日挂了招儿，只见一个人走将进来，怎生打扮？但见：

裹背系带头巾，着上两领皂衫，腰间系条丝绦，下面着一双干鞋净袜，袖里袋着一轴文字。

那人和金剑先生相揖罢，说了年月日时，铺下卦子。只见先生道："这命算不得。"那个买卦的，却是奉符县里第一名押司（宋官署名、吏员职称，经办案牍等事），姓孙名文，问道："如何不与我算这命？"先生道："上复尊官，这命难算。"押司道："怎地难算？"先生道："尊官有酒休买，护短休问。"押司道："我不曾吃酒，也不护短。"先生道："再请年月日时，恐有差误。"押司再说了八字。先生又把卦子布了道："尊官，且休算。"押司道："我不讳，但说不妨。"先生道："卦象不好。"写下四句来，道是：

"白虎临身日，临身必有灾。
不过明旦丑，亲族尽悲哀。"

押司看了，问道："此卦主何灾福？"先生道："实下敢瞒，主尊官当死。"又问："却是我几年上当死？"先生道："今年死。"又问："却是今年几月死？"先生道："今年今月死。"又问："却是今年今月几日死？"先生道："今年今月今日死。"再问："早晚时辰？"先生道："今年今月今日三更三点子时当死。"押司道："若今夜真个死，万事全休；若不死，明日和你县里理会！"先生道："今夜不死，尊官明日来取下这斩无学同声的剑，斩了小子的头！"押司听说，不觉怒从心上起，恶向胆边生，把那先生捽（zuó，抓住，揪住）出卦铺去。怎地计结（计较）？那先生：

只因会尽人间事，惹得闲愁满肚皮。

只见县里走出数个司事人来拦住孙押司，问做甚闹。押司道："甚么道理！我闲买个卦，却说我今夜三更三点当死。我本身又无疾病，怎地三更三点便死。待捽他去县中，官司究问明白。"众人道："若信卜，卖了屋；卖卦口，没量斗（无凭无据）。"众人和烘（劝说）孙押司去了。转来埋怨那先生道："李先生，你触了这个有名的押司，想也在此卖卦不成了。从来贫好断，贱好断，只有寿数难断。你又不是阎王的老子，判官的哥哥，那里便断生断死，刻时刻日，这般有准，说话也该放宽缓些。”先生道：“若要奉承人，卦就不准了；若说实话，又惹人怪。‘此处不留人，自有留人处！’”叹口气，收了卦铺，搬在别处去了。

却说孙押司虽则被众人劝了，只是不好意思，当日县里押了文字（处理公文）归去，心中好闷。

归到家中，押司娘见他眉头不展，面带忧容，便问丈夫：“有甚事烦恼？想是县里有甚文字不了。“押司道：“不是，你休问。”再问道：“多是今日被知县责罚来？”又道：“不是。”再问道：“莫是与人争闹来？”押司道：“也不是。我今日去县前买个卦，那先生道，我主在今年今月今日三更三点子时当死。”押司娘听得说，柳眉剔竖，星眼圆睁，问道：“怎地平白一个人，今夜便教死！如何不捽他去县里官司？”押司道：“便捽他去，众人劝了。”

浑家道：“丈夫，你且只在家里少待。我寻常有事，兀自（径直）去知县面前替你出头。如今替你去寻那个先生问他。我丈夫又不少官钱私债，又无甚官事临逼（紧逼），做甚么今夜三更便死！”押司道：“你且休去。待我今夜不死，明日我自与他理会，却强如你妇人家。”当日天色已晚，押司道：“且安排几杯酒来吃着。我今夜不睡，消遣这一夜。”三杯两盏，不觉吃得烂醉。只见孙押司在校椅上，朦胧着醉眼，打瞌睡。浑家道：“丈夫，怎地便睡着？”叫迎儿（家中丫鬟）：“你且摇觉（摇醒）爹爹来。”迎儿到身边摇着不醒，叫一会不应。押司娘道：“迎儿，我和你扶押司入房里去睡。”若还是说话的同年生，并肩长，拦腰抱住，把臂拖回。孙押司只吃着酒消遣一夜，千不合万不合上床去睡，却教孙押司只就当年当月当日当夜。死得不如《五代史》李存孝（唐末至五代著名将领，武艺天下无双，勇力绝人，后被车裂而死），《汉书》里彭越（西汉开国功臣，后被告谋反被碎割），正是：

金风吹树蝉先觉，暗送无常死不知。

浑家见丈夫先去睡，分付迎儿厨下打灭了火烛，说与迎儿道：“你曾听你爹爹说，日间卖卦的算你爹爹今夜三更当死？”迎儿道：“告妈妈，迎儿也听得说来。那里讨这话！”押司娘道：“迎儿，我和你做些针线，且看今夜死也不死？若还今夜不死，明日却与他理会。”教迎儿：“你且莫睡！”迎儿道：“那里敢睡！”道犹未了，迎儿打瞌睡。押司娘道：“迎儿，我教你莫睡，如何便睡着！……”迎儿道：“我不睡。”才说罢，迎儿又睡着。押司娘叫得应，问他如今甚时候了？迎儿听县衙更鼓，正打三更三点。押司娘道：“迎儿，且莫睡则个！这时辰正尴尬（处于两难境地无法摆脱）那！”迎儿又睡着，叫不应。只听得押司从床上跳将下来，兀底（这时）中门响。押司娘急忙叫醒迎儿，点灯看时，只听得大门响。迎儿和押司娘点灯去赶，只见一个着白的人，一只手掩着面，走出去，扑通地跳入奉符县河里去了。正是：

情到不堪回首处，一齐分付与东风。

那条河直通着黄河水，滴溜也似紧，那里打捞尸首！押司娘和迎儿就河边号天大哭道：“押司，你却怎地投河，教我两个靠兀（语气助词，无实义）谁！”即时叫起四家邻舍来，上手住的刁嫂，下手住的毛嫂，对门住的高嫂鲍嫂，一发（一起）都来。押司娘把上件事对他们说了一遍。刁嫂道：“真有这般作怪的事！”毛嫂道：“我日里兀自见押司着了皂衫，袖着文字归来，老媳妇（谦辞，老妇人）和押司相叫来。”高嫂道：“便是，我也和押司厮叫来。”鲍嫂道：“我家里的早间去县前有事，见押司捽着卖卦的先生，兀自归来说。怎知道如今真个死了！”刁嫂道：“押司，你怎地不分付我们邻舍则个，如何便死！”簌地两行泪下。毛嫂道：“思量起押司许多好处来，如何不烦恼！”也眼泪出。鲍嫂道：“押司，几时再得见你！”即时地方申呈官司，押司娘少不得做些功果（佛事），追荐亡灵。

捻指间过了三个月。当日押司娘和迎儿在家坐地，只见两个妇女，吃得面红颊赤。上手的提着一瓶酒，下手的把着两朵通草花，掀开布帘入来道：“这里便是。”押司娘打一看时，却是两个媒人，无非是姓张姓李。押司娘道：“婆婆多时不见。”媒婆道：“押司娘烦恼，外日（前一日）不知，不曾送得香纸来，莫怪则个！押司如今也死得几时？”答道：“前日已做过百日了。”两个道：“好快！早是百日了。押司在日，直恁地好人，有时老媳妇和他厮叫，还喏不迭。时今死了许多时，宅中冷静，也好说头亲事，是得。”押司娘道：“何年月日再生得一个一似我那丈夫孙押司这般人？”媒婆道：“恁地也不难，老媳妇却有一头好亲。”押司娘道：“且住，如何得似我先头丈夫？”两个吃了茶，归去。过了数日，又来说亲。押司娘道：“婆婆休只管来说亲。你若依得我三件事，便来说。若依不得我，一世不说这亲，宁可守孤孀度日。”当时押司娘启齿张舌，说出这三件事来。有分撞着五百年前夙世（前世）的冤家，双双受国家刑法。正是：

鹿迷秦相①应难辨，蝶梦庄周未可知。

①鹿迷秦相：说的是秦相赵高指鹿为马的典故，后指混淆事实。

媒婆道："却是那三件事？"押司娘道："第一件，我死的丈夫姓孙，如今也要嫁个姓孙的；第二件，我先丈夫是奉符县里第一名押司，如今也只要恁般职役的人；第三件，不嫁出去，则要他入舍（入赘做女婿）。"两个听得说，道："好也！你说要嫁个姓孙的，也要一似先押司职役的，教他入舍的；若是说别件事，还费些计较，偏是这三件事，老媳妇都依得。好教押司娘得知，先押司是奉符县里第一名押司，唤做大孙押司。如今来说亲的，元是奉符县第二名押司。如今死了大孙押司，钻上差役，做第一名押司，唤做小孙押司。他也肯来入舍。我教押司娘嫁这小孙押司，是肯也不？"押司娘道："不信有许多凑巧！"张媒道："老媳妇今年七十二岁了。若胡说时，变做七十二只雌狗，在押司娘家吃屎。"押司娘道："果然如此，烦婆婆且去说看，不知缘分如何？"张媒道："就今日好日，讨一个利市团圆吉帖（喜帖）。"押司娘道："却不曾买在家里。"李媒道："老媳妇这里有。"便从抹胸内取出一幅五男二女花笺纸来，正是：

雪隐鹭鸶飞始见，柳藏鹦鹉语方知。

当日押司娘教迎儿取将笔砚来，写了帖子，两个媒婆接去。免不得下财纳礼，往来传话。不上两月，入舍小孙押司在家。夫妻两个，好一对儿，果是说得着。不则一日，两口儿吃得酒醉，教迎儿做些个醒酒汤来吃。迎儿去厨下一头烧火，口里埋冤道："先的押司在时，恁早晚（偏义复词，偏"晚"），我自睡了。如今却教我做醒酒汤！"只见火筒塞住了孔，烧不着。迎儿低着头，把火筒去灶床脚上敲，敲未得几声，则见灶床脚渐渐起来，离地一尺已上，见一个人顶着灶床，胈项（脖子）上套着井栏，披着一带头发，长伸着舌头，眼里滴出血来，叫道："迎儿，与爹爹做主则个。"唬得迎儿大叫一声，匹然倒地，面皮黄，眼无光，唇口紫，指甲青，未知五脏如何，先见四肢下举。正是：

身如五鼓衔山月，命似三更油尽灯。

夫妻两人急来救得迎儿苏醒，讨些安魂定魄汤与他吃了。问道："你适来见了甚么，便倒了？"迎儿告妈妈："却才在灶前烧火，只见灶床渐渐起来，见先押司爹爹，胈项上套着井栏，眼中滴出血来，披着头发，叫声迎儿，便吃惊倒了。"押司娘见说，倒把迎儿打个漏风掌（五指分开的一巴掌）："你这丫头，教你做醒酒汤，则说道懒做便了，直装出许多死模活样！莫做莫做，打灭了火去睡！"迎儿自去睡了。且说夫妻两个归房，押司娘低低叫道："二哥，这丫头见这般事，不中用，教他离了我家罢。"小孙押司道："却教他那里去？”押司娘道：“我自有个道理。”到天明，做饭吃了，押司自去官府承应。押司娘叫过迎儿来道：“迎儿，你在我家里也有七八年，我也看你在眼里，如今比不得先押司在日做事。我看你肚里莫是要嫁个老公。如今我与你说头亲。”迎儿道：“那里敢指望，却教迎儿嫁兀谁？”押司娘只因教迎儿嫁这个人，与大孙押司索了命。正是：

风定始知蝉在树，灯残方见月临窗。

当时不由迎儿做主，把来嫁了一个人。那厮姓王名兴，浑名唤做王酒酒，又吃酒，又要赌。迎儿嫁将去，那得三个月，把房卧（嫁妆）都费尽了。那厮吃得醉，走来家把迎儿骂道：“打脊贱人！见我恁般苦，下去问你使头（家主）借三五百钱来做盘缠？”迎儿吃不得这厮骂，把裙儿系了腰，一程走来小孙押司家中。押司娘见了道：“迎儿，你自嫁了人，又来说甚么？”迎儿告妈妈：“实不敢瞒，迎儿嫁那厮不着，又吃酒，又要赌；如今未得三个月，有些房卧，都使尽了。没计奈何，告妈妈借换得三五百钱，把来做盘缠。”押司娘道：“迎儿，你嫁人不着，是你的事。我今与你一两银子，后番（以后）却休要来。”迎儿接了银子，谢了妈妈归家。那得四五日，又使尽了。当日天色晚，王兴那厮吃得酒醉，走来看着迎儿道：“打脊贱人！你见恁般苦，不去再告使头则个？”迎儿道：“我前番去，借得一两银子，吃尽千言万语。如今却教我又怎地去？”王兴骂道：“打脊贱人！你若不去时，打折你一只脚！”迎儿吃骂不过，只得连夜走来孙押司门首看时，门却关了。迎儿欲待敲门，又恐怕他埋怨，进退两难，只得再走回来。过了两三家人家，只见个人道：“迎儿，我与你一件物事。”只因这个人身上，我只替押司娘和小孙押司烦恼！正是：

龟游水面分开绿，鹤立松梢点破青。

迎儿回过头来看那叫的人，只见人家屋檐头，一个人，舒角幞头，绯袍角带，抱着一骨碌（一大摞）文字。低声叫道：“迎儿，我是你先的押司。如今见在一个去处，未敢说与你知道。你把手来，我与你一件物事。”迎儿打一接，接了这件物事，随手不见了那个绯袍角带的人。迎儿看那物事时，却是一包碎银子。迎儿归到家中敲门，只听得里面道：“姐姐，你去使头家里，如何恁早晚才回？”迎儿道：“好教你知，我去妈妈家借米，他家关了门。我又不敢敲，怕吃他埋怨。再走回来，只见人家屋檐头立着先的押司，舒角幞头，绯袍角带，与我一包银子在这里。”王兴听说道：“打脊贱人！你却来我面前说鬼话！你这一包银子，来得不明，你且进来。”迎儿入去，王兴道：“姐姐，你寻常说那灶前看见先押司的话，我也都记得，这事一定有些蹊跷。我却怕邻舍听得，故恁地如此说。你把银子收好，待天明去县里首告（揭发）他。”正是：

着意种花花不活，等闲插柳柳成阴。

王兴到天明时，思量道：“且住，有两件事告首不得。第一件，他是县里头名押司，我怎敢恶了他！第二件，却无实迹；连这些银子也待入官，却打没头脑官司。不如赎几件衣裳，买两个盒子（礼物）送去孙押司家里，到去谒索（探望）他则个。”计较已定，便去买下两个盒子送去。两人打扮身上干净，走来孙押司家，押司娘看见他夫妻二人，身上干净，又送盒子来，便道：“你那得钱钞？”王兴道：“昨日得押司一件文字，撰（拿）得有二两银子，送些盒子来。如今也不吃酒，也不赌钱了。”押司娘道：“王兴，你自归去，且教你老婆在此住两日。”王兴去了，押司娘对着迎儿道：“我有一炷东峰岱岳愿香，要还。我明日同你去则个。”当晚无话。明早起来，梳洗罢，押司自去县里去。押司娘锁了门，和迎儿同行。到东岳庙殿上烧了香，下殿来去那两廊下烧香。行到速报司（迷信谓阴间东岳大帝属下专掌善恶因果报应的机构）前，迎儿裙带系得松，脱了裙带，押司娘先行过去。迎儿正在后面系裙带，只见速报司里，有个舒角幞头、绯袍角带的判官，叫：“迎儿，我便是你先的押司。你与我申冤则个！我与你这件物事。”迎儿接得物事在手，看了一看，道：“却不作怪！泥神也会说起话来！如何与我这物事？”正是：

开天辟地罕曾闻，从古至今希得见。

迎儿接得来，慌忙揣在怀里，也不敢说与押司娘知道。当日烧了香，各自归家。把上项事对王兴说了。王兴讨那物事看时，却是一幅纸。上写道：“大女子，小女子，前人耕来后人饵。要知三更事，掇开火下水。来年二三月，‘句已’当解此。”王兴看了解说不出，分付迎儿不要说与别人知道，看来年二三月间有甚么事。

捻指间，到来年二月间，换个知县，是庐州金斗城人，姓包名拯，就是今人传说有名的包龙图相公。他后来官至龙图阁学士，所以叫做包龙图。此时做知县还是初任。那包爷自小聪明正直，做知县时，便能剖人间暧昧之情，断天下狐疑之狱（案件）。到任三日，未曾理事。夜间得其一梦，梦见自己坐堂，堂上贴一联对子：

要知三更事，掇开火下水。

包爷次日早堂，唤合当（衙门值班的）吏书，将这两句教他解说，无人能识。

包公讨白牌一面，将这一联楷书在上。却就是小孙押司动笔。写毕，包公将朱笔判在后面："如有能解此语者，赏银十两。"将牌挂于县门，哄动县前县后官身私身（当差的和没有当差的），挨肩擦背，只为贪那赏物，都来睹先争看。

却说王兴正在县前买枣糕吃，听见人说知县相公挂一面白牌出来，牌上有二句言语，无人解得。王兴走来看时，正是速报司判官一幅纸上写的话。暗地吃了一惊："欲要出首（出头），那新知县相公是个古怪的人，怕去惹他；欲待不说，除了我再无第二个人晓得这二句话的来历。"买了枣糕回去，与浑家说知此事。迎儿道："先押司三遍出现，教我与他申冤，又白白里得了他一包银子。若不去出首，只怕鬼神见责。"王兴意犹不决。再到县前，正遇了邻人裴孔目。王兴平昔晓得裴孔目是知事的，一手扯到僻静巷里，将此事与他商议："该出首也不该？"裴孔目道："那速报司这一幅纸在那里？"王兴道："见藏在我浑家衣服箱里。"裴孔目道："我先去与你禀官。你回去取了这幅纸，带到县里。待知县相公唤你时，你却拿将出来，做个证见（证据）。"当下王兴去了。裴孔目候包爷退堂，见小孙押司不在左右，就跪将过去，禀道："老爷白牌上写这二句，只有邻舍王兴晓得来历。他说是岳庙速报司与他一幅纸，纸上还写许多言语，内中却有这二句。"包爷问道："王兴如今在那里？"裴孔目道："已回家取那一幅纸去了。"包爷差人速拿王兴回话。却说王兴回家。开了浑家的衣箱，检那幅纸出来看时，只叫得苦，原来是一张素纸，字迹全无。不敢到县里去，怀着鬼胎，躲在家里。知县相公的差人到了，新官新府，如火之急，怎好推辞。只得带了这张素纸，随着公差进县，直至后堂。包爷屏（讯）去左右，只留裴孔目在傍（同"旁"），包爷问王兴道："裴某说你在岳庙中收得一幅纸，可取上来看。"王兴连连叩头禀道："小人的妻子，去年在岳庙烧香，走到速报司前，那神道出现，与他一幅纸。纸上写着一篇说话，中间其实有老爷白牌上写的两句，小的把来藏在衣箱里。方才去检看，变了一张素纸。如今这素纸见在，小人不敢说谎。"包爷取纸上来看了，问道："这一篇言语，你可记得？"王兴道："小人还记

■包公祠：位于今河南省开封市。

得。”即时念与包爷听了。包爷将纸写出，仔细推详（端详）了一会，叫：“王兴，我且问你，那神道把这一幅纸与你的老婆，可再有甚么言语分付吗？”王兴道：“那神道只叫与他申冤。”包爷大怒，喝道：“胡说！做了神道，有甚冤没处申得！偏你的婆娘会替他申冤？他到来央你！这等无稽之言，却哄谁来！”王兴慌忙叩头道：“老爷，是有个缘故。”包爷道：“你细细讲。讲得有理，有赏；如无理时，今日就是你开棒了。”王兴禀道：“小人的妻子，原是伏侍本县大孙押司的，叫做迎儿。因算命的算那大孙押司其年其月其日三更三点命里该死，何期果然死了。主母随了如今的小孙押司，却把这迎儿嫁出与小人为妻。小人的妻子，初次在孙家灶下，看见先押司现身。项上套着井栏，披发吐舌，眼中流血，叫道：‘迎儿，可与你爹爹做主。’第二次夜间到孙家门首，又遇见先押司，舒角幞头，绯袍角带，把一包碎银，与小人的妻子。第三遍岳庙里速报司判官出现，将这一幅纸与小人的妻子，又嘱付与他申冤。那判官的模样，就是大孙押司，原是小人妻子旧日的家长（主人）。”

包爷闻言，呵呵大笑：“原来如此！”喝教左右去拿那小孙押司夫妇二人到来：“你两个做得好事！”小孙押司道：“小人不曾做甚么事？”包爷将速报司一篇言语解说出来：“‘大女子，小女子，女之子’，乃外孙，是说外郎姓孙，分明是大孙押司、小孙押司；‘前人耕来后人饵’，饵者食也，是说你白得他的老婆，享用他的家业；‘要知三更事，掇开火下水’，大孙押司，死于三更时分，要知死的根由，‘掇开火下之水’，那迎儿见家长在灶下，披发吐舌，眼中流血，此乃勒死之状。头上套着井栏，井者水也，灶者火也。水在火下，你家灶必砌在井上。死者之尸，必在井中。‘来年二三月’正是今日。‘句已当解此’，‘句已’两字，合来乃是个包字，是说我包某今日到此为官，解其语意，与他雪冤。”喝教左右同王兴押着小孙押司，到他家灶下，不拘好歹，要勒死的尸首回话。众人似疑不信，到孙家发开灶床脚，地下是一块石皮。掏起石皮，是一口井。唤集土工，将井水吊干，络了竹篮，放人下去打捞，捞起一个尸首来。众人齐来认看，面色不改，还有人认得是大孙押司，项上果有勒帛。小孙押司唬得面如土色，不敢开口。众人俱各骇然。

元来这小孙押司当初是大雪里冻倒的人，当时大孙押司见他冻倒，好个后生，救他活了，教他识字，写文书。不想浑家与他有事。当日大孙押司算命回来时，恰好小孙押司正闪在他家。见说三更前后当死，趁这个机会，把酒灌醉了，就当夜勒死了大孙押司，撺（抛掷）在井里。小孙押司却掩着面走去，把一块大石头漾（扔）在奉符县河里，扑通地一声响。当时只道大孙押司投河死了。后来却把灶来压在井上，次后说成亲事。当下众人回复了包爷。押司和押司娘不打自招，双双的问成死罪，偿了大孙押司之命。包爷不失信于小民，将十两银子赏与王兴，王兴把三两谢了裴孔目，不在话下。包爷初任，因断了这件公事，名闻天下，至今人说包龙图，日间断人，夜间断鬼。有诗为证：

诗句藏谜谁解明，包公一断鬼神惊。

寄声暗室亏心者，莫道天公鉴不清。

卷六 钝秀才一朝交泰

蒙正窑中怨气，买臣担上书声；丈夫失意惹人轻，才入荣华称庆。红日偶然阴翳（yì，荫蔽），黄河尚有澄清。浮云眼底总难凭，牢把脚跟立定。

这首〔西江月〕，大概说人穷通有时，固不可以一时之得意，而自夸其能；亦不可以一时之失意，而自坠其志。唐朝甘露年间，有个王涯丞相，官居一品，权压百僚，僮仆千数，日食万钱，说不尽荣华富贵。其府第厨房与一僧寺相邻。每日厨房中涤锅净碗之水，倾向沟中，其水从僧寺中流出。一日寺中老僧出行，偶见沟中流水中有白物，大如雪片，小如玉屑。近前观看，乃是上白米饭，王丞相厨下锅里碗里洗刷下来的。长老合掌念声："阿弥陀佛，罪过罪过！"随口吟诗一首：

"春时耕种夏时耘，粒粒颗颗费力勤；
春去细糠如剖玉，炊成香饭似堆银。
三餐饱食无余事，一口饥时可疗贫。
堪叹沟中狼藉贱，可怜天下有穷人！"

长老吟诗已罢，随唤火工道人，将笊篱（zhào lí，指一种做饭用的工具，像勺子一样，有眼儿）笊起沟内残饭，向清水河中涤去污泥，摊于筛内，日色晒干，用磁缸收贮，且看几时满得一缸。不勾三四个月，其缸已满。两年之内，并积得六大缸有余。

那王涯丞相只道千年富贵，万代奢华，谁知乐极生悲，一朝触犯了朝廷，阖门待勘，未知生死。其时宾客散尽，僮仆逃亡，仓廪尽为仇家所夺。王丞相至亲二十三口，米尽粮绝，担饥忍饿，啼哭之声，闻于邻寺。长老听得，心怀不忍。只是一墙之隔，除非穴墙可以相通。长者将缸内所积饭干，浸软蒸而馈之。王涯丞相吃罢，甚以为美。遣婢子问老僧，他出家之人，何以有此精食？老僧道："此非贫僧家常之饭，乃府上涤釜洗碗之余，流出沟中，贫僧可惜有用之物，弃之无用，将清水洗尽，日色晒干，留为荒年贫丐之食。今日谁知仍济了尊府之急。正是一饮一啄，莫非前定。”王涯丞相听罢，叹道：“我平昔暴殄天物（原指残害灭绝天生万物，后指任意糟蹋东西，不知爱惜。殄，tiǎn，灭绝；暴，损害，糟蹋；天物，指自然生物）如此，安得不败？今日之祸，必然不免。”其夜遂伏毒而死。当初富贵时节，怎知道有今日！正是：

贫贱常思富贵，富贵又履危机。

此乃福过灾生，自取其咎。假如今人贫贱之时，那知后日富贵？即如荣华之日，岂信后来苦楚？如今在下再说个先忧后乐的故事。列位看官们，内中倘有胯下忍辱的韩信，妻不下机的苏秦，听在下说这段评话，各人回去硬挺着头颈过日，以待时来，不要先坠了志气。有诗四句：

秋风衰草定逢春，尺蠖[1]泥中也会伸。

画虎不成君莫笑，安排牙爪始惊人。

话说国朝天顺年间，福建延平府将乐县，有个宦家，姓马名万群，官拜吏科给事中。因论太监王振专权误国，削籍为民。夫人早丧，单生一子，名曰马任，表字德称。十二岁游庠，聪明饱学。说起他聪明，就如颜子渊（春秋时期鲁国人，孔子的得意弟子）闻一知十；论起他饱学，就如虞世南（唐初四大家之一，擅长诗文与书法）五车腹笥。真个文章盖世，名誉过人。马给事爱惜如良金美玉，自不必言。里中那些富家儿郎，一来为他是黉门（古代学校。黉，hóng）的贵公子，二来道他经解之才（明代科举考试乡试的第一名），早晚飞黄腾达，无不争先奉承。其中更有两个人奉承得要紧，真个是：

冷中送暖，闲里寻忙；出外必称弟兄，使钱那问尔我。偶话店中酒美，请饮三杯；才夸妓馆容娇，代包一月。掇臀捧屁，犹云手有余香；随口蹋痰，惟恐人先着脚。说不尽谄笑胁肩，只少个出妻献子。

一个叫黄胜，绰号黄病鬼。一个叫顾祥，绰号飞天炮仗。他两个祖上也曾出仕，都是富厚之家，目不识丁，也顶个读书的虚名。把马德称做个大菩萨供养，扳他日后富贵往来。那马德称是忠厚君子，彼以礼来，此以礼在，见他殷勤，也遂与之为友。黄胜就把亲妹六媖，许与德称为婚。德称闻此女才貌双全，不胜之喜。但从小立个誓愿：

若要洞房花烛夜，必须金榜挂名时。

马给事见他立志高明，也不相强，所以年过二十，尚未完娶。

时值乡试之年，忽一日，黄胜、顾祥邀马德称向书铺中去买书。见书铺隔

①尺蠖（huò）：无脊椎动物，昆虫纲；鳞翅目，尺蛾科昆虫的统称。

壁有个算命店，牌上写道："要知命好丑？只问张铁口！"马德称道："此人名为'铁口'，必肯直言。"买完了书，就过间壁，与那张先生拱手道："学生贱造（命运），求教！"先生问了八字，将五行生克之数，五星虚实之理，推算了一回。说道："尊官若不见怪，小子方敢直言。"马德称道："君子问灾不问福，何须隐讳！"黄胜、顾祥两个在傍，只怕那先生不知好歹，说出话来冲撞了公子。黄胜便道："先生仔细看看，不要轻谈！"顾祥道："此位是本县大名士，你只看他今科发解（明清时乡试举人第一名为解元，考中举人第一名为发解），还是发魁（指乡分试中了经魁。明代科举制度，秀才应乡试取中的称为举人，除第一名称为解元外，第二名至第五名都称经魁）？"先生道："小子只据理直讲，不知准否？贵造'偏才归禄'，父主峥嵘，论理必生于贵宦之家。"黄顾二人拍手大笑道："这就准了。"先生道："五星中'命缠奎壁'，文章冠世。"二人又大笑道："好先生，算得准，算得准！"先生道："只嫌二十二岁交这运不好，官煞重重，为祸不小。不但破家，亦防伤命。若过得三十一岁，后来到有五十年荣华。只怕一丈阔的水缺，双脚跳不过去。"黄胜就骂起来道："放屁，那有这话！"顾祥伸出拳来道："打这厮，打歪他的铁嘴。"马德称双手拦住道："命之理微，只说他算不准就罢了，何须计较。"黄、顾二人，口中还不干净，却得马德称抵死劝回。那先生只求无事，也不想算命钱了。正是：

阿谀人人喜，直言个个嫌。

那时连马德称也只道自家唾手（形容极容易办到）功名，虽不深怪那先生，却也不信。谁知三场得意，榜上无名。自十五岁进场，到今二十一岁，三科不中。若论年纪还不多，只为进场屡次了，反觉不利。又过一年，刚刚二十二岁。马给事一个门生，又参了王振一本。王振疑心座主（主考官）指使而然，再理前仇，密唆朝中心腹，寻马万群当初做有司（官吏）时罪过，坐赃万两，着本处抚按追解。马万群本是个清官，闻知此信，一口气得病数日身死。马德称哀戚尽礼，此心无穷。却被有司逢迎上意，逼要万两赃银交纳。此时只得变卖家产，但是有税契可查者，有司径自估价官卖；只有续置一个小小田庄，未曾起税，官府不知。马德称恃顾祥平昔至交，只说顾家产业，央他暂时承认。又有古董书籍等项，约数百金，寄与黄胜家去讫。却说有司官，将马给事家房产田业尽数变卖，未足其数，兀自吹毛求疵（吹开皮上的毛寻疤痕，比喻故意挑剔别人的缺点，寻找差错。求，找寻；疵，毛病）不已。马德称扶柩在坟堂屋内暂住，忽一日，顾祥遣人来言，府上余下田庄，官府已知，瞒不得了，马德称无可奈何，只得入官。后来闻得反是顾祥举首（检举，告发），一则恐后连累，二者博有司的笑脸。德称知人情奸险，付之一笑。过了岁余，马德称在黄胜家索取寄顿物件，连走数次，俱不相接，结末遣人送一封帖来。马德称拆开看时，没有书柬，止封账目一纸。内开：某月某日某事用银若干，某该合认，某该独认。如此非一次，随将古董书籍等项估计扣除，不还一件。德称大怒，当了来人之面，将账目扯碎，大骂一场："这般狗彘（猪狗）之辈，再休相见！"从此亲事亦不题起。黄胜巴不得杜绝马家，正中其怀。正合着西汉冯公的四句，道是：

一贵一贱，交情乃见；

一死一生，乃见交情。

马德称在坟屋中守孝，弄得衣衫蓝缕，口食不周（不齐全，不周到）。"当初父亲存日，也曾周济过别人，今日自己遭困，却谁人周济我？"守坟的老王撺掇他把坟上树木倒卖与人，德称不肯。老王指着路上几棵大柏树道："这树不在冢傍，卖之无妨。"德称依允，讲定价钱，先倒一棵下来，中心都是虫蛀空的，不值钱了。再倒一棵，亦复如此。德称叹道："此乃命也！"就教（同"叫"）住手。那两棵树只当烧柴，卖不多钱，不两日用完了。身边只剩得十二岁一个家生小厮，央老王作中，也卖与人，得银五两。这小厮过门之后，夜夜小遗起来，主人不要了，退还老王处，索取原价。德称不得已，情愿减退了二两身价卖了。好奇怪！第二遍去就不小遗了。这几夜小遗，分明是打落德称这二两银子，不在话下。光阴似箭，看看服满。德称贫困之极，无门可告。想起有个表叔在浙江杭州府做二府，湖州德清县知县，也是父亲门生，不如去投奔他，两人之中，也有一遇。当下将几件什物家火，托老王卖充路费。浆洗了旧衣旧裳，收拾做一个包裹，搭船上路，直至杭州。问那表叔，刚刚十日之前，已病故了。随到德清县投那个知县时，又正遇这几日为钱粮事情，与上司争论不合，使性要回去，告病关门，无由通报。正是：

时来风送滕王阁，运去雷轰荐福碑！

德称两处投人不着，想得南京衙门做官的多有年家（同年参加科举考试的人）。又趁船到京口，欲要渡江，怎奈连日大西风，土木船寸步难行。只得往句容一路步行而入，径往留都。旦数留都那几个城门：

神策金川仪凤门，怀远清凉到石城。

三山聚宝连通济，洪武朝阳走太平。

马德称由通济门入城，到饭店中宿了一夜。次早往部科等各衙门打听，往年多有年家为官的，如今升的升了，转的转了，死的死了，坏的坏了，一无所遇。乘兴而来，却难兴尽而返，流连光景，不觉又是半年有余，盘缠俱已用尽。虽不学伍大夫吴门乞食，也难免吕蒙正僧院投斋（宋代吕蒙正贫困时经常去僧院要斋饭吃，时间一长，和尚们很不满，就提前吃饭，饭后再敲通知吃饭的钟，让他扑空）。忽一日，德称投斋到大报恩寺，遇见个相识乡亲，问其乡里之事。方知本省宗师按临岁考，德称在先服满时因无礼物送与学里师长，不曾动得起复文书及游学呈子，也不想如此久客于外。如今音信不通，教官径把他做避考申黜（申报上司，开除学籍）。千里之遥，无由辨复，真是：

屋漏更遭连夜雨，船迟又遇打头风。

德称闻此消息，长叹数声，无面回乡，意欲觅个馆地，权且教书糊口，再作道理。谁知世人眼浅，不识高低。闻知异乡公子如此形状，必是个浪荡之徒，便有锦心绣肠，谁人信他，谁人请他？又过了几时，和尚们都怪他蒿恼（麻烦）。语言不逊，不可尽说。幸而天无绝人之路。有个运粮的赵指挥，要请个门馆先生同往北京，一则陪话，二则代笔。偶与承恩寺主持商议。德称闻知，想道："乘此机会，往北京一行，岂不两便。"遂央僧举荐。那俗僧也巴不得遣那穷鬼起身，就在指挥面前称扬德称好处，且是束脩甚少。赵指挥是武官，不管三七二十一，只要省，便约德称在寺，投刺（投递名帖）相见，择日请了下船同行。德称口如悬河，宾主颇也得合。

不一日到黄河岸口，德称偶然上岸登东（上厕所）。忽听发一声响，犹如天崩地裂之形。慌忙起身看时，吃了一惊，原来河口决了。赵指挥所统粮船三分四散，不知去向。但见水势滔滔，一望无际。德称举目无依，仰天号哭，叹道："此乃天绝我命也，不如死休！"方欲投入河流，遇一老者相救，问其来历。德称诉罢，老者恻然怜悯，道："看你青春美质，将来岂无发迹之期？此去短盘（短途）至北京，费用亦不多，老夫带得有三两荒银（碎银，闲钱），权为程敬！"说罢，去摸袖里，却摸个空，连呼"奇怪"！仔细看时，袖底有一小孔，那老者赶早出门，不知在那里遏着剪绺的剪去了。老者嗟叹道："古人云：'得咱心肯日，是你运通时。'今日看起来，就是心肯，也有个天数。非是老夫吝惜，乃足下命运不通所致耳。欲屈足下过舍下，又恐路远不便。"乃邀德称到市心里，向一个相熟的主人家借银五钱为赠。德称深感其意，只得受了，再三称谢而别。德称想这五钱银子，如何盘缠得许多路。思量一计，买下纸笔，一路卖字。德称写作俱佳，争奈时运未利，不能讨得文人墨士赏鉴，不过村坊野店胡乱买几张糊壁，此辈晓得什么好歹，那肯出钱。德称有一顿没一顿，半饥半饱，直捱到北京城里，下了饭店。问店主人借缙绅（职官名录）看查，有两个相厚的年伯，一个是兵部尤侍郎，一个是左卿曹光禄。当下写了名刺，先去谒曹公。曹公见其衣衫不整，心下不悦，又知是王振的仇家，不敢招架，送下小小程仪（路费）就辞了。再去见尤侍郎，那尤公也是个没意思的，自家一无所赠，写一封柬帖荐在边上陆总兵处。店主人见有这封书，料有际遇，将五两银子借为盘缠。谁知正值北虏也先（古代蒙古瓦剌部首领）为寇，大掠人畜，陆总兵失机，押解来京问罪，连尤侍郎都罢官去了。德称在塞外担阁（同"耽搁"）了三四个月，又无所遇，依旧回到京城旅寓。店主人折了五两银子，没处取讨，又欠下房钱饭钱若干，索性做个宛转，倒不好推他出门，想起一个主意来。前面胡同有个刘千户（武官），其子八岁，要访个下路（路边）先生教书，乃荐德称。刘千户大喜，讲过束脩（古代学生与教师初见面时必先奉赠的礼物，表示敬意）二十两。店主人先支一季束脩自己收受，准了所借之数。

刘千户颇尽主道，送一套新衣服，迎接德称到彼坐馆。自此饔（yōng，饭食）餐不缺，且训诵之暇，重温经史，再理文章，刚刚坐彀（gòu，够）三个月，学生出起痘来，太医下药不效，十二朝身死。刘千户单只此子，正在哀痛，又有刻薄小人对他说道："马德称是个降祸的太岁，耗气的鹤神（太岁坐下的凶煞），所到之处，必有灾殃。赵指挥请了他就坏了粮船，尤侍郎荐了他就坏了官职。他是个不吉利的秀才，不该与他亲近。"刘千户不想自儿死生有命，到抱怨先生带累了。各处传说，从此京中起他一个异名，叫做"钝秀才"。凡钝秀才街上过去，家家闭户，处处关门。但是早行遇着钝秀才的一日没采（倒霉），做买卖的折本，寻人的不遇，告官的理输，讨债的不是厮打定是厮骂，就是小学生上学也被先生打几下手心。有此数项，把他做妖物相看。倘然狭路相逢，一个个吐口涎沫，叫句吉利方走。可怜马德称衣冠之胄、饱学之儒，今日时运不利，弄得日无饱餐，夜无安宿。同时有个浙中吴监生，性甚硬直。闻知钝秀才之名，不信有此事，特地寻他相会，延至寓所，叩其胸中所学，甚有接待之意。坐席犹未暖，忽得家书报家中老父病故，踉跄而别，转荐与同乡吕鸿胪。吕公请至寓所，待以盛馔，方才举箸，忽然厨房中火起，举家惊慌逃奔。德称因腹馁（饥饿）经行了几步，被地方拿他做火头，解去官司，不由分说，下了监铺。幸吕鸿胪是个有天理的人，替他使钱，免其枷责。从此钝秀才

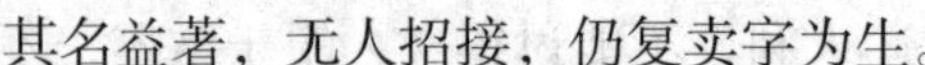
其名益著，无人招接，仍复卖字为生。

惯与裱家书寿轴，喜逢新岁写春联。

夜间常在祖师庙、关圣庙、五显庙这几处安身。或与道人代写疏头，趁几文钱度日。

话分两头，却说黄病鬼黄胜，自从马德称去后，初时还怕他还乡。到宗师行黜，不见回家，又有人传信道：是随赵指挥粮船上京，被（遭逢）黄河水决，已覆没矣。心下坦然无虑。朝夕逼勒妹子六媖改聘。六媖以死自誓，决不二夫。到天顺晚年乡试，黄胜夤缘（向上巴结。夤，yín）贿赂，买中了秋榜，里中奉承者填门塞户。闻知六媖年长未嫁，求亲者日不离门，六媖坚执不从，黄胜也无可奈何。到冬底，打叠行囊在北京会试。马德称见了乡试录，已知黄胜得意，必然到京，想起旧恨，羞与相见，预先出京躲避。谁知黄胜不耐功名，若是自家学问上挣来的前程，倒也理之当然，不放在心里。他原是买来的举人，小人乘君子之器，不觉手之舞之，足之蹈之。又将银五十两买了个勘合（使用驿站的凭证），驰驿到京，寻了个大大的下处（住所，临时歇息的地方），且不去温习经史，终日穿花街过柳巷，在院子里表子家行乐。常言道“乐极悲生”，嫖出一身广疮。科场渐近，将白金百两送太医，只求速愈。太医用轻粉劫药，数日之内，身体光鲜，草草完场而归。不够半年，疮毒大发，医治不痊，呜呼哀哉，死了。既无兄弟，又无子息，族间都来抢夺家私。其妻王氏又没主张，全赖六媖一身，内支丧事，外应亲族，按谱立嗣，众心俱悦服无言。六媖自家也分得一股家私，不下数千金。想起丈夫覆舟消息，未知真假，费了多少盘缠，各处遣人打听下落。有人自北京来，传说马德称未死，落莫（流落）在京，京中都呼为“钝秀才”。六媖是个女中大夫，甚有劈着（主张、主见），收拾起辎重银两，带了丫鬟童仆，雇下船只，一径来到北京寻取丈夫。访知马德称在真定府龙兴寺大悲阁写《法华经》。乃将白金百两，新衣数套，亲笔作书，缄封停当，差老家人王安赍去，迎接丈夫。分付道：“我如今便与马相公援例入监，请马相公到此读书应举，不可迟滞。”王安到龙兴寺，见了长老，问：“福建马相公何在？”长老道：“我这里只有个‘钝秀才’，并没有什么马相公。”王安道：“就是了，烦引相见。”和尚引到大悲阁下，指道：“傍边桌上写经的，不是钝秀才？”王安在家时曾见过马德称几次，今日虽然蓝缕，如何不认得？一见德称便跪下磕头。马德称却在贫贱患难之中，不料有此，一时想不起来。慌忙扶住，问道：“足下何人？”王安道：“小的是将乐县黄家，奉小姐

之命，特来迎接相公，小姐有书在此。”德称便问。“你小姐嫁归何宅？”王安道：“小姐守志至今，誓不改适（改嫁）。因家相公近故，小姐亲到京中来访相公，要与相公入粟（指交纳一定数额的金钱获取功名）北雍（明朝首都北迁后在北京，南京都设了国子监，设在北京的叫北雍），请相公早办行期。”德称方才开缄（打开函件）而看，原来是一首诗，诗曰：

“何事萧郎恋远游？应知乌帽未笼头。

图南自有风云便，且整双箫集凤楼。”

德称看罢，微微而笑。王安献上衣服银两，且请起程日期。德称道：“小姐盛情，我岂不知？只是我有言在先：‘若要洞房花烛夜，必须金榜挂名时。’向因贫困，学业久荒。今幸有余资可供灯火之费，且待明年秋试得意之后，方敢与小姐相见。”王安不敢相逼，求赐回书。德称取写经余下的茧丝一幅，答诗四句：

“逐逐风尘已厌游，好音刚喜见伻头。

嫦娥夙有攀花约，莫遣箫声出凤楼。”

德称封了诗，付与王安。王安星夜归京，回复了六媖小姐。开诗看毕，叹惜不已。

其年天顺爷爷正遇“土木之变”（土木堡之变，指明军在土木堡被瓦剌军打败，明英宗被俘事件），皇太后权请郕王摄位，改元景泰。将奸阉王振全家抄没，凡参劾王振吃亏的加官赐荫，黄小姐在寓中得了这个消息，又遣王安到龙兴寺报与马德称知道。德称此时虽然借寓僧房，图书满案，鲜衣美食，已不似在先了。和尚们晓得是马公子马相公，无不钦敬。其年正是三十二岁，交逢好运，正应张铁口先生推算之语。可见：

万般皆是命，半点不由人。

德称正在寺中温习旧业，又得了王安报信，收拾行囊，别了长老赴京，另寻一寓安歇。黄小姐拨家僮二人伏侍，一应日用供给，络绎馈送。德称草成表章，叙先臣马万群直言得祸之由，一则为父亲乞恩昭雪，一则为自己辨复前程，圣旨颁下，准复马万群原官，仍加三级，马任复学复廪（恢复秀才和廪生的资格）。所抄没田产，有司（官吏）追给。德称差家童报与小姐知道。黄小姐又差王安送银两到德称寓中，叫他廪例入粟。明春就考了监元（国子监内部考试的第一名），至秋发魁（指乡试中了经魁。明代科举制度，秀才应乡试取中的称为举人，除第一名称为解元外，第二名至第五名都称经魁）。就于寓中整备喜筵，与黄小姐成

亲。来春又中了第十名会魁（会试中名列前茅的人），殿试二甲，考选庶吉士。上表给假还乡，焚黄（用黄色的纸把授官的内容写在上面焚烧以告祖先）谒墓，圣旨准了。夫妻衣锦还乡，府县官员出郭迎接。往年抄没田宅，俱用官价赎还，造册交割，分毫不少。宾朋一向疏失者，此日奔走其门如市。只有顾祥一人自觉羞惭，迁往他郡去讫（qì，终了）。时张铁口先生尚在，闻知马公子得第荣归，特来拜贺，德称厚赠之而去。后来马任直做到礼、兵、刑三部尚书，六媖小姐封一品夫人。所生二子，俱中甲科，簪缨不绝（权力荣华富贵不断，簪缨，zān yīng）。至今延平府人，说读书人不得第者，把“钝秀才”为比。后人有诗叹云：

十年落魄少知音，一日风云得称心。
秋菊春桃时各有，何须海底去捞针。

卷七 赵太祖千里送京娘

兔走乌飞疾若驰，百年世事总依稀；
累朝富贵三更梦，历代君王一局棋。
禹定九州汤受业，秦吞六国汉登基。
百年光景无多日，昼夜追欢还是迟！

话说赵宋末年，河东石室山中有个隐士，不言姓名，自称石老人。有人认得的，说他原是有才的豪杰，因遭胡元之乱，曾诣军门献策不听，自起义兵，恢复了几个州县。后来见时势日蹙（cù，紧迫），知大事已去，乃微服潜遁（暗逃），隐于此山中。指“山”为姓，农圃自给，耻言仕进。或与谈论古今兴废之事，娓娓不倦。一日近山有老少二儒，闲步石室，与隐士相遇。偶谈汉、唐、宋三朝创业之事，隐士问：“宋朝何者胜于汉唐？”一士云：“修文偃武（提倡文教，停息武事。修，昌明，修明；偃，停止）。”一士云：“历朝不诛戮大臣。”隐士大笑道：“二公之言，皆非通论，汉好征伐四夷，儒者虽言其‘黩武’（黩，随随便便，不郑重；武，武力；滥用武力，好战），然蛮夷畏惧，称力强汉，魏武犹借其余威以服匈奴。唐初府兵最盛，后变为藩镇，虽跋扈不臣，而犬牙相制，终藉其力。宋自澶渊和虏（即“澶渊之盟”，是北宋与辽经过多次战争后所缔结的一次盟约），惮于用兵。其后以岁币为常，以拒敌为讳，金元继起，遂至亡国，此则偃武修文之弊耳。不戮大臣虽是忠厚之典，然奸雄误国，一概姑容，使小人进有非望之福，退无不测之祸，终宋之世，朝政坏于奸相之手。乃致末年时穷势败，函侂胄于虏庭，刺似道于厕下（南宋宰相韩侂胄主张伐金，战败后被宋杀掉将首级送给了金人求和；贾似道多年坐视蒙古族人围困襄阳，不去救援，被贬后被押送他的人杀死），不亦晚乎！以是为胜于汉、唐，岂其然哉？”

■戚姬寺：古寺庙，位于今山东省定陶县城东北。戚姬为汉刘邦之爱妃。刘邦死后，被吕后所害。文帝即位后，建此寺院，纪念戚夫人，故称戚姬寺。

二儒道：“据先生之意，以何为胜？”隐士道：“他事虽不及汉、唐，惟不贪女色最胜。”二儒道：“何以见之？”隐士道：“汉高溺爱于戚姬，唐宗乱伦于弟妇。吕氏、武氏几危社稷，飞燕、太真并污宫闱。宋代虽有盘乐之主，绝无渔色之君，所以高、曹、向、孟（北宋的四位皇后：宋仁宗的皇后曹后，宋英宗的皇后高后，宋神宗的皇后向后，宋哲宗的皇后孟后），闺德独擅其美，此则远过于汉唐者矣。”二儒叹服而去。正是：

要知古往今来理，须问高明远见人。

方才说宋朝诸帝不贪女色，全是太祖皇帝贻谋之善，不但是为君以后，早期宴罢，宠幸希疏。自他未曾“发迹变泰”的时节，也就是个铁铮铮的好汉，直道而行，一邪不染。则看他《千里送京娘》这节故事便知。正是：

说时义气凌千古，话到英风透九霄，
八百军州真帝主，一条杆棒显雄豪。

且说五代乱离，有诗四句：

朱李石刘郭，梁唐晋汉周，
都来十五帝，扰乱五十秋。

这五代都是偏霸，未能混一。其时土宇割裂，民无定主。到后周虽是五代之末，兀自有五国三镇。那五国？

周郭威，北汉刘崇，南唐李璟，蜀孟昶，南汉刘晟。

那三镇？

吴越钱佐，荆南高保融，湖南周行逢。

虽说五国三镇，那周朝承梁、唐、晋、汉之后，号为正统。宋太祖赵匡胤曾仕周为殿前都点检（官名，掌统率亲军，总额左右卫将军、符宝郎、宿直将军、左右振肃等官）。后因陈桥兵变（大将赵匡胤借口北汉与辽联合南侵率军出大梁，至陈桥驿授意将士给他穿上黄袍拥立他为帝。此次兵变最后导致了后周的灭亡和宋朝的建立），代周为帝，混一宇内，国号大宋。当初未曾“发迹变泰”的时节，因他父亲赵洪殷，曾仕汉为岳州防御使，人都称匡胤为赵公子，又称为赵大郎。生得面如噀（xùn，含在口中喷出）血，目若曙星，力敌万人，气吞四海。专好结交天下豪杰，任侠任气，路见不平，拔刀相助，是个管闲事的祖宗、撞没头祸的太岁。先在汴京城打了御勾栏，闹了御花园，触犯了汉末帝，逃难天涯。到关西护桥杀了董达，得了名马赤麒麟。黄州除了宋虎，朔州三棒打死了李子英，灭了潞州王李汉超一家。来到太原地面，遇了叔父赵景清。时景清在清油观出家，就留赵公子在观中居住。谁知染病，一卧三月。比及病愈，景清朝夕相倚，要他将息身体，不放他出外闲游。一日景清有事出门，分付公子道：“侄儿耐心静坐片时，病如小愈，切勿行动！”景清去了，公子那里坐得住，想道：“便不到街坊游荡，这本观中闲步一回，又且何妨。”公子将房门拽上，绕殿游观。先登了三清宝殿，行遍东西两廊，七十二司，又看了东岳庙，转到嘉宁殿上游玩，叹息一声。真个是：

金炉不动千年火，玉盏长明万载灯。

行过多景楼玉皇阁，一处处殿宇崔嵬，制度宏敞。公子喝来不迭，果然好个清油观，观之不足，玩之有余。转到酆都地府冷静所在，却见小小一殿，正对那子孙宫相近，上写着“降魔宝殿”，殿门深闭。公子前后观看了一回，正欲转身，忽闻有哭泣之声，乃是妇女声音。公子侧耳而听，其声出于殿内。公子道：“蹊跷作怪！这里是出家人住处，缘何藏匿妇人在此？其中必有不明之事。且去问道童讨取钥匙，开这殿来，看个明白，也好放心。”回身到房中，唤道童讨降魔殿上钥匙，道童道：“这钥匙师父自家收管，其中有机密大事，不许闲人开看。”公子想道：“‘莫信直中直，须防人不仁！’原来俺叔父不是个好人，三回五次只教俺静坐。莫出外闲行，原来干这勾当。出家人成甚规矩？俺今日便去打开殿门，怕怎的！”方欲移步，只见赵景清回来。公子含怒相迎，口中也不叫叔父，气忿忿地问道：“你老人家在此出家，干得好事？”景清出其不意，便道：“我不曾做甚事。”公子道：“降魔殿内锁的是什么人？”景清方才省得，便摇手道：“贤侄莫管闲事。”公子急得暴躁如雷，大声叫道：“出家人清净无为，红尘不染，为何殿内锁着个妇女。在内哭哭啼啼？必是非礼不法之事！你老人家也要放出良心。是一是二，说得明白，还有个商量；休要欺三瞒四，我赵某不是与你和光同尘的！”景清见他言词峻厉，便道：“贤侄，你错怪愚叔了！”公子道：“怪不怪是小事，且说殿内可是妇人？”景清道：“正是。”公子道：“可又来。”景清晓得公子性躁，还未敢明言，用缓词答应道：“虽是妇人，却不干本观道众之事。”公子道：“你是个一观之主，就是别人做出歹事寄顿在殿内，少不得你知情。”景清道：“贤侄息怒，此女乃是两个有名响马，不知那里掳来，一月之前寄于此处，托吾等替他好生看守，若有差迟，寸草不留。因是贤侄病未痊，不曾对你说得。”公子道：“响马在那里？”景清道：“暂往那里去了。”公于不信道：“岂有此理！快与我打开殿门，唤女子出来，俺自审问他详细。”说罢，绰了浑铁齐眉短棒，往前先走。

景清知他性如烈火，不好遮拦，慌忙取了钥匙，随后赶到降魔殿前。景清在外边开锁。那女子在殿中听得锁响，只道是强人来到，愈加啼哭。公子也不谦让，才等门开，一脚跨进。那女子躲在神道背后唬做一团。公子近前放下齐眉短棒，看那女子，果然生得标致：

眉扫春山，眸横秋水。含愁含恨，犹如西子捧心；欲泣欲啼，宛似杨妃剪发。琵琶声不响，是个未出塞的明妃（**汉元帝宫人王嫱，字昭君，晋代避司马昭讳，改称明君，后人又称之为明妃**）；胡笳调若成，分明强和番的蔡女（**东汉末年的蔡琰，也即蔡文姬，东汉大文学家蔡邕的女儿，是中国历史上著名的才女和文学家**）。天生一种风流态，便是丹青画不真。

公子抚慰道：“小娘子，俺不比奸淫之徒，你休得惊慌。且说家居何处？谁人引诱到此？倘有不平，俺赵某与你解救则个。”那女子方才举袖拭泪，深深道个万福。公子还礼。女子先问：“尊官高姓？”景清代答道：“此乃汴京赵公子。”女子道：“公子听禀……”未曾说得一两句，早已扑簌簌流下泪来。原来那女子也姓赵，小字京娘，是蒲州解良县小祥村居住，年方一十七岁。因随父亲来阳曲县还北岳香愿，路遇两个响马强人：一个叫做满天飞张广儿，一个叫做着地滚周进。见京娘颜色，饶了他父亲性命，掳掠到山神庙中。张周二强人争要成亲，不肯相让。议论了两三日，二人恐坏了义气，将这京娘寄顿于清油观降魔殿内。分付道士小心供给看守，再去别处访求个美貌女子，掳掠而来，凑成一对，然后同日成亲，为压寨夫人。那强人去了一月，至今未回。道士惧怕他，只得替他看守。京娘叙出缘由，赵公子方才向景清道：“适才甚是粗卤（粗鲁莽撞），险些冲撞了叔父！既然京娘是良家室女，无端被强人所掳，俺今日不救，更待何人？”又向京娘道：“小娘子休要悲伤，万事有赵某在此，管教你重回故土，再见爹娘。”京娘道：“虽承公子美意，释放奴家出于虎口。奈家乡千里之遥，奴家孤身女流，怎生跋涉？”公子道：“救人须救彻，俺不远千里亲自送你回去。”京娘拜谢道：“若蒙如此，便是重生父母。”景清道：“贤侄，此事断然不可。那强人势大，官司禁捕他不得。你今日救了小娘子，典守者难辞其责。再来问我要人，教我如何对付？须当连累于我！”公子笑道：“大胆天下去得，小心寸步难行。俺赵某一生见义必为，万夫不惧。那响马（古指拦路抢劫的强盗）虽狠，敢比得潞州王么？他须也有两个耳朵，晓得俺赵某名字。既然你们出家人怕事，俺留个记号在此，你们好回复那响马。”说罢，抡起浑铁齐眉棒，横着身子，向那殿上朱红槅子，狠的打一下，“枥拉”一声，把菱花窗棂都打下来。再复一下，把那四扇槅子打个东倒西歪。唬得京娘战战兢兢，远远的躲在一边。景清面如土色，口中只叫：“罪过！”公子道：“强人若再来时，只说赵某打开殿门抢去了。冤各有头，债各有主。要来寻俺时，教他打蒲州一路来。”景清道：“此去蒲州千里之遥，路上盗贼生发，独马单身，尚且难走，况有小娘子牵绊？凡事宜三思而行！”公子笑道：“汉末三国时，关云长独行千里，五关斩六将，护着两位皇嫂，直到古城与刘皇叔相会，这才是大丈夫所为。今日一位小娘子救他不得，赵某还做什么人？此去倘然冤家狭路相逢，教他双双受死。”景清道：“然虽如此，还有一说。古者男女坐不同席，食不共器。贤侄千里相送小娘子，虽则美意，出于义气，傍人怎知就里，见你少男少女一路同行，嫌疑之际，被人谈论，可不为好成歉，反为一世英雄之玷？”公子呵呵大笑道：“叔父莫怪我说，你们出家人惯妆架子，里外不一。俺们做好汉的，只要自己血心上打得过，人言都不计较。”景清见他主意已决，问道：“贤侄几时起程？”公子道：“明早便行。”景清道：“只怕贤侄身子还不健旺。”公子道：“不妨事。”景清教道童治酒送行。公子于席上对京娘道：“小娘子，方才叔父说一路嫌疑之际，恐生议论。俺借此席面，与小娘子结为兄妹。俺姓赵，小娘子也姓赵，五百年前是一家，从此兄妹相称便了。”京娘道：“公子贵人，奴家怎敢扳高（竭力与地位高的人结亲或拉关系）？”景清道：“既要同行，如此最好。”呼道童取过拜毡，京娘请恩人在上：“受小妹子一拜。”公子在傍还礼。京娘又拜了景清，

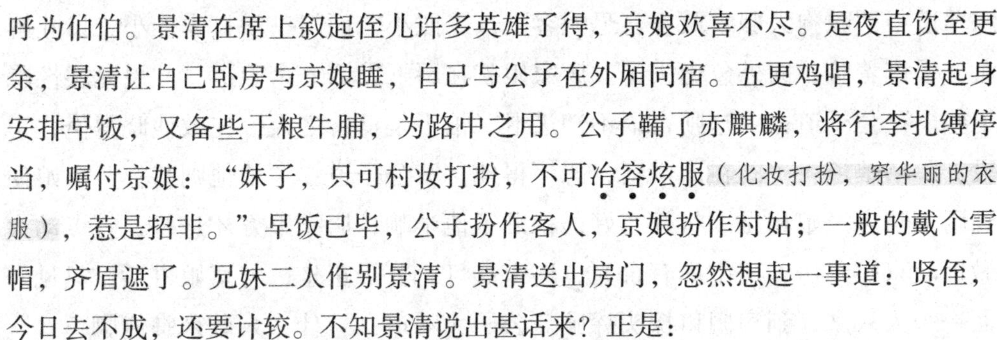

呼为伯伯。景清在席上叙起侄儿许多英雄了得，京娘欢喜不尽。是夜直饮至更余，景清让自己卧房与京娘睡，自己与公子在外厢同宿。五更鸡唱，景清起身安排早饭，又备些干粮牛脯，为路中之用。公子鞴了赤麒麟，将行李扎缚停当，嘱付京娘："妹子，只可村妆打扮，不可冶容炫服（化妆打扮，穿华丽的衣服），惹是招非。"早饭已毕，公子扮作客人，京娘扮作村姑；一般的戴个雪帽，齐眉遮了。兄妹二人作别景清。景清送出房门，忽然想起一事道：贤侄，今日去不成，还要计较。不知景清说出甚话来？正是：

鹊得羽毛方远举，虎无牙爪不成行。

景清道："一马不能骑两人，这小娘子弓鞋袜小，怎跟得上？可不担误了程途？从容觅一辆车儿同去却不好？"公子道："此事算之久矣。有个车辆又费照顾，将此马让与妹子骑坐，俺誓愿千里步行，相随不惮（害怕）。"京娘道："小妹有累恩人远送，愧非男子，不能执鞭坠镫，岂敢反占尊骑？决难从命！"公子道："你是女流之辈，必要脚力。赵某脚又不小，步行正合其宜。"京娘再四推辞，公子不允，只得上马。公子挎了腰刀，手执浑铁杆棒，随后向景清一揖而别。景清道："贤侄路上小心，恐怕遇了两个响马，须要用心提防。下手斩绝些，莫带累我观中之人。"公子道："不妨不妨。"说罢，把马尾一拍，喝声："快走。"那马拍腾腾便跑，公子放下脚步，紧紧相随。

于路免不得饥餐渴饮，夜住晓行。不一日行至汾州介休县地方。这赤麒麟原是千里龙驹马，追风逐电，自清油观至汾州不过三百里之程，不勾（不够、不到）名马半日驰骤。一则公子步行恐奔赴不及，二则京娘女流不惯驰骋，所以控辔缓缓而行。兼之路上贼寇生发，须要慢起早歇，每日止（只）行一百余里。公子是日行到一个土冈之下，地名黄茅店。当初原有村落，因世乱人荒，都逃散了，还存得个小小店儿。日色将晡（午后三点到五点），前途旷野，公子对京娘道："此处安歇，明日早行罢。"京娘道："但凭尊意。"店小二接了包裹，京娘下马，去了雪帽。小二一眼瞧见，舌头吐出三寸，缩不进去。心下想道："如何有这般好女子！"小二牵马系在屋后，公子请京娘进了店房坐下。小二哥走来踮着呆看。公子问道："小二哥有甚话说？"小二道："这位小娘子，是客官甚么人？"公子道："是俺妹子。"小二道："客官，不是小人多口，千山万水，路途间不该带此美貌佳人同走！"公子道："为何？"小二道："离此十五里之地，叫做介山，地旷人稀，都是绿林中好汉出没之处。倘若强人知道，只好白白里送与他做压寨夫人，还要贴他个利市。"公子大怒骂道："贼狗大胆，敢虚言恐唬客人！"照小二面门一拳打去。小二口吐鲜血，手掩着脸，向外急走去了。店家娘就在厨下发话。京娘道："恩兄忒性躁了些。"公子道："这厮言语不知进退，怕不是良善之人！先教他晓得俺些手段。"京娘道："既在此借宿，恶不得他。"公子道："怕他则甚？"京娘便到厨下与店家娘相见，将好言好语稳贴了他半晌，店家娘方才息怒，打点动火做饭。京娘归房，房中尚有余光，还未点灯。公子正坐，与京娘讲话，只见外面一个人入来，到房门口探头探脑。公子大喝道："什么人敢来瞧俺脚色？"那人道："小人自来寻小二哥闲话，与客官无干。"说罢，到厨房下，与店家娘唧唧哝哝的讲了一会方去。公子看在眼里，早有三分疑心。灯火已到，店小二只是不回。店家娘将饭送到房里，兄妹二人吃了晚饭，公子教京娘掩上房门先寝。自家只推水火（大小便），带了刀棒绕屋而行。约莫二更时分，只听得赤麒麟在后边草屋下有嘶喊踢跳之声。此时十月下旬，月光初起，公子悄步上前观看，一个汉子被马踢倒在地。见有人来，务能（挣扎）的挣闼（chuài）起来就跑。公子知是盗马之贼。追赶了一程，不觉数里，转过溜水桥边，不见了那汉子。只见对桥一间小屋，里面灯烛辉煌，公于疑那汉子躲匿在内。步进看时，见一个白须老者，端坐土床之上，在那里诵经。怎生模样？

眼如迷雾，须若凝霜，眉如柳絮之飘，面有桃花之色。若非天上金星，必是山中社长（传说中的土地爷）。

那老者见公子进门，慌忙起身施礼。公子答揖，问道："长者所诵何经？"老者道："《天皇救苦经》。"公子道："诵他有甚好处？"老者道："老汉见天下分崩，要保佑太平天子早出，扫荡烟尘，救民于涂炭。"公子听得此言，暗合其机，心中也欢喜。公子又问道："此地贼寇颇多，长者可知他的行藏（出处或行至）么？"老者道："贵人莫非是同一位骑马女子，下在坡下茅店里的？"公子道："然也。"老者道："幸遇老夫，险些儿惊了贵人。"公子问其缘故。老者请公子上坐，自己傍边相陪，从容告诉道："这介山新生两个强人，聚集喽啰，打家劫舍，扰害汾潞地方。一个叫做满天飞张广儿，一个叫做着地滚周进。半月之前不知那里抢了一个女子，二人争娶未决，寄顿他方，待再寻得一个来，各成婚配，这里一路店家，都是那强人分付过的，但访得有美貌佳人，疾忙报他，重重有赏。晚上贵人到时，那小二便去报与周进知道，先差野火儿姚旺来探望虚实，说道：'不但女子貌美，兼且骑一匹骏马，单身客人，不足为惧。'有个千里脚陈名，第一善走，一日能行三百里。贼人差他先来盗马，众寇在前面赤松林下屯扎。等待贵人五更经过，便要抢劫。贵人须要防备。”公子道：“原来如此，长者何以知之？”老者道：“老汉久居于此，动息都知，见贼人切不可说出老汉来。”公子谢道：“承教了。”绰（chāo，抓起）棒起身，依先走回，店门兀自半开，公子捱身（挨身）而入。

却说店小二为接应陈名盗马，回到家中，正在房里与老婆说话。老婆暖酒与他吃，见公子进门，闪在灯背后去了。公子心生一计，便叫京娘问店家讨酒吃。店家娘取了一把空壶，在房门口酒缸内舀酒。公子出其不意，将铁棒照脑后一下，打倒在地，酒壶也撇在一边。小二听得老婆叫苦，也取朴刀赶出房来。怎当公子以逸待劳，手起棍落，也打翻了。再复两棍，都结果了性命。京娘大惊，急救不及。问其打死二人之故。公子将老者所言，叙了一遍。京娘吓得面如土色道：“如此途路难行，怎生是好？”公子道：“好歹有赵某在此，贤妹放心。”公子撑了大门，就厨下暖起酒来，饮个半醉，上了马料，将銮铃塞口，使其无声。扎缚包裹停当，将两个尸首拖在厨下柴堆上，放起火来。前后门都放了一把火。看火势盛了，然后引京娘上马而行。此时东方渐白，经过溜水桥边，欲再寻老者问路，不见了诵经之室，但见土墙砌的三尺高，一个小小庙儿。庙中社公坐于傍边。方知夜间所见，乃社公引导。公子想道：“他呼我为贵人，又见我不敢正坐，我必非常人也。他日倘然发迹，当加封号。”公子催马前进，约行了数里，望见一座松林，如火云相似。公于叫声：“贤妹慢行，前面想是赤松林了……”言犹未毕，草荒中钻出一个人来，手执钢叉，望公子便搠（shuò，扎）。公子会者不忙，将铁棒架住。那汉且斗且走，只要引公子到林中去。激得公子怒起，双手举棒，喝声：“着！”将半个天灵盖劈下。那汉便是野火儿姚旺。公子叫京娘约马暂住：“俺到前面林子里结果了那伙毛贼，和你同行。”京娘道：“恩兄仔细！”公子放步前行。正是：

圣天子百灵助顺，大将军八面威风。

那赤松林下着地滚周进，屯住四五十喽啰，听得林子外脚步响，只道是姚旺伏路报信，手提长枪，钻将出来，正迎着公子。公子知是强人，并不打话，举棒便打。周进挺枪来敌。约斗上二十余合，林子内喽啰知周进遇敌，筛起锣一齐上前，团团围住。公子道：“有本事的都来！”公子一条铁棒，如金龙罩体，玉蟒缠身，迎着棒似秋叶翻风，近着身如落花坠地。打得三分四散，七零八落。周进胆寒起来，枪法乱了，被公子一棒打倒。众喽啰发声喊，都落荒乱跑。公子再复一棒，结果了周进。回步已不见了京娘。急往四下抓寻，那京娘已被五六个喽啰，簇拥过赤松林了。公子急忙赶上，大喝一声："贼徒那里走？"众喽啰见公子追来，弃了京娘，四散去了，公子道："贤妹受惊了！"京娘道："适才喽啰内有两个人，曾跟随响马到清油观，原认得我。方才说：'周大王与客人交手，料这客人斗大王不过，我们先送你在张大王那边去。'"公子道："周进这厮，已被俺剿除了，只不知张广儿在于何处？"京娘道："只愿你不相遇更好。"公子催马快行。

约行四十余里，到一个市镇。公子腹中饥饿，带住辔头，欲要扶京娘下马上店。只见几个店家都忙乱乱的安排炊爨（cuàn，灶头），全不来招架行客。公子心疑，因带有京娘，怕得生事，牵马过了店门，只见家家闭户。到尽头处，一个小小人家，也关着门。公子心下奇怪，去敲门时，没人答应。转身到屋后，将马拴在树上，轻轻的去敲他后门。里面一个老婆婆，开门出来看了一看，意中甚是惶惧。公子慌忙跨进门内，与婆婆作揖道："婆婆休讶。俺是过路客人，带有女眷，要借婆婆家中火，吃了饭就走的。"婆婆捻神捻鬼（像遇到鬼神一样恐惧）的叫噤声。京娘亦进门相见，婆婆便将门闭了。公子问道："那边店里安排酒会，迎接什么官府？"婆婆摇手道："客人休管闲事。"公子道："有甚闲事，直恁利害？俺这远方客人，烦婆婆说明则个！"婆婆道："今日满天飞大王在此经过，这乡村敛钱备饭，买静求安。老身有个儿子，也被店中叫去相帮了。"公子听说，思想："原来如此。一不做二不休，索性与他个干净，绝了清油观的祸根罢。"公子道："婆婆，这是俺妹子，为还南岳香愿到此，怕逢了强徒，受他惊恐。有烦婆婆家藏匿片时，等这大王过去之后方行，自当厚谢。"婆婆道："好位小娘子，权躲不妨事，只客官不要出头惹事！"公子道："俺男子汉自会躲闪，且到路傍，打听消息则个。"婆婆道："仔细！有见成（现成）馍馍，烧口热水，等你来吃。饭却不方便。"公子提棒仍出后门，欲待乘马前去迎他一步，忽然想道："俺在清油观中说出了'千里步行'，今日为惧怕强贼乘马，不算好汉。"遂大踏步奔出路头。心生一计，复身到店家，大盼盼（大大咧咧的样子）地叫道："大王即刻到了，洒家是打前站的，你下马饭完也未？"店家道："都完了。"公子道："先摆一席与洒家吃。"众人积威之下，谁敢辨其真假？还要他在大王面前方便，大鱼大肉，热酒热饭，只顾搬将出来。公子放量大嚼，吃到九分九，外面沸传："大王到了，快摆香案。"公子不慌不忙，取了护身龙（棍棒），出外看时，只见十余对枪刀棍棒，摆在前导，到了店门，一齐跪下。那满天飞张广儿骑着高头骏

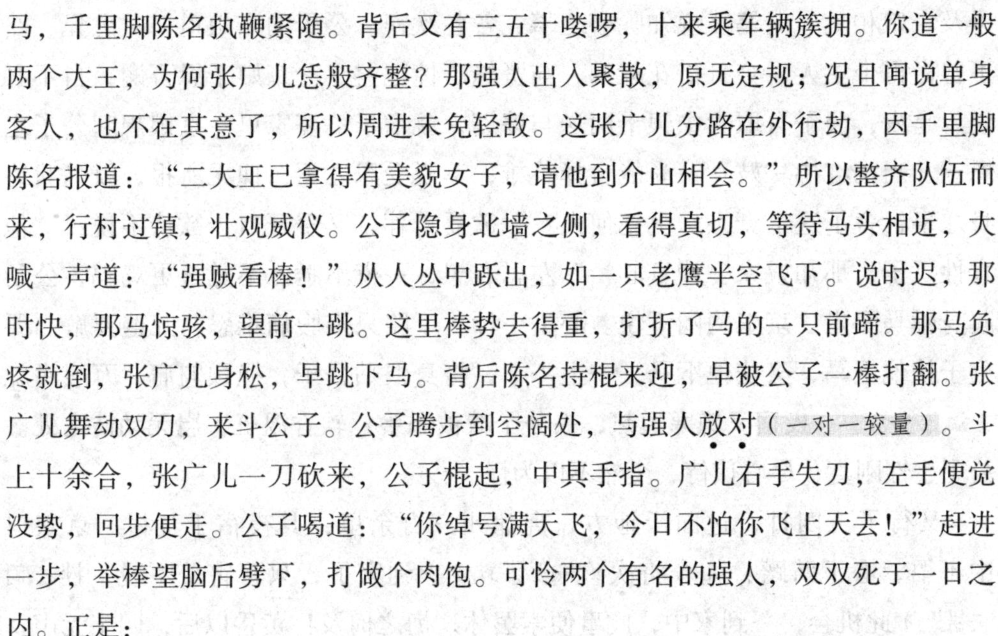

马，千里脚陈名执鞭紧随。背后又有三五十喽啰，十来乘车辆簇拥。你道一般两个大王，为何张广儿恁般齐整？那强人出入聚散，原无定规；况且闻说单身客人，也不在其意了，所以周进未免轻敌。这张广儿分路在外行劫，因千里脚陈名报道："二大王已拿得有美貌女子，请他到介山相会。"所以整齐队伍而来，行村过镇，壮观威仪。公子隐身北墙之侧，看得真切，等待马头相近，大喊一声道："强贼看棒！"从人丛中跃出，如一只老鹰半空飞下。说时迟，那时快，那马惊骇，望前一跳。这里棒势去得重，打折了马的一只前蹄。那马负疼就倒，张广儿身松，早跳下马。背后陈名持棍来迎，早被公子一棒打翻。张广儿舞动双刀，来斗公子。公子腾步到空阔处，与强人放对（一对一较量）。斗上十余合，张广儿一刀砍来，公子棍起，中其手指。广儿右手失刀，左手便觉没势，回步便走。公子喝道："你绰号满天飞，今日不怕你飞上天去！"赶进一步，举棒望脑后劈下，打做个肉饱。可怜两个有名的强人，双双死于一日之内。正是：

三魂渺渺"满天飞"，七魄悠悠"着地滚"。

众喽啰却待要走，公子大叫道："俺是汴京赵大郎，自与贼人张广儿、周进有仇。今日都已剿除了，并不干众人之事。"众喽啰弃了枪刀，一齐拜倒在地，道："俺们从不见将军恁般英雄，情愿伏侍将军为寨主。"公子呵呵大笑道："朝中世爵，俺尚不希罕，岂肯做落草之事！"公子看见众喽啰中，陈名亦在其内，叫出问道："昨夜来盗马的就是你么？"陈名叩头服罪。公子道："且跟我来，赏你一餐饭。"众人都跟到店中。公子分付店家："俺今日与你地方除了二害。这些都是良民，方才所备饭食，都着他饱餐，俺自有发放。其管待张广儿一席留着，俺有用处。"店主人不敢不依。众人吃罢，公子叫陈名道："闻你日行三百里，有用之才，如何失身于贼人？俺今日有用你之处，你肯依否？"陈名道："将军若有所委，不避水火。"公子道："俺在汴京，为打了御花园，又闹了御勾栏，逃难在此。烦你到汴京打听事体如何？半月之内，可在太原府清油观赵知观处等候我，不可失信！"公子借笔砚写了叔父赵景清家书，把与陈名。将贼人车辆财帛，打开分作三分。一分散与市镇人家，偿其向来骚扰之费。就将打死贼人尸首及枪刀等项，着众人自去解官请赏。其一分众喽啰分去为衣食之资，各自还乡生理。其一分又剖为两分，一半赏与陈名为路费，一半寄与清油观修理降魔殿门窗。公子分派已毕，众心都伏，各各感恩。公子叫店主人将酒席一桌，抬到婆婆家里。婆婆的儿子也都来了，与公子及京娘相见。向婆婆说知除害之事，各各欢喜。公子向京娘道："愚兄一路不曾做得个主人，今日借花献佛，与贤妹压惊把盏。"京娘千恩万谢，自不必说。是夜，公子自取囊中银十两送与婆婆，就宿于婆婆家里。京娘想起公子之恩："当初红拂一妓女，尚能自择英雄；莫说受恩之下，愧无所报，就是我终身之事，舍了这个豪杰，更托何人？"欲要自荐，又羞开口，欲待不说："他直性汉子，那知奴家一片真心？"左思右想，一夜不睡。不觉五更鸡唱，公子起身鞴马要走。京娘闷闷不悦。心生一计，于路只推腹痛难忍，几遍要解。要公子扶他上马，又扶他下马。一上一下，将身偎贴公子，挽颈勾肩，万般旖旎（温柔多情）。夜宿又嫌寒道热，央公子减被添衾，软香温玉，岂无动情之处。公子生性刚直，尽心伏侍，全然不以为怪。

又行了三四日，过曲沃地方，离蒲州三百余里，其夜宿于荒村。京娘口中不语，心下踌躇：如今将次（将要，就要）到家了，只管害羞不说，挫（同"错"）此机会，一到家中，此事便索罢休，悔之何及！黄昏以后，四宇无声，微灯明灭，京娘兀自未睡，在灯前长叹流泪。公子道："贤妹因何不乐？"京娘道："小妹有句心腹之言，说来又怕唐突，恩人莫怪！"公子道："兄妹之间，有何嫌疑？尽说无妨！"京娘道："小妹深闺娇女，从未出门。只因随父进香，误陷于贼人之手，锁禁清油观中，还亏贼人去了，苟延数日之命，得见恩人。倘若贼人相犯，妾宁受刀斧，有死不从。今日蒙恩人拔离苦海，千里步行相送，又为妾报仇，绝其后患。此恩如重生父母，无可报答。倘蒙不嫌貌丑，愿备铺床叠被之数，使妾少尽报效之万一。不知恩人允否？"公子大笑道："贤妹差矣！俺与你萍水相逢（不认识的人偶然相逢），出身相救，实出恻隐之心，非贪美丽之貌。况彼此同姓，难以为婚，兄妹相称，岂可及乱？俺是个坐怀不乱的柳下惠，你岂可学纵欲败礼的吴孟子！休得狂言，惹人笑话。"京娘羞惭满面，半晌无语，重又开言道："恩人休怪妾多言，妾非淫污苟贱之辈，只为弱体余生，尽出恩人所赐，此身之外，别无报答。不敢望与恩人婚配，得为妾婢，伏侍恩人一日，死亦瞑目。"公子勃然大怒道："赵某是顶天立地的男子，一生正直，并无邪佞。你把我看做施恩望报的小辈，假公济私的奸人，是何道理？你若邪心不息，俺即今撒开双手，不管闲事，怪不得我有始无终了。"公子此时声色俱厉。京娘深深下拜道："今日方见恩人心事，赛过柳下惠鲁男子（春秋时鲁国人颜叔子，传说他洁身自好，不贪恋女色，有坐怀不乱之誉）。愚妹是女流之辈，坐井观天，望乞恩人恕罪则个！"公子方才息怒，道："贤妹，非是俺胶柱鼓瑟，本为义气上千里步行相送。今日若就私情，与那两个响马何异？把从前一片真心化为假意，惹天下豪杰们笑话。"京娘道："恩兄高见，妾今生不能补报大德，死当衔环结草。"两人说话，直到天明。正是：

落花有意随流水，流水无情恋落花。

自此京娘愈加严敬公子，公子亦愈加怜悯京娘。一路无话，看看来到蒲州。京娘虽住在小祥村，却不认得。公子问路而行。京娘在马上望见故乡光景，好生伤感。

却说小祥村赵员外，自从失了京娘，将及两月有余，老夫妻每日思想啼哭。忽然庄客来报，京娘骑马回来，后面有一红脸大汉，手执杆棒跟随。赵员外道："不好了，响马来讨妆奁（嫁妆）了！"妈妈道："难道响马只有一人？且教儿子赵文去看个明白。"赵文道："虎口里那有回来肉？妹子被响马劫去，岂有送转之理？必是容貌相像的，不是妹子。"说犹未了，京娘已进中堂，爹妈见了女儿，相抱而哭。哭罢，问其得回之故。京娘将贼人锁禁清油观中，幸遇赵公子路见不平，开门救出，认为兄妹，千里步行相送，并途中连诛二寇，大略叙了一遍。"今恩人见在，不可怠慢。"赵员外慌忙出堂，见了赵公子，拜谢道："若非恩人英雄了得，吾女必陷于贼人之手，父子不得重逢矣！"遂令妈妈同京娘拜谢，又唤儿子赵文来见了恩人。庄上宰猪设宴，款待公子。赵文私下与父亲商议道："'好事不出门，恶事传千里'，妹子被强人劫去，家门不幸。今日跟这红脸汉子回来，'人无利己，谁肯早起'？必然这汉子与妹子有情，千里送来，岂无缘故？妹子经了许多风波，又有谁人聘他？不如招赘（招人到自己家里做女婿）那汉子在门两全其美，省得傍人议论。"赵公是个随风倒舵没主意的老儿，听了儿子说话，便教妈妈唤京娘来问他道："你与那公子千里相随，一定把身子许过他了。如今你哥哥对爹说，要招赘与你为夫，你意下如何？"京娘道："公子正直无私，与孩儿结为兄妹，如嫡亲相似，并无调戏之言。今日望爹妈留他在家，管待他十日半月，少尽其心，此事不可题起。"妈妈将女儿言语述与赵公，赵公不以为然。

少间筵席完备，赵公请公子坐于上席，自己老夫妇下席相陪，赵文在左席，京娘右席。酒至数巡，赵公开言道："老汉一言相告：小女余生，皆出恩人所赐，老汉阖门感德，无以为报。幸小女尚未许人，意欲献与恩人，为箕帚之妾，伏乞勿拒。"公子听得这话，一盆烈火从心头掇起，大骂道："老匹夫！俺为义气而来，反把此言来污辱我。俺若贪女色时，路上也就成亲了，何必千里相送。你这般不识好歹的，枉费俺一片热心。”说罢，将桌子掀翻，望门外一直便走。赵公夫妇唬得战战兢兢。赵文见公子粗鲁，也不敢上前。只有京娘心下十分不安，急走去扯住公子衣裾，劝道：“恩人息怒！且看愚妹之面。”公子那里肯依，一手挒（lì，甩脱）脱了京娘，奔至柳树下，解了赤麒麟，跃上鞍辔，如飞而去。

京娘哭倒在地，爹妈劝转回房，把儿子赵文埋怨了一场。赵文又羞又恼，也走出门去了。赵文的老婆听得爹妈为小姑上埋怨了丈夫，好生不喜，强作相劝，将冷语来奚落京娘道：“姑姑，虽然离别是苦事，那汉子千里相随，恝然（冷漠的样子。恝，jiá）而去，也是个薄情的。他若是有仁义的人，就了这头亲事了。姑姑青年美貌，怕没有好姻缘相配，休得愁烦则个！”气得京娘泪流不绝，顿口无言。心下自想道：“因奴命蹇（jiǎn，坎坷）时乖，遭逢强暴，幸遇英雄相救，指望托以终身。谁知事既不谐，反涉瓜李之嫌。今日父母哥嫂亦不能相谅，何况他人？不能报恩人之德，反累恩人的清名，为好成歉，皆奴之罪。似此薄命，不如死于清油观中，省了许多是非，到得干净，如今悔之无及。千死万死，左右一死，也表奴贞节的心迹。”捱至夜深，爹妈睡熟，京娘取笔题诗四句于壁上，撮土为香，望空拜了公子四拜，将白罗汗巾，悬梁自缢而死。

可怜闺秀千金女，化作南柯[①]一梦人。

天明老夫妇起身，不见女儿出房，到房中看时，见女儿缢在梁间。吃了一惊，两口儿放声大哭，看壁上有诗云：

“天付红颜不遇时，受人凌辱被人欺；
今宵一死酬公子，彼此清名天地知！”

赵妈妈解下女儿，儿子媳妇都来了。赵公玩其诗意，方知女儿冰清玉洁，把儿子痛骂一顿。免不得买棺成殓，择地安葬，不在话下。

再说赵公子乘着千里赤麒麟，连夜走至太原，与赵知观相会，千里脚陈名已到了三日。说汉后主已死，郭令公禅位，改国号曰周，招纳天下豪杰。公子大喜，住了数日，别了赵知观，同陈名还归汴京，应募为小校。从此随世宗南征北讨，累功至殿前都点检。后受周禅为宋太祖。陈名相从有功，亦官至节度使之职。太祖即位以后，灭了北汉。追念京娘昔日兄妹之情，遣人到蒲州解良

①南柯：意为南面的一棵大树，也就是梦中的“南柯郡”，有成语“南柯一梦”，原意是指在南面大树下做的一场美梦，后来常比喻世事如梦，富贵易失，一切都是空欢喜。

县寻访消息。使命寻得四句诗回报，太祖甚是嗟叹，敕封为贞义夫人，立祠于小祥村。那黄茅店溜水桥社公，敕封太原都土地，命有司择地建庙，至今香火不绝。这段话，题做“赵公子大闹清油观，千里送京娘”，后人有诗赞云：

不恋私情不畏强，独行千里送京娘。
汉唐吕武纷多事，谁及英雄赵大郎。

卷八 唐解元一笑姻缘

三通鼓角四更鸡，日色高升月色低；
时序秋冬又春夏，舟车南北复东西。
镜中次第人颜老，世上参差事不齐。
若向其间寻稳便，一壶浊酒一餐齑[①]。

这八句诗乃吴中一个才子所作。那才子姓唐名寅，字伯虎，聪明盖地，学问包天。书画音乐，无有不通；词赋诗文，一挥便就。为人放浪不羁，有轻世傲物之志。生于苏郡，家住吴趋。做秀才时，曾效连珠体（连珠，谓辞句连续，历历如贯珠，故谓“连珠”），做《花月吟》十余首，句句中有花有月。如“长空影动花迎月，深院人归月伴花”；“云破月窥花好处，夜深花睡月明中”等句，为人称颂。本府太守曹凤见之，深爱其才。值宗师科考，曹公以才名特荐。那宗师姓方名志，鄞县人，最不喜古文辞。闻唐寅恃才豪放，不修小节，正要坐名（指名）黜治。却得曹公一力保救，虽然免祸，却不放他科举。直至临场，曹公再三苦求，附一名于遗才（秀才参加乡试，先要经过学道的科考录送，临时添补核准的，称为“遗才”）之末。是科遂中了解元。伯虎会试至京，文名

■ 赵匡胤：中国北宋王朝的建立者，在位期间，加强中央集权，提倡文人政治，开创了中国的文治盛世。

①齑（jī）：捣碎的姜、蒜、韭菜等。

益著，公卿皆折节下交，以识面为荣。有程詹事典试，颇开私径卖题，恐人议论，欲访一才名素著者为榜首，压服众心，得唐寅甚喜，许以会元。伯虎性素坦率，酒中便向人夸说："今年我定做会元（科举制度中各省举人到京会考，称为会试，称会试第一名为会元）了。"众人已闻程詹事有私，又忌伯虎之才，哄传主司不公。言官风闻动本。圣旨不许程詹事阅卷，与唐寅俱下诏狱，问革。伯虎还乡，绝意功名，益放浪诗酒，人都称为唐解元。得唐解元诗文字画，片纸尺幅，如获重宝。其中惟画，尤其得意。平日心中喜怒哀乐，都寓之于丹青。每一画出，争以重价购之。有《言志》诗一绝为证：

不炼金丹不坐禅，不为商贾不耕田。
闲来写幅丹青卖，不使人间作业钱。

却说苏州六门：葑、盘、胥、阊、娄、齐。那六门中只有阊门最盛，乃舟车辐辏（形容人或物聚集像车辐集中于车毂一样）之所。真个是：

翠袖三千楼上下，黄金百万水东西。
五更市贩何曾绝，四远方言总不齐。

唐解元一日坐在阊门游船之上，就有许多斯文中人，慕名来拜，出扇求其字画。解元画了几笔水墨，写了几首绝句。那闻风而至者，其来愈多。解元不耐烦，命童子且把大杯斟酒来。解元倚窗独酌，忽见有画舫从旁摇过，舫中珠翠夺目，内有一青衣小鬟，眉目秀艳，体态绰约，舒头船外，注视解元，掩口而笑。须臾船过，解元神荡魂摇，问舟子："可认得去的那只船么？"舟人答言："此船乃无锡华学士府眷也。"解元欲尾其后，急呼小艇不至，心中如有所失。正要教童子去觅船，只见城中一只船儿，摇将出来。他也不管那船有载没载，把手相招，乱呼乱喊。那船渐渐至近，舱中一人走出船头，叫声："伯虎，你要到何处去？这般要紧！"解元打一看时，不是别人，却是好友王雅宜，便道："急要答拜一个远来朋友，故此要紧。兄的船往那里去？"雅宜道："弟同两个舍亲到茅山去进香，数日方回。"解元道："我也要到茅山进香，正没有人同去，如今只得要趁便了。"雅宜道："兄若要去，快些回家收拾，弟泊船在此相候。"解元道："就去罢了，又回家做什么！"雅宜道："香烛之类，也要备的。"解元道："到那里去买罢！"遂打发童子回去。也不别这些求诗画的朋友，径跳过船来，与舱中朋友叙了礼，连呼："快些开船。"舟子知是唐解元，不敢怠慢，即忙撑篙摇橹。行不多时，望见这只画舫就在前面。解元分付船上，随着大船而行。众人不知其故，只得依他。次日到了无锡，见画舫摇进城里。解元道："到了这里，若不取惠山泉也就俗了。"叫船家移舟去惠山取了水，原到此处停泊，明日早行。"我们到城里略走一走，就来下船。"舟子答应自去。解元同雅宜三四人登岸，进了城，到那热闹的所在，撇了众人，独自一个去寻那画舫。却又不认得路径，东行西走，并不见些踪影。走了一回，穿出一条大街上来，忽听得呼喝之声。解元立住脚看时，只见十来个仆人前引一乘暖轿（四周用帷布遮住的轿子），自东而来，女从如云。自古道："有缘千里能相会。"那女从之中，阊门所见青衣小鬟，正在其内。解元心中欢喜，远远相随，直到一座大门楼下，女使出迎，一拥而入。询之傍人，说是华学士府，适才轿中乃夫人也。解元得了实信，问路出城。恰好船上取了水才到。少顷，王雅宜等也来了，问："解元那里去了？教我们寻得不耐烦。"解元道："不知怎的，一挤就挤散了。又不认得路径，问了半日，方能到此。"并不题起此事。至夜半，忽于梦中狂呼，如魇魅之状。众人皆惊，唤醒问之。解元道："适梦中见一金甲神人，持金杵（chǔ，木棒）击我，责我进香不虔。我叩头哀乞，愿斋戒一月，只身至山谢罪。天明，汝等开船自去，吾且暂回，不得相陪矣。"雅宜等信以为真。至天明，恰好有一只小船来到，说是苏州去的。解元别了众人，跳上小船。行不多时，推说遗忘了东西，还要转去。袖中摸几文钱，赏了舟子，奋然登岸。到一饭店，办下旧衣破帽，将衣巾换讫，如穷汉之状，走至华府典铺内，以典钱为由，与主管相见。卑词下气，问主管道："小子姓康，名宣，吴县人氏，颇善书，处一个小馆（私塾）为生。近因拙妻亡故，又失了馆，孤身无活，欲投一大家充书办之役，未知府上用得否？倘收用时，不敢忘恩！"因于袖中取出细楷数行，与主管观看。

主管看那字，写得甚是端楷可爱，答道："待我晚间进府禀过老爷，明日你来讨回话。"是晚，主管果然将字样禀知学士。学士看了，夸道："写得好，不似俗人之笔，明日可唤来见我。"次早，解元便到典中，主管引进解元拜见了学士。学士见其仪表不俗，问过了姓名住居，又问："曾读书么？"解元道："曾考过几遍童生，不得进学，经书还都记得。"学士问是何经。解元虽习《尚书》，其实五经俱通的，晓得学士习《周易》，就答应道："《易经》。"学士大喜道："我书房中写帖的不缺，可送公子处作伴读。"问他要多少身价，解元道："身价不敢领，只要求些衣服穿。待后老爷中意时，赏一房好媳妇足矣。"学士更喜。就叫主管于典中寻几件随身衣服与他换了，改名华安。送至书馆，见了公子。公子教华安抄写文字。文字中有字句不妥的，华安私加改窜。公子见他改得好，大惊道："你原来通文理，几时放下书本的？"华安道："从来不曾旷学，但为贫所迫耳。"公子大喜，将自己日课教他改削。华安笔不停挥，真有点铁成金手段。有时题义疑难，华安就与公子讲解。若公子做不出时，华安就通篇代笔。先生见公子学问骤进，向主人夸奖。学士讨近作看了，摇头道："此非孺子所及，若非抄写，必是倩人（雇请的人）。"呼公子诘问其由。公子不敢隐瞒，说道："曾经华安改窜。"学士大惊。唤华安到来出题面试。华安不假思索，援笔立就，手捧所作呈上。学士见其手腕如玉，但左手有枝指（大拇指旁歧生之指）。阅其文，词意兼美，字复精工，愈加欢喜，道："你时艺（八股文）如此，想古作亦可观也！"乃留内书房掌书记。一应往来书札，授之以意，辄令代笔，烦简曲当，学士从未曾增减一字。宠信日深，赏赐比众人加厚。华安时买酒食与书房诸童子共享，无不欢喜。因而潜访前所见青衣小鬟，其名秋香，乃夫人贴身伏侍，顷刻不离者。计无所出，乃因春暮，赋〔黄莺儿〕以自叹：

"风雨送春归，杜鹃愁，花乱飞，青苔满院朱门闭。孤灯半垂，孤衾半敧，萧萧孤影汪汪泪。忆归期，相思未了，春梦绕天涯。"

学士一日偶到华安房中，见壁间之词，知安所题，甚加称奖。但以为壮年鳏（guān，无妻或丧妻的男人）处，不无感伤，初不意其有所属意也。适典中主管病故，学士令华安暂摄其事。月余，出纳谨慎，毫忽无私。学士欲遂用为主管，嫌其孤身无室，难以重托。乃与夫人商议，呼媒婆欲为娶妇，华安将银三两，送与媒婆，央他禀知夫人说："华安蒙老爷夫人提拔，复为置室，恩同天地。但恐外面小家之女，不习里面规矩。倘得于侍儿中择一人见配，此华安之愿也！"媒婆依言禀知夫人。夫人对学士说了，学士道："如此诚为两便。但华安初来时，不领身价，原指望一房好媳妇。今日又做了府中得力之人，倘然所配未中其意，难保其无他志也。不若唤他到中堂，将许多丫鬟授听（听凭）其自择。"夫人点头道是。当晚夫人坐于中堂，灯烛辉煌，将丫鬟二十余人各盛饰装扮，排列两边，恰似一班仙女，簇拥着王母娘娘在瑶池之上。夫人传命唤华安。华安进了中堂，拜见了夫人。夫人道："老爷说你小心得用，欲赏你一房妻小这几个粗婢中，任你自择。"叫老姆姆携烛下去照他一照。华安就烛光之下，看了一回，虽然尽有标致的，那青衣小鬟不在其内。华安立于傍边，嘿然无语。夫人叫："老姆姆，你去问华安：'那一个中你的意？就配与你。'"华安只不开言。夫人心中不乐，叫："华安，你好大眼孔，难道我这些丫头就没个中你意的？”华安道：“复夫人，华安蒙夫人赐配，又许华安自择，这是旷古隆恩，粉身难报。只是夫人随身侍婢还来不齐，既蒙恩典，愿得尽观。”夫人笑道：“你敢是疑我有吝啬之意？也罢！房中那四个一发唤出来与他看看，满他的心愿。”原来那四个是有执事（职守）的，叫做：

春媚，夏清，秋香，冬瑞。

春媚，掌首饰脂粉。夏清，掌香炉茶灶。秋香，掌四时衣服。冬瑞，掌酒果食品。管家老姆姆传夫人之命，将四个唤出来。那四个不及更衣，随身妆束，——秋香依旧青衣。老姆姆引出中堂，站立夫人背后。室中蜡炬，光明如昼。华安早已看见了，昔日丰姿，宛然在目。还不曾开口，那老姆姆知趣，先来问道：“可看中了谁？”华安心中明晓得是秋香，不敢说破，只将手指道：“若得穿青这一位小娘子，足遂生平。”夫人回顾秋香，微微而笑。叫华安且出去。华安回典铺中，一喜一惧，喜者机会甚好，惧者未曾上手，惟恐不成。偶见月明如昼，独步徘徊，吟诗一首：

“徙倚无聊夜卧迟，绿扬风静鸟栖枝。

难将心事和人说，说与青天明月知。”

次日，夫人向学士说了。另收拾一所洁净房室，其床帐家伙，无物不备。又合家童仆奉承他是新主管，担东送西，摆得一室之中，锦片相似。择了吉日，学士和夫人主婚。华安与秋香中堂双拜，鼓乐引至新房，合卺成婚，男欢女悦，自不必说。夜半，秋香向华安道：“与君颇面善，何处曾相会来？”华安道：“小娘子自去思想。”又过了几日，秋香忽问华安道：“向日阊门游船中看见的可就是你？”华安笑道：“是也。”秋香道：“若然，君非下贱之辈，何故屈身于此？”华安道：“吾为小娘子傍舟一笑，不能忘情，所以从权相就。”秋香道：“妾昔见诸少年拥君，出素扇纷求书画，君一概不理，倚窗酌酒，旁若无人。妾知君非凡品，故一笑耳。”华安道：“女子家能于流俗中识名士，诚红拂绿绮（红拂女原名张初尘，在南北朝的战乱中，流落长安，被卖入司空杨素府中为歌妓，因手执红色拂尘，故称作红拂女；绿绮是司马相如的琴，借指卓文君。后借这两人指能于流俗中识名士，敢于追求自己幸福的古代奇女子）之流也！”秋香道：“此后于南门街上，似又会一次。”华安笑道：“好利害眼睛！果然果然。”秋香道：“你既非下流，实是甚么样人？可将真姓名告我。”华安道：“我乃苏州唐解元也，与你三生有缘，得谐所愿，今夜既然说破，不可久留。欲与你图偕老之策，你肯随我去否？”秋香道：“解元为贱妾之故，不惜辱千金之躯，妾岂敢不惟命是从！”华安次日将典中账目细细开了一本簿子，又将房中衣服首饰及床帐器皿另开一账，又将各人所赠之物亦开一账，纤毫不取。共是三宗账目，锁在一个护书箧内，其钥匙即挂在锁上。又于壁间题诗一首：

“拟向华阳洞里游，行踪端为可人留。
愿随红拂同高蹈，敢向朱家[1]惜下流；
好事已成谁索笑？屈身今去尚含羞；
主人若问真名姓，只在‘康宣’两字头。”

是夜雇了一只小船，泊于河下。黄昏人静，将房门封锁，同秋香下船，连夜往苏州去了。天晓，家人见华安房门封锁，奔告学士。学士教打开看时，床帐什物一毫不动，护书内账目开载明白。学士沉想，莫测其故，抬头一看，忽见壁上有诗八句，读了一遍，想：“此人原名不是康宣。”又不知甚么意故，来府中住许多时。若是不良之人，财上又分毫不苟。又不知那秋香如何就肯随他逃走，如今两口儿又不知逃在那里？“我弃此一婢，亦有何难，只要明白了这桩事迹。”便叫家童唤捕人来，出信赏钱，各处缉获康宣秋香，杳无影响（音信，消息）。过了年余，学士也放过一边了。

忽一日学士到苏州拜客。从阊门经过，家童看见书坊中有一秀才坐而观书，其貌酷似华安，左手亦有枝指（大拇指旁歧生之指），报与学士知道。学士不信，分付此童再去看个详细，并访其人名姓。家童复身到书坊中，那秀才又和着一个同辈说话，刚下阶头。家童乖巧，悄悄随之，那两个转湾向潼子门下船去了，仆从相随共有四五人。背后察其形相，分明与华安无二，只是不敢唐突。家童回转书坊，问店主适来在此看书的是什么人，店主道：“是唐伯虎解元相公，今日是文衡山相公舟中请酒去了。”家童道：“方才同去的那一位可就是文相公么？”店主道：“那是祝枝山（祝允明，因右手有六指，自号“枝指生”，家学渊源，能诗文，工书法，其狂草颇受世人赞誉，流传有“唐伯虎的画，祝枝山的字”之说；与唐寅、文徵明、徐祯卿齐名，明代称其为“吴中四才子”之一），也都是一般名士。”家童一一记了，回复了华学士。学士大惊，想道：“久闻唐伯虎放达不羁，难道华安就是他？明日专往拜谒，便知是否。”次日写了名帖，特到吴趋坊拜唐解元。解元慌忙出迎，分宾而坐。学士再三审视，果肖华安。及捧茶，又见手白如玉，左有枝指。意欲问之，难于开口。茶罢，

---

[1]朱家：汉代侠士季布，曾为躲避刘邦的追捕潜伏到他家为奴。

解元请学士书房中小坐。学士有疑未决，亦不宜轻别，遂同至书房。见其摆设齐整，啧啧叹羡。少停酒至，宾主对酌多时。学士开言道："贵县有个康宣，其人读书不遇，甚通文理。先生识其人否？"解元唯唯（不置可否的样子）。学士又道："此人去岁曾佣书于舍下，改名华安。先在小儿馆中伴读，后在学生书房管书柬，后又在小典中为主管。因他无室，教他于贱婢中自择。他择得秋香成亲，数日后夫妇俱逃，房中日用之物一无所取，竟不知其何故？学生曾差人到贵处察访，并无其人。先生可略知风声么？"解元又唯唯。学士见他不明不白，只是胡答应，忍耐不住，只得又说道："此人形容颇肖先生模样，左手亦有枝指，不知何故？"解元又唯唯。少顷，解元暂起身入内。学士翻看桌上书籍，见书内有纸一幅，题诗八句，读之，即壁上之诗也。解元出来，学士执诗问道："这八句诗乃华安所作，此字亦华安之笔。如何有在尊处？必有缘故。愿先生一言，以决学生之疑。"解元道："容少停奉告。"学士心中愈闷道："先生见教过了，学生还坐，不然即告辞矣。"解元道："禀复不难，求老先生再用几杯薄酒。"学士又吃了数杯，解元巨觥（古代酒器）奉劝。学士已半酣，道："酒已过分，不能领矣。学生惓惓（quán quán，诚恳的样子）请教，止欲剖胸中之疑，并无他念。"解元道："请用一著粗饭。"饭后献茶，看看天晚，童子点烛到来。学士愈疑，只得起身告辞。解元道："请老先生暂挪贵步，当决所疑。"命童子秉烛前引，解元陪学士随后共入后堂。堂中灯烛辉煌。里面传呼："新娘来！"只见两个丫鬟，伏侍一位小娘子，轻移莲步而出，珠珞重遮，不露娇面。学士惶惊退避，解元一把扯住衣袖道："此小妾也。通家长者，合当拜见，不必避嫌。"丫鬟铺毡，小娘子向上便拜。学士还礼不迭。解元将学士抱住，不要他还礼。拜了四拜，学士只还得两个揖，甚不过意。拜罢，解元携小娘子近学士之旁，带笑问道："老先生请认一认，方才说学生颇似华安，不识此女亦似秋香否？"学士熟视大笑，慌忙作揖，连称得罪。解元道："还该是学生告罪。"二人再至书房。解元命重整杯盘，洗盏更酌。酒中学士复叩其详。解元将阊门舟中相遇始末细说一遍，各各抚掌大笑。学士道："今日即不敢以记室相待，少不得行子婿之礼。"解元道："若要甥舅相行，恐又费丈人妆奁耳。"二人复大笑。是夜，尽欢而别。

学士回到舟中，将袖中诗句置于桌上，反复玩味。"首联道'拟向华阳洞里游'是说有茅山进香之行了。'行踪端为可人留'，分明为中途遇了秋香，担阁住了。第二联：'愿随红拂同高蹈，敢向朱家惜下流。'他屈身投靠，便有相挈而逃之意。第三联：‘好事已成谁索笑？屈身今去尚含羞。’这两句，明白。末联：‘主人若问真名姓，只在康宣两字头。’‘康’字与‘唐’字头一般。‘宣’字与‘寅’字头无二，是影着‘唐寅’二字，我自不能推详耳。他此举虽似情痴，然封还衣饰，一无所取，乃礼义之人，不枉名士风流也。”学士回家，将这段新闻向夫人说了。夫人亦骇然，于是厚具装奁，约值千金，差当家老姆姆押送唐解元家。从此两家遂为亲戚，往来不绝。至今吴中把此事传作风流话柄。有唐解元《焚香默坐歌》，自述一生心事，最做得好。歌曰：

“焚香嘿坐自省己，口里喃喃想心里。
心中有甚害人谋？口中有甚欺心语？
为人能把口应心，孝弟忠信从此始。
其余小德或出入，焉能磨涅吾行止。
头插花枝手把杯，听罢歌童看舞女。
食色性也古人言，个人乃以为之耻，
及至心中与口中，多少欺人没天理。
阴为不善阳掩之，则何益矣徒劳耳。
请坐且听吾语汝：凡人有生必有死。
死见阎君面不惭，才是堂堂好男子。”

卷九 杜十娘怒沉百宝箱

扫荡残胡立帝畿[①]，龙翔凤舞势崔嵬[②]。
左环沧海天一带，右拥太行山万围。
戈戟九边雄绝塞，衣冠万国仰垂衣；
太平人乐华胥[③]世，永永金瓯共日辉。

这首诗，单夸我朝燕京建都之盛。说起燕都的形势，北倚雄关，南压区夏

①畿（jī）：古代称靠近国都的地方。②崔嵬：高耸的样子。③华胥（huá xū）：指伏羲的母亲华胥氏，相传华胥踩雷神脚印，有感而受孕，生伏羲，即后来的人皇。

（中原地区），真乃金城天府，万年不拔之基。当先洪武爷扫荡胡尘，定鼎金陵，是为南京。到永乐爷从北平起兵靖难，迁于燕都，是为北京。只因这一迁，把个苦寒地面变作花锦世界。自永乐爷九传至于万历爷，此乃我朝第十一代的天子。这位天子，聪明神武，德福兼全，十岁登基，在位四十八年，削平了三处寇乱。那三处？

日本关白平秀吉[①]，西夏哱承恩[②]，播州杨应龙[③]。

平秀吉侵犯朝鲜，哱承恩、杨应龙是土官谋叛，先后削平。远夷莫不畏服，争来朝贡。真个是：

一人有庆民安乐，四海无虞国太平。

话中单表万历二十年间，日本国关白作乱，侵犯朝鲜。朝鲜国王上表告急，天朝发兵泛海往救。有户部官奏准：目今兵兴之际，粮饷未充，暂开纳粟入监之例。原来纳粟入监（国库紧张时朝廷允许人们通过交纳一定量的粟直接入国子监读书）的，有几般便宜（好处）：好读书，好科举，好中，结末来又有个小小前程结果。以此宦家公子，富室子弟，到不愿做秀才，都去援例做太学生。自开了这例，两京太学生，各添至千人之外。内中有一人，姓李名甲，字干先，浙江绍兴府人氏。父亲李布政所生三儿，惟甲居长。自幼读书在庠（xiáng，学校），未得登科，援例入于北雍。因在京坐监，与同乡柳遇春监生同游教坊司院内，与一个名姬相遇。那名姬姓杜名媺（měi），排行第十，院中都称为杜十娘，生得：

浑身雅艳，遍体娇香，两弯眉画远山青，一对眼明秋水润。脸如莲萼，分明卓氏文君，唇似樱桃，何减白家樊素（白居易的小妾，名为樊素，貌美）。可怜一片无瑕玉，误落风尘花柳中。

那杜十娘今一十九岁，七年之内，不知历过了多少公子王孙，一个个情迷意荡，破家荡产而不惜。院中传出四句口号来，道是：

坐中若有杜十娘，斗筲之量饮千觞。
院中若识杜老媺，千家粉面都如鬼。

却说李公子风流年少，未逢美色，自遇了杜十娘，喜出望外，把花柳情怀，一担儿挑在他身上。那公子俊俏庞儿，温存性儿，又是撒漫（挥金如土）的手儿，帮衬（逢迎）的勤儿，与十娘一双两好，情投意合。十娘因见鸨儿贪财无义，久有从良之志，又见李公子忠厚志诚，甚有心向他。奈李公子惧怕老爷，

①平秀吉：战国末期日本的领主。②哱（bō）承恩：西夏的公爵。③杨应龙：四川播州世袭土司。

不敢应承。虽则如此，两下情好愈密，朝欢暮乐，终日相守，如夫妇一般，海誓山盟，各无他志。真个：

恩深似海恩无底，义重如山义更高。

再说杜妈妈，女儿被李公子占住，别的富家巨室，闻名上门，求一见而不可得。初时李公子撒漫用钱，大差大使，妈妈胁肩谄笑（为了奉承人，缩起肩膀装出笑脸。形容巴结人的丑态。胁肩，耸起双肩做出恭谨的样子；谄笑，装出奉承的笑容），奉承不暇。日往月来，不觉一年有余，李公子囊箧渐渐空虚，手不应心，妈妈也就怠慢了。老布政在家闻知儿子嫖院，几遍写字（信）来唤他回去。他迷恋十娘颜色（女子的姿色），终日延挨。后来闻知老爷在家发怒，越不敢回。古人云："以利相交者，利尽而疏。"那杜十娘与李公子真情相好，见他手头愈短，心头愈热。妈妈也几遍教女儿打发李甲出院，见女儿不统口（改口），又几遍将言语触突李公子，要激怒他起身。公子性本温克（不失言，不失态），词气愈和。妈妈没奈何，日逐只将十娘叱骂道："我们行户（即行院，对妓院的隐称）人家，吃客穿客，前门送旧，后门迎新，门庭闹如火，钱帛堆成垛。自从那李甲在此，混帐一年有余，莫说新客，连旧主顾都断了。分明接了个钟馗老，连小鬼也没得上门，弄得老娘一家人家，有气无烟，成什么模样！"杜十娘被骂，耐性不住，便回答道："那李公子不是空手上门的，也曾费过大钱来。"妈妈道："彼一时，此一时，你只教他今日费些小钱儿，把与老娘办些柴米，养你两口也好。别人家养的女儿便是摇钱树，千生万活，偏我家晦气，养了个退财白虎，开了大门七件事，般般都在老身心上。到替你这小贱人白白养着穷汉，教我衣食从何处来？你对那穷汉说，有本事出几两银子与我，到得你跟了他去，我别讨个丫头过活却不好？"十娘道："妈妈，这话是真是假？"妈妈晓得李甲囊无一钱，衣衫都典尽了，料他没处设法，便应道："老娘从不说谎，当真哩。"十娘道："娘，你要他许多银子？"妈妈道："若是别人，千把银子也讨了。可怜那穷汉出不起，只要他三百两，我自去讨一个粉头代替。只一件，须是三日内交付与我。左手交银，右手交人。若三日没有银时，老身也不管三七二十一，公子不公子，一顿孤拐，打那光棍出去。那时莫怪老身！"十娘道："公子虽在客边乏钞，谅三百金还措办得来。只是三日忒近，限他十日便好。"妈妈想道："这穷汉一双赤手，便限他一百日，他那里来银子。没有银子，便铁皮包脸，料也无颜上门。那时重整家风，孅儿也没得话讲。"答应道："看你面，便宽到十日。第十日没有银子，不干老娘之事。”十娘道：“若十日内无银，料他也无颜再见了。只怕有了三百两银子，妈妈又翻悔起来。”妈妈道：“老身年五十一岁了，又奉十斋（长期吃素），怎敢说谎？不信时与你拍掌为定。若翻悔时，做猪做狗。”

从来海水斗难量，可笑虔婆意不良。
料定穷儒囊底竭，故将财礼难娇娘。

是夜，十娘与公子在枕边，议及终身之事。公子道：“我非无此心。但教坊落籍，其费甚多，非千金不可。我囊空如洗，如之奈何！”十娘道：“妾已与妈妈议定只要三百金，但须十日内措办。郎君游资虽罄（尽），然都中岂无亲友，可以借贷。倘得如数，妾身遂为君之所有，省受虔婆之气。”公子道：“亲友中为我留恋行院，都不相顾。明日只做束装起身，各家告辞，就开口假贷路费，凑聚将来，或可满得此数。”起身梳洗，别了十娘出门。十娘道：“用心作速，专听佳音。”公子道：“不须分付。”公子出了院门，来到三亲四友处，假说起身告别，众人到也欢喜。后来叙到路费欠缺，意欲借贷。常言道：“说着钱，便无缘。”亲友们就不招架（招呼）。他们也见得是，道李公子是风流浪子，迷恋烟花，年许不归，父亲都为他气坏在家。他今日抖然要回，未知真假。倘或说骗盘缠到手，又去还脂粉钱，父亲知道，将好意翻成恶意，始终只是一怪，不如辞了干净。便回道：“目今正值空乏，不能相济，惭愧！惭愧！”人人如此，个个皆然，并没有个慷慨丈夫，肯统口（改口）许他一十二十两。李公子一连奔走了三日，分毫无获，又不敢回决十娘，权且含糊答应。到第四日又没想头，就羞回院中。平日间有了杜家，连下处（住所，住处）也没有了，今日就无处投宿。只得往同乡柳监生寓所借歇。柳遇春见公子愁容可掬，问其来历。公子将杜十娘愿嫁之情，备细说了。遇春摇首道：“未必，未必。那杜媺曲中第一名姬，要从良时，怕没有十斛明珠，千金聘礼。那鸨儿如何只要三百两？想鸨儿怪你无钱使用，白白占住他的女儿，设计打发你出门。那妇人与你相处已久，又碍却面皮，不好明言。明知你手内空虚，故意将三百两卖个人情，限你十日。若十日没有，你也不好上门。便上门时，他会说你笑你，落得一场亵渎，自然安身不牢，此乃烟花逐客之计。足下三思，休被其惑。据弟愚意，不如早早开交（解决，完结）为上。”公子听说，半晌无言，心中疑惑不定。遇春又道：“足下莫要错了主意。你若真个还乡，不多几两盘费，还有人搭救。若是要三百两时，莫说十日，就是十个月也难。如今的世情，那肯顾‘缓急’二字的。那烟花也算定你没处告债，故意设法难你。”

公子道："仁兄所见良是。"口里虽如此说，心中割舍不下。依旧又往外边东央西告，只是夜里不进院门了。公子在柳监生寓中，一连住了三日，共是六日了。杜十娘连日不见公子进院，十分着紧，就教小厮四儿街上去寻。四儿寻到大街，恰好遇见公子。四儿叫道："李姐夫，娘在家里望你。"公子自觉无颜，回复道："今日不得功夫，明日来罢。"四儿奉了十娘之命，一把扯住，死也不放。道："娘叫咱寻你。是必同去走一遭。"李公子心上也牵挂着婊子（十娘），没奈何，只得随四儿进院。见了十娘，嘿嘿（沉默的样子）无言。十娘问道："所谋之事如何？"公子眼中流下泪来。十娘道："莫非人情淡薄，不能足三百之数么？"公子含泪而言，道出二句："不信上山擒虎易，果然开口告人难。一连奔走六日，并无铢两，一双空手，羞见芳卿，故此这几日不敢进院。今日承命呼唤，忍耻而来，非某不用心，实是世情如此。"十娘道："此言休使虔婆知道。郎君今夜且住，妾别有商议。"十娘自备酒肴，与公子欢饮。睡至半夜，十娘对公子道："郎君果不能办一钱耶？妾终身之事，当如何也？"公子只是流涕，不能答一语。渐渐五更天晓。十娘道："妾所卧絮褥内藏有碎银一百五十两，此妾私蓄，郎君可持去。三百金，妾任其半，郎君亦谋其半，庶易为力。限只四日，万勿迟误！"十娘起身将褥付公子，公子惊喜过望。唤童儿持褥而去。径到柳遇春寓中，又把夜来之情与遇春说了。将褥拆开看时，絮中都裹着零碎银子，取出兑时果是一百五十两。遇春大惊道："此妇真有心人也。既系真情，不可相负。吾当代为足下谋之。"公子道："倘得玉成，决不有负。"当下柳遇春留李公子在寓，自出头各处去借贷。两日之内，凑足一百五十两交付公子道："吾代为足下告债，非为足下，实怜杜十娘之情也。"李甲拿了三百两银子，喜从天降，笑逐颜开，欣欣然来见十娘，刚是第九日，还不足十日。十娘问道："前日分毫难借，今日如何就有一百五十两？"公子将柳监生事情，又述了一遍。十娘以手加额道："使吾二人得遂其愿者，柳君之力也。"两个欢天喜地，又在院中过了一晚。

次日十娘早起，对李甲道："此银一交，便当随郎君去矣。舟车之类，合当预备。妾昨日于姊妹中借得白银二十两，郎君可收下为行资也。"公子正愁路费无出，但不敢开口，得银甚喜。说犹未了，鸨儿恰来敲门叫道："媺儿，今日是第十日了。"公子闻叫，启门相延道："承妈妈厚意，正欲相请。"便将银三百两放在桌上。鸨儿不料公子有银，嘿然（沉默的样子）变色，似有悔意。十娘道："儿在妈妈家中八年，所致金帛，不下数千金矣。今日从良美事，又妈妈亲口所订，三百金不欠分毫，又不曾过期。倘若妈妈失信不许，郎君持银去，儿即刻自尽。恐那时人财两失，悔之无及也。”鸨儿无词以对。腹内筹画了半晌，只得取天平兑准了银子，说道：“事已如此，料留你不住了。只是你要去时，即今就去。平时穿戴衣饰之类，毫厘休想。”说罢，将公子和十娘推出房门，讨锁来就落了锁。此时九月天气。十娘才下床，尚未梳洗，随身旧衣，就拜了妈妈两拜。李公子也作了一揖。一夫一妇，离了虔婆大门：

鲤鱼脱却金钩去，摆尾摇头再不来。

公子教十娘且住片时：“我去唤个小轿抬你，权往柳荣卿寓所去，再作道理。”十娘道：“院中诸姊妹平昔相厚，理宜话别。况前日又承他借贷路费，不可不一谢也。”乃同公子到各姊妹处谢别。姊妹中惟谢月朗、徐素素与杜家相近，尤与十娘亲厚。十娘先到谢月朗家。月朗见十娘秃髻旧衫，惊问其故。十娘备述来因，又引李甲相见。十娘指月朗道：“前日路资，是此位姐姐所贷，郎君可致谢。”李甲连连作揖。月朗便教十娘梳洗，一面去请徐素素来家相会。十娘梳洗已毕，谢徐二美人各出所有，翠钿金钏，瑶簪宝珥，锦袖花裙，鸾带绣履，把杜十娘装扮得焕然一新，备酒作庆贺筵席。月朗让卧房与李甲杜嫩二人过宿。次日，又大排筵席，遍请院中姊妹。凡十娘相厚者，无不毕集。都与他夫妇把盏称喜。吹弹歌舞，各逞其长，务要尽欢，直饮至夜分。十娘向众姊妹一一称谢。众姊妹道：“十姊为风流领袖，今从郎君去，我等相见无日。何日长行，姊妹们尚当奉送。”月朗道：“候有定期，小妹当来相报。但阿姊千里间关（形容旅途艰辛），同郎君远去，囊箧（箱子）萧条，曾无约束，此乃吾等之事。当相与共谋之，勿令姊有穷途之虑也。”众姊妹各唯唯而散。

是晚，公子和十娘仍宿谢家。至五鼓，十娘对公子道：“吾等此去，何处安身？郎君亦曾计议有定着否？”公子道：“老父盛怒之下，若知娶妓而归，必然加以不堪，反致相累。展转寻思，尚未有万全之策。”十娘道：“父子天性，岂能终绝？既然仓卒难犯，不若与郎君于苏杭胜地，权作浮居。郎君先回，求亲友于尊大人面前劝解和顺，然后携妾于归，彼此安妥。”公子道：“此言甚当。”次日，二人起身辞了谢月朗，暂往柳监生寓中，整顿行装。杜十娘见了柳遇春，倒身下拜，谢其周全之德：“异日我夫妇必当重报。”遇春慌忙答礼道：“十娘钟情所欢，不以贫窭（贫困。窭，jù）易心，此乃女中豪杰。仆因风吹火，谅区区何足挂齿！”三人又饮了一日酒。次早，择了出行吉日，雇倩轿马停当。十娘又遣童儿寄信，别谢月朗。临行之际，只见肩舆（轿子）纷纷而至，乃谢月朗与徐素素拉众姊妹来送行。月朗道："十姊从郎君千里间关，囊中消索，吾等甚不能忘情。今合具薄赆（临别时赠送给远行人的路费礼物），十姊可检收，或长途空乏，亦可少助。"说罢，命从人挈一描金文具至前，封锁甚固，正不知什么东西在里面。十娘也不开看，也不推辞，但殷勤作谢而已。须臾，舆马齐集，仆夫催促起身。柳监生三杯别酒，和众美人送出崇文门外，各各垂泪而别。正是：

他日重逢难预必，此时分手最堪怜。

再说李公子同杜十娘行至潞河，舍陆从舟，却好有瓜州差使船转回之便，讲定船钱，包了舱口。比及下船时，李公子囊中并无分文余剩。你道杜十娘把二十两银子与公子，如何就没了？公子在院中嫖得衣衫蓝缕，银子到手，未免在解库（当铺）中取赎几件穿着，又置办了铺盖，剩来只勾轿马之费。公子正当愁闷，十娘道："郎君勿忧，众姊妹合赠，必有所济。"及取钥开箱。公子在傍自觉惭愧，也不敢窥觑箱中虚实。只见十娘在箱里取出一个红绢袋来，掷于桌上道："郎君可开看之。"公子提在手中，觉得沉重。启而观之，皆是白银，计数整五十两。十娘仍将箱子下锁，亦不言箱中更有何物。但对公子道："承众姊妹高情，不惟途路不乏，即他日浮寓吴越间，亦可稍佐吾夫妻山水之费矣。"公子且惊且喜道："若不遇恩卿，我李甲流落他乡，死无葬身之地矣。此情此德，白头不敢忘也。"自此每谈及往事，公子必感激流涕，十娘亦曲意抚慰。一路无话。

不一日，行至瓜洲，大船停泊岸口，公子别雇了民船，安放行李。约明日侵晨，剪江（船破风浪于江面）而渡。其时仲冬中旬，月明如水，公子和十娘坐于舟首。公子道："自出都门，困守一舱之中，四顾有人，未得畅语。今日独据一舟，更无避忌。且已离塞北，初近江南，宜开怀畅饮，以舒向来抑郁之气。恩卿以为何如？"十娘道："妾久疏谈笑，亦有此心，郎君言及，足见同志耳。"公子乃携酒具于船首，与十娘铺毡并坐，传杯交盏。饮至半酣，公子执卮（zhī，酒器）对十娘道："恩卿妙音，六院推首。某相遇之初，每闻绝调，辄不禁神魂之飞动。心事多违，彼此郁郁，鸾鸣凤奏，久矣不闻。今清江明月，深夜无人，肯为我一歌否？"十娘兴亦勃发，遂开喉顿嗓，取扇按拍，呜呜咽咽，歌出元人施君美《拜月亭》杂剧上"状元执盏与婵娟"一曲，名《小桃红》。真个：

声飞霄汉云皆驻，响入深泉鱼出游。

却说他舟有一少年，姓孙名富字善赉（lài），徽州新安人氏。家资巨万，积祖扬州种盐（做盐商）。年方二十，也是南雍（明朝首都北迁后在北京，南京都设了国子监，设在北京的叫北雍）中朋友。生性风流，惯向青楼买笑，红粉追欢，若嘲风弄月，到是个轻薄的头儿。事有偶然，其夜亦泊舟瓜洲渡口，独酌无聊，忽听得歌声嘹亮，凤吟鸾吹，不足喻其美。起立船头，伫听半晌，方知声出邻舟。正欲相访，音响倏已寂然，乃遣仆者潜窥踪迹，访于舟人。但晓得是李相公雇的船，并不知歌者来历。孙富想道："此歌者必非良家，怎生得他一见？"展转寻思，通宵不寐。捱至五更，忽闻江风大作。及晓，彤云密布，狂雪飞舞。怎见得，有诗为证：

千山云树灭，万径人踪绝。

扁舟蓑笠翁，独钓寒江雪。

因这风雪阻渡，舟不得开。孙富命艄公移船，泊于李家舟之傍。孙富貂帽狐裘，推窗假作看雪。值十娘梳洗方毕，纤纤玉手，揭起舟傍短帘，自泼盂中残水，粉容微露，却被孙富窥见了，果是国色天香。魂摇心荡，迎眸注目，等候再见一面，杳不可得。沉思久之，乃倚窗高吟高学士（明代文人高启）《梅花诗》二句，道：

雪满山中高士卧，月明林下美人来。

李甲听得邻舟吟诗，舒头出舱，看是何人。只因这一看，正中了孙富之计。孙富吟诗，正要引李公子出头，他好乘机攀话。当下慌忙举手，就问："老兄尊姓何讳？"李公子叙了姓名乡贯，少不得也问那孙富。孙富也叙过了。又叙了些太学中的闲话，渐渐亲熟。孙富便道："风雪阻舟，乃天遣与尊兄相会，实小弟之幸也。舟次无聊，欲同尊兄上岸，就酒肆中一酌，少领清诲，万望不拒。"公子道："萍水相逢，何当厚扰？"孙富道："说那里话！'四海之内，皆兄弟也'。"喝教艄公打跳，童儿张伞，迎接公子过船，就于船头作揖。然后让公子先行，自己随后，各各登跳上涯。行不数步，就有个酒楼，二人上楼，拣一副洁净座头，靠窗而坐。酒保列上酒肴。

孙富举杯相劝，二人赏雪饮酒。先说些斯文中套话，渐渐引入花柳之事。二人都是过来之人，志同道合，说得入港（交谈得很投机），一发成相知了。孙富屏去左右，低低问道："昨夜尊舟清歌者，何人也？"李甲正要卖弄在行，遂实说道："此乃北京名姬杜十娘也。"孙富道："既系曲中姊妹，何以归兄？"公子遂将初遇杜十娘，如何相好，后来如何要嫁，如何借银讨他，始末根由，备细述了一遍。孙富道："兄携丽人而归，固是快事，但不知尊府中能相容否？"公子道："贱室不足虑，所虑者，老父性严，尚费踌躇耳！"孙富将机就机，便问道："既是尊大人未必相容，兄所携丽人，何处安顿？亦曾通知丽人，共作计较否？"公子攒眉而答道："此事曾与小妾议之。"孙富欣然问道："尊宠必有妙策。"公子道："他意欲侨居苏杭，流连山水。使小弟先回，求亲友宛转（通融或斡旋）于家君之前，俟（等待）家君回嗔作喜，然后图归。高明以为何如？"孙富沉吟半晌，故作愀然之色，道："小弟乍会之间，交浅言深，诚恐见怪。"公子道："正赖高明指教，何必谦逊？"孙富道："尊大人位居方面（古指一个地方的军政要职或其长官），必严帷薄（门内，内室）之嫌，平时既怪兄游非礼之地，今日岂容兄娶不节之人。况且贤亲贵友，谁不迎合尊大人之意者？兄枉去求他，必然相拒。就有个不识时务的进言于尊大人之前，见尊大人意思不允，他就转口了。兄进不能和睦家庭，退无词以回复尊宠。即使留连山水，亦非长久之计。万一资斧困竭，岂不进退两难！"公子自知手中只有五十金，此时费去大半，说到资斧困竭，进退两难，不觉点头道是。孙富又道："小弟还有句心腹之谈，兄肯俯听否？"公子道："承兄过爱，更求尽言。"孙富道："疏不间亲（关系疏远者不参与关系亲近者的事。间，参与），还是莫说罢。"公子道："但说何妨！"孙富道："自古道：'妇人水性无常。'况烟花之辈，少真多假。他既系六院名姝，相识定满天下；或者南边原有旧约，借兄之力，挈带而来，以为他适之地。"公子道："这个恐未必然。"孙富道："即不然，江南子弟，最工轻薄。兄留丽人独居，难保无逾墙钻穴之事。若挈之同归，愈增尊大人之怒。为兄之计，未有善策。况父子天伦，必不可绝。若为妾而触父（触犯），因妓而弃家，海内必以兄为浮浪不经之人。异日妻不以为夫，弟不以为兄，同袍（挚友）不以为友，兄何以立于天地之间？兄今日不可不熟思也！"公子闻言，茫然自失，移席问计（形容谦逊真挚地向别人请教）："据高明之见，何以教我？"孙富道："仆有一计，于兄甚便。只恐兄溺枕席之爱，未必能行，使仆空费词说耳！"公子道："兄诚有良策，使弟再睹家园之乐，乃弟之恩人也。又何惮而不言耶？"孙富道："兄飘零岁余，严亲怀怒，闺阁离心。设身以处兄之地，诚寝食不安之时也。然尊大人所以怒兄者，不过为迷花恋柳，挥金如土，异日必为弃家荡产之人，不堪承继家业耳！兄今日空手而归，正触其怒。兄倘能割衽席（借指男女之事）之爱，见机而作，仆愿以千金相赠。兄得千金，以报尊大人，只说在京授馆，并不曾浪费

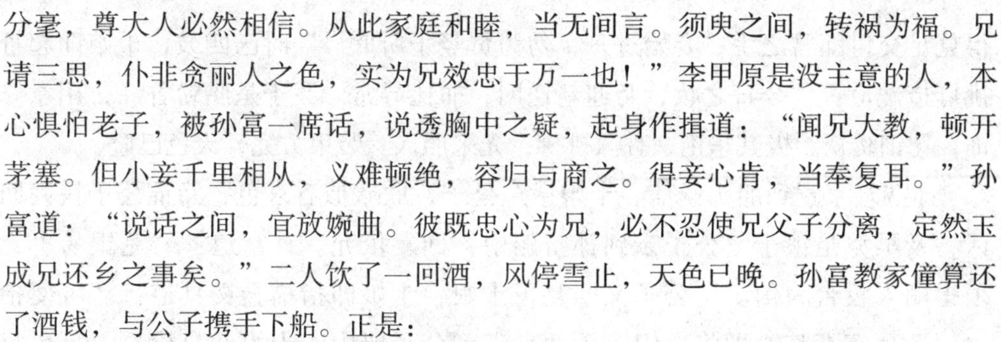

分毫，尊大人必然相信。从此家庭和睦，当无间言。须臾之间，转祸为福。兄请三思，仆非贪丽人之色，实为兄效忠于万一也！”李甲原是没主意的人，本心惧怕老子，被孙富一席话，说透胸中之疑，起身作揖道：“闻兄大教，顿开茅塞。但小妾千里相从，义难顿绝，容归与商之。得妾心肯，当奉复耳。”孙富道：“说话之间，宜放婉曲。彼既忠心为兄，必不忍使兄父子分离，定然玉成兄还乡之事矣。”二人饮了一回酒，风停雪止，天色已晚。孙富教家僮算还了酒钱，与公子携手下船。正是：

逢人且说三分话，未可全抛一片心。

却说杜十娘在舟中，摆设酒果，欲与公子小酌，竟日（整天）未回，挑灯以待。公子下船，十娘起迎。见公子颜色匆匆，似有不乐之意，乃满斟热酒劝之。公子摇首不饮，一言不发，竟自床上睡了。十娘心中不悦，乃收拾杯盘为公子解衣就枕，问道：“今日有何见闻，而怀抱郁郁如此？”公子叹息而已，终不启口。问了三四次，公子已睡去了。十娘委决（决定）不下，坐于床头而不能寐。到夜半，公子醒来，又叹一口气。十娘道：“郎君有何难言之事，频频叹息？”公子拥被而起，欲言不语者几次，扑簌簌掉下泪来。十娘抱持公子于怀间，软言抚慰道：“妾与郎君情好，已及二载，千辛万苦，历尽艰难，得有今日。然相从数千里，未曾哀戚。今将渡江，方图百年欢笑，如何反起悲伤？必有其故。夫妇之间，死生相共，有事尽可商量，万勿讳也。”公子再四被逼不过，只得含泪而言道：“仆天涯穷困，蒙恩卿不弃，委曲相从，诚乃莫大之德也。但反复思之，老父位居方面（古指一个地方的军政要职或其长官），拘于礼法，况素性方严，恐添嗔怒，必加黜逐。你我流荡，将何底止？夫妇之欢难保，父子之伦又绝。日间蒙新安孙友邀饮，为我筹及此事，寸心如割！”十娘大惊道：“郎君意将如何？”公子道：“仆事内之人，当局而迷。孙友为我画一计颇善，但恐恩卿不从耳！”十娘道：“孙友者何人？计如果善，何不可从？”公子道：“孙友名富，新安盐商，少年风流之士也。夜间闻子清歌，因而问及。仆告以来历，并谈及难归之故，渠意欲以千金聘汝。我得千金，可藉口以见吾父母；而恩卿亦得所天。但情不能舍，是以悲泣。”说罢，泪如雨下。十娘放开两手，冷笑一声道：“为郎君画此计者，此人乃大英雄也！郎君千金之资，既得恢复，而妾归他姓，又不致为行李之累，发乎情，止乎礼，诚两便之策也。那千金在那里？”公子收泪道：“未得恩卿之诺，金尚留彼处，未曾过手。”十娘道：“明早快快应承了他，不可挫过机会。但千金重事，须得兑足交付郎君之手，妾始过舟，勿为贾竖子所欺。”时已四鼓，十娘即起身挑灯梳洗道：“今日之妆，乃迎新送旧，非比寻常。”于是脂粉香泽，用意修饰，花钿绣袄，极其华艳，香风拂拂，光采照人。装束方完，天色已晓。

孙富差家童到船头候信。十娘微窥公子，欣欣似有喜色，乃催公子快去回话，及早兑足银子。公子亲到孙富船中，回复依允。孙富道：“兑银易事，须得丽人妆台为信。”公子又回复了十娘，十娘即指描金文具道：“可便抬去。”孙富喜甚。即将白银一千两，送到公子船中。十娘亲自检看，足色足数，分毫无爽，乃手把船舷，以手招孙富。孙富一见，魂不附体。十娘启朱唇，开皓齿道：“方才箱子可暂发来，内有李郎路引（明代凡人员远离所居之地百里之外，都需要由当地政府部门发给一种类似介绍信、通行证之类的公文，这就是“路引”）一纸，可检还之也。”孙富视十娘已为瓮中之鳖，即命家童送那描金文具，安放船头之上。十娘取钥开锁，内皆抽屉小箱。十娘叫公子抽第一层来看，只见翠羽明珰，瑶簪宝珥，充牣（充实，充满。牣，rèn）于中，约值数百金。十娘遽投之江中。李甲与孙富及两船之人，无不惊诧。又命公子再抽一箱，乃玉箫金管。又抽一箱，尽古玉紫金玩器，约值数千金。十娘尽投之于水。岸上之人，观者如堵。齐声道：“可惜可惜！”正不知什么缘故。最后又抽一箱，箱中复有一匣。开匣视之，夜明之珠，约有盈把。其他祖母绿、猫儿眼，诸般异宝，目所未睹，莫能定其价之多少。众人齐声喝采，喧声如雷。十娘又欲投之于江。李甲不觉大悔，抱持十娘恸哭，那孙富也来劝解。十娘推开公子在一边，向孙富骂道：“我与李郎备尝艰苦，不是容易到此。汝以奸淫之意，巧为谗说，一旦破人姻缘，断人恩爱，乃我之仇人。我死而有知，必当诉之神明，尚妄想枕席之欢乎！”又对李甲道：“妾风尘数年，私有所积，本为终身之计。自遇郎君，山盟海誓，白首不渝。前出都之际，假托众姊妹相赠，箱中韫藏（收藏）百宝，不下万金。将润色（使增加光彩）郎君之装，归见父母，或怜妾有心，收佐中馈，得终委托，生死无憾。谁知郎君相信不深，惑于浮议，中道见弃，负妾一片真心。今日当众目之前，开箱出视，使郎君知区区千金，未为难事。妾椟（匣子）中有玉，恨郎眼内无珠。命之不辰，风尘困瘁（困顿，劳苦），甫（刚刚）得脱离，又遭弃捐。今众人各有耳目，共作证明，妾不负郎君，郎君自负妾耳！”于是众人聚观者，无不流涕，都唾骂李公子负心薄幸。公子又羞又苦，且悔且泣，方欲向十娘谢罪。十娘抱持宝匣，向江心一跳。众人急呼捞救，但见云暗江心，波涛滚滚，杳无踪影。可惜一个如花似

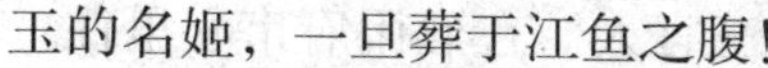

玉的名姬，一旦葬于江鱼之腹！

三魂渺渺归水府，七魄悠悠入冥途。

当时旁观之人，皆咬牙切齿，争欲拳殴李甲和那孙富。慌得李孙二人手足无措，急叫开船，分途遁（逃走）去。李甲在舟中，看了千金，转忆十娘，终日愧悔，郁成狂疾，终身不痊。孙富自那日受惊，得病卧床月余，终日见杜十娘在傍诟骂，奄奄而逝。人以为江中之报也。

却说柳遇春在京坐监完满，束装回乡，停舟瓜步。偶临江净脸，失坠铜盆于水，觅渔人打捞。及至捞起，乃是个小匣儿。遇春启匣观看，内皆明珠异宝，无价之珍。遇春厚赏渔人，留于床头把玩。是夜梦见江中一女子，凌波而来，视之，乃杜十娘也。近前万福，诉以李郎薄幸之事。又道："向承君家慷慨，以一百五十金相助。本意息肩（栖止休息）之后，徐图报答，不意事无终始；然每怀盛情，悒悒（忧愁）未忘。早间曾以小匣托渔人奉致，聊表寸心，从此不复相见矣。"言讫，猛然惊醒，方知十娘已死，叹息累日。后人评论此事，以为孙富谋夺美色，轻掷千金，固非良士；李甲不识杜十娘一片苦心，碌碌蠢才，无足道者。独谓十娘千古女侠，岂不能觅一佳侣，共跨秦楼之凤（借指离开原先居处的情人），乃错认李公子，明珠美玉，投于盲人，以致恩变为仇，万种恩情，化为流水，深可惜也！有诗叹云：

不会风流莫妄谈，单单情字费人参；
若将情字能参透，唤作风流也不惭。

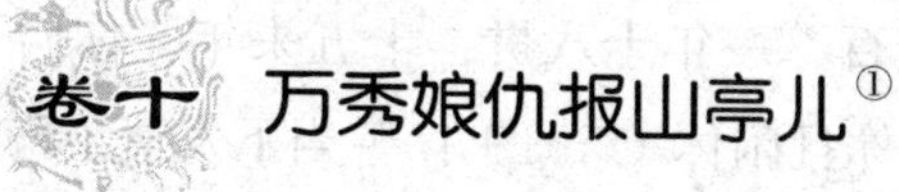

卷十　万秀娘仇报山亭儿[①]

春浓花艳佳人胆，月黑风高壮士心。
讲论只凭三寸舌，秤评天下浅和深。

话说山东襄阳府，唐时唤做山南东道。这襄阳府城中，一个员外，姓万，

①山亭儿：泥制的小玩意儿，多为亭台楼阁。

人叫做万员外。这个员外，排行第三，人叫做万三官人。在襄阳府市心里住，一壁开着乾茶铺，一壁开着茶坊。家里一个茶博士（旧时茶店伙计的雅号），姓陶，小名叫做铁僧。自从小时绾（wǎn）着角儿，便在万员外家中掉盏子（洗茶碗），养得长成二十余岁，是个家生孩儿（旧指奴婢的子女，仍在主人家为奴）。当日茶市罢，万员外在布帘底下，张见陶铁僧这厮，栾（拿在手里）四十五见钱（现钱）在手里。万员外道："且看如何？"元来茶博士市语，唤做"走州府"。且如道市语说"今日走到余杭县"，这钱，一日只稍得四十五钱，余杭是四十五里；若说一声"走到平江府"，早一日稍三百六十足。若还信脚走到"西川成都府"，一日却是多少里田地！万员外望见了，且道："看这厮如何？"只见陶铁僧栾了四五十钱，鹰觑鹘望（目光像鹰、鹘一样，十分敏锐；形容视觉敏锐。觑，看；鹘，一种猛禽），看布帘里面，约莫没人见，把那见钱怀中便搋（chuāi，把东西藏在怀里）。万员外慢腾腾地掀开布帘出来，柜身里凳子上坐地，见陶铁僧舒手去怀里摸一摸，唤做"自搜"，腰间解下衣带，取下布袱，两只手提住布袱角，向空一抖，拍着肚皮和腰，意思间分说：教万员外看道，我不曾偷你钱。万员外叫过陶铁僧来问道："方才我见你栾四五十钱在手里，望这布帘里一望了，便了；你实对我说，钱却不计利害。见你解了布袋，空中抖一抖，真个瞒得我好！你这钱藏在那里？说与我，我到饶你；若不说，送你去官司。"陶铁僧叉大大拇指不离方寸地道："告员外，实不敢相瞒，是有四五十钱，安在一个去处。"那厮指道："安在挂着底浪荡灯（悬空挂着的灯）铁片儿上。"万员外把凳子站起脚上去，果然是一垛儿，安着四五十钱。万员外复身再来凳上坐地，叫这陶铁僧来回道："你在我家里几年？"陶铁僧道："从小里，随先老底便在员外宅里掉茶盏抹托子。自从老底死后，罪过员外收留，养得大，却也有十四五年。"万员外道："你一日只做偷我五十钱，十日五百，一个月一贯五百，一年十八贯，十五来年，你偷了我二百七十贯钱。如今不欲送你去官司，你且闲休（辞退）！"当下发遣了陶铁僧。这陶铁僧辞了万员外，收拾了被包，离了万员外茶坊里。

这陶铁僧小后生家，寻常和罗槌不曾收拾得一个（一件谋生的手艺都没有），包裹里有得些个钱物，没十日都使尽了。又被万员外分付尽一襄阳府开茶坊底行院，这陶铁僧没经纪，无讨饭吃处。当时正是秋间天色，古人有一首诗道：

柄柄芰荷枯，叶叶梧桐坠。
细雨洒霏微，催促寒天气。

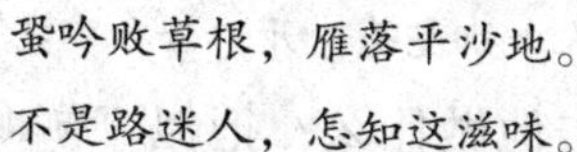

蛩吟败草根，雁落平沙地。

不是路迷人，怎知这滋味。

一阵价起底是秋风，一阵价下的是秋雨。陶铁僧当初只道是除了万员外不要得我，别处也有经纪处；却不知吃这万员外都分付了行院（同行，行帮），没讨饭吃处。那断身上两件衣裳，生绢底衣服，渐渐底都曹破了，黄草（麻布）衣裳，渐渐底卷将来。曾记得建康府中二官人有一词儿，名唤做〔鹧鸪天〕：

黄草秋深最不宜，肩穿袖破使人悲。领单色旧褑先卷，怎奈金风早晚吹。才挂体，皱双眉。出门羞赧见相知。邻家女子低声问，觅与奴糊隔帛儿（把几层布粘在一起，做布鞋用）。

陶铁僧看着身上黄草布衫，卷将来，风飕飕地起，便再来周行老（古代大都市中各行各业的头儿，兼为人介绍职业）家中来。心下自道："万员外忒恁地毒害！便做我拿了你三五十钱，你只不使我便了。'那个猫儿不偷食'，直分付尽一襄阳府开茶坊底教不使我，致令我而今没讨饭吃处。这一秋一冬，却是怎地计结？做甚么是得？"正恁地思量，则见一个男女来行老家中道："行老，我问你借一条匾担。"那周行老便问道："你借匾担做甚么？"那个哥哥道："万三员外女儿万秀娘，死了夫婿，今日归来。我问你借匾担去挑笼仗（行李）则个。"陶铁僧自道："我若还不被赶了，今日我定是同去搬担，也有百十钱撰。"当时越思量越烦恼，转恨这万员外。陶铁僧道："我如今且出城去，看这万员外女儿归，怕路上见他，告这小娘子则个；怕劝得他爹爹，再去求得这经纪也好。"陶铁僧拽开脚出这门去，相次到五里头，独自行。身上又不齐不整，一步懒了一步。正恁地行。只听得后面一个人叫道："铁僧，我叫你。"回头看那叫底人时，却是：

人材凛凛，掀翻地轴鬼魔王；

容貌堂堂，撼动天关夜叉将。

陶铁僧唱喏道："大官人叫铁僧做甚么？"大官人道："我几遍在你茶坊里吃茶，都不见你。"铁僧道："上复大官人，这万员外不近道理，赶了铁僧多日。则恁地赶了铁僧，兀自来利害，如今直分付一襄阳府开茶坊行院，教不得与铁僧经纪。大官人看，铁僧身上衣裳都破了，一阵秋风起，饭也不知在何处吃？不是今秋饿死，定是今冬冻死。"那大官人问道："你如今却那里去？"铁僧道："今日听得说，万员外底女儿万秀娘死了夫婿，带着一个房卧（泛称铺盖服饰），也有数万贯钱物，到晚归来，欲待拦住万小娘子，告他则个。"大官人听得道是：

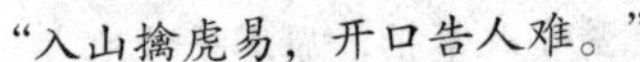
"入山擒虎易，开口告人难。"

大官人说："大丈夫，告他做什么？把似（与其）告他，何似自告。"自便把指头指一个去处，叫铁僧道："这里不是说话处，随我来。"两个离了五里头大路，入这小路上来。见一个小小地庄舍寂静去处，这座庄：

前临剪径（拦路抢劫）道，背靠杀人冈。远看黑气冷森森，近视令人心胆丧。料应不是孟尝家（孟尝君，战国四君子之一，仗义好客，此处说的是这不是管饭的好地方），只会杀人并放火。

大官人见庄门闭着，不去敲那门，就地上捉一块砖儿，撒放屋上。顷刻之间，听得里面掣玷（拿开门插）抽撄（拔去门插），开放门，一个大汉出来。看这个人，兜腮卷口，面上刺着六个大字。这汉不知怎地，人都叫他做大字焦吉。出来与大官人厮叫了，指着陶铁僧问道："这个是甚人？"大官人道："他今日看得外婆家（打劫的对象，行话）报与我，是好一拳（一桩）买卖。"三个都入来大字焦吉家中。大官人腰里把些碎银子，教焦吉买些酒和肉来共吃。陶铁僧吃了，便去打听消息，回来报说道："好教大官人得知，如今笼仗（行李）什物，有二十来担，都搬入城去了。只有万员外的女儿万秀娘，与他万小员外，一个当直，唤做周吉，一担细软头面（首饰）金银钱物笼子，共三个人，两匹马，到黄昏前后到这五里头，要赶门入去。"大官人听得说，三人把三条朴（pō）刀，叫铁僧："随我来去五里头林子前等候。"

果是黄昏左右，万小员外，和那万秀娘，当直周吉，两个使马的，共五个人，待要入城去。行到五里头，见一所林子，但见：

远观似突兀云头，近看似倒悬雨脚。
影摇千尺龙蛇动，声撼半天风雨寒。

那五个人方才到林子前，只听得林子内大喊一声，叫道："紫金山三百个好汉且未消出来，恐怕唬了小员外共小娘子！"三条好汉，三条朴刀。唬得五个人顶门上荡了三魂，脚板下走了七魄，两个使马的都走了，只留下万秀娘，万小员外，当直周吉三人。大汉道："不坏你性命，只多留下买路钱！"万小员外教周吉把与他。周吉取一锭二十五两银子把与这大汉。那焦吉见了道："这厮，却不叵耐你！我们却只直你一锭银子！"拿起手中朴刀，看着周吉，要下手了。那万小员外和万秀娘道："如壮士要时，都把去不妨。"大字焦吉担着笼子，却待入这林子去，只听得万小员外叫一声道："铁僧，却是你来劫我！"唬得焦吉放了担子道："却不利害！若放他们去，明日襄阳府下状，捉

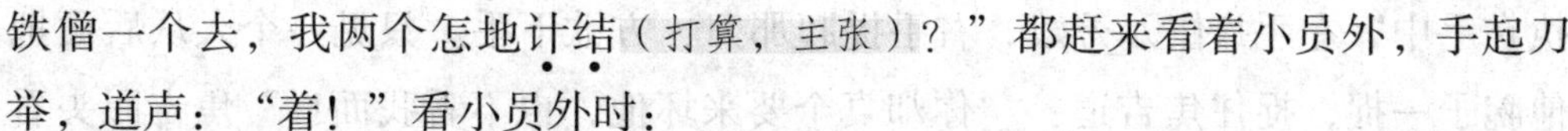

铁僧一个去，我两个怎地计结（打算，主张）？”都赶来看着小员外，手起刀举，道声：“着！”看小员外时：

身如柳絮飘飏，命似藕丝将断。

大字焦吉一下朴刀，杀了万小员外和那当直周吉，拖这两个死尸入林子里面去，担了笼仗，陶铁僧牵了小员外底马，大官人牵了万秀娘底马。万秀娘道：“告壮士，饶我性命则个！”当夜都来焦吉庄上来。连夜敲开酒店门，买些个酒，买些个食，吃了。打开笼仗里金银细软头面（首饰）物事，做三分：陶铁僧分了一分；焦吉分了一分；大官人也分了一分。这大官人道：“物事都分了，万秀娘却是我要，待把来做个札（同“压”）寨夫人。”当下只留这万秀娘在焦吉庄上。万秀娘离不得是把个甜言美语，啜持（欺骗）过来。

在焦吉庄上不则一日，这大官人无过是出路时抢金劫银，在家时饮酒食肉。一日大醉，正是：

三杯竹叶穿心过，两朵桃花脸上来。

万秀娘问道：“你今日也说大官人，明日也说大官人，你如今必竟是我底丈夫。犬马尚分毛色，为人岂无姓名，敢问大官人姓甚名谁？”大官人乘着酒兴，就身上指出一件物事来道：“是。我是襄阳府上一个好汉，不认得时，我说与你道，教你：顶门上走了三魂，脚板下荡散七魄！”掀起两只腿上间朱刺着底文字，道：“这个便是我姓名，我便唤做十条龙苗忠。我却说与你。”原来是：

壁间犹有耳，窗外岂无人。

大字焦吉在窗子外面听得，说道：“你看我哥哥苗大官人，却没事说与他姓名做甚么？”走入来道：“哥哥，你只好推了这牛子休！”元来强人市语唤杀人做“推牛子”——焦吉便要教这十条龙苗忠杀了万秀娘，唤做：

斩草除根，萌芽不发；斩草若不除根，春至萌芽再发。

苗忠那里肯听焦吉说，便向焦吉道：“钱物平分，我只有这一件偏倍（得了便宜）得你们些子，你却恁地吃不得，要来害他。我也不过只要他做个札寨夫人，又且何妨。”焦吉道：“异日却为这妇女变做个利害（祸害），却又不坏了我！”忽一日，等得苗忠转脚出门去，焦吉道：“我几回说与我这哥哥，教他推了这牛子，左右不肯。把似（与其）你今日不肯，明日又不肯，不如我与你下手推了这牛子，免致后患。”那焦吉怀里和鞘揣（chuāi，藏）着一把尖长靶短背厚刃薄八字尖刀，走入那房里来。万秀娘正在房里坐地，只见焦吉掣那尖刀执在手中，左手捽住万秀娘，右手提起那刀，方欲下手。只见一个人从后面把他腕子一捉，捉住焦吉道："你却真个要来坏他，也不看我面！"焦吉回头看时，便是十条龙苗忠。那苗忠道："只消叫他离了你这庄里便了，何须只管要坏他？"当时焦吉见他恁地说，放下了。当日天色晚了：

红轮西坠，玉兔（借指月亮）东生。佳人秉烛归房，江上渔翁罢钓。萤火点开青草面，蟾光穿破碧云头。

到一更前后，苗忠道："小娘子，这里不是安顿你去处。你须见他们行坐时只要坏你。"万秀娘道："大官人，你如今怎地好！"苗忠道："容易事。"便背了万秀娘，夜里走了一夜，天色渐渐晓，到一所庄院。苗忠放那万秀娘在地上，敲庄门，里面应道："便来。"不多时，一个庄客来。苗忠道："报与庄主，说道苗大官人在门前。"庄客入去报了庄主。那庄中一个官人出来，怎地打扮？且看那官人：

背系带砖项头巾，着斗花青罗褙子，腰系袜头裆裤，脚穿时样丝鞋。

两个相揖（拱手行礼）罢，将这万秀娘同来草堂上，三人分宾主坐定。苗忠道："相烦哥哥，甚不合寄这个人在庄上则个。"官人道："留在此间不妨。"苗忠向那人同吃了几碗酒，吃些个早饭，苗忠掉了自去。那官人请那万秀娘来书院里，说与万秀娘道："你更知得一事么？十条龙苗大官人把你卖在我家中了。"万秀娘听得道，簌簌地两行泪下。有一首〔鹧鸪天〕，道是：

碎似真珠颗颗停，清如秋露脸边倾。
洒时点尽湘江竹[1]，感处曾摧数里城[2]。
思薄倖，忆多情，玉纤弹处暗销魂。
有时看了鲛绡上，无限新痕压旧痕。

万秀娘哭了，口中不说，心下寻思道："苗忠底贼！你劫了我钱物，杀了我哥哥，又杀了当直周吉，奸骗了我身己，划地把我来卖了！教我如何活得？"则好过了数日。当夜，天昏地惨，月色无光。各自都去睡了。万秀娘移步出那脚子门（偏门、侧门），来后花园里，仰面观天祷祝道："我这爹爹万员外，想是你寻常不近道理，而今教我受这折罚，有今日之事。苗忠底贼！你劫了我钱物，杀了我哥哥，杀了我当直周吉，骗了我身子，又将我卖在这里！"就身上解下抹胸，看着一株大桑树上，掉将过去道："哥哥员外阴灵不远，当直周吉，你们在鬼门关下相等。我生为襄阳府人，死为襄阳府鬼。"欲待把那颈项伸在抹胸里自吊，忽然黑地里隐隐见假山子背后一个大汉，手里把

---

①"洒时"句：传说中娥皇女英的故事。②"感处"句：指孟姜女哭长城。

着一条朴刀，走出来指着万秀娘道："不得做声！我都听得你说底话。你如今休寻死处，我救你出去，不知如何？"万秀娘道："恁地时可知道好。敢问壮士姓氏？"那大汉道："我姓尹名宗，我家中有八十岁的老母，我寻常孝顺，人都叫做孝义尹宗。当初来这里，指望偷些个物事，卖来养这八十岁底老娘。今日却限撞着你，也是'路见不平，拔刀相助'，救你出去。却无他事，不得慌。"把这万秀娘一肩肩到园墙根底，用力打一耸，万秀娘骑着墙头；尹宗把朴刀一点，跳过墙去，接这万秀娘下去。一背背了，方才待行，则见黑地里把一条笔头枪看得清，喝声道："着！"向尹宗前心便擢（同"戳"）将来，扢（gē，击）折地一声响。这汉是园墙外面巡逻底，见一个大汉，把条朴刀，跳过墙来，背着一个妇女，一笔头枪擢将来。黑地里尹宗侧身躲过，一枪擢在墙上，正摇索那枪头不出。尹宗背了万秀娘，提着朴刀，脚步便走。

相次走到尹宗家中，尹宗在路上说与万秀娘道："我娘却是怕人，不容物。你到我家中，实把这件事说与我娘道。"万秀娘听得道："好。"巴得到家中，尹宗底娘听得道："儿子归来。"那婆婆开放门，便着手来接这儿子，将为道独儿子背上偷得甚底物事了喜欢，则见儿子背着一个妇女。"我教你去偷些个物事来养我老，你却没事背这妇女归来则甚？"那尹宗吃了三四拄杖，未敢说与娘道。万秀娘见那婆婆打了儿子，肚里便怕。尹宗却放下万秀娘，教他参拜了婆婆，把那前面话对着婆婆说了一遍："何不早说？"尹宗便问娘道："我如今送他归去，不知如何？"婆婆问道："你而今怎地送他归去？"尹宗道："路上一似姊妹，解房（住客店）时便说是哥哥妹妹。"婆婆道："且待我来教你。"即时走入房里，去取出一件物事。婆婆提出一领千补万衲旧红衲背心，披在万秀娘身上。指了尹宗道："你见我这件衲背心，便似见娘一般，路上且不得胡乱生事，淫污这妇女。"万秀娘辞了婆婆。尹宗脊背上背着万秀娘，迤逦（yǐ lǐ，曲折地走）取路，待要奔这襄阳府路上来。

当日天色晚，见一所客店，姊妹两人解了房，讨些饭吃了。万秀娘在客店内床上睡，尹宗在床面前打铺。夜至三更前后，万秀娘在那床上睡不着，肚里思量道："荷得尹宗救我，便是我重生父母，再长爷娘一般。只好嫁与他，共做个夫妻谢他。"万秀娘移步下床，款款地摇觉尹宗道："哥哥，有三二句话与哥哥说。妾荷得哥哥相救别无答谢，有少事拜复，未知尊意如何？"尹宗见说，拿起朴刀在手，道："你不可胡乱。"万秀娘心里道："我若到家中，正嫁与他。尹宗定不肯胡乱做些个。"得这尹宗却是大孝之人，依娘言语，不肯胡行。万秀娘见他焦躁，便转了话道："哥哥，若到襄阳府，怕你不须见我爹爹妈妈。"尹宗道："只是恁地时不妨。来日到襄阳府城中，我自回，你自归去。"到得来日，尹宗背着万秀娘，走相将到襄阳府，则有得五七里田地。正是：

遥望楼头城不远，顺风听得管弦声。

看看望见襄阳府，平白地下一阵雨：

云生东北，雾涌西南。

须臾倒瓮倾盆，顷刻悬河注海。

这阵雨下了不住，却又没处躲避。尹宗背着万秀娘，落路来见一个庄舍，要去这庄里躲雨。只因来这庄里，教两人变做：

青云有路，翻为苦楚之人；

白骨无坟，变作失乡之鬼。

这尹宗分明是推着一车子没兴（倒霉）骨头，入那千万丈琉璃井里。这庄却是大字焦吉家里。万秀娘见了焦吉那庄，目睁口痴，罔（不）知所措。焦吉见了万秀娘，又不敢问，正恁地（如此，这样）踌躕。则见一个人吃得八分来醉，提着一条朴刀，从外来。万秀娘道："哥哥，兀底便是劫了我底十条龙苗忠！"尹宗听得道，提手中朴刀，奔那苗忠。当时苗忠一条朴刀来迎这尹宗。元来有三件事奈何尹宗不得：第一，是苗忠醉了；第二，是苗忠没心，尹宗有心；第三，是苗忠是贼人心虚。苗忠自知奈何尹宗不得，提着朴刀便走。尹宗把一条朴刀赶将来，走了一里田地，苗忠却遇着一堵墙，跳将过去。尹宗只顾赶将来，不知大字焦吉也把一条朴刀，却在后面，把那尹宗坏了性命。果谓是：

螳螂正是遭黄雀，岂解堤防挟弹人！

那尹宗一人，怎抵当得两人。不多时，前面焦吉，后面苗忠，两个回来。苗忠放下手里朴刀，右手换一把尖长靶短、背厚刃薄八字尖刀，左手捽住万秀娘胸前衣裳，骂道："你这个贱人！却不是叵耐（本义是不可忍耐、可恨；也作"叵奈"）你，几乎教我吃这大汉坏了性命。你且吃取我几刀！"正是：

故将挫玉摧花手，来折江梅第一枝。

那万秀娘见苗忠刀举，生一个急计，一只手托住苗忠腕子道："且住！你好没见识，你情知道我又不识这个大汉姓甚名谁？又不知道他是何等样人？不问事由，背着我去，恰好走到这里。我便认得这里是焦吉庄上，故意叫他行这路，特地来寻你。如今你倒坏了我，却不是错了！"苗忠道："你也说得是。"把那刀来入了鞘，却来啜醋万秀娘道："我争些个错坏了你！"正恁他说，则见万秀娘左手捽住苗忠，右手打一个漏风掌，打得苗忠耳门上似起一个霹雳，那苗忠：

睁开眉下眼，咬碎口中牙！

那苗忠怒起来，却见万秀娘说道："苗忠底贼，我家中有八十岁底老娘，你共焦吉坏了我性命，你也好休！"道罢，僻然（倾侧的样子）倒地。苗忠方省得是这尹宗附体在秀娘身上。即时扶起来，救得苏醒，当下却没甚话说。

却说这万员外，打听得儿子万小员外和那当直周吉，被人杀了，两个死尸在城外五里头林子，更劫了一万余贯家财，万秀娘不知下落。去襄阳府城里下状，出一千贯赏钱，捉杀人劫贼，那里便捉得。万员外自备一千贯，过了几个月，没捉人处。州府赏钱，和万员外赏钱，共添做三千贯，明示榜文，要捉这贼，则是没捉处。当日万员外邻舍，一个公公，七十余岁，养得一个儿子，小名叫做合哥。大伯道："合哥，你只管躲懒，没个长进，今日也好去上行（旧时做买卖进货）些个'山亭儿'来卖。"合哥挑着两个土袋，搋着二三百钱，来焦吉庄里，问焦吉上行些个"山亭儿"，拣几个物事。唤做：

山亭儿，庵儿，宝塔儿，石桥儿，屏风儿，人物儿。

买了几件了。合哥道："更把几件好样式底'山亭儿'卖与我。"大字焦吉道："你自去屋角头窗子外面自拣几个。"当时合哥移步来窗子外面，正在那里拣"山亭儿"。则听得窗子里面一个人，低低地叫道："合哥。"那合哥听得道："这人好似万员外底女儿声音。"合哥道："谁叫我？"应声道："是万秀娘叫。"那合哥道："小娘子，你如何在这里？"万秀娘说："一言难尽，我被陶铁僧领他们劫我在这里，相烦你归去，说与我爹爹妈妈，教去下状，差人来捉这大字焦吉，十条龙苗忠和那陶铁僧。如今与你一个执照归去。"就身上解下一个刺绣香囊，从那窗窟窿子掉出，自入去。合哥接得，贴腰搋着，还了焦吉"山亭儿"钱，挑着担子便行。焦吉道："你这厮在窗子边和甚么人说话？"唬得合哥一似：

分开八面顶阳骨，倾下半桶冰雪水。

合哥放下"山亭儿"担子，看着焦吉道："你见甚么，便说我和兀谁说话？"焦吉探那窗子里面，真个没谁。担起担子便走，一向不歇脚，直入城来，把一担"山亭儿"和担一时尽都把来倾在河里，掉臂挥拳归来。爷见他空手归来，问道："'山亭儿'在那里？"合哥应道："倾在河里了。"问道："担子呢？"应道："撺在河里。""匾担呢？"应道："撺在河里。"大伯焦躁起来道："打杀这厮，你是甚意思？"合哥道："三千贯赏钱劈面地来。"大伯道："是如何？"合哥道："我见万员外女儿万秀娘在一个去处。”大伯道：“你不得胡说，他在那里？”合哥就怀里取出那刺绣香囊，教把看了，同去万员外家里。万员外见说，看了香囊，叫出他这妈妈来，看见了刺绣香囊，认得真个是秀娘手迹，举家都哭起来。万员外道：“且未消得哭。”即时同合哥来州里下状。官司见说，即特差士兵二十余人，各人尽带着器械，前去缉捉这场公事。当时教这合哥引着一行人，取苗忠庄上去，即时就公厅上责了限状（承诺如期结案打下的保票），唱罢喏，迤逦登程而去。真个是：

个个威雄似虎，人人猛烈如龙。雨具麻鞋，行缠（裹足布；绑腿布。古时男女都用。后只有兵士或远行者用）搭膊，手中杖牛头铛，拨互叉，鼠尾刀，画皮弓，柳叶箭。在路上饥餐渴饮，夜住晓行。才过杏花村，又经芳草渡。好似皂雕追紫燕，浑如饿虎赶黄羊。

其时合哥儿一行到得苗忠庄上，分付教众缉捕人：“且休来，待我先去探问。”多时不见合哥儿回来，那众人商议道：“想必是那苗忠知得这事，将身躲了。”合哥回来，与众人低低道：“作一计引他，他便出来。”离不得到那苗忠庄前庄后，打一观看，不见踪由。众做公底人道：“是那苗忠每常间见这合哥儿来家中，如父母看待，这番却是如何？”别商量一计，先教差一人去，用火烧了那苗忠庄，便知苗忠躲在那里。苗忠一见是士兵烧起那庄子，便提着一条朴刀，向西便走。做公底一发赶将来，正是：

有似皂雕追困雁，浑如雪鹘打寒鸠。

那十条龙苗忠慌忙走去，到一个林子前，苗忠入这林子内去。方才走得十余步，则见一个大汉，浑身血污，手里搦（nuò，握）着一条朴刀，在林子里等他，便是那吃他坏了性命底孝义尹宗在这里相遇。所谓是：

劝君莫要作冤仇，狭路相逢难躲避。

苗忠认得尹宗了，欲待行，被他拦住路。正恁地进退不得，后面做公底赶上，将一条绳子，缚了苗忠，并大字焦吉、茶博士陶铁僧，解在襄阳府来，押下司理院，绷爬吊拷，一一勘正，三人各自招伏了。同日将大字焦吉、十条龙苗忠、茶博士陶铁僧，押赴市曹，照条处斩。合哥便请了那三千贯赏钱。万员外要报答孝义尹宗，差人迎他母亲到家奉养。又去官中下状用钱，就襄阳府城外五里头，为这尹宗起立一座庙宇。直到如今，襄阳府城外五头孝义庙，便是这尹宗底，至今古迹尚存，香烟不断。话名只唤做“山亭儿”，亦名“十条龙陶铁僧孝义尹宗事迹”。后人评得好：

万员外刻深招祸，陶铁僧穷极行凶。
生报仇秀娘坚忍，死为神孝义尹宗。

醒世恒言

卷一　两县令竞义婚孤女

风水[①]人间不可无，也须阴骘[②]两相扶。
时人不解苍天意，枉使身心着意图。

话说近代浙江衢州府，有一人姓王名奉，哥哥姓王名春，弟兄各生一女：王春的女儿名唤琼英，王奉的叫做琼真。琼英许配本郡一个富家潘百万之子潘华，琼真许配本郡萧别驾（官名，通判的别称。宋明清各代，在州、府都设有通判，是州、府长官的副手，职务大体和别驾类似，所以后来“别驾”成了“通判”的别称）之子萧雅，都是自小聘定的。琼英方年十岁，母亲先丧，父亲继殁（mò，死）。那王春临终之时，将女儿琼英托与其弟，嘱咐道：“我并无子嗣，只有此女。你把做嫡（dí，正妻所生的）女看成。待其长成，好好嫁去潘家。你嫂嫂所遗房奁（fáng lián，妆奁，嫁妆）衣饰之类，尽数与之。有潘家原聘财礼置下庄田，就把与他做脂粉（胭脂和香粉）之费。莫负吾言！”嘱罢，气绝。殡葬事毕，王奉将侄女琼英接回家中，与女儿琼真作伴。

忽一年元旦，潘华和萧雅不约而同到王奉家来拜年。那潘华生得粉脸朱唇，如美女一般，人都称玉孩童。萧雅一脸麻子，眼眍齿䶕（眼眍，yǎn kōu，眼眶洼陷深入。齿䶕，chǐ bà，牙齿又大又稀，很不整齐），好似飞天夜叉（迷信传说中的恶鬼）模样。一美一丑，相形起来，那标致的越觉美玉增辉，那丑陋的越觉泥涂无色。况且潘华衣服炫丽，有心卖富，脱一通换一通。那萧雅是老实人家，不以穿着为事。常言道：佛是金装，人是衣装。世人眼孔浅（方言。形容目光短浅，贪财爱物）的多，只有皮相（只看到表面现象；不透彻，不深入），没有

①风水：本为相地之术，即临场校察地理的方法，也叫地相。通俗地讲就是好地方，居于此处，能助人事兴旺、发财，可令后代富贵、显达。②阴骘（yīn zhì）：原指默默地使安定，转指阴德。

骨相。王家若男若女，若大若小，那一个不欣羡潘小官人美貌，如潘安（西晋文学家，中国古代美男子）再出，暗暗地颠唇簸嘴（搬弄口舌），批点那飞天夜叉之丑。王奉自己也看不过，心上好不快活。不一日，萧别驾卒于任所。萧雅奔丧，扶柩（jiù，棺材）而回。他虽是个世家（世禄之家。后泛指世代贵显的家族或大家），累代（历代；接连几代）清官，家无余积，自别驾死后，日渐消索（消尽，消耗完了）。潘百万是个暴富，家事日盛一日。王奉忽起一个不良之心，想道："萧家甚穷，女婿又丑；潘家又富，女婿又标致。何不把琼英琼真暗地兑转（交换），谁人知道？也不教亲生女儿在穷汉家受苦。"主意已定，到临嫁之时，将琼真充做侄女，嫁与潘家，哥哥所遗衣饰庄田之类，都把他去；却将琼英反为己女，嫁与那飞天夜叉为配，自己薄薄备些妆奁嫁送。琼英但凭叔叔做主，敢怒而不敢言。谁知嫁后，那潘华自恃家富，不习诗书，不务生理（营生之道），专一嫖赌为事。父亲累训不从，气愤而亡。潘华益无顾忌，日逐（即逐日、每日）与无赖小人酒食游戏。不上十年，把百万家资败得罄尽，寸土俱无。丈人屡次周给他，如炭中沃雪，全然不济（不顶用）。结末迫于冻馁，瞒着丈人，要引浑家（古人谦称自己妻子的一种说法，意思是不懂事、不知进退的人）去投靠（封建社会里，穷苦人被迫丧失职业，无以为生；投向官员、财主人家，订立身契，作为奴仆；借此躲避差役，叫作"投靠"）人家为奴。王奉闻知此信，将女儿琼真接回家中养老，不许女婿上门。潘华流落他乡，不知下落。那萧雅勤苦攻书，后来一举成名，直做到尚书（古代中央政府部级长官）地位，琼英封一品夫人。有诗为证：

目前贫富非为准，久后穷通未可知。
颠倒任君瞒昧做，鬼神昭监定无私。

■潘安：中国古代著名美男子。

看官（说书艺人称听众为"看官"），你道为何说这王奉嫁女这一事？只为世人但顾眼前，不思日后；只要损人利己，岂知人有百算，天只有一算。你心下想得滑碌碌的一条路，天未必随你走哩。还是平日行善为高。今日说一段话本，正与王奉相反，唤做《两县令竞义婚孤女》。这桩故事，出在梁唐晋汉周五代（唐亡，当时拥有兵权的藩镇首领朱全忠、李存勖、石敬瑭、刘知远、郭威等相继称帝，成立中央政府，史称"五代"。另外，地方割据政权有吴、前蜀、楚、南汉、闽、吴越、南平、后蜀、南唐、北汉等十国。合称为“五代十国”。最后被北宋统一）之季。其时周太祖郭威在位，改元广顺，虽居正统之尊，未就混一之势。四方（指各处；天下）割据称雄者，还有几处，共是五国三镇。那五国？

周郭威　南汉刘晟（shèng）　北汉刘旻（mín）
南唐李昪（biàn）　蜀孟知祥

那三镇？

吴越钱镠（liú）　湖南周行逢　荆南高季昌

单说南唐李氏有国，辖下江州地方，内中单表江州德化县一个知县，姓石名璧，原是抚州临川县人氏，流寓建康。四旬之外，丧了夫人，又无儿子，止（仅，只）有八岁亲女月香，和一个养娘（婢女，如丫鬟、乳母之类）随任。那官人为官清正，单吃德化县中一口水（晋代邓攸做吴郡太守，自己载米赴任，俸禄无所受，仅饮吴水而已。这里用来形容廉洁不贪污的意思）。又且听讼明决，雪冤理滞，果然政简刑清，民安盗息。退堂之暇，就抱月香坐于膝上，教他识字，又或叫养娘和他下棋、蹴鞠（cù jū，踢球。蹴，用脚踢。鞠，用皮子包着毛的皮球），百般顽耍。他从旁教导。只为无娘之女，十分爱惜。一日，养娘和月香在庭中蹴那小小球儿为戏。养娘一脚踢起，去得势重了些，那球击地而起，连跳几跳的溜溜滚去，滚入一个地穴里。那地穴约有二三尺深，原是埋缸贮水的所在。养娘手短揽他不着，正待跳下穴中去拾取球儿。石璧道：“且住！”问女儿月香道：“你有甚计较，使球儿自走出来么？”月香想了一想，便道：“有计了！”即教养娘去提过一桶水来，倾在穴内。那球便浮在水面。再倾一桶，穴中水满，其球随水而出。石璧本是要试女孩儿的聪明。见其取水出球，智意过人，不胜之喜。

闲话休叙。那官人在任不上二年，谁知命里官星不现，飞祸相侵。忽一夜仓中失火，急去救时，已烧损官粮千余石。那时米贵，一石值一贯五百。乱离（指政治动荡给国家带来忧患）之际，军粮最重。南唐法度，凡官府破耗军粮至三百石者，即行处斩。只为石璧是个清官，又且火灾天数，非关本官私弊。上官都替他分解（分辩，解释）保奏（向朝廷推荐人并予以担保）。唐主怒犹未息，将本官削职，要他赔偿。估价共该一千五百余两。把家私变卖，未尽其半。石璧被本府软监（软禁），追逼不过，郁成一病，数日而死。遗下女儿和养娘二口，少不得着落（依托，靠头，指靠）牙婆（专为买卖人口做中间人的妇女）官卖，

取价偿官。这等苦楚，分明是：

屋漏更遭连夜雨，船迟又遇打头风。

却说本县有个百姓，叫做贾昌，昔年被人诬陷，坐（因为某种事而犯了罪。这里做动词，冠以罪名的意思）假人命事，问成死罪在狱。亏石知县到任，审出冤情，将他释放。贾昌衔保家活命之恩，无从报效。一向在外为商，近日方回。正值石知县身死。即往抚尸恸哭，备办衣衾棺木，与他殡殓。合家挂孝，买地茔（yíng，埋葬死人的地方）葬。又闻得所欠官粮尚多，欲待替他赔补几分，怕钱粮干系（能引起纠纷的关系），不敢开端惹祸。见说小姐和养娘都着落牙婆官卖，慌忙带了银子，到李牙婆家，问要多少身价。李牙婆取出朱批（旧时官府的红笔批示）的官票来看：养娘十六岁，只判得三十两；月香十岁，到判了五十两。却是为何？月香虽然年小，容貌秀美可爱；养娘不过粗使（指做粗重工作，多用于仆人）之婢，故此判价不等。贾昌并无吝色，身边取出银包，兑足了八十两纹银，交付牙婆，又谢他五两银子，即时领取二人回家。李牙婆把两个身价，交纳官库。地方（地保，即后来的保甲长一类的人）呈明石知县家财人口变卖都尽。上官只得在别项那移（同“挪移”。挪借移用，拿甲项的钱用于乙项用途上）贴补，不在话下。

却说月香自从父亲死后，没一刻不啼啼哭哭。今日又不认得贾昌是什么人，买他归去，必然落于下贱。一路痛哭不已。养娘道：“小姐，你今番到人家去，不比在老爷身边，只管啼哭，必遭打骂。”月香听说，愈觉悲伤。谁知贾昌一片仁义之心，领到家中，与老婆相见，对老婆说：“此乃恩人石相公（君子、生员、宰相的另外一种叫法）的小姐。那一个就是伏侍小姐的养娘。我当初若没有恩人，此身死于缧绁（léi xiè，捆罪犯的黑色绳子；引申为牢狱、刑法的代称）。今日见他小姐，如见恩人之面。你可另收拾一间香房（指青年女子的内室），教他两个住下，好茶好饭供待他，不可怠慢。后来倘有亲族来访，那时送还，也尽我一点报效之心。不然之时，待他长成，就本县择个门当户对的人家，一夫一妇，嫁他出去，恩人坟墓也有个亲人看觑（看顾；照料。觑，qù）。那个养娘依旧得他伏侍小姐，等他两个作伴，做些女工（旧时指妇女所做的纺织、刺绣、缝纫等工作和这些工作的成品），不要他在外答应（伺候；服役）。”月香生成伶俐，见贾昌如此分付老婆，慌忙上前万福（一种动作。旧时，妇女对人用双手在左衣襟前拂一拂，口中说“万福”，表示行礼、祝福）道：“奴家卖身在此，为奴为婢，理之当然。蒙恩人抬举，此乃再生之恩。乞受奴一拜，收为义女。”说罢，即忙下跪。贾昌那里肯要他拜，别转了头，忙教老婆扶起道：“小人是老相公的子民，这蝼蚁（即蝼蛄和蚂蚁，比喻力量弱小、无足轻重的动物或人）之命，都出老相公所赐。就是这位养娘，小人也不敢怠慢，何况小姐！小人怎敢妄自尊大。暂时屈在寒家，只当宾客相待。望小姐勿责怠慢，小人夫妻有幸。”月香再三称谢。贾昌又分付家中男女，都称为石小姐。那小姐称贾昌夫妇，但呼贾公贾婆，不在话下。

原来贾昌的老婆，素性（本性）不甚贤慧。只为看上月香生得清秀乖巧，自己无男无女，有心要收他做个螟蛉（míng líng，一种绿色小虫，蜾蠃捕螟蛉喂它的幼虫，古人误解，以为它养螟蛉为子，所以一般称养子为螟蛉）女儿。初时甚是欢喜，听说宾客相待，先有三分不耐烦了。却灭不得石知县的恩，没奈何依着丈夫言语，勉强奉承。后来贾昌在外为商，每得好绸好绢，先尽上好的寄与石小姐做衣服穿。比及回家，先问石小姐安否。老婆心下渐渐不平。又过些时，把马脚露出来了。但是贾昌在家，朝饔（yōng，做饭；烹煮）夕餐，也还成个规矩，口中假意奉承几句。但背了贾昌时，茶不茶，饭不饭，另是一样光景了。养娘常叫出外边杂差杂使，不容他一刻空闲。又每日间限定石小姐要做若干女工（旧时指妇女所做的纺织、刺绣、缝纫等工作和这些工作的成品）针指还他。倘手迟脚慢，便去捉鸡骂狗，口里好不干净哩。正是：

人无千日好，花无百日红。

养娘受气不过，禀知小姐，欲待等贾公回家，告诉他一番。月香断然不肯。说道：“当初他用钱买我，原不指望他抬举。今日贾婆虽有不到之处，却与贾公无干。你若说他，把贾公这段美情都没了。我与你命薄之人，只索（不得不；只能）忍耐为上。”忽一日，贾公做客回家，正撞着养娘在外汲水（从下往上打水），面庞比前甚是黑瘦了。贾公道：“养娘，我只教你伏侍小姐，谁要你汲水？且放着水桶，另叫人来担罢！”养娘放了水桶，动了个感伤之念，不觉滴下几点泪来。贾公要盘问时，他把手拭泪，忙忙的奔进去了。贾公心中甚疑。见了老婆，问道：“石小姐和养娘没有甚事么？”老婆回言：“没有。”初归之际，事体（事情）多头，也就搁过一边。又过了几日，贾公偶然到近处人家走动，回来不见老婆在房，自往厨下去寻他说话。正撞见养娘从厨下来，也没有托盘，右手拿一大碗饭，左手一只空碗，碗上顶一碟腌菜叶儿。贾公有心闪在隐处看时，养娘走进石小姐房中去了。贾公不省得这饭是谁吃的，一些（表示数量少。只一点）荤腥也没有。那时不往厨下，竟悄悄的走在石小姐房前，向门缝里张时，只见石小姐将这碟腌菜叶儿过饭。心中大怒，便与老婆闹将起来。老婆道："荤腥尽有，我又不是不舍得与他吃。那丫头自不来担，难道要老娘送进房去不成？"贾公道："我原说过来，石家的养娘，只教他在房中与小姐作伴。我家厨下走使（使唤、差遣）的又不少，谁要他出房担饭！前日那养娘噙着两眼泪在外街汲水，我已疑心，是必家中把他难为了。只为匆忙，不曾细问得。原来你恁地无恩无义！连石小姐都怠慢。见（同"现"，现成）放着许多荤菜，却教他吃白饭（没有菜肴的饭食），是甚道理？我在家尚然如此，我出外时，可知连饭也没得与他们吃饱。我这番回来，见他们着实黑瘦了。"老婆道："别人家丫头，那要你恁般疼他。养得白白壮壮，你可收用他做小老婆么？"贾公道："放屁！说的是什么话！你这样不通理的人，我不与你讲嘴（吵嘴）。自明日为始，我教当直（当值；值日当差的，管事的人）的每日另买一份肉菜供给他两口，不要在家火中算帐，省得夺了你的口食，你又不欢喜。"老婆自家觉得有些不是，口里也含含糊糊的哼了几句，便不言语了。从此贾公分付当直的，每日肉菜分做两份。却叫厨下丫头们，各自安排送饭。这几时，好不齐整。正是：

人情若比初相识，到底终无怨恨心。

贾昌因牵挂石小姐，有一年多不出外经营。老婆却也做意（略带贬义，形容人做作、有意思、虚情假意）修好（指人与人之间表示友好），相忘于无言。月香在贾公家，一住五年，看看长成。贾昌意思要密访个好主儿，嫁他出去了，方才放心，自家好出门做生理（生意；买卖）。这也是贾公的心事，背地里自去勾当。晓得老婆不贤，又与他商量怎的。若是凑巧时，赔些妆奁嫁出去了，可不干净，何期姻缘不偶（不遇；不合）。内中也有缘故：但是出身低微的，贾公又怕辱莫（辱没）了石知县，不肯俯就（特指女性主动屈尊去迎合地位比她低的男性）；但是略有些名目（名声）的，那个肯要百姓人家的养娘为妇；所以好事难成。贾公见姻事不就，老婆又和顺了，家中供给又立了常规，舍不得担阁（耽误）生意，只得又出外为商。未行数日之前，预先叮咛老婆有十来次，只教好生看待石小姐和养娘两口。又请石小姐出来，再三抚慰，连养娘都用许多好言安放。又分付老婆道："他骨气也比你重几百分哩。你切莫慢他。若是不依我言语，我回家时，就不与你认夫妻了。"又唤当直的和厨下丫头，都分付遍了，方才出门。

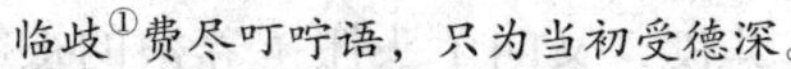
临歧[1]费尽叮咛语，只为当初受德深。

却说贾昌的老婆，一向被老公在家作兴（苏湘皖鄂一带方言，谓敬重、爱好、流行为作兴。这里是说纵容、娇惯）石小姐和养娘，心下好生不乐。没奈何，只得由他，受了一肚子的腌臢（ā zā，不干不净）之气。一等老公出门，三日之后，就使起家主母的势来。寻个茶迟晏（晚）小小不是的题目，先将厨下丫头试法，连打几个巴掌，骂道："贱人，你是我手内用钱讨的，如何恁地托大（自己认为有所恃而觉得了不起，抬高自己，自高自大）！你恃了那个小主母的势头，却不用心伏侍我？家长在家里，纵容了你。如今他出去了，少不得要还老娘的规矩。除却老娘外，那个该服侍的？要饭吃时，等他自担，不要你们献勤，却担误老娘的差使！"骂了一回，就乘着热闹中，唤过当直的，分付将贾公派下另一份肉菜钱，干折进来，不要买了。当直的不敢不依。且喜月香能甘淡薄，全不介意。又过了些时，忽一日，养娘担洗脸水，迟了些，水已凉了。养娘不合（不应当；不该）哼了一句。那婆娘听得了，特地叫来发作道："这水不是你担的。别人烧着汤，你便胡乱用些罢。当初在牙婆（专为买卖人口做中间人的妇女）家，哪个烧汤与你洗脸？"养娘耐嘴不住，便回了几句言语道："谁要他们担水烧汤！我又不是不曾担水过的，两只手也会烧火。下次我自担水自烧，不费厨下姐姐们力气便了。"那婆娘提醒了他当初曾担水过这句话，便骂道："小贱人！你当先担得几桶水，便在外面做身做分，哭与家长知道，连累老娘受了百般呕气。今日老娘要讨个帐儿。你既说会担水，会烧火，把两件事都交在你身上。每日常用的水，都要你担，不许缺乏。是火，都是你烧。若是难为了柴（这里是说糟蹋柴，多烧了柴的意思），老娘却要计较。且等你知心知意的家长回家时，你再啼啼哭哭告诉他便了，也不怕他赶了老娘出去！"月香在房中，听得贾婆发作（发脾气）自家的丫头，慌忙移步上前，万福谢罪，招称（招认，招供）许多不是，叫贾婆莫怪。养娘道："果是婢子不是了！只求看小姐面上，不要计较。"那老婆愈加忿怒，便道："什么小姐，小姐！是小姐，不到我家来了。我是个百姓人家，不晓得小姐是什么品级，你动不动把来压老娘。老娘骨气虽轻，不受人压量（压制）的今日要说个明白。就是小姐，也说不得费了大钱讨的。少不得老娘是个主母。贾婆也不是你叫的。"月香听得话不投机，含着眼泪，自进房去了。那婆娘分付厨中，不许叫"石小姐"，只叫他"月香"名字。又分付养娘，只在厨下专管担水烧火，不许进月香房中。月香若要饭吃

[1]临歧：古人送别常在岔路口处分手，往往把临别称为临歧。

时，待他自到厨房来取。其夜，又叫丫头搬了养娘的被窝到自己房中去。月香坐个更深，不见养娘进来，只得自己闭门而睡。又过几日，那婆娘唤月香出房，却教丫头把他的房门锁了。月香没了房，只得在外面盘旋（逗留,徘徊）。夜间就同养娘一铺睡。睡起时，就叫他拿东拿西，役使他起来。在他矮檐下，怎敢不低头。月香无可奈何，只得伏低伏小（屈服；顺从）。那婆娘见月香随顺（依顺；依从）了，心中暗喜，蓦地开了他房门的锁，把他房中搬得一空。凡丈夫一向寄来的好绸好缎，曾做不曾做得，都迁入自己箱笼，被窝也收起了不还他。月香暗暗叫苦，不敢则声（作声）。

忽一日，贾公书信回来，又寄许多东西与石小姐。书中嘱咐老婆："好生看待，不久我便回来。"那婆娘把东西收起，思想道："我把石家两个丫头作贱勾（同"够"）了，丈夫回来，必然厮闹（吵闹）。难道我惧怕老公，重新奉承他起来不成？那老亡（同"王"）八把这两个瘦马（旧时扬州一带有些人买女孩子养着，教她吹弹歌唱，长大了卖给别人家做姨太太或娼妓，这种女孩子被称为"瘦马"）养着，不知作何结束！他临行之时，说道若不依他言语，就不与我做夫妻了。一定他起了什么不良之心。那月香好副嘴脸，年已长成。倘或有意留他，也不见得。那时我争风吃醋便迟了。人无远虑，必有近忧。一不做，二不休，索性把他两个卖去他方，老亡八回来也只一怪。拼得厮闹一场罢了，难道又去赎他回来不成？好计，好计！"正是：

眼孔浅[1]时无大量，心田偏处有奸谋。

当下那婆娘分付当直（即当值；值日当差的，管事的人）的："与我唤那张牙婆到来，我有话说。"不一时，当直的将张婆引到。贾婆教月香和养娘都相见了，却发付（吩咐）他开去。对张婆说道："我家六年前，讨下这两个丫头。如今大的忒大了，小的又娇娇的，做不得生活，都要卖他出去，你与我快寻个主儿。"原来当先官卖之事，是李牙婆经手，此时李婆已死，官私做媒，又推张婆出尖（出人之上，第一，为首）了。张婆道："那年纪小的，正有个好主儿在此，只怕大娘不肯。"贾婆道："有甚不肯？"张婆道："就是本县大尹（县令的别称）老爷复姓钟离，名义，寿春人氏，亲生一位小姐，许配德安县高大尹的长公子，在任上行聘的。不日就要来娶亲了。本县嫁妆都已备得十全，只是缺少一个随嫁的养娘。昨日大尹老爷唤老媳妇当官分付过了。老媳妇正没处寻。宅上这位小娘子，正中其选。只是异乡之人，大娘不舍得与他。"

①眼孔浅：方言。形容目光短浅，贪财爱物。

贾婆想道："我正要寻个远方的主顾，来得正好！况且知县相公要了人去，丈夫回来，料也不敢则声。"便道："做官府家陪嫁，胜似在我家十倍，我有什么不舍得。只是不要亏了我的原价便好。"张婆道："原价许多？"贾婆道："十来岁时，就是五十两讨的，如今饭钱又弄一主在身上了。"张婆道："吃的饭是算不得账。这五十两银子在老媳妇身上。"贾婆道："那一个老丫头也替我觅个人家便好。他两个是一伙儿来的。去了一个，那一个也养不住了。况且年纪一二十之外，又是要老公的时候，留他甚么！"张婆道："那个要多少身价？"贾婆道："原是三十两银子讨的。"牙婆道："粗货儿，直不得这许多。若是减得一半，老媳妇到有个外甥在身边，三十岁了，老媳妇原许下与他娶一房妻小的。因手头不宽展（宽裕），捱下去。这到是雌雄一对儿。"贾婆道："既是你的外甥，便让你五两银子。"张婆道："连这小娘子的媒礼在内，让我十两罢！"贾婆道："也不为大事，你且说合起来。"张婆道："老媳妇如今先去回复知县相公。若讲得成时，一手交钱，一手就要交货的。"贾婆道："你今晚还来不？"张婆道："今晚还要与外甥商量，来不及了。明日早来回话。多分（多半，大半，有很大成分。分，fēn）两个都要成的。"说罢，别去，不在话下。

却说大尹钟离义到任有一年零三个月了。前任马公，是顶那石大尹的缺。马公升任去后，钟离义又是顶马公的缺。钟离大尹与德安高大尹原是个同乡。高大尹生下二子，长曰高登，年十八岁；次曰高升，年十六岁。这高登便是钟离公的女婿。自来钟离公未曾有子，止（仅，只）生此女，小字瑞枝，方年一十七岁，选定本年十月望日（农历每月十五或十六日）出嫁。此时九月下旬，吉期将近。钟离公分付张婆，急切要寻个陪嫁。张婆得了贾家这头门路，就去回复大尹。大尹道："若是人物好时，就是五十两也不多。明日库上来领价，晚上就要过门的。"张婆道："领相公钧旨（尊称上司的命令，是中国封建社会时对帝王将相下的命令或发表的言论的尊称）。"当晚回家，与外甥赵二商议，有这相应（xiāng yìng，便宜，价钱小的，花钱不多的）的亲事，要与他完婚。赵二先欢喜了一夜。次早，赵二便去整理衣褶，准备做新郎。张婆在家中，先凑足了二十两身价，随即到县取知县相公钧帖（古代对有身份的人的柬帖的敬称），到库上兑了五十两银子，来到贾家，把这两项银子交付与贾婆，分疏（分别一样一样讲清楚）得明明白白。贾婆都收下了。少顷，县中差两名皂隶（旧时衙门里的差役），两个轿夫，抬着一顶小轿，到贾家门首停下。贾家初时都不通月香晓得。临期竟打发他上轿。月香正不知教他哪里去，和养娘两个，叫天叫地，放声大哭。贾婆不管三七二十一，和张婆两个，你一推，我一掇（sǒng，动词，推），掇他出了大门。张婆方才说明："小娘子不要啼哭了！你家主母，将你卖与本县知县相公处做小姐的陪嫁。此去好不富贵！官府衙门，不是耍处，事到其间，哭也无益。"月香只得收泪，上轿而去。轿夫抬进后堂。月香见了钟离公，还只万福。张婆在傍道："这就是老爷了，须下个大礼！"月香只得磕头。立起身来，不觉泪珠满面。张婆教他拭干了泪眼，引入私衙（私第，指旧时官员私人所置的住所），见了夫人和瑞枝小姐。问其小名，对以"月香"。夫人道："好个'月香'二字！不必更改，就发他伏侍小姐。"钟离公厚赏张婆，不在话下。

可怜宦室娇香女，权作闺中使令人。

张婆出衙，已是酉牌时分（yǒu pái shí fēn，指酉时，日落、日沉、傍晚太阳落山的时候，下午五时正至下午七时正）。再到贾家，只见那养娘正思想小姐，在厨下痛哭。贾婆对他说道："我今把你嫁与张妈妈的外甥，一夫一妇，比月香到胜几分，莫要悲伤了！"张婆也劝慰了一番。赵二在混堂（澡堂）内洗了个净浴，打扮得帽儿光光，衣衫簇簇，自家提了一碗灯笼（古时点灯，用盏碟或碗盛油，加上灯捻，就可点燃照明，外面再加上灯罩，可以提着，所以一只灯笼叫作"一碗灯笼"）前来接亲。张婆就教养娘拜别了贾婆。那养娘原是个大脚，张婆扶着步行到家，与外甥成亲。

话休絮烦。再说月香小姐自那日进了钟离相公衙内，次日，夫人分付新来婢子，将中堂打扫。月香领命，携帚而去。钟离义梳洗已毕，打点早衙理事，步出中堂，只见新来婢子呆呆的把着一把扫帚，立于庭中。钟离公暗暗称怪。悄地上前看时，原来庭中有一个土穴，月香对了那穴，汪汪流泪。钟离公不解其故。走入中堂，唤月香上来，问其缘故。月香愈加哀泣，口称不敢。钟离公再三诘问（jié wèn，追问，责问，质问。诘，追问），月香方才收泪而言道："贱妾幼时，父亲曾于此地教妾蹴球为戏，误落球于此穴。父亲问道：'你可有计较（这里是办法的意思），使球自出于穴，不须拾取？'贱妾言云：'有计。'即遣养娘取水灌之。水满球浮，自出穴外。父亲谓妾聪明，不胜之喜。今虽年久，尚然记忆。睹物伤情，不觉哀泣。愿相公俯赐矜怜（jīn lián，怜悯），勿加罪责！"钟离公大惊道："汝父姓甚名谁？你幼时如何得到此地？须细细说与我知！"月香道："妾父姓石名璧，六年前在此作县尹。只天火烧仓，朝廷将父革职，勒令赔偿。父亲病郁而死。有司（指官吏。古代设官分职,各有专司,故称有司）将妾和养娘官卖到本县公家。贾公向被冤系，蒙我父活命之恩，故将贱妾甚相看待，抚养至今。因贾公出外为商，其妻不能相容，将妾转于此。只此实情，并无欺隐。”

今朝诉出衷肠事，铁石人知也泪垂。

钟离公听罢，正是兔死狐悲（兔子死了，狐狸感到悲伤。比喻因同类的不幸而感到悲伤），物伤其类：“我与石璧一般是个县尹。他只为遭时不幸，遇了天灾，亲生女儿就沦于下贱。我若不闻不问，到也罢了；天教他到我衙里。我若不扶持他，同官体面何存！石公在九泉之下，以我为何如人！”当下请夫人上堂，就把月香的来历细细叙明。夫人道：“似这等说，他也是个县令之女，岂可贱婢相看。目今女孩儿嫁期又逼，相公何以处之？”钟离公道：“今后不要月香服役，可与女孩儿姊妹相称。下官自有处置。”即时修书一封，差人送到亲家高大尹处。高大尹拆书观看，原来是求宽嫁娶之期。书上写道：

婚男嫁女，虽父母之心；舍已成人，乃高明之事。近因小女出阁，预置媵婢（yìng bì，陪嫁的丫头）月香。见其颜色端丽，举止安详，心窃异之。细访来历，乃知即两任前石县令之女。石公廉吏，因仓火失官丧躯，女亦官卖，转展售于寒家（谦称自己的家庭）。同官之女，犹吾女也。此女年已及笄（jí jī，古代女子满15岁结发，用笄贯之，因称女子满15岁为及笄。也指已到了结婚的年龄），不惟不可屈为媵婢，且不可使吾女先此女而嫁。仆今急为此女择婿，将以小女薄奁嫁之。令郎姻期，少待改卜。特此拜恳，伏惟情谅。钟离义顿首（磕头；叩头下拜。常用于书信、名帖中的敬辞）。

高大尹看了道：“原来如此！此长者之事，吾奈何使钟离公独擅其美！”即时回书云：

鸾凤之配，虽有佳期；狐兔之悲，岂无同志。在亲翁既以同官之女为女，在不佞宁不以亲翁之心为心？三复示言，令人悲恻。此女廉吏血胤（血统，后代。胤，yìn），无惭阀阅（大官员家的门前立两根大木柱，表示功勋、地位，称为“阀阅”，后作为官家的代词）。愿亲家即赐为儿妇，以践始期；令爱别选高门，庶几（或许可以，表示希望或推测）两便。昔蘧伯玉耻独为君子（蘧伯玉，春秋时卫国的贤臣，与孔子同时。“蘧伯玉耻独为君子”这句话，见于《后汉书·王畅传》。这件事最初出于何书尚待考），仆今者愿分亲翁之谊。高原顿首。

使者将回书呈与钟离公看了。钟离公道：“高亲家愿娶孤女，虽然义举；但吾女他儿，久已聘定，岂可更改？还是从容待我嫁了石家小姐，然后另备妆奁，以完吾女之事。”当下又写书一封，差人再达高亲家。高公开书读道：

娶无依之女，虽属高情；更已定之婚，终乖正道。小女与令郎，久谐凤卜（称占卜佳偶为“凤卜”），准拟鸾鸣（鸾凤和鸣。比喻夫妻和美）。在令郎停妻而娶妻，已违古礼；使小女舍婿而求婿，难免人非。请君三思，必从前议。义惶恐再拜。

高公读毕，叹道：“我一时思之不熟。今闻钟离公之言，惭愧无地。我如今有个两尽之道，使钟离公得行其志，而吾亦同享其名；万世而下，以为美谈。”即时复书云：

以女易女，仆之慕谊虽殷；停妻娶妻，君之引礼甚正。仆之次男高升，年方十七，尚未缔姻。令爱归我长儿，石女属我次子。佳儿佳妇，两对良姻。一死一生，千秋高谊（崇高的道义；高尚的德行）。妆奁不须求备（谋求完善齐备），时日且喜和同。伏冀俯从，不须改卜。原惶恐再拜。

钟离公得书，大喜道：“如此分处，方为双美。高公义气，真不愧古人。吾当拜其下风矣。”当下即与夫人说知，将一副妆奁，剖为两份，衣服首饰，稍稍增添。二女一般，并无厚薄。到十月望前两日，高公安排两乘花花细轿，笙箫鼓吹，迎接两位新人。钟离公先发了嫁妆去后，随唤出瑞枝、月香两个女儿，教夫人分付他为妇之道。二女拜别而行。月香感念钟离公夫妇恩德，十分难舍，号哭上轿。一路趱行（zǎn xíng，赶路；快行），自不必说。到了县中，恰好凑着吉日良时，两对小夫妻，如花如锦，拜堂合卺（hé jǐn，即新夫妇在新房内共饮合欢酒）。高公夫妇欢喜无限。正是：

百年好事从今定，一对姻缘天上来。

再说钟离公嫁女三日之后，夜间忽得一梦，梦见一位官人，幞头象简（幞头，官员所戴的冠帻。象简，用象牙做成的、臣子上朝时所拿的手板。有事就写在上面，防备遗忘。幞，fú），立于面前，说道：“吾乃月香之父石璧是也。生前为此县大尹，因仓粮失火，赔偿无措，郁郁而亡。上帝察其清廉，悯其无罪，敕封吾为本县城隍之神。月香吾之爱女，蒙君高谊，拔之泥中，成其美眷，此乃阴德（是指不被人知道，不是为了自己而做的善事）之事。吾已奏闻上帝。君命中本无子嗣，上帝以公行善，赐公一子，昌大其门。君当致身高位，安享遐龄（高寿）。邻县高公与君同心，愿娶孤女，上帝嘉悦，亦赐二子高官厚禄，以酬其德。君当传与世人，广行方便，切不可凌弱暴寡（侵犯弱小的，欺侮孤单的。凌，侵犯；暴，欺负、践踏），利己损人。天道昭昭（zhāo zhāo，明白；清楚），纤毫洞察。”说罢，再拜。钟离公答拜起身，忽然踏了衣服前幅，跌上一交，猛然惊醒，乃是一梦。即时说与夫人知道，夫人亦嗟呀（惊叹；叹息）不已。待等天明，钟离公打轿到城隍庙中焚香作礼，捐出俸资百两，命道士重新庙宇，将此事勒碑，广谕众人。又将此梦备细写书报与高公知道。高公把书与两个儿子看了，各各惊讶。钟离夫人年过四十，忽然得孕生子，取名天赐。后来钟离义归宋，任至龙图阁大学士，寿享九旬。子天赐，为大宋状元。高登、高升俱仕宋朝，官至卿宰。此是后话。

且说贾昌在客中，不久回来，不见了月香小姐和那养娘。询知其故，与婆娘大闹几场。后来知得钟离相公将月香为女，一同小姐嫁与高门。贾昌无处用情，把银二十两，要赎养娘送还石小姐。那赵二恩爱夫妻，不忍分拆，情愿做一对投靠（封建社会里，穷苦人被迫丧失职业，无以为生；投向官员、财主人家，订立身契，作为奴仆，借此躲避差役，叫作“投靠”）。张婆也禁他不住。贾昌领了赵二夫妻，直到德安县，禀知大尹高公。高公问了备细（详细情况），进衙又问媳妇月香，所言相同。遂将赵二夫妻收留，以金帛厚酬贾昌。贾昌不受而归。从此贾昌恼恨老婆无义，立誓不与他相处；另招一婢，生下两男。此亦作善之报也。后人有诗叹云：

人家要娶择高门，谁肯周全孤女婚？
试看两公阴德报，皇天不负好心人。

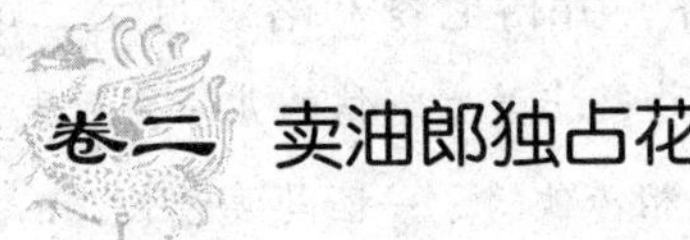

卷二　卖油郎独占花魁

年少争夸风月（指男女间情爱之事），场中波浪偏多。有钱无貌意难和，有貌无钱不可。就是有钱有貌，还须着意揣摩。知情识趣俏哥哥，此道谁人赛我。

这首词名为〔西江月〕，是风月机关中撮要（cuō yào，摘其大要）之论。常言道：“妓爱俏，妈爱钞。”所以子弟（嫖客）行中，有了潘安（西晋文学家、中国古代美男子）般貌，邓通（西汉文帝宠臣，凭借与汉文帝的特殊关系，依靠当时铸钱业，广开铜矿，富甲天下）般钱，自然上和下睦，做得烟花（指妓女或艺妓）寨内的大王，鸳鸯会上的主盟。然虽如此，还有个两字经儿，叫做帮衬。帮者，如鞋之有帮；衬者，如衣之有衬。但凡做小娘（这里指妓女）的，有一分所长，得人衬贴（衬托，陪衬），就当十分。若有短处，曲意替他遮护，更兼低声下气，送暖偷寒，逢其所喜，避其所讳，以情度情，岂有不爱之理。这叫做帮衬。风月场中，只有会帮衬的最讨便宜，无貌而有貌，无钱而有钱。假如郑元和〔唐人传说故事：书生郑元和因热恋妓女李娃（宋元人传为李亚仙），以致穷困落魄。后来李娃设法救护他，使他读书做了官。见唐人白行简《李娃传》〕在卑田院（由公家出钱，寺庙主办，收容无依靠的老年人的处所，后来成了乞丐收容所）做了乞儿，此时囊箧（袋子与箱子）俱空，容颜非旧，李亚仙于雪天遇之，便动了一个恻隐（对受苦受难的人表示同情；心中不忍）之心，将绣襦包囊，美食供养，与他做了夫妻。这岂是爱他之钱，恋他之貌？只为郑元和识趣知情，善于帮衬，所以亚仙心中舍他不得。你只看亚仙病中想马板肠汤吃，郑元和就把个五花马杀了，取肠煮汤奉之。只这一节上，亚仙如何不念其情。后来郑元和中了状元，李亚仙封做汧（qiān）国夫人。《莲花落》打出万年策，卑田院变做了白玉楼。一床锦被遮盖，风月场中反为美谈。这是：

运退黄金失色，时来铁也生光。

话说大宋自太祖开基，太宗嗣位，历传真、仁、英、神、哲，共是七代帝王，都则偃武修文（停止武事，振兴文教。偃，停止；修，昌明，修明），民安国泰。到了徽宗道君皇帝，信任蔡京、高俅、杨戬、朱勔（都是北宋末年的几个奸臣，《宋史》有传）之徒，大兴苑囿（划定一定范围的，具有生产、游赏等功能的皇家专属领地），专务游乐，不以朝政为事，以致万民嗟怨（嗟叹怨恨），金虏乘之而起，把花锦般一个世界，弄得七零八落。直至二帝（指宋徽宗与宋钦宗）蒙尘，高宗泥马渡江（高宗赵构，宋徽宗赵佶的儿子，封康王。金人灭北宋，把徽宗、钦宗掳去以后，金人追赶他，相传他骑了一匹马渡过长江；过江之后，才发现所骑的是一匹泥马），偏安一隅（在残存的一片土地上苟且偷安。指封建王朝不能统治全国，苟且安于仅存的部分领土。隅，yú），天下分为南北，方得休息。其中数十年，百姓受了多少苦楚。正是：

甲马[①]丛中立命，刀枪队里为家。
杀戮如同戏耍，抢夺便是生涯。

内中单表一人，乃汴梁城外安乐村居住，姓莘，名善，浑家（古人谦称自己妻子的一种说法，意思是不懂事，不知进退的人）阮氏。夫妻两口，开个六陈铺儿（米、大麦、小麦、大豆、小豆、芝麻等六种粮食可以久藏，叫作“六陈”；粮食铺也

①甲马：披甲骑马的人。

叫作“六陈铺儿”）。虽则粜米为生，一应（所有一切）麦豆茶酒油盐杂货，无所不备，家道颇颇（“颇”字的重叠语；就是很、甚的意思）得过。年过四旬，止（仅，只）生一女，小名叫做瑶琴。自小生得清秀，更且资性聪明。七岁上，送在村学中读书，日诵千言。十岁时，便能吟诗作赋，曾有《闺情》一绝，为人传诵。诗云：

朱帘寂寂下金钩，香鸭[1]沉沉冷画楼。
移枕怕惊鸳并宿，挑灯偏惜蕊双头。

到十二岁，琴棋书画，无所不通。若题起女工（旧时指妇女所做的纺织、刺绣、缝纫等工作和这些工作的成品）一事，飞针走线，出人意表。此乃天生伶俐，非教习之所能也。莘善因为自家无子，要寻个养女婿，来家靠老。只因女儿灵巧多能，难乎其配。所以求亲者颇多，都不曾许。不幸遇了金虏猖獗，把汴梁城围困，四方（指各处；天下）勤王之师（古时君主受到内乱外患的威胁，其臣子前来救援的军队）虽多，宰相主了和议，不许厮杀，以致虏势愈甚。打破了京城，劫迁了二帝。那时城外百姓，一个个亡魂丧胆，携老扶幼，弃家逃命。

却说莘善领着浑家阮氏，和十二岁的女儿，同一般逃难的，背着包囊，结队而走。

忙忙如丧家之犬（无家可归的狗。比喻失去靠山，无处投奔，到处乱窜的人），急急如漏网之鱼。担渴担饥担劳苦，此行谁是家乡；叫天叫地叫祖宗，惟愿不逢鞑虏（这两字和后文中的“鞑子”，都是指金人）。正是：宁为太平犬，莫作乱离人！

正行之间，谁想鞑子到不曾遇见，却逢着一阵败残的官兵。他看见许多逃难的百姓，多背得有包囊，假意呐喊道：“鞑子来了！”沿路放起一把火来。此时天色将晚，吓得众百姓落荒乱窜，你我不相顾。他就乘机抢掠。若不肯与他，就杀害了。这是乱中生乱，苦上加苦。却说莘氏瑶琴，被乱军冲突，跌了一交，爬起来，不见了爹娘。不敢叫唤，躲在道傍古墓之中，过了一夜。到天明，出外看时，但见满目风沙，死尸横路。昨日同时避难之人，都不知所往。瑶琴思念父母，痛哭不已。欲待寻访，又不认得路径。只得望南而行。哭一步，捱一步。约莫走了二里之程。心上又苦，腹中又饥。望见土房一所，想必其中有人，欲待求乞些汤饮。及至向前，却是破败的空屋，人口俱逃难去了。瑶琴坐于土墙之下，哀哀而哭。自古道：“无巧不成话。”恰好有一人从墙下而过。那人姓卜，名乔，正是莘善的近邻，平昔是个游手游食、不守本分，

①香鸭：鸭形香炉。

惯吃白食，用白钱的主儿。人都称他是卜大郎。也是被官军冲散了同伙，今日独自而行。听得啼哭之声，慌忙来看。瑶琴自小相认，今日患难之际，举目无亲，见了近邻，分明见了亲人一般，即忙收泪，起身相见。问道："卜大叔，可曾见我爹妈么？"卜乔心中暗想："昨日被官军抢去包裹，正没盘缠。天生这碗衣饭，送来与我，正是奇货可居（把贵重货物囤积起来，等待高价出卖。奇货，贵重的货物；居，囤积）。"便扯个谎，道："你爹和妈，寻你不见，好生痛苦。如今前面去了。分付我道：'倘或见我女儿，千万带了他来，送还了我。'许我厚谢。"瑶琴虽是聪明，正当无可奈何之际，君子可欺以其方（君子，过去一般指有道德的人。方，方正，正直。这句话是说：君子这类人很正直，不懂他人的坏心眼，坏人就可以利用这一点去欺骗他们），遂全然不疑，随着卜乔便走，正是：

情知不是伴，事急且相随。

卜乔将随身带的干粮，把些与他吃了，分付道："你爹妈连夜走的。若路上不能相遇，直要过江到建康府，方可相会。一路上同行，我权把你当女儿，你权叫我做爹。不然，只道我收留迷失子女，不当稳便（不大稳妥、妥当）。"瑶琴依允。从此陆路同步，水路同舟，爹女相称。到了建康府，路上又闻得金兀术四太子，引兵渡江。眼见得建康不得宁息。又闻得康王即位，已在杭州驻跸（皇帝出外住在那里叫作"驻跸"。跸，含有禁止行人、打扫道路及警卫等意），改名临安（指临安府，即今浙江省杭州市，是南宋行在所，有"临时安顿"之意）。遂趁船到润州。过了苏常嘉湖，直到临安地面，暂且饭店中居住。也亏卜乔，自汴京至临安，三千余里，带那莘瑶琴下来，身边藏下些散碎银两，都用尽了，连身上外盖衣服（外面的衣服，即长衫一类的衣服），脱下准（兑换，抵偿）了店钱，止（仅，只）剩得莘瑶琴一件活货，欲行出脱（出卖）。访得西湖上烟花王九妈家要讨养女，遂引九妈到店中，看货还钱。九妈见瑶琴生得标致，讲了财礼五十两。卜乔兑足了银子，将瑶琴送到王家。原来卜乔有智，在王九妈前，只说："瑶琴是我亲生之女，不幸到你门户人家（妓院），须是款款（温柔缓和）的教训，他自然从顺，不要性急。"在瑶琴面前，又说："九妈是我至亲，权时把你寄顿他家，待我从容访知你爹妈下落，再来领你。"以此瑶琴欣然而去。

可怜绝世聪明女，堕落烟花罗网中。

王九妈新讨了瑶琴，将他浑身衣服，换个新鲜，藏于曲楼深处，终日好茶

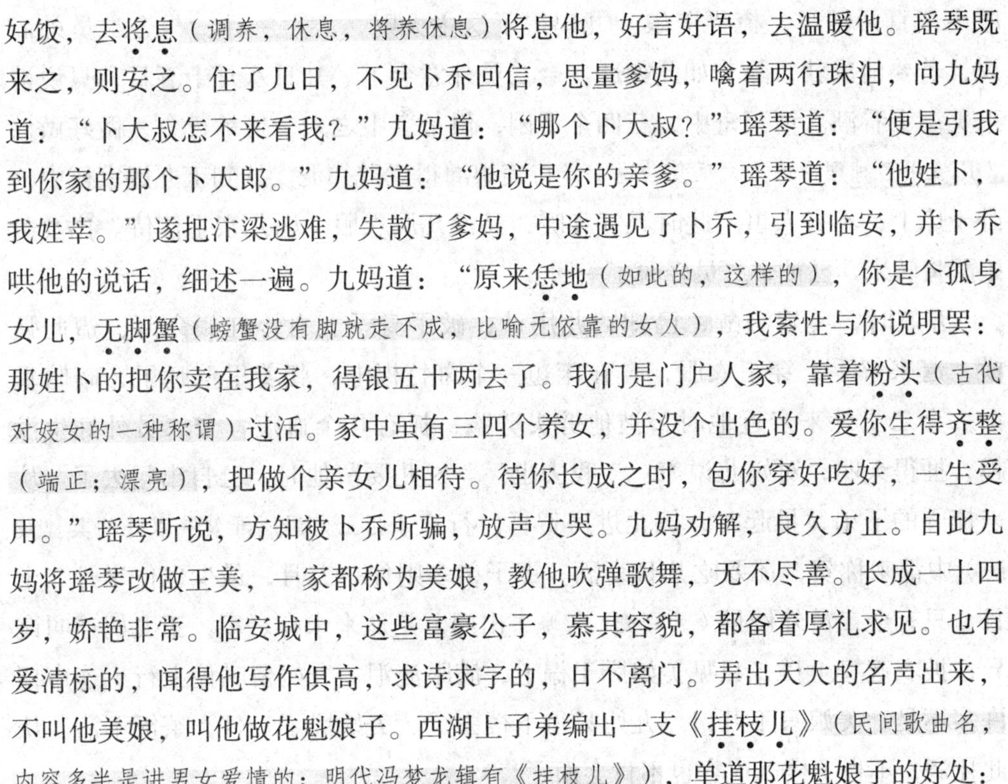

好饭，去将息（调养，休息，将养休息）将息他，好言好语，去温暖他。瑶琴既来之，则安之。住了几日，不见卜乔回信，思量爹妈，噙着两行珠泪，问九妈道："卜大叔怎不来看我？"九妈道："哪个卜大叔？"瑶琴道："便是引我到你家的那个卜大郎。"九妈道："他说是你的亲爹。"瑶琴道："他姓卜，我姓莘。"遂把汴梁逃难，失散了爹妈，中途遇见了卜乔，引到临安，并卜乔哄他的说话，细述一遍。九妈道："原来恁地（如此的，这样的），你是个孤身女儿，无脚蟹（螃蟹没有脚就走不成，比喻无依靠的女人），我索性与你说明罢：那姓卜的把你卖在我家，得银五十两去了。我们是门户人家，靠着粉头（古代对妓女的一种称谓）过活。家中虽有三四个养女，并没个出色的。爱你生得齐整（端正；漂亮），把做个亲女儿相待。待你长成之时，包你穿好吃好，一生受用。"瑶琴听说，方知被卜乔所骗，放声大哭。九妈劝解，良久方止。自此九妈将瑶琴改做王美，一家都称为美娘，教他吹弹歌舞，无不尽善。长成一十四岁，娇艳非常。临安城中，这些富豪公子，慕其容貌，都备着厚礼求见。也有爱清标的，闻得他写作俱高，求诗求字的，日不离门。弄出天大的名声出来，不叫他美娘，叫他做花魁娘子。西湖上子弟编出一支《挂枝儿》（民间歌曲名，内容多半是讲男女爱情的；明代冯梦龙辑有《挂枝儿》），单道那花魁娘子的好处：

小娘（这里指妓女）中，谁似得王美儿的标致，又会写，又会画，又会做诗，吹弹歌舞都余事。常把西湖比西子（西施），就是西子比他也还不如！哪个有福的汤（挨着，接触）着他身儿，也情愿一个死。

只因王美有了个盛名，十四岁上，就有人来讲梳弄（或作"梳笼"；旧时妓女第一次接客的意思。从前妓院里的清倌（处女）头上只梳辫子；接客以后就梳髻，叫作"梳弄"）。一来王美不肯，二来王九妈把女儿做金子看成，见他心中不允，分明奉了一道圣旨，并不敢违拗。又过了一年，王美年方十五。原来门户中梳弄也有个规矩。十三岁太早，谓之试花。皆因鸨儿爱财，不顾痛苦。那子弟也只博个虚名，不得十分畅快取乐。十四岁谓之开花，此时天癸已至，男施女受，也算当时了。到十五谓之摘花，在平常人家还算年小，惟有门户人家以为过时。王美此时未曾梳弄，西湖上子弟，又编出一支《挂枝儿》来：

王美儿，似木瓜，空好看，十五岁，还不曾与人汤一汤。有名无实成何干，便不是石女，也是二行子的娘，若还有个好好的羞羞也，如何熬得这些时痒。

王九妈听得这些风声，怕坏了门面，来劝女儿接客。王美执意不肯，说道："要我会客时，除非见了亲生爹妈。他肯做主时，方才使得。"王九妈心里又恼他，又不舍得难为他。捱了好些时。偶然有个金二员外，大富之家，情愿出三百两银子，梳弄美娘。九妈得了这主大财，心生一计，与金二员外商议，若要他成就，除非如此如此。金二员外意会了。其日八月十五日，只说请王美湖上看潮。请至舟中，三四个帮闲，俱是会中之人，猜拳行令，做好做歉（比喻用各种理由或方式反复劝说），将美娘灌得烂醉如泥。扶到王九妈家楼中，卧于床上，不省人事。此时天气和暖，又没几层衣服。妈儿亲手伏侍。比及美娘醒将转来，已被金二员轻薄了一回。

五鼓时，美娘酒醒，已知鸨儿用计，破了身子。自怜红颜命薄，遭此强横，起来解手，穿了衣服，自在床边一个斑竹榻上，朝着里壁睡了，暗暗垂泪。金二员外来亲近他时，被他劈头劈脸，抓有几个血痕。金二员外好生没趣，捱得天明，对妈儿说声："我去也。"妈儿要留他时，已自出门去了。从来梳弄的子弟，早起时，妈儿进房贺喜，行户（指王九妈所开妓院以外的其他妓院）中都来称贺，还要吃几日喜酒。那子弟多则住一二月，最少也住半月二十日。只有金二员外侵早（天刚亮，拂晓）出门，是从来未有之事。王九妈连叫诧异，披衣起身上楼，只见美娘卧于榻上，满眼流泪。九妈要哄他上行，连声招许多不是。美娘只不开口。九妈只得下楼去了。美娘哭了一日，茶饭不沾。从此托病，不肯下楼，连客也不肯会面了。

九妈心下焦躁，欲待把他凌虐，又恐他烈性不从，反冷了他的心肠。欲待繇（同"由"）他，本是要他赚钱。若不接客时，就养到一百岁也没用。踌躇（chóu chú，犹豫不定，反复琢磨思量）数日，无计可施。忽然想起，有个结义妹子，叫做刘四妈，时常往来。他能言快语，与美娘甚说得着。何不接取他来，下个说词。若得他回心转意，大大的烧个利市（商店开张，烧纸敬神，叫作"烧利市"；做头一笔生意叫作"发利市"）。当下叫保儿去请刘四妈到前楼坐下，诉以衷情。刘四妈道："老身是个女随何、雌陆贾（随何、陆贾两人都是秦末汉初有名的说客、辩士），说得罗汉思情、嫦娥想嫁。这件事都在老身身上。"九妈道："若得如此，做姐的情愿与你磕头。你多吃杯茶去，省得说话时口干。"刘四妈道："老身天生这副海口，便说到明日，还不干哩。"刘四妈吃了几杯茶，转到后楼，只见楼门紧闭。刘四妈轻轻的叩了一下，叫声："侄女！"美娘听得是四妈声音，便来开门。两下相见了。四妈靠桌朝下而坐，美娘傍坐相陪。四妈看他桌上铺着一幅细绢，才画得个美人的脸儿，还未曾着色。四妈称赞道："画得好！真是巧手！九阿姐不知怎生样造化，偏生遇着你这一个伶俐女儿。又好人物，又好技艺，就是堆上几千两黄金，满临安（指临安府，即今杭州市，是南宋行在所，有“临时安顿”之意）走遍，可寻出个对儿么？”美娘道：“休得见笑！今日甚风吹得姨娘到来？”刘四妈道：“老身时常要来看你，只为家务在身，不得空闲。闻得你恭喜“梳弄”了。今日偷空而来，特特与九阿姐叫喜。”美儿听得提起“梳弄”二字，满脸通红，低着头不来答应。刘四妈知他害羞，便把椅儿掇上一步，将美娘的手儿牵着，叫声：“我儿！做小娘（这里指妓女）的，不是个软壳鸡蛋，怎的这般嫩得紧？似你恁地怕羞，如何赚得大主银子？”美娘道：“我要银子做甚？”四妈道：“我儿，你便不要银子，做娘的，看得你长大成人，难道不要出本？自古道，靠山吃山，靠水吃水。九阿姐家有几个粉头，那一个赶得上你的脚跟来？一园瓜，只看得你是个瓜种。九阿姐待你也不比其他。你是聪明伶俐的人，也须识些轻重。闻得你自梳弄之后，一个客也不肯相接。是甚么意儿？都像你的意时，一家人口，似蚕一般，那个把桑叶喂他？做娘的抬举你一分，你也要与他争口气儿，莫要反讨众丫头们批点（批评议论）。”美娘道：“繇他批点，怕怎的！”刘四妈道：“阿呀！批点是个小事，你可晓得门户中的行径么？”美娘道：“行径便怎的？”刘四妈道：“我们门户人家，吃着女儿，用着女儿，侥幸讨得一个像样的，分明是大户人家置了一所良田美产。年纪幼小时，巴不得风吹得大。到得梳弄过后，便是田产成熟，日日指望花利到手受用。前门迎新，后门送旧，张郎送米，李郎送柴，往来热闹，才是个出名的姊妹行家。”美娘道：“羞答答，我不做这样事！”刘四妈掩着口，格的笑了一声，道：“不做这样事，可是繇得你的？一家之中，有妈妈做主。做小娘的若不依他教训，动不动一顿皮鞭，打得你不生不死。那时不怕你不走他的路儿。九阿姐一向不难为你，只可惜你聪明标致，从小娇养的，要惜你的廉耻，存你的体面。方才告诉我许多话，说你不识好歹，放着鹅毛不知轻，顶着磨子不知重（比喻不知轻重，不识利害），心下好生不悦。教老身来劝你。你若执意不从，惹他性起，一时翻过脸来，骂一顿，打一顿，你待走上天去！凡事只怕个起头。若打破了头时，朝一顿，暮一顿，那时熬这些痛苦不过，只得接客，却不把千金声价弄得低微了。还要被姊妹中笑话。依我说，吊桶已自落在他井里，挣不起了。不如千欢万喜，倒在娘的怀里，落得自己快活。”美娘道：“奴是好人家儿女，误落风尘。倘得姨娘主张从良（古代妓女隶属在乐籍，是一种贱业；脱籍嫁人叫作“从良”。奴婢赎身也叫“从良”），胜造九级浮图。若要我倚门献笑，送旧迎新，宁甘一死，决不情愿。”刘四妈道：“我儿，从良是个有志气的事，怎么说道不该！只是从良也有几等不同。”美娘道：“从良有甚不同之处？”刘四妈道：“有个真从良，有个假从良。有个苦从良，有个乐从良。有个趁好的从良，有个没奈何的从良。有个了从良，有个不了的从良。我儿耐心听我分说（分辩）。如何叫做真从良？大凡才子必须佳人，佳人必须才子，方成佳配。然而好事多磨，往往求之不得。幸然两下相逢，你贪我爱，割舍不下。一个愿讨，一个愿嫁。好像捉对的蚕蛾，死也不放。这个谓之真从良。怎么叫做假从良？有等子弟爱着小娘，小娘却不爱那子弟。晓得小娘心肠不对他，偏要娶他回去。拼着一主大钱，动了妈儿的火，不怕小娘不肯。勉强进门，心中不顺，故意不守家规。小则撒泼（挥霍无度，随意花钱的意思）放肆，大则公然偷汉。人家容留不得，多则一年，少则半载，依旧放他出来，为娼接客。把从良二字，只当个撰钱（同“赚钱”）的题目。这个谓之假从良。如何叫做苦从良？一般样子弟爱小娘，小娘不爱那子弟，却被他以势凌之。妈儿惧祸，已自许了。做小娘的，身不繇主，含泪而行。一入侯门，如海之深（指显贵人家深宅大院，门禁森严，一般人难以出入，旧日的好友因地位的悬殊而疏远隔绝），家法又严，抬头不得。半妾半婢，忍死度日。这个谓之苦从良。如何叫做乐从良？做小娘的，正当择人之际，偶然相交个子弟。见他情性温和，家道富足，又且大娘子（大老婆）乐善，无男无女，指望他日过门，与他生育，就有主母之分。以此嫁他，图个日前安逸，日后出身。这个谓之乐从良。如何叫做趁好的从良？做小娘的，风花雪月，受用已勾，趁这盛名之下，求之者众，任我拣择个十分满意的嫁他，急流勇退，及早回头，不致受人怠慢。这个谓之趁好的从良。如何叫做没奈何的从良？做小娘的，原无从良之意，或因官司逼迫，或因强横欺瞒，又或因债负太多，将来赔偿不起，别口气，不论好歹，得嫁便嫁，买静求安，藏身之法，这谓之没奈何的从良。如何叫做了从良？小娘半老之际，风波历尽，刚好遇个老成的孤老（妓女对长期固定的客人，非正式夫妻关系中的妇女对所结识的男人，都叫作“孤老”），两下志同道合，收绳卷索，白头到老，这个谓之了从良。如何叫做不了的从良？一般你贪我爱，火热的跟他，却是一时之兴，没有个长算。或者尊长不容，或者大娘妒忌，闹了几场，发回妈家，追取原价。又有个家道凋零，养他不活，苦守不过，依旧出来赶趁（旧时，下等妓女自动到酒楼筵前歌唱，借以获得一点钱物，叫作“赶趁”，也叫“打酒座”），这谓之不了的从良。”美娘道：“如今奴家要从良，还是怎地好？”刘四妈道：“我儿，老身教你个万全之策。”美娘道：“若蒙教导，死不忘恩。”刘四妈道：“从良一事，入门为净。况且你身子已被人捉弄过了，就是今夜嫁人，叫不得个黄花女儿。千错万错，不该落于此地。这就是你命中所招了。做娘的费了一片心机，若不帮他几年，趁过千把银子，怎肯放你出门？还有一件，你便要从良，也须拣个好主儿。这些臭嘴臭脸的，难道就跟他不成？你如今一个客也不接，晓得那个该从、那个不该从？假如你执意不肯接客，做娘的没奈何，寻个肯出钱的主儿，卖你去做妾，这也叫做从良。那主儿或是年老的，或是貌丑的，或是一字不识的村牛（蠢牛。对文盲的贬称），你却不肮脏了一世！比着把你料在水里，还有扑通的一声响，讨得傍人叫一声可惜。依着老身愚见，还是俯从人愿，凭着做娘的接客。似你恁般才貌，等闲（寻常，平常）的料也不敢相扳。无非是王孙公子，贵客豪门，也不辱莫（辱没）了你。一来风花雪月，趁着年少受用，二来作成妈儿起个家事，三来使自己也积攒些私房，免得日后求人。过了十年五载，遇个知心着意的，说得来，话得着，那时老身与你做媒，好模好样的嫁去，做娘的也放得你下了。可不两得其便？”美娘听说，微笑而不言。刘四妈已知美娘心中活动了，便道：“老身句句是好话，你依着老身的话时，后来还当感激我哩。”说罢，起身。王九妈伏于楼门之外，一句句都听得的。美娘送刘四妈出房门，劈面撞着了九妈，满面羞惭，缩身进去。王九妈随着刘四妈，再到前楼坐下。刘四妈道：“侄女十分执意，被老身右说左说，一块硬铁看看熔做热汁。你如今快快寻个覆帐的主儿，他必然肯就。那时做妹子的再来贺喜。”王九妈连连称谢。是日备饭相待，尽醉而别。后来西湖上子弟们又有支《挂枝儿》，单说那刘四妈说词一节：

刘四妈，你的嘴舌儿好不利害！便是女随何（西汉初年人，汉高祖军中的谒者，主管传达禀报，被派去说服淮南王英布降汉。为英布分析了天下的形势，并在楚国使者来时说英布已降汉，使英布投降），雌陆贾（西汉政治家、文学家、思想家。刘邦起事时，因陆贾有口才、善辩论，常派他出使诸侯各国），不信有这大才！说着长，道着短，全没些破败。就是醉梦中，被你说得醒；就是聪明的，被你说得呆。好个烈性的姑姑，也被你说得他心地改。

再说王美娘才听了刘四妈一席话儿，思之有理。以后有客求见，欣然相接。覆帐之后，宾客如市。捱三顶五（形容人群拥挤，接连不断。捱，ái），不得空闲，声价愈重。每一晚白银十两，兀自（亦作“兀子”。还；仍然）你争我夺。王九妈赚了若干钱钞，欢喜无限。美娘也留心要拣个知心着意的，急切难得。正是：

易求无价宝，难得有情郎。

话分两头。却说临安城清波门外，有个开油店的朱十老，三年前过继一个小厮，也是汴京逃难来的，姓秦名重，母亲早丧，父亲秦良，十三岁上将他卖了，自己在上天竺去做香火（在寺庙里烧香、点火、打杂的人）。朱十老因年老无嗣，又新死了妈妈，把秦重做亲子看成，改名朱重，在店中学做卖油生理（生意；买卖）。初时父子坐店甚好，后因十老得了腰痛的病，十眠九坐，劳碌不得，另招个伙计，叫做邢权，在店相帮。光阴似箭，不觉四年有余。朱重长成一十七岁，生得一表人才，虽然已冠，尚未娶妻。那朱十老家有个使女，叫做兰花，年已二十之外，存心看上了朱小官人，几遍的到下钩子去勾搭他。谁知朱重是个老实人，又且兰花龌龊（wò chuò，肮脏，污秽）丑陋，朱重也看不上眼。以此落花有意，流水无情。那兰花见勾搭朱小官人不上，别寻主顾，就去勾搭那伙计邢权。邢权是望四（望，接近，将近。望四，将近四十岁）之人，没有老婆，一拍就上。两个暗地偷情，不止一次。反怪朱小官人碍眼，思量寻事赶他出门。邢权与兰花两个，里应外合，使心设计。兰花便在朱十老面前，假意撇清（本来不清白，不清高，自己故意表示清白、清高，叫作"假撇清"）说："小官人几番调戏，好不老实！"朱十老平时与兰花也有一手，未免有拈酸之意。邢权又将店中卖下的银子藏过，在朱十老面前说道："朱小官在外赌博，不长进，柜里银子，几次短少，都是他偷去了。"初次朱十老还不信，接连几次，朱十老年老糊涂，没有主意，就唤朱重过来，责骂了一场。朱重是个聪明的孩子，已知邢权与兰花的计较，欲待分辨，惹起是非不小，万一老者不听，枉做恶人。心生一计，对朱十老说道："店中生意淡薄，不消得二人。如今让邢主管坐店，孩儿情愿挑担子出去卖油。卖得多少，每日纳还，可不是两重生意？"朱十老心下也有许可之意。又被邢权说道："他不是要挑担出去，几年上偷银子做私房，身边积攒有余了，又怪你不与他定亲，心下怨怅，不愿在此相帮，要讨个出场，自去娶老婆，做人家哩。"朱十老叹口气道："我把他做亲儿看成，他却如此歹意！皇天不佑！罢，罢，不是自身骨血，到底粘连不上，繇他去罢！"遂将三两银子，把与朱重，打发出门。寒夏衣服和被窝都教他拿去。这也是朱十老好处。朱重料他不肯收留，拜了四拜，大哭而别。正是：

孝己[1]杀身因谤语，申生丧命为谗言[2]。
亲生儿子犹如此，何怪螟蛉受枉冤。

原来秦良上天竺做香火（指供奉神佛或祖先时燃点的香和灯火），不曾对儿子说知。朱重出了朱十老之门，在众安桥下赁了一间小小房儿，放下被窝等件，

① 孝己：殷高宗武丁的太子，很孝顺父母，因后母的谗害，被放逐而死。② 申生：春秋时晋献公的世子，被献公的小夫人骊姬所陷害，自杀身亡。

买巨锁儿锁了门，便往长街短巷（大街小巷），访求父亲。连走几日，全没消息。没奈何，只得放下。在朱十老家四年，赤心忠良，并无一毫私蓄。只有临行时打发这三两银子，不勾本钱，做什么生意好？左思右量，只有油行买卖是熟间（熟悉的地方，指熟悉的行业）。这些油坊多曾与他识熟，还去挑个卖油担子，是个稳足的道路。当下置办了油担家伙，剩下的银两，都交付与油坊取油。那油坊里认得朱小官是个老实好人。况且小小年纪，当初坐店，今朝挑担上街，都因邢伙计挑拨他出来，心中甚是不平，有心扶持他，只拣窨清（形容油在地窨里埋藏过后的澄清的颜色）的上好净油与他，签子上又明让他些。朱重得了这些便宜，自己转卖与人，也放些宽。所以他的油比别人分外容易出脱。每日尽有些利息，又且俭吃俭用，积下东西来，置办些日用家业，及身上衣服之类，并无妄废。心中只有一件事未了，牵挂着父亲，思想："向来叫做朱重，谁知我是姓秦！倘或父亲来寻访之时，也没有个因由。"遂复姓为秦。说话的，假如上一等人，有前程的，要复本姓，或具札子（古代的一种公文，多用于上奏）奏过朝廷，或关白（陈述、禀告）礼部、太学、国学等衙门，将册籍（名册；记事记账的簿册）改正，众所共知。一个卖油的，复姓之时，谁人晓得？他有个道理，把盛油的桶儿，一面大大写个"秦字"，一面写"汴梁"二字，将油桶做个标识，使人一览而知。以此临安市上，晓得他本姓，都呼他为秦卖油。时值二月天气，不暖不寒，秦重闻知昭庆寺僧人，要起个九昼夜功德（泛指念佛、诵经、布施等佛事），用油必多，遂挑了油担来寺中卖油。那些和尚们也闻知秦卖油之名，他的油比别人又好又贱，单单作成（成全；照顾）他。所以一连这九日，秦重只在昭庆寺走动。正是：

刻薄不赚钱，忠厚不折本。

这一日是第九日了。秦重在寺出脱了油，挑了空担出寺。其日天气晴明，游人如蚁。秦重绕河而行，遥望十景塘桃红柳绿，湖内画船箫鼓（箫与鼓。泛指乐奏），往来游玩，观之不足，玩之有余。走了一回，身子困倦，转到昭庆寺右边，望个宽处，将担子放下，坐在一块石上歇脚。近侧有个人家，面湖而住，金漆篱门，里面朱栏内，一丛细竹。未知堂室何如，先见门庭清整。只见里面三四个戴巾的（指读书人、做官的人。旧时，一般老百姓不准戴巾）从内而出，一个女娘后面相送。到了门首，两下把手一拱，说"请"了，那女娘竟进去了。秦重定睛观之，此女容颜娇丽，体态轻盈，目所未睹，准准的呆了半晌，身子都酥麻了。他原是个老实小官（对少年男子的亲切称谓），不知有烟花行径，心中疑惑，正不知是什么人家。方正疑思之际，只见门内又走出个中年的妈妈，同着一个垂髫的丫鬟，倚门闲看。那妈妈一眼瞧着油担，便道："阿呀！方才要去买油，正好有油担子在这里，何不与他买些？"那丫鬟取了油瓶出来，走到油担子边，叫声："卖油的！"秦重方才知觉，回言道："没有油了！妈妈要用油时，明日送来。"那丫鬟也认得几个字，看见油桶上写个秦字，就对妈妈道："那卖油的姓秦。"妈妈也听得人闲讲，有个秦卖油，做生意甚是忠厚，遂分付秦重道："我家每日要油用，你肯挑来时，与你个主顾。"秦重道："承妈妈作成，不敢有误。"那妈妈与丫鬟进去了。秦重心中想道："这妈妈不知是那女娘的甚么人？我每日到他家卖油，莫说赚他利息，图个饱看那女娘一回，也是前生福分。"正欲挑担起身，只见两个轿夫，抬着一顶青绢幔的轿子，后边跟着两小厮，飞也似跑来。到了其家门首，歇下轿子。那小厮走进里面去了。秦重道："却又作怪！看他接什么人？"少顷之间，只见两个丫鬟，一个捧着猩红的毡包（兽毛编织的或用毛毡缝制的包，外出时用来盛放衣物），一个拿着湘妃竹攒花的拜匣（旧时用于送礼或递柬帖的长方形小木匣），都交付与轿夫，放在轿座之下。那两个小厮手中，一个抱着琴囊，一个捧着几个手卷，腕上挂碧玉箫一枝，跟着起初的女娘出来。女娘上了轿，轿夫抬起望旧路而去。丫鬟小厮，俱随轿步行。秦重又得亲炙（亲身受到教益）一番，心中愈加疑惑。挑了油担子，洋洋的去。

不过几步，只见临河有一个酒馆。秦重每常不吃酒，今日见了这女娘，心下又欢喜，又气闷，将担子放下，走进酒馆，拣个小座头坐下。酒保问道："客人还是请客，还是独酌？"秦重道："有上好的酒，拿来独饮三杯。时新果子一两碟，不用荤菜。"酒保斟酒时，秦重问道："那边金漆篱门内是什么人家？"酒保道："这是齐衙内（本是掌理禁卫的官职；唐代藩镇相沿用自己的子弟管领这种职务，宋元时代于是称呼贵家子弟为"衙内"）的花园，如今王九妈住下。"秦重道："方才看见有个小娘子上轿，是什么人？"酒保道："这是有名的粉头，叫做王美娘，人都称为花魁娘子。他原是汴京人，流落在此。吹弹歌舞，琴棋书画，件件皆精。来往的都是大头儿，要十两放光，才宿一夜哩。可知小可（平常，轻微，不值一提）的也近他不得。当初住在涌金门外，因楼房狭窄，齐舍人与他相厚，半载之前，把这花园借与他住。"秦重听得说是汴京人，触了个乡里之念，心中更有一倍光景。吃了数杯，还了酒钱，挑了担子，一路走，一路的肚中打稿（心里暗想）道："世间有这样美貌的女子，落于娼家，岂不可惜！”又自家暗笑道：“若不落于娼家，我卖油的怎生得见！”又想一回，越发痴起来了，道：“人生一世，草生一秋。若得这等美人搂抱了睡一夜，死也甘心。”又想一回道：“呸！我终日挑这油担子，不过日进分文，怎么想这等非分之事（不是本分以内应做的事。分，原本作“公”）！正是癞蛤蟆在阴沟里想着天鹅肉吃，如何到口！”又想一回道：“他相交的，都是公子王孙。我卖油的，纵有了银子，料他也不肯接我。”又想一回道：“我闻得做老鸨的，专要钱钞。就是个乞儿，有了银子，他也就肯接了，何况我做生意的，青青白白之人。若有了银子，怕他不接！只是那里来这几两银子？”一路上胡思乱想，自言自语。你道天地间有这等痴人，一个做小经纪的，本钱只有三两，却要把十两银子去嫖那名妓，可不是个春梦！自古道：“有志者事竟成。”被他千思万想，想出一个计策来。他道：“从明日为始，逐日将本钱扣出，余下的积攒上去。一日积得一分，一年也有三两六钱之数。只消三年，这事便成了。若一日积得二分，只消得年半。若再多得些，一年也差不多了。”想来想去，不觉走到家里，开锁进门。只因一路上想着许多闲事，回来看了自家的睡铺，惨然无欢，连夜饭也不要吃，便上了床。这一夜翻来覆去，牵挂着美人，那里睡得着。

只因月貌花容，引起心猿意马。

捱到天明，爬起来，就装了油担，煮早饭吃了，锁了门，挑着担子，一径走到王九妈家去。进了门，却不敢直入，舒着头，往里面张望。王九妈恰才起床，还蓬着头，正分付保儿（旧时妓院中的男仆）买饭菜。秦重认得声音，叫声：“王妈妈。”九妈往外一张，见是秦卖油，笑道：“好忠厚人！果然不失信。”便叫他挑担进，称了一瓶，约有五斤多重，公道还钱。秦重并不争论。王九妈甚是欢喜，道：“这瓶油，只勾我家两日用。但隔一日，你便送来，我不往别处去买了。”秦重应诺，挑担而出。只恨不曾遇见花魁娘子。“且喜扳下主顾，少不得一次不见，二次见，二次不见，三次见。只是一件，特为王九妈一家挑这许多路来，不是做生意的勾当。这昭庆寺是顺路。今日寺中虽然不做功德，难道寻常不用油的？我且挑担去问他。若扳得各房头做个主顾，只消走钱塘门这一路，那一担油尽勾出脱了。”秦重挑担到寺内问时，原来各房和尚也正想着秦卖油。来得正好，多少不等，各各买他的油。秦重与各房约定，也是间一日便送油来用。这一日是个双日。自此日为始，但是单日，秦重别街道上做买卖；但是双日，就走钱塘门这一路。一出钱塘门，先到王九妈家里，

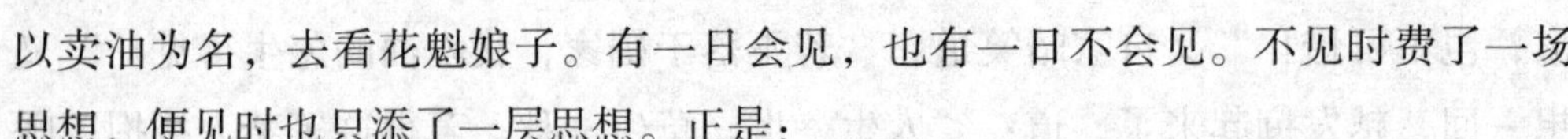

以卖油为名，去看花魁娘子。有一日会见，也有一日不会见。不见时费了一场思想，便见时也只添了一层思想。正是：

天长地久有时尽，此恨此情无尽期。

再说秦重到了王九妈家多次，家中大大小小，没一个不认得是秦卖油。时光迅速，不觉一年有余。日大日小，只拣足色细丝（足色，十足的成色。细丝，宋代称雪白银两为“细丝放光银子”），或积三分，或积二分，再少也积下一分。凑得几钱，又打换大块头。日积月累，有了一大包银子，零星凑集，连自己也不知多少。其日是单日，又值大雨，秦重不出去做买卖。看了这一大包银子，心中也自喜欢。“趁今日空闲，我把他上一上天平，见个数目。”打个油伞，走到对门倾银铺里，借天平兑银。那银匠好不轻薄，想着：“卖油的多少银子，要架天平？只把个五两头等子与他，还怕用不着头纽哩。”秦重把银包子解开，都是散碎银两。大凡成锭的见少，散碎的就见多。银匠是小辈，眼孔极浅，见了许多银子，别是一番面目，想道：“人不可貌相，海水不可斗量。”慌忙架起天平，搬出若大若小许多砝码。秦重尽包而兑，一厘不多，一厘不少，刚刚一十六两之数，上秤便是一斤。秦重心下想道：“除去了三两本钱，余下的做一夜花柳之费，还是有余。”又想道：“这样散碎银子，怎好出手！拿出来也被人看低了！见成倾银店中方便，何不倾成锭儿，还觉冠冕（有体面、有面子的意思）。”当下兑足十两，倾成一个足色大锭，再把一两八钱，倾成水丝一小锭。剩下四两二钱之数，拈一小块，还了火钱，又将几钱银子，置下镶鞋净袜，新褶（zhě，褶边）了一顶万字头巾（头巾名。宋制万字巾，下阔上狭，形同“万”字，故名）。回到家中，把衣服浆洗得干干净净，买几根安息香，薰了又薰。拣个晴明好日，侵早（清早）打扮起来。

虽非富贵豪华客，也是风流[1]好后生。

秦重打扮得齐齐整整，取银两藏于袖中，把房门锁了，一径望王九妈家而来。那一时好不高兴。及至到了门首，愧心复萌，想道：“时常挑了担子在他家卖油，今日忽地去做嫖客，如何开口？”正在踌躇（chóu chú，犹豫不定，反复琢磨思量）之际，只听得呀的一声门响，王九妈走将出来。见了秦重，便道：“秦小官今日怎的不做生意，打扮得恁般济楚，往那里去贵干？”事到其间，秦重只得老着脸，上前作揖。妈妈也不免还礼。秦重道：“小可并无别事，专来拜望妈妈。”那鸨儿是老积年（阅历很深，懂得人情世故的人），见貌辨色，见

①风流：风度；仪表。

秦重恁般装束，又说拜望，“一定是看上了我家那个丫头，要嫖一夜，或是会一个房。虽然不是个大势主菩萨，搭在篮里便是菜，捉在篮里便是蟹，赚他钱把银子买葱菜，也是好的。”便满脸堆下笑来，道：“秦小官拜望老身，必有好处。”秦重道：“小可有句不识进退的言语，只是不好启齿。”王九妈道：“但说何妨。且请到里面客座里细讲。”秦重为卖油虽曾到王家整百次，这客座里交椅，还不曾与他屁股做个相识。今日是个会面之始。王九妈到了客座，不免分宾而坐，向着内里唤茶。少顷，丫鬟托出茶来，看时却是秦卖油，正不知什么缘故，妈妈恁般相待，格格低了头只管笑。王九妈看见，喝道：“有甚好笑！对客全没些规矩！”丫鬟止住笑，放了茶杯自去。王九妈方才开言问道：“秦小官有甚话，要对老身说？”秦重道：“没有别话，要在妈妈宅上请一位姐姐吃一杯酒儿。”九妈道：“难道吃寡酒，一定要嫖了。你是个老实人，几时动这风流之兴？”秦重道：“小可的积诚，也非止一日。”九妈道：“我家这几个姐姐，都是你认得的，不知你中意那一位？”秦重道：“别个都不要，单单要与花魁娘子相处一宵。”九妈只道取笑他，就变了脸道：“你出言无度！莫非奚落老娘么？”秦重道：“小可是个老实人，岂有虚情？”九妈道：“粪桶也有两个耳朵，你岂不晓得我家美儿的身价！倒了你卖油的灶（把家里所有财产全倒出来的意思，犹如说“倾家”，是一句很刻薄挖苦的话），还不勾半夜歇钱哩。不如将就拣一个适兴（遣兴）罢。”秦重把颈一缩，舌头一伸，道：“恁的好卖弄！不敢动问，你家花魁娘子一夜歇钱要几千两？”九妈见他说要话，却又回嗔作喜（由生气转为喜欢。嗔，生气），带笑而言道：“那要许多！只要得十两敲丝（古代银两都敲印着圆丝纹，叫作“敲丝”）。其他东道杂费，不在其内。”秦重道：“原来如此，不为大事。”袖中摸出这秃秃里一大锭放光细丝银子，递与鸨儿道：“这一锭十两重，足色足数，请妈妈收。”又摸出一小锭来，也递与鸨儿，又道：“这一小锭，重有二两，相烦备个小东。望妈妈成就小可这件好事，生死不忘，日后再有孝顺。”九妈见了这锭大银，已自不忍释手，又恐怕一时高兴，日后没了本钱，心中懊悔，也要尽他一句才好。便道：“这十两银子，你做经纪的人，积攒不易，还要三思而行。”秦重道：“小可主意已定，不要你老人家费心。”

九妈这两锭银子收于袖中，道：“是便是了。还有许多烦难哩。”秦重道：“妈妈是一家之主，有甚烦难？”九妈道：“我家美儿，往来的都是王孙公子，富室豪家，真个是‘谈笑有鸿儒，往来无白丁’（意为与学问渊博的人在一起无拘无束地谈笑，指交游的人不同于一般人。出自唐代诗人刘禹锡的《陋室铭》）。他岂不认得你是做经纪（买卖）的秦小官，如何肯接你？”秦重道：“但凭妈妈怎的委曲宛转，成全其事，大恩不敢有忘！”九妈见他十分坚心，眉头一皱，计上心来，扯开笑口道：“老身已替你排下计策，只看你缘法如何。做得成，不要喜；做不成，不要怪。美儿昨日在李学士家陪酒，还未曾回。今日是黄衙内约下游湖。明日是张山人一班清客，邀他做诗社。后日是韩尚书（古代中央政府部级长官）的公子，数日前送下东道在这里。你且到大后日来看。还有句话，这几日你且不要来我家卖油，预先留下个体面。又有句话，你穿着一身的布衣布裳，不像个上等嫖客，再来时，换件绸缎衣服，教这些丫鬟们认不出你是秦小官。老娘也好与你装谎。”秦重道：“小可一一理会得。”说罢，作别出门，且歇这三日生理，不去卖油，到典铺里买了一件见成半新不旧的绸衣，穿在身上，到街坊闲走，演习斯文模样。正是：

未识花院行藏，先习孔门规矩。

丢过那三日不题。到第四日，起个清早，便到王九妈家去。去得太早，门还未开。意欲转一转再来。这番装扮希奇，不敢到昭庆寺去，恐怕和尚们批点。且到十景塘散步。良久又踅转（xué zhuǎn，折回；回转）去，王九妈家门已开了。那门前却安顿得有轿马，门内有许多仆从，在那里闲坐。秦重虽然老实，心下到也乖巧，且不进门，悄悄的招那马夫问道：“这轿马是谁家的？”马夫道：“韩府里来接公子的。”秦重已知韩公子夜来留宿，此时还未曾别。重复转身，到一个饭店之中，吃了些见成茶饭，又坐了一回，方才到王家探信。

只见门前轿马已自去了。进得门时，王九妈迎着，便道：“老身得罪，今日又不得工夫了。恰才韩公子拉去东庄赏早梅。他是个长嫖，老身不好违拗。闻得说，来日还要到灵隐寺，访个棋师赌棋哩。齐衙内又来约过两三次了。这是我家房主，又是辞不得的。他来时，或三日五日的住了去，连老身也定不得个日子。秦小官，你真个要嫖，只索（不得不；只能）耐心再等几日。不然，前日的尊赐，分毫不动，要便奉还。”秦重道：“只怕妈妈不作成。若还迟，终无失，就是一万年，小可也情愿等着。”九妈道：“恁地时，老身便好张主（主张，作主）！”秦重作别，方欲起身，九妈又道：“秦小官人，老身还有句话。你下次若来讨信，不要早了。约莫申牌时分（下午三点到五点），有客没客，老身把个实信与你。倒是越晏些越好。这是老身的妙用，你休错怪。”秦重连声道："不敢，不敢！"这一日秦重不曾做买卖。次日，整理油担，挑往别处去生理，不走钱塘门一路。每日生意做完，傍晚时分就打扮齐整（端正；漂亮），到王九妈家探信，只是不得工夫。又空走了一月有余。

那一日是十二月十五，大雪方霁（雨雪停止，天放晴），西风过后，积雪成冰，好不寒冷。却喜地下干燥。秦重做了大半日买卖，如前妆扮，又去探信。王九妈笑容可掬，迎着道："今日你造化，已是九分九厘了。"秦重道："这一厘是欠着甚么？"九妈道："这一厘么？正主儿还不在家。"秦重道："可回来么？"九妈道："今日是俞太尉家赏雪，筵席就备在湖船之内。俞太尉是七十岁的老人家，风月之事，已是没分。原说过黄昏送来。你且到新人房里，吃杯烫风酒，慢慢的等他。"秦重道："烦妈妈引路。"王九妈引着秦重，弯弯曲曲，走过许多房头，到一个所在，不是楼房，却是个平屋三间，甚是高爽。左一间是丫鬟的空房，一般有床榻桌椅之类，却是备官铺的；右一间是花魁娘子卧室，锁着在那里。两旁又有耳房。中间客座上面，挂一幅名人山水，香几上博山古铜炉（香炉名。博山，海中山名。香炉顶部制作博山的形状，里面可以燃香，叫作"博山炉"。后成为名贵香炉的代称），烧着龙涎香饼，两旁书桌，摆设些古玩，壁上贴许多诗稿。秦重愧非文人，不敢细看。心下想道："外房如此整齐，内室铺陈，必然华丽。今夜尽我受用，十两一夜，也不为多。"九妈让秦小官坐于客位，自己主位相陪。少顷之间，丫鬟掌灯过来，抬下一张八仙桌儿，六碗时新果子，一架攒盒佳肴美酝（měi yùn，美酒），未曾到口，香气扑人。九妈执盏相劝道："今日众小女都有客，老身只得自陪，请开怀畅饮几杯。"秦重酒量本不高，况兼正事在心，只吃半杯。吃了一会，便推不饮。九妈道："秦小官想饿了，且用些饭再吃酒。"丫鬟捧着雪花白米饭，一吃一添，放于秦重面前，就是一盏杂和汤。鸨儿量高，不用饭，以酒相陪。秦重吃了一碗，就放箸（筷子）。九妈道："夜长哩，再请些。"秦重又添了半碗。丫鬟提个行灯来说："浴汤热了，请客官洗浴。"秦重原是洗过澡来的，不敢推托，只得又到浴堂，肥皂香汤，洗了一遍，重复穿衣入坐。九妈命撤去肴盒，用暖锅下酒。此时黄昏已晚，昭庆寺里的钟都撞过了，美娘尚未回来。

玉人何处贪欢耍？等得情郎望眼穿！

常言道："等人心急。"秦重不见婊子回家，好生气闷。却被鸨儿夹七夹八（指说话东拉西扯，混杂不清），说些风话（指男女间戏谑挑逗的话）劝酒，不觉又过了一更天气。只听外面热闹闹的，却是花魁娘子回家。丫鬟先来报了。

九妈连忙起身出迎，秦重也离坐而立。只见美娘吃得大醉，侍女扶将进来，到于门首，醉眼蒙眬，看见房中灯烛辉煌，杯盘狼藉，立住脚问道："谁在这里吃酒？"九娘道："我儿，便是我向日与你说的那秦小官人。他心中慕你，多时的送过礼来。因你不得工夫，担搁他一月有余了。你今日幸而得空，做娘的留他在此伴你。"美娘道："临安郡中，并不闻说起有甚么秦小官人！我不去接他。"转身便走。九妈双手托开，即忙拦住道："他是个至诚好人，娘不误你。"美娘只得转身，才跨进房门，抬头一看那人，有些面善（看起来觉得比较亲近，好像在哪里见过，很熟悉），一时醉了，急切叫不出来，便道："娘，这个人我认得他的，不是有名称的子弟。接了他，被人笑话。"九妈道："我儿，这是涌金门内开段铺的秦小官人。当初我们住在涌金门时，想你也曾会过，故此面善。你莫识认错了。做娘的见他来意志诚，一时许了他，不好失信。你看做娘的面上，胡乱留他一晚。做娘的晓得不是了，明日却与你陪礼。"一头说，一头推着美娘的肩头向前。美娘拗妈妈不过，只得进房相见。正是：

千般难出虔婆[①]口，万般难脱虔婆手。

饶君纵有万千般，不如跟着虔婆走。

这些言语，秦重一句句都听得，佯为不闻。美娘万福（一种动作。旧时，妇女对人用双手在左衣襟前拂一拂，口中说"万福"，表示行礼、祝福）过了，坐于侧首，仔细看着秦重，好生疑惑，心里甚是不悦，嘿嘿无言。唤丫鬟将热酒来，斟着大钟。鸨儿只道他敬客，却自家一饮而尽。九妈道："我儿醉了，少吃些么！"美儿那里依他，答应道："我不醉！"一连吃上十来杯。这是酒后之酒，醉中之醉，自觉立脚不住。唤丫鬟开了卧房，点上银釭（银白色的灯盏，烛台。釭，gāng），也不卸头，也不解带，蹝（xǐ，踏）脱了绣鞋，和衣上床，倒身而卧。鸨儿见女儿如此做作，甚不过意。对秦重道："小女平日惯了，他专会使性。今日他心中不知为甚么有些不自在，却不干你事。休得见怪！"秦重道："小可岂敢！"鸨儿又劝了秦重几杯酒。秦重再三告止。鸨儿送入房，向耳傍分付道："那人醉了，放温存些。"又叫道："我儿起来，脱了衣服，好好的睡。"美娘已在梦中，全不答应。鸨儿只得去了。丫鬟收拾了杯盘之类，抹了桌子，叫声："秦小官人，安置罢。"秦重道："有热茶要一壶。"丫鬟泡了一壶浓茶，送进房里。带转房门，自去耳房中安歇。秦重看美娘时，面对里床，睡得正熟，把锦被压于身下。秦重想酒醉之人，必然怕冷，又不敢惊醒

---

①虔婆：指开设秦楼楚院的妇人。

他。忽见阑杆上又放着一床大红纻丝的锦被。轻轻的取下，盖在美娘身上，把银灯挑得亮亮的，取了这壶热茶，脱鞋上床，捱在美娘身边，左手抱着茶壶在怀，右手搭在美娘身上，眼也不敢闭一闭。正是：

未曾握雨携云，也算偎香倚玉。

却说美娘睡到半夜，醒将转来，自觉酒力不胜，胸中似有满溢之状。爬起来，坐在被窝中，垂着头，只管打干哕（想呕吐而又吐不出来所发出的声音。哕，yuě）。秦重慌忙也坐起来。知他要吐，放下茶壶，用手抚摩其背。良久，美娘喉间忍不住了，说时迟，那时快，美娘放开喉咙便吐。秦重怕污了被窝，把自己的道袍的袖子张开，罩在他嘴上。美娘不知所以，尽情一呕，呕毕，还闭着眼，讨茶嗽口。秦重下床，将道袍轻轻脱下，放在地平之上，摸茶壶还是暖的。斟上一瓯（ōu，杯）香喷喷的浓茶，递与美娘。美娘连吃了二碗，胸中虽然略觉豪燥（舒畅），身子兀自（亦作“兀子”。还；仍然）倦怠。仍旧倒下，向里睡去了。秦重脱下道袍，将吐下一袖的腌臜（ā zā，脏、不干净的东西），重重裹着，放于床侧，拥抱似初。美娘那一觉直睡到天明方醒。覆身转来，见傍边睡着一人，问道：“你是那个？”秦重答道：“小可姓秦。”美娘想起夜来之事，恍恍惚惚，不甚记得真了，便道：“我夜来好醉！”秦重道：“也不甚醉。”又问：“可曾吐么？”秦重道：“不曾。”美娘道：“这样还好。”又想一想道：“我记得曾吐过的，又记得曾吃过茶来，难道做梦不成？”秦重方才说道：“是曾吐来。小可见小娘子多了杯酒，也防着要吐，把茶壶暖在怀里。小娘子果然吐后讨茶，小可斟上，蒙小娘子不弃，饮了两瓯。”美娘大惊道：“脏巴巴的，吐在那里？”秦重道：“恐怕小娘子污了被褥，是小可把袖子盛了。”美娘道：“如今在那里？”秦重道：“连衣服裹着，藏过在那里。”美娘道：“可惜坏了你一件衣服。”秦重道：“这是小可的衣服，有幸得沾小娘子的余沥。”美娘听说，心下想道：“有这般识趣的人！”心里已有四五分欢喜了。

此时天色大明，美娘起身，下床小解。看着秦重，猛然想起是秦卖油，遂问道：“你实对我说，是什么样人？为何昨夜在此？”秦重道：“承花魁娘子下问，小可怎敢妄言。小可实是常来宅上卖油的秦重。”遂将初次看见送客，又看见上轿，心下想慕之极，及积攒嫖钱之事，备细述了一遍。“夜来得亲近小娘子一夜，三生有幸，心满意足。”美娘听说，愈加可怜，道：“我昨夜酒醉，不曾招接得你。你干折了多少银子，莫不懊悔？”秦重道：“小娘子天上神仙，小可惟恐伏侍不周，但不见责，已为万幸。况敢有非意之望！”美娘道：“你做经纪的人，积下些银两，何不留下养家？此地不是你来往的。”秦重道：“小可单只一身，并无妻小。”美娘顿了一顿，便道：“你今日去了，他日还来么？”秦重道：“只这昨宵相亲一夜，已慰生平，岂敢又作痴想！”美娘想道：“难得这好人，又忠厚，又老实，又且知情识趣，隐恶扬善，千百中难遇此一人。可惜是市井（含有“街市、市场”以及“粗俗鄙陋”之意）之辈。若是衣冠子弟（指世族；士绅），情愿委身事之。”正在沉吟之际，丫鬟捧洗脸水进来，又是两碗姜汤。秦重洗了脸，因夜来未曾脱帻（zé，古代的一种头巾），不用梳头，呷了几口姜汤，便要告别。美娘道：“少住不妨，还有话说。”秦重道：“小可仰慕花魁娘子，在傍多站一刻，也是好的。但为人岂不自揣！夜来在此，实是大胆。惟恐他人知道，有玷芳名。还是早些去了安稳。”美娘点了一点头，打发丫鬟出房，忙忙的开了减妆（旧时妇女所用的装盛化妆品的匣子），取出二十两银子，送与秦重道：“昨夜难为你，这银两奉为资本，莫对人说。”秦重那里肯受。美娘道：“我的银子，来路容易。这些须酬你一宵之情，休得固逊。若本钱缺少，异日还有助你之处。那件污秽的衣服，我叫丫鬟湔洗（洗濯。湔，jiān）干净了还你罢。”秦重道：“粗衣不烦小娘子费心。小可自会湔洗。只是领赐不当。”美娘道：“说那里话！”将银子掗（强给人家东西。掗，yà）在秦重袖内，推他转身。秦重料难推却，只得受了，深深作揖，卷了脱下这件龌龊道袍，走出房门。打从鸨儿房前经过，鸨儿看见，叫声：“妈妈！秦小官去了。”王九妈正在净桶上解手，口中叫道：“秦小官，如何去得恁早？”秦重道：“有些贱事，改日特来称谢。”不说秦重去了；且说美娘与秦重虽然没点相干，见他一片诚心，去后好不过意。这一日因害酒，辞了客在家将息（调养，休息，将养休息）将息。千个万个孤老（嫖客）都不想，倒把秦重整整的想一日。有《挂枝儿》诗为证：

俏冤家，须不是串花家的子弟，你是个做经纪本分人儿，那匡（即“框”的借字，料想，料到）你会温存，能软款（温柔缓和），知心知意。料你不是个使性的，料你不是个薄情的。几番待放下思量也，又不觉思量起。

话分两头。再说邢权在朱十老家，与兰花情热（亲热），见朱十老病废在床，全无顾忌。十老发作了几场。两个商量出一条计策来，俟夜静更深，将店中资本席卷，双双的桃之夭夭（本是《诗经·周南·桃夭》篇中的一句诗；这里借“桃”谐“逃”的音，就是逃走的意思），不知去向。次日天明，十老方知。央及邻里，出了个失单（被窃、被劫或失落的财物的清单），寻访数日，并无动静。深悔当日不合（不应当；不该）为邢权所惑，逐了朱重。如今日久见人心，闻知朱重，赁居众安桥下，挑担卖油，不如仍旧收拾他回来，老死有靠。只怕他记恨在心。教邻舍好生劝他回家，但记好，莫记恶。秦重一闻此言，即日收拾了家伙，搬回十老家里。相见之间，痛哭了一场。十老将所存囊橐（行李财物。橐，tuó），尽数交付秦重。秦重自家又有二十余两本钱，重整店面，坐柜卖油。因在朱家，仍称朱重，不用秦字。不上一月，十老病重，医治不痊，呜呼哀哉。朱重捶胸大恸，如亲父一般，殡殓成服，七七做了些好事。朱家祖坟在清波门外，朱重举丧安葬，事事成礼。邻里皆称其厚德。事定之后，仍先开店。原来这油铺是个老店，从来生意原好；却被邢权刻剥（侵夺剥削）存私，将主顾弄断了多少。今见朱小官在店，谁家不来作成。所以生理比前越盛。朱重单身独自，急切要寻个老成帮手。有个惯做中人（在两方之间调解、作见证或介绍买卖的人）的，叫做金中，忽一日引着一个五十余岁的人来。原来那人正是莘善，在汴梁城外安乐村居住。因那年避乱南奔，被官兵冲散了女儿瑶琴，夫妻两口，凄凄惶惶，东逃西窜，胡乱的过了几年。今日闻临安兴旺，南渡人民，大半安插在彼。诚恐女儿流落此地，特来寻访，又没消息。身边盘缠用尽，欠了饭钱，被饭店中终日赶逐，无可奈何。偶然听见金中说起朱家油铺，要寻个卖油帮手。自己曾开过六陈铺子，卖油之事，都则在行。况朱小官原是汴京人，又是乡里，故此央金中引荐到来。朱重问了备细（详细情况），乡人见乡人，不觉感伤。"既然没处投奔，你老夫妻两口，只住在我身边，只当个乡亲相处，慢慢的访着令爱消息，再作区处（qū chǔ，处理；筹划安排）。"当下取两贯钱把与莘善，去还了饭钱，连浑家阮氏也领将来，与朱重相见了，收拾一间空房，安顿他老夫妻在内。两口儿也尽心竭力，内外相帮。朱重甚是欢喜。光阴似箭，不觉一年有余。多有人见朱小官年长未娶，家道又好，做人又志诚，情愿白白把女儿送他为妻。朱重因见了花魁娘子，十分容貌，等闲（寻常，平常）的不看在眼，立心要访求个出色的女子，方才肯成亲。以此日复一日，担搁（耽搁）下去。正是：

曾观沧海难为水，除却巫山不是云。

再说王美娘在九妈家，盛名之下，朝欢暮乐，真个口厌肥甘，身嫌锦绣。然虽如此，每遇不如意之处，或是子弟们任情使性，吃醋挑槽（作"跳槽"；嫖客抛弃原来相好的妓女，另结新欢，叫作"挑槽"），或自己病中醉后，半夜三更

（古代时间名词。后来一般用三更来指深夜），没人疼热，就想起秦小官人的好处来，只恨无缘再会。也是他桃花运尽，合当变更。一年之后，生出一段事端来。

却说临安城中，有个吴八公子，父亲吴岳，见为福州大守。这吴八公子，打从父亲任上回来，广有金银，平昔间也喜赌钱吃酒，三瓦两舍（宋代游戏娱乐场所的总称，其中包括茶楼、酒馆、妓院、赌场、杂耍场等）走动。闻得花魁娘子之名，未曾识面，屡屡遣人来约，欲要嫖他。王美娘闻他气质不好，不愿相接，托故推辞，非止一次。那吴八公子也曾和着闲汉们亲到王九妈家几番，都不曾会。其时清明节届，家家扫墓，处处踏青。美娘因连日游春困倦，且是积下许多诗画之债，未曾完得，分付家中："一应（所有一切）客来，都与我辞去。"闭了房门，焚起一炉好香，摆设文房四宝，方欲举笔，只听得外面沸腾，却是吴八公子，领着十余个狼仆，来接美娘游湖。因见鸨儿每次回他，在中堂行凶，打家打伙，直闹到美娘房前，只见房门锁闭。原来妓家有个回客法儿，小娘躲在房内，却把房门反锁，支吾客人，只推不在。那老实的就被他哄过了。吴公子是惯家，这些套子，怎地瞒得。分付家人扭断了锁，把房门一脚踢开。美娘躲身不迭（不及，来不及），被公子看见，不由分说（分辩），教两个家人，左右牵手，从房内直拖出房外来，口中兀自（亦作"兀子"。还；仍然）乱嚷乱骂。王九妈欲待上前陪礼解劝，看见势头不好，只得闪过。家中大小，躲得没半个影儿。吴家狼仆牵着美娘，出了王家大门，不管他弓鞋窄小，望（同"往"）街上飞跑。八公子在后，扬扬得意。直到西湖口，将美娘攫下了湖船，方才放手。美娘十二岁到王家，锦绣中养成，珍宝般供养，何曾受恁般凌贱。下了船，对着船头，掩面大哭。吴八公子全不放下面皮，气忿忿的像关云长单刀赴会，一把交椅，朝外而坐，狼仆侍立于傍。一面分付开船，一面数一数二的发作一个不住："小贱人，小娼根，不受人抬举！再哭时，就讨打了！"美娘哪里怕他，哭之不已。船至湖心亭，吴八公子分付摆盒在亭子内，自己先上去了，却分付家人："叫那小贱人来陪酒。"美娘抱住了栏杆，那里肯去，只是嚎哭。吴八公子也觉没兴（亦作"没幸"。晦气，倒霉）。自己吃了几杯淡酒，收拾下船，自来扯美娘。美娘双脚乱跳，哭声愈高。八公子大怒，教狼仆拔去簪珥（古代发饰和耳饰的一种）。美娘蓬着头，跑到船头上，就要投水，被家童们扶住。公子道："你撒赖便怕你不成！就是死了，也只费得我几两银子，不为大事。只是送你一条性命，也是罪过。你住了啼哭时，我就放回去，不难为你。"美娘听说放他回去，真个住了哭。八公子分付移船到清波门外僻静之处，将美娘绣鞋脱下，去其裹脚，露出一对金莲，如两条玉笋相似。教狼仆扶他上岸，骂道："小贱人！你有本事，自走回家，我却没人相送。"说罢，一篙子撑开，再向湖中而去。正是：

焚琴煮鹤[①]从来有，惜玉怜香几个知！

美娘赤了脚，寸步难行，思想："自己才貌两全，只为落于风尘，受此轻贱。平昔枉自结识许多王孙贵客，急切用他不着，受了这般凌辱。就是回去，如何做人？到不如一死为高。只是死得没些名目，枉自享个盛名，到此地位，看着村庄妇人，也胜我十二分（形容程度极深）。这都是刘四妈这个嘴，哄我落坑堕堑（掉进泥坑里，跌入壕沟中。比喻陷入错误境地。堑，壕沟），致有今日！自古红颜薄命，亦未必如我之甚！"越思越苦，放声大哭。事有偶然，却好朱重那日到清波门外朱十老的坟上，祭扫过了，打发祭物下船，自己步回，从此经过。闻得哭声，上前看时，虽然蓬头垢面，那玉貌花容，从来无两，如何不认得！吃了一惊，道："花魁娘子，如何这般模样？"美娘哀哭之际，听得声音厮熟，止啼而看，原来正是知情识趣的秦小官。美娘当此之际，如见亲人，不觉倾心吐胆，告诉他一番。朱重心中十分疼痛，亦为之流泪。袖中带得有白绫汗巾一条，约有五尺多长，取出劈半扯开，奉与美娘裹脚，亲手与他拭泪。又与他挽起青丝，再三把好言宽解。等待美娘哭定，忙去唤个暖轿（有帷幔遮蔽的轿子），请美娘坐了，自己步送，直到王九妈家。九妈不得女儿消息，在四处打探，慌迫之际，见秦小官送女儿回来，分明送一颗夜明珠还他，如何不喜！况且鸨儿一向不见秦重挑油上门，多曾听得人说，他承受了朱家的店业，手头活动（宽裕），体面又比前不同，自然括目相待（括，应作"刮"。刮目相待，用另一种眼光，即用与以前不同的眼光看待）。又见女儿这等模样，问其缘故，已知女儿吃了大苦，全亏了秦小官。深深拜谢，设酒相待。日已向晡（傍晚；黄昏），秦重略饮数杯，起身作别。美娘如何肯放，道："我一向有心于你，恨不得你见面。今日定然不放你空去。"鸨儿也来扳留。秦重喜出望外。是夜，美娘吹弹歌舞，曲尽生平之技，奉承秦重。秦重如做了一个游仙好梦，喜得魄荡魂消，手舞足蹈。

美娘道："我有句心腹之言与你说，你休得推托！"秦重道："小娘子若用得着小可时，就赴汤蹈火，亦所不辞，岂有推托之理。"美娘道："我要

①焚琴煮鹤：琴，本是弹奏的乐器，却拿来当柴烧；鹤本是养着欣赏的，却拿来煮着吃。比喻不懂风雅，糟蹋好东西。

嫁你。”秦重笑道：“小娘子就嫁一万个，也还数不到小可头上，休得取笑，枉自折了小可的食料。”美娘道：“这话实是真心，怎说‘取笑’二字！我自十四岁被妈妈灌醉，梳弄过了。此时便要从良。只为未曾相处得人，不辨好歹，恐误了终身大事。以后相处的虽多，都是豪华之辈，酒色之徒，但知买笑追欢的乐意，那有怜香惜玉的真心。看来看去，只有你是个志诚君子（志行诚笃高尚的人），况闻你尚未娶亲。若不嫌我烟花贱质（指做妓女），情愿举案齐眉（达到人眉毛的高度。“举案齐眉”的略语。比喻夫妇相敬如宾），白头奉侍。你若不允之时，我就将三尺白罗，死于君前，表白我这片诚心，也强如昨日死于村郎之手，没名没目，惹人笑话。”说罢，呜呜的哭将起来。秦重道：“小娘子休得悲伤。小可承小娘子错爱，将天就地，求之不得，岂敢推托。只是小娘子千金声价，小可家贫力薄，如何摆布。也是力不从心了。”美娘道：“这却不妨。不瞒你说，我只为从良一事，预先积攒些东西，寄顿（寄存）在外。赎身之费，一毫不费你心力。”秦重道：“就是小娘子自己赎身，平昔住惯了高堂大厦，享用了锦衣玉食，在小可家，如何过活？”美娘道：“布衣蔬食，死而无怨。”秦重道：“小娘子虽然——只怕妈妈不从。”美娘道：“我自有道理。如此如此，这般这般。”两个直说到天明。

原来黄翰林的衙内，韩尚书的公子，齐太尉的舍人，这几个相知的人家，美娘都寄顿得有箱笼。美娘只推要用，陆续取到密地，约下秦重，教他收置在家。然后一乘轿子，抬到刘四妈家，诉以从良之事。刘四妈道：“此事老身前日原说过的。只是年纪还早，又不知你要从那一个？”美娘道：“姨娘，你莫管是甚人，少不得依着姨娘的言语，是个直从良，乐从良，了从良；不是那不真，不假，不了，不绝的勾当。只要姨娘肯开口时，不愁妈妈不允。做侄女的没别孝顺，只有十两金子，奉与姨娘，胡乱打些钗子；是必在妈妈前做个方便（给予便利或帮助）。事成之时，媒礼在外。”刘四妈看见这金子，笑得眼儿没缝，便道：“自家儿女，又是美事，如何要你的东西！这金子权时领下，只当与你收藏。此事都在老身身上。只是你的娘，把你当个摇钱树，等闲（寻常，平常）也不轻放你出去。怕不要千把银子。那主儿可是肯出手的么？也得老身见他一见，与他讲道方好。”美娘道：“姨娘莫管闲事，只当你侄女自家赎身便了。”刘四妈道：“妈妈可晓得你到我家来？”美娘道：“不晓得。”四妈道：“你且在我家便饭，待老身先到你家，与妈妈讲。讲得通时，然后来报你。”

刘四妈顾乘轿子，抬到王九妈家。九妈相迎入内。刘四妈问起吴八公子之事，九妈告诉了一遍。四妈道："我们行户人家，到是养成个半低不高的丫头，尽可赚钱，又且安稳，不论甚么客就接了，倒是日日不空的。侄女只为声名大了，好似一块鲞鱼（鳓鱼腌干了叫"鳓鲞"，石首鱼腌干了叫作"白鲞"。味道都很鲜美。鲞，xiǎng）落地，蚂蚁儿都要钻他。虽然热闹，却也不得自在。说便许多一夜，也只是个虚名。那些王孙公子来一遍，动不动有几个帮闲，连宵达旦，好不费事。跟随的人又不少，个个要奉承得他好。有些不到之处，口里就出粗口连罗口连的骂人，还要弄损你家伙，又不好告诉他家主，受了若干闷气。况且山人（一般指隐士；又指山野之人，谦称）墨客（诗人、作家等风雅的文人），诗社棋社，少不得一月之内，又有几时官身（古时妓女有官伎和私娼之分；隶属于官家所设立的教坊乐籍的，叫作"官伎"。官伎供奉内廷，承应官府。逢节日，要上官厅参见庆贺。平时官府有宾客宴会，也可随时叫她们去歌唱侍筵，叫作"唤官身"）。这些富贵子弟，你争我夺，依了张家，违了李家，一边喜，少不得一边怪了。就是吴八公子这一个风波，吓杀人的，万一失蹉，却不连本送了。官宦人家，和他打官司不成！只索（不得不；只能）忍气吞声。今日还亏着你家时运高，太平没事，一个霹雳空中过去了。倘然山高水低，悔之无及。妹子闻得吴八公子不怀好意，还要到你家索闹。侄女的性气又不好，不肯奉承人。第一这一件，乃是个惹祸之本。"九妈道："便是这件，老身好不担忧。就是这八公子，也是有名有称的人，又不是下贱之人。这丫头抵死不肯接他，惹出这场寡气（闷气）。当初他年纪小时，还听人教训。如今有了个虚名，被这些富贵子弟夸他奖他，惯了他性情，骄了他气质，动不动自作自主。逢着客来，他要接便接。他若不情愿时，便是九牛也休想牵得他转。"刘四妈道："做小娘的略有些身分，都则如此。"王九妈道："我如今与你商议：倘若有个肯出钱的，不如卖了他去，到得干净。省得终身担着鬼胎过日。"刘四妈道："此言甚妙。卖了他一个，就讨得五六个。若凑巧撞得着相应的，十来个也讨得的。这等便宜事，如何不做！"王九妈道："老身也曾算计过来。那些有势有力的不肯出钱，专要讨人便宜；及至肯出几两银子的，女儿又嫌好道歉，做张做智（装模作样，装腔作势）的不肯。若有好主儿，妹子做媒，作成则个。倘若这丫头不肯时节，还求你撺掇（在一旁鼓动人做某事）。这丫头做娘的话也不听，只你说得他信，话得他转。"刘四妈呵呵大笑道："做妹子的此来，正为与侄女做媒。你要许多银子便肯放他出门？"九妈道："妹子，你是明理的人。我们这行户中，只有贱买，那有贱卖？况且美儿数年盛名满临安，谁不知他是花魁娘子，难道三百四百，就容他走动？少不得要他千金。”刘四妈道：“待妹子去讲。若肯出这个数目，做妹子的便来多口。若合不着时，就不来了。”临行时，又故意问道：“侄女今日在哪里？”王九妈道：“不要说起，自从那日吃了吴八公子的亏，怕他还来淘气，终日里抬个轿子，各宅去分诉（诉说）。前日在齐太尉家，昨日在黄翰林家，今日又不知在那家去了。”刘四妈道：“有了你老人家做主，按定了坐盘星（一名“定盘星”。秤上的第一颗星，位置为秤锤和秤盘成平衡状态时秤锤的悬点，因用以比喻对一切事情的主意，标准的意思），也不容侄女不肯。万一不肯时，做妹子自会劝他。只是寻得主顾来，你却莫要捉班做势（摆架子，装腔作势）。”九妈道：“一言既出，并无他说。”九妈送至门首。刘四妈叫声聒噪，上轿去了。这才是：

数黑论黄雌陆贾，说长话短女随何。
若还都像虔婆口，尺水能兴万丈波。

刘四妈回到家中，与美娘说道：“我对你妈妈如此说，这般讲，你妈妈已自肯了。只要银子见面，这事立地便成。”美娘道：“银子已曾办下，明日姨娘千万到我家来，玉成其事。不要冷了场，改日又费讲。”四妈道：“既然约定，老身自然到宅。”美娘别了刘四妈，回家一字不题。次日，午牌时分，刘四妈果然来了。王九妈问道：“所事如何！”四妈道：“十有八九，只不曾与侄女说过。”四妈来到美娘房中，两下相叫了，讲了一回说话。四妈道：“你的主儿到了不曾？那话儿在那里？”美娘指着床头道：“在这几只皮箱里。”美娘把五六只皮箱一时都开了，五十两一封，搬出十三四封来，又把些金珠宝玉算价，足勾千金之数。把个刘四妈惊得眼中出火，口内流涎，想道：“小小年纪，这等有肚肠（心肠、心计、心思）！不知如何设处，积下许多东西？我家这几个粉头，一般接客，赶得着他那里！不要说不会生发（想办法赚钱），就是有几文钱在荷包里，闲时买瓜子嗑，买糖儿吃，两条脚带破了，还要做妈的与他买布哩。偏生九阿姐造化，讨得着，年时赚了若干钱钞，临出门还有这一主大财，又是取诸宫中（引用《孟子》中的话，从自己家里取出来的意思），不劳余力。”这是心中暗想之语，却不曾说出来。美娘见刘四妈沉吟，只道作难索谢，慌忙又取出四匹潞绸，两股宝钗，一对凤头玉簪，放在桌上，道：“这几件东西，奉与姨娘为伐柯（做媒）之敬。”刘四妈欢天喜地对王九妈说道：“侄女情愿自家赎身，一般身价，并不短少分毫。比着孤老卖身更好。省得闲汉们从中说合，费酒费浆，还要加一加二的谢他。”王九妈听得说女儿皮箱内有许多东西，到有个怫然之色（不乐，不愿意，否认的样子。怫，fú）。你道却是为何？世间只有鸨儿的狠，做小娘的设法些东西，都送到他手里，才是快活。也有做些私房在箱笼内，鸨儿晓得些风声，专等女儿出门，抻开锁钥，翻箱倒笼取个罄空。只为美娘盛名下，相交都是大头儿，替做娘的挣得钱钞，又且性格有些古怪，等闲不敢触犯，故此卧房里面，鸨儿的脚也不搠进去。谁知他如此有钱。刘四妈见九妈颜色不善，便猜着了，连忙道：“九阿姐，你休得三心两意。这些东西，就是侄女自家积下的，也不是你本分之钱。他若肯花费时，也花费了。或是他不长进，把来津贴了得意的孤老（俗称姘夫、嫖客），你也那里知道！这还是他做家的好处。况且小娘自己手中没有钱钞，临到从良之际，难道赤身赶他出门？少不得头上脚下都要收拾得光鲜，等他好去别人家做人。如今他自家拿得出这些东西，料然一丝一线不费你的心。这一主银子，是你完完全全鳖在腰胯里的。他就赎身出去，怕不是你女儿。倘然他挣得好时，时朝月节，怕他不来孝顺你。就是嫁了人时，他又没有亲爹亲娘，你也还去做得着他的外婆，受用处正有哩。”只这一套话，说得王九妈心中爽然。当下应允。刘四妈就去搬出银子，一封封兑过，交付与九妈，又把这些金珠宝玉，逐件指物作价。对九妈说道：“这都是做妹子的故意估下他些价钱。若换与人，还便宜得几十两银子。”王九妈虽同是个鸨儿，到是个老实头儿，凭刘四妈说话，无有不纳。

刘四妈见王九妈收了这主东西，便叫亡八写了婚书，交付与美儿。美儿道：“趁姨娘在此，奴家就拜别了爹妈出门，借姨娘家住一两日，择吉从良，未知姨娘允否？”刘四妈得了美娘许多谢礼，生怕九妈翻悔，巴不得美娘出他他门，完成一事，说道：“正该如此。”当下美娘收拾了房中自己的梳台拜匣，皮箱铺盖之类。但是鸨儿家中之物，一毫不动。收拾已完，随着四妈出房，拜别了假爹假妈，和那姨娘行中，都相叫了。王九妈一般哭了几声。美娘唤人挑了行李，欣然上轿，同刘四妈到刘家去。四妈腾出一间幽静的好房，顿下美娘行李。众小娘都来与美娘叫喜。是晚，朱重差莘善到刘四妈家讨信，已知美娘赎身出来。择了吉日，笙箫鼓乐娶亲。刘四妈就做大媒送亲，朱重与花魁娘子花烛洞房，欢喜无限。

虽然旧事风流，不减新婚佳趣。

次日，莘善老夫妇请新人相见，各各相认，吃了一惊。问起根由，至亲三口，抱头而哭。朱重方才认得是丈人丈母。请他上坐，夫妻二人，重新拜见。亲邻闻知，无不骇然。是日，整备筵席，庆贺两重之喜，饮酒尽欢而散。三朝之后，美娘教丈夫备下几副厚礼，分送旧相知各宅，以酬其寄顿箱笼之恩，并报他从良信息。此是美娘有始有终处。王九妈、刘四妈家，各有礼物相送，无不感激。满月之后，美娘将箱笼打开，内中都有黄白之资，吴绫蜀锦，何止百计，共有三千余金，都将匙钥交付丈夫，慢慢的买房置产，整顿家当。油铺生理，都是丈人莘公管理。不上一年，把家业挣得花锦般相似，驱奴使婢，甚有气象（事物的情况、态势）。

朱重感谢天地神明保佑之德，发心于各寺庙喜舍合殿油烛一套，供琉璃灯油三个月；斋戒沐浴，亲往拈香礼拜。先从昭庆寺起，其他灵隐、法相、净慈、天竺等寺，以次而行。就中单说天竺寺，是观音大士的香火，有上天竺、中天竺、下天竺，三处香火俱盛，却是山路，不通舟楫。朱重叫从人挑了一担香烛，三担清油，自己乘轿而往。先到上天竺来。寺僧迎接上殿，老香火秦公点烛添香。此时朱重居移气，养移体（意思是一个人因为环境、营养变好了，使得他的气质、身体也跟着改变了原来的样子。语见《孟子》），仪容魁岸，非复幼时面目，秦公那里认得他是儿子。只因油桶上有个大大的“秦”字，又有“汴梁”二字，心中甚以为奇。也是天然凑巧。刚刚到上天竺，偏用着这两只油桶。朱重拈香已毕，秦公托出茶盘，主僧奉茶。秦公问道：“不敢动问施主，这油桶上为何有此三字？”朱重听得问声，带着汴梁人的土音，忙问道：“老香火，你问他怎么？莫非也是汴梁人么？”秦公道：“正是。”朱重道：“你姓甚名谁？为何在此出家？共有几年了？”秦公把自己姓名乡里，细细告诉：“某年上避兵来此，因无活计，将十三岁的儿秦重，过继与朱家。如今有八年之远。一向为年老多病，不曾下山问得信息。”朱重一把抱住，放声大哭道：“孩儿便是秦重。向在朱家挑油买卖。正为要访求父亲下落，故此于油桶上，写‘汴梁秦’三字，做个标识。谁知此地相逢！真乃天与其便！”众僧见他父子别了八年，今朝重会，各各称奇。朱重这一日，就歇在上天竺，与父亲同宿，各叙情节。

次日，取出中天竺、下天竺两个疏头（和尚、道士祈祷诵经之前，向神前焚化的祷词）换过，内中朱重，仍改做秦重，复了本姓，两处烧香礼拜已毕，转到上天竺，要请父亲回家，安乐供养。秦公出家已久，吃素持斋，不愿随儿子回家。秦重道：“父亲别了八年，孩儿缺侍奉。况孩儿新娶媳妇，也得他拜见公公方是。”秦公只得依允。秦重将轿子让与父亲乘坐，自己步行，直到家中。秦重取出一套新衣，与父亲换了，中堂设坐，同妻莘氏双双参拜。亲家莘公、亲母阮氏，齐来见礼。此日大排筵席。秦公不肯开荤，素酒素食。次日，邻里敛财称贺。一则新婚，二则新娘子家眷团圆，三则父子重逢，四则秦小官归宗复姓：共是四重大喜。一连又吃了几日喜酒。秦公不愿家居，思想上天竺故处清净出家。秦重不敢违亲之志，将银二百两，于上天竺另造净室一所，送父亲到彼居住。其日用供给，按月送去。每十日亲往候问一次。每一季同莘氏往候一次。那秦公活到八十余，端坐而化。遗命葬于本山。此是后话。

却说秦重和莘氏，夫妻偕老，生下两孩儿，俱读书成名。至今风月中市语，凡夸人善于帮衬，都叫做“秦小官”，又叫“卖油郎”。有诗为证：

春来处处百花新，蜂蝶纷纷竞采春。
堪爱豪家多子弟，风流（风度；仪表）不及卖油人。

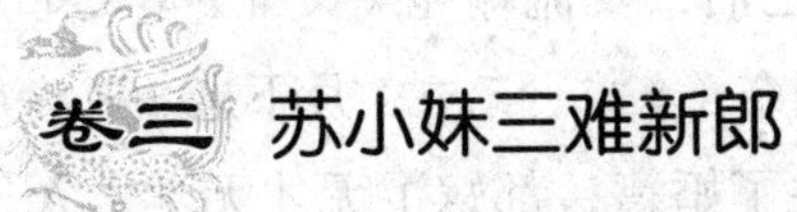

卷三 苏小妹三难新郎

聪明男子做公卿，女子聪明不出身。
若许裙钗应科举，女儿那见逊公卿？

自混沌初辟，乾道成男，坤道成女，虽则造化无私，却也阴阳分位。阳动阴静，阳施阴受，阳外阴内。所以男子主四方（指各处；天下）之事，女子主一室之事。主四方之事的，顶冠束带，谓之丈夫；出将入相（出征可为将帅，入朝可为宰相。指兼有文武才能的人，也指文武职位都很高），无所不为；须要博古通今，达权知变（不死守常规，根据实际情况，随机应变）。主一室之事的，三绺梳头，两截穿衣，一日之计，止无过饔飧（yōng sūn，做饭）井臼（汲水舂米，泛指操持家务）；终身之计，止无过生男育女。所以大家闺女，虽曾读书识字，也只要他识些姓名，记些账目。他又不应科举，不求名誉，诗文之事，全不相干。

然虽如此，各人资性不同。有等愚蠢的女子，教他识两个字，如登天之难。有等聪明的女子，一般过目成诵，不教而能。吟诗与李杜（李白、杜甫，是唐代的两个大诗人）争强，作赋与班马（班固、司马相如，是汉代的两个文学家，善于作辞赋）斗胜，这都是山川秀气，偶然不钟于男而钟于女。且如汉有曹大家（即班昭；东汉时人。她的哥哥班固著《汉书》，未完成就死了，她代为续成。汉和帝请她到宫里做后妃们的老师，尊称她为“大家”。家，gū），他是个班固之妹，代兄续成汉史。又有个蔡琰（东汉时人，蔡邕的女儿。曾被匈奴人掳去，曹操派人把她赎回。相传，《胡笳十八拍》琴曲是她作的），制《胡笳十八拍》，流传后世。晋时有个谢道韫（晋代有名的才女，谢奕的女儿。一天大雪，她叔父谢安说：“下雪好像什么呢？”她兄弟说：“撒盐空中差可拟。”她说：“未若柳絮因风起。”），与诸兄咏雪，有柳絮随风之句，诸兄都不及他。唐时有个上官婕妤（即上官婉儿；唐代人。很有文才，善于作诗。武则天做皇帝的时候，派她掌管诰命。婕妤，宫中女官名），中宗皇帝教他品第（评定并分列次第）朝臣之诗，臧否（zāng pǐ，书面用语，褒贬、评比、评定、评价、评介、评论等意思）一一不爽（不差；没有差错）。至于大宋妇人，出色的更多。就中单表一个叫作李易安（李清照，字易安，济南人，赵明诚的妻子，宋代著名的女词家，著有《漱玉词》），一个叫作朱淑真（宋代的女词家，钱塘人。她嫁的丈夫很不好，常怀幽怨，著有《断肠集》）。他两个都是闺阁（借指妇女）文章之伯，女流翰苑（文翰荟萃之处）之才。论起相女配夫，也该对个聪明才子。争奈（怎奈；无奈）月下老（又称月老，神话传说中的人物，主管人间婚嫁之事）错注了婚籍，都嫁了无才无学之人，每每怨恨之情，形于笔札。有诗为证：

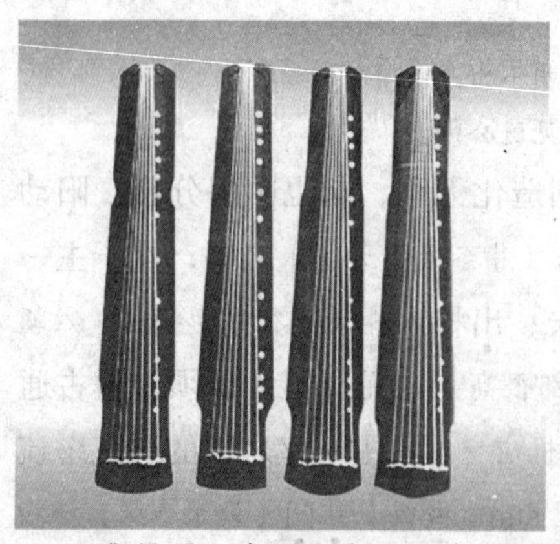
■焦尾琴：中国古代四大名琴之一，其身世非同寻常，系东汉名人蔡邕所创制。

鸥鹭鸳鸯作一池，曾知羽翼不相宜！
东君（日神）不与花为主，何似休生连理枝！

那李易安有《伤秋》一篇，调寄〔声声慢〕（词调名，有平韵、仄韵二体，这首词是仄韵体。题目一作“秋情”）：

寻寻觅觅，冷冷清清，凄凄惨惨戚戚（忧愁的样子）。乍暖还寒时候（写深秋寒冷，又突然转暖的多变气候），正难将息（调养，休息，将养休息）。三杯两盏淡酒，怎敌（抵挡）他晚来风力！雁过也，总伤心，却是旧时相识（作者从北方流落南方，见北雁南飞，故有故乡之思和“似曾相识”的感慨。古时有鸿雁传书之说，而李清照婚后有《一剪梅》词寄赠丈夫，内云："云中谁寄锦书来，雁字回时，月满西楼。"如今作者丈夫已逝，她孤独无靠，满腹心事无可诉说，因而感到"伤心"）。

满地黄花（菊花）堆积，憔悴损，如今有谁攸摘（意思是没有人有摘花的兴致）。守着窗儿，独自怎生得黑（怎样挨到天黑呢。怎生，怎样）！梧桐更兼细雨（细雨打在梧桐上），到黄昏，点点滴滴，这次第（景况，情形）怎一个愁字了（概括）得！

朱淑真时值秋间，丈夫出外，灯下独坐无聊，听得窗外雨声滴点，吟成一绝：

哭损双眸断尽肠，怕黄昏到又昏黄。
那堪细雨新秋夜，一点残灯伴夜长！

后来刻成诗集一卷，取名《断肠集》。

说话的，为何单表那两个嫁人不着的？只为如今说一个聪明女子，嫁着一个聪明的丈夫，一唱一和，遂变出若干的话文。正是：

说来文士添佳兴，道出闺中作美谈。

话说四川眉州，古时谓之蜀郡，又曰嘉州，又曰眉山。山有蟇（má）颐、峨眉，水有岷江、环湖，山川之秀，钟于人物。生出个博学名儒来，姓苏名洵，字允明，别号老泉。当时称为老苏。老苏生下两个孩儿，大苏小苏。大苏名轼，字子瞻，别号东坡；小苏名辙，字子由，别号颍滨。二子都有文经武纬（原指北京人所种的一种菊花。比喻文武兼备，纵横驰骋）之才，博古通今（对古代的事知道得很多，并且通晓现代的事情。形容知识渊博。通：通晓；博：广博，知道得多）之学，同科（科举时代称同榜考中）及第，名重朝廷，俱拜翰林学士（官名）之职。天下称他兄弟，谓之二苏。称他父子，谓之三苏。这也不在话下。更有一桩奇处，那山川之秀，偏萃（聚在一起）于一门。两个儿子未为希罕，又生个女儿，名曰小妹，其聪明绝世无双，真个闻一知二（听到一点儿就能理解很多。形容善于类推），问十答十。因他父兄都是个大才子，朝谈夕讲，无非子史经书，目见耳闻，不少诗词歌赋。自古道：近朱者赤，近墨者黑（接近红色的就容易变红，接近黑色的就容易变黑）。况且小妹资性（资质；天性）过人十倍，何事不晓。十岁上随父兄居于京师寓中，有绣球花一树，时当春月，其花盛开。老泉赏玩了一回，取纸笔题诗。才写得四句，报说："门前客

■ 李清照：号易安居士。宋代女词人，婉约词派代表，有"千古第一才女"之称。

到。”老泉阁笔而起。小妹闲步到父亲书房之内，看见桌上有诗四句：

天巧玲珑玉一邱，迎眸烂熳总清幽。

白云疑向枝间出，明月应从此处留。

小妹览毕，知是咏绣球花所作，认得父亲笔迹，遂不待思索，续成后四句云：

瓣瓣折开蝴蝶翅，团团围就水晶球。

假饶借得香风送，何羡梅花在陇头。

小妹题诗依旧放在桌上，款步（慢慢地走；舒缓地步行）归房。老泉送客出门，复转书房，方欲续完前韵，只见八句已足。读之词意俱美。疑是女儿小妹之笔，呼而问之，写作果出其手。老泉叹道：“可惜是个女子！若是个男儿，可不又是制科中一个有名人物！”自此愈加珍爱其女，恣其读书博学，不复以女工（旧时指妇女所做的纺织、刺绣、缝纫等工作和这些工作的成品）督之。看看长成一十六岁，立心要妙选天下才子，与之为配。急切难得。忽一日，宰相王荆公着堂候官（旧时供高级官员役使的小吏）请老泉到府与之叙话。原来王荆公，讳安石，字介甫。未得第时，大有贤名。平时常不洗面，不脱衣，身上虱子无数。老泉恶其不近人情，异日必为奸臣，曾作《辨奸论》以讥之，荆公怀恨在心。后来见他大苏小苏连登制科，遂舍怨而修好。老泉亦因荆公拜相，恐妨二子进取之路，也不免曲意相交。正是：

古人结交在意气，今人结交为势利。

从来势利不同心，何如意气交情深。

是日，老泉赴荆公之召，无非商量些今古，议论了一番时事，遂取酒对酌，不觉忘怀酩酊（mǐng dǐng，醉得迷迷糊糊的）。荆公偶然夸能：“小儿王雱（pāng），读书只一遍，便能背诵。”老泉带酒答道：“谁家儿子读两遍！”荆公道：“到是老夫失言，不该班门弄斧（鲁班，春秋时期鲁国人，著名的木匠。在鲁班门前舞弄斧子。比喻在行家面前卖弄本领，不自量力）。”老泉道：“不惟小儿只一遍，就是小女也只一遍。”荆公大惊道：“只知令郎大才，却不知有令爱。眉山（四川眉山，东坡故里）秀气，尽属公家矣！”老泉自悔失言，连忙告退。荆公命童子取出一卷文字，递与老泉道：“此乃小儿王雱窗课（初学的人练习作的诗文，这里单指文章），相烦点定。”老泉纳于袖中，唯唯而出。回家睡至半夜，酒醒，想起前事：“不合（不应当，不该）自夸女孩儿之才。今介甫将儿子窗课属（同“嘱”，嘱托）吾点定，必为求亲之事。这头亲事，非吾所愿，却又无计推辞。”沉吟到晓，梳洗已毕，取出王雱所作，次第看之，真乃篇篇锦绣，字字珠玑，又不觉动了个爱才之意。“但不知女儿缘分如何？我如今将这文卷与女儿观之，看他爱也不爱。”遂隐下姓名，分付丫鬟道：“这卷文字，乃是个少年名士所呈，求我点定。我不得闲暇，转送与小姐，教他到批阅，阅完时，速来回话。”丫鬟将文字呈上小姐，传达太老爷分付之语。小妹滴露研朱（滴水研磨朱砂。指用朱笔评校书籍），从头批点，须臾而毕。叹道：“好文字！此必聪明才子所作。但秀气泄尽，华而不实，恐非久长之器。”遂于卷面批云：

新奇藻丽，是其所长；含蓄雍容，是其所短。取巍科[1]则有余，享大年则不足。

后来王雱十九岁中了头名状元，未几夭亡。可见小妹知人之明。这是后话。却说小妹写罢批语，叫丫鬟将文卷纳还父亲。老泉一见大惊：“这批语如何回复得介甫！必然取怪。”一时污损了卷面，无可奈何，却好堂候官到门：“奉相公（是君子、生员、宰相的另外一种叫法）钧旨（尊称上司的命令，是中国封建社会时对帝王将相下的命令或发表的言论的尊称），取昨日文卷，面见太爷，还有话禀。”老泉此时，手足无措，只得将卷面割去，重新换过，加上好批语，亲手交堂候官收讫（qì，毕，完成）。堂候官道：“相公还分付得有一言，动问：贵府小姐曾许人否？倘未许人，相府愿谐秦晋。”老泉道：“相府请亲，老夫岂敢不从。只是小女貌丑，恐不足当金屋之选（相传汉武帝刘彻小时候，他的姑母问他：“你愿意娶老婆不？”并指着自己的女儿阿娇，问：“你看她好不好？”刘彻说：“若得阿娇，当用金屋把她装起来。”）。相烦好言达上。但访问自知，并非老夫推托。”堂候官领命，回复荆公。荆公看见卷面换了，已有三分不悦。又恐怕苏小姐容貌真个不扬，不中儿子之意，密地差人打听。原来苏东坡学士，常与小姐互相嘲戏。东坡是一嘴胡子，小妹嘲云：

口角几回无觅处，忽闻毛里有声传。

小妹额颅凸起，东坡答嘲云：

未出庭前三五步，额头先到画堂前。

小妹又嘲东坡下颏之长云：

去年一点相思泪，至今流不到腮边。

东坡因小妹双眼微抠（kōu，这里通“眍”，形容眼眶洼进、深陷），复答云：

几回拭脸深难到，留却汪汪两道泉。

---

[1] 巍科：高科，高中，科举考试录取在最前列的意思。

访事的得了此言，回复荆公，说："苏小姐才调委实高绝。若论容貌，也只平常。"荆公遂将姻事阁起不题。然虽如此，却因相府求亲一事，将小妹才名播满了京城。以后闻得相府亲事不谐，慕名来求者，不计其数。老泉都教呈上文字，把与女孩儿自阅。也有一笔涂倒的，也有点不上两三句的。就中只有一卷，文字做得好。看他卷面写有姓名，叫做秦观。小妹批四句云：

今日聪明秀才，他年风流[1]学士。

可惜二苏同时，不然横行一世。

这批语明说秦观的文才，在大苏小苏之间，除却二苏，没人及得。老泉看了，已知女儿选中了此人。分付门上："但是秦观秀才来时，快请相见。余的都与我辞去。"谁知众人呈卷的，都在讨信。只有秦观不到。却是为何？那秦观秀才字少游，他是扬州府高邮人。腹饱万言，眼空一世。生平敬服的，只有苏家兄弟，以下的都不在意。今日慕小妹之才，虽然衒玉（xuàn yù，自荐）求售，又怕损了自己的名誉，不肯随行逐队，寻消问息。老泉见秦观不到，反央人去秦家寓所致意，少游心中暗喜。又想道："小妹才名得于传闻，未曾面试。又闻得他容貌不扬，额颅凸出，眼睛凹进，不知是何等鬼脸？如何得见他一面，方才放心。"打听得三月初一日，要在岳庙烧香，趁此机会，改换衣装，觑个分晓（解答，一个问题的答案或结果）。正是：

眼见方为的，传闻未必真。

若信传闻语，枉尽世间人。

从来大户人家女眷入庙进香，不是早，定是夜。为甚么？早则人未来，夜则人已散。秦少游到三月初一日五更时分，就起来梳洗，打扮个游方道人模样：头裹青布唐巾，耳后露两个石碾的假玉环儿，身穿皂布道袍，腰系黄绦，足穿净袜草履，项上挂一串拇指大的数珠（和尚、道士们颈项上挂的珠串），手中托一个金漆钵盂，侵早就到东岳庙前伺候。天色黎明，苏小姐轿子已到。少游走开一步，让他轿子入庙，歇于左廊之下。小妹出轿上殿。少游已看见了。虽不是妖娆美丽，却也清雅幽闲，全无俗韵。"但不知他才调真正如何？"约莫焚香已毕，少游却循廊而上，在殿左相遇。少游打个问讯云：

小姐有福有寿，愿发慈悲。

小妹应声答云：

道人何德何能，敢求布施！

---

[1]风流：才华出众，自成一派。

少游又问讯云：

愿小姐身如药树，百病不生。

小妹一头走，一头答应：

随道人口吐莲花，半文无舍。

少游直跟到轿前，又问讯云：

小娘子一天欢喜，如何撒手宝山？

小妹随口又答云：

风道人恁地贪痴，那得随身金穴！

小妹一头说，一头上轿。少游转身时，口中喃出一句道：“‘风道人’得对‘小娘子’，万千之幸！”小妹上了轿，全不在意。跟随的老院子（服侍多年的仆人），却听得了，怪这道人放肆，方欲回身寻闹，只见廊下走出一个垂髫(古时儿童不束发，头发下垂，因以“垂髫”指三四岁至八九岁的儿童。髫，tiáo)的俊童，对着那道人叫道：“相公这里来更衣。”那道人便前走，童儿后随。老院子将童儿肩上悄地捻了一把，低声问道：“前面是那个相公？”童儿道：“是高邮秦少游相公。”老院子便不言语。回来时，就与老婆说知了。这句话就传入内里。小妹才晓得那化缘的道人是秦少游假妆的，付之一笑。嘱付丫鬟们休得多口。

话分两头。且说秦少游那日饱看了小妹容貌不丑，况且应答如响，其才自不必言。择了吉日，亲往求亲。老泉应允。少不得下财纳币（古代婚礼“六礼”之一，男女双方缔婚以后，男方把聘礼送给女方）。此是二月初旬的事。少游急欲完婚，小妹不肯。他看定秦观文字，必然中选。试期已近，欲要象简乌纱，洞房花烛。少游只得依他。到三月初三礼部大试之期，秦观一举成名，中了制科。到苏府来拜丈人，就禀复完婚一事。因寓中无人，欲就苏府花烛。老泉笑道：“今日挂榜，脱白挂绿（脱去白色服装，换上绿色的官服。宋代规定：进士和秀才穿白细布衫；七品以上的官员穿绿服），便是上吉之日，何必另选日子。只今晚便在小寓成亲，岂不美哉！”东坡学士从傍赞成。是夜与小妹双双拜堂，成就了百年姻眷。正是：

聪明女得聪明婿，大登科后小登科。

其夜月明如昼。少游在前厅筵宴已毕，方欲进房，只见房门紧闭，庭中摆着小小一张桌儿，桌上排列纸墨笔砚，三个封儿，三个盏儿，一个是玉盏，一个是银盏，一个是瓦盏。青衣小鬟守立旁边。少游道：“相烦传语小姐，新郎已到，何不开门？”丫鬟道：“奉小姐之命，有三个题目在此。三试俱中式，方准进房。这三个纸封儿便是题目在内。”少游指着三个盏道：“这又是甚的意思？”丫鬟道：“那玉盏是盛酒的，那银盏是盛茶的，那瓦盏是盛寡水的。三试俱中，玉盏内美酒三杯，请进香房（指青年女子的内室）。两试中了，一试不中，银盏内清茶解渴，直待来宵再试。一试中了，两试不中，瓦盏内呷（xiā，小口饮）口淡水，罚在外厢读书三个月。”少游微微冷笑道：“别个秀才来应举时，就要告命题容易了，下官曾应过制科，青钱万选〔唐代张鷟（zhuó）作的文章很好，人家称赞他的文章好像青铜钱一样，万选万中，篇篇都好〕，莫说三个题目，就是三百个，我何惧哉！”丫鬟道：“俺小姐不比寻常盲试官，‘之乎者也’应个故事而已。他的题目好难哩！第一题，是绝句一首，要新郎也做一首，合了出题之意，方为中式。第二题四句诗，藏着四个古人，猜得一个也不差，方为中式。到第三题，就容易了，止要做个七字对儿，对得好便得饮美酒进香房了。”少游道：“请第一题。”丫鬟取第一个纸封拆开，请新郎自看。少游看时，封着花笺一幅，写诗四句道：

铜铁投洪冶，蝼蚁上粉墙。
阴阳无二义，天地我中央[①]。

少游想道：“这个题目，别人做定猜不着。则我曾假扮做云游道人，在岳庙化缘，去相那苏小姐。此四句乃含着‘化缘道人’四字，明明嘲我。”遂于月下取笔写诗一首于题后云：

“化”工何意把春催？“缘”到名园花自开。
“道”是东风原有主，“人”人不敢上花台。

丫鬟见诗完，将第一幅花笺褶做三叠，从窗隙中塞进，高叫道：“新郎交卷，第一场完。”小妹览诗，每句顶上一字，合之乃“化缘道人”四字，微微而笑。少游又开第二封看之，也是花笺一幅，题诗四句：

强爷胜祖有施为，凿壁偷光夜读书。
缝线路中常忆母，老翁终日倚门闾[②]。

少游见了，略不凝思，一一注明。第一句是孙权，第二句是孔明，第三句

---

①“铜铁”四句：铜铁投入火炉就化了，即“化”字。蚂蚁顺着墙往上爬，切“缘”字。一阴一阳谓之“道”，切“道”字。人，在天之下，地之上，切“人”字。承接上面三句，合成“化缘道人”四字，以嘲笑秦少游。

②“强爷”四句：每句切合一个人的名号。第一句，比祖、父更有作为，暗指孙子有权，即孙权。第二句，用汉代匡衡把邻居的墙壁挖一个孔，借灯光读书的故事，暗切孔明（诸葛亮字孔明）。第三句，用“慈母手中线”的诗句，暗含儿子在外思念母亲的意思，切合子思（孔子的孙子）。第四句，“老翁”，切合“太公”；“倚门闾”为倚门闾而望之意，切合“望”字，暗指太公望（姜尚的别称）。

是子思，第四句是太公望。丫鬟又从窗隙递进。少游口虽不语，心下想道：“两个题目，眼见难我不倒，第三题是个对儿，我五六岁时便会对句，不足为难。”再拆开第三幅花笺，内出对云：

闭门推出窗前月。

初看时觉道容易，仔细思来，这对出得尽巧。若对得平常了，不见本事。左思右想，不得其对。听得谯楼（瞭望楼，建于城门上。谯，qiáo）三鼓将阑（尽），构思不就，愈加慌迫。却说东坡此时尚未曾睡，且来打听妹夫消息。望见少游在庭中团团而步，口里只管吟哦“闭门推出窗前月”七个字，右手做推窗之势。东坡想道：“此必小妹以此对难之。少游为其所困矣！我不解围，谁为撮合（cuō he，拉拢说合）？”急切思之，亦未有好对。庭中有花缸一只，满满的贮着一缸清水，少游步了一回，偶然倚缸看水。东坡望见，触动了他灵机，道：“有了！”欲待教他对了，诚恐小妹知觉，连累妹夫体面，不好看相。东坡远远站着咳嗽一声，就地下取小小砖片，投向缸中。那水为砖片所激，跃起几点，扑在少游面上。水中天光月影，纷纷淆乱。少游当下晓悟，遂援笔对云：

投石冲开水底天。

丫鬟交了第三遍试卷，只听“呀”的一声，房门大开，内又走出一个侍儿，手捧银壶，将美酒斟于玉盏之内，献上新郎，口称：“才子请满饮三杯，权当花红赏劳。”少游此时意气扬扬，连进三盏，丫鬟拥入香房。这一夜，佳人才子，好不称意。正是：

欢娱嫌夜短，寂寞恨更长。

自此夫妻和美，不在话下。后少游宦游浙中，东坡学士在京，小妹思想哥哥，到京省视。东坡有个禅友，叫做佛印禅师，尝劝东坡急流勇退（做官得意的时候，及早隐退，避免政权内部矛盾和倾轧的危险，就像在急水中行船，赶早躲开危险境地的意思）。一日寄长歌一篇，东坡看时，却也写得怪异，每二字一连，共一百三十对字。你道写的是甚字？

野野 鸟鸟 啼啼 时时 有有 思思 春春 气气
桃桃 花花 发发 满满 枝枝 莺莺 雀雀 相相
呼呼 唤唤 岩岩 畔畔 花花 红红 似似 锦锦
屏屏 堪堪 看看 山山 秀秀 丽丽 山山 前前
烟烟 雾雾 起起 清清 浮浮 浪浪 促促 潺潺
湲湲 水水 景景 幽幽 深深 处处 好好 追追

游游 傍傍 水水 花花 似似 雪雪 梨梨 花花
光光 皎皎 洁洁 玲玲 珑珑 似似 坠坠 银银
花花 折折 最最 好好 柔柔 茸茸 溪溪 畔畔
草草 青青 双双 蝴蝴 蝶蝶 飞飞 来来 到到
落落 花花 林林 里里 鸟鸟 啼啼 叫叫 不不
休休 为为 忆忆 春春 光光 好好 杨杨 柳柳
枝枝 头头 春春 色色 秀秀 时时 常常 共共
饮饮 春春 浓浓 酒酒 似似 醉醉 闲闲 行行
春春 色色 里里 相相 逢逢 竞竞 忆忆 游游
山山 水水 心心 息息 悠悠 归归 去去 来来
休休 役役

东坡看了两三遍，一时念将不出，只是沉吟。小妹取过，一览了然（明白，清楚），便道："哥哥，此歌有何难解！待妹子念与你听。"即时朗诵云：

野鸟啼，野鸟啼时时有思。
有思春气桃花发，春气桃花发满枝。
满枝莺雀相呼唤，莺雀相呼唤岩畔。
岩畔花红似锦屏，花红似锦屏堪看。
堪看山，山秀丽，秀丽山前烟雾起。
山前烟雾起清浮，清浮浪促潺湲水。
浪促潺湲水景幽，景幽深处好，深处好追游。
追游傍水花，傍水花似雪，似雪梨花光皎洁。
梨花光皎洁玲珑，玲珑似坠银花折。
似坠银花折最好，最好柔茸溪畔草。
柔茸溪畔草青青，双双蝴蝶飞来到。
蝴蝶飞来到落花，落花林里鸟啼叫。
林里鸟啼叫不休，不休为忆春光好。
为忆春光好杨柳，杨柳枝头春色秀。
枝头春色秀时常共饮，时常共饮春浓酒。
春浓酒似醉，似醉闲行春色里。
闲行春色里相逢，相逢竞忆游山水。
竞忆游山水心息，心息悠悠归去来，归去来休休役役。

东坡听念，大惊道："吾妹敏悟，吾所不及！若为男子，官位必远胜于我矣。"遂将佛印原写长歌，并小妹所定句读，都写出来，做一封儿寄与少游。因述自己再读不解，小妹一览而知之故。少游初看佛印所书，亦不能解。后读小妹之句，如梦初觉，深加愧叹。答以短歌云：

未及梵僧歌，词重而意复。
字字如联珠，行行如贯玉。
想汝惟一览，顾我劳三复。
裁诗思远寄，因以真类触。
汝其审思之，可表予心曲。

短歌后制成叠字诗一首，却又写得古怪：

静
思伊久阻归期
忆
别离时闻漏转

少游书信到时，正值东坡与小妹在湖上看采莲。东坡先拆书看了，递与小妹，问道：“汝能解否？”小妹道：“此诗乃仿佛印禅师之体也。”即念云：

静思伊久阻归期，久阻归期忆别离。
忆别离时闻漏转，时闻漏转静思伊。

东坡叹道：“吾妹真绝世聪明人也！今日采莲胜会，可即事各和一首，寄与少游，使知你我今日之游。”东坡诗成，小妹亦就。小妹诗云：

采
莲人在绿杨津
一
阕新歌声嗽玉

东坡诗云：

赏
花归去马如飞
酒
力微醒时已暮

照少游诗念出，小妹叠字诗，道是：

采莲人在绿杨津，在绿杨津一阕新。
一阕新歌声嗽玉，歌声嗽玉采莲人。

东坡叠字诗，道是：

赏花归去马如飞，去马如飞酒力微。
酒力微醒时已暮，醒时已暮赏花归。

二诗寄去，少游读罢，叹赏不已。其夫妇酬和之诗甚多，不能详述。后来少游以才名被征为翰林学士，与二苏同官。一时郎舅三人，并居史职，古所希有。于是宣仁太后亦闻苏小妹之才，每每遣内官赐以绢帛或饮馔之类，索他题咏。每得一篇，宫中传诵，声播京都。其后小妹先少游而卒，少游思念不置，终身不复娶云。有诗为证：

文章自古说三苏，小妹聪明胜丈夫。
三难新郎真异事，一门秀气世间无。

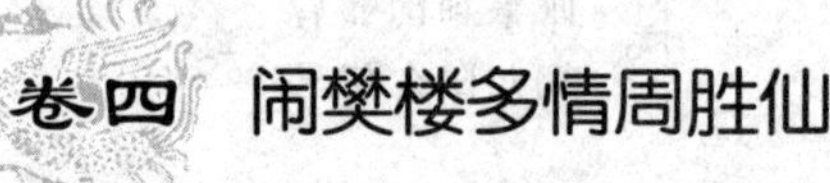

卷四　闹樊楼多情周胜仙

太平时节日偏长，处处笙歌入醉乡。
闻说鸾舆且临幸，大家拭目待君王。

这四句诗乃咏御驾临幸之事。从来天子建都之处，人杰地灵，自然名山胜水，凑着赏心乐事。如唐朝，便有个曲江池；宋朝，便有个金明池，都有四时美景，倾城士女王孙，佳人才子，往来游玩。天子也不时驾临，与民同乐。如今且说那大宋徽宗朝年东京金明池边，有座酒楼，唤作樊楼（亦名丰乐楼，北宋时东京有名的一座大酒楼）。这酒楼有个开酒肆的范大郎，兄弟范二郎，未曾有妻室。时值春末夏初，金明池游人赏玩作乐。那范二郎因去游赏，见佳人才子如蚁。行到了茶坊里来，看见一个女孩儿，方年二九，生得花容月貌。这范二郎立地多时，细看那女子，生得：

色色易迷难折。隐深闺，藏柳陌；足步金莲，腰肢一捻，嫩脸映桃红，香肌晕玉白。娇姿恨惹狂童，情态愁牵艳客。芙蓉帐里作鸾凰，云雨此时何处觅？

原来情色都不由你。那女子在茶坊里，四目相视，俱各有情。这女孩儿心里暗暗地喜欢，自思量道：“若还我嫁得一似这般子弟，可知（当然，那就）好哩。今日当面错过，再来那里去讨？”正思量道：“如何着个道理和他说话？问他曾娶妻也不曾？”那跟来女使和奶子（指奶妈、保姆，年龄较大的女仆），都不知许多事。你道好巧！只听得外面水盏响。女孩儿眉头一纵，计上心来，便叫：“卖水的，倾一盏甜蜜蜜的糖水来。”那人倾一盏糖水在铜盂儿里，递与那女子。那女子接得在手，才上口一呷，便把那个铜盂儿望空打一丢，便叫：“好好！你却来暗算我！你道我是兀谁？”那范二听得道：“我且听那女子说。”那女孩儿道：“我是曹门里周大郎的女儿，我的小名叫作胜仙小娘子，

年一十八岁，不曾吃人暗算。你今却来算我！我是不曾嫁的女孩儿。”这范二自思量道：“这言语跷蹊，分明是说与我听。”这卖水的道：“告小娘子！小人怎敢暗算！”女孩儿道：“如何不是暗算我？盏子里有条草。”卖水的道：“也不为利害。”女孩儿道：“你待算我喉咙，却恨我爹爹不在家里。我爹若在家，与你打官司。”奶子在傍边道：“却也叵耐（不可忍耐，可恨。也作“叵奈”）这厮！”茶博士（即卖茶水的人。下文的酒博士，即卖酒的人）见里面闹吵，走入来道：“卖水的，你去把那水好好挑出来。”

对面范二郎道：“他既暗递与我，我如何不回他？”随即也叫：“卖水的，倾一盏甜蜜蜜糖水来。”卖水的便倾一盏糖水在手，递与范二郎。二郎接着盏子，吃一口水，也把盏子望空一丢，大叫起来道：“好好！你这个人真个要暗算人！你道我是兀谁？我哥哥是樊楼开酒店的，唤作范大郎，我便唤作范二郎，年登一十九岁，未曾吃人暗算。我射得好弩，打得好弹，兼我不曾娶浑家（古人谦称自己妻子）。”卖水的道：“你不是风！是甚意思，说与我知道？指望我与你做媒？你便告到官司，我是卖水，怎敢暗算人！”范二郎道：“你如何不暗算？我的盂儿里，也有一根草叶。”女孩儿听得，心里好欢喜。茶博士入来，推那卖水的出去。女孩儿起身来道：“俺们回去休。”看着那卖水的道：“你敢随我去？”这子弟思量道：“这话分明是教我随他去。”只因这一去，惹出一场没头脑官司。正是：

言可省时休便说，步宜留处莫胡行。

女孩儿约莫去得远了，范二郎也出茶坊，远远地望着女孩儿去。只见那女子转步，那范二郎好喜欢，直到女子住处。女孩儿入门去，又推起帘子出来望。范二郎心中越喜欢。女孩儿自入去了。范二郎在门前一似失心风的人，盘旋走来走去，直到晚方才归家。且说女孩儿自那日归家，点心也不吃，饭也不吃，觉得身体不快。做娘的慌问迎儿道：“小娘子不曾吃甚生冷？”迎儿道：“告妈妈，不曾吃甚。”娘见女儿几日只在床上不起，走到床边问道：“我儿害甚的病？”女孩儿道：“我觉有些浑身痛，头疼，有一两声咳嗽。”周妈妈欲请医人来看女儿；争奈（怎奈，无奈）员外出去未归，又无男子汉在家，不敢去请。迎儿道：“隔一家有个王婆，何不请来看小娘子？他唤作王百会，与人收生，做针线，做媒人，又会与人看脉，知人病轻重。邻里家有些些事都浼（měi，请求）他。”周妈妈便令迎儿去请得王婆来。见了妈妈，妈妈说女儿从金明池走了一遍，回来就病倒的因由。王婆道：“妈妈不须说得。待老媳妇与小娘子看脉自知。”周妈妈道：“好好！”

迎儿引将王婆进女儿房里。小娘子正睡哩，开眼叫声“少礼”。王婆道：“稳便（稳妥、妥当）！老媳妇与小娘子看脉则个。”小娘子伸出手臂来，教王婆看了脉。道：“娘子害的是头疼浑身痛，觉得恹恹（yān yān，精神萎靡的样子）地恶心。”小娘子道：“是也。”王婆道：“是否？”小娘子道：“又有两声咳嗽。”王婆不听得万事皆休，听了道：“这病跷蹊！如何出去走了一遭，回来却便害这般病！”王婆看着迎儿奶子道：“你们且出去，我自问小娘子则个（zé gè，语气助词，用法略表示委婉或商量、祈使、解释等语气）。”迎儿和奶子自出去。

王婆对着女孩儿道：“老媳妇却理会得这病。”女孩儿道：“婆婆，你如何理会得？”王婆道：“你的病唤作心病。”女孩儿道：“如何是心病？”王婆道：“小娘子，莫不见了甚么人，欢喜了，却害出这病来？是也不是？”女孩儿低着头儿叫：“没。”王婆道：“小娘子，实对我说。我与你做个道理，救了你性命。”那女孩儿听得说话投机，便说出上件事来：“那子弟唤作范二郎。”王婆听了道：“莫不是樊楼开酒店的范二郎？”那女孩儿道：“便是。”王婆道：“小娘子休要烦恼，别人时老身便不认得，若说范二郎，老身认得他的哥哥嫂嫂，不可得的好人。范二郎好个伶俐子弟，他哥哥见教（套语。称对方指教自己）我与他说亲。小娘子，我教你嫁范二郎，你要也不要？”女孩儿笑道：“可知好哩！只怕我妈妈不肯。”王婆道：“小娘子放心，老身自有个道理，不须烦恼。”女孩儿道：“若得恁地时，重谢婆婆。”

王婆出房来，叫妈妈道：“老媳妇知得小娘子病了。”妈妈道：“我儿害甚么病？”王婆道：“要老身说，且告三杯酒吃了却说。”妈妈道：“迎儿，安排酒来请王婆。”妈妈一头请他吃酒，一头问婆婆：“我女儿害甚么病？”王婆把小娘子说的话一一说了一遍。妈妈道：“如今却是如何？”王婆道：“只得把小娘子嫁与范二郎。若还不肯嫁与他，这小娘子病难医。”妈妈道：“我大郎不在家，须使不得。”王婆道：“告妈妈，不若与小娘子下了定，等大郎归后，却做亲。且眼下救小娘子性命。”妈妈允了道：“好好，怎地作个道理？”王婆道：“老媳妇就去说，回来便有消息。”王婆离了周妈妈家，取路径到樊楼，来见范大郎，正在柜身里坐。王婆叫声“万福”（一种动作。旧时，妇女对人用双手在左衣襟前拂一拂，口中说“万福”，表示行礼、祝福）。大郎还了礼道：“王婆婆，你来得正好。我却待使人来请你。”王婆道：“不知大

郎唤老媳妇作甚么？”大郎道：“二郎前日出去归来，晚饭也不吃，道：‘身体不快。’我问他那里去来？他道：‘我去看金明池。’直至今日不起，害在床上，饮食不进。我待来请你看脉。”范大娘子出来与王婆相见了，大娘子道：“请婆婆看叔叔则个（zé gè，语气助词，用法略表示委婉或商量、祈使、解释等语气）。”王婆道：“大郎，大娘子，不要入来，老身自问二郎，这病是甚的样起？”范大郎道：“好好！婆婆自去看，我不陪你了。”王婆走到二郎房里，见二郎睡在床上，叫声：“二郎，老媳妇在这里。”范二郎闪开眼道：“王婆婆，多时不见，我性命休也。”王婆道：“害甚病便休？”二郎道：“觉头疼恶心，有一两声咳嗽。”王婆笑将起来。二郎道：“我有病，你却笑我！”

王婆道：“我不笑别的，我得知你的病了。不害别病，你害曹门里周大郎女儿，是也不是？”二郎被王婆道着了，跳起来道：“你如何得知？”王婆道：“他家教我来说亲事。”范二郎不听得说万事皆休，听得说好喜欢。正是：

人逢喜信精神爽，话合心机意趣投。

当下同王婆厮赶着出来，见哥哥嫂嫂。哥哥见兄弟出来，道：“你害病却便出来？”二郎道：“告哥哥，无事了也。”哥嫂好快活。王婆对范大郎道：“曹门里周大郎家，特使我来说二郎亲事。”大郎欢喜。话休絮烦。两下说成了，下了定礼，都无别事。范二郎闲时不着家，从下了定，便不出门，与哥哥照管店里。且说那女孩儿闲时不作针线，从下了定，也肯作活。两个心安意乐，只等周大郎归来做亲。

三月间下定，直等到十一月间，等得周大郎归家。少不得邻里亲戚洗尘，不在话下。到次日，周妈妈与周大郎说知上件事。周大郎道：“定了未？”妈妈道：“定了也。”周大郎听说，双眼圆睁，看着妈妈骂道：“打脊（鞭笞背。古时肉刑的一种。亦用水詈词，犹言该死）老贱人！得谁言语，擅便（自作主张）说亲！他高杀（杀，犹如说“死”，形容达到极点的意思。高杀，高到极点）也只是个开酒店的。我女儿怕没大户人家对亲，却许着他。你倒了志气，干出这等事，也不怕人笑话。”

正恁的骂妈妈，只见迎儿叫：“妈妈，且进来救小娘子。”妈妈道：“作甚？”迎儿道：“小娘子在屏风后，不知怎地气倒在地。”慌得妈妈一步一跌，走向前来，看那女孩儿。倒在地下：

未知性命如何，先见四肢不举。

从来四百四病，惟气最重。原来女孩儿在屏风后听得做爷的骂娘，不肯教他嫁范二郎，一口气塞上来，气倒在地。妈妈慌忙来救。被周大郎捽（同“牵”）住，不得他救，骂道：“打脊贱娘！辱门败户的小贱人，死便教他死，救他则甚？”迎儿见妈妈被周大郎捽住，自去向前，却被大郎一个漏风掌（伸开五指的手掌，大巴掌）打在一壁厢。即时气倒妈妈。迎儿向前救得妈妈苏醒，妈妈大哭起来。邻舍听得周妈妈哭，都走来看。张嫂、鲍嫂、毛嫂、刁嫂，挤上一屋子。原来周大郎平昔为人不近道理（不近人情，不讲道理），这妈妈甚是和气，邻舍都喜他，周大郎看见多人，便道：“家间（家里，家中）私事，不必相劝！”邻舍见如此说，都归去了。

妈妈看女儿时，四肢冰冷。妈妈抱着女儿哭。本是不死，因没人救，却死了。周妈妈骂周大郎：“你直恁（竟如此）地毒害！想必你不舍得三五千贯房奁(嫁妆)，故意把我女儿坏了性命！”周大郎听得，大怒道：“你道我不舍得三五千贯房奁，这等奚落我！”周大郎走将出去。周妈妈如何不烦恼。一个观音也似女儿，又伶俐，又好针线，诸般都好，如何教他不烦恼！离不得周大郎买具棺木，八个人抬来。周妈妈见棺材进门，哭得好苦！周大郎看着妈妈道：“你道我割舍不得三五千贯房奁，你看女儿房里，但有的细软，都搬在棺材里！”只就当时，叫仵作（wǔ zuò，官署中专门检验死伤的吏役）人等入了殓，即时使人吩咐管坟园张一郎、兄弟二郎：“你两个便与我砌坑子。”吩咐了毕，话休絮烦，功德水陆也不作，停留也不停留，只就来日便出丧，周妈妈教留几日，那里拗得过来。早出了丧，埋葬已了，各人自归。

可怜三尺无情土，盖却多情年少人。

话分两头。且说当日一个后生的，年三十余岁，姓朱名真，是个暗行（做盗贼，干坏事的行道）人，日常惯与仵作的做帮手，也会与人打坑子。那女孩儿入殓及砌坑，都用着他。这日葬了女儿回来，对着娘道：“一天好事投奔我，我来日就富贵了。”娘道：“我儿有甚好事？”那后生道：“好笑，今日曹门里周大郎女儿死了，夫妻两个争竞道‘女孩儿是爷气死了’。斗别气，约莫有三五千贯房奁，都安在棺材里。有恁的富贵，如何不去取之？”那作娘的道：“这个事却不是耍的事。又不是八棒十三的罪过(指最轻的刑罚。宋代杖刑中最轻的一等，只杖击十三下；笞刑中最轻的只杖八下或七下。就是说，盗墓是犯了极重大的罪行，不是什么打几下就完了的罪)，又兼你爷有样子。二十年前时，你爷去掘一家坟园，揭开棺材盖，尸首觑着你爷笑起来。你爷吃了那一惊，归来过得四五

日，你爷便死了。孩儿，切不可去，不是要的事！”朱真道：“娘，你不得劝我。”去床底下拖出一件物事来把与娘看。娘道：“休把（拿）出去罢！原先你爷曾把出去使得一番便休了。”朱真道：“各人命运不同。我今年算了几次命，都说我该发财，你不要阻挡我。”

你道拖出的是甚物事？原来是一个皮袋，里面盛着些挑刀斧头，一个皮灯盏，和那盛油的罐儿，又有一领蓑衣。娘都看了，道：“这蓑衣要他作甚？”朱真道：“半夜使得着。”当日是十一月中旬，却恨雪下得大。那厮将蓑衣穿起，却又带一片，是十来条竹皮编成的一行，带在蓑衣后面。原来雪里有脚迹，走一步，后面竹片扒得平，不见脚迹。当晚约莫也是二更左侧，分付娘道：“我回来时，敲门响，你便开门。”虽则京城闹热，城外空阔去处，依然冷静。况且二更时分，雪又下得大，兀谁出来。

朱真离了家，回身看后面时，没有脚迹。迤逦（yǐ lǐ，同“迤逦”）到周大郎坟边，到萧墙(本指屏风，这里指垣墙)矮处，把脚跨过去。你道好巧，原来管坟的养只狗子。那狗子见个生人跳过墙来，从草窠里爬出来便叫。朱真日间备下一个油糕，里面藏了些药在内。见狗子来叫，便将油糕丢将去。那狗子见丢甚物过来，闻一闻，见香便吃了。

只叫得一声，狗子倒了。朱真却走近坟边。那看坟的张二郎叫道：“哥哥，狗子叫得一声，便不叫了，却不作怪！莫不有甚做不是的（做偷盗勾当的，窃贼）在这里？起去看一看。”哥哥道：“那做不是的来偷我甚么？”兄弟道：“却才狗子大叫一声便不叫了，莫不有贼？你不起去，我自起去看一看。”

那兄弟爬起来，披了衣服，执着枪在手里，出门来看。朱真听得有人声，悄悄地把蓑衣解下，捉脚步走到一株杨柳树边。那树好大，遮得正好。却把斗笠掩着身子和腰，蹭在地下，蓑衣也放在一边。望见里面开门，张二走出门外，好冷，叫声道：“畜生，做甚么叫？”那张二是睡梦里起来，被雪雹风吹，吃一惊，连忙把门关了。走入房去，叫：“哥哥，真个没人。”连忙脱了衣服，把被匹头兜了(连着头一起蒙盖着)道：“哥哥，好冷！”哥哥道：“我说没人！”约莫也是三更（古代时间名词。古代把晚上戌时作为一更，亥时作为二更，子时作为三更，丑时为四更，寅时为五更。后来一般用三更来指深夜）前后，两个说了半晌，不听得则声了。

朱真道："不将辛苦意，难近世间财。"抬起身来，再把斗笠（遮光和雨的帽子，竹篾加油纸或竹叶棕丝编制而成）戴了，着了蓑衣，捉脚步到坟边，把刀拨开雪地。俱是日间安排下脚手，下刀挑开石板下去，到侧边端正了，除下头上斗笠，脱了蓑衣在一壁厢，去皮袋里取两个长针，插在砖缝里，放上一个皮灯盏，竹筒里取出火种吹着了，油罐儿取油，点起那灯，把刀挑开命钉（把棺材盖和棺材匣钉在一起的钉子叫作"命钉"），把那盖天板丢在一壁，叫："小娘子莫怪，暂借你些个富贵，却与你作功德。"道罢，去女孩儿头上便除头面。有许多金珠首饰，尽皆取下了。只有女孩儿身上衣服，却难脱。那厮好会，去腰间解下手巾，去那女孩儿膊项上阁起，一头系在自膊项上，将那女孩儿衣服脱了轻薄了女孩儿。你道好怪！只见女孩儿睁开眼，双手把朱真抱住。怎地出豁（脱身；解脱）？正是：

曾观《前定录》[1]，万事不由人。

原来那女儿一心牵挂着范二郎，见爷的骂娘，斗别气死了。死不多日，今番得了阳和之气，一灵儿又醒将转来。朱真吃了一惊。见那女孩儿叫声："哥哥，你是兀谁？"朱真那厮好急智，便道："姐姐，我特来救你。"女孩儿抬起身来，便理会得了。一来见身上衣服脱在一壁，二来见斧头刀仗在身边，如何不理会得。朱真欲待要杀了，却又舍不得。那女孩儿道："哥哥，你救我去见樊楼酒店范二郎，重重相谢你。"朱真心中自思，别人兀自（亦作"兀子"。还，仍然）坏钱（费钱，用钱）取浑家，不能得恁地一个好女儿。救将归去，却是兀谁得知。朱真道："且不要慌，我带你家去，教你见范二郎则个。"女孩儿道："若见得范二郎，我便随你去。"

当下朱真把些衣服与女孩儿着了，收拾了金银珠翠物事衣服包了，把灯吹灭，倾那油入那油罐儿里，收了行头，揭起斗笠，送那女子上来。朱真也爬上来，把石头来盖得没缝。又捧些雪铺上。却教女孩儿上脊背来，把蓑衣着了，一手挽着皮袋，一手绾着金珠物事，把斗笠戴了，迤逦取路（选取经由的道路，上路，登程），到自家门前，把手去门上敲了两三下。那娘的知是儿子回来，放开了门。朱真进家中，娘的吃一惊道："我儿，如何尸首都驮回来？"朱真道："娘不要高声。"放下物件行头，将女孩儿入到自己卧房里面。朱真提起一把明晃晃的刀来，觑着女孩儿道："我有一件事和你商量。你若依得我时，我便将你去见范二郎。你若依不得我时，你见我这刀么？砍你做两段。"女孩

①《前定录》：唐锺辂撰。记命中"前定"的故事数十条。

儿慌道："告哥哥，不知教我依甚的事？"朱真道："第一教你在房里不要则声，第二不要出房门。依得我时，两三日内，说与范二郎。若不依我，杀了你！"女孩儿道："依得，依得。"

朱真吩咐罢，出房去与娘说了一遍。话休絮烦。夜间离不得伴那厮睡。一日两日，不得女孩儿出房门。那女孩儿问道："你曾见范二郎么？"朱真道："见来。范二郎为你害在家里，等病好了，却来取你。"自十一月二十日头至（或作"投至"，到）次年正月十五日，当日晚朱真对着娘道："我每年只听得鳌山（宋代京城里在过年节的时候，把千百种彩灯，扎成一座鳌山的形状，供人观赏，叫作"鳌山"）好看，不曾去看。今日去看则个，到五更前后，便归。"朱真吩咐了，自入城去看灯。

你道好巧！约莫也是更尽前后，朱真的老娘在家，只听得叫"有火！"急开门看时，是隔四五家酒店里火起，慌杀娘的，急走入来收拾。女孩儿听得，自思道："这里不走，更待何时！"走出门首，叫婆婆来收拾。娘的不知是计，入房收拾。

女孩儿从热闹里便走，却不认得路，见走过的人，问道："曹门里在那里？"人指道："前面便是。"迤逦入了门，又问人："樊楼酒店在那里？"人说道："只在前面。"女孩儿好慌。若还前面遇见朱真，也没许多话。

女孩儿迤逦走到樊楼酒店，见酒博士在门前招呼。女孩儿深深地道个万福。酒博士还了喏道："小娘子没甚事？"女孩儿道："这里莫是樊楼？"酒博士道："这里便是。"女孩儿道："借问则个，范二郎在那里么？"酒博士思量道："你看二郎！直引得光景上门。"酒博士道："在酒店里的便是。"女孩儿移身直到柜边，叫道："二郎万福！"范二郎不听得都休，听得叫，慌忙走下柜来，近前看时，吃了一惊，连声叫："灭，灭！"女孩儿道："二哥，我是人，你道是鬼？"范二郎如何肯信。一头叫："灭，灭！"一只手扶着凳子。却恨凳子上有许多汤桶儿，慌忙用手提起一只汤桶儿来，觑着女子脸上手将过去。你道好巧！去那女孩儿太阳上打着。大叫一声，匹然（蓦然，猛然一下）倒地。慌杀酒保，连忙走来看时，只见女孩儿倒在地下。性命如何？正是：

小园昨夜东风恶，吹折江梅就地横。

酒博士看那女孩儿时，血浸着死了。范二郎口里兀自（亦作"兀子"。还；仍然）叫："灭，灭！"范大郎见外头闹吵，急走出来看了，只听得兄弟叫："灭，灭！"大郎问兄弟："如何做此事？"良久定醒。问："做甚打死他？"二郎道："哥哥，他是鬼！曹门里贩海（作海外生意，贩卖海外货物的。宋初，设"榷署"于开封，管理海外贸易的事，准许商人出海外贩物。做这种生意的商人叫作"贩海"）周大郎的女儿。"大郎道："他若是鬼，须没血出，如何计结（打算，主张）？"去酒店门前哄动有二三十人看，即时地方便入来捉范二郎。范大郎对众人道："他是曹门里周大郎的女儿，十一月已自死了。我兄弟只道他是鬼，不想是人，打杀了他。我如今也不知他是人是鬼。你们要捉我兄弟去，容我请他爷来看尸则个。"众人道："既是恁地，你快去请他来。"

范大郎急奔到曹门里周大郎门前，见个奶子问道："你是兀谁？"范大郎道："樊楼酒店范大郎在这里，有些急事，说声则个。"奶子即时入去请。不多时，周大郎出来，相见罢。

范大郎说了上件事，道："敢烦认尸则个，生死不忘。"周大郎也不肯信。范大郎闲时不是说谎的人。周大郎同范大郎到酒店前看见也呆了，道："我女儿已死了，如何得再活？有这等事！"那地方不容范大郎分说（分辩），当夜将一行人拘锁，到次早解入南衙开封府。包大尹（县令的别称）看了解状，也理会不下，权将范二郎送狱司（即"司狱司"，管理诉讼、牢狱的机构）监候。一面相尸，一面下文书行使臣房审实。作公的一面差人去坟上掘起看时，只有空棺材。问管坟的张一、张二，说道："十一月间，雪下时，夜间听得狗子叫。次早开门看，只见狗子死在雪里，更不知别项因依（因由，缘故）。"把文书呈大尹。大尹焦躁，限三日要捉上件贼人。展个两三限，并无下落。好似：

金瓶落井全无信，铁枪磨针尚少功。

且说范二郎在狱司间想："此事好怪！若说是人，他已死过了。见有入殓的仵作（官署中专门检验死伤的吏役）及坟墓在彼可证。若说是鬼，打时有血，死后有尸，棺材又是空的。"展转寻思，委决不下。又想道："可惜好个花枝般的女儿！若是鬼，倒也罢了。若不是鬼，可不枉害了他性命！"夜里翻来覆去，想一会，疑一会，转睡不着。直想到茶坊里初会时光景，便道："我那日好不着迷哩！四目相视，急切不能上手。不论是鬼不是鬼，我且慢慢里商量，直恁（竟如此）性急，坏了他性命，好不罪过！如今陷于缧绁（léi xiè，捆罪犯的黑色绳子，引申为牢狱、刑法的代称），这事又不得明白，如何是了！悔之无及！"转悔转想，转想转悔。捱了两个更次，不觉睡去。

梦见女子胜仙，浓妆而至。范二郎大惊道："小娘子原来不死。"小娘子

道："打得偏些，虽然闷倒，不曾伤命。奴两遍死去，都只为官人。今日知道官人在此，特特相寻，与官人了其心愿，休得见拒，亦是冥数当然。"醒来方知是梦，越添了许多想悔。次夜亦复如此。到第三夜，又来，比前愈加眷恋，临去告诉道："奴阳寿未绝。今被五道将军（迷信传说中的东岳的属神。古人认为他是掌管人的生死的神）收用。奴一心只忆着官人，泣诉其情，蒙五道将军可怜，给假三日。如今限期满了，若再迟延，必遭呵斥。奴从此与官人永别。官人之事，奴已拜求五道将军，但耐心，一月之后，必然无事。"范二郎自觉伤感，啼哭起来。醒了，记起梦中之言，似信不信。刚刚一月三十个日头，只见狱卒奉大尹钧旨（尊称上司的命令，是中国封建社会时对帝王将相下的命令或发表的言论的尊称），取出范二郎赴狱司（即"司狱司"；管理诉讼、牢狱的机构）勘问。

原来开封府有一个常卖（拿着东西到处叫卖的小贩，宋代叫作"常卖"）董贵，当日绾着一个篮儿，出城门外去，只见一个婆子在门前叫常卖，把着一件物事递与董贵。是甚的？是一朵珠子结成的栀子花。那一夜朱真归家，失下这朵珠花。婆婆私下捡得在手，不理会得直几钱，要卖一两贯钱作私房。董贵道："要几钱？"婆子道："胡乱。"董贵道："还你两贯。"婆子道："好。"董贵还了钱，径将来使臣房里，见了观察，说道恁地。即时观察把这朵栀子花径来曹门里，教周大郎、周妈妈看，认得是女儿临死带去的。即时差人捉婆子。婆子说："儿子朱真不在。"当时搜捉朱真不见，却在桑家瓦里看耍，被作公的捉了，解上开封府。包大尹送狱司，勘问上件事情，朱真抵赖不得，一一招伏。当案薛孔目（掌管文书的吏员名称）初拟朱真劫坟当斩；范二郎免死，刺配牢城营，未曾呈案。其夜梦见一神如五道将军之状，怒责薛孔目曰："范二郎有何罪过，拟他刺配！快与他出脱了。"薛孔目醒来，大惊，改拟范二郎打鬼，与人命不同，事属怪异，宜径行释放。包大尹看了，都依拟。范二郎欢天喜地回家。后来娶妻，不忘周胜仙之情，岁时到五道将军庙中烧纸祭奠。有诗为证：

情郎情女等情痴，只为情奇事亦奇。

若把无情有情比，无情翻似得便宜。

卷五 白玉娘忍苦成夫

两眼乾坤旧恨，一腔今古闲愁。

隋宫吴苑旧风流[①]，寂寞斜阳渡口。

兴到豪吟百首，醉余凭吊千秋。

神仙迂怪总虚浮，只有纲常不朽。

这首〔西江月〕词，是劝人力行仁义，扶植纲常。从古以来，富贵空花，荣华泡影，只有那忠臣孝子，义夫节妇，名传万古。随你负担小人，闻之起敬。今日且说义夫节妇：如宋弘不弃糟糠，罗敷〔罗敷，古乐府《陌上桑》中的女主角。她有一次在野地采桑，一个官员（使君）看见了，想调戏她，要她同坐车一起走，她说："罗敷自有夫，使君自有妇。"拒绝了官员的要求〕不从使君，此一辈岂不是扶植纲常的？又如黄允欲娶高门，预逐其妇（黄允是东汉时人。大官僚袁隗想把女儿嫁给黄允，黄允听到这个消息，就同他原来的妻子夏侯氏离婚。临分别时，夏侯氏当着许多宾客把黄允的一些不可告人的丑事都说出来了。黄从此倒霉，再也不能出头）；买臣（朱买臣，汉代会稽人。家里很穷，以卖柴为生。他的妻子吵着改了嫁。后来朱做会稽太守，前妻看见了，惭愤而死）宦达太晚，见弃于妻，那一辈岂不是败坏纲常的？真个是人心不同，泾渭各别。有诗为证：

黄允弃妻名遂损，买臣离妇志堪悲。

夫妻本是鸳鸯鸟，一对栖时一对飞。

话中单表宋末时，一个丈夫姓程，双名万里，表字（旧时人在本名以外所起的表示德行或本名的意义的名字）鹏举，本贯彭城人氏。父亲程文业，官拜尚书（古代中央政府部级长官）。万里十六岁时，椿萱俱丧。十九岁以父荫补国子生员（"荫"，或作"廕"。封建时代，官员的子孙凭借父、祖的关系，可以照规定取得国子监监生的资格，称为"廕生"或"官生"）。生得人材魁岸，志略非凡。性好读书，兼习弓马。闻得元兵日盛，深以为忧。曾献战守和三策，以直言触忤时宰，恐其治罪，弃了童仆，单身潜地走出京都。却又不敢回乡，欲往江陵府，

---

①风流：遗风，流风余韵。

投奔京湖制置使（官名。宋代在各路设有制置使，掌管本路各州军马、屯防、捍御等事）马光祖。未到汉口，传说元将兀良哈歹（即“兀良合台”，元代的大将；因他在元代平定云南的战争中有功，被封为大元帅）统领精兵，长驱而入，势如破竹。程万里闻得这个消息，大吃一惊，遂不敢前行。踌躇（chóu chú，犹豫不定，反复琢磨思量）之际，天色已晚，但见：

片片晚霞迎落日，行行倦鸟盼归巢。

程万里想道：“且寻宿店，打听个实信，再作区处（qū chǔ，处理；筹划安排）。”其夜，只闻得户外行人，奔走不绝，却都是上路逃难来的百姓，哭哭啼啼，耳不忍闻。程万里已知元兵迫近，夜半便起身，趁众同走。走到天明，方才省得忘记了包裹在客店中。来路已远，却又不好转去取讨。身边又没盘缠，腹中又饿，不免到村落中告乞一饭，又好挣扎路途。约莫走半里远近，忽然斜插里一阵兵，直冲出来。程万里见了，飞向侧边一个林子里躲避。那枝兵不是别人，乃是元朝元帅兀良哈歹部下万户（官名。元代在各路设有万户府，是管军事的机关；分上中下三等：上万户府管军七千以上；中，五千以上；下，三千以上。每府置达噜噶齐、万户、副万户等官）张猛的游兵。前锋哨探，见一个汉子，面目雄壮，又无包裹，躲向树林中而去，料道必是个细作，追入林中，不管好歹，一索捆翻，解到张万户营中。程万里称是避兵百姓，并非细作。张万户见他面貌雄壮，留为家丁。程万里事出无奈，只得跟随。每日间见元兵所过残灭，如秋风扫叶，心中暗暗悲痛，正是：

宁为太平犬，莫作离乱人。

却说张万户乃兴元府人氏，有千斤膂力，武艺精通。昔年在乡里间豪横，守将知得他名头，收在部下为偏裨之职。后来元兵犯境，杀了守将，叛归元朝。元主以其有献城之功，封为万户，拨在兀良哈歹部下为前部向导，屡立战功。今番从军日久，思想家里，写下一封家书，把那一路掳掠下金银财宝，装做一车，又将掳到人口男女，分做两处，差帐前两个将校，押送回家。可怜程万里远离乡土，随着众人，一路啼啼哭哭，直至兴元府，到了张万户家里，将校把家书金银，交割（买卖双方结清手续）明白，又令那些男女叩见了夫人。那夫人做人贤慧，就各拨一个房户居住，每日差使伏侍。将校讨了回书，自向军前回复去了。程万里住在兴元府，不觉又经年余。

那时宋元两朝讲和，各自罢军，壮士宁家。张万户也回到家中，与夫人相见过了，合家奴仆，都来叩头。程万里也只得随班行礼。又过数日，张万户把掳来的男女，拣身材雄壮的留了几个，其余都转卖与人。张万户唤家人来分付道："你等不幸生于乱离时世，遭此涂炭，或有父母妻子，料必死于乱军之手。就是汝等，还有得遇我，所以尚在，逢着别个，死去几时了。今在此地，虽然是个异乡，既为主仆，即如亲人一般。今晚各配妻子与你们，可安心居住，勿生异心。后日带到军前，寻些功绩，博个出身，一般富贵。若有他念，犯出事来，断然不饶的。"家人都流泪叩头道："若得如此，乃老爹再生之恩，岂敢又生他念。"当晚张万户就把那掳来的妇女，点了几名。夫人又各赏几件衣服。张万户与夫人同出堂前，众妇女跟随在后。堂中灯烛辉煌，众人都叉手侍立两傍。

张万户一一唤来配合。众人一齐叩首谢恩，各自领归房户。且说程万里配得一个女子，引到房中，掩上门儿，夫妻叙礼。程万里仔细看那女子，年纪到有十五六岁，生得十分美丽，不像个以下之人（指下等人，奴婢）。怎见得？有〔西江月〕为证：

两道眉弯新月，一双眼注微波。
青丝七尺挽盘螺，粉脸吹弹得破。
望日嫦娥盼夜，秋宵织女停梭。
画堂花烛听欢呼，兀自含羞怯步。

程万里得了一个美貌女子，心中欢喜，问道："小娘子尊姓何名？可是从幼在宅中长大的么？"那女子见问，沉吟未语，早落下两行珠泪。程万里把袖子与他拭了，问道："娘子为何掉泪？"那女子道："奴家本是重庆人氏，姓白，小字玉娘，父亲白忠，官为统制（宋代武官名。统率军马的官。有统制、同统制、副统制等名目）。四川制置使余玠，调遣镇守嘉定府。不意余制置身亡，元将兀良哈歹乘虚来攻。食尽兵疲，力不能支。破城之日，父亲被擒，不屈而死。兀良元帅怒我父守城抗拒，将妾一门抄戮。张万户怜妾幼小，幸得免诛，带归家中为婢，伏侍夫人，不意今日得配君子。不知君乃何方人氏，亦为所掳？"程万里见说亦是羁囚，触动其心，不觉也流下泪来。把自己家乡姓名，被掳情由，细细说与。两下凄惨一场，却已二鼓。夫妻解衣就枕。一夜恩情，十分美满。明早，起身梳洗过了，双双叩谢张万户已毕，玉娘原到里边去了。程万里感张万户之德，一切干办公事，加倍用心，甚得其欢。

其夜是第三夜了，程万里独坐房中，猛然想起功名未遂，流落异国，身为下贱，玷宗辱祖，可不忠孝两虚！欲待乘间逃归，又无方便。长叹一声，潸潸泪下。正在自悲自叹之际，却好玉娘自内而出。万里慌忙拭泪相迎，容颜惨淡，余涕尚存。玉娘是个聪明女子，见貌辨色，当下挑灯共坐，叩（询问）其不乐之故。万里是个把细（小心谨慎）的人，仓卒之间，岂肯倾心吐胆。自古道：

夫妻且说三分话，未可全抛一片心。

当下强作笑容，只答应得一句道："没有甚事！"玉娘情知他有含糊隐匿之情，更不去问他。直至掩户息灯，解衣就寝之后，方才低低启齿，款款（缓缓，慢慢）开言道："程郎，妾有一言，日欲奉劝，未敢轻谈。适见郎君有不乐之色，妾已猜其八九。郎君何用相瞒！"万里道："程某并无他意，娘子不必过疑。"玉娘道："妾观郎君才品，必非久在人后者。何不觅便逃归，图个显祖扬宗，却甘心在此，为人奴仆！岂能得个出头的日子！"

程万里见妻子说出恁般说话，老大惊讶。心中想道："他是妇人女子，怎么有此丈夫见识，道着我的心事？况且寻常人家，夫妇分别，还要多少留恋不舍。今成亲三日，恩爱方才起头，岂有反劝我还乡之理？只怕还是张万户教他来试我。"便道："岂有此理！我为乱兵所执，自分必死。幸得主人释放，留为家丁，又以妻子配我，此恩天高地厚，未曾报得，岂可为此背恩忘义之事。汝勿多言！"玉娘见说，嘿然（默默）无语。程万里愈疑是张万户试他。

到明早起身，程万里思想："张万户教他来试我，我今日偏要当面说破，固住了他的念头，不来提防，好办走路。"梳洗已过，请出张万户到厅上坐下，说道："禀老爹，夜来妻子忽劝小人逃走。小人想来，当初被游兵捉住，蒙老爹救了性命，留作家丁。如今又配了妻子。这般恩德，未有寸报。况且小人父母已死，亲戚又无，只此便是家了，还教小人逃到那里去？小人昨夜已把（拿）他埋怨一番。恐怕他自己情虚，反来造言累害小人，故此特禀知老爹。"张万户听了，心中大怒，即唤出玉娘骂道："你这贱婢！当初你父抗拒天兵，兀良元帅要把你阖门尽斩，我可怜你年纪幼小，饶你性命，又恐为乱军所杀，带回来恩养长大，配个丈夫。你不思报效，反教丈夫背我，要你何用！"教左右快取家法（封建社会里，家长对于家庭成员和奴仆，有处罚的权力；这种处罚，叫作"家法"，是与"国法"相对而言的。这里指责打奴仆的刑具）来，吊起贱婢打一百皮鞭。那玉娘满眼垂泪，哑口无言。众人连忙去取索子家法，将玉娘一索捆翻。正是：

分明指与平川路，反把忠言当恶言。

程万里在旁边，见张万户发怒，要吊打妻子，心中懊悔道："原来他是真心，到是我害他了！”又不好过来讨饶。正在危急之际，恰好夫人闻得丈夫发怒，要打玉娘，急走出来救护。原来玉娘自到他家，因德性温柔，举止闲雅，且是女工（旧时指妇女所做的纺织、刺绣、缝纫等工作和这些工作的成品）中第一伶俐，夫人平昔极喜欢他的。名虽为婢，相待却像亲生一般，立心要把他嫁个好丈夫。因见程万里人材出众，后来必定有些好日，故此前晚就配与为妻。今日见说要打他，不知因甚缘故，特地自己出来。见家人正待要动手，夫人止住，上前道："相公（是君子、生员、宰相的另外一种叫法）因甚要吊打玉娘？"张万户把程万里所说之事，告与夫人。夫人叫过玉娘道："我一向怜你幼小聪明，特拣个好丈夫配你，如何反教丈夫背主逃走？本不当救你便是。姑念初犯，与老爹讨饶。下次再不可如此！"玉娘并不回言，但是流泪。夫人对张万户道："相公，玉娘年纪甚小，不知世务，一时言语差误，可看老身份上，姑恕这次罢。"张万户道："既夫人讨饶，且恕这贱婢。倘若再犯，二罪俱罚。"玉娘含泪叩谢而去。张万户唤过程万里道："你做人忠心，我自另眼看你。"程万里满口称谢，走到外边，心中又想道："还是做下圈套来试我。若不是，怎么这样大怒要打一百，夫人刚开口讨饶，便一下不打？况夫人在里面，那里晓得这般快就出来护救？且喜昨夜不曾说别的言语还好。"

到了晚间，玉娘出来，见他虽然面带忧容，却没有一毫怨恨意思。程万里想道："一发是试我了。"说话越加谨慎。又过了三日，那晚，玉娘看了丈夫，上下只管相看，欲言不言。如此三四次，终是忍耐不住，又道："妾以诚心告君，如何反告主人，几遭箠挞！幸得夫人救免。然细观君才貌，必为大器，为何还不早图去计？若恋恋于此，终作人奴，亦有何望！"

程万里见妻子又劝他逃走，心中愈疑道："前日恁般嗔责，他岂不怕，又来说起？一定是张万户又教他来试我念头果然决否。"也不回言，径自收拾而卧。

到明早，程万里又来禀知张万户。张万户听了，暴躁如雷，连喊道："这贱婢如此可恨，快拿来敲死了罢！"左右不敢怠缓，即向里边来唤，夫人见唤玉娘，料道又有甚事，不肯放将出来。张万户见夫人不肯放玉娘出来，转加焦躁。却又碍着夫人面皮，不好十分催逼，暗想道："这贱婢已有外心，不如打发他去罢。倘然夫妻日久恩深，被这贱婢哄热，连这好人的心都要变了。"乃对程万里道："这贱婢两次三番诱你逃归，其心必有他念，料然不是为你。久后必被其害。待今晚出来，明早就教人引去卖了，别拣一个好的与你为妻。"程万里见说要卖他妻子，方才明白浑家（古人谦称自己妻子的一种说法）果是一片真心，懊悔失言，便道："老爹如今警戒两番，下次谅必不敢。总再说，小人也断然不听。若把他卖了，只怕人说小人薄情，做亲才六日，就把妻子来卖。"张万户道："我做了主，谁敢说你！"道罢，径望里边而去。夫人见丈夫进来，怒气未息，恐还要责罚玉娘，连忙教闪过一边，起身相迎，并不问起这事。张万户却又怕夫人不舍得玉娘出去，也分毫不题。

且说程万里见张万户决意要卖，心中不忍割舍，坐在房中暗泣。直到晚间，玉娘出来，对丈夫哭道："妾以君为夫，故诚心相告，不想君反疑妾有异念，数告主人。主人性气粗雄，必然怀恨。妾不知死所矣！然妾死不足惜，但君堂堂仪表，甘为下贱，不图归计为恨耳！"程万里听说，泪如雨下，道："贤妻良言指迷，自恨一时错见，疑主人使汝试我，故此告知，不想反累贤妻！"玉娘道："君若肯听妾言，虽死无恨。"

程万里见妻子恁般情真，又思明日就要分离，愈加痛泣。却又不好对他说知，含泪而寝，直哭到四更时分。玉娘见丈夫哭之不已，料必有甚事故，问道："君如此悲恸，定是主人有害妾之意。何不明言？"程万里料瞒不过，方道："自恨不才，有负贤妻。明日主人将欲鬻（yù，卖）汝，势已不能挽回，故此伤痛！"

玉娘闻言，悲泣不胜。两个搅做一团，哽哽咽咽，却又不敢放声。天未明，即便起身梳洗。玉娘将所穿绣鞋一只，与丈夫换了一只旧履，道："后日倘有见期，以此为证。万一永别，妾抱此而死，有如同穴。"说罢，复相抱而泣，各将鞋子收藏。

到了天明，张万户坐在中堂，教人来唤。程万里忍住眼泪，一齐来见。张万户道："你这贱婢！我自幼抚你成人，有甚不好，屡教丈夫背主！本该一剑斩你便是。且看夫人分上，姑饶一死。你且到好处受用去罢。"叫过两个家人分付道："引他到牙婆人家去，不论身价，但要寻一下等人家，磨死这不受人抬举的贱婢便了。"玉娘要求见夫人拜别，张万户不许。

玉娘向张万户拜了两拜，起来对着丈夫道声保重，含着眼泪，同两个家人去了。程万里腹中如割，无可奈何，送出大门而回。正是：

世上万般哀苦事，无非死别与生离。

比及夫人知觉，玉娘已自出门去了。夫人晓得张万户情性，诚恐他害了玉娘性命。今日脱离虎口，到也繇（由）他。

且说两个家人，引玉娘到牙婆（专为买卖人口做中间人的妇女）家中，恰好市上有个经纪人家，要讨一婢，见玉娘生得端正，身价又轻，连忙兑出银子，交与张万户家人，将玉娘领回家去不题。

且说程万里自从妻子去后，转思转悔，每到晚间，走进房门，便觉惨伤。取出那两只鞋儿，在灯前把玩一回，呜呜的啼泣一回。哭勾多时，方才睡卧。次后访问得，就卖在市上人家，几遍要悄地去再见一面，又恐被人觑破（看破），报与张万户，反坏了自己大事，因此又不敢去。那张万户见他不听妻子言语，信以为实，诸事委托，毫不提防。程万里假意殷勤，愈加小心。张万户好不喜欢，又要把妻子配与。程万里不愿，道："且慢着，候随老爷到边上去有些功绩回来，寻个名门美眷（娇美的妻子。今义多泛指美好的事物），也与老爷争气。"

光阴迅速，不觉又过年余。那时兀良哈歹在鄂州镇守，值五十诞辰，张万户昔日是他麾下裨将，收拾了许多金珠宝玉，思量要差一个能干的去贺寿，未得其人。程万里打听在肚里，思量趁此机会，脱身去罢，即来见张万户道："闻得老爷要送兀良爷的寿礼，尚未差人。我想众人都有掌管，脱身不得。小人总是在家没有甚事，到情愿任这差使。"张万户道："若得你去最好。只怕路上不惯，吃不得辛苦。"程万里道："正为在家自在惯了，怕后日随老爷出征，受不得辛苦，故此先要经历些风霜劳碌，好跟老爹上阵。"张万户见他说得有理，并不疑虑，就依允了，写下问候书札，上寿礼帖，又取出一张路引（路单），以防一路盘诘（查问；盘问）。诸事停当（妥帖；妥当），择日起身。程万里打叠行李，把玉娘绣鞋，都藏好了。到临期，张万户把东西出来，交付明白，又差家人张进，作伴同行。又把十两银子与他盘缠。

程万里见又有一人同去，心中烦恼。欲要再禀，恐张万户疑惑。且待临时，又作区处（qū chǔ，处理；筹划安排）。当下拜别张万户，把东西装上生口（牲畜），离了兴元，望鄂州而来。一路自有馆驿支讨口粮，并无担阁。不则一日，到了鄂州，借个饭店寓下。来日清早，二人赍了书札礼物，到帅府衙门挂号伺候。那兀良元帅是节镇重臣，故此各处差人来上寿的，不计其数，衙门前好不热闹。

三通画角，兀良元帅开门升帐。许多将官僚属，参见已过，然后中军官引各处差人进见，呈上书札礼物。兀良元帅一一看了，把礼物查收，分付在外伺候回书。众人答应出来不题。

且说程万里送礼已过，思量要走，怎奈张进同行同卧，难好脱身，心中无计可施。也是他时运已到，天使其然。那张进因在路上鞍马劳倦，却又受了些风寒，在饭店上生起病来。

程万里心中欢喜："正合我意！"欲要就走，却又思想道："大丈夫作事，须要来去明白。"原向帅府候了回书。到寓所看张进时，人事不省，毫无知觉。自己即便写下一封书信，一齐放入张进包裹中收好。先前这十两盘缠银子，张进便要分用，程万里要稳住张进的心，却总放在他包裹里面。等到鄂州一齐买人事（指礼物）送人。今日张进病倒，程万里取了这十两银子，连路引铺陈（行李）打做一包，收拾完备，却叫过主人家来分付道："我二人乃兴元张万户老爹特差来与兀良爷上寿，还要到山东史丞相处公干。不想同伴的上路辛苦，身子有些不健，如今行动不得。若等他病好时，恐怕误了正事，只得且留在此调养几日。我先往那里公干回来，与他一齐起身。"即取出五钱银子递与道："这薄礼权表微忱。劳主人家用心看顾，得他病体痊安，我回时还有重谢。"主人家不知是计，收了银子道："早晚伏侍，不消牵挂。但长官须要作速就来便好。"程万里道："这个自然。"又讨些饭来吃饱，背上包裹，对主人家叫声暂别，大踏步而走。正是：

鳌鱼脱却金钩去，摆尾摇头再不来。

离了鄂州，望着建康而来。一路上有了路引，不怕盘诘，并无阻滞。此时淮东地方，已尽数属了胡元。万里感伤不已。一径到宋朝地面，取路（选取经由的道路；上路，登程）直至临安（指临安府，即今杭州市，是南宋行在所，有"临时安顿"之意）。旧时在朝宰执，都另换了一班人物。访得现任枢密副使（枢密院，宋代掌管全国军事的机关，枢密院的正副长官叫作"枢密使"和"枢密副使"）周翰，是父亲的门生，就馆于其家。正值度宗收录先朝旧臣子孙，全亏周翰提挈，程万里亦得补福建福清县尉。寻了个家人，取名程惠，择日上任。不在话下。

且说张进在饭店中，病了数日，方才精神清楚。眼前不见了程万里，问主人家道："程长官怎么不见？"主人家道："程长官十日前说还要往山东史丞相处公干，因长官有恙，他独自去了，转来同长官回去。"张进大惊道："何尝又有山东公干！被这贼趁我有病逃了。"主人家惊问道："长官一同来的，他怎又逃去？"张进把当初掳他情由细说，主人懊悔不迭。

张进恐怕连他衣服取去，即忙教主人家打开包裹看时，却留下一封书信，并兀良元帅回书一封，路引盘缠，尽皆取去。其余衣服，一件不失。张进道："这贼狼子野心！老爹恁般待他，他却一心恋着南边。怪道连妻子也不要！"

又将息（调养，休息，将养休息）将息了数日，方才行走得动。便去禀知兀良元帅，另自打发盘缠路引。一面行文挨获程万里。那张进到店中算还了饭钱，作别起身。星夜赶回家，参见张万户，把兀良元帅回书呈上看过，又将程万里逃归之事禀知。张万户将他遗书拆开看时，上写道：门下贱役程万里，奉书恩主老爷台下：万里向蒙不杀之恩，收为厮养，委以腹心，人非草木，岂不知感。但闻越鸟南栖，狐死首丘（比喻人怀念故乡的意思。南方出产的鸟，飞到北方，也要落在树的南边枝上。狐死的时候，总要把头朝向它的窟穴），万里亲戚坟墓，俱在南朝，早暮思想，食不甘味。意欲禀知恩相，乞假归省（guī xǐng，回家探望父母），诚恐不许，以此斗胆辄行。在恩相幕从如云，岂少一走卒。放某还乡如放一鸽耳。大恩未报，刻刻于怀。衔环结草（两个报恩的故事。“衔环”，东汉人杨宝救了一只受伤的小黄雀，小黄雀伤好后叼来四个玉环来报答杨宝的救命之恩。“结草”，据《左传》记载：春秋时，魏颗的父亲临死，吩咐把他的姨太太殉葬，魏颗没有照办，却把那个姨太太改嫁了。后来，打仗的时候，有一个老人拿地上的草结起来绊倒敌人，使魏颗获胜。魏颗夜晚做梦，才知道老人便是那个姨太太的父亲的“鬼魂”），生死不负。

张万户看罢，顿足道：“我被这贼用计瞒过，吃他逃了！有日拿住，教他碎尸万段。”后来张万户贪婪太过，被人参劾，全家抄没，夫妻双双气死。此是后话不题。

且说程万里自从到任以来，日夜想念玉娘恩义，不肯再娶。但南北分争，无由访觅。时光迅速，岁月如流，不觉又是二十余年。程万里因为官清正廉能，已做到闽中安抚使（官名。宋代于各路置“安抚司”，长官叫作“安抚使”，掌管一路的军政和民政）之职。那时宋朝气数已尽，被元世祖直捣江南，如入无人之境。逼得宋末帝奔入广东崖山海岛中驻跸（皇帝出外中途停留暂住叫作“驻跸”。跸，含有禁止通行，打扫道路及警卫等意）。止（仅，只）有八闽全省，未经兵火。然亦弹丸之地，料难抵敌。行省官不忍百姓罹于涂炭，商议将图籍版舆，上表亦归元主。元主将合省官俱加三级。程万里升为陕西行省参知政事〔“陕西行省”，是“陕西等处行中书省”的简称。元代分全国为若干行政单位，称为“行中书省”（约相当于现在的“省”）。每省分设丞相（从一品）一人，平章（从一品）二人，左右丞（正二品）各一人，参知政事（从二品）二人，主管全省的政务〕。到任之后，思想兴元乃是所属地方，即遣家人程惠，将了向日所赠绣鞋，并自己这只鞋儿，前来访问妻子消息，不题。

且说娶玉娘那人，是市上开酒店的顾大郎，家中颇有几贯钱钞。夫妻两口，年纪将近四十，并无男女。浑家（古人谦称自己妻子）和氏，每劝丈夫讨个丫头伏侍，生育男女。顾大郎初时恐怕淘气，心中不肯。到是浑家叮嘱牙婆（专为买卖人口做中间人的妇女）寻觅。闻得张万户家发出个女子，一力撺掇（在一旁鼓动人做某事）讨回家去。浑家见玉娘人物美丽，性格温存，心下欢喜。就房中侧边打个铺儿，到晚间又准备些夜饭，摆在房中。玉娘暗解其意，佯为不知，坐在厨下。和氏自家走来道："夜饭已在房里了，你怎么反坐在此？"玉娘道："大娘自请，婢子有在这里。"和氏道："我们是小户人家，不像大人家有许多规矩。止要勤俭做人家，平日只是姊妹相称便了。"玉娘道："婢子乃下贱之人，倘有不到处，得免嗔责（对人不满而加以责怪）足矣。岂敢与大娘同列！"和氏道："不要疑虑！我不是那等嫉妒之辈，就是娶你，也到是我的意思。只为官人中年无子，故此劝他取个偏房。若生得一男半女，即如与我一般。你不要害羞，可来同坐吃杯合欢酒。"玉娘道："婢子蒙大娘抬举，非不感激。但生来命薄，为夫所弃，誓不再适。倘必欲见辱，有死而已！"和氏见说，心中不悦道："你既自愿为婢，只怕吃不得这样苦哩。"玉娘道："但凭大娘所命。若不如意，任凭责罚。"和氏道："既如此，可到房中伏侍。"玉娘随至房中。他夫妻对坐而饮，玉娘在旁筛酒，和氏故意难为他。直饮至夜半，顾大郎吃得大醉，衣也不脱，向床上睡了。玉娘收拾过家火（家内日常生活所用的火），向厨中吃些夜饭，自来铺上和衣而睡。明早起来，和氏限他一日纺绩。玉娘头也不抬，不到晚都做完了，交与和氏。和氏暗暗称奇，又限他夜中趱赶多少。玉娘也不推辞，直纺到晓。一连数日如此，毫无厌倦之意。顾大郎见他不肯向前，日夜纺绩，只道浑家妒忌，心中不乐，又不好说得，几番背他浑家与玉娘调戏。玉娘严声厉色。顾大郎惧怕浑家知得笑话，不敢则声。过了数日，忍耐不过，一日对浑家道："既承你的美意，娶这婢子与我，如何教他日夜纺绩，却不容他近我？"和氏道："非我之过。只因他第一夜，如此作乔（假装），恁般推阻，为此我故意要难他转来。你如何反为好成歉？"顾大郎不信道："你今夜不要他纺绩，教他早睡，看是怎么？"和氏道："这有何难！"

到晚间，玉娘交过所限生活。和氏道："你一连做了这几时，今晚且将息（调养，休息，将养休息）将息一晚，明日做罢。"玉娘也十数夜未睡，觉到甚劳倦，甚合其意。吃过夜饭，收拾已完，到房中各自睡下。

玉娘是久困的人，放倒头便睡着了。顾大郎悄悄的到他铺上，轻轻揭开被，捱进身子，把他身上一摸，却原来和衣而卧。顾大郎即便与他解脱衣裳。那衣带都是死结，如何扯拽得开。顾大郎性急，把他乱扯。才扯断得一条带子，玉娘在睡梦中惊醒，连忙跳起，被顾大郎双手抱住，那里肯放。玉娘乱喊杀人，顾大郎道："既在我家，喊也没用，不怕你不从我！"和氏在床，假做睡着，声也不则。玉娘捽脱不得，心生一计，道："官人，你若今夜辱了婢子，明日即寻一条死路。张万户夫人平昔极爱我的，晓得我死了，料然决不与你干休。只怕那时破家荡产，连性命亦不能保，悔之晚矣。"顾大郎见说，果然害怕，只得放手，原走到自己床上睡了。玉娘眼也不合，直坐到晓。和氏见他立志如此，料不能强，反认为义女。玉娘方才放心，夜间只是和衣而卧，日夜辛勤纺织。

约有一年，玉娘估计积成布匹，比身价已有二倍，将来交与顾大郎夫妇，求为尼姑。和氏见他诚恳，更不强留，把他这些布匹，尽施与为出家之费。又备了些素礼，夫妇两人，同送到城南昙花庵出家。玉娘本性聪明，不勾三月，把那些经典讽诵得烂熟。只是心中记挂着丈夫，不知可能勾脱身走逃。将那两只鞋子，做个囊儿盛了，藏于贴肉。老尼出庵去了，就取出观玩，对着流泪。次后央老尼打听，知得乘机走了，心中欢喜，早晚诵经祈保。又感顾大郎夫妇恩德，也在佛前保佑。后来闻知张万户全家抄没，夫妇俱丧。玉娘想念夫人幼年养育之恩，大哭一场，礼忏追荐（诵经礼忏，超度死者），诗云：

数载难忘养育恩，看经礼忏荐夫人。

为人若肯存忠厚，虽不关亲也是亲。

且说程惠奉了主人之命，星夜赶至兴元城中，寻个客店寓下。明日往市中，访到顾大郎家里。那时顾大郎夫妇，年近七旬，须鬓俱白，店也收了，在家吃斋念佛，人都称他为顾道人。程惠走至门前，见老人家正在那里扫地。程惠上前作揖道："太公，借问一句说话。"顾老还了礼，见不是本处乡音，便道："客官可是要问路径么？"程惠道："不是。要问昔年张万户家出来的程娘子，可在你家了？"顾老道："客官，你是那里来的？问他怎么？"程惠道："我是他的亲戚，幼年离乱时失散，如今特来寻访。"顾老道："不要说起！当初我因无子，要娶他做个通房（即通房丫头，地位在姨太太和丫头之间；名义是丫头，实际上是姨太太）。不想自到家来，从不曾解衣而睡。我几番捉弄他，他执意不从。见他立性贞烈，不敢相犯，到认做义女，与老荆就如嫡亲母子。且是勤俭纺织，有时直做到天明。不上一年，将做成布匹，抵偿身价，要去出家。我老夫妻不好强留，就将这些布匹，送与他出家费用。又备些素礼，送他到南城县花庵为尼。如今二十余年了，足迹不曾出那庵门。我老夫妇到时常走去看看他，也当做亲人一般。又闻得老尼说，至今未尝解衣寝卧，不知他为甚缘故。这几时因老病不曾去看得。客官，既是你令亲，径到那里去会便了，路也不甚远。见时，到与老夫代言一声。"

程惠得了实信，别了顾老，问县花庵一路而来。不多时就到了，看那庵也不甚大。程惠走进了庵门，转过左边，便是三间佛堂。见堂中坐着个尼姑诵经，年纪虽是中年，人物到还十分整齐。程惠想道："是了。"且不进去相问，就在门槛上坐着，袖中取出这两只鞋来细玩，自言自语道："这两只好鞋，可惜不全！"那诵经的尼姑，却正是玉娘。他一心对在经上，忽闻得有人说话，方才抬起头来。见一人坐在门槛上，手中玩弄两只鞋子，看来与自己所藏无二，那人却又不是丈夫，心中惊异，连忙收掩经卷，立起身向前问讯（和尚、尼姑、道士向人合掌行礼，叫作"问讯"）。程惠把鞋放在槛上，急忙还礼。尼姑问道："檀越(佛教称施主为"檀越")，借鞋履一观。"程惠拾起递与，尼姑看了，道："檀越，这鞋是那里来的？"程惠道："是主人差来寻访一位娘子。"尼姑道："你主人姓甚？何处人氏？"程惠道："主人姓程名万里，本贯彭城人氏，今现任陕西参政。"尼姑听说，即向身边囊中取出两只鞋来，恰好正是两对。尼姑眼中流泪不止。程惠见了，倒身下拜道："相公特差小人来寻访主母。适才问了顾太公，指引到此，幸而得见。"尼姑道："你相公如何得做这等大官？"程惠把历官闽中，并归元升任至此，说了一遍。又道："相公分付，如寻见主母，即迎到任所相会。望主母收拾行装，小人好去雇倩车辆。"尼姑道："吾今生已不望鞋履复合。今幸得全，吾愿毕矣，岂别有他想。你将此鞋归见相公夫人，为吾致意，须做好官，勿负朝廷，勿虐民下。我出家二十余年，无心尘世久矣。此后不必挂念。"程惠道："相公因念夫人之义，誓不再娶。夫人不必固辞。"尼姑不听，望里边自去。

程惠央老尼再三苦告，终不肯出。

程惠不敢苦逼，将了两双鞋履，回至客店，取了行李，连夜回到陕西衙门，见过主人，将鞋履呈上，细述顾老言语，并玉娘认鞋，不肯同来之事。程参政听了，甚是伤感。把（拿）鞋履收了，即移文本省。那省官与程参政昔年同在闽中为官，有僚友（官属；僚属，同官的人）之谊，见了来文，甚以为奇。即行檄仰兴元府官吏，具礼迎请。兴元府官，不敢怠慢，准备衣服礼物，香车细辇，笙肃鼓乐，又取两个丫鬟伏侍，同了僚属，亲到昙花庵来礼请。那时满城人家尽皆晓得，当做一件新闻，扶老挈幼，争来观看。

且说太守（原为战国时对郡守的尊称，后亦作一府最高行政长官“知府”的别称）同僚属到了庵前下马，约退从人，径进庵中。老尼出来迎接。太守与老尼说知来意，要请程夫人上车。老尼进去报知。玉娘见太守与众官来请，料难推托，只得出来相见。太守道：“本省上司奉陕西程参政之命，特着下官等具礼迎请夫人上车，往陕西相会。车舆（车）已备，望夫人易换袍服，即便登舆。”教丫鬟将礼物服饰呈上。玉娘不敢固辞，教老尼收了。谢过众官，即将一半礼物送与老尼为终老之资，余一半嘱托地方官员将张万户夫妻以礼改葬，报其养育之义。又起七昼夜道场，追荐白氏一门老小。好事已毕，丫鬟将袍服呈上。玉娘更衣，到佛前拜了四拜，又与老尼作别，出庵上车。府县官俱随于后。玉娘又分付：还要到市中去拜别顾老夫妻。路上鼓乐喧阗（xuān tián，声音大而杂），直到顾家门首下车。顾老夫妇出来，相迎庆喜。玉娘到里边拜别，又将礼物赠与顾老夫妇，谢他昔年之恩。老夫妻流泪收下，送至门前，不忍分别。玉娘亦觉惨然，含泪登车。各官直送至十里长亭而别。太守又委僚属李克复，率领步兵三百，防护车舆。一路经过地方，官员知得，都来迎送馈礼。直至陕西省城，那些文武僚属，准备金鼓旗幡，离城十里迎接。程参政也亲自出城远迎。一路金鼓喧天，笙箫（常用在一起，多指的是“箫”）振地，百姓们都满街结彩，香花灯烛相迎，直至衙门后堂私衙（私第，指旧时官员私人所置的住所）门口下车。程参政分付僚属明日相见，把门掩上，回至私衙。夫妻相见，拜了四双八拜，起来相抱而哭。各把别后之事，细说一遍。说罢，又哭。然后奴仆都来叩见。安排庆喜筵席。直饮至二更，方才就寝。可怜成亲止（仅，只）得六日，分离到有二十余年。此夜再合，犹如一梦。次日，程参政升堂，僚属俱来送礼庆贺。程参政设席款待，大吹大擂，一连开宴三日。各处属下晓得，都遣人称贺，自不必说。

且说白夫人治家有方，上下钦服。因自己年长，料难生育，广置姬妾。程参政连得二子，自己直加衔平章（“平章”比“参知政事”品级稍高，因皇帝认为程万里做官很好，所以给他加上“平章”的官衔），封唐国公，白氏封一品夫人，二子亦为显官。后人有诗为证：

六日夫妻廿载别，刚肠一样坚如铁。
分鞋今日再成双，留与千秋作话说。

卷六　张淑儿巧智脱杨生

自昔财为伤命刀，从来智乃护身符。

贼髡[1]毒手谋文士[2]，淑女双眸识俊儒。

已幸余生逃密网，谁知好事在穷途？

一朝获把封章[3]奏，雪怨酬恩[4]显丈夫。

话说正德年间，有个举人，姓杨名延和，表字元礼，原是四川成都府籍贯。祖上流寓（在异乡日久而定居）南直隶扬州府地方做客。遂住扬州江都县。此人生得肌如雪晕，唇若朱涂，一个脸儿，恰像羊脂白玉碾成的，那里有什么裴楷（晋代闻喜人。容仪俊爽，当时称为"玉人"），那里有什么王衍（晋代临沂人。丰姿高彻，当时的人说他像"瑶林琼树"），这个杨元礼，便真正是神清气清第一品（一等；第一等）的人物。更兼他文才天纵（指上天所赋予,才智超群），学问夙成，开着古书簿叶，一双手不住的翻，吸力豁刺（形容翻书的声音），不勾吃一杯茶时候，便看完一部。人只道他查点篇数，那晓得经他一展，逐行逐句，都稀烂的熟在肚子里头。一遇作文时节，铺着纸，研着墨，蘸着笔尖，飕飕声，簌簌声，直挥到底，好像猛雨般洒满一纸。句句是锦绣文章。真个是：

■裴楷：西晋时期重要的朝臣，也是称著当时的名士。

笔落惊风雨，书成泣鬼神。

终非池沼物[5]，堪作庙堂珍。

七岁能书大字（毛笔字），八岁能作古诗，九岁精通时艺（名"时文"，即八股文。明清时代科举考试时的一种以《四书》《五经》命题，规定一定格式、体裁、语言、字数的，专门应考的文章），十岁进了府庠（府学），次年第一补廪（明清

①贼髡：对和尚的詈语。②文士：读书人;文人。③封章：言机密事之章奏皆用皂囊重封以进，故名封章。亦称封事。④酬恩：报答恩德。⑤地沼物：小地方的人物。

时代，在“秀才”总称之下，按资格分为三种名目，即附生、增生、廪生。初进学的为“附生”，循次经过岁科两考的成绩和时间、名额等条件，才能补为增生和廪生）。父母相继而亡。丁忧（封建社会的丧制；遭遇父母的丧事，在三年内，官员须停职守制，读书人不能参加考试，一般还要停止婚嫁筵宴）六载，元礼因为少孤，亲事也都不曾定得。喜得他昔志读书，十九岁便得中了乡场第二名。不得首荐（指科举考试中被取为第一名），心中闷闷不乐。叹道：“世少识者。”不耐烦赴京会试。那些叔伯亲友们，那个不来劝他及早起程。又有同年兄弟六人，时常催促同行。那杨元礼虽说不愿会试，也是不曾中得解元，气忿的说话，功名心原是急的。一日，被这几个同年们催逼不过，发起兴来，整治行李。原来父母虽亡，他的老尊（父亲的别称）原是务实生理（生计，买卖）的人，却也有些田房遗下。元礼变卖一两处为上京盘缠。同了六个乡同年，一路上京。那六位同年是谁？一个姓焦名士济，字子舟；一个姓王名元晖，字景照；一个姓张名显，字弢(tāo)伯；一个姓韩名蕃锡，字康侯；一个姓蒋名义，字礼生；一个姓刘名善，字取之。六人里头，只有刘蒋二人家事凉薄（不富足）些儿。那四位却也一个个殷足。那姓王的家私百万，地方上叫做小王恺（晋代人，王坦的儿子，兄弟都做大官，很有钱，当时没有人能赶上他们）。说起来连这举人也是有些缘故来的。那时新得进身（提高社会地位，入仕做官），这几个朋友，好不高兴，带了五六个家人上路。一个个人材表表，气势昂昂，十分齐整（端正；漂亮）。怎见得？但见：

轻眉俊眼，绣腿花拳，风笠飘飘，雨衣鲜灿（鲜丽灿烂）；玉勒马一声嘶破柳堤烟：碧帷车数武（不远处，没有多远）碾残松岭雪。右悬雕矢，行色增雄；左插鲛函（用鲛鱼皮做的铠甲），威风倍壮。扬鞭喝跃，途人谁敢争先；结队驱驰，村市尽皆惊眄（看）。正是：处处绿杨堪系马，人人有路透长安。

这班随从的人打扮出路（出门）光景（情况），虽然悬弓佩剑，实落（确切；准确）是一个也动不得手的。大凡出路的人，第一是“老成”二字最为紧要。一举一动，俱要留心。千不合，万不合，是贪了小便宜。在山东兖州府马头上，各家的管家打开了银包，兑了多少铜钱，放在皮箱里头，压得那马背郎当（颓唐；疲困的样子），担夫瘫软（“瘫”本是马害病的意思；瘫软，就是累了，困了。瘫，tān）。一路上见的，只认是银子在内，那里晓得是铜钱在里头。行到河南府荥县地方相近，离城尚有七八十里。路上荒凉，远远的听得钟声清亮。抬头观看，望着一座大寺。

苍松虬结，古柏龙蟠。千寻峭壁，插汉芙蓉；百道鸣泉，洒空珠玉。螭头（古代碑额、

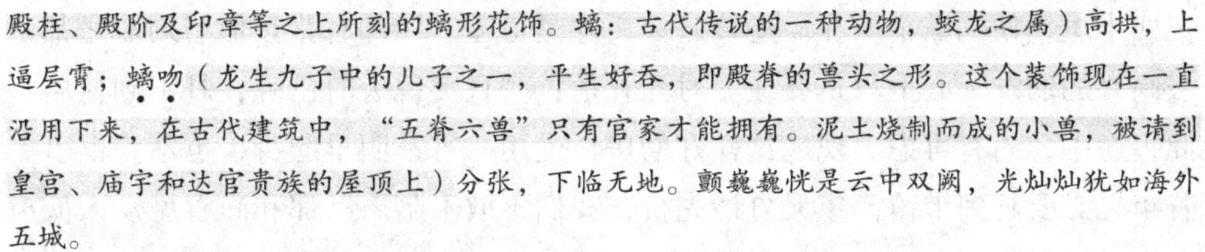
殿柱、殿阶及印章等之上所刻的螭形花饰。螭：古代传说的一种动物，蛟龙之属）高拱，上逼层霄；螭吻（龙生九子中的儿子之一，平生好吞，即殿脊的兽头之形。这个装饰现在一直沿用下来，在古代建筑中，“五脊六兽”只有官家才能拥有。泥土烧制而成的小兽，被请到皇宫、庙宇和达官贵族的屋顶上）分张，下临无地。颤巍巍恍是云中双阙，光灿灿犹如海外五城。

寺门上有金字牌扁，名曰宝华禅寺。这几个连日鞍马劳顿（骑马赶路过久，劳累疲困。形容旅途或战斗的劳累），见了这么大寺，心中欢喜。一齐下马停车，进去游玩。但见稠阴（浓密的树荫）夹道，曲径纡回，旁边多少旧碑，七横八竖，碑上字迹模糊，看起来唐时开元年间建造。正看之间，有小和尚疾忙进报。随有中年和尚油头滑脸，摆将出来。见了这几位冠冕（体面）客人踱进来，便鞠躬迎进。逐一位见礼看座，问了某姓某处，小和尚掇出一盘茶来吃了。那几个随即问道：“师父法号？”那和尚道：“小僧贱号悟石。列位相公有何尊干，到荒寺经过？”众人道：“我们都是赴京会试的。在此经过。见寺宇整齐，进来随喜（本是佛教徒瞻拜佛像，随像发生欢喜心的意思，一般当作参观佛寺解释）。”那和尚道：“失敬，失敬！家师远出，有失迎接，却怎生是好？”说了三言两语，走出来分付道人摆茶果点心。便走到门前观看。只见行李十分华丽，跟随人役，个个鲜衣大帽。眉头一蹙，计上心来。暗暗地欢喜道：“这些行李，若谋了他的，尽好受用。我们这样荒僻地面，他每（宋元时人称代词的复数，同“们”）在此逗留，正是天送来的东西了。见物不取，失之千里。不免留住他们，再作区处（qū chǔ，处理；筹划安排）。”转身进来，就对众举人道：“列位相公在上，小僧有一言相告，勿罪唐突。”众举人道：“但说何妨。”和尚道：“说也奇怪，小僧昨夜得一奇梦，梦见天上一个大星，端端正正的落在荒寺后园地上，变了一块青石。小僧心上喜道：必有大贵人到我寺中。今日果得列位相公到此。今科状元，决不出七位相公之外。小僧这里荒僻乡村，虽不敢屈留尊驾，但小僧得此佳梦，意欲暂留过宿。列位相公，若不弃嫌，过了一宿，应此佳兆。只是山蔬野蔌（野味，野菜），怠慢列位相公，不要见罪。”众举人听见说了星落后园，决应在我们几人之内，欲待应承过宿，只有杨元礼心中疑惑，密向众同年道：“这样荒僻寺院，和尚外貌虽则殷勤，人心难测。他苦苦要留，必有缘故。”众同年道：“杨年兄又来迂腐了。我们连主仆人夫，算来约有四十多人，那怕这几个乡村和尚。若（假如）杨年兄行李万有他虞（忧虑；忧患；贻误；欺诈），都是我众人赔偿。”杨元礼道：“前边只有三四十里，便到歇宿所在。还该赶去，才是道理。”却有张弢伯与刘取之都是极高兴的朋友，心上只是要住。对元礼道：“且莫说天时已晚，赶不到村店。此去途中，尚有可虑。现成这样好僧房，受用一宵，明早起身，也不为误事。若年兄必要赶到市镇，年兄自请先行，我们不敢奉陪。”那和尚看见众人低声商议，杨元礼声声要去。便向元礼道：“相公，此处去十来里有黄泥坝，歹人极多。此时天时已晚，路上难保无虞。相公千金之躯，不如小房过夜，明日早行，差得几时路程，却不安稳了多少。”元礼被众友牵制不过，又见和尚十分好意；况且跟随的人，见寺里热茶热水，也懒得赶路。向主人道：“这师父说黄泥坝晚上难走，不如暂过一夜罢。”元礼见说得有理，只得允从（允诺，依从）。众友分付抬进行李，明早起程。

那和尚心中暗喜中计。连忙备办酒席，分付道人，宰鸡杀鹅，烹鱼炮鳖，登时办起盛席来。这等地面那里买得凑手（方便；使用顺手）？原来这寺和尚极会受用（享受），件色鸡鹅等类，都养在家里，因此捉来便杀，不费工夫。佛殿旁边转过曲廊，却是三间精致客堂，上面一字儿摆下七个筵席，下边列着一个陪桌，共有八席，十分齐整。悟石举杯安席（宴会入座时敬酒、行礼，叫作“安席”）。众同年（同在一榜考上进士的人，彼此互称）序齿（意为按年龄大小的顺序依次排列）坐定。吃了数杯之后，张弢伯开言道：“列位年兄，必须行一酒令（是酒席上的一种助兴游戏，一般是指席间推举一人为令官），才是有兴。”刘取之道：“师父，这里可有色盆？”和尚道：“有，有。”连唤道人取出色盆，斟着大杯，送第一位焦举人行令。焦子舟也不推逊（谦让；谦逊），吃酒便掷，取么点为文星，掷得者卜色飞送。众人尝得酒味甘美，上口便干。原来这酒不比寻常，却是把酒来浸米，麹中（酒母）又放些香料，用些热药，做来颜色浓酽，好像琥珀一般。上口甘香，吃了便觉神思昏迷，四肢瘫（tān，疲乏）软。这几个会试的路上吃惯了歪酒，水般样的淡酒，药般样的苦酒，还有尿般样的臭酒，这晚吃了恁般浓酝，加倍放出意兴来。猜拳赌色，一杯复一杯，吃一个不住。那悟石和尚又叫小和尚在外厢陪了这些家人，叫道人支持这些轿夫马夫，上下人等，都吃得泥烂。只有杨元礼吃到中间，觉酒味香浓，心中渐渐昏迷。暗道：“这所在那得恁般好酒！且是昏迷神思，其中决有缘故。”就地生出智着来，假做腹痛，吃不下酒。那些人不解其意，却道：“途路上或者感些寒气，必需多吃热酒，才可解散。如何倒不用酒？”一齐来劝。那和尚道：“杨相公，这酒是三年陈的，小僧辈置在床头，不敢轻用。今日特地开出来，奉敬相公。腹内作痛，必是寒气，连用十来大杯，自然解散。”杨元礼看他勉强劝酒，心上愈加疑惑，坚执不饮。众人道：“杨年兄为何这般扫兴？我们是畅饮一番，不要负了师父美情。”和尚合席敬大杯，只放元礼不过。心上道：“他不肯吃酒，不知何故？我也不怕他一个醒的跳出圈子外边去。”又把大杯斟送。元礼道：“实是吃不下了，多谢厚情。”和尚只得把那几位抵死劝酒。却说那些副手的和尚，接了这些行李，众管家们各拣洁净房头，铺下铺盖。这些吃醉的举人，大家你称我颂，乱叫着某状元、某会元，东歪西倒，跌到房中，面也不洗，衣也不脱，爬上床磕头便睡，齁齁鼻息，响动如雷。这些手下人也被道人和尚们大碗头劝着，一发不顾性命，吃得眼定口开，手疼脚软，做了一堆矬倒（矬，矮、短的意思。“矬倒”，酒醉之后，缩倒作一团的样子）。却说那和尚也在席上陪酒，他便如何不受酒毒？他每分付小和尚，另藏着一把注子（酒壶；形如长颈瓶，有盖、嘴、柄。金属或瓷制成），色味虽同，酒力各别。间或客人答酒，只得呷下肚里，却又有解酒汤，在房里去吃了，不得昏迷。酒散归房，人人熟睡。那些贼秃们一个个磨拳擦掌，思量动手。悟石道：“这事须用乘机取势，不可迟延。万一酒力散了，便难做事。”分付各持利刃，悄悄的步到卧房门首，听了一番，思待进房中间，又有一个四川和尚，号曰觉空，悄向悟石道：“这些书呆不难了当，必须先把跟随人役完了事，才进内房，这叫做斩草除根，永无遗患。”悟石点头道：“说得有理。”遂转身向家人安歇去处，掇开房门，见头便割。这班酒透的人，匹力扑六（形容杀头的声音）的好像切菜一般，一齐杀倒，血流遍地。其实堪伤！

却说那杨元礼因是心中疑惑，和衣而睡。也是命不该绝，在床上展转不能安寝。侧耳听着外边，只觉酒散之后，寂无人声。暗道：“这些和尚是山野的人，收了这残盘剩饭，必然聚吃一番，不然，也要收拾家火，为何寂然无声？”又少顷，闻得窗外悄步，若有人声，心中愈发疑异。又少顷，只听得外厢连叫哎哟，又有模糊口声。又听得匹扑的跳响，慌忙跳起道：“不好了，不好了！中了贼僧计也！”隐隐的闻得脚踪声近，急忙里用力去推那些醉汉，那里推得醒。也有木头般不答应的，也有胡胡卢卢说困话的。推了几推，只听得呀的房门声响。元礼顾不得别人，事急计生（急事临头，能想出办法来），耸身跳出后窗。见庭中有一棵大树，猛力爬上，偷眼观看。只见也有和尚，也有俗人，一伙儿拥进房门，持着利刃，望颈便刺。元礼见众人被杀，惊得心摇胆战，也不知墙外是水是泥，奋身一跳，却是乱棘丛中。欲待蹲身，又想后窗不曾闭得，贼僧必从天井内追寻，此处不当稳便（不大稳妥、妥当）。用力推开棘刺，满面流血，钻出棘丛，拔步便走。却是硬泥荒地。带跳而走，已有二三里之远。云昏地黑，阴风淅淅（象声词，形容风声），不知是什么所在。却都是废冢荒丘。又转了二个弯角儿，却是一所人家，孤丁丁住着，板缝内尚有火光。元礼道："我已筋疲力尽，不能行动。此家灯火未息，只得哀求借宿，再作道理。"正是：

青龙白虎同行，凶吉全然未保。

元礼低声叩门，只见五十来岁一个老妪，点灯开门。见了元礼道："夜深人静，为何叩门？"元礼道："昏夜叩门，实是学生得罪。争奈急难之中，只得求妈妈方便。容学生暂息半宵。"老妪道："老身孤寡，难好留你。且尊客又无行李，又无随从，语言各别（别致；新奇），不知来历。决难从命！"元礼暗道："事到其间，不得不以实情告他。妈妈在上，其实小生姓杨，是扬州府人，会试来此。被宝华寺僧人苦苦留宿。不想他忽起狼心，把我们六七位同年（同伴）都灌醉了，一齐杀倒。只有小生不醉，幸得逃生。"老妪道："哎哟！阿弥陀佛！不信有这样事！"元礼道："你不信，看我面上血痕。我从后庭中大树上爬出，跳出荆棘丛中，面都刺碎。"老妪睁睛看时，果然面皮都碎。对元礼道："相公果然遭难，老身只得留住。相公会试中了，看顾（照顾，看望）老身，就有在里头了。"元礼道："极感妈妈厚情！自古道：救人一命，胜造七级浮屠。我替你关了门，你自去睡。我就此桌儿上在假寐片时。一待天明，即便告别。"老妪道："你自请稳便。那个门没事，不劳相公费心。老身这样寒家，难得会试相公到来。常言道：贵人上宅，柴长三千，米长八百。我老身有一个姨娘，是卖酒的，就住在前村。我老身去打一壶来，替相公压惊，省得你又无铺盖，冷冰冰地睡不去。"元礼只道脱了大难，心中又惊又喜，谢道："多承妈妈留宿，已感厚情！又承赐酒，何以图报？小生倘得成名，决不忘你大德。"妈妈道："相公且宽坐片时。有小女奉陪。老身暂去就来。女儿过来，见了相公。你且把门儿关着，我取了酒就来也。"那老妪分付女儿几句，随即提壶出门去了，不提。

却说那女子把元礼仔细端详，若有嗟叹（感叹声）之状。元礼道："请问小姐姐今年几岁了？"女子道："年方一十三岁。"元礼道："你为何只管呆看小生？"女子道："我看你堂堂容貌，表表姿材，受此大难，故此把你仔细观看。可惜你满腹文章，看不出人情世故（为人处世的道理和经验）。"元礼惊问道："你为何说此几句，令我好生疑异？"女子道："你只道我家母亲为何不肯留你借宿？"元礼道："孤寡人家，不肯夤夜（yín yè，深夜）留人。"女子道："后边说了被难（遭逢灾难）缘因，他又如何肯留起来？"元礼道："这是你令堂恻隐（对受苦受难的人表示同情，心中不忍）之心，留我借宿。"女子道："这叫做燕雀处堂（燕雀住在堂上。比喻生活安定而失去警惕性。也比喻大祸临头而自己不知道。处，居住；堂，堂屋），不知祸之将及。"元礼益发惊问道："难道你母亲也待谋害我不成？我如今孤身无物，他又何所利于我？小姐姐，莫非道我伤弓之鸟（被弓箭吓怕了的鸟。比喻受过惊吓，遇到一点儿动静就怕的人），故把言语来吓诈（恐吓讹诈）我么？"女子道："你只道我家住居的房屋是那个的房屋？我家营运的本钱是那个的本钱？"元礼道："小姐姐说话好奇怪！这是你家事，小生如何知道？"女子道："妾姓张，有个哥哥，叫做张小乙，是我母亲过继的儿子，在外面做些小经纪（生意）。他的本钱，也是宝华寺悟石和尚的，这一所草房也是寺里搭盖的。哥哥昨晚回来，今日到寺里交纳利钱（利息）去了。幸不在家，若还撞见相公，决不相饶。"元礼想道："方才众和尚行凶，内中也有俗人，一定是张小乙了。"便问道："既是你妈妈和寺里和尚们一路，如何又买酒请我？"女子道："他那里真个去买酒。假此为名，出去报与和尚得知。少顷他们就到了。你终须一死！我见你丰仪（风度仪表）出众，决非凡品（平庸之人），故此对你说知。放你逃脱此难！"元礼吓得浑身冷汗，抽身便待走出。女子扯住道："你去了不打紧，我家母亲极是利害，他回来不见了你，必道我泄漏机关。这场责罚，教我怎生禁受（禁当，承担，耐受）？"元礼道："你若有心救我，只得吃这场责罚，小生死不忘报。"女子道："有计在此！你快把绳子将我绑缚在柱子上，你自脱身前去。我口中乱叫母亲，等他回来，只告诉他说你要把我强奸，绑缚在此。被我叫喊不过，他怕母亲归来，只得逃走了去。必然如此，方免责罚。"又急向箱中取银一锭与元礼道。"这正是和尚借我家的本钱，若母亲问起，我自有言抵对。"元礼初不敢受，思量前路盘缠，尚无毫忽，只得受了。把这女子绑缚起来，心中暗道："此女仁智兼全，救我性命，不可忘他大恩。不如与他定约，异日娶他回去。"便向女子道，"小生杨延和，表字元礼，年十九岁，南直扬州府江都县人氏。因父母早亡，尚未婚配。受你活命之恩，意欲结为夫妇，后日娶你，决不食言。小姐姐意下如何？"女子道："妾小名淑儿，今岁十三岁。若不弃微贱，永结葭莩（jiā fú，比喻亲戚关系很疏远、很薄的意思，后来作"亲戚"解释。葭，芦苇秆中的薄膜），死且不恨。只是一件：我母亲通报寺僧，也是平昔受他恩惠，故尔不肯负他。请君日后勿复记怀。事已危迫，君无留恋。”元礼闻言一毕，抽身往外便走。才得出门，回头一看，只见后边一队人众，持着火把，蜂拥而来。元礼魂飞魄丧，好像失心风一般，望前乱跌（跌跌撞撞地乱跑），也不敢回头再看。

话分两头。单提那老妪打头，引僧觉空持棍在前，悟石随后，也有张小乙，通共有二十余人，气吽吽一直赶到老妪家里。女子听得人声相近，乱叫乱哭。老妪一进门来，不见了姓杨的；只见女子被缚。吓了一跳，道：“女儿为何倒缚在那里？”女子哭道：“那人见母亲出去，竟要把我强奸，道我不从，竟把绳子绑缚了我。被我乱叫乱嚷，只得奔去。又转身进来要借盘缠。我回他没有，竟向箱中摸取东西，不知拿了甚么，向外就走。”那老妪闻言，好像落汤鸡一般，口不能言。连忙在箱子内查看，不见了一锭银子。叫道：“不好了！前借师父的本钱，反被他掏摸去了。”众和尚不见杨元礼，也没工夫逗留，连忙向外追赶。又不知东西南北那一条路去了。走了一阵，只得吃口气回到寺中，跌脚叹道：“打蛇不死，自遗其害。”事已如此，无可奈何！且把杀死众尸，埋在后园空地上。开了箱笼被囊等物，原来都是铜钱在内。一总算来不及八九百两。把些来分与觉空，又把些分与众和尚、众道人等。也分些与张小乙。人人欢喜，个个感激。又另外把送与老妪。一则买他的口，一则赔偿他所失本钱。依旧作借。

却说那元礼，脱身之后，黑地里走来走去，原只在一笪（或作“一搭”，口语之讹；就是一带，一块。笪，dá）地方，气力都尽。只得蹲在一个冷庙堂里头。天色微明，向前奔走，已到荥县。刚待进城，遇着一个老叟，连叫：“老侄，闻得你新中了举人，恭喜，恭喜！今上京会试，如何在此独步，没人随从？”那老叟你道是谁？却就是元礼的叔父，叫做杨小峰，一向在京生理，贩货下来，经繇河间府到往山东。劈面撞着了新中的侄儿，真是一天之喜。元礼正值穷途，撞见了自家的叔父，把宝华寺受难根因，与老妪家脱身的缘故一一告诉。杨小峰十分惊诧（亦作“惊吓”）。挽着手，拖到饭店里安歇，将自己身边随从的阿三送与元礼伏侍，又借他白银一百二三十两，又替他叫了骡轿送他进京。正叫做：

不是一番寒彻骨，怎得梅花扑鼻香！

元礼别了小峰，到京会试，中了第二名会魁（即五经魁。明清科举制度，考生于五经试题里各认考一经，录取时，取各经之第一名合为前五名，称五经魁。会试中之五经魁亦称"会魁"，乡试则称"乡魁"）。叹道："我杨延和到底逊人一筹！然虽如此，我今番得中，一则可以践约，二则得以伸冤矣。"殿试中了第一甲第三名，入了翰林（皇帝的文学侍从官）。有相厚（彼此交情深厚）会试同年舒有庆，他父亲舒珽，正在山东做巡按。元礼把六个同年及从人受害本末，细细与舒有庆说知。有庆报知父亲，随着府县拘提合寺僧人到县。即将为首僧人悟石、觉空二人，极刑鞫问（jū wèn，审讯），招出杀害举人原繇（通"由"）。押赴后园，起尸相验。随将众僧拘禁。此时张小乙已自病故了。舒珽即时题请灭寺屠僧，立碑道傍，地方称快。后边元礼告假回来，亲到废寺基址，作诗吊祭六位同年，不题。

却说那老妪原系和尚心腹，一闻寺灭僧屠，正待逃走。女子心中暗道："我若跟随母亲同去，前日那杨举人从何寻问？"正在忧惶，只见一个老人家走进来，问道："这里可是张妈妈家？"老妪道："老身亡夫，其实姓张。"老叟道："令爱可叫做淑儿么？"老妪道："小女的名字，老人家如何晓得？"老叟道："老夫是扬州杨小峰，我侄儿杨延和，中了举人，在此经过，往京会试。不意这里宝华禅寺和尚忽起狼心，谋害同行六位举人，并杀跟随多命。侄儿幸脱此难。现今中了探花，感激你家令爱活命之恩，又谢他赠了盘缠银一锭，因此托了老夫到此说亲。"老妪听了，吓呆了半晌，无言回答。那女子窥见母亲情慌无措，扯他到房中说道："其实那晚见他丰格超群，必有大贵之日。孩儿惜他一命，只得赠了盘缠放他逃去。彼时感激孩儿，遂订终身之约。孩儿道：母亲平昔受了寺僧恩惠，纵去报与寺僧知道，也是各不相负。你切不可怀恨。他有言在先，你今日不须惊怕。"杨小峰就接淑儿母子到扬州地方，赁房居住，等了元礼荣归，随即结姻。老妪不敢进见元礼，女儿苦苦代母请罪，方得相见。老妪匍伏（以腹贴地前进，趴着）而前。元礼扶起行礼，不提前事。却说后来淑儿与元礼生出儿子，又中辛未科状元，子孙荣盛。若非黑夜逃生，怎得佳人作合？这叫做：夫妻同是前生定，曾向蟠桃会里来。有诗为证：

春闱[①]赴选遇强徒，解厄全凭女丈夫。
凡事必须留后着，他年方不悔当初。

---

①春闱：会试由礼部主持，因而又称礼闱，考试的地点在京城的礼部贡院。由于会试是在乡试的次年，故会试又称"春试""春闱"。

卷七　吴衙内邻舟赴约

贪花费尽采花心，身损精神德损阴。
劝汝遇花休浪采，佛门第一戒邪淫。

话说南宋时，江州有一秀才，姓潘名遇，父亲潘朗，曾做长沙太守（原为战国时对郡守的尊称，后亦作一府最高行政长官“知府”的别称），高致（致仕高隐。高，清高；致，致仕。就是告老回家，不做官的意思）在家。潘遇已中过省元（古代科举名称），别了父亲，买舟往临安（指临安府，即今杭州市，是南宋行在所，有“临时安顿”之意）会试（中国古代科举制度中的中央考试）。前一夜，父亲梦见鼓乐旗彩，送一状元匾额进门。匾上正注潘遇姓名。早起唤儿子说知。潘遇大喜，以为春闱（会试由礼部主持，因而又称礼闱，考试的地点在京城的礼部贡院。由于会试是在乡试的次年，故会试又称“春试”“春闱”“春榜”“杏榜”等）首捷无疑。一路去高歌畅饮，情怀开发。不一日，到了临安，寻觅下处，到一个小小人家。主翁相迎，问：“相公（君子、生员、宰相的另外一种叫法）可姓潘么？”潘遇道：“然也。足下何以知之？”主翁道：“夜来梦见土地公公说道今科状元姓潘，明日午刻到此。你可小心迎接。相公正应其兆。若不嫌寒舍简慢（招待不热情；失礼，多用作表示招待不周的谦辞），就在此下榻何如？”潘遇道：“若果有此事，房价自当倍奉。”即令家人搬运行李到其家停宿。主人有女年方二八，颇有姿色，听得父亲说其梦兆，道潘郎有状元之分，在窗下偷觑，又见他仪容俊雅，心怀契慕（qì mù，欣赏，爱慕），无繇通款（没有方法向对方表达自己的心事，繇，通“由”；款，衷情，心中的事）。一日，潘生因取砚水（砚池中用以磨墨的水），偶然童子不在，自往厨房，恰与主人之女相见。其女一笑而避之。潘生魂不附体，遂将金戒指二枚，玉簪一只，嘱付童儿，觑空致意此女，恳求幽会。此女欣然领受，解腰间绣囊相答。约以父亲出外，亲赴书斋。一连数日，潘生望眼将穿，未得其便。直至场事已毕，主翁治杯节劳。饮至更深，主翁大醉。潘生方欲就寝，忽闻轻轻叩门之声，启而视之，乃此女也。不及交

言（交谈），捧进书斋，成其云雨，十分欢爱。约以成名之后，当娶为侧室。是夜，潘朗在家，复梦向时（先前）鼓乐旗彩，迎状元匾额过其门而去。潘朗梦中唤云："此乃我家旗匾。"送匾者答云："非是。"潘朗追而看之，果然又一姓名矣。送匾者云："今科状元合是汝子潘遇。因做了欺心（自己欺骗自己；昧心）之事，天帝命削去前程，另换一人也。"潘朗惊醒，将信将疑。未几揭晓，潘朗阅登科记（考中了进士的人的名册），状元果是梦中所迎匾上姓名。其子落第。待其归而叩之，潘遇抵赖不过，只得实说。父子叹嗟不已。潘遇过了岁余，心念此女，遣人持金帛往聘之，则此女已适他人矣。心中甚是懊悔。后来连走数科不第，郁郁而终。

因贪片刻欢娱景，误却终身富贵缘。

说话的，依你说，古来才子佳人，往往私谐欢好，后来夫荣妻贵，反成美谈，天公大算盘，如何又差错了？看官（说书艺人称听众为"看官"）有所不知。大凡行奸卖俏，坏人终身名节，其过非小。若是五百年前合为夫妇，月下老（又称月老，神话传说中的人物，主管人间婚嫁之事）赤绳系足，不论幽期（指男女间的幽会）明配，总是前缘判定（裁定；断定），不亏行止（品行）。听在下再说一件故事，也出在宋朝，却是神宗皇帝年间，有一位官人，姓吴名度，汴京（今河南开封）人氏，进士出身，除授（拜官授职）长沙府通判（官名。在知府下掌管粮运、家田、水利和诉讼等事项）。夫人林氏，生得一位衙内（也作"牙内"，五代宋初，藩镇的亲卫官多以亲子弟充任，后因称官府权贵的子弟为"衙内"），单讳个彦字，年方一十六岁，一表人才，风流（风度；仪表）潇洒；自幼读书，广通经史；吟诗作赋，件件皆能。更有一件异处，你道是甚异处？这等一个清标人物，却吃得东西，每日要吃三升米饭，二斤多肉，十余斤酒。其外饮馔（饮食）不算。这还是吴府尹恐他伤食，酌中（折中；适中）定下的规矩。若论起吴衙内，只算做半饥半饱，未能趁心像意。是年三月间，吴通判任满，升选扬州府尹（官名。北宋曾于京都开封设置府尹，以文臣充，专掌府事，位在尚书下、侍郎上，少尹二人佐之，然不常置。明代于应天、顺天，清代于顺天、奉天设置府尹，其佐官称府丞）。彼处吏书（指秘书之类人员，也指官府的文书）差役，带领马船（官船），直至长沙迎接。吴度即日收拾行装，辞别僚友（官属；僚属）起程。下了马船，一路顺风顺水。非止一日，将近江州。昔日白乐天（指唐代大文学家白居易）赠商妇《琵琶行》（此篇叙事诗是唐宪宗元和十年，白居易被贬为九江郡司马时所作）云"江州司马青衫湿"便是这个地名。吴府尹船上正扬着满帆，中流稳度。倏忽之间，狂风陡作，怒涛汹涌，险些儿掀翻。莫说吴府尹和夫人们慌张，便是篙师（撑船的熟手）舵工无不失色。急忙收帆拢岸。只有四五里江面，也挣了两个时辰。回顾江中往来船只，那一只上不手忙脚乱。求神许愿，挣得到岸，就谢天不尽了，这里吴府尹马船至了岸旁抛锚系缆。那边已先有一只官船停泊。两下相隔约有十数丈远。这官船舱门上帘儿半卷，下边站着一个中年妇人，一个美貌女子。背后又侍立三四个丫鬟。吴衙内在舱中帘内，早已瞧见。那女子果然生得娇艳。怎见得？有诗为证：

秋水为神玉为骨，芙蓉如面柳如眉。
分明月殿瑶池女，不信人间有异姿。

吴衙内看了，不觉魂飘神荡，恨不得就飞到他身边，搂在怀中。只是隔着许多路，看得不十分较切（明白真切）。心生一计。向吴府尹道："爹爹，何不教水手移去，帮在这只船上？到也安稳。"吴府尹依着衙内，分付水手移船。水手不敢怠慢，起锚解缆，撑近那只船旁。吴衙内指望帮过了船边，细细饱看。谁知才傍过去，便掩上舱门，把吴衙内一团高兴，直冷淡到脚指尖上。你道那船中是甚官员？姓甚名谁？那官人姓贺名章，祖贯建康（今南京市）人氏，也曾中过进士。前任钱塘县尉，新任荆州司户。带领家眷前去赴任，亦为阻风，暂驻江州。三府是他同年（同在一榜考上进士的人彼此互称），顺便进城拜望去了，故此家眷开着舱门闲玩。中年的便是夫人金氏，美貌女子乃女儿秀娥。原来贺司户没有儿子，止得这秀娥小姐。年才十五，真有沉鱼落雁（成语，形容女子的美丽，鱼见之沉入水底，雁见之降落沙洲）之容，闭月羞花（"闭月"指貂蝉的美貌把月亮比下，"羞花"指杨贵妃的颜容使得花儿害羞地低下头，原与沉鱼落雁相连，形容我国古代四大美人的容貌倾国倾城，宛若天仙。现指女子的容貌美丽）之貌。女工（旧时指妇女所做的纺织、刺绣、缝纫等工作和这些工作的成品）针指，百伶百俐，不教自能。兼之幼时，贺司户曾延师教过读书识字，写作俱高。贺司户夫妇，因是独养女儿，钟爱胜如珍宝。要赘个快婿，难乎其配，尚未许人。当下母子正在舱门口观看这些船只慌乱，却见吴府尹马船（官船）帮上来。夫人即叫丫鬟下帘掩门进去。吴府尹是仕路上人，便令人问是

■白居易故居：位于今江西省九江市。

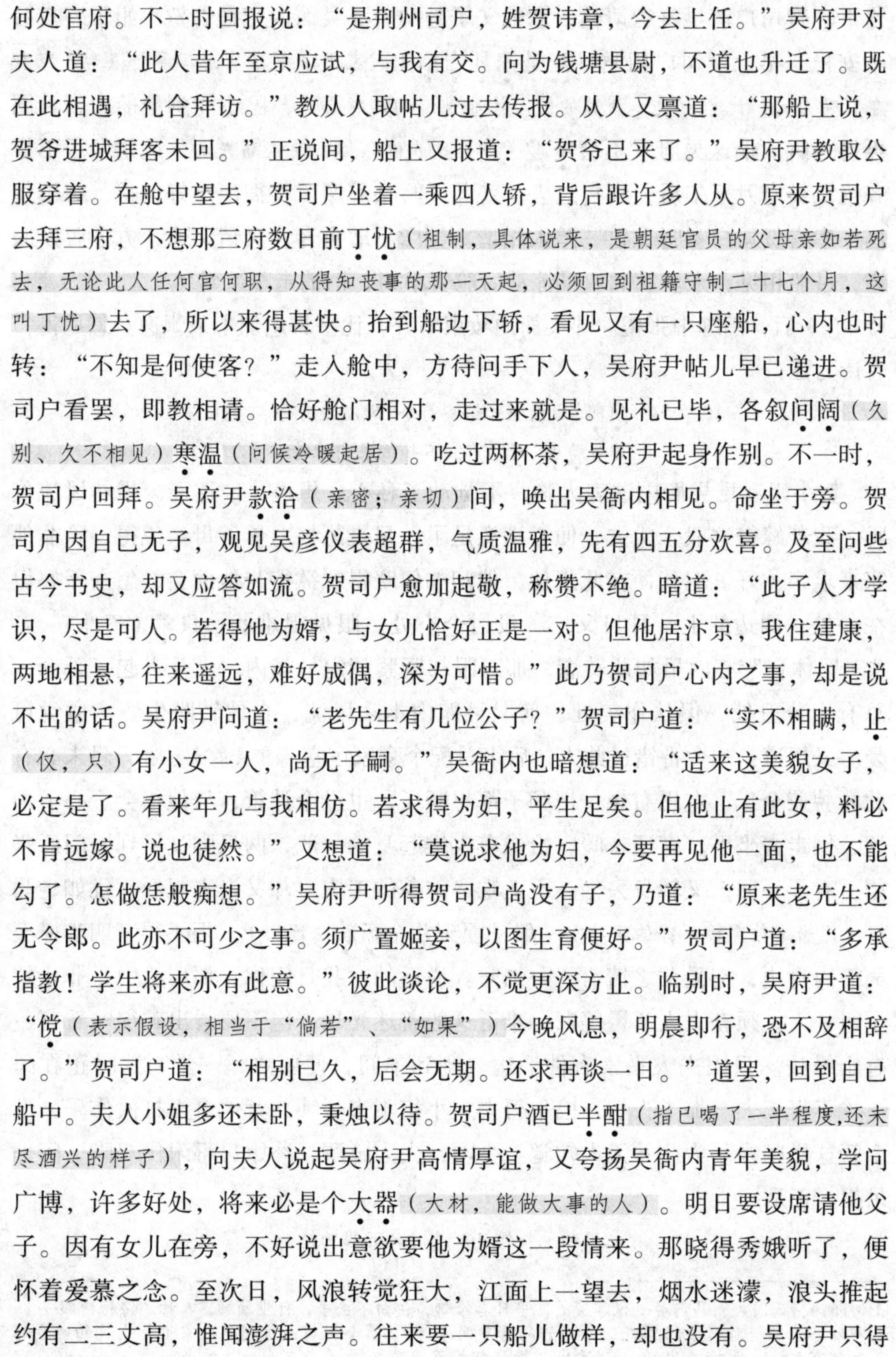

何处官府。不一时回报说："是荆州司户，姓贺讳章，今去上任。"吴府尹对夫人道："此人昔年至京应试，与我有交。向为钱塘县尉，不道也升迁了。既在此相遇，礼合拜访。"教从人取帖儿过去传报。从人又禀道："那船上说，贺爷进城拜客未回。"正说间，船上又报道："贺爷已来了。"吴府尹教取公服穿着。在舱中望去，贺司户坐着一乘四人轿，背后跟许多人从。原来贺司户去拜三府，不想那三府数日前丁忧（祖制，具体说来，是朝廷官员的父母亲如若死去，无论此人任何官何职，从得知丧事的那一天起，必须回到祖籍守制二十七个月，这叫丁忧）去了，所以来得甚快。抬到船边下轿，看见又有一只座船，心内也时转："不知是何使客？"走入舱中，方待问手下人，吴府尹帖儿早已递进。贺司户看罢，即教相请。恰好舱门相对，走过来就是。见礼已毕，各叙间阔（久别、久不相见）寒温（问候冷暖起居）。吃过两杯茶，吴府尹起身作别。不一时，贺司户回拜。吴府尹款洽（亲密；亲切）间，唤出吴衙内相见。命坐于旁。贺司户因自己无子，观见吴彦仪表超群，气质温雅，先有四五分欢喜。及至问些古今书史，却又应答如流。贺司户愈加起敬，称赞不绝。暗道："此子人才学识，尽是可人。若得他为婿，与女儿恰好正是一对。但他居汴京，我住建康，两地相悬，往来遥远，难好成偶，深为可惜。"此乃贺司户心内之事，却是说不出的话。吴府尹问道："老先生有几位公子？"贺司户道："实不相瞒，止（仅，只）有小女一人，尚无子嗣。"吴衙内也暗想道："适来这美貌女子，必定是了。看来年几与我相仿。若求得为妇，平生足矣。但他止有此女，料必不肯远嫁。说也徒然。"又想道："莫说求他为妇，今要再见他一面，也不能勾了。怎做恁般痴想。"吴府尹听得贺司户尚没有子，乃道："原来老先生还无令郎。此亦不可少之事。须广置姬妾，以图生育便好。"贺司户道："多承指教！学生将来亦有此意。"彼此谈论，不觉更深方止。临别时，吴府尹道："倘（表示假设，相当于"倘若"、"如果"）今晚风息，明晨即行，恐不及相辞了。"贺司户道："相别已久，后会无期。还求再谈一日。"道罢，回到自己船中。夫人小姐多还未卧，秉烛以待。贺司户酒已半酣（指已喝了一半程度,还未尽酒兴的样子），向夫人说起吴府尹高情厚谊，又夸扬吴衙内青年美貌，学问广博，许多好处，将来必是个大器（大材，能做大事的人）。明日要设席请他父子。因有女儿在旁，不好说出意欲要他为婿这一段情来。那晓得秀娥听了，便怀着爱慕之念。至次日，风浪转觉狂大，江面上一望去，烟水迷濛，浪头推起约有二三丈高，惟闻澎湃之声。往来要一只船儿做样，却也没有。吴府尹只得住下。贺司户清早就送请帖，邀他父子赴酌。那吴衙内记挂着贺小姐，一夜卧不安稳。早上贺司户相邀，正是挖耳当招（人家用手挖耳朵，却误会以为人家是在召唤自己；比喻希望达到目的的心情非常迫切的意思），巴不能到他船中，希图再得一觑。偏这吴府尹不会凑趣（投合别人的兴趣，使人高兴），道是父子不好齐扰。吴府尹至午后，独自过去。替儿子写帖辞谢。吴衙内难好说得，好不气恼！幸喜贺司户不听，再三差人相请。吴彦不敢自专，又请父命，方才脱换服饰，过船相见，入坐饮酒。早惊动后舱贺小姐，悄悄走至遮堂（指堂屋内后半间的屏门）后，门缝中张望。那吴衙内妆束整齐，比平日愈加丰采飘逸。怎见得？有诗为证：

何郎①俊俏颜如粉，荀令②风流坐有香。
若与潘生③同过市，不知掷果向谁傍？

贺小姐看见吴衙内这表人物，不觉动了私心。想道："这衙内果然风流俊雅。我若嫁得这般个丈夫，便心满意足了。只是怎好对爹爹母亲说得？除非他家来求亲才好。但我便在此想他，他却如何晓得？欲待与他面会，怎奈爹妈俱在一处，两边船上，耳目又广，没讨个空处。眼见得难就，只索（不得不；只能）罢休！"心内虽如此转念，那双眼却紧紧觑定吴衙内。大凡人起了爱念，总有十分丑处，俱认作美处。何况吴衙内本来风流，自然转盼生姿，愈觉可爱。又想道："今番错过此人，后来总配个豪家宦室（官员的女眷），恐未必有此才貌兼全！"左思右想，把肠子都想断了，也没个计策，与他相会。心下烦恼，倒走去坐下。席还未暖，恰像有人推起身的一般，两只脚又早到屏门后张望。看了一回，又转身去坐。不上吃一碗茶的工夫，却又走来观看。犹如走马灯（比喻来往穿梭不停的事物）一般，顷刻几个盘旋（迂回）。恨不得三四步撵至吴衙内身边，把爱慕之情，一一细罄。说话的，我且问你，那后舱中，非止贺小姐一人，须有夫人丫鬟等辈，难道这般着迷光景，岂不要看出破绽？看官，有个缘故。只因夫人平素有件毛病，刚到午间，便要熟睡一觉，这时正在睡乡，不得工夫。那丫头们，巴不得夫人小姐不来呼唤，背地自去打伙作乐，谁个管这样闲帐。为此并无人知觉。少顷，夫人睡醒，秀娥只得耐住双脚，闷坐呆想。正是：

相思相见知何日？此时此际难为情。

①何郎：指三国魏驸马何晏。仪容俊美，平日喜修饰，粉白不去手，行步顾影，人称"傅粉何郎"。后即以"何郎"称喜欢修饰或面目姣好的青年男子。②荀令：荀彧曾到别人家里，坐过的地方好几天都有香味，比喻美男子。③潘生：指晋朝美男子潘岳。

且说吴衙内身虽坐于席间，心却挂在舱后。不住偷眼瞧看。见屏门紧闭，毫无影响，暗叹道："贺小姐，我特为你而来，不能再见一面，何缘分浅薄如此！"怏怏不乐（形容不满意或不高兴的神情。心中郁闷，很不快活。怏怏，yàng yàng，形容不满意的神情），连酒也懒得去饮。抵暮席散，归到自己船中，没情没绪，便向床上和衣而卧。这里司户送了吴府尹父子过船，请夫人女儿到中舱夜饭。秀娥一心忆着吴衙内，坐在旁边，不言不语，如醉如痴，酒也不沾一滴，箸也不动一动。夫人看了这个模样，忙问道："儿，为甚一毫东西不吃。只是呆坐？"连问几声，秀娥方答道："身子有些不好，吃不下。"司户道："既然不自在（安闲自得，身心舒畅），先去睡罢。"夫人便起身，叫丫鬟掌灯，送他睡下，方才出去。停了一回，夫人又来看觑（看顾；照料。觑，qù）一番，催丫鬟吃了夜饭，进来打铺相伴。秀娥睡在帐中，翻来覆去，那里睡得着。忽闻舱外有吟咏之声，侧耳听时，乃是吴衙内的声音。其诗云：

天涯犹有梦，对面岂无缘。

莫道欢娱暂，还期盟誓坚。

秀娥听罢，不胜欢喜道："我想了一日，无计见他一面。如今在外吟诗，岂非天付良缘！料此更深人静，无人知觉，正好与他相会。"又恐丫鬟们未睡，连呼数声，俱不答应，量已熟睡。即披衣起身，将残灯（将熄的灯）挑得亮亮的，轻轻把舱门推开。吴衙内恰如在门首守候的一般，门启处便钻入来。两手搂抱。秀娥又惊又喜。日间许多想念之情，也不暇诉说。舱门竟也不曾闭下。相偎相抱，解衣就寝。成其云雨。正在酣美深处，只见丫鬟起来解手，喊道："不好了，舱门已开，想必有贼！"惊动合船的人，都到舱门口观看。司户与夫人推门进来，教丫鬟点火寻觅。吴衙内慌做一堆，叫道："小姐，怎么处？"秀娥道："不要着忙，你只躲在床上，料然不寻到此。待我打发他们出去，送你过船。"刚抽身下床，不想丫鬟照见了吴衙内的鞋儿，乃道："贼的鞋也在此，想躲在床上。"司户夫妻便来搜看。秀娥推住，连叫没有，那里肯听。向床上搜出吴衙内。秀娥只叫得"苦也！"司户道："叵耐（pǒ nài，不能容忍，可恶）这厮，怎来点污（玷辱；污辱）我家？"夫人便说："吊起拷打。"司户道："也不要打。竟撇入江里去罢。"教两个水手，扛头扛脚，抬将出去。吴衙内只叫饶命。秀娥扯住叫道："爹妈，都是孩儿之罪，不干他事。"司户也不答应，将秀娥推上一交，把吴衙内扑通撇在水里。秀娥此时也不顾羞耻，跌脚捶胸，哭道："吴衙内，是我害着你了！"又想道："他既因我而死，我又何颜独生？”遂抢出舱门，向着江心便跳。

可怜嫩玉娇香女，化作随波逐浪魂！

秀娥刚跳下水，猛然惊觉，却是梦魇（指在睡眠中被噩梦突然惊醒，然后对梦境中的恐怖内容能清晰回忆，并心有余悸）。身子仍在床上。旁边丫鬟还在那里叫喊：“小姐苏醒。”秀娥睁眼看时，天已明了。丫鬟俱已起身。外边风浪，依然狂大。丫鬟道：“小姐梦见甚的？恁般啼哭，叫唤不醒。”秀娥把言语支吾过了。想道：“莫不我与吴衙内没有姻缘之分，显这等凶恶梦兆？”又想道：“若着真如梦里这回恩爱，就死亦所甘心。”此时又被梦中那段光景在腹内打搅，越发想得痴了。觉道睡来没些聊赖，推枕而起。丫鬟们都不在眼前。即将门掩上，看着舱门，说道：“昨夜吴衙内明明从此进来，搂抱至床，不信到是做梦。”又想道：“难道我梦中便这般侥幸，醒时却真个无缘不成？”一头思想，一面随手将舱门推开，用目一觑。只见吴府尹船上舱门大开，吴衙内向着这边船上呆呆而坐。原来二人卧处，都在后舱，恰好间壁（为“隔壁”之意），只隔得五六尺远。若是去了两重窗槅（指可取下的活动窗板），便是一家。那吴衙内也因夜来魂颠梦倒，清早就起身，开着窗儿，观看贺司户船中。这也是癞虾蟆想天鹅肉吃的妄想。那知姻缘有分，数合当然。凑巧贺小姐开窗，两下正打个照面，四目相视，且惊且喜。恰如识熟过的，彼此微微而笑。秀娥欲待通句话儿，期他相会，又恐被人听见。遂取过一幅桃花笺纸，磨得墨浓，蘸得笔饱，题诗一首，折成方胜（古代一种首饰，形状是由两个斜方形一部分重叠相连而成，后也泛指这种形状），袖中摸出一方绣帕包裹，卷做一团，掷过船去。吴衙内双手承受，深深唱个肥喏（唱喏时打躬的幅度大，抱拳高拱，弯腰扬声，表示格外恭敬），秀娥还了个礼。然后解开看时，其诗云：

花笺裁锦字，绣帕裹柔肠。

不负襄王梦，行云在此方。

傍边又有一行小字道：“今晚妾当挑灯（拨动灯火，点灯。亦指在灯下）相候，以剪刀响声为号，幸勿爽约（书面语，一般用于较为正式的场合，指没有履行约会；失约。“爽”即违背、没有履行的意思）。”吴衙内看罢，喜出望外。暗道：“不道小姐又有如此秀美才华，真个世间少有！”一头赞美，即忙取过一幅金笺（供写信题辞等用的精美的洒金纸张），题诗一首，腰间解下一条锦带，也卷成一块，掷将过来。秀娥接得看时，这诗与梦中听见的一般，转觉骇然！暗道：“如何他才题的诗，昨夜梦中倒先见了？看起来我二人合该为配，故先做这般真梦。”诗后边也有一行小字道：“承芳卿（旧时对女子的昵称）雅爱，敢不如命。”看罢，纳诸袖中。正在迷恋之际，恰值丫鬟送面水叩门。秀娥轻轻带上槅子，开放丫鬟。随后夫人也来询视。见女儿已是起身，才放下这片愁心。那日乃是吴府尹答席（回敬宴席）。午前贺司户就去赴宴。夫人也自昼寝。秀娥取出那首诗来，不时展玩，私心自喜，盼不到晚。有恁般怪事！每常时，霎眼（犹一眨眼。形容快速或短暂。霎，shà，意同“眨”）便过了一日。偏生这日的日子，恰像有条绳子系住，再不能勾下去。心下好不焦躁！渐渐捱至黄昏。忽地想着这两个丫鬟碍眼，不当稳便。除非如此如此。到夜饭时，私自赏他贴身伏侍的丫鬟一大壶酒，两碗菜蔬。这两个丫头，犹如渴龙见水，吃得一滴不留。少顷贺司户筵散回船，已是烂醉。秀娥恐怕吴衙内也吃醉了，不能赴约，反增忧虑。回到后舱，掩上门儿，教丫鬟将香儿熏好了衾枕，分付道：“我还要做些针指。你们先睡则个（zé gè，语气助词，用法略表示委婉或商量、祈使、解释等语气）。”那两个丫鬟正是酒涌上来，面红耳热，脚软头旋，也思量干这道儿（圈套、诡计）。只是不好开口。得了此言，正中下怀，连忙收拾被窝去睡。头儿刚刚着枕，鼻孔中就扇风箱般打鼾了。秀娥坐了更余，仔细听那两船人声静悄，寂寂无闻。料得无事，遂把剪刀向桌儿上厮琅（sī láng，象声词）的一响。那边吴衙内早已会意。原来吴衙内记挂此事，在席上酒也不敢多饮。贺司户去后，回至舱中，侧耳专听。约莫坐了一个更次，不见些影响（音信，消息），心内正在疑惑。忽听得贺司户船中剪刀之声，喜不自胜，连忙起身，轻手轻脚，开了窗儿，跨将出去，依原推上。耸身跳过这边船来。向窗门上轻轻弹了三弹。秀娥便来开窗，与衙内钻入舱中。秀娥原复带上。两下又见了个礼儿。吴衙内在灯下把贺小姐仔细一观，更觉千娇百媚。但见：

舱门轻叩小窗开，瞥见犹疑梦里来。
万种欢娱愁不足，梅香熟睡莫惊猜。

一回儿云收雨散，各道想慕之情。秀娥又将梦中听见诗句，却与所赠相同的话说出。吴衙内惊讶道：“有恁般奇事！我昨夜所梦，与你分毫不差。因道是奇异，闷坐呆想。不道天使小姐也开窗观觑。遂成好事。看起来，多分是宿世姻缘，故令魂梦先通。明日即恳爹爹求亲，以图偕老百年。”秀娥道：“此言正合我意。”二人说到情深之际，阳台重赴恩爱转笃（dǔ，忠实，一心一意；厚实，结实），竟自一觉睡去。不想那晚夜半，风浪平静，五鼓（五更）时分，各船尽皆开放。贺司户、吴府尹两边船上，也各收拾蓬樯，解缆开船。众水手齐声打号子起蓬，早把吴衙内、贺小姐惊醒。又听得水手说道："这般好顺风，怕赶不到蕲州！"吓得吴衙内暗暗只管叫苦，说道："如今怎生是好？"贺小姐道："低声。傥（表示假设，相当于"倘若""如果"）被丫鬟听见，反是老大（很大，非常）利害。事已如此，急也无用。你且安下，再作区处（qū chǔ，处理；筹划安排）。"吴衙内道："莫要应了昨晚的梦便好？"这句话却点醒了贺小姐。想梦中被丫鬟看见鞋儿，以致事露。遂伸手摸起吴衙内那双丝鞋藏过。贺小姐踌躇（犹豫不定，反复琢磨思量）了千百万遍，想出一个计来，乃道："我有个法儿在此。"吴衙内道："是甚法儿？"贺小姐道："日里你便向床底下躲避，我也只推有病，不往外边陪母亲吃饭，竟讨进舱来。待到了荆州，多将些银两与你，趁起岸时人从分纭，从闹中脱身，觅个便船回到扬州，然后写书来求亲。爹妈若是允了，不消说起。傥或不肯，只得以实告之。爹妈平日将我极是爱惜。到此地位，料也只得允从（允诺，依从）。那对可不依旧夫妻会合！"吴衙内道："若得如此，可知好哩。"到了天明，等丫鬟起身出舱去后，二人也就下床。吴衙内急忙钻入床底下，做一堆儿伏着。两旁俱有箱笼遮隐，床前自有帐幔低垂。贺小姐又紧紧坐在床边，寸步不离。盥漱（洗漱）过了，头也不梳，假意靠在桌上。夫人走入看见，便道："呵呀！为何不梳头，却靠在此？"秀娥道："身子觉道不快，怕得梳头。"夫人道："想是起得早些，伤了风了。还不到床上去睡睡？"秀娥道："因是睡不安稳，才坐在这里。"夫人道："既然要坐，还该再添件衣服，休得冻了，越加不好。"教丫鬟寻过一领披风，与他穿起。又坐了一回，丫鬟请吃朝膳（早饭）。夫人道："儿，身子不安，莫要吃饭，不如教丫鬟香香的煮些粥儿调养，倒好。"秀娥道："我心里不喜欢吃粥，还是饭好。只是不耐烦走动。拿进来吃罢。"夫人道："既恁般，我也在此陪你。"秀娥道："这班丫头，背着你眼，就要胡做了。母亲还到外边去吃。"夫人道："也说得是。"遂转身出去，教丫鬟将饭送进摆在桌上，秀娥道："你们自去，待我唤时方来。"打发丫鬟去后，把门顶上，向床底下招出吴衙内来吃饭。那吴衙内爬起身，把腰伸了一伸，举目看桌上时，乃是两碗荤菜，一碗素菜，饭只有一吃一添。原来贺小姐平日饭量不济（不好），额定两碗，故此只有这些。你想吴衙内食三升米的肠子，这两碗饭填在那处？微微笑了一笑，举起箸（筷子）两三超，就便了帐（完结；完了），却又不好说得。忍着饿原向床下躲过。秀娥开门，唤过丫鬟又教添两碗饭来吃了。那丫鬟互相私议道："小姐自来只吃得两碗，今日说道有病，如何反多吃

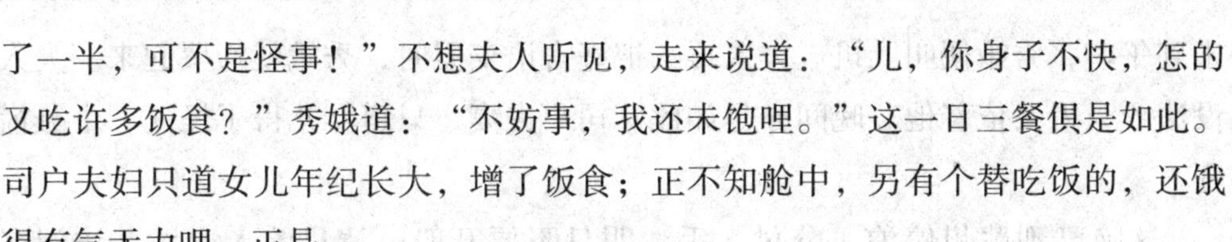

了一半，可不是怪事！”不想夫人听见，走来说道：“儿，你身子不快，怎的又吃许多饭食？”秀娥道：“不妨事，我还未饱哩。”这一日三餐俱是如此。司户夫妇只道女儿年纪长大，增了饭食；正不知舱中，另有个替吃饭的，还饿得有气无力哩。正是：

安排布地瞒天谎，成就偷香窃玉[①]情。

当晚夜饭过了。贺小姐即教吴衙内先上床睡卧，自己随后解衣入寝。夫人又来看时，见女儿已睡，问了声自去。丫鬟也掩门歇息。吴衙内饥馁（饥饿）难熬，对贺小姐说道：“事虽好了，只有一件苦处。”秀娥道：“是那件？”吴衙内道：“不瞒小姐说，我的食量颇宽。今日这三餐，还不勾我一顿。若这般忍饿过日，怎能捱到荆州？”秀娥道：“既恁地，何不早说？明日多讨些就是。”吴衙内道：“十分讨得多，又怕惹人疑惑。”秀娥道：“不打紧，自有道理，但不知要多少才勾？”吴衙内道：“那里像得我意！每顿十来碗也胡乱度得过了。”到次早，吴衙内依旧躲过。贺小姐诈病在床，呻吟不绝。司户夫人担着愁心，要请医人调治，又在大江中，没处去请。秀娥却也不要，只叫肚里饿得慌。夫人流水（立即；赶快；急急忙忙）催进饭来，又只嫌少，共争了十数多碗，倒把夫人吓了一跳，劝他少吃时，故意使起性儿，连叫：“快拿去！不要吃了。索性饿死罢。”夫人是个爱女，见他使性，反陪笑脸道：“儿，我是好话，如何便气起来？”忙叫丫鬟将饭送进来与小姐吃。说道：“我儿，娘在此陪你吃。”秀娥道：“母亲在此看着，孩儿吃不下去了。须通出去了，等我慢慢的，或者吃不完，也未可知。”夫人依他言语，教丫鬟一齐出外。秀娥披衣下床，将门掩上。吴衙内便钻出来。因是昨夜饿坏了，看见这饭，也不谦让，也不抬头（挑选），一连十数碗，吃个流星赶月（像流星追赶月亮一样。形容吃饭迅速）。约莫存得碗余，方才住手。把贺小姐到看呆了。低低问道：“可还少么？”吴衙内道：“将就些罢，再吃便没意思了。”泻杯茶漱漱口儿，往床下飕的又钻入去了。贺小姐将余下的饭吃罢，拽开门儿，原到床上睡卧。那丫鬟专等他开门，就奔进去。看见饭儿菜儿，都吃得精光，收着家伙，一路笑道：“原来小姐患的却是吃饭病。”报知夫人。夫人闻言，只把头摇，说道：“亏他怎地吃上这些！那病儿也患得蹊跷！”急请司户来说知，教他请医问卜。连司户也不肯信，分付午间莫要依他，恐食伤了五脏，便难医治。那知

①偷香窃玉：偷香，晋代贾充的女儿喜爱韩寿，她不惜把晋武帝（司马炎）赐给她父亲的西域异香偷送给韩寿用。窃玉，元代散曲和杂剧里常有郑生兰房窃玉的话；故事详情还待考证。

未到午时，秀娥便叫肚饥。夫人再三把好言语安慰时，秀娥就啼哭起来。夫人没法，只得又依着他。晚间亦是如此。司户夫妻，只道女儿得了怪病，十分慌张。

这晚已到蕲州停泊，分付水手，明日不要开船。清早差人入城，访问名医。一面求神占卦。不一时，请一个太医来。那太医衣冠济楚（整齐清洁；漂亮），气宇轩昂，贺司户迎至舱中，叙礼看坐。那太医晓得是位官员，礼貌甚恭。献过两杯茶，问了些病缘，然后到后舱诊脉。诊过脉，复至中舱坐下。贺司户道："请问太医，小女还是何症？"太医先咳了一声嗽，方答道："令爱是疳（中医医学名词；小儿患肠胃病，饮食减少，血气虚弱，叫作疳积。疳疾，指小儿脾胃虚弱，运动变化失常，以致干枯羸瘦的疾患。疳，gān）膨食积。"贺司户道："先生差矣！疳膨食积乃婴儿之疾，小女今年十五岁了，如何还犯此症？"太医笑道："老先生但知其一，不知其二。令爱名虽十五岁，即今尚在春间，只有十四岁之实。倘在寒月所生，才十三岁有余。老先生，你且想，十三岁的女子，难道不算婴孩。大抵此症，起于饮食失调，兼之水土不伏，食积于小腹之中，凝滞不消，遂至生热，升至胸中，便觉饥饿。及吃下饮食，反资其火。所以日盛一日。若再过月余不医，就难治了。"贺司户见说得有些道理，问道："先生所见，极是有理了。但今如何治之？"太医道："如今学生先治其积滞，去其风热，住了热，饮食自然渐渐减少，平复如旧矣。"贺司户道："若得如此神效，自当重酬。"道罢，太医起身拜别。贺司户封了药资，差人取得药来，将水照方上所加引子，慢慢煎好，送入小姐房中。谁知小姐暗地与吴衙内有此隐情，悄地对吴衙内说道："我家爹娘，只道我真个有病，听信这班庸医的说话，要我服药。"将来的药，也打发丫鬟出去，竟泼入净桶。求神占卦，有的说星辰不利，又触犯了鹤神（在中国古老而神秘的命运文化中，鹤神是凶神），须请僧道禳解（ráng jiě，向神祈求解除灾祸），自然无事；有的说在旷野处遇了孤魂饿鬼，若设醮（道士设坛念经做法事。醮，jiào）追荐（诵经礼忏，超度死者），便可痊愈。贺司户夫妻一一依从。见服了几剂药，没些效验，吃饭如旧。又请一个医者。那医者更是扩而充之，乘着轿子，三四个仆从跟随。相见之后，高谈阔论，也先探了病源，方才诊脉，问道："老先生可有那个看过么？"贺司户道："前日曾请一位看来。"医者道："他看的是何症？"贺司户道："说是疳膨食积。"医者呵呵笑道："此乃痨瘵（旧时称肺结核一类的病为痨病）之症，怎说是疳膨食积？"贺司户道："小女年纪尚幼，如何有此症候？”医者道：“令爱非七情六欲痨怯之比，他本秉气虚弱，所谓孩儿痨便是。”贺司户道：“饮食无度，这是为何？”医者道：“寒热交攻，虚火上延，因此容易饥饿。”夫人在屏后打听，教人传说，小姐身子并不发热。医者又道：“乃内热外寒骨蒸之症，故不觉得。”又讨前日医家药剂见了，说道：“这般克罚药，削弱元气。再服几剂，便难救了。待学生先以煎剂治其虚热。调和脏腑，节其饮食。那时，方以滋阴降火养血补原的丸药，慢慢调理，自当痊可。”贺司户称谢道：“全仗神力。”遂辞别而去。少顷，家人又请一个太医到来。那太医却是个老者，须鬓皓然（形容年老发白），步履蹒跼（pán jú，因为腿脚不灵便，行动很慢的样子）。刚坐下，便夸张善识疑难怪异之病。“某官府亏老夫救的，某夫人又亏老夫用甚药奏效。”那门面话儿比就说了一大派。又细细问了病者起居饮食，才会诊脉。贺司户被他大话一哄，认做有意思的，暗道：“常言老医少卜（指医者以年老有经验为贵，卜者以年轻敢于决断为贵），或者这医人有些效验，也未可知。”医者诊过了脉，向贺司户道：“还是老先生有缘，得遇老夫。令爱这个病症，非老夫不能识。”贺司户道：“请问果是何疾？”医者道：“此乃有名色的，谓之膈病。”贺司户道：“吃不下饮食，方是膈病（脾胃间像有什么东西堵住，吃不下食物，叫作膈病）。目今比平常多食几倍，如何是这症候？”医者道：“膈病原有几般。像令爱这膈病俗名唤做老鼠膈。背后尽多尽吃；及至见了人，一些也难下咽喉。后来食多发涨，便成蛊胀。二病相兼，便难医治。如今幸而初起，还不妨得。包在老夫身上，可以除根。”言罢，起身。贺司户送出船头方别。那时一家都认做老鼠膈。见神见鬼的，请医问卜。那晓得贺小姐把来的药，都送在净桶肚里，背地冷笑。贺司户在蕲州停了几日，算来不是长法，与夫人商议，与医者求了个药方，多买了几帖药，一路去，且到荆州再请名医看罢。那老儿因要他写方，着实骗了好些银两，可不是他造化！有诗为证：

医人未必尽知医，却是将机便就机[①]。
无病妄猜云有病，却教司户折便宜。

常言说得好，少女少郎，情色相当。贺小姐初时，还是个处子，云雨之际，尚是逡巡（qūn xún，因为有所顾虑而徘徊不前）畏缩。况兼吴衙内心慌胆怯，不敢恣肆（指放纵无顾忌。恣，放纵；肆，无顾忌），彼此未见十分美满。两三日后，渐入佳境，姿意取乐，忘其所以。一晚夜半，丫鬟睡醒，听得床上唧

①将机便就机：利用顺便的机会。

唧哝哝，床棱戛戛的响。隔了一回，又听得气喘吁吁。心中怪异。次早报与夫人。夫人也因见女儿面色红活，不像个病容，正有些疑惑。听了这话，合着他的意思。不去通知司户，竟走来观看，又没些破绽。及细看秀娥面貌，愈加丰采倍常，却又不好开口问得，倒没了主意。坐了一回，原走出去。朝饭已后，终是放心不下，又进去探觑，把远话挑问。秀娥见夫人话儿问得蹊跷，便不答应。耳边忽闻得打齁之声。原来吴衙内夜间多做了些正经，不曾睡得，此时吃饱了饭，在床底下酣睡。秀娥一时遮掩不来，被夫人听见，将丫鬟使遣开去，把门顶上，向床下一望。只见靠壁一个拢头孩子，曲着身子，睡得好不自在。夫人暗暗叫苦不迭！对秀娥道："你做下这等勾当，却诈推有病，吓得我夫妻心花儿急碎了！如今羞人答答，怎地做人！这天杀的，他是那里来的？"秀娥羞得满面通红，说道："是孩儿不是，一时做差事了！望母亲遮盖则个！这人不是别个，便是吴府尹的衙内。"夫人失惊道："吴衙内与你从未见面，况那日你爹在他船上吃酒，还在席间陪侍，夜深方散，四鼓便开船了，如何得能到此？"秀娥从实将司户称赞留心，次日屏后张望，夜来做梦，早上开窗订约，并熟睡船开，前后事细细说出，又道："不肖女一时情痴，丧名失节，玷辱父母，罪实难逭（罪过严重，难以饶恕。逭，huàn，逃避；免除）。但两地相隔数千里，一旦因阻风而会，此乃宿世姻缘，天遣成配，非繇（由）人力。儿与吴衙内誓同生死，各不更改。望母亲好言劝爹曲允（敬辞。犹俯允），尚可挽回前失。倘爹有别念，儿即自尽，决不偷生苟活。今蒙耻禀知母亲，一任主张。"道罢，泪如雨下，这里母子便说话，下边吴衙内打齁声如发雷一般响了。此时夫人又气又恼。欲待把他难为，一来娇养惯了，那里舍得；二来恐婢仆闻知，反做话靶。吞声忍气，拽开门走往外边去了。

秀娥等母亲转身后，急下床顶上门儿，在床下叫醒吴衙内，埋怨道："你打齁，也该轻些儿，惊动母亲，事都泄漏了。"吴衙内听说这话，吓得浑身冷汗如雨，上下牙齿，顷刻就趷蹬蹬（kē dēng dēng，象声词）的乱打，半句话也说不出。秀娥道："莫要慌！适来与母亲如此如此说了。若爹爹依允，不必讲起。不肯时，拚得学梦中结局，决不教使独受其累。"说到此处，不觉泪珠乱滚。

且说夫人急请司户进来，屏退丫鬟，未曾开言，眼中早已簌簌泪下。司户还道愁女儿病体，反宽慰道："那医者说，只在数日便可奏效，不消烦恼。"夫人道："听那老光棍花嘴！什么老鼠膈！论起恁般太医，莫说数日内奏效，

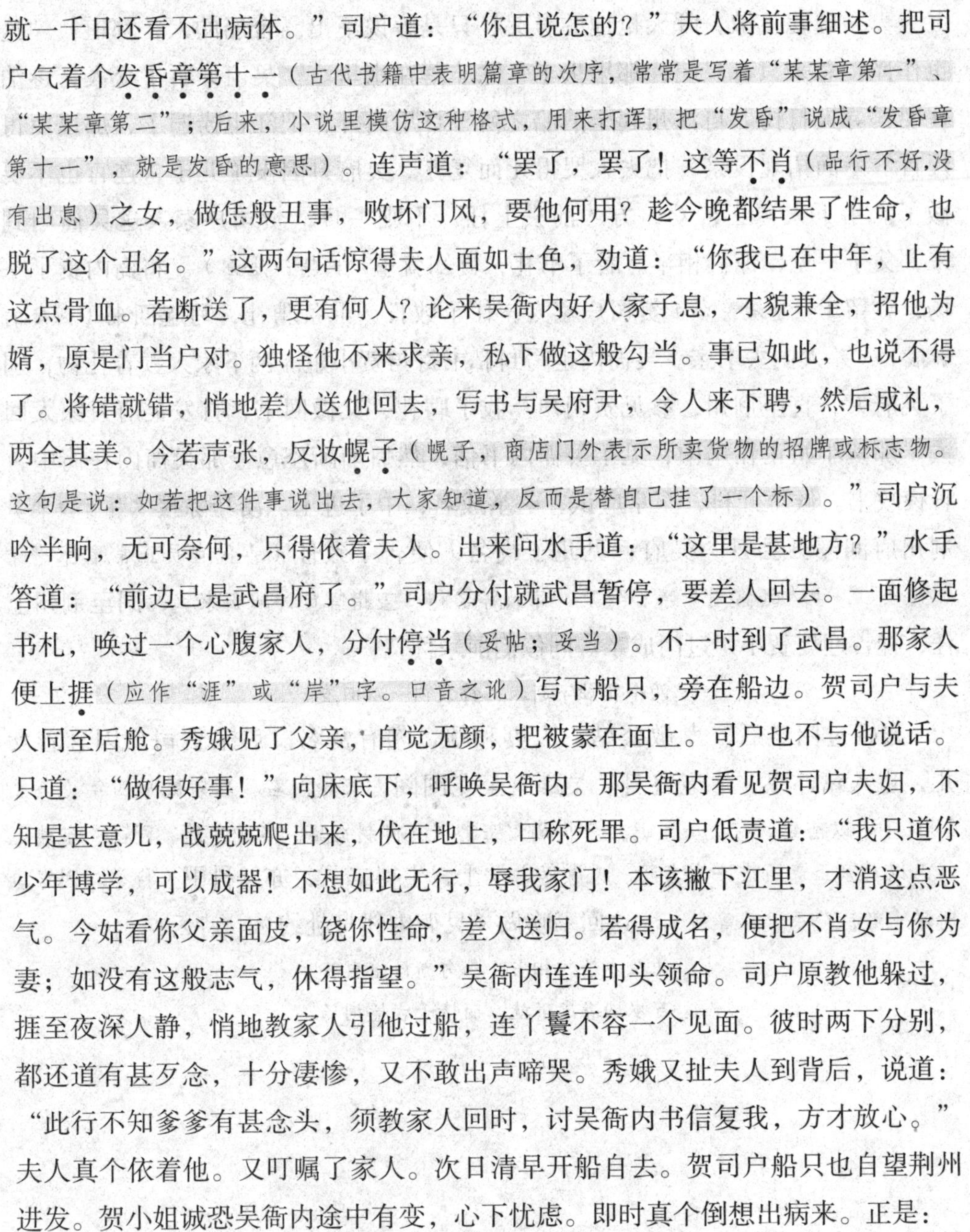

就一千日还看不出病体。”司户道：“你且说怎的？”夫人将前事细述。把司户气着个发昏章第十一（古代书籍中表明篇章的次序，常常是写着“某某章第一”、“某某章第二”；后来，小说里模仿这种格式，用来打诨，把“发昏”说成“发昏章第十一”，就是发昏的意思）。连声道：“罢了，罢了！这等不肖（品行不好，没有出息）之女，做恁般丑事，败坏门风，要他何用？趁今晚都结果了性命，也脱了这个丑名。”这两句话惊得夫人面如土色，劝道：“你我已在中年，止有这点骨血。若断送了，更有何人？论来吴衙内好人家子息，才貌兼全，招他为婿，原是门当户对。独怪他不来求亲，私下做这般勾当。事已如此，也说不得了。将错就错，悄地差人送他回去，写书与吴府尹，令人来下聘，然后成礼，两全其美。今若声张，反妆幌子（幌子，商店门外表示所卖货物的招牌或标志物。这句是说：如若把这件事说出去，大家知道，反而是替自己挂了一个标）。”司户沉吟半晌，无可奈何，只得依着夫人。出来问水手道：“这里是甚地方？”水手答道：“前边已是武昌府了。”司户分付就武昌暂停，要差人回去。一面修起书札，唤过一个心腹家人，分付停当（妥帖；妥当）。不一时到了武昌。那家人便上捱（应作“涯”或“岸”字。口音之讹）写下船只，旁在船边。贺司户与夫人同至后舱。秀娥见了父亲，自觉无颜，把被蒙在面上。司户也不与他说话。只道：“做得好事！”向床底下，呼唤吴衙内。那吴衙内看见贺司户夫妇，不知是甚意儿，战兢兢爬出来，伏在地上，口称死罪。司户低责道：“我只道你少年博学，可以成器！不想如此无行，辱我家门！本该撇下江里，才消这点恶气。今姑看你父亲面皮，饶你性命，差人送归。若得成名，便把不肖女与你为妻；如没有这般志气，休得指望。”吴衙内连连叩头领命。司户原教他躲过，捱至夜深人静，悄地教家人引他过船，连丫鬟不容一个见面。彼时两下分别，都还道有甚歹念，十分凄惨，又不敢出声啼哭。秀娥又扯夫人到背后，说道：“此行不知爹爹有甚念头，须教家人回时，讨吴衙内书信复我，方才放心。”夫人真个依着他。又叮嘱了家人。次日清早开船自去。贺司户船只也自望荆州进发。贺小姐诚恐吴衙内途中有变，心下忧虑。即时真个倒想出病来。正是：

乍别冷如冰，动念热如火。
三百六十病，唯有相思苦。

话分两头。且说吴府尹自那早离了江州，行了几十里路，已是朝膳时分，不见衙内起身。还道夜来中酒。看看至午，不见声息，以为奇怪。夫人自去叫唤，并不答应。那时着了忙。吴府尹教家人打开观看，只有一个空舱。吓得府尹夫妻，魂魄飞散，呼天抢地的号哭！只是解说不出。合船的人，都道："这也作怪！总来只有只船，那里去了？除非落在水里。"吴府尹听了众人，遂泊住船，寻人打捞。自江州起至泊船之所，百里内外，把江也捞遍了，那里罗得尸首。一面招魂设祭，把夫人哭得死而复苏。吴府尹因没了儿子，连官也不要做了。手下人再三苦劝，方才前去上任。不则一日，贺司户家人送吴衙内到来，父子一见，惊喜相半。看了书札，方知就里（内情；底细）。将衙内责了一场，款留（诚恳地挽留）贺司户家人，住了数日。准备聘礼，写起回书（回复的书信），差人同去求亲。吴衙内也写封私书寄与贺小姐。两下家人领着礼物，别了吴府尹，直至荆州，参见贺司户。收了聘礼，又做回书，打发吴府尹家人回去。那贺小姐正在病中，见了吴衙内书信，然后渐渐痊愈。那吴衙内在衙中，日夜攻书。候至开科，至京应试，一举成名，中了进士。凑巧除授（拜官授职）荆州府湘潭县县尹。吴府尹见儿子成名，便告了致仕（古代官员正常退休叫作"致仕"，古人还常用致事、致政、休致等名称，盖指官员辞职归家），同至荆州上任，择吉迎娶贺小姐过门成亲。同僚们前来称贺。

两个花烛下新人，锦衾内一双旧友。

秀娥过门之后，孝敬公姑，夫妻和顺，颇有贤名。后来贺司户因念着女儿，也入籍汴京，靠老终身。吴彦官至龙图阁〔宋代阁名。真宗咸平四年（公元1001年）以前建，在会庆殿偏西。收藏太宗御书、御制文集、各种典籍、图画、宝瑞之物，以及宗正寺所进宗室名籍、谱牒等〕学士，生得二子，亦登科甲（科举。因汉唐时举士考试分甲、乙等科）。这回书唤做《吴衙内邻舟赴约》。诗云：

佳人才子貌相当，八句新诗暗自将。
百岁姻缘床下就，丽情千古播词场。

卷八　十五贯戏言成巧祸

聪明伶俐自天生，懵懂[1]痴呆未必真。

①懵（měng）懂：无知的样子。

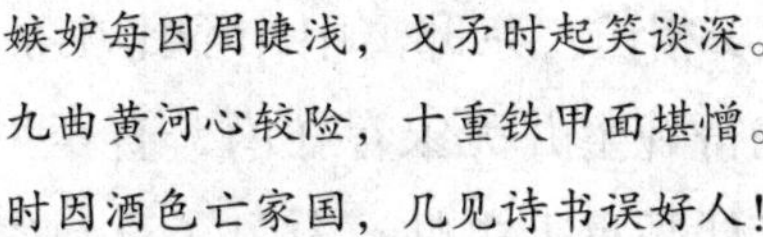

嫉妒每因眉睫浅，戈矛时起笑谈深。

九曲黄河心较险，十重铁甲面堪憎。

时因酒色亡家国，几见诗书误好人！

这首诗，单表为人难处。只因世路窄狭，人心叵测（“叵”是“不可”二字的合音。“叵测”就是不可猜测，难以猜测。叵，pǒ）。大道既远，人情万端（形容方法、头绪、形态等极多而纷繁）。熙熙攘攘（人多往来嘈杂的样子），都为利来。蚩蚩蠢蠢（痴呆愚昧。蚩，chī），皆纳祸去。持身保家，万千反复。所以古人云：颦有为颦，笑有为笑（愁眉苦脸有它的目的，笑也有目的。也就是说，一哭一笑，都是有所为而发的，颦，pín，愁眉苦脸）。颦笑之间，最宜谨慎。这回书，单说一个官人，只因酒后一时戏笑之言，遂至杀身破家，陷了几条性命。且先引下一个故事来，权做个德胜头回。

却说故宋朝中，有一个少年举子，姓魏名鹏举，字冲霄，年方一十八岁，娶得一个如花似玉的浑家（古人谦称自己妻子）。未及一月，只因春榜动，选场开（科举时代，进士考试，多在春天举行。这句是说，春天将举行进士考试了），魏生别了妻子，收拾行囊，上京应取。临别时，浑家分付丈夫：“得官不得官，蚤（通“早”）蚤回来，休抛闪（丢弃，舍弃）了恩爱夫妻！”魏生答道：“功名二字，是俺本领前程，不索（不需要；不必）贤卿忧虑。”别后登程到京，果然一举成名，除授（拜官授职）一甲第二名榜眼及第。在京甚是华艳动人，少不得修了一封家书，差人接取家眷入京。书上先叙了寒温及得官的事，后却写下一行，道是：“我在京中早晚无人照管，已讨了一个小老婆，专候夫人到京，同享荣华。”家人收拾书程（书是书信；程是铺陈行李，旅行时所携带的卧具），一径到家，见了夫人，称说贺喜。因取家书呈上。夫人拆开看了，见是如此如此，这般这般，便对家人道：“官人直恁（竟如此）负恩！甫能（刚刚，才）得官，便娶了二夫人。”家人便道：“小人在京，并没见有此事。想是官人戏谑之言！夫人到京，便知分晓（解答；一个问题的答案、结果），休得忧虑！”夫人道：“恁地说，我也罢了！”却因人舟未便，一面收拾起身，一面寻觅便人（顺便受委托办事的人），先寄封平安家书到京中去。那寄书人到了京中，寻问新科魏榜眼寓所，下了家书，管待酒饭自回，不题。

却说魏生接书拆开来看了，并无一句闲言闲语，只说道：“你在京中娶了一个小老婆，我在家中也嫁了一个小老公，早晚同赴京师也。”魏生见了，也只道是夫人取笑的说话，全不在意。未及收好，外面报说：有个同年（同在一榜考上进士的人，彼此互称）相访。京邸寓中，不比在家宽转（宽敞有余地），那人又是相厚的同年，又晓得魏生并无家眷在内，直至里面坐下，叙了些寒温，魏生起身去解手，那同年偶翻桌上书帖，看见了这封家书，写得好笑，故意朗诵起来。魏生措手不及，通红了脸，说道："这是没理的事！因是小弟戏谑了他，他便取笑写来的。"那同年呵呵大笑道："这节事却是取笑不得的。"别了就去。那人也是一个少年，喜谈乐道，把这封家书一节，顷刻间遍传京邸。也有一班妒忌魏生少年登高科的，将这桩事只当做风闻言事（风闻，传闻。言事，向皇帝奏闻。风闻言事，就是把传闻的事向皇帝报告）的一个小小新闻，奏上一本，说这魏生年少不检，不宜居清要（指地位高尚，职务重要的官职）之职，降处外任。魏生懊恨无及。后来毕竟（究竟、最终、到底）做官蹭蹬（cèng dèng，失势，不得意）不起，把锦片也似一段美前程，等闲（寻常,平常）放过去了。这便是一句戏言，撒漫（漫，放，散。挥霍无度）了一个美官。今日再说一个官人，也只为酒后一时戏言，断送了堂堂六尺之躯，连累两三个人，枉屈害了性命。却是为着甚的？有诗为证：

世路崎岖实可哀，傍人笑口等闲开。
白云本是无心物，又被狂风引出来。

却说南宋时，建都临安（指临安府，即今杭州市，是南宋行在所，有"临时安顿"之意），繁华富贵，不减那汴京故国。去那城中箭桥左侧，有个官人，姓刘名贵，字君荐，祖上原是有根基的人家。到得君荐手中，却是时乖运蹇（时，时运，时机；乖，不顺利；蹇，jiǎn，偏废，引申为不顺利。时运不好，命运不佳。这是唯心主义宿命论的观点）。先前读书，后来看看不济（不成功），却去改业做生意，便是半路上出家的一般。买卖行中，一发不是本等伎俩，又把本钱消折去了。渐渐大房改换小房，赁得两三间房子，与同浑家王氏，年少齐眉（达到人眉毛的高度。来自"举案齐眉"的略语。比喻夫妇相敬如宾）。后因没有子嗣，娶下一个小娘子，姓陈，是陈卖糕的女儿，家中都呼为二姐。这也是先前不十分穷薄（贫穷）的时，做下的勾当。至亲三口并无闲杂人在家。那刘君荐，极是为人和气，乡里见爱，都称他刘官人。"你是一时运限不好，如此落莫，再过几时，定须有个亨通（形容事务发展的无障碍状态，万事通达）的日子！"说便是这般说，那得有些些好处？只是在家纳闷，无可奈何！

却说一日闲坐家中，只见丈人家里的老王——年近七旬——走来对刘官人说道："家间（家里，家中）老员外生日，特令老汉接取官人娘子，去走一遭。”刘官人便道：“便是我日逐愁闷过日子，连那泰山（岳丈）的寿诞，也都忘了。”便同浑家王氏，收拾随身衣服，打叠个包儿，交与老王背了。分付二姐：“看守家中，今日晚了，不能转回，明晚须索来家。”说了就去。离城二十余里，到了丈人王员外家，叙了寒温。当日坐间客众，丈人女婿,不好十分叙述许多穷相。到得客散，留在客房里宿歇。直到天明，丈人却来与女婿攀话，说道：“姐夫，你须不是这等算计，坐吃山空（只坐着吃，山也要空。指光是消费而不从事生产，即使有堆积如山的财富，也要耗尽），立吃地陷。咽喉深似海，日月快如梭。你须计较一个常便（长久方便之计）！我女儿嫁了你，一生也指望丰衣足食，不成只是这等就罢了！”刘官人叹了一口气道：“是。泰山在上，道不得个上山擒虎易，开口告人难。如今的时势，再有谁似泰山这般怜念我的，只索（不得不；只能）守困，若去求人，便是劳而无功。”丈人便道：“这也难怪你说。老汉却是看你们不过，今日赍助你些少（少许，一点儿）本钱，胡乱去开个柴米店，撰得些利息来过日子，却不好么？”刘官人道：“感蒙泰山恩顾，可知是好。”当下吃了午饭，丈人取出十五贯钱来，付与刘官人道：“姐夫，且将这些钱去，收拾起店面，开张有日，我便再应付你十贯。你妻子且留在此过几日，待有了开店日子，老汉亲送女儿到你家，就来与你作贺，意下如何？”刘官人谢了又谢，驮了钱一径出门。到得城中，天色却早晚了，却撞着一个相识，顺路在他家门首经过。那人也要做经纪的人，就与他商量一会，可知是好。便去敲那人门时，里面有人应喏，出来相揖，便问：“老兄下顾（下视），有何见教（套语。称对方指教自己）？”刘官人一一说知就里。那人便道：“小弟闲在家中，老兄用得着时，便来相帮。”刘官人道：“如此甚好。”当下说了些生意的勾当。那人便留刘官人在家，现成杯盘，吃了三杯两盏。刘官人酒量不济，便觉有些朦胧起来，抽身作别，便道：“今日相扰，明早就烦老兄过寒家，计议生理（生意；买卖）。”那人又送刘官人至路口，作别回家，不在话下。若是说话的同年生，并肩长，拦腰抱住，把臂拖回，也不见得受这般灾悔！却教刘官人死得不如：

《五代史》李存孝[1]，《汉书》中彭越[2]。

却说刘官人驮了钱，一步一步捱到家中。敲门已是点灯时分，小娘子二姐独自在家，没一些事做，守得天黑，闭了门，在灯下打瞌睡。刘官人打门，他

①李存孝：五代时李克用的义子，屡立战功，后因谗言所害，被车裂而死。②彭越：汉朝的功臣，封为梁王；后来被刘邦杀掉，并诛三族。

那里便听见，敲了半晌，方才知觉。答应一声来了，起身开了门。刘官人进去，到了房中，二姐替刘官人接了钱，放在桌上，便问："官人何处那移（同"挪移"。挪借移用，拿甲项的钱用于乙项用途上）这项钱来，却是甚用？"那刘官人一来有了几分酒，二来怪他开得门迟了，且戏言吓他一吓，便道："说出来，又恐你见怪；不说时，又须通你得知，只是我一时无奈，没计可施，只得把你典与一个客人，又因舍不得你，只典得十五贯钱。若是我有些好处，加利赎你回来。若是照前这般不顺溜，只索罢了！"那小娘子听了，欲待不信，又见十五贯钱，堆在面前。欲待信来，他平日与我没半句言语，大娘子又过得好，怎么便下得这等狠心辣手！疑狐不决。只得再问道："虽然如此，也须通知我爹娘一声。"刘官人道："若是通知你爹娘，此事断然不成。你明日且到了人家，我慢慢央人与你爹娘说通，他也须怪我不得。"小娘子又问："官人今日在何处吃酒来？"刘官人道："便是把你典与人，写了文书，吃他的酒，才来的。"小娘子又问："大姐姐如何不来？"刘官人道："他因不忍见你分离，待得你明日出了门才来，这也是我没计奈何，一言为定。"说罢，暗地忍不住笑。不脱衣裳，睡在床上，不觉睡去了。那小娘子好生摆脱不下："不知他卖我与甚色样人家？我须先去爹娘家里说知。就是他明日有人来要我，寻道我家，也须有个下落。"沉吟了一会，却把这十五贯钱，一垛儿堆在刘官人脚后边。趁他酒醉，轻轻的收拾了随身衣服，款款（缓缓，慢慢）的开了门出去，拽上了门。却去左边一个相熟的邻舍，叫做朱三老儿家里，与朱三妈宿了一夜，说道："丈夫今日无端卖我，我须先去与爹娘说知。烦你明日对他说一声，既有了主顾，可同我丈夫到爹娘家中来，讨个分晓（解答；一个问题的答案、结果），也须有个下落。"那邻舍道："小娘子说得有理，你只顾自去，我便与刘官人说知就理。"过了一宵，小娘子作别去了不题。正是：

鳌鱼脱却金钩去，摆尾摇头再不回。

放下一头，却说这里刘官人一觉，直至三更方醒，见桌上灯犹未灭，小娘子不在身边。只道他还在厨下收拾家火（家内日常生活所用的火），便唤二姐讨茶吃。叫了一回，没人答应，却待挣扎起来，酒尚未醒，不觉又睡了去。不想却有一个做不是的（做偷盗勾当的，窃贼）,日间赌输了钱，没处出豁（脱身；解脱），夜间出来掏摸些东西，却好到刘官人门首。因是小娘子出去了，门儿拽上不关，那贼略推一推，豁地开了。捏手捏脚，直到房中，并无一人知觉。到得床前，灯火尚明。周围看时，并无一物可取。摸到床上，见一人朝着里床睡去，脚后却有一堆青钱（质地为铜、铅、锡的合金。以红铜五成，白铅四成一分半，青钱黑铅六分半，锡二分四者配铸者，谓之青钱），便去取了几贯，不想惊觉了刘官人，起来喝道："你须不近道理（不近人情，不讲道理）！我从丈人家借办（借取）得几贯钱来，养身活命；不争（不要紧）你偷了我的去，却是怎的计结（打算，主张）！"那人也不回话，照面一拳，刘官人侧身躲过，便起身与这人相持。那人见刘官人手脚活动，便拔步出房。刘官人不舍，抢出门来，一径赶到厨房里。恰待声张邻舍，起来捉贼；那人急了，正好没出豁，却见明晃晃一把劈柴斧头，正在手边；也是人急计生，被他绰起，一斧正中刘官人面门，扑地倒了，又复一斧，斫倒一边。眼见得刘官人不活了，呜呼哀哉，伏惟尚飨（过去祭奠死人的祭文里，末尾多用这句话作结。这里借用来说刘官人死了的意思）。那人便道："一不做，二不休，却是你来赶我，不是我来寻你。"索性翻身入房，取了十五贯钱。扯条单被，包裹得停当（妥帖；妥当），拽扎（捆扎；结扎）得爽俐，出门，拽上了门就走，不题。

次早邻舍起来，见刘官人家门也不开，并无人声息，叫道："刘官人，天晓了（天亮了）。"里面没人答应。捱将进去，只见门也不关。直到里面，见刘官人劈死在地。"他家大娘子，两日前已自往娘家去了，小娘子如何不见?"免不得声张起来。却有昨夜小娘子借宿的邻家朱三老儿说道："小娘子昨夜黄昏时，到我宿歇，说道：刘官人无端卖了他，他一径先到爹娘家里去了，教我对刘官人说，既有了主顾，可同到他爹娘家中，也讨得个分晓。今一面着人去追他转来，便有下落。一面着人去报他大娘子到来，再作区处（qū chǔ，处理；筹划安排）。"众人都道："说得是。"先着人去到王老员外家报了凶信（不吉祥的消息）。老员外与女儿大哭起来，对那人道："昨日好端端出门，老汉赠他十五贯钱，教他将来作本，如何便恁的被人杀了?"那去的人道："好教老员外大娘子得知，昨日刘官人归时，已自昏黑，吃得半酣（指已喝了一半程度,还未尽酒兴的样子），我们都不晓得他有钱没钱，归迟归早。只是今早刘官人家，门儿半开，众人推将进去，只见刘官人杀死在地，十五贯钱一文也不见，小娘子也不见踪迹。声张起来，却有左邻朱三老儿出来，说道：'他家小娘子昨夜黄昏时分，借宿他家。小娘子说道：刘官人无端把他典与人了，小娘子要对爹娘说一声。住了一宵，今日径自去了。'如今众人计议，一面来报大娘子与老员外，一面着人去追小娘子。若是半路里追不着的时节，直到他爹娘家中，好歹追他转来，问个明白。老员外与大娘子，须索去走一道，与刘官人执命（偿命）。"老员外与大娘子急急收拾起身，管待来人酒饭，三步做一步，赶入城中，不题。

却说那小娘子，清早出了邻舍人家，挨上路去，行不上一二里，早是脚疼走不动，坐在路傍。却见一个后生，头带万字头巾（头巾名。宋制万字巾，下阔上狭，形同“万”字，故名），身穿直缝宽衫，背上驮了一个搭膊，里面却是铜钱，脚下丝鞋净袜，一直走上前来。到了小娘子面前，看了一看：虽然没有十二分（形容程度极深）颜色（女子的姿色），却也明眉皓齿，莲脸生春，秋波送媚，好生动人。正是：

野花偏艳目，村酒醉人多。

那后生放下搭膊（一种长方形的布袋，中间开口，两端可盛钱物，系在衣外做腰巾，亦可肩负或手提），向前深深作揖。“小娘子独行无伴，却是往那里去的？”小娘子还了万福（一种动作。旧时，妇女对人用双手在左衣襟前拂一拂，口中说“万福”，表示行礼、祝福），道：“是奴家要往爹娘家去，因走不上，权歇在此。”因问：“哥哥是何处来？今要往何方去？”那后生叉手不离方寸（叉手，拱手。方寸，心。叉手不离方寸，就是双手拱在胸前行礼的意思）：“小人是村里人，因往城中卖了丝，讨得些钱，要往褚家堂那边去的。”小娘子道：“告哥哥则个（zé gè，语气助词，表示委婉、商量、祈使、解释等语气），奴家爹娘也在诸家堂左侧，若得哥哥带挈（带领，提携）奴家，同走一程，可知是好。”那后生道：“有何不可！既如此说，小人情愿伏侍小娘子前去。”两个厮赶着，一路正行（是指规范人们的行为，确立行事的准则），行不到二三里田地，只见后面两个人脚不点地，赶上前来，赶得汗流气喘，衣襟敞开。连叫：“前面小娘子慢走，我却有话说知。”小娘子与那后生看见赶得蹊跷，都立住了脚。后边两个赶到跟前，见了小娘子与那后生，不容分说（分辩），一家扯了一个，说道：“你们干得好事！却走往那里去？”小娘子吃了一惊，举眼看时，却是两家邻舍，一个就是小娘子昨夜借宿的主人。小娘子便道：“昨夜也须告过公公得知，丈夫无端卖我，我自去对爹娘说知。今日赶来，却有何说？”朱三老道：“我不管闲帐，只是你家里有杀人公事，你须回去对理。”小娘子道：“丈夫卖我，昨日钱已驮在家中，有甚杀人公事？我只是不去。”朱三老道：“好自在性儿！你若真个不去，叫起地方有杀人贼在此，烦为一捉，不然，须要连累我们。你这里地方也不得清净。”那个后生见不是话头（话柄，谈论的资料），便对小娘子道：“既如此说，小娘子只索回去，小人自家去休！”那两个赶来的邻舍，齐叫起来说道：“若是没有你在此便罢，既然你与小娘子同行同止，你须也去不得！”那后生道：“却又古怪，我自半路遇见小娘子，偶然伴他行

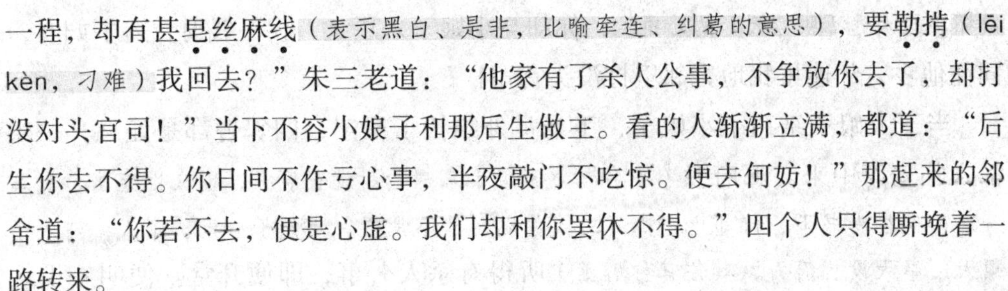

一程，却有甚皂丝麻线（表示黑白、是非，比喻牵连、纠葛的意思），要勒揹（lēi kèn，刁难）我回去？”朱三老道：“他家有了杀人公事，不争放你去了，却打没对头官司！”当下不容小娘子和那后生做主。看的人渐渐立满，都道：“后生你去不得。你日间不作亏心事，半夜敲门不吃惊。便去何妨！”那赶来的邻舍道：“你若不去，便是心虚。我们却和你罢休不得。”四个人只得厮挽着一路转来。

到得刘官人门首，好一场热闹！小娘子入去看时，只见刘官人斧劈倒在地死了，床上十五贯钱分文也不见。开了口合不得，伸了舌缩不上去。那后生也慌了，便道：“我恁的晦气！没来由和那小娘子同走一程，却做了干连（关涉；牵连）人。”众人都和闹（hé nào，哄吵，吵闹）着。正在那里分豁（分辩）不开，只见王老员外和女儿一步一攧走回家来，见了女婿身尸，哭了一场，便对小娘子道：“你却如何杀了丈夫？劫了十五贯钱，逃走出去？今日天理昭然（明明白白，显而易见），有何理说！”小娘子道：“十五贯钱，委是（确实）有的。只是丈夫昨晚回来，说是无计奈何，将奴家典与他人，典得十五贯身价在此，说过今日便要奴家到他家去。奴家因不知他典与甚色样人家，先去与爹娘说知，故此趁夜深了，将这十五贯钱，一垛儿堆在他脚后边，拽上门，到朱三老家住了一宵，今早自去爹娘家里说知。临去之时，也曾央朱三老对我丈夫说，既然有了主儿，便同到我爹娘家里来交割（买卖双方结清手续）。却不知因甚杀死在此？”那大娘子道：“可又来！我的父亲昨日明明把十五贯钱与他驮来作本，养赡妻小，他岂有哄你说是典来身价之理？这是你两日因独自在家，勾搭上了人；又见家中好生不济，无心守耐；又见了十五贯钱，一时见财起意，杀死丈夫，劫了钱，又使见识，往邻舍家借宿一夜，却与汉子通同（串通一起；共同）计较，一处逃走。现今你跟着一个男子同走，却有何理说，抵赖得过！”众人齐声道：“大娘子之言，甚是有理。”又对那后生道：“后生，你却如何与小娘子谋杀亲夫？却暗暗约定在僻静处等候一同去，逃奔他方，却是如何计结（打算，主张）！”那人道：“小人自姓崔名宁，与那小娘子无半面之识。小人昨晚入城，卖得几贯丝钱在这里，因路上遇见小娘子，小人偶然问起往那里去的，却独自一个行走。小娘子说起是与小人同路，以此作伴同行，却不知前后因依（因由，缘故）。”众人那里肯听他分说，搜索他搭膊中，恰好是十五贯钱，一文也不多，一文也不少。众人齐发起喊来道：“是天网恢恢，疏而不漏（古人把天比作广大的罗网，认为它无所不包，没有东西能漏掉！所以常用这句话比喻做坏事的人逃不脱“天”的处罚），你却与小娘子杀了人，拐了钱财，盗了妇女，同往他乡，却连累我地方邻里打没头官司！”

当下大娘子结扭了小娘子，王老员外结扭了崔宁，四邻舍都是证见，一哄都入临安府中来。那府尹（官名。北宋曾于京都开封设置府尹，以文臣充当，专掌府事，位在尚书下、侍郎上，少尹二人佐之，然不常置。明代于应天、顺天，清代于顺天、奉天设置府尹，其佐官称府丞）听得有杀人公事，即便升堂。便叫一干人犯，逐一从头说来。先是王老员外上去，告说：“相公（是君子、生员、宰相的另外一种叫法）在上，小人是本府村庄人氏，年近六旬，只生一女，先年嫁与本府城中刘贵为妻。后因无子，娶了陈氏为妾，呼为二姐。一向三口在家过活，并无片言。只因前日是老汉生日，差人接取女儿女婿在家，住了一夜。次日，因见女婿家中全无活计，养赡不起，把十五贯钱与女婿作本，开店养身。却有二姐在家看守。到得昨夜，女婿到家时分，不知因甚缘故，将女婿斧劈死了，二姐却与一个后生，名唤崔宁，一同逃走，被人追捉到来。望相公可怜见老汉的女婿，身死不明，奸夫淫妇，赃证现在，伏乞相公明断。”府尹听得如此如此，便叫陈氏上来：“你却如何通同奸夫，杀死了亲夫，劫了钱，与人一同逃走，是何理说？”二姐告道：“小妇人嫁与刘贵，虽是个小老婆，却也得他看承（看待）得好。大娘子又贤慧，却如何肯起这片歹心？只是昨晚丈夫回来，吃得半酣，驮了十五贯钱进门，小妇人问他来历，丈夫说道，为因养赡不周，将小妇人典与他人，典得十五贯身价在此，又不通我爹娘得知，明日就要小妇人到他家去。小妇人慌了，连夜出门，走到邻舍家里，借宿一宵。今早一径先往爹娘家去，教他对丈夫说，既然卖我有了主顾，可到我爹妈家里来交割。才走得到半路，却见昨夜借宿的邻家赶来，捉住小妇人回来，却不知丈夫杀死的根由。”那府尹喝道：“胡说！这十五贯钱，分明是他丈人与女婿的，你却说是典你的身价，眼见的没巴臂（同“把柄”，凭据的意思）的说话了。况且妇人家，如何黑夜行走？定是脱身之计。这桩事须不是你一个妇人家做的，一定有奸夫帮你谋财害命，你却从实说来。”那小娘子正待分说（分辩），只见几家邻舍一齐跪上去告道：“相公的言语，委是（确实）青天。他家小娘子，昨夜果然借宿在左邻第二家的，今早他自去了。小的们见他丈夫杀死，一面着人去赶，赶到半路，却见小娘子和那一个后生同走，苦死不肯回来。小的们勉强捉他转来，却又一面着人去接他大娘子与他丈人，到时，说昨日有十五贯钱，付与女婿做生理的。今者女婿已死，这钱不知从何而去。再三问那小娘子时，说道：他出门时，将这钱一堆儿堆在床上。却去搜那后生身边，十五贯钱，分文不少。却不是小娘子与那后生通同作奸？赃证分明，却如何赖得过？”府尹听他们言言有理，就唤那后生上来道：“帝辇之下（皇帝的车子经过的地方；指首都），怎容你这等胡行？你却如何谋了他小老婆，劫了十五贯钱，杀死他亲夫？今日同往何处？从实招来。”那后生道：“小人姓崔名宁，是乡村人氏，昨日往城中卖了丝，卖得这十五贯钱。今早偶然路上撞着这小娘子，并不知他姓甚名谁，那里晓得他家杀人公事？”府尹大怒喝道：“胡说！世间不信有这等巧事！他家失去了十五贯钱，你却卖的丝恰好也是十五贯钱，这分明是支吾的说话了。况且他妻莫爱，他马莫骑，你既与那妇人没甚首尾（勾结；有某种关系），却如何与他同行共宿？你这等顽皮赖骨，不打，如何肯招？”当下众人将那崔宁与小娘子，死去活来，拷打一顿。那边王老员外与女儿并一干邻佑人等，口口声声，咬他二人。府尹也巴不得了结这段公案。拷讯一回，可怜崔宁和小娘子，受刑不过，只得屈招了。说是一时见财起意，杀死亲夫，劫了十五贯钱，同奸夫逃走是实。左邻右舍都指画了十字，将两人大枷枷了，送入死囚牢里。将这十五贯钱，给还原主，也只好奉与衙门中人做使用，也还不勾哩。府尹叠成文案，奏过朝廷，部复申详，倒下圣旨，说：“崔宁不合（不应当；不该）奸骗人妻，谋财害命，依律处斩。陈氏不合通同奸夫，杀死亲夫，大逆不道，凌迟示众。”当下读了招状，大牢内取出二人来，当厅判一个斩字，一个剐字，押赴市曹（市内商业集中之处，古代常于此处决犯人），行刑示众。两人浑身是口，也难分说。正是：

哑子谩尝黄檗[①]味，难将苦口对人言。

看官（说书艺人称听众为“看官”）听说，这段公事，果然是小娘子与那崔宁谋财害命的时节，他两人须连夜逃走他方，怎的又去邻舍人家借宿一宵？明早又走到爹娘家去，却被人捉住了？这段冤枉，仔细可以推详（推究审察；审问）出来。谁想问官糊涂，只图了事，不想捶楚（用竹杖或木杖打人。捶，chuí）之下，何求不得。冥冥之中，积了阴骘（yīn zhì，原指默默地使安定，转指阴德），远在儿孙近在身。他两个冤魂，也须放你不过。所以做官的，切不可率意断狱（审理和判决案件），任情用刑，也要求个公平明允。道不得个死者不可复生，断者不可复续，可胜叹哉！

闲话休题。却说那刘大娘子到得家中，设个灵位，守孝过日。父亲王老员

①黄檗（bò）：即黄柏，植物名。可入药，味道极苦。

外劝他转身（寡妇改嫁的意思），大娘子说道："不要说起三年之久，也须到小祥（封建礼法；服丧满了一年叫作小祥）之后。"父亲应允自去。光阴迅速，大娘子在家，巴巴结结，将近一年，父亲见他守不过，便叫家里老王去接他来，说："叫大娘子收拾回家，与刘官人做了周年，转了身去罢。"大娘子没计奈何，细思："父言亦是有理。"收拾了包裹，与老王背了，与邻舍家作别，暂去再来。一路出城，正值秋天，一阵乌风猛雨，只得落路（取道；离开大路而行），往一所林子去躲，不想走错了路。正是：

猪羊走屠宰之家，一脚脚来寻死路。

走入林子里去，只听得林子背后，大喝一声："我乃静山大王在此！行人住脚，须把买路钱与我。"大娘子和那老王吃那一惊不小，只见跳出一个人来：

头带乾红凹面巾，身穿一领旧战袍，腰间红绢搭膊裹肚，脚下蹬一双乌皮皂靴，手执一把朴刀。

舞刀前来。那老王该死，便道："你这剪径（盗匪在道途上打劫）的毛团！我须是认得你，做这老性命着与你兑了罢。"一头撞去，被他闪过空。老人家用力猛了，扑地便倒。那人大怒道："这牛子（骂人的话，骂人像牛一样的蠢笨、执拗）好生无礼！"连搠（戳，刺）一两刀，血流在地，眼见得老王养不大了。那刘大娘子见他凶猛，料道脱身不得，心生一计，叫做脱空计，拍手叫道："杀得好！"那人便住了手，睁员怪眼，喝道："这是你甚么人？"那大娘子虚心假气的答道："奴家不幸丧了丈夫，却被媒人哄诱，嫁了这个老儿，只会吃饭。今日却得大王杀了，也替奴家除了一害。"那人见大娘子如此小心，又生得有几分颜色，便问道："你肯跟我做个压寨夫人么？"大娘子寻思，无计可施，便道："情愿伏侍大王。"那人回嗔作喜（由生气转为喜欢。嗔，生气），收拾了刀杖，将老王尸首撺入涧中。领了刘大娘子到一所庄院前来，甚是委曲。只见大王向那地上，拾些土块，抛向屋上去，里面便有人出来开门。到得草堂之上，分付杀羊备酒，与刘大娘子成亲。两口儿且是说得着（言语投机，感情融洽；合得来）。正是：

明知不是伴，事急且相随。

不想那大王自得了刘大娘子之后，不上半年，连起了几主大财，家间（家里，家中）也丰富了。大娘子甚是有识见，早晚用好言语劝他："自古道：瓦罐不离井上破，将军难免阵中亡（古典小说戏曲中常用的话，意思是说，常处在危险的境地，最后不会有好结果）。你我两人，下半世也勾吃用了，只管做这没天理的勾当，终须不是个好结果！却不道是梁园虽好，不是久恋之家（汉朝梁孝王刘武在开封盖了一所很大的花园，名为梁园，接待各方文士、宾客。梁园虽然很好，可不是宾客们自己的家，难以久恋。因此后来有这句谚语）。不若改行从善，做个小小经纪，也得过养身活命。”那大王早晚被他劝转，果然回心转意，把这门道路撇了。却去城市间赁下一处房屋，开了一个杂货店。遇闲暇的日子，也时常去寺院中，念佛赴斋。忽一日在家闲坐，对那大娘子道：“我虽是个剪径（盗匪在道途上打劫）的出身，却也晓得冤各有头，债各有主。每日间只是吓骗人东西，将来过日子。后来得有了你，一向买卖顺溜，今已改行从善。闲来追思既往，只曾枉杀了两个人，又冤陷了两个人，时常挂念，思欲做些功德，超度他们，一向不曾对你说知。”大娘子便道：“如何是枉杀了两个人？”那大王道：“一个是你的丈夫，前日在林子里的时节，他来撞我，我却杀了他。他须是个老人家，与我往日无仇，如今又谋了他老婆，他死也是不肯甘心的！”大娘子道：“不恁地时，我却那得与你厮守？这也是往事，休题了！”又问：“杀那一个，又是甚人？”那大王道：“说起来这个人，一发天理上放不过去；且又带累了两个人，无辜偿命。是一年前，也是赌输了，身边并无一文，夜间便去掏摸些东西。不想到一家门首，见他门也不闩，推进去时，里面并无一人。摸到门里，只见一人醉倒在床，脚后却有一堆铜钱，便去摸他几贯。正待要走，却惊醒了。那人起来说道：这是我丈人家与我做本钱的，不争你偷去了，一家人口都是饿死。起身抢出房门，正待声张起来。是我一时见他不是话头，却好一把劈柴斧头在我脚边，这叫做人急计生，绰起斧来，喝一声道，不是我，便是你，两斧劈倒。却去房中将十五贯钱，尽数取了。后来打听得他，却连累了他家小老婆，与那一个后生，唤做崔宁，说他两人谋财害命，双双受了国家刑法。我虽是做了一世强人，只有这两桩人命，是天理人心打不过去的！早晚还要超度（指宗教用语。僧、尼、道士为人诵经拜忏，谓可以救度亡者超越苦难）他，也是该的。”那大娘子听说，暗暗地叫苦：“原来我的丈夫也吃这厮杀了，又连累我家二姐与那个后生无辜被戮（被杀）。思量起来，是我不合当初执证他两人偿命；料他两人阴司（阴间，阴曹地府）中，也须放我不过。”当下权且欢天喜地，并无他说。明日捉个空，便一径到临安府前，叫起屈来。那时换了一个新任府尹，才得半月。正值升厅（登上厅堂），左右捉将那叫屈的妇人进来。刘大娘子到于阶下，放声大哭。哭罢，将那大王前后所为：“怎的杀了我丈夫刘贵。问官不肯推详，含糊了事，却将二姐与那崔宁，朦胧（不清楚；隐藏；遮挡）偿命。后来又怎的杀了老王，奸骗了奴家。今日天理昭然，一一是他亲口招承。伏乞相公高抬明镜，昭雪前冤。”说罢又哭。府尹见他情词可悯，即着人去捉那静山大王到来，用刑拷讯，与大娘子口词一些（表示数量少。一点儿）不差。即时问成死罪，奏过官里。待六十日限满，倒下圣旨来，勘得：“静山大王，谋财害命，连累无辜，准律：杀一家非死罪三人者，斩加等，决不待时（封建时代处决死囚多在秋后，“决不待时”，因为案情重大，立即处决的意思）。原问官断狱失情，削职为民。崔宁与陈氏枉死可怜，有司（指官吏。古代设官分职，各有专司，故称有司）访其家，谅行优恤（体恤，优待照顾）。王氏既系强徒威逼成亲，又能伸雪夫冤，着将贼人家产，一半没入官，一半给与王氏养赡终身。”刘大娘子当日往法场上，看决了静山大王，又取其头去祭献亡夫并小娘子及崔宁，大哭一场。将这一半家私，舍入尼姑庵中，自己朝夕看经念佛，追荐（诵经礼忏，超度死者）亡魂，尽老百年而终。有诗为证：

善恶无分总丧躯，只因戏语酿殃危。
劝君出话须诚实，口舌从来是祸基。

卷九　一文钱小隙造奇冤

世上何人会此言，休将名利挂心田。
等闲倒尽十分酒，遇兴高歌一百篇。
物外烟霞为伴侣，壶中日月任婵娟。
他时功满归何处？直驾云车[①]入洞天[②]。

这八句诗，乃回道人所作。那道人是谁？姓吕，名喦（yán），号洞宾，岳州河东人氏。大唐咸通中应进士举，游长安酒肆，遇正阳子钟离先生，点破了黄粱梦（中国古代著名典故，在唐朝沈既济《枕中记》中有记载。卢生在梦中享尽富

① 云车：传说中仙人的车乘。仙人以云为车，故称。② 洞天：道教语，指神道居住的名山胜地。

贵荣华，等到醒来，主人蒸的黄粱还没有成熟，所以称黄粱梦。现在多用于比喻虚幻不实的事和欲望的破灭犹如一梦），知宦途不足恋，遂求度世（指度脱三世迷界之事。度即渡、出，犹言出世、出世间、离世间）之术。钟离先生恐他立志未坚，十遍试过，知其可度。欲授以黄白秘方，使之点石成金（仙道点铁石而成黄金，今比喻修改文章，化腐朽为神奇。也比喻修改文章时稍稍改动原来的文字，就使它变得很出色。也指对人稍作指导，就可以让他幡然醒悟），济世利物，然后三千功满，八百行圆。洞宾问道："所点之金，后来还有变异否？"钟离先生答道："直待三千年后，还归本质。"洞宾愀然（形容神色变得严肃或不愉快。愀，qiǎo）不乐道："虽然遂我一时之愿，可惜误了三千年后遇金之人，弟子不愿受此方也。"钟离先生呵呵大笑道："汝有此好心，三千八百尽在于此。吾向蒙苦竹真君分付道：'汝游人间，若遇两口的，便是你的弟子。'遍游天下，从没见有两口之人，今汝姓吕，即其人也。"遂传以分合阴阳之妙。洞宾修炼丹成（比喻经过长期不懈的艰苦努力而终于获得成功），发誓必须度尽天下众生，方肯上升。从此混迹尘途，自称为回道人。回字也是二口，暗藏着吕字。尝游长沙，手持小小磁罐乞钱，向市上大言："我有长生不死之方，有人肯施钱满罐，便以方授之。"市人不信，争以钱投罐，罐终不满。众皆骇然，忽有一僧人推一车子钱从市东来，戏对道人说："我这车子钱共有千贯，你罐里能容之否？"道人笑道："连车子也推得进，何况钱乎？"那僧不以为然，想着："这罐子有多少大嘴，能容得车儿？明明是说谎。"道人见其沉吟，便道："只怕你不肯布施，若道个肯字，不愁这车子不进我罐儿里去。"此时众人聚观者极多，一个个肉眼凡夫，谁人肯信，都去撺掇（在一旁鼓动人做某事）那僧人。那僧人也道必无此事，便道："看你本事，我有何不肯？"道人便将罐子侧着，将罐口向着车儿，尚离三步之远，对僧人道："你敢道三声'肯'么？"僧人连叫三声："肯，肯，肯。"每叫一声"肯"，那车子便近一步。到第三个"肯"字，那车儿却像罐内有人扯拽一般，一溜子滚入罐内去了。众人一个眼花，不见了车儿，发声齐喊道："奇怪！奇怪！"都来张那罐口，只见里面黑洞洞地。那僧人就有不悦之意，问道："你那道人是神仙，还是幻术？"道人口占八句道：

■吕洞宾：著名的道教仙人，八仙之一、全真派北五祖之一。

非神亦非仙，非术亦非幻。
天地有终穷，桑田[1]经几变。
此身非吾有，财又何足恋。
苟不从吾游，骑鲸腾汗漫。

那僧人疑心是个妖术，欲同众人执之送官。道人道："你莫非懊悔，不舍得这车子钱财么？我今还你就是。"遂索纸笔，写一道符，投入罐内。喝声："出，出！"众人千百只眼睛，看着罐口，并无动静，道人说道："这罐子贪财，不肯送将出来，待贫道自去讨来还你。"说声未了，耸身望罐口一跳，如落在万丈深潭，影儿也不见了。那僧人连呼："道人出来！道人快出来！"罐里并不则声。僧人大怒，提起罐儿，向地下一掷，其罐打得粉碎，也不见道人，也不见车儿，连先前众人布施的散钱并不见一个，正不知那里去了？只见有字纸一幅，取来看时，题得有诗四句道：

寻真要识真，见真浑未悟。
一笑再相逢，驱车东平路。

众人正在传观，只见字迹渐灭，须臾之间，连这幅白纸也不见了。众人才信是神仙，一哄而散。只有那僧人失脱了一车子钱财，意气（指由于主观、偏激而产生的任性的情绪）沮丧，忽想着诗中"一笑再相逢，驱车东平路"之语，急急回归行到东平路上，认得自家车儿，那钱物依然分毫不动。那道人立于车傍，举手笑道："相待久矣！钱车可自收去。"又叹道："出家之人，尚且惜钱如此，更有何人不爱钱者？普天下无一人可度，可怜哉！可痛哉！"言讫腾云而去。那僧人惊呆了半晌，去看那车轮上，每边各有一口字，二口成吕，乃知吕洞宾也。懊悔无及。正是：

天上神仙容易遇，世间难得舍财人。

方才说吕洞宾的故事，因为那僧人舍不得这一车子钱，把个活神仙，当面挫过（失去时机。挫，同"错"）。有人论：这一车子钱，岂是小事，也怪那僧人不得。世上还有一文钱也舍不得的。依在下看来，舍得一车子钱，就从那舍得一文钱这一念推广上去。舍不得一文钱，就从那舍不得一车子钱这一念算计入来。不要把钱多钱少，看做两样。如今听在下说这一文钱小小的故事。列位看官们，各宜警醒，惩忿窒欲（修道的人，应不生气，不要有任何欲望。语出自《易经·损卦》），且休望超凡入道，也是保身保家的正理。诗云：

不争闲气不贪钱，舍得钱时结得缘。

①桑田：指桑田沧海的相互变化。

除却钱财烦恼少，无烦无恼即神仙。

话说江西饶州府浮梁县，有景德镇，是个马头去处。镇上百姓，都以烧造磁器为业，四方（指各处；天下）商贾（shāng gǔ，古代称行走贩卖货物为商，住着出售货物为贾。二字连用，泛指做买卖的人），都来载往苏杭各处贩卖，尽有利息。就中单表一人，叫做邱乙大，是个窑户一个做手。浑家（古人谦称自己妻子的一种说法）杨氏，善能描画。乙大做就磁胚，就是浑家描画花草人物，两口俱不吃空。住在一个冷巷里，尽可度日有余。那杨氏年三十六岁，貌颇不丑，也肯与人活动。只为老公利害，只好背地里偶一为之，却不敢明当做事。所生一子，名唤邱长儿，年十四岁，资性愚鲁，尚未会做活，只在家中走跳（活动，玩耍）。忽一日杨氏患肚疼，思想椒汤吃，把一文钱教长儿到市上买椒。长儿拿了一文钱，才走出门，刚刚遇着东间壁一般做磁胚刘三旺的儿子，叫做再旺，也走出门来。那再旺年十三岁，比长儿到乖巧，平日喜的是攧钱（博戏名。跌钱。把铜钱丢在硬地上，看跌出的字和背以定输赢）耍子（玩耍）。怎的样攧钱？也有八个六个，攧出或字或背（古时用的铜钱，正面写着“××通宝”，就是本文所说的“字”；背面写着“一文”，就是本文所说的“背”），一色的谓之浑成（又叫“浑纯儿”“六浑纯”，六个钱掷下全“字”或全“镘”，是大赢的博象）。也有七个五个，攧去一背一字间花儿去的，谓之背间。再旺和长儿，闲常有钱时，多曾在巷口一个空阶头上耍过来。这一日巷中相遇，同走到当初耍钱去处，再旺又要和长儿耍子，长儿道：“我今日没有钱在身边。”再旺道：“你往那里去？”长儿道：“娘肚疼，叫我买椒泡汤吃。”再旺道：“你买椒，一定有钱。”长儿道：“只有得一文钱。”再旺道：“一文钱也好耍，我也把一文与你赌个背背字，两背的便都赢去，两字便输，一字一背不算。”长儿道：“这文钱是要买椒的，倘或输与你了，把什么去买？”再旺道：“不妨事，你若赢了是造化，若输了时，我借与你，下次还我就是。”长儿一时不老成，就把这文钱撇在地上。再旺在兜里也摸出一个钱丢下地来。长儿的钱是个背，再旺的是个字。这攧钱也有先后常规，该是背的先攧。长儿捡起两文钱，摊在第二手指上，把大拇指掐住，曲一曲腰，叫声：“背。”攧将下去，果然两背。长儿赢了。收起一文，留一文在地。再旺又在兜肚里摸出一文钱来，连地下这文钱拣起，一般样，摊在第二手指上，把大拇指掐住，曲一曲腰，叫声：“背。”攧将下去，却是两个字，又是再旺输了。长儿把两个钱都收起，和自己这一文钱，共是三个。长儿赢得顺流，动了赌兴，问再旺道：“还有钱么？”再旺道："钱尽有，只怕你没造化赢得。"当下伸手在兜肚里摸出十来个净钱，捻在手里，啧啧夸道："好钱！好钱！"问长儿："还敢擷么？"又丢下一文来。长儿又擷了两背，第四次再旺擷，又是两字。一连擷了十来次，都是长儿赢了，共得了十二文。分明是掘藏（表示某事发生后，人的状态非常兴奋，像从地下挖到了宝藏一般高兴。略含贬义，有讥讽对方"过分兴奋"的意思）一般。喜得长儿笑容满面，拿了钱便走。再旺那肯放他，上前拦住，道："你赢了我许多钱，走那里去？"长儿道："娘肚疼，等椒汤吃，我去去，闲时再来。"再旺道："我还有钱在腰里，你赢得时，我送你。"长儿只是要去，再旺发起喉急来，便道："你若不肯擷时，还了我的钱便罢。你把一文钱来骗了我许多钱，如何就去？"长儿道："我是擷得有采，须不是白夺你的。"再旺索性把兜肚里钱，尽数取出，约莫有二三十文，做一堆儿堆在地下道："待我输尽了这些钱，便放你走。"长儿是个小厮家，眼孔浅（方言。形容目光短浅，贪财爱物），见了这钱，不觉贪心又起；况且再旺抵死缠住，只得又擷，谁知风无常顺，兵无常胜。这番采头（好运气）又论到再旺了。照前擷了一二十次，虽则中间互有胜负，却是再旺赢得多。到结末来，这十二文钱，依旧被他复去。长儿刚刚原剩得一文钱。自古道：赌以气胜。初番长儿擷赢了一两文，胆就壮了，偶然有些采头，就连赢数次。到第二番又擷时，不是他心中所愿，况且着了个贪心，手下就有些矜持。到一连擷输了几文，去一个舍不得一个，又添了个吝字，气便索然。怎当再旺一股愤气，又且稍粗胆壮，自然赢了。大凡人富的好过，贫的好过，只有先富后贫的，最是难过。据长儿一文钱起手时，赢得一二文也是勾了，一连得了十二文钱，一拳头捻不住，就似白手成家。可笑长儿把这钱不看做倘来之物（"倘"，应作"傥"，"傥来之物"，语见《庄子》，意为无意中得来的东西），反认作自已东西，重复输去，好不气闷，痴心还想再像初次赢将转来。"就是输了，他原许下借我的，有何不可？"这一交，合该长儿擷了，忍不住按定心坎，再复一擷，又是二字，心里着忙，就去抢那钱，手去迟些，先被再旺抢到手中，都装入兜肚里去了。长儿道："我只有这文钱，要买椒的，你原说过赢时借我，怎的都收去了？"再旺怪长儿先前赢了他十二文钱就要走，今番正好出气。君子报仇，直待三年，小人报仇，只在眼前。怎么还肯把这文钱借他？把长儿双手挡开，故意的一跳一舞，跑入巷去了。急得长儿且哭且叫，也回身进巷扯住再旺要钱，两个扭做一堆厮打。

孙庞斗智谁为胜，楚汉争锋那个强？

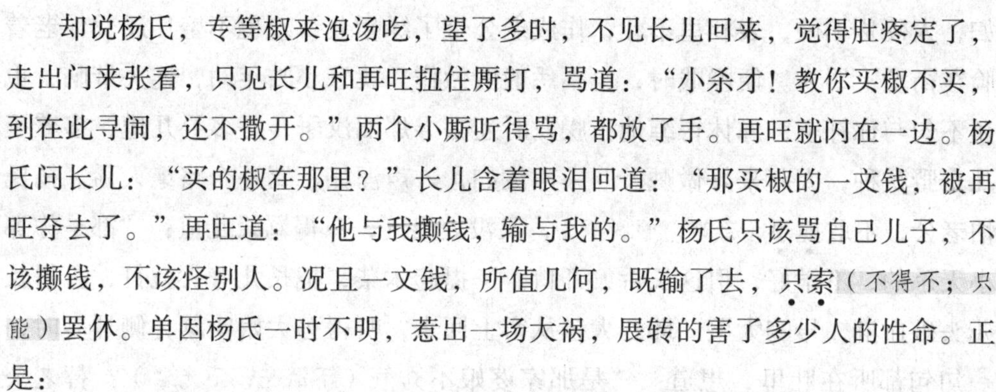

却说杨氏，专等椒来泡汤吃，望了多时，不见长儿回来，觉得肚疼定了，走出门来张看，只见长儿和再旺扭住厮打，骂道："小杀才！教你买椒不买，到在此寻闹，还不撒开。"两个小厮听得骂，都放了手。再旺就闪在一边。杨氏问长儿："买的椒在那里？"长儿含着眼泪回道："那买椒的一文钱，被再旺夺去了。"再旺道："他与我撕钱，输与我的。"杨氏只该骂自己儿子，不该撕钱，不该怪别人。况且一文钱，所值几何，既输了去，只索（不得不；只能）罢休。单因杨氏一时不明，惹出一场大祸，展转的害了多少人的性命。正是：

事不三思终有悔，人能百忍自无忧。

杨氏因等候长儿不来，一肚子恶气，正没出豁（脱身；解脱），听说赢了他儿子的一文钱，便骂道："天杀的野贼种！要钱时，何不教你娘趁汉去？来骗我家小厮撕钱！"口里一头骂，一头便扯再旺来打。恰正抓住了兜肚，凿下两个栗暴（弯曲的指头或拳头敲击人的头，被击处肿块如栗）。那小厮打急了，把身子来一挣，却挣断了兜肚带子，落下地来。索郎一声响，兜肚子里面的钱，撒了一地。杨氏道："只还我那一文便了。"长儿得了娘的口气，就势抢了一把钱，奔进自屋里去。再旺就叫起屈来。杨氏赶进屋里，喝教长儿还了他钱。长儿被娘逼不过，把钱对着街上一撒。再旺一头哭，一头骂，一头捡钱。捡起时，少了六七文钱，情知是长儿藏下，拦着门只顾骂。杨氏道："也不见这天杀的野贼种，恁地撒泼（放肆横行；无理取闹）！"把大门关上，走进去了。再旺敲了一回门，又骂了一回，哭到自屋里去。母亲孙大娘正在灶下烧火，问其缘故。再旺哭诉道："长儿抢了我的钱，他的娘不说他不是，到骂我天杀的野贼种，要钱时何不教你娘趁汉。"孙大娘不听时，万事全休，一听了这句不入耳的言语，不觉：

怒从心上起，恶向胆边生。

原来孙大娘最痛儿子，极是护短，又兼性暴，能言快语，是个揽事的女都头。若相骂起来，一连骂十来日，也不口干，有名叫做绰板婆。他与邱家只隔得三四个间壁居住，也晓得杨氏平日有些不三不四的毛病，只为从无口面（口角，争吵），不好发挥出来。一闻再旺之语，太阳里爆出火来，立在街头，骂道："狗泼妇，狗淫妇！自己瞒着老公趁汉子，我不管你罢了，到来谤别人。老娘人便看不像，却替老公争气。前门不进师姑，后门不进和尚，拳头上立得人起，臂膊上走得马过（比喻光明正大，没有见不得人的事情），不像你那狗淫妇，人硬货不硬，表壮里不壮，作成老公带了绿帽儿，羞也不羞！还亏你老着脸在街坊上骂人。便臊贱时，也不恁般般做作！我家小厮年幼，连头带脑，也还不勾与你补空，你休得缠他！臊发时还去寻那旧汉子，是多寻几遭，多养了几个野贼种，大起来好做贼。”一声泼妇，一声淫妇，骂一个路绝人稀。杨氏怕老公，不敢揽事（惹事，管闲事），又没处出气，只得骂长儿道：“都是你那小天杀的，不学好，引这长舌妇开口。”提起木柴，把长儿劈头就打，打得长儿头破血淋，号啕大哭。邱乙大正从窑上回来，听得孙大娘叫骂，侧耳多时，一句句都听在肚里，想道：“是那家婆娘不秀气（不漂亮，不光彩）？替老公妆幌子（出丑），惹得绰板婆叫骂。”及至回家，见长儿啼哭，问起缘繇，到是自家家里招揽的是非。邱乙大是个硬汉，怕人耻笑，声也不啧（zé，大呼，大声喊叫），气忿忿地坐下。远远的听得骂声不绝，直到黄昏后，方才住口。邱乙大吃了几碗酒，等到夜深人静，叫老婆来盘问道：“你这贱人瞒着我做的好事！趁的许多汉子，姓甚名谁？好好招将出来，我自去寻他说话。”那婆娘原是怕老公的，听得这句话，分明似半空中响一个霹雳，战兢兢还敢开口？邱乙大道：“泼贱妇，你有本事偷汉子，如何没本事说出来？若要不知，除非莫为。瞒得老公，瞒不得邻里，今日教我如何做人？你快快说来，也得我心下明白。”杨氏道，“没有这事，教我说谁来？”邱乙大道：“真个没有？”杨氏道：“没有。”邱乙大道：“既是没有时，他们如何说你，你如何凭他说，不则一声？显是心虚口软，应他不得。若是真个没有，是他们诈说你时，你今夜吊死在他门上，方表你清白，也出脱了我的丑名。明日我好与他讲话。”那婆娘怎肯走动，流下泪来，被邱乙大三两个巴掌，㧐（sǒng，推）出大门。把一条麻索丢与他，叫道：“快死快死！不死便是恋汉子了。”说罢，关上门儿进来。长儿要来开门，被乙大一顿栗暴，打得哭了一场睡去了。乙大有了几分酒意，也自睡去。单剩杨氏在门外好苦，上天无路，入地无门。千不是，万不是，只是自家不是，除却死，别无良策。自悲自怨了多时，恐怕天明，慌慌张张的取了麻索，去认那刘三旺的门首。也是将死的人，失魂颠智，刘家本在东间壁第三家，却错走到西边去，走过了五六家，到第七家。见门面与刘家相像，忙忙的把几块乱砖衬脚，搭上麻索于檐下，系颈自尽。可怜伶俐妇人，只为一文钱斗气，丧了性命。正是：

地下新添恶死鬼，人间不见画花人。

却说西邻第七家，是个打铁的匠人门首。这匠人浑名叫做白铁，每夜四更，便起来打铁。偶然开了大门撒溺（小便），忽然一阵冷风，吹得毛骨竦然，定睛看时，吃了一惊。

不是傀儡场中鲍老[①]，竟像秋千架上佳人。

檐下挂着一件物事，不知是那里来的？好不怕人！犹恐是眼花，转身进屋，点个亮来一照，原来是新缢的妇人，咽喉气断，眼见得救不活了。欲待不去照管他，到天明被做公的（衙门的差役）看见，却不是一场飞来横祸，辨不清的官司。思量一计："将他移在别处，与我便无干了。"耽着惊恐，上前去解这麻索。那白铁本来有些蛮力，轻轻的便取下挂来，背出正街，心慌意急，不暇致详（详尽细密），向一家门里撇下。头也不回，竟自归家，兀自（亦作"兀子"。还；仍然）连打几个寒噤，铁也不敢打了，复上床去睡卧，不在话下。

且说邱乙大，黑早（早晨天还没有大亮的时候）起来开门，打听老婆消息，走到刘三旺门前，并无动静，直走到巷口，也没些踪影："莫不是这贱妇逃走他方去了？"又想："他出门稀少，又是黑暗里，如何行动？"又想道："他若不死时，麻索必然还在。"再到门前去看时，地下不见麻绳，"定是死了刘家门首，被他知觉，藏过了尸首，与我白赖。"又想："刘三旺昨晚不回，只有那绰板婆和那小厮人家，那有力量搬运？"又想道："虫蚁也有几只脚儿，岂有人无帮助？且等他开门出来，看他什么光景，见貌辨色，可知就里。"等到刘家开门，再旺出来，把钱去市心里买馍馍点心，并不见有一些（表示数量少）惊慌之意。邱乙大心中委决（决定）不下，又到街前街后闲荡，打探一回，并无影响（消息）。回来看见长儿还睡在床上打齁，不觉怒起，掀开被，向腿上四五下，打得这小厮睡梦里直跳起来。邱乙大道："娘也被刘家逼死了，你不去讨命，还只管睡！"这句话，分明邱乙大教长儿去惹事，看风色（形势，动静）。长儿听说娘死了，便哭起来，忙忙的穿了衣服，带着哭，一径直赶到刘三旺门首，骂道："狗娼根狗淫妇！还我娘来？"那绰板婆孙大娘，见长儿骂上门，如何耐得，急赶出来，骂道："千人射的野贼种，敢上门欺负老娘么？"便揪着长儿头发，却待要打，见邱乙大过来，就放了手。这小厮满街乱跳乱舞，带哭带骂讨娘。邱乙大已耐不住，也骂起来。那绰板婆怎肯相让，旁边钻出个再旺来相帮，两下干骂一场，都（疑是"邻"字之误）里劝开。邱乙大教长儿看守家里，自去街上央人写了状词，赶到浮梁县告刘三旺和妻孙氏人命事情。大尹（县令的别称）准了状词，差了拘拿原被告，和邻里干证（诉讼双

①鲍老：宋代百戏中，有一种脚色假面披发，口吐狼牙烟火，扮作鬼神的形状的叫作"鲍老"。

方的有关证人），到官审问。原来绰板孙氏平昔口嘴不好，极是要冲撞人，邻里都不欢喜；因此说话中间，未免偏向邱乙大几分，把相骂的事情，增添得重大了，隐隐的将这人命，射实在绰板婆身上。这大尹见众人说话相同，信以为实。错认刘三旺将尸藏匿在家，希图脱罪。差人搜检，连地也翻了转来，只是搜寻不出，故此难以定罪。且不用刑，将绰板婆拘禁，差人押刘三旺寻访杨氏下落，邱乙大讨保在外。这场官司好难结哩！有分教：

绰板婆消停口舌，磁器匠担误生涯。

这事且阁过不题，再说白铁将那尸首，却撇在一个开酒店的人家门首。那店主人王公，年纪六十余岁，有个妈妈，靠着卖酒过日。是夜睡至五更，只听得叩门之声，醒时又不听得。刚刚合眼，却又闻得闸闸（关门）声叩响。心中惊异，披衣而起，即唤小二起来，开门观看。只见街头上，不横不直，挡着这件物事。王公还道是个醉汉，对小二道："你仔细看一看，还是远方人，是近处人？若是左近邻里，可叩他家起来，扶了去。"小二依言，俯身下去认看，因背了星光，着不仔细。见颈边拖着麻绳，却认做是条马鞭，便道："不是近边人，想是个马夫。"王公道："你怎么晓得他是个马夫？"小二道："见他身边有根马鞭，故此知得。"王公道："既不是近处人，由他罢！"小二欺心（自己欺骗自己，昧心），要拿他的鞭子，伸手去拾时，却拿不起，只道压了身底下，尽力一扯，那尸首直竖起来。把小二吓了一跳，叫道："阿呀！"连忙放手。那尸扑的倒下去了。连王公也吃一惊，问道："这怎么说？"小二道："只道是根鞭儿，要拿他的，不想却是缢死的人，颈下扣的绳子。"王公听说，慌了手脚。欲待叫破地方，又怕这没头官司惹在身上。不报地方，这事却是洗身不清。便与小二商议，小二道："不打紧，只教他离了我这里，就没事了。"王公道："说得有理，还是拿到那里去好？"小二道："撇他在河里罢。"当下二人动手，直抬到河下。远远望见岸上有人，打着灯笼走来，恐怕被他撞见，不管三七二十一，撇在河边。奔回家去了，不在话下。

且说岸上打灯笼来的是谁？那人乃是本镇一个大户叫做朱常，为人奸诡百出，变诈多端，是个好打官司的主儿。因与一个隔县姓赵的人家争田。这一早要到田头去割稻，同着十来个家人，拿了许多扁挑索子镰刀，正来下舡（xiāng，同"船"）。那提灯的在前，走下岸来，只见一人横倒在河边，也认做是个醉汉，便道："这该死的贪这样脓血！若再一个翻身，却不滚在河里，送了性命？"内中一个家人，叫做卜才，是朱常手下第一出尖的帮手，他只道醉汉身

边有些钱钞，就蹲倒身，伸手去摸他腰下，却冰一般冷，缩手不迭，便道："原来死的了！"朱常听说是死人，心下顿生不良之念。忙叫："不要嚷。拿灯来照看，是老的？是少的？"众人在灯下仔细打灯认，却是个缢死的妇人。朱常道："你们把他颈里绳子快解掉了，扛下艄里去藏好。"众人道："老爹，这妇人正不知是甚人谋死的？我们如何到去招揽是非？"朱常道："你莫管他，我自有用处。"众人只得依他，解去麻绳，叫起看船的，扛上船，藏在艄里，将平基（平整基坑）盖好。朱常道："卜才，你回去，媳妇子叫五六个来。"卜才道："这二三十亩稻，勾什么砍，要这许多人去做甚？"朱常道："你只管叫来，我自有用处。"卜才不知是甚意见，即便提了灯回去。不一时叫到，坐了一舡，解缆开船。两人荡桨，离了镇上。众人问道："老爹载这东西去有甚用处？"朱常道："如今去割稻，赵家定来拦阻，少不得有一场相打，到告状结杀。如今天赐这东西与我，岂不省了打官司。还有许多妙处。"众人道："老爹怎见省了打官司？又有何妙处？"朱常道："有了这尸首时，只消如此如此，这般这般，却不省了打官司。你们也有些财采（钱财）。他若不见机，弄到当官，定然我们占个上风。可不好么！"众人都喜道："果然妙计！小人们怎省得？"正是：

算定机谋夸自己，安排圈套害他人。

这些人都是愚野村夫，晓得什么利害？听见家主说得都有财采，竟像瓮中取鳖、手到擒来的事，乐极了，巴不得赵家的人，这时便到河边来厮闹（吵闹）便好。心急发狠，荡起桨来，这船恰像生了七八个翅膀一般，顷刻就飞到了。此时天色渐明，朱常教把船歇在空阔无人居住之处，离田头尚有一箭之路。众人都上了岸，寻出一条一股好一股断的烂草绳，将船缆在一颗草根上，只留一个人在艄上看守，众男女都下田砟（zuò，砍，割）稻。朱常远远的立在岸上打探消耗。原来这地方叫做鲤鱼桥，离景德镇只有十里多远，再过去里许，又唤做太白村，乃南直隶徽州府婺源县所管。因是两省交界之处，人民错壤（接界，疆界交错）而居。与朱常争田这人名唤赵完，也是个大富之家，原是浮梁县人户，却住在婺源县地方。两县俱置得有田产。那争的田，只得三十余亩，乃赵完族兄赵宁的。先把来抵借了朱常银子，却又卖与赵完，恐怕出丑，就拦来佃种，两边影射了三四年，不想近日身死，故此两家相争。这稻子还是赵宁所种。

说话的，这田在赵完屋脚跟头，如何不先砟了，却留与朱常来割？看官有所不知，那赵完也是个强横之徒，看得自已大了，道这田是明中正契买族兄的，又在他的左近；朱常又是隔省人户，料必不敢来斫稻，所以放心托胆。那知朱常又是个专在虎头上做窠（kē，昆虫、鸟兽的巢穴），要吃不怕死的魍魉（wǎng liǎng，古代传说中的山川精怪。一说为疫神，传说颛顼之子所化），竟来放对（指比武时摆开架势对打；作对），正在田中砍稻。早有人报知赵完。赵完道："这厮真是吃了大虫的心，豹子的胆，敢来我这里撩拨（惹逗；挑逗）！想是来送死么！"儿子赵寿道："爹，自古道：来者不惧，惧者不来。也莫轻觑了他！"赵完问报人道："他们共有多少人在此？"答道："十来个男子，六七个妇人。"赵完道："既如此，也教妇人去。男对男，女对女，都拿回来，敲断他的孤拐子，连船都拔他上岸，那时方见我的手段。"即使唤起二十多人，十来个妇人，一个个粗脚大手，裸臂揎拳（伸出拳头，露出手臂。一种粗野蛮横的姿态），如疾风骤雨而来。赵完父子随后来看。且说众人远远的望着田中，便喊道："偷稻的贼不要走！"朱常家人媳妇，看见赵家有人来了，连忙住手，望河边便跑。到得岸旁，朱常连叫快脱衣服。众人一齐卸下，堆做一处，叫一个妇人看守，复身转来，叫道："你来你来，若打输与你，不为好汉。"赵完家有个雇工人，叫做田牛儿，自恃有些气力，抢先飞奔向前。朱家人见他势头来得勇猛，两边一闪，让他冲将过来，才让他冲进时，男子妇人，一裹转来围住。田牛儿叫声："来的好！"提起升箩般拳头，拣着个精壮村夫，一拳打去，只指望先打倒了一个硬的，其余便如摧枯拉朽（比喻腐朽势力或事物很容易被摧毁，破坏；枯，枯草；拉，折断；朽，朽烂的木头）了。谁知那人却也来得，拳到面上时，将头略偏一偏，那拳便打个空，反被众人围将拢来，将田牛儿围住，险些儿动不得。急起左拳来打，手尚未起，又被一人接住，西边扯开。田牛儿便施展不得。朱家人也不打他，推的推，扯的扯，到像八抬八绰一般，脚不点地竟拿上船。那烂草绳系在草根上，有甚筋骨，初踏上船就断了。艄上人已预先将篙拦住，众人将田牛儿纳在舱中乱打。赵家后边的人，见田牛儿捉上船去，蜂拥赶上船抢人。朱家妇女，都四散走开，放他上去。说时迟，那时快，拦篙的人一等赵家男子妇人上齐船时，急掉转篙，望岸上用力一点，那船如箭一般，向河心中直荡开去。人众船轻，三四幌便翻将转来。两家男女四十多人，尽都落水。这些妇人各自挣扎上岸，男子就在水中相打，纵横搅乱，激得水溅起来，恰如骤雨相似。把岸上看的人眼都耀花了，只叫莫打，有话上岸来说。正打之间，卜才就人乱中，把那缢死妇人尸首，直㧐（sǒng，推）过去，便喊起来道："地方救护，赵家打死我家人了！"朱常同那六七个妇人，在岸

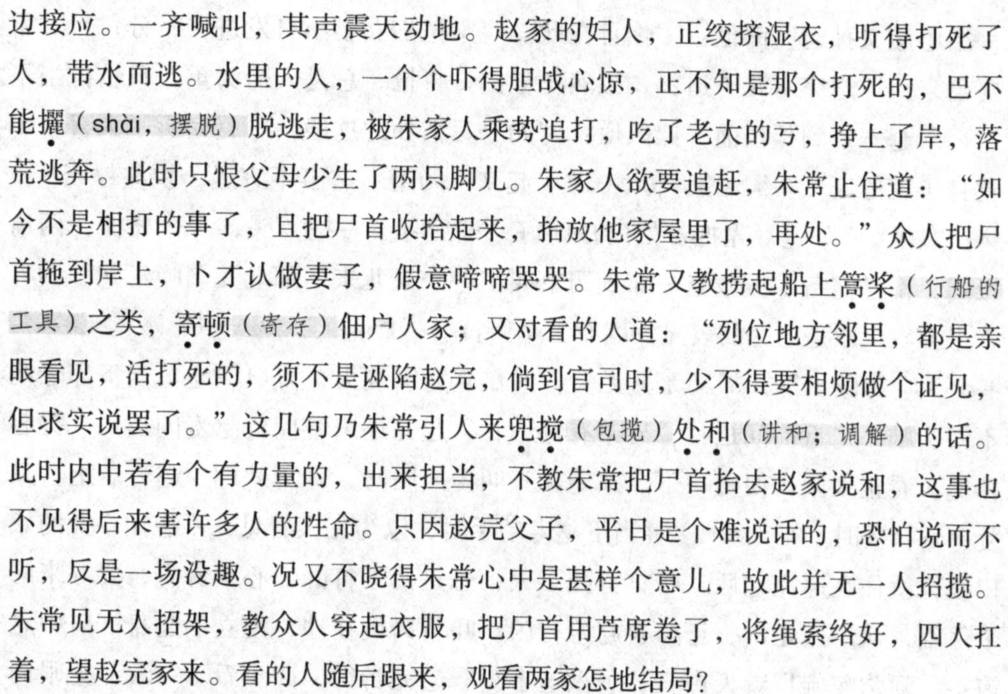

边接应。一齐喊叫，其声震天动地。赵家的妇人，正绞挤湿衣，听得打死了人，带水而逃。水里的人，一个个吓得胆战心惊，正不知是那个打死的，巴不能攦（shài，摆脱）脱逃走，被朱家人乘势追打，吃了老大的亏，挣上了岸，落荒逃奔。此时只恨父母少生了两只脚儿。朱家人欲要追赶，朱常止住道："如今不是相打的事了，且把尸首收拾起来，抬放他家屋里了，再处。"众人把尸首拖到岸上，卜才认做妻子，假意啼啼哭哭。朱常又教捞起船上篙桨（行船的工具）之类，寄顿（寄存）佃户人家；又对看的人道："列位地方邻里，都是亲眼看见，活打死的，须不是诬陷赵完，倘到官司时，少不得要相烦做个证见，但求实说罢了。"这几句乃朱常引人来兜揽（包揽）处和（讲和；调解）的话。此时内中若有个有力量的，出来担当，不教朱常把尸首抬去赵家说和，这事也不见得后来害许多人的性命。只因赵完父子，平日是个难说话的，恐怕说而不听，反是一场没趣。况又不晓得朱常心中是甚样个意儿，故此并无一人招揽。朱常见无人招架，教众人穿起衣服，把尸首用芦席卷了，将绳索络好，四人扛着，望赵完家来。看的人随后跟来，观看两家怎地结局？

铜盆撞了铁扫帚，恶人自有恶人磨。

且说赵完父子随后赶来，远望着自家人追赶朱家的人，心中欢喜。渐渐至近，只见妇女家人，浑身似水，都像落汤鸡一般，四散奔走。赵完惊讶道："我家人多，如何反被他们打下水去？"正说着，只见众人赶到，乱喊道："阿爹不好了！快回去罢。"赵完道："你们怎地恁般没用？都被打得这模样！"众人道："打是小事，只是他家死了人却怎处？"赵完听见死了个人，吓得就酥了半边，两只脚就像钉了，半步也行不动。赵寿与田牛儿，两边挟着胳膊而行，扶至家中坐下，半晌方才开言："如何就打死了人？"众人把相打翻船的事，细说一遍。又道："我们也没有打妇人，不知怎地死了？想是淹死的。"赵完心中没了主意，只叫："这事怎好？"那时合家老幼，都丛在一堆，人人心下惊慌。正说之间，人进来报："朱家把尸首抬来了。"赵完又吃这一吓，恰像打坐的禅和子（和尚），急得身色一毫不动。自古道：物极则反，人急计生。赵寿忽地转起一念，便道："爹莫慌，我自有对付他的计较（计谋）在此。"便对众人道："你们多向外边闪过，让他们进来之后，听我鸣锣为号，留几个紧守门口，其余都赶进来拿人，莫教走了一个。解到官司，见许多人白日抢劫，这人命自然从轻。"众人得了言语，一齐转身。赵完恐又打坏了人，分付："只要拿人，不许打人。"众人应允，一阵风出去。赵寿只留了一个心腹义孙赵一郎道："你且在此。"又把妇女妻小打发进去，分付："不要出来。"赵完对儿子道："虽然告他白日打抢，总是人命为重，只怕抵当不过。"赵寿走到耳根前，低低道："如今只消如此这般，"赵完听了大喜，不觉身子就健旺（身体健康，精力旺盛）起来，乃道："事不宜迟，快些停当（妥帖；妥当）！"赵寿先把各处门户闭好，然后寻了一把斧头，一个棒槌，两扇板门，都已完备，方教赵一郎到厨下叫出一个老儿来。那老儿名唤丁文，约有六十多岁，原是赵完的表兄，因有了个懒黄病（是由钩虫寄生于人体小肠所致的疾病），吃得做不得，却又无男无女，捱在赵完家烧火，博口饭吃。当下那老儿不知头脑，走近前问道："兄弟有甚话？"赵完还未答应，赵寿闪过来，提起棒槌，看正太阳，便是一下。那老儿只叫得声阿呀，翻身跌倒。赵寿赶上，又复一下，登时了帐（死亡）。当下赵寿动手时，以为无人看见，不想田牛儿的娘田婆，就住在赵完宅后，听见打死了人，恐是儿子打的，心中着急，要寻来问个仔细，从后边走出，正撞着赵寿行凶。吓得蹲倒在地，便立不起身。口中念声："阿弥陀佛！青天白日，怎做这事！"赵完听得，回头看了一看，把眼向儿子一颠。赵寿会意，急赶近前。照顶门一棒槌打倒，脑浆鲜血一齐喷出。还怕不死，又向肋上三四脚，眼见得不能勾活了。只因这一文钱上起，又送了两条性命。正是：

含容终有益，任意定生灾。

且说赵一郎起初唤丁老儿时，不道赵寿怀此恶念，蓦见他行凶，惊得只缩到一壁角边去。丁老儿刚刚完事，接脚又撞个田婆来凑成一对，他恐怕这第三棒槌轮到头上，心下着忙，欲待要走，这脚上却像被千百斤石头压住，那里移得动分毫。正在慌张，只见赵完叫道："一郎快来帮一帮。"赵一郎听见叫他相帮，方才放下肚肠（心肠、心计、心思），挣扎得动，向前帮赵寿拖这两个尸首，放在遮堂（指堂屋内后半间的屏门）背后，寻两扇板门压好，将遮堂都起浮了窠臼（kē jiù，门臼。旧式门上承受转轴的小坑）。又分付赵一郎道："你切不可泄漏，待事平了，把家私分一股与你受用。"赵一郎道："小人靠阿爹洪福过日的，怎敢泄漏？"刚刚准备停当，外面人声鼎沸，朱家人已到了。赵完三人退入侧边一间屋里，掩上门儿张看。且说朱常引家人媳妇，扛着尸首赶到赵家，一路打将进去。直到堂中，见四面门户紧闭，并无一个人影。朱常教："把尸首居中停下，打到里边去拿赵完这老亡八出来，锁在死尸脚上。"众人一齐动手，乒乒乓乓将遮堂乱打，那遮堂已是离了窠臼的，不消几下，一扇扇

都倒下去，尸首上又压上一层。众人只顶向前，那知下面有物。赵寿见打下遮堂，把锣筛起。外边人听见，发声喊，抢将入来。朱常听得筛锣（敲锣），只道有人来抢尸首，急掣身出来，众人已至堂中，两下你揪我扯，搅做一团，滚做一块。里边赵完三人大喊："田牛儿！你母亲都被打死了，不要放走了人。"田牛儿听见，急奔来问："我母亲如何却在这里？"赵完道："他刚同丁老官走来问我，遮堂打下，压死在内。我急走得快，方逃得性命。若迟一步儿，这时也不知怎地了！"田牛儿与赵一郎将遮堂搬开，露出两个尸首。田牛儿看娘头时，头已打开脑浆，鲜血满地，放声大哭。朱常听见，只道还是假的。急抽身一望，果然有两个尸首，着了忙，往外就跑。这些家人媳妇，见家主走了，各要攦（lì，摆脱）脱逃走，一路揪扭打将出来。那知门口有人把住，一个也走不脱，都被拿住。赵完只叫："莫打坏了人。"故此朱常等不十分吃亏。赵寿取出链子绳索，男子妇女锁做一堂。田牛儿痛哭了一回，心中忿怒，跳起身来。"我把朱常这老王八，照依母亲打死罢了。"赵完拦住道："不可不可！如今自有官法治了，打死他做甚？"教众人扯过一边。此时已哄动远近村坊，地方邻里，无有不到赵家观看。赵完留到后边，备起酒席款待，要众人具个"白昼劫杀"公呈（公众联名呈递政府的一种公文）。那些人都是赵完的亲戚佃户，谁敢不依？赵完连夜装起四五只农船，载了地邻（街坊邻里）干证人等，把两只将朱常一家人锁缚在舱里，行了一夜，方到婺源县中，候大尹（县令的别称）早衙升堂。地方人等先将呈子具上。这大尹展开观看一过，问了备细（详细情况），即差人押着地方并尸亲（命案中死者的亲属）赵完、田牛儿、卜才前去。将三个尸首盛殓（把尸体装入棺材）了，吊来相验。朱常一家人，都发在铺里羁候（拘留候审）。那时，朱常家中自有佃户报知。儿子朱太星夜赶来看觑（看顾；照料。觑，qù），自不必说。

有句俗语道得好：官无三日急。那尸棺便吊到了，这大尹如何就有工夫去相验？隔了半个多月，方才出牌，着地方备办登场法物（指佛教僧团中，为维持教理之传统而使用之财物、资财等）。铺中取出朱常一干人，都到尸场上。仵作（官署中专门检验死伤的吏役。仵，wǔ）人逐一看报道："丁文太阳有伤，周围二寸有余，骨头粉碎。田婆脑门打开，脑髓漏尽，右肋骨踢折三根。二人实系打死。卜才妻子，颈下有缢死绳痕，遍身别无伤损，此系缢死是实。"大尹见报，心中骇异道："据这呈子上称说船翻落水身死，如何却是缢死的？"朱常就禀道："爷爷，众耳众目所见，如何却是缢死的？这明明仵作（官署中专门检验死伤的吏役。仵，wǔ）人得了赵完银子，妄报老爷。”大尹恐怕赵完将别个尸首颠换了，便唤卜才：“你去认这尸首，正是你妻子的么？”卜才上前一认，回复道：“正是小人妻子。”大尹道：“是昨日登时（立即；立刻）死的？”卜才道：“是。”大尹问了详细，自走下来把三个尸首逐一亲验，忤作人所报不差，暗称奇怪。分付把棺木盖上封好，带到县里来审。大尹在轿上，一路思想，心下明白。回县坐下，发众犯都跪在仪门外。单唤朱常上去，道：“朱常，你不但打死赵家二命，连这妇人，也是你谋死的！须从实招来。”朱常道：“这是家人卜才的妻子余氏，实被赵完打下水死的，地方上人，都是见的，如何反是小人谋死？爷爷若不信，只问卜才便见明白。”大尹喝道：“胡说！这卜才乃你一路之人（比喻彼此是同类），我岂不晓得！敢在我面前支吾（用话应付搪塞；说话含混闪躲）！夹起来。”众皂隶（旧时衙门里的差役。皂，玄色，黑色。差役常穿黑色衣服）一齐答应上前，把朱常鞋袜去了，套上夹棍，便喊起来。那朱常本是富足之人，虽然好打官司，从不曾受此痛苦，只得一一吐实：“这尸首是浮梁江口不知何人撇下的。”大尹录了口词，叫跪在丹墀（chí）下。又唤卜才进来，问道：“死的妇人果是你妻子么？”卜才道：“正是小人妻子。”大尹道：“既是你妻子，如何把他谋死了，诈害赵完？”卜才道：“爷爷，昨日赵完打下水身死，地方上人，都看见的。”大尹把气拍（惊堂木。古代审案时，拍打案桌，使罪犯注意、害怕的一长方形的木头）在桌上一连七八拍，大喝道：“你这该死的奴才！这是谁家的妇人，你冒认做妻子，诈害别人！你家主已招称（招认，招供），是你把他弄死。还敢巧辩，快夹起来。”卜才见大尹像道士打灵牌一般，把气拍一片声乱拍乱喊，将魂魄都惊落了。又听见家主已招，只得禀道：“这都是家主教小人认作妻子，并不干小人之事。”大尹道：“你一一从实细说。”卜才将下船遇见尸首，定计诈赵完前后事细说一遍，与朱常无二。大尹已知是实，又问道：“这妇人虽不是你谋死，也不该冒认为妻，诈害平人。那丁文田婆却是你与家主打死的，这须没得说。”卜才道：“爷爷，其实不曾打死，就夹死小人，也不招的。”大尹也教跪在丹墀。又唤赵完并地方来问，都执朱常扛尸到家，乘势打死。大尹因朱常造谋诈害赵完事实，连这人命也疑心是真，又把朱常夹起来。朱常熬刑不起，只得屈招。大尹将朱常、卜才各打四十，拟成斩罪，下在死囚牢里。其余十人，各打二十板，三个充军，七个徒罪，亦各下监。六个妇人，都是杖罪，发回原籍。其田断归赵完，代赵宁还原借朱常银两。又行文关会（泛指通知）浮梁县查究妇人尸首来历。那朱常初念，只要把那尸首做个媒儿，赵完怕打人命官司，必定央人兜收私处，这三十多亩田，不消说起归他，还要扎诈（讹诈）一注大钱，故此用这一片心机。谁知激变赵寿做出没天理事来对付他，反中了他计，当下来到牢里，不胜懊悔，想道："这早若不遇这尸首，也不见得到这地位！"正是：

早知更有强中手，却悔当初枉用心。

朱常料道："此处定难翻案。"叫儿子分付道："我想三个尸棺，必是钉稀板薄，交了春气（春季的阳和之气），自然腐烂。你今先去会了该房，捺住关会文书。回去教妇女们，莫要泄漏这缢死尸首消息。一面向本省上司去告准，捱至来年四五月间，然后催关去审，那时烂没了缢死绳痕，好与他白赖。一事虚了，事事皆虚，不愁这死罪不脱。"朱太依了父亲，前去行事，不在话下。

却说景德镇卖酒王公家小二因相帮撇了尸首，指望王公些东西，过了两三日，却不见说起。小二在口内野唱（指闲言闲语），王公也不在其意。又过了几日，小二不见动静，心中焦躁，忍耐不住，当面明明说道："阿公，前夜那话儿，亏我把去出脱（开脱解除罪名等）了还好；若没我时，到天明地方报知官司，差人出来相验，饶你硬挣（强硬有力），不使酒钱，也使茶钱。就拌上十来担涎吐，只怕还不得干净哩！如今省了你许多钱钞，怎么竟不说起谢我？"大凡小人度量极窄，眼孔最浅：偶然替人做件事儿，儌幸（儌，通"侥"。希望获得意外成功；由于偶然的原因而得到成功）得效，便道是天大功劳，就来挟制（倚仗权势或抓住别人弱点强使服从）那人，责他厚报；稍不遂意，便把这事翻局（翻覆，变卦）来害。往往人家用错了人，反受其累。譬如小二不过一时用得些气力，便想要王公的银子。那王公若是个知事（通晓事理；懂事）的，不拘（不论；不管）多寡与他些也就罢了，谁知王公又是舍不得一文钱的悭吝老儿，说着要他的钱，恰像割他身上的肉，就面红颈赤起来了。当下王公见小二要他银子，便发怒道："你这人忒没理！吃黑饭，护漆柱（黑饭、漆柱，都是黑色的；比喻不明白道理、黑心眼的意思）。吃了我家的饭，得了我的工钱，便是这些小事，略走得几步，如何就要我钱？"小二见他发怒，也就嚷道："口奢呀！就不把我，也是小事，何消得喉急（焦急）？用得我着，方吃得你的饭，赚得你的钱，须不是白把我用的。还有一句话，得了你工钱，只做得生活（吴方言中"生活"一词有多种含义，这里指物品、东西），原不曾说替你拽死尸的。"王婆便走过来道："你这蛮子，真个惫懒（涎皮赖脸；调皮）！自古道：茄子也让三分老。怎么一个老人家，全没些尊卑，一般样与他争嚷。"小二道："阿婆，我出了力，不把银子与我，反发喉急，怎不要嚷？”王公道：“什么！是我谋死的？要诈我钱！”小二道：“虽不是你谋死，便是擅自移尸，也须有个罪名。”王公道：“你到去首（出头告发）了我来。”小二道：“要我首也不难，只怕你当不起这大门户。”王公赶上前道：“你去首，我不怕。”望外劈颈就㩳（sǒng，推）。那小二不曾提防，捉脚不定，翻筋斗直跌出门外，磕碎脑后，鲜血直淌。小二跌毒了，骂道：“老忘八！亏了我，反打么！”就地下抬起一块砖来，望王公掷去。谁知数合当然，这砖不歪不斜，恰恰正中王公太阳，一交跌倒，再不则声。王婆急上前扶时，只见口开眼定，气绝身亡。跌脚叫苦，便哭起天来。只因这一文钱上，又断送了一条性命。

总为惜财丧命，方知财命相连。

小二见王公死了，爬起来就跑。王婆喊叫邻里，赶上拿转，锁在王公脚上。问王婆：“因甚事起？”王婆一头哭，一头将前情说出，又道：“烦列位（诸位）与老身作主则个（zé gè，语气助词，表示委婉或商量、祈使、解释等语气）。”众人道：“这厮原来恁地可恶！先教他吃些痛苦，然后解官。”三四个邻里上前来，一顿拳头脚尖，打得半死，方才住手。教王婆关闭门户，同到县中告状。此时纷纷传说，远近人都来观看。且说邱乙大正访问妻子尸首不着，官司难结，心中气闷。这一日闻得小二打王公的根由，想道：“怎道这妇女尸首，莫不就是我的妻子么？”急走来问，见王婆锁门要去告状。邱乙大上前问了个详细，计算日子，正是他妻子出门这夜，便道：“怪道我家妻子尸首，当朝就不见踪影，原来是他们撇掉了。到如今有了实据，绰板婆却白赖不得了。”即忙赶到县前看来，只见王婆叫喊到县堂上。县主知是杀人大案，立刻出签拿了小二。不问众人，先教王婆问了备细。小二料道情真难脱了，不待用刑，一一招承。打了三十，问成死罪，下在狱中。邱乙大禀说妻子被刘三旺谋死，正是此日，这尸首一定是他撇下的。证见已确，要求审结。此时婺源县知会文书未到，大尹因没有尸首，终无实据。原发落出去寻觅。再说小二，初时已被邻里打伤，那顿板子，又十分利害。到了狱中，没有使用，又且一顿拳头，三日之间，血崩身死。为这一文钱起，又送一条性命。

见因贪白镪，番自丧黄泉。

且说邱乙大从县中回家，正打白铁门首经过，只听得里边叫天叫地的啼哭。原来白铁自那夜担着惊恐，出脱这尸首，冒了风寒，回家上得床，就发起寒热，病了十来日，方才断命。所以老婆啼哭。眼见为这一文钱，又送一条性命。

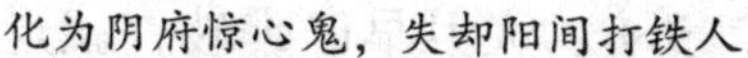
化为阴府惊心鬼，失却阳间打铁人。

邱乙大闻知白铁已死，叹口气道："恁般一个好汉！有得几日，却又了账（死，结果了性命）。可见世人真是没根的！"走到家中看时，单单止有这个小厮，鬼一般缩在半边，要口热水，也不能勾。看了那样光景，方懊悔前日逼勒老婆，做了这件拙事。如今又弄得不尴不尬（事情多生枝节，难于处置的意思。尴，gān；尬，gà），心下烦恼，连生意也不去做，终日东寻西觅，并无尸首下落。看看捱过残年，又早五月中旬。那时朱常儿子朱太已在按院（指巡按御史。在明朝，巡按御史是皇帝派至各地巡察政治、刑事和处理要案的官员）告准状词，批在浮梁县审问，行文到婺源县关提人犯尸棺。起初朱太还不上紧（赶快；加紧），到了五月间，料得尸首已是腐烂，大大送个东道与婺源县该房（值班的人），起文关解（通晓）。那赵完父子因婺源县已经问结，自道没事，毫无畏惧，抱卷赴理。两县解子（解差）领了一干人犯，三具尸棺，道至浮梁县当堂投递。大尹将人犯羁禁，尸棺发置官坛候检，打发婺源回文，自不必说。不则一日，大尹吊出众犯，前去相验。那朱太合衙门通买嘱（亦作"买属"。给人钱财，请托办事）了，要胜赵完。大尹到尸场上坐下，赵完将浮梁县案卷呈上。大尹看了，对朱常道："你借尸索诈，打死二命，事已问结，如何又告？"朱常禀道："爷爷，赵完打余氏落水身死，众目共见；却买嘱了地邻（街坊邻里）忤作，妄报是缢死的。那丁文、田婆，自己情慌，谋害抵饰，硬诬小人打死。且不要论别件，但据小人主仆俱被拿住，赵完是何等势力，却容小人打死二命？况死的俱是七十多岁，难道恁地不知利害，只拣垂死之人来打？爷爷推详（推究审察；审问）这上，就见明白。"大尹道："既如此，你当时就不该招承了。"朱常道："那赵完衙门情熟（感情深厚；相熟；亲密），用极刑拷逼，若不屈招，性命已不到今日了。"赵完也禀道："朱常当日倚仗假尸，逢着的便打，合家躲避；那丁文、田婆年老奔走不及，故此遭他毒手。假尸缢死绳痕，是婺源县太爷亲验过的，岂是仵作（官署中专门检验死伤的吏役。仵，wǔ）妄报。如今日久腐烂，巧言诳骗爷爷，希图漏网反陷。但求细看招卷（记录供词的案卷），曲直立见。"大尹道："这也难凭你说。"即教开棺检验。天下有这等作怪的事，只道尸首经了许久，料已腐烂尽了，谁知却一毫不变，宛然如生。那杨氏颈下这条绳痕，转觉显明，倒教忤作人没理会。你道为何？他已得了朱常的钱财，若尸首烂坏了，好从中作弊，要出脱朱常，反坐赵完。如今伤痕见在，若虚报了，恐大尹还要亲验。实报了，如何得朱常银子。正在踌躇（chóu chú，犹豫不定，反复琢磨思量），大尹早已瞧破，就走下来亲验。那忤作人被大尹监定，不敢隐匿，一一实报，朱常在傍暗暗叫苦。大尹将所报伤处，将卷对看，分毫不差，对朱常道："你所犯已实，怎么又往上司诳告（诬告）？"朱常又苦苦分诉。大尹怒道："还要强辨！夹起来！快说这缢死妇人是那里来的？"朱常受刑不过，只得招出："本日早起，在某处河沿边遇见，不知是何人撇下？"那大尹极有记性，忽地想起："去年邱乙大告称，不见了妻子尸首；后来卖酒王婆告小二打死王公，也称是日抬尸首，撇在河沿上起衅。至今尸首没有下落，莫不就是这个么？"暗记在心。当下将朱常、卜才都责三十，照旧死罪下狱，其余家人减徒（判处徒刑）招保。赵完等发落宁家，不题。

且说大尹回到县中，吊出邱乙大状词，并王小二那宗案卷查对，果然日子相同，撇尸地处一般，更无疑惑。即着原差，唤到邱乙大、刘三旺干证人等，监中吊出绰板婆孙氏，齐到尸场认看。此时正是五月天道，监中瘟疫大作，那孙氏刚刚病好，还行走不动，刘三旺与再旺扶挟而行。到了尸场上，忤作揭开棺盖，那邱乙大认得老婆尸首，放声号恸，连连叫道："正是小人妻子。"干证邻里也道："正是杨氏。"大尹细细鞫问致死情由，邱乙大咬定："刘三旺夫妻登门打骂，受辱不过，以致缢死。"刘三旺、孙氏，又苦苦折辩（争辩，分辩）。地邻俱称是孙氏起衅，与刘三旺无干。大尹喝教将孙氏拶（用拶子套入手指，再用力紧收，是旧时的一种酷刑。拶，zǎn）起。那孙氏是新病好的人，身子虚弱，又走行这番，劳碌过度，又费唇费舌折辩，渐渐神色改变。经着拶子，疼痛难忍，一口气收不来，翻身跌倒，呜呼哀哉！只因这一文钱上起，又送一条性命。正是：

地狱又添长舌鬼，阳间少了绰板声。

大尹看见，即令放拶。刘三旺向前叫喊，喊破喉咙，也唤不转。再旺在旁哀哀啼哭，十分凄惨。大尹心中不忍，向邱乙大道："你妻子与孙氏角口（斗嘴；斗口；争吵）而死，原非刘三旺拳手相打。今孙氏亦亡，足以抵偿。今后两家和好，尸首各自领归埋葬，不许再告；违者，定行重治。"众人叩首依命，各领尸首埋葬，不在话下。

且说朱常、卜才下到狱中，想起枉费许多银两，反受一场刑杖，心中气恼，染起病来，却又沾着瘟气，二病夹攻，不勾数日，双双而死。只因这一文钱上起，又送两条性命。

未诈他人，先损自己。

说话的，我且问你：朱常生心害人，尚然得个丧身亡家之报；那赵完父子活活打死无辜二人，又诬陷了两条性命，他却漏网安享，可见天理原有报不到之处。看官，你可晓得，古老有几句言语么？是那几句？古语道：

善有善报，恶有恶报。不是不报，时辰未到。

那天公算子，个个记得明白。古往今来，曾放过那个？这赵完父子漏网受用，一来他的顽福（凭借祖先阴德而享受的福气）未尽；二来时候不到；三来小子只有一张口，没有两副舌，说了那边，便难顾这边，少不得逐节儿还你一个报应。闲话休题。且说赵完父子，又胜了朱常，回到家中，亲戚邻里，齐来作贺。吃了好几日酒。又过数日，闻得朱常、卜才，俱已死了，一发喜之不胜。田牛儿念着母亲暴露，领归埋葬不题。时光迅速，不觉又过年余。原来赵完年纪虽老，还爱风月，身边有个偏房，名唤爱大儿。那爱大儿生得四五分颜色（姿色），乔乔画画（化妆，打扮；浓妆艳抹），正在得趣（获得乐趣，有趣味）之时。那老儿虽然风骚，到底老人家，只好虚应故事，怎能勾满其所欲？看见义孙赵一郎，身材雄壮，人物乖巧，尚无妻室，到有心看上了。常常走到厨房下，捱肩擦背，调嘴弄舌。你想世上能有几个坐怀不乱的鲁男子（春秋时鲁国人颜叔子，传说他洁身自好，不贪恋女色，有坐怀不乱之誉），妇人家反去勾搭，他可有不肯之理。两下眉来眼去，不一日，成就了那事。彼此俱在少年，犹如一对饿虎，那有个饱期，捉空就闪到赵一郎房中，偷一手儿。那赵一郎又有些本领，弄得这婆娘体酥骨软，魄散魂销，恨不时刻并做一块。约莫串了半年有余。一日，爱大儿对赵一郎说道："我与你虽然快活了这几多时，终是碍人耳目，心忙意急，不能勾十分尽兴。不如悄地逃往远处，做个长久夫妻。"赵一郎道："小娘子若真肯跟我，就在这里，也可做得夫妻。"爱大儿道："你便是心上人了，有甚假意？只是怎地在此就做的夫妻！"赵一郎道："昔年丁老官与田婆，都是老爹与大官人自己打死诈赖朱家的，当对教我相帮他扛抬，曾许事完之日，分一分家私与我。那个棒槌，还是我藏好。一向多承小娘相爱，故不说起。你今既有此心，我与老爹说，先要了那一分家私，寻个所在住下，然后再央人说，要你为配，不怕他不肯。他若舍不得，那时你悄地竟自走了出来，他可敢道个不字么？设或（假如，假设）不达时务，便报与田牛儿，同去告官，教他性命也自难保。"爱大儿闻言，不胜欢喜，道："事不宜迟，作速理会。"说罢，闪出房去。次日赵一郎探赵完独自个在堂中闲坐，上前说道："向日老爹许过事平之后，分一股家私与我。如今朱家了账已久，要求老爹分一股儿，自去营运，与我度日。”赵完答道：“我晓得了。”再过一日，赵一郎转入后边，遇着爱大儿，递个信儿道：“方才与老爹说了，娘子留心察听看，看可像肯的。”爱大儿点头会意，各自开去不题。

且说赵完叫赵寿到一个厢房中去，将门掩上，低低把赵一郎说话，学与儿子，又道：“我一时含糊应了他，如今还是怎地计较？”赵寿道：“我原是哄他的甜话，怎么真个就做这指望？”老儿道：“当初不合（不应当；不该）许出了，今若不与他些，这点念头，如何肯息？”赵寿沉吟了一回，又生起歹念，乃道：“若引惯了他，做了个月月红，倒是无了无休的诈端（讹诈的由头，借口）。想起这事，止有他一个晓得，不如一发除了根，永无挂虑。”那老儿若是个有仁心的，劝儿子休了这念，胡乱与他些小东西，或者免得后来之祸，也未可知。千不合，万不合，却说道：“我也有这念头，但没有个计策。”赵寿道：“有甚难处，明日去买些砒礵，下在酒中，到晚灌他一醉，怕道不就完事。外边人都晓得平日将他厚待的，决不疑惑。”赵完欢喜，以为得计。他父子商议，只道神鬼不知；那晓得却被爱大儿瞧见，料然必说此事，悄悄走来覆在壁上窥听。虽则听着几句，不当明白，恐怕出来撞着，急闪入去。欲要报与赵一郎，因听得不甚真切，不好轻事重报。心生一计，到晚间，把那老儿多劝上几杯酒，吃得醉熏熏，到了床上，爱大儿反抱定了那老儿撒娇撒痴，淫声浪语。那老儿迷魂了，乘着酒兴，未免做些没正经事体。方在酣美之时，爱大儿道：“有句话儿要说，恐气坏了你，不好开口。若不说，又气不过。”这老儿正顽得气喘吁吁，借那句话头（话柄，谈论的资料），就停住了，说道：“是那个冲撞了你？如此着恼！”爱大儿道：“叵耐（不能容忍，可恶。叵，pǒ）一郎这厮，今早把风话撩拨我，我要扯他来见你，倒说：‘老爹和大官人，性命都还在我手里，料道也不敢难为我。’不知有甚缘故，说这般满话。倘在外人面前，也如此说，必疑我家做甚不公不法勾当，可不坏了名声？那样没上下的人，怎生设个计策摆布死了，也省了后患。”那老儿道：“原来这厮恁般无礼！不打紧，明晚就见功效了。”爱大儿道：“明晚怎地就见功效？”那老儿也是合当命尽，将要药死的话，一五一十说出。那婆娘得了实言，次早闪来报知赵一郎。赵一郎闻言，吃那惊不小，想道：“这样反面无情的狠人！倒要害我性命，如何饶得他过？”摸了棒槌，锁上房门，急来寻着田牛儿，把前事说与。田牛儿怒气冲天，便要赶去厮闹（吵闹）。赵一郎止住道：“若先嚷破了，反被他做了准备。不如竟到官司，与他理论。”田牛儿道：“也说得是。

还到那一县去？”赵一郎道：“当初先在婺源县告起，这大尹还在，原到他县里去。”那太白村离县止（仅，只）有四十余里，二人拽开（迈开）脚步，直跑至县中。正好大尹早堂未退，二人一齐喊叫。大尹唤入，当厅跪下，却没有状词，只是口诉。先是田牛儿哭禀一番，次后赵一郎将赵寿打死丁文、田婆，诬陷朱常、卜才情繇（由）细诉，将行凶棒槌呈上。大尹看时，血痕虽干，鲜明如昨。乃道：“既有此情，当时为何不首？”赵一郎道：“是时因念主仆情分，不忍出首。如今恐小人泄漏，昨日父子计议，要在今晚将毒药鸩害小人，故不得不来投生（投奔生路）。”大尹道：“他父子私议，怎地你就晓得？”赵一郎急遽间，不觉吐出实话，说道：“亏主人偏房爱大儿报知，方才晓得。”大尹道：“你主人偏房，如何肯来报信？想必与你有奸么？”赵一郎被问破心事，脸色俱变，强词抵赖。大尹道：“事已显然，不必强辨。”即差人押二人去拿赵完父子并爱大儿前来赴审。到得太白村，天已昏黑，田牛儿留回家歇宿，不题。

且说赵寿早起就去买下砒礵，却不见了赵一郎，问家中上下，都不知道。父子虽然有些疑惑，那个虑到爱大儿泄漏。次日清晨，差人已至，一索捆翻，拿到县中。赵完见爱大儿也拿了，还错认做赵一郎调戏他不从，因此牵连在内。直至赵一郎说出，报他谋害情由，方知向来有奸，懊悔失言。两下辨论一番，不肯招承。怎当严刑煅炼，疼痛难熬，只得一一实招。大尹因他害了四命，情理可恨，赵完父子，各打六十，依律问斩。赵一郎奸骗主妾，背恩反噬（反咬一口）；爱大儿通同（串通一起；共同）奸夫，谋害亲夫，男女二人，各责四十，杂犯死罪，齐下狱中。田牛儿释放回家。一面备文，申报上司，具疏题请（奏请）。不一日，刑部奉旨，倒下号札，四人俱依拟，秋后处决。只因这一文钱，又送了四条性命。虽然是冤各有头，债各有主，若不为这一文钱争闹，杨氏如何得死？没有杨氏尸首，朱常这诈害一事，也就做不成了。总为这一文钱，却断送了十三条性命。这段话叫做《一文钱小隙造奇冤》。奉劝世人，舍财忍气为上。有诗为证：

相争只为一文钱，小隙谁知奇祸连！
劝汝舍财兼忍气，一生无祸得安然。

卷十　徐老仆义愤成家

犬马犹然知恋主，况于列在生人（人民；民众）。为奴一日主人身：情恩同父子，名分等君臣。主若虐奴非正道，奴如欺主伤伦。能为义仆是良民，盛衰无改节，史册可传神。

说这唐玄宗时，有一官人姓萧，名颖士（唐代文学家，事迹见《唐书·文苑传》），字茂挺，兰陵人氏。自幼聪明好学，该博（博览；知道的学问很多）三教九流（泛指社会上各种行业、各色人物），贯串（融会贯通）诸子百家（是对春秋战国时期各种学术派别的总称）。上自天文，下至地理，无所不通，无有不晓。真个胸中书富五车（五车：指五车书。形容读书多，学识丰富），笔下句高千古。年方一十九岁，高掇（科考高中）巍科（高第），名倾朝野，是一个广学的才子。家中有个仆人，名唤杜亮。那杜亮自萧颖士数龄时，就在书房中服事起来。若有驱使（差遣；派用），奋勇直前，水火不避，身边并无半文私蓄。陪伴萧颖士读书时，不待分付，自去千方百计，预先寻觅下果品饮馔供奉。有时或烹瓯茶儿，助他清思（清静地思考）；或暖杯酒儿，节（同"解"，缓解，解除）他辛苦。整夜直服事到天明，从不曾打个瞌睡。如见萧颖士读到得意之处，他在旁也十分欢喜。那萧颖士般般皆好，件件俱美，只有两桩儿毛病。你道是那两桩？第一件：乃是恃才傲物（仗着自己有才能，看不起人），不把人看在眼内。才登仕籍，便去冲撞（冲击碰撞、冒犯，触犯）了当朝宰相。那宰相若是个有度量的，还恕得过，又正冲撞了是第一个忌才的李林甫。那李林甫混名叫做李猫儿，平昔不知坏了多少大臣，乃是杀人不见血的刽子手。却去惹他，可肯轻轻放过？被他略施小计，险些连性命都送了。又亏着座主（早在汉代实行察举制的时候，被举荐者便对荐举他的郡国长官自称"门生"。亦称"座师"。唐进士对主考官的尊称。明、清举人、进士亦用以称其本科主考官或总裁官）搭救，止削了官职，坐在家里。第二件：是性子严急，却像一团烈火。片语不投，即暴躁如雷，两太阳（太阳穴）火星直爆。奴仆稍有差误，便加捶挞（杖击，鞭打）。他的打法，又与别人不同。有甚不同？别人责治（追究并惩处）家奴，定然计其过犯大小，讨个板子，教人行杖，或打一十，或打二十，分个轻重。惟有萧颖士，不论事体（事情）大小，略触着他的性子，便连声喝骂，也不用什么板子，也不要人行杖，亲自跳起身来一把揪翻，随分（随便，这里是遇着什么就拿什么的意思）掣（拿起）着一件家火（器具），没头没脑乱打。凭你什么人劝解，他也全不作准（准许；同意），直要打个气息。若不像意，还要咬上几口，方才罢手。因是恁般利害，奴仆们惧怕，都四散逃去，单单存得一个杜亮。论起萧颖士，止存得这个家人种儿，每事只该将就些才是。谁知他是天生的性儿，使惯的气儿，打溜的手儿，竟没丝毫更改，依然照旧施行。起先奴仆众多，还打了那个，空了这个。到得秃秃里独有杜亮时，反觉打得勤些。论起杜亮，遇着这般没理会的家主，也该学众人逃走去罢了，偏又寸步不离，甘心受他的责罚。常常打得皮开肉绽，头破血淋，也再无一点退悔之念，一句怨恨之言。打罢起来，整一整衣裳，忍着疼痛，依原在旁答应。说话的，据你说，杜亮这等奴仆，莫说千中选一，就是走尽天下，也寻不出个对儿。这萧颖士又非黑漆皮灯（不透光亮的灯笼。比喻糊涂、昏庸，不明事理。也指贪赃枉法的官吏，掩盖民间疾苦，对下只干坏事，对上只言好事），泥塞竹管，是那一窍不通的蠢物；他须是身登黄甲，位列朝班（古代群臣朝见帝王时按官品分班排列的位次。朝堂列班时，除侍奉官外，一般官品越高的班列离帝王越近），读破万卷，明理的才人：难道恁般不知好歹，一味蛮打，没一点仁慈改悔之念不成？看官有所不知，常言道得好，江山易改，禀性难移。那萧颖士平昔原爱杜亮小心驯谨（和顺谨慎），打过之后，深自懊悔道："此奴随我多年，并无十分过失，如何只管将他这样毒打？今后断然不可！"到得性发之时，不觉拳脚又轻轻的生在他身上去了。这也不要单怪萧颖士性子急躁；谁教杜亮刚闻得叱喝一声，恰如小鬼见了钟馗一般，扑秃的两条腿就跪倒在地。萧颖士本来是个好打人的，见他做成这个要打局面，少不得奉承几下。

杜亮有个远族兄弟杜明，就住在萧家左边，因见他常打得这个模样，心下到气不过，撺掇（在一旁鼓动人做某事）杜亮道："凡做奴仆的，皆因家贫力薄（力量薄弱；能力小），自难成立，故此投靠人家。一来图个现成衣服，二来指望家主有个发迹之日，带挈（带领；提携）风光，挨得些东西做个小小家业，快活下半世。像阿哥如今随了这措大（指穷困的读书人，含有轻视之意），早晚辛勤服事，竭力尽心，并不见一些好处，只落得常受他凌辱痛楚，恁样不知好歉的人，跟他有何出息？他家许多人都存住不得，各自四散去了。你何不也别了他，另寻头路？有多少不如你的，投了大官府人家，吃好穿好，还要作成趁一贯两贯。走出衙门前，谁不奉承：那边才叫'某大叔，有些小事相烦'。还未答应时，这边又叫'某大叔，我也有件事儿劳动'。真个应接不暇，何等兴头（形容很高兴的样子）。若是阿哥这样肚里又明白，笔下又来得，做人且又温存小心，走到势要（有权有势、身份显要的人）人家，怕道不是重用？你那措大，虽然中个进士，发利市（商店把开门后做成的第一笔买卖叫作发利市。这里是指萧颖士刚一做官）就与李丞相作对，被他弄来，坐在家中，料道也没个起官（罢免家居或丁忧回籍的官吏被重新起用）的日子，有何撇不下，定要与他缠帐（纠缠；搅绕）？"杜亮道："这些事，我岂不晓得？若有此念，早已去得多年了，何待吾弟今日劝谕（劝勉晓喻）。古语云：良臣择主而事（旧指选择明主，为他办事。事，侍奉），良禽择木而栖（鸟选择合适的树做巢。旧时比喻士人选择明君而效力）。奴仆虽是下贱，也要择个好使头。像我主人，止（只）是性子躁急，除此之外，只怕舍了他，没处再寻得第二个出来。"杜明道："满天下无数官员宰相，贵戚豪家，岂有反不如你主人这个穷官？"杜亮道："他们有的，不过是爵位金银二事。"杜明道："只这两样尽勾了，还要怎样？"杜亮道："那爵位乃虚花之事，金银是臭污之物。有甚希罕？如何及得我主人这般高才绝学，拈起笔来，顷刻万言，不要打个稿儿。真个烟云缭绕，华彩缤纷。我所恋恋不舍者，单爱他这一件儿。"杜明听得说出爱他的才学，不觉呵呵大笑，道："且问阿哥：你既爱他的才学，到饥时可将来当得饭吃，冷时可作得衣穿么？"杜亮道："你又说笑话，才学在他腹中，如何济得我的饥寒？"杜明道："原来又救不得你的饥，又遮不得你的寒，爱他何用？当今有爵位的人，尚然只喜趋权附势（奉承和依附有权有势的人），没一个肯怜才惜学。你我是个下人，但得饱食暖衣，寻觅些钱钞做家，乃是本等（指分内应做或应有的事）；却这般迂阔（迂腐而不切合实际），爱什么才学，情愿受其打骂，可不是个呆子！"杜亮笑道："金银，我命里不曾带来，不做这个指望，还只是守旧。"杜明道："想是打得你不爽利，故此尚要捱他的棍棒。"杜亮道："多承贤弟好情，可怜我做兄的；但我主这般博奥才学，总然打死，也甘心服事他。"遂不听杜明之言，仍旧跟随萧颖士。不想今日一顿拳头，明日一顿棒子，打不上几年，把杜亮打得渐渐遍身疼痛，口内吐血，成了个伤痨症候（疾病）。初日还强勉趋承（侍奉；侍候），以后打熬不过，半眠半起。又过几时，便久卧床席。那萧颖士见他呕血，情知是打上来的，心下十分懊悔，指望还有好的日子。请医调治，亲自煎汤送药。捱了两月，呜呼哀哉！萧颖士想起他平日的好处，只管涕泣，备办衣棺埋葬。萧颖士日常亏杜亮服事惯了，到得死后，十分不便，央人四处寻觅仆从，因他打人的名头出了，那个肯来跟随。就有个肯跟他的，也不中其意。有时读书到忘怀之处，还认做杜亮在傍，抬头不见，便掩卷而泣。后来萧颖士知得了杜亮当日不从杜明这班说话，不觉气咽胸中，泪如泉涌，大叫一声："杜亮！我读了一世的书，不曾遇着个怜才之人，终身沦落；谁想你到是我的知己。却又有眼无珠，枉送了你性命，我之罪也！"言还未毕，口中的鲜血，往外直喷。自此也成了个呕血之疾。将书籍尽皆焚化，口中不住的喊叫杜亮，病了数月，也归大梦（古人有"人生如大梦"的说法；这里指人死了）。遗命教迁杜亮与他同葬。有诗为证：

纳贿趋权[①]步步先，高才曾见几人怜？

当路若能如杜亮，草莱[②]安得有遗贤？

说话的，这杜亮爱才恋主，果是千古奇人。然看起来，毕竟还带些腐气，未为全美。若有别桩希奇故事，异样话文，再讲回出来。列位看官稳坐着，莫要性急。适来小子道这段小故事，原是入话（宋元时代，说书的人在讲正故事之前，先讲一段小故事，以引起正文，叫作"入话"），还未曾说到正传。那正传却也是个仆人。他比杜亮更是不同：曾独力与孤孀（孤儿寡妇）主母，挣起个天大家事，替主母嫁三个女儿，与小主人娶两房娘子，到得死后，并无半文私蓄，至今名垂史册。待小子慢慢的道来，劝谕那世间为奴仆的，也学这般尽心尽力做家做活，传个美名；莫学那样背恩反噬（反咬一口），尾大不掉（尾巴太大，掉转不灵。旧时比喻部下的势力很大，无法指挥调度。掉，摇动）的，被人唾骂。你道这段话文，出在那个朝代？什么地方？原来就在本朝嘉靖爷年间，浙江严州府淳安县，离城数里，有个乡村，名曰锦沙村。村上有一姓徐的庄家，恰是弟兄三人，大的名徐言，次的名徐召，各生一子。第三个名徐哲，浑家颜氏，却到生得二男三女。他弟兄三人，奉着父亲遗命，合锅儿吃饭，并力的耕田。挣下一头牛儿，一骑马儿。又有一个老仆，名叫阿寄，年已五十多岁，夫妻两口，也生下一个儿子，还只有十来岁。那阿寄就是本村生长，当先因父母丧了，又无力殡殓，故此卖身在徐家。为人忠谨小心，朝起晏（晚）眠，勤于

① 趋权：趋，奔走；权，权势。奉承和依附有权有势的人。② 草莱：田野、乡间。

种作。徐言的父亲大得其力，每事优待。到得徐言辈掌家，见他年纪老了，便有些厌恶之意。那阿寄又不达时务（指不认识当前重要的事态和时代的潮流。现也指待人接物不知趣。时务，当前的重大事情或形势），遇着徐言弟兄行事有不到处，便苦口规谏。徐哲尚肯服善（服膺善言、善行），听他一两句，那徐言、徐召是个自作自用的性子，反怪他多嘴擦舌，高声叱喝，有时还要奉承几下消食拳头。阿寄的老婆劝道："你一把年纪的人了，诸事只宜退缩算。他们是后生家世界，时时新，局局变，由他去主张罢了；何苦的定要出口，常讨恁样凌辱！"阿寄道："我受老主之恩，故此不得不说。"婆子道："累说不听，这也怪不得你了！"自此阿寄听了老婆言语，缄口结舌（形容理屈词穷说不出话来。也指慑于淫威不敢讲话。缄，封；闭，结舌，指不敢说话，闭口不说话），再不干预其事，也省了好些耻辱。正合着古人两句言语，道是：

闭口深藏舌，安身处处牢。

不则一日，徐哲忽地患了个伤寒症候，七日之间，即便了帐（这里指死去）。那时就哭杀了颜氏母子，少不得衣棺盛殓，做些功果（功德。指念佛、诵经、斋醮等）追荐（诵经礼忏，超度死者）。过了两月，徐言与徐召商议道："我与你各只一子，三兄弟到有两男三女，一分就抵着我们两分。便是三兄弟在时，一般耕种，还算计不就，何况他已死了。我们日夜吃辛吃苦挣来，却养他一窝子吃死饭的。如今还是小事，到得长大起来，你我儿子婚配了，难道不与他婚男嫁女，岂不比你我反多去四分。意欲即今三股分开，撇脱了这条烂死蛇，由他们有得吃，没得吃，可不与你我没干涉了。只是当初老官儿（对老者的称呼）遗嘱，教道莫要分开，今若违了他言语，被人谈论，却怎么处？"

那时徐召若是个有仁心的，便该劝徐言休了这念才是；谁知他的念头，一发（愈发）起得久了，听见哥子说出这话，正合其意，乃答道："老官儿虽有遗嘱，不过是死人说话了，须不是圣旨，违旨不得的。况且我们的家事，那个外人敢来谈论！"徐言连称有理。即将田产家私，都暗地配搭停当，只拣不好的留与侄子。徐言又道："这牛马却怎地分？"徐召沉吟半晌，乃道："不难。那阿寄夫妻年纪已老，渐渐做不动了，活时到有三个吃死饭的，死了又要赔两口棺木，把他也当作一股，派与三房里，卸了这干系，可不是好。"计议已定，到次日备些酒肴，请过几个亲邻坐下，又请出颜氏，并两个侄儿。那两个孩子，大的才得七岁，唤做福儿，小的五岁，叫做寿儿，随着母亲，直到堂前，连颜氏也不知为甚缘故。只见徐言弟兄立起身来道："列位高亲在上，有一言相告：昔年先父原没甚所遗，多亏我弟兄，挣得些小产业，只望弟兄相守到老，传至子侄等辈分析。不幸三舍弟近日有此大变，弟妇又是个女道家，不知产业多少。况且人家消长不一，到后边多挣得，分与舍侄便好；万一消乏（消减；耗费）了，那时只道我们有甚私弊，欺负孤儿寡妇，反伤骨肉情义了。故此我兄弟商量，不如趁此完美之时，分作三股，各自领去营运，省得后来争多竞少，特请列位高亲来作眼。”遂向袖中摸出三张分书来，说道：“总是一样配搭，至公无私，只劳列位着个花押（签字）。”颜氏听说要分开自做人家，眼中扑簌簌珠泪交流，哭道：“二位伯伯，我是个孤孀妇人，儿女又小，就是没脚蟹一般！如何撑持得门户？昔日公公原分付莫要分开，还是二位伯伯总管在那里，扶持小儿女大了，但凭胡乱分些便罢，决不敢争多竞少。”徐召道：“三娘子，天下无有不散筵席，就合上一千年，少不得有个分开日子。公公乃过世的人了，他的说话，那里作得准。大伯昨日要把牛马分与你；我想侄儿又小，那个去看养，故分阿寄来帮扶。他年纪虽老，筋力还健，赛过一个后生家种作哩。那婆子绩麻纺线，也不是吃死饭的。这孩子再耐他两年，就可下得田了，你不消愁得。”颜氏见他弟兄如此说话，明知已是做就，料道拗他不过，一味啼哭。那些亲邻看了分书，虽晓得分得不公道，都要做好好先生，那个肯做闲冤家，出尖（出乎众人之上;卖弄乖巧）说话；一齐着了花押，劝慰颜氏收了进去，入席饮酒。有诗为证：

分书三纸语从容，人畜均分禀至公。
老仆不如牛马用，拥孤孀妇泣西风。

却说阿寄，那一早差他买东买西，请张请李，也不晓得又做甚事体。恰好在南村去请个亲戚，回来时里边事已停妥。刚至门口，正遇着老婆。那婆子恐他晓得了这事，又去多言多语，扯到半边，分付道：“今日是大官人分拨家私，你休得又去闲管，讨他的怠慢！”阿寄闻言，吃了一惊，说道：“当先老主人遗嘱，不要分开，如何见三官人死了，就撇开这孤儿寡妇，教他如何过活？我若不说，再有何人肯说？”转身就走。婆子又扯住道：“清官也断不得家务事，适来许多亲邻，都不开口；你是他手下人，又非甚么高年族长，怎好张主？”阿寄道：“话虽有理，但他们分得公道，便不开口；若有些欺心，就死也说不得，也要讲个明白。”又问道：“可晓得分我在那一房？”婆子道：“这到不晓得。”阿寄走到堂前，见众人吃酒，正在高兴，不好遽然（骤然，突然）问得，站在旁边。间壁一个邻家抬头看见，便道：“徐老官，你如今分在三房里了。他是孤孀娘子，须是竭力帮助便好。”阿寄随口答道：“我年纪已老，做不动了。”口中便说，心下暗暗道：“原来拨我在三房里，一定他们道我没用了，借手推出的意思。我偏要争口气，挣个事业起来，也不被人耻笑。”遂不问他们分析的事，一径转到颜氏房门口，听得在内啼哭。阿寄立住脚听时，颜氏哭道：“天阿！只道与你一竹竿到底白头相守，那里说起半路上就抛撇了，遗下许多儿女，无依无靠！还指望倚仗做伯伯的扶养长大，谁知你骨肉未寒，便分拨开来。如今教我没投没奔，怎生过日？”又哭道：“就是分的田产，他们通是亮里，我是暗中，凭他们分派，那里知得好歹。只一件上，已见他们的肠子狠了。那牛儿可以耕田，马儿可雇倩（出租）与人，只拣两件有利息的拿了去；却推两个老头儿与我，反要费我的衣食。”那老儿听了这话，猛然揭起门帘叫道：“三娘，你道老奴单费你的衣食，不及牛马的力么？”颜氏魆地里（突然，猝然。魆，xū）被他钻进来说这句话，到惊了一跳，收泪问道：“你怎地说？”阿寄道：“那牛马每年耕种雇倩（出钱雇请），不过有得数两利息，还要赔个人去喂养跟随。若论老奴，年纪虽老，精力未衰，路还走得，苦也受得。那经商道业，虽不曾做，也都明白。三娘急急收拾些本钱，待老奴出去做些生意，一年几转，其利岂不胜似马牛数倍！就是我的婆子，平昔又勤于纺织，亦可少助薪水之费（指正常的日用花费）。那田产莫管好歹，把来放租与人，讨几担谷子，做了桩主（根基），三娘同姑儿们，也做些活计（指女红或手艺），将就度日，不要动那货本。营运数年，怕不挣起个事业？何消愁闷。”颜氏见他说得有些来历，乃道：“若得你如此出力，可知好哩。但恐你有了年纪，受不得辛苦。”阿寄道：“不瞒三娘说，老便老，健还好，眠得迟，起的早，只怕后生家还赶我不上哩。这到不消虑得。”颜氏道：“你打帐（打算，准备）做甚生意？”阿寄道：“大凡经商，本钱多便大做，本钱少便小做。须到外边去，看临期（临到其时）着便（当机立断；见机行事），见景生情，只拣有利息的就做，不是在家论得定的。”颜氏道：“说得有理，待我计较（打算；设法）起来。”阿寄又讨出分书，将分下的家火（器具），照单逐一点明，搬在一处，然后走至堂前答应。众亲邻直饮至晚方散。

次日，徐言即唤个匠人，把房子两下夹断，教颜氏另自开个门户出入。颜氏一面整顿家中事体（事情），自不必说；一面将簪钗衣饰，悄悄教阿寄去变卖，共凑了十二两银子。颜氏把来交与阿寄道：“这些少东西，乃我尽命（指尽力而为）之资，一家大小俱在此上。今日交付与你，大利息原不指望，但得细

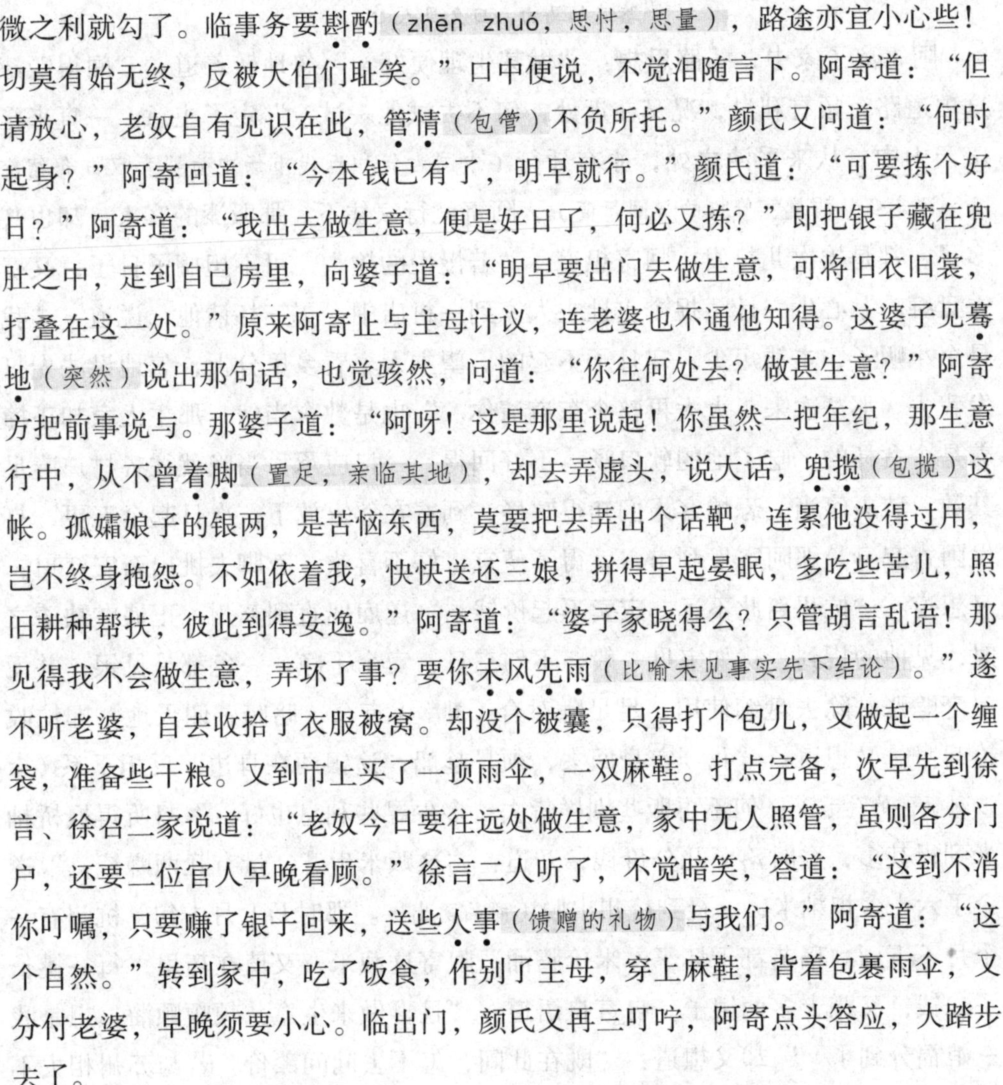

微之利就勾了。临事务要斟酌（zhēn zhuó，思忖，思量），路途亦宜小心些！切莫有始无终，反被大伯们耻笑。”口中便说，不觉泪随言下。阿寄道：“但请放心，老奴自有见识在此，管情（包管）不负所托。”颜氏又问道：“何时起身？”阿寄回道：“今本钱已有了，明早就行。”颜氏道：“可要拣个好日？”阿寄道：“我出去做生意，便是好日了，何必又拣？”即把银子藏在兜肚之中，走到自己房里，向婆子道：“明早要出门去做生意，可将旧衣旧裳，打叠在这一处。”原来阿寄止与主母计议，连老婆也不通他知得。这婆子见蓦地（突然）说出那句话，也觉骇然，问道：“你往何处去？做甚生意？”阿寄方把前事说与。那婆子道：“阿呀！这是那里说起！你虽然一把年纪，那生意行中，从不曾着脚（置足，亲临其地），却去弄虚头，说大话，兜揽（包揽）这帐。孤孀娘子的银两，是苦恼东西，莫要把去弄出个话靶，连累他没得过用，岂不终身抱怨。不如依着我，快快送还三娘，拼得早起晏眠，多吃些苦儿，照旧耕种帮扶，彼此到得安逸。”阿寄道：“婆子家晓得么？只管胡言乱语！那见得我不会做生意，弄坏了事？要你未风先雨（比喻未见事实先下结论）。”遂不听老婆，自去收拾了衣服被窝。却没个被囊，只得打个包儿，又做起一个缠袋，准备些干粮。又到市上买了一顶雨伞，一双麻鞋。打点完备，次早先到徐言、徐召二家说道：“老奴今日要往远处做生意，家中无人照管，虽则各分门户，还要二位官人早晚看顾。”徐言二人听了，不觉暗笑，答道：“这到不消你叮嘱，只要赚了银子回来，送些人事（馈赠的礼物）与我们。”阿寄道：“这个自然。”转到家中，吃了饭食，作别了主母，穿上麻鞋，背着包裹雨伞，又分付老婆，早晚须要小心。临出门，颜氏又再三叮咛，阿寄点头答应，大踏步去了。

且说徐言弟兄，等阿寄转身后，都笑道：“可笑那三娘子好没见识，有银子做生意，却不与你我商量，倒听阿寄这老奴才的说话。我想他生长已来，何曾做惯生意？哄骗孤孀妇人的东西，自去快活。这本钱可不白白送落。”徐召道：“便是当初合家时，却不把出来营运（经营，经商），如今才分得，即教阿寄做客经商。我想三娘子又没甚妆奁，这银两定然是老官儿存日，三兄弟克剥（克扣剥削）下的，今日方才出豁（脱身；解脱）。总之，三娘子瞒着你我做事，若说他不该如此，反道我们妒忌了。且待阿寄折本回来，那时去笑他。”正是：

云端看厮杀，毕竟孰输赢？

路遥知马力，日久见人心。

阿寄离了家中，一路思想："做甚生理便好？"忽地转着道："闻得贩漆这项道路，颇有利息，况又在近处，何不去试他一试？"定了主意，一直来至庆云山中。从来采漆之处，原有牙行（中国古代和近代市场中为买卖双方介绍交易，评定商品质量、价格的居间行商），阿寄就行家住下。那贩漆的客人，却也甚多了，都是挨次儿打发。阿寄想道："若慢慢的挨去，可不担搁了日子，又费去盘缠。"心生一计，捉个空扯主人家到一村店中，买三杯请他，说道："我是个小贩子，本钱短少，守日子不起的。望主人家看乡里分上，怎地设法先打发我去。那一次来，大大再整个东道请你。"也是数合当然，那主人家却正撞着是个贪杯的，吃了他的软口汤，不好回得，一口应承。当晚就往各村户凑足其数，装裹停当，恐怕客人们知得嗔怪，到寄在邻家放下，次日起个五更，打发阿寄起身。那阿寄发利市，就得了便宜，好不喜欢。教脚夫挑出新安江口，又想道："杭州离此不远，定卖不起价钱。"遂雇船直到苏州。正遇在缺漆之时，见他的货到，犹如宝贝一般，不勾三日，卖个干净。一色都是见银，并无一毫赊账。除去盘缠使用，足足赚对合（对本）有余。暗暗感谢天地。即忙收拾起身。又想道："我今空身回去，须是趁船，这银两在身边，反担干系（牵涉到责任的关系）；何不再贩些别样货去，多少寻些利息也好。"打听得枫桥籼米到得甚多，登时落了几分价钱，乃道："这贩米生意，量有几两赚钱。"遂籴了六十多担籼米，一径到杭州出脱（商品卖出）。那时乃七月中旬，杭州有一个月不下雨。稻苗都干坏了，米价腾涌。阿寄这载米，又值在巧里，每一挑长了二钱，又赚十多两银子。自言自语道："且喜做来生意，颇颇顺溜，想是我三娘福分到了。"却又想道："既在此间，怎不去问问漆价？若与苏州相去不远，也省些盘缠。"细细访问时，比苏州更反胜。你道为何？原来贩漆的，都道杭州路近价贱，俱往远处去了，杭州到时常短缺。常言道：货无大小，缺者便贵。故此比别处反胜。阿寄得了这个消息，喜之不胜，星夜赶到庆云山。已备下些小人事（馈赠的礼物），送与主人家，依旧又买三杯相请。那主人家得了些小便宜，喜逐颜开，一如前番，悄悄先打发他转身。到杭州也不消三两日，就都卖完了。计算本利，果然比起先这一账又多几两，只是少了那回头货的利息。乃道："下次还到远处去。"与牙人算清了账目，收拾起程。想道："出门好几时了，三娘必然挂念，且回去回复一声，也教他放心。"又想道："总是收漆，要等候两日；何不先到山中，将银子教主人家一面先收，然后回家，岂不两便。”定了主意，到山中把银两付与牙人，自己赶回家去。正是：

先收漆货两番利，初出茅庐第一功。

且说颜氏自阿寄去后，朝夕悬挂（牵挂），常恐他消折了这些本钱，怀着鬼胎。耳根边又听得徐言弟兄在背后撅唇簸嘴（犹言说长道短），愈加烦恼。一日正在房中闷坐，忽见两个儿子乱喊进来道：“阿寄回家了。”颜氏闻言，急走出房，阿寄早已在面前。他的老婆也随在背后。阿寄上前，深深唱个大喏。颜氏见了他，反增着一个蹬心拳头（打击心头的拳头），胸前突突的乱跳，诚恐说出句扫兴话来。便问道：“你做的是什么生意？可有些利钱？”那阿寄叉手不离方寸，不慌不忙的说道：“一来感谢天地保佑，二来托赖三娘洪福，做的却是贩漆生意，赚得五六倍利息。如此如此，这般这般，恐怕三娘放心不下，特归来回复一声。”颜氏听罢，喜从天降，问道：“如今银子在那里？”阿寄道：“留与主人家收漆，不曾带回，我明早就要去的。”那时合家都欢天喜地。阿寄住了一晚，次日清早起身，别了颜氏，又往庆云山去了。

且说徐言弟兄，那晚在邻家吃社酒醉倒，故此阿寄归家，全不晓得。到次日齐走过来，问道：“阿寄做生意归来，趁了多少银子？”颜氏道：“好教二位伯伯知得，他一向贩漆营生，倒觅得五六倍利息。”徐言道：“好造化（福分；命运）！恁样赚钱时，不勾几年，便做财主哩。”颜氏道：“伯伯休要笑话，免得饥寒便勾了。”徐召道：“他如今在那里？出去了几多时？怎么也不来见我？这样没礼。”颜氏道：“今早原就去了。”徐召道：“如何去得恁般急速？”徐言又问道：“那银两你可曾见见数么？”颜氏道：“他说俱留在行家买货，没有带回。”徐言呵呵笑道：“我只道本利已在手了，原来还是空口说白话，眼饱肚中饥。耳边到说得热哄哄，还不知本在何处，利在那里，便信以为真。做经纪的人，左手不托右手，岂有自己回家，银子反留在外人。据我看起来，多分这本钱弄折了，把这鬼话哄你。”徐召也道：“三娘子，论起你家做事，不该我们多口，但你终是女眷家，不知外边世务，既有银两，也该与我二人商量，买几亩田地，还是长策。那阿寄晓得做甚生理？却瞒着我们，将银子与他出去瞎撞。我想那银两，不是你的妆奁，也是三兄弟的私蓄，须不是偷来的，怎看得恁般轻易！”二人一吹一唱，说得颜氏心中哑口无言，心下也生疑惑，委决不下。把一天欢喜，又变为万般闷愁。按下此处不题。

再说阿寄这老儿急急赶到庆云山中，那行家已与他收完，点明交付。阿寄此番不在苏杭发卖，径到兴化地方，利息比这两处又好。卖完了货，打听得那边米价一两三担，斗斛（斗与斛。两种量器。亦泛指量器）又大。想起杭州见今荒歉，前次粜客贩的去，尚赚了钱，今在出处贩去，怕不有一两个对合（对本）。遂装上一大载米至杭州，准准粜了一两二钱一石，斗斛上多来，恰好顶着船钱使用。那时到山中收漆，便是大客人了，主人家好不奉承。一来是颜氏命中合该造化，二来也亏阿寄经营伶俐。凡贩的货物，定获厚利。一连做了几帐，长有二千余金。看看捱着残年，算计道："我一个孤身老儿，带着许多财物，不是要处（儿戏，可以轻视忽略的事）！倘有差跌，前功尽弃。况且年近岁逼，家中必然悬望，不如回去，商议置买些田产，做了根本，将余下的再出来运算。"此时他出路行头，诸色尽备；把银两逐封紧紧包裹，藏在顺袋中；水路用舟，陆路雇马，晏行早歇，十分小心。非止一日，已到家中，把行李驮入。婆子见老公回了，便去报知颜氏。那颜氏一则以喜，一则以惧。所喜者，阿寄回来，所惧者，未知生意长短若何？因向日被徐言弟兄奚落（用尖酸刻薄的话揭人短处，使人难堪）了一场，这般心里比前更是着急。三步并作两步，奔至外厢，望见这堆行李，料道不像个折本的，心下就安了一半。终是忍不住，便问道："这一向生意如何？银两可曾带回？"阿寄近前见了个礼道："三娘不要性急，待我慢慢的细说。"教老婆顶上中门，把行李尽搬至颜氏房中，把那些银子逐封交与颜氏。颜氏见着许多银两，喜出望外，连忙开箱启笼收藏。阿寄方把往来经营的事说出。颜氏因怕惹是非，徐言当日的话，一句也不说与他知道，但连称："都亏你老人家气力了，且去歇息则个。"又分付："倘大伯们来问起，不要与他讲真话。"阿寄道："老奴理会得。"正话间，外面闸闸声叩门，原来却是徐言弟兄听见阿寄归了，特来打探消耗。阿寄上前作了两个揖。徐言道："前日闻得你生意十分旺相（吉庆），今番又趁若干利息？"阿寄道："老奴托赖二位官人洪福，除了本钱盘费，干净趁得四五十两。"徐召道："阿呀！前次便说有五六倍利了，怎地又去了许多时，反少起来？"徐言道："且不要问他趁多趁少，只是银子今次可曾带回？"阿寄道："已交与三娘了。"二人便不言语，转身出去。

再说阿寄与颜氏商议，要置买田产，悄地央人寻觅。大抵出一个财主，生一个败子。那锦沙村有个晏大户，家私豪富，田产广多，单生一子名为世保，取世守其业的意思。谁知这晏世保，专于嫖赌，把那老头儿活活气死。合村的人道他是个败子，将晏世保三字，顺口改为献世保。那献世保同着一班无藉（无赖汉），朝欢暮乐，弄完了家中财物，渐渐摇动产业。道是零星卖来不勾用，索性卖一千亩，讨价三千余两，又要一注儿交银。那村中富者虽有，一时凑不起许多银子，无人上桩。延至岁底，献世保手中越觉干逼，情愿连一所庄房，只要半价。阿寄偶然闻得这个消息，即寻中人去，讨个经帐（出卖田产时，载明田产的经界、类数及价格等的说明书叫作“经帐”），恐怕有人先成了去，就约次日成交。献世保听得有了售主，好不欢喜。平日一刻也不着家的，偏这日足迹不敢出门，呆呆的等候中人同往。且说阿寄料道献世保是爱吃东西的，清早便去买下佳肴美酝（美酒），唤个厨夫安排。又向颜氏道：“今日这场交易，非同小可。三娘是个女眷家，两位小官人又幼，老奴又是下人，只好在旁说话，难好与他抗礼；须请间壁大官人弟兄来作眼（现场示意），方是正理。”颜氏道：“你就过去请一声。”阿寄即到徐言门首，弟兄正在那里说话。阿寄道：“今日三娘买几亩田地，特请二位官人来张主（主张；做主）。”二人口中虽然答应，心内又怪颜氏不托他寻觅，好生不乐。徐言说道：“既要买田，如何不托你我，又教阿寄张主。直至成交，方才来说。只是这村中，没有什么零星田卖。”徐召道：“不必猜疑，少顷便见着落了。”二人坐于门首，等至午前光景，只见献世保同着几个中人，两个小厮，拿着拜匣（旧时用于送礼或递柬帖的长方形小木匣），一路拍手拍脚的笑来，望着间壁门内齐走进去。徐言弟兄看了，倒吃一吓，都道：“咦！好作怪！闻得献世保要卖一千亩田，实价三千余两，不信他家有许多银子？难道献世保又零卖一二十亩？”疑惑不定。随后跟入，相见已罢，分宾而坐。阿寄向前说道：“晏官人，田价昨日已是言定，一依分付，不敢短少。晏官人也莫要节外生枝，又更他说。”献世保乱嚷道：“大丈夫做事，一言已出，驷马难追。若又有他说，便不是人养的了。”阿寄道：“既如此，先立了文契，然后兑银。”那纸墨笔砚，准备得停停当当，拿过来就是。献世保拈起笔，尽情写了一纸绝契，又道：“省得你不放心，先画了花押（正式契约未签订以前的草约），何如？”阿寄道：“如此更好。”徐言兄弟看那契上，果是一千亩田，一所庄房，实价一千五百两。吓得二人面面相觑，伸出了舌头，半日也缩不上去。都暗想道：“阿寄生意总是趁钱，也趁不得这些！莫不是做强盗打劫的，或是掘着了藏？好生难猜。”中人着完花押，阿寄收进去交与颜氏。他已先借下一副天秤法马（天平上作为重量标准的物体。今多写作“砝码”），提来放在桌上，与颜氏敢出银子来兑，一色都是粉块细丝。徐言、徐召眼内放出火来，喉间烟也直冒，恨不得推开众人，通抢回去。不一时兑完，摆出酒肴，饮至更深方散。次日，阿寄又向颜氏道："那庄房甚是宽大，何不搬在那边居住？收下的稻子，也好照管。"颜氏晓得徐言弟兄妒忌，也巴不能远开一步。便依他说话，选了新正初六，迁入新房。阿寄又请个先生，教他两位小官人，大的取名徐宽，次的名徐宏。家中收拾得十分次第（排场）。那些村中人见颜氏买了一千亩田，都传说掘了藏，银子不计其数，连坑厕说来都是银的，谁个不来趋奉（对某方面奉承讨好）。再说阿寄将家中整顿停当，依旧又出去经营。这番不专于贩漆，但闻有利息的便做。家中收下米谷，又将来腾那（移动，调换。这里是说把家中的谷米卖出的钱再拿去做生意）。十年之外，家私巨富。那献世保的田宅，尽归于徐氏。门庭热闹，牛马成群，婢仆雇工人等，也有整百，好不兴头！正是：

富贵本无根，尽从勤里得。

请观懒惰者，面带饥寒色。

那时颜氏三个女儿，都嫁与邻近富户。徐宽、徐宏也各婚配。一应婚嫁礼物，尽是阿寄支持，不费颜氏丝毫气力。他又见田产广多，差役烦重，与徐宽弟兄，俱纳个监生，优免若干田役〔明代规定，有了秀才（包括监生）的资格，就可获得免除某些差役的权利〕。颜氏与阿寄儿子完了姻事；又见那老儿年纪衰迈，留在家中照管，不肯放他出门，又派个马儿与他乘坐。那老儿自经营以来，从不曾私吃一些好饮食，也不曾自私做一件好衣服，寸丝尺帛，必禀明颜氏，方才敢用。且又知礼数，不论族中老幼，见了必然站起。或乘马在途中遇着，便跳下来闪在路傍，让过去了，然后又行。因此远近亲邻，没一人不把他敬重。就是颜氏母子，也如尊长看承。那徐言、徐召，虽也挣起些田产，比着颜氏，尚有天渊之隔，终日眼红颈赤。那老儿揣知二人意思，劝颜氏各助百金之物。又筑起一座新坟，连徐哲父母，一齐安葬。那老儿整整活到八十，患起病来，颜氏要请医人调治，那老儿道："人年八十，死乃分内之事，何必又费钱钞。"执意不肯服药。颜氏母子，不住在床前看视，一面准备衣衾棺椁〔guān guǒ，即棺材和套棺（古代套于棺外的大棺），泛指棺材〕。病了数日，势渐危笃，乃请颜氏母子到房中坐下，说道："老奴牛马力已少尽，死亦无恨。只有一事，越分（超过本分）张主（主张；做主），不要见怪！"颜氏垂泪道："我母子全亏你气力，方有今日；有甚事体，一凭分付，决不违拗。"那老儿向枕边摸出两纸文书，递与颜氏道："两位小官人，年纪已长，日后少不得要分析（离别；分离），倘那时嫌多道少，便伤了手足之情。故此老奴久已将一应田房财物等件，均分停当；今日交付与二位小官人，各自去管业。"又叮嘱道："那奴

仆中难得好人，诸事须要自己小心，切不可重托。”颜氏母子，含泪领命。他的老婆儿子，都在床前啼啼哭哭，也嘱咐了几句。忽地又道：“只有大官人二官人，不曾面别，终是欠事，可与我去请来。”颜氏即差个家人去请。徐言、徐召说道：“好时不直得帮扶我们，临死却来思想，可不扯淡（胡扯）！不去不去！”那家人无法，只得转身。却着（派遣）徐宏亲自奔来相请，二人灭不个（碍不过情面；无法打发过去的意思）侄儿面皮，勉强随来。那老儿已说话不出，把眼看了两看，点点头儿，奄然而逝。他的老婆儿媳啼哭，自不必说。只这颜氏母子俱放声号恸，便是家中大小男女，念他平日做人好处，也无不下泪。惟有徐言、徐召反有喜色。可怜那老儿：

辛勤好似蚕成茧，茧老成丝蚕命休。
又似采花蜂酿蜜，甜头到底被人收。

颜氏母子哭了一回，出去支持殓殡之事。徐言、徐召看见棺木坚固，衣衾整齐，扯徐宽弟兄到一边，说道：“他是我家家人，将就些罢了！如何要这般好断送（这里指衣衾棺木等物）？就是当初你家公公与你父亲，也没恁般齐整！”徐宽道：“我家全亏他挣起这些事业，若薄了他，内心上也打不过去。”徐召笑道：“你老大的人，还是个呆子！这是你母子命中合该有此造化，岂真是他本事挣来的哩。还有一件，他做了许多年数，克剥（克扣，剥削）的私房，必然也有好些，怕道没得结果，你却挖出肉里钱来，与他备后事。”徐宏道：“不要冤枉好人！我看他平日，一厘一毫，都清清白白交与母亲，并不见有什么私房。”徐召又说道：“做的私房，藏在那里，难道把与你看不成？若不信时，如今将那房中一检，极少也有整千银子。”徐宽道：“总有也是他挣下的，好道拿他的不成？”徐言道：“虽不拿他的，见个明白也好。”徐宽弟兄被二人说得疑疑惑惑，遂听了他，也不通颜氏知道，一齐走至阿寄房中，把婆子们哄了出去，闭上房门，开箱倒笼，遍处一搜，只有几件旧衣旧裳，那有分文钱钞。徐召道：“一定藏在儿子房里，也去一检。”寻出一包银子，不上二两，包中有个账儿。徐宽仔细看时，还是他儿子娶妻时，颜氏助他三两银子，用剩下的。徐宏道：“我说他没有什么私房，却定要来看！还不快收拾好了，倘被人撞见，反道我们器量小了。”徐言、徐召自觉乏趣，也不别颜氏，径自去了。徐宽又把这事学向母亲，愈加伤感。令合家挂孝，开丧受吊，多修功果追荐（诵经礼忏，超度死者）。七终（过去迷信的习俗：人死后七天为一“七”，共七个“七”。每逢“七”这天，就烧纸诵经，据说可以“超度死者”）之后，即安葬于新坟傍边。祭葬之礼，每事从厚。徐宽弟兄，因念其生前如此忠义勤俭，并念其毫无私蓄，不忍要其老婆儿子伏役，祭葬已毕之后，赠以产业银两，约有千余金之数，令其妻子自己成家。里中将此事联名具呈府县，恳求旌奖。府县又查勘的实，申报上司，具疏奏闻。朝廷恩赐建坊，表其义。后来徐氏子孙繁衍，富甲（做动词用，居第一位的意思）淳安。阿寄子孙亦颇昌盛。诗云：

年老筋衰并马牛，千金置产出人头。

托孤寄命真无愧，羞杀苍头不义侯①。

①“羞杀”句：苍头，奴仆。东汉初，彭宠自立为燕王。他的苍头子密等趁他睡着，将他捆在床上，劫取宝物，把他杀了，投降汉光武帝（刘秀）。刘秀封子密为不义侯。

初刻拍案惊奇

卷一 转运汉遇巧洞庭红 波斯胡指破鼍龙[①]壳

词云：

日日深杯酒满，朝朝小圃[②]花开。
自歌自舞自开怀，且喜无拘无碍。
青史[③]几番春梦，红尘多少奇材。
不须计较与安排，领取而今见在[④]。

这首词乃宋朱希真〔指宋代词人朱敦儒，河南（今河南洛阳）人，“希真”为其字，爱好写诗。晚年隐居山林，词多描写自然景色与自己闲适的生活〕所作，词寄《西江月》。单道着人生功名富贵，总有天数，不如图一个见前（现前；当前）快活。试看往古来今，一部十七史（指宋人称以下十七部史书，即《史记》《汉书》《后汉书》《三国志》《晋书》《宋书》《南齐书》《梁书》《陈书》《魏书》《北齐书》《周书》《隋书》《南史》《北史》《新唐书》《新五代史》）中，多少英雄豪杰，该富的不得富，该贵的不得贵。能文的倚马千言，用不着时，几张纸盖不完酱瓿（盛酒器和盛水器，亦用于盛酱。古代书稿为竹简木札，世人不加重视，令盖酱缸，犹后世将手稿当废纸处

■朱希真画作。朱敦儒，字希真，号岩壑，河南（今河南省洛阳）人。“洛中八俊”之“词俊”。

①鼍（yuán）龙：大鳖。②圃（pǔ）种植蔬菜、花草、瓜果的园子。③青史：古代以竹简记事，故称史籍为“青史”。④见在：现在。“见”为“现”的古字，明人小说中“现”亦多作“见”。

理。这句话的意思是说，会作文章的人，用不着你的文才时，你那几张纸盖的了几坛酱呢？瓿，bù）。能武的穿杨百步（在一百步远以外射中杨柳的叶子。形容箭法或枪法十分高明），用不着时，几簳(gǎn，箭杆)箭煮不熟饭锅。极至那痴呆懵董（měng dǒng，也作懵懂，糊涂无知；不明事理）、生来有福分的，随他文学低浅，也会发科发甲（指科举高中。汉唐取士分甲乙等科，后世因称科举为科甲）；随他武艺庸常，也会大请大受（委任重要官职，享有丰厚俸禄）。真所谓时也，运也，命也？俗语有两句道得好："命若穷，掘着黄金化做铜；命若富，拾着白纸变成布。"总来只听掌命司（迷信传说中掌管世人命运的神曹）颠之倒之。所以，吴彦高〔吴激（1090—1142年）金代作家、书画家。字彦高，自号东山散人，建州（今福建建瓯）人〕又有词云："造化小儿（戏称司命之神。喻命运）无定据。翻来覆去，倒横直竖，眼见都如许。"僧晦庵（南宋时僧人，今仅存《满江红》词一首）亦有词云："谁不愿，黄金屋？谁不愿，千钟粟（形容俸禄极多。钟，古代最大的容量单位，相当于六十四斗）？算五行（古代认为木、火、土、金、水是构成世界万物的五种基本物质，称为"五行"，又以为人的命运也与五行相关，旧时算命先生便以五行来推算人的祸福）不是，这般题目。枉使心机闲计较，儿孙自有儿孙福。"苏东坡（即苏轼，字子瞻，号东坡，四川眉山人，北宋最杰出的文学家）亦有词云："蜗角虚名，蝇头微利，算来着甚干忙？事皆前定，谁弱又谁强？"这几位名人，说来说去，都是一个意思，总不如古语云："万事分已定，浮生空自忙。"

说话的（话本、拟话本小说中经常保留一些说书艺人的用语，听众称说书艺人为"说话的"，说书艺人称听众为"看官"），依你说来，不须能文善武，懒惰的也只消天掉下前程；不须经商立业，败坏的也只消天挣与家缘（家业；家产）：却不把人间向上的心都冷了？看官有所不知，假如人家出了懒惰的人，也就是命中该贱；出了败坏的人，也就是命中该穷：此是常理。却又自有转眼贫富，出人意外，把眼前事分毫算不得准的哩！

且听说一人，乃宋朝汴京（今河南省开封市，北宋时为都城，又称汴梁）人氏，姓金，双名维厚，乃是经纪行（生意，做生意的）中人。少不得朝晨起早，晚夕眠迟；睡醒来千思想，万算计，拣有便宜的才做。后来家事（方言词，指家中的状况）挣得从容（充裕；宽裕）了，他便思想（考虑）一个久远方法：手头用来用去的，只是那散碎银子；若是上两块头好银，便存着不动，约得百两，便熔成一大锭，把一综红线结成一绦（tāo，用丝线编织成的花边或扁平的带子，可以

装饰衣物），系在锭腰，放在枕边，夜来摩弄一番，方才睡下。积了一生，整整熔成八锭。以后也就随来随去，再积不成百两，他也罢了。

金老生有四子。一日，是他七十寿旦，四子置酒上寿。金老见了四子跻跻跄跄（jī jī qiāng qiāng，犹如俗语所说“整齐”；这里形容四子“上寿”时排列有序，衣冠端正，礼貌周全的样子），心中喜欢。便对四子说道：“我靠皇天覆庇，虽则（虽然）劳碌一生，家事（方言词，指家中的状况）尽可度日。况我平日留心，有熔成八大锭银子永不动用的，在我枕边，见（通“现”，现在）将绒线做对儿结着。今将拣个好日子，分与尔等（古代用语，直译过来就是“你们”之意，一般是对比自己级别低或者辈分比自己低的人的称呼。多数情况下为书面语。一般是上位者对下位者或长辈对晚辈的称呼。带有权威性，有强调作用），每人一对，做个镇家之宝。”四子喜谢，尽欢而散。

是夜（当天夜里），金老带些酒意，点灯上床，醉眼模糊望去，八个大锭，白晃晃排在枕边，摸了几摸，哈哈地笑了一声，睡下去了。睡未安稳，只听得床前有人行走脚步响，心疑有贼，又细听着，恰像欲前不前相让一般。床前灯火微明，揭帐一看，只见八个大汉，身穿白衣，腰系红带，曲躬（qū gōng，折腰。形容恭顺）而前，曰：“某等兄弟，天数（迷信的人把一切不可解的事、不能抗御的灾难都归于上天安排的命运，称为天数）派定，宜在君家听令。今蒙我翁过爱（谦辞。犹错爱），抬举成人，不烦役使（差遣使用），珍重多年，冥数（旧谓上天所定的气数或命运）将满，待翁归天后，再觅去向。今闻我翁目下（目前；现在；在此时）将以我等分役诸郎君（对年轻男子的尊称），我等与郎君辈原无前缘，故此先来告别，往某县某村王姓某者投托。后缘未尽，还可一面。”语毕，回身便走。金老不知何事，吃了一惊。翻身下床，不及穿鞋，赤脚赶去，远远见八人出了房门。金老赶得性急，绊了房槛，扑的跌倒，飒然（迅疾、倏忽的样子）惊醒，乃是南柯一梦（出自《南柯太守传》，形容一场大梦，或比喻一场空欢喜）。急起挑灯（拨动灯火，点灯）明亮，点照（查点）枕边，已不见了八个大锭。细思梦中所言，句句是实。叹了一口气，哽咽了一会，道：“不信我苦积一世，却没分与儿子每（宋元时人称代词的复数，同“们”）受用（受益，得益；享用），倒是别人家的！明明说有地方姓名，且慢慢跟寻（跟踪寻找）下落则个（zé gè，语气助词，表示委婉或商量、祈使、解释等语气）。”一夜不睡。

次早起来，与儿子每（宋元时人称代词的复数，同“们”）说知。儿子中也有惊骇的，也有疑惑的。惊骇的道：“不该是我们手里东西，眼见得作怪。”疑惑的道："老人家欢喜中说话，失许了我们，回想转来，一时间就不割舍得分散了，造此鬼话，也不见得。"金老看见儿子们疑信不等（不一样；不同），急急要验个实话。遂访至某县某村，果有王姓某者。叫门进去，只见堂前灯烛荧煌，三牲（从最早的含义开始，就是指三个不同的活牲畜，并没有特指具体为哪三个。当代民间泛指三牲有大小之分，大三牲指羊、猪和牛；小三牲指鸡、鸭和兔。后来也称鸡、鱼、猪为三牲）福物，正在那里献神。金老便开口问道："宅上有何事如此？"家人报知，请主人出来。主人王老，见金老揖坐了，问其来因。金老道："老汉有一疑事，特造（到，去）上宅来问消息。今见上宅正在此献神，必有所谓（意旨），敢乞明示。"王老道："老拙（老人的自谦辞）偶因寒荆（旧时对人谦称自己的妻子。荆，指折荆为钗，形容清贫朴素）小恙（疾病）买卜（指请人占卦以问凶吉），先生道：'移床即好。'昨寒荆病中，恍惚见八个白衣大汉，腰系红束，对寒荆道：'我等本在金家，今在彼缘尽，来投身宅上。'言毕，俱钻入床下。寒荆惊出了一身冷汗，身体爽快了。及至移床，灰尘中得银八大锭，多用红绒系腰，不知是那里来的。此皆神天福佑，故此买福物酬谢。今我丈（对老年男子的尊称）来问，莫非晓得些来历么？"金老跌跌脚（以足顿地；跺足）道："此老汉一生所积，因前日也做了一梦，就不见了。梦中也道出老丈姓名居址的确（确实；真实），故得访寻到此。可见天数已定，老汉也无怨处。但只求取出一看，也完了老汉心事。"王老道："容易。"笑嘻嘻地走进去，叫安童（随身伺候的小厮、童仆）四人，托出四个盘来，每盘两锭，多是红绒系束，正是金家之物。金老看了，眼睁睁无计所奈，不觉扑簌簌掉下泪来。抚摩一番道："老汉直如此命薄，消受不得！"王老虽然叫安童仍旧拿了进去，心里见金老如此，老大不忍，另取三两零银封了，送与金老作别。金老道："自家的东西尚无福，何须尊惠！"再三谦让，必不肯受。王老强纳在金老袖中。金老欲待摸出还了，一时摸个不着，面儿通红；又被王老央不过，只得作揖别了。直至家中，对儿子们一一把前事说了，大家叹息了一回。因言王老好处，临行送银三两，满袖摸遍，并不见有，只说路中掉了。却元来（原来）金老推逊（tuī xùn，谦让；谦逊）时，王老往袖里乱塞，落在着外面的一层袖中。袖有断线处，在王老家摸时，已在脱线处落出在门槛边了。客去扫门，仍旧是王老拾得。可见一饮一啄（原指鸟类要吃就吃，想喝就喝，生活自由自在，后也指人的饮食），莫非前定。不该是他的东西，不要说八百两，就是三两也得不去；该是他的东西，不要说八百两，就是三两也推不出。原有的倒无了，原无的倒有

了，并不由人计较。

而今说一个人，在实地上行，步步不着，极贫极苦的；却在渺渺茫茫做梦不到的去处，得了一主没头没脑钱财，变成巨富。从来稀有，亘古（自古以来）新闻。有诗为证。诗曰：

分内功名匣里财，不关聪惠[1]不关呆。
果然命是财官格，海外犹能送宝来。

话说国朝成化〔明宪宗朱见深的年号，（1465—1487年）〕年间，苏州府长州县（旧县名，今并为苏州市）阊门（乃苏州古城之西门，于金门之北，沿七里山塘，可直达虎丘。阊，chāng）外，有一人，姓文，名实，字若虚。生来心思慧巧，做着便能，学着便会。琴棋书画，吹弹歌舞，件件粗通。幼年间，曾有人相他有巨万之富。他亦自恃才能，不十分去营求生产（生计），坐吃山空，将祖上遗下千金家事（家产，家业），看着消下来。以后晓得家业有限，看见别人经商图利的，时常获利几倍，便也思量做些生意，却又百做百不着。

一日，见人说北京扇子好卖，他便合了一个伙计，置办扇子起来。上等金面精巧的，先将礼物求了名人诗画，免不得是沈石田〔沈周（1427—1509年）明代杰出书画家。明代中期文人画“吴派”的开创者，与文徵明、唐寅、仇英并称“明四家”〕、文衡山〔文徵明（1470—1559年），原名壁，字徵明。因先世衡山人，故号衡山居士，世称文衡山，明代画家、书法家、文学家〕、祝枝山〔祝允明（1460—1527年），字希哲，号枝山，因右手有六指，自号“枝指生”〕，拓（tà，拓印。这里是指涂抹的意思，即很随便，不经意）了几笔，便直（通“值”）上两数银子。中等的，自有一样乔人（弄虚作假的人），一只手学写了这几家字画，也就哄得人过，将假当真的买了，他自家也兀自（wù zì，仍旧，还是）做得来的。下等的，无金无字画，将就卖几十钱，也有对合（即对本，利钱与本钱相等）利钱，是看得见的。拣个日子，装了箱儿，到了北京。岂知北京那年自交夏来，日日淋雨（连绵雨）不晴，并无一毫暑气，发市（开市。开始做买卖）甚迟。交秋（立秋又称交秋，预示着炎热的夏天即将过去，秋天即将来临）早凉，虽不见及时，幸喜天色却晴，有妆晃（zhuāng huàng，装饰门面，装模作样，假冒斯文。晃，通“幌”，即幌子，过去店铺门前表示所卖货物的招牌或标志）子弟，要买把苏做的扇子，袖中笼着摇摆。来买时，开箱一看，只叫得苦。元来（原来）北京历沴〔lì lì，即口语之“入梅（霉）”，言北京黄梅天气较南方晚，七八月才入梅，正好霉变。沴，

[1] 惠：通“慧”，聪慧。

恶气、灾气〕却在七八月，更加日前雨湿之气，斗着（遇合；拼合）扇上胶墨之性，弄做了个“合而言之”（意谓粘成一团），揭不开了。用力揭开，东粘一层，西缺一片，但是有字有画值价钱者，一毫无用。止（仅，只）剩下等没字白扇，是不坏的，能值几何（多少）？将就卖了做盘费回家，本钱一空。

频年做事，大概如此。不但自己折本，但是搭他非伴，连伙计也弄坏了。故此人起他一个混名，叫做“倒运汉”。不数年，把个家事（家产，家业）干圆洁净（意谓精光，什么都没有剩。干圆，空空荡荡）了，连妻子也不曾娶得，终日间靠着些东涂西抹，东挨西撞（形容无固定目标，到处乱闯），也济不得甚事。但只是嘴头子谄（信口胡说）得来，会说会笑，朋友家喜欢他有趣，游耍去处，少他不得，也只好趁口（吃白食、蹭饭吃），不是做家（吴方言，又称“做人家”，后文多次出现，意即勤俭持家，会过日子）的。况且他是大模大样过来的，帮闲行里又不十分入得队。有怜他的，要荐他坐馆（指任塾师或幕客）教学，又有诚实人家嫌他是个杂板令（什么都知道点儿，又什么都不精通。指学无专长的人）。高不凑，低不就。打从帮闲的、处馆的两项人见了他，也就做鬼脸，把（拿）“倒运”两字笑他，不在话下。

一日，有几个走海泛货的邻近，做头的无非是张大、李二、赵甲、钱乙一班人，共四十余人，合了伙将行。他晓得了，自家思忖（sī cǔn，思量；考虑）道：“一身落魄，生计皆无。便附了他们航海，看看海外风光，也不枉人生一世。况且他们定是不却（拒绝）我的，省得在家忧柴忧米，也是快活。”正计较间，恰好张大踱将来。元来（原来）这个张大，名唤张乘运，专一做海外生意，眼里认得奇珍异宝，又且秉性爽慨，肯扶持好人，所以乡里起他一个混名，叫“张识货”。文若虚见了，便把此意一一与他说了。张大道：“好！好！我们在海船里头，不耐烦寂寞，若得兄去，在船中说说笑笑，有甚难过的日子？我们众兄弟，料想多是喜欢的。只是一件，我们多有货物将去，兄并无所有，觉得空了一番往返，也可惜了。待我们大家计较，多少凑些出来助你，将就置些东西去也好。”文若虚便道：“多谢厚情，只怕没人如兄肯周全（指周济成全）小弟。”张大道：“且说说看。”一竟自去了。

恰遇一个瞽目（gǔ mù，瞎眼）先生，敲着“报君知”（算命盲人用以招徕顾客的一种响器，用金属薄片制成）走将来，文若虚伸手顺袋里摸了一个钱，扯他一卦，问问财气看。先生道：“此卦非凡，有百十分财气，不是小可（寻常的。亦用于谦辞）。”文若虚自想道：“我只要搭去海外耍耍，混过日子罢了，那里

是我做得着的生意！要甚么赍助（资助。赍，jī）；就赍助得来，能有多少，便直恁地（如此、这样。恁，nèn）财爻（生财的卦象。爻，指卜卦的爻象。《易经》："爻象动乎内凶吉见乎外。"爻，yáo）动？这先生也是混帐！"

只见张大气忿忿走来，说道："说着钱，便无缘。这些人好笑！说道你去，无不喜欢；说到助银，没一个则声。今我同两个好的弟兄，拼凑得一两银子在此，也办不成甚货，凭你买些果子船里吃罢。口食之类，是在我们身上。"若虚称谢不尽，接了银子。张大先行道："快些收拾，就要开船了！"若虚道："我没甚收拾，随后就来。"手中拿了银子，看了又笑，笑了又看，道："置得甚货么！"信步走去，只见满街上箧（qiè，小箱子，藏物之具）篮内盛着卖的：

红如喷火，巨若悬星。皮未皲（jūn，指皮肤冻裂或破裂），尚有余酸；霜未降，不可多得。元殊苏井诸家树（据《神仙传》载，汉朝苏耽凿井种橘，用此井水服一片橘叶即可医病），亦非李氏千头奴（指李衡所种千棵柑橘。据《襄阳耆旧传》载，三国时吴丹阳太守李衡，暗中派人种橘树千株，称为"千头木奴"，临终才作为遗产告诉儿子）。较广似曰难兄，比福亦云具体（言这种橘子与著名的广橘和福橘很相似，只不过个儿小一点儿，属于兄弟之间，具体而微）。

乃是太湖中有一洞庭山，地暖土肥，与闽广（指福建和广东）无异，所以广橘、福橘播名天下，洞庭有一样橘树，绝与他相似，颜色正同，香气亦同。止（仅，只）是初出时，味略少酢（稍微有点儿酸味。"酢"即"醋"的本字），后来熟了，却也甜美，比福橘之价，十分之一，名曰"洞庭红"。若虚看见了，便思想道："我一两银子买得百斤有余，在船可以解渴，又可分送一二，答众人助我之意。"买成装上竹篓，雇一闲的（闲汉，临时帮工的人），并行李挑了下船。众人都拍手笑道："文先生宝货来也！"文若虚羞惭无地，只得吞声（不出声；不说话）上船，再也不敢提起买橘的事。

开得船来，渐渐出了海口，只见银涛卷雪，雪浪翻银，湍（tuān，水流急速）转则日月似惊，浪动则星河如覆。三五日间，随风漂去，也不觉过了多少路程。忽至一个地方，舟中望去，人烟凑聚，城郭巍峨，晓得是到了甚么国都了。舟人把船撑入藏风避浪的小港内，钉了桩橛（jué 橛同"镢"），下了铁锚，缆好了。船中人多上岸，打一看，元来（原来）是来过的所在，名曰吉零国。元来这边中国货物，拿到那边，一倍就有三倍价。换了那边货物，带到中国，也是如此。一往一回，却不便有八九倍利息！所以人都拼死走这条路。众人多是做过交易的，各有熟识经纪、歇家（歇宿落脚之处）、通事（相当于现在的“翻译”）人等，各自上岸找寻，发货去了。只留文若虚在船中看船，路径不熟，也无走处。正闷坐间，猛可（即猛然、忽然）想起道：“我那一篓红橘，自从到船中不曾开看，莫不人气蒸烂了？趁着众人不在，看看则个（zé gè，语气助词，表示委婉或商量、祈使、解释等语气）。”叫那水手在舱板底下翻将起来，打开了篓看时，面上多是好好的。放心不下，索性搬将出来，都摆在艎板（船板。艎，huáng，即艅艎，大船名）上面。也是合该发迹，时来福凑，摆得满船红焰焰的，远远望来，就是万点火光，一天星斗。岸上走的人都拢将来，问道：“是甚么好东西呀？”文若虚只不答应。看见中间有个把（个别，少数；一两个）一点头的，拣了出来，掐破就吃。岸上看的一发（更加，越发）多了，惊笑道：“元来（原来）是吃得的！”就中有个好事的，便来问价：“多少一个？”文若虚不省得（不明白）他们说话，船上人却晓得，就扯个谎哄他，竖起一个指头，说：“要一钱一颗。”那问的人揭开长衣，露出那兜罗绵红裹肚来，一手摸出银钱一个来道：“买一个尝尝。”文若虚接了银钱，手中等等（掂量掂量）看，约有两把重。心下想道：“不知这些银子要买多少，也不见秤秤，且先把一个与他看样。”拣个大些的，红得可爱的，递一个上去。只见那个人接上手，攧了一攧道：“好东西呀！”扑地就劈开来，香气扑鼻，连旁边闻着的许多人，大家喝一声采。那买的不知好歹，看见船上吃法，也学他去了皮，却不分囊，一块塞在口里，甘水满咽喉，连核都不吐，吞下去了。哈哈大笑道：“妙哉！妙哉！”又伸手到裹肚里，摸出十个银钱来，说：“我要买十个进奉去。”文若虚喜出望外，拣十个与他去了。那看的人见那人如此买去了，也有买一个的，也有买两个三个的，都是一般银钱。买了的，都千欢万喜去了。元来（原来）彼国以银为钱，上有文采。有等龙凤文的最贵重，其次人物，又次禽兽，又次树木，最下通用的是水草，却都是银铸的，分两不异。适才买橘的都是一样水草纹的，他道是把下等钱买了好东西去了，所以欢喜，也只是要小便宜肚肠，与中国人一样。

须臾之间，三停（犹如说“成”“份”，指总数中的部分）里卖了二停。有的不带钱在身边的，老大懊悔，急忙取了钱转来。文若虚已此（已是）剩不多了，拿一个班（摆架子。拿班，故作姿态的意思）道：“而今要留着自家用，不卖了。”其人情愿再增一个钱，四个钱买了二颗。口中哓哓（xiāo xiāo，争辩不止的声音）说：“晦气！来得迟了。”傍边（近旁；附近）人见他增了价，就埋怨道：“我每（宋元时人称代词的复数，同“们”）还要买个，如何把价钱增长了他

的？”买的人道：“你不听得他方才说，兀自（亦作“兀子”。还）不卖了？”

正在议论间，只见首先买十颗的那一个人，骑了一匹青骢马（青白杂色的马。骢，cōng），飞也似奔到船边，下了马，分开人丛，对船上大喝道：“不要零卖！不要零卖！是有的俺多（即“都”，全部的意思）要买。俺家头目要买去进克汗（亦作“可汗”，原是古代北方少数民族对其头领的称呼，这里是借用）哩！”看的人听见这话，便远远走开，站住了看。文若虚是伶俐的人，看见来势，已此瞧科（看出苗头。科，情况、样子）在眼里，晓得是个好主顾了。连忙把篓里尽数倾出来，止（仅，只）剩五十馀颗。数了一数，又拿起班（摆架子）来说道：“适间讲过，要留着自用，不得卖了。今肯加些价钱，再让几颗去罢。适间已卖出两个钱一颗了。”其人在马背上拖下一大囊，摸出钱来，另是一样树木纹的，说道：“如此钱一个罢了。”文若虚道：“不情愿，只照前样罢了。”那人笑了一笑，又把（拿）手去摸出一个龙凤纹的来道：“这样的一个如何？”文若虚又道：“不情愿，只要前样的。”那人又笑道：“此钱一个抵百个，料也没得与你，只是与你要。你不要俺这一个，却要那等的，是个傻子。你那东西肯都与俺了，俺再加你一个那等的，也不打紧。”文若虚数了一数，有五十二颗，准准的要了他一百五十六个水草银钱。那人连竹篓都要了，又丢了一个钱，把篓拴在马上，笑吟吟地一鞭去了。看的人见没得卖了，一哄而散。

文若虚见人散了，到舱里把一个钱秤一秤，有八钱七分多重。秤过数个，都是一般。总数一数，共有一千个差不多。把两个赏了船家，其余收拾在包里了。笑一声道：“那盲子好灵卦也！”欢喜不尽，只等同船人来对他说笑则个（zé gè，语气助词，表示委婉或商量、祈使、解释等语气）。

说话的（话本、拟话本小说中经常保留一些说书艺人的用语，听众称说书艺人为“说话的”，说书艺人称听众为“看官”），你说错了！那国里银子这样不值钱，如此做买卖，那久惯漂洋的带去多是绫罗段（通“缎”）匹，何不多卖了些银钱回来？一发（更加，越发）百倍了。看官有所不知，那国里见了绫罗等物，都是以货交兑。我这里人也只是要他货物，才有利钱，若是卖他银钱时，他都把（拿）龙凤人物的来交易，作了好价钱，分两也只得如此，反不便宜。如今是买吃口东西，他只认做把低钱交易，我却只管分两，所以得利了。说话的，你又说错了！依你说来，那航海的何不只买吃口东西，只换他低钱，岂不有利？用着重本钱置他货物怎地？看官，又不是这话。也是此人偶然有此横财，带去着了手。若是有心第二遭再带去，三五日不遇巧，等得希烂（极烂）。那文若虚运未通时，卖扇子就是榜样。扇子还放得起的，尚且如此，何况果品？是这样执一论不得的。

闲话休题。且说众人领了经纪主人到船发货，文若虚把上头事说了一遍。众人都惊喜道："造化！造化！我们同来，到是你没本钱的先得了手也。"张大便拍手道："人都道他倒运，而今想是运转了！"便对文若虚道："你这些银钱，此间置货，作价（估定物品的价格；规定价格）不多。除是转发在伙伴中，回他几百两中国货物，上去打换些土产珍奇，带转去有大利钱，也强如虚藏此银钱在身边，无个用处。"文若虚道："我是倒运的，将本求财，从无一遭不连本送的。今承诸公挈带（提携帮带。挈，qiè），做此无本钱生意，偶然侥幸一番，真是天大造化了，如何还要生钱，妄想甚么？万一如前再做折（shé，即"蚀本"，赔了本钱）了，难道再有'洞庭红'这样好卖不成？"众人多道："我们用得着的是银子，有的是货物，彼此通融，大家有利，有何不可？"文若虚道："一年吃（被）蛇咬，三年怕草索。说到货物，我就没胆气了。只是守了这些银钱回去罢！"众人齐拍手道："放着几倍利钱不取，可惜！可惜！"随同众人一齐上去，到了店家，交货明白，彼此兑换。约有半月光景，文若虚眼中看过了若干好东好西，他已自志得意满，不放在心上。众人事体（事情；情况）完了，一齐上船，烧了神福（旧时开业、起程之前，要祭神，祈求保佑赐福），吃了酒，开洋。

行了数日，忽然间天变起来。但见：

乌云蔽日，黑浪掀天。蛇龙戏舞起长空，鱼鳖（biē）惊惶潜水底。艨艟（méng chōng，中国古代具有良好防护作用的进攻性快艇。又作艨冲。这里泛指大海船）泛泛，只如栖不定的数点寒鸦；岛屿浮浮，便似没不煞的几双水鹈（水鸟，喜群居，捕食鱼类。鹈，tí）。舟中是方扬的米簸，舷外是正熟的饭锅。总因风伯（传说中的风神）太无情，以致篙师（撑船的熟手）多失色。

那船上人见风起了，扯起半帆，不问东西南北，随风势漂去。隐隐望见一岛，便带住篷脚，只看着岛边使来。看看渐近，恰是一个无人的空岛。但见：

树木参天，草莱（草莽。杂生的草）遍地。荒凉径界（小路），无非些兔迹狐踪；坦迤（tǎn yí，形容山势平缓而连绵不断）土壤，料不是龙潭虎窟。混茫内、未识应归何国辖，开辟来、不知曾否有人登。

船上人把船后抛了铁锚，将桩橛泥犁上岸去，钉停当了，对舱里道："且安心坐一坐，候风势则个（zé gè，语气助词，表示委婉或商量、祈使、解释等语气）。”

那文若虚身边有了银子，恨不得插翅飞到家里，巴不得行路，却如此守风呆坐，心里焦躁。对众人道：“我且上岸，去岛上望望则个。”众人道：“一个荒岛，有何好看！”文若虚道：“总是闲着，何碍？”众人都被风颠得头晕，个个是呵欠连天，不肯同去。文若虚便自一个抖擞精神，跳上岸来。只因此一去，有分交（也作“有分教”，旧小说惯用语，意指事态下一步发展的趋势）：千年败壳精灵显，一介穷神富贵来。若是说话的同年生、并时长，有个未卜先知的法儿，便双脚走不动，也拄个拐儿随他同去一番，也不枉的。

却说文若虚见众人不去，偏要发个狠，扳藤附葛，直走到岛上绝顶。那岛也苦（古代小说、戏曲常用语。表喜幸之词，幸亏的意思）不甚高，不费甚大力，只是荒草蔓延，无好路径。到得上边，打一看时，四望漫漫，身如一叶，不觉凄然，吊（同“掉”）下泪来。心里道：“想我如此聪明，一生命蹇（mìng jiǎn，命运不好），家业消亡，剩得只身。直到海外，虽然侥幸，有得千来个银钱在囊中，知他命里是我的不是我的？今在绝岛中间，未到实地，性命也还是与海龙王合着的哩！”正在感怆（chuàng，悲伤），只见望去远远草丛中一物突高。移步往前一看，却是床大一个败龟壳。大惊道：“不信天下有如此大龟！世上人那里曾看见？说也不信的。我自到海外一番，不曾置得一件海外物事（吴方言，即物品、东西），今我带了此物去，也是一件希罕（稀奇）的东西，与人看看，省得空口说着，道是苏州人会调谎（撒谎）。又且一件：锯将开来，一盖一板，各置四足，便是两张床，却不奇怪？”遂脱下两只裹脚接了，穿在龟壳中间，打个扣儿，拖了便走。

走至船边，船上人见他这等模样，都笑道：“文先生那里又跎了纤来（即拉纤）？”文若虚道：“好教列位（诸位）得知，这就是我海外的货了。”众人抬头一看，却便似一张无柱有底的硬脚床，吃惊道：“好大龟壳！你拖来何干？”文若虚道：“也是罕见的，带了他去。”众人笑道：“好货不置一件，要此何用！”有的道：“也有用处。有甚么天大的疑心事，灼（明白透彻）他一卦，只没有这样大龟药。”又有的道是：“医家要煎龟膏，拿去打碎了，煎起来，也当得几百个小龟壳。”文若虚道：“不要管有用没用，只是希罕，又不费本钱，便带了回去。”当时叫个船上水手，一抬抬下舱来。初时山下空阔，还只如此；舱中看来，一发（更加，越发）大了。若不是海船，也着不得这样狼犺（吴方言，形容物体大而笨重，难以安置。下文“狼狼犺犺”同。犺，kàng）东西。众人大家笑了一回，说道："到家时有人问，只说文先生做了偌大（如此、这样）的乌龟买卖来了！"文若虚道："不要笑，我好歹有一个用处，决不是弃物。"随他众人取笑，文若虚只是得意，取些水来，内外洗一洗净，抹干了，却把自己钱包、行李都揌(sāi，通"塞")在龟壳里面，两头把绳一绊，却当了一个大皮箱子。自笑道："兀的（意同"这"，有加重语气的作用）不眼前就有用起了？"众人都笑将起来，道："好算计！好算计！文先生到底是个聪明人。"当夜无词。

次日风息了，开船一走。不数日，又到了一个去处，却是福建地方了。才住定了船，就有一伙惯伺候接海客的小经纪牙人（为买卖双方说合交易的人），攒（cuán，聚拢；集中）将拢来。你说张家好，我说李家好，拉的拉，扯的扯，嚷个不住。海船上众人拣一个一向熟识的跟了去，其余的也就住了。

众人到了一个波斯胡大店中坐定。里面主人见说（听说）海客到了，连忙先发银子，唤厨户包办酒席几十桌，分付停当，然后踱将出来。这主人是个波斯国里人，姓个古怪姓，是玛瑙的"玛"字，叫名玛宝哈，专一与海客兑换珍宝货物，不知有多少万数本钱。众人走海过的，都是熟主熟客，只有文若虚不曾认得。抬眼看时，元来（原来）波斯胡住得在中华久了，衣帽言动都与中华不大分别。只是剃眉剪须，深目高鼻，有些古怪。出来见了众人，行宾主礼坐定了。两杯茶罢，站起身来，请到一个大厅上。只见酒筵多完备了，且是摆得济楚（整齐清洁；漂亮）。元来旧规，海船一到，主人家先折过这一番款待，然后发货讲价的。

主人家手执着一副法浪菊花盘盏，拱一拱手道："请列位货单一看，好定坐席。"看官（说书艺人称听众为"看官"），你道这是何意？元来（原来）波斯胡以利为重，只看货单上有奇珍异宝值得上万者，就送在先席，余者看货轻重，挨次坐去，不论年纪，不论尊卑，一向做下的规矩。船上众人，货物贵的贱的，多的少的，你知我知，各自心照，差不多领了酒杯，各自坐了。单单剩得文若虚一个，呆呆站在那里。主人道："这位老客长不曾会面，想是新出海外的，置货不多了。"众人大家说道："这是我们好朋友，到海外耍去的，身边有银子，却不曾肯置货。今日没奈何，只得屈他在末席坐了。"文若虚满面羞惭，坐了末位。主人坐在横头。饮酒中间，这一个说道我有猫儿眼（名贵的宝石名称）多少，那一个说道我有祖母绿（名贵的宝石名称）多少，你夸我逞。文若虚一发（更加，越发）嘿嘿（默默的样子。嘿，mò）无言，自心里也微微有些懊悔道："我前日该听他们劝，置些货物来的是。今枉有几百银子在囊中，说不得一句话。"又自叹了口气道："我原是一些本钱没有的，今已大幸，不可不知足。"自思自忖（cǔn，思量；推测；忖度），无心发兴（激发意兴）吃酒。众人却猜拳行令，吃得狼藉。主人是个积年（指有多年实践、经验丰富的人，或阅历很深、懂得人情世故的人），看出文若虚不快活的意思来，不好说破，虚劝了他几杯酒。众人都起身道："酒勾（gòu，同"够"，足够）了。天晚了，趁早上船去，明日发货罢！"别了主人去了。

主人撤了酒席，收拾睡了。明日起个清早，先走到海岸船边，来拜这伙客人。主人登舟，一眼瞅去，那舱里狼狼犺犺（láng láng kàng kàng，笨拙；笨重）这件东西早先看见了，吃了一惊道："这是那一位客人的宝货？昨日席上并不曾说起，莫不是不要卖的？"众人都笑指道："此敝友文兄的宝货。"中有一人衬（这里是凑趣的意思）道："又是滞货（积压的货物）。"主人看了文若虚一看，满面挣得通红，带了怒色，埋怨众人道："我与诸公相处多年，如何恁地作弄我？教我得罪于新客，把一个末座屈了他，是何道理！"一把扯住文若虚，对众客道："且慢发货！容我上岸，谢过罪着。"众人不知其故，有几个与文若虚相知些的，又有几个喜事的，觉得有些古怪，共十余人，赶了上来，重到店中，看是如何。

只见主人拉了文若虚，把交椅整一整，不管众人好歹，纳他头一位坐下了，道："适间得罪！得罪！且请坐一坐。"文若虚也心中镬铎（huò duó，吴方言，意为糊涂、疑惑），忖（cǔn，思量；推测；忖度）道："不信此物是宝贝，这等造化不成？"主人走了进去，须臾出来，又拱众人到先前吃酒去处，又早摆下几桌酒，为首一桌比先更齐整。把盏（宴饮礼仪。指宴席上端着酒壶给人斟酒、敬酒）向文若虚一揖，就对众人道："此公正该坐头一席。你每（宋元时人称代词的复数，同"们"）枉自一船货，也还赶他不来。先前失敬！失敬！"众人看见，又好笑，又好怪，半信不信的，一带儿坐了。

酒过三杯，主人就开口道："敢问客长，适间此宝可肯卖否？"文若虚是个乖人（机灵的人），趁口答应道："只要有好价钱，为甚不卖？"那主人听得肯卖，不觉喜从天降，笑逐颜开，起身道："果然肯卖，但凭分付价钱，不敢吝惜。"文若虚其实不知值多少：讨少了，怕不在行；讨多了，怕吃笑。忖（cǔn，思量；推测；忖度）了一忖，面红耳热，颠倒讨不出价钱来。张大便与文若虚丢个眼色，将手放在椅子背上，竖着三个指头，再把第二个指空中一撇，道："索性讨他这些！"文若虚摇头，竖一指道："这些我还讨不出口在这里。"却被主人看见道："果是多少价钱？"张大捣一个鬼道："依文先生手势，敢像要一万哩。"主人呵呵大笑道："这是不要卖，哄我而已。此等宝物，岂止（仅，只）此价钱？"

众人见说，大家目睁口呆，都立起了身来，扯文若虚去商议，道："造化！造化！想是值得多哩，我们实实不知如何定价。文先生不如开个大口，凭他还罢。"文若虚终是碍口说羞，待说又止。众人道："不要不老气（不老练，含有稚嫩、胆小的意思）。"主人又催道："实说说何妨？"文若虚只得讨了五万两。主人还摇头道："罪过，罪过，没有此话！"扯着张大私问他道："老客长们海外往来，不是一番了，人都叫你'张识货'，岂有不知此物就里（内情；底细）的？必是无心卖他，奚落（嘲弄、看不起）小肆（谦称自己的店铺）罢了。"张大道："实不瞒你说，这个是我的好朋友，同了海外顽耍的，故此不曾置货。适间此物，乃是避风海岛，偶然得来，不是出价置办的，故此不识得价钱。若果有这五万与他，勾（gòu，古同"够"，达到）他富贵一生，他也心满意足了。"主人道："如此说，要你做个大大保人，当有重谢！万万不可翻悔。"遂叫店小二拿出文房四宝来，主人家将一张供单绵料纸折了一折，拿笔递与张大道："有烦老客长做主，写个合同文书，好成交易。"张大指着同来一人道："此位客人褚(chǔ)中颖写得好。"把纸笔让与他。褚客磨得墨浓，展好纸，提起笔来写道：

立合同议单张乘运等。今有苏州客人文实，海外带来大龟壳一个，投至波斯玛宝哈店，愿出银五万两买成。议定立契之后，一家交货，一家交银，各无翻悔。有翻悔者，罚契上加一。合同为照。

一样两纸，后边写了年月日，下写张乘运为头，一连把在坐客人十来个写去。褚中颖因自己执笔，写了落末（末后；最后）。年月前边空行中间，将两纸凑着，写了骑缝（qí fèng，两纸交接或订合处的中缝）一行，两边各半，乃是"合同议约"四字。下写客人文实，主人玛宝哈，各押了花押。单上有名，从后头写起。写到张乘运，道："我们押字钱重些，这买卖才弄得成。"主人笑道："不敢轻！不敢轻！"

写毕，主人进内，先将银一箱抬出来道："我先交明白了用钱（佣钱。旧时买卖时付给中间人的报酬），还有说话。"众人攒将拢来。主人开箱，却是五十两一包，共总二十包，整整一千两。双手交与张乘运道："凭老客长收明，分与众位罢。”众人初然（起初，开始）吃酒写合同，大家撺哄鸟乱（指人多起哄，七嘴八舌，像鸟聚集在一起般噪乱。又形容你一言我一语，嘈杂混乱。撺，撺掇、怂恿），心下还有些不信的意思，如今见他拿出精晃晃（形容光亮）白银来做用钱，方知是实。文若虚恰像梦里醉里，话都说不出来，呆呆地看。张大扯他一把，道："这用钱如何分散，也要文兄主张。”文若虚方说一句道："且完了正事慢处。”

只见主人笑嘻嘻的，对文若虚说道："有一事要与客长商议。价银（指物品、产业按价买卖所应收付的银两数）现在里面阁儿上，都是向来兑过的，一毫不少。只消请客长一两位进去，将一包过一过目，兑一兑（核实一下。兑，这里指验证银子的成色和分量）为准，其余多不消兑得。却又一说：此银数不少，搬动也不是一时功夫，况且文客官是个单身，如何好将下船去？又要泛海回还，有许多不便处。”文若虚想了一想道："见教得极是！而今却待怎么？”主人道："依着愚见，文客官目下（目前；现在；在此时）回去未得。小弟此间有一个段（通“缎”）匹铺，有本三千两在内。其前后大小厅屋楼房，共百余间，也是个大所在，价值二千两，离此半里之地。愚见就把本店货物及房屋文契，作了五千两，尽行交与文客官，就留文客官在此住下了，做此生意。其银也做几遭搬了过去，不知不觉。日后文客官要回去，这里可以托心腹伙计看守，便可轻身往来。不然，小店交出不难，文客官收贮却难也。愚意如此。”说了一遍，说得文若虚与张大跌足道："果然是客纲客纪（出门人应遵守的规矩），句句有理。”文若虚道："我家里元无家小，况且家业已尽了，就带了许多银子回去，没处安顿。依了此说，我就在这里立起个家缘（家业；家产）来，有何不可？此番造化（福分；命运），一缘一会，都是上天作成的，只索随缘做去。便是货物房产价钱未必有五千，总是落得的。”便对主人说："适间所言，诚是万全之算，小弟无不从命。”

主人便领文若虚进去阁上看，又叫张、褚二人："一同去看看。其余列位不必了，请略坐一坐。”他四人去了。众人不进去的，个个伸头缩颈，你三我四，说道："有此异事！有此造化！早知这样，懊悔岛边泊船时节，也不去走走，或者还有宝贝也不见得！”有的道："这是天大的福气，撞将来的，如何强得！”正欣羡间，文若虚已同张、褚二客出来了。众人都问："进去如何了？”张大道："里边高阁是个土库，放银两的所在，都是桶子盛着。适间（方才，刚才）进去，看了十个大桶，每桶四千；又五个小匣，每个一千。共是四万五千。已将文兄的封皮记号封好了，只等交了货，就是文兄的了。”主人出来道：“房屋文书、段匹帐（同“账”）目，俱已在此，凑足五万之数了。且到船上取货去。”一拥都到海船来。

文若虚于路对众人说：“船上人多，切勿明言，小弟自有厚报。”众人也只怕船上人知道，要分了用钱去，各各心照。文若虚到了船上，先向龟壳中把自己包裹被囊取出了，手摸一摸壳，口里暗道：“侥幸！侥幸！”主人便叫店内后生二人来抬此壳，分付道：“好生抬进去，不要放在外边。”船上人见抬了此壳去，便道：“这个滞货也脱手了，不知卖了多少？”文若虚只不做声，一手提了包裹，往岸上就走。这起初同上来的几个，又赶到岸上，将龟壳从头至尾细看了一遍，又向壳内张了一张，捽了一捽（同“捞”，用手搅动摸一摸），面面相觑道：“好处在那里？”

主人仍拉了这十来个一同上去。到店里，说道：“而今且同文客官看了房屋铺面来。”众人与主人一同走到一处，正是闹市中间，一所好大房子。门前正中是个铺子。傍有一衖（“弄”的异体字），走进转个弯，是两扇大石板门。门内大天井，上面一所大厅，厅上有一匾，题曰“来琛（chēn，玉）堂”。堂旁有两楹（量词，古代计算房屋的单位，一说一列为一楹；一说一间为一楹）侧屋，屋内三面有橱，橱内都是绫罗各色段匹。以后内房，楼房甚多。文若虚暗道：“得此为住居，王侯之家不过如此矣。况又有段铺营生，利息无尽，便做了这里客人罢了，还思想家里做甚！”就对主人道：“好却好，只是小弟是个孤身，毕竟还要寻几房使唤的人才住得。”主人道：“这个不难，都在小店身上。”

文若虚满心欢喜，同众人走归本店来。主人讨茶来吃了，说道：“文客官今晚不消船里去，就在铺中下（歇宿）了。使唤的人，铺中现有，逐渐再讨便是。”众客人多道：“交易事已成，不必说了。只是我们毕竟有些疑心：此壳有何好处，值价如此？还要主人见教一个明白。”文若虚道：“正是，正是。”主人笑道：“诸公枉了海上走了多遭，这些也不识得！列位岂不闻说龙有九子乎？内有一种是鼍龙（大鳖。鼍，tuó），其皮可以幔（蔽在物体的上面曰幔）鼓，声闻百里，所以谓之鼍鼓（木制，上蒙动物皮）。鼍龙万岁，到底蜕下此壳成龙。此壳有二十四肋，按天上二十四气。每肋中间节内，有大珠一颗。若是肋未完全时节，成不得龙，蜕不得壳。也有生捉得他来，只好将皮幔鼓，其肋中也未有东西。直待二十四肋肋肋完全，节节珠满，然后蜕了此壳，变龙而去。故此是天然蜕下，气候俱到，肋节俱完的，与生擒活捉、寿数未满的不同，所以有如此之大。这个东西，我们肚中虽晓得，知他几时蜕下，又在何处地方守得他着？壳不值钱，其珠皆有夜光，乃无价宝也。今天幸遇巧，得之无心耳。"

众人听罢，似信不信。只见主人走将进去了一会，笑嘻嘻的走出来，袖中取出一西洋布的包来，说道："请诸公看看。"解开来，只见一团绵裹着寸许大一颗夜明珠，光彩夺目。讨个黑漆的盘，放在暗处，其珠滚一个不定，闪闪烁烁，约有尺余亮处。众人看了，惊得目睁口呆，伸了舌头，收不进来。主人回身转来，对众逐个致谢道："多蒙列位作成（吴方言，成全、照顾）了。只这一颗，拿到咱国中，就值方才的价钱了；其余多是尊惠。"众人个个心惊，却是说过的话，又不好翻悔得。主人见众人有些变色，收了珠子，急急走到里边，又叫抬出一个段箱来。除了文若虚，每人送与段子二端（布帛长度名称），说道："烦劳了列位，做两件道袍（古代家居常服，交领大袖，四周镶边的袍子）穿穿，也见小肆（谦称自己的店铺）中薄意。"袖中又摸出细珠十数串，每送一串，道："轻鲜（微薄。鲜，少），轻鲜，备归途一茶罢了。"文若虚处另是粗些的珠子四串，段子八匹，道是权且做几件衣服。文若虚同众人欢喜作谢了。

主人就同众人送了文若虚到段铺中，叫铺里伙计后生们都来相见，说道："今番是此位主人了。"主人自别了去，道："再到小店中去去来。"只见须臾间，数十个脚夫扛了好些扛（此处做名词用，指所扛之物）来，把先前文若虚封记的十桶五匣都发来了。文若虚搬在一个深密谨慎的卧房里头去处，出来对众人道："多承列位挈带（提携，帮带），有此一套意外富贵，感谢不尽。"走进去把自家包裹内所卖洞庭红的银钱倒将出来，每人送他十个。止（仅，只）有张大与先前出银助他的两三个，分外又是十个，道："聊表谢意。"此时文若虚把这些银钱看得不在眼里了，众人却是快活，称谢不尽。文若虚又拿出几十个来，对张大说："有烦老兄，将此分与船上同行的人，每位一个，聊当一茶。小弟在此间，有了头绪，慢慢到本乡来。此时不得同行，就此为别了。"张大道："还有一千两用钱未曾分得，却是如何？须得文兄分开，方没得说。"文若虚道："这倒忘了。"就与众人商议，将一百两散与船上众人，余九百两，照现在人数另外添出两股，派了股数，各得一股；张大为头的，褚中颖执笔的，多分一股。众人千欢万喜，没有说话。内中一人道："只是便宜了这斯！文先生还该起个风，要他些不敷（不够）才是。"文若虚道："不要不知足。看我一个倒运汉，做着便折本的，造化到来，平空地有此一主财爻（生财的卦象。爻，指卜卦的爻象。《易经》："爻象动乎内凶吉见乎外。"爻，yáo）。可见人生分定（本分所定；命定），不必强求。我们若非这主人识货，也只当得废物罢了，还亏他指点晓得，如何还好昧心争论？"众人都道："文先生说得是。存心忠厚，所以该有此富贵。"大家千恩万谢，各各赍（jī，携带；持）了所得东西，自到舡（chuán，同"船"）上发货。

从此，文若虚做了闽中一个富商，就在那里取（通"娶"）了妻小，立起家业。数年之间，才到苏州走一遭，会会旧相识，依旧去了。至今子孙繁衍，家道殷富不绝。正是：

运退黄金失色，时来顽铁生辉。

莫与痴人说梦，思量海外寻龟。

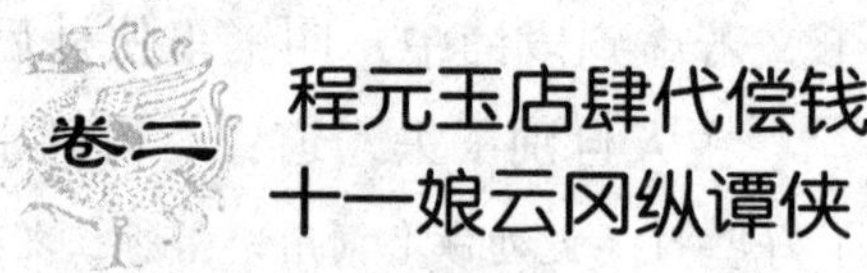

卷二 程元玉店肆代偿钱 十一娘云冈纵谭侠

赞曰：

红线下世，毒哉仙仙。隐娘出没，跨黑白卫。香丸袅袅，游刃香烟。崔妾白练，夜半忽失。侠妪条裂，宅众神耳。贯妻断婴，离恨以豁。解洵娶妇，川陆毕具。三鬟携珠，塔户严扃（jiōng，上闩，关门）。车中飞度，尺余一孔。

这一篇《赞》，都是序（通"叙"，这里是依次评说、论述的意思）着从前剑侠女子的事。从来世间有这一家道术，不论男女，都有习（学，效仿）他的。虽非真仙的派（即"嫡派"，正宗真传），却是专一除恶扶善，功行透了的，也就借此成仙。所以好事的，类集他做《剑侠传》；又有专把女子类成一书，做《侠女传》。

前面这《赞》上说的，都是女子。那红线就是潞州（潞州，辖境相当于今山西省南部地区，唐时治所在上党，今山西省长治市）薛嵩（薛嵩，唐代将领，善战而有治绩）节度（节度，即节度使，统辖数州的地区军事总管）家小青衣（即小婢女），因为魏博（唐代方镇名，治所在魏州，今河北省大名县）节度田承嗣（唐代“安史之乱”后拥兵割据的藩镇将领）养三千外宅儿男，要吞并潞州。薛嵩日夜忧闷，红线闻知，弄出剑术手段，飞身到魏博，夜漏三时（犹如说夜半三更。漏，即“漏壶”，古代的计时器，以铜壶贮水，中间立标有刻度的箭，下开小孔，水缓慢漏出，则箭上刻度逐一显示，以定时间），往返七百里，取了他床头金盒归来。明日，魏博搜捕金盒，一军忧疑，这里却教了使人送还他去。田承嗣一见惊慌，知是剑侠，恐怕取他首级，把邪谋都息了。后来红线说出前世是个男子，因误用医药杀人，故此罚为女子。今已功成，修仙去了。这是红线的出处。

那隐娘姓聂，魏博大将聂锋之女。幼年撞着乞食老尼，摄去教成异术。后来嫁了丈夫，各跨一蹇驴（跛蹇驽弱的驴子。蹇，jiǎn），一黑一白。蹇驴是卫地（指今河南省西北部地区，这里是春秋时卫国所在地）所产，故又叫做“卫”。用时骑着，不用时就不见了，元来（原来）是纸做的。他先前在魏帅左右，魏帅与许帅（即“陈许节度使”，辖管今河南省许昌市以东地区）刘昌裔不和，要隐娘去取他首级。不想那刘节度善算，算定隐娘夫妻该入境，先叫卫将早至城北侯（同“候”）他，约道：“但是一男一女，骑黑白二驴的便是。可就传我命拜迎。”隐娘到许，遇见如此，服刘公神明，便弃魏归许。魏帅知道，先遣精精儿来杀他，反被隐娘杀了。又使妙手空空儿来，隐娘化为蠛蠓（miè měng，一种喜欢乱飞的小昆虫），飞入刘节度口中，教刘节度将于阗国（古代西域国名，在今新疆和田一带，唐代已在这里设置藩镇。阗，tián）美玉围在颈上。那空空儿三更（古代时间名词。古代把晚上戌时作为一更，亥时作为二更，子时作为三更，丑时为四更，寅时为五更。后来一般用三更来指深夜）来到，将匕首项下一划，被玉遮了，其声铿然（形容敲击金石所发出的响亮的声音。铿，kēng），划不能透。空空儿羞道不中，一去千里，再不来了。刘节度与隐娘俱得免难。这是隐娘的出处。

那香丸女子同一侍儿住观音里，一书生闲步，见他美貌，心动。傍有恶少年数人，就说他许多淫邪不美之行。书生贱之。及归家，与妻言及，却与妻家有亲，是个极高洁古怪的女子，亲戚都是敬畏他的。书生不平，要替他寻恶少年出气，未行。只见女子叫侍儿来谢道：“郎君如此好心，虽然未行，主母感恩不尽。”就邀书生过去，治酒请他独酌（dú zhuó，独饮）。饮到半中间，侍儿负一皮袋来，对书生道：“是主母相赠的。”开来一看，乃是三四个人头，颜色未变，都是书生平日受他侮害的仇人。书生吃了一惊，怕有累及，急要逃去。侍儿道："莫怕，莫怕。"怀中取出一包白色有光的药来，用小指甲挑些些，弹在头断处，只见头渐缩小，变成李子大。侍儿一个个撮（cuō，用手指捏取细碎的东西拿起来）在口中吃了，吐出核来，也是李子。侍儿吃罢，又对书生道："主母也要郎君替他报仇，杀这些恶少年。"书生谢道："我如何干得这等事？"侍儿进一香丸，道："不劳郎君动手。但扫净书房，焚此香于炉中，看香烟那里去，就跟了去，必然成事。"又将先前皮袋与他，道："有人头尽纳在此中，仍旧随烟归来，不要惧怕。"书生依言做去。只见香烟袅袅，行处有光，墙壁不碍。每到一处，遇一恶少年，烟绕颈三匝，头已自落，其家不知不觉。书生便将头入皮袋中。如此数处，烟袅袅归来，书生已随了来。到家尚未三鼓，恰如做梦一般。事完，香丸飞去。侍儿已来，取头弹药，照前吃了。对书生道："主母传语郎君：这是畏关。此关一过，打点共做神仙便了。"后来不知所往。这女子、书生，都不知姓名，只传得有《香丸志》。

那崔妾是：唐贞元（唐德宗李适年号，公元785—804年）年间，博陵（郡名，辖境相当于今河北省中部地区，治所在今河北省定县）崔慎思,应进士举，京中赁房居住。房主是个没丈夫的妇人，年止（仅，只）三十余，有容色（容貌神色）。慎思遣媒道意，要纳为妻。妇人不肯，道："我非宦家之女，门楣不对（即门第不相当），他日必有悔，只可做妾。"遂随了慎思。二年，生了一子。问他姓氏，只不肯说。一日,崔慎思与他同上了床，睡至半夜，忽然不见。崔生疑心有甚奸情事了，不胜忿（fèn，生气，恨）怒，遂走出堂前,走来走去。正自彷徨，忽见妇人在屋上走下来，白练缠身，右手持匕首，左手提一个人头，对崔生道："我父昔年被郡守枉杀，求报数年未得。今事已成，不可久留。"遂把宅子赠了崔生，逾墙而去。崔生惊惶。少顷,又来，道是再哺孩子些乳去。须臾（xū yú，极短的时间；片刻）出来，道："从此永别。"竟自去了。崔生回房，看看儿子已被杀死。他要免心中记挂，故如此。所以说"崔妾白练"的话。

那侠妪的事乃元雍（北魏献文帝之子，孝文帝弟）妾修容（后宫位分，修容为九嫔中的第五位）自言：小时里中盗起，有一老妪来对他母亲说道："你家从来多阴德（是指不被人知道，不是为了自己而做的善事），虽有盗乱，不必惊怕，吾当藏过你等。"袖中取出黑绫二尺，裂作条子，教每人臂上系着一条，道："但随我来。"修容母子随至一道院，老枢指一个神像道："汝等可躲在他耳中。"叫修容母子闭了眼,背了他进去。小小神像，他母子住在耳中，却像一

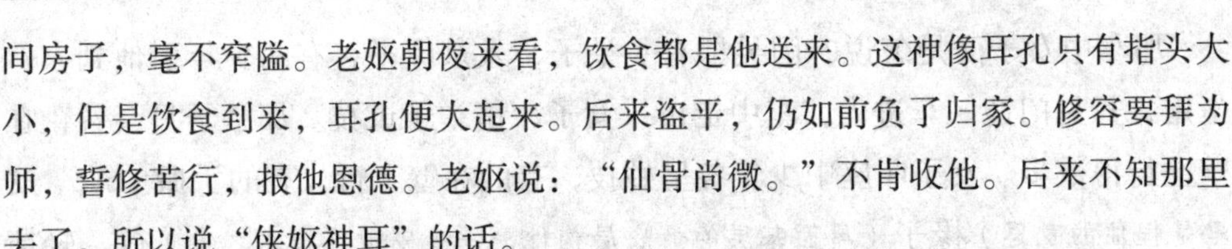

间房子，毫不窄隘。老妪朝夜来看，饮食都是他送来。这神像耳孔只有指头大小，但是饮食到来，耳孔便大起来。后来盗平，仍如前负了归家。修容要拜为师，誓修苦行，报他恩德。老妪说：“仙骨尚微。”不肯收他。后来不知那里去了。所以说“侠妪神耳”的话。

那贾人（商人。贾，gǔ）妻的，与崔慎思妾差不多。但彼是余干县尉王立，调选流落（原任职期满而又没有被委任新职），遇着美妇，道是元系贾人妻子，夫亡十年，颇有家私（家庭财产），留王立为婿，生了一子。后来也是一日提了人头回来，道有仇已报，立刻离京。去了复来，说是再乳婴儿，以豁（舍弃，狠心付出某种代价）离恨。抚毕便去。回灯褰（qiān，撩起）帐，小儿身首（指脑袋）已在两处。所以说“贾妻断婴”的话，却是崔妻也曾做过的。

那解洵是宋时武职官，靖康之乱〔指中国历史上的一次著名事件，发生于北宋皇帝宋钦宗靖康年间（公元1126—1127年）。靖康二年四月金军攻破东京（今河南省开封市），在城内搜刮数日，掳徽宗、钦宗二帝和后妃、皇子、宗室、贵卿等数千人后北撤，东京城中公私积蓄为之一空。北宋灭亡。又称靖康之难、靖康之祸和靖康之变〕，陷在北地，孤苦零落。亲戚怜他，替他另娶一妇为妻。那妇人妆奁（女子梳妆用的镜匣，借指嫁妆）丰厚，洵得以存活。偶重阳日，想起旧妻坠泪。妇人问知欲归本朝，便替他备办，水陆之费（指交通费用）毕具，与他同行。一路水宿山行，防闲营护，皆得其力。到家，其兄解潜军功累积，已为大帅，相见甚喜，赠以四婢。解洵宠爱了，与妇人渐疏。妇人一日酒间责洵道：“汝不记昔年乞食赵魏时事乎？非我已为饿莩（è piǎo，饿死的人）。今一旦得志，便尔忘恩，非大丈夫所为。”洵已有酒意，听罢大怒，奋起拳头，连连打去。妇人忍着，冷笑；洵又唾骂不止。妇人忽然站起，灯烛皆暗，冷气袭人，四妾惊惶仆地。少顷，灯烛复明，四妾才敢起来，看时，洵已被杀在地上，连头都没了。妇人及房中所有，一些（表示数量少。一点儿）不见踪影。解潜闻知，差壮勇三千人各处追捕，并无下落。这叫做“解洵娶妇”。

那三鬟女子，因为潘将军失却玉念珠（佛教徒诵经时用来计算次数的成串的珠子），无处访寻，却是他与朋侪（即朋友们。侪，chái，辈、类）作戏，取来挂在慈恩寺塔院相轮（慈恩寺在今西安市南郊，即大雁塔。相轮，塔顶上的盘盖）上面。后潘家悬重赏，其舅王超问起，他许取还。时寺门方开，塔户尚锁，只见他势如飞鸟，已在相轮上，举手示超，取了念珠下来。王超自去讨赏。明日，女子已不见了。

那车中女子又是怎说？因吴郡有一举子，入京应举，有两少年引他到家。坐定，只见门迎一车进内，车中走出一女子，请举子试技。那举子只会着靴在壁上行得数步。女子叫座中少年各呈妙技，有的在壁上行，有的手撮（cuō，这里是捏住的意思）椽子（屋面基层的最底层构件，垂直安放在檩木之上）行，轻捷却像飞鸟。举子惊服，辞去。数日后，复见前两少年来借马，举子只得与他。明日，内苑（指皇宫里面）失物，唯收得驮物的马。追问马主，捉举子到内侍省（官署名，主管宫廷内部事务的机构）勘问。驱入小门，吏自后一推，倒落深坑数丈。仰望屋顶七八丈，唯见一孔，才开一尺有多。举子苦楚间忽见一物如鸟飞下，到身边看时，却是前日女子。把绢（丝织物）重系举子胳膊讫（qì，完毕），绢头系女子身上，女子腾身飞出宫城，去（距离）门数十里乃下。对举子云："君且归，不可在此！"举人乞食寄宿，得达吴地。这两个女子（指上述"三鬟女子"和"车中女子"）便都有些盗贼意思，不比前边这几个，报仇雪耻，救难解危，方是修仙正路。然要晓世上有此一种人，所以历历（一个个清晰分明，非常清晰）可纪，不是脱空（凭空）的说话。

而今再说一个有侠术的女子，救着一个落难之人，说出许多剑侠的议论，从古未经人道的，真是精绝。有诗为证：

念珠取却犹为戏，若似车中便累人。

试听韦娘一席话，须知正直乃为真。

话说徽州府有一商人，姓程，名德瑜，表字（古代男子成人，不便直呼其名。故另取一与本名含义相关的别名，称之为字，以表其德。凡人相敬而呼，必称其表德之字。后因称字为表字）元玉。禀性简默（沉默；简约静默）端重，不妄言笑，忠厚老成。专一走川、陕，做客（外出经商）贩货，大得利息。一日，收了货钱，待要归家，与带去仆人收拾停当，行囊丰满，自不必说。自骑一匹马，仆人骑了牲口，起身行路。来过文、阶道中（文州、阶州之间，今甘肃省东南部文县、武都一带），与一伙作客的人，同落一个饭店买酒饭吃。

正吃之间，只见一个妇人骑了驴儿，也到店前下了，走将进来。程元玉抬头看时，却是三十来岁的模样，面颜也尽标致，只是装束气质带些武气，却是雄赳赳的。饭店中客人个个颠头耸脑，看他说他，胡猜乱语，只有程元玉端坐不瞧。那妇人都看在眼里。吃罢了饭，忽然举起两袖，抖一抖道："适才忘带了钱来，今饭多吃过了主人的，却是怎好？"那店中先前看他这些人都笑将起来，有的道："元来（原来）是个骗饭吃的！"有的道："敢是（也许是、莫非是）真个忘了。”有的道：“看他模样，也是个江湖上人，不像个本分的，骗饭的事也有。”那店家后生见说没钱，一把扯住不放。店主又发作道：“青天白日，难道有得你吃了饭不还钱不成？”妇人只说：“不带得来，下次补还。”店主道：“谁认得你！”正难分解，只见程元玉便走上前来，说道：“看此娘子光景，岂是要少这数文钱的？必是真失带了出来，如何这等逼他？”就把手腰间去摸出一串钱来道：“该多少，都是我还了就是。”店家才放了手，算一算帐（同“账”），取了钱去。那妇人走到程元玉跟前，再拜道：“公是个长者（这里指性情宽厚、有德行的人），愿闻高姓大名，好加倍奉还。”程元玉道：“些些（区区）小事，何足挂齿！还也不消还得，姓名也不消问得。”那妇人道：“休如此说！公去前面，当有小小惊恐，妾将在此处出些力气报公。所以必要问姓名，万勿隐讳（直率地说话，无所隐讳）。若要晓得妾的姓氏，但记着韦十一娘便是。”程元玉见他说话有些尴尬（这里是古怪的意思），不解其故，只得把名姓说了。妇人道：“妾在城西去探一个亲眷，少刻就到东来。”跨上驴儿，加上一鞭，飞也似去了。

程元玉同仆人出了店门，骑了牲口，一头走，一头疑心。细思适间之话，好不蹊跷。随又忖（cǔn，思量；推测；忖度）道：“妇人之言，何足凭准？况且他一顿饭钱尚不能预备，就有惊恐，他如何出力相报得？”以口问心（一面口中自问，一面心中盘算），行了几里。只见途间一人，头带毡笠，身背皮袋，满身灰尘，是个惯走长路的模样。或在前，或在后，参差不一，时常撞见。程元玉在马上问他道：“前面到何处可以宿歇？”那人道：“此去六十里，有杨松镇，是个安歇客商的所在。近处却无宿头（指旅店）。”程元玉也晓得有个杨松镇，就问道：“今日晏（本义是太阳下山，月亮还未升起的时段。太阳和月亮同在西方地平线下的时段。引申义为天晚、迟暮）了些，还可到得那里么？”那人抬头，把日影看了一看道：“我到得，你到不得。”程元玉道：“又来好笑了。我每（宋元时人称代词的复数，同“们”）是骑马的，反到不得，你是步行的，反说到得，是怎的说？”那人笑道：“此间有一条小路，斜抄去二十里，直到河水湾；再二十里，就是镇上。若你等在官路上走，迂迂曲曲（迂回曲折），差了二十多里，故此到不及。”程元玉道：“果有小路快便，相烦指示同行。到了镇上，买酒相谢。”那人欣然前行，道：“这等，都跟我来。”

那程元玉只贪路近，又见这厮是个长路人，信着不疑，把适间妇人所言惊恐都忘了。与仆人策马，跟了那人，前进那一条路来。初时平坦好走，走得一里多路，地上渐渐多是山根顽石，驴马走甚不便。再行过去，有陡峻高山，遮在面前。绕山走去，多是深密林子，仰不见天。程元玉主仆俱慌，埋怨那人道："如何走此等路？"那人笑道："前边就平了。"程元玉不得已，又随他走，再度过一个岗子，一发（更加，越发）比前崎岖了。程元玉心知中计，叫声"不好，不好！"急掣（牵引，拉。掣，chè）转马头回路。忽然那人唿哨一声，山前涌出一干人（一帮；一伙；一批；有相互关系的一些人）来：

狰狞相貌，劣撅（亦作"劣缺"，勇猛凶悍的样子）身躯。无非月黑杀人，不过风高放火。盗亦有道，大曾偷习儒者虚声；师出无名，也会剽窃将家实用。人间偶而呼为盗，世上于今半是君。

程元玉见不是头，自道（自己说自己）必不可脱。慌慌忙忙下了马，躬身作揖道："所有财物，但凭太保（官职名，这里是对强盗的尊称）取去。只是鞍马衣装，须留下做归途盘费则个（zé gè，语气助词，表示委婉或商量、祈使、解释等语气）。"那一伙强盗听了说话，果然只取包裹来，搜了银两去了。程元玉急回身寻时，那马散了缰，也不知那里去了。仆人躲避，一发（更加，越发）不知去向。凄凄惶惶，剩得一身，拣个高岗立着，四围一望，不要说不见强盗出没去处，并那仆马消息，杳然（yǎo rán，形容看不到，听不见，无影无踪）无踪。四无人烟，且是天色看看黑将下来，没个道理。叹一声道："我命休矣！"

正急得没出豁（无法脱身；无法解脱。豁，huō），只听得林间树叶窣窣价（犹如说飒飒地、沙沙地。窣窣，sù sù，象声词，形容声音细碎。价，语助词，略同于"地"）声响。程元玉回头看时，却是一个人，攀藤附葛（pān téng fù gě，攀附着藤葛前进。极言道路艰难）而来，甚是轻便。走到面前，是个女子，程元玉见了个人，心下已放下了好些惊恐。正要开口问他，那女子忽然走到程元玉面前来，稽首（道士举手向人行礼）道："儿乃韦十一娘弟子青霞是也。吾师知公有惊恐，特教我在此等候。吾师只在前面，公可往会。"程元玉听得说韦十一娘，又与惊恐之说相合，心下就有些望他救答意思，略放胆大些了，随着青霞前往。行不到半里，那饭店里遇着的妇人来了，迎着道："公如此大惊，不早来相接，甚是有罪。公货物已取还，仆马也在，不必忧疑。"程元玉是惊坏了的，一时答应不出。十一娘道："公今夜不可前去。小庵不远，且到庵中一饭，就在此寄宿罢了。前途也去不得。"程元玉不敢违，随了去。

过了两个岗子，前见一山陡绝，四周并无联属（连接，联系），高峰插于云外。韦十一娘以手指道："此是云冈，小庵在其上。"引了程元玉，攀萝附

木，一路走上。到了陡绝处，韦与青霞共来扶掖（fú yè，扶持，提携），数步一歇。程元玉气喘当不得，他两个就如平地一般。程元玉抬头看高处，恰似在云雾里；及到得高处，云雾又在下面了。约莫有十数里，方得石磴（dèng，石头台阶）。磴有百来级，级尽方是平地。有茅堂一所，甚是清雅。请程元玉坐了，十一娘又另唤一女童出来，叫做缥云，整备茶果、山蔌（sù，山间野菜）、松醪（sōng láo，用松肪或松花酿制的酒）请元玉吃。又叫整饭，意甚殷勤。

程元玉方才性定，欠身道："程某自不小心，落了小人圈套，若非夫人相救，那讨性命？只是夫人有何法术制得他，讨得程某货物转来？"十一娘道："吾是剑侠，非凡人也。适间在饭店中，见公修雅，不像他人轻薄，故此相敬。及看公面上，气色有滞（犹如说面带晦气，有倒霉相），当有忧虞（忧患、灾难），故意假说乏钱还店，以试公心。见公颇有义气，所以留心在此相侯（同"候"），以报公德。适间鼠辈无礼，已曾晓谕（xiǎo yù，明白地告诉，告知）他过了。"程元玉见说，不觉欢喜敬羡。他从小颇看史鉴（泛指史书），晓得有此一种法术，便问道："闻得剑术起自唐时，到宋时绝了，故自元朝到国朝，竟不闻有此事。夫人在何处学来的？"十一娘道："此术非起于唐，亦不绝于宋。自黄帝（黄帝为传说中我国远古时中原各部落联盟的领袖，号轩辕氏）受兵符于九天玄女（九天玄女为道教女神，人面鸟身；黄帝与蚩尤战，九天玄女授黄帝以兵符图策，遂破蚩尤），便有此术，其臣风后习之，所以破得蚩尤（蚩尤为东方九黎族首领，扰乱中原，与黄帝战于涿鹿，兵败被杀）。帝以此术神奇，恐人妄用，且上帝立戒甚严，不敢宣扬，但拣一二诚笃（诚实厚道）之人，口传心授，故此术不曾绝传，也不曾广传。后来，张良（张良，字子房，为汉初功臣）募来击秦皇（张良先世为韩相，秦灭韩后，张良结交刺客为韩复仇，曾募力士于今河南省原阳县的博浪沙狙击秦始皇未中，这里即指此事），梁王遣来刺袁盎（西汉景帝欲立梁王刘武为嗣，大臣袁盎进言制止，因此梁王怨恨袁盎，派人将其刺死），公孙述使来杀来、岑（公孙述为西汉末年军阀。王莽称帝时，公孙述自立为蜀王，不久称帝。汉光武帝刘秀灭王莽后，派征南大将军岑彭、中郎将来歙率大军攻蜀，公孙述遣刺客分别暗杀了来歙和岑彭），李师道用来杀武元衡（李师道为唐宪宗时割据一方的军阀，因怀恨宰相武元衡屡欲削弱藩镇势力，便派人将武元衡杀害了），皆此术也。此术既不易轻得，唐之藩镇（唐代在重要各州设置都督府，由节度使统领所属各州甲兵，通称"藩镇"），羡慕仿效，极力延致奇踪异迹之人，一时罔利（贪图利益。罔，同"网"，做动词用）之辈，不顾好歹，皆来为其所用，所以独称唐时有此。不

知彼辈诸人，实犯上帝大戒，后来皆得惨祸。所以彼时先师，复申前戒，大略：不得妄传人、妄杀人；不得替恶人出力害善人；不得杀人而居其名。此数戒最大，故赵元昊所遣刺客，不敢杀韩魏公（韩魏公即韩琦，北宋著名将领，曾任陕西安抚使，指挥防御西夏战事，屡有战功，追封魏郡王，故世称“韩魏公”），苗傅、刘正彦所遣刺客，不敢杀张德远（苗傅、刘正彦皆两宋交替时的武将，建炎三年，二人在杭州发动政变，逼宋高宗退位，后被张浚、韩世忠等击败斩首。张德远即张浚，南宋初年抗金派首领之一），也是怕犯前戒耳。”程元玉道：“史称黄帝与蚩尤战，不说有术；张良所募力士，亦不说术；梁王、公孙述、李师道所遣，皆说是盗，如何是术？”十一娘道：“公言差矣！此正吾道所谓不居其名也。蚩尤生有异像，且挟奇术，岂是战阵可以胜得？秦始皇万乘之主，仆从仪卫，何等威焰（指显赫的威势气焰）！且秦法甚严，谁敢击他？也没有击了他可以脱身的。至如袁盎官居近侍（皇帝近身的侍臣），来、岑身为大帅，武相位到台衡（对宰相的称谓。台指三台，衡指玉衡，为两星名，位于紫微宫帝座之前，因以喻宰相的地位），或取之万众之中，直戕（qiāng，残杀、杀害）之辇毂（niǎn gǔ，皇帝的车舆。有时代指皇帝）之下，非有神术，怎做得成？且武元衡之死，并其颅骨也取了去，那时慌忙中，谁人能有此闲工夫？史传元自明白，公不曾详玩其旨耳。”程元玉道：“史书上果是如此。假如太史公〔与下文“史迁”均指司马迁，字子长，夏阳（今陕西省韩城县）人，西汉伟大史学家，曾任太史令，所著《史记》为我国第一部纪传体史书，内有《刺客列传》〕所传刺客，想正是此术。至荆轲刺秦王（荆轲为战国末期刺客，因受燕太子丹厚遇，被派刺秦王政（秦始皇），以献地图为名，图穷匕首见，刺秦王不中，被杀），说他剑术疏；前边这几个刺客，多是有术的了？”十一娘道：“史迁非也。秦诚无道，亦是天命真主，纵有剑术，岂可轻施？至于专诸、聂政（二人事均见《史记·刺客列传》。专诸是春秋时吴国刺客，吴公子光（阖闾）欲废吴王僚自立，遣专诸藏剑于鱼中，伺机刺僚死。聂政是战国时韩国刺客，韩烈侯时，严遂与相国侠累结怨，求聂政为其报仇，聂政入相府刺死侠累，亦自杀）诸人，不过义气所使，是个有血性好汉，原非有术。若这等都叫做剑术，世间拼死（pīn sǐ，豁出性命）杀人，自身不保的，尽是术了！”程元玉道：“昆仑摩勒（唐人裴铏传奇小说《昆仑奴》中人物，会法术，尝帮助主人崔生与所慕之人红绡妓欢会）如何？”十一娘道：“这是粗浅的了。聂隐娘、红线方是至妙的。摩勒用形，但能涉历险阻，试他矫健手段。隐娘辈用神，其机玄妙，鬼神莫窥，针孔可度，皮郛（所指不详，似为“皮肤”之讹。郛，fú）可藏，倏忽千里，往来无迹，岂得无术？”程元玉道：“吾看《虬髯客传》（唐人杜光庭所作传奇小说，叙红拂女私奔李靖，途遇虬髯客，共助李世民创大唐帝业的故事），说他把仇人之首来吃了，剑术也可以报得私仇的？”十一娘道：“不然。虬髯之事，寓言，非真也。就是报仇，也论曲直。若曲（不公正；无理）在我，也是不敢用术报得的。”程元玉道：“假如术家所谓仇，必是何等为最？”十一娘道：“仇有几等，皆非私仇。世间有做守令官，虐使小民的，贪其贿又害其命的；世间有做上司（高级官吏）官，张大威权，专好谄奉，反害正直的；世间有做将帅，只剥军饷，不勤武事（与军队或战争有关的事情），败坏封疆（分封土地的疆界；分封的疆界，界域的标记，聚土而成）的；世间有做宰相，树置心腹，专害异己，使贤奸倒置的；世间有做试官，私通关节（考官向应试之人暗通消息，以索取贿赂。也泛称暗中行贿，说人情），贿赂徇私，黑白混淆，使不才侥幸，才士屈仰的：此皆吾术所必诛者也。至若舞文的滑吏（奸猾的官吏），武断的土豪，自有刑宰（掌管刑法的官员）主之；忤逆（wǔ nì，不孝敬父母）之子，负心之徒，自有雷部（迷信传说风、雨、雷、电均有神执掌，司雷之神称“雷部”。这里泛指鬼神）司之，不关我事。”程元玉曰：“以前所言几等人，曾不闻有显受刺客剑仙杀戮（大量杀害，屠杀）的。”十一娘笑道：“岂可使人晓得的？凡此之辈，杀之之道非一。重者或径（直接）取其首领及其妻子，不必说了。次者或入其咽，断其喉，或伤其心腹，其家但知为暴死，不知其故。又或用术慑其魂，使他颠蹶（diān jué，颠狂）狂谬（kuáng miù，亦作“狂缪”。狂妄悖理），失志而死，或用术迷其家，使他丑秽（丑恶污秽之行；丑恶污秽之事）迭出，愤郁而死。其有时未到的，但假托神异梦寐，使他惊惧而已。”程元玉道：“剑可得试，令吾一看否？”十一娘道：“大者不可妄用，且怕惊坏了你。小者不妨试试。”

乃呼青霞、缥云二女童至，吩咐道：“程公欲观剑，可试为之，就此悬崖旋製（zhì，造，作。似应作“掣”，形误所致）便了。”二女童应诺。十一娘袖中摸出两个丸子，向空一掷，其高数丈，才坠下来，二女童即跃登树枝梢上，以手接着，毫发不差。各接一丸来，一拂，便是雪亮的利刃。程元玉看那树枝，樛曲（树木向下弯曲的样子。樛，jiū）倒悬，下临绝壑，窅（yǎo，深远）不可测。试一俯瞯（jiàn，窥视），神魂飞荡，毛发森竖，满身生起寒粟子（皮肤骤然收缩而隆起的小颗粒，俗称“鸡皮疙瘩”）来。十一娘言笑自如。二女童运剑，为彼此击刺之状。初时犹自可辨，到得后来，只如两条白练，半空飞绕，并不看见有人。有顿饭时候，然后下来，气不喘，色不变。程无玉叹道："真神人也！"

时已夜深，乃就竹榻上施衾褥（qīn rù，被子和褥子），命程在此宿卧，仍加以鹿裘覆之。十一娘与二女童作礼而退，自到石室中去宿了。时方八月天气，程元玉拥裘覆衾，还觉寒凉，盖缘居处高了。

天未明，十一娘已起身梳洗毕。程元玉也梳洗了，出来与他相见，谢他不尽。十一娘道："山居简慢，恕罪则个（zé gè，语气助词，表示委婉或商量、祈使、解释等语气）。"又供了早膳。复叫青霞操（拿，抓在手里）弓矢，下山寻野味作昼馔（zhòu zhuàn，指午饭）。青霞去了一会，无一件将（拿）来，回说天气早，没有。再叫缥云去。坐谭未久，缥云提了一雉一兔上山来。十一娘大喜，叫青霞快整治供客。程元玉疑问道："雉兔山中岂少？何乃（何故，为何）难得如此？"十一娘道："山中元不少，只是潜藏难求。"程元玉笑道："夫人神术，何求不得，乃难此雉兔？"十一娘道："公言差矣。吾术岂可用来伤物命以充口腹乎？不唯（不仅；不但）神理不容，也如此小用不得。雉兔之类，原要挟弓矢、尽人力取之方可。"程元玉深加叹服。须臾（xū yú，极短的时间；片刻），酒至数行。程元玉请道："夫人家世，愿得一闻。"十一娘踧踖（cù jí，恭敬而又不安的样子）沉吟道："事多可愧。然公是忠厚人，言之亦不妨。妾本长安人，父母贫，携妾寄寓平凉（明代置平凉府，辖今甘肃东部与陕西、宁夏交会的地区，治所在甘肃平凉县），手艺营生。父亡，独与母居。又二年，将妾嫁同里（隶属江苏省吴江市，距苏州市18千米，距上海80千米，为江南六大水乡之一）郑氏子，母又转嫁了人去。郑子佻达（tiāo dá，轻薄放荡；轻浮）无度，喜侠游，妾屡屡谏他，遂至反目。因弃了妾，同他一伙无藉（无赖）人到边上立功去，竟无音耗（音信；消息）回来了。伯子（称呼丈夫的哥哥）不良，把（拿）言语调戏我，我正色拒之。一日，潜走到我床上来，我提床头剑刺之，着了伤走了。我因思我是一个妇人，既与夫不相得（彼此投合），弃在此间，又与伯同居不便，况且今伤了他，住在此不得了。曾有个赵道姑，自幼爱我，他有神术，道我可传得。因是父母在，不敢自由（由自己做主；不受限制和拘束），而今只索（不得不；只能）投他去。次日往见道姑，道姑欣然接纳。又道：'此地不可居。吾山中有庵，可往住之。'就挈我登一峰巅，较此处还险峻，有一团瓢（小屋）在上，就住其中，教我法术。至暮，径下山去，只留我独宿。戒我道：'切勿饮酒及淫色。'我想道：'深山之中，那得有此两事？'口虽答应，心中不然，遂宿在团瓢中床上。至更余，有一男子逾墙（翻出墙头，跳墙）而入，貌绝美。

我遽（jù，惊惧、慌张）惊起，问他不答，叱他不退。其人直前（径直向前），将拥抱我；我不肯从，其人求益坚。我抽剑欲击他，他也出剑相刺。他剑甚精利，我方初学，自知不及，只得丢了剑，哀求他道：'妾命薄，久已灰心，何忍乱我？且师有明戒，誓不敢犯。'其人不听，以剑加我颈，逼要从他。我引颈受之，曰：'要死便死，吾志不可夺（失去、改变）。'其人收剑笑道：'可知子心不变矣！'仔细一看，不是男子，元来是赵道姑，作此试我的。因此道我心坚，尽把术来传了。我术已成，彼自远游，我便居此山中了。"程元玉听罢，愈加钦重。

日已将午，辞了十一娘要行，因问起昨日行装仆马。十一娘道："前途自有人送还，放心前去。"出药一囊送他，道："每岁（每年）服一丸，可保一年无病。"送程下山，直至大路方别。才别去，行不数步，昨日群盗将行李仆马，已在路傍等候奉还。程元玉将银钱分一半与他，死不敢受；减至一金做酒钱，也必不肯。问是何故，群盗道："韦家娘子有命，虽千里之外，不敢有违。违了他的，他就知道。我等性命要紧，不敢换货用。"程元玉再三叹息，仍旧装束好了，主仆取路（上路）前进。

此后不闻十一娘音耗（音信；消息），已是十余年。一日，程元玉复到四川，正在栈道中行，有一少妇人，从了一个秀士（德才优异的人）行走，只管把（拿）眼来瞧他。程元玉仔细看来，也像个素相识的，却是再想不起，不知在那里会过。只见那妇人忽然道："程丈（对老年男子的尊称）别来无恙乎？还记得青霞否？"程元玉方悟是韦十一娘的女童，乃与青霞及秀士相见。青霞对秀士道："此间便是吾师所重程丈，我也多曾与你说过的。"秀士再与程叙过礼（超过常礼）。程问青霞道："尊师今在何处？此位又是何人？"青霞道："吾师如旧。吾丈别后数年，妾奉师命，嫁此士人（古代文人知识分子的统称）。"程问道："还有一位缥云何在？"青霞道："缥云也嫁人了。吾师又另有两个弟子了，我与缥云但逢着时节（四时的节日），才去问省（问候尊长的起居）一番。"程又问道："娘子今将何往？"青霞道："有些公事在此要做，不得停留。"说罢作别。看他意态，甚是匆匆，一竟去了。

过了数日，忽传蜀中某官暴卒。某官性诡谲（guǐ jué，奇异，奇怪）好名，专一暗地坑人、夺人。那年进场做房考（亦称"房官"。明清时期乡、会试时分房阅卷的考官），又暗通关节，卖了举人（明、清时，称乡试中试的人为举人，亦称为大会状、大春元），屈了真才，有像十一娘所说必诛之数。程元玉心疑道："分

明是青霞所说做的公事了。”却不敢说破，此后再也无从相闻。

此是吾朝成化年间事。秣陵（古县名，在今南京市，后世沿用作南京的别称）胡太史汝嘉（字懋礼，号秋宇，明戏曲作家，嘉靖进士。太史，史官名，明代亦指称翰林），有《韦十一娘传》。诗云：

侠客从来久，韦娘论独奇。
双丸虽有术，一剑本无私。
贤佞[①]能精别，恩仇不浪施。
何当时假腕，刬[②]尽负心儿！

卷三 感神媒张德容遇虎 凑吉日裴越客乘龙

诗曰：

每说婚姻是宿缘[③]，定经月老[④]把绳牵。
非徒配偶难差错，时日犹然不后先[⑤]。

话说婚姻事皆系前定。从来说月下老赤绳系足，虽千里之外，到底相合；若不是因缘，眼面前也强求不得的。就是是因缘了，时辰未到，要早一日也不能勾（gòu，古同“够”，达到）；时辰已到，要迟一日也不能勾。多是氤氲大使（传说中主管人世姻缘的神。据《清异录》载，神界有专门管理人间婚配的机构，叫“缱绻司”，长官号“氤氲大使”）暗中主张，非人力可以安排也。

唐朝时有一个弘农（旧县名，今河南省灵宝县）县尹（县令，一县的最高行政长官。但唐代只称县令，元代始称县尹），姓李，生一女，年已及笄（指女子已成年，到了盘发插笄的年龄，亦即到了婚配年龄。笄，jī，发簪），许配卢生。那卢生生得伟貌（光彩炫耀的容貌）长髯，风流倜傥，李氏一家尽道是个快婿（称心如意的女

①佞：nìng，巧言谄媚的人。② 刬：chǎn，削去，铲平。③宿缘：佛教谓前生的因缘。④月老：又称“月下老人”，传说中主管人间婚配的神。据唐代李复言《续幽怪录》中《定婚店》故事载，男女一生下来即由月下老人以红绳系足，终会成为夫妇。后亦称媒人为“月老”。⑤后先：脚前脚后距离很近，也指时间的先后。

婿）。一日，选定日子，赘（zhuì，就婚于女家与改为女家姓的男子称为“赘婿”。对男家来说，出去当赘婿称为“出赘”。对女家来说，招女婿称为“招赘”。男子到女家当赘婿称为“入赘”）他人宅。当时有一个女巫，专能说未来事体（事情；情况），颇有灵验，与他家往来得熟。其日因为他家成婚行礼，也来看看耍子（即玩耍）。李夫人平日极是信他的，就问他道：“你看我家女婿卢郎，官禄厚薄如何？”女巫道：“卢郎不是那个长须后生么？”李母道：“正是。”女巫道：“若是这个人，不该是夫人的女婿。夫人的女婿，不是这个模样。”李夫人道：“吾女婿怎么样的？”女巫道：“是一个中形白面，一些（表示数量少。犹一点）髭髯（zī rán，胡须）也没有的。”李夫人失惊道：“依你这等说起来，我小姐今夜还嫁人不成哩！”女巫道：“怎么嫁不成？今夜一定嫁人。”李夫人道：“好胡说！既是今夜嫁得成，岂有不是卢郎的事？”女巫道：“连我也那晓得缘故？”道言未了，只听得外面鼓乐喧天，卢生来行纳采礼（旧时婚礼程式之一，媒人提亲，女方应允后，男方需备礼物前去求婚，谓之“纳采礼”），正在堂前拜跪。李夫人拽着女巫的手，向后堂门缝里指着卢生道：“你看这个行礼的，眼见得今夜成亲了，怎么不是我女婿？好笑，好笑。”那些使数养娘们见夫人说罢，大家笑道：“这老妈妈惯扯大谎，这番不准了！”女巫只不做声。

须臾（xū yú，极短的时间；片刻）之间，诸亲百眷，都来看成婚盛礼。元来唐时衣冠人家婚礼，极重合卺之夜（即新婚之夜。合卺为古代一种结婚仪式，将一瓠分为两瓢，新婚夫妇各执一瓢，斟酒漱口。卺，jǐn），凡属两姓亲朋，无有不来的。就中有引礼（替主人接待宾客相互引荐的人为“引礼”）、赞礼（主持仪式依次进行的人为“赞礼”）之人，叫做“傧相（古代称接引宾客的人，也指赞礼的人）”，都不是以下人（居于人之后或者下属）做，就是至亲好友中间，有礼度熟闲（娴熟；熟练）、仪容出众、声音响亮的，众人就推举他做了，是个尊重的事。其时卢生同了两个傧相，堂上赞拜（朝拜、礼拜祭祀时，司仪大声唱出行礼的仪式）礼毕，新人入房。卢生将李小姐灯下揭巾一看，吃了一惊，打一个寒噤，叫声“呵呀”往外就走。亲友问他，并不开口，直走出门，跨上了马，连加两鞭，飞也似去了。宾友之中，有几个与他相好（关系亲密,感情好）的，要问缘故；又有与李氏至戚（最亲近的亲属）的，怕有别话，错了时辰，要成全他的，多来追赶。有的赶不上，罢了。有赶着的，问他劝他，只是摇手道：“成不得！成不得！”也不肯说出缘故来，抵死（拼死；冒死表示坚决）不肯回马（掉转马头，返回）。众人计无所出（想不出什么办法。计，计策，办法），只得走转

来，把卢生光景（情况）说了一遍。

那李县令气得目睁口呆，大喊道："成何事体（体统）！成何事体！"自思女儿一貌如花，有何作怪？今且在众亲友面前说明，好教他们看个明白。因请众亲戚都到房门前，叫女儿出来拜见，就指着道："这个便是许卢郎的小女，岂有惊人丑貌？今卢郎一见就走，若不教他见见，众位到底认做个怪物了！"众人抬头一看，果然丰姿冶丽（美丽异常），绝世无双。这些亲友，也有说是卢郎无福的，也有说卢郎无缘的，也有道日子差池（差错）犯了凶煞（凶神）的，议论一个不定（不住；不止）。李县令气忿忿地道："料那厮（对男子的蔑称，犹如说那小子、那家伙）不能成就（成全；造就），我也不伏气（服气；认输）与他了。我女儿已奉见宾客，今夕嘉礼（西周五礼之一，嘉礼是饮宴婚冠、节庆活动方面的礼节仪式，是调和人际关系、沟通、联络感情的礼仪），不可虚废。宾客里面有愿聘的，便赴今夕佳期（指好时光）。有众亲在此作证明，都可做大媒。"只见傧相（古代称接引宾客的人，也指赞礼的人）之中有一人走近前来，不慌不忙道："小子不才，愿事门馆（愿意做你家女婿。门馆，一般均指家塾教师，但这里乃是"门下馆甥"的略称。馆甥，即女婿）。"众人定睛看时，那人姓郑，也是拜过官职的了，面如傅粉（搽粉），唇若涂朱，下颏上真个一根髭须（zī xū，嘴周围的胡子）也不曾生，且是标致。众人齐喝一声采道："如此小姐，正该配此才郎！况且年貌相等，门阀（是门第和阀阅的合称，指世代为官的名门望族，又称门第、衣冠、世族、士族、势族、世家、巨室等）相当。"就中推两位年高的为媒，另择一个年少的代为傧相。请出女儿，交拜（中国旧时婚礼中新郎、新娘对面互拜。俗称"拜堂"）成礼，且应佳期。一应（yī yìng，所有一切）未备礼仪，婚后再补。是夜竟与郑生成了亲。郑生容貌，果与女巫之言相合，方信女巫神见。

成婚之后，郑生遇着卢生，他两个原相交（相交往；结交）厚的，问其日前何故如此。卢生道："小弟揭巾一看，只见新人两眼通红，大如朱盏（古代文具。盛贮朱色墨汁的盂盏），牙长数寸，爆出口外两边，那里是个人形？与殿壁所画夜叉（佛教传说中一种吃人的恶鬼）无二。胆俱吓破了，怎不惊走？"郑生笑道："今已归小弟了。"卢生道："亏兄如何熬得？"郑生道："且请到弟家，请出来与兄相见则个（zé gè，语气助词，表示委婉或商量、祈使、解释等语气）。"卢生随郑生到家，李小姐梳妆出拜，天然绰约（形容女子姿态柔美的样子），绝非房中前日所见模样，懊悔无及（形容事态发展已没有挽回的余地，来不及）。后来闻得女巫先曾有言，如此如此，晓得是有个定数（气数；命运），叹

往罢了。正合着古话两句道：

有缘千里能相会，无缘对面不相逢。

而今再说一个唐时故事。乃是乾元（唐肃宗李亨年号，公元758—759年）年间，有一个吏部尚书（吏部的长官。吏部是掌管全国官吏任免、考核、升迁等事务的中央官署），姓张名镐。有第二位小姐，名唤德容。那尚书在京中任上时，与一个仆射（官名，唐代为尚书省长官，相当于宰相职务。射，yè）姓裴名冕的，两个往来得最好。裴仆射有第三个儿子，曾做过蓝田县尉（蓝田县今属陕西省。县尉是县里负责治安的官员）的，叫做裴越客。两家门当户对，张尚书就把这个德容小姐许下了他亲事，已拣定日子成亲了。

却说长安西市中有个算命的老人，是李淳风（唐初人，曾为太史令，精通天文历算。传说他善于占卜，有灵验）的族人，叫做李知微，星数精妙，凡看命起卦，说人吉凶祸福，必定断下个日子，时刻不差。一日，有个姓刘的，是个应袭赁子（“赁子”一词费解，疑“赁”为“任”字之误。汉制，二千石以上官员任满一定年限，可保举子弟一人为郎，称“任子”。后世沿用，指因先人之职位而得官者。这种制度便是“袭”，亦即下句所说的“荫”。应袭任子，即应该袭任官职的宦门子弟），到京理荫求官，数年不得。这一年已自钻求（钻营）要紧关节，叮嘱停当，吏部试判（吏部选拔官吏的一种考核方式，将州县疑难案卷令其批议，是为“判”）已毕，道是必成。闻西市李老之名，特来请问。李老卜了一卦，笑道：“今年求之不得，来年不求自得。”刘生不信。只见吏部出榜，为判上落了字眼，果然无名。到明年又在吏部考试，他不曾央（恳求，请求）得人情，抑且（况且；而且）自度（自己衡量；自忖）书判（指书法和文理）中下，未必合式（符合一定的规格、程式），又来西市问李老。李老道：“我旧岁就说过的，君官必成，不必忧疑。”刘生道：“若得官，当在何处？”李老道：“禄（福气、福运）在大梁（河南省开封市西北）地方。得了后，你可再来见我，我有话说。”吏部榜出，果然选授（经过选定授以官职）开封县尉。刘生惊喜，信之如神，又去见李老。李老道：“君去为官，不必清俭，只消（只需要）恣意求取，自不妨得。临到任满，可讨个差使，再入京城，还与君推算。”刘生记着言语，别去到任。那边州中刺史，见他旧家（世家。指上代有勋劳和社会地位的家族）人物，好生委任他。刘生想着李老之言，广取财贿，毫无避忌，上下官吏都喜欢他，再无说话。到得任满，贮积千万，遂见刺史（检核问事的官员），讨个差使。刺史依允，就教他部着（这里是负责押解的意思）本州租税解京。到了京中，又见李老。李老道："公三日内即要迁官（晋升官爵）。"刘生道："此番进京，实要看个机会，设法迁转（指官员换防或升官，调动任所）。却是三日内如何能勾（gòu，古同"够"，达到）？况未得那升迁日期，这个未必准了。"李老道："决然不差，迁官也就在彼郡。得了后可再来相会，还有说话。"刘生去了。明日将州中租赋到左藏库（唐代掌管国家财货库藏的机构为"太府寺"，下设七个署，其中"左藏署"掌管天下赋税。书中刘生是押解本州租税的，应向左藏署库房交纳）交纳，正到库前，只见东南上偌大一只五色鸟，飞来库藏屋顶住着，文彩辉煌，百鸟喧噪，弥天而来。刘生大叫："奇怪！奇怪！"一时惊动了内官（指国君左右的亲近臣僚或宦官太监）、宫监（太监）大小人等，都来看嚷。有识得的道："此是凤凰也。"那大鸟住了一会，听见喧闹之声，即时展翅飞起，百鸟渐渐散去。此话闻至天子面前，龙颜大喜，传出敕命（chì mìng，即命令，特指皇帝颁赐爵位的诏令）来道："那个先见的，于原身官职加升一级改用。"内官查得真实，却是刘生先见，遂发下吏部，迁授浚仪（古县名，故址在今河南省开封市西北）县丞（官名，典文书及仓狱，为县令之辅佐）。果是三日，又就在此州。刘生愈加敬信李老，再来问此去为官之方。李老云："只须一如前政。"刘生依言，仍旧恣意贪取，又得了千万。任满赴京听调，又见李老。李老曰："今番当得一邑（城市，都城，旧指县，古代诸侯分给大夫的封地）正官，分毫不可妄取了。慎之，慎之。"刘生果授寿春（今在安徽省六安市）县宰。他是两任得惯了的手脚（动作；举止），那里忍耐得住！到任不久，旧性复发，把李老之言丢过一边。偏生（方言。偏偏）前日多取之言好听，当得个谨依来命（敬辞。指来人传达的要求）；今日不取之言迂阔（迂腐而不切合实际），只推（辞让，脱卸）道未可全信。不多时，上官论劾（lùn hé，论告弹劾）追赃，削职了。又来问李老道："前两任只叫多取，今却叫不可妄取，都有应验，是何缘故？"李老道："今当与公说明。公前世是个大商，有二千万资财，死在汴州，其财散在人处。公去做官，原是收了自家旧物，不为妄取，所以一些（表示数量少。一点儿）无事。那寿春一县之人，不曾欠公的，岂可过求？如今强要起来，就做坏了。"刘生大伏，惭悔而去。凡李老之验，如此非一，说不得这许多。

而今且说正话。那裴仆射家拣定了做亲（举行婚礼；男婚女嫁）日期，叫媒人到张尚书家来通信道日。张尚书闻得李老许多神奇灵应，便叫人接他过来，把女儿八字（古代年、月、日、时，均用"天干""地支"相配，各得两字，共八字。古人迷信，认为从人的出生八字中可以推断命运）与婚期，教他合一合（即推算推算，看“八字”与“婚期”是否相宜），看怕有什么冲犯（旧时占卜星相术认为日辰、五行、生肖等不合而致凶灾）不宜。李老接过八字，看了一看道：“此命喜事不在今年，亦不在此方。”尚书道：“只怕日子不利，或者另改一个也罢，那有不在今年之理？况且男女两家，都在京中，不在此方，便在何处？”李老道：“据看命数已定，今年决然不得成亲。吉日自在明年三月初三日，先有大惊之后，方得会合，却应在南方。冥数（旧谓上天所定的气数或命运）已定，日子也不必选，早一日不成，迟一日不得。”尚书似信不信的道：“那有此话？”叫管事人封个赏封（装在红封套里的赏钱）谢了去。见出得门，裴家就来接了去，也为婚事将近，要看看休咎（吉凶。《尚书·洪范》有“休征”“咎征”，即吉兆、凶兆）。李老到了裴家，占了一卦，道：“怪哉！怪哉！此卦恰与张尚书家的命数正相符合。”遂取文房四宝出来，写了一柬道：

三月三日，不迟不疾。水浅舟胶（黏合），虎来人得。惊则大惊，吉则大吉。

裴越客看了，不解其意，便道：“某正为今年尚书府亲事，只在早晚，问个吉凶。这‘三月三日’之说何也？”李老道：“此正是婚期。”裴越客道：“日子已定，眼见得不到那时了。不准，不准。”李老道：“郎君（对官吏、富家子弟的通称）不得性急。老汉所言，万无一误。”裴越客道：“‘水浅舟胶，虎来人得’，大略（大概）是不祥的说话了。”李老道：“也未必不祥，应后自见。”作别过了。

正待要欢天喜地，指日成亲，只见补阙、拾遗（唐代始设置的向皇帝进行规劝的谏官名称）等官，为选举不公，文章论劾（lùn hé，向皇帝揭发其他官吏劣迹）吏部尚书。奉圣旨，谪贬（古代官吏因罪被降职并调至边远之地）张镐为扆州司户（唐代未见置扆州，依下文“扆州界内石阡江中”“黔峡之间”等语，疑是“夷州”之误。夷州，即今贵州省石阡县。司户，主管户籍的官职，按唐制在府为户曹参军，在州为司户参军，在县为司户，此应为司户参军。扆，yǐ），即日就道。张尚书叹道：“李知微之言验矣！”便教媒人回复（huí fù，答复）裴家，约定明年三月初三，到扆州成亲。自带了家眷，星夜到贬处去了。元来（原来）唐时大官谪贬，甚是消条（冷落，凄清），亲眷避忌，不十分肯与往来的，怕有朝廷不测，时时忧恐。张尚书也不把裴家亲事在念（挂在心上）了。

裴越客得了张家之信，吃了一惊，暗暗道：“李知微好准卦，毕竟要依他的日子了。”真是到手佳期，却成虚度，闷闷不乐，过了年节。一开新年，便

打点束装，前赴泉州成婚。

那越客是豪奢公子，规模不小，坐了一号大座船（官船。其中为官署所有的叫官座船；征自民间的叫民座船），满载行李辎重（zī zhòng，外出的人携带的包裹行李），家人二十多房，养娘（婢女，如丫鬟、乳母之类）七八个，安童七八个，择日开船。越客恨不得肋生双翅，脚下腾云，一眨眼便到泉州。行了多日，已是二月尽边，皆因船只狼犺（láng kàng，笨拙；笨重），行李沉重，一日行不上百来里路，还有搁着浅处，弄了几日，才弄得动的，还差泉州三百里远近。越客心焦，恐怕张家不知他在路上，不打点得，错过所约日子。一面舟行，一面打发一个家人，在岸路驿（yì，旧时供传递公文的人中途休息、换马的地方，亦指供传递公文用的马）中讨了一匹快马，先到泉州报信。家人星夜不停，报入泉州来。

那张尚书身在远方，时怀忧闷，况且不知道裴家心下如何，未知肯不嫌路远，来赴前约否。正在思忖（思量；推测；忖度。忖，cǔn）不定，得了此报，晓得裴郎已在路上将到，不胜之喜。走进衙中，对家眷说了，俱各欢喜不尽。此时已是三月初二日了。尚书道："明日便是吉期。如何来得及？但只是等裴郎到了，再定日未迟。"

是夜（此夜、这一夜）因为德容小姐佳期将近，先替他簪（插，戴）了髻，设宴在后花园中，会集衙中亲丁（亲戚；亲属）女眷，与德容小姐添妆把盏（bǎ zhǎn，宴饮礼仪。指宴席上端着酒壶给人斟酒、敬酒。如婚庆宴饮，新娘把盏为众宾客一一敬酒）。那花园离衙斋（衙门里供职官燕居之处）将有半里，泉州是个山深去处。虽然衙斋左右，多是些丛林密箐（jīng，竹名），与山林之中无异，可也幽静好看。那德容小姐，同了衙中姑姨姊妹，尽意游玩。酒席既阑，日色已暮，都起身归衙，众女眷或在前，或在后，大家一头笑语，一头行走。正在喧哄之际，一阵风过，竹林中腾地跳出一个猛虎来，擒了德容小姐便走。众女眷吃了一惊，各各逃窜。那虎已自跳入翳荟（yì huì，草木繁茂）之处，不知去向了。众人性定，奔告尚书得知，合家啼哭得不耐烦（表示程度很深）。那时夜已昏黑，虽然聚得些人起来，四目相视，束手无策，无非打了火把，四下里照得一照，知他在何路上，可以救得？干闹嚷了一夜，一毫无干。到得天晓，张尚书噙着眼泪，点起人夫（受雇佣的民夫）去寻骸骨，漫山遍野，无处不到，并无一些（表示数量少。一点儿）下落。张尚书又恼又苦，不在话下。

且说裴越客已到泉州界内石阡江中。那江中都是些山根石底，重船到处触碍，一发（更加，越发）行不得。已是三月初二日了，还差几十里路。越客道：

"似此行去，如何赶得明日到？"心焦背热，与船上人发极（发火起急。吴方言"极"通"急"，书中此用法甚多）嚷乱。船上人道："是用不得性的，我们也巴不得到了，讨喜酒吃，谁耐烦（忍受）在此延挨（拖延）？"裴越客道："却是明日吉期，这等担阁（耽搁,迟延）怎了？"船上人道："只是船重得紧，所以只管搁浅。若要行得快，除非上了些岸，等船轻了好行。"越客道："有理，有理。"他自家着了急的，叫住了船，一跳便跳上了岸，招呼众家人起来。那些家人见主人已自在岸上了，谁敢不上？一定就走了二十多人起来，那船早自轻了。越客在前，众家人在后，一路走去。那船好转动，不比先前，自在江中相傍着行。

行得四五里，天色将晚，看见岸旁有板屋一间，屋内有竹床一张，越客就走进屋内，叫仆童把竹床上扫拂一扫拂，坐了歇一歇气再走。这许多僮仆，都站立左右，也有站立在门外的。正在歇息，只听得树林中飕飕的风响。于时一线月痕和着星光，虽不甚明白，也微微看得见，约莫（大约）风响处，有一物行走甚快。将到近边，仔细看去，却是一个猛虎，背负一物而来。众人惊惶，连忙都躲在板屋里来。其虎看看至近，众人一齐敲着板屋呐喊，也有把马鞭子打在板上，振得一片价响（不停地发出声响）。那虎到板屋侧边，放下了背上的东西，抖抖身子，听得众人叫喊，像似也有些惧怕，大吼一声，飞奔入山去了。

众人在屋缝里张着（睁大眼睛看），看那放下的东西，恰像个人一般，又恰像在那里有些动。等了一会，料虎去远了，一齐捏把汗，出来看时，却是一个人，口中还微微气喘。来对越客说了，越客分付众人救他，慌忙叫放船拢岸。众人扛扶其人，上了船，叫快快解了缆开去，恐防那虎还要寻来。船行了半响，越客叫点起火来看。舱中养娘（婢女，如丫鬟、乳母之类）们，各拿蜡烛点起，船中明亮，看那人时，却是：

眉湾杨柳，脸绽芙蓉。喘吁吁吐气不齐，战兢兢惊神未定。头垂发乱，是个醉扶上马的杨妃（杨贵妃，唐玄宗的宠妃，小名玉环，法号太真，以美艳著称）；目闭唇张，好似死乍还魂的杜丽（杜丽娘，汤显祖所著戏曲《牡丹亭》中的女主角）。面庞勾（gòu，古同"够"，达到）可十七八，美艳从来无二三。

越客将这女子上下看罢，大惊说道："看他容颜衣服，决不是等闲村落人家的。"叫众养娘好生看视。众养娘将软褥铺衬，抱他睡在床上，解看衣服，尽被树林荆刺抓破，且喜身体毫无伤痕。一个养娘替他将乱发理清梳通了，挽起一髻，将一个手帕替他扎了。拿些姜汤灌他，他微微开口，咽下去了；又调些粥汤来灌他。弄了三四更天气，看看苏醒，神安气集。忽然抬起头来，开目一看，看见面前的人一个也不认得，哭了一声，依旧眠倒（横倒）了。这边养娘们问他来历缘故，及遇虎根由，那女子只不则声，凭他说来说去，竟不肯答应一句。

渐渐天色明了，岸上有人走动，这边船上也着水夫（伐船的人）上纤。此时离州城只有三十里了，听得前面来的人纷纷讲说，道："张尚书第二位小姐，昨夜在后花园中游赏，被虎扑了去，至今没寻尸骸处。"有的道："难道连衣服都吃尽了不成？"水夫闻得此言，想着夜来的事，有些奇怪。商量道："船上那话儿（指称某一东西、某一人事的隐语，这里指被救的张德容小姐）莫不正是？"就着一个下船来，把路上人来的说话，禀知越客。越客一发（更加，越发）惊异道："依此说话，被虎害的正是我定下的娘子了。这船中救得的，可是不是？"连忙叫一个知事（通晓事理；懂事）的养娘来，分付他道："你去对方才救醒的小娘子说，问可是张家德容小姐不是？"养娘依言去问，只见那女子听得叫出小名来，便大哭将起来道："你们是何人，晓得我的名字？"养娘道："我们正是裴官人家的船，正为来赴小姐佳期。船行的迟，怕赶日子不迭，所以官人只得上岸行走，谁知却救了小姐上船，也是天缘分定（本分所定；命定）。"那小姐方才放下了心，便说花园遇虎，一路上如腾云驾雾，不知行了多少路，自拚（fān，通"翻"，上下飞翔）必死。被虎放下地时，已自魂不附体了。后来不知如何却在船上。养娘把救他的始末说了一遍。来复越客道："正是这个小姐。"越客大喜，写了一书，差一个人飞报到州里尚书家来。

尚书正为女儿骸骨无寻，又且女婿将到，伤痛无奈，忽见裴家苍头（古代私家的奴隶，后来指称家奴、仆人）有书到，愈加感切。拆开来看，上写道：

趋赴嘉礼（饮宴婚冠、节庆活动方面的礼节仪式），江行舟涩。从陆倍道，忽遇虎负爱女至。惊逐之顷，虎去而人不伤。今完善在舟，希示进止。子婿裴越客百拜（多次行礼）。

尚书看罢，又惊又喜。走进衙中说了，满门叹异。尚书夫人便道："从来（原来）罕闻奇事，想是为吉日赶不及了，神明所使。今小姐既在裴郎船上，还可赶得今朝成亲。"尚书道："有理，有理。"就叫鞴（bèi）一匹快马，带了仪从（仪卫随从），不上（不到）一个时辰，赶到船上来。

翁婿相见，甚喜。见了女儿，又悲又喜，安慰了一番。尚书对裴越客道："好教贤婿得知：今日之事，旧年（吴方言称去年为"旧年"）间李知微已断定

了，说成亲毕竟要今日。昨晚老夫见贤婿不能勾（gòu，古同“够”，达到）就到，道是决赶不上今日这吉期，谁想有此神奇之事，把小女竟送到尊舟。如今若等尊舟到州城，水路难行，定不能勾。莫若就在尊舟结了花烛，成了亲事，明日慢慢回衙，这吉期便不挫过（失去时机。挫，同“错”）了。”裴越客见说，便想道：“若非岳丈之言，小婿几乎忘了。旧年李知微题下六句,首二句道：‘三月三日，不迟不疾。’若是小婿在舟行时，只疑迟了，而今虎送将来，正应着今日。中二句道：‘水浅舟胶，虎来人得。’小婿起初道不祥之言，谁知又应着这奇事。后来二句：‘惊则大惊，吉则大吉。’果然这一惊不小，谁知反因此凑着吉期。李知微真半仙了！”张尚书就在船边分派人，唤起傧相（古代称接引宾客的人，也指赞礼的人），办下酒席，先在舟中花烛成亲，合卺（hé jǐn，新夫妇在新房内共饮合欢酒）饮宴。礼毕，张尚书仍旧鞴马先回，等他明日舟到，接取女儿女婿。

是夜，裴越客遂同德容小姐就在舟中，共入鸳帏（yuān wéi，鸳帐）欢聚。少年夫妇，极尽于飞之乐（比翼齐飞。比喻夫妻间亲密和谐）。明日舟到，一同上岸，拜见丈母诸亲。尚书夫人及姑姨姊妹、合衙人等（众人，许多人），看见了德容小姐，恰似梦中相逢一般，欢喜极了，反有堕下泪来的。人人说道：“只为好日来不及，感得神明之力，遣个猛虎做媒，把百里之程，顷刻送到。从来无此奇事。”

这话传出去，个个奇骇（非常惊异；奇特惊人），道是新闻。民间各处立起个虎媒之祠，但是有婚姻求合（求欢）的，虔诚祈祷，无有不应。至今黔（指贵州）、峡之间，香火不绝。于时有六句口号（又称“口占”，常用于诗题上，表示是信口吟成的）：

仙翁知微，判成定数。
虎是神差，佳期不挫。
如此媒人，东道难做。

卷四 乌将军一饭必酬 陈大郎三人重会

诗曰：

每讶衣冠多盗贼，谁知盗贼有英豪。
试观当日及时雨[①]，千古流传义气高。

话说世人最怕的是个“强盗”二字，做个骂人恶语（恶毒的话；别人接受不了的语言）。不知这也只见得（看得出来；可以确定）一边。若论起来，天下那一处没有强盗？假如有一等做官的，误国（贻误败坏国家大事）欺君，侵剥百姓，虽然官高禄厚，难道不是大盗？有一等（一种；一类）做公子的，倚靠着父兄势力，张牙舞爪，诈害乡民，受投献（谓将田产托在缙绅名下以减轻赋役），窝赃私，无所不为，百姓不敢声冤，官司不敢盘问（详细查问），难道不是大盗？有一等做举人秀才的，呼朋引类（指招引志趣相同的人。这里是贬义，是指相互勾结。呼，叫；引，招来；类，同类），把持官府，起灭（玩弄手段，捏造是非）词讼，每有将良善人家，拆得烟飞星散（形容原先在一起的人像烟一样飘飞，像星星一样分散各处，形容离散）的，难道不是大盗？只论衣冠（指世族；士绅）中尚且如此，何况做经纪客商，做公门（官署，衙门）人役（差役，差人），三百六十行中人，尽有狼心狗行，狠似强盗之人在内，自不必说。所以当时李涉博士（唐代诗人。字不详，自号清溪子）遇着强盗，有诗云：

暮雨潇潇江上村，绿林[②]豪客夜知闻。
相逢何用藏名姓？世上于今[③]半是君。

这都是叹笑世人的话。世上如此之人，就是至亲切友，尚且反面无情，何况一饭之恩，一面之识？倒不如《水浒传》上说的人，每每自称好汉英雄，偏要在绿林中挣气，做出世人难到的事出来。盖为这绿林中，也有一贫无奈，借此栖身的；也有为义气上杀了人，借此躲难的；也有朝廷不用，沦落江湖，因

---

① 及时雨：指《水浒传》中的宋江。这是宋江的绰号。②绿林：新莽末年王匡起义军占领绿林山（在今湖北当阳），号“绿林军”，后称啸聚山林为“绿林”。③ 于今：如今，现在。

而结聚的。虽然只是歹人多，其间仗义疏财的，到也尽有。当年赵礼让肥（元曲中有这剧目，大意为王莽时天下大乱，人相食，盗捉住赵孝，其兄赵礼以自己比弟胖，请替弟去死，盗深受感动，放了他们，并赠以粟米），反得粟米之赠，张齐贤遇盗（张齐贤，宋人。布衣时曾向宋太祖献策，条陈十事；太宗时，任宰相。大意是说：张未遇时，孤贫落魄，偶投宿一客店，遇盗劫掠归来，在店中饮酒。张非但未走避，反而主动和他们一起饮食。群盗见他容貌魁梧，语言爽朗，有宰相器量，竟相以金帛相赠），更多金帛之遗，都是古人实事。

且说近来苏州有个王生，是个百姓人家。父亲王三郎，商贾营生；母亲李氏；又有个婶母杨氏，却是孤孀（寡妇）无子的。几口儿一同居住。王生自幼聪明乖觉（机警，灵敏），婶母甚是爱惜他。不想年纪七八岁时，父母两口相继而亡。多亏得这杨氏殡葬完备，就把王生养为己子。渐渐长成起来，转眼间又是十八岁了，商贾事体（事情），是件（件件）伶俐。

一日，杨氏对他说道："你如今年纪长大，岂可坐吃箱空？我身边有的家资，并你父亲剩下的，尽勾（gòu，古同"够"，达到）营运（经营。常指经商）。待我凑成千来两，你到江湖上做些买卖，也是正经。"王生欣然道："这个正是我们本等（这里是本行、本职的意思）。"杨氏就收拾起千金东西，支付与他。王生与一班为商的计议定了，说南京好做生意，先将几百两银子，置了些苏州货物。拣了日子，雇下一只长路（远路）的航船，行李包裹，多收拾停当，别了杨氏，起身到船，烧了神福利市（旧时开业、起程之前，要祭神，祈求保佑赐福），就便开船。一路无话。

不则（不只；不止）一日，早到京口（古城名，故址在今江苏镇江市），趁着东风过江。到了黄天荡（南京东北的一段长江水域，江面辽阔，是有名的险要地段）内，忽然起一阵怪风，满江白浪掀天，不知把船打到一个甚么去处。天已昏黑了，船上人抬头一望，只见四下里多是芦苇，前后并无第二只客船。王生和那同船一班的人正在慌张，忽然芦苇里一声锣响，划出三四只小船来，每船上各有七八个人，一拥的跳过船来。王生等喘做一块，叩头讨饶。那伙人也不来和你说话，也不来害你性命，只把船中所有金银货物，尽数卷掳过船，叫声"聒噪"（本指絮絮叨叨，这里是打扰的意思），双桨齐发，飞也似划将去了。满船人惊得魂飞魄散，目睁口呆。王生不觉的大哭起来，道："我直（竟）如此命薄！"就与同行的商量道："如今盘缠行李俱无，到南京何干？不如各自回家，再作计较。"卿卿哝哝了一会，天色渐渐明了。那时已自风平浪静，拨转船头，望镇江进发。到了镇江，王生上岸，往一个亲眷人家，借得几钱银子做盘费（旅途费用；路费），到了家中。

杨氏见他不久就回，又且衣衫零乱，面貌忧愁，已自猜个八九了。只见他走到面前，唱得个诺，便哭倒在地。杨氏问他仔细，他把上项事说了一遍。杨氏安慰他道："儿嚛（yō，语助词，略同于"呵"），这也是你的命，又不是你不老成（老练成熟，阅历多而练达世事）花费了，何须如此烦恼？且安心在家两日，再凑些本钱出去，务要趁出（乘时取得，即赚出）前番的来便是。"王生道："已后（同"以后"）只在近处做些买卖罢，不担这样干系（关系、责任，这里含风险之意）远处去了。"杨氏道："男子汉千里经商，怎说这话！"住在家一月有余，又与人商量道："扬州布好卖。松江置买了布，到扬州，就带些银子粜（dí，方言词，这里是指购进）了米豆回来，甚是有利。"杨氏又凑了几百两银子与他，到松江买了百来筒布，独自写（租赁，确定某种出租或雇佣关系）了一只满风梢的船，身边又带了几百两粜米豆的银子，合了一个伙计，择日起行。

到了常州，只见前边来的船，只只气叹口渴道："挤坏了！挤坏了！"忙问缘故，说道："无数粮船，阻塞住丹阳路，自青羊铺直到灵口，水泄不通。买卖船莫想得进。"王生道："怎么好？"船家道："难道我们上前去看他挤不成？打从孟河走他娘罢。"王生道："孟河路怕恍惚（这里是闪失、危险之意）。"船家道："拚得（方言。舍得，不吝惜）只是日里（白天）行，何碍？不然，守得路通，知在何日？"因遂依了船家，走孟河路。果然是天青日白时节，出了孟河，方欢喜道："好了，好了！若在内河里，几时能挣得出来？"正在快活间，只见船后头水响，一只三橹八桨船飞也似赶来。看看至近，一挠钩搭住，十来个强人手执快刀、铁尺、金刚圈，跳将过来。元来（原来）孟河过东去，就是大海（实为长江），日里也有强盗的，惟有空船走得。今见是买卖船，又悔气恰好撞着了，怎肯饶过？尽情搬了去。怪船家手里还捏着橹，一铁尺打去，船家抛橹不及。王生慌忙之中把（拿）眼瞅去，认得就是前日黄天荡里一班人。王生口里喊道："大王！前日受过你一番了，今日如何又在此相遇？我前世直如此少你的！"那强人内中一个长大的（指体貌高大壮伟的人）说道："果然如此，还他些做盘缠。"就把一个小小包裹撩（liào，同"撂"，丢）将过来，掉开了船，一道烟反望前边江里去了。王生只叫得苦，拾起包裹，打开看时，还有十来两零碎银子在内。噙着眼泪，冷笑道："且喜这番不要借盘缠，侥幸，侥幸！"就对船家说道："谁叫你走此路，弄得我如此。回去了罢！"

船家道："世情变了，白日打劫，谁人晓得！"只得转回旧路。

到了家中，杨氏见来得快，又一心惊。王生泪汪汪地走到面前，哭诉其故。难得杨氏是个大贤之人，又眼里识人，自道侄儿必有发迹（指人在事业上得志，变得有财有势）之日，并无半点埋怨。只是安慰他，教他守命（旧时一种迷信说法，指命中有难，暂且忍过这段时间，就可保平安），再做道理（打算）。

过得几时，杨氏又凑起银子，催他出去道："两番遇盗，多是命里所招。命该失财，便是坐在家里，也有上门打劫的。不可因此两番，堕了家传行业。"王生只是害怕。杨氏道："侄儿疑心，寻一个起课（算命、卜卦）的问个吉凶，讨个前路（意谓预卜一下前程）便是。"果然寻了一个先生到家，接连占卜了几处做生意都是下卦，惟有南京是个上上卦。又道："不消到得南京，但往南京一路上去，自然财爻（生财的卦象。爻，指卜卦的爻象。《易经》："爻象动乎内凶吉见乎外。"爻，yáo）旺相。"杨氏道："我的儿，大胆天下去得，小心寸步难行。苏州到南京，不上（不到）六七站（即驿站，六十里为一驿）路，许多客人往往来来，当初你父亲、你叔叔都是走熟的路，你也是悔气，偶然撞这两遭盗。难道他们专守着你一个，遭遭打劫不成？占卜既好，只索放心前去。"王生依言，仍旧打点动身。也是他前数注定，合当如此。正是：

篋底东西命里财，皆由鬼使共神差。

强徒不是无因至，巧弄他们送福来。

王生行了两日，又到扬子江中。此日一帆顺风，真个两岸万山如走马，直抵龙江关口（在今南京市东北，明代在这里设置户部钞关，专门征收粟帛杂用税务）。然后天晚，上岸不及了，打点湾船。他每（宋元时人称代词的复数，同"们"）是惊弹的鸟，傍着一只巡哨号船（巡视江面维护治安的官船）边，拴好了船，自道万分无事，安心歇宿。到得三更（古代时间名词。古代把晚上戌时作为一更，亥时作为二更，子时作为三更，丑时为四更，寅时为五更。后来一般用三更来指深夜），只听得一声锣响，火把齐明，睡梦里惊醒，急睁眼时，又是一伙强人，跳将过来，照前搬个罄尽（qìng jìn，全尽无余；没有剩余）。看自己船时，不在原泊处所，已移在大江阔处来了。火中仔细看他们抢掳，认得就是前两番之人。王生硬着胆，扯住前日还他包裹这个长大的强盗，跪下道："大王！小人只求一死。"大王道："我等誓不伤人性命，你去罢了，如何反来歪缠（无理取闹、胡搅蛮缠）？"王生哭道："大王不知，小人幼无父母，全亏得婶娘重托，出来为商。刚出来得三次，恰是前世欠下大王的，三次都撞着大王夺了去，叫我何面目见婶娘？也那里得许多银子还他？就是大王不杀我时，也要跳在江中死了，决难回去再见恩婶之面了。”说得伤心，大哭不住。那大王是个有义气的，觉得可怜他，便道：“我也不杀你，银子也还你不成，我有道理。我昨晚劫得一只客船，不想都是打捆的苎麻（zhù má，多年生宿根性草本植物，是重要的纺织纤维作物），且是不少。我要他没用，我取了你银子，把（拿）这些与你做本钱去，也勾（gòu，古同“够”，达到）相当了。”王生出于望外，称谢不尽。那伙人便把苎麻乱抛过船来，王生与船家慌忙并叠（收拾料理），不及细看，约莫有二三百捆之数。强盗抛完了苎麻，已自胡哨（hú shào，撮口作声，或用手指放在嘴里用力吹出的声响，多用作共同行动或招集伙伴的信号。俗称打胡哨）一声，转船去了。船家认着江中小港门，依旧把船移进宿了。

候天大明。王生道：“这也是有人心的强盗，料道这些苎麻，也有差不多千金了。他也是劫了去不好发脱（发货脱手，此处意指销赃），故此与我。我如今就是这样发行（将货发运到行市。行，háng，此指货栈，代客商销货的店）去卖，有人认出，反为不美。不如且载回家，打过了捆，改了样式，再去别处货卖罢！”仍旧把船开江，下水船快，不多时到了京口闸，一路到家。

见过婶婶，又把上项（前述事项）事一一说了。杨氏道：“虽没了银子，换了偌多（这么多）苎麻来，也不为大亏。”便打开一捆来看，只见一层一层。解到里边，捆心中一块硬的，缠束甚紧。细细解开，乃是几层绵纸，包着成锭的白金。随开第二捆，捆捆皆同。一船苎麻，共有五千两有余。乃是久惯（经久熟练）大客商，江行防盗，假意货（卖）苎麻，暗藏在捆内，瞒人眼目的。谁知被强盗不问好歹劫来，今日却富了王生。那时杨氏与王生叫声“惭愧”，虽然受了两三番惊恐，却平白地得此横财，比本钱加倍了，不胜之喜。自此以后，出去营运，遭遭顺利。不上数年，遂成大富之家。这个固然是王生之福，却是难得这大王一点慈心。可见强盗中未尝没有好人。

如今再说一个，也是苏州人，只因无心之中，结得一个好汉，后来以此起家，又得夫妻重会。有诗为证：

说时侠气凌霄汉，听罢奇文冠古今。

若得世人皆仗义，贪泉[①]自可表清心。

却说景泰（明代宗朱祁钰年号，公元1450-1456年）年间，苏州府吴江县有个

① 贪泉：泉名，在今广东省南海县石门，相传人饮此水则性贪。晋代吴隐之廉洁，任广州刺史，至此酌而饮之，清操愈厉，事见《晋书·吴隐之传》。这里暗用其事。

商民，复姓欧阳，妈妈是本府崇明县曾氏，生下一女一儿。儿年十六岁，未婚。那女儿二十岁了，虽是小户人家，倒也生得有些姿色，就赘本村陈大郎为婿，家道不富不贫，在门前开小小的一爿（pán，商店、工厂等一家叫一爿）杂货店铺，往来交易，陈大郎和小舅两人管理。他们翁婿、夫妻、郎舅之间，你敬我爱，做生意过日。

忽遇寒冬天道，陈大郎往苏州置（购买）些货物。在街上行走，只见纷纷洋洋，下着国家祥瑞（指雪）。古人（指唐代诗人罗隐，其《雪》诗原句是："尽道丰年瑞，丰年事若何？长安有贫者，为瑞不宜多！"）有诗说得好，道是：

尽道丰年瑞，丰年瑞若何？

长安有贫者，宜瑞不宜多！

那陈大郎冒雪而行，正要寻一个酒店沽酒（gū jiǔ，买酒）暖寒，忽见远远地一个人走将来。你道是怎生模样？但见：

身上紧穿着一领青服，腰间暗悬着一把钢刀。形状带些威雄，面孔更无细肉。两颊无非"不亦悦"〔指胡须。这是用"歇后"的修辞手法，"不亦悦"后边是个"乎"字，言说上文，意指下文。"乎"与"胡"谐音，又假借为"胡"字。《论语·学而》："学而时习之，不亦说（通'悦'）乎？"〕，遍身都是"德輶如"（指毛。也是用"歇后"，本《诗·大雅·烝民》"德輶如毛"。輶，yóu）。

那个人生得身长七尺，膀阔三停（成数，总数分成几份，其中一份叫一停），大大一个面庞，大半被长须遮了。可煞（真是、十分）作怪，没有须的所在，又多有毛，长寸许，剩却眼睛外，把一个嘴脸遮得缝地也无了。正合着古人笑话，髭髯（zī rán，胡须）不仁，侵扰乎其旁而不已，于是面之所余无几。陈大郎见了，吃了一惊。心中想道："这人好生古怪，只不知吃饭时如何处置（安排；处理）这些胡须，露得个口出来。"又想道："我有道理，拚得费钱把银子，请他到酒店中一坐，便看出他的行动来了。"他也只是见他异样，要作个耍。连忙躬身向前唱诺（出声回答；古人见尊长，双手作揖，口念颂辞，叫作唱喏或声喏），那人还礼不迭（不止）。陈大郎道："小可（自称谦辞）欲邀老丈（对老年男子的尊称）酒楼小叙（随便地叙谈）一杯。"那人是个远来的，况兼（加上）落雪天气，又饥又寒，听见说了，喜逐颜开。连忙道："素昧平生（sù mèi píng shēng，彼此一向不了解。指与某人从来不认识），何劳（何须烦劳，用不着）厚意！"陈大郎搊个鬼道："小可见老丈骨格非凡，心是豪杰，敢扳（pān，通"攀"，攀谈）一话。"那人道："却是不当（不合适、不恰当）。"口里如此说，却不推辞，两人一同上酒楼来。陈大郎便问酒保打了几角（古代以牛角为盛酒器具，后遂以"角"作为酒的计量单位）酒，回（吴方言，买或卖均称"回"，这里是指买的意思）了一腿羊肉，又摆上些鸡鱼肉菜之类。陈大郎正要看他动口，就举杯来相劝。只见那人接了酒盏，放在桌上，向衣袖取出一对小小的银札钩来，挂在两耳，将须毛分开札起，拔刀切肉，恣其饮啖（dàn，吃）。又嫌杯小，问酒保（旧称酒店里或客栈跑腿人员的称呼）讨个大碗，连吃了几壶。然后讨饭。饭到，又吃了十来碗。陈大郎看得呆了，那人起身拱手道："多谢兄长厚情，愿闻姓名乡贯（原籍，出生地）。"陈大郎道："在下姓陈，名某，本府吴江县人。"那人一一记了。陈大郎也求他姓名，他不肯还个明白，只说："我姓乌，浙江人。他日兄长有事到敝省，或者可以相会。承兄盛德（指盛美之事），必当奉报（报答），不敢有忘。"陈大郎连称不敢,当下算还酒钱，那人千恩万谢，出门作别自去了。陈大郎也只道是偶然的说话，那里认真？归来对家中人说了，也有信他的，也有疑他说谎的，俱各笑了一场，不在话下。

又过了两年有余，陈大郎只为做亲（结婚；成亲）了数年，并不曾生得男女，夫妻两个发心，要往南海普陀洛伽山（在浙江省定海县东海中）观音大士处烧香求子，尚在商量未决。忽一日，欧公有事出去了，只见外边有一个人，走进来叫道："老欧在家么？"陈大郎慌忙出来答应，却是崇明县的褚敬桥。施礼罢，便问："令岳在家否？"陈大郎道："少出。"褚敬桥道："令亲外太妈（即下文所说的"外婆"，这里指称陈大郎岳母的母亲）陆氏,身体违和(身体失于调理而不适。用于称他人患病的婉辞)，特地叫我寄信，请你令岳母相伴几时。"大郎闻言，便进来说与曾氏知道。曾氏道："我去便要去，只是你岳父不在，眼下不得脱身。"便叫过女儿、儿子分付道："外婆有病。你每（宋元时人称代词的复数，同"们"）姊弟两人，可到崇明去伏侍几日，待你父亲归家，我就来换你们便了。"当下商议已定，便留褚敬桥吃了午饭，央他先去回复（huí fù，答复）。又过了两日，姊弟二人收拾停当，叫下一只膛（táng，器物的中空部分）船起行。那曾氏又分付道："与我上复外婆，须要宽心调理，可说我也就要来的。虽则不多日路，你两人年小，各要小心。"二人领诺（允诺；承诺），自望崇明去了。只因此一去，有分教：

绿林此日逢娇冶[1]，红粉从今遇险危。

却说陈大郎自从妻、舅去后，十日有余，欧公已自归来。只见崇明又央人

---

① 娇冶：指美女。

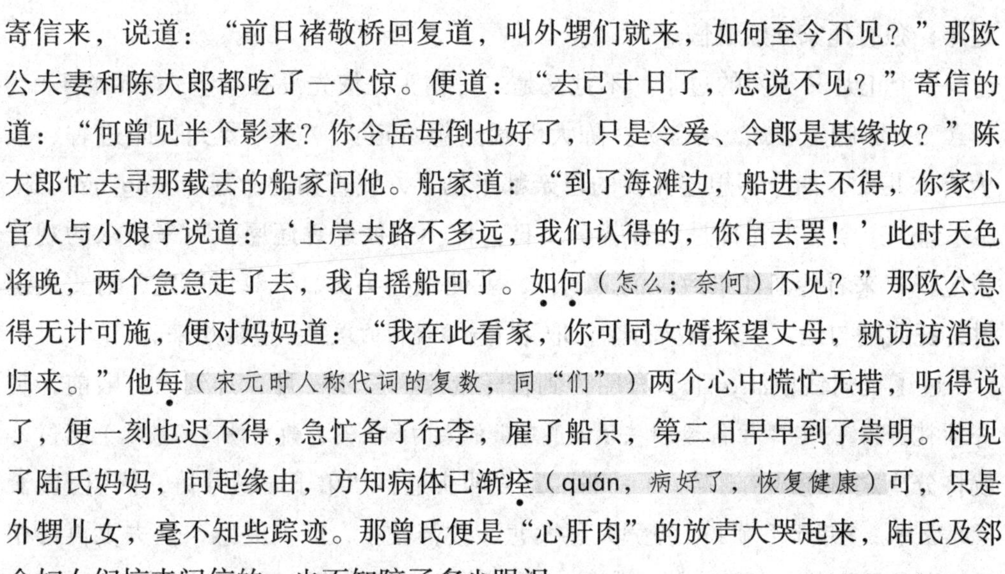

寄信来，说道："前日褚敬桥回复道，叫外甥们就来，如何至今不见？"那欧公夫妻和陈大郎都吃了一大惊。便道："去已十日了，怎说不见？"寄信的道："何曾见半个影来？你令岳母倒也好了，只是令爱、令郎是甚缘故？"陈大郎忙去寻那载去的船家问他。船家道："到了海滩边，船进去不得，你家小官人与小娘子说道：'上岸去路不多远，我们认得的，你自去罢！'此时天色将晚，两个急急走了去，我自摇船回了。如何（怎么；奈何）不见？"那欧公急得无计可施，便对妈妈道："我在此看家，你可同女婿探望丈母，就访访消息归来。"他每（宋元时人称代词的复数，同"们"）两个心中慌忙无措，听得说了，便一刻也迟不得，急忙备了行李，雇了船只，第二日早早到了崇明。相见了陆氏妈妈，问起缘由，方知病体已渐痊（quán，病好了，恢复健康）可，只是外甥儿女，毫不知些踪迹。那曾氏便是"心肝肉"的放声大哭起来，陆氏及邻舍妇女们惊来问信的，也不知陪了多少眼泪。

陈大郎是个性急的人，敲台拍凳的怒道："我晓得都是那褚敬桥寄甚么鸟信！是他趁伙打劫，用计拐去了。"便不管三七二十一，忿气（气愤）走到褚家。那褚敬桥还不知甚么缘由，劈面（迎面）撞着，正要问个来历。被他劈胸（对胸；对准胸前）揪住，喊道："还我人来！还我人来！"就要扯他到官。此时已闹动街坊，人齐拥来看。那褚敬桥面如土色，嚷道："有何得罪，也须说个明白。"大郎道："你还要白赖！我好好的在家里，你寄甚么信，把我妻子、舅子拐在那里去了？"褚敬桥拍着胸膛道："真是冤天屈地，要好成歉（吴方言，意即做好事反而落了埋怨）！吾好意为你寄信，你妻子自不曾到，今日这话，却不知祸从天上来？"大郎道："我妻、舅已自来十日了，怎不见到？"敬桥道："可又来！我到你家寄信时，今日算来十二日了。次日傍晚，到得这里，以后并不曾出门。此时你家妻、舅还在家未动身，我在何时拐骗？如今四邻八舍都是证见，若是我十日内曾出门到那里，这便都算是我的缘故（事情）。"众人都道："那有这事！这不撞着拐子，就撞着强盗了，不可冤屈了平人（常人）！"陈大郎情知不关他事，只得放了手，忍气吞声跑回曾家。就在崇明县进了状词，又到苏州府进了状词，批发（指示发落）本县捕衙缉访（搜寻查访）。又各处粉墙上，贴了招子（有如现在的广告、启事），许出赏银二十两。又寻着原载去的船家，也拉他到巡捕处，讨了个保，押出挨查（逐户盘查）。仍旧到崇明，与曾氏共住二十余日，并无消息。不觉的残冬将尽，新岁又来，两人只得回到家中。欧公已知上项事了，三人哭做一堆，自不必说。别人家多欢欢喜喜过年，独有他家烦烦恼恼。

一个正月又匆匆的过了，不觉又是二月初头，依先没有一些（表示数量少。一点儿）影响（音信，消息）。陈大郎猛然想着道："去年要到普陀进香，只为要求儿女，如今不想连儿女的母亲都不见了，我直如此命蹇（mìng jiǎn，命运不好）！今月十九日是观音菩萨生日，何不到彼进香还愿？一来祈求的观音报应；二来看些浙江景致，消遣闷怀，就便做些买卖。"算讨已定，对丈人说过，托店铺与他管了，收拾行李，取路（选取经由的道路）望杭州来。

过了杭州钱塘江，下了海船，到普陀上岸。三步一拜，拜到大士殿前，焚香顶礼（指跪下，两手伏地,以头顶着所尊敬的人的脚，是佛教徒最高的敬礼）已过，就将分离之事通诚（通陈）了一番。重复叩头道："弟子虔诚拜祷，伏望（表希望的敬辞。多用于下对上）菩萨大慈大悲，救苦救难，广大灵感，使夫妻再得相见。"拜罢下船，就泊在岩边宿歇。睡梦中见观音菩萨口授四句诗道：

合浦珠还自有时，惊危目下且安之。

姑苏一饭酬须重，人海茫茫信可期。

陈大郎飒然（迅疾、倏忽的样子）惊觉，一字不忘。他虽不甚精通文理，这几句却也解得。叹口气道："菩萨果然灵感！依他说话，相逢似有可望。但只看如此光景，那得能勾（gòu，古同"够"，达到）？"心下悒快（yì yàng，忧郁不快），那一饭的事，早已不记得了。

清早起来，开船归家。行不得数里，海面忽地起一阵飓风，吹得天昏地暗，连东西南北都不见了。舟人牢把船舵，任风飘去。须臾之间，飘到一个岛边，早已风恬日朗(风静日明。恬，平静，安适；朗，明亮)。那岛上有小喽啰数百，正在那里使枪弄棒，比箭抡拳，一见有海船飘到，正是老鼠在猫口边过，如何不吃？便一伙的都抢下船来，将一船人身边银两行李尽数搜出。那多是烧香客人，所有不多，不满众意，提起刀来吓他要杀。陈大郎情急了，大叫："好汉饶命！"那些喽啰听是东路声音，便问道："你是那里人？"陈大郎战兢兢道："小人是苏州人。"喽啰们便说道："既如此，且绑到大王面前发落，不可（不符合，不称）便杀。"因此连众人都饶了，齐齐绑到聚义厅来。陈大郎此时也不知是何主意，总之这条性命一大半是阎家的（指古代迷信中的阎王爷）了。闭着泪眼，口里只念"救苦救难观世音菩萨"。只见那厅上一个大王，慢慢地踱下厅来，将大郎细看了一看，大惊道："元来（原来）是吾故人到此，快放了绑！"陈大郎听得此话，才敢偷眼看那大王时节，正是那两年前

遇着多须多毛、酒楼上请他吃饭这个人。喽啰连忙解脱绳索，大王便扯一把交椅过来，推他坐了，纳头（低头）便拜，道："小孩儿每（宋元时人称代词的复数，同"们"）不知进退，误犯仁兄，望乞（wàng qǐ，请求）恕罪！"陈大郎还礼不迭，说道："小人触冒山寨，理合就戮，敢有他言？"大王道："仁兄怎如此说？小可（自称谦辞）感仁兄雪中一饭之恩，于心不忘，屡次要来探访仁兄，只因山寨中多事不便。日前曾分付（嘱咐；命令）孩儿们（强盗对手下小喽啰们的称呼），凡遇苏州客商，不可轻杀。今日得遇仁兄，天假之缘也。"陈大郎道："既蒙壮士不弃小人时，乞将同行众人包裹行李见还，早回家乡，誓当衔环结草（意指报答恩情。衔环事见《续齐谐记》。言东汉杨宝少时遇一黄雀，被鸱枭所搏，坠树下，又为蝼蚁所困，遂持归养，后放归，有黄衣童子云是西王母使者，感杨宝活命之恩，以四枚白环相送。结草事见《左传·宣公十五年》。谓晋大夫魏武子病时曾嘱子待他死后将其妾嫁出，临终又嘱死后将妾殉葬。魏武子死，其子魏颗依前言将妾嫁出。后魏颗与秦将杜回作战，有一老人结草绊倒杜回，并云是再嫁之妾的父亲，特来报恩）。"大王道："未曾尽得薄情，仁兄如何就去！况且有一事要与仁兄慢讲。"回头分付小喽啰宽了众人的绑，还了行李货物，先放还乡。众人欢天喜地，分明是鬼门关上放将转来，把头似捣蒜的一般，拜谢了大王，又谢了陈大郎，只恨爹娘少生了两只脚，如飞的开船去了。

大王便叫摆酒，与陈大郎压惊。须臾齐备，摆上厅来。那酒肴内，山珍海味也有，人肝人脑也有。大王定席之后，饮了数杯，陈大郎开口问道："前日仓卒有慢，不曾备细（详尽）请教壮士大名，伏乞（向尊者恳求。伏，敬词）详示。"大王道："小可（自称谦辞）生在海边，姓乌，名友。少小就有些膂力（lǚ lì，体力；力气），众人推我为尊，权主此岛。因见我须毛太多，称我做乌将军。前日由海道到崇明县，得游贵府，与仁兄相会。小可不是餔啜之徒（指不择所从，但求吃喝的人。啜，chuò，饮食；吃喝），感仁兄一饭。盖因我辈钱财轻，意气重，仁兄若非尘埃之中深知小可，一个素不相识之人，如何肯欣然款纳？所谓'士为知己者死'，仁兄果我之知己耳！"大郎闻言，又惊又喜，心里想道："好侥幸也！若非前日一饭，今日连性命也难保。"又饮了数杯，大王开言道："动问仁兄，宅上有多少人口？"大郎道："只有岳父母、妻子、小舅，并无他人。"大王道："如今各平安否？"大郎下泪道："不敢相瞒，旧岁（过去的一年；去年）荆妻（旧时对人谦称自己的妻子。荆，指折荆为钗，形容清贫朴素）、妻弟一同往崇明探亲，途中有失，至今不知下落。"大王道：

“既是这等，尊嫂定是寻不出了。小可这里有个妇女，也是贵乡人，年貌与兄正当。小可欲将他来奉仁兄箕帚（jī zhǒu，借指妻妾），意下如何？”大郎恐怕触了大王之怒，不敢推辞。大王便大喊道：“请将来！请将来！”只见一男一女，走到厅上。大郎定睛看时，元来不别人，正是妻子与小舅，禁不住相持痛哭一场。

大王便教增了筵席，三人坐了客位，大王坐了主位，说道：“仁兄知道尊嫂在此之故否？旧岁冬间，孩儿每往崇明海岸无人处做些细商道路。见一男一女，傍晚同行，拿着前来。小可问出根由，知是仁兄宅眷，忙令各馆别室，不敢相轻。于今两月有余，急忙里无个缘便（机缘便利）。心中想道：只要得邀仁兄一见，便可用小力送还。今日不期而遇，天使然也。”三人感谢不尽。那妻子与小舅私对陈大郎说道：“那日在海滩上，望得见外婆家了，打发了来船。姊弟正走间，遇见一伙人捆缚将来，道是性命休矣。不想一见大王，查问来历，我等一一实对，便把我们另眼相看。我们也不知其故。今日见说，却记得你前年间，曾言苏州所遇，果非虚话了。”陈大郎又想道：“好侥幸也！前日若非一饭，今日连妻子也难保。”酒罢起身，陈大郎道：“妻父母望眼将穿。既蒙壮士厚恩完聚，得早还家为幸。”大王道：“既如此，明日送行。”当夜送大郎夫妇在一个所在，送小舅在一个所在，各歇宿了。

次日又治酒（置办酒食）相饯，三口拜谢了，要行。大王又教喽啰托出黄金三百两，白银一千两，彩段货物在外，不计其数。陈大郎推辞了几番，道：“重承厚赐，只身难以持归。”大王道：“自当相送。”大郎只得拜受了。大王道：“自此每年当一至。”大郎应允。大王相送出岛边，喽啰们已自驾船相等。他三人欢欢喜喜，别了登舟。那海中是强人出没的所在，怕甚风涛险阻？只两日，竟由海道中送到崇明上岸，海船自去了。

他三人竟走至外婆家来。见了外婆，说了缘故。老人家肉天肉地的叫，欢喜无极。陈大郎又叫了一只船，三人一同到家。欧公欧妈见儿女、女婿都来，还道是睡里梦里。大郎便将前情告诉了一遍，各各悲欢了一场。欧公道：“此果是乌将军义气。然若不遇飓风，何缘得到岛中？普陀大士真是感应！”大郎又说着大士梦中四句诗，举家叹异。从此大郎夫妻年年到普陀进香，都是乌将军差人从海道迎送。每番多则千金，少则数百，必致重负而返。陈大郎也年年往他州外府，觅些奇珍异物奉承，乌将军又必加倍相答，遂做了吴中巨富之家，乃一饭之报也。后人有诗赞曰：

胯下曾酬一饭金[①]，谁知剧盗有情深。

世间每说奇男子，何必儒林胜绿林！

卷五　韩秀才乘乱聘娇妻　吴太守怜才主姻簿

诗曰：

嫁女须求女婿贤，贫穷富贵总由天。

姻缘本是前生定，莫为炎凉轻变迁！

话说人生一世，沧海变为桑田，目下（目前；现在；在此时）的贱贵穷通（困厄与显达），都做不得准的。如今世人一肚皮势利念头，见一个人新中了举人、进士，生得女儿，便有人抢来定他为媳；生得男儿，便有人挜来（等待）许他为婿。万一官卑禄薄，一旦夭亡，仍旧是个穷公子、穷小姐。此时懊悔，已自迟了。尽有贫苦的书生，向富贵人家求婚，便笑他阴沟洞里思量天鹅肉吃。忽然青年高第（经过考核，成绩优秀，名列前茅），然后大家懊悔起来，不怨怅（yuàn chàng，埋怨）自己没有眼睛，便嗟叹女儿无福消受。所以古人会择婿的，偏拣着富贵人家不肯应允，却把一个如花似玉的爱女，嫁与那酸黄齑（jī，方言词，指咸菜）、烂豆腐的秀才，没有一人不笑他呆痴，道是好一块羊肉，可惜落在狗口里了。一朝天子招贤，连登云路（比喻仕途青云直上），五花诰（华贵的诰命。五花，形容色彩斑斓的样子，以示尊贵。诰，皇帝封赏高级官员的诏令，这里指对高级官员妻子的封号）、七香车（装饰华贵并有香囊的车子。唐代苏鹗《杜阳杂编》："公主乘七宝步辇，四面缀五色香囊，囊中盛辟寒香、辟邪香、瑞麟香、金凤香，此异国所献也。"），尽着他女儿受用，然后服他先见之明。这正是：

凡人不可貌相，海水不可斗量；只在论女婿的贤愚，不在论家势的贫富。

当初韦皋（唐代将领，封南康郡王。这里指传说韦皋初为张延赏婿，因受岳父歧视，乃辞去，后代张延赏为西川节度使，张始自悔不识人）、吕蒙正（北宋大臣，为太

① "胯下"句：当初韩信曾受淮阴屠市中少年欺侮，从胯下（两腿间）钻过。这里以胯下事指韩信。韩信贫困时钓于城下，饥甚，有漂母分自己的饭给他。韩信任楚王后，召所从食漂母，赐千金。见《史记·淮阴侯列传》。

宗、真宗朝宰相。这里指传说的《破窑记》故事，吕蒙正青年时家极贫，刘丞相之女彩楼抛球选婿，看中吕，被丞相赶出，夫妇同居破窑，后来吕蒙正中了状元）多是样子。

却说春秋时郑国有一个大夫，叫做徐吾犯。父母已亡，止（仅，只）有一同胞妹子。那小姐年方十六，生得肌如白雪，脸似樱桃，鬓若堆鸦，眉横丹凤，吟得诗，作得赋，琴棋书画，女工针指，无不精通。还有一件好处：那一双娇滴滴的秋波（形容美女的眼睛像秋水一样清澈明亮，这里是眼睛的代指），最会相人（识别人，这里含有预见的意思）。大凡做官的与他哥哥往来，他常在帘中偷看，便识得那人贵贱穷通（困厄与显达），终身结果，分毫没有差错，所以一发（更加，越发）名重当时。却有大夫公孙楚聘他为妇，尚未成婚。那公孙楚有个从兄（同曾祖伯叔之子，年长于己者。略同堂兄），叫做公孙黑，官居上大夫（大夫中最高的官阶，比卿低一级）之职。闻得那小姐貌美，便央人到徐家求婚。徐大夫回他已受聘了。公孙黑原是不良之徒，便倚着势力，不管他肯与不肯，备着花红酒礼，笙箫鼓乐，送上门来。徐大夫无计可施，次日备了酒筵，请他兄弟二人来听妹子自择。公孙黑晓得要看女婿，便浓妆艳服而来，又自卖弄富贵，将那金银彩段排列一厅。公孙楚只是常服（平常时候穿着的军服），也没有甚礼仪。旁人观看的，都赞那公孙黑，暗猜道一定看中他了。酒散，二人谢别而去。小姐房中看过，便对哥哥说道："公孙黑官职又高，面貌又美，只是带些杀气，他年决不善终。不如嫁了公孙楚，虽然小小有些折挫，久后可以长保富贵。"大夫依允，便辞了公孙黑，许了公孙楚。择日成婚已毕。

那公孙黑怀恨在心，奸谋又起。忽一日穿了甲胄（jiǎ zhòu，盔甲衣胄，是将士的防护性兵器，类似于现代战争中的防弹服，可以较大程度地保护将士身体免遭敌方进攻性兵器的重创，进而能够增强战斗力并给敌方以更猛烈的打击），外边用便服遮着，到公孙楚家里来，欲要杀他，夺其妻子。已有人通风与公孙楚知道，疾忙执着长戈赶出。公孙黑措手不及，着了一戈，负痛飞奔出门，便到宰相公孙侨处告诉（诉说，申诉）。此时大夫都聚，商议此事。公孙楚也来了，争辩了多时。公孙侨道："公孙黑要杀族弟，其情未知虚实。却是论官职也该让他，论长幼也该让他。公孙楚卑幼，擅动干戈，律当远窜（流放边土）。"当时定了罪名，贬在吴国安置。公孙楚回家，与徐小姐抱头痛哭而行。公孙黑得意，越发耀武扬威了。外人看见，都懊怅徐小姐不嫁得他，就是徐大夫也未免世俗之见。小姐全然不以为意，安心等守。

却说郑国有个上卿（春秋时官阶以"卿""大夫""士"为等级，卿又分为

“上”“中”“下”三等，上卿是最高的官阶）游吉，该是公孙侨之后轮着他为相。公孙黑思想夺他权值，日夜蓄谋，不时就要作起反来。公孙侨得知，便疾忙乘其未发，差官数了他的罪恶，逼他自缢而死。这正合着徐小姐不善终的话了。那公孙楚在吴国住了三载，赦罪还朝，就代了那上大夫职位，富贵已极，遂与徐小姐偕老。假如当日小姐贪了上大夫的声势，嫁着公孙黑，后来做了叛臣之妻，不免守几十年之寡。即此可见，目前贵贱都是论不得的。

说话的（话本、拟话本小说中经常保留一些说书艺人的用语，听众称说书艺人为“说话的”，说书艺人称听众为“看官”），你又差了！天下好人也有穷到底的，难道一个个为官不成？俗语道得好：“赊得不如现得。”何如把女儿嫁了一个富翁，且享此目前的快活。看官有所不知，就是会择婿的，也都要跟着命走。一饮一啄，莫非前定。却毕竟不如嫁了个读书人，到底不是个没望头的。

如今再说一个生女的富人，只为倚富欺贫，思负前约，亏得太守廉明，成其姻事，后来妻贵夫荣，遂成佳话。有诗一首为证：

当年红拂困闺中[①]，有意相随李卫公。
日后荣华谁可及？只缘双目识英雄。

话说国朝正德（明武宗朱厚照年号，公元1506—1521年）年间，浙江台州府天台县有一秀才，姓韩,名师愈，表字子文。父母双亡，也无兄弟，只是一身。他十二岁上就游庠（考入官学的生员，即俗说的“秀才”。庠，xiáng，古代学校名，后来用指府、州、县学）的，养成一肚皮的学问，真个是：

才过子建，貌赛潘安。胸中博览五车（即五车书，形容书多），腹内广罗千古。他日必为攀桂客（喻科举及第。《晋书·郤诜传》载诜对武帝曰：“臣举贤良对策，为天下第一，犹桂林之一枝，昆山之片玉。”后世遂以“攀桂”、“折桂”为科举高中的代称），目前尚作采芹人（指入官学的生员，语出《诗·鲁颂·泮水》：“思乐泮水，薄采其芹”。泮指古代学宫，芹为水菜名）。

那韩子文虽是满腹文章，却不过家道消乏，在人家处馆（旧时称到人家去做私塾先生），勉强糊口。所以年过二九，尚未有亲。

一日，遇着端阳节近，别了主人家回来。住在家里了数日，忽然心中想道：“我如今也好议亲事了。据我胸中的学问，就是富贵人家把女儿匹配，也不冤屈了他，却是如今世人谁肯？”又想了一回道：“是便是这样说，难道与我一样的儒家，我也还对他的女儿不过？”当下开了拜匣（旧时用于送礼或递

① “当年”句：即红拂与李靖私奔的故事（见《虬髯客传》）。李靖助唐灭隋，封卫国公，故世称李卫公。

柬帖的长方形小木匣。也称“拜帖匣”），秤出束脩（束干肉，古时学生对教师的馈赠；后泛称学生给教师的酬金）银伍钱，做个封筒封了，放在匣内，教书僮拿了随着，信步走到王媒婆家里来。那王媒婆接着，见他是个穷鬼，也不十分动火（生气，动肝火。这里指惹出贪欲）他的。吃过了一盏茶，便开口问道：“秀才官人几时回家的？甚风推得到此？”子文道：“来家五日了。今日到此，有些事体（事情）相央。”便在家僮手中接过封筒，双手递与王婆，道：“薄意伏乞（向尊者恳求。伏，敬辞）笑纳，事成再有重谢。”王婆推辞一番，便接了道：“秀才官人敢是要说亲么？”子文道：“正是。家下贫穷，不敢仰攀富户，但得一样儒家女儿，可备中馈（家中的饮食）延子嗣（zǐ sì，儿子。指传宗接代的人）足矣。积下数年束脩，四五十金聘礼也好勉强出得。乞妈妈与我访个相应（相适应；相宜）的人家。”王婆晓得穷秀才说亲，自然高来不成、低来不就的，却难推拒他，只得回复道：“既承官人厚惠，且请回家，待老婢子（年老的女仆）慢慢的寻觅。有了话头，便来回报。”那子文自回家去了。

一住数日，只见王婆走进门来，叫道：“官人在家么？”子文接着，问道：“姻事如何？”王婆道：“为着秀才官人，鞋子都走破了。方才问得一家，乃是县前许秀才的女儿，年纪十七岁。那秀才前年身死，娘子寡居在家里，家事（方言词，指家中的状况）虽不甚富，却也过得。说起秀才官人，倒也有些肯了，只是说道：‘我女儿嫁个读书人，尽也使得。但我们妇人家，又不晓得文字，目令提学（主持州县教育、考试的官员）要到台州岁考（也叫“岁试”，旧时提学对所属州县生员的等级考试，三年举行一次），待官人考了优等，就出吉帖（又称“喜帖”，用红纸书写女子的生辰八字，以示允婚）便是。’”子文自恃才高，思忖（思量；忖度。忖，cǔn）此事十有八九，对王婆道：“既如此说，便待考过议亲不迟。”当下买几杯白酒，请了王婆。自别去了。

子文又到馆中静坐了一月有余，宗师〔考生对主考官（提学）的尊称〕起马牌（上级官员到达地方时日的通知）已到。那宗师姓梁，名士范，江西人，不一日到了台州。那韩子文头上戴了紫菜的巾，身上穿了腐皮的衫，腰间系了芋艿的绦，脚下穿了木耳的靴（形容韩子文的穿着极为破旧。腐皮，豆腐皮；芋艿，芋头），同众生员迎接入城。行香(正月初一清早，旧有“行香”之俗。全城文武官员，冠带乘舆，全副执事，鸣锣开道，到各庙宇行香，威仪甚盛，每家老年人和当家人天未亮，便已沐浴更衣，竞先赶到社庙或附近寺院里开殿门和烧头香，点香灯，有的甚至索性除夕不睡，在庙宇守等)讲书已过，便张告示，先考府学及天台、临海两县。到期，子文一笔写完，甚是得意。出场来，将考卷誊写出来，请教了几个先达（有德行、有学问的知名前辈）、几个朋友，无不叹赏。又自己玩了几遍，拍着桌子道："好文字！好文字！就做个案元（第一名。案，榜。元，首）帮补（候补），也不为过，何况优等！"又把（拿）文字来鼻头边闻一闻，道："果然有些老婆香（意谓凭此文章可以讨得妻子）。"

却说那梁宗师是个不识文字的人，又且极贪，又且极要奉承乡官及上司。前日考过杭、嘉、湖（杭州、嘉兴、湖州），无一人不骂他的，几乎吃秀才们打了。曾编着几句口号道："道前梁铺，中人姓富，出卖生儒，不误主顾（骂提学梁士范的话。"道"指"提督学道"，即提学衙门。"梁铺"是谓姓梁的开的店铺。"中人"，此中之人，指提学；"姓富"是说喜财。"生儒"，指秀才）。"又有一个对（对联）道："公子笑欣欣，喜弟喜兄都入学；童生〔凡应生员（秀才）考试的人，不论长幼，统称"童生"，也叫"儒童"〕愁惨惨，恨祖恨父不登科。"又把《四书》（指《论语》《孟子》《大学》《中庸》四部儒家经典著作）几语做着几股（"八股文"中的几股。八股文是明代科学考试规定的文体，由破题、承题、起讲、入手、起股、中股、后股、束股等八部分组成）道："君子学道，公则悦；小人学道，尽信书。不学诗，不学礼，有父兄在，如之何其废之？诵其诗，读其书，虽善不尊，如之何其可也？"那韩子文是个穷儒，那有银子钻刺（钻营谋求）？十日后发出案来，只见公子富翁都占前列了。你道那韩师愈的名字却在那里？正是：似王无一竖，如川却又眠（两句都指"三"字，明代岁考，一、二等者有赏，四等以下者受罚，三等是属于中间的，所以下边词中说"无辱又无荣"）。"曾有一首《黄莺儿》词，单道那三等的苦处：

无辱又无荣，论文章是弟兄，鼓声到此如春梦。高才命穷，庸才运通，廪生（廪膳生员，科举制度中生员名目之一。明府、州、县学生员最初每月都给廪膳，补助生活。廪，lǐn）到此便宜贡（贡，指贡生，入国子监读书的生员，可直接参加"会试"，不属本府、州、县生员。这里是说像韩子文这样无钱贿赂主考的廪生，只宜先考选贡生，以摆脱地方主考官的刁难）。且从容，一边站立，看别个赏花红（插花披红。指旧时对考试成绩优异者的奖赏，赏金，奖金）。

那韩子文考了三等，气得目睁口呆，把那梁宗师乌龟亡八（乌龟或鳖的俗称，这里是詈词，骂人的话）的骂了一场，不敢提起亲事。那王婆也不来说了，只得勉强自解，叹口气道：

娶妻莫恨无良媒，书中有女颜如玉

发落已毕，只得萧萧条条，仍旧去处馆。见了主人家及学生，都是面红耳热的，自觉没趣。

又过了一年有余，正遇着正德爷爷崩了，遗诏（就是皇帝驾崩之后，为后人留下的遗书、遗言等）册立兴王（指朱厚熜，登基前袭封兴王，武宗去世后继帝位，是为世宗，年号嘉靖）。嘉靖爷爷就藩邸召入登基，年方一十五岁，妙选良家子女，充实掖庭（宫殿旁舍，妃嫔住的地方）。那浙江纷纷的讹传（é chuán，错误地传说）道："朝廷要到浙江各处点绣女（选宫女）。"那些愚民，一个个信了，一时间嫁女儿的，讨媳妇的，慌慌张张，不成礼体。只便宜了那些卖杂货的店家，吹打的乐人，服侍的喜娘，抬轿的脚夫，赞礼的傧相（古代称接引宾客的人，也指赞礼的人）。还有最可笑的，传说道"十个绣女要一个寡妇押送"，赶得那七老八十的都起身嫁人去了。但见：

十三四的男儿，讨着二十四五的女子；十二三的女子，嫁着三四十的男儿。粗蠢黑的面孔，还恐怕认做了绝世芳姿；宽定宕（放荡，不受拘束）的东西，还恐怕认做了含花嫩蕊。自言节操凛如霜，做不得二夫烈女；不久形躯将就木，再拚个一度春风。

当时无名子有一首诗说得有趣：

一封丹诏[1]未为真，三杯淡酒便成亲。
夜来明月楼头望，唯有嫦娥不嫁人。

那韩子文恰好归家，见民间如此慌张，便闲步出门来玩景。只见背后一个人，将子文忙忙的扯一把，回头看时，却是开典当的徽州金朝奉。对着子文施个礼，说道："家下有一小女，今年十六岁了，若秀才官人不弃，愿纳为室。"说罢，也不管子文要与不要，摸出吉帖（答谢"吉帖"之礼，即定婚礼），望子文袖中乱揣。子文道："休得取笑。我是一贫如洗的秀才，怎承受得令爱起？"朝奉皱着眉道："如今事体急了，官人如何说此懈话（不经心的话；泄气的话）！若略迟些，恐防就点了去。我们夫妻两口儿，只生这个小女，若远远地到北京去了，再无相会之期，如何割舍得下？官人若肯俯从，便是救人一命。"说罢便思量要拜下去。子文分明晓得没有此事，他心中正要妻子，却不说破，慌忙一把搀起道："小生囊中只有四五十金，就是不嫌孤寒，聘下令爱时，也不能彀（gòu，古通"够"，达到）就完姻事。"朝奉道："不妨！不妨！但是有人定下的，朝廷也就不来点了。只须先行谢吉之礼，待事平之后，慢慢的做亲（结婚；成亲）。"子文道："这到也使得。却是说开，后来不要翻悔。"

① 丹诏：皇帝是用朱砂写诏书的，故称"丹诏"。

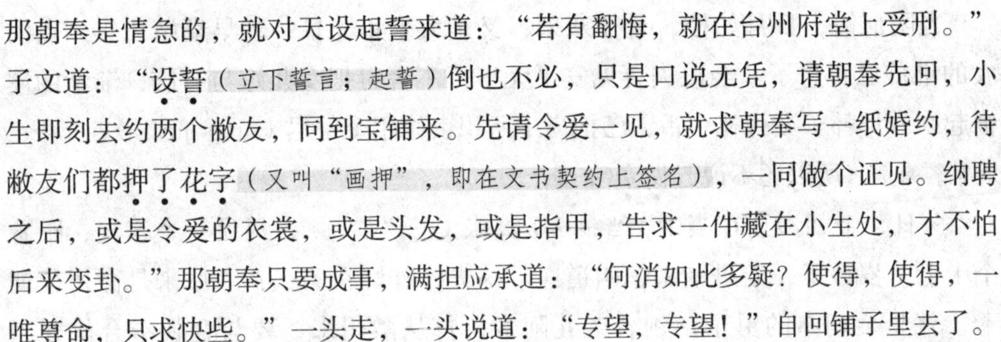

那朝奉是情急的，就对天设起誓来道："若有翻悔，就在台州府堂上受刑。"子文道："设誓（立下誓言；起誓）倒也不必，只是口说无凭，请朝奉先回，小生即刻去约两个敝友，同到宝铺来。先请令爱一见，就求朝奉写一纸婚约，待敝友们都押了花字（又叫"画押"，即在文书契约上签名），一同做个证见。纳聘之后，或是令爱的衣裳，或是头发，或是指甲，告求一件藏在小生处，才不怕后来变卦。"那朝奉只要成事，满担应承道："何消如此多疑？使得，使得，一唯尊命，只求快些。"一头走，一头说道："专望，专望！"自回铺子里去了。

韩子文便望学中（县学），会着两个朋友，乃是张四维、李俊卿，说了缘故，写着拜帖，一同望典铺中来。朝奉接着，奉茶。寒温（指问候冷暖起居，这里是寒暄客套的话）已罢，便唤出女儿朝霞到厅。你道生得如何？但见：

眉如春柳，眼似秋波。几片夭桃脸上来，两枝新笋裙间露。即非倾国倾城色，自是超群出众人。

子文见了女子的姿容，已自欢喜。一一施礼已毕，便自进房去了。子文又寻个算命先生，合一合婚，说道："果是大吉，只是将婚之前，有些闲气（亦作"间气"。亦作"闲气"。因无关紧要的事惹起的气恼）。"那金朝奉一味要成，说道："大吉便自十分好了，闲气自是小事。"便取出一幅全帖（旧时用于隆重礼节时的礼帖，用红纸折成十面，故称"全帖"），上写着道：

立婚约金声（声誉），系徽州人。生女朝霞，年十六岁，自幼未曾许聘何人。今有台州府天台县儒生韩子文，礼聘为妻，实出两愿。自受聘之后，更无他说。张、李二公，与闻斯言。

嘉靖元年　月　日。立婚约金声。同议友人张安国、李文才。

写罢，三人多用了花押，付子文藏了。这也是子文见自己贫困，作此不得已之防，不想他日果有负约之事，这是后话。

当时便先择个吉日，约定行礼。到期，子文将所积束脩五十余金，粗粗的置几件衣段首饰，其余的都是现银，写着："奉申纳币（又称"纳征"，男女双方订婚之后，男家将聘礼送往女家）之敬，子婿韩师愈顿首百拜。"又送张、李二人银各一两，就请他为媒，一同行聘到金家铺来。那金朝奉是个大富之家，与妈妈程氏见他礼不丰厚，虽然不甚喜欢，为是点绣女头里（吴方言，相当于"……的时候"），只得收了；回盘（回礼）甚是整齐（齐全）。果然依了子文之言，将女儿的青丝细发剪了一缕送来。子文一一收好，自想道："若不是这一番哄传，连妻子也不知几时定得，况且又有妻财之分。"心中甚是快活，不题。

光阴似箭，日月如梭，暑往寒来，又是大半年光景，却早嘉靖二年，点绣女的讹传已自息了。金氏夫妻见安平无事，不舍得把女儿嫁与穷儒，渐渐的懊悔起来。那韩子文行礼一番，已把囊中所积束脩用个罄尽（qìng jìn，全尽无余；没有剩余），所以还不说起做亲(结婚；成亲)。

一日，金朝奉正在当中（当铺里）算帐（同"账"），只见一个客人，跟着个十七八岁孩子，走进铺来，叫道："姊夫，姊姊在家么？"原来是徽州程朝奉，就是金朝奉的舅子，领着亲儿阿寿，打从徽州来，要与金朝奉合伙开当的。金朝奉慌忙迎接，又引程氏、朝霞都相见了，叙过寒温（指问候冷暖起居，这里是寒暄客套的话），便教暖酒来吃。程朝奉从容问道："外甥女如此长成得标致了，不知曾受聘未？不该如此说，犬子尚未有亲，姊夫不弃时，做个中表夫妻也好。"金朝奉叹口气道："便是呢！我女儿若把与内侄为妻，有甚不甘心处？只为旧年点绣女时，心里慌张，草草的将来许了一个什么韩秀才。那人是个穷儒，我看他满脸饿文，一世也不能彀发迹。前年梁学道来，考了一个三老官，料想也中不成，教我女儿如何嫁得他？也只是我女儿没福，如今也没处说了。"程朝奉沉吟了半晌，问道："姊夫、姊姊果然不愿与他么？"金朝奉道："我如何说谎！"程朝奉道："姊夫若是情愿把甥女与他，再也休题。若不情愿时，只须用个计策，要官府断离，有何难处？"金朝奉道："计将安出（如何制定计谋呢？计，计策，计谋；安，怎么，怎样）？"程朝奉道："明日待我台州府举一状词，告着姊夫。只说从幼中表约为婚姻，近因我羁滞（jī zhì，亦作"羇滞"。客居淹留）徽州，姊夫就赖婚改适，要官府断与我儿便了。犬子虽则不才，也强如那穷酸饿鬼'。"金朝奉道："好便好，只是前日有亲笔婚书及女儿头发在彼为证，官府如何就肯断与你儿？况且我先有一款不是了。"程朝奉道："姊夫真是不惯衙门事体（事情，情况）！我与你同是徽州人，又是亲眷，说道从幼结儿女姻，也是容易信的。常言道：'有钱使得鬼推磨。'我们不少的是银子，匡得（料得、料想能）将来买上买下。再央一个乡官，在太守处说了人情，婚约一纸，只须一笔勾消。剪下的头发，知道是何人的？那怕他不如我愿！既有银子使用，你也自然不到得吃亏的。"金朝奉拍手道："妙哉！妙哉！明日就做。"当晚酒散，各自安歇了。

次日天明，程朝奉早早梳洗，讨些朝饭吃了。请个法家（懂得法度的人），商量定了状词，又寻一个姓赵的写做了中证（了解事体情节的证人，即下文状词中的"干证"）。同着金朝奉，取路（选取经由的道路）投台州府来。这一来有分教：

丽人指日归佳士，诡计当场受苦刑。

到得府前，正值新太守吴公弼升堂。不逾时（不超过一个时辰。形容时间不长），抬出放告牌（准许进衙告状的牌示）来，程朝奉随着牌进去。太守教义民官（主持民政的官吏。与军官对称）接了状词，从头看道：

告状人程元，为赖婚事：万恶金声，先年曾将亲女金氏，许元子程寿为妻，六礼〔古代婚姻成立的手续。指纳采（送礼求婚）、问名（询问女方名字和生辰时日）、纳吉（送礼订婚）、纳征（送聘礼）、请期（议订婚期）、亲迎（新郎亲自迎娶）〕已备。讵（岂，怎，为表示反问的副词，表示超出预言范围或谈论范围的情况）恶远徙台州，背负前约。于去年　月间擅自改许天台县儒生韩师愈。赵孝等证。人伦所系，风化攸关，恳乞天台明断，使续前姻。上告。

原告程元，徽州府歙县（安徽省黄山市下属的一个县。歙，shè）人。

被犯金声，徽州府歙县人。

韩师愈，台州府天台县人。

干证赵孝，台州府天台县人。

本府太爷施行（指方针政策等从某一天发生效力）。

太守看罢，便叫程元起来，问道："那金声是你甚么人？"程元叩头道："青天爷爷，是小人嫡亲姊夫。因为是至亲至眷，恰好儿女年纪相若，故此约为婚姻。"太守道："他怎么就敢赖你？"程元道："那金声搬在台州住了，小的却在徽州，路途先自遥远了。旧年相传点绣女，金声恐怕真有此事，就将来改适韩生。小的近日到台州探亲，正打点要完姻事，才知负约真情。他也只为情急，一时错做此事。小人却如何平白地肯让一个媳妇与别人了？若不经官府，那韩秀才如何又肯让与小人？万乞天台老爷做主。"太守见他说得有些根据，就将状子当堂批准。分付（嘱咐；命令）道："十日内听审。"程元叩头出去了。

金朝奉知得状子已准，次日便来寻着张、李二生，故意做个慌张的景，说道："怎么好？怎么好？当初在下在徽州的时节，妻弟有个儿子，已将小女许嫁他。后来到贵府，正值点绣女事急，只为远水不救近火，急切里将来许了贵相知（互相知心的朋友），原是二公为媒说合的。不想如今妻弟到来，已将在下的姓名告在府间，如何处置？"那二人听得，便怒从心上起，恶向胆边生，骂道："不知生死的老贼驴！你前日议亲的时节，誓也不知罚了许多。只看婚约是何人写的？如今却放出这个屁来！我晓得你嫌韩生贫穷，生此奸计。那韩生

是才子，须不是穷到底的。我们动了三学（指县学、州学、府学）朋友，去见上司，怕不打断你这老驴的腿，管教你女儿一世不得嫁人！”金朝奉却待分辨，二人毫不理他，一气走到韩家来，对子文说知缘故。

那子文听罢，气得呆了半晌，一句话也说不出。又定了一会，张、李二人只是气愤愤的，要拉了子文合起学中朋友见官。倒是子文劝他道：“二兄且住。我想起来，那老驴既不愿联姻，就是夺得那女子来时，到底也不和睦。吾辈若有寸进，怕没有名门旧族来结丝萝（喻联姻结亲，语出《古诗十九首》之八：“与君为新婚，兔丝附女萝。”）？这一个富商，又非大家，直恁希罕？况且他有的是钱财，官府自然为他的。小弟家贫，也那有闲钱与他打官司？他年有了好处，不怕没有报冤的日子。有烦二兄去对他说，前日聘金原是五十两，若肯加倍赔还，就退了婚也得。”二人依言。子文就开拜匣（旧时用于送礼或递柬帖的长方形小木匣。也称“拜帖匣”），取了婚书吉帖（又称“喜帖”，用红纸书写女子的生辰八字，以示允婚）与那头发，一同的望着典铺中来。张、李二人便将上项的言语，说了一遍。金朝奉大喜道：“但得退婚，免得在下受累，那在乎这几十两银子？”当时就取过天平，将两个元宝共兑了一百两之数，交与张、李二人收着，就要子文写退婚书，兼讨前日婚约、头发。子文道：“且完了官府的世情，再来写退婚书及奉还原约未迟。而今官事未完，也不好轻易就是这样还得，总是银子也未就领去不妨。”程朝奉又取二两银子，送了张、李二生，央他出名归息（止息）。二生就讨过笔砚，写了息词（息讼之词，即表示主动平息诉讼事），同着原告、被告、中证一行人进府里来。

吴太守方坐晚堂，一行人就将息词呈上。太守从头念一遍道：

劝息人张四维、李俊卿，系天台县学生。切（切要，表示简略陈述的用语）徽人金声，有女，已受程氏之聘。因迁居天台，道途修阻（路途遥远而阻隔），女年及笄（指女子已成年，到了盘发插笄的年龄，亦即到了婚配年龄。笄，jī，发簪），程氏音讯不通，不得已，再许韩生，以致程氏斗争成讼。兹金声愿还聘礼，韩生愿退婚姻，庶（shù，几乎，将近，差不多）不致寒盟（指背弃或忘却盟约）于程氏。维等忝（tiǎn，辱，有愧于，常用作谦辞）为亲戚，意在息争（意思是停止辩争），为此上禀。

原来那吴太守是闽中一个名家，为人公平正直，不爱那有“贝”字的“财”，只爱那无“贝”字的“才”。自从前日准过状子，乡绅就有书来，他心中已晓得是有缘故的了。当下看过息词（息讼之词，即表示主动平息诉讼事），抬头看了韩子文，风采（意为风度、神采。多指美好的举止态度）堂堂，已自有几分欢喜，便教唤那秀才上来。韩子文跪到面前，太守道："我看你一表人才，决不是久困风尘的，就是我招你为婿，也不枉了。你却如何轻聘了金家之女，今日又如何就肯轻易退婚？"那韩子文是个点头会意的人，他本等不做指望了，不想着太守心里为他，便转了口道："小生如何舍得退婚？前日初聘的时节，金声朝天设誓，尤恐怕不足为信，复要金声写了亲笔婚约，张、李二生都是同议的，如今现有'不曾许聘他人'句可证。受聘之后，又回却青丝发一缕，小生至今藏在身边，朝夕把玩，就如见我妻子一般。如今一旦要把萧郎做个路人看待（用崔郊《赠婢诗》中"侯门一入深如海，从此萧郎是路人"句意。萧郎，诗词中用作男人的泛称，又多指女子的恋人），却如何甘心得过？程氏结姻，从来不曾见说。只为贫不敌富，所以无端生出是非。"说罢，便噙下泪来。恰好那吉帖（又称"喜帖"，用红纸书写女子的生辰八字，以示允婚）、婚书、头发都在袖中，随即一并呈上。

太守仔细看了，便教把程元、赵孝远远的另押在一边去。先开口问金声道："你女儿曾许程家么？"金声道："爷爷，实是许的。"又问道："既如此，不该又与韩生了。"金声道："只为点绣女事急，仓卒中不暇思前算后，做此一事，也是出于无奈。"又问道："那婚约可是你的亲笔？"金声道："是。"又问道："那上边写道'自幼不曾许聘何人'，却怎么说？"金声道："当时只要成事，所以一一依他，原非实话。"太守见他言词反复，已自怒形于色。又问道："你与程元结亲，却是几年几月几日？"金声一时说不出来，想了一回，只得扭捏（原意为故弄姿态，这里含有吞吞吐吐的意思）道："是某年某月某日。"

太守喝退了金声，又叫程元上来问道："你聘金家女儿，有何凭据？"程元道："六礼既行，便是凭据了。"又问道："原媒何在？"程元道："原媒自在徽州，不曾到此。"又道："你媳妇的吉帖（又称"喜帖"，用红纸书写女子的生辰八字，以示允婚）拿与我看。"程元道："一时失带在身边。"太守冷笑了一声，又问道："你何年何月何日与他结姻的？"程元也想了一回，信口诌道："是某年某月某日。"与金声所说日期分毫不相合了。

太守心里已自了然，便再唤那赵孝上来，问道："你做中证，却是那里人？"赵孝道："是本府人。"又问道："既是台州人，如何晓得徽州事体（事情）？"赵孝道："因为与两家有亲，所以知道。"太守道："既如此，你可记得何年月日结姻的？”赵孝也约莫着说个日期，又与两人所言不相对了。原来他三人见投了息词（息讼之词，即表示主动平息诉讼事），便道不消费得气力，把那答应官府的说话，都不曾打得照会（参照；对勘），谁想太爷一个个的盘问起来。那些衙门中人，虽是受了贿赂，因惮太守严明，谁敢在傍边帮衬一句？自然露出马脚。

那太守就大怒道：“这一班光棍奴才，敢如此欺公罔法！且不论没有点绣女之事，就是愚民惧怕时节，金声女儿若果有程家聘礼为证，也不消再借韩生做躲避之策了。如今韩生吉帖、婚书并无一毫虚谬；那程元却都是些影响（这里是虚妄不实之意）之谈。况且既为完姻而来，岂有不与原媒同行之理？至于三人所说结姻年月日期，各自一样，这却是何缘故？那赵孝自是台州人，分明是你们要寻个中证，急切里再没有第三个徽州人可央，故此买他出来的。这都只为韩生贫穷，便起不良之心，要将女儿改适内侄，一时通同合计，遭此奸谋。再有何说？”便伸手抽出签（旧时官府交付差役追捕或惩处犯人的凭证）来，喝叫把三人各打三十板。三人连声的叫苦。韩子文便跪上禀道：“大人既与小生做主，成其婚姻，这金声便是小生的岳父了。不可结了冤仇，伏乞（向尊者恳求。伏，敬辞）饶恕。”太守道：“金声看韩生分上，饶他一半；原告、中证，却饶不得。”当下各各受责。只为心里不打点得，不曾用得杖钱（疏通执杖差役的贿赂钱），一个个打得皮开肉绽，叫喊连天。那韩子文、张安国、李文才三人，在旁边暗暗的欢喜。这正应着金朝奉往年所设之誓。

太守便将息词（息讼之词，即表示主动平息诉讼事）涂坏，提笔判曰：

韩子贫惟（只有）四壁，求淑女而未能；金声富累千箱，得才郎而自弃。只缘择婿者原乏知人之鉴，遂使图婚者爰（yuán）生速讼之奸。程门旧约，两两无凭；韩氏新姻，彰彰可据。百金即为婚具，幼女准属韩生。金声、程元、赵孝，搆衅（生出事端。搆，gòu）无端，各行杖警。

判毕，便将吉帖、婚书、头发一齐付与韩子文。一行人辞了太守出来。程朝奉做事不成，羞惭满面，却被韩子文一路千老驴、万老驴的骂，又道：“做得好事！果然做得好事！我只道打来是不痛的。”程朝奉只得忍气吞声，不敢回答一句。又害那赵孝打了屈棒，免不得与金朝奉共出些遮羞钱与他，尚自喃喃呐呐的怨怅（yuàn chàng，埋怨）。这叫做“赔了夫人又折兵”。当下各自散讫（qì，完毕）。

韩子文经过了一番风波，恐怕又有甚么变卦，便疾忙将这一百两银子备了些催装速嫁之类，择个吉日，就要成亲，仍旧是张、李二生请期通信。金朝奉见太守为他，不敢怠慢。欲待与舅子到上司做些手脚，又少不得经由府县的，正所谓敢怒而不敢言，只得一一听从。花烛之后，朝霞见韩生气宇轩昂，丰神俊朗，才貌甚是相当，那里管他家贫。自然你恩我爱，少年夫妇，极尽颠鸾倒凤之欢，倒怨怅父亲多事。真个是：

早知灯是火，饭熟已多时。

自此无话。

次年，宗师田洪录科（科举考试的一种，在乡试之前举行，凡经录科考试合格者，方准参加乡试），韩子文又得吴太守一力举荐，拔为前列。春秋两闱（秋闱指乡试，常规三年一届，例于八月在各省城举行，考中者为举人。春闱指会试，每三年一次，在京城举行，各省举人均可应考，时间在二月或三月，考中者为贡士），联登甲第，金家女儿已自做了夫人。丈人思想前情，惭悔无及，若预先知有今日，就是把女儿与他为妾也情愿了。有诗为证：

蒙正当年也困穷，休将肉眼看英雄。

堪夸仗义人难得，太守廉明即古洪。

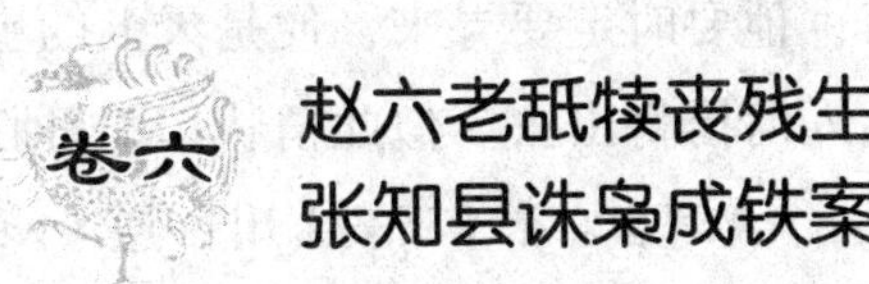

卷六 赵六老舐犊丧残生 张知县诛枭成铁案

诗曰：

从来父子是天伦，凶暴何当逆自亲？

为说慈乌能反哺[①]，应教飞鸟骂伊人。

话说人生极重的是那“孝”字。盖因为父母的，自乳哺三年，直盻（环视；左顾右盼。盻，pǎn，通“盼”，本义是指美丽的眼睛）到儿子长大，不知费尽了多少心力。又怕他三病四痛，日夜焦劳；又指望他聪明成器，时刻注想。抚摩鞠

① 慈乌能反哺：乌，即乌鸦。《本草纲目·禽部》云：“慈乌，此鸟初生，母哺六十日，长则反哺六十日，可谓慈孝矣。”这里用其说。

■卧冰哭竹古币

育，无所不至。《诗》云："哀哀父母，生我劬劳（劳苦。劬，qú）。欲报之德，昊天罔极。"（见《诗·小雅·蓼莪》，意谓父母的养育之恩广大无边，难以报答。昊天，苍天）说到此处，就是卧冰哭竹（两个孝子故事。卧冰，一说是晋王祥为母卧冰取鲤，一说是楚僚为后母治痈卧冰取鲤，见干宝《搜神记》。哭竹，指三国时孟宗为母哭竹求笋事，见《二十四孝》）、扇枕温衾（班固《东观汉记》记载：汉代黄香事双亲至孝，夏为扇枕，冬为温席），也难报答万一。况乃锦衣玉食，归之自己，担饥受冻，委之二亲，漫然视若路人，甚而等之仇敌，败坏彝伦（人们正常的伦理关系。彝，常），灭绝天理，直狗彘（犬与猪。常比喻行为恶劣或品行卑劣的人。彘，zhì）之所不为也。

如今且说一段不孝的故事，从前寡见，近世罕闻。

正德（明武宗朱厚照年号，公元1506—1521年）年间，松江府城（在华亭，即今上海市松江县）有一富民，姓严。夫妻两口儿过活。三十岁上无子，求神拜佛，无时无处不将此事挂在念头上。忽一夜，严娘子似梦非梦间，只听得空中有人说道："求来子，终没耳；添你丁，减你齿。"严娘子分明听得，次日即对严公说知，却不解其意。自此以后，严娘子便觉得眉低眼慢，乳胀腹高，有了身孕。怀胎十月，历尽艰辛，生下一子，眉清目秀。夫妻二人欢喜倍常，万事多不要紧，只愿他易长易成。

光阴荏苒，又早三年。那时也倒聪明伶俐，做爷娘的百依百顺，没一事违拗了他。休说是世上有的物事，他要时定要寻来，便是天上的星、河里的月，也恨不得爬上天捉将下来，钻入河捞将出去。似此情状，不可胜数。又道是："棒头出孝子，箸头（筷子头上，意谓在生活上溺爱）出忤逆（wǔ nì，不孝敬父母）。"为是严家夫妻养娇了这孩儿，到得大来就便目中无人，天王也似的大了。却是为他有钱财使用，又好结识那一班惨刻狡滑、没天理的衙门中人，多只是奉承过去，那个敢与他一般见识？却又极好樗蒲（古代的一种赌博，盛行于汉、魏，后作赌博的代称，樗，chū），搭着一班儿伙伴，多是高手的赌贼。那些人贪他是出钱施主，当面只是甜言蜜语，谄笑胁肩（献媚地笑，低三下四，缩敛肩膀。形容巴结逢迎的丑态），赚他上手。他只道众人真心喜欢，且十分帮衬(帮助，帮忙)，便放开心地，大胆呼卢（hū lú，古代一种赌博游戏，即"呼卢喝雉"的省略，卢和雉是古时赌具上的两种彩色，共有五子，五子全黑的叫"卢"，得头彩。掷

子时，高声喊叫，希望得全黑，所以叫“呼卢”），把那黄白之物（黄金和白银），无算的暗消了去。严公时常苦劝，却终久溺着一个“爱”字，三言两语，不听时，也只索罢了。岂知家私有数，经不得十转九空。似此三年，渐渐凋耗。

严公原是积攒上头起家的，见了这般情况，未免有些肉痛。一日有事出外，走过一个赌坊，只见数十来个人，团聚一处，在那里喧嚷。严公望见，走近前来，伸头一看，却是那众人裹着他儿子讨赌钱。他儿子分说不得，你拖我扯，无计可施。严公看了，恐怕伤坏了他，心怀不忍。挨开众人，将身蔽了孩儿，对众人道：“所欠钱物，老夫自当赔偿。众弟兄各自请回，明日到家下拜纳（亦作“拜内”。奉献；敬缴）便是。”一头说，一手且扯了儿子，怒愤愤的投家里来。关上了门，采了（揪住）他儿子头发，硬着心做势要打，却被他挣扎脱了。严公赶去扯住不放，他掇（duō，掉转）转身来，望严公脸上只一拳，打了满天星，昏晕倒了。儿子也自慌张，只得将手扶时，元来（原来）打落了两个门牙，流血满胸。儿子晓得不好，且望（通“往”，朝）外一溜走了。严公半晌方醒，愤恨之极，道：“我做了一世人家，生这样逆子，荡了家私，又几乎害我性命，禽兽也不如了。还要留他则甚！”一径走到府里来。却值知府升堂，写着一张状子，将那打落牙齿为证，告了忤逆（wǔ nì，不孝敬父母）。知府准了状，当日退堂，老儿且自回去。

却有严公儿子平日最爱的相识——一个外郎（对衙门吏曹的俗称），叫做丘三，是个极狡黠（jiǎo xiá，诡诈，狡猾）奸诈的。那时见准了这状，急急出衙门，寻见了严公儿子，备说（详细述说）前事。严公儿子着忙，恳求计策解救。丘三故意作难。严公儿子道：“适带得赌钱三两在此，权为使用，是必打点救我性命则个（zé gè，语气助词，表示委婉或商量、祈使、解释等语气）。”丘三又故意迟延了半晌道：“今日晚了，明早府前相会，我自有话对你说。”严公儿子依言，各自散讫（qì，完毕）。

次早俱到府前相会。严公儿子问：“有何妙计？幸急救我！”丘三把手招他到一个幽僻去处，说道：“你来，你来！对你说。”严公儿子便以耳接着丘三的口，等他讲话。只听得跐踔（kē chuō，拟声词）一响，严公儿子大叫一声，疾忙掩耳，埋怨丘三道：“我百般求你解救，如何倒咬落我的耳朵？却不恁地与你干休！”丘三冷笑道：“你耳朵原来却恁地（nèn dì，如此，这样）值钱？你家老儿牙齿恁地不值钱？不要慌，如今却真对你说话。你慢些只说如此如此，便自没事。”严公儿子道：“好计！虽然受些痛苦，却得干净了身子。”

随后府公升厅，严公儿子带到。知府问道："你如何这般不孝！只贪赌博，怪父教诲，甚而（甚至，竟然）打落了父亲门牙，有何理说？"严公儿了泣道："爷爷青天在上，念小的焉敢悖伦胡行？小的偶然出外，见赌房中争闹，立定闲看。谁知小的父亲也走将来，便疑小的亦落赌场，采了小的回家痛打。小的吃打不过，不合伸起头来，父亲便将小的毒咬一口，咬落耳朵。老人家齿不坚牢，一时性起，遂至坠落。岂有小的打落之理？望爷爷明镜照察。"知府教上去验看，果然是一只缺耳，齿痕尚新，上有凝血，信他言词是实，微微的笑道："这情是真，不必再问了。但看赌钱可疑，父齿复坏，责杖十板，赶出免拟。"

严公儿子喜得无恙，归家求告父母道："孩儿愿改从前过失，侍奉二亲。官府已责罚过，任父亲发落！"老儿昨日一口气上，到府告官，过了一夜，又见儿子已受了官刑，只这一番说话，心肠已自软了。他老夫妻两个，原是极溺爱（过度疼爱）这儿子的，想起道："当初受孕之时，梦中四句言语，说：'求来子，终没耳；添你丁，减你齿。'今日老儿落齿，儿子啮(niè，咬东西)耳，正此验也。这也是天数，不必说了。"自此那儿子当真守分，孝敬二亲，后来却得善终。这叫做改过自新，皇天必宥（yòu，宽恕）。

如今再说一个肆行不孝，到底不悛（quān，悔改），明彰报应的。

某朝某府某县，有一人姓赵，排行第六，人多叫他做赵六老。家声清白，囊橐（náng tuó，指行李财物）肥饶。夫妻两口，生下一子，方离乳哺，是他两人心头的气，身上的肉。未生下时，两人各处许下了偌多香愿（烧香许愿，指在神佛面前许下的愿望），只此一节上，已为这儿子费了无数钱财。不期三岁上出起痘来，两人终夜无寐，遍访名医，多方觅药，不论资财，只求得孩儿无恙，便杀了己身，也自甘心。两人忧疑惊恐，巴得到痘花回好，就是黑夜里得了明珠，也没得这般欢喜。看看调养得精神完固，也不知服了多少药料，吃了多少辛勤，坏了多少钱物。殷殷抚养，到了六七岁，又要送他上学。延一个老成名师，择日叫他拜了先生，取个学名，唤做赵聪。先习了些《神童》、《千家诗》，后习《大学》。两人又怕儿子辛苦了，又怕先生拘束他，生出病来。每日不上读得几句书，便歇了。那赵聪也倒会体贴他夫妻两人的意思，常只是诈病佯疾（假装生病），不进学堂。两人却是不敢违拗了他。那先生看了这些光景（情况，情景），口中不语，心下思量道："这真叫做禽犊之爱，适所以害之耳。养成于今日，后悔无及矣！"却只是冷眼傍观，任主人家措置（这里是安排

的意思）。过了半年三个月，忽又有人家来议亲，却是一个宦户人家，姓殷，老儿曾任太守，故（死去）了。赵六老却要扳高（也叫“攀高枝”，此处指向比自己好的人家求亲），央媒求了口帖，选了吉日，极浓重的下了一付谢允礼（旧俗男方答谢女方同意订婚所送的财礼）。自此聘下了殷家女子，逢时致时，逢节致节，往往来来，也不知费用了多少礼物。

韶光短浅。赵聪因为娇养，直挨到十四岁上才读完得经书，赵六老还道是他出人头地，欢喜无限。十五六岁，免不得教他试笔作文。六老此时为这儿子面上，家事（家产，家业）已弄得七八（指家财已破费消耗了七八成）了。没奈何，要儿子成就，情愿借贷延师（延续请师教学），又重币延请一个饱学秀才，与他引导。每年束脩五十金，其外节仪（指节日馈赠的礼品），与夫供给之盛，自不必说。那赵聪原是个极贪安宴（安逸享乐），十日九不在书房里的。做先生倒落得吃自在饭，得了重资，省了气力。为此，就有那一班不成才没廉耻的秀才，便要谋他馆谷（即旧时给塾师的酬金）；自有那有志向诚实的，往往却（推却，拒绝）之不就：此之谓贤愚不等。

话休絮烦，转眼间又过了一个年头。却值文宗（对考试官员的泛称）考童生。六老也叫赵聪没张没致（冒冒失失）的前去赴考，又替他钻刺，央人情，又枉自折了银子。考事已过，六老又思量替儿了毕姻。却是手头委实（实在）有些窘迫了，又只得央中写契，借到某处银四百两。那中人（中间担保人）叫做王三，是六老平日专托他做事的，似此借票，已写过了几纸，多只是他居间。其时在刘上户（富户、上等人家）家，借了四百银子，交与六老。便将银备办礼物，择日纳采，订了婚期。过了两月，又近吉日，却又欠接亲之费。六老只得东挪西凑，寻了几件衣饰之类，往典铺中解（抵押）了四十两银子，却也不勾（gòu，古同“够”，达到）使用，只得又寻了王三，写了一纸票，又往褚员外家借了六十金，方得发迎会亲。殷公子送妹子过门，赵六老极其殷勤谦让，吃了五七日筵席，各自散了。小夫妻两口恩爱如山，在六老间壁一个小院子里居住，快活过日。殷家女子倒百般好，只有些儿毛病，专一恃贵自高，不把公婆看在眼里。且又十分悭吝（qiān lìn，抠门，小气），一文千贯，惯会唆那丈夫做些惨刻之事。若是殷家女子贤慧时，劝他丈夫学好，也不到得后来惹出这场大事了。

自古妻贤夫祸少，应知子孝父心宽。

这是后话。

却说那殷家嫁资丰富，约有三千金财物，殷氏收掌，没一些儿放空（意为掌握钱财极牢。放空，犹如说出手。一些，表示数量少，一点）。赵六老供给儿媳，惟恐有甚不到处，反十分小心。儿媳两个，倒嫌长嫌短的，不像意（满意）。光阴迅速，又早三年。赵老娘因害痰火病（指无形之火与有形之痰煎熬胶结贮积于肺的病症，所谓“窠囊之痰”。平时可无明显症状，如因外邪或饮食内伤等因素则引致发作。其症颇似哮喘，烦热胸痛，口干唇燥，痰块很难咯出等），起不得床，一发把这家事（家庭内部的事务）托与那媳妇掌管。殷氏承当了，供养公婆，初时也尚像样。渐渐半年三个月，要茶不茶，要饭不饭（没有饭）。两人受淡不过，有时只得开口，勉强取讨得些。殷氏便发话道：“有甚么大家事交割与我，却又要长要短。原把去自当不得！我也不情愿当这样吃苦差使，倒终日搅得不清净。”赵六老闻得，忍气吞声，实是没有什么家计分授与他，如何好分说得？叹了口气，对妈妈说了。妈妈是个积病之人，听了这些声响，又看了儿媳这一番怠慢光景，手中又十分窘迫，不比三年前了。且又索债（讨债）盈（满）门，箱笼中还剩得有些衣饰，把来偿利，已准过七八了。就还有几亩田产，也只好把与别人做利。赵妈妈也是受用（享受）过来的，今日穷了，休说是外人，嫡亲儿媳也受他这般冷淡。回头自思，怎得不恼？一气气得头昏眼花，饮食多绝了。儿媳两个也不到床前去看视一番，也不将些汤水调养病人，每日三餐，只是这几碗黄齑（huáng jī，咸腌菜，常借指艰苦的生活），好不苦恼。挨了半月，痰喘大发，呜呼哀哉，伏维尚飨（旧时祭文结尾的套话，后人用来做死的代词）了。

儿媳两个，免不得干号了几声，就走了过去。赵六老跌脚捶胸，哭了一回，走到间壁去对儿子道：“你娘今日死了，实是囊底无物，送终之具（东西），一无所备。你可念母子亲情，买口好棺木盛殓，后日择块坟地殡葬，也见得你一片孝心。”赵聪道：“我那里有钱买棺？不要说是好棺木，价重买不起，便是那轻敲杂树（指用杂树的轻薄木片拼凑而成）的，也要二三两一具，叫我那得东西去买？前村李作头（zuō tou，手工作坊的业主，也称“行东”）家，有一口轻敲些的在那里，何不去赊了来，明日再做理会。”六老噙着眼泪，怎敢再说？只得出门到李作头家去了。

且说赵聪走进来对殷氏道：“俺家老儿一发（更加，越发）不知进退了，对我说要讨件好棺木盛殓老娘。我回说道：休说好的，便是歹的，也要二三两一个。我叫他且到李作头家赊了一具轻敲的来，明日还价（指还钱）。”殷氏便接口道：“那个还价？”赵聪道：“便是我们舍个头痛，替他胡乱还些罢。”殷氏怒道：“你那里有钱来替别人买棺材？买与自家了不得？要买时，你自还

钱，老娘却是没有。我又不曾受你爷娘一分好处，没事便兜揽这些来打搅人！松了一次，便有十次。还他十个没有，怕怎地！”赵聪顿口无言，道：“娘子说得是，我则不还便了。”随后六老雇了两个人，抬了这具棺材到来，盛殓了妈妈。大家举哀了一场，将一杯水酒浇奠了，停柩（棺材）在家。儿媳两个也不守灵，也不做什么盛羹饭，每日仍只是这几碗黄虀。夜间单留六老一人，冷清清的，在灵前伴宿。六老有好气没好气，想了便哭。

过了两七（旧时人死后七天祭祀一次，两七即第二个七日，至七七四十九日而止，叫“断七”），李作头来讨棺银。六老道：“去替我家小官人讨。”李作头依言，去对赵聪道：“官人家赊了小人棺木，幸赐价银则个（zé gè，语气助词，表示委婉或商量、祈使、解释等语气）。”赵聪光着眼，啐了一声道：“你莫不见鬼了？你眼又不瞎，前日是那个来你家赊棺材，便与那个讨，却如何来与我说？”李作头道：“是你家老官来赊的，方才是他叫我来与官人讨。”赵聪道：“休听他放屁！好没廉耻。他自有钱买棺材，如何图赖得人？你去时便去，莫要讨老爷怒发！”背叉着手，自进去了。李作头回来，将这段话对六老说知。六老纷纷泪落，忍不住哭起来。李作头劝住了道：“赵老官不必如此！没有银子，便随分甚么东西，准两件与小人罢了。”赵六老只得进去，翻箱倒笼，寻得三件冬衣，一根银馓子（sǎn zi，按簪类的插发物），把（拿）来准与李作头去了。

忽又过了七七四十九天。赵六老原也有些不知进退，你看了买棺一事，随你怎么，也不可求他了。到得过了断七，又忘了这段光景，重复对儿子道：“我要和你娘寻块坟地，你可主张则个（zé gè，语气助词，表示委婉或商量、祈使、解释等语气）。”赵聪道：“我晓得甚么主张！我又不是地理师（又称“地理先生”“风水先生”，旧时的一种迷信职业，以察看宅院坟茔的地脉风水，来预言吉凶祸福），那晓寻甚么地？就是寻时，难道有人家肯白送？依我说时，只好拣个日子，送去东村烧化了，也倒稳当。”六老听说，默默无言，眼中吊泪。赵聪也不再说，竟自去了。六老心下思量道：“我妈妈做了一世富家之妻，岂知死后无葬身之所。罢！罢！这样逆子，求他则甚！再检箱中，看有些少物件，解当些来买地，并作殡葬之资。”六老又去开箱，翻前翻后，检得两套衣服，一只金钗，当得六两银子。将四两买了二分地，余二两唤了四个和尚，做些功果，雇了几个扛夫，抬出去殡葬了。六老喜得完事，且自归家，随缘度日。

倏忽间又是寒冬天道，六老身上寒冷，赊了一斤丝绵。无钱得还，只得将一件夏衣，对儿子道："一件衣服在此，你要便买了，不要时，便当几钱与我。"赵聪道："冬天买夏衣，正是：那得闲钱补抓篱！放着这件衣服，日后怕不是我的？却买他！也不买，也不当。"六老道："既恁地时，便罢。"自收了衣服不题。

却说赵聪便来对殷氏说了。殷氏道："这却是你呆了！他见你不当时，一定便将去解铺中解了，日后一定没了。你便将来，胡乱当他几钱，不怕没便宜。"赵聪依允，来对六老道："方才衣服，媳妇要看一看，或者当了，也不可知。"六老道："任你将去不妨，若当时，只是七钱银子也罢。"赵聪将衣服与殷氏看了。殷氏道："你可将四钱去，说如此时便捉了（拿了，收下），要多时，回他便罢。"赵聪将银付与六老，六老那里敢嫌多少，欣然接了。赵聪便写一纸短押，上写限五月没（限五个月内赎取，如逾期不赎，东西便归对方所有。没，没收），递与六老去了。六老看了短押，紫胀了面皮，把纸扯得粉碎，长叹一声，道："生前作了罪过，故令亲子报应。天也！天也！"怨恨了一回。

过了一夜，日起身梳洗，只见那作中的王三蓦地走将进来。六老心头吃了一跳，面如土色。正是：

入门休问荣枯事，观看容颜便得知。

王三施礼了，便开口道："六老莫怪惊动，便是褚家那六十两头，虽则年年清利，却则是些货钱准折，又还得不爽利。今年他家要连本利多楚（都还清楚），小人却是无说话回他。六老遮莫（拼着，好比说咬咬牙、狠狠心）做一番计较，清楚了这一项，也省多少口舌，免得门头不清净。"六老叹口气道："当初要为这逆子做亲（结婚；成亲），负下了这几主重债，年年增利，囊橐一空。欲待在逆子处那借来奉还褚家，争奈他两个丝毫不肯放空。便是老夫身衣口食，日常也不能如意，那有钱来清楚这一项银？王兄幸作方便，善为我辞，宽限几时，感恩非浅。"王三变了面皮道："六老说那里话？我为褚家这主债上，馋唾（唾沫、口水）多分说干了。你却不知他家上门上户，只来寻我中人，我却又不得了几许中人钱，没来由（无缘无故）讨这样不自在吃。只是当初做差了事，没摆布（安排、处理）了。他家动不动要着人来坐催，你却还说这般懈话。就是你手头来不及时，当初原为你儿子做亲借的，便和你儿子那借来还，有甚么不是处？我如今不好去回话，只坐在这里罢了。"六老听了这一番话，眼泪汪汪，无言可答，虚心冷气的道："王兄见教极是，容老夫和这逆子计议便了。王兄暂请回步，来早定当报命。"王三道，"是则是了，却是我转了背（转身走了），不可就便放松。又不图你一碗儿茶，半钟儿酒，着甚来历？”摊手摊脚，也不作别，竟走出去了。

六老没极奈何，寻思道：“若对赵聪说时，又怕受他冷淡；若不去说时，实是无路可通。老王说也倒是，或者当初是为他借的，他肯挪移也未可知。”要一步不要一步，走到赵聪处来。只见他每（宋元时人称代词的复数，同“们”）闹闹热热，炊烟盛举。六老问道：“今日为甚事忙？”有人答道：“殷家大公子到来，留住吃饭，故此忙。”六老垂首丧气，只得回身。肚里思量道：“殷家公子在此留饭，我为父的也不值得带挈（提携的意思）一带挈？且看他是如何！”停了一会，只见依旧搬将那平时这两碗黄糙饭来。六老看了，喉咙气塞，也吃不落。那日，赵聪和殷公子吃了一日酒，六老不好去唐突（冒犯，突然闯进去），只得歇了。

次早走将过去，回说赵聪未曾起身。六老呆呆的等了个把（量词）时辰，赵聪走出来道：“清清早早，有甚话说？”六老倒陪笑道：“这时候也不早了，有一句紧要说话，只怕你不肯依我。”赵聪道：“依得时便说，依不得时便不必说。有什么依不依！”六老半嗫半嚅（bàn niè bàn rú，说话吞吞吐吐的样子）的道：“日前你做亲时，曾借下了褚家六十两银子，年年清利。今年他家连本要还，我却怎地来得及？本钱料是不能勾（gòu，古同“够”，达到），只好依旧上利。我实在是手无一文，别样本也不该对你说，却是为你做亲借的，为此只得与你那借些，还他利钱则个（zé gè，语气助词，表示委婉或商量、祈使、解释等语气）。”赵聪怫然（发怒的样子。怫，fú）变色，摊着手道：“这却不是笑话？恁地说时，元来人家讨媳妇，多是儿子自己出钱。等我去各处问一问，看是如此时，我还便了。”六老又道：“不是说要你还，只是目前那（同“挪”）借些个。”赵聪道：“有甚那借不那借？若是后日有得还时，他每也不是这般讨得紧了。昨日殷家阿舅有准盒礼银五钱在此，待我去问媳妇肯时，将去做个东道（本指东路上的主人，可供应来往过客的生活需要。后称请客为东道，或称“做东”。“这是我们的东道”，意谓用自带的食物请客），请请中人，再挨几时便是。”说罢，自进去了。六老想道：“五钱银子干什么事？况又去与媳妇商量，多分是水中捞月了。”

等了一会，不见赵聪出来，只得回去，却见王三已自坐在那里。六老欲待躲避，早被他一眼瞧见。王三迎着六老道：“昨日所约如何？褚家又是三五替人（即三五拨人。替，轮替，一批人走了又来一批）我家来过了。”六老舍着羞脸说道："我家逆子分毫不肯通融，本钱实是难处，只得再寻些货物，准过今年利钱，容老夫徐图，望乞方便。"一头说，一头不觉的把双膝屈了下去。王三歪转了头，一手扶六老，口里道："怎地是这样？既是有货物，准得过时，且将去准了。做我不着，又回他过几时。"六老便走进去，开了箱子，将妈妈遗下几件首饰衣服，并自己穿的这几件直身（即"当身"，这里指正该此时节穿的衣服），检一个空，尽数将出来，递与王三。王三宽打料帐（实际折合的钱数要比约估的钱数多。料，估计），结勾（gòu，古同"够"，达到）了二分起息十六两之数，连箱子将了去了。六老此后，身外更无一物。

话休絮烦。隔了两日，只见王三又来索取那刘家四百两银子的利钱，一发（更加，越发）重大。六老手足无措，只得诡说道："已和我儿子借得两个元宝在此，待将去倾销（这里指将元宝熔化成小块）一倾销，且请回步，来早拜还。"王三见六老是个诚实人，况又不怕他走了那里去，只得回家。六老想道："虽然哄了他去，这疖少不得要出脓，怎赖得过？"又走过来对赵聪道："今日王三又来索刘家的利钱，吾如今实是只有这一条性命了，你也可怜见我生身父母，救我一救！"赵聪道："没事又将这些说话来恐唬人，便有些得替还了不成？要死便死了，活在这里也没干。"六老听罢，扯住赵聪，号天号地的哭。赵聪奔脱了身，竟进去了。有人劝住了六老，且自回去。六老千思万想，若王三来时，怎生措置？人急计生，六老想了半日，忽然的道："有了，有了。除非如此如此。除了这一件，真便死也没干。"看看天色晚来，六老吃了些夜饭自睡。

却说赵聪夫妻两个，吃罢了夜饭，洗了脚手，吹灭了火去睡。赵聪却睡不稳，清眠在床。只听得房里有些脚步响，疑是有贼，却不做声。元来赵聪因有家资，时常防贼做整备的。听了一会，又闻得门儿隐隐开响，渐渐有些窸窣之声（形容树叶、花草等细微的摩擦声音。窸窣，xī sū），将近床边。赵聪只不做声，约莫来得切近，悄悄的床底下拾起平日藏下的斧头，趁着手势一劈，只听得扑地一响，望床前倒了。赵聪连忙爬起来，踏住身子，再加两斧。见寂然无声，知是已死。慌忙叫醒殷氏，道："房里有贼，已砍死了！"点起火来，恐怕外面还有伴贼，先叫破了地方邻舍，多有人走起来救护。只见墙门左侧，老大一个壁洞。已听见赵聪叫过："砍死了一个贼在房里。"一齐拥进来看，果然一个死尸，头劈做了两半。众人看了，有眼快的，叫道："这却不是赵六老？"众人仔细齐来相了一回，多道："是也，是也。却为甚做贼，偷自家

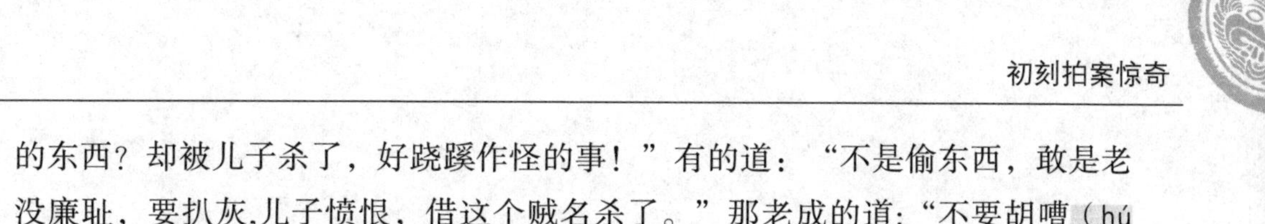

的东西？却被儿子杀了，好跷蹊作怪的事！”有的道：“不是偷东西，敢是老没廉耻，要扒灰,儿子愤恨，借这个贼名杀了。”那老成的道:“不要胡嘈（hú cáo，亦作“胡嘲”。胡说）！六老平生不是这样人。”赵聪夫妻实不知是什么缘故，饶你平时奸猾，到这时节，不由你不呆了。一头假哭，一头分说道：“实不知是我家老儿，只认是贼，为此不问事由杀了。只看这墙洞，须知不是我故意的。”众人道：“既是做贼来偷，你夜晚间不分皂白，怪你不得。只是事体（情况）重大，免不得报官。”哄了一夜，却好天明，众人押了赵聪到县前去。这里殷氏也心慌了，收拾了些财物，暗地到县里打点去使用。

那知县姓张名晋，为人清廉正直，更兼聪察非常。那时升堂，见众人押这赵聪进来，问了缘故，差人相验了尸首。张晋道是：“以子杀父，该问十恶重罪。”傍边走过一个承行孔目（掌管文书的官吏），禀道：“赵聪以子杀父，罪犯宜重；却实是夤夜（深夜。夤，yín）拒盗，不知是父，又不宜坐大辟（古代的极刑，即死刑）。”那些地方里邻，也是一般说话。张晋由众人说，径提起笔来判道：

“赵聪杀贼可恕，不孝当诛。子有余财，而使父贫为盗，不孝明矣！死何辞焉！”

判毕，即将赵聪重责四十，上了死囚枷，押入牢里。众人谁敢开口？况赵聪那些不孝的光景，众人一向久慕，见张晋断得公明，尽皆心服。张晋又责令取赵聪家财，买棺殡殓了六老。殷氏纵有扑天的本事，敌国的家私，也没门路可通。只好多使用些银子，时常往监中看觑（照顾）赵聪一番。不想进监多次，惹了牢瘟，不上一个月，死了。赵聪原是受享过来的，怎熬得囹圄（líng yǔ，监牢）之苦？殷氏既死，没人送饭，饿了三日，死在牢中。拖出牢洞，抛尸在千人坑里，这便是那不孝父母之报。

张晋更着将赵聪一应家财入官。那时刘上户、褚员外并六老平日的债主，多执了原契禀了，张晋一一多派还了。其余所有，悉行入库。他两个刻剥了这一生，自己的父母也不能勾（gòu，古同“够”，达到）近他一文钱钞，思量积攒来传授子孙，为永远之计。谁知家私付之乌有，并自己也无葬身之所。要见天理昭彰，报应不爽。正是：

由来天网恢恢，何曾漏却阿谁？
王法还须推勘，神明料不差池。

卷七 李公佐巧解梦中言 谢小娥智擒船上盗

赞云：

士或巾帼，女或弁冕[①]。
行不逾阈[②]，谟能致远。
睹彼英英，惭斯谫谫[③]。

这几句赞，是赞那有智妇人，赛过男子。假如有一种能文的女子，如班婕妤、曹大家、鱼玄机、薛校书、李季兰、李易安、朱淑真之辈，上可以并驾班（指班固，汉史学家。字孟坚，《汉书》的作者）、扬〔指扬雄，字子云，西汉文学家、哲学家、语言学家，蜀郡成都（今属四川省）人〕，下可以齐驱卢、骆（卢，指卢照邻。骆，指骆宾王，二人与王勃、杨炯同为"初唐四杰"。《旧唐书·杨炯传》说："炯与王勃、卢照邻、骆宾王以文诗齐名，海内称为王杨卢骆，亦号为四杰。"）。有一种能武的女子，如夫人城（东晋初，苻丕攻襄阳，守将朱序之母韩氏率妇女固城破敌，故称。夫人城在今湖北省襄樊市，这里借指韩氏）、娘子军（指唐高祖的女儿阳平公主，曾组织女兵，号娘子军，协助其父作战）、高凉冼氏（俗称冼夫人，南朝梁、陈时人，岭南少数民族女领袖，以英勇善战著称；高凉，旧县名，故址在今广东省阳江县）、东海吕母〔东汉农民起义女领袖，聚众千人，自称将军。她是海曲（今山东省日照市）人，海曲当时属东海郡，故称〕之辈，智略可方韩、白（韩、白，分别指韩信、白起。韩信曾受胯下之辱；白起秦时大将，长平之战坑杀赵军四十万），雄名可赛关、张（指三国时名将关羽、张飞）。有一种善能识人的女子，如卓文君、红拂妓、王浑妻钟氏（三国时书法家钟繇的曾孙女，以能明鉴识人著称）、韦皋妻母苗氏（韦皋为唐时人，未得志时颇受岳父轻慢，却深得岳母苗氏的赏识，后终有成就）之辈，俱另具法眼，物色尘埃。有一种报仇雪耻女子，如

---

① 弁（biàn）冕：古代武士戴的帽子，故代指武士。② 阈（yù）：门槛，这里借指活动范围。③ 谫谫（jiǎn jiǎn）：浅薄。

孙翊妻徐氏（孙翊是三国时孙权的弟弟，官丹阳太守，被部下妫览所杀，其妻徐氏后寻机将妫览刺死）、董昌妻申屠氏（宋代董昌被奸徒方六一陷害致死，方又欲强娶董妻申屠氏，申屠氏假装答应，在洞房中将方刺死）、庞娥亲、邹仆妇之辈，俱中怀胆智，力歼强梁。又有一种希奇作怪，女扮为男的女子如秦木兰（指花木兰，南北朝民歌中替父从军，女扮男装的奇女子）、南齐东阳娄逞（南齐东阳女子，女扮男装，假装男子汉。粗通棋博，能解文义。结游公卿，官至扬州从事。后事泄，才恢复女装）、唐贞元孟妪（唐代老妇，丈夫张詧力气大，善骑射，是郭子仪的部下。张詧死后，孟妪女扮男装，穿戴丈夫的衣帽，冒名张詧之弟，补替丈夫的职位，继续在郭子仪军中效劳。郭子仪死后，她已七十二岁，兼御史大夫。后来再嫁三原县南董店潘老为妇。贞元末死时已有一百余岁）、五代临邛黄崇嘏（五代前蜀临邛女子，幼孤，有才学，曾扮男装，出任司户参军），俱以权济变，善藏其用，窜身仕宦，既不被人识破，又能自保其身，多是男子汉未必做得来的，算得是极巧极难的了。

而今更说一个遭遇大难，女扮男身，用尽心机，受尽苦楚，又能报仇，又能守志，一个绝奇的女人，真个是千古罕闻。有诗为证：

侠概惟推古剑仙，除凶雪恨只香烟。
谁知估客生奇女，只手能翻两姓冤。

这段话文，乃是唐元和（唐宪宗李纯年号，公元806—820年）年间，豫章郡（即后文所说的洪州，辖今江西省北部地区，治所在今江西省南昌市）有个富人，姓谢，家有巨产，隐名在商贾间。他生有一女，名唤小娥，生八岁，母亲早丧。小娥虽小，身体壮硕，如男子形。父亲把他许了历阳（旧县名，今安徽省和县）一个侠士，姓段，名居贞。那人负气仗义，交游豪俊，却也在江湖上做大贾。谢翁慕其声名，虽是女儿尚小，却把来许下了他。两姓合为一家，同舟载货，往来吴楚之间。两家弟兄、子侄、童仆等众，约有数十余人，尽在船内。贸易顺济（顺利，通畅），辎重（物资）充盈。如是几年，江湖上多晓得是谢家船，昭耀耳目。

此时小娥年已十四岁，方才与段居贞成婚。未及一月，忽然一日，舟行至鄱阳湖口，遇着几只江洋大盗的船，各执器械，团团围住。为头的两人，当先跳过船来，先把谢翁与段居贞一刀一个，结果了性命。以后众人一齐动手，排头（一个挨一个地）杀去。总是一个船中，躲得在那里？间有个把慌忙奔出舱外，又被盗船上人拿去杀了；或有得跳在水中，只好图得个全尸，湖水溜急，总无生理。谢小娥还亏得溜撒（动作轻快、灵巧），乘众盗杀人之时，忙自去撺在舵上，一个失脚，跌下水去了。众盗席卷舟中财宝金帛一空，将死尸尽抛在湖中，弃船而去。

小娥在水中漂流，恍惚之间，似有神明护持，流到一只渔船边。渔人夫妻两个捞救起来，见是一个女人，心头尚暖，知是未死，拿几件破衣破袄替他换下湿衣，放在舱中眠着。小娥口中泛出无数清水，不多几时，醒将转来。见身在渔船中，想着父与夫被杀光景，放声大哭。渔翁夫妇问其缘故，小娥把湖中遇盗、父夫两家人口尽被杀害情由说了一遍。原来谢翁与段侠士之名著闻江湖上，渔翁也多曾受他小惠过的，听说罢，不胜惊异，就权留他在船中。调理了几日，小娥觉得身子好了，他是个点头会意的人，晓得渔船上生意淡薄（冷落；萧条），便想道："我怎好搅扰得他？不免辞谢了他，我自上岸，一路乞食，再图安身立命之处。"小娥从此别了渔翁夫妇，沿途抄化（募化，求乞）。

到建业上元县（今南京市江宁县），有个妙果寺，内是尼僧。有个住持叫净悟，见小娥言语俗俐，说着遭难因由，好生哀怜，就留他在寺中，心里要留他做个徒弟。小娥也情愿出家，道："一身无归，毕竟是皈依佛门，可了终身。但父夫被杀之仇未复，不敢便自落发，且随缘度日，以待他年再处。"小娥自此，日间在外乞化，晚间便归寺中安宿。晨昏随着净悟做功果（指诵经祈祷以求正果等佛事活动），稽首佛前，心里就默祷，祈求报应。

只见一个夜间，梦见父亲谢翁来对他道："你要晓得杀我的人姓名，有两句谜语，你牢牢记着：'車中猴，門東草。'"说罢，正要再问，父亲撒手而去。大哭一声，飒然（sà rán，迅疾、倏忽的样子）惊觉，梦中这语，明明记得，只是不解。隔得几日，又梦见丈夫段居贞来对他说："杀我的人姓名，也是两句谜语：'禾中走，一日夫。"小娥连得了两梦，便道："此是亡灵未泯，故来显应。只是如何不竟把真姓名说了，却用此谜语？想是冥冥之中，天机不可轻泄，所以如此。如今既有这十二字谜语，必有一个解说。虽然我自家不省得，天下岂少聪明的人？不问好歹，求他解说出来。"遂走到净悟房中，说了梦中之言。就将一张纸，写着十二字，藏在身边了。对净悟道："我出外乞食，逢人便拜求去。"净悟道："此间瓦官寺有个高僧，法名齐物，极好学问，多与官员士大夫往来。你将此十二字到彼，求他一辨，他必能参透。"

小娥依言，径到瓦官寺，求见齐公。稽首毕，便道："弟子有冤在身，梦中得十二字谜语，暗藏人姓名，自家愚懵（愚昧不明），参解不出，拜求老师父解一解。"就将袖中所书一纸，双手递与齐公。齐公看了，想着一会，摇首

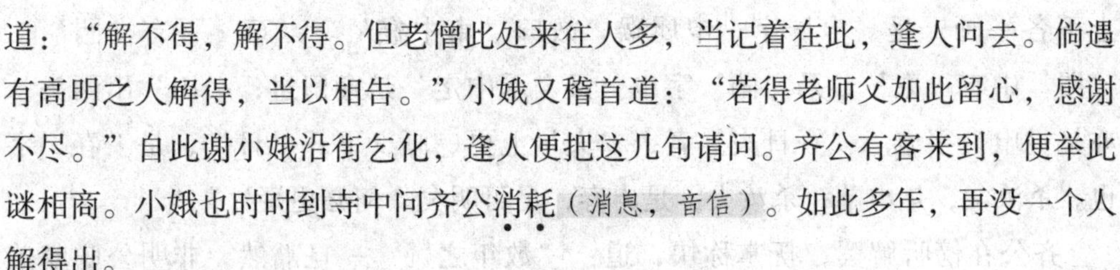

道："解不得，解不得。但老僧此处来往人多，当记着在此，逢人问去。倘遇有高明之人解得，当以相告。"小娥又稽首道："若得老师父如此留心，感谢不尽。"自此谢小娥沿街乞化，逢人便把这几句请问。齐公有客来到，便举此谜相商。小娥也时时到寺中问齐公消耗（消息，音信）。如此多年，再没一个人解得出。

说话的（书艺人的用语，听众称说书艺人为"说话的"），若只是这样解不出，那两个梦不是枉做了？看官不必性急，凡事自有个机缘。此时谢小娥机缘未到，所以如此。机缘到来，自然遇着巧的。

却说元和八年春有个洪州判官李公佐（判官是唐代特派担任临时职务的大臣自选的佐理官员，中期以后节度使、观察使亦选用判官，以备差遣。李公佐，字颛蒙，唐代陇西人，曾举进士，擅文学，所作传奇《谢小娥传》，即本篇故事的来源），在江西解任（解除职务；卸任），扁舟东下，停泊建业，到瓦官寺游耍。僧齐物一向与他相厚，出接陪了，登阁眺远，谈说古今。语话之次，齐公道："檀越（佛教用语，意即施主）博闻闳览（hóng lǎn，见闻、阅览广博），今有一谜语，请檀越一猜！"李公佐笑道："吾师好学，何至及此稚子戏？"齐公道："非是作戏，有个缘故。此间孀妇谢小娥，示我十二字谜语，每来寺中求解，说道中间藏着仇人名姓。老僧不能辨，遍示来往游客，也多懵然，已多年矣。故此求明公一商之。"李公佐道："是何十二字？且写出来，我试猜看。"齐公就取笔把十二字写出来，李公佐看了一遍道："此定可解，何至无人识得？"遂将十二字念了又念，把头点了又点，靠在窗槛上，把（拿）手在空中画了又画。默然凝想了一会，拍手道："是了，是了，万无一差！"齐公速要请教，李公佐道："且未可说破，快去召那个孀妇来，我解与他。"齐公即叫行童（佛教专称在寺院服杂役之青少年）到妙果寺寻将谢小娥来。齐公对他道："可拜见了此间官人。此官人能解谜语。"小娥依言，上前拜见了毕。公佐开口问道："你且说你的根由来。"小娥呜呜咽咽，哭将起来，好一会说话不出。良久才说道："小妇人父及夫，俱为江洋大盗所杀。以后梦见父亲来说道：'杀我者，車中猴，門東草。'又梦见夫来说道：'杀我者，禾中走，一日夫。'自家愚昧，解说不出；遍问傍人，再无能省悟。历年已久，不识姓名，报冤无路，衔恨无穷！"说罢又哭。李公佐笑道："不须烦恼。依你所言，下官俱已审详在此了。"小娥住了哭，求明示。李公佐道："杀汝父者是申蘭，杀汝夫者，是申春。"小娥道："尊官何以解之？"李公佐道："'車中猴'，'車'中去上下各一画，是‘申’字；申属猴，故曰‘車中猴’。‘草’下有‘門’，‘門’中有‘東’，乃‘蘭’字也。又‘禾中走’是穿田过；‘田’出两头，亦是‘申’字也。‘一日夫’者，‘夫’上更一画，下一‘日’，是‘春’字也。杀汝父，是申蘭；杀汝夫，是申春，足可明矣。何必更疑！”

齐公在傍听解罢，抚掌称快，道：“数年之疑，一旦豁然。非明公聪鉴盖世，何能及此？”小娥愈加恸哭道：“若非尊官，到底不晓仇人名姓，冥冥之中，负了父夫。”再拜叩谢。就向齐公借笔来，将“申蘭、申春”四字，写在内襟一条带子上了，拆开里面，反将转来，仍旧缝好。李公佐道：“写此做甚？”小娥道：“既有了主名，身虽女子，不问那里，誓将访杀此二贼，以复其冤。”李公佐向齐公叹道：“壮哉！壮哉！然此事却非容易。”齐公道：“天下无难事，只怕有心人。此妇坚忍之性，数年以来，老僧颇识之，彼是不肯作浪语（不着实际的话）的。”小娥因问齐公道：“此间尊官姓氏宦族，愿乞示知，以识不忘。”齐公道：“此官人是江西洪州判官李二十三郎也。”小娥再三顶礼（佛教徒最虔诚敬重的一种礼节，以头、手、足五体投地，俯伏叩拜）念诵，流涕而去。李公佐阁上饮罢了酒，别了齐公，下船解缆，自往家里。

话分两头。却说小娥自得李判官解辨二盗姓名，便立心寻访。自念身是女子，出外不便，心生一计，将累年乞施所得，买了衣服，打扮作男子模样，改名谢保。又买了利刀一把，藏在衣襟底下。想道：“在湖里遇的盗，必是原在江湖上走，方可探听消息。”日逐在埠头（港口、码头）伺候，看见船上有雇人的，就随了去，佣工度日。在船上时，操作勤紧，并不懈怠，人都喜欢雇他。他也不拘（不论；不管。连词）一个船上，是雇着的便去。商船上下往来之人，看看多熟了。水火之事（大小便的隐语，俗称“解手”），小心谨秘，并不露一毫破绽出来。但是船到之处，不论那里上岸，挨身（一个个接近）察听体访。如此年余，竟无消耗（消息，音信）。

一日，随着一个商船到浔阳郡（唐代改江州置，辖境相当于现在江西省北部地区，治所在今九江市），上岸行走，见一家人家竹户上有纸榜一张，上写道：“雇人使用，愿者来投。”小娥问邻居之人：“此是谁家要雇用人？”邻人答道：“此是申家。家主叫做申蘭，是申大官人。时常要到江湖上做生意，家里止（仅，只）是些女人，无个得力男子看守，所以顾唤。”小娥听得“申蘭”二字，触动其心，心里便道：“果然有这个姓名！莫非正是此贼？”随对邻人说道：“小人情愿投赁佣工，烦劳引进则个（zé gè，语气助词，表示委婉或商量、

祈使、解释等语气）。”邻人道：“申家急缺人用，一说便成的。只是要做个东道（东道主的省称，本指东路上的主人，可供应来往过客的生活需要。后称请客为做东）谢我。”小娥道：“这个自然。”邻人问了小娥姓名地方，就引了他，一径走进申家。只见里边踱出一个人来，你道生得如何？但见：

伛兜（中间凹陷）怪脸，尖下颏生几茎黄须；突兀高颧，浓眉毛压一双赤眼。出言如虎啸，声撼半天风雨寒；行步似狼奔，影摇千尺龙蛇动。远观是丧船上方相（原是古代掌管驱鬼事宜的官员，后演化为偶像，旧时出丧常有方相在前开路），近觑乃山门外金刚。

小娥见了，吃了一惊，心里道：“这个人岂不是杀人强盗么？”便自十分上心。只见邻人道：“大官人要雇人，这个人姓谢名保，也是我们江西人，他情愿投在大官人门下使唤。”申蘭道：“平日作何生理（活计；职业）的？”小娥答应道：“平日专在船上趁工（帮工，打短工）度日，埠头船上，多有认得小人的。大官人去问问看就是。”申蘭家离埠头不多远，三人一同走到埠头来。问问各船上，多说着谢保勤紧小心、志诚老实，许多好处。申蘭大喜。小娥就在埠头一个认得的经纪家里，借着纸墨笔砚，自写了佣工文契，写邻人做了媒人，交与申蘭收着。申蘭就领了他同邻人到家里来，取酒出来请媒，就叫他陪待。小娥就走到厨下，掇长掇短，送酒送肴，且是熟分。申蘭取出二两工银，先交与他了。又取二钱银子，做了媒钱。小娥也自梯己（个人积攒的钱，也叫“私房钱”）秤出二钱来，送那邻人。邻人千欢万喜，作谢自去了。申蘭又领小娥去见了妻子蔺氏。自此小娥只在申蘭家里佣工。

小娥心里看见申蘭动静，明知是不良之人，想着梦中姓名，必然有据，大分（大约、多半）是仇人。然要哄得他喜欢亲近，方好探其真确，乘机取事（行事）。故此千唤千应，万使万当，毫不逆着他一些（表示数量少。一点儿）事故。也是申蘭冤业（佛教用语。可写作“冤孽”，等于说“罪过”）所在，自见小娥，便自分外喜欢。又见他得用，日加亲爱，时刻不离左右，没一句说话不与谢保商量，没一件事体（事情）不叫谢保营干（办事；干活），没一件东西不托谢保收拾，已做了申蘭贴心贴腹之人。因此，金帛财宝之类，尽在小娥手中出入。看见旧时船中掠去锦绣衣服、宝玩器具等物，都在申蘭家里，正是“见鞍思马（见到马鞍就想起了马。比喻见物思人或伤情），睹物思人”，每遇一件，常自暗中哭泣多时。方才晓得，梦中之言有准，时刻不忘仇恨。却又怕他看出，愈加小心。

又听得他说有个堂兄弟叫做二官人，在隔江独树浦居住。小娥心里想道：

"这个不知可是申春否？父梦既应，夫梦必也不差。只是不好问得姓名，怕惹疑心。如何得他到来，便好探听。"却是小娥自到申蘭家里，只见申蘭口说要到二官人家去，便去了经月（整月）方回，回来必然带好些财帛归家，便分付（嘱咐；命令）交与谢保收拾，却不曾见二官人到这里来。也有时口说要带谢保同去走走，小娥晓得是做私商勾当（这里指抢劫），只推家里脱不得身；申蘭也放家里不下，要留谢保看家，再不提起了。但是出外去，只留小娥与妻蔺氏，与同一两个丫鬟看守，小娥自在外厢歇宿照管。若是蔺氏有甚差遣，无不遵依停当（妥帖；妥当），合家都喜欢他，是个万全可托得力的人了。说话的，你差了。小娥既是男扮了，申蘭如何肯留他一个寡汉伴着妻子在家？岂不疑他生出不伶俐事（不干净，指男女间的不正当关系的事情）来？看官，又有一说，申蘭是个强盗中人，财物为重，他们心上有甚么闺门礼法？况且小娥有心机，申蘭平日毕竟试得他老实头（吴方言对老实人的称谓），小心不过的，不消虑得到此。所以放心出去，再无别说。

且说小娥在家多闲，乘空便去交结那邻近左右之人，时时买酒买肉，破费钱钞在他们身上。这些人见了小娥，无不喜欢契厚（亲密结交）的。若看见有个把豪气的，能事了得的，更自十分倾心结纳，或周济他贫乏，或结拜做弟兄，总是做申蘭这些不义之财不着（做……不着，拼舍，豁出去。这里是不顾惜的意思）。申蘭财物来得容易，又且信托他的，那里来查他细帐（同"账"）？落得做人情。小娥又报仇心重，故此先下工夫，结识这些党与在那里。只为未得申春消耗（消息，音信），恐怕走了风，脱了仇人。故此申蘭在家时，几番好下得手，小娥忍住不动，且待时至而行。

如此过了两年有多。忽然一日，有人来说："江北二官人来了。"只见一个大汉同了一伙拳长臂大之人，走将进来，问道："大哥何在？"小娥应道："大官人在里面，等谢保去请出来。"小娥便去对申蘭说了。申蘭走出堂前来道："二弟多时不来了，甚风吹得到此？况且又同众兄弟来到，有何话说？"二官人道："小弟申春，今日江上获得两个二十斤来重的大鲤鱼，不敢自吃，买了一坛酒，来与大哥同享。"申蘭道："多承二弟厚意。如此大鱼，也是罕物！我辈托神道福佑多年，我意欲将此鱼此酒再加些鸡肉果品之类，赛一赛神，以谢覆庇（覆盖荫庇），然后我们同散福（旧时祭祀后，把祭祀食品分给大家吃，叫"散福"）受用方是。不然，只一味也不好下酒。况列位（诸位）在此，无有我不破钞，反吃白食的。二弟意下如何？"众人都拍手道："有理，有理。”申蘭就叫谢保过来，见了二官人，道：“这是我家雇工，极是老实勤紧可托的。”就分付（嘱咐；命令）他，叫去买办食物。小娥领命走出，一霎时就办得齐齐整整，摆列起来。申春道：“此人果是能事，怪道大哥出外，放得家里下，元来有这样得力人在这里。”众人都赞叹一番。申蘭叫谢保把福物摆在一个养家神道前了。申春道：“须得写众人姓名，通诚一番。我们几个都识字不透，这事却来不得。”申蘭道：“谢保写得好字。”申春道：“又会写字，难得难得。”小娥就走去，将了纸笔，排头写来，少不得申蘭、申春为首，其余各报将名来，一个个写。小娥一头写着，一头记着，方晓得果然这个叫得申春。

献神已毕，就将福物收去，整理一整理，重新摆出来。大家欢哄饮啖（yǐn dàn，亦作“饮”。吃喝），却不提防小娥是有心的，急把其余名字一个个都记将出来，写在纸上，藏好了。私自叹道：“好个李判官！精悟玄鉴（明察），与梦语符合如此！此乃我父夫精灵不泯，天启其心。今日仇人都在，我志将就了。”急急走来伏侍，只拣大碗，频频斟与蘭、春二人。二人都是酒徒，见他如此殷勤，一发（更加，越发）喜欢，大碗价只顾吃了，那里猜他有甚别意？天色将晚，众贼俱已酣醉，各自散去；只有申春留在这里过夜，未散。小娥又满满斟了热酒，奉与申春道：“小人谢保到此两年，不曾伏侍二官人，今日小人借花献佛，多敬一杯。”又斟一杯与申蘭道：“大官人请陪一陪。”申春道：“好个谢保，会说会劝！”申蘭道：“我们不要辜负他孝敬之意，尽量多饮一杯才是。”又与申春说谢保许多好处。小娥谦称一句，就献一杯，不干不住，两个被他灌得十分酩酊（mǐng dǐng，形容醉得很厉害）。元来江边苦无好酒，群盗只吃的是烧刀子。这一坛是他们因要尽兴，买那真正滴花烧酒，是极狠的。况吃得多了，岂有不醉之理？

申蘭醉极苦热，又走不动了，就在庭中袒了衣服，眠倒了。申春也要睡，还走得动，小娥就扶他到一个房里，床上眠好了。走到里面看时，元来蔺氏在厨下整酒时，闻得酒香扑鼻，因吃夜饭，也自吃了碗把。两个丫头递酒出来，各各偷些尝尝。女人家经得多少浓味？一个个伸腰打盹，却像着了孙行者瞌睡虫（孙行者即小说《西游记》中的孙悟空，善于变化，曾用身上毫毛变为瞌睡虫，使人酣睡不醒）的。小娥见如此光景，想道：“此时不下手，更待何时？”又想道：“女人不打紧，只怕申春这厮未睡得稳，却是利害。”就拿把锁，把申春睡的房门锁好了。走到庭中，衣襟内拔出佩刀，把申蘭一刀，断了他头。欲待再杀申春，终究是女人家，见申春起初走得动，只怕还未甚醉，不敢轻惹他。忙走出来邻里间，叫道："有烦诸位与我出力拿贼则个（zé gè，语气助词，表示委婉或商量、祈使、解释等语气）！"邻人多是平日与他相好（关系亲密,感情好）的，听得他的声音，都走将拢来，问道："贼在那里？我们帮你拿去。"小娥道："非是小可（平常的，无关紧要的）的贼，乃是江洋杀人的大强盗，赃物（赃物和凶器）都在。今被我灌醉，锁住在房中，须赖人力擒他。"小娥平日结识的好些好事的人在内，见说是强盗，都摩拳擦掌道："是甚么人？"小娥道："就是小人的主人与他兄弟，惯做强盗。家中货财千万，都是赃物。"内中也有的道："你在他家中，自然知他备细（详细情况）不差，只是没有被害失主，不好卤莽得。"小娥道："小人就是被害失主。小人父亲与一个亲眷，两家数十口，都被这伙人杀了。而今家中金银器皿上还有我家名字记号，须认得出。"一个老成的道："此话是真。那申家踪迹可疑，身子常不在家，又不做生理，却如此暴富。我们只是不查得他的实迹，又怕他凶暴，所以不敢发觉。今既有谢小哥做证，我们助他一臂，擒他兄弟两个送官，等他当官追究为是。"小娥道："我已手杀一人，只须列位助擒得一个。"众人见说已杀了一人，晓得事体（事情）必要经官，又且与小娥相好的多，恨申蘭的也不少，一齐点了火把，望申家门里进来，只见申蘭已挺尸在血泊里。开了房门，申春鼾声如雷，还在睡梦。众人把索子捆住，申春还挣扎道："大哥，不要取笑。"众人骂他强盗，他兀自未醒。众人捆好了，一齐闯进内房来。那蔺氏酒不多，醒得快，惊起身来，见了众人火把，只道是强盗上了（吴方言，意指强盗打劫来了），口里道："终日去打劫人，今日却有人来打劫了。"众人听得，一发道是谢保之言为实。喝道："胡说！谁来打劫你家？你家强盗事发了。"也把蔺氏与两个丫鬟拴将起来。蔺氏道："多是丈夫与叔叔做的事，须与奴家无干。"众人道："说不得，自到当官去对。"此时小娥恐人多，抢散了赃物，先已把平日收贮之处安顿好了，锁闭着。明请地方加封，告官起发。

闹了一夜，明日押进浔阳郡来。浔阳太守张公开堂，地方人等解到一干人犯：小娥手执首词，首告人命强盗重情。此时申春宿酒已醒，明知事发，见对理（对证、告发）的却是谢保，晓得哥哥平日有海底眼（吴方言，意指底细、内情、根源）在他手里，却不知其中就里，乱喊道："此是雇工人背主假捏出来的事。"小娥对张太守指着申春道："他兄弟两个为首，十年前杀了豫章客谢、段二家数十人，如何还要抵赖？"太守道："你敢（这里作"莫非"解）在他家佣工，同做此事，而今待你有些不是处，你先出首（检举；告发）了么？”小娥道：“小人在他家佣工，止（仅，只）得二年。此是他十年前事。”太守道：“这等，你如何晓得？有甚凭据？”小娥道：“他家中所有物件，还有好些是谢、段二家之物，即此便是凭据。”太守道：“你是谢家何人，却认得是？”小娥道：“谢是小人父家，段是小人夫家。”太守道：“你是男子，如何说是夫家？”小娥道：“爷爷听禀：小妇人实是女人，不是男子。只因两家都被二盗所杀，小妇人揸入水中，遇救得活。后来父夫托梦，说杀人姓名，乃是十二个字谜，解说不出。遍问识者，无人参破。幸有洪州李判官，解得是‘申蘭、申春’。小妇人就改妆作男子，遍历江湖，寻访此二人。到得此郡，有出榜雇工者，问是申蘭，小妇人有心，就投了他家。看见他出没踪迹，又认识旧物，明知他是大盗，杀父的仇人。未见申春，不敢动手。昨日方才同来饮酒，故此小妇人手刃了申蘭，叫破地方，同擒了申春。只此是实。”太守见说得希奇，就问道：“那十二字谜语如何的？”小娥把十二字念了一遍。太守道：“如何就是申蘭、申春？”小娥又把李公佐所解之言，照前述了一遍。太守连连点头道：“是，是，是。快哉李君，明悟若此！他也与我有交，这事是真无疑。但你既是女人扮作男子，非止一日，如何得不被人看破？”小娥道：“小妇人冤仇在身，日夜提心吊胆，岂有破绽露出在人眼里？若稍有泄漏，冤仇怎报得成？”太守心中叹道：“有志哉，此妇人也！”又唤地方人等起来，问着事繇。地方把申家向来踪迹可疑，及谢保两年前雇工，昨夜杀了申蘭，协同擒了申春并他家属，今日解府的话，备细（详细情况）述了一遍。太守道：“赃物何在？”小娥道：“赃物向托小妇人掌管，昨夜跟同地方，封好在那里。”太守即命公人押了小娥，与同地方到申蘭家起赃（搜取赃物）。金银财货，何止（仅，只）千万！小娥俱一一登有簿籍，分毫不爽，即时送到府堂。太守见金帛满庭，知盗情是实，把申春严刑拷打，蘭氏亦加拶指（zǎn zhǐ，旧时的一种酷刑，以绳穿数根小木棍，夹住犯人手指，用力收勒），都抵赖不得，一一招了。太守又究余党，申春还不肯说，只见小娥袖中取出所抄的名姓呈上太守道：“这便是群盗的名了。”太守道：“你如何知得恁细？”小娥道：“是昨日叫小妇人写了连名赛神的。小妇人嘿（默）自抄记，一人也不差。”太守一发（更加，越发）叹赏他能事。便唤申春研问着这些人住址，逐名注明了。先把申春下在牢里，蘭氏、丫鬟讨保官卖。然后点起兵快（又叫“捕快”，旧时衙门里专门从事缉捕犯人的兵丁），登时（立即；立刻）往各处擒拿。正似瓮中捉鳖，没有一个走得脱的。齐齐擒到，俱各无词。太守尽问成重罪，同申春下在死牢里。乃对小娥道："盗情已真，不必说了。只是你不待报官，擅行杀戮，也该一死。"小娥道："大仇已报，立死无恨。"太守道："法上虽是如此，但你孝行可嘉，志节（志向和节操）堪敬，不可以常律相拘。待我申请朝廷，讨个明降（皇帝降下的旨意），免你死罪。"小娥叩首称谢。太守叫押出讨保。小娥禀道："小妇人而今事迹已明，不可复与男子溷处，只求发在尼庵听候发落为便。"太守道："一发说得是。"就叫押在附近尼庵，讨个收管，一面听候圣旨发落。

太守就备将（详细情况）情节奏上。内云：

谢小娥立志报仇，梦寐感通，历年乃得。明系父仇，又属真盗。不惟擅杀之条，原情可免；又且矢志之事，核行可旌（即下文所说的"旌表"，为封建时代对所谓忠孝节义之人的一种表彰，通常用立牌坊、赐匾额等形式）。云云。

元和十二年四月。

明旨批下："谢小娥节行异人，准奏免死，有司旌表其庐。申春即行处斩。"不一日到浔阳郡府堂，开读了毕。太守命牢中取出申春等死囚来，读了犯由牌（旧时插在处斩犯人身背后的牌子，上书罪犯姓名，犯罪情由及监斩官等内容），押付市曹（市内商业集中之处）处斩。小娥此时已复了女装，穿了一身素服，法场上看斩了申春，再到府中拜谢张公。张公命花红鼓乐送他归本里。小娥道："父死夫亡，虽蒙相公奏请朝廷恩典，花红鼓乐之类，决非孀妇敢领。"太守越敬他知礼，点一官媪（ǎo，对老年妇女的敬称）伴送他到家，另自差人旌表。

此时哄动了豫章一郡，小娥父夫之族，还有亲属在家的，多来与小娥相见问讯。说起事繇，无不悲叹惊异。里中豪族慕小娥之名，央媒求聘的，殆无虚日（几乎没有一天空着。形容几乎天天如此。殆，几乎；虚，空）。小娥誓心不嫁，道："我混迹多年，已非得已；若今日嫁人，女贞何在？宁死不可！"争奈（也作"怎奈"，岂料）来缠的人越多了，小娥不耐烦分诉，心里想道："昔年妙果寺中，已愿为尼，只因冤仇未报，不敢落发。今吾事已毕，少不得皈依三宝（指佛教中的佛、法、僧），以了终身。不如趁此落发，绝了众人之愿。"小娥遂将剪子先将髻子剪下，然后用剃刀剃净了，穿了褐衣（与襦衣同为贫贱庶人所服），做个行脚僧（谓僧人无一定居所，或为寻访名师，或为自我修持，或为教化他人而游广四方，称为行脚僧）打扮，辞了亲属出家访道，竟自飘然离了本里。里中人越加叹诵。不题。

且说元和十三年六月，李公佐在家被召，将上长安。道经泗滨，有善义寺尼师大德，戒律精严，多曾会过，信步往谒（yè，拜见）。大德师接入客座，只见新来受戒的弟子数十人，俱净发鲜披，威仪雍容，列侍师之左右。内中一尼，仔细看了李公佐一回，问师道："此官人岂非是洪州判官李二十三郎？"师点头道："正是。你如何认得？"此尼即位下数行道："使我得报家仇、雪冤耻，皆此判官恩德也。"即含泪上前，稽首（古代的一种跪拜礼）拜谢。李公佐却不认得，惊起答拜，道："素非相识，有何恩德可谢？"此尼道："某名小娥，即向年瓦官寺中乞食孀妇也。尊官其时以十二字谜语辨出申蘭、申春二贼名姓，尊官岂忘之乎？"李公佐想了一回，方才依稀记起，却记不全。又问起是何十二字，小娥再念了一遍，李公佐豁然省悟道："一向已不记了，今见说来，始悟前事。后来果访得有此二人否？"小娥因把扮男子，投申蘭，擒申春并余党，数年经营艰苦之事，从前至后，备细（详细情况）告诉了毕。又道："尊官恩德，无可以报，从今惟有朝夕诵经保佑而已。"李公佐问道："今如何恰得在此处相会？"小娥道："复仇已毕，其时即剪发披褐，访道于牛头山，师事大士庵尼将律师，苦行一年。今年四月，始受其戒于泗州开元寺，所以到此。岂知得遇恩人，莫非天也？"李公佐道："既已受戒，是何法号？"小娥道："不敢忘本，只仍旧名。"李公佐叹息道："天下有如此至心女子！我偶然辨出二盗姓名，岂知誓志不舍，毕竟（到底，终归）访出其人，复了冤仇。又且佣保杂处，无人识得是个女人，岂非天下难事！我当作传以旌其美。"小娥感泣，别了李公佐，仍归牛头山。扁舟泛淮，云游南国，不知所终。李公佐为撰《谢小娥传》，流传后世，载入《太平广记》。

匕首如霜铁作心，精灵万载不销沉。
西山木石填东海，女子衔仇分外深。

又云：

梦寐能通造化机，天教达识剖玄微。
姓名一解终能报，方信双魂不浪归。

袁尚宝相术动名卿 郑舍人阴功叨世爵

诗曰：

燕门壮士吴门豪，筑中注铅鱼隐刀。

感君恩重与君死，泰山一掷若鸿毛。

话说唐德宗朝有个秀才，南剑州（在今福建省南平市，辖境在闽江上游及金溪、沙溪流域）人，姓林名积，字善甫。为人聪俊，广览诗书，九经三史（泛指各种经史著作。“九经”谓九部儒家经典，具体所指说法不一，唐代科举以《周礼》《仪礼》《礼记》《左传》《公羊传》《穀梁传》《易经》《尚书》《诗经》为九经。“三史”指《史记》《汉书》《后汉书》），无不通晓。更兼存心梗直（刚直，直爽），在京师太学读书。给假回家，侍奉母亲之病。母病愈，不免再往学中。免不得暂别母亲，相辞亲戚邻里，教当直（原意值班，此指仆人）王吉挑着行李，迤逦（yǐ lǐ，缓行貌）前进。在路，但见：

或过山林，听樵歌于云岭；又经别浦，闻渔唱于烟波。或抵乡村，却遇市井。才见绿杨垂柳，影迷几处之楼台；那堪啼鸟落花，知是谁家之院宇？看处有无穷之景致，行时有不尽之驱驰。

饥餐渴饮，夜住晓行，无路登舟，不只一日，至蔡州（故治在今河南省汝南县）。到个去处，天色已晚，但见：

十里俄惊雾暗，九天倏（shū，极快地）睹星明。几方商旅卸行装，七级浮屠（佛陀之异译。佛教为佛所创。古人因称佛教徒为浮屠。佛教为浮屠道。后并称佛塔为浮屠）燃夜火。六翮飞鸟，争投栖于树杪（shù miǎo，即树梢）；五花画舫（huà fǎng，装饰华丽的船），尽返棹于洲边。四野牛羊皆入栈，三江渔钓悉归家。两下招商，俱说此间可宿；一声画角，应知前路难行。

两个投宿于旅邸（lǚ dǐ，旅馆），小二哥接引，拣了一间宽洁房子，当直的安顿了担杖。善甫稍歇，讨了汤，洗了脚，随分吃了些晚食，无事闲坐则个（zé gè，语气助词，表示委婉或商量、祈使、解释等语气）。不觉早点灯，交当直（原意为值班，此指仆人）安排宿歇，来日早行，当直王吉在床前打铺自睡。且说林善

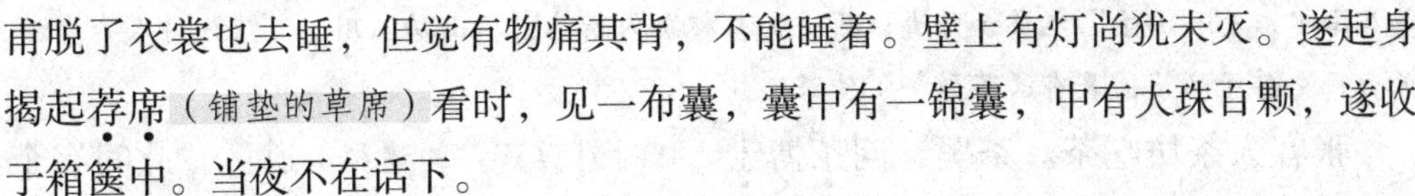

甫脱了衣裳也去睡，但觉有物痛其背，不能睡着。壁上有灯尚犹未灭。遂起身揭起荐席（铺垫的草席）看时，见一布囊，囊中有一锦囊，中有大珠百颗，遂收于箱箧中。当夜不在话下。

到来朝天色已晓，但见：

晓雾装成野外，残霞染就荒郊。耕夫（gēng fū，农夫）陇上，朦胧月色将沉；织女机边，幌荡金乌欲出。牧牛儿尚睡，养蚕女未兴。樵舍外已闻犬吠，招提（对佛教寺庙的称谓）内尚见僧眠。

天色将晓，起来洗漱罢，系裹毕，教当直的一面安排了行李，林善甫出房中来，问店主人：“前夕恁人在此房内宿？”店主人说道：“昨夕乃是一巨商。”林善甫见说：“此乃吾之故友也，因俟（等待）我失期。”看着那店主人道：“此人若回来寻时，可使他来京师上庠贯道斋，寻问林上舍（高年级太学生。旧时太学分外舍、内舍、上舍，上舍级别最高，太学生依年限和资历而递升）名积，字善甫，千万千万，不可误事！”说罢，还了房钱，相揖（拱手行礼）作别去了。王吉前面挑着行李什物，林善甫后面行，迤逦前进。林善甫放心不下，恐店主人忘了，遂于沿路上，令王吉于墙壁粘手榜（招贴、启事）云：“某年某月某日，有剑浦（旧县名，今为福建省南平市。前文所说“南剑州”州府所在地）林积，假馆上庠。有故人元珠，可相访于贯道斋。”不止一日，到于学中，参了假，仍旧归斋读书。

且说这囊珠子乃是富商张客遗下了去的，及至到于市中，取珠欲货，方知失去，唬得魂不附体，道：“苦也！我生受（辛辛苦苦）数年，只选得这包珠子。今已失了，归家妻子孩儿如何肯信？”再三思量，不知失于何处。只得再回，沿路店中寻讨。直寻到林上舍所歇之处，问店小二时，店小二道：“我却不知你失去物事。”张客道：“我歇之后，有恁人在此房中安歇？”店主人道：“我便忘了。从你去后，有个官人来歇一夜了，绝早便去。临行时分付（嘱咐；命令）道：‘有人来寻时，可千万使他来京师上庠贯道斋，问林上舍，名积。’”张客见说，言语蹺蹊（qiāo qī，奇怪，可疑。指怪异多变），口中不道，心下思量：“莫是此人收得我之物？”当日只得离了店中，迤逦再取京师路上来。见沿路贴着手榜，中有“元珠”之句，略略放心。

不止（仅，只）一日，直到上庠，未去歇泊，便来寻问。学对门有个茶坊，但见：

木匾高悬，纸屏横挂。壁间名画，皆唐朝吴道子（名道玄，唐代著名画家，擅画道释人物及山水，有“画圣”之誉）丹青；瓯（ōu，杯）内新茶，尽山居玉川子（唐代诗人卢仝的号。卢仝善于品茶，著有《茶歌》）佳茗。

张客人茶坊吃茶。茶罢，问茶博士（旧时对卖茶人的通称）道：“此间有个林上舍否？”博士道：“上舍姓林的极多，不知是那个林上舍？”张客说：“贯道斋，名积，字善甫。”茶博士见说：“这个，便是个好人。”张客见说道是好人，心下又放下二三分。张客说：“上舍多年个远亲，不相见，怕忘了。若来时，相指引则个（zé gè，语气助词，表示委婉或商量、祈使、解释等语气）。”正说不了，茶博士道：“兀的（wù de，这；这个）出斋来的官人便是。他在我家寄衫帽。”张客见了，不敢造次（匆忙、仓促、鲁莽）。林善甫入茶坊，脱了衫帽，张客方才向前，看着林上舍，唱个喏便拜。林上舍道：“男儿膝下有黄金，如何拜人？”那时林上舍不识他有甚事，但见张客簌簌地泪下，哽咽了，说不得。歇定，便把这上件事一一细说一遍。林善甫见说，便道：“不要慌，物事在我处。我且问你则个（zé gè，语气助词，表示委婉或商量、祈使、解释等语气），里面有甚么？”张客道：“布囊中有锦囊，内有大珠百颗。”林上舍道：“多说得是。”带他到安歇处，取物交还。张客看见了道：“这个便是，不愿都得，但只觅得一半，归家养膳老小，感戴恩德不浅。”林善甫道：“岂有此说！我若要你一半时，须不沿路粘贴手榜，交你来寻。”张客再三不肯都领，情愿只领一半；林善南坚执（坚持不改；固执）不受。如此数次相推，张客见林上舍再三再四不受，感戴洪恩不已，拜谢而去。将珠子一半于市货卖。卖得银来，舍在有名佛寺斋僧，就与林上舍建立生祠供养，报答还珠之恩。善甫后来一举及第。诗云：

林积还珠古未闻，利心不动道心存。
暗施阴德天神助，一举登科耀姓名。

善甫后来位至三公（说法不一，或指司马、司徒、司空，或指太师、太傅、太保，或指丞相、太尉、御史大夫），二子历任显宦（旧时指职位高、声势显赫的官吏）。古人云：“积善有善报，积恶有恶报。积善之家，必有余庆；作恶之家必有余殃。”正是：

黑白分明造化机，谁人会解劫中危？
分明指与长生路，争奈人心着处迷。

此本话文，叫做《积善阴骘》，乃是京师老郎传留至今。小子为何重宣这一遍？只为世人贪财好利，见了别人钱钞，昧着心就要起发了。何况是失下的，一发（更加，越发）是应得的了，谁肯轻还本主？不知冥冥之中，阴功极重。所以裴令公相该饿死，只因还了玉带，后来出将入相（裴令公指唐代裴度，官至宰相，这里所述传说，见冯梦龙《喻世明言》卷九《裴晋公义还原配》“入话”）；窦谏议命主绝嗣，只为还了遗金，后来五子登科（窦谏议指宋代窦禹钧，官至左谏议大夫，这里所述传说，见王稚登《全德记》）。其余小小报应，说不尽许多。而今再说一个一点善念，直到得脱了穷胎，变成贵骨，就与看官们一听，方知小子劝人做好事的说话，不是没来历的。

你道这件事出在何处？国朝永乐爷爷未登帝位，还为燕王。其时有个相士叫袁柳庄，名珙，在长安酒肆（指酒馆），遇见一伙军官打扮的在里头吃酒。柳庄把内中一人看了一看，大惊，下拜道：“此公乃真命天子也。”其人摇手道：“休得胡说！”却问了他姓名，去了。明日只见燕府中有懿旨，召这相士。相士朝见，抬头起来，正是昨日酒馆中所遇之人。元来（原来）燕王装作了军官，与同护卫数人出来微行（指旧时帝王或高官装扮成普通人模样，到各处查看民情或出游行乐）的。就密教他仔细再相，柳庄相罢称贺，从此燕王决了大计。后来靖了内难，乃登大宝（即登基当了皇帝），酬他一个三品京职。其子忠彻，亦得荫为尚宝司丞（负责皇帝印玺的官员）。人多晓得柳庄神相，却不知其子忠彻传了父术，也是一个百灵百验的。京师显贵公卿，没一个不与他往来，求他风鉴（即相术）的。

其时有一个姓王的部郎，家中人眷（家眷）不时有病。一日，袁尚宝来拜，见他面有忧色，问道：“老先生尊容滞气，应主人眷不宁。然不是生成的，恰似有外来妨碍，原可趋避（趋吉避凶）。”部郎道：“如何趋避，望请见教。”正说话间，一个小厮捧了茶盘出来送茶。尚宝看了一看，大惊道：“元来如此！”须臾（xū yú，极短的时间；片刻）吃罢茶，小厮接了茶钟进去了。尚宝密对部郎道：“适来送茶小童，是何名字？”部郎道：“问他怎的？”尚宝道：“使宅上人眷不宁者，此子也。”部郎道：“小厮姓郑，名兴儿，就是此间收的，未上一年。老实勤紧，颇称得用。他如何能使家下不宁？”尚宝道：“此小厮相能妨主。若留过一年之外，便要损人口，岂止（仅，只）不宁而已！”部郎意犹不信道：“怎便到此？”尚宝道：“老先生岂不闻马有的卢（马名，传说是一种凶马，《相马经》说这种马“奴乘客死，主乘弃市”，很不吉利）能妨主、手版能忤人君的故事么？”部郎省悟道：“如此，只得遣了他罢了。”部郎送了尚宝出门，进去与夫人说了适间之言。女眷们见说了这等说话，极易听信的。又且袁尚宝相术有名，那一个不晓得！部郎是读书之人，还有些倔强未服，怎当得夫人一点疑心之根，再拔不出了。部郎就唤兴儿到跟前，打发他出去。兴儿大惊道："小的并不曾坏老爷事体（事情），如何打发小的？"部郎道："不为你坏事，只因家中人口不安，袁尚宝爷相道，都是你的缘故。没奈何打发你在外去过几时，看光景再处。"兴儿也晓得袁尚宝相术神通，如此说了，毕竟难留；却又舍不得家主，大哭一场，拜倒在地。部郎也有好些不忍，没奈何强遣了他。果然兴儿出去了，家中人口从此平安。部郎合家越信尚宝之言，不为虚谬。

话分两头。且说兴儿含悲离了王家，未曾寻得投主，权在古庙栖身。一日走到坑厕上屙屎，只见壁上挂着一个包裹，他提下来一看，乃是布线密扎，且是沉重。解开看，乃是二十多包银子。看见了，伸着舌头缩不进来道："造化！造化！我有此银子，不忧贫了。就是家主赶了出来，也不妨。"又想一想道："我命本该穷苦，投靠了人家，尚且道是相法妨碍家主，平白无事赶了出来，怎得有福气受用这些物事？此必有人家干甚紧事，带了来用，因为登东司（厕所的别称。古时寺庙均在堂东建厕，故云），挂在壁间失下了的，未必不关着几条性命。我拿了去，虽无人知道，却不做了阴骘事体（事情）？毕竟等人来寻，还他为是。"左思右想，带了这个包裹，不敢走离坑厕。沉吟到将晚，不见人来。放心不下，取了一条草荐（用干枯的谷秆编织成的床垫，铺在床板与草席之间，冬暖夏凉，不用时可卷成圆筒状收起。以前在福州、宁德一带常见），竟在坑版上铺了，把包裹塞在头底下，睡了一夜。

明日绝早（极早），只见一个人头蓬眼肿，走到坑中来，见有人在里头，看一看壁间，吃了一惊道："东西已不见了，如何回去得？"将头去坑墙上乱撞。兴儿慌忙止他道："不要性急！有甚话，且与我说个明白。"那个人道："主人托俺将着银子到京中做事，昨日偶因登厕，寻个竹钉，挂在壁上。已后登厕已完，竟自去了，忘记取了包裹。而今主人的事，既做不得，银子又无了，怎好白手回去见他？要这性命做甚！"兴儿道："老兄不必着忙，银子是小弟拾得在此，自当奉璧（指归还原物，由蔺相如"完璧归赵"故事演化而来）。"那个人听见了，笑逐颜开道："小哥若肯见还，当以一半奉谢。"兴儿道："若要谢时，我昨夜连包拿了去不得？何苦在坑版上，忍了臭气睡这一夜！不要昧了我的心。"把包裹一撩，竟还了他。那个人见是个小厮，又且说话的确，做事慷慨（kāng kǎi，大方；不吝啬），便问他道："小哥高姓？"兴儿道："我姓郑。"那个人道："俺的主人，也姓郑，河间府人，是个世袭指挥

（明代负责街巷防卫的下级军官）。只因进京来讨职事做，叫俺拿银子来使用。不知是昨日失了，今日却得小哥还俺。俺明日做事停当了，同小哥去见俺家主，说小哥这等好意，必然有个好处。”

两个欢欢喜喜，同到一个饭店中，殷殷勤勤，买酒请他，问他本身来历。他把投靠王家，因相被逐，一身无归，上项苦情备细述了一遍。那个人道：“小哥患难之中，见财不取，一发（更加，越发）难得。而今不必别寻道路，只在我下处同住了，待我干成了这事，带小哥到河间府罢了。”兴儿就问那个人姓名。那个人道：“俺姓张，在郑家做都管（总管家），人只叫我做张都管。不要说俺家主人，就是俺自家也盘缠得小哥一两个月起的。”兴儿正无投奔，听见如此说，也自喜欢。从此只在饭店中安歇，与张都管看守行李，张都管自去兵部做事。有银子得用了，自然无不停当（妥帖；妥当），取郑指挥做了巡抚标下旗鼓官。张都管欣然走到下处，对兴儿道：“承小哥厚德，主人已得了职事。这分明是小哥作成的。俺与你只索同到家去报喜罢了，不必在此停留。”即忙收拾行李，雇了两个牲口，做一路回来。

到了家门口，张都管留兴儿在外边住了，先进去报与家主郑指挥。郑指挥见有了衙门，不胜之喜，对张都管道：“这事全亏你能干得来。”张都管说道：“这事全非小人之能，一来主人福荫，二来遇个恩星，得有今日。若非那个恩星（恩人；救星），不要说主人官职，连小人性命也不能勾（gòu，古同“够”，达到）回来见主人了。”郑指挥道：“是何恩星？”张都管把登厕失了银子，遇着兴儿厕版上守了一夜，原封还他，从头至尾，说了一遍。郑指挥大惊道：“天下有这样义气的人！而今这人在那里？”张都管道：“小人不敢忘他之恩，邀他同到此间拜见主人，见在外面。”郑指挥道：“正该如此，快请进来。”

张都管走出门外，叫了兴儿，一同进去见郑指挥。兴儿是做小厮（年轻男仆）过的，见了官人，不免磕个头下去。郑指挥自家也跪将下去，扶住了，说道：“你是俺恩人，如何行此礼？”兴儿站将起来，郑指挥仔细看了一看道：“此非下贱之相，况且器量（气量；度量）宽洪，立心（成心）忠厚，他日必有好处。”讨坐来与他坐了。兴儿那里肯坐？推逊（谦让；谦逊）了一回，只得依命坐了。指挥问道：“足下何姓？”兴儿道：“小人姓郑。”指挥道：“忝（tiǎn，辱，有愧于，常用作谦辞）为同姓，一发（更加，越发）妙了。老夫年已望六，尚无子嗣，今遇大恩，无可相报。不是老夫要讨便宜，情愿认足下做个养子，恩礼相待，少报万一。不知足下心下如何？”兴儿道：“小人是执鞭坠镫（zhí biān zhuì dèng，亦作“执鞭随镫”。谓服侍别人乘骑，多表示倾心追随）之人，怎敢当此？”郑指挥道：“不如此说，足下高谊，实在古人之上。今欲酬以金帛，足下既轻财重义，岂有重资不取，反受薄物之理？若便恝然（jiá rán，漠不关心貌，冷淡貌）无关，视老夫为何等负义之徒？幸叨同姓，实是天缘，只恐有屈了足下，于心不安。足下何反见外如此？”指挥执意既坚，张都管又在傍边一力撺掇（怂恿），兴儿只得应承。当下拜了四拜，认义了。此后内外人多叫他是郑大舍人（原系官名，为官府中亲近的僚属，宋元以后成为对贵显子弟的通称，犹如说“公子”），名字叫做郑兴邦，连张都管也让他做小家主了。

那舍人（古代豪门贵族家里的门客）北边出身，从小晓得些弓马。今在指挥家，带了同往蓟州任所，广有了得的教师，日日教习，一发（更加，越发）熟娴，指挥愈加喜欢。况且做人和气，又凡事老成谨慎，合家之人，无不相投。指挥已把他名字报去，做了个应袭（承袭；沿袭）舍人。那指挥在巡抚标下（部下，属下），甚得巡抚之心。年终累荐，调入京营，做了游击将军（明代武官名，在总兵属下，无固定编制），连家眷进京，郑舍人也同往。到了京中，骑在高头骏马上，看见街道，想起旧日之事，不觉凄然泪下。有诗为证：

昔年在此拾遗金，蓝缕身躯乞丐心。
怒马鲜衣今日过，泪痕还似旧时深。

却说郑游击又与舍人用了些银子，得了应袭冠带（指官吏），以指挥职衔听用（听候使用或任用）。在京中往来拜客，好不气概！他自离京中，到这个地位，还不上三年。此时王部郎也还在京中，舍人想道：“人不可忘本，我当时虽被王家赶了出来，却是主人原待得我好的。只因袁尚宝有妨碍主人之说，故此听信了他，原非本意。今我自到义父家中，何曾见妨了谁来？此乃尚宝之妄言（无根据的话），不关旧主之事。今得了这个地步，还该去见他一见，才是忠厚。只怕义父怪道翻出旧底本，人知不雅（不雅观，不好看），未必相许。”即把此事从头至尾来与养父郑游击商量。游击称赞道：“贵不忘贱，新不忘旧，都是人生实受用好处，有何妨碍？古来多少王公大人、天子宰相，在尘埃中屠沽（指出身市井身份低微的人，屠指屠夫，沽指做生意的人）下贱起的，大丈夫正不可以此芥蒂（本指细小的梗塞物，后比喻心里的不满或不快。指心里对人对事有怨恨或不愉快的情绪）。”

舍人得了养父之言，即便去穿了素衣服，腰系金镶角带，竟到王部郎寓所

来。手本上写着：

门下走卒应袭听用指挥郑兴邦叩见。

王部郎接了手本（亦称“手板”，旧时下属见上司或门生见老师所用的名帖），想了一回道：“此是何人，却来见我？又且写门下走卒，是必曾在那里相会过来。”心下疑惑。元来京里部官清澹（qīng dàn，贫薄，不富足），见是武官来见，想是有些油水的，不到得作难，就叫“请进”。郑舍人一见了王部郎，连忙磕头下去。王部郎虽是旧主人，今见如此冠带换扮了，一时那里遂认得，慌忙扶住道：“非是统属（统辖；隶属），如何行此礼？”舍人道：“主人岂不记那年的兴儿么？”部郎仔细一看，骨格虽然不同，体态还认得出，吃了一惊道：“足下何自能致身（原谓献身。后用作出仕之典）如此？”舍人把认了义父，讨得应袭指挥，今义父见在京营做游击的话，说了一遍，道：“因不忘昔日看待之恩，敢来叩见。”王部郎见说罢，只得看坐。舍人再三不肯道：“分该侍立。”部郎道：“今足下已是朝廷之官，如何拘得旧事？”舍人不得已，傍坐了。部郎道：“足下有如此后步（事后的地位、前程），自非家下所能留。只可惜袁尚宝妄言误我，致得罪于足下，以此无颜。”舍人道：“凡事有数，若当时只在主人处，也不能得认义父，以有今日。”部郎道：“事虽如此，只是袁尚宝相术可笑，可见向来浪得（犹如说漫得、空得）虚名耳。”

正要摆饭款待，只见门上递上一帖进来道：“尚宝袁爷要来面拜。”部郎抚掌大笑道：“这个相不着（亦作“相着”。互相接触；相依）的又来了。正好取笑他一回。”便对舍人（古代豪门贵族家里的门客）道：“足下（古代下称上或同辈相称的敬辞）且到里面去，只做旧时妆扮了。停一会，待我与他坐了，竟出来照旧送茶，看他认得出认不出。”舍人依言，进去卸了冠带，与旧日同伴，取了一件青长衣披了。听得外边尚宝坐定讨茶，双手捧一个茶盘，恭恭敬敬出来送茶。袁尚宝注目一看，忽地站了起来道：“此位何人？乃在此送茶！”部郎道：“此前日所逐出童子兴儿便是。今无所归，仍来家下服役耳。”尚宝道：“何太欺我！此人不论后日，只据目下（目前；现在；在此时），乃是一金带武职官，岂宅上服役之人哉？”部郎大笑道：“老先生不记得前日相他妨碍主人，累家下人口不安的说话！？”尚宝方才省起向来之言，再把他端相了一回，笑道：“怪哉！怪哉！前日果有此言，却是前日之言也不差，今日之相也不差。”部郎道：“何解？”尚宝道：“此君满面阴德（暗中做的有德于人的事）纹起，若非救人之命，必是还人之物，骨相已变。看来有德于人，人亦报之。

今日之贵，实由于此。非学生之有误也。”舍人不觉失声道：“袁爷真神人也！”遂把厕中拾金还人与挈到河间认义父亲，应袭冠带，前后事备细说了一遍，道：“今日念旧主人，所以到此。”部郎起初只晓得认义之事，不晓得还金之事，听得说罢，肃然起敬道：“郑君德行，袁公神术，俱足不朽。快教取郑爷冠带来！”穿着了，重新与尚宝施礼。部郎连尚宝多留了筵席，三人尽欢而散。

次日，王部郎去拜了郑游击，就当答拜了舍人。遂认为通家（世代交好之家，指两代以上彼此交谊深厚，如同一家），往来不绝。后日郑舍人也做到游击将军而终，子孙竟得世荫。只因一点善念，脱胎换骨，享此爵禄（官爵和俸禄）。所以奉劝世人，只宜行好事，天并不曾亏了人。有古风一首为证：

袁公相术真奇绝，唐举许负[①]无差别。
片言甫出鬼神惊，双眸略展荣枯决。
儿童妨主运何乖？流落街衢实可哀。
还金一举堪夸美，善念方萌已脱胎。
郑公生平原倜傥，百计思酬恩谊广。
螟蛉[②]同姓是天缘，冠带加身报不爽。
京华重忆主人情，一见袁公便起惊。
阴功获福从来有，始信时名不浪称。

① 唐举许负：古代两位相术大师。唐举为战国时梁人，许负为汉时老妇，相传他们相面识人、预卜吉凶，都极灵验。② 螟蛉：比喻义子。

卷九 钱多处白丁横带 运退时刺史当艄

诗曰：

苑枯[①]本是无常数，何必当风使尽帆？
东海扬尘犹有日，白衣苍狗[②]刹那间。

话说人生荣华富贵，眼前的多是空花，不可认为实相（佛家语，意为真实面貌）。如今人一有了时势，便自道是万年不拔之基；傍边看的人，也是一样见识。岂知转眼之间，灰飞烟灭。泰山化作冰山，极是不难的事。俗语两句说得好："宁可无了有，不可有了无。"专为贫贱之人，一朝变泰，得了富贵，苦尽甜来，滋味深长。若是富贵之人，一朝失势，落泊（同"落魄"，穷困失意）起来，这叫做"树倒猢狲散"（树倒了，树上的猴子就散去。比喻为首的人垮下来，随从的人无所依据也就随之而散），光景着实难堪了。却是富贵的人只据目前时势，横着胆，昧着心，任情做去，那里管后来有下稍没下稍（结果、结局）？曾有一个笑话，道是一个老翁有三子，临死时分付道："你们倘有所愿，实对我说，我死后求之上帝。"一子道："我愿官高一品。"一子道："我愿田连万顷。"末一子道："我无所愿，愿换大眼睛一对。"老翁大骇道："要此何干？"其子道："等我撑开了大眼，看他们富的富、贵的贵。"此虽是一个笑话，正合着古人云：

长将冷眼观螃蟹，看你横行得几时。

虽然如此，然那等熏天赫地（气势冲天，整个地面都非常显明。形容气势炽热，气势极盛。熏天，气势冲天；赫地，显赫于大地）富贵人，除非是遇了朝廷诛戮（杀害；杀戮），或是生下子孙不肖（品行不好，没有出息），方是败落散场，再没有一个身子上，先前做了贵人，以后流为下贱，现世现报，做人笑柄的。看官（说书艺人称听众为"看官"），而今且听小子先说一个好笑的，做个入话。

---

① 菀（yù）枯：本指草木盛衰，这里比喻人生的富贫荣辱。菀，树木繁茂的样子。② 白衣苍狗：化用杜甫"天上浮云如白衣，斯须变幻为苍狗"诗意，以风云变化无常，喻事物变化不定。

唐朝僖宗皇帝即位，改元乾符（唐僖宗李儇年号，公元874—879年）。是时阉宦（yān huàn，宦官）骄横，有个小马坊使内官田令孜，是上为晋王（上，皇上，指唐僖宗。据《唐书·僖宗纪》，僖宗即位前封“普王”，这里作“晋王”，误）时有宠，及即帝位，使知枢密院（唐代宗时始置枢密使，由宦官担任，职掌表奏，干预朝政。僖宗时尚无枢密院之名，至五代后唐始改后梁崇政院为枢密院，成为执掌国家军务的机构），遂擢（提拔，提升）为中尉（指“护军中尉”，皇帝禁卫军的统率者，以宦官充任）。上时年十四，专事游戏，政事一委令孜，呼为阿父，迁除官职，不复关白（告知、禀报）。其时京师有一流棍（即流氓、恶棍，指行为不法的人），名叫李光，专一阿谀逢迎，谀事令孜。令孜甚是喜欢、信用，荐为左军使。忽一日，奏授朔方节度使。岂知其人命薄，没福消受，敕下之日，暴病卒死。遗有一子，名唤德权，年方二十余岁。令孜老大不忍，心里要抬举他，不论好歹，署了他一个剧职（重要官职）。时黄巢破长安，中和元年（公元881年。中和为僖宗的年号）陈敬瑄在成都，遣兵来迎僖皇。令孜遂劝僖皇幸蜀，令孜扈驾，就便叫了李德权同去。僖皇行在（即“行在所”，皇帝所在之处，后专指皇帝游幸时的临时住所）住于成都，令孜与敬瑄相交结，盗专国柄，人皆畏威。德权在两人左右，远近仰奉，凡奸豪求名求利者，多贿赂德权，替他两处打关节。数年之间，聚贿千万，累官至金紫光禄大夫、检校右仆射（官名。秦始置，汉以后因之。汉成帝建始四年，初置尚书五人，一人为仆射，位仅次尚书令，职权渐重。汉献帝建安四年，置左右仆射。唐宋左右仆射为宰相之职。宋以后废。太平天国曾设仆射一职），一时熏灼（xūn zhuó，喻声威气势逼人。亦喻指逼人的声威气势）无比。

后来僖皇薨（hōng，古代称诸侯或有爵位的大官死去）逝，昭皇（唐昭宗李晔，公元889—904年在位）即位，大顺二年〔公元891年。大顺为唐昭宗的第二个年号。据《唐书》载，王建杀田令孜、陈敬瑄是在唐昭宗景福二年（893年），此处误〕四月，西川节度使王建屡表请杀令孜、敬瑄。朝廷惧怕二人，不敢轻许。建使人告敬瑄作乱、令孜通凤翔书，不等朝廷旨意，竟执二人杀之。草奏云：

开柙出虎（《论语·季氏》载，季氏将伐颛臾，孔子曰：“虎兕出于柙，龟玉毁于椟中，是谁之过与？”这里借用此事。孔宣父即孔子；孔子这话的原意并非“不责他人”。柙，关猛兽的笼子），孔宣父不责他人；当路斩蛇，孙叔敖盖非利己（孙叔敖为春秋时楚国大夫，传说他小时曾途中遇见两头蛇。古人迷信，说是见两头蛇的人必死，孙叔敖为免他人受害，便将蛇杀死了）。专杀不行于阃外（城门之外），先机恐失于彀中。

于时追捕二人余党甚急。德权脱身遁于复州（今湖北省沔阳县），平日枉有金银财货万万千千，一毫却带不得，只走得空身。盘缠了几日，衣服多当来吃

了，单衫百结（形容衣多补缀），乞食通途。可怜昔日荣华，一旦付之春梦。

却说天无绝人之路。复州有个后槽（马夫、养马人。后文“圉人”，义同此）健儿，叫做李安。当日李光未际（未遇）时，与他相熟。偶在道上行走，忽见一人褴褛丐食。仔细一看，认得是李光之子德权。心里恻然（哀怜貌，悲伤貌），邀他到家里，问他道：“我闻得你父子在长安富贵，后来破败，今日何得在此？”德权将官司追捕田、陈余党，脱身亡命，到此困穷的话，说了一遍。李安道：“我与汝父有交，你便权在舍下住几时，怕有人认得，你可改个名，只认做我的侄儿，便可无事。”德权依言，改名彦思，就认他这看马的做叔叔，不出街上乞化（行乞）了。未及半年，李安得病将死。彦思见后槽有官给的工食，遂叫李安投状（呈递文状），道：“身已病废，乞将侄彦思继充后槽（马夫）。”不数日，李安果死，彦思遂得补充健儿（军卒；士兵），为牧守圉人（指养牛马的人。圉，yǔ），不须忧愁衣食，自道是十分侥幸。岂知渐渐有人晓得他曾做仆射过的。此时朝政紊乱，法纪废弛（废弃懈怠），也无人追究他的踪迹。但只是起他个混名，叫他做看马李仆射。走将出来时，众人便指手点脚，当一场笑话。

看官，你道仆射是何等样大官，后槽是何等样贱役！如今一人身上先做了仆射，收场结果，做得个看马的，岂不可笑？却又一件：那些人依附内相，原是冰山，一朝失势，破败死亡，此是常理。留得残生看马，还是便宜的事，不足为怪。如今再说当日同时有一个官员，虽是得官不正，侥幸来的，却是自己所挣。谁知天不帮衬，有官无禄。并不曾犯着一个对头，并不曾做着一件事体（事情），都是命里所招，下稍头弄得没出豁（méi chū huō，犹言没出息），比此更为可笑。诗曰：

富贵荣华何足论？从来世事等浮云。
登场傀儡[①]休相吓，请看当艄郭使君。

这本话文就是唐僖宗朝，江陵有一个人，叫做郭七郎。父亲在日，做江湘大商，七郎长随着船上去走的。父亲死过，是他当家了，真个是家资巨万，产业广延（guǎng yán，巨多），有鸦飞不过的田宅，贼扛不动的金银山，乃楚城富民之首。江淮河朔的贾客（商人），多是领他重本，贸易往来。却是这些富人惟有一项不平心，是他本等：大等秤进，小等秤出。自家的，歹争做好；别人的，好争做歹。这些领他本钱的贾客，没有一个不受尽他累的。各各吞声忍气，只得受他。你道为何？只为本钱是他的，那江湖上走的人，拚得陪些辛苦在里

① 傀儡（kuǐ lěi）：比喻不能自主、受人操纵的人或组织。

头，随你尽着欺心算帐（同“账”），还只是仗他资本营运，毕竟有些便宜处。若一下冲撞了他，收拾了本钱去，就没蛇得弄了。故此随你克剥（克扣剥削），只是行得去的，本钱越弄越大。所以富的人只管富了。

那时有一个极大商客，先前领了他几万银子，到京都做生意，去了几年，久无音信。直到乾符初年，郭七郎在家想着这主本钱没着落。他是大商，料无所失。可惜没个人往京去一讨。又想一想道：“闻得京都繁华去处，花柳之乡，不若借此事由，往彼一游。一来可以索债，二来买笑追欢，三来觑个方便，觅个前程，也是终身受用。”算计已定。七郎有一个老母、一弟、一妹在家，奴婢下人无数，只是未曾娶得妻子。当时分付（嘱咐；命令）弟妹承奉母亲，着一个都管看家，余人各守职业做生理。自己却带几个惯走长路、会事的家人在身边，一面到京都来。七郎从小在江湖边生长，贾客船上往来，自己也会撑得篙，摇得橹，手脚快便，把些饥餐渴饮之路，不在心上。不则一口到了。

元来（原来）那个大商，姓张，名全，混名“张多宝”，在京都开几处解典库，又有几所缣缎铺，专一放官吏债，打大头脑（指整笔生意、大宗买卖）的。至于居间说事，卖官鬻爵（mài guān yù jué，旧时指当权者出卖官职、爵位，聚敛财富），只要他一口担当，事无不成。也有叫他做“张多保”的，只为凡事都是他保得过，所以如此称呼。满京人无不认得他的。郭七郎到京，一问便着。他见七郎到了，是个江湘债主，起初进京时节，多亏他的几万本钱做桩（打基础、做根底），才做得开，成得这个大气概。一见了欢然相接，叙了寒温（指问候冷暖起居），便摆起酒来。把轿去教坊里，请了几个有名的行院（háng yuàn，妓院。亦借指妓女）前来陪侍，宾主尽欢。酒散后，就留一个绝顶的妓者，叫做王赛儿，相伴了七郎，在一个书房里宿了。富人待富人，那房舍精致，帏帐华侈，自不必说。

次日起来，张多保不待七郎开口，把从前连本连利一算，约该有十来万了，就如数搬将出来，一手交兑。口里道：“只因京都多事，脱身不得，亦且挈（用手提着）了重资，江湖上难走，又不可轻易托人，所以迟了几年。今得七郎自身到此，交明了此一宗，实为两便。”七郎见他如此爽利，心下喜欢，便道：“在下初入京师，未有下处。虽承还清本利，却未有安顿之所，有烦兄长替在下寻个寓舍何如？”张多保道：“舍下空房尽多，闲时还要招客，何况兄长通家，怎到别处作寓？只须在舍下安歇。待要启行时，在下周置（周密地安排布置）动身，管取安心无虑。”七郎大喜，就在张家间壁一所大客房住了。当

日取出十两银子送与王赛儿，做昨日缠头（对歌舞妓人的赏赐。据传最初赏赐歌舞妓人时，以锦彩置之头上，因而得名）之费。夜间七郎摆还席，就央他陪酒。张多保不肯要他破钞，自己也取十两银子来送，叫还了七郎银子。七郎那里肯！推来推去，大家都不肯收进去，只便宜了这王赛儿，落得两家都收了，两人方才快活。是夜（古汉语中，“是”有指示代词的作用，“是”同“此、这”。“是夜”是“此夜、这一夜”的意思）宾主两个与同王赛儿，行令作乐饮酒，愈加熟分（亲热，不拘束）有趣，吃得酩酊而散。王赛儿本是个有名的上厅行首（háng shǒu，行院中的首领。旧时官妓应承歌舞，色艺出众者排在行列之前，称为“上厅行首”；后来用作名妓的代称。上厅，亦作“上停”），又见七郎有的是银子，放出十分擒拿的手段来。七郎一连两宵，已此着了迷魂汤。自此同行同坐，时刻不离左右，径不放赛儿到家里去了。赛儿又时常接了家里的姊妹，轮递来陪酒插趣。七郎赏赐无算，那鸨儿又有做生日、打差买物事、替还债许多科分（本是古代剧本中表示动作情态的说明部分，也叫“科泛”；口语中用来指人们的举动、行为。这里指鸨儿编造名目骗取钱财）出来，七郎挥金如土，并无吝惜。才是行径如此，便有帮闲钻懒一班儿人，出来诱他去跳槽（此指另觅新欢）。大凡富家浪子，心性最是不常，搭着便生根的，见了一处，就热一处。王赛儿之外，又有陈娇、黎玉、张小小、郑翩翩，几处往来，都一般的撒漫使钱。那伙闲汉又领了好些王孙贵戚好赌博的，牵来局赌。做圈做套，赢少输多，不知骗去了多少银子。

七郎虽是风流快活，终久是当家立计好利的人。起初见还的利钱多在里头，所以放松了些手。过了三数年，觉道用得多了，捉捉后手（估量一下日后的财物）看，已用过了一半有多了。心里猛然想着家里头，要回家，来与张多保商量。张多保道：“此时正是濮人王仙芝（唐末农民起义领袖，濮州人）作乱，京刂掠郡县，道路梗塞。你带了偌多银两，待往那里去？恐到不得家里，不如且在此盘桓（pán huán，徘徊；逗留）几时，等路上平静好走，再去未迟。”七郎只得又住了几日。

偶然一个闲汉，叫做包走空包大，说起朝廷用兵紧急，缺少钱粮，纳了些银子，就有官做；官职大小，只看银子多少。说得郭七郎动了火。问道：“假如纳他数百万钱，可得何官？”包大道：“如今朝廷昏浊，正正经经纳钱，就是得官，也只有数，不能勾十分大的。若把这数百万钱，拿去私下买嘱了主爵的官人，好歹也有个刺史（汉武帝元封五年始置，“刺”，检核问事之意。刺史巡行郡县，分全国为十三部，各部置刺史一人，后通称刺史）做。”七郎吃一惊道：“刺史也是钱买得的？”包大道：“而今的世界，有甚么正经？有了钱，百事可做。岂不闻崔烈五百万买了个司徒（东汉时，汉灵帝公开卖官爵，崔烈以五百万钱得为司徒。司徒是古代最高的官职，为“三公”之一）么？而今空名大将军告身（旧时委任官吏的凭信，类似后来的委任状），只换得一醉。刺史也不难的。只要通得关节，我包你做得来便是。”

正说时，恰好张多保走出来。七郎一团（表数量）高兴，告诉了适才的说话。张多保道：“事体（事情）是做得来的，在下手中也弄过几个了。只是这件事，在下不撺掇得兄长做。”七郎道：“为何？”多保道：“而今的官，有好些难做。他们做得头头（兴旺，得意）的，多是有根基，有脚力，亲戚满朝，党与（恶势力集团里首领以外的人，指那些追随一个领袖或一个政党的拥护者，含贬义）四布，方能勾根深蒂固。有得钱赚，越做越高。随你去剥削小民，贪污无耻，只要有使用，有人情，便是万年无事的。兄长不过是白身人（指没有功名的人），便弄上一个显官，须无四壁倚仗，到彼地方，未必行得去。就是行得去时，朝里如今专一讨人便宜，晓得你是钱换来的，略略等你到任一两个月，有了些光景，便道勾你了，一下子就涂抹（勾掉、删除，这里指削去官职）着，岂不枉费了这些钱？若是官好做时，在下也做多时了。”七郎道：“不是这等说，小弟家里有的是钱，没的是官。况且身边现有钱财，总是不便带得到家，何不于此处用了些？博得个腰金衣紫，也是人生一世，草生一秋（一生一世像草生一春一秋一样非常短暂。其实就是告诫世人要珍惜和合理利用时间,莫等白了头才感慨时间的流逝，追悔不已）。就是不赚得钱时，小弟家里原不希罕这钱的。就是不做得兴时，也只是做过了一番官了。登时（立即；立刻）住了手，那荣耀是落得的。小弟见识已定，兄长不要扫兴。”多保道：“既然长兄主意要如此，在下当得效力。”

■汉武帝：汉武帝刘彻，汉朝的第六位皇帝，政治家、战略家。

当时就与包大两个商议，去打关节（勾通官吏，暗中行贿请托），那个包大走跳（从中拉关系，通关节。跳，指乘船上下的“跳板”，这里有引渡之意）路数极熟，张多保又是个有身家、干大事惯的人，有什么弄不来的事？元来唐时使用的是钱，千钱为“缗”（mín，用于成串的铜钱,每串一千文），就用银子准时，也只是以钱算帐。当时一缗钱，就是今日的一两银子，宋时却叫做一贯了。张多保同包大将

了五千缗，悄悄送到主爵的官人家里。那个主爵的官人，是内官田令孜的收纳户，百灵百验。又道是无巧不成话，其时有个粤西横州刺史郭翰，方得除授，患病身故，告身还在铨曹（负责量才授官的衙署。唐代吏部设有三铨分任选官授职事宜；这里所指就是吏部）。主爵的受了郭七郎五千缗，就把籍贯改注，即将郭翰告身，转付与了郭七郎。从此改名做了郭翰。

张多保与包大接得横州刺史告身，千欢万喜，来见七郎称贺。七郎此时头轻脚重，连身子都麻木起来。包大又去唤了一部梨园子弟（原指唐玄宗时梨园宫廷歌舞艺人的统称。后泛指戏曲演员），张多保置酒张筵，是日就换了冠带。那一班闲汉，晓得七郎得了个刺史，没一个不来贺喜撮空（凑热闹，捧场），大吹大擂，吃了一日的酒。又道是："苍蝇集秽，蝼蚁集膻，鹁鸽子旺边飞。"七郎在京都，一向撒漫有名，一旦得了刺史之职，就有许多人来投靠他做使令（仆役、当差）的。少不得官不威牙爪威，做都管，做大叔，走头站，打驿吏，欺估客，诈乡民，总是这一干人了。

郭七郎身子如在云雾里一般，急思衣锦荣归，择日起身，张多保又设酒饯行。起初这些往来的闲汉、姊妹，多来送行。七郎此时眼孔已大，各各赉（lài，赐予，给予）发些赏赐，气色骄傲，傍若无人。那些人让他是个见任刺史，胁肩谄笑，随他怠慢。只消略略眼梢带去，口角惹着，就算是十分殷勤好意了。如此撺哄了几日，行装打迭已备，齐齐整整起行，好不风骚！一路上想道："我家里资产既饶，又在大郡做了刺史，这个富贵不知到那里才住。"心下喜欢，不觉日逐卖弄出来。那些原跟去京都家人，又在新投的家人面前夸说着家里许多富厚之处。那新投的一发喜欢，道是投得着好主了，前路去耀武扬威，自不必说。

无船上马，有路登舟，看看到得江陵境上来。七郎看时吃了一惊。但见：

人烟稀少，阇井荒凉。满前败宇颓垣（破败的房屋，倾塌的墙），一望断桥枯树。乌焦木在，无非放火烧残；赭白粉墙，尽是杀人染就。尸骸没主，乌鸦与蝼蚁相争；鸡犬无依，鹰隼与豺狼共饱。任是石人须下泪，总教铁汉也伤心。

元来江陵渚宫（春秋时楚国别宫，故址在湖北省沙市市内）一带地方，多被王仙芝作寇残灭，里闾（lǐ lú，指乡里友人）人物，百无一存。若不是水道明白，险些认不出路径来。七郎看见了这个光景，心头已自劈劈地跳个不住。到了自家岸边，抬头一看，只叫得苦。元来都弄做了瓦砾之场。偌大的房屋，一间也不见了。母亲、弟妹、家人等，俱不知一个去向。慌慌张张，走投无路，着人四处找寻。

找寻了三四日，撞着旧时邻人，问了详细，方知地方被盗兵抄乱，弟被盗杀，妹被抢去，不知存亡。止（仅，只）剩得老母与一两个丫头，寄居在古庙傍边两间茅屋之内。家人俱各逃窜，囊橐（náng tuó，指行李财物）尽已荡空。老母无以为生，与两个丫头替人缝针补线，得钱度日。七郎闻言，不胜痛伤，急急领了从人，奔至老母处来。母子一见，抱头大哭。老母道："岂知你去后，家里遭此大难！弟妹俱亡，生计都无了！"七郎哭罢，拭泪道："而今事已到此，痛伤无益。亏得儿子已得了官，还有富贵荣华日子在后面，母亲且请宽心。"母亲道："儿得了何官？"七郎道："官也不小，是横州刺史。"母亲道："如何能勾得此显爵？"七郎道："当今内相（即"内官"，指宦官）当权，广有私路，可以得官。儿子向张客取债，他本利俱还，钱财尽多在身边，所以将钱数百万，勾干得此官。而今衣锦荣归，省看家里，随即星夜到任去。"

七郎叫从人取冠带过来穿着了。请母亲坐好，拜了四拜。又叫身边随从旧人及京中新投的人，俱各磕头，称"太夫人"。母亲见此光景，虽然有些喜欢，却叹口气道："你在外边荣华，怎知家丁尽散，分文也无了？若不营勾这官，多带些钱归来用度也好。"七郎道："母亲诚然女人家识见，做了官，怕少钱财？而今那个做官的家里，不是千万百万，连地皮多卷了归家的？今家业既无，只索撇下此间，前往赴任，做得一年两年，重撑门户，改换规模，有何难处！儿子行囊中还剩有二三千缗，尽勾使用，母亲不必忧虑。"母亲方才转忧为喜，笑逐颜开道："亏得儿子峥嵘（本义形容山势高耸，这里指出人头地、不同寻常）有日，奋发有时，真是谢天谢地！若不是你归来，我性命只在目下（目前；现在；在此时）了。而今何时可以动身？"七郎道："儿子原想此一归来，娶个好媳妇，同享荣华。而今看这个光景，等不得做这事了。且待上了任，再做商量。今日先请母亲上船安息。此处既无根绊（犹如牵挂），明日换过大船，就做好日开了罢。早到得任一日，也是好的。"

当夜，请母亲先搬在来船中了。茅舍中破锅、破灶、破碗、破罐，尽多撇下。又分付（嘱咐；命令）当直的，雇了一只往西粤长行的官船。次日搬过了行李，下了舱口停当，烧了利市神福（旧时开业、起程之前，要祭神，祈求保佑赐福），吹打开船。此时老母与七郎俱各精神荣畅（荣盛），志气轩昂。七郎不曾受苦，是一路兴头（兴旺，得意）过来的，虽是对着母亲，觉得满盈得意，还不十分怪异。那老母是历过苦难的，真是地下超升在天上，不知身子几多大了。

一路行去，过了长沙，入湘江，次（驻扎）永州（所在今湖南省永州市，辖湖南南部及广西北部一带）。州北江壖有个佛寺，名唤兜率禅院，舟人打点泊船在此过夜。看见岸边有大樜树一株，围合数抱，遂将船缆结在树上，结得牢牢的，又钉好了桩撅。七郎同老母进寺随喜，从人撑起伞盖跟后。寺僧见是官员，出来迎接送茶，私问来历。从人答道："是见任西粤横州刺史。"寺僧见说是见任官，愈加恭敬，陪侍指引，各处游玩。那老母但看见佛菩萨像，只是磕头礼拜，谢他覆庇。天色晚了，俱各回船安息。

黄昏左侧（接近、靠近），只听得树梢呼呼的风响。须臾（xū yú，极短的时间；片刻）之间，天昏地黑，风雨大作。但见：

封姨逞势，巽二施威（指狂风大作。封姨、巽二，均为古代神话传说中的风神）。空中如万马奔腾，树杪似千军拥沓。浪涛澎湃，分明战鼓齐鸣；圩岸倾颓，恍惚轰雷骤震。山中虓虎啸（怒吼咆哮的老虎），水底老龙惊。尽知巨树可维舟，谁道大风能拔木。

众人听见风势甚大，心下惊惶。那艄公心里道是："江风虽猛，亏得船奈在极大的树上，生根得牢，万无一失。"睡梦之中，忽听得天崩地裂价一声响亮。元来那株树年深日久，根行之处，把这些帮岸都拱得松了。又且长江（大江，这里指湘江）巨浪，日夜淘洗，岸如何得牢？那树又大了，本等招风，怎当这一只狼犺的船，尽做力生根在这树上？风打得船猛，船牵得树重，树趁着风威，底下根在浮石中绊不住了，豁剌一声，竟倒在船上来，把只船打得粉碎。船轻树重，怎载得起？只见水乱滚进来，船已沉了。船中碎板，片片而浮。睡的婢仆，尽没于水。说时迟，那时快，艄公慌了手脚，喊将起来。郭七郎梦中惊醒，他从小原晓得些船上的事，与同艄公竭力死拖住船缆，才把个船头凑在岸上，搁得住。急在舱中水里，扶得个母亲，搀到得岸上来，逃了性命。其后艄人等，舱中什物行李，被几个大浪泼来，船底俱散，尽漂没了。其时深夜昏黑，山门紧闭，没处叫唤，只得披着湿衣，三人捶胸跌脚价叫苦。

守到天明，山门开了，急急走进寺中，问着昨日的主僧。主僧出来，看见他慌张之势，问道："莫非遇了盗么？"七郎把树倒舟沉之话说了一遍。寺僧忙走出看，只见岸边一只破船沉在水里，岸上大樜树倒来压在其上，吃了一惊，急叫寺中火工道者人等，一同艄公到破板舱中，遍寻东西，俱被大浪打去，没讨一些（表示数量少。一点儿）处；连那张刺史的告身，都没有了。寺僧权请进一间静室，安住老母。商量到零陵州州牧（零陵州即永州，唐代曾一度改永州为零陵郡。州牧是刺史的代称，因汉代称刺史为州牧；唐代只有都城或陪都的地方长官称牧）处陈告情由，等所在官司替他动了江中遭风失水的文书，还可赴任。计议已定，有烦寺僧一往。寺僧与州里人情厮熟，果然叫人去报了。谁知：

浓霜偏打无根草，祸来只奔福轻人。

那老母原是兵戈扰攘中，看见杀儿掠女，惊坏了再苏的。怎当夜来这一惊，可又不小。亦且婢仆俱亡，生资（赖以生活的资财）都尽，心中转转苦楚，面如腊查，饮食不进，只是哀哀啼哭，卧倒在床，起身不得了。七郎愈加慌张，只得劝母亲道："留得青山在，不怕没柴烧。虽是遭此大祸，儿子官职还在，只要到得任所便好了。"老母带者哭道："儿，你娘心胆俱碎，眼见得无那活的人了，还说这太平的话则甚！就是你做得官，娘看不着了。"七郎一点痴心，还指望等娘好起来，就地方起个文书，前往横州到任，有个好日子在后头。谁想老母受惊太深，一病不起。过不多两日，呜呼哀哉，伏惟尚飨。

七郎痛哭一场，无计可施。又与僧家商量，只得自往零陵州哀告州牧。州牧几日前曾见这张失事的报单过，晓得是真情。毕竟官官相护，道他是隔省上司，不好推得干净身子。一面差人替他殡葬了母亲，又重重赍（lài，赐予，给予）助他盘缠，以礼送了他出门。七郎亏得州牧周全（指周济成全），幸喜葬事已毕，却是丁了母忧（父母之丧谓之"丁忧"，是大丧，一般须守孝一至三年），去到任不得了。寺僧看见他无了根蒂，渐渐怠慢，不肯相留。要回故乡，已此无家可归。没奈何，就寄住在永州一个船埠经纪（指经营买卖）人的家里，原是他父亲在时走客（行商）认得的。却是囊橐（náng tuó，指行李财物）俱无，止（仅，只）有州牧所助的盘缠，日吃日减，用不得几时，看看没有了。

那些做经纪的人，有甚情谊？日逐有些怨咨（yuàn zī，亦作"怨訾"。怨恨嗟叹）起来，未免茶迟饭晏（yàn，方言，迟，晚），箸长碗短。七郎觉得了，发话道："我也是一郡之主，当是一路诸侯。今虽丁忧（祖制，具体说来，是朝廷官员的父母亲如若死去，无论此人任何官何职，从得知丧事的那一天起，必须回到祖籍守制二十七个月），后来还有日子，如何恁般轻薄？"店主人道："说不得一郡两郡，皇帝失了势，也要忍些饥饿，吃些粗粝（cū lì，糙米，泛指粗劣的食物），何况于你是未任的官！就是官了，我每（宋元时人称代词的复数，同"们"）又不是什么横州百姓，怎么该供养你？我们的人家，不做不活，须是吃自在食不起的。"七郎被他说了几句，无言可答，眼泪汪汪，只得含着羞耐了。再过两日，店主人寻事吵闹，一发（更加，越发）看不得了。七郎道："主人家，我这里须是异乡，并无一人亲识可归。一向叨扰府上，情知不当，却也是没奈何

了。你有甚么觅衣食的道路，指引我一个儿？”店主人道：“你这样人，种火又长，拄门又短，郎不郎，秀不秀的（取笑不成材的人。种火，烧火，这里指“烧火棍”。郎、秀，即“稂”“莠”的错讹，不稂不莠，意即不伦不类），若要觅衣食，须把个官字儿阁起，照着常人佣工做活，方可度日。你却如何去得？”七郎见说到佣工做活，气忿忿地道：“我也是方面官员，怎便到此地位？”

思想零陵州州牧前日相待甚厚，不免再将此苦情告诉他一番，定然有个处法。难道白白饿死一个刺史在他地方了不成？写了个帖，又无一个人跟随，自家袖了，葳葳蕤蕤（葳蕤本是形容草木叶子下垂的样子，这里比喻人精神萎靡，垂头丧气），走到州里衙门上来递。那衙门中人见他如此行径，必然是打抽丰〔即“打秋风”，指旧时一些（表示数量少）人专靠关系骗钱、骗吃的行为〕，没廉耻的，连帖也不肯收他的。直到再三央及，把上项事一一分诉，又说到替他殡葬，厚礼赆行（以财物送行）之事，这却衙门中都有晓得的，方才肯接了进去，呈与州牧。州牧看了，便有好些不快活起来道：“这人这样不达时务的！前日吾见他在本州失事，又看上司体面，极意周全他去了，他如何又在此缠扰？或者连前日之事，未必是真，多是神棍假装出来骗钱的未可知。纵使是真，必是个无耻的人，还有许多无厌足处。吾本等好意，却叫得引鬼上门，我而今不便追究，只不理他罢了。”分付门上不受他帖，只说概不见客，把原帖还了。七郎受了这一场冷淡，却又想回下处不得。住在衙门上守他出来时，当街叫喊。州牧坐在轿上问道：“是何人叫喊？”七郎口里高声答道：“是横州刺史郭翰。”州牧道：“有何凭据？”七郎道：“原有告身，被大风飘舟，失在江里了。”州牧道：“既无凭据，知你是真是假？就是真的，费发已过，如何只管在此缠扰？必是光棍（旧时对流氓无赖的称谓），姑饶打，快走！”左右虞候（旧时官僚的随从）看见本官发怒，乱棒打来，只得闪了身子开来，一句话也不说得，有气无力的，仍旧走回下处闷坐。

店主人早已打听他在州里的光景，故意问道：“适才见州里相公，相待如何？”七郎羞惭满面，只叹口气，不敢则声。店主人道：“我教你把官字儿阁起，你却不听我，直要受人怠慢。而今时势，就是个空名宰相，也当不出钱来了。除是靠着自家气力，方挣得饭吃。你不要痴了！”七郎道：“你叫我做甚勾当好？”店主人道：“你自想身上有甚本事？”七郎道：“我别无本事，止（仅，只）是少小随着父亲，涉历江湖，那些船上风水、当艄拿舵之事，尽晓得些。”店主人喜道：“这个却好了！我这里埠头上来往船只多，尽有缺少执艄的。我荐你去几时，好歹觅几贯钱来，饿你不死了。”七郎没奈何，只得依从。从此，只在往来船只上，替他执艄度日。去了几时，也就觅了几贯工钱回到店家来。永州市上人认得了他，晓得他前项事的，就传他一个名，叫他做“当艄郭使君”。但是要寻他当艄的船，便指名来问郭使君。永州市上编成他一只歌儿道：

问使君，你缘何不到横州郡？元来是天作对，不作你假斯文，把家缘结果在风一阵。舵牙当执板，绳缆是拖绅（意谓将掌舵拉纤当做官。舵牙，掌舵的把手。执板，大臣朝见皇帝禀奏事情时手持的笏板。拖绅，大官束腰的宽带）。这是荣耀的下稍头也！还是把（持着）着舵儿稳。（词名《挂枝儿》）

在船上混了两年，虽然挨得服满（指服丧期满），身边无了告身，去补不得官。若要京里再打关节时，还须照前得这几千缗使用，却从何处讨？眼见得这话休题了，只得安心塌地，靠着船上营生。又道是“居移气，养移体”（指地位和环境可以改变人的气质，奉养可以改变人的体质。谓人随着地位待遇的变化而变化），当初做刺史，便像个官员。而今在船上多年，状貌气质，也就是些篙工水手之类，一般无二。可笑个一郡刺史，如此收场。可见人生荣华富贵，眼前算不得账的。上覆世间人，不要十分势利。听我四句口号：

富不必骄，贫不必怨。

要看到头，眼前不算。

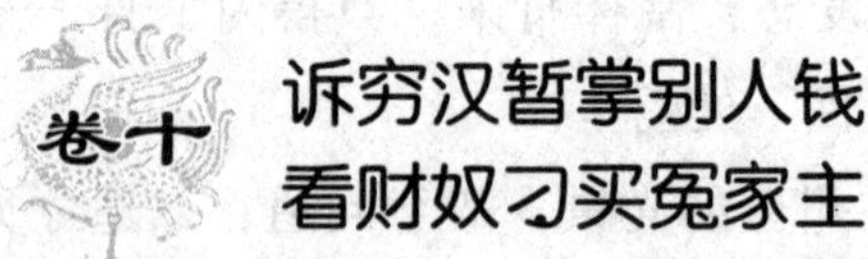

卷十 诉穷汉暂掌别人钱 看财奴刁买冤家主

诗云：

从来欠债要还钱，冥府于斯倍灼然。

若使得来非分内，终须有日复还原。

却说人生财物，皆有分定（本分所定；命定）。若不是你的东西，纵然勉强哄得到手，原要一分一毫填还别人的。从来因果报应的说话，其事非一，难以

尽述。在下先拣一个希罕些的，说来做个得胜头回（又称“得胜利市头回”，旧时说书人的术语，即话本小说的“入话”，寓吉利之意）。

晋州古城县（今河北省正定县。古城当为鼓城之讹）有一个人，名唤张善友。平日看经念佛，是个好善的长者。浑家（旧时对妻子的俗称）李氏却有些短见薄识，要做些小便宜勾当。夫妻两个过活，不曾生男育女，家道尽从容好过。其时本县有个赵廷玉，是个贫难（贫穷艰难）的人，平日也守本分。只因一时母亲亡故，无钱葬埋，晓得张善友家事（家业，家产）有余，起心要去偷他些来用。算计了两日，果然被他挖个墙洞，偷了他五六十两银子去。将母亲殡葬讫（qì，完毕），自想道：“我本不是没行止（品行）的，只因家贫，无钱葬母，做出这个短头的事（言做事有短处，不道德，犹如说“亏心事”）来，扰了这一家人家。今生今世还不得他，来生来世是必填还他则个（zé gè，语气助词，表示委婉或商量、祈使、解释等语气）。”张善友次日起来，见了壁洞，晓得失了贼。查点家财，箱笼里没了五六十两银子。张善友是个富家，也不十分放在心上，道是命该失脱（疏忽失误），叹口气罢了。惟有李氏，切切于心道：“有此一项银子，做许多事，生许多利息，怎舍得白白被盗了去？”

正在纳闷间，忽然外边有一个和尚来寻张善友。张善友出去相见了，问道：“师傅何来？”和尚道：“老僧是五台山僧人，为因佛殿坍损，下山来抄化（意思是僧人为求资助而向施主零星募捐）修造。抄化了多时，积得有百来两银子，还少些个。又有那上了疏，未曾勾销（指施主答应了向和尚捐款而还未交钱，只记在了簿子上。疏，僧道拜忏时焚化的祝告文）的。今要往别处去走走，讨这些布施。身边所有银子，不便携带，恐有失所，要寻个寄放的去处，一时无有。一路访来，闻知长者好善，是个有名的檀越（佛教用语，意即施主），特来寄放这一项银子。待别处讨足了，就来取回本山去也。”张善友道：“这是胜事，师父只管寄放在舍下，万无一误。只等师父事毕，来取便是。”当下把银子看验明白，点计件数，拿进去交付与浑家（旧时对妻子的俗称）了。出来留和尚吃斋。和尚道：“不劳檀越费斋，老僧心忙，要去募化。”善友道：“师父银子，弟子交付浑家，收好在里面。倘若师父来取时，弟子出外，必预先分付（嘱咐；命令）停当，交还师父便了。”和尚别了，自去抄化。那李氏接得和尚银子在手，满心欢喜。想道：“我才失得五六十两，这和尚倒送将一百两来，岂不是补还了我的缺？还有得多哩！”就起一点心，打帐（吴方言，也作“打桩”，即打算、准备的意思）要赖他的。

一日，张善友要到东岳庙里烧香求子去，对浑家道："我去则去，有那五台山的僧所寄银两，前日是你收着，若他来取时，不论我在不在，你便与他去。他若要斋吃，你便整理些蔬菜斋他一斋，也是你的功德。"李氏道："我晓得。"张善友自烧香去了。去后，那五台山和尚抄化（募化）完却来问张善友取这项银子。李氏便白赖（死不认账）道："张善友也不在家，我家也没有人寄甚么银子。师父敢是错认了人家了？"和尚道："我前日亲自交付与张长者（指有德行的人），长者收拾进来交付孺人（对妇人的尊称）的，怎么说此话？"李氏便赌咒道："我若见你的，我眼里出血。"和尚道："这等说，要赖我的了？"李氏又道："我赖了你的，我堕十八层地狱！"和尚见他赌咒，明知白赖了，争奈（怎奈；无奈）是个女人家，又不好与他争论得。和尚没计奈何，合着掌念声佛道："阿弥陀佛！我是十方抄化来的布施，要修理佛殿的，寄放在你这里。你怎么要赖我的？你今生今世赖了我这银子，到那生那世，少不得要填还（偿还；报偿）我。"带着悲恨而去。过了几时，张善友回来，问起和尚银子。李氏哄丈夫道："刚你去了，那和尚就来取，我双手还他去了。"张善友道："好，好。也完了一宗事。"

过得两年李氏生下一子。自生此子之后，家私火焰也似长将起来。再过了五年，又生一个，共是两个儿子了。大的小名叫做乞僧；次的小名叫做福僧。那乞僧大来，极会做人家（喻指勤俭持家的美德），披星戴月，早起晚眠，又且生性悭吝，一文不使，两文不用，不肯轻费着一个钱，把家私挣得惹大（即"偌大"，如此之大）。可又作怪，一般两个弟兄，同胞共乳，生性绝是相反。那福僧每日只是吃酒赌钱，养婆娘，做子弟，把钱钞不着疼热（无关痛痒。指不体贴爱护）的使用。乞僧旁看了，是他辛苦挣来的，老大的心疼。福僧每日有人来讨债，多是瞒着家里，外边借来花费的。张善友要做好汉的人，怎肯叫儿子被人逼迫，门户不清的？只得一主一主填还（偿还）了。那乞僧只叫得苦。张善友疼着大孩儿苦挣，恨着小孩儿荡费，偏吃亏了。立个主意，把家私匀做三分分开：他弟兄们各一分，老夫妻留一分。等做家的自做家，破败的自破败，省得歹的累了好的，一总凋零了。那福僧是个不成器（不学好，自甘堕落）的肚肠，倒要分了，自繇（同"由"）自在，别无拘束，正中下怀。家私到手，正如：

汤泼瑞雪，风卷残云[①]。

不上一年，使得光光荡荡了。又要分了爹妈的这半分。也自没有了，便去

① 风卷残云：字面意思为大风把残云卷走，比喻把残存的东西一扫而光。

打搅哥哥，不繇他不应手（用着觉得顺手）。连哥哥的也布摆（即“摆布”，这里是安排的意思）不来。他是个做家（持家节俭）的人，怎生受得过？气得成病，一卧不起。求医无效，看看至死。张善友道：“成家的倒有病，败家的倒无病。五行中如何这样颠倒？”恨不得把小的替了大的，苦在心头，说不出来。那乞僧气蛊（因气恼而引起的一种疾病）已成，毕竟不痊（quán，病好了，恢复健康），死了。张善友夫妻大痛无声。那福僧见哥哥死了，还有剩下家私，落得是他受用，一毫不在心上。李氏妈妈见如此光景，一发（更加，越发）舍不得大的，终日啼哭，哭得眼中出血而死。福僧也没有一些（表示数量少。一点儿）苦楚，带着母丧，只在花街柳陌，逐日混帐（犹如说“鬼混”，指胡作非为，不正经过日子），淘虚了身子，害了痨瘵（中医所称的痨病，即肺结核病）之病，又看看死来。张善友此时急得无法可施。便是败家的，留得个种也好，论不得成器不成器了。正是：

前生注定今生案，天数难逃大限催。

福僧是个一丝两气（指如同一根丝一般十分疲软，上气不接下气。形容人呼吸微弱，将要断气的样子）的病。时节到来，如三更（古代时间名词，指深夜）油尽的灯，不觉的息了。

张善友虽是平日不像意他的，而今自念两儿皆死，妈妈亦亡，单单剩得老身，怎繇得不苦痛哀切？自道：“不知作了什么罪业（应受恶报的罪孽），今朝如此果报得没下稍！”一头愤恨，一头想道：“我这两个业种（孩儿）是东岳求来的，不争被你阎君勾（逮捕，捉拿。这里是命令召见的意思）去了。东岳敢不知道？我如今到东岳大帝面前，告苦一番。大帝有灵，勾将阎神来，或者还了我个把儿子，也不见得。”也是他苦痛无聊，痴心想到此，果然到东岳跟前哭诉道：“老汉张善友一生修善（断恶行善），便是俺那两个孩儿和妈妈，也不曾做甚么罪过，却被阎神勾将去，单剩得老夫。只望神明将阎神追来，与老汉折证（辩白；对证）一个明白。若果然该受这业报，老汉死也得瞑目。”诉罢，哭倒在地，一阵昏沉，晕了去。

朦胧之间，见个鬼使来对他道：“阎君（阎王爷）有勾。”张善友道：“我正要见阎君问他去。”随了鬼使竟到阎君面前。阎君道：“张善友，你如何在东岳告我？”张善友道：“只为我妈妈和两个孩儿，不曾犯下甚么罪过，一时都勾了去。有此苦痛，故此哀告大帝做主。”阎王道：“你要见你两个孩儿么？”张善友道：“怎不要见？”阎王命鬼使：“召将来！”只见乞僧、福僧两个齐到。张善友喜之不胜，先对乞僧道："大哥，我与你家去来！"乞僧道："我不是你什么大哥，我当初是赵廷玉，不合（不应当；不该）偷了你家五十多两银子，如今加上几百倍利钱，还了你家。俺和你不亲了。"张善友见大的如此说了，只得对福僧说："既如此，二哥随我家去了也罢。"福僧道："我不是你家甚么二哥，我前生是五台山和尚。你少了我的，如今也加百倍还得我够了，与你没相干了。"张善友吃了一惊道："如何我少五台山和尚的？怎生（务必；无论如何）得妈妈来一问便好！"阎王已知其意，说道："张善友，你要见浑家（旧时对妻子的俗称）不难。"叫鬼卒："与我开了酆都城（今四川省丰都县；旧时迷信传说阴曹地狱即在这里），拿出张善友妻李氏来！"鬼卒应声去了。只见押了李氏，披枷带锁到殿前来，张善友道："妈妈，你为何事如此受罪？"李氏哭道："我生前不合混赖（硬把别人的东西蒙混作自己的）了五台山和尚百两银子，死后叫我历遍十八层地狱，我好苦也！"张善友道："那银子我只道还他去了，怎知赖了他的？这是自作自受！"李氏道："你怎生救我？"扯着张善友大哭，阎王震怒，拍案大喝。张善友不觉惊醒，乃是睡倒在神案前，做的梦明明白白，才省悟多是宿世（前世；前生）的冤家债主。住了悲哭，出家修行去了。

方信道暗室亏心[①]，难逃他神目如电。
今日个显报无私，怎倒把阎君埋怨？

在下为何先说此一段因果，只因有个贫人，把富人的银子借了去，替他看守了几多年，一钱不破。后来不知不觉，双手交还了本主。这事更奇，听在下表白（说白）一遍。

宋时汴梁曹州（故治在今山东省曹县）曹南村周家庄上有个秀才，姓周，名荣祖，字伯成；浑家（旧时对妻子的俗称）张氏。那周家先世，广有家财，祖公公周奉，敬重释门（佛门），起盖一所佛院。每日看经念佛，到他父亲手里，一心只做人家（家业）。为因修理宅舍，不舍得另办木石砖瓦，就将那所佛院尽拆毁来用了。比及（介词，等到）宅舍功完，得病不起。人皆道是不信佛之报。父亲既死，家私里外，通是荣祖一个掌把（掌握；掌管）。那荣祖学成满腹文章，要上朝应举。他与张氏生得一子，尚在襁褓（借指未满周岁的婴儿），乳名叫做长寿。只因妻娇子幼，不舍得抛撇（pāo piě，抛开；丢弃），商量三口儿同去。他把祖上遗下那些金银成锭的，做一窖儿埋在后面墙下。怕路上不好携带，只

① 暗室亏心：在暗中做见不得人的亏心事。

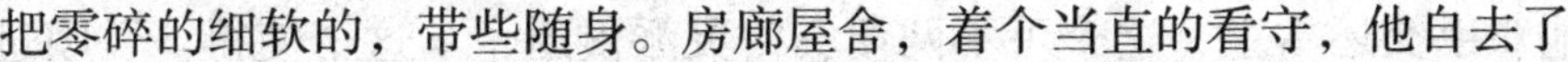

把零碎的细软的，带些随身。房廊屋舍，着个当直的看守，他自去了。

话分两头。曹州有一个穷汉，叫做贾仁，真是衣不遮身，食不充口，吃了早起的，无那晚夕的。又不会做什么营生，则是与人家挑土筑墙，和泥托坯，担水运柴，做坌工（指重体力劳动。吴方言称翻土为坌。坌，bèn）生活度日。晚间在破窑中安身。外人见他十分过的艰难，都唤他做“穷贾儿”。却是这个人禀性古怪拗彆（固执），常道：“总是一般的人，别人那等富贵奢华，偏我这般穷苦！”心中恨毒。有诗为证：

又无房舍又无田，每日城南窑内眠。
一般带眼安眉汉，何事囊中偏没钱？

说那贾仁心中不伏气（服气；认输），每日得闲空，便走到东岳庙中苦诉神灵道：“小人贾仁，特来祷告。小人想：有那等骑鞍压马，穿罗着（zhuó，穿着）锦，吃好的，用好的。他也是一世人，我贾仁也是一世人，偏我衣不遮身，食不充口，烧地眠，炙地卧（贴地而睡。形容穷困），兀的（这样）不穷杀了小人！小人但有些小富贵，也为斋僧布施（将金钱、实物布散施舍给别人），盖寺建塔，修桥补路，惜孤念寡，敬老怜贫，上圣可怜见咱！”日日如此。

真是精诚之极，有感必通，果然被他哀告不过，感动起来。一日祷告毕，睡倒在廊檐下，一灵儿被殿前灵派侯摄去，问他终日埋天怨地的缘故。贾仁把前言再述一遍，哀求不已。灵派侯也有些怜他，唤那增福神查他衣禄食禄（指吃穿的福分），有无多寡（多少）之数。增福神查了回复道：“此人前生不敬天地，不孝父母，毁僧谤佛，杀生害命，抛撇净水，作贱五谷，今世当受冻饿而死。”贾仁听说，慌了，一发哀求不止道：“上圣可怜见，但与我些小衣禄、食禄，我是必做个好人。我爹娘在时，也是尽力奉养的。亡化之后，不知甚么缘故，颠倒（反过来。这里是说事实与愿望正好相反）一日穷一日了。我也在爹娘坟上烧钱裂纸（烧化纸钱或纸马。旧俗祭祖祈禳时，以此表示敬诚），浇茶奠酒，泪珠儿至今不曾干。我也是个行孝的人。”灵派侯道：“吾神试点检他平日所为，虽是不见别的善事，却是穷养父母，也是有的。今日据着他埋天怨地，正当冻饿，念他一点小孝。可又道：天不生无禄之人，地不长无名之草。吾等体上帝好生之德，权且看有别家无碍的福力，借与他些。与他一个假子（养子；义子），奉养至死，偿他这一点孝心罢。”增福神道：“小圣查得有曹州曹南周家庄上，他家福力所积，阴功三辈；为他拆毁佛地，一念差池，合受一时折罚（zhē fá，报应；惩罚）。如今把那家的福力权借与他二十年，待到限期已足，着他双手交还本主，这个可不两便？”灵派侯道：“这个使得。”唤过贾仁，把前话分付（嘱咐；命令）他明白，叫他牢牢记取：“比及你去做财主时，索还的早在那里等了。”贾仁叩头，谢了上圣济拔（帮助提拔）之恩。心里道：“已是财主了！”出得门来，骑了高头骏马，放个辔头（放松辔头，让马奔跑）。那马见了鞭影，飞也似的跑，把他一交颠翻。大喊一声，却是南柯一梦（形容一场大梦，或比喻空欢喜一场），身子还睡在庙檐下。想一想道：“恰才上圣分明的对我说，那一家的福力，借与我二十年，我如今该做财主。一觉醒来，财主在那里？梦是心头想，信他则甚？昨日大户人家要打墙，叫我寻泥坯，我不免去寻问一家则个（zé gè，语气助词，表示委婉或商量、祈使、解释等语气）。”

出了庙门去，真是时来福凑。恰好周秀才家里看家当直（值班）的，因家主出外未归，正缺少盘缠（生活费）；又晚间睡着，被贼偷得精光。家里别无可卖的，只有后园中这一垛旧坍墙。想道：“要他没用，不如把泥坯卖了，且将就做盘缠度日。”走到街上，正撞着贾仁，晓得他是惯与人家打墙的，就把这话央他去卖。贾仁道：“我这家正要泥坯，讲倒（讲妥、说准）价钱，吾自来挑也。”果然走去说定了价，挑得一担算一担。开了后园，一凭贾仁自掘自挑。贾仁带了铁锹、锄头、土筐之类来，动手。刚扒倒得一堵，只见墙脚之下，拱开石头，那泥簌簌的落将下去，恰像底下是空的。把泥拨开，泥下一片石板。撬起石板，乃是盖下一个石槽，满槽多是土墼（砖坯。墼，jī）块一般大的金银，不计其数。傍边又有小块，零星楔着（安插）。吃了一惊道：“神明如此有灵！已应着昨梦。惭愧！今日有分做财主了。”心生一计，就把金银放些在土筐中，上边覆着泥土，装了一担。且把在地中挑未尽的，仍用泥土遮盖，以待再挑。他挑着担，竟往栖身破窑中，权且埋着，神鬼不知。运了一两日，都运完了。

他是极穷人，有了这许多银子，也是他时运到来，且会摆拨（使用、安排、计划），先把些零碎小锞，买了一所房子住下了。逐渐把窑里埋的，又搬将过去，安顿好了。先假做些小买卖，慢慢衍将大来。不上几年，盖起房廊屋舍，开了解典库（当铺）、粉房、磨房、油房、酒房，做的生意，就如水也似长将起来。旱路上有田，水路上有船，人头上有钱，平日叫他做“穷贾儿”的，多改口叫他是员外了。又娶了一房浑家（旧时对妻子的俗称），却是寸男尺女皆无。空有那鸦飞不过的田宅，也没一个承领（管理，承认）。又有一件作怪：虽有

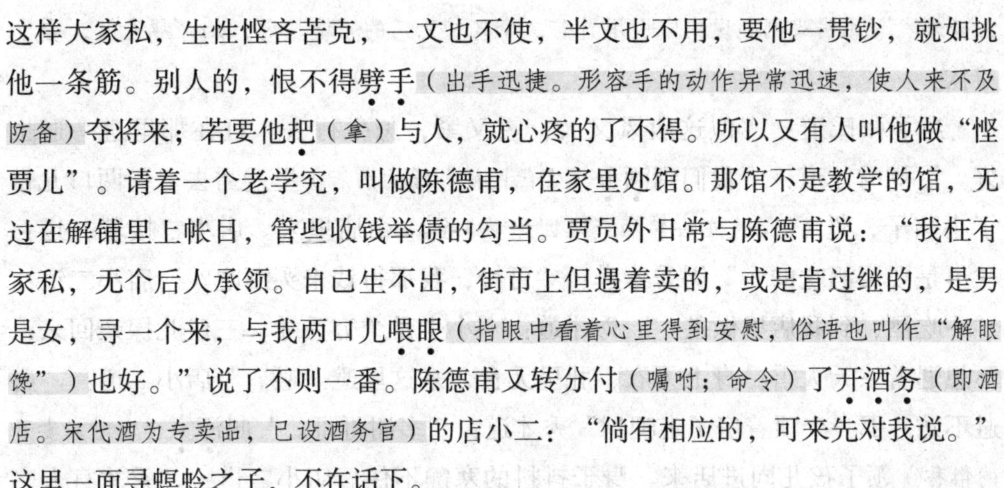

这样大家私，生性悭吝苦克，一文也不使，半文也不用，要他一贯钞，就如挑他一条筋。别人的，恨不得劈手（出手迅捷。形容手的动作异常迅速，使人来不及防备）夺将来；若要他把（拿）与人，就心疼的了不得。所以又有人叫他做“悭贾儿”。请着一个老学究，叫做陈德甫，在家里处馆。那馆不是教学的馆，无过在解铺里上帐目，管些收钱举债的勾当。贾员外日常与陈德甫说：“我枉有家私，无个后人承领。自已生不出，街市上但遇着卖的，或是肯过继的，是男是女，寻一个来，与我两口儿喂眼（指眼中看着心里得到安慰，俗语也叫作“解眼馋”）也好。”说了不则一番。陈德甫又转分付（嘱咐；命令）了开酒务（即酒店。宋代酒为专卖品，已设酒务官）的店小二：“倘有相应的，可来先对我说。”这里一面寻螟蛉之子，不在话下。

却说那周荣祖秀才，自从同了浑家（旧时对妻子的俗称）张氏、孩儿长寿，三口儿应举去后，怎奈命运未通，功名不达。这也罢了，岂知到得家里，家私一空，止（仅，只）留下一所房子。去寻寻墙下所埋祖遗之物，但见墙倒泥开，刚剩得一个空石槽。从此衣食艰难，索性把这所房子卖了，复是三口儿去洛阳探亲。偏生这等时运，正是：

时来风送滕王阁[①]，运退雷轰荐福碑[②]。

那亲眷久已出外，弄做个“满船空载月明归”，身边盘缠用尽。到得曹南地方，正是暮冬（冬末。农历十二月）天道，下着连日大雪。三口儿身上俱各单寒，好生行走不得。有一篇《正宫调·滚绣球》为证：

是谁人碾就琼瑶（比喻雪）往下筛？是谁人剪冰花（自然现象。一夜之间，所有的树木都变成了琼枝玉叶，在晨光的照射下，呈现银白色）迷眼界？恰便似玉琢成六街三陌（泛指大街小巷），恰便似粉妆就殿阁楼台。便有那韩退之蓝关（韩愈，字退之，唐代文学家，他贬官途经蓝关时遇大雪，在《左迁至蓝关示侄孙湘》中有“云横秦岭家何在，雪拥蓝关马不前”的诗句）前冷怎当？便有那孟浩然驴背上也跌下来（孟浩然是唐代诗人，相传他有雪中骑驴寻梅的故事，元人曾据此编为杂剧）。便有那剡溪中禁回他子猷献访戴（晋代王徽之，字子猷，曾在雪夜自山阴乘舟至剡溪访问朋友戴逵，至其门，不入而返，人家问他原因，他说：“吾本乘兴而行，兴尽而返，何必见戴？”事见《世说新语·任诞》）。

则这三口儿兀的不冻倒尘埃？眼见得一家受尽千般苦，可怎么十谒朱门九不开（唐代李观诗：“十谒朱门九不开，利名渊薮且徘徊。自知不是封侯骨，夜夜江山

① “时来”句：据《岁时广记》载，唐代诗人王勃路过马当山，水神将他一帆风顺吹至滕王阁，得以参与阎公盛宴，写出了著名的《滕王阁序》。② “运退”句：据《尧山堂外纪》载，荐福山有唐欧阳询所书《荐福寺碑》，极名贵；宋范仲淹欲为穷书生拓千本荐福碑以谋生，却正遇碑为轰雷击碎。

入梦来。”元明戏剧小说中常引用首句，喻乞贷无门的苦境。谒，yè，拜见），委实难挨！

当下张氏道：“似这般风又大，雪又紧，怎生行去？且在那里避一避也好。”周秀才道：“我们到酒务（古代民间称呼的酒店）里避雪去。”两口儿带了小孩子，踅（xué，左右转动或来回走动）到一个店里来。店小二接着，道：“可是要买酒吃的？”周秀才道：“可怜，我那得钱来买酒吃？”店小二道：“不吃酒，到我店里做甚？”秀才道：“小生是个穷秀才，三口儿探亲回来，不想遇着一天大雪。身上无衣，肚里无食，来这里避一避。”店小二道：“避避不妨。那一个顶着房子走哩！”秀才道：“多谢哥哥。”叫浑家（旧时对妻子的俗称）领了孩儿同进店来。身子抖抖的寒颤不住。店小二道：“秀才官人，你每（宋元时人称代词的复数，同“们”）受了寒了。吃杯酒不好？”秀才叹道：“我才说没钱在身边。”小二道：“可怜，可怜！那里不是积福处？我舍与你一杯烧酒吃，不要你钱。”就在招财、利市（即“招财童子”和“利市仙官”的略称，这是旧时商人经常供奉的财神）面前那供养的三杯酒内，取一杯递过来。周秀才吃了，觉道和暖了好些。浑家在傍闻得酒香，也要杯儿敌寒，不好开得口，正与周秀才说话。店小二晓得意思，想道：“有心做人情，便再与他一杯。”又取那第二杯递过来道：“娘子也吃一杯。”秀才谢了，接过与浑家吃。那小孩子长寿，不知好歹，也嚷道要吃。秀才簌簌地掉下泪来道：“我两个也是这哥哥好意与我每（宋元时人称代词的复数，同“们”）吃的，怎生又有得到你？”小孩子便哭将起来。小二问知缘故，一发（更加，越发）把那第三杯与他吃了。就问秀才道：“看你这样艰难，你把这小的儿与（给）了人家可不好？”秀才道：“一时撞不着人家要。”小二道：“有个人要，你与娘子商量去。”秀才对浑家道：“娘子你听么，卖酒的哥哥说，你们这等饥寒，何不把小孩子与了人？他有个人家要。”浑家道：“若与了人家，倒也强似冻饿死了，只要那人养的活，便与他去罢。”秀才把浑家的话对小二说。小二道：“好教你们喜欢。这里有个大财主，不曾生得一个儿女，正要一个小的。我如今领你去，你且在此坐一坐，我寻将一个人来。”

小二三脚两步，走到对门，与陈德甫说了这个缘故。陈德甫踱到店里，问小二道：“在那里？”小二叫周秀才与他相见了。陈德甫一眼看去，见了小孩子长寿，便道：“好个有福相的孩儿！”就问周秀才道：“先生那里人氏？姓甚名谁？因何就肯卖了这孩儿？”周秀才道：“小生本处人氏，姓周名荣祖，

因家业凋零，无钱使用，将自己亲儿，情愿过房（过继子女）与人为子。先生，你敢是（莫非；大概是）要么？”陈德甫道：“我不要。这里有个贾老员外，他有泼天（犹如说漫天，这里夸饰钱财之多，房产之广）也似家私，寸男尺女（一男半女，俗语，通常指一个儿子或女儿）皆无。若是要了这孩儿，久后家缘家计（家业；家产）都是你这孩儿的。”秀才道：“既如此，先生作成（成全）小生则个（zé gè，语气助词，表示委婉或商量、祈使、解释等语气）。”陈德甫道：“你跟着我来！”周秀才叫浑家（旧时对妻子的俗称）领了孩儿一同跟了陈德甫到这家门首。

陈德甫先进去见了贾员外。员外问道：“一向所托寻孩子的，怎么了？”陈德甫道：“员外，且喜有一个小的了。”员外道：“在那里？”陈德甫道：“现在门首（门前）。”员外道：“是个什么人的？”陈德甫道：“是个穷秀才。”员外道：“秀才倒好，可惜是穷的。”陈德甫道：“员外说得好笑，那有富的来卖儿女？”员外道：“叫他进来，我看看。”陈德甫出来与周秀才说了，领他同儿子进去。秀才先与员外叙了礼，然后叫儿子过来与他看。员外看了一看，见他生得青头白脸，心上喜欢道：“果然好个孩子！”就问了周秀才姓名，转对陈德甫道：“我要他这个小的，须要他立纸文书（指公文、书信、契约等）。”陈德甫道：“员外要怎么样写？”员外道：“无过（不外乎，只不过）写道‘立文书人某人，因口食不敷（不够，不能满足），情原将自己亲儿某，过继与财主贾老员外为儿。’”陈德甫道：“只叫员外够了，又要那‘财主’两字做甚？”员外道：“我不是财主，难道叫穷汉？”陈德甫晓得是有钱的心性，只顾着道：“是，是。只依着写‘财主’罢。”员外道：“还有一件要紧，后面须写道：‘立约之后，两边不许翻悔。若有翻悔之人，罚钞一千贯与不悔之人用。’”陈德甫大笑道：“这等，那正钱（正当的、应支付的钱。这里指买卖孩子的钱）可是多少？”员外道：“你莫管我，只依我写着。他要得我多少？我财主家心性，指甲里弹出来的，可也吃不了。”陈德甫把这话一一与周秀才说了。周秀才只得依着口里念的写去，写到“罚一千贯”，周秀才停了笔道：“这等，我正钱可是多少？”陈德甫道：“知他是多少？我恰才也是这等说，他道：‘我是个巨富的财主。他要的多少？’他指甲里弹出来的，着你吃不了哩。’”周秀才也道：“说得是。”依他写了，却把正经的卖价竟不曾填得明白。他与陈德甫也都是迂儒（迂腐的儒生），不晓得这些圈套，只道口里说得好听，料必不轻的。岂知做财主的专一苦克（刻薄；苛刻）算人，讨着小便宜。口里便甜如蜜，也听不得的。

当下周秀才写了文书，陈德甫递与员外收了。员外就领了进去与妈妈看了，妈妈也喜欢。此时长寿已有七岁，心里晓得了。员外教他道："此后有人问你姓甚么，你便道'我姓贾。'"长寿道："我自姓周。"那贾妈妈道："好儿子，明日与你做花花袄子穿。有人问你姓，只说姓贾。"长寿道："便做大红袍与我穿，我也只是姓周。"员外心里不快，竟不来打发（使离去）周秀才。秀才催促陈德甫，德甫转催员外。员外道："他把儿子留在我家，他自去罢了。"陈德甫道："他怎么肯去？还不曾与他恩养钱（亦称"恩养礼钱"。出卖儿女时买方所付钱财的婉称）哩。"员外就起个赖皮心，只做不省得（不明白。省，xǐng）道："甚么恩养钱？随他与我些罢。"陈德甫道："这个员外休要人！他为无钱，才卖这个小的，怎个倒要他恩养钱（卖孩子的钱，意谓曾恩养过）？"员外道："他因为无饭养活儿子，才过继与我。如今要在我家吃饭，我不问他要恩养钱，他倒问我要恩养钱？"陈德甫道："他辛辛苦苦养这小的，与了员外为儿，专等员外与他些恩养钱，回家做盘缠，怎这等耍他？"员外道："立过文书，不怕他不肯了。他若有说话，便是翻悔之人，教他罚一千贯还我，领了这儿子去。"陈德甫道："员外怎如此斗人耍！你只是与他些恩养钱去，是正理（正确的道理或者正当的事理）。"员外道："陈德甫，看你面上，与他一贯钞。"陈德甫道："这等一个孩儿，与他一贯钞忒（太）少。"员外道："一贯钞，许多宝字（旧时铜钱上铸有"通宝"字样，一贯为一千钱，故如此说）哩！我富人使一贯钞，似挑着一条筋。你是穷人，怎倒看得这样容易？你且与他去。他是读书人，见儿子落了好处，敢不要钱，也不见得。"陈德甫道："那有这事？不要钱，不卖儿子了。"再三说不听，只得拿了一贯钞与周秀才。

秀才正走在门外与浑家（旧时对妻子的俗称）说话，安慰他道："且喜这家果然富厚，已立了文书，这事多分（多半，大概）可成。长寿儿也落了好地。"浑家正要问道："讲到多少钱钞？"只见陈德甫拿得一贯出来。浑家道："我儿杯儿水洗的孩儿偌大，怎生只与我一贯钞？便买个泥娃娃也买不得！"陈德甫把这话又进去与员外说。员外道："那泥娃娃须不会吃饭。常言道：'有钱不买张口货（指只会吃东西而不能干活者）'，因他养活不过，才卖与人。等我肯要，就勾（gòu，古同"够"，达到）了，如何还要我钱？既是陈德甫再三说，我再添他一贯，如今再不添了。他若不肯，白纸上写着黑字，教他拿一千贯来领了孩子去。"陈德甫道："他有得这一千贯时，倒不卖儿子了。"员外发作（发脾气）道："你有得添（添补），添他，我却没有。"陈德甫叹口气道："是我领来的不是了。员外又不肯添，那秀才又怎肯两贯钱就住？我中间做人也难。也是我在门下（指在可以传授知识或技艺的人跟前或门庭之下）多年，今日得过继儿子，是个美事。做我不着（意思是拿我来作牺牲），成全他两家罢。"就对员外道："在我馆钱内支两贯，凑成四贯，打发那秀才罢。"员外道："大家两贯，孩子是谁的？"陈德甫道："孩子是员外的。"员外笑逐颜开道："你出了一半钞，孩子还是我的，这等，你是个好人！"依他又支了两贯钞，帐簿上要他亲笔注明白了。共成四贯，拿出来与周秀才道："这员外是这样悭吝苦克（刻薄；苛刻）的，出了两贯，再不肯添了。小生只得自支两月的馆钱，凑成四贯送与先生。先生，你只要儿子落了好处，不要计论多少罢！"周秀才道："甚道理！倒难为着先生。"陈德甫道："只要久后记得我陈德甫。"周秀才道："贾员外则是两贯，先生替他出了一半，这倒是先生赍发了小生，这恩德怎敢有忘？唤孩儿出来，叮嘱他两句，我每（宋元时人称代词的复数，同"们"）去罢。"

陈德甫叫出长寿来，三个抱头哭个不住。分付（嘱咐；命令）道："爹娘无奈，卖了你。你在此可也免了些饥寒冻馁（寒冷饥饿，受冻挨饿），只要晓得些人事，敢这家不亏你，我们得便来看你就是。"小孩子不舍得爹娘，吊住了只是哭。陈德甫只得去买些果子哄住了他，骗了进去。周秀才夫妻自去了。

那贾员外过继了个儿子，又且放着刁勒买的，不费大钱，自得其乐，就叫他做了贾长寿。晓得他已有知觉，不许人在他面前提起一句旧话，也不许他周秀才通消息往来，古古怪怪，防得水泄不通（像是连水也流不出去。这里形容消息封闭得非常严密。泄，排泄）。岂知暗地移花接木（指把一种花木的枝条或嫩芽嫁接在另一种花木上。比喻暗中用手段更换人或事物来欺骗别人），已自双手把人家交还他。那长寿大来，也看看把小时的事忘怀了，只认贾员外是自己的父亲。可又作怪，他父亲一文不使，半文不用，他却心性阔大，看那钱钞便是土块般相似。人道是他有钱，多顺口叫他为"钱舍"（意谓有钱的舍人；舍人是宋元以后对显贵子弟的称呼，犹如称"公子""少爷"）。

那时妈妈亡故，贾员外得病不起。长寿要到东岳（指中国五大名山之一的泰山）烧香，保佑父亲。与父亲讨得一贯钞，他便背地与家僮兴儿开了库，带了好些金银宝钞去了。到得庙上来，此时正是三月二十七日。明日是东岳圣帝诞辰。那庙上的人好不来的多。天色已晚，拣着廊下一个干净处所歇息，可先有一对儿老夫妻在那里。但见：

仪容黄瘦，衣服单寒。男人头上儒巾，大半是尘埃堆积；女子脚跟罗袜（丝罗制的袜），两边泥土粘连。定然终日道途间，不似安居闺阁内。

你道这两个是甚人？元来（原来）正是卖儿子的周荣祖秀才夫妻两个。只因儿子卖了，家事（家产）已空，又往各处投人不着，流落在他方十来年。乞化（讨饭）回家，思量要来贾家探取儿子消息。路经泰安州，恰遇圣帝生日，晓得有人要写疏头（旧时向鬼神祈福的祝文），思量赚他几文，来央庙官（管理道观的人）。庙官此时也用得他着，留他在这廊下的。因他也是个穷秀才，庙官好意拣这搭（搭，吴方言作助词用，表示地点、处所。这搭，这里、这块地方）干净地与他，岂知贾长寿见这带地好，叫兴儿赶他开去。兴儿狐假虎威，喝道："穷弟子，快走开去，让我们！"周秀才道："你们是甚么人！"兴儿就打他一下，道："钱舍也不认得？问是甚么人？"周秀才道："我须是问了庙官，在这里住的。什么钱舍来赶得我？"长寿见他不肯让，喝教打他。兴儿正在厮扭，周秀才大喊，惊动了庙官，走来道："甚么人如此无礼？"兴儿道："贾家钱舍，要这搭儿（这边；此地）安歇。"庙官道："家有家主，庙有庙主。是我留在这里的秀才，你如何用强夺他的宿处？"兴儿道："俺家钱舍有的是钱，与你一贯钱，借这埚儿（表示地点、处所）田地歇息。"庙官见有了钱，就改了口道："我便叫他让你罢。"劝他两个另换个所在。周秀才好生不伏气（服气；认输），没奈他何，只得依了。

明日烧香罢，各自散去。长寿到得家里，贾员外已死了，他就做了小员外，掌把了偌大家私（家业），不在话下。

且说周秀才自东岳下来，到了曹南村，正要去查问贾家消息。一向不回家，把巷陌多生疏了。在街上一路慢访问，忽然浑家（旧时对妻子的俗称）害起急心疼来。望去一个药铺，牌上写着"施药"，急走去，求得些来，吃下好了。夫妻两口走到铺中，谢那先生。先生道："不劳谢得，只要与我扬名。"指着招牌上字道："须记我是陈德甫。"周秀才点点头，念了两声"陈德甫"，对浑家道："这陈德甫名儿好熟，我那里曾会过来，你记得么？"浑家道："俺卖孩儿时，做保人的，不是陈德甫？"周秀才道："是，是。我正好问他。"又走去叫道："陈德甫先生，可认得学生么？"德甫想了一想道："有些面染。"周秀才道："先生也这般老了。则我便是卖儿子的周秀才。"陈德甫道："还记我赍发（jī fā，赠予；给人钱财帮助）你两贯钱？"周秀才道："此恩无日（没有一天，表示时间不间断）敢忘。只不知而今我那儿子好么？”陈德甫道：“好教你欢喜，你孩儿贾长寿，如今长立成人了。”周秀才道：“老员外呢？”陈德甫道：“近日死了。”周秀才道：“好一个悭刻（悭吝刻薄）的人！”陈德甫道：“如今你孩儿做了小员外，不比当初老的了。且是仗义疏财，我这施药的本钱，也是他的。”周秀才道：“陈先生，怎生（怎样；如何）着我见他一面？”陈德甫道：“先生，你同嫂子在铺中坐一坐，我去寻将他来。”

陈德甫走来，寻着贾长寿，把前话一五一十对他说了。那贾长寿虽是多年没人题破（点明，道破），见说了，转想幼年间事，还自隐隐记得。急忙跑到铺中来，要认爹娘。陈德甫领他拜见，长寿看了模样，吃了一惊道：“泰安州打的就是他，怎么了？”周秀才道：“这不是泰安州夺我两口儿宿处（住宿的地方）的么？”浑家（旧时对妻子的俗称）道：“正是，叫甚么钱舍！”秀才道：“我那时受他的气不过，那知即是我儿子。”长寿道：“孩儿其实不认得爹娘，一时冲撞，望爹娘恕罪。”两口儿见了儿子，心里老大喜欢，终久乍会（初次见面）之间，有些生煞煞（陌生）。长寿过意不去，道是：“莫非还记着泰安州的气来？”忙叫兴儿到家取了一匣金银来，对陈德甫道：“小侄在庙中不认得父母，冲撞了些个（多少，几许，若干，一些）。今将此一匣金银赔个不是。”陈德甫对周秀才说了。周秀才道：“自家儿子如何好受他金银赔礼？”长寿跪下道：“若爹娘不受，儿子心里不安，望爹娘将就包容。”周秀才见他如此说，只得收了。开来一看，吃了一惊，元来这银子上凿着“周奉记”。周秀才道：“可不原是我家的？”陈德甫道：“怎生是你家的？”周秀才道：“我祖公（祖父）叫做周奉，是他凿字记下的。先生，你看那字便明白。”陈德甫接过手，看了道：“是倒是了，既是你家的，如何却在贾家？”周秀才道：“学生二十年前，带了家小（犹家属。谓妻子儿女）上朝取应（朝廷开科取士，士子应选）去，把家里祖上之物，藏埋在地下。已后（同“以后”）归来，尽数（全部，所有）都不见了，以致赤贫（穷得一无所有，极其贫穷），卖了儿子。”陈德甫道：“贾老员外原系穷鬼，与人脱土坯的。以后忽然暴富起来，想是你家原物，被他挖着了，所以如此。他不生儿女，就过继着你家儿子，承领（答理）了这家私。物归旧主，岂非天意？怪道他平日一文不使，两文不用，不舍得浪费一些（表示数量少，一点儿），元来不是他的东西，只当在此替你家看守罢了。”周秀才夫妻感叹不已，长寿也自惊异。

周秀才就在匣中取出两锭银子，送与陈德甫，答他昔年两贯（古代穿钱的绳索。把方孔钱穿在绳子上，每一千个为一贯）之费。陈德甫推辞了两番，只得受了。周秀才又念着店小二三杯酒，就在对门叫他过来，也赏了他一锭。那店小二因是小事，也忘记多时了。谁知出于不意，得此重赏，欢天喜地去了。

长寿就接了父母到家去住。周秀才把适才匣中所剩的，交还儿子，叫他明日把来散与那贫难无倚的，须念着贫时二十年中苦楚。又叫儿子照依祖公公时节，盖所佛堂，夫妻两个在内双修（佛教的修行方式）。贾长寿仍旧复了周姓。贾仁空做了二十年财主，只落得一文不使，仍旧与他没帐（没有份）。可见物有定主如此，世间人枉使坏了心机。有口号四句为证：

想为人禀命[①]生于世，但做事不可瞒天地。

贫与富一定不可移，笑愚民枉使欺心计。

① 禀命：受之于天的命运或体性。

二刻拍案惊奇

卷一 进香客莽看金刚经 出狱僧巧完法会分

诗曰：

世间字纸藏经同，见者须当付火中。
或置长流清净处，自然福禄永无穷。

话说上古苍颉（也作“仓颉”，传说为上古黄帝时的史官，创造了汉字，被尊为“造字圣人”）制字，有鬼夜哭，盖因造化秘密从此发泄尽了。只这一哭，有好些个来因（事情的缘由）。假如孔子作《春秋》〔相传孔子依据鲁史官所编鲁史修订而成，简略地记载了鲁隐公元年（公元前722年）至鲁哀公十四年（公元前481年）间的历史〕，把二百四十二年间乱臣贼子心事阐发，凛如斧钺（古代酷刑中的一种，意思是用斧钺劈开头颅，使人致死。钺，yuè），遂为万古纲常（三纲五常的简称。封建时代以“君为臣纲，父为子纲、夫为妻纲”为三纲；以“仁、义、礼、智、信”为五常）之鉴，那些奸邪的鬼岂能不哭？又如子产铸刑书〔子产，即公孙侨，春秋时郑国人，著名政治家，郑简公时，在子产主持下实行改革，把“刑书”（法律条文）铸在鼎上公布〕，只是禁人犯法，流到后来，奸胥（jiān xū，旧指官府中巧于舞弊的小吏、衙役）舞文，酷吏锻罪（陷人于罪），只这笔尖上边几个字，断送了多多少少人！那些屈陷的鬼岂能不哭？至于后世以诗文取士（选取士人,旧时指选取读书人出来做官），凭着暗中朱衣神（又称“朱衣使者”，据宋赵令畤《侯鲭录》记载：欧阳修知贡举时，每阅试卷，便觉有一朱

■仓颉：陕西省渭南市白水县人。《说文解字》记载，仓颉是黄帝时期造字的史官，被尊为“造字圣人”。

衣人在旁，朱衣人点头的，文章就入格，回头却又不见人），不论好歹，只看点头。他肯点点头的，便差池（差劲，不行）些，也会发高科（科举高第），做高官；不肯点头的，遮莫（亦作"遮末"，诗词戏曲小说中常用俗语，写法和含义极多，这里是无论、即使的意思）你怎样高才，没处叫撞天的屈（冲天的冤枉，天大的冤屈）。那些呕心抽肠（形容极度悲伤）的鬼，更不知哭到几时，才是住手。可见这"字"的关系，非同小可。况且圣贤传经讲道，齐家治国平天下，多用着他不消说；即是道家青牛骑出去（道家传说，据东晋葛洪《抱朴子》记载，老子骑青牛出散关，为关令尹喜作《道德经》，于是有了道家经典），佛家白马驮将来（佛家传说，据北魏杨衒之《洛阳伽蓝记》载，汉明帝闻西方有异神,遣使向西域求之，时以白马负经而来，佛教遂传入中国），也只是靠这几个字，致得三教（儒教、道教、佛教）流传，同于三光（日、月、星）。那字是何等之物，岂可不贵重他？每见世间人，不以字纸为意。见有那残书废叶，便将来包长包短，以致因而揩台抹桌，弃掷在地，扫置灰尘污秽中。如此作践（糟蹋、残害），真是罪业（泛指应受恶报的罪孽）深重。假如偶然见了，便轻轻拾将起来，付之水火，有何重难的事，人不肯做？这不是人不肯做，一来只为人不晓得关着祸福，二来不在心上的事，匆匆忽略过了。只要能存心（用心）的人，但见字纸便加爱惜，遇有遗弃即行收拾，那个阴德（是指不被人知道，不是为了自己而做的善事）可也不少哩！

宋时，王沂公（即下文所说的王曾，北宋益都，即今山东青州人，仁宗时官至宰相，封沂国公）之父，爱惜字纸。见地上有遗弃的，就拾起焚烧；便是落在粪秽中的，他毕竟（坚持）设法取将起来，用水洗净，或投之长流水中，或候烘晒干了用火焚过。如此行之多年，不知收拾净了万万千千的字纸。一日，妻有娠将产，忽梦孔圣人来分付道："汝家爱惜字纸，阴功甚大。我已奏过上帝，遣弟子曾参（著述《大学》《孝经》等，后世儒家尊他为"宗圣"）来生汝家，使汝家富贵非常。"梦后果生一儿，因感梦中之语，就取名为王曾。后来连中三元（指旧时在乡试、会试、廷试三级科举考试中连续获得第一名，乡试第一名叫解元，会试第一名叫会元，廷试第一名叫状元），官封沂国公。宋朝一代中三元的止（仅，只）得三人，是宋庠、冯京与这王曾，可不是最希罕的科名了！谁知内中这一个，不过是惜字纸积来的福，岂非人人做得的事？如今世上人见了享受科名的，那个不称羡，道是"难得"？及致爱惜字纸这样容易事，却错过了不做，不知为何。且听小子说几句：

仓颉制字，爰[①]有妙理。

① 爰：句首语气词。

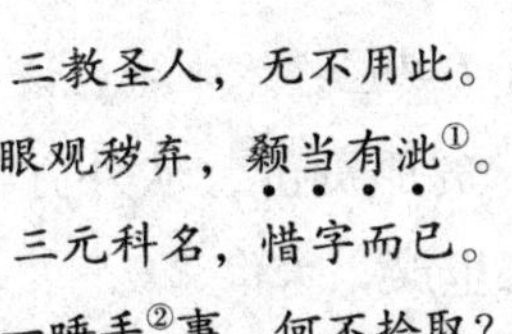
三教圣人，无不用此。

眼观秽弃，颡当有泚[①]。

三元科名，惜字而已。

一唾手[②]事，何不拾取？

小子因为奉劝世人惜字纸，偶然记起一件事来。一个只因惜字纸，拾得一张故纸，合成一大段佛门中因缘，有好些的灵异在里头。有诗为证：

捡墨因缘法宝流，山门珍秘永传留。

从来神物多呵护，堪笑愚人欲强谋。

却说唐朝侍郎白乐天（白居易，字乐天，唐代大诗人），号香山居士，他是个佛门中再来人（佛教称再度转世皈依佛门的人），专一精心内典（佛教徒对佛教经典的称谓），勤修上乘（即“大乘”，佛教中的一个重要流派，产生于公元一世纪的印度），虽然顶冠束带（官服）是个宰官（泛指官吏）身，却自念佛看经，做成居士（古代称有德才而隐居不仕或未仕的人）相。当时因母病，发愿（发起誓愿）手写《金刚般若经》（梵语的译音，或译为“波若”，意译“智慧”。般若，bō rě）百卷，以祈冥佑，散施在各处寺宇中。后来五代、宋、元兵戈扰乱，数百年间，古今名迹，海内亡失已尽，何况白香山一家遗墨（死者留下来的亲笔文稿、字画、书札等），不知多（同“都”，明人小说中的通俗用法）怎地消灭了。唯有吴中太湖内洞庭山一个寺中，流传得一卷。直至国朝嘉靖（明世宗朱厚熜年号，公元1522—1566年）年间依然完好，首（头）尾不缺。凡吴中（江苏省苏州市南部，北依苏州古城区，东连昆山，南接吴江，西衔太湖）贤士大夫、骚人墨客（指诗人、作家等风雅的文人。屈原作《离骚》，因此称屈原或《楚辞》的作者为骚人。墨客：文人），曾经赏鉴过者，皆有题跋（写在书籍、碑帖、字画等前面的文字叫作题，写在后面的叫作跋，总称题跋）在上，不消说得。就是四方（各处；天下）名公（名家）游客，也多曾有赞叹顶礼（佛教徒最高的敬礼，跪下，两手伏在地上，用头顶着所尊敬的人的脚）、请求拜观、留题姓名日月的，不计其数，算是千年来希奇古迹，极为难得的物事（吴方言，犹如说“东西”）。山僧相传，至宝收藏，不在话下。

且说嘉靖四十三年，吴中大水，田禾淹尽，寸草不生。米价踊贵（yǒng guì，物价上涨），各处禁粜（tiào，卖米的意思，引申开来是卖出之意）闭籴（dí，买米的意思，引申开来是买入之意），官府严示平价，越发米不入境了。元来（原

①颡（sǎng）当有泚（cǐ）：头上应该冒汗。用《孟子·滕文公上》“其颡有泚”句。颡，额头。泚，汗水流出。②唾手：指极容易办到。

来）大凡年荒米贵，官府只合（只应；本来就应该）静听民情，不去生事。少不得有一伙有本钱趋利的商人，贪那贵价，从外方贱处贩将米来。有一伙有家当囤米的财主，贪那贵价，从家里廒〔本作“敖”，仓房。因秦汉魏时在敖山(今河南省荥阳市北）上置谷仓，称“敖仓”，遂沿习而得名〕中发出米去。米既渐渐辐辏（fú còu，形容人或物聚集像车辐集中于车毂一样），价自渐渐平减。这个道理，也是极容易明白的。最是那不识时务（指不认识当前重要的事态和时代的潮流。时务,当前的形势和潮流）执拗的腐儒做了官府，专一遇荒，就行禁粜、闭籴、平价等事。他认道是不使外方籴了本地米去，不知一行禁止，就有棍徒（恶棍，无赖）诈害。遇见本地交易，便自声扬（张扬；宣扬）犯禁，拿到公庭，立受枷责（施枷审讯责罚）。那有身家（家财，家产）的怕惹事端，家中有米，只索（不得不；只能）闭仓高坐，又且官有定价，不许贵卖，无大利息，何苦出粜？那些贩米的客人见官价不高，也无想头（想法，念头）。就是小民私下愿增价暗籴，俱怕败露，受责受罚。有本钱的人不肯担这样干系（能引起纠纷的关系），干这样没要紧（指行为随便、轻率）的事。所以越弄得市上无米，米价转高，愚民不知，上官不谙，只埋怨道：“如此禁闭，米只不多；如此仰价，米只不贱。”没得解说，只囫囵（hú lún，整个儿，比喻对事物不加分析思考）说一句“救荒无奇策”罢了。谁知多是要行荒政，反致越荒的。

闲话且不说。只因是年米贵，那寺中僧侣颇多，坐食（指不劳而食）烦难。平日檀越（僧人对为寺院施舍财物者的尊称，即“施主”。檀越是梵文音译，施主是意译），也为年荒米少，不来布施。又兼民穷财尽，饿殍（è piǎo，饿死的人）盈途，盗贼充斥，募化（化缘。指佛、道徒求人施舍财物）无路。那洞庭山位在太湖中间，非舟揖不能往来。寺僧平时吃着十方（指靠各方施舍来维持生活。佛教以东、西、南、北、东南、西南、东北、西北、上、下等十个方位为“十方”），此际（此时，这时候）料没得有凌波（在水上行走）出险、载米上门的了。真个是：

香积厨[①]中无宿食，净明钵里少余粮。

寺僧无讨奈何。内中有一僧，法名辨悟，开言对大众道：“寺中僧徒不少，非得四五十石米不能度此荒年。如今料无此大施主，难道抄了手（即抄手。两手及臂交叉于胸前。悠闲、漫不经意）坐看饿死不成？我想白侍郎《金刚经》真迹，是累朝相传至宝，何不将此件到城中，寻个识古董人家，当他些米粮，且度一岁？到来年有收，再图取赎，未为迟也。”住持（寺院中的主持者）道：

①香积厨：寺僧的食厨。

"相传此经值价不少，徒然守着他，救不得饥饿，真是戤米囤饿杀（守着米囤挨饿。戤，gài，倚、靠。杀，副词，表示程度之深）了。把（拿）他去当米，诚是算计（方法）。但如此年时，那里撞得个人肯出这样闲钱，当这样冷货？只怕空费着说话罢了。"辨悟道："此时要遇个识宝太师（原为周代最高的一种官职名，后作皇帝对重臣的加衔以示恩宠，这里泛指高级官员），委是（确实）不能勾（gòu，古通"够"，达到）。想起来只有山塘上王相国府当内严都管（即总管家），他是本山人，乃是本房（佛教有不同宗支，师徒相授，有远近亲疏之分。本房犹本支）檀越（僧人对为寺院施舍财物者的尊称，即"施主"。檀越是梵文音译，施主是意译），就中（其中）与我独厚（情谊很深）。该卷白侍郎的经，他虽未必识得，却也多曾听得。凭着我一半面皮（面子），挨当他几十挑米，敢是（大概是。敢，约估之词）有的。"众僧齐声道："既然如此，事不宜迟，只索就过湖去走走。"

住持走去房中，厢内捧出经来。外边是宋锦包袱包着，揭开里头看时，却是册页一般装的，多年不经裱褙（biǎo bèi，即"装裱"，是装饰书画、碑帖等的一门特殊技艺），糨气（指粘连性能。糨，jiàng，裱褙所用的浆糊）已无，周围镶纸多泛浮（松动，脱落）了。住持道："此是传名的古物，如此零落了，知他有甚好处！今将去与人家，藏放得好些，不要失脱（离散）了些便好。"众人道："且未知当得来当不来，不必先自耽忧。"辨悟道："依着我说，当便或者当得来，只是救一时之急，赎取时这项钱粮还不知出在那里！"众人道："且到赎时再做计较（商量；谋划），眼下只是米要紧，不必多疑了。"当下雇了船只，辨悟叫个道人随了，带了经包，一面过湖，到山塘上来。

行至相府门前，远远望去，只见严都管正在当中坐地（坐着；坐）。辨悟上前稽首（古代的一种跪拜礼），相见已毕，严都管便问道："师父何事下顾（下视）？"辨悟道："有一件事特来与都管商量，务要都管玉成则个（zé gè，语气助词，表示委婉或商量、祈使、解释等语气）。"都管道："且说看何事。可以从命，无不应承（应允；承诺）。"辨悟道："敝寺人众缺欠斋粮，目今年荒米贵，无计可施。寺中祖传《金刚经》，是唐朝白侍郎真笔，相传价值千金，想都管平日也晓得这话的。意欲将此卷当在府上铺中，得应付米百来石，度过荒年，救取合寺人众生命，实是无量功德。"严都管道："是甚希罕东西，金银宝贝做的，值此价钱？我虽曾听见老爷与宾客们常说，真是千闻不如一见。师父且与我看看再商量。"辨悟在道人手里接过包来，打开看时，多是零零落落的旧纸。严都管道："我只说是怎么样金碧辉煌的，元来是这等悔气色脸，倒不如外边这包，还花碌碌好看。如何说得值多少东西？”都管强不知以为知的，逐叶翻翻。一直翻到后面去，看见本府有许多大乡宦名字及图书（私人图章。旧时称官印叫印、称私印叫图书）在上面，连主人也有题跋手书（笔迹）印章，方喜动颜色道：“这等看起来，大略也值些东西，我家老爷才肯写名字在上面。除非为我家老爷这名字，多值了百来两银子，也不见得。我与师父相处中，又是救济好事，虽是百石不能勾，我与师父五十石去罢。”辨悟道：“多当多赎，少当少赎。就是五十石也罢，省得担子重了，他日回赎难措处。”当下严都管将经包袱得好了，捧了进去。终久是相府门中手段，做事不小，当真出来写了一张当票，当米五十石。付与辨悟，道：“人情当的，不要看容易了。”说罢，便叫开仓斛（hú，一种量器，古代一斛为十斗，南宋末年改为五斗）发。辨悟同道人雇了脚夫，将来一斛一斛的盘明下船，谢别了都管，千欢万喜，载回寺中不题。

且说这相国夫人平时极是好善，尊重的是佛家弟子，敬奉的是佛家经卷。那年冬底，都管当中送进一年簿籍，到夫人处查算（检查核算），一向因过岁新正（xīn zhēng，农历新年正月），忙忙未及简勘（检查；审核。简，通“检”）。此时已值二月中旬，偶然闲手揭开一叶看去，内一行写着“姜字五十九号：当洞庭山某寺《金刚经》一卷，本米五十石”。夫人道：“奇怪！是何经卷，当了许多米去？”猛然想道：“常见相公（君子、生员、宰相、的另外一种叫法）说道：‘洞庭山寺内有卷《金刚经》，是山门之宝’。莫非即是此件？”随叫养娘（婢女，如丫鬟、乳母之类）们传出去，取进来看。不逾时取到。夫人盥手净了，解开包，揭起看时，是古老纸色，虽不甚晓得好处与来历出处，也知是旧人经卷。便念声佛道：“此必是寺中祖传之经，只为年荒，将来当米吃了。这些穷寺里，如何赎得去？留在此处亵渎（xiè dú，轻慢；冒犯，不恭敬），心中也不安稳。譬如（打比方）我斋了这寺中僧人一年，把此经还了他罢。省得佛天面上取利，不好看。”分付当中都管说：“把此项五十石作夫人斋僧之费，速唤寺中僧人，还他原经供养（供奉）去。”

都管领了夫人的命，正要寻便稍信（即捎信。稍，同“捎”）与那辨悟，教他来领此经。恰值十九日呈观世音（佛教菩萨之一，唐人因避太宗李世民讳而称“观音”，佛经传说这位菩萨大慈大悲，救苦救难，故深受民间崇奉）生日，辨悟过湖来观音山上进香，事毕到当中来拜都管。都管见了道：“来得正好！我正要寻山上烧香的人，捎信与你。”辨悟道：“都管有何分付？”都管道：“我无别事，便为你旧年所当之经。我家夫人知道了，就发心布施这五十石本米与你寺中，不要你取赎了，白还你原经，去替夫人供养着。故此要寻你来还你。”辨悟见说，喜之不胜，合掌道：“阿弥陀佛！难得有此善心的施主，使此经重还本寺，真是佛缘广大。不但你夫人千载流传，连老都管也种福不浅了。”都管道：“好说，好说！”随去禀知夫人，请了此经出来，奉还辨悟。夫人又分付都管：“可留来僧一斋。”都管遵依，设斋请了辨悟。

辨悟笑嘻嘻捧着经包，千恩万谢而行。到得下船埠头，正值山上烧香多人坐满船上，却待开了。辨悟叫住，也搭将上去，坐好了，开船。船中人你说张家长，我说李家短。不一时行至湖中央。辨悟对众人道：“列位（诸位）说来说去，总不如小僧今日所遇施主，真是个善心喜舍（指乐于施舍）量大福大的了。”众人道：“是那一家？”辨悟道：“是王相国夫人。”众人内中有的道：“这是久闻好善的。今日却如何布施与师父？”辨悟指着经包道：“即此便是大布施。”众人道：“想是你募缘簿上开写得多了。”辨悟道：“若是有心施舍，多些也不为奇。专为是出于意外的，所以难得。”众人道：“怎生出于意外？”辨悟就把去年如何当米、今日如何白还的事，说了一遍，道：“一个荒年，合寺僧众多是这夫人救了的。况且寺中传世之宝，正苦没本利赎取，今得奉回，实出侥幸。”众人见说一本经当了五十石米，好生不信，有的道：“出家人惯说天话（吴方言，即大话。明冯梦龙《古今谭概》：“吴下谓大言曰天话。”），那有这事！”有的道：“他又不化我们东西，何故掉谎（撒谎）？敢是真的。”又有的道：“既是值钱的佛经，我们也该看看。一缘一会（成语，天缘凑合），也是难得见的。”要与辨悟取出来看。辨悟见一伙多是些乡村父老，便道：“此是唐朝白侍郎真笔，列位未必识认。亵亵渎渎，看他则甚？”内中有一个教乡学（乡村学塾）假斯文（指文人）的，姓黄，号丹山，混名黄撮空，听得辨悟说话，便接口道：“师父出言太欺人！甚么白侍郎、黑侍郎，便道我们不认得？那个白侍郎，名字叫得白乐天，《千家诗》（本为南宋刘克庄所编一部唐宋绝句、律诗的总集名，后民间又有几种不同的《千家诗》选本，所选诗歌皆很浅显，是乡学的启蒙读物，这里指后者）上多有他的诗，怎欺负我不晓得？我们今日难得同船过湖，也是个缘分，便大家请出来看看古迹。”众人听得，尽拍手道：“黄先生说得有理！”一齐就去辨悟身边，讨取来看。

辨悟四不拗六（吴方言，意为少数违拗不过多数），抵当众人不住，只得解开包袱，摊在舱板上。揭开经来，那经叶叶不粘连的了，正揭到头一板，怎当得湖中风大，忽然一阵旋风，搅到经边一掀，急得辨悟忙将两手撳住，早把一叶吹到船头上。那时辨悟只好接着，不能脱手（出手；离手）去取，忙叫众人快快收着。众人也大家忙了手脚，你挨我挤，吆吆喝喝，磕磕撞撞，那里捽（同“捞”字）得着？说时迟，那时快，被风一卷，早卷起在空中。元来一年之中，惟有正二月的风是从地下起的，所以小儿们放纸鸢风筝，只在此时。那时是二月天气，正好随风上去，那有下来的风恰恰吹来还你船中？况且太湖中间汸汸漾漾（水域深而广阔）的所在，没弄手脚处，只好共睁着眼望空仰看。但见：

天际飞冲，似炊烟一道直上；云中荡漾，如游丝（飘荡在空中的蜘蛛丝）几个翻身。纸鸢到处好为邻，俊鹘（jùn hú，矫健之鹘）飞来疑是伴。底下叫的叫，跳的跳，只在湖中一叶舟；上边往一往，来一来，直通海外三千国。不胜得补青天的大手抓将住，没处借系白日的长绳缚转来。

辨悟手接着经卷，仰望着天际，无法施展，直看到望不见才住。眼见得这一纸在爪哇国（古国名，即今印度尼西亚爪哇岛，很早就与我国友好往来。古时交通不便，被认为是极遥远的地方）里去了，只叫得苦。众人也多呆了，互相埋怨。一个道：“才在我手边，差一些儿不拿得住。”一个道：“在我身边飞过，只道你来拿，我住了手。”大家唧哝（小声说话），一个老成（老练成熟）的道：“师父再看看，敢是吹了没字的素纸还好。”辨悟道：“那里是素纸！刚是揭开头一张，看得明明白白的。”众人疑惑，辨悟放开双手看时，果然失了头一板。辨悟道：“千年古物，谁知今日却弄得不完全了！”忙把来叠好，将（拿）包包了，紫涨了面皮，只是怨怅（埋怨）。众人也多懊悔，不敢则声（作声）。黄撮空没做道理处（犹言没理会处），文诌诌（即“文绉绉”，形容人谈吐、举止文雅的样子）强通（强求贯通）句把不中款（出于内心的真诚情意。亦指出于内心的恳挚之言）解劝的话。看见辨悟不喜欢，也再没人敢讨看了。船到山边，众人各自上岸散讫（qì，完毕）。

辨悟自到寺里来，说了相府白还经卷缘故，合寺无不喜欢赞叹，却把湖中失去一叶的话瞒住不说。寺僧多是不在行的，也没有人翻来看看，交与住持收拾过罢了。

话分两头。却说河南卫辉府（明代府名，即今河南省卫辉市），有一个姓柳的官人，补了常州府太守（原为战国时对郡守的尊称，后亦作一府最高行政长官“知府”的别称），择日上任。家中亲眷设酒送行，内中有一个人，乃是个博学好古的山人（隐居山林之人），曾到苏杭四处游玩访友过来。席间对柳太守说道：

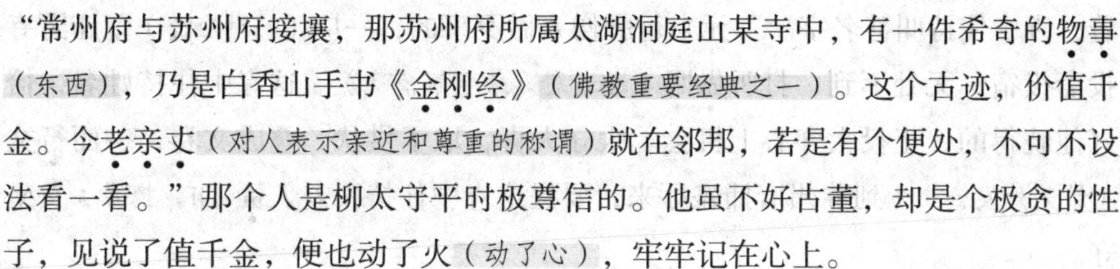

“常州府与苏州府接壤，那苏州府所属太湖洞庭山某寺中，有一件希奇的物事（东西），乃是白香山手书《金刚经》（佛教重要经典之一）。这个古迹，价值千金。今老亲丈（对人表示亲近和尊重的称谓）就在邻邦，若是有个便处，不可不设法看一看。”那个人是柳太守平时极尊信的。他虽不好古董，却是个极贪的性子，见说了值千金，便也动了火（动了心），牢牢记在心上。

到任之后，也曾问起常州乡士大夫（旧时指官吏或较有声望、地位的知识分子），多有晓得的。只是苏、松（松江府，元置，辖境相当于现在上海市。松江古时亦属苏州，此处“苏、松”并举，实皆指“苏”）隔属，无因得看。他也不是本心要看，只因千金之说上心，希图〔企图，想达到某种目的（多指不好的）〕频对人讲，或有奉承他的解意了，购求来送他未可知。谁知这些听说的人道是隔府的东西，他不过无心问及，不以为意。以后在任年余，渐渐放手长了。有几个富翁为事打通关节（行贿说情。关节，指关键地方、机要所在），他传出密示，要苏州这卷《金刚经》。讵（岂，怎）知富翁要银子反易，要这经却难。虽曾打发人寻着寺僧求买，寺僧道是家传之物，并无卖意。及至问价，说了千金。买的多不在行，伸伸舌，摇摇头，恐怕做错了生意，折了重本，看不上眼，不是算了，宁可苦着百来两银子送进衙去，回说“《金刚经》乃本寺镇库之物，不肯卖的，情愿纳价”罢了。太守见了白物（银子的隐语），收了顽涎（wán xián，馋涎。比喻强烈的贪欲），也不问起了。如此不止（仅，只）一次，这《金刚经》到是那太守发科分（发动。科分，举动、行为，也作“科泛”、“科范”）、起发（骗人）人的丹头（由头。本指道家精炼而成的丹药，常用来比喻促成事物变化的主要因素）了。因此明知这经好些难取，一发上心。

有一日，江阴县中解到一起劫盗，内中有一行脚头陀僧（云游各地以行乞为生的僧人。“头陀”为梵文音译，“行脚僧”是俗称），太守暗喜道：“取《金刚经》之计，只在此僧身上了。”一面把盗犯下在死囚牢里，一面叫个禁子（看守犯人的狱卒）到衙来，悄悄分付他道：“你到监中，可与我密密叮嘱这行脚僧，我当堂再审时，叫他口里扳（原意是用力使朝自己方向移动，这里是攀扯、牵连的意思）着苏州洞庭山某寺是他窝赃之所，我便不加刑罚了。你却不可泄漏讨死吃！”禁子道：“太爷分付，小的性命恁地（如此地、这样地）不值钱？多在小的身上罢了。”禁子自去依言行事。

果然，次日升堂，研问（审讯）这起盗犯，用了刑具，这些强盗各自招出赃仗窝家（窝主）。独有这个行脚僧，不上刑具就一口招道：“赃在洞庭山某寺窝

着，寺中住持叫甚名字。”元来行脚僧人做歹事的，一应（一时应变）荒庙野寺投斋投宿，无处不到，打听做眼（通过别人来了解情况）。这寺中住持姓名，恰好他晓得的，正投太守心上机会。太守大喜，取了供状，叠成文卷，一面行文（给某处发公文）到苏州府捕盗厅来，要提这寺中住持，差人赍（jī，携带）文坐守。

捕厅佥（古同“签”）了牌，另差了两个应捕（古时缉捕盗贼的吏役），驾了快船，一直望太湖中洞庭山来。真个：

人似饥鹰，船同蜚虎（即飞虎。蜚，fēi，通“飞”）。鹰在空中思攫食，虎逢到处立吞生。静悄村墟，魆地（猛地、突然间。魆，xū）神号鬼哭；安闲舍宇，登时（立即；立刻）犬走鸡飞。即此便是活无常（迷信传说中阴间专门勾摄生人灵魂的小鬼），阴间不数真罗刹（指恶鬼）。

应捕（古时缉捕盗贼的吏役）到了寺门前，雄赳赳的走将入来，问道：“那一个是住持？”住持上前稽首道：“小僧就是。”应捕取出麻绳来便套。住持慌了手脚道：“有何事犯，便直得如此？”应捕道：“盗情事发，还问甚么事犯！”众僧见住持被缚，大家走将拢来，说道：“上下（旧时对公差的尊称）不必粗鲁，本寺是山塘王相府门徒（这里指寺院对主要施主的自称），等闲（寻常，平常）也不受人欺侮。况且寺中并无歹人，又不曾招接甚么游客住宿，有何盗情干涉？”应捕见说是相府门徒，又略略软了些，说道：“官差吏差，来人不差。我们捕厅因常州府盗情事，扳出与你寺干连（关涉；牵连），行关守提（以公文提取犯人。关，指关文，旧时官府间的平行文书）。有干无干，当官折辨（亦作“折辩”。争辩，分辩），不关我等心上，只要打发我等起身。”一个应捕假做好人道：“且宽了缚，等他去周置（安置）。这里不怕他走了去。”住持脱了身，讨牌票（旧时官方为某具体目的而填发的固定格式的书面命令，差役执行时持为凭证）看了，不知头由。一面商量收拾盘缠去常州分辨，一面将差使钱送与应捕。应捕嫌多嫌少，诈得满足了才住手。应捕带了住持下船。辨悟叫个道人跟着，一同随了住持，缓急救应。到了捕厅，点了名，办了文书解将过去。免不得书房与来差多有了使费。住持与辨悟、道人共是三人，雇了一个船，一路盘缠了来差，到常州来。说话的（话本、拟话本小说中经常保留一些说书艺人的用语，听众称说书艺人为“说话的”），你差了。隔府关提，尽好使用支吾，如何去得这样容易？看官（说书艺人称听众为“看官”）有所不知，这是盗情事，不比别样闲讼，须得出身辨白（表白。辨，通“辩”）。不然怎得许多使用（使人员、

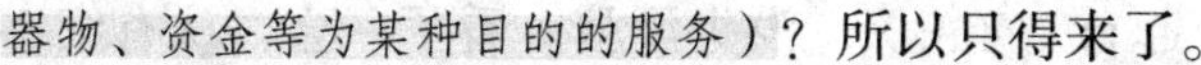
器物、资金等为某种目的的服务）？所以只得来了。

未见官时，辨悟先去府中细细打听劫盗与行脚僧名字、来踪去迹，与本寺没一毫影响（根据），也没个仇人在内。正不知祸根是那里起的，真摸头路不着（莫名其妙）。说话间，太守升堂，来差投批，带住持到。太守不开言问甚事繇，即写监票发下监中去。住持不曾分说得一句话，竟自黑碌碌（形容不明不白）地吃监（坐牢）了。太守监罢了住持，唤原差到案前来，低问道："这和尚可有人同来么？"原差道："有一个徒弟，一个道人。"太守道："那徒弟可是了事的（懂得人情事故、会办事的）？"原差道："也晓得事体（事理；道理）的。"太守道："你悄地对那徒弟说，可速回寺中去取那本《金刚经》来，救你师父，便得无事。若稍迟几日，就讨绝单（又叫"气绝单"，狱中犯人死亡的报告单）了。"原差道："小的去说。"

太守退了堂，原差跌跌脚道："我只道真是盗情，元来又是甚么《金刚经》！"盖只为先前借此为题，诈过了好几家，衙门人多是晓得的了。走去一十一五对辨悟说了。辨悟道："这是我上世之物。怪道日前有好几起常州人来寺中求买，说是府里要。我们不卖与他。直到今日，却生下这个计较（争端，计算，阴谋），陷我师父，强来索取。如今怎么处？"原差道："方才明明分付，稍迟几日，就讨绝单。我老爷只为要此经，我这里好几家受了累。何况是你本寺有的，不送得他，他怎肯住手，却不枉送了性命？快去与你住持师父商量去！"辨悟就央原差领了到监里，把这些话一一说了。住持道："既是如此，快去取来送他，救我出去罢了。终不成为了大家门面的东西，断送了我一个人性命罢？"辨悟道："不必二三（三心二意，犹豫不决），取了来就是。"对原差道："有烦上下代禀一声，略求宽容几日，以便往回。师父在监，再求看觑（看顾；照料。觑，qù）。"原差道："既去取了，这个不难，多在我身上，放心前去。"

辨悟留下盘缠与道人送饭。自己单身，不辞辛苦，星夜赶到寺中。取了经卷，复到常州。不上五日，来会原差道："经已取来了，如何送进去？"原差道："此是经卷，又不是甚么财物，待我在转桶边击梆，禀一声，递进去不妨。"果然原差递了进去。

太守在私衙（私第，指旧时官员私人所置的住所），见说取得《金刚经》到，道是宝物到了，合衙人眷，多来争看。打开包时，太守是个粗人，本不在行，只道千金之物，必是怎地庄严；看见零零落落，纸色晦黑，先不像意（吴方言，合意）。揭开细看字迹，见无个起首（开头），没头没脑。看了一会，认有细字号数，仔细再看，却元来是第二叶起的。太守大笑道："凡事不可虚慕名，虽是古迹，也须得完全才好。今是不全之书，头一板就无了，成得甚用？说甚么千金百金，多被这些酸子（酸丁，穷酸的读书人）传闻误了，空费了许多心机。难为这个和尚坐了这几日监，岂不冤枉！"内眷们见这经卷，既没甚么好看，又听得说和尚坐监，一齐撺掇（在一旁鼓动人做某事），叫还了经卷，放了和尚。太守也想道没甚紧要，仍旧发与原差，给还本主。

衙中传出去说："少了头一张，用不着，故此发了出来。"辨悟只认还要补头张，怀着鬼胎道："这却是死了！"正在心慌，只见连监的住持多放了出来。原差来讨赏，道："已此没事了。"住持不知缘故。原差道："老爷起心要你这经，故生这风波。今见经不完全，没有甚么头一张，不中他意，有些懊悔了。他原无怪你之心，经也还了，事也罢了。恭喜！恭喜！"住持谢了原差，回到下处（住处，住所），与辨悟道："那里说起，遭此一场横祸！今幸得无事，还算好了。只是适才听见说经上没了头张，不完全，故此肯还。我想此经怎的不完全？"辨悟才把前日太湖中众人索看，风卷去头张之事，说了一遍。住持道："此天意也！若是风不吹去首张，此经今日必然被留，非复我山门（佛寺的大门，这里借指寺院）所有了。如今虽是缺了一张，后边名迹还在，仍旧归吾寺宝藏，此皆佛天之力。"喜喜欢欢，算还了房钱饭钱，师徒与道人三众，雇了一个船，同回苏州来。

过了浒墅关（在苏州市西北）数里，将到枫桥，天已昏黑。忽然风雨大作，不辨路径。远远望去，一道火光烛天，叫船家对着亮处，只管摇去。其时风雨也息了，看看至近，却是草舍内一盏灯火明亮，听得有木鱼声。船到岸边，叫船家缆好了。辨悟踱上去，叩门讨火。门还未关，推将进去，却是一个老者靠着桌子诵经，见是个僧家，忙起身叙了礼（亦作"叙礼"。谓以礼相见）。辨悟求点灯，老者打个纸捻儿（用表芯纸搓成的细纸卷儿，用以点火或吸水烟），蘸蘸油点着了，递与辨悟。辨悟接了纸捻，照得满屋明亮，偶然抬头带眼，见壁间一幅字纸粘着，无心一看，吃了一惊，大叫道："怪哉！圣哉！"老者问道："师父见此纸，为何大惊小怪？"辨悟道："此话甚长！小舟中还有师父在内，待小僧拿火去照了，然后再来奉告，还有话讲。"老者道："老汉是奉佛弟子，何不连尊师接了起来？"老者就叫小厮祖寿出来，同了辨悟到舟中来接那一位师父。辨悟未到船上，先叫住持道："师父快起来，不但没着主人，且有奇事了！”住持道：“有何奇事？”辨悟道：“师父且到里面见了主人，请看一件物事。”住持同了辨悟走进门来，与主人相见了。辨悟拿了灯，拽了住持的手，走到壁间，指着那一幅字纸道：“师父可认认看。”住持抬眼一看，只见首一行是“金刚般若波罗密经”，第二行是“法会因由分第一”，正是白香山所书，乃经中之首叶，在湖中飘失的。拍手道：“好像是吾家经上的，何缘得在此处？”老者道：“贤师徒惊怪此纸，必有缘故。”辨悟道：“老丈肯把得此纸的根繇一说，愚师徒也剖心（真诚相示）相告。”老者摆着椅子道：“请坐了献茶，容老汉慢讲。”师徒领命，分次（分定等次或位次）坐了。

奉茶已毕，老者道：“老汉姓姚，是此间渔人。幼年不曾读书，从不识字，只靠着鱼虾为生。后来中年家事尽可度日了，听得长者们说因果，自悔作业（即“作孽”，罪过）大多，有心修行。只为不识一字，难以念经，因此自恨。凡见字纸，必加爱惜，不敢作践（糟蹋、残害），如此多年。前年某月某日晚间，忽然风飘甚么物件下来，到于门首。老汉望去，只看见一道火光落地，拾将起来，却是一张字纸。老汉惊异，料道多年宝惜字纸，今日见此光怪，必有奇处。不敢亵渎，将来粘在壁间，时常顶礼。后来有个道人到此，见了，对老汉道：‘此《金刚经》首叶，若是要念全经，我当教汝。’遂手出一卷，教老汉念诵一遍。老汉随口念过，心中豁然，就把（拿）经中字一一认得。以后日渐增加，今颇能遍历诸经了。记得道人临别时指着此纸道：‘善守此幅，必有后果。’老汉一发不敢怠慢，每念诵时，必先顶礼。今两位一见，共相惊异，必是晓得此纸的来历了。”住持与辨悟同声道：“适间迷路，忽见火光冲天，随亮到此，却只是灯火微明，正在怪异。方才见老丈见教（客套话，称对方指教自己），得此纸时，也见火光，乃知是此纸显灵，数当会合。老丈若肯见还，功德更大了。”老者道：“非师等之物，何云见还？”辨悟道：“好教老丈得知：此纸非凡笔，乃唐朝侍郎白香山手迹也，全经一卷，在吾寺中，海内知名。吾师为此近日被一个狠官人拿去，强逼要献，几丧性命，没奈何只得献出。还亏得前年某月某日湖中遇风，飘去首叶，那官人嫌他不全，方得重还。今日正奉归寺中供养，岂知却遇着所失首叶在老丈处，重得瞻礼（瞻仰礼拜）。前日若非此纸失去，此经已落他人之手；今日若非此纸重逢，此经遂成不全之文。一失一得，不先不后，两番火光，岂非韦驮尊天（古代印度传说中的神将，佛教作为护法天神）有灵，显此护法手段出来么？”老者似信不信的答应。

辨悟走到船内，急取经包上来，解与老者看，乃是第二叶起的。将来对着壁间字法纸色，果然一样无差。老者叹异，念佛不已。将手去壁间揭下来，合在上面，长短阔狭，无不相同。一卷经完完全全了，三人尽皆欢喜。老者分付治斋相款，就留师徒两人同榻过夜。

住持私对辨悟道："起初我们恨柳太守，如今想起来，也是天意。你失去首叶，寺中无一人知道，珍藏到今。若非此一番跋涉（跋山涉水。形容路旅途常艰苦），也无从遇着原纸来完全了。"辨悟道："上天晓得柳太守起了不良之心，怕夺了全卷去，故先吹掉了一纸；今全卷重归，仍旧还了此一纸。实是天公之巧，此卷之灵！想此老亦是会中人，所云道人，安知不是白侍郎托化来的？"住持道："有理，有理！"

是夜姚老者梦见韦驮尊天来对他道："汝幼年作业深重，亏得中年回首，爱惜字纸，已命香山居士启汝天聪（上天赋予的听力，这里指聪明才智），又加守护经文，完成全卷，阴功更大，罪业尽消。来生在文字中受报，福禄非凡。今生且赐延寿一纪（即十二年），正果而终。"老者醒来，明明记得。次日，对师徒二人道："老汉爱护此纸经年，今见全经，无量欢喜。虽将此纸奉还，老汉不能忘情。愿随老师父同行，出钱请个裱匠，到寺中重新装好，使老汉展诵几遍，方为称怀。"师徒二人道："难得檀越（僧人对为寺院施舍财物者的尊称，即"施主"。檀越是梵文音译，施主是意译）如此信心（诚心），实是美事。便请下船同往敝寺随喜（佛家称游览寺院）一番。"

老者分付了家里，带了盘缠，唤小厮祖寿跟着，又在城里接了一个高手的裱匠，买了作料，一同到寺里来。盘桓（徘徊；逗留）了几日，等裱匠完工，果然裱得焕然一新。便出衬钱（与僧人做斋事的钱），请了数众，展念《金刚经》一昼夜。与师徒珍重而别。后来每年逢诞日或佛生日（一般认为是农历四月初八日，为佛祖释迦牟尼的诞生日），便到寺中瞻礼白香山手迹一遍，即行持念一日，岁以为常。年过八十，到寺中沐浴坐化（佛教徒盘膝端坐，安然而死）而终。寺中宝藏此卷，闻说至今犹存。有诗为证：

一纸飞空大有缘，反因失去得周全。
拾来宝惜生多福，故纸何当浪弃捐？

小子不敢明说寺名，只怕有第二个像柳太守的，寻踪问迹，又生出事头来。再有一诗笑那太守道：

伧父[①]何知风雅缘？贪看古迹只因钱。

若教一卷都将去，宁不冤他白乐天！

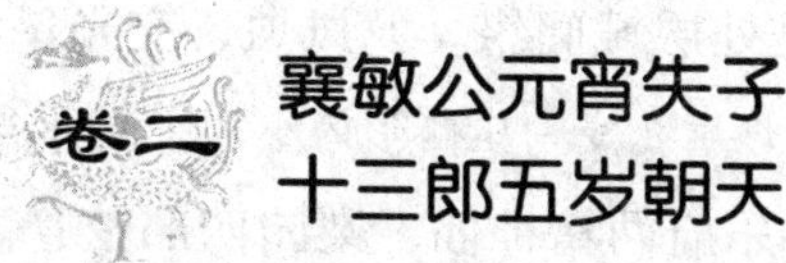

卷二 襄敏公元宵失子 十三郎五岁朝天

词云：

瑞烟（祥瑞的烟气。多为焚香所生烟气的美称）浮禁苑（帝王的园林）。正绛阙（宫殿寺观前的朱色门阙。亦借指朝廷、寺庙、仙宫等）春回，新正方半。冰轮（皓月）桂华满。溢花衢歌市，芙蓉开遍。龙楼两观。见银烛、星球有烂。卷珠帘、尽日笙歌（合笙之歌。也可指吹笙唱歌或奏乐唱歌），盛集宝钗金钏。

堪美。绮罗丛里，兰麝（lán shè，兰与麝香。指名贵的香料）香中，正宜游玩。风柔夜暖。花影乱，笑声喧。闹蛾儿（古代妇女的一种头饰，也叫“闹嚷嚷”，用乌金纸剪成蛱蝶，用小铜丝缠针插于巾帽之上）满路，成团打块（比喻聚集成群），簇着冠儿斗转。喜皇都、旧日风光，太平再见。（词寄《瑞鹤仙》）

这一首词乃是宋绍兴（宋高宗赵构的年号，公元1131—1162年。赵构称帝前封“康王”）年间词人康伯可〔康与之，字伯可，号顺庵，滑州洛阳（今属河南）人，因谄事权奸秦桧，为人所耻；擅词，但多为应制之作，上引词即上元应制〕所作。伯可元是北人，随驾南渡（南迁。宋高宗渡长江迁于南方建都，故史称南渡），有名是个会做乐府（诗体名。初指乐府官署采制的诗歌，后指魏晋至唐可入乐的诗歌，以及仿乐府古题的作品）的才子，秦申王〔即秦桧，字会之，江宁[今南京市]人。北宋末为御史中丞，徽、钦二帝被虏北去，他从至金，为今太祖从弟挞懒所亲信，后遣归南宋，又为高宗宠信，两任宰相，力主向金人称臣乞和。其人极阴险，南宋抗金忠臣良将如岳飞等均被他杀害。申王是他的谥号〕荐于高宗皇帝。这词单道着上元佳景，高宗皇帝极其称赏，御赐金帛甚多。词中为何说“旧日风光，太平再见”？盖因靖康之乱（靖康为宋钦宗赵桓年号，仅一年，即公元1126年。是年十一月，金军攻陷开封，钦宗及太上皇徽宗均被俘，北宋亡），徽、钦被虏，中原尽属金

①伧父：对鄙贱者的蔑称。

夷；侥幸康王南渡，即了帝位，偏安一隅，偷闲取乐，还要模拟盛时光景。故词人歌咏如此，也是自解自乐而已。怎如得当初柳耆卿〔柳永，字耆卿，建州崇安（今福建省武夷山市）人，官至屯田员外郎，北宋著名词人〕另有一首词云：

禁漏(宫中计时漏刻。亦指漏刻发出的声响)花深，绣工日永(指夏天白昼长)，薰风布暖。变韶景、都门十二，元宵三五，银蟾光满。连云复道凌飞观（此句底本原佚“连云复道”四字，据柳永词补）。耸皇居丽，佳气瑞烟葱茜。翠华（为御车或帝王的代称）宵幸，是处层城阆怨。龙凤烛、交光星汉。对咫尺鳌山（旧时元宵节的一种灯景，将各种灯堆扎成一座鳌形的小山，故得名）开雉扇（雉尾扇，古仪仗所用的一种障扇）。会乐府两籍神仙，梨园四部弦管。向晓色、都人未散。盈万井（古代以地方一里为一井，万井即一万平方里；也可以指千家万户）、山呼鳌抃（áo biàn，形容欢欣鼓舞）。愿岁岁，天仗（天子的仪卫。借指天子）里常瞻凤辇（仙人的车乘）。（词寄《倾杯乐》）

这首词，多说着盛时宫禁说话。只因宋时极作兴是个元宵，大张灯火，御驾亲临，君民同乐。所以说道：“金吾（即“金吾卫”，唐、宋时官廷禁卫的一种）不禁夜，玉漏莫相催。”然因是倾城士女通宵出游，没些禁忌，其间就有私期密约，鼠窃狗偷，弄出许多话柄来。当时李汉老〔李邴，字汉老，任城（今山东省济宁市）人。能词，北宋末年官翰林学士，南宋高宗时迁尚书左丞，改参知政事〕又有一首词云：

帝城三五，灯光花市盈路。天街游处。此时方信，凤阙（汉代宫阙名）都民，奢华豪富。纱笼（纱制灯笼）才过处，喝道转身，一壁（也说“一壁厢”。一边，一旁）小来（年轻时）且住。见许多才子艳质，携手并肩低语。

东来西往谁家女？买玉梅（人工制作的白绢梅花）争戴，缓步香风度。北观南顾。见画烛影里，神仙无数。引人魂似醉，不如趁早，步月归去。这一双情眼，怎生禁得，许多胡觑（随意偷看）。（词寄《女冠子》）

细看此一词，可见元宵之夜，趁着喧闹丛中，干那不三不四勾当的，不一而足（原指不是一事一物可以满足。后指同类的事物或现象很多，反复出现，不能一一列举。足，充足，足够），不消而起。而今在下说一件元宵的事体，直教：

闹动公侯府，分开帝主颜。

猾徒入地去，稚子见天还。

话说宋神宗朝，有个大臣王襄敏公〔王韶，字子纯，江州德安（今江西省德安县）人，北宋名将，曾任经略安抚使兼知熙州，多次打败羌族的进攻。襄敏是他的谥号〕，单讳着一个“韶”字，全家住在京师。真是潭潭相府，富贵奢华，自不

必说。那年正月十五元宵佳节，其时王安石（字介甫，号半山，临川今江西省临川市人。北宋著名的政治家和文学家，熙宁二年拜参知政事，实行变法，次年拜相。变法因受保守派反对，后失败）未用，新法未行，四境无侵，万民乐业，正是太平时候。家家户户，点放花灯，自从十三日为始，十街九市，欢呼达旦。这夜十五日是正夜，年年规矩，官家（对皇帝的一种称呼。宋文莹《湘山野录》引蒋济《万机话》："三皇官天下，五帝家天下，故曰官家。"）亲自出来赏玩通宵，倾城士女专待天颜一看。且是此日难得一轮明月当空，照耀如同白昼，映着各色奇巧花灯，从来叫做灯月交辉，极为美景。襄敏公家内眷，自夫人以下，老老幼幼，没一个不打扮齐整了，祗候人（对吏役的称谓）牵着帷幕（古代帝王出行时作为行宫的帷帐）出来，街上看灯游耍。看官，你道如何用着帷幕？盖因官宦人家女眷，恐防街市人挨挨擦擦，不成体面，所以或用绢段或用布匹等类，扯作长圈围着，只要隔绝外边人，他在里头走的人，原自四边看得见的。晋时叫他做步障，故有紫丝步障，锦步障之称、这是大人家规范如此。

闲话且过，却说襄敏公有个小衙内（也作"牙内"，五代宋初，藩镇的亲卫官多以亲子弟充任，后因称官府权贵的子弟为"衙内"），是他末堂（子女中最后出生的）最小的儿子，排行第十三，小名叫做南陔。年方五岁，聪明乖觉，容貌不凡，合家内外大小都是喜欢他的，公与夫人自不必说。其时也要到街上看灯。大宅门中衙内，穿着齐整还是等闲(寻常,平常)，只头上一顶帽，多是黄豆来大不打眼的洋珠，穿成双凤穿牡丹花样；当面前的一粒猫儿眼（与下文"鸦青"、"祖母绿"，均为珍贵宝石名）宝石，睛光闪烁；四周又是五色宝石镶着，乃是鸦青、祖母绿之类。只这顶帽，也值千来贯钱。襄敏公分付一个家人王吉，驮在背上，随着内眷一起看灯。

那王吉是个晓法度的人，自道身是男人，不敢在帷中走，只相傍帷外而行。行到宣德门前，恰好神宗皇帝正御宣德门楼。圣旨许令万目仰观，金吾卫不得拦阻。楼上设着鳌山（旧时元宵节的一种灯景，将各种灯堆扎成一座鳌形的小山，故得名），灯光灿烂，香烟馥郁，奏动御乐，箫鼓喧阗（xuān tián，声音大而杂）。楼下施呈百戏（古代乐舞杂技表演的总称），供奉御览。看的真是人山人海，挤得缝地都没有了。有翰林承旨（官名。唐代翰林院有翰林学士承旨，位在诸学士上）王禹玉《上元应制》诗为证：

雪消华月满仙台，万烛当楼宝扇开。

双凤云中扶辇下，六鳌海上驾山来。

镐京春酒沾周宴，汾水秋风陋汉才。

一曲升平人尽乐，君王又进紫霞杯。

此时王吉拥入人丛之中，因为肩上负了小衙内，好生不便，观看得不甚像意。忽然觉得背上轻松了些，一时看得浑（糊涂了）了，忘其所以，伸伸腰，抬抬头，且是自在，呆呆里向上看着。猛然想道："小衙内呢？"急回头看时，眼见得不在背上。四下一望，多是面生之人，竟不见了小衙内踪影。欲要找寻，又被挤住了脚，行走不得。王吉心慌撩乱（搅乱，扰乱），将身子尽力挨出，挨得骨软筋麻，才到稀松（松散，人少一点的地方）之处。遇见府中一伙人，问道："你们见小衙内么？"府中人道："小衙内是你负着，怎倒来问我们？"王吉道："正是闹嚷之际，不知那个伸手来我背上接了去。想必是府中弟兄们见我费力，替我抱了，放松我些，也不见得。我一时贪个松快，人闹里不看得仔细，及至寻时，已不见了。你们难道不曾撞见？"府中人见说，大家慌张起来，道："你来作怪了，这是作耍（开玩笑）的事？好如此不小心！你在人千人万处失去了，却在此问张问李，岂不误事？还是分头再到闹头里寻去！"一伙十来个人同了王吉挨出挨入，高呼大叫，怎当得人多得紧了，茫茫里向那个问是？落得眼睛也看花了，喉咙也叫哑了，并无一些影响（音讯）。

寻了一回，走将拢来，我问你，你问我，多一般不见，慌做了一团。有的道："或者那个抱了家去了。"有的道："你我都在，又是那一个抱去？"王吉道："且到家问问看又处。"一个老家人道："决不在家里，头上东西耀人眼目，被歹人连人盗拐去了。我们且不要惊动夫人，先到家禀知了相公（君子、生员、宰相的另外一种叫法），差人及早缉捕为是。"王吉见说要禀知相公，先自怯了一半，道："如何回得相公的话？且从容计较打听，不要性急便好！"府中人多是着了忙的，那由得王吉主张？一齐奔了家来。私下问问，那得个小衙内在里头？只得来见襄敏公，却也嗫嗫嚅嚅（niè niè rú rú，吞吞吐吐。想说，但又不痛痛快快地说。形容说话有顾虑），未敢一直说失去小衙内的事。

襄敏公见众人急急之状，倒问道："你等去未多时，如何一齐跑了回来？且多有些慌张失智光景（情况），必有缘故。"众家人才把王吉在人丛中失去小衙内之事说了一遍。王吉跪下，只是叩头请死。襄敏公毫不在意，笑道："去了自然回来，何必如此着急？"众家人道："此必是歹人拐了去，怎能勾回来？相公还是着落（吴方言，"叫……负责"的意思）开封府及早追捕，方得无失。"襄敏公摇头道："也不必。"众人道是一番天样大、火样急的事，怎知襄敏公看得等闲（寻常，平常），声色不动，化做一杯雪水。众人不解其意，只得到帷中禀知夫人。夫人惊慌，抽身急回，噙着一把眼泪，来与相公商量。襄敏公道："若是别个儿子失去，便当急急寻访。今是吾十三郎，必然自会归来，不必忧虑。"夫人道："此子虽然伶俐，点点年纪，奢遮煞（最多）也只是四五岁的孩子。万众之人挤掉了，怎能勾自会归来？"养娘每（宋元时人称代词的复数，同"们"）道："闻得歹人拐人家小厮去，有擦瞎眼的，有斫（zhuó，用刀、斧等砍）掉脚的，千方百计摆布（操纵；支配）坏了，装做叫化的化钱。若不急急追寻，必然衙内遭了毒手！"各各啼哭不住。家人每道："相公便不着落（依托；指靠）府里缉捕，招帖（亦作"招贴"，犹如现在张贴的"启事"）也写几张，或是大张告示，有人贪图赏钱，便有访得下落的来报了。"一时间你出一说，我出一见，纷纭乱讲。只有襄敏公怡然不以为意，道："随你议论百出，总是多的。过几日自然来家。"夫人道："魔合罗（旧俗农历七月初七用以表示送子的吉祥物，亦作为玩偶。这里指漂亮、可爱）般一个孩子，怎生舍得失去了，不在心上？说这样懈话（不经心的话；泄气的话）！"襄敏公道："包在我身上，还你一个旧孩子便了，不要性急！"夫人那里放心？就是家人每、养娘（婢女，如丫鬟、乳母之类）每也不肯信相公的话。夫人自分付家人各处找寻去了，不题。

却说那晚南陔在王吉身上，正在挨挤喧嚷之际，忽然有个人趁近到王吉身畔，轻轻伸手过来接去，仍旧一般驮着。南陔贪着观看，正在眼花撩乱，一时不觉。只见那一个负得在背，便在人丛里乱挤将过去，南陔才喝声道："王吉如何如此乱走！"定睛一看，那里是个王吉？衣帽装束多另是一样了。南陔年纪虽小，心里煞是聪明，便晓得是个歹人，被他闹里来拐了。欲待声张，左右一看，并无一个认得的熟人。他心里思量道："此必贪我头上珠帽，若被他掠去，须难寻讨。我且藏过帽子，我身子不怕他怎地！"遂将手去头上除下帽子来，揣在袖中。也不言语。也不慌张，任他驮着前走，却像不晓得甚么的。将近东华门，看见轿子四五乘叠联（接连）而来。南陔心里忖量（思量；推测。忖，cǔn）道："轿中必有官员贵人在内，此时不声张求救，更待何时？"南陔觑轿子来得较近，伸手去攀着轿幰（轿子的帷幔。幰，xiǎn），大呼道："有贼！有贼！救人！救人！"那负南陔的贼出于不意，骤听得背上如此呼叫，吃了一惊。恐怕被人拿住，连忙把南陔撩下背来，脱身便走，在人丛里混过了。

轿中人在轿内闻得孩子声唤，推开帘子一看，见是个青头白脸魔合罗般一个小孩子，心里欢喜。叫住了轿，抱将过来，问道："你是何处来的？"南陔道："是贼拐了来的。"轿中人道："贼在何处？"南陔道："方才叫喊起来，在人丛中走了。"轿中人见他说话明白，摩他头道："乖乖，你不要心慌，且随我去再处。"便双手抱来，放在膝上。一直到了东华门，竟入大内（皇宫之内）去了。你道轿中是何等人？元来是穿宫（出入宫禁）的高品（高的官阶或品级）近侍中大人（即下文所说的"中贵"，对宦官的一种尊称）。因圣驾御楼观灯已毕，先同着一般的中贵四五人前去宫中排宴。不想遇着南陔叫喊，抱在轿中，进了大内。中大人分付从人，领他到自己入直（官员入官值班供职。直，通"值"）的房内，与他果品吃着，被卧温着，恐防惊吓了他，叮嘱又叮嘱。内监心性喜欢小的，自然如此。

次早，中大人四五人直到神宗御前，叩头跪禀道："好教万岁爷爷得知，奴婢等昨晚随侍赏灯回来，在东华门外拾得一个失落的孩子，领进宫来，此乃万岁爷爷得子之兆，奴婢等不胜喜欢。未知是谁家之子，未请圣旨，不敢擅便（自作主张）。特此启奏。"神宗此时前星（太子）未耀，正急的是生子一事。见说拾得一个孩子，也道是宜男之祥，喜动天颜，叫快宣来见。

中大人领旨，急到入直房内，抱了南陔，先对他说："圣旨宣召，如今要见驾哩，你不要惊怕！"南陔见说见驾，晓得是见皇帝了，不慌不忙，在袖中取出珠帽来，一似昨晚带了，随了中大人竟来见神宗皇帝。娃子家虽不曾习着甚么嵩呼（臣下祝颂帝王，高呼万岁）拜舞（跪拜与舞蹈。古代朝拜的礼节）之礼，却也擎拳（拱手。致礼时的姿势）曲腿，一拜两拜的叩头稽首（古时的一种跪拜礼，叩头至地，是九拜中最恭敬的），喜得个神宗跌脚欢忭（huān biàn，喜悦）。御口问道："小孩你是谁人之子，可晓得姓甚么？"南陔竦然（恭敬貌）起答道："儿姓王，乃臣韶之幼子也。"神宗见他说出话来，声音清朗（清楚响亮的声音），且语言有体，大加惊异，又问道："你缘何得到此处？"南陔道："只因昨夜元宵举家观灯，瞻仰圣容，嚷乱之中，被贼人偷驮背上前走。偶见内家（内官、皇家）车乘，只得叫呼求救。贼人走脱，臣随中贵大人一同到此。得见天颜，实出万幸！"神宗道："你今年几岁了？"南陔道："臣五岁了。"神宗道："小小年纪，便能如此应对，王韶可谓有子矣。昨夜失去，不知举家何等惊惶。朕今即要送还汝父，只可惜没查处那个贼人。"南陔对道："陛下要查此贼，一发不难。"神宗惊喜道："你有何见可以得贼？"南陔道："臣被贼人驮走，已晓得不是家里人了，便把头带的珠帽除下藏好。那珠帽之顶，有臣母将绣针彩线插戴其上，以厌不祥。臣比时（当时）在他背上，想贼人无可记认，就于除帽之时将针线取下，密把他衣领缝线一道，插针在衣内，以为暗号。今陛下令人密查，若衣领有些针线者，即是昨夜之贼。有何难见？”神宗大惊道：“奇哉此儿！一点年纪，有如此大见识！朕若不得贼，孩子不如矣！待朕擒治（逮捕法办）了此贼，方送汝回去。”又对近侍夸称道：“如此奇异儿子，不可令宫闱（帝王的后宫，后妃的住所）中人不见一见。”传旨急宣钦圣皇后〔宋神宗皇后，河内（今河南沁阳）人，宰相向敏中的曾孙女〕见驾。

穿宫人传将旨意进宫，宣得钦圣皇后到来。山呼（封建社会臣子祝颂皇帝的一种礼节）行礼已毕，神宗对钦圣道：“外厢有个好儿，卿可暂留宫中，替朕看养他几日，做个得子的谶兆（预兆。谶，chèn）。”钦圣虽然遵旨谢恩，不知甚么事由，心中有些犹豫不决。神宗道：“要知详细，领此儿到宫中问他，他自会说明白。”钦圣得旨，领了南陔，自往宫中去了。神宗一面写下密旨，差个中大人赍（jī，携带）到开封府，是长是短的从头分付了大尹（京都的行政长官），立限捕贼以闻。

开封府大尹奉得密旨，非比寻常，访贼的事，怎敢时刻怠缓？即唤过当日缉捕使臣何观察（宋代称缉捕使臣为“观察”）分付道：“今日奉到密旨，限你三日内要拿元宵夜做不是（俗指过失，这里指干坏事）的一伙人。”观察禀道：“无贼无证，从何缉捕？”大尹叫何观察上来附耳低言，把中大人所传衣领针线为号之说说了一遍，何观察道：“恁地时，三日之内管取（管保，一定）完这头公事，只是不可声扬。”大尹道：“你好干这事，此是奉旨的，非比别项盗贼，小心在意！”观察声喏而出。到得使臣（宋朝专管缉捕的武官）房，集齐一班眼明手快的公人来商量道：“元宵夜趁着热闹做歹事的，不止一人，失事的也不止一家。偶然这一家的小儿不曾捞得去，别家得手处必多。日子不远，此辈不过在花街柳陌（妓院聚集的街市）、酒楼饭店中，庆松取乐，料必未散。虽是不知姓名地方，有此暗记，还怕甚么？遮莫（不论；不管）没踪影的，也要寻出来。我每几十个做公的（衙门的差役），分头体访（察访），自然有个下落。”当下派定张三往东，李四往西。各人认路，茶坊酒肆（酒店），凡有众人团聚、面生可疑之处，即便留心挨身体看，各自去讫（qì，完毕）。

元来那晚这个贼人，有名的叫做“雕儿手”，一起有十来个，专一趁着热闹时节人丛里做那不本分（安分守己）的勾当。有诗为证：

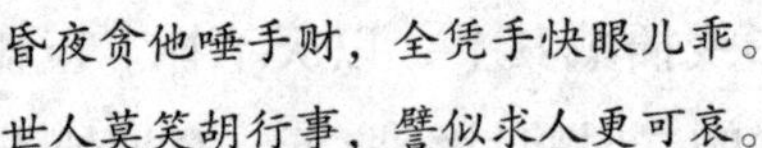

昏夜贪他唾手财，全凭手快眼儿乖。
世人莫笑胡行事，譬似求人更可哀。

那一个贼人当时在王家门首窥探踪迹，见个小衙内齐整打扮，背将出来，便自上了心，一路尾着走，不离左右。到了宣德门楼下，正在挨挤喧哄之处，觑个空便，双手溜（此处作动词用，意为攫取、抢夺）将过来，背了就走。欺他是小孩子，纵有知觉，不过惊怕啼哭之类，料无妨碍，不在心上。不提防到官轿旁边，却会叫喊"有贼"起来。一时着了忙（着慌），想道："利害！"卸着便走。更不知背上头暗地里又被他做工夫，留下记认了。此是神仙也不猜到之事。后来脱去，见了同伙，团聚拢来，各出所获之物，如簪钗、金宝、珠玉、貂鼠暖耳、狐尾护颈之类，无所不有；只有此人却是空手，述其缘故，众贼道："何不单雕了珠帽来？"此人道："他一身衣服多有宝珠钮嵌，手足上各有钏镯。就是四五岁一个小孩子，好歹也值两贯钱，怎舍得轻放了他？"众贼道："而今孩子何在？正是贪多嚼不烂了。"此人道："正在内家轿边叫喊起来，随从的虞侯（指官名）虎狼也似，好下（极、非常。"下"字加强语气，无实义）多人在那里。不兜住（逮住，拿住）身子便算天大侥幸，还望财物哩！"众贼道："果是利害！而今幸得无事，弟兄们且打平伙（平均出钱聚餐），吃酒压惊去。"于是一日轮一个做主人，只拣隐僻酒务（小酒馆），便去畅饮。

是日，正在玉津园旁边一个酒务里头欢呼畅饮。一个做公的（衙门的差役）叫做李云，偶然在外经过，听得猜拳豁指、呼红喝六（也叫"呼幺喝六"，本指赌博掷骰时的喝彩声，这里指呼叫吵嚷声。骰子的"幺"点为红色，与"六"点均为取胜的点数）之声。他是有心的，便踅（xué，盘旋、转回）进门来一看，见这些人举止气象（气概，气派），心下有十分瞧科（看清；察觉）。走去坐了一个独副座头（旧时茶楼酒肆配套的桌椅叫"座头"，专供一人使用的桌椅叫"独副座头"），叫声："买酒饭吃！"店小二先将盏箸安顿去了，他便站将起来，背着手踱来踱去，侧眼把那些人逐个个觑将去，内中一个果然衣领上挂着一寸来长短彩线头。李云晓得着手（落入手中，此处指已发现被追捕者而使之无法逃脱）了，叫店家："且慢盪酒，我去街上邀着个客人一同来吃。"忙走出门，口中打个胡哨（亦作"唿哨"，打口哨，多用作招呼同伴的暗号），便有七八个做公的（衙门的差役）走将拢来，问道："李大，有影响（影子和声响。引申为踪迹）么？"李云把手指着店内道："正在这里头，已看的实了。我们几个守着这里，把一个走去，再叫集十来个弟兄，一同下手。"内中一个会走的，飞也似

去，又叫了十来个做公的来了。发声喊，望酒务里打进去，叫道："奉圣旨拿元宵夜贼人一伙！店家协力，不得放走了人！"店家听得"圣旨"二字，晓得利害，急集小二、火工、后生人等，执了器械，出来帮助。十来个贼不曾走了一个，多被捆倒。正是：

日间不做亏心事，夜半敲门不吃惊。

大凡做贼的见了做公的，就是老鼠遇了猫儿，见形便伏；做公的见了做贼的，就是仙鹤遇了蛇洞，闻气即知。所以这两项人每每私自相通，时常要些孝顺，叫做"打业钱"。若是捉破了贼，不是甚么要紧公事，得些利市（本指节时或喜庆日子的赏钱，这里指贿赂钱、好处费），便放松了。而今是钦限要人的事，衣领上针线斗着海底眼（吴方言，意为符合无误。斗：相合。海底眼：内情、底细、根源），如何容得宽展（松弛；延缓）？当下捆住，先剥了这一个的衣服。众贼虽是口里还强，却个个肉颤身摇，面如土色。身畔一搜，各有零赃。一直里押到开封府来，报知大尹。

大尹升堂，验着衣领针线是实，明知无枉，喝教："用起刑来！"令招实情。掤扒吊拷（bīng bā diào kǎo，用绳索捆绑身体，吊起来拷打），备受苦楚，这些顽皮赖肉（指品行不端、无赖狡诈的人），只不肯招。大尹即将衣领针线问他道："你身上何得有此？"贼人不知事端，信口支吾。大尹笑道："如此剧贼，却被小孩子算破了，岂非天理昭彰？你可记得元宵夜内家轿边叫救人的孩子么？你身上已有了暗记，还要抵赖到那里去？"贼人方知被孩子暗算了，对口无言，只得招出实话来。乃是积年累岁（指经过的时间长），遇着节令盛时，即便四出剽窃（piāo qiè，掠夺），以及平时略贩子女，伤害性命，罪状山积，难以枚举（一一地列举出来），从不败露。岂知今年元宵行事之后，卒然（突然；忽然；终于）被擒，却被小子暗算，惊动天听，以致有此。莫非天数该败，一死难逃！

大尹责了口词（口供），叠成文卷。大尹却记起旧年元宵真珠姬一案，现捕未获的那一件事来。

你道又是甚事？看官，且放下这头，听小子说那一头。也只因宣德门张灯，王侯贵戚女眷多设帷幕，在门外两庑（宫殿的东西两廊），日间先在那里等候观看。其时有一个宗王，家在东首。有个女儿名唤真珠，因赵姓天潢（指皇族）之族，人都称他真珠族姬。年十七岁，未曾许嫁人家。颜色（女子的姿色）明艳，服饰鲜丽，耀人眼目。宗王的夫人姨妹族中却在西首。姨娘晓得外甥真珠姬在帷中观灯，叫个丫鬟走来相邀一会，上复道："若肯来，当差兜轿（即兜子）来迎。"真珠姬听罢，不胜之喜，便对母亲道："儿正要见见姨娘，恰好他来相请，是必要去。"夫人亦欣然许允，打发丫鬟先去回话，专候轿来相迎。过不多时，只见一乘兜轿打从西边来到帷前，真珠姬孩子心性，巴不得就到那边顽耍。叫养娘（婢女，如丫鬟、乳母之类）们问得是来接的，分付从人随后来，自己不耐烦等待，慌忙先自上轿去了。才去得一会，先前来的丫鬟又领了一乘兜轿来到，说道："立等真珠姬相会，快请上轿。"王府里家人道："真珠姬方才先随轿去了，如何又来迎接？"丫鬟道："只是我同这乘轿来，那里又有甚么轿先到？"家人们晓得有些蹊跷（奇怪；可疑）了，大家忙乱起来，闻之宗王，着人到西边去看，眼见得决不在那里的了。急急分付虞侯、祗从（zhī cóng，侍从）人等四下找寻，并无影响（音讯）。急具事状（诉状所陈；行状），告到开封府。府中晓得是王府里事，不敢怠慢，散遣缉捕使臣挨查踪迹。王府里自出赏揭（赏格揭帖，悬赏的告示），报信者二千贯。竟无下落，不题。

且说真珠姬自上了轿后，但见轿夫四足齐举，其行如飞。真珠姬心里道："是顷刻就到的路，何须得如此慌走？"却也道是轿夫脚步惯了的，不以为意。及至抬眼看时，倏忽转弯，不是正路，渐渐走到狭巷里来，轿夫们脚高步低，越走越黑。心里正有些疑惑，忽然轿住了，轿夫多走了去。不见有人相接，只得自己掀帘走出轿来，定睛一看，只叫得苦。元来是一所古庙，旁边鬼卒十余个，各持兵杖。夹立中间坐着一位神道（神祇；神灵），面阔尺馀，须髯（络腮胡子）满颏（后颏端部骨片，这里指脸），目光如炬，肩臂摇动，像个活的一般。真珠姬心慌，不免下拜。神道开口大言道："你休得惊怕！我与汝有夙缘（sù yuán，前生的因缘），故使神力摄你至此。"真珠姬见神道说出话来，愈加惊怕，放声啼哭起来。旁边两个鬼卒走来扶着，神道说："快取压惊酒来！"旁边又一鬼卒，斟着一杯热酒，向真珠姬口边奉来。真珠姬欲待推拒，又怀惧怕，勉强将口接着，被他一灌而尽。真珠姬早已天旋地转，不知人事，倒在地上。神道走下座来，笑道："着了手也！"旁边鬼卒多攒（cuán，聚拢；集中）将拢来，同神道各卸了装束，除下面具，元来个个多是活人，乃一伙剧贼（大盗，强悍的贼寇）装成的。将蒙汗药灌倒了真珠姬，抬到后面去。后面走将一个婆子出来，扶去放在床上眠着。众贼汉乘他昏迷，次第奸淫。可怜金枝玉叶之人，零落在狗党狐群（比喻勾结在一起的坏人）之手。奸淫已毕，分付婆子

看好。各自散去，别做歹事了。

真珠姬睡至天明，看看苏醒。睁眼看时，不知是那里，但见一个婆子在旁边坐着。真珠姬自觉阴户疼痛，把手摸时，周围虚肿，明知着了人手（上当受骗）。问婆子："此是何处，将我送在这里？"婆子道："夜间众好汉每（宋元时人称代词的复数，同"们"）送将小娘子来的。不必心焦，管取你就落好处便了。"真珠姬道："我是宗王府中闺女，你每歹人怎如此胡行乱做？"婆子道："而今说不得王府不王府了。老身见你是金枝玉叶，须不把你作践（糟蹋、残害）。"真珠姬也不晓得他的说话因由（原委；原因），侮（通"捂"）着眼只是啼哭。元来这婆子是个牙婆（专为买卖人口作居间人的妇女），专一走大人家雇卖人口的。这伙剧贼掠得人口，便来投他家下，留下几晚，就有头主（主顾）来成了去的。那时留了真珠姬，好言温慰（温存抚慰）得熟分（亲热；相熟），刚两三日，只见一日一乘轿来抬了去，已将他卖与城外一富家为妾了。

主翁（主人）成婚后，云雨之时，心里晓得不是处子，却见他美色，甚是喜欢，不以为意，更不曾提起，问他来历。真珠姬也深怀羞愤，不敢轻易自言。怎当（怎奈，无奈）得那家姬妾颇多，见一人专宠，尽生嫉妒之心，说他来历不明，多管是在家犯奸，被逐出来的奴婢，日日在主翁耳根边边激聒（唠叨）。主翁听得不耐烦，偶然问其来处。真珠姬揆（触及）着心中事，大声啼泣，诉出事由来，方知是宗王之女被人掠卖至此。主翁多曾看见榜文赏帖的，老大吃惊，恐怕事发连累，急忙叫人寻取原媒牙婆（专为买卖人口作居间人的妇女），已自不知去向了。

主翁寻思道："此等奸徒，此处不败，别处必露，到得根究（寻根穷究,追问到底）起来，现赃在我家，须藏不过，可不是天大利害（祸害）？况且王府女眷，不是取笑（耍笑；开玩笑），必有寻着根底的日子。别人做了歹事，把个愁布袋(喻招惹忧烦的事情)丢在这里，替他顶死不成？"心生一计，叫两个家人家里抬出一顶破竹轿来，装好了，请出真珠姬来。主翁纳头（低头）便拜道："一向有眼不识贵人，多有唐突（冒犯；亵渎）。却是辱没了贵人，多是歹人做的事，小可（自称谦辞）并不知道。今情愿折了身价，白送贵人还府。只望高抬贵手，凡事遮盖，不要牵累小可则个（zé gè，语气助词，用法略表示委婉或商量、祈使、解释等语气）。"真珠姬见说送他还家。就如听得一封九重（指皇帝）恩赦到来，又原是受主翁厚待的，见他小心陪礼，好生过意不去，回言道："只要见了我父母，决不题起你姓名罢了。"主翁请真珠姬上了轿，两个家人抬了飞走，真珠姬也不及分别一声。慌忙走了五七里路，一抬抬至荒野之中，抬轿的放下竹轿，抽身便走，一道烟去了。

真珠姬在轿中探头出看，只见静悄无人。走出轿来，前后一看，连两个抬轿的影踪不见，慌张起来道："我直如此命蹇（mìng jiǎn，命运不好）！如何不明不白抛我在此？万一又遇歹人，如何是好？"没做理会（办法）处，只是仍旧进轿坐了，放声大哭起来，乱喊乱叫，将身子在轿内掷攧（zhì diān，撞跌）不已，头发多攧得蓬松。此时正是春三月天道，时常有郊外踏青的。有人看见空旷之中，一乘竹轿内有人大哭，不胜骇异（惊异），渐渐走将拢来。起初止是一两个人，后来簇箕般围将转来，你诘我问，你喧我嚷。真珠姬慌慌张张，没口得分诉，一发说不出一句明白话来。内中有老成人（见过世面的成熟老练的人），摇手叫四旁人莫嚷，朗声问道："娘子是何家宅眷（家眷，多指女眷），因甚独自歇轿在此？"真珠姬方才噙了眼泪，说得话出来道："奴是王府中族姬，被歹人拐来在此的。有人报知府中，定当重赏。"当时王府中赏帖、开封府榜文，谁不知道？真珠姬话才出口，早已有请功的飞也似去报了。

须臾之间，王府中干办（官名。宋制，大都督府、留守、招讨使属官有干办官）虞候，走了偌多人来认看，果然破轿之内坐着的是真珠族姬。慌忙打轿来换了，抬归府中。父母与合家人等看见头鬅（tóu péng，头发散乱）鬓乱，满面泪痕，抱着大哭。真珠姬一发乱攧乱掷，哭得一佛出世，二佛生天（意即死去活来。佛家称生为"出世"，称死为"生天"）。直等哭得尽情了，方才把前时失去、今日归来的事端，一五一十告诉了一遍，宗王道："可晓得那讨你的是那一家？便好挨查。"真珠姬心里还护着那主翁，回言道："人家便认得，却是不晓得姓名，也不晓得地方。又来得路远了，不记起在那一边。抑且（况且；而且）那人家原不知情，多是歹人所为。"宗王心里道是家丑不可外扬，恐女儿许不得人家，只得含忍过了，不去声张下老实根究。只暗地嘱付开封府，留心访贼罢了。

隔了一年，又是元宵之夜，弄出王家这件案来，其时大尹拿倒王家做歹事的贼，记得王府中的事，也把来问问看，果然即是这伙人。大尹咬牙切齿，拍案大骂道："这些贼男女，死有余辜！"喝教加力行杖，各打了六十讯棍（讯杖），押下死囚牢中，奏请明断发落。奏内大略云：

群盗元夕所为，止于胠箧（qū qiè，撬开箱子，借指盗窃），居恒（长在）所犯，尽属椎埋（杀人埋尸）。似此枭獍（xiāo jìng，旧说枭为恶鸟，生而食母；獍为恶兽，

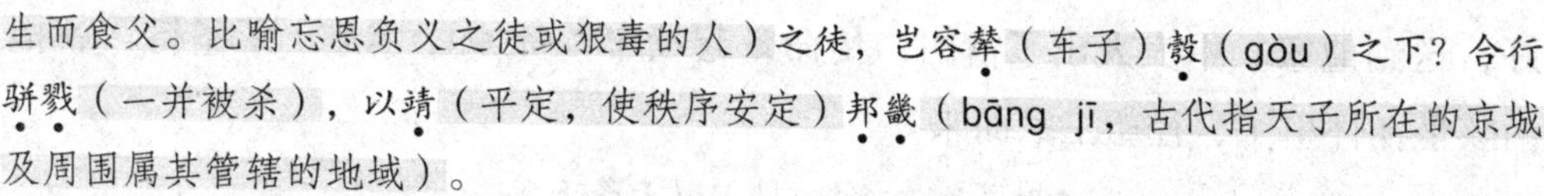
生而食父。比喻忘恩负义之徒或狠毒的人）之徒，岂容辇（车子）毂（gòu）之下？合行骈戮（一并被杀），以靖（平定，使秩序安定）邦畿（bāng jī，古代指天子所在的京城及周围属其管辖的地域）。

神宗皇帝见奏，晓得开封府尽获盗犯，笑道："果然不出小孩子所算。"龙颜大喜，批准奏章，着会官即时处决。又命开封府再录狱词一通来看，开封府钦此钦遵，处斩众盗已毕，一面回奏，得将前后犯由狱词，详细录上。神宗得奏，即将狱词笼在袍袖之中，含笑回宫。

且说正宫钦圣皇后，那日亲奉圣谕，赐与外厢小儿鞠养（抚养；养育），以为得子之兆，当下谢恩，领回宫中来。试问他来历备细（详细情况），那小孩子应答如流，语言清朗。他在皇帝御前也曾经过，可知道不怕面生，就像自家屋里一般、嘻笑自若，喜得个钦圣心花也开了，将来抱在膝上，"宝器心肝"的不住的叫。命宫娥取过梳妆匣来，替他掠发整容，调脂画额，一发打扮得齐整。合宫妃嫔闻得钦圣宫中御赐一个小儿，尽皆来到宫中，一来称贺娘娘，二来观看小儿。盖因小儿是宫中所不曾有的，实觉稀罕。及至见了，又是一个眉清目秀、唇红齿白，魔合罗（指漂亮、可爱）般一个能言能语，百问百答，你道有不快活的么？妃嫔每（宋元时人称代词的复数，同"们"）要奉承娘娘，亦且喜欢孩子，争先将出（拿出）宝玩、金珠、钏镯等类来做见面钱，多塞在他小袖子里。袖子里盛满了，着不得。钦圣命一个老内人（宫人）逐一替他收好了，又叫领了他到各宫朝见顽耍。各宫以为盛事，你强我赛，又多各有赏赐。宫中好不喜欢热闹。

如是十来日，正在喧哄之际，忽然驾幸钦圣宫，宣召前日孩子。钦圣当下率领南陔朝见已毕，神宗问钦圣道："小孩子莫惊怕否？"钦圣道："蒙圣恩敕令暂鞠此儿，此儿聪慧非凡，虽居禁地，毫不改度，老成人不过如此。实乃陛下洪福齐天，国家有此等神童出世，臣妾不胜欣幸！"神宗道："好教卿等知道，只那夜做歹事的人，尽被开封府所获。则为衣领上针线暗记，不到得走了一个。此儿可谓有智极矣！今贼人尽行斩讫（qì，完毕）。怕他家里不知道，在家忙乱，今日好好送还他去。"钦圣与南陔各叩首谢恩。当下传旨，敕令（皇帝的诏令）前日抱进宫的那个中大人护送归第（回家），御赐金犀（金印和犀角的剑饰）一簏（lù，竹箱），与他压惊。中大人得旨，就御前抱了南陔，辞了钦圣，一路出宫。钦圣尚兀自（亦作"兀子"。还，仍然）好些不割舍他，梯已自有赏赐，与同前日各宫所赠之物总贮一箧（箱子），令人一同交付与中大人收好，送到他家。中大人出了宫门，传命备起犊车，赍（jī，携带）了圣旨，就抱南陔坐在怀里了，径望王家而来。

去时蓦地偷将去，来日从天降下来。
孩抱何缘亲见帝？恍疑鬼使与神差。

话说王襄敏家中自那晚失去了小衙内，合家里外大小没一个不忧愁思虑，哭哭啼啼。只在襄敏毫不在意，竟不令人追寻。虽然夫人与同管家的分付众家人各处探访，却也并无一些影响。人人懊恼，没个是处。忽然此日朝门上飞报（迅速报告）将来，有中大人亲赍圣旨到第开读。襄敏不知事端，分付忙排香案迎接，自己冠绅（戴帽束带）袍笏（páo hù，指官员打扮。袍，古代的官服。笏，古代大臣上朝手里拿的手板），俯伏听旨。只见中大人抱了个小孩子下犊车来。家人上前来争看，认得是小衙内，倒吃了一惊。不觉大家手舞足蹈，禁不得喜欢。中大人喝道："且听宣圣旨！"高声宣道：

"卿元宵失子，乃朕获之，今却还卿。特赐压惊物一簏，奖其幼志。钦哉。"

中大人宣毕，襄敏拜舞谢恩已了，请过圣旨，与中大人叙礼（以礼相见），分宾主坐定。中大人笑道："老先儿（老先生。先儿是先生的略称）好个乖令郎！"襄敏正在问起根由，中大人笑嘻嘻的袖中取出一卷文书出来，说道："老先生要知令郎去来事端，只看此一卷便明白了。"襄敏接过手来一看，乃开封府获盗狱词也。襄敏从头看去，见是密诏开封捕获，便道："乳臭小儿，如此惊动天听，又烦圣虑获贼，直教老臣粉身碎骨，难报圣恩万一！"中大人笑道："这贼多是令郎自家拿倒的，不烦一毫圣虑，所以为妙。"南陔当时就口里说那夜怎的长，怎的短，怎的见皇帝，怎的拜皇后，明明朗朗，诉个不住口。

先前合家听见圣旨到时，已攒在中门口观看。及见南陔出车来，大家惊喜，只是不知头脑。直待听见南陔备细（详细情况）述此一遍，心下方才明白，尽多赞叹他乖巧之极。方信襄敏不在心上，不肯追求，道是他自家会归来的，真有先见之明也。

襄敏分付治酒款待中大人，中大人就将圣上钦赏压惊金犀及钦圣与各宫所赐之物，陈设起来，真是珠宝盈庭，光采夺目，所直（通"值"）不啻（bù chì，不只，不止）巨万。中大人摩着南陔的头道："哥，勾你买果此吃了。"襄敏又叩首对阙（宫门的代称）谢恩。立命馆客（蒙童之师）写下谢表（旧时臣下感谢君主的奏章），先附中大人陈奏（臣子向帝王陈述意见或说明事情），等来日早朝面圣，再行（另外进行某项活动。用于动词前）率领小子谢恩。中大人道："令郎（指对方的儿子。令，意思是美好，用于称呼对方的亲属）哥儿是咱家遇着，携见圣人的。咱家也有个薄礼儿，做个记念。”将出元宝二个，彩段八表里（段，通“缎”。表里，指衣服的面子和里子，“八表里”即八套衣料）来。襄敏再三推辞不得，只得收了。另备厚礼答谢过中大人，中大人上车，回复圣旨去了。

襄敏送了回来，合家欢庆。襄敏公道：“我说你们不要忙，我十三必能自归。今非但归来，且得了许多恩赐，又已拿了贼人，多是十三自己的主张来。可见我不着急的是么？”合家各各称服。

后来南陔取名王寀（cǎi），政和（宋徽宗赵佶年号，公元1111—1117年）年间，大有文声，功名显达。只看他小时举动如此，已占大就矣。

小时了了大时佳，五岁孩童已足夸。
计缚剧徒如反掌，直教天子送还家。

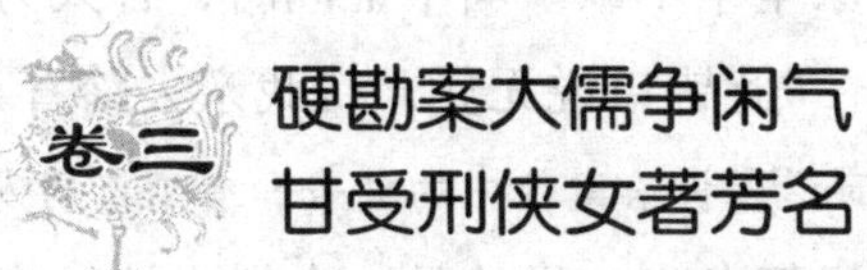

卷三 硬勘案大儒争闲气 甘受刑侠女著芳名

诗云：

世事莫有成心[①]，成心专会认错。
任是大圣大贤，也要当着不着[②]。

看官（说书艺人称听众为“看官”）听说，从来说的书，不过谈些风月，述些异闻，图个好听。最有益的，论些世情，说些因果，等听了的触着心里，把平日邪路念头化将转来。这个就是说书的一片道学（又称“理学”，是宋代形成的一个客观唯心主义的哲学体系，以继承孔、孟“道统”，宣传“性命义理”之学为主）心肠，却从不曾讲着道学。而今为甚么说个不可有成心？只为人心最灵，专是那空虚的才有公道。一点成心入在肚里，把好歹多错认了，就是圣贤，也要偏执

①成心：指已成的看法，犹如现在所说的“成见”。②当着不着：该做的不做，不该做的倒做了。

起来，自以为是，却不知事体（事情，情况）竟不是这样的了。道学的正派，莫如朱文公晦翁（朱熹，字元晦，号晦庵，南宋徽州婺源人，著名的哲学家、教育家、文学家，道学的集大成者，官至宝文阁待制。"朱文公"是世人对他的尊称）。读书的人那一个不尊奉他？岂不是个大贤？只为成心上边，也曾错断了事。

当日在福建崇安县知县事（指佐官代行县令职务称），有一小民告一状道："有祖先坟茔（fén yíng，埋葬死人的地方），县中大姓（两种含义：其中之一是社会地位高，历史影响大；另一是家丁兴旺，人口数量多，其中前者所指主要是历史上的情况。如果符合了这两个标准，就可以算作大姓）夺占做了自己的坟墓，公然安葬了。"晦翁精于风水（本为相地之术，即临场校察地理的方法，也叫地相。通俗地讲就是好地方，居于此处，能助人事兴旺、发财，可令后代富贵、显达），况且福建又极重此事，豪门富户见有好风水吉地，专要占夺了小民的，以致兴讼（发生诉讼，打官司），这样事日日有的。晦翁准了他状，提那大姓到官。大姓说："是自家做的坟墓，与别人毫不相干的，怎么说起占夺来？"小民道："原是我家祖上的墓，是他富豪倚势占了。"两家争个不歇。叫中证问时，各人为着一边，也没个的据（确实证据）。晦翁道："此皆口说无凭，待我亲去踏看（实地查看）明白。"当下带了一干人犯（旧时泛指诉讼案件中的被告和有牵连的人）及随从人等，亲到坟头。看见山明水秀，凤舞龙飞，果然是一个好去处。晦翁心里道："如此吉地，怪道有人争夺。"心里先有些疑心，必是小民先世葬着，大姓看得好，起心要他的了。

■朱熹：南宋著名的理学家、思想家、哲学家、教育家、诗人、闽学派的代表人物，世称朱子。

大姓先禀道："这是小人家里新造的坟，泥土工程，一应（所有一切）皆是新的，如何说是他家旧坟？相公（君子、生员、宰相的另外一种叫法）龙目一看，便了然（全然）明白。"小民道："上面新工程是他家的，底下须有老土。这原是家里的，他夺了才装新起来。"晦翁叫取锄头铁锹，在坟前挖开来看。挖到松泥将尽之处，"珰"的一声响，把个挖泥的人震得手疼。拨开浮泥看去，乃是一块青石头，上面依稀有字。晦翁叫取起来看，从人拂去泥沙，将水洗净，字文见将出来，却是"某氏之墓"四个大字。旁边刻着细行，多是小民家里祖先名字。大姓吃惊道："这东西那里来的？"晦翁喝道："分明是他家旧坟，

你倚强夺了他的。石刻见在，有何可说？”小民只是叩头道：“青天在上，小人再不必多口了。”晦翁道是见得已真，起身竟回县中，把坟断归小民，把大姓问了个强占田土之罪。小民口口“青天”，拜谢而去。

晦翁断了此事，自家道：“此等锄强扶弱（铲除强暴，扶助弱者）的事，不是我，谁人肯做？”深为得意。岂知反落了奸民之计。元来（原来）小民诡诈，晓得晦翁有此执性，专怪富豪大户欺侮百姓。此本是一片好心，却被他们看破（看透，强调认识得彻底）的拿定了。因贪大姓所做坟地风水好，造下一计，把青石刻成字，偷埋在他墓前了多时，忽然告此一状。大姓睡梦之中，说是自家新做的坟，一看就明白的，谁知地下先做成此等圈套，当官发将出来。晦翁见此明验，岂得不信？况且从来只有大家占小人的，那曾见有小人谋大家的？所以执法而断。

那大姓委实受冤，心里不伏，到上边监司（宋代诸路转运使司、提点刑狱司、提举常平司等，有监察各州官之责，总称为“监司”）处再告将下来，仍发崇安县问理。晦翁越加嗔恼（恼怒），道是大姓刁悍（狡猾凶悍）抗拒。一发狠，着地方勒令大姓迁出棺柩，把地给与小民安厝（停灵或浅埋，等待埋葬）祖先，了完（了结，结束）事件。争奈（怎奈；无奈）外边多晓得是小民欺诈，晦翁错问了事，公议不平，沸腾喧嚷，也有风闻（经传闻而得知）到晦翁耳朵内。晦翁认是大姓力量大，致得人言如此，慨然叹息道：“看此世界，直道（正道。指确当的道理、准则）终不可行。”遂弃官不做，隐居本处武夷山中。

后来有事，经过其地，见林木蓊然（草木茂盛的样子。蓊，wěng），记得是前日踏勘断还小民之地。再行闲步一看，看得风水真好，葬下该大发人家。因寻其旁居民问道：“此是何等人家，有福分葬此吉地？”居民道：“若说这家坟墓，多是欺心（自己欺骗自己；昧心）得来的，难道有好风水报应他不成？”晦翁道：“怎生样欺心？”居民把小民当日埋石在墓内，骗了县官，诈了大姓这块坟地，葬了祖先的话，是长是短，备细（详细）说了一遍。晦翁听罢，不觉两颊通红，悔之无及，道：“我前日认是奉公执法，怎知反被奸徒所骗！”一点恨心自丹田（人体腹部脐下部位，旧时人们认为这是贮存精气的所在）里直贯到头顶来，想道：“据着如此风水，该有发迹好处；据着如此用心贪谋来的，又不该有好处到他了。”遂对天祝下四句道：

此地若[①]发，是有地理。

①若：如果。

此地不发，是有天理。

祝罢而去。是夜大雨如倾，雷电交作，霹雳一声，屋瓦皆响。次日看那坟墓，已毁成一潭，连尸棺多不见了。可见有了成心，虽是晦庵大贤，不能无误。及后来事体明白，才知悔悟，天就显出报应来，此乃天理不泯（mǐn，消灭，丧失）之处。人若欺心，就骗过了圣贤，占过了便宜，葬过了风水，天地原不容的。

而今为何把这件说这半日？只为朱晦翁还有一件为着成心上边，硬断一事，屈了一个下贱妇人，反致得他名闻天子，四海（指天下、全国各地）称扬（称许赞扬），得了个好结果。有诗为证：

白面秀才落得争，红颜女子落得苦。
宽仁圣主两分张，反使娼流名万古。

话说天台营中（天台，即今浙江省天台县，以其北依天台山而得名。营，军营）有一上厅行首（háng shǒu，名妓），姓严，名蕊，表字（旧时人在本名以外所起的表示德行或本名的意义的名字）幼芳，乃是个绝色的女子。一应（所有一切）琴棋书画、歌舞管弦之类，无所不通；善能作诗词，多自家新造句子，词人推服（推许佩服）。又博晓古今故事，行事最有义气，待人常是真心。所以人见了的，没一个不失魂荡魄在他身上。四方（指各处；天下）闻其大名，有少年子弟慕他的，不远千里，直到台州（辖境相当于现在浙江省天台山以东沿海地区，治所在今临海市。天台县属台州）来求一识面。正是：

十年不识君王面，始信婵娟[1]解误人。

此时台州太守（原为战国时对郡守的尊称，后亦作一府最高行政长官“知府”的别称）乃是唐与正，字仲友，少年高才，风流文彩（才华出众，自成一派）。宋时法度（规矩，行为的准则），官府有酒皆召歌妓承应，只站着歌唱送酒，不许私侍寝席。却是与他谑浪（戏谑放荡）狎昵（过于亲近而态度不庄重），也算不得许多清处。仲友见严蕊如此十全可喜（可爱），尽有眷顾（垂爱，关注）之意，只为官箴（做官的规戒。箴，zhēn）拘束，不敢胡为。但是良辰佳节，或宾客席上，必定召他来侑酒（yòu jiǔ，劝酒；为饮酒者助兴）。

一日，红白桃花盛开，仲友置酒赏玩，严蕊少不得来供应。饮酒中间，仲友晓得他善于词咏，就将红白桃花为题，命赋小词。严蕊应声成一阙，词云：

道是梨花不是，道是杏花不是。白白与红红，别是东风情味。曾记，曾记，人在武陵微

---

①婵娟：容貌姿态美好的样子。婵，通“婵”。

醉。（词寄《如梦令》）

吟罢，呈上仲友。仲友看毕大喜，赏了他两匹缣帛（柔软轻便、幅面宽广、宜于画图的昂贵丝织品）。

又一日，时逢七夕，府中开宴。仲友有一个朋友谢元卿，极是豪爽之士，是日也在席上。他一向闻得严幼芳之名，今得相见，不胜欣幸。看了他这些行动举止，谈谐（说笑）歌唱，件件动人，道："果然名不虚传！"大觥（gōng，古代酒器）连饮，兴趣愈高。对唐太守道："久闻此子长于词赋，可当面一试否？"仲友道："既有佳客，宜赋新词。此子颇能，正可请教。"元卿道："就把（拿）七夕为题，以小生之姓为韵，求赋一词，小生当饮满三大瓯（ōu，酒杯）。"严蕊领命，即口吟一词道：

碧梧（绿色的梧桐树）初坠，桂香才吐，池上水花（荷花）初谢。穿针人在合欢楼，正月露玉盘高泻。

蛛忙鹊懒，耕慵织倦，空做古今佳话。人间刚到隔年期，怕天上方才隔夜。（词寄《鹊桥仙》）

词已吟成，元卿三瓯酒刚吃得两瓯，不觉跃然而起道："词既新奇，调又适景，且才思敏捷，真天上人也！我辈何幸，得亲沾芳泽（指女子仪容）！"亟取（急切取出。亟，jí）大觥相酬，道："也要幼芳公饮此瓯，略见小生钦慕之意。"严蕊接过吃了。太守看见两人光景，便道："元卿客边（外来的），可到严子家中做一程（一些日子）儿伴去。"元卿大笑，作个揖道："不敢请耳，固所愿也。但未知幼芳心下如何？"仲友笑道："严子解人（通晓文辞、富有意趣的人），岂不愿事佳客？况为太守做主人，一发该的了。"严蕊不敢推辞得。酒散，竟同谢元卿一路到家，是夜遂留同枕席之欢。元卿意气豪爽，见此佳丽聪明女子，十分趁怀（称心。趁，通"称"），只恐不得他欢心，在太守处凡有所得，尽情送与他家。留连年余，方才别去，也用掉若干银两，心里还是歉然（不满足）的，可见严蕊真能令人消魂也。表过不题。

且说婺州（辖境相当于现在浙江省中部武义江、金华江流域，治所在今金华市。婺，wù）永康县有个有名的秀才，姓陈，名亮，字同父。赋性慷慨，任侠（凭借权威、勇力或财力等手段扶助弱小，帮助他人）使气（恣逞意气），一时称为豪杰。凡缙绅（旧时官宦的装束，转用为官宦的代称）士大夫有气节的，无不与之交好。淮帅辛稼轩〔辛弃疾，字幼安，号稼轩，历城（今山东省济南市）人。他是南宋杰出的词人，也是一位卓越的将领〕居铅山（县名，即今江西省铅山县。辛弃疾晚年隐居铅山）时，同父曾去访他。将近居旁，遇一小桥，骑的马不肯走。同父将马三跃，马三次退却。同父大怒，拔出所佩之剑，一剑挥去马首，马倒地上。同父面不改容，徐步而去。稼轩适在楼上看见，大以为奇，遂与定交（结为朋友）。平日行径如此，所以唐仲友也与他相好（关系亲密，感情好）。因到台州来看仲友，仲友资给馆谷（食宿。馆，住处；谷，粮食），留住了他。闲暇之时，往来讲论。仲友喜的是俊爽（英俊豪爽；人品高超，性格豪爽）名流，恼的是道学先生。同父意见亦同，常说道："而今的世界，只管讲那道学。说正心诚意的，多是一班害了风痹病（中医学病名，又称"痹症"，属于关节疼痛的一类病症），不知痛痒之人。君父大仇，全然不理，方且扬眉袖手，高谈性命。不知性命是甚么东西！"所以与仲友说得来。只一件，同父虽怪道学，却与朱晦庵相好；晦庵也曾荐过同父来。同父道："他是实学有用的，不比世儒（俗儒）迂阔。"惟有唐仲友，平日恃才，极轻薄的是朱晦庵，道他字也不识的。为此，两个议论有些左（相违，相反）处。

同父客邸（客居外地的府邸；客舍）兴高，思游妓馆。此时严蕊之名，布满一郡，人多晓得是太守相公（君子、生员、宰相的另外一种叫法）作兴（纵容，娇惯）的，异样兴头（行时；兴旺），没有一日闲在家里。"同父是个爽利汉子，那里有心情伺候他空闲？闻得有一个赵娟，色艺虽在严蕊之下，却也算得是个上等的衠衏（háng yuàn，古代妓女），台州数一数二的。同父就在他家游耍，缱绻（qiǎn quǎn，情意深笃，难以分舍）多时，两情欢爱。同父挥金如土，毫无吝啬。妓家见他如此，百倍趋承。赵娟就有嫁他之意，同父也有心要娶赵娟。两个商量了几番，彼此乐意。只是是个官身，必须落籍，方可从良嫁人（是说赵娟属于官妓。官妓的名字要登记入册，称为入"籍"。官妓只有除去了名籍，即"落籍"，才可以嫁人。妓女嫁人谓之"从良"）。"同父道："落籍是府间所主，只须与唐仲友一说，易如反掌。"赵娟道："若得如此最好。"陈同父特为此来府里见唐太守，把此意备细（详细）说了。唐仲友取笑道："同父是当今第一流人物，在此不交严蕊而交赵娟，何也？"同父道："吾辈情之所钟，便是最胜，那见还有出其右者？况严蕊乃守公所属意，即使与交，肯便落了籍，放他去否？"仲友也笑将起来，道："非是属意。果然严蕊若去，此邦便觉无人，自然使不得。若赵娟要脱籍，无不依命。但不知他相从仁兄之意已决否？"同父道："察其词意，似出至诚。还要守公赞襄（辅助，帮助），作个月老（媒人）。"仲友道："相从之事，出于本人情愿，非小弟所可赞襄，小弟只管与

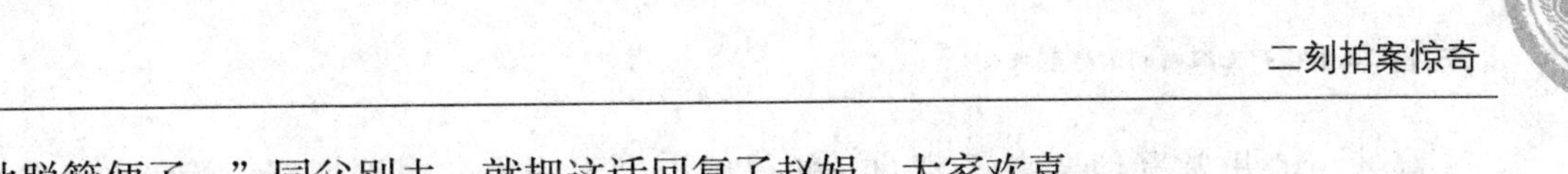

他脱籍便了。”同父别去，就把这话回复了赵娟，大家欢喜。

次日府中有宴，就唤将赵娟来承应。饮酒之间，唐太守问赵娟道：“昨日陈官人替你来说，要脱籍从良，果有此事否？”赵娟叩头道：“贱妾风尘已厌，若得脱离，天地之恩。”太守道：“脱籍不难。脱籍去，就从陈官人否？”赵娟道：“陈官人名流贵客，只怕他嫌弃微贱，未肯相收。今若果有心于妾，妾焉敢自外（自视为外人；自行疏远）？一脱籍就从他去了。”太守心里想道：“这妮子不知高低（说话或做事不知深浅轻重），轻意应承，岂知同父是个杀人不眨眼的汉子？况且手段（手面，排场。指处事、用钱大手大脚）挥霍，家中空虚，怎能了得这妮子终身？”也是一时间为赵娟的好意，冷笑道：“你果要从了陈官人到他家去，须是会忍得饥，受得冻才使得。”赵娟一时变色，想道：“我见他如此撒漫（挥霍无度，随意花钱）使钱，道他家中必然富饶，故有嫁他之意。若依太守的说话，必是个穷汉子，岂能了我终身之事？”好些不快活起来。唐太守一时取笑之言，只道他不以为意。岂知姊妹行（指众妓女）中心路（心眼儿；心计）最多，一句关心（触着心事），陡然疑变。唐太守虽然与了他脱籍文书，出去见了陈同父，并不提起嫁他的说话了。连相待之意，比平日也冷澹了许多。同父心里怪道：“难道娼家薄情得这样渗濑（shèn lài，丑陋，使人可怕的样子），哄我与他脱了籍，他就不作准（作数；算数。表示确认）了！”再把前言问赵娟。赵娟回道：“太守相公说来，到你家要忍冻饿，这着甚么来由？”同父闻得此言，勃然大怒，道：“小唐这样惫赖（也作“惫懒”，无赖、险恶、丑陋之意）！只许你喜欢严蕊罢了，也须有我的说话处。”他是个直性尚气（重气节，重义气）的人，也就不恋了赵家，也不去别唐太守，一径到朱晦庵处来。

此时朱晦庵提举浙东常平仓（宋代设有“提举常平官”一职，亦简称“提举”、“提仓”，掌管各路财赋，兼有监察各州官吏的职权。浙东，即南宋时所置“两浙东路”，辖境相当于现在浙江省衢江、富春江、钱塘江以东地区），正在婺州。同父进去相见已毕，问说是台州来，晦庵道：“小唐在台州如何？”同父道：“他只晓得有个严蕊，有甚别勾当！”晦庵道：“曾道及下官否？”同父道：“小唐说公尚不识字，如何做得监司（宋代诸路转运使司、提点刑狱司、提举常平司等，有监察各州官之责，总称为“监司”）？”晦庵闻之，默然了半日。盖是晦庵早年登朝，茫茫仕宦（shì huàn，文人对当官的一种谦虚称法）之中，著书立言，流布天下，自己还有些不慊意（即“不惬意”，不满足。慊，qiè）处。见唐仲友少年高才，心里常疑他要来轻薄的。闻得他说己不识字，岂不愧怒？佛然（忿怒的样子。怫，fú）道："他是我属吏，敢如此无礼！"然背后之言，未卜（不；没有，不曾；放在句末，表示疑问）真伪。遂行一张牌下去，说台州刑政有枉，重要巡历（巡行视察），星夜到台州来。

晦庵是有心寻不是的，来得急促。唐仲友出于不意，一时迎接不及，来得迟了些。晦庵信道（知道；料知）是同父之言不差。"果然如此轻薄，不把我放在心上。"这点恼怒，再消不得了。当日下马，就追取了唐太守印信，交付与郡丞（官名。郡守的佐官），说："知府不职，听参。"连严蕊也拿来收了监，要问他与太守通奸情状。

晦庵道是仲友风流，必然有染。况且妇女柔脆，吃不得刑拷，不论有无，自然招承，便好参奏他罪名了。谁知严蕊苗条般的身躯，却是铁石般的性子，随你朝打暮骂，千棰百拷，只说："循分（恪守职分）供唱，吟诗侑酒（劝酒；为饮酒者助兴）是有的，曾无一毫他事。"受尽了苦楚，监禁了月余，到底只是这样话。晦庵也没奈他何，只得糊涂做了不合（不应当；不该）蛊惑（迷惑；诱惑）上官，狠毒将他痛杖了一顿，发去绍兴另加勘问。一面先具本参奏，大略道：

> 唐某不伏讲学（研习，学习），罔知（不知道）圣贤道理，却诋臣为不识字。居官不存政体，亵昵（xiè nì，过分亲近而态度轻佻）娼流。鞫（jū，审问）得奸情，再行复奏。取进止。等因。

唐仲友有个同乡友人王淮（字季海，婺州金华人，进士出身，宋孝宗时官拜右丞相，旋迁左丞相），正在中书省（秉承皇帝旨意，总管政务的中央官署。其长官中书令一职由丞相兼领）当国（主持国事），也具一私揭，辨晦庵所奏，要他达知圣听。大略道：

> 朱某不遵法制（法令制度），一方再按，突然而来。因失迎候，酷逼娼流，妄污职官。公道（不偏不倚的、公平合理的）难泯，力不能使贱妇诬服（无辜而服罪）。尚辱渎奏，明见欺妄。等因。

孝宗皇帝看见晦庵所奏，正拿出来与宰相王淮平章（研究讨论），王淮也出仲友私揭与孝宗看。孝宗见了，问道："二人是非，卿意如何？"王淮奏道："据臣看着，此乃秀才争闲气（因无关紧要的事惹起的气恼）耳。一个道讥了他不识字，一个道不迎候得他，此是真情。其余言语，多是增添的。可有一些的正事么？多不要听他就是。"孝宗道："卿说得是。却是上下司不和，地方不便。可两下平调了他每（宋元时人称代词的复数，同"们"）便了。"王淮奏谢

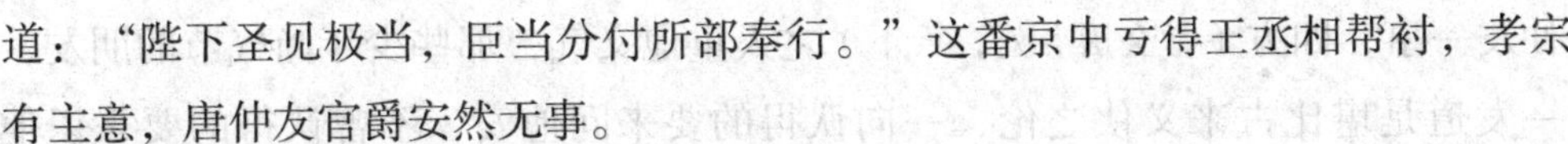

道："陛下圣见极当，臣当分付所部奉行。"这番京中亏得王丞相帮衬，孝宗有主意，唐仲友官爵安然无事。

只可怜这边严蕊，吃过了许多苦楚，还不算帐，出本之后，另要绍兴去听问。绍兴太守也是一个讲学的，严蕊解到时，见他模样标致，太守便道："从来有色者必然无德。"就用严刑拷他，讨拶来拶指（用拶子套入手指，再用力紧收，是旧时的一种酷刑。拶，zǎn）。严蕊十指纤细，掌背嫩白。太守道："若是亲操井臼（jǐng jiù，汲水舂米，泛指操持家务）的手，决不是这样，所以可恶！"又要将夹棍夹他。当案孔目（掌管文书的吏员名称）禀道："严蕊双足甚小，恐经挫折不起。"太守道："你道他足小么？此皆人力矫揉（矫正；整饬。矫，使曲的变直；揉，使直的变曲），非天性之自然也。"着实被他腾倒了一番，要他招与唐仲友通奸的事。严蕊照前不招，只得且把来监了，以待再问。

严蕊到了监中，狱官着实可怜他，分付狱中牢卒不许难为。好言问道："上司加你刑罚，不过要你招认。你何不早招认了？这罪是有分限的。女人家犯淫，极重不过是杖罪，况且已经杖断过了，罪无重科（重复断罪。科，判刑）。何苦舍着身子，熬这等苦楚？"严蕊道："身为贱伎，纵是与太守有奸，料然不到得死罪，招认了有何大害？但天下事真则是真，假则是假，岂可自惜微躯，信口妄言，以污士大夫？今日宁可置我死地，要我诬人，断然不成的。"狱官见他词色凛然，十分起敬，尽把其言禀知太守。太守道："既如此，只依上边原断施行罢。可恶这妮子崛强（刚强；刚直），虽然上边发落已过，这里原要决断。"又把严蕊带出监来，再加痛杖，这也是奉承晦庵的意思。叠成文书，正要回复提举司，看他口气，别行定夺，却得晦庵改调消息，方才放了严蕊出监。严蕊恁地悔气！官人每自争闲气，做他不着（不顾一切地拿他来作牺牲品。"做……不着"，吴方言，相当现在口语所说："拿……豁出去了"）。两处监里无端的监了两个月，强坐（定罪因由）得他一个"不应"罪名，倒受了两番科断（论处；判决）。其余逼招拷打，又是分外的受用。正是：

规圆方竹杖（以大宛国特产方竹所制，此竹坚实正方，节眼须牙，四面相对，坚实胜于金铁，工匠规圆涂漆，以成兵器），漆却断纹琴（有裂纹的古琴）。

好物不动念，方成道学（又称"理学"，是宋代形成的一个客观唯心主义的哲学体系，以继承孔、孟"道统"，宣传"性命义理"之学为主）心。

严蕊吃了无限的磨折，放得出来，气息奄奄，几番欲死。将息（调养，休息，将养休息）杖疮，几时见不得客，却是门前车马比前更盛。只因死不肯招唐仲友一事，四方（指全国各处，天下）之人重他义气，那些少年尚气节的朋友，一发道是堪比古来义侠之伦，一向认得的要来问他安，不曾认得的要来识他面，所以挨挤不开。一班风月场中人，自然与道学不对，但是来看严蕊的，没一个不骂朱晦庵两句。晦庵此番竟不曾奈何得唐仲友，落得动了好些唇舌（毁谤、挑拨的言辞）。外边人言喧沸，严蕊声价腾涌，直传到孝宗耳朵内。孝宗道："早是前日两平处（平等相处）了。若听了一偏之词，贬谪（官吏降职，被派到远离京城的地方）了唐与正，却不屈了这有义气的女子没申诉处？"

陈同父知道了，也悔道："我只向晦庵说得他两句话，不道认真的大弄起来。今唐仲友只疑是我害他。"无可辨处，因致书与晦庵道：

亮平生不曾会说人是非，唐与正乃见疑相谮（zèn，说人坏话），真足当田光（战国时燕国处士，曾推荐荆轲给太子丹以谋刺秦王政，丹请他不要泄密，田光遂自刎。这里陈亮说自己被人怀疑，也应像田光那样死去）之死矣。然困穷之中，又自惜此泼命（贱命，形容地位低下）。一笑。

看来陈同父只为唐仲友破了他赵娟之事，一时心中愤气，故把仲友平日说话，对晦庵讲了出来。原不料晦庵狠毒，就要摆布仲友起来。至于连累严蕊受此苦拷，皆非同父之意也。这也是晦庵成心（指已成的看法，犹如现在所说的"成见"）不化，偏执（固执）之过，以后改调去了。

交代（办理交接，这里指继任的官员）的是岳商卿，名霖。到任之时，妓女拜贺，商卿问："那个是严蕊？"严蕊上前答应。商卿抬眼一看，见他举止异人，在一班妓女之中，却像鸡群内野鹤独立（意指像鹤站在鸡群中一样。比喻一个人的仪表或才能在周围一群人里显得很突出），却是容颜憔悴。商卿晓得前事他受过折挫，甚觉可怜。因对他道："闻你长于词翰（诗文，辞章），你把自家心事做成一词诉我，我自有主意。"严蕊领命，略不搆（同"构"，构思）思，应声口占《卜算子》道：

不是爱风尘，似被前缘误。花落花开自有时，总赖东君主。去也终须去，住也如何住？若得山花插满头，莫问奴归处。

商卿听罢，大加称赏道："你从良之意决矣。此是好事，我当为你做主。"立刻取伎籍来，与他除了名字，判与从良。严蕊叩头谢了，出得门去。有人得知此说的，千金币聘，争来求讨，严蕊多不从他。有一宗室近属（血统关系较近的亲属）子弟，丧了正配，悲哀过切，百事俱废。宾客们恐其伤性，拉他到伎馆散心，说着别处，多不肯去，直等说到严蕊家里，才肯同来。严蕊见此人满面戚容（忧伤的容色），问知为着丧偶之故，晓得是个有情之人，关在心里。那宗室也慕严蕊大名，饮酒中间，彼此喜乐，因而留住。倾心来往多时，毕竟（究竟、最终、到底）纳了严蕊为妾。严蕊也一意随他，遂成了终身结果。虽然不到得夫人、县君（旧时皇帝对中下层官吏的母亲或妻子所加的封号，在宋代也称县君为室人、安人、孺人、宜人，后来也当一般富贵人家妇女的尊号），却是宗室自取严蕊之后，深为得意，竟不续婚。一根一蒂，立了妇名，享用到底。也是严蕊立心正直之报也。

后人评论这个严蕊，乃是真正讲得道学（又称"理学"，是宋代形成的一个客观唯心主义的哲学体系，以继承孔、孟"道统"，宣传"性命义理"之学为主）的。有七言古风一篇，单说他的好处：

天占有女真奇绝，挥毫能赋谢庭雪①。
搽②粉虞候太守筵，酒酣未必呼烛灭。
忽尔监司③飞檄至，桁杨④横掠头抢地。
章台不犯士师条，肺石⑤会疏刺史事。
贱质何妨轻一死，岂承浪语污君子！
罪不重科两得答，狱吏之威止是耳。
君侯能讲毋自欺，乃遣女子诬人为。
虽在缧绁⑥非其罪，尼父⑦之语胡忘之？
君不见贯高⑧当时白赵王，身无完肤犹自强。
今日蛾眉亦能尔，千载同闻侠骨香。
含颦带笑出狴犴⑨，寄声合眼闭眉汉。
山花满斗归去来，天潢自有梁鸿案⑩。

①"挥毫"句：刘义庆《世说新语·言语》："谢太傅（安）寒雪日内集，与儿女讲论文义。俄而雪骤。公欣然曰：'白雪纷纷何所似？'兄子胡儿曰：'撒盐空中差可拟。'兄女曰：'未若柳絮因风起。'公大笑乐。"这里借喻严蕊像谢安的侄女谢道韫一样，很有诗才。②搽（chá）：用粉末、油类涂在皮肤上。③监司：宋代诸路转运使司、提点刑狱司、提举常平司等，有监察各州官之责，总称为"监司"。④桁（háng）杨：加在脚上或颈上的刑具，亦泛指刑具。⑤肺石：古时设于朝廷门外的赤石，以石形如肺，故名。民有不平，得击石鸣冤。⑥缧绁（léi xiè）：拴罪人的绳子，代指监狱。⑦尼父：即孔子。尼父之语，指《论语·公冶长》所云："子谓公冶长，'可妻也。虽在缧绁之中，非其罪也。'"⑧贯高：汉初赵王张敖之相，因怒刘邦对赵王无礼，欲谋杀之，后事泄被捕，供认谋杀是自己所为，赵王清白，"实不反"。贯高狱中受尽酷刑，体无完肤，终不复言。获赦后即自杀。事见《史记·张耳陈馀列传》。⑨狴犴（bì àn）：传说中一种走兽，古时常绘其形于监狱中，后作为监狱的代称。⑩梁鸿案：东汉贤士梁鸿娶妻孟光，二人偕隐，相敬如宾，妻为具食，举案齐眉。后借指夫妇和美。事见《后汉书·梁鸿传》。

卷四 韩侍郎婢作夫人 顾提控掾居郎署

诗云：

曾闻阴德可回天，古往今来效灼然[①]。
奉劝世人行好事，到头元是自周全。

话说湖州府（辖境相当于现在浙江省天目山西北部地区，治所在今湖州市）安吉州（即今安吉县，明代于为州，属湖州府）地浦滩有一居民，家道贫窘，因欠官粮银二两，监禁在狱。家中止有一妻，抱着个一周未满的小儿子度日，别无门路可救。栏中畜养一猪，算计卖与客人，得价还官。因性急银子要紧，等不得好价，见有人来买，即便成交。妇人家不认得银子好歹，是个白晃晃的，说是还得官了。客人既去，拿出来与银匠熔着锭子。银匠说："这是些假银，要他怎么？"妇人慌问："有多少成色（银子中所含纯银的比例）在里头？"银匠道："那里有半毫银气？多是铅铜锡蜡装成，见火不得的。"妇人着了忙，拿在手中，走回家来，寻思一回道："家中并无所出，止有此猪，指望卖来救夫。今已被人骗去，眼见得丈夫出来不成。这是我不仔细上害了他，心下怎么过得去？我也不要这性命了！"待寻个自尽，看看小儿子，又不舍得。发个狠道："罢，罢，索性抱了小冤家，同赴水而死，也免得牵挂。"急急奔到河边来。正待撺下去，恰好一个徽州（辖境相当于现在安徽省南部新安江上游地区）商人立在那里，见他忙忙投水，一把扯住问道："清白后生（后辈，下一代），为何做此短见勾当（行当）？"妇人拭泪答道："事急无奈，只图一死。"因将救夫卖猪误收假银之说，一一告诉。徽商道："既然如此，与小儿子何干？"妇人道："没爷没娘，少不得一死；不如同死了干净。"徽商恻然（哀怜的样子）道："所欠官银几何？"妇人道："二两。"徽商道："能得多少（吴方言，也作"能个"，表示出乎意料的副词。"能得多少"，犹如说以为有多少），坏此三条

①灼然：明显。

性命！我下处不远，快随我来，我舍银二两，与你还官（归还官府）罢。”妇人转悲作喜，抱了儿子，随着徽商行去。不上半里，已到下处。徽商走入房，秤银二两出来，递与妇人道：“银是足纹（成色最好的银子），正好还官。不要又被别人骗了。”

妇人千恩万谢，转去央个邻舍，同到县里纳了官银，其夫始得放出监来。

到了家里，问起道：“那得这银子还官救我？”妇人将前情述了一遍，说道：“若非遇此恩人，不要说你不得出来，我母子两人已作黄泉（迷信的人指阴间）之鬼了。”其夫半喜半疑。喜的是得银解救，全了三命；疑的是妇人家没志行（志向和操行），敢怕独自个一时喉极（情急）了，做下了些不伶俐（不干净、不正当）勾当，方得这项银子，也不可知。不然，怎生有此等好人，直如此凑巧？口中不说破他，心生一计道：“要见明白，须得如此如此。”问妇人道：“你可认得那恩人的住处么？”妇人道：“随他去秤银的，怎不认得？”其夫道：“既如此，我与你不可不去谢他一谢。”妇人道：“正该如此。今日安息了，明日同去。”其夫道：“等不得明日，今夜就去。”妇人道：“为何不要白日里去，倒要夜间？”其夫道：“我自有主意，你不要管我。”妇人不好拗得，只得点着灯，同其夫走到徽商下处（住处，住所）门首。

此时已是黄昏时候，人多歇息寂静了。其夫叫妇人扣门。妇人道：“我是女人，如何叫我黑夜敲人门户？”其夫道：“我正要黑夜试他的心事。”妇人心下晓得丈夫有疑了，想道：“一个有恩义的人，倒如此猜他，也不当人子（表示歉意或感谢的话，意思是罪过，不敢当）。”却是恐怕丈夫生疑，只得出声高叫。徽商在睡梦间，听得是妇女声音，问道：“你是何人，却来叫我？”妇人道：“我是前日投水的妇人，因蒙恩人大德，救了吾夫出狱，故此特来踵门（亲自上门）叩谢。”看官，你道徽商此时若是个不老成（阅历多而练达世事）的，听见一个妇女黑夜寻他，又是施恩过来的，一时动了不良之心，未免说句把倬俏（zhuō qiào，风流；俊俏）绰趣（打趣，调笑）的话。开出门来，撞见其夫，可不是老大一场没趣？把起初做好事的念头多弄脏了。不想这个朝奉（朝奉郎的省称，原是宋代官职名，后用为对富人的尊称）煞是有正经，听得妇人说话，便厉声道：“此我独卧之所，岂汝妇女家所当来？况昏夜也不是谢人的时节，但请回步，不必谢了！”其夫听罢，才把一天疑心尽多消散。妇人乃答道：“吾夫同在此相谢。”徽商听见其夫同来，只得披衣下床，要来开门。走得几步，只听得天崩地塌之声，连门外多震得动。徽商慌了自不必说，夫妇两人多吃了一惊。徽商忙叫小二掌火来看，只见一张卧床，压得四脚多折，满床尽是砖头泥土。元来那一垛墙走了（吴方言，移动、改变之意。特指房屋、家具等物体变形了）。一向床遮着，不觉得，此时偶然坍将下来。若有人在床时，便是铜筋铁骨（如铜一样的筋，如铁一样的骨。比喻十分健壮的身体），也压死了。徽商看了，伸了舌头出来，一时缩不进去。就叫小二开门，见了夫妇二人，反谢道："若非贤夫妇相叫起身，几乎一命难存。"夫妇两人看见墙坍床倒，也自大加惊异，道："此乃恩人洪福齐天（旧时颂扬人福气极大。亦作为吉祥话称颂词流行于世），大难得免。莫非恩人阴德（不被人知道，不是为了自己而做的善事）之报？"两相称谢。徽商留夫妇茶话少时，珍重而别。

只此一件，可见商人二两银子，救了母子两命，到底因他来谢，脱了墙压之厄（困苦；灾难），仍旧是自家救了自家性命一般。此乃上天巧于报德处。所以古人说："与人方便，自己方便。"小子起初说"到头元是自周全"，并非诳语（kuáng yǔ，骗人的话）。看官每（宋元时人称代词的复数，同"们"）不信，小子而今单表（biǎo，表彰，显扬）一个周全他人，仍旧周全了自己一段长话，作个正文。有诗为证：

有女颜如玉，酬德讵①能足？
遇彼素心②人，清操③同秉烛。
兰蕙保幽芳，移来贮金屋。
容台④粉署郎⑤，一朝畀掾属⑥。
圣明重义人，报施同转毂⑦。

这段话文出在弘治（明孝宗朱祐樘年号，公元1488—1505年）年间直隶太仓州（直隶为明代直接隶属于京城的地区。明初定都南京，直隶地区相当现在江苏、安徽两省，后称"南直隶"，这里所指即南直隶。明成祖时迁都北京，遂又有"北直隶"，相当于现在北京、天津两市及河北省大部和河南、山东两省的一部分地区。明弘治年间割昆山、常熟、嘉定三县地置太仓州）地方。州中有一个吏典（对差役小头目的泛称），姓顾，名芳，平日迎送官府出城，专在城外一个卖饼的江家做下处歇脚（行路疲乏时停下来休息）。那江老儿名溶，是个老实忠厚的人，生意尽好，家道将就过得。看见顾吏典举动端方，容仪俊伟，不像个衙门中以下人，私心敬爱他。每遇他到家，便以提控（对管事役吏的尊称。金元时以提控为掌事之称）

①讵：岂,难道。② 素心：心地纯洁。③ 清操：高尚的节操。④容台：礼部的别称，中央掌管礼乐、祭祀、朝会、学校、贡举等事务的官署。⑤ 粉署郎：指礼部主事。⑥"一朝"句：意谓一个下级小吏一跃而为礼部主事。畀（bì），给予。掾属，属下的官吏。⑦ 转毂（gǔ）：转动的车轮。毂，车轮中心的圆木。

呼之，待如上宾。江家有个嬷嬷，生得个女儿名唤爱娘，年方十七岁，容貌非凡。顾吏典家里也自有妻子，便与江家内里（指妻子）通往来，竟成了一家骨肉一般。

常言道："一家饱暖千家怨（因为一个家庭的饱暖却让千万的家庭怨声载道）。"江老虽不怎的富，别人看见他生意从容（充裕；宽裕），衣食不缺，便传说了千金几百金家事（家产，家业）。有那等眼光浅、心不足的，目中就着不得，不繇（通"由"）得不妒忌起来。忽一日，江老正在家里做活，只见如狼似虎一起捕人打将进来，喝道："拿海贼！"把店中家火打得粉碎。江老出来分辩，众捕一齐动手，一索子捆倒。江嬷嬷与女儿顾不得羞耻，大家啼啼哭哭嚷将出来，问道："是何事端（事故；纠纷），说个明白。"捕人道："崇明解到海贼一起，有江溶名字，是个窝家。还问甚么事端？"江老夫妻与女儿叫起撞天屈来，说道："自来不曾出外，那里认得甚么海贼？却不屈杀了平人！"捕人道："不管屈不屈，到州里分辩去，与我们无干（不相干；无关）。快些打发我们见官去！"江老是个乡子里人，也不晓得盗情利害，也不晓得该怎的打发公差，合家只是一味哭。捕人每不见动静，便发起狠来道："老儿奸诈，家里必有赃物，我们且搜一搜。"众人不管好歹，打进内里，一齐动手，险些把地皮多翻了转来，见了细软（指精细而便于携带的贵重物品），便藏匿了。江老夫妻女儿三口，杀猪也似的叫喊，擂天倒地（呼天抢地，形容哭喊）价哭。捕人每揎拳裸手（形容振奋或发怒的样子。揎拳，卷袖出拳），耀武扬威。

正在没摆布（捉弄；任意处置）处，只见一个人踱将进来，喝道："有我在此，不得无理！"众人定睛看时，不是别人，却是州里顾提控（宋元时官名或吏目的尊称）。大家住手道："提控来得正好。我们不要粗鲁，但凭提控便是。"江老一把扯住提控道："提控救我一救。"顾提控问道："怎的起？"捕人拿牌票（旧时官方为某具体目的而填发的固定格式的书面命令，差役执行时持为凭证）出来看，却是海贼指扳（指攀）窝家，巡捕衙里来拿的。提控道："贼指的事，多出仇口。此家良善，明是冤屈。你们为我面上，须要周全一分。"捕人道："提控在此，谁敢多话？只要分付我们，一面打点见官便是。"提控即便主张江老支持酒饭鱼肉之类，摆了满桌，任他每狼飧虎咽（形容吃东西又猛又急。飧，熟食，饭食），吃个尽情。又摸出几两银子做差使钱。众捕人道："提控分付，我每也不好推辞，也不好较量，权且收着，凡百看提控面上，不难为他便了。"提控道："列位别无帮衬（帮助；帮忙）处，只求迟带到一日，等我先见官人，替他分诉（辩解）一番，做个道理，然后投牌（解到犯人后，将“牌票”交回），便是列位盛情。”捕人道：“这个当得奉承。”当下江老随捕人去了。提控转身安慰他母子道：“此事只要破费，须有分辩处，不妨大事。”母子啼哭道：“全仗提控搭救则个（zé gè，语气助词，用表示委婉或商量、祈使、解释等语气）。”提控道：“且关好店门，安心坐着，我自做道理去。”

出了店门，进城来，一径到州前来见捕盗厅官人，道：“顾某有个下处主人江溶，是个良善人户。今被海贼所扳，想必是仇家陷害，望乞（请求）爷台为顾某薄面，周全则个。”捕官道：“此乃堂上公事，我也不好自专（一任己意，独断独行）。”提控道：“堂上老爷，顾某自当禀明，只望爷台这里带到时，宽他这一番拷究（亦称“拷勘”，犯人押到，先要用刑审问）。”捕官道：“这个当得奉命。”须臾知州升堂。顾提控觑个堂事（长官在公堂上处理公事）空便，跪下禀道：“吏典平日伏侍老爷，并不敢有私情冒禀。今日有个下处主人江溶，被海贼诬扳（攀诬陷害）。吏典熟知他是良善人户，必是仇家所陷，故此斗胆禀明，望老爷天鉴之下，超豁（饶恕；宽免）无辜。若是吏典虚言（不真实的话）妄禀，罪该万死。”知州道：“盗贼之事非同小可，你敢是私下受人买嘱（亦作“买属”。谓给人钱财，请托办事），替人讲解么？”提控叩头道：“吏典若有此等情弊（作弊情况），老爷日后必然知道，吏典情愿受罪。”知州道：“待我细审，也听不得你一面之词（争执的双方中一方所说的话）。”提控道：“老爷‘细审’二字，便是无辜超生之路了。”复叩一头，走了下来。想道：“官人方才说听不得一面之词，我想人众则公，明日约同同衙门几位朋友，大家禀一声，必然听信。”是日拉请一般的十数个提控，到酒馆中坐一坐，把前事说了，求众人明日帮他一说。众人平日与顾提控多有往来，无有不依的。

次日，捕人已将江溶解到捕厅。捕厅因顾提控面上，不动刑法，竟送到堂上来。正值知州投文（投递诉状），挨牌唱名。点到江溶名字，顾提控站在旁边，又跪下来禀道：“这江溶即是小吏典昨日所禀过的，果是良善人户，中间必有冤情，望老爷详察。”知州作色（脸上变色。指神情变严肃或发怒）道：“你两次三回替人辨白，莫非受了贿赂，故敢大胆？”提控叩头道：“老爷当堂明查。若不是小吏典下处主人，及有贿赂情弊，打死无怨。”只见众吏典多跪下来禀道：“委是（确实）顾某主人，别无情弊，众吏典敢百口代保。”知州平日也晓得顾芳行径，是个忠直小心的人，心下有几分信他的，说道：“我审时自有道理。”便问江溶：“这伙贼人扳你，你平日曾认得一两个否？”江老儿叩头道："爷爷，小的若认得一个，死也甘心。"知州道："他们有人认得你否？"江老儿道："这个小的虽不知，想来也未必认得小的。"知州道："这个不难。"唤一个皂隶（旧时衙门里的差役。皂，玄色，黑色。差役常穿黑色衣服）过来，教他脱下衣服与江溶穿了，扮做了皂隶；却叫皂隶穿了江溶衣服，扮做了江溶。分付道："等强盗执着江溶时，你可替他折证（对证，辩白），看他认得认不得。"皂隶依言，与江溶更换停当（妥贴；妥当），然后带出监犯来。

知州问贼首道："江溶是你窝家么？"贼首道："爷爷，正是。"知州敲着气拍（俗称"惊堂木"，官员审案用以拍桌恐吓犯人的小木块），故意问道："江溶怎么说？"这个皂隶扮的江溶假着口气道："爷爷，并不干小人之事。"贼首看着假江溶，那里晓得不是？一口指着道："他住在城外，倚着卖饼为名，专一窝着我每赃物。怎生赖得？"皂隶道："爷爷，冤枉！小的不曾认得他的。"贼首道："怎生不认得？我们长在你家吃饼，某处赃若干，某处赃若干，多在你家，难道忘了？"知州明知不是，假意说道："江溶是窝家，不必说了。却是天下有名姓相同。"一手指着真江溶扮皂隶的道："我这个皂隶也叫得江溶，敢怕是他么？"贼首把皂隶一看，那里认得？连喊道："爷爷，是卖饼的江溶，不是皂隶江溶。"知州又手指假江溶道："这个卖饼的江溶，可是了么？"贼首道："正是这个。"知州冷笑了一声，连敲气拍两三下，指着贼首道："你这杀剐不尽的奴才！自做了歹事，又受人买嘱，扳陷良善。"贼首连喊道："这江溶果是窝家，一些不差，爷爷！"知州喝叫："掌嘴！"打了十来下。知州道："还要嘴强（自知理亏而口头上不肯认错或服输）！早是我先换过了，试验虚实，险些儿屈陷平民。这个是我皂隶周才，你却认做了江溶，就信口扳杀他。这个扮皂隶的正是卖饼江溶，你却又不认得，就说道无干。可知道你受人买嘱来害江溶，元不曾认得江溶的么！"贼首低头无语，只叫："小的该死。"知州叫江溶与皂隶仍旧换过了衣服。取夹棍来，把贼首夹起，要招出买他指扳的人来。贼首是顽皮赖肉（指品行不端、无赖狡诈的人），那里放在心上？任你夹打，只供称是因见江溶殷实，指望扳赔赃物是实，别无指使。知州道："眼见得是江溶仇家所使，无得可疑。今这奴才死不肯招。若必求其人，他又要信口诬害，反生株连（因一人有罪而牵连他人）。我只释放了江溶，不根究也罢。"江溶叩头道："小的也不愿晓得害小的的仇人，省得中心不忘，冤冤相结。"知州道："果然是个忠厚人。"提起笔来，把名字注销。喝道："江溶无干，直赶出去。"当下江溶叩头不止。皂隶连喝："快走！"

江溶如笼中放出飞鸟，欢天喜地出了衙门。衙门里许多人撮空叫喜，拥住了不放。又亏得顾提控走出来，把几句话解散开了众人，一同江溶走回家来。

江老儿一进门，便唤过妻女来道："快来拜谢恩人！这番若非提控搭救，险些儿相见不成了。"三个人拜做一堆。提控道："自家家里，应得出力。况且是知州老爷神明做主，与我无干。快不要如此！"江嬷嬷便问老儿道："怎生回来得这等撇脱（piě tuō，洒脱；干净利落）？不曾吃亏么？"江老儿道："两处俱仗提控先说过了，并不动一些刑法。天字号一场官司，今没一些干涉（关涉；关系），竟自平净了。"江嬷嬷千恩万谢。提控立起身来，道："你们且慢慢细讲，我还要到衙门去谢谢官府去。"当下提控作别自去了。

江老送了出门，回来对嬷嬷说："正是'闭门家里坐，祸从天上来'，谁想遭此一场飞来横祸！若非提控出力，性命难保。今虽然破费了些东西，幸得太平无事。我每不可忘了恩德，怎生酬报得他便好？"嬷嬷道："我家家事，向来不见怎的，只好度日。不知那里动了人眼，被天杀的（一种口头语，根据不同的方言习惯有不同的解释方法，但通常来说与"该死的"意思相近）暗算，招此非灾。前日众捕人一番掳掠，狠如打劫一般，细软东西，尽被抄扎过了。今日有何重物谢得提控大恩？"江老道："便是没东西难处。就凑得些少（少许，一点儿），也当不得数，他也未必肯受。怎么好？"嬷嬷道："我倒有句话商量：女儿年一十七岁，未曾许人。我们这样人家，就许了人，不过是村庄人户。不若送与他做了妾，扳他做个女婿，支持门户（原意是指正门、房屋的出入口；后来引申为派别、宗派，门第，人家等），也免得外人欺侮，可不好？"江老道："此事倒也好，只不知女儿肯不肯？"嬷嬷道："提控又青年，他家大娘子又贤惠，平日极是与我女儿说得来的。敢怕也情愿。"遂唤女儿来，把此意说了。女儿道："此乃爹娘要报恩德，女儿何惜此身？"江老道："虽然如此，提控是个近道理的人，若与他明说，必是不从。不若你我三人只作登门拜谢，以后就留下女儿在彼，他便不好推辞得。"嬷嬷道："言之有理。"当下三人计议已定，拿本历日来看，来日上吉。

次日起早，把女儿装扮了，江老夫妻两个步行，女儿乘着小轿，抬进城中，竟到顾家来。提控夫妻接了进去，问道："何事光降（光临；光顾）？"江老道："老汉承提控活命之恩，今日同妻女三口登门拜谢。"提控夫妻道："有何大事，直得如此？且劳烦小娘子过来，一发不当。"江老道："老汉有一句不知进退的话奉告：老汉前日若是受了非刑（酷刑，在法律规定之外的刑罚），死于狱底，留下妻女，不知流落到甚处。今幸得提控救命重生，无恩可报。止有小女爱娘，今年正十七岁，与老妻商议，送来与提控娘子铺床叠被，做个箕帚（以箕帚扫除；操持家内杂务）之妾。提控若不弃嫌粗丑，就此俯留，老汉夫妻终身有托。今日是个吉日，一来到此拜谢，二来特送小女上门。”提控听罢，正色道：“老丈说那里话！顾某若做此事，天地不容。”提控娘子道：“难得老伯伯、干娘、妹妹一同到此，且请过小饭，有话再说。”提控一面分付厨下摆饭相待。饮酒中间，江老又把前话提起，出位拜提控一拜，道：“提控若不受老汉之托，老汉死不瞑目。”提控情知江老心切，暗自想道：“若不权且应承，此老必不肯住，又去别寻事端谢我，反多事了。且依着他言语，我日后自有处置。”饭罢，江老夫妻起身作别，分付女儿留住，道：“你在此伏侍大娘。”爱娘含羞忍泪，应了一声。提控道：“休要如此说。荆妻（对妻子的谦指。荆，指“荆钗”，以柴荆为钗，形容贫贱）且权留小娘子盘桓（徘徊；逗留）几日，自当送还。”江老夫妻也道是他一时门面说话（表面的虚饰的话），两下心照（两心对照，相知默契，心照不宣）罢了。

两口儿去得，提控娘子便请爱娘到里面自己房里坐了，又摆出细果茶品请他。分付走使（使唤、差遣）丫鬟，铺设好了一间小房，一床被卧，连提控娘子心里也只道提控有意留住的，今夜必然趁好日同宿。他本是个大贤惠，不捻酸（吃醋，忌妒）的人，又平日喜欢着爱娘，故此是件周全（周到；完备）停当（妥帖；妥当），只等提控到晚受用。正是：

一朵鲜花好护持，芳菲只待赏花时。
等闲未动东君[①]意，惜处重将帷幕施。

谁想提控是夜竟到自家娘子房里来睡了，不到爱娘处去。提控娘子问道：“你为何不到江小娘那里去宿？莫要忌我。”提控道：“他家不幸遭难，我为平日往来，出力救他。今他把女儿谢我，我若贪了女色，是乘人危处，遂我欲心，与那海贼指扳、应捕抢掳，肚肠（心肠、心计、心思）有何两样？顾某虽是小小前程，若坏了行止（品行），永远不吉。”提控娘子见他说出咒来，知是真心，便道：“果然如此，也是你的好处。只是日间何不力辞脱了，反又留在家中做甚？”提控道：“江老儿是老实人。若我不允女儿之事，他又剜肉做疮（犹剜肉成疮。比喻行事只顾一面，结果与预想适得其反），别寻道路谢我，反为不美。他女儿平日与你相爱，通家姊妹，留下你处住几日，这却无妨。我意欲就

①东君：春神，这里借喻顾提控。

此看个中意的人家子弟，替他寻下一头亲事，成就他终身结果，也是好事。所以一时不辞他去，原非我自家有意也。”提控娘子道：“如此却好。”当夜无词。

自此江爱娘只在顾家住，提控娘子与他如同亲姐妹一般，甚是看待得好。他心中也时常打点（打算；考虑）提控到他房里的，怎知道：

落花有意随流水，流水无情恋落花。

直待他年荣贵后，方知今日不为差。

提控只如常相处，并不曾起一毫邪念，说一句戏话，连爱娘房里脚也不蹝（xǐ，同“屣”，鞋。意为迈、踏）进去一步。爱娘初时疑惑，后来也不以为怪了。

提控衙门事多，时常不在家里。匆匆过了一月有余，忽一日，得闲在家中，对娘子道：“江小娘在家，初意要替他寻个人家，急切里凑不着巧。而今一月多了，久留在此也觉不便，不如备下些礼物，送还他家。他家父母必然问起女儿相处情形。他晓得我心事如此，自然不来强我了。”提控娘子道：“说得有理。”当下把此意与江爱娘说明了，就备了六个盒盘，又将出珠花四朵、金耳环一双，送与江爱娘插戴好。一乘轿，着个从人径（直接）送到江老家里来。

江老夫妻接着轿子，晓得是顾家送女儿回家，心里疑道：“为何叫他独自个归来？”问道：“提控在家么？”从人道：“提控不得工夫（时间）来，多多拜上阿爹，这几时有慢了小娘子，今特送还府上。”江老见说话跷蹊，反怀着一肚子鬼胎道：“敢怕有甚不恰当处？”忙忙领女儿到里边坐了，同嬷嬷细问他这一月的光景。爱娘把顾娘子相待甚厚，并提控不进房、不近身的事，说了一遍。江老呆了一晌，道：“长要来（吴方言，经常要来之意）问个信，自从为事（成事）之后，生意淡薄，穷忙没有工夫。又是素手（空手，意即没有携带礼物），不好上门。欲待央个人来，急切里没便处。只道你一家和睦，无些别话，谁想却如此行径。这怎么说！”嬷嬷道：“敢是日子不好？与女儿无缘法？得个人解禳（一种祈祷消灾的迷信活动，禳，ráng）解禳便好。”江老道：“且等另拣个日子，再送去又做处（即再来一遍、再做一次。做处，指行为、做事）。”爱娘道：“据女儿看起来，这个提控不是贪财好色之人，乃是个正人君子。我家强要谢他，他不好推辞得，故此权留这几时，誓不玷污我身。今既送了归家，自不必再送去。”江老道：“虽然如此，他的恩德毕竟不曾报得，反住在他家，打搅多时，又加添礼物送来，难道便是这样罢了？还是改日再送去的是。”爱娘也不好阻当，只得凭着父母说罢了。

过了两日，江老夫妻做了些饼食，买了几件新鲜物事，办着十来个盒盘，一坛泉酒，雇个担夫挑了，又是一乘轿抬了女儿，留下嬷嬷看家，江老自家伴送过顾家来。提控迎着江老。江老道其来意。提控作色道："老丈难道不曾问及令爱来？顾某心事，唯天可表。老丈何不见谅如此？此番决不敢相留。盛惠谨领，令爱不及款接，原轿请回。改日登门拜谢。"江老见提控词色（言语和神态）严正，方知女儿不是诳语，连忙出门止住来轿，叫他仍旧抬回家去。提控留江老转去茶饭，江老也再三辞谢，不敢叨领（承受。多用作客套话）。当时别去。

提控转来受了礼物，出了盒盘，打发了脚担钱，分付多谢去了。进房对娘子说江老今日复来之意。娘子道："这个便老没正经。难道前番不谐，今番有再谐之理？只是难为了爱娘又来一番，不曾会得一会去。"提控道："若等他下了轿。接了进来，又多一番事了，不如决绝回头了的是。这老儿真诚，却不见机（识机微，辨情势）。既如此把女儿相缠，此后往来倒也要稀疏了些。外人不知就里，惹得造下议论来，反害了女儿终身，是要好成歉（做好事反没得到好结果）了。"娘子道："说得极是。"自此，提控家不似前日十分与江家往来得密了。

那江家原无甚么大根基，不过生意济楚（这里是赞美之词，"生意济楚"即生意好），自经此一番横事（意外的事故或灾祸）剥削之后，家计萧条下来。自古道："人家天做。"运来时，撞着就是趁钱（赚钱）的，火焰也似长起来；运退时，撞着就是折本的，潮水也似退下去。江家晦气头里，连五熟行（"五熟"亦作"五孰"，指烹调成的各味食品。"五熟行"，宋元以来指卖五种食品店铺的统称）里生意多不济（不成功）了。做下饼食，常管五七日不发市（开市，做生意来了顾客），就是馊蒸气了，喂猪狗也不中。你道为何如此？先前为事时不多几日，只因惊怕了，自女儿到顾家去后，关了一个月多店门不开，主顾家多生疏，改向别家去，就便（乘机；顺便）拗不转来。况且窝盗为事，声名扬开去不好听，别人不管好歹，信以为实，就怕来缠帐。以此生意冷落，日吃日空，渐渐支持不来。要把女儿嫁个人家，思量靠他过下半世，又高不凑，低不就。光阴眨眼，一错就是论年，女儿也大得过期了。

忽一日，一个徽州商人经过，偶然间瞥见爱娘颜色（女子的姿色），访问邻人，晓得是卖饼江家。因问："可肯与人家为妾否？"邻人道："往年为官事时，曾送与人做妾。那家行善事，不肯受，还了的。做妾的事只怕也肯。"徽商听得此话去，央个熟事的媒婆到江家来说此亲事，只要事成，不惜重价。媒婆得了口气，走到江家，便说出徽商许多富厚处，情愿出重礼，聘小娘子为偏房（妾，小老婆）。江老夫妻正在喉急头上，见说得动火（惹动情），便问道："讨在何处去的？"媒婆道："这个朝奉（朝奉郎的省称，原是宋代官职名，后用为对富人的尊称）只在扬州开当种盐（即开当铺做盐商。种，原误做"中"），大孺人（旧时对妻的通称）自在徽州家里。今讨去做二孺人，住在扬州当中，是两头大（吴方言，意即妻妾分居，两边都当大老婆看待）的，好不受用。亦且路不多远。"江老夫妻道："肯出多少礼？"媒婆道："说过只要事成，不惜重价。你每能要得多少？那富家心性，料必勾你每心下的。凭你们讨礼罢了。"江老夫妻商量道："你我心下不割舍得女儿，欲待留下他，遇不着这样好主。有心得把与别处人去，多讨得些礼钱，也勾下半世做生意度日方可。是必要他三百两，不可少了。"商量已定，对媒婆说过。媒婆道："三百两忒重些。"江嬷嬷道："少一厘我也不肯。"媒婆道："且替你们说说看。只要事成后，谢我多些儿。"三个人尽说三百两是一大主财物，极顶价钱了，不想商人慕色心重，二三百金之物，那里在他心上？一说就允。如数下了财礼，拣个日子，娶了过去，开船往扬州。江爱娘哭哭啼啼，自道终身不得见父母了。江老虽是卖去了女儿，心中凄楚，却幸得了一主（一注，一项，一笔，多指钱财而言。主，通"注"）大财，在家别做生理（生意；买卖），不题。

却说顾提控在州六年，两考役满（各衙门书吏供职满五年，得分别情况，或考或免，谓之役满。役满人员由吏部铨定选用），例当赴京听考。吏部点卯〔点名。旧时官署办公从"卯时"（现在五时至七时）开始，官员要查点吏役人数，谓之"点卯"。这里顾提控是来吏部"听考"的，"点卯过"含有考核过后的意思〕过，拨出在韩侍郎（官职名，门下省、中书省、尚书省等所属各部的副长官，明代为正二品的高级官员）门下办事效劳。那韩侍郎是个正直忠厚的大臣，见提控谨厚小心，仪表可观，也自另眼看他，时留在衙前听候差使。

一日，侍郎出去拜客，提控不敢擅离衙门左右，只在前堂伺候归来。等了许久，侍郎又往远处赴席，一时未还。提控等得不耐烦，困倦起来，坐在槛上打盹。朦胧睡去，见空中云端里黄龙现身，彩霞一片，映在自己身上。正在惊看之际，忽有人蹴（cù，踢）他起来，飒然（迅疾、倏忽的样子）惊觉。乃是后堂传呼，高声喝："夫人出来！"提控仓惶失措，连忙趋避不及。夫人步至前堂，亲看见提控荒遽（huāng jù，也作"慌遽"，慌乱，惊慌）走出之状，着人唤他转来。提控自道失了礼度，必遭罪责，趋至庭中跪倒，俯伏地下，不敢仰视。夫人道："抬起头来我看。"提控不敢放肆，略把脖子一伸。夫人看见道："快站起来。你莫不是太仓顾提控么？为何在此？"提控道："不敢。小吏顾芳，实是太仓人。考满赴京，在此办事。"夫人道："你认得我否？"提控不知甚么缘故，摸个头路不着，不敢答应一声。夫人笑道："妾身非是别人，即是卖饼江家女儿也。昔年徽州商人娶去，以亲女相待，后来嫁与韩相公为次房。正夫人亡逝，相公立为继室，今已受过封诰（封章之星。象征为封赏、表彰、佳评、名声）。想来此等荣华，皆君所致也。若是当年非君厚德，义还妾身，今日安能到此地位？妾身时刻在心，正恨无繇补报。今天幸相逢于此，当与相公说知就里，少图报效。"提控听罢，恍如梦中一般。偷眼觑着堂上夫人，正是江家爱娘。心下道："谁想他却有这个地位！"又寻思道："他分明卖与徽州商人做妾了，如何却嫁得与韩相公？方才听见说徽商以亲女相待，这又不知怎么解说。"当下退出外来，私下偷问韩府老都管（总管，仆役的头目），方知事体备细（详细）：

当日徽商娶去时节，徽人风俗，专要闹房炒新郎。凡亲戚朋友相识的，在住处所在，闻知娶亲，就携了酒榼（酒器。榼，kē，古代木制的盛酒器具）前来称庆。说话之间，名为祝颂，实半带笑耍，把新郎灌得烂醉，方以为乐。是夜徽商醉极，讲不得甚么云雨勾当，在新人枕畔，一觉睡倒，直至天明。朦胧中见一个金甲神人，将瓜锤（古代兵器名。形如瓜状的锤）扑他脑盖一下，蹴他起来道："此乃二品夫人，非凡人之配，不可造次（随便、乱来的意思）胡行。若违我言，必有大咎（非常的灾祸）！"徽商惊醒，觉得头疼异常，只得扒了起来。自想此梦稀奇，心下疑惑。平日最信的是关圣灵签（关圣，指三国时蜀将关羽。托其名以示卜签灵验），梳洗毕，开个随身小匣，取出十个钱来，对空虔诚祷告，看与此女缘分何如。卜得个乙戊，乃是第十五签。签曰：

两家门户各相当，不是姻缘莫较量。

直待春风好消息，却调琴瑟向兰房。

详了签意，疑道："既明说'不是姻缘'了，又道'直待春风'、'却调琴瑟'，难道放着见货（现成的货物），等待时来不成？心下一发糊涂。再缴一签，卜得个辛丙，乃是第七十三签。签曰：

忆昔兰房分半钗，而今忽报信音乖。

痴心指望成连理，到底谁知事不谐。

得了这签，想道："此签说话明白，分明不是我的姻缘，不能到底的了。

梦中说有二品夫人之分，若把来另嫁与人，看是如何？”祷告过再卜一签，得了个丙庚，乃是第二十七签。签曰：

世间万物各有主，一粒一毫君莫取。
英雄豪杰本天生，也须步步循规矩。

徽商看罢，道：“签句明白如此，必是另该有个主。吾意决矣。”

虽是这等说，日间见他美色，未免动心。然但是有些邪念，便觉头疼。到晚来走近床边，愈加心神恍惚，头疼难支。徽商想道：“如此跷蹊，要见梦言可据，签语分明。万一破他女身，必为神明所恶。不如放下念头，认他做个干女儿，寻个人嫁了他，后来果得富贵，也不可知。”遂把此意对江爱娘说道：“在下年四十余岁，与小娘子年纪不等。况且家中原有大孺人，今扬州典当内，又有二孺人，前日只因看见小娘子生得貌美，故此一时聘娶了来。昨晚梦见神明说，小娘子是个贵人，与在下非是配偶。今不敢胡乱，辱莫了小娘子。在下痴长一半年纪，不若认义为父女，等待寻个好姻缘配着，图个往来。小娘子意下何如？”江爱娘听见说不做妾做女，有甚么不肯处？答应道：“但凭尊意，只恐不中抬举（称赞，器重）。”当下起身，插烛也似拜了徽商四拜。以后只称徽商做爹爹，徽商称爱娘做大姐，各床而睡。

同行至扬州当里，只说是路上结拜的朋友女儿，托他寻人家的，也就分付媒婆替他四下里寻亲事。正是春初时节，恰好凑巧，韩侍郎带领家眷上任，舟过扬州。夫人有病，要娶个偏房，就便伏侍夫人，停舟在关下。此话一闻，那些做媒的如蝇聚膻（像苍蝇趋附羊肉一般。膻，羊肉的气味），来的何止三四十起。各处寻将出来，多看得不中意。落末（末后；最后）有个人说：“徽州当里有个干女儿，说是太仓州来的，模样绝美，也是肯与人为妾的，问问也好。”其间就有媒婆叨揽去当里来说。

元来徽州人有个僻性，是乌纱帽（代指官吏）、红绣鞋（代指女色），一生只这两件不争（不要紧）银子，其余诸事悭吝（qiān lìn，吝啬；小气）了。听见说个韩侍郎娶妾，先自软瘫了半边，自夸梦兆有准，巴不得就成了。韩府也叫人看过，看得十分中意。徽商认做自己女儿，不争财物，反赔嫁妆，只贪个纱帽往来，便自心满意足。韩府仕宦（shì huàn，文人对当官的一种谦称）人家，做事不小，又见徽商行径冠冕，不说身价，反轻易不得了，连钗环首饰段匹银两，也下了三四百金礼物。徽商受了，增添嫁事，自己穿了大服，大吹大擂，将爱娘送下官船上来。侍郎与夫人看见人物标致，更加礼仪齐备，心下喜欢，另眼看待。到晚云雨之际，俨然身是处子，一发敬重。一路相处，甚是相得。到了京中，不料夫人病重不起，一应家事，尽属爱娘掌管。爱娘处得井井有条，胜过夫人在日，内外大小无不喜欢。韩相公得意，拣个吉日，立为继房。恰遇弘治改元覃恩（改元，指明孝宗登基后改年号为弘治，时公元1488年。覃恩，广布恩泽，指登基庆典时对臣下普行封赏或赦免），竟将江氏入册报去，请下了夫人封诰，从此内外俱称夫人了。

自从做了夫人，心里常念先前嫁过两处，若非多遇着好人，怎生保全得女儿之身，致今日有此享用？那徽商认做干爷，兀自（亦作“兀子”。还，仍然）往来不绝，不必说起；只不知顾提控近日下落。忽然堂前相遇，恰恰正在门下走动，正所谓：

一叶浮萍归大海，人生何处不相逢？

夫人见了顾提控，返转内房。等候侍郎归来，对侍郎说道：“妾身有个恩人，没路报效，谁知却在相公衙门中服役。”侍郎问是谁人，夫人道：“即办事吏顾芳是也。”侍郎道：“他与你有何恩处？”夫人道：“妾身原籍太仓人，他也是太仓州吏。因妾家里父母被盗扳害，得他救解，幸免大祸。父母将身酬谢，坚辞不受，强留在彼，他与妻子待以宾礼，誓不相犯。独处室中一月，以礼送归。后来过继与徽商为女得有今日。岂非恩人？”侍郎大惊道：“此柳下惠（春秋时鲁国大夫，传说他夜宿城门口，见一女子受冻，就用衣服把她裹在自己怀里，由于为人正派，没人怀疑他有淫乱行为）、鲁男子（春秋时鲁国的一位独居的男子。一个暴风雨的夜晚，邻家寡妇房屋被毁，要求到他家避雨，为避免嫌疑，他拒绝接纳）之事，我辈所难，不道掾吏（官府中辅助官吏的通称）之中却有此等仁人君子。不可埋没了他！”竟将其事写成一本，奏上朝廷。本内大略云：

窃见太仓州吏顾芳，暴白冤事，侠骨著于公庭；峻绝谢私，贞心矢乎暗室。品流虽贱，衣冠所难；合行特旌，以章笃行（来表扬他的诚实行为。章，通“彰”）。

孝宗见奏大喜，道：“世间那有此等人？”即召韩侍郎面对，问其详细。侍郎一一奏知，孝宗称叹不置。侍郎道：“此皆陛下中兴之化（国家复兴的教化）所致，应与表扬。”孝宗道：“何止表扬？其人堪为国家所用。今在何处？”侍郎道：“今在京中考满，拨臣衙门办事。”孝宗回顾内侍，命查那部里缺司官（各部属官的通称。指各部内各司郎中、员外郎、主事及主事以下七品小京官。因其分司治事，各有专职，故通称司官）。司礼监秉笔内监奏道：“昨日吏部上本，礼部仪制司（明代礼部下设执掌诸礼文宗封贡举学校之事的机构，其长官即为“主事”）缺主事一员。”孝宗道：“好，好。礼部乃风化（隐晦的社会公德和旧习俗）之原，此人正好。"即御批："顾芳除补，吏部知道。"韩侍郎当下谢恩而出。

侍郎初意不过要将他旌表（古代统治者提倡封建德行的一种方式）一番，与他个本等职衔，梦里也不料圣意如此嘉奖，骤与殊等美官，真个喜出望外。出了朝中，竟回衙来，说与夫人知道。夫人也自欢喜不胜，谢道："多感相公为妾报恩，妾身万幸。"侍郎看见夫人欢喜，心下愈加快活，忙叫亲随报知顾提控。提控闻报，犹如地下升天。还服着本等衣服，随着亲随，进来先拜谢相公。侍郎不肯受礼，道："如今是朝廷命官，自有体制。且换了冠带，谢恩之后，然后私宅少叙（稍谈，随便谈谈）不迟。"须臾，便有礼部衙门人来伺候，伏侍去到鸿胪寺（主管朝廷祭祀礼仪的官署。明制，百官复命谢恩须由鸿胪寺引奏）报了名。次早午门外谢了圣恩，到衙门到任。正是：

昔年萧主吏[①]，今日叔孙通[②]。
两翅何曾异？只是锦袍红。

当日顾主事完了衙门里公事，就穿着公服，竟到韩府私宅中来拜见侍郎。顾主事道："多谢恩相提携（提拔），在皇上面前极力荐举（选贤任能的一种形式），故有今日。此恩天高地厚。"韩侍郎道："此皆足下阴功浩大，以致圣主宠眷（帝王的宠爱关注）非常，得此殊典（帝王对臣下的特别恩典）。老夫何功之有？"拜罢，主事请拜见夫人，以谢推许（推重赞许）大恩。侍郎道："贱室（谦称己妻）既忝（tiǎn，有愧于，常用作谦辞）同乡，今日便同亲戚。"传命请夫人出来相见。夫人见主事，两相称谢，各拜了四拜。夫人进去治酒。是日侍郎款待主事，尽欢而散。夫人又传问顾主事离家在几时，父母的安否下落。顾主事回答道："离家一年。江家生意如常，却幸平安无事。"侍郎与顾主事商议，待主事三月之后，给个假限（宽限；期限。也指休假的期限，指假期）回籍，就便央他迎取江老夫妇。顾主事领命。果然给假，衣锦回乡，乡人无不称羡。因往江家拜候，就传女儿消息。江家喜从天降。主事假满，携了妻子回京复任。就分付二号船里，着落（依托；靠头；指靠）了江老夫妇。到京相会，一家欢忭（喜悦）无极。

自此侍郎与主事通家（全家，世代交好之家，指两代以上彼此交谊深厚，如同一家）往来，俨如伯叔子侄一般。顾家大娘子与韩夫人愈加亲密，自不必说。后

①萧主吏：指汉初大臣萧何，曾为主吏，故称。主吏是一种职位低下的官吏。②叔孙通：汉初儒者，任博士，曾杂采古礼而立朝仪。

来顾主事三子皆读书登第（登科。第，指科举考试录取列榜的甲乙次第）。主事寿登（长寿；高龄）九十五岁，无病而终。此乃上天厚报善人也。所以奉劝世间行善，原是积来自家受用的。有诗为证：

美色当前谁不慕？况是酬恩去复来。
若使偶然通一笑，何缘掾吏入容台[①]？

卷五　同窗友认假作真　女秀才移花接木

诗曰：

万里桥[②]边薛校书[③]，枇杷窗下闭门居。
扫眉才子[④]知多少，管领春风总不如。

这四句诗乃唐人赠蜀中妓女薛涛之作。这个薛涛，乃是女中才子。南康王韦皋〔唐代京兆万年（今西安市）人，官剑南、西川节度使，有功名，封南康郡王〕做西川节度使（官名。唐初沿北周及隋朝旧制，重要地区置总管统兵，旋改称都督，唯朔方仍称总管）时，曾表奏（表文章奏。泛指臣下进呈帝王的文书）他做军中校书（jiào shū，古代掌校理典籍的官员；后用以称歌妓），故人多称为薛校书。所往来的是高千里、元微之、杜牧之（均中唐时人。高骈，字千里，曾官西川节度使，有文名。元稹，字微之；杜牧，字牧之。二人都是著名诗人）一班儿名流。又将浣花溪（在四川省成都市西郊，为锦江支流，风光秀美，是著名的游览胜地）水造成小笺，名曰“薛涛笺”。词人墨客得了此笺，犹如拱璧（古代一种大型玉璧。用于祭祀。因其须双手拱执，故名。后用以喻极其珍贵之物）。真正名重一时，芳流百世。

国朝洪武年间，有广东广州府人田洙，字孟沂，随父田百禄到成都赴教官（又称“学官”，主管学务的官员或官学教师。教官俸禄少，称为“冷官”，故下文有“寒官冷署”的说法）之任。那孟沂生得风流（风度；仪表）标致，又兼才学

①容台：礼署、礼部的别称。②万里桥：在今四川省成都市城南锦江上。③薛校书：指薛涛，字洪度，唐代长安（今西安市）人，幼随父入蜀，后沦为乐妓，能诗，晚年居成都。校书，即校书郎，秘书一类的官员，传薛涛曾任此职，后遂作妓女的雅称。④扫眉才子：指的是薛洪度，即薛涛。

过人，书画琴棋之类无不通晓，学中诸生日与嬉游，爱同骨肉。过了一年，百禄要遣他回家。孟沂的母亲心里舍不得他去，又且寒官（冷清卑微的官职）冷署（冷落清闲的官署），盘费难处（困难）。百禄与学中几个秀才商量，要在地方上寻一个馆（书塾。当家塾教师称“坐馆”）与儿子坐坐，一来可以早晚读书，二来得些馆资，可为归计。这些秀才巴不得留住他，访得附郭一个大姓张氏要请一馆宾，众人遂将孟沂力荐于张氏。张氏送了馆约，约定明年正月元宵后到馆。至期，学中许多有名的少年朋友一同送孟沂到张家来，连百禄也自送去。张家主人曾为运使（即转运使，唐代始置，为掌管军需粮饷水陆转运事宜的官员），家道饶裕，见是老广文带了许多时髦（读书人中的优秀人物）到家，甚为喜欢，开筵相待，酒罢各散，孟沂就在馆中宿歇。

到了二月花朝日（旧俗以农历二月十五日为“百花生日”，称此日为“花朝”），孟沂要归省（guī xǐng，回家探望父母）父母。主人送他节仪（节日礼物）二两，孟沂袋在袖子里了，步行回去。偶然一个去处，望见桃花盛开，一路走去看，境甚幽僻。孟沂心里喜欢，伫立少顷，观玩景致。忽见桃林中一个美人掩映花下。孟沂晓得是良人家，不敢顾盼（看），径自走过，未免带些卖俏身子，拖下袖来，袖中之银，不觉落地。美人看见，便叫随侍的丫鬟拾将起来，送还孟沂。孟沂笑受，致谢而别。

明日，孟沂有意打那边经过，只见美人与丫鬟仍立在门首。孟沂望着门前走去，丫鬟指道：“昨日遗金（遗落的金子）的郎君来了。”美人略略敛身（敛迹，藏身），避入门内。孟沂见了丫鬟叙述道：“昨日多蒙娘子美情，拾还遗金，今日特来造谢（登门致谢）。”美人听得，叫丫鬟请入内厅（旧式房屋第二进中会客、宴饮、行礼用的厅房）相见。孟沂喜出望处，急整衣冠，望门内而进。美人早已迎着至厅上，至厅上相见礼毕，美人先开口道：“郎君莫非是张运使宅上西宾（此指家塾教师。在古代礼节中，主人居东席，宾客居西席，后遂称主人延请的塾师和幕友为“西宾”，又叫“西席”）么？”孟沂道：“然也。昨日因馆中回家，道经于此，偶遗少物，得遇夫人盛情，命尊姬拾还，实为感激。”美人道：“张氏一家亲戚，彼西宾即我西宾。还金小事，何足为谢？”孟沂道：“欲问夫人高门姓氏，

■薛涛纪念馆：位于今四川省成都市。

与敝东何亲？”美人道：“寒家姓平，成都旧族也。妾乃文孝坊薛氏女，嫁与平氏子康，不幸早卒，妾独孀居（守寡）于此。与郎君贤东乃乡邻姻娅（泛称有婚姻关系的亲戚），郎君即是通家了。”

孟沂见说是孀居，不敢久留。两杯茶罢，起身告退。美人道：“郎君便在寒舍过了晚去。若贤东晓得郎君在此，妾不能久留款待，觉得没趣了。”即分付快办酒馔。不多时，设着两席，与孟沂相对而坐。坐中殷勤劝酬，笑语之间，美人多带些谑浪话头（话柄；谈论的资料）。孟沂认道是张氏至戚，虽然心里技痒难熬，还拘拘束束，不敢十分放肆。美人道：“闻得郎君倜傥（tì tǎng，洒脱;不拘束）俊才，何乃作儒生酸态？妾虽不敏（思想敏锐，反应快），颇解吟咏。今遇知音，不敢爱丑，当与郎君赏鉴文墨，唱和（一个人做了诗或词，别的人作诗或词酬和）词章。郎君不以为鄙，妾之幸也。”遂教丫鬟取出唐贤遗墨（指死者留下来的亲笔书札、文稿、字画等），与孟沂看。孟沂从头细阅，多是唐人真迹手翰诗词，惟元稹、杜牧、高骈的最多，墨迹如新。孟沂爱玩（喜爱而研习；喜爱而玩赏），不忍释手，道：“此希世之宝也。夫人情钟此类，真是千古韵人了。”美人谦谢。两个谈话有味，不觉夜已二鼓。孟沂辞酒不饮。美人延入寝室，自荐枕席（一般都是女方的谦辞，与以身相许相近）道：“妾独处已久，今见郎君高雅，不能无情，愿得奉陪。”孟沂道：“不敢请耳，固所愿也。”两个解衣就枕，鱼水欢情，极其缱绻（qiǎn quǎn，情意深笃，难以分舍）。枕边切切（象声词，形容声音轻细，或声音凄切。还可表示再三告诫之词）叮咛道：“慎勿轻言。若贤东知道，彼此名节丧尽了。”次日，将一个卧狮玉镇纸（指写字作画时用以压纸的东西，现今常见的多为长方条形，因故也称作镇尺、压尺）赠与孟沂，送至门外道：“无事就来走走，勿学薄幸人！”孟沂道：“这个何劳分付。”

孟沂到馆，哄主人道：“老母想念，必要小生归家宿歇（住宿休息），小生不敢违命留此，从今早来馆中，晚归家里便了。”主人信了说话，道：“任从尊便。”自此，孟沂在张家只推家里去宿，家里又说在馆中宿，竟夜夜到美人处宿了。整有半年，并没一个人知道。

孟沂与美人赏花玩月，酌酒吟诗，曲尽人间之乐。两人每每你唱我和，做成联句，如《落花》二十四韵、《月夜》五十韵，斗巧争妍，真成敌手。诗句太多，恐看官（说书艺人称听众为“看官”）每厌听，不能尽述，只将他两人四时回文诗表白一遍。美人诗道：

花朵几枝柔傍砌，柳丝千缕细摇风。
霞明半岭西斜日，月上孤村一树松。（《春》）
凉回翠簟冰人冷，齿沁清泉夏月寒。
香篆袅风清缕缕，纸窗明月白团团。（《夏》）
芦雪覆汀秋水白，柳风凋树晚山苍。
孤帏客梦惊空馆，独雁征书寄远乡。（《秋》）
天冻雨寒朝闭户，雪飞风冷夜关城。
鲜红炭火围炉暖，浅碧茶瓯（ōu，杯）注茗清。（《冬》）

这个诗怎么叫得回文（把相同的词汇或句子，在下文中调换位置或颠倒过来，产生首尾回环的情趣，也叫回环）？因是顺读完了，倒读转去，皆可通得。最难得这样浑成，非是高手不能，美人一挥而就。孟沂也和他四首道：

芳树吐花红过雨，入帘飞絮白惊风。
黄添晓色青舒柳，粉落晴香雪覆松。（《春》）
瓜浮瓮水凉消暑，藕叠盘冰翠嚼寒。
斜石近阶穿笋密，小池舒叶出荷团。（《夏》）
残石绚红霜叶出，薄烟寒树晚林苍。
鸾书[①]寄恨羞封泪，蝶梦惊愁怕念乡。（《秋》）
风卷雪蓬寒罢钓，月辉霜柝冷敲城。
浓香酒泛霞杯满，淡影梅横纸帐清。（《冬》）

孟沂和罢，美人甚喜。真是才子佳人，情味相投，乐不可言。

却是"好物不坚牢"，自有散场时节。一日，张运使偶过学中，对老广文（老教官。唐玄宗时创设广文馆，设博士官，被看作清苦闲散的教职，后遂称教官为"广文"）田百禄说道："令郎每夜归家，不胜奔走之劳。何不仍留寒舍住宿，岂不为便？"百禄道："自开馆后，一向只在公家。止（仅，只）因老妻前日有疾，曾留得数日，这几时并不曾来家宿歇，怎么如此说？"张运使晓得内中必有跷蹊，恐碍着孟沂，不敢尽言而别。

是晚孟沂告归，张运使不说破他，只叫馆仆尾着他去。到得半路，忽然不见。馆仆赶去追寻，竟无下落。回来对家主说了，运使道："他少年放逸（放纵心思，任性妄为），必然花柳人家（娼家）去了。"馆仆道："这条路上，何曾有甚么伎馆？"运使道："你还到他衙中问问看。"馆仆道："天色晚了，怕关了城门，出来不得。"运使道："就在田家宿了，明日早晨来回我不妨。"到了天明，馆仆回话，说是不曾回衙。运使道："这等，那里去了？"正疑怪

①鸾书：书信或男女定亲的婚帖。

间，孟沂恰到。运使问道："先生昨宵宿于何处？"孟沂道："家间（家里，家中）。"运使道："岂有此理！学生昨日叫人跟随先生回去，因半路上不见了先生，小仆直到学中去问，先生不曾到宅，怎如此说？"孟沂道："半路上遇到一个朋友处讲话，直到天黑回家，故此盛仆来时问不着。"馆仆道："小人昨夜宿在相公（君子、生员、宰相的另外一种叫法）家了，方才回来的。田老爹见说了，甚是惊慌，要自来寻问。相公如何还说着在家的话？"孟沂支吾不来，颜色尽变。运使道："先生若有别故，当以实说。"孟沂晓得遮掩不过，只得把遇着平家薛氏的话说了一遍，道："此乃令亲相留，非小生敢作此无行之事。"运使道："我家何尝有亲威在此地方？况亲威中也无平姓者，必是鬼祟。今后先生自爱，不可去了。"

孟沂口里应承，心里那里信他？傍晚又到美人家里去，备对美人说形迹已露之意。美人道："我已先知道了。郎君不必怨悔，亦是冥数尽了。"遂与孟沂痛饮，极尽欢情。到了天明，哭对孟沂道："从此永别矣！"将出洒墨玉笔管一枝，送与孟沂道："此唐物也，郎君慎藏在身，以为记念。"挥泪而别。

那边张运使料先生晚间必去，叫人看着，果不在馆。运使道："先生这事必要做出来。这是我们做主人的干系（牵涉到责任的关系），不可不对他父亲说知。"遂步至学中，把孟沂之事备细（详细）说与百禄知道。百禄大怒，遂叫了学中一个门子（旧时在官衙中侍候官员的差役），同着张家馆仆，到馆中唤孟沂回来。孟沂方别了美人，回到张家，想念道："他说永别之言，只是怕风声败露，我便耐守几时，再去走动，或者还可相会。"正踌躇间，父命已至，只得跟着回去。百禄一见，喝道："你书倒不读，夜夜在那里游荡？"孟沂看见张运使一同在家了，便无言可对。百禄见他不说，就拿起一条柱杖，劈头打去，道："还不实告！"孟沂无奈，只得把相遇之事，及录成联句一本，与所送镇纸、笔管两物，多将出来，道："如此佳人，不容不动心。不必罪儿了。"百禄取来逐件一看，看那玉色是几百年出土之物，管上有篆刻"渤海高氏清玩（渤海，唐代属国，在我国东北乌苏里江流域。高氏，指高骈，祖籍渤海，故云。清玩，可供文人赏玩的东西）"六个字。又揭开诗来从头细阅，不觉心服。对张运使道："物既稀奇，诗又俊逸，岂寻常之怪！我每（宋元时人称代词的复数，同"们"）可同了不肖子，亲到那地方去查一查踪迹看。"遂三人同出城来。

将近桃林，孟沂道："此间是了。"进前一看，孟沂惊道："怎生屋宇俱无了？"百禄与运使齐抬头一看，只见水碧山青，桃株茂盛。荆棘之中，有冢

（zhǒng，坟墓）累然（众多貌）。张运使点头道："是了，是了。此地相传是唐妓薛涛之墓。后人因郑谷（字守愚，唐末诗人，官都官郎中。下引诗句见其《蜀中三首》之三）诗有'小桃花绕薛涛坟'之句，所以种桃百株，为春时游赏之所。贤郎所遇，必是薛涛也。"百禄道："怎见得？"张运使道："他说所嫁是平氏子康，分明是平康巷（唐代都城长安的里坊名，为妓女聚居之所。后世亦称妓女为"平康"）了。又说文孝坊，城中并无此坊，'文孝'乃是'教'字，分明是教坊（管理宫廷音乐的官署）了。平康巷教坊，乃是唐时妓女所居。今云薛氏，不是薛涛是谁？且笔上有高氏字，乃是西川节度使高骈。骈在蜀时，涛最蒙宠待，二物是其所赐无疑。涛死已久，其精灵犹如此。此事不必穷究了。"

百禄晓得运使之言甚确，恐怕儿子还要着迷，打发他回归广东。后来孟沂中了进士，常对人说，便将二玉物为证。虽然想念，再不相遇了，至今传有《田洙遇薛涛》故事。

小子为何说这一段鬼话？只因蜀中女子，从来号称多才，如文君、昭君，多是蜀中所生，皆有文才。所以薛涛一个妓女，生前诗名不减当时词客，死后犹且诗兴勃然，这也是山川的秀气。唐人诗有云：

锦江[①]腻滑蛾眉秀，幻出文君与薛涛。

诚为千古佳话。至于黄崇嘏（前蜀时四川临邛的才女，工文词，曾女扮男装，被蜀相周庠录为相府掾属。明代徐渭据此故事演为《女状元》杂剧。嘏，gǔ）女扮为男，做了相府掾属（属下的官吏），今世传有《女状元》本，也是蜀中故事。可见蜀女多才，自古为然。至今两川风俗，女人自小从师上学，与男人一般读书。还有考试进庠做青衿（青色衣领。古代学子穿青领衣服，因以指读书人；明代则专指秀才）弟子。若在别处，岂非大段奇事？而今说着一家子的事，委曲奇咤，最是好听。

从来女子守闺房，几见裙钗入学堂？
文武习成男子业，婚姻也只自商量。

话说四川成都府绵竹县，有一个武官，姓闻，名确，乃是卫中世袭指挥（即指挥使，明代内外诸卫的军事长官）。因中过武举两榜，累官至参将（明代镇守边区的统兵官，位次于总兵、副总兵，分守各路），就镇守彼处地方。家中富厚，赋性豪奢。夫人已故，房中有一班姬妾，多会吹弹歌舞。有一子，也是妾生，未满三周。有一个女儿，年十七岁，名曰蜚娥，丰姿绝世，却是将门将种，自小

①锦江：发源于贵州省梵净山南麓，属沅水一级支流。

习得一身武艺，最善骑射，直能百步穿杨（春秋时楚国养由基善于射箭，能在一百步以外射中杨柳的叶子。后用“百步穿杨”形容箭法或枪法非常高明）。模样虽是娉婷（形容女子姿态美好的样子），志气赛过男子。他起初因见父亲是个武出身，受那外人指目，只说是个武弁（即武官。弁，biàn）人家，必须得个子弟在黉门中出入（指成为入学的秀才。黉，hóng，古代学校），方能结交斯文士夫，不受人的欺侮。争奈（怎奈；无奈）兄弟尚小，等他长大不得，所以一向妆做男子，到学堂读书。外边走动，只是个少年学生；到了家中内房，方还女扮。如此数年，果然学得满腹文章，博通经史。这也是蜀中做惯的事。遇着提学（掌管所属州县学校的官员，也是主考官）到来，他就报了名，改为胜杰——说是胜过豪杰男人之意——表字（旧时人在本名以外所起的表示德行或本名的意义的名字）俊卿，一般的入了队，去考童生。一考就进了学，做了秀才。他男扮久了，人多认他做闻参将的小舍人（明代军卫应袭子弟亦称舍人，蜚娥的父亲是“世袭指挥”，故称她“小舍人”），一进了学，多来贺喜。府县迎送到家，参将也只是将错就错，一面欢喜开宴。盖是武官人家，秀才乃极难得的，从此参将与官府往来，添了个帮手，有好些气色。为此，内外大小却像忘记他是女儿一般的，凡事尽是他支持过去。

他同学朋友，一个叫做魏造，字撰之；一个叫做杜亿，字子中。两人多是出群才学，英锐少年，与闻俊卿意气相投，学业相长。况且年纪差不多：魏撰之年十九岁，长闻俊卿两岁；杜子中与闻俊卿同年（同在一榜考上进士的人彼此互称），又是闻俊卿月生大些。三人就像一家弟兄一般，极是过得好，相约了同在学中一个斋舍里读书。两个无心，只认做一伴的好朋友。闻俊卿却有意，要在两个里头拣一个嫁他。两个人比起来，又觉得杜子中同年所生，凡事仿佛（相似；近似）些，模样也是他标致些，更为中意，比魏撰之分外（超过平常；特别）说的投机。杜子中见俊卿意思（意见，想法；情趣；趣味）又好，丰姿又妙，常对他道：“我与兄两人，可惜多做了男子。我若为女，必当嫁兄；兄若为女，我必当娶兄。”魏撰之听得，便取笑道：“而今世界盛行男色，久已颠倒阴阳，那见得两男便嫁娶不得？”闻俊卿正色道：“我辈俱是孔门（孔子的门下，借指儒家）弟子，以文艺相知，彼此爱重（爱惜尊重），岂不有趣？若想着淫昵（淫秽狎昵），便把面目放在何处？我辈堂堂男子，谁肯把身子做顽童乎？魏兄该罚东道（邀请并招待客人的事儿或义务）便好。”魏撰之道：“适才听得子中爱幕俊卿，恨不得身为女子，故尔取笑。若俊卿不爱此道，子中也就变不及身子了。”

杜子中道："我原是两下的说话，今只说得一半，把我说得失便宜了。"魏撰之道："三人之中，谁叫你独小些？自然该吃亏些。"大家笑了一回。

俊卿归家来，脱了男服，还是个女人。自家想道："我久与男人做伴，已是不宜，岂可他日舍此同学之人，另寻配偶不成？毕竟（究竟、最终、到底）止（仅，只）在二人之内了。虽然杜生更觉可喜，魏兄也自不凡，不知后来还是那个结果好，姻缘还在那个身上？"心中委决（决定）不下。他家中一个小楼，可以四望。一个高兴，趁步登楼，见一只乌鸦在楼窗前飞过，却去住在百来步外一株高树上，对着楼窗"呀呀"的叫。俊卿认得这株树，乃是学中斋前之树。心里道："叵耐（不可忍耐，可恨。叵，会意字，"可"字的反写）这业畜（作恶的畜牲）叫得不好听，我结果他去。"跑下来自己卧房中，取了弓箭；跑上楼来，那乌鸦还在那里狠叫。俊卿道："我借这业畜，卜我一件心事则个（zé gè，语气助词，表示委婉或商量、祈使、解释等语气）。"扯开弓，搭上箭，口里轻轻道："不要误我！"飕的一声，箭到处，那边乌鸦坠地。这边望去看见，情知中箭了。急急下楼来，仍旧改了男妆，要到学中看那枝箭下落。

且说杜子中在斋前闲步，听得鸦鸣正急，忽然扑的一响，掉下地来。走去看时，鸦头上中了一箭，贯睛而死。子中拔了箭出来道："谁有此神手？恰恰贯着他头脑。"仔细看那箭干上，有两行细字道："矢不虚发，发必应弦"。子中念罢，笑道："那人好夸口！"魏撰之听得，跳出来急叫道："拿与我看！"在杜子中手里接了过去。正同着看时，忽然子中家里有人来寻，子中掉着（抛开、放下）箭自去了。魏撰之细看之时，八个字下边，还有"蜚娥记"三小字，想着："蜚娥乃女人之号，难道女人中有此妙手？这也咤异。适才子中不看见这三个字，若见时，必然还要称奇了。"

沉吟间，早有闻俊卿走将来，看见魏撰之捻了这枝箭立在那里，忙问道："这枝箭是兄拾了么？"撰之道："箭自何来，兄却如此盘问？"俊卿道："箭上有字的么？"撰之道："因为字，在此念想。"俊卿道："念想些甚么？"撰之道："有'蜚娥记'三字。蜚娥必是女人，故此想着，难道有这般善射的女子不成？"俊卿捣个鬼道："不敢欺兄，蜚娥即是家姊。"撰之道："令姊有如此巧艺！曾许聘那家了？"俊卿道："未曾许人。"撰之道："模样如何？"俊卿道："与小弟有些厮象。"撰之道："这等，必是极美的了。俗语道：'未看老婆，先看阿舅。'小弟尚未有室，吾兄与小弟做个撮合山（媒人）何如？"俊卿道："家下事，多是小弟作主。老父面前，只消小弟一说，无有不依。只未知家姐心下如何。”撰之道：“令姊面前，也在吾兄帮衬，通家之雅，料无推拒。”俊卿道：“小弟谨记在心。”撰之喜道：“得兄应承，便十有八九了。谁想姻缘却在此枝箭上，小弟谨当宝此以为后验。”便把来收拾在拜匣内了。取出羊脂玉闹妆（羊脂玉，一种纯白而润泽的美玉。闹妆，腰带上一种用金玉珠宝制成的饰物，这里的闹妆是用羊脂玉制成的）一个递与俊卿，道：“以此奉令字姊，权答此箭，作个信物。”俊卿收来束在腰间。撰之道：“小弟作诗一首，道意于令姊何如？”俊卿道：“愿闻。”撰之吟道：

闻得罗敷[①]未有失，支机肯许问津无[②]？
他年得射如皋雉[③]，珍重今朝金仆姑[④]。

俊卿笑道：“诗意最妙。只是兄貌不陋，似太谦了些。”撰之笑道：“小弟虽不便似贾大夫之丑，却与令妹相并，必是不及。”俊卿含笑自去了。

从此撰之胸中，痴痴里想着闻俊卿有个姊妹，美貌巧艺，要得为妻。有了这个念头，并不与杜子中知道。因为箭是他拾着的，今自己把做宝贝藏着，恐怕他知因来要了去。谁想这个箭元有来历，俊卿学射时，便怀有择配之心。竹干上刻那二句，固是夸着发矢必中，也暗敦个应弦（古时以琴瑟喻夫妻，这里以弓弦之弦代琴瑟之弦。“应弦”指选中夫婿）的哑谜。他射那乌鸦之时，明知在书斋树上，射去这枝箭，心里暗卜一卦，看他两人那个先拾得者，即为夫妻，为此急急来寻下落，不知是杜子中先拾着，后来掉在魏撰之手里。俊卿只见在魏撰之处，以为姻缘有定，故假意说是姐姐，其实多暗隐着自己的意思。魏撰之不知其故，凭他捣鬼，只道真有个姐姐罢了。俊卿固然认了魏撰之是天缘，心里却为杜子中十分相爱，好些撇打（消释；抛弃）不下。叹口气道：“一马跨不得双鞍，我又违不得天意。他日别寻件事端，补还他美情罢。”明日来对魏撰之道：“老父与家姊面前，小弟十分撺掇（在一旁鼓动人做某事），已有允意。玉闹妆也留在家姊处了。老父的意思，要等秋试过，待兄高捷了，方议此事。”魏撰之道：“这个也好。只是一言既定，再无翻变才妙。”俊卿道：“有小弟在，谁翻变得？”魏撰之不胜之喜。

时值秋闱（对科举制度中乡试的借代性叫法），魏撰之与杜子中、闻俊卿多考在优等，起送乡试。两人来拉了俊卿同去。俊卿与父参将计较道：“女孩儿

---

①罗敷：古代美女名。②“支机”句：意思是探问“令姊”肯否与其成婚。支机，即支机石，神话传说为“织女”所有，故此处代指织女，而实借指“令姊”。问津，询问渡口所在，后用为探求途径或尝试的意思，这里指求婚。③皋雉：据《左传·昭公二十八年》载，有贾大夫貌丑，妻子却很美，结婚三年，妻子从不言笑，后在如皋射中一只野鸡，她才又说又笑。后遂以“射雉”喻讨得妻子欢心。④金仆姑：本为春秋时鲁庄公所用的箭名，后用作箭的代称。

家只好瞒着人，暂时做秀才耍子（玩耍），若当真去乡试，一下子中了举人，后边露出真情来，就要关着奏请干系（能引起纠纷的关系）。事体弄大了，不好收场，决使不得。”推了有病不行。魏、杜两生只得撇了，自去赴试。揭晓之日，两生多得中了。闻俊卿见两家报了，也自欢喜。打点（准备；打算；考虑）等魏撰之迎到家时，方把求亲之话与父亲说知，图成此亲事。

不想安绵兵备道（明代于各省重要地方所设整饬兵备的道员）与闻参将不合，时值军政考察，在按院（指巡按御史。在明朝，巡按御史是皇帝派至各地巡察政治、刑事和处理要案的官员）处开了款数，递了一个揭帖（原指明代内阁直达皇帝的一种机密文件，后使用广泛，这里指揭发材料），诬他冒用国课（赋税），妄报功绩，侵克军粮，累赃巨万。按院参上一本，奉圣旨着本处抚院（即巡抚，明代与总督同为地方最高行政长官）提问。此报一到，闻家合门慌做了一团。也就有许多衙门人寻出事端来缠扰。还亏得闻俊卿是个出名的秀才，众人不敢十分啰唣。过不多时，兵道行个牌到府来，说是奉旨犯人，把闻参将收拾在府狱中去了。闻俊卿自把生员（唐国学及州、县学规定学生员额，因称生员。明、清指经本省各级考试入府、州、县学者，通名生员，习称秀才，亦称诸生）出名，去递投诉，就求保侯父亲。府间准了诉词，不肯召保（取保；找保人）。俊卿就央了同窗新中的两个举人去见府尊，府尊说：“碍上司分付，做不得情。”三人袖手无计。此时魏撰之自揣道：“他家患难之际，料说不得求亲的闲话。”只好不提起，且一面去会试再处。

两人临行之时，又与俊卿作别。撰之道：“我们三人同心之友，我两人喜得侥幸，方恨俊卿因病蹉跎（cuō tuó，时间白白地去；虚度光阴），不得同登。不想又遭此家难。而今我们匆匆进京去了，心下如割，却是事出无奈。多致意尊翁，且自安心听问，我们若少得进步，必当出力相助，来白此冤！”子中道：“此间官官相护，做定了圈套陷人。闻兄只在家营救，未必有益。我两人进去，倘得好处，闻兄不若径到京来商量，与尊翁寻个出场。还是那边上流头好辨白冤枉，我辈也好相机助力。切记！切记！”撰之又私自叮嘱道：“令姊之事，万万留心。不论得意不得意，此番回来，必求事谐了。”俊卿道：“闹妆现在，料不使兄失望便了。”三人洒泪而别。

闻俊卿自两人去后，一发没有商量可救父亲。亏得官无三日急，倒有七日宽。无非凑些银子，上下分派一分派，使用得停当（妥帖；妥当），狱中的也不受苦，官府也不来急急要问，丢在半边，做一件未结公案了。参将与女儿计较

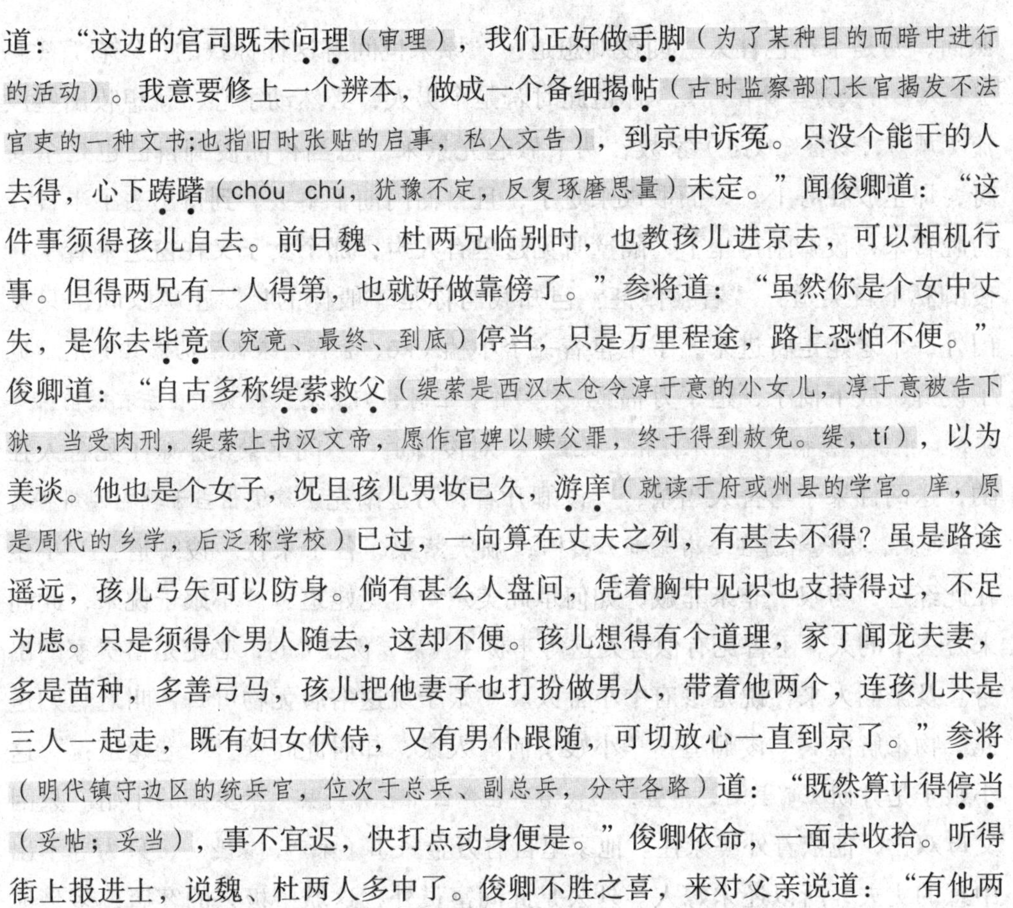

道："这边的官司既未问理（审理），我们正好做手脚（为了某种目的而暗中进行的活动）。我意要修上一个辨本，做成一个备细揭帖（古时监察部门长官揭发不法官吏的一种文书;也指旧时张贴的启事，私人文告），到京中诉冤。只没个能干的人去得，心下踌躇（chóu chú，犹豫不定，反复琢磨思量）未定。"闻俊卿道："这件事须得孩儿自去。前日魏、杜两兄临别时，也教孩儿进京去，可以相机行事。但得两兄有一人得第，也就好做靠傍了。"参将道："虽然你是个女中丈夫，是你去毕竟（究竟、最终、到底）停当，只是万里程途，路上恐怕不便。"俊卿道："自古多称缇萦救父（缇萦是西汉太仓令淳于意的小女儿，淳于意被告下狱，当受肉刑，缇萦上书汉文帝，愿作官婢以赎父罪，终于得到赦免。缇，tí），以为美谈。他也是个女子，况且孩儿男妆已久，游庠（就读于府或州县的学官。庠，原是周代的乡学，后泛称学校）已过，一向算在丈夫之列，有甚去不得？虽是路途遥远，孩儿弓矢可以防身。倘有甚么人盘问，凭着胸中见识也支持得过，不足为虑。只是须得个男人随去，这却不便。孩儿想得有个道理，家丁闻龙夫妻，多是苗种，多善弓马，孩儿把他妻子也打扮做男人，带着他两个，连孩儿共是三人一起走，既有妇女伏侍，又有男仆跟随，可切放心一直到京了。"参将（明代镇守边区的统兵官，位次于总兵、副总兵，分守各路）道："既然算计得停当（妥帖；妥当），事不宜迟，快打点动身便是。"俊卿依命，一面去收拾。听得街上报进士，说魏、杜两人多中了。俊卿不胜之喜，来对父亲说道："有他两人在京做主，此去一发不难做事。"

就拣定一日，作急起身。在学中动了一个游学呈子（向县学申请出外游历的呈文），批个文书执照，带在身边了。路经省下来，再察听一察听上司的声口（口气，口吻）消息。你道闻小姐怎生打扮？

飘飘巾帻(zé，一般人戴的头巾)，覆着两鬓青丝；窄窄靴鞋，套着一双玉笋（喻指脚）。上马衣裁成短后，蛮狮带妆就偏垂。囊一张玉靶弓，想开时舒臂扭腰多体态；插几枝雁翎箭，看放处猿啼雕落逞高强。争羡道能文善武的小郎君，怎知是女扮男妆的乔秀士。

一路来到了成都府中，闻龙先去寻下了一所幽静饭店。闻俊卿后到，歇下了行李，叫闻龙妻子取出带来的山菜几件，放在碟内，向店中取了一壶酒，斟着慢吃。又道是无巧不成话，那坐的所在，与隔壁人家窗口相对，只隔得一个小天井。正吃之间，只见那边窗里一个女子，掩着半窗，对着闻俊卿不转眼的看。及到闻俊卿抬起眼来，那边又闪了进去。遮遮掩掩，只不走开。忽地打个照面，乃是个绝色佳人。闻俊卿想道："原来世间有这样标致的！"看官（说书艺人称听众为"看官"），你道此时若是个男人，必然动了心，就想妆出些风流（风韵，多指好仪态）家数，两下做起光景来。怎当得闻俊卿自己也是个女身，那里放在心上？一面取饭来吃了，且自衙门前干事去。到得出去了半日，傍晚转来，俊卿刚得坐下，隔壁听见这里有人声，那个女子又在窗边来看了。俊卿私下自笑道："看我做甚？岂知我与你是一般样的！"正嗟叹间，只见门外一个老姥走将进来，手中拿着一个小榼（kē，古代用来盛酒的器具）儿。见了俊卿，放下榼子，道了万福（一种动作。旧时，妇女对人用双手在左衣襟前拂一拂，口中说"万福"，表示行礼、祝福），对俊卿道："间壁景家小娘子见舍人独酌，送两件果子与舍人当茶，"俊卿开看，乃是南充（辖境相当于现在四川省嘉陵江流域，明代治所在今南充市）黄柑，顺庆紫梨，各十来枚。俊卿道："小生在此经过，与娘子非亲非戚，如何承此美意？"老姥道："小娘子说来，此间来万去千的人，不曾见有似舍人这等丰标（风度，仪态）的，必定是富贵家的出身。及至问人来，说是参府中小舍人。小娘子说这俗店无物可一，叫老媳妇送此二物来解渴。"俊卿道："小娘子何等人家，却居此间壁？"老姥道："这小娘子是井研（旧县名，隋置，明代治所在今四川省井研县）景少卿的小姐。只因父母双亡，他依着外婆家住。他家里自有万金家事（家产，家业），只为寻不出中意的丈夫，所以还未嫁人。外公是此间富员外，这城中极兴的客店，多是他家的房子，何止（仅，只）有十来处，进益甚广。只有这里幽静些，却同家小每（宋元时人称代词的复数，同"们"）住在间壁。他也不敢主张把外甥许人，恐怕做了对头，后来怨怅。常对景小娘子道：'凭你自家看得中意的，实对我说，我就主婚。'这个小娘子也古怪，自来会拣相人物，再不曾说那一个好。方才见了舍人，便十分称赞，敢是与舍人有些姻缘动了。"俊卿不好答应，微微笑道："小生那有此福？"老姥道："好说，好说。老媳妇且去着。"俊卿道："致意小娘子，多承佳惠，客中无可奉答，但有心感盛情。"老姥去了，俊卿自想一想，不觉失笑道："这小娘子看上了我，却不枉费春心？"吟诗一首，聊寄其意。诗云：

为念相如渴不禁，交梨邛橘出芳林。

却惭未是求凰客，寂寞囊中绿绮琴[①]。

①绿绮琴：传司马相如有"绿绮琴"，慕卓文君而以琴挑心，文君亦报以一曲《凤求凰》，二人遂相爱私奔。这里借其事暗示推却之意。

此日早起，老姥又来，手中将着四枚剥净的熟鸡子，做一碗盛着，同了一小壶好茶，送到俊卿面前道："舍人吃点心。俊卿道："多谢妈妈盛情。"老姥道："这是景小娘子昨夜分付了，老身支持来的。"俊卿道："又是小娘子美情，小生如何消受？有一诗奉谢，烦妈妈与我带去。"俊卿即把昨夜之诗写在笺纸上，封好了付妈妈。诸中分明是推却之意，妈妈将去与景小姐看了，景小姐一心喜着俊卿，见他以相如自比，反认做有意于文君，后边两句，不过是谦让些说话。遂也回他一首，和其末韵。诗云：

宋玉墙东思不禁，愿为比翼止同林。

知音已有新裁句，何用重挑焦尾琴[①]？

吟罢，也写在乌线茧纸上，教老姥送将来。俊卿看罢，笑道："元来小姐如此高才，难得！难得！"俊卿见他来缠得紧，生一个计较，对老姥道："多谢小姐美意。小生不是无情，争奈（怎奈；无奈）小生已聘有妻室，不敢欺心（自己欺骗自己；昧心）妄想。上复小姐，这段姻缘种在来世罢。"老姥道："既然舍人已有了亲事，老身去回复了小娘子，省得他牵肠挂肚空想坏了。"老姥去得，俊卿自出门去打点衙门事体，央求宽缓日期。诸色停当（妥帖；妥当），到了天晚才回得下处。是夜无词。

来日天早，这老姥又走将来，笑道："舍人小小年纪，倒会掉谎。老婆滚到身边，推着不要。昨日回了小娘子，小娘子教我问一问两位管家，多说道舍人并不曾聘娘子过。小娘子喜欢不胜，已对员外说过。少刻员外自来奉拜说亲，好歹要成事了。"俊卿听罢，呆了半晌，道："这冤家账那里说起？只索（不得不；只能）收拾行李起来，趁早去了罢。"分付闻龙与店家会了钞，急待起身。只见店家走进来报道："主人富员外相拜闻相公。"说罢，一个七十多岁的老人家笑嘻嘻进来，堂中望见了闻俊卿，先自欢喜，问道："这位小相公想是闻舍人了么？"老姥还在店内，也跟将来，说道："正是这位。"富员外把手一拱道："请过来相见。"闻俊卿见过了礼，整了客座坐了。富员外道："老汉无事不敢冒叫新客。老汉有一外甥，乃是景少卿之女，未曾许着人家。舍甥立愿不肯轻配凡流，老汉不敢擅做主张，凭他意中自择。昨日对老汉说，有个闻舍人下在本店，丰标（风度，仪态）不凡，愿执箕帚（以箕帚扫除；操持家内杂务，这里指妻子）。所以要老汉自来奉拜，说此亲事。老汉今见足下，果然俊雅非常。舍甥也有几分姿容，况且粗通文墨。实是一对佳偶，足下不可错

①焦尾琴：琴名，传为汉末蔡邕见人烧桐做饭，闻声知为良木，遂制成此琴。

过。”闻俊卿道：“不敢欺老丈，小生过蒙令甥谬爱，岂敢自外？一来令甥是公卿阀阅（大官员家的门前立两根大木柱，表示功勋、地位，称为“阀阅”，后作为官家的代词），小生是武弁（即武官。弁，biàn）门风，恐怕攀高不着；二来老父在难中，小生正要入京辨冤，此事既不曾告过，又不好为此担阁，所以应承不得。”员外道：“舍人是簪缨（古代达官贵人的冠饰。后遂借以指高官显宦）世胄，况又是黉宫（武宣文庙，又称黉宫，即是纪念和祭祀孔子等先贤的祠庙，又是武宣县最早兴学立教之地，所以人们又常称孔庙）名士，指日飞腾，岂分甚么文武门楣？若为令尊之事，慌速入京，何不把亲事议定了，待归时禀知令尊，方才完娶？既安了舍甥之心，又不误了足下之事，有何不可？”

闻俊卿无计推托，心下想道：“他家不晓得我的心病，如此相逼，却又不好十分过却，打破机关（周密而巧妙的计谋）。我想魏撰之有竹箭之缘，不必说了。还有杜子中更加相厚，到不得不闪下了他。一向有个生意，要在骨肉女伴里边别寻一段姻缘，发付他去。而今既有此事，我不若权且应承，定下在这里，他日作成了杜子中，岂不为妙？那时晓得我是女身，须怪不得我说谎。万一杜子中也不成，那时也好开交（解决，完结）了，不像而今碍手。”算计已定，就对员外说：“既承老丈与令甥如此高情，小生岂敢不受人提挈（提携，牵扶）？只得留下一件信物在此为定，待小生京中回来，上门求娶就是了！”说罢，就在身边解下那个羊脂玉闹妆，双手递与员外道：“奉此与令甥表信。”富员外千欢万喜，接受在手。一同老姥去回复景小姐道：“一言已定了。”员外就叫店中办起酒来，与闻舍人饯行。俊卿推却不得，吃得尽欢而罢。相别了，起身上路。

少不得风飧水宿（形容旅途或野外工作的辛苦），夜住晓行，不一日，到了京城。叫闻龙先去打听魏、杜两家新进士的下处。问着了杜子中一家，元来到魏撰之已在部给假回去了。杜子中见说闻俊卿来到，不胜之喜，忙差长班来接到下处。两人相见，寒温已毕。俊卿道：“小弟专为老父之事，前日别时，承兄每分付入京图便，切切在心。后闻两兄高发，为此不辞跋涉，特来相托。不想魏撰之已归，今幸吾兄尚在京师，小弟不致失望了。”杜子中道：“仁兄先将老伯被诬事款，做一个揭帖，逐一辨明，刊刻起来，在朝门外逢人就送。等公论明白了，然后小弟央个相好的同年（同在一榜考上进士的人彼此互称）在兵部的，条陈（分开条目来述说）别事，带上一段，就好在本籍去生发出脱了。”俊卿道：“老父有个本稿，可以上得否？”子中道：“而今重文轻武，老伯是按院题（题本，即奏折。这里作动词用，意为上过题本）的，若武职官出名自辨，他们不容起来，反致激怒，弄坏了事。不如小弟方才说的为妙。仁兄不要轻率。”俊卿道：“感谢指教。小弟是书生之见，还求仁兄做主行事。”子中道：“异姓兄弟，原是自家身上的事，何劳叮咛？”俊卿道：“撰之为何回去了？”子中道：“撰之原与小弟同寓了多时，他说有件心事，要归来与仁兄商量。问其何事，又不肯说。小弟说仁兄见吾二人中了，未必不进京来。他说这是不可期的，况且事体要来家里做的，必要先去，所以告假去了。正不知仁兄却又到此，可不两相左了？敢问仁兄，他果然要商量何等事？”俊卿明知为婚姻之事，却只做不知，推说道：“连小弟也不晓得他为甚么，想来无非为家里的事。”子中道：“小弟也想他没甚么，为何怎地等不得？”两个说了一回，子中分付治酒接风，就叫闻家家人安顿了行李，不必另寻寓所，只在此间同寓。盖是子中先前与魏家同寓，今魏家去了，房舍尽有，可以下得闻家主仆三人。子中又分付打扫闻舍人的卧房，就移出自己的榻来，相对铺着，说晚间可以联床清话。俊卿看见，心里有些突兀（奇怪；别扭）起来。想道：“平日与他们同学，不过是日间相与，会文（文人聚会，切磋诗文）会酒，并不看见我的卧起（寝卧和起身。多指日常生活诸事），所以不得看破。而今弄在一间房内了，须闪避不得。露出马脚来怎么处？”却又没个说话可以推掉得两处宿。只是自己放着精细（细心；仔细），遮掩过去便了。

虽是如此说，却是天下的事是真难假，是假难真。亦且终日相处，这些细微举动，水火不便的所在，那里妆饰得许多来？闻俊卿日间虽是长安街上去送揭帖，做着男人的勾当；晚间宿歇之处，有好些破绽现出在杜子中的眼里了。杜子中是个聪明人，有甚不省得（明白，知道，懂得）的事？晓得有些咤异（惊异；奇怪），越加留心闲觑，越看越是了。

这日俊卿出去忘锁了拜匣，子中偷揭开来一看，多是些文翰（指公文书信）柬帖。内有一幅草稿，写着道：

> 成都绵竹县信女闻氏，焚香拜告关真君神前：愿保父闻确冤情早白，自身安稳还乡，竹箭之期，闹妆之约，各得如竟。谨疏。

子中见了拍手道：“眼见得公案在此了。我枉为男子，被他瞒过了许多时。今不怕他飞上天去。只是后边两句解他不出，莫不许过了人家？怎么处？”心里狂荡不禁。忽见俊卿回来，子中接在房里坐了，看着俊卿只是笑。俊卿疑怪，将自己身子上下前后看了又看，问道：“小弟今日有何举动差错了，仁兄见哂（讥笑）之甚？”子中道：“笑你瞒得我好。”俊卿道：“小弟到此做的事，不曾瞒仁兄一些。”子中道：“瞒得多哩，俊卿自想么！”俊卿道：“委实没有。”子中道：“俊卿记得当初同斋时言语么？原说弟若为女，必当嫁兄；兄若为女，必当娶兄。可惜弟不能为女，谁知兄果然是女，却瞒了小弟，不然娶兄多时了。怎么还说不瞒？”俊卿见说着心中病，脸上通红起来道：“谁是这般说？”子中袖中摸出这纸疏头来道：“这须是俊卿的亲笔。”俊卿一时低头无语。子中就挨过来坐在一处了，笑道：“一向只恨两雄不能相配，今却遂了人愿也。”俊卿站了起来道：“行踪为兄识破，抵赖不得了。只有一件，一向承兄过爱，幕兄之心，非不有之；争奈有件缘事已属了撰之，不能再以身事兄，望兄见谅。”子中愕然道：“小弟与撰之同为俊卿窗友，论起相与意气，还觉小弟胜他一分。俊卿何得厚于撰之薄于小弟乎？况且撰之又不在此间，现钟不打，反去炼铜（俗谚，意思是舍近求远，现成的机会不去利用，反要从头做起），这是何说？”俊卿道：“仁兄有所不知，仁兄可看疏上竹箭之期的说话么？”子中道：“正是不解。”俊卿道：“小弟因为与两兄同学，心中愿卜所从。那日向天暗祷，箭到处先拾得者即为夫妇。后来这箭却在撰之处，小弟诡说是家姐所射。撰之遂一心想慕，把一个玉闹妆为定。此时小弟虽不明言，心已许下了。此天意有属，非小弟有厚薄也。”子中大笑道：“若如此说，俊卿宜为我有无疑了。”俊卿道：“怎么说？”子中道：“前日斋中之箭，原是小弟拾得。看见干上有两行细字，以为奇异，正在念诵，撰之听得走出来，在小弟手里接去看。此时偶然家中接小弟，就把竹箭掉在撰之处，不曾取得。何曾是撰之拾取的？若论俊卿所卜天意，一发正是小弟应占了。撰之他日可问，须混赖不得。”俊卿道：“既是曾见箭上字来，可记是否？”子中道：“虽然看时节仓卒无心，也还记是‘矢不虚发，发必应弦’八个字，小弟须是造不出。”

俊卿见说得是真，心里已自软了。说道：“果是如此，乃是天意了。只是枉了魏撰之望空想了许多时，而今又赶将回去，日后知道，甚么意思？”子中道：“这个说不得。从来说先下手为强，况且元该是我的。”就拥了俊卿求欢，道：“相好（关系亲密，感情好）兄弟，而今得同贪枕，天上人间，无此乐矣。”俊卿推拒不得，只得含羞走入帷帐之内，一任子中所为。

事毕，闻小姐整容而起，叹道：“妾一生之事，付之郎君，妾愿遂矣。只是哄了魏撰之，如何回他？”忽然转了一想，将手床上一拍道：“有处法了。”杜子中倒吃了一惊，道：“这事有甚处法？”小姐道：“好教郎君得知，妾身前日行到成都，在店内安歇，主人有个甥女，窥见了妾身，对他外公说了，逼要相许。是妾身想个计较，将信物权定，推说归时完娶。当时妾身意思，道魏撰之有了竹箭之约，恐怕冷淡了郎君。又见那个女子才貌双全，可为君配，故此留下这个姻缘。今妾既归君，他日回去魏撰之间起所许之言，就把这家的说合与他成了，岂不为妙？况且当时只说是姊姊，他心里并不曾晓得是妾身自己，也不是哄他了。”子中道：“这个最妙，足见小姐为朋友的美情，有了这个出场，就与小姐配合，与撰之也无嫌了。谁晓得途中又有这件奇事？还有一件要问：途中认不出是女容不必说了，但小姐虽然男扮，同两个男仆行走，好些不便。”小姐笑道：“谁说同来的多是男人？他两个元是一对夫妇，一男一女，打扮做一样的。所以途中好伏侍走动，不必避嫌也。”子中也笑道：“有其主必有其仆。有才思的人，做来多是奇怪的事。”小姐就把景家女子所和之诗拿出来与子中看。子中道：“世间也还有这般的女子！魏撰之得此，也好意足了。”

小姐再与子中商量着父亲之事。子中道：“而今说是我丈人，一发好措词出力。我吏部有个相知，先央他把做对头的兵道调了地方，就好营为了。”小姐道：“这个最是要着，郎君在心则个（zé gè，语气助词，表示委婉或商量、祈使、解释等语气）。”子中果然去央求吏部。数日之间，推升本上，已把兵道改升了广西地方。子中来回复小姐道：“对头改去，我今作速讨个差，与你回去，救取岳丈了事。此间辨白已透，抚按轻拟上来，无不停当了。”小姐愈加感激，转增恩爱。

子中讨下差来，解饷到山东地方，就便回籍。小姐仍旧扮做男人，一同闻龙夫妻，擎弓带箭，照前妆束，骑了马，傍着子中的官轿。家人原以舍人相呼。行了几日，将过鄚州（今属河北省任丘市。鄚，mào），旷野之中，一枝响箭擦官轿射来。小姐晓得有歹人来了，分付轿上：“你们只管前走，我在此对付。”真是忙家不会，会家不忙。扯出囊弓，扣上弦，搭上箭。只见百步之外，一骑马飞也似的跑来。小姐掣开弓，喝声道：“着！”那边人不防备的，早中了一箭，倒撞下马，在地下挣扎。小姐疾鞭着坐马，赶上前轿，高声道：“贼人已了当了，放心前去。”一路的人，多称赞小舍人好箭，个个忌惮。子中轿里得意，自不必说。

自此完了公事，平平稳稳到了家中。父亲闻参将已因兵道升去，保候在外了。小姐进见，备说了京中事体，及杜子中营为，调去了兵道之事。参将感激不胜，说道："如此大恩，何以为报？"小姐又把被他识破，已将身子嫁他，共他同归的事也说了。参将也自喜欢，道："这也是郎才女貌，配得不枉了。你快改了妆，趁他今日荣归吉日，我送你过门去罢！"小姐道："妆还不好改得，且等会过了魏撰之着。"参将道："正要对你说，魏撰之自京中回来，不知为何只管叫人来打听，说我有个女儿，他要求聘。我只说他晓得些风声，是来说你了，及到问时，又说是同窗舍人许他的，仍不知你的事。我不好回得，只是含糊说等你回家。你而今要会他怎的？"小姐道："其中有许多委曲（事情的经过，底细），一时说不及，父亲日后自明。"

正说话间，魏撰之来相拜。元来魏撰之正为前日婚姻事，在心中放不下，故此就回。不想问着闻舍人又已往京，叫人探听舍人有个姐姐的说话，一发言三语四，不得明白。有的说参将只有两个舍人，一大一小，并无女儿。又有的说参将有个女儿，就是那个舍人。弄得魏撰之满肚疑心，胡猜乱想。见说闻舍人回来了，所以亟亟来拜，要问明白。闻小姐照旧时家数，接了进来。寒温已毕，撰之急问道："仁兄，令姊之说如何？小弟特为此赶回来的。"小姐说："包管兄有一位好夫人便了。"撰之道："小弟叫人宅上打听，其言不一，何也？"小姐道："兄不必疑，玉闹妆已在一个人处，待小弟再略调停，准备迎娶便了。"撰之道："依兄这等说，不像是令姐了？"小姐道："杜子中尽知端的，兄去问他就明白。"撰之道："兄何不就明说了，又要小弟去问？"小姐道："中多委曲，小弟不好说得，非子中不能详言。"说得魏撰之愈加疑心。

他正要去拜杜子中，就急忙起身来，到杜子中家里，不及说别样说话，忙问闻俊卿所言之事。杜子中把京中同寓，识破了他是女身，已成夫妇的始末根繇说了一遍。魏撰之惊得木呆道："前日也有人如此说，我却不信，谁晓得闻俊卿果是女身！这分明是我的姻缘，平白错过了。"子中道："怎见得是兄的？"撰之述当初拾箭时节，就把玉闹妆为定的说话。子中道："箭本小弟所拾，原系他向天暗卜的。只是小弟当时不知其故，不曾与兄取得此箭在手。今仍归小弟，原是天意。兄前日只认是他令姐，原未尝属意他自身。这个不必追悔，兄只管闹妆之约不脱空罢了。"撰之道："符（古代凭证符券、符节等信物的总称。这里指订婚的信物玉闹妆）已去矣，怎么还说不脱空？难道当真还有个令姐？"子中又把闻小姐途中所遇景家之事说了一遍，道："其女才貌非常，那日一时难推，就把兄的闹妆权定在彼。而今想起来，这就有个定数在里边了，岂不是兄的姻缘么？”撰之道：“怪不得闻俊卿道自己不好说，元来有许多委曲。只是一件，虽是闻俊卿已定下在彼，他家又不曾晓得明白，小弟难以自媒，何繇得成？”子中道：“小弟与闻氏虽已成夫妇，还未曾见过岳翁。打点（准备；打算；考虑）就是今日迎娶，少不得还借重一个媒妁，而今就烦兄与小弟做一做。小弟成礼之后，代相恭敬，也只在小弟身上撮合（cuō he，拉拢，说合）就是了。”撰之大笑道：“当得，当得。只可笑小弟一向在睡梦中，又被兄占了头筹，而今不使小弟脱空，也还算是好了。既是这等，小弟先到闻宅去道意，兄可随后就来。”

魏撰之讨大衣服来换了，竟抬到闻家。此时闻小姐已改了女妆，不出来了，闻参将自己出来接着。魏撰之述了杜子中之言，闻参将道：“小女娇痴慕学，得承高贤不弃，今幸结此良缘，蒹葭倚玉，惶恐惶恐。”闻参将已见女儿说过，是件整备。门上报说：“杜爷来迎亲了。”鼓乐喧天，杜子中穿了大红衣服，抬将进门。真是少年郎君，人人称羡。走到堂中，站了位次，拜见了闻参将，请出小姐来，又一同行礼，谢了魏撰之，启轿而行。迎至家里，拜告天地，见了祠堂。杜子中与闻小姐正是新亲旧朋友，喜喜欢欢，一桩事完了。

只是魏撰之有些眼热，心里道：“一样的同窗朋友，偏是他两个成双。平时杜子中分外相爱，常恨不将男作女，好做夫妻。谁知今日竟遂其志，也是一段奇话。只所许我的事，未知果是如何？”次日，就到子中家里贺喜，随问其事。子中道：“昨晚弟妇就和小弟计较，今日专为此要同到成都去。弟妇誓欲以此报兄，全其口信，必得佳音方回来。”撰之道：“多感！多感！一样的同窗，也该记念着我的冷静。但未知其人果是如何？”子中走进去，取出景小姐前日和韵之诗与撰之看了。撰之道：“果得此女，小弟便可以不妒兄矣！”子中道：“弟妇赞之不容口，大略不负所举。”撰之道：“这件事做成，真愈出愈奇了。”小弟在家颙望（殷切盼望。颙，yóng），俱大笑而别。杜子中把这些说话与闻小姐说了，闻小姐道：“他盼望久了的，也怪他不得。只索作急成都去，周全了这事。”

小姐仍旧带了闻龙夫妻跟随，同杜子中到成都来。认着前日饭店，歇在里头了。杜子中叫闻龙拿了帖，径去拜富员外，员外见说是新进士来拜，不知是甚么缘故，吃了一惊，慌忙迎接进去。坐下了，道：“不知为何大人贵足赐踹贱地？”子中道：“学生在此经过，闻知有位景小姐，是老丈令甥，才貌出众。有一敝友，也叨过甲第了，欲求为夫人，故此特来奉访。”员外道：“老汉有个甥女，他自要择配，前日看上了一个进京的闻舍人，已纳下聘物，大人见教（套语。称对方指教自己）迟了。”子中道：“那闻舍人也是敝友，学生已知他另有所就，不来娶令甥了，所以敢来作伐（做媒）。”员外道：“闻舍人也是读书君子，既已留下信物，两心相许，怎误得人家儿女？舍甥女也毕竟（究竟、最终、到底）要等他的回信。”子中将出前日景小姐的诗笺来道：“老丈试看此纸，不是令甥写与闻舍人的么？因为闻舍人无意来娶了，故把与学生做执照（泛指证明，凭据），来为敝友求令甥。即此是闻舍人的回信了。”员外接过来看，认得是甥女之笔，沉吟道：“前日闻舍人也曾说道聘过了，不信其言，逼他应承的。元来当真有这话，老汉且与甥女商量一商量，来回复大人。”员外别了，进去了一会，出来道：“适间甥女见说，甚是不快。他也说得是，就是闻舍人负了心，是必等他亲身见一面，还了他玉闹妆，以为诀别，方可别议姻亲。”子中笑道：“不敢欺老丈说，那玉闹妆也即是敝友魏撰之的聘物，非是闻舍人的。闻舍人因为自己已有姻亲，不好回得，乃为敝友转定下了。是当日埋伏机关，非今日无因至前也。”员外道：“大人虽如此说，甥女岂肯心伏？必是闻舍人自来说明，方好处分。”子中道：“闻舍人不能复来，有拙荆（旧时谦称自己的妻子）在此，可以进去一会令甥。等他与令甥说这些备细（详细情况），令甥必当见信。”员外道：“有尊夫人在此，正好与舍甥面会一会，有言可以尽吐，省得传递消息。最妙，最妙！”

就叫前日老姥来接取杜夫人。老姥一见闻小姐举止形容，有些面善（看起来觉得比较亲近，好像在哪里见过，很熟悉），只是改妆过了，一时想不出。一路相着，只管迟疑。接到间壁，里边景小姐出来相接，各叫了万福（一种动作。旧时，妇女对人用双手在左衣襟前拂一拂，口中说“万福”，表示行礼、祝福）。闻小姐对景小姐道：“认得闻舍人否？”景小姐见模样厮象，还只道或是舍人的妹妹，答道：“夫人与闻舍人何亲？”闻小姐道：“小姐恁等识人，难道这样眼钝？前日到此，过蒙见爱的舍人，即妾身是也。”景小姐吃了一惊，仔细一认，果然一毫不差。连老姥也在旁拍手道：“是呀，是呀。我方才道面庞熟得紧，那知就是前日的舍人。”景小姐道：“请问夫人前日为何这般打扮？”闻小姐道：“老父有难，进京辨冤，故乔妆作男，以便行路。所以前日过蒙见爱。再三不肯应承者，正为此也。后来见难推却，又不敢实说真情，所以代友人纳聘，以待后来说明。今纳聘之人已登黄甲，年纪也与小姐相当，故此愚夫妇特来奉求，与小姐了此一段姻亲，报答前日厚情耳。”景小姐见说，半晌做声不得。老姥在旁道："多谢夫人美意。只是那位老爷姓甚名谁，夫人如何也叫他是友人？"闻小姐道："幼年时节曾共学堂，后来同在庠中，与我家相公（古代妻子对丈夫的称呼）三人年貌多相似，是异姓骨肉。知他未有亲事，所以前日就有心替他结下了。这人姓魏，好一表人物，就是我相公同年（同在一榜考上进士的人彼此互称），也不辱没了小姐。小姐一去也就做夫人了。"景小姐听了这一篇说话，晓得是少年进士，有甚么不喜欢？叫老姥陪住了闻小姐，背地去把这些说话备细（详细情况）告诉员外。

员外见说许个进士，岂有不撺掇（在一旁鼓动人做某事）之理？真个是一让一个肯，回复了闻小姐，转说与杜子中，一言已定。富员外设起酒来谢媒，外边款待杜子中，内里景小姐作主款待杜夫人。两个小姐，说得甚是投机，尽欢而散。

约定了回来，先教魏撰之纳币（古代婚礼"六礼"之一，男女双方缔婚以后，男方把聘礼送给女方），拣个吉日迎娶回家。花烛之夕，见了模样，如获天人。因说起闻小姐闹妆纳聘之事，撰之道："那聘物元是我的。"景小姐问："如何却在他手里？"魏撰之又把先时竹箭题字，杜子中拾得掉在他手里，认做另有个姐姐，故把玉闹妆为聘的根由说了一遍。一齐笑道："彼此夙缘（sù yuán，前生的因缘），颠颠倒倒，皆非偶然也。"

明日，魏撰之取出竹箭来与景小姐看。景小姐道："如今只该还他了。"撰之就提笔写一柬与子中夫妻道：

既归玉环，返卿竹箭。两段姻缘，各从其便。一笑，一笑。

写罢，将竹箭封了，一同送去。杜子中收了，与闻小姐拆开来看，方见八字之下又有"蜚娥记"三字。问道："'蜚娥'怎么解？"闻小姐道："此妾闺中之名也。"子中道："魏撰之错认了令姊，就是此二字了。若小生当时曾见此二字，这箭如何肯便与他！"闻小姐道："他若没有这箭起这些因头，那里又绊得景家这头亲事来？"两人又笑了一回，也题了一柬，戏他道：

环为旧物，箭亦归宗。两俱错认，各不落空。一笑，一笑。

从此两家往来，如同亲兄弟妹妹一般。两个甲科合力与闻参将辨白前事，世间情面那里有不让缙绅（旧时官宦的装束，转用为官宦的代称）的？逐件赃罪，得以开释，只处得他革任回卫。闻参将也不以为意了。后边魏、杜两人俱为显官。闻、景二小姐各生子女，又结了婚姻，世交不绝。这是蜀多才女，有如此奇奇怪怪的妙话，卓文君成都当垆（意即卖酒。古时酒店垒土为垆，安放酒瓮，卖酒的坐在垆边，叫“当垆”），黄崇嘏（前蜀时四川临邛的才女，工文词，曾女扮男装，被蜀相周庠录为相府掾属。明代徐渭据此故事演为《女状元》杂剧。嘏，gǔ）相府掌记，又平平了。诗曰：

世上夸称女丈夫，不闻巾帼竟为儒。

朝廷若也开科取，未必无人待贾沽。

卷六 懵教官爱女不受报 穷庠生[1]助师得令终[2]

诗曰：

朝日[3]上团团，照见先生盘。

盘中何所有？苜蓿长阑干[4]。

这首诗乃是广文先生所作，道他做官清苦处。盖因天下的官，随你至卑极小的，如仓大使、巡简司（管理仓库和维护地方治安的两种低级官吏），也还有些外来钱。惟有这教官，管的是那几个酸子（酸丁），有体面的，还来送你几分节仪（节日礼物），没体面的，终年面也不来见你，有甚往来交际？所以这官极苦。然也有时运好，撞着好门生，也会得他的气力起来，这又是各人的造化（福分，幸运）不同。

浙江温州府曾有一个廪膳秀才（即"廪生"。明代府、州、县学的生员每月都给膳食补助，故称。廪，lǐn），姓韩，名赞卿。屡次科第不得中式。挨次出贡（明代府、州、县学按时保送一定数量的生员进入国子监学习，称为"贡生"，出贡即以这样的途径选入国学），到京赴部听选。选得广东一个县学里的司训（负责管理、训导学生的人员）。那个学直在海边，从来选了那里，再无人去做的。你道为何？元来与军民府州一样，是个有名无实的衙门。有便有几十个秀才，但是认得两个"上大人"（这是过去供儿童初学写毛笔字的"描红纸"上开头的三个字）的字脚，就进了学，再不退了。平日只去海上寻些道路，直到上司来时，穿着衣巾，摆班接一接，送一送，就是他向化之处了。不知国朝几年间，曾创立得一个学舍，无人来住，已自东倒西歪。旁边有两间舍房，住一个学吏，也只管记

①庠生：古代学校称庠，故学生称庠生，为明清科举制度中府、州、县学生员的别称。庠生也就是秀才之意。②令终：好的结尾。③朝日：早晨的太阳。④"苜蓿"句：据《唐摭言》载，此诗作者薛令之，闽中长溪人，时开元东宫官僚冷清，令之以诗自悼。《全唐诗》诗题即为《自悼》。这里只引全诗前四句，后四句为："饭涩匙难绾，羹稀箸易宽。只可谋朝夕，何由保岁寒？"苜蓿，豆科草本植物，这里谓教官清苦，常以苜蓿为蔬。阑干，纵横散乱的样子。

记名姓簿籍；没事得做，就合着秀才一伙去做生意。这就算做一个学了。韩赞卿晦气，却选着了这一个去处。曾有走过广里（广东）的，备知详细，说了这样光景。合家恰像死了人一般，哭个不歇。

韩赞卿家里穷得火出，守了一世书窗，指望巴个出身，多少挣些家私，今却如此遭际，没计奈何。韩赞卿道："难道便是这样罢了不成？穷秀才结煞（结局），除了去做官，再无路可走了。我想朝廷设立一官，毕竟（究竟、最终、到底）也有个用处。见放着一个地方，难道是去不得，哄人的？也只是人自怕了，我总是没事得做，拚拼着穷骨头去走一遭，或者撞着上司可怜，有些别样处法，作成些道路，就强似在家里坐了。"遂发一个狠，决意要去。亲眷们阻当他，多不肯听。措置了些盘缠，别了家眷，冒冒失失，竟自赴任。

到了省下，见过几个上司，也多说道："此地去不得，住在会城（省城），守几时，别受些差委罢。"韩赞卿道："朝廷命我到此地方行教，岂有身不履其地，算得为官的？是必到任一番，看如何光景。"上司闻知，多笑是迂儒腐气，凭他自去了。

韩赞卿到了海边地方，寻着了那个学吏，拿出吏部急字号文凭与他看了。学吏吃惊道："老爹，你如何直走到这里来？"韩赞卿道："朝廷教我到这里做教官，不到这里，却到那里？"学吏道："旧规但是老爹们来，只在省城住下，写个谕帖（上级给下级的手令，告诫的文书）来知会我们，开本花名册子送来，秀才廪粮中扣出一个常例（即"常例钱"，按惯例支取的小费），一同送到，一件事就完了。老爹每俸薪，自在县里去取，我们不管。以后升除（升任新官。除，除旧职就新职）去任，我们总不知道了。今日如何却竟到这里？"韩赞卿道："我既是这里官，须管着这里秀才。你去叫几个来见我。"学吏见过文凭，晓得是本管（自己的任所）官，也不敢怠慢，急忙去寻几个为头的积年秀才，与他说知了。秀才道："奇事！奇事！有个先生来了！"一传两，两传三，一时会聚了十四五个，商量道："既是先生到此，我们也该以礼相见。"有几个年老些的，穿戴了衣巾，其余的只是常服，多来拜见先生。韩赞卿接见已毕，逐个问了姓，叙些寒温（问候冷暖起居），尽皆欢喜。略略问起文字大意，一班儿都相对微笑。老成的道："先生不必拘此，某等敢以实情相告。某等生在海滨，多是在海里去做生计的。当道恐怕某等在内地生事，作成我们穿件蓝袍，做了个秀才，羁縻（羁，本意为马笼头，引申为笼络。縻，mí，牛缰绳，引申为拴住）。唱得几个诺，写得几字就是了；其实不知孔夫子义理是怎么样的，所以再没有先生们到这里的。今先生辛辛苦苦来走这番，这所在不可久留，却又不好叫先生便如此空回去。先生且安心住两日，让吾们到海中去去，五日后却来见先生，就打发先生起身，只看先生造化（福气，福分）何如。”说毕，哄然而散。韩赞卿听了这番说话，惊得呆了，做声不得。只得依傍着学吏，寻间民房，权且住下。

这些秀才去了五日，果然就来，见了韩赞卿道：“先生大造化！这五日内，生意不比寻常，足足有五千金，勾先生下半世用了。弟子们说过的话，毫厘不敢入己，尽数送与先生，见弟子们一点孝意。先生可收拾回去，是个高见。”韩赞卿见了许多东西，吓了一跳，道：“多谢列位（诸位）盛意。只是学生带了许多银两，如何回去得？”众秀才说：“先生不必忧虑，弟子们着几个与先生做伴，同送过岭（意为出了广东省界。广东在五岭之南，故又名“岭南”），万无一失。”韩赞卿道：“学生只为家贫无奈，选了这里，不得不来。岂知遇着列位，用情如此！”众秀才道：“弟子从不曾见先生面的，今劳苦先生一番，周全得回去，也是我们弟子之事。已后的先生不消再劳了。”当下众秀才替韩赞卿打叠起来，水陆路程舟车之类，多是众秀才备得停当（妥帖，妥当）。有四五个陪他一路起身，但到泊舟所在，有些人来相头相脚，面生可疑的，这边秀才不知口里说些甚么，抛个眼色，就便走开了去。直送至交界地方，路上太平的了，然后别了韩赞卿告回。韩赞卿谢之不尽，竟带了重资回家。一个穷儒，一旦饶裕了。可见有造化的，只是这个教官，又到了做不得的地方，也原有起好处来。

在下为何把这个教官说这半日？只因有一个教官，做了一任回来，贫得彻骨，受了骨肉许多的气。又亏得做教官时一个门生之力，挣了一派后运，争尽了气，好结果了。正是：

世情看冷暖，人面逐高低。
任是亲儿女，还随阿堵[①]移。

话说浙江湖州府近太湖边地方，叫做钱篓。有一个老廪膳秀才（即“廪生”。明代府、州、县学的生员每月都给膳食补助，故称），姓高，名广，号愚溪，为人忠厚，生性古执。生有三女，俱已适人过了。妻石氏已死，并无子嗣。止（仅，只）有一侄，名高文明，另自居住，家道颇厚。这高愚溪积祖传下房屋一所，自己在里头住，侄儿也是有分的。只因侄儿自挣了些家私，要自家像意

①阿堵：六朝人口语，意犹“这个”。这里代指钱。

（满意，称心），见这祖房坍塌下来修理不便，便自已置买了好房子，搬出去另外住了。若论支派，高愚溪无子，该是侄儿高文明承继的。只因高愚溪讳言这件事，况且自有三女，未免偏向自己骨血，有积趱下的束修（学生给老师的学费，即“束脩”）、本钱，多零星与女儿们去了。后来挨得出贡（明代府、州、县学按时保送一定数量的生员进入国子监学习，称为“贡生”。出贡即以这样的途径选入国学），选授了山东费县教官，转了沂州（今山东省临沂市东南。沂，yí），又升了东昌府（今山东省聊城），做了两三任归来，囊中也有四五百金宽些。看官（说书艺人称听众为“看官”）听说，大凡穷家穷计，有了一二两银子，便就做出十来两银子的气质出来。况且世上人的眼光极浅，口头最轻，见一两个箱儿匣儿略重些，便猜道有上千上万的银子在里头。还有凿凿说着数目，恰像亲眼看见、亲手兑过的一般，总是一刬（一派，一副。刬，chàn）的穷相。彼时高愚溪带得些回来，便就声传有上千的数目了。

三个女儿晓得老子有些在身边，争来亲热，一个赛一个的要好。高愚溪心里欢喜，道：“我虽是没有儿子，有女儿们如此殷勤，老景也还好过。”又想了一想道：“我总是留下私蓄，也没有别人得与他，何不拿些出来，分与女儿们了，等他们感激，越坚他每（宋元时人称代词的复数，同“们”）的孝心。”当下取三百两银子，每女儿与他一百两。女儿们一时见了银子，起初时千欢万喜，也自感激。后来闻得说身边还多，就有些过望起来，不见得十分足处。大家唧哝道：“不知还要留这偌（ruò，如此，这样）多与那个用？”虽然如此说，心里多想他后手的东西，不敢冲撞，只是赶上前的讨好。侄儿高文明照常往来，高愚溪不过体面相待。虽也送他两把俸金，几件人事（送人的礼物），恰好侄儿也替他接风洗尘，只好直退（扯直，“两下相抵”之意）。侄儿有些身家，也不想他的，不以为意。

那些女儿闹哄了几日，各要回去，只剩得老人家一个，在这些败落旧屋里居住，觉得凄凉。三个女儿你也说，我也说，多道来接老爹家去住儿时，各要争先。愚溪笑道：“不必争，我少不得要来看你们的。我从头而来，各住儿时便了。”别去不多时，高愚溪在家清坐了两日，寂寞不过，收拾了些东西，先到大女儿家里住了几时。第二个、第三个女儿，多着（zhuó，派遣）人来相接，高愚溪以次而到。女儿们只怨怅来得迟，住得不长远。过得两日，又来接了。高愚溪周而复始，住了两巡。女儿们殷殷勤勤，东也不肯放，西也不肯放。高愚溪思量道：“我总是不生得儿子，如今年已老迈，又无老小，何苦独自个住在家里？有此三个女儿轮转供养，勾过了残年了。只是白吃他们的，心里不安。前日虽然每人与了他百金，他们也费些在我身上了。我何不与他们说过，索性把身边所有，尽数分与三家，等三家轮供养了我，我落得自繇自在。这边过几时，那边过几时，省得老人家还要去买柴籴（dí，买）米，支持辛苦。最为便事。”把此意与女儿们说了，女儿们个个踊跃从命，多道：“女儿养父亲，是应得的。就不分得甚么，也说不得。”高愚溪大喜，就到自屋里，把随身箱笼有些实物的，多搬到女儿家里来了。私下把箱笼东西拼拼凑凑，还有三百多两。装好汉，发个慷慨，再是一百两一家，分与三个女儿，身边剩不多些甚么了。三个女儿接受，尽皆欢喜。

自此高愚溪只轮流在三个女儿家里过日，不到自家屋里去了。这几间祖屋，久无人住，逐渐坍将下来。公家物事，卖又卖不得。女儿们又撺掇（在一旁鼓动人做某事）他，说是有分东西，何不拆了些来？愚溪总是不想家去住了，道是有理。但见女婿家里有甚么工作修造之类，就去悄悄载了些作料（匠人所用的材料）来，增添改用。东家取了一条梁，西家就想一根柱。甚至猪棚屋也取些椽子板障（分隔房间的木板墙）来拉一拉。多是零碎取了的，侄儿子也不好小家子样来争，听凭他没些搭煞（不谨慎，糊涂）的，把一所房屋狼藉（糟蹋）完了。

祖宗缔造[1]本艰难，公物将来弃物看。
自道婿家堪毕世，宁知转眼有炎寒。

且说高愚溪初时在女婿家里过日，甚是热落（亲热），家家如此。以后手中没了东西，要做些事体也不得自繇，渐渐有些不便当起来。亦且老人家心性，未免有些嫌长嫌短，左不是、右不是的难为人。略不像意，口里便恨恨毒毒的说道：“我还是吃用自家的，不吃用你们的。”聒絮（guō xù，唠叨）个不住。到一家，一家如此。那些女婿家里，未免有些厌倦起来，况且身边无物，没甚么想头了。就是至亲如女儿，心里较前也懈了好些。说不得个推出门，却是巴不得转过别家去了，眼前清净几时。所以初时，这家住了几日，未到满期，那家就先来接他。而今就过日期也不见来接，只是巴不得他迟来些。高愚溪见未来接，便多住了一两日，这家子就有些言语出来道：“我家住满了，怎不到别家去？”再略动气，就有的发话道：“当初东西，三家均分，又不是我一家得了的。”言三语四，耳朵里听不得。高愚溪受了一家之气，忿忿地要告诉这两家，怎当得这两家真是一个娘养的，过得两日这些光景也就现出来了。闲话中

①缔造：经营，创建。

间，对女儿们说着姊妹不是，开口就护着姊妹伙的。至于女婿，一发（越发，更加）彼此相为（互助，相护），外貌解劝之中，带些尖酸讥评，只是丈人不是，更当不起。高愚溪恼怒不过，只是寻是寻非的吵闹，合家不宁。数年之间，弄做个老厌物，推来攮（nǎng，推的意思)去。有了三家，反无一个归根着落（依托；靠头；指靠）之处了。

看官，若是女儿、女婿说起来，必定是老人家不达时务（待人接物不知趣），惹人憎嫌。若是据着公道（不偏不倚的、公平合理的）评论，其实他分散了好些本钱，把这三家做了靠傍（依傍，依靠），凡事也该体贴他意思一分，才有人心天理。怎当得人情如此：与他的便算己物，用他的便是冤家。况且三家相形（互相比着），便有许多不调匀处。假如要请一个客，做个东道，这家便嫌道："何苦定要在我家请！"口里应承时，先不爽利了。就应承了去，心是懈的，日挨一日。挨得满了，又过一家。到那家提起时，又道："何不在那边时节请了，偏要留到我家来请？"到底不请得，撒开手。难道遇着大小一事，就三家各派不成？所以一件也成不得了，怎教老人家不气苦（生气苦恼）？这也是世态自然到此地位的。只是起初不该一味溺爱女儿，轻易把家事尽情散了。而今权在他人之手，岂得如意？只该自揣了些己（退让一些。揣己，即"克己"，退让的意思）也罢，却又是亲手分过银子的，心不甘伏（甘心承受）。欲待憋了口气，别走道路，又手无一钱，家无片瓦，争气不来，动弹不得。要去告诉侄儿，平日不曾有甚好处到他，今如此行径，没下稍了，恐怕他们见笑，没脸嘴见他。左思右想，恨道："只是我不曾生得儿子，致有今日！枉有三女，多是负心向外的，一毫没干，反被他们赚得没结果了！"使一个性子，噙着眼泪，走到路旁一个古庙里坐着，越想越气，累天倒地地哭了一回。猛想道："我做了一世的儒生，老来弄得过等光景，要这性命做甚么？我把胸中气不忿处，哭告菩萨一番，就在这里寻个自尽罢了。"

又道是无巧不成话。高愚溪正哭到悲切之处，恰好侄儿高文明在外边收债回来。船在岸边摇过，只听得庙里哭声。终是关着天性，不觉有些动念。仔细听着，像是伯伯的声音，便道："不问是不是，这个哭哭得好古怪。就住拢去看一看，怕做甚么？"叫船家一橹邀（拦）住了船，船头凑岸，扑的跳将上去。走进庙门，喝道："那个在此啼哭？"各抬头一看，两下多吃了一惊。高文明道："我说是伯伯的声音，为何在此？"高愚溪见是自家侄儿，心里悲酸起来，越加痛切。高文明道："伯伯老人家，休哭坏了身子，且说与侄儿，受了何人的气，以致如此？”高愚溪道：“说也羞人，我自差了念头，死靠着女儿，不留个后步，把些老本钱多分与他们了。今日却没一个理着我了，气忿不过，在此痛哭，告诉神明一番，寻个自尽。不想遇着我侄，甚为有愧。”高文明道：“伯伯怎如此短见！姊妹们是女人家见识，与他认甚么真？”愚溪道：“我宁死于此，不到他三家去了。”高文明道：“不去也凭得伯伯，何苦寻死？”愚溪道：“我已无家可归，不死何待？”高文明道：“侄儿不才，家里也还奉养得伯伯一口起，怎说这话？”愚溪道：“我平日不曾有好处到我侄，些些家事，多与了别人，今日剩得个光身子，怎好来扰得你！”高文明道：“自家骨肉，如何说个扰字？”愚溪道：“便做道我侄不弃，侄媳妇定嫌憎的。我出了偌多本钱，买别人嫌憎过了，何况孑然一身！”高文明道：“侄儿也是个男子汉，岂繇妇人作主！况且侄妇颇知义理（道理），必无此事。伯父只是随着侄儿到家里罢了，再不必迟疑，快请下船同行。”高文明也不等伯父回言，一把扯住衣袂，拉了就走，竟在船中载回家来。

高文明先走进去，对娘子说着伯伯苦恼，思量寻死的话。高娘子吃惊道：“而今在那里了？”高文明道：“已载他在船里回来了。”娘子道：“虽然老人家没搭煞，讨得人轻贱，却也是高门里的体面，原该收拾了回家来，免被别家耻笑！”高文明还怕娘子心未定，故意道：“老人家虽没用了，我家养这一群鹅在圈里，等他在家，早晚看看也好的，不到得吃白饭。”娘子道：“说那里话！家里不争（不要紧）得这一口，就吃了白饭，也是自家骨肉，又不养了闲人。没有侄儿叫个伯子来家看鹅之理！不要说这话，快去接了他起来。”高文明道：“既如此说，我去请他起来。你可整理些酒饭相待。”说罢，高文明三脚两步走到船边，请了伯子起来，到堂屋里坐下，就搬出酒肴来，伯侄两人吃了一会。高愚溪还想着可恨之事，提起一两件来告诉侄儿，眼泪簌簌的下来，高文明只是劝解。自此且在侄儿处住下了。

三家女儿知道，晓得老儿心里怪了，却是巴不得他不来，虽体面上也叫个人来动问动问（问候），不曾有一家说来接他去的。那高愚溪心性古撇（性情固执古怪），便接也不肯去了。一直到了年边，三个女儿家才假意来说接去过年，也只是说声，不见十分殷勤。高愚溪回道“不来”，也就住了。高文明道：“伯伯过年，正该在侄儿家里住的，祖宗影神也好拜拜。若在姊妹们家里，挂的是他家祖宗，伯伯也不便。”高愚溪道：“侄儿说得是，我还有两个旧箱笼，有两套圆领（圆领长衫，与下句的“纱帽”均为旧时官员的礼服）在里头，旧纱帽一顶，多在大女儿家里，可着人去取了来，过年时也好穿了拜拜祖宗。”高文明道：“这是要的，可写两个字去取。”随着人到大女儿家里去讨这些东西。那家子正怕这厌物再来，见要这付行头（戏装。这里是形容大女儿对父亲官服的嘲弄），晓得在别家过年了，恨不得急烧一付退送纸（旧时迷信为驱魔避邪而烧的纸钱，也叫“退送钱”），连忙把箱笼交还不迭。高愚溪见取了这些行头来，心里一发晓得女儿家里不要他来的意思，安心在侄儿处过年。

大凡老休在屋里的小官，巴不得撞个时节吉庆，穿着这一付红闪闪的，摇摆摇摆，以为快乐。当日高愚溪着了这一套，拜了祖宗，侄儿、侄媳妇也拜了尊长。一家之中，甚觉和气，强似在别人家了。只是高愚溪心里时常不快，道是不曾掉得甚么与侄儿，今反在他家打搅，甚为不安。就便是看鹅的事他也肯做，早是侄儿不要他去。

同枝本是一家亲，才属他门便路人。

直待酒阑人散后，方知叶落必归根。

一日，高愚溪正在侄儿家闲坐，忽然一个人公差打扮的，走到面前拱一拱手道：“老伯伯，借问一声，此间有个高愚溪老爹否？”高愚溪道：“问他怎的？”公差道：“老伯伯指引一指引，一路问来，说道在此间，在下要见他一见，有些要紧说话。”高愚溪道：“这是个老朽之人，寻他有甚么勾当？”公差道：“福建巡按（官名，品级低，权力大）李爷，山东沂州人，是他的门生。今去到任，迂道到此，特特来访他，找寻两日了。”愚溪笑道：“则（表示肯定判断，乃，是）我便是高广。”公差道：“果然么？”愚溪指着壁间道：“你不信，只看我这顶破纱帽。”公差晓得是实，叫声道：“失敬了。”转身就走。愚溪道：“你且说山东李爷叫甚么名字？”公差道：“单讳着一个某字。”愚溪想了一想道：“元来（原来）是此人。”公差道：“老爹家里收拾一收拾，他等得不耐烦了。小的去禀，就来拜了。”公差访得的实，喜喜欢欢自去了。

高愚溪叫出侄儿高文明来，与他说知此事。高文明道：“这是兴头（行时；兴旺）的事。贵人来临，必有好处。伯伯当初怎么样与他相处起的？”愚溪道：“当初吾在沂州做学正（明代地方学校学官），他是童生（又称“文童”“儒童”，指应考生员）新进学，家里甚贫，出那拜见钱不起。有半年多了，不能勾来尽礼。斋中两个同僚，撺掇（在一旁鼓动人做某事）我出票去拿他。我只是不肯。后来访得他果贫，去唤他来见。是我一个做主，分文不要他的。斋中见我如此，也不好要得了。我见这人身虽寒俭，意气轩昂，模样又好，问他家里，连灯火之资（家用）多难处的。我倒助了他些盘费回去，又替他各处赞扬，第二年就有了一个好馆。在东昌时节，又府里荐了他。归来这几时不相闻了。后来见说中过进士，也不知在那里为官。我已是老迈之人，无意世事，总不记在心上，也不去查他了。不匡（不料，想不到）他不忘旧情，一直到此来访我。"高文明道："这也是一个好人了。"

正说之间，外边喧嚷起来，说一个大船泊将拢来了，一齐来看。高文明走出来，只见一个人拿了红帖，竟望门里直奔。高文明接了，拿进来看。高愚溪忙将古董衣服穿戴了，出来迎接。船舱门开处，摇摇摆摆，踱上个御史来。那御史生得齐整（端正，漂亮），但见：

胞蟠豸（zhì，没有脚的虫）绣，人避骢（cōng，毛色青白相杂的马）威。揽辔想像澄清，停车动摇山岳。霜飞白简（即"白象简"，指象牙做的朝笏），一笔里要管闲非；清比黄河，满面上专寻不是。若不为学中师友谊，怎肯来林外野人家？

那李御史见了高愚溪，口口称为老师，满面堆下笑来，与他拱揖进来。李御史退后一步，不肯先走，扯得个高愚溪气喘不迭，涎唾鼻涕乱来。李御史带着笑，只是谦逊。高愚溪强不过，只得扯着袖子，占先了些，一同行了。进入草堂之中，御史命设了毯子，纳头四拜，拜谢前日提携之恩。高愚溪还礼不迭。拜过，即送上礼帖，候敬十二两。高愚溪收下，整椅在上面。御史再三推辞，定要旁坐，只得左右相对。御史还不肯占上，必要愚溪右手高些，才坐了。御史提起昔日相与（相授予）之情，甚是感谢，说道："侥幸之后，日夕想报师恩，时刻在念。今幸适有此差，道由贵省，迂途（绕道）来访。不想高居如此乡僻。"高愚溪道："可怜，可怜。老朽那得有居？此乃舍侄之居，老朽在此趁住的。"御史道："老师当初，必定有居。"愚溪道："老朽拙算，祖居尽废。今无家可归，只得在此强颜度日。"说罢，不觉哽咽起来。老人家眼泪，极易落的，扑的掉下两行来。御史恻然（悲悯，可怜）不忍，道："容门生到了地方，与老师设处便了。"愚溪道："若得垂情，老朽至死不忘。"御史道："门生到任后，便着承差（差役的尊称）来相候（等候）。"说勾了一个多时的话，起身去了。

愚溪送动身，看船开了，然后转来，将适才所送银子来看一看，对侄儿高文明道："此封银子，我侄可收去，以作老汉平日供给之费。"高文明道："岂有此理？供养伯伯是应得的，此银伯伯留下，随便使用。"高愚溪道："一向打搅，心实不安。手中无物，只得觍（tiǎn，面有愧色）颜过了。今幸得门生送此，岂有累（使疲劳）你供给了，我白收物事自用之理？你若不收我的，我也不好再住了。”高文明推却不得，只得道：“既如此说，侄儿取了一半去，伯伯留下一半别用罢。”高愚溪依言，各分了六两。

自李御史这一来，闹动了太湖边上，把这事说了几日。女儿家知道了，见说送来银子分一半与侄儿了，有的不气干（气魄和才干）道：“光辉了他家，又与他银子！”有的道：“这些须银子也不见几时用，不要欣羡他。免得老厌物来家也勾了，料没得再有几个御史来送银子。”各自卿哝不题（不提起）。

且说李御史到了福建，巡历地方，祛蠹除奸（驱赶祸害，消除奸佞，蠹，dù），雷厉风行，且是做得利害。一意行事，随你天大分上挽回不来。三月之后，即遣承差到湖州公干，顺便赍（jī，携带）书一封，递与高愚溪，约他到任所。先送程仪（路费，古代上级、亲友要出远门，作为下级或亲友，送给他一笔钱在旅途中花销）十二两，教他收拾了，等承差公事已毕，就接了同行。高愚溪得了此言，与侄儿高文明商量，伯侄两个一同去走走。收拾停当，承差公事已完，来促起身。一路上多是承差支持，毫无费力，不二十日，已到了省下。

此时察院（明代的都察院简称察院。御史出差在外，其衙署也叫察院）正巡历漳州，开门时节，承差进禀：“请到了高师爷。”察院即时送了下处，打轿出拜。拜时赶开闲人，叙了许多时说话。回到衙内，就送下程（吴方言，也作“嗄程”，送行的礼物），又分付办两桌酒，吃到半夜分散。外边见察院如此绸缪（chóu móu，情意殷切的样子），那个不钦敬？府县官多来相拜，送下程，尽力奉承。大小官吏，多来掇臂捧屁（拍马讨好。掇，duō），希求看觑（看顾；照料。觑，qù），把一个老教官抬在半天里。因而有求荐奖的，有求免参论（弹劾追究）的，有求出罪（把有罪判为无罪或重罪判为轻罪）的，有求免赃的，多来钻他分上。察院密传意思，教且离了所巡境地，或在省下，或游武夷，已叮嘱了心腹府县。其有所托之事，钉好书札，附寄公文封筒（封套）进来，无有不依。

高愚溪在那里半年，直到察院将次复命，方才收拾回家。总计所得，足足有二千余两白物（银子的隐识）。其余土产货物，尺头（上等衣料）礼仪之类甚多，真叫做满载而归。只这一番，比似先前自家做官时，倒有三四倍之得了。伯侄两人满心欢喜，到了家里，搬将上去。邻里之间，见说高愚溪在福建巡按处抽丰回来，尽来观看。看见行李沉重，货物堆积，传开了一片，道：“不知得了多少来家。”

三家女儿知道了，多着（zhuó，派遣）人来问安，又各说着要接到家里去的

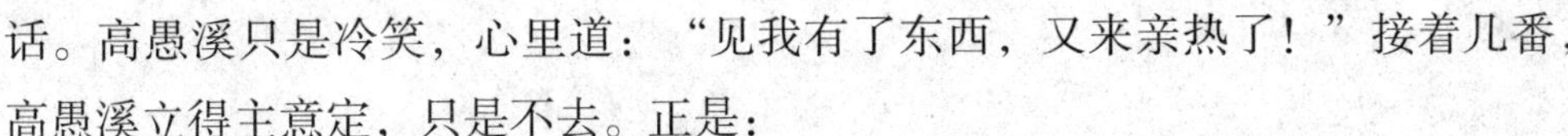

话。高愚溪只是冷笑，心里道："见我有了东西，又来亲热了！"接着几番，高愚溪立得主意定，只是不去。正是：

自从受了卖糖公公骗，至今不信口甜人。

这三家女儿，见老子不肯来，约会了一日，同到高文明家里来。见高愚溪个个多撮得笑起，说道："前日不知怎么样冲撞了老爹，再不肯到家来了。今我们自己来接，是必原到我每（宋元时人称代词的复数，同"们"）各家来住住。"高愚溪笑道："多谢，多谢。一向打搅得你们勾了，今也要各自揣己，再不来了。"三个女儿，你一句、我一句，说道："亲的只是亲，怎么这等见弃（嫌弃）我们？"高愚溪不耐烦起来，走进房中去了一会，手中拿出三包银子来。每包十两，每一个女儿与他一包，道："只此见我老人家之意，以后我也再不来相扰，你们也不必再来相缠了。"又拿了一个柬帖来，付高文明，就与三个女儿看一看。众人争上前看时，上面写道：

平日空囊，止有亲侄收养；今兹余橐（tuó，口袋中的财物），无用他姓垂涎！一生宦资，已归三女；身后长物（多余的东西），悉付侄儿。书此为照。

女儿中颇有识字义者，见了此纸，又气忿又没趣，只得各人收了一包，且自各回家里去了。

高愚溪罄将所有，尽交付与侄儿。高文明那里肯受？说道："伯伯留些防老，省得似前番缺乏了，告人便难。"高愚溪道："前番分文没有时，你兀自（亦作"兀子"。还，仍然）肯白养我；今有东西与你了，倒怠慢我不成？我老人家心直口直，不作久计了。你收下我的，一家一计过去，我倒相安。休分彼此，说是你的我的。"高文明依言，只得收了。以后尽心供养，但有所需，无不如意。高愚溪到底不往女儿家去，善终于侄儿高文明之家。所剩之物，尽归侄儿，也是高文明一点亲亲之念不衰，毕竟（究竟、最终、到底）得所报也。

广文也有遇时人，自是人情有假真。

不遇门生能报德，何缘爱女复思亲？

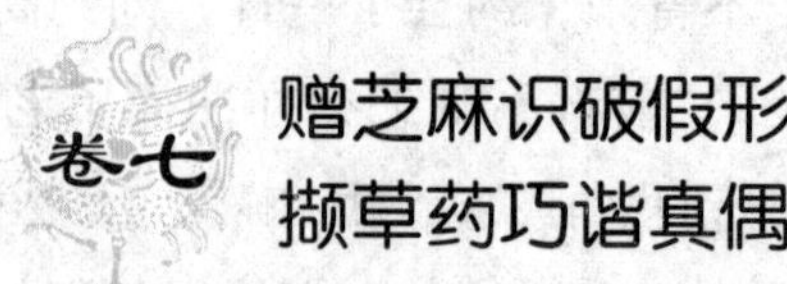

卷七 赠芝麻识破假形 撷草药巧谐真偶

诗曰：

万物皆有情，不论妖与鬼。
妙药可通灵，方信岐黄[1]理。

话说宋乾道年间，江西一个官人，赴调临安（指临安府，即今杭州市，是南宋行在所，有“临时安顿”之意）都下，因到西湖上游玩，独自一人，各处行走。走得路多了，觉得疲倦。道边有一民家，门前有几株大树，树旁有石块可坐，那官人遂坐下少息。望去屋内有一双鬟（shuāng huán，古代年轻女子的两个环形发髻）女子，明艳动人。官人见了，不觉心神飘荡，注目而视。那女子也回眸流盼（流转目光观看），似有寄情之意。官人眷恋不舍，自此时时到彼处少坐。那女子是店家卖酒的，就在里头做生意，不避人的。见那官人走来，便含笑相迎，竟以为常。往来既久，情意绸缪（chóu móu，形容缠绵不解的男女恋情）。官人将言语挑动他，女子微有羞涩之态，也不恼怒。只是店在路傍，人眼看见，内有父母，要求谐鱼水之欢，终不能勾。但只两心眷眷（反顾的样子，依依不舍）而已。

官人已得注选（应试获选，授予官职），归期有日，掉那女子不下，特到他家告别。恰好其父出外，女子独自在店，见说要别，拭泪私语道：“自与郎君相见，彼此倾心，欲以身从郎君，父母必然不肯。若私下随着郎君去了，淫奔之名，又羞耻难当。今就此别去，必致梦寐焦劳，相思无已。如何是好？”那官人深感

■西湖：位于今浙江省杭州市，是中国著名的旅游胜地，被誉为“人间天堂”。

---

①岐黄：岐伯和黄帝，后世奉为医家之祖。岐伯是黄帝的臣子，精医学，曾与黄帝论医，互问互答，记录下来，便成《内经》。

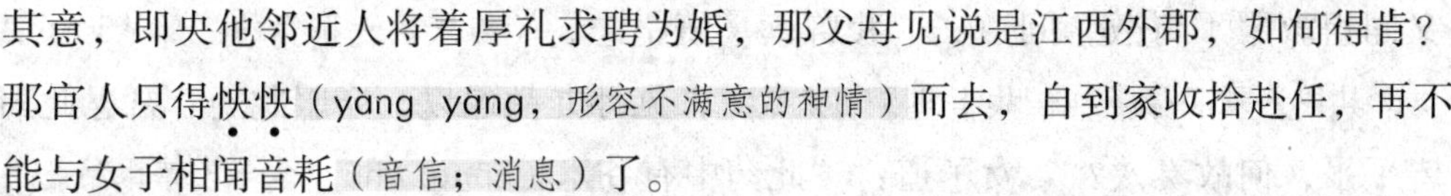

其意，即央他邻近人将着厚礼求聘为婚，那父母见说是江西外郡，如何得肯？那官人只得怏怏（yàng yàng，形容不满意的神情）而去，自到家收拾赴任，再不能与女子相闻音耗（音信；消息）了。

隔了五年，又赴京听调（听候调派）。刚到都下，寻个旅馆，歇了行李，即去湖边寻访旧游。只见此居已换了别家在内，问着五年前这家，茫然不知。邻近人也多换过了，没有认得的。心中怅然不快。回步中途，忽然与那女子相遇。看他年貌，比昔年已长大，更加标致了好些。那官人急忙施礼相揖，女子万福（一种动作。旧时，妇女对人用双手在左衣襟前拂一拂，口中说“万福”，表示行礼、祝福）不迭，口里道：“郎君隔阔（阻隔阔别）许久，还记得奴否？”那官人道：“为因到旧处寻访不见，正在烦恼。幸喜在此相遇。不知宅上为何搬过了？今在那里？”女子道：“奴已嫁过人了，在城中小巷内。吾夫坐库务（因库房事务出了差错而受牵连），监在狱中，故奴出来求救于人，不匡（不料，想不到）撞着五年前旧识。郎君肯到我家啜（chuò，啜饮）茶否？”那官人欣然道：“正要相访。”两个人一头说，一头走，先在那官人的下处前经过，官人道：“此即小生馆舍，可且进去谈一谈。”那官人正要营勾着他，了还心愿，思量下处尽好就做事，那里还等得到他家里去？一邀就邀了进来，关好了门，两个抱了一抱，就推倒床上，行其云雨。那馆舍是个独院，甚是僻静。馆舍中又无别客，止（仅，只）是那江西官人一个住着。女子见了光景，便道：“此处无人知觉，尽可偷住，与郎君欢乐，不必到吾家去了。吾家里有人，反更不便。”官人道：“若就肯住此，更便得紧了。”一留半年，女子有时出外，去去即时就来，再不提着家中事，也不见他想着家里。那官人相处得浓了，也忘记他是有夫家的一般。

那官人调得有地方了，思量回去，因对女子道：“我而今同你悄地家去了，可不是长久之计么？”女子见说要去，便流下泪来道：“有句话对郎君说，郎君不要吃惊。”官人道：“是甚么话？”女子道：“奴自向时别了郎君，终日思念，恹恹（yān yān，精神萎靡的样子）成病，期年（jī nián，一周年，一整月）而亡。今之此身，实非人类。以夙世（sù shì，前世）缘契（yuán qì，犹缘分。一般指交友的缘分），幽魂未散，故此特来相从这几时。欢期有限，冥数已尽，要从郎君远去，这却不能勾了。恐郎君他日有疑，不敢避嫌，特与郎君说明。但阴气相侵已深，奴去之后，郎君腹中必当暴下（猛烈下泄。下，指泄肚），可快服平胃散，补安精神，即当痊愈。”官人见说，不胜惊骇了许久。

又闻得教服平胃散，问道："我曾读《夷坚志》（南宋洪迈撰写的一部笔记小说集，其中记录了很多神怪故事和异闻杂录），见孙九鼎遇鬼，亦服此药。吾思此药皆平平，何故奏效？"女子道："此药中有苍术（cāng zhú，多年生草本植物。根状茎肥大呈结节状），能去邪气，你只依我言就是了。"说罢，涕泣不止；那官人也相对伤感。是夜同寝，极尽欢会之乐。将到天明，恸哭而别。出门数步，倏已不见。果然别后，那官人暴下不止，依言赎平胃散服过才好。那官人每对人说着此事，还凄然泪下。可见情之所钟，虽已为鬼，犹然眷恋如此。况别后之病，又能留方服药医好，真多情之鬼也。

而今说一个妖物，也与人相好（关系亲密,感情好）了，留着些草药，不但医好了病，又弄出许多姻缘事体，成就他一生夫妇，更为奇怪。有《忆秦娥》一词为证：

堪奇绝，阴阳配合真丹结。真丹结，欢娱虽就，精神亦竭。殷勤赠物机关泄，姻缘尽处伤离别。伤离别，三番草药，百年欢悦。

这一回书，乃京师老郎（对前辈说书艺人的尊称）传留，原名为《灵狐三束草》。天地间之物，惟狐最灵，善能变幻，故名狐魅。北方最多，宋时有"无狐魅，不成村"之说。又性极奸淫，其涎染着人，无不迷惑，故又名"狐媚"，以比世间淫女。唐时有"狐媚偏能惑主（是初唐骆宾王《为徐敬业讨武曌檄》中的句子。武曌，即武则天）"之檄。然虽是个妖物，其间原有好歹。如任氏以身殉郑蓥（事见唐沈既济所撰传奇小说《任氏传》。贫士郑六爱上狐妖任氏，任氏感其诚，知不利西行，但难却郑六强邀之情，途中遇犬而死），连贞节之事也是有的。至于成就人功名，度脱人灾厄（灾祸；苦难），撮合（cuō he，拉拢，说合）人夫妇，这样的事往往有之。莫谓妖类，便无好心，只要有缘遇得着。

国朝天顺甲申（天顺为明英宗朱祁镇年号，公元1457—1464年。甲申，1464年，是年英宗卒）年间，浙江有一个客商，姓蒋，专一在湖广、江西地方做生意。那蒋生年纪二十多岁，生得仪容俊美，眉目动人，同伴里头道是他模样可以选得过驸马，起他混名，叫做蒋驸马。他自家也以风情自负，看世间女子，轻易也不上眼。道是必遇绝色，方可与他一对。虽在江湖上走了几年，不曾撞见一个中心满意女子。也曾同着朋友，衏衏人家走动两番，不过是遣兴（即"遣意"，也就是消遣之意。兴，xìng）而已。公道（不偏不倚的、公平合理的）看起来，还则是他失便宜与妇人了。一日置货到汉阳马口地方，下在一个店家，姓马，叫得马月溪店。那个马月溪是本处马少卿家里的人，领着主人本钱，开着

这个歇客商的大店。店中尽有幽房邃阁，可以容置（容纳不问）上等好客，所以远方来的斯文人，多来投他。

店前走去不多几家门面，就是马少卿的家里。马少卿有一位小姐，小名叫得云容，取李青莲（即唐代诗人李白，下引“云想衣裳花想容”是其《清平调》中的诗句）“云想衣裳花想容”之句，果然纤姣（纤细姣美）非常，世所罕有。他家内楼小窗，看得店前人见。那小姐闲了，时常登楼，看望作耍（玩耍）。一日正在临窗之际，恰被店里蒋生看见。蒋生远望去，极其美丽，生平目中所未睹。一步步走近前去细玩。走得近了，看得较真，觉他没一处生得不妙。蒋生不觉魂飞天外，魄散九霄。心里妄想道：“如此美人，得以相叙一宵，也不枉了我的面庞风流（风韵，多指好仪态）！却怎生能勾？”只管仰面痴看。那小姐在楼上瞧见有人看他，把（拿）半面遮藏，也窥着蒋生是个俊俏后生，恰像不舍得就躲避着一般。蒋生越道是楼上留盼（看），卖弄出许多飘逸身分出来，要惹他动火。直等那小姐下楼去了，方才走回店中，关着房门，默默暗想：“可惜不曾晓得丹青（丹和青是古代绘画中常用的颜色，遂借指绘画）！若晓得时，描也描他一个出来。”次日问着店家，方晓得是主人之女，还未曾许配人家。蒋生道：“他是个仕宦（shì huàn，文人对当官的一种谦虚称法）人家，我是个商贾（shāng gǔ，古代称行走贩卖货物为商，住着出售货物为贾。二字连用，泛指做买卖的人），又是外乡，虽是未许下丈夫，料不是我想得着的。若只论起一双的面庞，却该做一对才不亏了人。怎生得氤氲大使（传说中掌管人间婚姻的神。氤氲，yīn yūn）做一个主便好！”大凡是不易得动情的人，一动了情，再按纳不住的。蒋生自此行着思，坐着想，不放下怀。

他原卖的是丝绸绫绢、女人生活（吴方言中“生活”一词有多种含义，这里指物品、东西）之类，他央店家一个小的拿了箱笼，引到马家宅里去卖。指望撞着小姐，得以饱看一回。果然卖了两次，马家家眷们你要买长，我要买短，多讨箱笼里东西自家翻看，觌（dí，当着面）面讲价。那小姐虽不十分出头露面，也在人丛之中，遮遮掩掩的看物事。有时也眼瞟着蒋生，四目相视。蒋生回到下处，越加禁架（把握；控制）不定，长吁短气，恨不身生双翅，飞到他闺阁中做一处。晚间的春梦也不知做了多少。蒋生眠思梦想，日夜不置，真所谓：

思之思之，又从而思之。
思之不得，鬼神将通之。

一日晚间，关了房门，正待独自去睡，只听得房门外有行步之声，轻轻将房门弹响。蒋生幸未熄灯，急忙掭（tiàn，拨动）明了灯，开门出看，只见一个女子闪将入来。定睛仔细一认，正是马家小姐。蒋生吃了一惊，道："难道又做起梦来了？"正心一想，却不是梦。灯儿明亮，俨然与美貌的小姐相对。蒋生疑假疑真，惶惑（疑惧；疑惑）不定。小姐看见意思（神情），先开口道："郎君不必疑怪，妾乃马家云容也。承郎君久垂顾盼（看），妾亦关情多时了。今偶乘家间（家里，家中）空隙，用计偷出重门（chóng mén，屋内的门），不自嫌其丑陋，愿伴郎君客中岑寂（cén jì，寂寞；冷清）。郎君勿以自献为笑，妾之幸也。"蒋生听罢，真个如饥得食，如渴得浆，宛然刘、阮入天台（传说汉代的刘晨和阮肇入天台山采药，与两位仙女结婚，半年后回到故乡，方知人世已经过了七代。事见《太平御览》卷四十一引刘义庆《幽明录》），下界凡夫得遇仙子。快乐徯幸（xī xìng，希望，觊觎），难以言喻。忙关好了门，挽手共入鸳帷，急讲于飞之乐。云雨既毕，小姐分付道："妾见郎君韶秀（sháo xiù，美好秀丽），不能自持，致于自荐枕席（一般都是女方的谦辞，与以身相许相近）。然家严（对人称自己父亲的谦辞）刚厉，一知风声，祸不可测。郎君此后切不可轻至妾家门首，也不可到外边闲步，被别人看破行径。只管夜夜虚掩房门相待，人定之后，妾必自来。万勿轻易漏泄，始可欢好得久长耳。"蒋生道："远乡孤客，一见芳容，想慕欲死。虽然梦寐相遇，还道仙凡隔远，岂知荷蒙（承蒙；承受）不弃，垂盼及于鄙陋，得以共枕同衾，极尽人间之乐。小生今日，就死也瞑目了。何况金口分付，小生敢不记心？小生自此足不出户，口不轻言，只呆呆守在房中，等到夜间，候小姐光降相聚便了。"天未明，小姐起身，再三计约了夜间，然后别去。蒋生自想，真如遇仙，胸中无限快乐，只不好告诉得人。

小姐夜来明去，蒋生守着分付，果然轻易不出外一步，惟恐露出形迹，有负小姐之约。蒋生少年，固然精神健旺，竭力纵欲，不以为疲。当得那小姐深自知味，一似（很像）能征惯战的一般，再不推辞，毫无厌足。蒋生倒时时有怯败之意。那小姐竟像不要睡的，一夜何曾休歇？蒋生心爱得紧，见他如此高兴，道是深闺少女乍知男子之味，又两情相得，所以毫不避忌，尽着性子喜欢做事，难得这样真心，一发快活，惟恐奉承不周。把个身子不放在心上，拚着性命做，就一下走了阳死了也罢了。弄了多时，也觉有些倦怠，面颜看看憔悴起来。正是：

二八佳人[①]体似酥，腰间仗剑斩愚夫。

①二八佳人：十五六岁的美女。二八，指十六岁；佳人，美女。

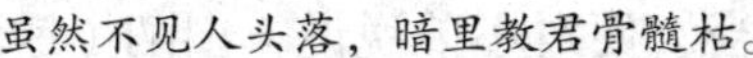

虽然不见人头落，暗里教君骨髓枯。

且说蒋生同伴的朋友，见蒋生时常日里闭门昏睡，少见出外；有时略略走得出来，呵欠连天，像夜间不曾得睡一般；又不曾见他搭伴夜饮，或者中了宿酲（因饮酒过量，第二天感到身体不爽，也叫“中酒”或“病酒”。酲，chéng，酒醒后仍觉疲惫如病）；又不曾见他妓馆留连，或者害了色病；不知为何如此。及来牵他去那里吃酒宿娼，未到晚，必定要回店中，并不肯少留在外边一更二更的。众人多各疑心道：“这个行径，必然心下有事的光景，想是背着人做了些甚么不明的勾当了。我们相约了，晚间候他动静，是必要捉破他。”当夜天色刚晚，小姐已来。蒋生将他藏好，恐怕同伴疑心，反走出来谈笑一会，同吃些酒。直等大家散了，然后关上房门，进来与小姐上床。又且无休无歇，外边同伴窃听的道：“蒋驸马不知那里私弄个妇女，在房里受用，这等久战。”站得不耐烦，各自归房，各自去睡了。

次日起来，大家道：“我们到蒋驸马房前守他，看甚么人出来。”走在房外，房门虚掩，推将进去。蒋生自睡在床上，并不曾有人。众同伴疑道：“那里去了？”蒋生故意道：“甚么那里去了？”同伴道：“昨夜与你弄那话儿的。”蒋生道：“何曾有人？”同伴道：“我们众人多听得的，怎么混赖得？”蒋生道：“你们见鬼了！”同伴道：“我们不见鬼，只怕你着鬼了。”蒋生道：“我如何着鬼？”同伴道：“晚间与人干那话，声响外闻，早来不见有人，岂非是鬼？”蒋生晓得他众人夜来窃听了，亏得小姐起身得早，去得无迹，不被他们看见，实为万幸。一时把说话支吾道：“不瞒众兄，小生少年出外，鳏旷（guān kuàng，鳏男和旷女。泛指没有配偶的人）日久，晚来上床，忍制不过，学作交欢之声，以解欲火。其实只是自家喉急的光景，不是真有个人在里面交合。说着甚是惶恐，众兄不必疑心。”同伴道：“我们也多是喉急的人，若果是如此，有甚惶恐？只不要着了甚么邪妖，便不是要事。”蒋生道：“并无此事，众兄放心。”同伴似信不信的，也不说了。

只见蒋生渐渐支持不过，一日疲倦似一日，自家也有些觉得了。同伴中有一个姓夏的，名良策，与蒋生最是相爱（人与人之间的相互关爱）。见蒋生如此，心里替他耽忧，特来对他说道：“我与你出外的人，但得平安，便为大幸。今仁兄面黄肌瘦，精神恍惚，语言错乱。及听兄晚间房中，每每与人切切私语，此必有作怪跷蹊的事。仁兄不肯与我每明言，他日定要做出事来，性命干系（性命攸关），非同小可，可惜这般少年，葬送在他乡外府，我辈何忍？况小弟蒙兄至爱，有甚么勾当，便对小弟说说，斟酌（思忖；思量）而行也好，何必相瞒？小弟赌个咒，不与人说就是了！”蒋生见夏良策说得痛切，只得与他实说道：“兄意思真恳，小弟实有一件事不敢瞒兄。此间主人马少卿的小姐，与小弟有些缘分，夜夜自来欢会。两下少年，未免情欲过度，小弟不能坚忍，以致生出疾病来。然小弟性命还是小事，若此风声一露，那小姐性命也不可保了。再三叮嘱小弟慎口，所以小弟只不敢露。今虽对仁兄说了，仁兄万勿漏泄，使小弟有负小姐。”夏良策大笑道：“仁兄差矣！马家是乡宦人家，重垣（重复的垣墙）峻壁（陡峭的壁），高门邃宇（深广的屋宇），岂有女子夜夜出得来？况且旅馆之中，众人杂沓（纷杂；杂乱），女子来来去去，虽是深夜，难道不提防人撞见？此必非他家小姐可知了。”蒋生道：“马家小姐我曾认得的，今分明是他，再有何疑？”夏良策道：“闻得此地惯有狐妖，善能变化惑人，仁兄所遇，必是此物。仁兄今当谨慎自爱。”蒋生那里肯信？

夏良策见他迷而不悟，踌躇（chóu chú，犹豫不定，反复琢磨思量）了一夜，心生一计道：“我直教他识出踪迹来，方才肯住手。”只因此一计，有分交（志同道合之交）：深山妖牝（雌妖。牝，pìn，雌性鸟兽），难藏丑秽之形；幽室香躯，陡变温柔之质。用着那神仙洞里千年草，成就了卿相门中百岁缘。

且说蒋生心神惑乱，那听好言？夏良策劝他不转，来对他道：“小弟有一句话，不碍兄事的。兄是必依小弟而行。”蒋生道：“有何事教小弟做？”夏良策道：“小弟有件物事，甚能分别邪正。仁兄等那人今夜来时，把来赠他拿去。若真是马家小姐，也自无妨；若不是时，须有认得他处。这却不碍仁兄事的。仁兄当以性命为重，自家留心便了。”蒋生道：“这个却使得。”夏良策就把一个粗麻布袋，袋着一包东西，递与蒋生。蒋生收在袖中，夏良策再三叮嘱道：“切不可忘了。”蒋生不知何意，但自家心里也有些疑心，便打点（准备；打算；考虑）依他所言试一试看，料也无碍。

是夜小姐到来，欢会了一夜。将到天明去时，蒋生记得夏良策所嘱，便将此袋出来赠他道：“我有些少（少许，一点儿）物事送与小姐拿去，且到闺阁中慢慢自看。”那小姐也不问是甚么物件，见说送他的，欣然拿了就走，自出店门去了。蒋生睡到日高，披衣起来。只见床面前多是些碎芝麻粒儿，一路出去，洒到外边。蒋生恍然大悟道：“夏兄对我说，此囊中物，能别邪正。元来是一袋芝麻。芝麻那里是辨别得邪正的？他以粗麻布为袋，明是要他撒将出来，就此可以认他来踪去迹。这个就是教我辨别邪正了。我而今跟着这芝麻踪

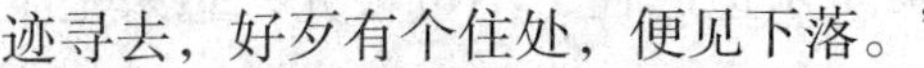

迹寻去，好歹有个住处，便见下落。”

蒋生不说与人知，只自心里明白，逐步暗暗看地上有芝麻处便走。眼见得不到马家门上，明知不是他家出来的人了。纡纡曲曲（细密曲折），穿林过野，芝麻不断。一直跟寻到大别山下，见山中有个洞口，芝麻从此进去。蒋生晓得有些咤异，担着一把汗，望洞口走进。果见一个牝（pìn，雌性鸟兽）狐身边放着一个芝麻布袋儿，放倒头在那里鼾睡。

几转雌雄坎与离[1]，皮囊改换使人迷。
此时正作阳台梦[2]，还是为云为雨时。

蒋生一见大惊，不觉喊道：“来魅吾的，是这个妖物呵！”那狐性极灵，虽然睡卧，甚是警醒。一闻人声，倏把身子变过，仍然是个人形。蒋生道：“吾已识破，变来何干？”那狐走向前来，执着蒋生手道：“郎君勿怪！我为你看破了行藏（行迹；底细；来历），也是缘分尽了。”蒋生见他仍复旧形，心里老大不舍。那狐道：“好教郎君得知，我在此山中修道，将有千年。专一与人配合雌雄，炼成内丹。向见郎君韶丽，正思借取元阳（中医谓人体阳气的根本），无门可入。却得郎君钟情马家女子，思慕真切，故尔效仿其形，特来配合。一来助君之欢，二来成我之事。今形迹已露，不可再来相陪，从此永别了。但往来已久，与君不能无情。君身为我得病，我当为君治疗。那马家女子，君既心爱，我又假托其貌，邀君恩宠多时，我也不能恝然（坦然，无动于衷。恝，jiá）。当为君谋取，使为君妻，以了心愿，是我所以报君也。”说罢，就在洞中手撷一般希奇的草来，束做三束，对蒋生道：“将这头一束，煎水自洗，当使你精完气足，壮健如故。这第二束，将去悄地撒在马家门口暗处，马家女子即时害起癞病来。然后将这第三束去煎水与他洗濯（洗涤），这癞病自好，女子也归你了。新人相好（关系亲密，感情好）时节，莫忘我做媒的旧情也。”遂把三束草一一交付蒋生，蒋生收好。那狐又分付道：“慎之！慎之！莫对人言，我亦从此逝矣。”言毕，依然化为狐形，跳跃而去，不知所往。

蒋生又惊又喜，谨藏了三束草，走归店中来。叫店家烧了一锅水，悄地放下一束草，煎成药汤。是夜将来自洗一番，果然神气开爽，精力陡健。沉睡一宵，次日，将镜一照，那些萎黄之色，一毫也无了，方知仙草灵验。谨閟其言，不向人说。

①坎与离：“坎”“离”是《周易》中的两个卦名，道家常以“坎离”作阴阳交合的代称。②阳台梦：指男女欢会。

夏良策来问昨日踪迹，蒋生推道："灵至水边已住，不可根究，想来是个怪物，我而今看破，不与他往来便了。"夏良策见他容颜复旧，便道："兄心一正，病色便退，可见是个妖魅。今不被他迷了，便是好了，连我们也得放心。"蒋生口里称谢，却不把真心说出来。只是一依狐精之言，密去干着自己的事。将着第二束草，守到黄昏人静后，走去马少卿门前，向户槛底下墙角暗处，各各撒放停当（妥帖；妥当）。自回店中，等待消息。不多两日，纷纷传说马家云容小姐生起癞疮（恶疮；顽癣）来。初起时不过二三处，虽然嫌憎，还不十分在心上。渐渐浑身癞发，但见：

腥臊遍体，臭味难当。玉树亭亭，改做鱼鳞皴皱（起皱纹）；花枝袅袅，变为虫蚀累堆。痒动处不住爬搔，满指甲霜飞雪落；痛来时岂胜啾唧（众声，烦杂声），镇朝昏抹泪揉眵（chī，目汁，眼睛分泌出来的液体凝结成的淡黄色的东西。俗称"眼屎"）。谁家女子恁般撑？闻道先儒以为癞。

马家小姐忽患癞疮，皮痒脓腥，痛不可忍。一个绝色女子，弄成人间厌物。父母无计可施，小姐求死不得。请个外科先生来医，说得甚不值事，敷上药去就好。依言敷治，过了一会，浑身针刺却像剥他皮下来一般疼痛，顷刻也熬不得，只得仍旧洗掉了。又有内科医家前来处方，说是："内里服药，调得血脉停当，风气开散，自然痊可。只是外用敷药，这叫得治标，决不能除根的。"听了他，把煎药日服两三剂，落得把脾胃弄坏了，全无功效。外科又争说是他专门，必竟要用擦洗之药；内科又说是肺经受风，必竟要吃消风散毒之剂。落得做病人不着，挨着疼痛，熬着苦水，今日换方，明日改药。医生相骂了几番，你说我无功，我说你没用，总归没帐。

马少卿大张告示在外："有人能医得痊愈者，赠银百两。"这些医生看了告示，只好咽唾。真是孝顺郎中（吴方言称中医医生为"郎中"），也算做竭尽平生之力，查尽秘藏之书，再不曾见有些小效处。小姐已是十死九生，只多得一口气了。

马少卿束手无策，对夫人道："女儿害着不治之症，已成废人。今出了重赏，再无人能医得好。莫若舍了此女，待有善医此症者，即将女儿与他为妻，倒赔妆奁，招赘入室。我女儿颇有美名，或者有人慕此，献出奇方来救他，也未可知。就未必门当户对，譬如女儿害病死了。就是不死，这样一个癞人，也难嫁着人家。还是如此，庶几（或许可以，表示希望或推测）有望。"遂大书于门道：

小女云容，染患癞疾，一应（所有一切）人等能以奇方奏效者，不论高下（高低）门户，远近地方，即以此女嫁之，赘入为婿。立此为照！

蒋生在店中，已知小姐病癞出榜招医之事，心下暗暗称快。然未见他说到婚姻上边，不敢轻易兜揽（包揽）。只恐远地客商，他日便医好了，只有金帛酬谢，未必肯把女儿与他。故此藏着机关，静看他家事体。果然病不得痊，换过榜文，有医好招赘之说。蒋生抚掌道："这番老婆到手了！"即去揭了门前榜文，自称能医。门公见说，不敢迟滞（延缓滞留），立时奔进通报。

马少卿出来相见，见了蒋生一表非俗，先自喜欢。问道："有何妙方，可以医治？"蒋生道："小生原不业医，曾遇异人，传有仙草，专治癞疾，手到可以病除。但小生不慕金帛，惟求不爽（不差；没有差错）榜上之言，小生自当效力。"马少卿道："下官止（仅，只）此爱女，德容俱备。不幸忽犯此疾，已成废人。若得君子施展妙手，起死回生，榜上之言，岂可自食？自当以小女余生奉侍箕帚（以箕帚扫除；操持家内杂务，这里指妻子）。"蒋生道："小生原籍浙江，远隔异地，又是经商之人，不习儒业，只恐有玷门风。今日小姐病颜消减，所以舍得轻许。他日医好复旧，万一悔却前言，小生所望，岂不付之东流？先须说得明白。"马少卿道："江浙名邦，原非异地；经商亦是善业，不是贼流。看足下器体（禀性和器度），亦非以下之人。何况有言在先，远近高下（高低），皆所不论，只要医得好。下官忝在缙绅（旧时官宦的装束，转用为官宦的代称），岂为一病女，就做爽信之事？足下但请用药，万勿他疑。"

蒋生见说得的确（完全确实，毫无疑问。表示事情十分肯定），就把那一束草叫煎起汤来，与小姐洗澡。小姐闻得药草之香，已自心中爽快。到得倾下浴盆，通身澡洗，可煞作怪，但是汤到之处，疼的不疼，痒的不痒，透骨清凉，不可名状。小姐把脓污抹尽，出了浴盆，身子轻松了一半。眠在床中一夜，但觉疮痂渐落，粗皮层层脱下来。过了三日，完全好了。再复清汤浴过一番，身体莹然如玉，比前日更加嫩相。

马少卿大喜，去问蒋生下处，元来就住在本家店中。即着人请得蒋生过家中来，打扫书房，与他安下。只要拣个好日，就将小姐赘他。蒋生不胜之喜，已在店中把行李搬将过来，住在书房，等候佳期。马家小姐心中感激蒋生救好他病，见说就要嫁他，虽然情愿，未知生得人物如何。叫梅香探听，元来即是曾到家里卖过绫绢的客人，多曾认得他，面庞标致的，心里就放得下。

吉日已到，马少卿不负前言，主张成婚。两下少年，多是美丽人物，你贪我爱，自不必说。但蒋生未成婚之先，先有狐女假扮，相处过多时，偏是他熟认得的了。一日，马小姐说道："你是别处人，甚气力到得我家里？天教我生出这个病来，成就这段姻缘。那个仙方，是我与你的媒人，谁传与你的，不可忘了！”蒋生笑道：“是有一个媒人，而今也没谢他处了。”小姐道：“你且说是那个？今在何处？”蒋生不好说是狐精，捏个谎道：“只为小生曾瞥见小姐芳容，眠思梦想，寝食俱废。心意志诚了，感动一位仙女，假托小姐容貌，来与小生往来了多时。后被小生识破，他方才说果然不是真小姐，小姐应该目下有灾，就把一束草教小生来救小姐，说当有姻缘之分。今果应其言，可不是个媒人？”小姐道：“怪道你见我象旧识一般，元来曾有人假过我的名来。而今在那里去了？”蒋生道：“他是仙家，一被识破，就不再来了。知他在那里？”小姐道：“几乎被他坏了我名声，却也亏他救我一命，成就我两人姻缘，还算做个恩人了。”蒋生道：“他是个仙女，恩与怨总不挂在心上。只是我和你合该做夫妻，遇得此等仙缘，称心满意。但愧小生不才，有屈了小姐耳。”小姐道：“夫妻之间，不要如此说。况我是垂死之人，你起死回生的大恩，正该终身奉侍君子，妾无所恨矣！”自此，如鱼似水，蒋生也不思量回乡，就住在马家终身，夫妻偕老，这是后话。

那蒋生一班儿同伴，见说他赘在马少卿家了，多各不知其繇。惟有夏良策见蒋生说着马小姐的话，后来道是妖魅的假托，而今见真个做了女婿，也不明白他备细（详细情况）。多来与蒋生庆喜，夏良策私下细问根由。蒋生瞒起用草生癞一段话，只说：“前日假托马小姐的，是大别山（名翼际山，又名鲁山，在今湖北省武汉市汉阳区东北）狐精。后被夏兄精布芝麻之计追寻踪迹，认出真形。他赠此药草，教小弟去医好马小姐，就有姻缘之分。小弟今日之事，皆狐精之力也。”众人见说多称奇道：“一向称兄为蒋驸马，今仁兄在马口地方作客，住在马月溪店，竟为马少卿家之婿，不脱一个‘马’字。可知也是天意，生出这狐精来，成就此一段姻缘。驸马之称，便是前谶（chèn，指将要应验的预言、预兆）了。”人家相传，以为佳话。有等痴心的，就恨怎生我偏不撞着狐精，得有此奇遇？妄想得一个不耐烦。有诗为证：

人生自是有姻缘，得遇灵狐亦偶然。

妄意洞中三束草，岂知月下赤绳牵！

野史氏曰：

生始窥女而极慕思，女不知也。狐实阴见，故假女来。生以色自惑，而狐惑之也。思虑不起，天君泰然（安定；不放在心上），即狐何为？然以祸始，而以福终，亦生厚幸。虽然，狐媒犹狐媚也，终死色刃矣。

卷八 行孝子到底不简尸 殉节妇留待双出柩

诗云：

削骨蒸肌岂忍言，世人借口欲伸冤。
典刑[①]未正先残酷，法吏当知善用权[②]。

话说戮尸（古代的一种酷刑。为惩罚死者生前的行为，挖坟开棺，将尸体枭首示众）弃骨，古之极刑。今法被人殴死者，必要简尸（验尸。简，通“检”）。简得致命伤痕，方准抵偿，问入死罪，可无冤枉，本为良法。自古道：“法立弊生。”只因有此一简，便有许多奸巧做出来。那把人命图赖人的，不到得就要这个人偿命，只此一简，已够奈何着他了。你道为何？官府一准简尸，地方上搭厂（搭棚）的就要搭厂钱，跟官（旧时指官员的随从）、门皂（旧时衙门里的差役）、轿夫、吹手（吹鼓手；吹奏管乐器的人）多要酒饭钱，仵作（官署中专门检验死伤的吏役。仵，wǔ）人要开手（开始动手、着手）钱、洗手钱，至于官面前桌上要烧香钱、朱墨（古代官府文书用朱、墨两色，因用作公文的代称）钱、笔砚钱，毡条（成张的毡子，可用于屏挡或铺垫）坐褥俱被告人所备，还有不肖佐贰（明代凡知府、知州、知县的辅佐官吏，如通判、州同、县丞等，统称“佐贰”）要摆案酒（下酒的菜肴），要折盘盏，各项名色（名目；名称）甚多，不可尽述。就简得雪白无伤，这人家已去了七八了；就问得原告招诬，何益于事？所以奸徒与人有仇，便思将人命为奇货。官府动笔判个“简”字，何等容易，道人命事应得的，岂知有此等害人不小的事？除非真正人命，果有重伤简得出来，正人罪名，方是正条。然刮骨蒸尸，千零百碎，与死的人计较，也是不忍见的。律上所以有“不愿者听”及“许尸亲告递免简”之例，正是圣主曲体（深入体察）人情处。岂知世上惨刻（凶狠刻毒）的官，要见自己风力（威势；权势），或是私心嗔恨（怨恨）被告，不肯听尸亲免简，定要劣撅（亦作“劣缺”“劣角”“劣

①典刑：受死刑。②用权：采用权变的办法。

蹶"，元明时俗语，意思是狠毒、顽劣）做去，以致开久殓之棺，掘久埋之骨，随你伤人子之心，堕傍观之泪，他只是硬着肚肠不管。原告不执命（追查凶手偿命），就坐他受贿；亲友劝息，就诬他私和。一味蛮刑，打成狱案，自道是与死者伸冤，不知死者惨酷已极了。这多是绝子绝孙的勾当。

闽中有一人，名曰陈福生，与富人洪大寿家佣工，偶因口语不逊，被洪大寿痛打一顿。那福生才吃得饭过，气郁在胸，得了中懑之症，看看待死。临死对妻子道："我被洪家长痛打，致恨而死。但彼是富人，料掰（bān，同"扳"，拉、挽）他不倒，莫要听了人教唆，赖他人命，致将我尸首简验，粉骨碎身。只略与他说说，他怕人命缠累（纠缠拖累），必然周给（接济）后事，供养得你每（宋元时人称代词的复数，同"们"）终身，便是便益了。"妻子听言，死后果去见那家长，但道："因被责罚之后，得病不痊，今已身死。惟家长可怜孤寡，做个主张。"洪大寿见因打致死，心里虑怯的，见他说得揣己（估量自己），巴不得他没有说话，给与银两，厚加殡殓，又许了时常周济他母子。已此无说了。

陈福生有个族人（同宗族之人）陈三，混名陈喇虎，是个不本分、好有事的。见洪大寿是有想头（指望，奔头）的人家，况福生被打而死，不为无因，就来撺掇（在一旁鼓动人做某事）陈福生的妻子，教他告状执命。妻子道："福生的死，固然受了财主些气，也是年该命限（寿数）。况且死后他一味好意，殡殓有礼，我们翻脸子不转，只自家认了悔气罢。"喇虎道："你每不知事体！这出银殡殓，正好做告状张本（张本，为以后事态发展所做的布置。"做告状张本"，即为告状做了准备，有了把柄）。这样富家，一条人命，好歹也起发他几百两生意，如何便是这样住了？"妻子道："贫莫与富斗。打起官司来，我们先要银子下本钱，那里去讨？不如做个好人住手。他财主每或者还有不亏我处。"陈喇虎见说他不动，自到洪家去吓诈道："我是陈福生族长。福生被你家打死了，你家私买下了他妻子，便打点把一场人命糊涂了？你们须要我口净，也得大家吃块肉儿。不然，明有王法，不到得被你躲过了。"洪家自恃福生妻子已无说话，天大事已定，傍边人闲言闲语不必怕他，不教人来兜揽（包揽），任他放屁喇撒（吴方言，胡言乱语）一出，没兴（亦作"没幸"。晦气，倒霉）自去。喇虎见无动静，老大没趣，放他不下。思量道："若要告他人命，须得是他亲人。他妻子是扶不起的了；若是自己出名，告他不得。我而今只把私和人命首他一状，连尸亲也告在里头，须教他开不得口。"登时写下一状，往府里首了。

府里见是人命，发下理刑馆。那理刑推官（指掌理刑法之官）最是心性惨刻的，喜的是简尸，好的是入罪，是个拆人家的祖师。见人命状到手，访得洪家巨富，就想在这桩事上显出自己风力（威势；权势）来。连忙出牌拘人，吊尸简验。陈家妻子实是怕事，与人商量道："递了免简，就好住得。"急写状去递。推官道："分明是私下买和的情了！"不肯准状。洪家央了分上去说："尸亲不愿，可以免简。"推官一发怒将起来，道："有了银子，王法多行不去了？"反将陈家妻子拶（zǎn，用拶子套入手指，再用力紧收，是旧时的一种酷刑）出，定要简尸。没奈何，只得抬出棺木，解到尸场，聚齐了一干人众，如法蒸简。仵作人晓得官府心里要报重的，敢不奉承？把红的说紫，青的说黑，报了致命伤两三处。推官大喜，道是拿得倒一个富人，不肯假借，我声名就重了。立要问他抵命。怎当得将律例一查，家长殴死雇工人只断得埋葬，问得徒赎，并无抵偿之条。只落得洪家费掉了些银子，陈家也不得安宁，陈福生殓好入棺了，又狼狼籍籍（折磨）这一番，大家多事。陈喇虎也不见沾了甚么实滋味，推官也不见增了甚么好名头，枉做了难人（担当为难的事情的人）。一场人命结过了，洪家道陈氏母子到底不做对头，心里感激，每每看管他二人，不致贫乏。

陈喇虎指望个小富贵，竟落了空，心里常怀怏怏（yàng yàng，形容不满意的神情）。一日在外酒醉，晚了回家，忽然路上与陈福生相遇。福生埋怨道："我好好的安置在棺内，为你妄想吓诈别人，致得我尸骸零落，魂魄不安。我怎肯干休？你还我债去！"将陈喇虎按倒在地，满身把泥来搓擦。陈喇虎挣扎不得，直等后边人走来，陈福生放手而去。喇虎闷倒在地，后边人认得他的，扶了回家。家里道是酒醉，不以为意。不想自此之后，喇虎浑身生起癞来，起床不得，要出门来扛帮教唆，做些惫懒的事，再不能勾了。淹缠（迁延，延搁）半载，不能支持。到临死才对家人说着："路上遇陈福生，嫌我出首（检举；告发），简了他尸，以此报我。我不得活了！"说罢就死。死后家人信了人言，道癞疾要缠染亲人，急忙抬出，埋于浅土，被狗子乘热拖将出来，吃了一半。此乃陈喇虎作恶之报。

却是陈福生不与打他的洪大寿为仇，反来报替他执命的族人，可见简尸一事，原非死的所愿。做官的人要晓得，若非万不得已，何苦做那极惨的勾当？倘若尸亲苦求免简，也该依他为是。至于假人命，一发不必说，必待审得人命逼真，然后行简定罪。只一先后之着，也保全得人家多了。而今说一个情愿自死，不肯简父尸的孝子，与看官每听一听。

父仇不报忍模糊，自有雄心托湛卢[①]。
枭獍[②]一诛身已绝，法官还用简尸无？

话说国朝万历（明神宗朱翊钧年号，公元1573—1619年）年间，浙江金华府武义县有一个人，姓王名良，是个儒家出身。有个族侄王俊，家道富厚，气岸（气概；意气）凌人，专一放债取利，行凶剥民。就是族中支派，不论亲疏，但与他财利交关，锱铢必较（形容极小的差别也不放过，在极其细微的差别中决出胜负。锱、铢，都是古代很小的重量单位），一些面情也没有的。王良不合曾借了他本银二两，每年将束修（学生给老师的学费，即“束脩”）上利。积了四五年，还过他有两倍了，王良意思，道自家屋里，还到此地，可以相让，此后利钱，便不上紧了些。王俊是放债人心性，那管你是叔父？道逐年还煞（还足、还够。“煞”在吴方言中用在形容词或动词之后，意思为“极”），只是利银，本钱原根不动，利钱还须照常，岂算还过多寡？一日在一族长处会席，两下各持一说，争论起来。王俊有了酒意，做出财主的样式，支手舞脚的发挥。王良气不平，又自恃尊辈，喝道：“你如此气质，敢待打我么？”王俊道：“便打了，只是财主打了欠债的。”趁着酒性，那管尊卑，扑的一掌打过去。王良不提防的，一交跌倒。王俊索性赶上，拳头脚尖一齐来。族长道：“使不得！使不得！”忙来劝时，已打得不亦乐乎了。——大凡酒德不好的人，酒性发了，也不认得甚么人，也不记得甚么事，但只是使他酒风，狠戾暴怒罢了，不管别人当不起的——当下一个族侄把个叔子打得七损八伤。族长劝不住，猛力解开，教人负了王良家去。王俊没个头主，没些意思，耀武扬威，一路吆吆喝喝，也走去了。

讵知（怎知）王良打得伤重，次日身危。王良之子王世名，也是个读书人。父亲将死之时，唤过分付道：“我为族子王俊殴死，此仇不可忘。”王世名痛哭道：“此不共戴天（形容仇恨极深）之仇，儿誓不与俱生人世。”王良点头而绝。王世名拊膺（fǔ yīng，捶胸。表示哀痛或悲愤）号恸，即具状到县间，告为立杀父命事，将族长告做见人。县间准行，随出牌吊尸到官，伺候相简。

王俊自知此事决裂，到不得官，苦央族长处息，任凭要银多少，总不计论；处得停妥，族长分外酬谢，自不必说。族长见有些油水，来劝王世名罢讼道：“父亲既死，不可复生。他家有的是财物，怎与他争得过？要他偿命，必要简尸，他使用了仵作，将伤报轻了，命未必得偿，尸骸先吃这番狼籍，大不

①湛卢：古代宝剑名，这里代指宝剑。②枭獍（xiāo jìng）：传说枭为恶鸟，生而食母；獍为恶兽，生而食父。比喻忘恩负义之徒或狠毒的人。

是算。依我说，乘他惧怕成讼之时，多要了他些，落得做了人家。大家保全得无事，未为非策。”王世名自想了一回道：“若是执命，无有不简尸之理。不论世情敌他不过，纵是偿得命来，伤残父骨，我心何忍？只存着报仇在心，拼得性命，那处不着了手？何必当官，拘着理法，先将父尸经这番惨酷（极其残酷，极其刻薄）？又三推六问，几年月日才正得典刑？不如目今权依了他们处法，诈痴佯呆，住了官司，且保全了父骨，别图再报。”回复族长道：“父亲委是冤死。但我贫家，不能与做头敌，只凭尊长所命罢了。”

族长大喜，去对王俊说了。主张将王俊膏腴（gāo yú，肥沃）田三十亩，与王世名为殡葬父亲、养膳老母之费；王世名同母当官递个免简，族长随递个息词（申请撤销诉讼的状词），永无翻悔。王世名一一依听了，来对母亲说道：“儿非见利忘仇，若非如此，父骨不保。儿所以权听其处分，使彼绝无疑心也。”世名之母妇女见识，是做人家念头重的，见得了这些肥田，可以受享，也自甘心罢了。

世名把这三十亩田所收花利，每岁藏贮封识（封存），分毫不动。外边人不晓得备细（详细情况），也有议论他得了田业息了父命的，世名也不与人辨明。王俊怀着鬼胎，倒时常以礼来问候叔母。世名虽不受他礼物，却也像毫无嫌隙的，照常往来。有时撞着杯酒相会，笑语酬酢（宾主互相敬酒），略（丝毫）无介意。众人又多有笑他忘了父仇的。事已渐冷，径没人提起了。怎知世名日夜提心吊胆，时刻不忘，悄地铸一利剑，镂下两个篆字，名曰“报仇”，出入必佩。请一个传真（摹写人物形貌，即画像）的，绘画父像，挂在斋中；就把自己之形，也图在上面，写他持剑侍立父侧。有人问道：“为何画作此形？”世名答道：“古人出必佩剑，故慕其风，别无他意。”有诗为证：

戴天不共敢忘仇，画笔常将心事留。

说与傍人浑不解，腰间宝剑自飕飕。

且说王世名日间对人嘻笑如常，每到归家，夜深人静，便抚心号恸。世名妻俞氏，晓得丈夫心不忘仇，每对他道：“君家心事，妾所洞知。一日仇死君手，君岂能独生？”世名道：“为子死孝，吾之职分。只恐仇不得报耳；若得报，吾岂愿偷生耶？”俞氏道：“君能为孝子，妾亦能为节妇。”世名道：“你身是女子，出口大易，有好些难哩。”俞氏道：“君能为男子之事，安见妾身就学那男子不来？他日做出便见。”世名道：“此身不幸，遭罹（lí，受，遭逢，遭遇）仇难。娘子不以儿女之见相阻，却以男子之事相勉，足见相成了。”夫妻各相爱重。

五载之内，世名已得游泮（科举制度，经州县考试录取为生员者就读于学官，称游泮。泮，pàn），做了秀才。妻俞氏又生下一儿。世名对俞氏道：“有此呱呱（小儿哭声。这里代指世名的儿子），王氏之脉不绝了。一向怀仇在心，隐忍不报者，正恐此身一死，斩绝先祀（对祖先的祭祀），所以不敢轻生做事。如今我死可瞑目。上有老母，下有婴儿，此汝之责。我托付已过，我不能再顾了。”遂仗剑而出。

也是王俊冤债相寻，合该有事。他新相处得一个妇人在乡间，每饭后不带仆从，独往相叙。世名打听在肚里，晓得在蝴蝶山下经过，先伏在那边僻处了。王俊果然摇摇摆摆，独自一人踱过岭来。世名正是：

恩人相见，分外眼明。

仇人相见，分外眼睁。

看得明白，飕的钻将过来，喝道：“还我父亲的命来！”王俊不提防的，吃了一惊，不及措手，已被世名劈头一剁。说时迟，那时快，王俊倒在地下挣扎。世名按倒，枭下首级，脱件衣服下来，包裹停当，带回家中。见了母亲，大哭拜道：“儿已报仇，头在囊中。今当为父死，不得侍母膝下了。”拜罢，解出首级，到父灵位前拜告道：“仇人王俊之头，今在案前。望父阴灵不远，儿今赴官投死去也。”随即取了历年所收田租账目，左手持刀，右手提头，竟到武义县中出首。

此日县中传开，说王秀才报父仇，杀了人，拿头首告，是个孝子。一传两，两传三，哄动了一个县城。但见：

人人竖发，个个伸眉。竖发的恨那数载含冤，伸眉的喜得今朝吐气。挨肩叠背，老人家挤坏了腰脊厉声呼；裸袖舒拳，小孩子踏伤了脚指号咷哭（大声哭喊。咷，táo）。任侠豪人齐拍掌，小心怯汉独惊魂。

王世名到了县堂，县门外喊发连天，何止万人挤塞！武义县陈大尹（京都的行政长官）不知何事，慌忙出堂坐了，问其缘故。王世名把头与剑放下在阶前，跪禀道：“生员特来投死。”陈大尹道：“为何？”世名指着头道：“此世名族人王俊之头。世名父亲被此人打死，昔年告得有状。世名法该执命，要他抵偿。但不忍把父尸简验，所以只得隐忍。今世名不烦官法，手刃（亲自杀了某某，手，指亲手。刃，名词作动词，杀）其人，以报父仇，特来投到请死，乞正世名擅杀之罪。”大尹道：“汝父之事，闻和解已久，如何忽有此举？”世名

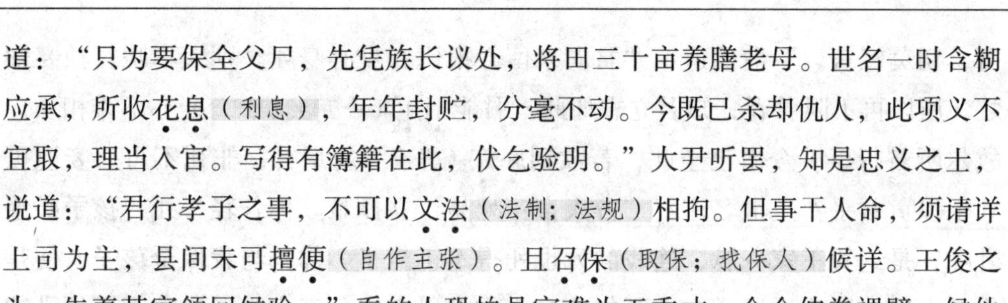

道："只为要保全父尸，先凭族长议处，将田三十亩养膳老母。世名一时含糊应承，所收花息（利息），年年封贮，分毫不动。今既已杀却仇人，此项义不宜取，理当入官。写得有簿籍在此，伏乞验明。"大尹听罢，知是忠义之士，说道："君行孝子之事，不可以文法（法制；法规）相拘。但事干人命，须请详上司为主，县间未可擅便（自作主张）。且召保（取保；找保人）候详。王俊之头，先着其家领回候验。"看的人恐怕县官难为王秀才，个个伸拳裸臂，候他处分。见说申详（向上级官府详细呈报）上司，不拘禁他，方才散去。

陈大尹晓得众情如此，心里大加矜（jīn，怜悯，怜惜）念，把申文（行文）多写得恳切。说先经王俊殴死王良是的（事实），今王良之子世名报仇，杀了王俊，论来也是一命抵一命。但王世名不繇（通"由"）官断，擅自杀人，也该有罪。本人系是生员（唐国学及州、县学规定学生员额，因称生员。明、清指经本省各级考试入府、州、县学者，通名生员，习称秀才，亦称诸生），特为申详断决。申文之外，又加上禀揭（呈报上司的揭帖，指"申文"的附加说明），替他周全（周济成全，帮助），说孝义可敬，宜从轻典（指条文简约、处罚从宽的法律）。上司见了，也多叹羡，遂批与金华县汪大尹会同武义审决这事。汪大尹访问端的，备知其情，一心要保全他性命。商量道："须把王良之尸一简。若果然致命伤重，王俊原该抵偿，王世名杀人之罪就轻了。"

会审之时，汪大尹如此倡言（提出倡仪；建议）。王世名哭道："当初专为不忍暴残父尸，故隐忍数年，情愿杀仇人而自死。岂有今日仇已死了，反为要脱自身，重简父尸之理！前日杀仇之日，即宜自杀。所以来造邑庭（县府的公堂），正来受朝廷之法，非求免罪也。大人何不见谅如此？"汪大尹道："若不简父尸，杀人之罪难以自解。"王世名道："原不求解，望大人放归别母，即来就死。"汪大尹道："君是孝子烈士，自来投到者，放归何妨？但事须断决，可归家与母妻再一商量。倘肯把父尸一简，我就好周全你了。此本县好意，不可错过。"

王世名主意已定，只不应承。回来对母亲说汪大尹之意，母亲道："你待如何？"王世名道："岂有事到今日，反失了初心？儿久已拼着一死，今特来别母而去耳。"说罢，抱头大哭。妻俞氏在傍，也哭做了一团。俞氏道："前日与君说过，君若死孝，妾亦当为夫而死。"王世名道："我前日已把老母与婴儿相托于你。我今不得已而死，你与我事母养子，才是本等（本分）。我在九原（春秋时晋国卿大夫的墓地，后作坟墓的代称），亦可瞑目。从死之说，万万不可，切莫轻言。”俞氏道：“君向来留心报仇，誓必身死。别人不晓，独妾知之。所以再不阻君者，知君立志如此。君能捐生（舍弃生命），妾亦不难相从，故尔听君行事。今事已至此，若欲到底完（保全）翁尸首，非死不可。妾岂可独生以负君乎？”世名道：“古人言：死易，立孤难。你若轻一死，孩子必绝乳哺，是绝我王家一脉，连我的死也死得不正当了。你只与我保全孩子，便是你的大恩。”俞氏哭道：“既如此，为君姑忍三岁。三岁之后，孩子不须乳哺了，此时当从君地下，君亦不能禁我也。”

正哀惨间，外边有二三十人喧嚷，是金华、武义两学中秀才与王世名曾往来相好的，乃汪、陈两令央他们来劝王秀才。还把前言来讲道：“两父母（指两县县官。旧时称县官为“父母官”。下文“两令君”“两令”同此）意见相同，只要轻兄之罪，必须得一简验，使仇罪应死，兄可得生。特使小弟辈来达知此意，与兄商量。依小弟辈愚见，尊翁之死，实出含冤，仇人本所宜抵。今若不从简验，兄须脱不得死罪，是以两命抵得他一命。尊翁之命，原为徒死。况子者，亲之遗体；不忍伤既死之骨，却枉残现在之体，亦非正道。何如勉从两父母之言，一简以白亲冤，以全遗体，未必非尊翁在天之灵所喜。惟兄熟思之。”王世名道：“诸兄皆是谬爱（错爱）小弟，肝鬲（gān gé，犹肺腑。比喻内心）之言。两令君之意，弟非不感激。但小弟提着‘简尸’二字，便心酸欲裂。容到县堂再面计之。”众秀才道：“两令之意，不过如此。兄今往一决，但得相从，事体便易了。弟辈同伴兄去相讲一遭。”王世名即进去拜了母亲四拜，道：“从此不得再侍膝下了。”又拜妻俞氏两拜，托以老母幼子。大哭一场，噙泪而出，随同众友到县间来。

两个大尹正会在一处，专等诸生劝他的回话。只见王世名一同诸生到来，两大尹心里暗喜道：“想是肯从所议，故此同来也。”王世名身穿囚服，一见两大尹，即称谢道：“多蒙两位大人曲欲全世名一命，世名心非木石，岂不知感恩？但世名所以隐忍数年，甘负不孝之罪于天地间，觍颜（tiǎn yán，厚颜）嘻笑者，正为不忍简尸一事。今欲全世名之命，复致残久安之骨，是世名不是报仇，明是自杀其父了。总是看得世名一死太重，故多此议论。世名已别过母妻，特来就死，惟求速赐正罪（定罪；治罪）。”两大尹相顾持疑，诸生辈杂遝（zá tà，众多杂乱的样子）乱讲，世名只不改口。汪大尹假意作色道：“杀人者死。王俊既以殴死，致为人杀，论法自宜简所殴之尸有伤无伤，何必问尸亲愿简与不愿简？吾们只是依法行事罢了。”王世名见大尹执意不回，愤然道：

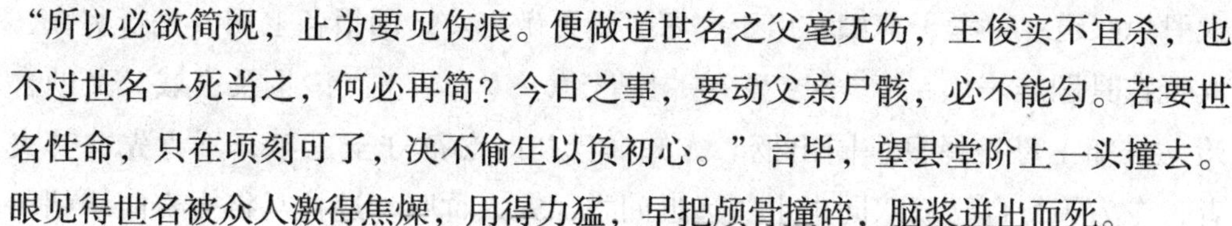
“所以必欲简视，止为要见伤痕。便做道世名之父毫无伤，王俊实不宜杀，也不过世名一死当之，何必再简？今日之事，要动父亲尸骸，必不能勾。若要世名性命，只在顷刻可了，决不偷生以负初心。”言毕，望县堂阶上一头撞去。眼见得世名被众人激得焦燥，用得力猛，早把颅骨撞碎，脑浆迸出而死。

囹圄自可从容入，何必须臾赴九泉？
只为书生拘律法，反令孝子不回旋。

两大尹见王秀才如此决烈，又惊又惨，一时做声不得。两县学生一齐来看王秀才，见已无救，情义激发，哭声震天。对两大尹道：“王生如此死孝，真为难得。今其家惟老母、寡妻、幼子，身后之事，两位父母主张从厚，以维风化（隐晦的社会公德和旧习俗）。”两大尹不觉垂泪道：“本欲相全，岂知其性烈如此！前日王生曾将当时处和之产，封识花息（利息），当官交明，以示义不苟受。今当立一公案，以此项给其母妻，为终老之资，庶几（或许可以，表示希望或推测）两命相抵。独多着王良一死无着落（依托；靠头；指靠），即以买和产业周其眷属（通常指家眷、亲属或夫妻），亦为得平。”诸生众口称是。两大尹随各捐俸金（官吏的薪金）十两，诸生共认捐三十两，共成五十两，召王家亲人来将尸首领回，从厚治丧。

两学生员，为文以祭之，云：

呜呼王生，父死不鸣。刃加仇颈，身即赴冥。欲全其父，宁弃其生。一时之死，千秋之名。哀哉尚飨！

诸生读罢祭文，放声大哭。哭得山摇地动，闻之者无不泪流。哭罢，随请王家母妻拜见，面送赙仪（因为丧事而赠与的财物。赙，fù）。说道：“伯母、尊嫂宜趁此资物，出丧殡殓。”王母道：“谨领尊命，即当与儿媳商之。”俞氏哭道：“多承列位盛情。吾夫初死，未忍遽（jù，急，仓促）殡，尚欲停丧三年，尽妾身事生之礼。三年既满，然后议葬。列位伯叔，不必性急。”诸生不知他甚么意思，各自散去了。

此后，但是亲戚来往，问及出柩者，俞氏俱以言阻说，必待三年。亲戚多道：“从来说入土为安，为何要拘定（限定）三年？”俞氏只不肯听，停丧在家。直至服满除灵，俞氏痛哭一场，自此绝食。旁人多不知道。不上十日，肚肠饥断，呜呼哀哉了。学中诸生闻之，愈加希奇，齐来吊视。王母诉出媳妇坚贞之性：“矢志从夫，三年之中，如同一日，使人不及提防，竟以身殉。今止剩三岁孤儿与老身，可怜！可怜！”诸生闻言，恸哭不已，齐去禀知陈大尹。

大尹惊叹道："孝子节妇，出于一家，真可敬也。"即报各上司，先行奖恤，候抚按具题旌表（古代统治者提倡封建德行的一种方式）。诸生及亲戚又义助含殓，告知王母，择日一同出柩。方知俞氏初时必欲守至三年，不肯先葬其夫者，专为等待自己双双同出也。远近闻之，人人称叹。巡按马御史奏闻于朝，下诏旌表其门曰"孝烈"，建坊褒荣。有《孝烈传志》行于世。

父死不忍简，自是人子心。
怀仇数年馀，始得伏斧砧①。
岂肯自吝死，复将父骨侵？
法吏拘文墨，枉效书生忱。
宁知侠烈士，一死无沉吟。
彼妇激余风，三年蓄意深。
一朝及其期，地下遂相寻。
似此孝与烈，堪为薄俗箴②。

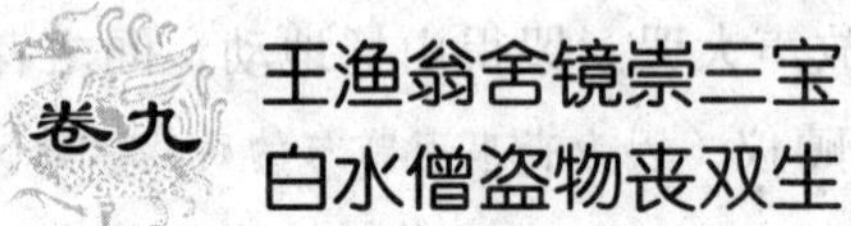

卷九 王渔翁舍镜崇三宝 白水僧盗物丧双生

诗云：

资财自有分定，贪谋枉费踌躇③。
假使取非其物，定为神鬼揶揄④。

话说宋时淳熙年间，临安（指临安府，即今杭州市，是南宋行在所，有"临时安顿"之意）府市民沈一，以卖酒营生。家居官巷口，开着一个大酒坊。又见西湖上生意好，在钱塘门外丰楼买了一所库房，开着一个大酒店。楼上临湖玩景，游客往来不绝。沈一日里在店里监着酒工卖酒，傍晚方回家去。日逐营营（追求

①斧砧：斧钺与砧板。古代杀人刑具。②箴：告诫、规劝。③踌躇（chóu chú）：犹豫不定，反复琢磨思量。④揶揄（yé yú）：戏弄，侮辱。

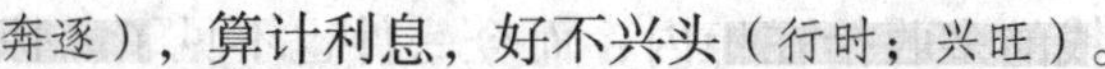
奔逐），算计利息，好不兴头（行时；兴旺）。

一日正值春尽夏初，店里吃酒的甚多。到晚未歇，收拾不及，不回家去，就在店里宿了。将及二鼓时分，忽地湖中有一大船，泊将拢岸，鼓吹喧阗（xuān tián，声音大而杂），丝管（弦乐器与管乐器。泛指乐器，亦借指音乐）交沸。有五个贵公子各戴花帽，锦袍玉带，挟同姬妾十数辈，径到楼下。唤酒工过来问道："店主人何在？"酒工道："主人沈一，今日不回家去，正在此间。"五客多喜道："主人在此更好，快请相见。"沈一出来见过了。五客道："有好酒，只管拿出来，我每（宋元时人称代词的复数，同"们"）不亏你。"沈一道："小店酒颇有，但凭开量洪饮，请到楼上去坐。"五客拥了歌童舞女，一齐登楼。畅饮更余，店中百来坛酒，吃个罄尽。算还酒钱，多是雪花白银。沈一是个乖觉（机警灵敏）的人，见了光景（情况），想道："世间那有一样打扮的五个贵人？况他容止飘然，多有仙气。只这用了无数的酒，决不是凡人了。必是五通神道无疑。既到我店，不可错过了。"一点贪心，忍不住向前跪拜道："小人一生辛苦经纪，赶趁些微末利钱，只勾度日。不道十二分（形容程度极深）天幸，得遇尊神，真是夙世（sù shì，前世）前缘，有此遭际。愿求赐一场小富贵。"五客多笑道："要与你些富贵也不难，只是你所求何等事？"沈一叩头道："小人市井小辈，别不指望，只求多赐些金银便了。"五客多笑着点头道："使得，使得。"即叫一个黄巾力士听使用，力士向前声喏。五客内中一个为首的唤到近前，附耳低言，不知分付了些甚么，领命去了。

须臾回复，背上负一大布囊来掷于地。五客教沈一来，与他道："此一囊金银器皿，尽以赏汝。然须到家始看，此处不可泄露！"沈一伸手去隔囊捏一捏，捏得囊里块块累累，其声铿锵（kēng qiāng，声音响亮的样子），大喜过望，叩头称谢不止。俄顷鸡鸣，五客率领姬妾上马，笼烛夹道，其去如飞。

沈一心里快活，不去再睡，要驼回到家开看。虑恐入城之际囊里狼犺（láng kàng，笨拙；笨重），被城门上盘诘（反复仔细地追问。诘，jié），拿一个大锤，隔囊锤击，再加蹴（cù，踏）踏匾了，使不闻声。然后背在肩上，急到家里。妻子还在床上睡着未起，沈一连声喊道："快起来！快起来！我得一主横财（意外的非分的钱财）在这里了，寻秤来与我秤秤看。"妻子道："甚么横财？昨夜家中柜里头异常响声，疑心有贼，只得起来照看，不见甚么。为此一夜睡不着，至今未起。你且先去看看柜里着，再来寻秤不迟。"沈一走去取了钥匙，开柜一看，那里头空空的了。元来沈一城内城外两处酒坊，所用铜锡器皿家伙

（器具）与妻子金银首饰，但是值钱的多收拾在柜内，而今一件也不见了。惊异道："奇怪！若是贼偷了去，为何锁都不开的！"妻子见说柜里空了，大哭起来道："罢了！罢了！一生辛苦，多没有了！"沈一道："不妨，且将神道昨夜所赐来看看，尽勾受用哩！"慌忙打开布袋来看时，沈一惊得呆了。说也好笑，一件件拿出来看，多是自家柜里东西。只可惜被夜来那一顿锤踏，多弄得歪的歪，匾的匾，不成一件家伙了。沈一大叫道："不好了！不好了！被这伙泼毛神（泼毛团。詈词，犹畜生。）作（同"捉"）弄了。"妻子问其缘故。乃说："昨夜遇着五通神道，求他赏赐金银，他与我这一布囊。谁知多是自家屋里东西，叫个小鬼来搬去的。"妻子道："为何多打坏了？"沈一道："这却是我怕东西狼犺，撞着城门上盘诘，故此多敲打实落了。那知有这样，自家害着自家了。"

沈一夫妻多气得不耐烦，重新唤了匠人，逐件置造过，反费了好些工食。不指望横财，倒折了本。传闻开去，做了笑话。沈一好些时不敢出来见人。只因一念贪痴，妄想非分之得，故受神道侮弄如此。可见世上不是自家东西，不要欺心（自己欺骗自己；昧心）贪他的。

小子说一个欺心贪别人东西，不得受用，反受显报的一段话，与看官（说书艺人称听众为"看官"）听一听，冷一冷这些欺心要人的肚肠。有诗为证：

异宝归人定夙缘[①]，岂容旁睨[②]得垂涎？
试看欺隐皆成祸，始信冥冥自有权。

话说宋朝隆兴年间，蜀中嘉州地方，有一个渔翁，姓王，名甲。家住岷江之旁，世代以捕鱼为业。每日与同妻子棹（zhào，划船）着小舟，往来江上撒网施罟（与"撒网"同义。罟，gǔ，网的总称）。一日所得，恰好供给一家。这个渔翁虽然行业落在这里头了，却一心好善敬佛。每将鱼虾市上去卖，若勾了一日食用，便肯将来布施与乞丐，或是寺院里打斋化饭，禅堂中募化腐菜，他不拘一文二文，常自喜舍不吝。他妻子见惯了的，况是女流，愈加信佛，也自与他一心一意。虽是生意浅薄，不多大事，没有一日不舍两文的。

一日正在江中棹舟，忽然看见水底一物，荡漾不定。恰像是个日头的影一般，火采闪烁，射人眼目。王甲对妻子道："你看见么，此下必有奇异，我和你设法取他起来，看是何物。"遂教妻子理网，搜（同"嗖"）的一声撒将下去。不多时，掉转船头，牵将起来，看那网中光亮异常。笑道："是甚么好物

①夙缘（sù yuán）：前生的因缘。② 睨（nì）：轻视。

事呀？”取上手看，却元来是面古镜。周围有八寸大小，雕镂着龙凤之文，又有篆书许多字，字形象符箓（道士所画的一种图形或线条，相传可以驱使鬼神，治病驱邪）一般样，识不出的。王甲与妻子看了道：“闻得古镜值钱，这个镜虽不知值多少，必然也是件好东西。我和你且拿到家里藏好，看有识者，才取出来与他看看，不要等闲（寻常，平常）亵渎了。”

看官听说：原来这镜果是有来历之物，乃是轩辕黄帝所造。采着日精月华，按着奇门遁甲（古时的一种数术，由天干和八卦相互推演所得，以测知祸福），拣取年月日时，下炉开铸。上有金章宝篆，多是秘笈灵符。但此镜所在之处，金银财宝多来聚会，名为聚宝之镜。只为王甲夫妻好善，也是夙与前缘，合该兴旺，故此物出现，却得取了回家。自得此镜之后，财物不求而至。在家里扫地也扫出金屑来，垦田也垦出银窖来，船上去撒网也牵起珍宝来，剖蚌也剖出明珠来。

一日在江边捕鱼，只见滩上有两件小白东西，赶来赶去，盘旋数番。急跳上岸，将衣襟兜住，却似莲子大两块小石子，生得明净莹洁，光彩射人，甚是可爱。藏在袖里，带回家来，放在匣中。是夜即梦见两个白衣美女，自言是姊妹二人，特来随侍。醒来想道：“必是二石子的精灵，可见是宝贝了。”把（拿）来包好，结在衣带上。

隔得几日，有一个波斯胡人特来寻问。见了王甲道：“君身上有宝物，愿求一看。”王甲推道：“没甚宝物。”胡人道：“我远望宝气在江边，跟寻到此，知在君家。及见君走出，宝气却在身上，千万求看一看，不必瞒我！”王甲晓得是个识宝的，身上取出与他看。胡人看了，啧啧道：“有缘得遇此宝，况是一双，尤为难得。不知可肯卖否？”王甲道：“我要他无用，得价也就卖了。”胡人见说肯卖，不胜之喜道：“此宝本没有定价，今我行囊止（仅，只）有三万缗（成串的钱，一千钱为一缗。缗，mín），尽数与君买了去罢。”王甲道：“吾无心得来，不识何物。价钱既不轻了，不敢论量，只求指明，要此物何用。”胡人道：“此名澄水石，放在水中，随你浊水皆清。带此泛海，即海水皆同湖水，淡而可食。”王甲道：“只如此，怎就值得许多？”胡人道：“吾本国有宝池，内多奇宝，只是淤泥浊水，水中有毒，人下去的，起来无不即死。所以要取宝的，必用重价募着舍性命的下水。那人死了，还要养赡他一家。如今有了此石，只须带在身边，水多澄清，如同凡水，任从取宝总无妨了。岂不值钱？”王甲道：“这等，只买一颗去勾了，何必两颗多要？便等我留下一颗也好。”胡人道：“有个缘故，此宝形虽两颗，气实相联。彼此相逐，才是活物，可以长久。若拆开两处，用不多时，就枯槁无用，所以分不得的。”王甲想胡人识货，就取出前日的古镜出来求他赏识。胡人见了，合掌顶礼道：“此非凡间之宝，其妙无量，连咱也不能尽知其用，必是世间大有福的人方得有此。咱就有钱，也不敢买，只买此二宝去也勾了。此镜好好藏着，不可轻觑（轻视，小看。觑，qù）了他！”王甲依言，把镜来藏好，遂与胡人成了交易，果将三万缗买了二白石去。

王甲一时富足起来，然还未舍渔船生活。一日天晚，遇着风雨，掉船归家。望见江南火把明亮，有人唤船求渡，其声甚急。王甲料此时没有别舟，若不得渡，这些人须吃了苦。急急冒着风，掉过去载他。元来是两个道士，一个穿黄衣，一个穿白衣，下在船里了，摇过对岸。道士对王甲道：“如今夜黑雨大，没处投宿。得到宅上权歇一宵，实为万幸。”王甲是个行善的人，便道：“家里虽蜗窄，尚有草榻可以安寝，师父每不妨下顾的。”遂把船拴好，同了两道士到家里来，分付妻子安排斋饭。两道士苦辞道：“不必赐飧，只求一宿。”果然茶水多不吃，径到一张竹床上一铺睡了。

王甲夫妻夜里睡觉，只听得竹床栗喇有声，扑的一响，像似甚重物跌下地来的光景。王甲夫妻请道：“莫不是客人跌下床来？然是人跌，没有得这样响声。”王甲疑心，暗里走出来，听两道士宿处寂然没一些声息，愈加奇怪。走转房里，寻出火种点起个灯来，出外一照，叫声“阿也！”元来竹床压破，两道士俱落在床底下，直挺挺的眠着。伸手去一模，吓得舌头伸了出去，半个时辰缩不进来。你道怎么？但见这两个道士：

冰一般冷，石一样坚。俨焉两个皮囊，块然一双宝体。黄黄白白，世间无此不成人；重重痴痴，路上非斯难算客。

王甲叫妻子起来道：“说也希罕，两个客人，不是生人，多变得硬硬的了。”妻子道：“变了何物？”王甲道：“火光之下看不明白，不知是铜是锡，是金是银，直待天明才知分晓。”妻子道：“这等会作怪通灵的，料不是铜锡东西。”王甲道：“也是。”

渐渐天明，仔细一看，果然那穿黄的是个金人，那穿白的是一个银人，约重有千百来斤。王甲夫妻惊喜非常，道此是天赐，只恐这等会变化的，必要走了那里去。急急去买了一二十篓山炭，归家炽煽（烧旺）起来，把来销熔了。但见黄的是精金，白的是纹银。王甲前此日逐有意外之得，已是渐饶。又卖了二石

子，得了一大主钱。今又有了这许多金银，一发瓶满瓮满，几间破屋没放处了。

王甲夫妻是本分的人，虽然有了许多东西，也不想去起造房屋，也不想去置买田产。但把渔家之事阁起不去弄了，只是安守过日。尚且无时无刻没有横财到手，又不消去做得生意。两年之间，富得当不得。却只是夫妻两口，要这些家私竟没用处。自己反觉多得不耐烦起来，心里有些惶惧不安。与妻子商量道："我家自从祖上到今，只是以渔钓为生计。一日所得，极多有了百钱，再没去处了。今我每（宋元时人称代词的复数，同"们"）自得了这宝镜，动不动上千上万，不消经求，凭空飞到，梦里也是不打点（准备；打算；考虑）的。我每且自思量着，我与你本是何等之人？骤然有这等非常富贵，只恐怕天理不容。况我每粗衣淡饭便自过日，便这许多来何用？今若留着这宝镜在家，只有得增添起来。我想天地之宝，不该久留在身边，自取罪业。不如拿到峨眉山白水禅院，舍在圣像上，做了圆光（佛教谓菩萨头顶上的光环），永做了佛家供养。也尽了我每一片心，也结了我每一个缘，岂不为美？"妻子道："这是佛天面上好看的事。况我每知时识务，正该如此。"

于是两个志志诚诚，吃了十来日斋，同到寺里，献此宝镜。寺里住持僧法轮问知来意，不胜赞叹道："此乃檀越（tán yuè，僧人对为寺院施舍财物者的尊称，即"施主"。檀越是梵文音译，施主是意译）大福田（佛教以为供养布施，行善修德，能受福报，就像播种田亩，有收获之利）事！"王甲央他写成意旨，就使邀集合寺僧众，做一个三日夜的道场。办斋粮，施衬钱，费过了数十两银钱。道场已毕，王甲即将宝镜交付住持法轮，作别而归。法轮久已知得王甲家里此镜聚宝，乃谦词推托道："这件物事，天下至宝，神明所惜。檀越肯将来施作佛供，自是檀越结缘，吾僧家何敢与其事？檀越自奉着置在三宝（佛教称佛、法、僧为"三宝"。这里实指佛像）之前，顶礼而去就是了。贫僧不去沾手。"王甲夫妻依言，亲自把宝镜安放佛顶后面停当（妥帖；妥当），拜了四拜，别了法轮，自回去了。

谁知这个法轮是个奸狡有余的僧人，明知道镜是至宝，王甲巨富皆因于此。见说肯舍在佛寺，已有心贪他的了。又恐怕日后番悔，原来取去，所以故意说个不敢沾手，他日好赖。王甲去后，就取将下来，密唤一个绝巧的铸镜匠人，照着形模，另铸起一面来。铸成，与这面宝镜分毫无异，随你识货的人也分别不出的。法轮重谢了匠人，教他谨言。随将新铸之镜装在佛座，将真的换去藏好了。那法轮自得此镜之后，金银财物，不求自至。悉如王甲这两年的光景，以致衣钵充牣（充满、丰足。牣，rèn），买祠部度牒（简称“祠部牒”或“度牒”。祠部始设于东晋，为礼部所属四司之一，主管祠祭、国忌及各州僧尼、道士簿籍，颁发剃度受戒文牒。度牒，是祠部发给僧尼证明身份的凭证。此处所谓买度牒也就是买“僮奴”，有度牒可免除赋税和劳役，成为最低廉的劳力）度的僮奴，多至三百余人。寺刹兴旺，富不可言。

王甲回去，却便一日衰败一日起来。元来人家要穷，是不打紧的。不消得盗劫火烧，只消有出无进，七颠八倒，做事不着，算计不就，不知不觉的，渐渐消耗了。况且王甲起初财物原是来得容易的，慷慨用费，不在心上，好似没底的吊桶一般，只管漏了出去。不想宝镜不在手里，更没有得来路，一用一空。只勾有两年光景，把一个大财主仍旧弄做个渔翁身分，一些也没有了。

俗语说得好：

宁可无了有，不可有了无。

王甲泼天（犹满天。形容极大、极多）家事弄得精光，思量道：“我当初本是穷人，只为得了宝镜，以致日遇横财，如此富厚。若是好端端放在家中，自然日长夜大，那里得个穷来？无福消受，却没要紧的舍在白水寺中了。而今这寺里好生兴旺，却教我仍受贫穷，这是那里说起的事？”夫妻两个互相埋怨道：“当初是甚主意，怎不阻当一声？”王甲道：“而今也好处，我每又不是卖绝与他，是白白舍去供养的。今把实情告诉住持长老，原取了来家。这须是我家的旧物，他也不肯不得。若怕佛天面上不好看，等我每照旧丰富之后，多出些布施，庄严三宝起来，也不为失信行了。”妻子道：“说得极是！为甚么睁着眼看别人富贵，自己受穷？作急去取了来，不可迟了。”商议已定，明日王甲径到峨眉山白水禅院中来。

昔日轻施重宝，是个慷慨有量之人；今朝重想旧踪，无非穷促无聊之计。一般檀越，贫富不同。总是登临，苦乐顿别。

且说王甲见了住持法轮，说起为舍镜倾家，目前无奈只得来求还原物。王甲一里虽说，还怕法轮有些甚么推故。不匡法轮见说，毫无难色，欣然道：“此原是君家之物，今日来取，理之当然。小僧前日所以毫不与事，正为后来必有重取之日，小僧何苦又在里头经手？小僧出家人，只这个色身（佛教名词，指人的身体），尚非我有，何况外物乎？但恐早晚之间，有些不测（难以意料；不可知），或被小人偷盗去了，难为檀越好情，见不得檀越金面。今得物归其主，小僧睡梦也安，何敢吝惜？”遂分付香积厨（许多规模比较大、历史比较久远的寺庙厨房的名称）中办斋，管待了王甲已毕，却令王甲自上佛座，取了宝镜下来。王甲捧在手中，反复仔细转看，认得旧物宛然（真切，清楚），一些也无疑心。拿回家里来，与妻子看过，十分珍重，收藏起了。指望一似前日，财物水一般涌来，岂知一些也不灵验，依然贫困，时常拿出镜子来看看，光彩如旧，毫不济事。叹道：“敢是我福气已过，连宝镜也不灵了。”梦里也不道是假的，有改字陈朝驸马诗为证：

镜与财俱去，镜归财不归。

无复珍奇影，空留明月辉。

王甲虽然宝藏镜子，仍旧贫穷；那白水禅院只管一日兴似一日。外人闻得的，尽疑心道：“必然原镜还在僧处，所以如此。”起先那铸镜匠人打造时节，只说寺中，住持无非看样造镜，不知其中就里。今见人议论，说出王家有镜聚宝，舍在寺中，被寺僧偷过，致得王家贫穷，寺中丰富一段缘繇，匠人才省得前日的事，未免对人告诉出来。闻知的越恨那和尚欺心了。却是王甲有了一镜，虽知是假，那从证辨？不好再向寺中争论得，只得吞声忍气，自恨命薄。妻子叫神叫佛，冤屈无伸，没计奈何。法轮自谓得计，道是没有尽藏的，安然享用了。看官（说书艺人称听众为“看官”），你道若是如此，做人落得欺心，到反便宜，没个公道（不偏不倚的、公平合理的）了。怎知：

量大福亦大，机深祸亦深。

法轮用了心机，藏了别人的宝镜，自发了家，天理不容，自然生出事端来。

汉嘉（汉州和嘉州，宋代均属成都府）来了一个提点刑狱使者〔简称“提刑”，也叫作“宪司”，宋淳化二年（991年）置，掌所辖地区司法、刑狱、审问囚徒，并监察地方官吏〕，姓浑，名耀，是个大贪之人。闻得白水寺僧十分富厚，已自动了顽涎（wán xián，馋涎。比喻强烈的贪欲）。后来察听，闻知有镜聚宝之说，想道：“一个僧家，要他上万上千，不为难事。只是万千也有尽时，况且动人眼目。何如要了他这镜，这些财富尽跟了我走，岂不是无穷之利？亦且只是一件物事，甚为稳便（稳妥、妥当）。”当下差了一个心腹吏典（元、明、清府县的吏员），叫得宋喜，特来白水禅院问住持要借宝镜一看。只一句话，正中了法轮的心病，如何应承得？回吏典道：“好交提控得知，几年前有个施主，曾将古镜一面舍在佛顶上，久已讨回去了。小寺中那得有甚么宝镜？万望提控回言一声。”宋喜道：“提点相公（君子、生员、宰相的另外一种叫法）坐名（指明，点名）要问这宝镜，必是知道些甚么来历的，今如何回得他？”法轮道：“委实没有，叫小僧如何生得出来？”宋喜道：“就是恁地时，在下也不敢回话，须讨嗔怪。”法轮晓得他作难，寺里有的是银子，将出十两来，送与吏典道：“是必有烦提控回一回。些小薄意，勿嫌轻鲜（微薄）。”宋喜见了银子，千欢万喜道：“既承盛情，好歹替你回一回去。”

法轮送吏典出了门，回身转来，与亲信的一个行者真空商量道：“此镜乃我寺发迹之本，岂可轻易露白（露出财物。这里指宝镜。白，即银子），放得在别人家去的？不见王家的样么？况是官府来借，他不还了，没处叫得撞天屈（冲天的冤枉，天大的冤屈），又是瞒着别人家的东西，明白告诉人不得的事。如今只是紧紧藏着，推个没有，随地要得急时，做些银子不着，买求罢了。”真空道：“这个自然，怎么好轻与得他？随他要了多少物事去，只要留得这宝贝在，不愁他的。”师徒两个愈加谨密，不题。

且说吏典宋喜去回浑提点相公的话，提点大怒道：“僧家直恁无状（谓行为失检，没有礼貌）！吾上司官取一物，辄敢抗拒不肯！”宋喜道：“他不是不肯，说道原不曾有。”提点道：“胡说！吾访得真实在这里，是一个姓王的富人舍与寺中，他却将来换过，把假的还了本人，真的还在他处。怎说没有？必定你受了他贿赂，替他解说。如取不来，连你也是一顿好打！”宋喜慌了道：“待吏典再去与他说，必要取来就是。”提点道：“快去！快去！没有镜子，不要思量来见我！”

宋喜唯唯而出，又到白水禅院来见住持，说：“提点（官名。宋始置，寓提举、检点之意。掌司法、刑狱及河渠等事）相公必要镜子，连在下也被他焦燥得不耐烦。而今没有镜子，莫想去见得他！”法轮道：“前日已奉告过，委实还了施主家了，而今还那里再有？”宋喜道：“相公说得丁一卯二（丁卯合位，一丝不差。形容确实、牢靠。丁，通“钉”，这里指榫头；卯，器物上接榫头的孔眼）的，道有姓王的施主，舍在寺中，以后来取，你把假的还了他，真的自藏了。不知那里访问在肚里的，怎好把此话回得他？”法轮道：“此皆左近之人见小寺有两贯浮财（可以随时挪用的财物，如钱币、金银、珠宝、衣物等，与田地、房屋等不动产相对而言），气苦眼热，造出些无端说话。”宋喜道：“而今说不得了。他起了风，少不得要下些雨。既没有镜子，须得送些甚么与他，才熄得这火。”法轮道：“除了镜子，随分要多少，敝寺也还出得起。小僧不敢吝，凭提控怎么分付。”宋喜道：“若要周全这事，依在下见识，须得与他千金，才打得他倒。”法轮道：“千金也好处，只是如何送去？”宋喜道：“这多在

我，我自有送进的门路方法。”法轮道：“只求停妥得，不来再要便好。”即命行者真空在箱内取出千金，交与宋喜明白；又与三十两，另谢了宋喜。

宋喜将的去又藏起了二百，止（仅，只）将八百送进提点衙内（也作“牙内”，五代宋初，藩镇的亲卫官多以亲子弟充任，后称官府权贵的子弟为“衙内”）。禀道：“僧家实无此镜，备些镜价在此。”宋喜心里道：“量便是宝镜，也未必值得许多，可出罢了。”提点见了银子，虽然也动火的，却想道：“有了聚宝的东西，这七八百两只当毫毛，有甚希罕？叵耐（不可忍耐，可恨。叵，会意字，“可”字的反写）这贼秃，你总是欺心（自己欺骗自己；昧心）赖别人的，怎在你手里了，就不舍得拿出来？而今只是推说没有，又不好奈何得！”心生一计道：“我须是刑狱重情衙门，我只把这几百两银做了赃物，坐他一个私通贿赂、夤缘（攀附）刑狱、污蔑官府的罪名，拿他来敲打。不怕不敲打得出来！”当下将银八百两封贮库内，即差下两个公人，竟到白水禅院拿犯法住持僧人法轮。

法轮见了公人来到，晓得别无他事，不过宝镜一桩前件未妥。分付行者真空道：“提点衙门来拿我，我别无词讼干连（关涉；牵连），料没甚事。他无非生端，诈取宝镜。我只索（不得不；只能）去见一见。看他怎么说话，我也讲个明白。他住了手，也不见得。前日宋提控送了这些去，想是嫌少。拚得再添上两倍，量也有数。你须把那话藏好些，一发露形不得了！”真空道：“师父放心！师父到衙门，要甚使用，只管来取。至于那话，我一面将来藏在人寻不到的去处，随你甚么人来，只不认帐罢了。”法轮道：“就是指了我名来要，你也决不可说是有的。”两下约定。好管待两个公人，又重谢了差使钱了，两个公人各各欢喜。

法轮自恃有钱，不怕官府，挺身同了公人，竟到提点衙门来。浑提点升堂，见了法轮，变起脸来，拍案大怒道：“我是生死衙门。你这秃贼，怎么将着重贿，营谋甚事？见获赃银在库，中间必有隐情，快快招来！”法轮道：“是相公差吏典要取镜子，小寺没有镜子，吏典教小僧把银子来准（准折，折算）的。”提点道：“多是划胡说！那有这个道理？必是买嘱私情，不打不招！”喝叫皂隶（旧时衙门里的差役。皂，玄色，黑色。差役常穿黑色衣服）拖番，将法轮打得一佛出世，二佛涅槃（梵文音译，意为“灭”，佛教指僧人去世，即经过入灭而进入最高境界），收在监中了。

提点私下又教宋喜去把言词哄他，要说镜子的下落。法轮咬定牙关，只说：“没有镜子。宁可要银子，去与我徒弟说，再凑些送他，赎我去罢。”宋喜道："他只是要镜子，不知可是增些银子完得事体的？待我先讨个消息，再商量。"宋喜把和尚的口语回了提点。提点道："与他熟商量，料不肯拿出来，就是敲打他也无益。我想他这镜子无非只在寺中。我如今密地差人把寺围了，只说查取犯法赃物，把他家资尽数抄将出来，简验一过，那怕镜子不在里头？"就分付吏典宋喜，监押着四个公差，速行此事。

宋喜受过和尚好处的，便暗把此意通知法轮，法轮心里思量道："来时曾嘱付行者，行者说把镜子藏在密处，料必搜寻不着，家资也不好尽抄没了我的。"遂对宋喜道："镜子原是没有，任凭箱匣中搜索也不妨。只求提控照管一二，有小徒在彼，不要把家计东西乘机散失了，便是提控周全处。小僧出去，另有厚报。"宋喜道："这个当得效力。"别了法轮，一同公差到白水禅院中来，不在话下。

且说白水禅院行者真空，原是个少年风流的僧人，又且本房饶富，尽可凭他撒漫（撒漫，就是挥霍无度，随意花钱的意思。漫，放，散）。只是一向碍着住持师父，自家像不得意。目前见师父官提了去，正中下怀，好不自繇自在。俗语云："偷得爷钱没使处。"平日结识的私情，相交的表子（同"婊子"），没一处不把东西来摁乱用，费掉了好些过了。又偷将来各处寄顿下，自做私房，不计其数。猛地思量道："师父一时出来，须要查算，却不决撒（败露；戳穿）？况且根究镜子起来，我未免不也缠在里头。目下趁师父不在，何不卷掳了这偌多家财，连镜子多带在身边了，星夜逃去他州外府，养起头发来，做了俗人，快活他下半世，岂不是好？"算计已定，连夜把箱笼中细软值钱的，并叠起来，做了两担。次日，自己挑了一担，顾人挑了一担，众人面前只说到州里救师父去，竟出山门去了。

去后一日，宋喜才押同四个公差来到，声说要搜简（搜查）住持僧房之意。寺僧回说："本房师父在官，行者也出去了，止（仅，只）有空房在此。"公差道："说不得！我们奉上司明文，搜简违法赃物，那管人在不在？打进去便了！"当即毁门而入。在房内一看，里面止是些粗重家火，椅桌狼犺（láng kàng，笨拙；笨重），空箱空笼，并不见有甚么细软贵重的东西了。就将房里地皮翻了转来，也不见有甚么镜子在那里。宋喜道："住持师父叮嘱我，教不要散失了他的东西。今房里空空，却是怎么呢？"合寺僧众多道："本房行者不过出去看师父消息，为甚把房中搬得恁空？敢怕是乘机走了！"四个公差见不是头，晓得没甚大生意，且把遗下的破衣旧服乱卷掳在身边了，问众僧要了本

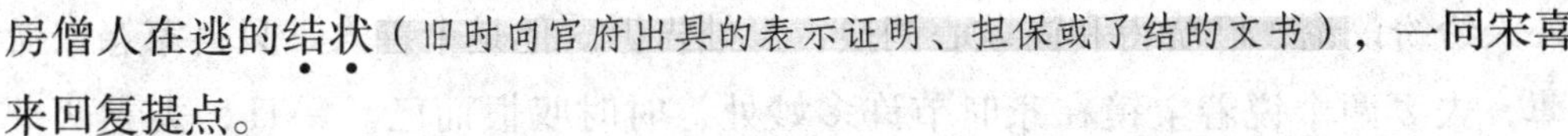

房僧人在逃的结状（旧时向官府出具的表示证明、担保或了结的文书），一同宋喜来回复提点。

提点大怒道："这些秃驴，这等奸猾！分明抗拒我，私下教徒弟逃去了，有甚难见处？"立时提出法轮，又加一顿臭打。那法轮本在深山中做住持，富足受用的僧人，何曾吃过这样苦？今监禁得不耐烦，指望折些银子，早晚得脱。见说徒弟逃走，家私已空，心里已此苦楚，更是一番毒打，真个雪上加霜，怎经得起？到得监中，不胜狼狈，当晚气绝。提点得知死了，方才歇手。眼见得法轮欺心（自己欺骗自己；昧心），盗了别人的宝物，受此果报。有诗为证：

赝[1]镜偷将宝镜充，翻令施主受贫穷。
今朝财散人离处，四大[2]元来本是空。

且说行者真空偷窃了住持东西，逃出山门。且不顾师父目前死活，一径打点他方去享用。把日前寄顿在别人家的物事，多讨了拢来，同寺中带出去的放做一处。驾起一辆大车，装载行李，顾个脚夫，推了前走。看官，你道住持偌大家私，况且金银体重，岂是一车载得尽的？不知宋时尽行官钞，又叫得纸币，又叫得官会子，一贯止是一张纸，就有十万贯，止是十万张纸，甚是轻便。那住持固然有金银财宝，这个纸钞兀自（亦作"兀子"。还；仍然）有了几十万，所以携带不难。行者身边藏有宝镜，押了车辆，穿山越岭，待往黎州（辖境相当于现在四川省大渡河流域，治所在今汉源县北）而去。到得竹公溪头，忽见大雾漫天，寻路不出。一个金甲神人，闪将出来——

躯长丈许，面有威容。身披锁子黄金，手执方天画戟。

大声喝道："那里走？还我宝镜来！"惊得那推车的人丢了车子，跑回旧路。只恨爷娘不生得四只脚，不顾行者死活，一道烟走了。那行者也不及来照管车子，慌了手脚，带着宝镜，只是望前乱窜，走入林子深处。忽地起阵狂风，一个斑斓（色彩错杂灿烂的样子。斓，lán）猛虎跳将出来，照头一扑，把行者拖的去了。眼见得真空欺心盗了师父的物件，害了师父的性命，受此果报。有诗为证：

盗窃原为非分财，况兼宝镜鬼神猜。
早知虎口应难免，何力安心守旧来？

再说渔翁王甲讨还寺中宝镜，藏在家里，仍旧贫穷。又见寺中日加兴旺，

① 赝（yàn）：假的，伪造的。②四大：佛教以地、水、火、风为"四大"。

外人纷纷议论，已晓得和尚欺心调换，没处告诉。他是个善人，只自家怨怅命薄，夫妻两个说着宝镜在家时节许多妙处，时时叹恨而已。一日，夫妻两个同得一梦，见一金甲神人分付道："你家宝镜今在竹公溪头，可去收拾了回家。"两人醒来，各述其梦。王甲道："此乃我们心里想着，所以做梦。"妻子道："想着做梦，也或有之，不该两个相同。敢是我们还有些造化（福气，福分），故神明有此警报？既有地方的，便到那里去寻一寻看也好。"王甲次日问着竹公溪路径，穿山度岭，走到溪头。只见一辆车子倒在地上，内有无数物件，金银钞币，约莫有数十万光景。左右一看，并无人影，想道："此一套无主之物，莫非是天赐我的么？梦中说宝镜在此，敢怕也在里头？"把车内逐一简过，不见有镜子。又在前后地下草中四处寻遍，也多不见。笑道："镜子虽不得见，这一套富贵，也勾我下半世了。不如趁早取了他去，省得有人来。"整起车来，推到路口，顾一脚夫推了，一直到家里来。对妻子道："多蒙神明指点，去到溪口寻宝镜。宝镜虽不得见，却见这一车物事在那里。等了一会，并没个人来，多管是天赐我的，故取了家来。"妻子当下简看，尽多是金银宝钞，一一收拾，安顿停当（妥帖；妥当）。

夫妻两人不胜之喜。只是疑心道："梦里原说宝镜，今虽得此横财，不见宝镜影踪，却是何故？还该到那里仔细一寻。"王甲道："不然，我便明日再去走一遭。"到了晚间，复得一梦，仍旧是个金甲神人来说道："王甲，你不必痴心！此镜乃神天之宝，因你夫妻好善，故使暂出人间，作成你一段富贵，也是你的前缘，不想两入奸僧之手。今奸僧多已受报，此镜仍归天上去矣。你不要再妄想。昨日一车之物，原即是宝镜所聚的东西，所以仍归于你。你只坚心好善，就这些也享用不尽了。"飒然（迅疾、倏忽的样子）惊觉，乃是南柯一梦。王甲逐句记得明白，一一对妻子说。明知天意，也不去寻镜子了。夫妻享有寺中之物，尽勾丰足，仍旧做了嘉陵富翁。此乃好善之报，亦是他命中应有之财，不可强也。

休慕他人富贵，命中所有方真。

若要贪图非分，试看两个僧人。

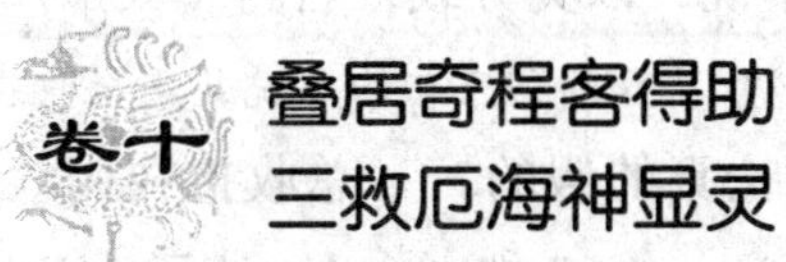

卷十 叠居奇程客得助 三救厄海神显灵

诗曰：

窈渺[1]神奇事，文人多寓言。

其间应有实，岂必尽虚玄。

话说世间稗官（小官；这里作“小说”的代称，因《汉书·艺文志》云：“小说家者流，盖出于稗官。”）野史中，多有记载那遇神遇仙，遇鬼遇怪，情欲相感之事。其间多有偶因所感撰造出来的，如牛僧孺《周秦行纪》〔牛僧孺与下文提到的李德裕，为唐代穆宗至宣宗(公元821-858年)近四十年间朋党对峙双方的首领，史称“牛李党争”。《周秦行纪》旧题牛僧孺撰，不可信；下文云“乃是李德裕与牛僧孺有不解之仇，教门客韦瓘作此计诬着他”，此本宋代张洎《贾氏谈录》，近代研究者多从此说〕，道是僧孺落第时，遇着薄太后（薄姬，汉高祖刘邦的嫔妃），见了许多异代、本朝妃嫔美人，如戚夫人（汉高帝刘邦的宠妃）、齐潘妃（南朝齐东侯的妃子，妖媚，性奢淫）、杨贵妃（杨玉环，唐玄宗的贵妃，与西施、王昭君、貂蝉并称为中国古代四大美女）、昭君（汉元帝时期官女，匈奴呼韩邪单于阏氏。昭君出塞的故事千古流传）、绿珠（西晋石崇宠妾，是中国古代著名美女），诗词唱和，又得昭君伴寝，许多怪诞的话。却乃是李德裕与牛僧孺有不解之仇，教门客韦瓘〔京兆万年（今陕西西安）人。喜作诗，常有吟咏〕作此记诬着他。只说是他自己做的，中怀不臣（不守臣节，不合臣道）之心，妄言污蔑妃后，要坐他族灭之罪。这个记中事体，可不是一些影也没有的了？又有那《后土夫人传》（唐代传奇小说，记夫人访嫁韦郎的故事，情节如文中所叙），说是韦安道遇着后土之神，到家做了新妇，被父母疑心是妖魅，请明崇俨行五雷天心正法，遣他不去。后来父母教安道自央他去，只得去了，却要安道随行。安道到他去处，看见五岳四渎（原为名山大川名，相学借以指代面部器官或部位，据此测断人的福寿休咎）之

① 窈渺：精微，幽远。

神，多来朝他。又召天后之灵，嘱他予安道官职钱钞。安道归来，果见天后传令洛阳城中访韦安道，与他做魏王府长史，赐钱五百万。说得百枝有叶，元来也是借此讥着天后的。后来宋太宗好文，太平兴国（宋太宗赵光义年号，976—983年）年间，命史官编集从来小说，以类分载，名为《太平广记》（宋代李昉等奉宋太宗之命编纂的一部大型类书，从六朝到宋初的小说几乎全收在内，共五百卷，分九十二类，引书近四百种），不论真的假的，一总收拾在内。议论的道："上自神祇（shén qí，"神"代表天神，"祇"代表地神）仙子，下及昆虫草木，无不受了淫亵污点。"道是其中之事，大略是不可信的。

不知天下的事，才有假，便有真。那神仙鬼怪，固然有假托的，也原自有真实的，未可执了一个见识，道总是虚妄的事。只看《太平广记》以后许多记载之书，中间尽多遇神遇鬼的，说得的的确确（完全确实，毫无疑问。表示事情十分肯定），难道尽是假托出来不成？只是我朝嘉靖年间，蔡林屋（蔡羽，字九逵，号林屋山人，明代文学家。本篇故事即出自其所著《辽阳海神传》）所记《辽阳海神》一节，乃是千真万真的。盖是林屋先在京师，京师与辽阳相近，就闻得人说有个商人遇着海神的说话，半疑半信。后见辽东一个佥宪（qiān xiàn，佥都御史的美称）、一个总兵到京师来。两人一样说话，说得详细，方信其实。也还只晓得在辽的事，以后的事不明白。直到林屋做了南京翰林院孔目（掌管文书的吏员名称），撞着这人来游雨花台。林屋知道了，着人邀请他来相会，特问这话，方说得始末根由，备备细细。林屋叙述他觌面（当面；迎面；见面）自己说的话，作成此传，无一句不真的。方知从古来有这样事的，不尽是虚诞了。

说话的，毕竟（究竟、最终、到底）那个人是甚么人？那个事怎么样起？看官，听小子据着传文敷演出来。正是：

怪事难拘理，明神亦赋情。
不知精爽质，向以恋凡生？

话说徽州商人姓程，名宰，表字（旧时人在本名以外所起的表示德行或本名的意义的名字）士贤，是彼处渔村大姓。世代儒门，少时多曾习读诗书。却是徽州风俗，以商贾（shāng gǔ，古代称行走贩卖货物为商，住着出售货物为贾。二字连用，在这里指做买卖）为第一等生业（生涯，职业，指人赖以生存的职业），科第反在次着（第二位）。正德初年，与兄程寀（cǎi）将了数千金，到辽阳地方为商，贩卖人参、松子、貂皮、东珠（又称"北珠"，指产于松花江中下游的珍珠，颇名贵）之类。往来数年，但到处必定失了便宜，耗折了资本，再没一番做得着。

徽人因是专重那做商的，所以凡是商人归家，外而宗族朋友，内而妻妾家属，只看你所得归来的利息多少为重轻。得利多的，尽皆爱敬趋奉（对某方面奉承讨好）；得利少的，尽皆轻薄鄙笑。犹如读书求名的中与不中归来的光景一般。程宰弟兄两人因是做折了本钱，怕归来受人笑话，羞惭惨沮，无面目见江东父老（长江自九江至南京一段，呈西南往东北流向，习惯上称自此以下的长江以南地区为“江东”。徽州地处“江东”。“江东父老”，即家乡父老），不思量还乡去了。

那徽州有一般做大商贾（shāng gǔ，古代称行走贩卖货物为商，住着出售货物为贾。二字连用，泛指做买卖）的，在辽阳开着大铺子。程宰兄弟因是平日是惯做商的，熟于帐目出入，盘算本利，这些本事，是商贾家最用得着的。他兄弟自无本钱，就有人出些束修请下了他，专掌帐目，徽州人称为二朝奉（朝奉郎的省称，原是宋代官职名，后用为对富人的尊称）。兄弟两人日里只在铺内掌帐，晚间却在自赁的下处（住处，住所）歇宿。那下处一带两间，兄弟各住一间，只隔得中间一垛板壁，住在里头，就像客店一般湫隘（jiǎo ài，低洼狭小），有甚快活？也是没奈何了，勉强度日。

如此过了数年，那年是戊寅（此叙“正德”时事，戊寅为正德十三年，公元1518年）年秋间了，边方地土，天气早寒。一日晚间，风雨暴作。程宰与兄各自在一间房中，拥被在床，想要就枕。因是寒气逼人，程宰不能成寐，翻来覆去，不觉思念家乡起来。只得重复穿了衣服，坐在床里，浩叹（长叹，大声叹息）数声，自想如此凄凉情状，不如早死了倒干净。此时灯烛已灭，又无月光，正在黑暗中苦挨着寒冷。忽地一室之中，豁然明朗，照耀如同白日，室中器物之类，纤毫皆见。程宰心里疑惑，又觉异香扑鼻，氤氲（yīn yūn，形容烟或气很盛）满室，毫无风雨之声，顿然和暖，如江南二三月的气候起来。程宰越加惊愕，自想道：“莫非在梦境中了？”不免走出外边，看是如何。他原披衣服在身上的，亟（jí，急切）跳下床来，走到门边，开出去看。只见外边阴黑风雨，寒冷得不可当，慌忙奔了进来。才把门关上，又是先前光景，满室明朗，别是一般境界。程宰道：“此必是怪异！”心里慌怕，不敢移动脚步，只在床上高声大叫其兄。程寀止（仅，只）隔得一层壁，随你喊破了喉咙，莫想答应一声。

程宰着了急，没奈何了，只得钻在被里，把（拿）被连头盖了，撒得紧紧，向里壁睡着，图得个眼睛不看见，凭他怎么样了。却是心里明白，耳朵里听得出的，远远的似有车马喧阗（xuān tián，声音大而杂）之声，空中管弦金石（指钟磬发出的乐声）音乐迭奏，自东南方而来。看看相近，须臾之间，已进房中。

程宰轻轻放开被角，露出眼睛偷看。只见三个美妇人，朱颜绿鬓（形容美貌，朱颜，红润的面容；绿鬓，黑鬓发），明眸皓齿，冠帔盛饰，有像世间图画上后妃的打扮，浑身上下，金翠珠玉，光采夺目。容色风度，一个个如天上仙人，绝不似凡间模样。年纪多只可二十余岁光景。前后侍女无数，尽皆韶丽（美丽，艳丽）非常，各有执事（从事工作；主管其事），自分行列。但见：

或提炉，或挥扇，或张盖，或带剑，或持节，或捧琴，或秉烛花，或挟图书，或列宝玩，或荷旌幢，或拥衾褥，或执巾帨（jīn shuì，手巾），或奉盘匜（“盘”和“匜”均为古代贵族洗盥器皿，古人用匜提水浇洗，以盘承接水。匜，yí），或擎如意，或举肴核（肉类和果类食品），或陈屏障，或布几筵（几席），或陈音乐。

虽然纷纭杂沓（纷杂；杂乱），仍自严肃整齐。只此一室之中,随从何止数百？

说话的（话本、拟话本小说中经常保留一些说书艺人的用语，听众称说书艺人为“说话的”），你错了。这一间空房，能有多大，容得这几百人？若一个个在这扇房门里走将进来，走也走他一两个更次，挤也要挤坍了。看官（说书艺人称听众为“看官”），不是这话，列位（诸位）曾见《维摩经》（全称《维摩诘所说经》，中译本有多种。维摩诘，简称维摩，毗耶离城的一位大乘居士）上的说话么？那维摩居士止（仅，只）方丈之室，乃有诸天（诸神）皆在室内，又容得十万八千狮子坐（佛所坐之处，也叫“狮子座”），难道是地方着得去？无非是法相神通（指通过神灵而感应沟通，今指出奇的手段或本领）。今程宰一室有限，有光明境界无尽。譬如一面镜子能有多大？内中也着了无尽物像。这只是个现相，所以容得数百个人，一时齐在面前，原不是从门里一个两个进来的。

闲话休絮，且表正事。那三个美人，内中一个更觉齐整（端正；漂亮）些的，走到床边，将程宰身上抚摩一过，随即开莺声，吐燕语，微微笑道：“果然睡熟了么？吾非是有害于人的，与郎君有夙缘（sù yuán，前生的因缘），特来相就（会面），不必见疑。且吾已到此，万无去理，郎君便高声大叫，必无人听见，枉自苦耳。不如作速起来，与吾相见。”程宰听罢，心里想道：“这等灵变（灵巧和应变）光景，非是神仙，即是鬼怪。他若要摆布着我，我便不起来，这被头里岂是躲得过的？他既说是有夙缘，或者无害也不见得。我且起来见他，看是怎地。”遂一毂辘（gū lu，象声词）跳将起来，走下卧床，整一整衣襟，跪在地下道：“程宰下界愚夫，不知真仙降临，有失迎迓（yíng yà，迎接），罪合万死，伏乞（向尊者恳求。伏，敬词）哀怜。”美人急将纤纤玉手一把拽将起来道：“你休惧怕，且与我同坐着。”挽着程宰之手，双双南面坐下。

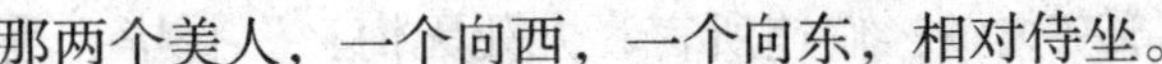

那两个美人，一个向西，一个向东，相对侍坐。

坐定，东西两美人道："今夕之会，数非偶然，不要自生疑虑。"即命侍女设酒进馔，品物珍美，生平目中所未曾睹。才一举箸，心胸顿爽。美人又命取红玉莲花卮（zhī，古代盛酒的器具）进酒。卮形绝大，可容酒一升。程宰素不善酌（zhuó，饮酒），竭力推辞不饮。美人笑道："郎怕醉么？此非人间曲蘖（酒曲，酿酒的原料）所酝，不是吃了迷性的，多饮不妨。"手举一卮，亲奉程宰。程宰不过意，只得接了到口。那酒味甘芳，却又爽滑清冽，毫不粘滞。虽醴泉（甘泉。泉水略有淡酒味）甘露的滋味，有所不及。程宰觉得好吃，不觉一卮俱尽。美人又笑道："郎信吾否？"一连又进数卮，三美人皆陪饮。程宰越吃越清爽，精神顿开，略无醉意。每进一卮，侍女们八音（原是古代吹打乐器的统称，即金、石、竹、匏、土、革、丝、木等八类）齐奏，音调清和，令人有超凡遗世之想。

酒阑，东西二美人起身道："夜已向深，郎与夫人可以就寝矣。"随起身褰（qiān，撩起）帷拂枕，叠被铺床，向南面坐的美人告去。其余侍女，一同随散。眼前凡百具器，霎时不见，门户皆闭，又不知打从那里去了。

当下止剩得同坐的美人一个，挽着程宰道："众人已散，我与郎解衣睡罢。"程宰私自想道："我这床上布衾草褥（形容卧具简陋），怎么好与这样美人同睡的？"举眼一看，只见枕衾帐褥，尽皆换过，锦绣珍奇，一些也不是旧时的了。程宰虽是有些惊惶，却已神魂飞越，心里不知如何才好，只得一同解衣登床。美人卸了簪珥（zān ěr，古代发饰和耳饰的一种），徐徐解开髻发绺辫，总绾（wǎn，盘绕，系）起一窝丝来。那发又长又黑，光明可鉴。脱下里衣，肌肤莹洁，滑若凝脂（凝固的油脂。常用以形容洁白柔润的皮肤），侧身相就（主动靠近；主动亲近）。

程宰客中（旅居他乡或外国）荒凉，不意得了此味，真个魂飞天外，魄散九霄，实出望外（在意料之外），喜之如在。美人也自爱着程宰，枕上对他道："世间花月之妖，飞走之怪，往往害人。所以世上说着便怕，惹人憎恶。我非此类，郎慎勿疑。我得与郎相遇，虽不能大有益于郎，亦可使郎身体康健，资用丰足。倘有患难之处，亦可出小力周全。但不可漏泄风声，就是至亲如兄，亦慎勿使知道。能守吾戒，自今以后便当恒奉枕席，不敢有废。若一有漏言，不要说我不能来，就有大祸临身，吾也救不得你了。慎之！慎之！"程宰闻言甚喜，合掌罚誓道："某本凡贱，误蒙真仙厚德，虽粉身碎骨，不能为报！既承法旨，敢不铭心（刻在心里，牢记不忘）？倘违所言，九死无悔！”誓毕，美人大喜，将手来勾着程宰之颈，说道：“我不是仙人，实海神也。与郎有夙缘（sù yuán，前生的因缘）甚久，故来相就耳。”语话缠绵，恩爱万状。不觉邻鸡已报晓二次。美人揽衣起道：“吾今去了，夜当复来。郎君自爱。”

说罢，又见昨夜东西坐的两个美人，与众侍女齐到床前，口里多称：“贺喜夫人、郎君！”美人走下床来，就有捧家伙的侍女，各将梳洗应用的物件，伏侍梳洗罢，仍带簪珥冠帔（guān pēi，古代妇女之服饰），一如昨夜光景。美人执着程宰之手，叮咛再四，不可泄漏。徘徊眷恋，不忍舍去。众女簇拥而行，尚回顾不止。人间夫妇，无此爱厚。程宰也下了床，穿了衣服，伫立细看，如痴似呆，欢喜依恋之态不能自禁。转眼间，室中寂然，一无所见。看那门窗，还是昨日关得好好的。回头再看看房内，但见：

土炕上铺一带荆筐，芦席中拖一条布被。敧（qī，倾斜，歪向一边）颓墙角，堆零星几块煤烟；坍塌地炉，摆缺绽一行瓶罐。浑如古庙无香火，一似牢房不洁清。

程宰恍然自失道：“莫非是做梦么？”定睛一想，想那饮食笑语，以及交合之状，盟誓之言，历历有据，绝非是梦寐之境，肚里又喜又疑。

顷刻间，天已大明。程宰思量道：“吾且到哥哥房中去看一看，莫非夜来事体，他有些听得么？”走到间壁，叫声“阿哥！”程寀（cǎi）正在床上起来，看见了程宰，大惊道：“你今日面上神彩异常，不似平日光景，甚么缘故？”程宰心里踌躇（chóu chú，犹豫不定，反复琢磨思量）道：“莫非果有些甚么怪样，惹他们疑心？”只得假意说道：“我与你时乖运蹇（shí guāi yùn jiǎn，时运不好，命运不佳。时，时运，时机；乖，不顺利；蹇，一足偏废，引申为不顺利），失张失志（形容举动慌乱，心神不定），落魄在此，归家无期。昨夜暴冷，愁苦的当不得，展转悲叹，一夜不曾合眼，阿哥必然听见的。有甚么好处？却说我神彩异常起来！”程寀道：“我也苦冷，又想着家乡，通夕不寐，听你房中静悄悄地不闻一些声响。我怪道你这样睡得熟，何曾有愁叹之声？却说这个话！”程宰见哥哥说了，晓得哥哥不曾听见夜来的事了，心中放下了跎踏（疙瘩），等程寀梳洗了，一同到铺里来。

那铺里的人见了程宰，没一个不吃惊道：“怎地今日程宰哥面上这等光彩？”程寀对兄弟笑道：“我说么？”程宰只做不晓得，不来接口。却心里也自觉神思清爽，肌肉润泽，比平日不同，暗暗快活，惟恐他不再来了。

是日频视晷影（guǐ yǐng，太阳的影子），恨不速移。刚才傍晚，就回到下处，托言腹痛，把门扃闭（jiōng bì，关闭），静坐虔想，等待消息。到得街鼓（又称“咚咚鼓”，是一种报时信号）初动，房内忽然明亮起来，一如昨夜的光景。程宰顾盼（看）间，但见一对香炉前导，美人已到面前。侍女止是数人，仪从（仪卫随从）之类稀少，连那旁坐的两个美人也不来了。美人见程宰嘿坐相等，笑道：“郎果有心如此，但须始终如一方好。”即命侍女设馔进酒，欢谑笑谈，更比昨日熟分亲热了许多。须臾（xū yú，极短的时间；片刻）彻席就寝，侍女俱散。顾（回头）看床褥，并不曾见有人去铺设，又复锦绣重叠。程宰心忖（cǔn，思量；推测）道：“床上虽然如此，地下尘埃秽污，且看是怎么样的？”才一起念，只见满地多是锦茵（锦制的垫褥）铺衬，毫无寸隙了。是夜两人绸缪（chóu móu，形容缠绵不解的男女恋情）好合，愈加亲狎（亲近而不庄重）。依旧鸡鸣两度，起来梳妆而去。

此后人定（中国古时把一天划分为十二个时辰，每个时辰相等于现在的两小时。这是一昼夜十二时中的最末一个时辰，它指夜里的21—23时）即来，鸡鸣即去，率（大概，大抵）以为常，竟无虚夕。每来必言语喧闹，音乐铿锵（kēng qiāng，形容乐器声音响亮，节奏分明）。兄房只隔层壁，到底影响（影子和声响。引申为踪迹）不闻，也不知是何法术如此。自此情爱愈笃（忠实，一心一意）。程宰心里想要甚么物件，即刻就有，极其神速。一日，偶思闽中鲜荔枝，即有带叶百余颗，香味珍美，颜色新鲜，恰像树上才摘下的。又说此味只有江南杨梅可以相匹，便有杨梅一枝，坠于面前，枝上有二万余颗，甘美异常。此时已是深冬，况此二物皆不是北地所产，不知何自得来。又一夕，谈及鹦鹉，程宰道：“闻得说有白的，惜不曾见。”才说罢，便有几只鹦鹉飞舞将来，白的、五色的多有，或诵佛经，或歌诗赋，多是中土官话（汉语中通行较广的北方话。中土，即中原，黄河中下游流域的广大地区）。一日，程宰在市上看见大商将宝石二颗来卖，名为硬红，色若桃花，大似拇指，索价百金。程宰夜间与美人说起，口中啧啧称为罕见。美人抚掌大笑道：“郎君如此眼光浅，真是夏虫不可语冰（不能和生长在夏天的虫谈论冰。比喻时间局限人的见识。也比喻人的见识短浅，不懂大道理），我教你看看！”说罢，异宝满室，珊瑚有高丈余的，明珠有如鸡卵的，五色宝石有大如栲栳（kǎo lǎo，一种用竹篾或细柳条编的圆形盛物器皿）的，光艳夺目，不可正视。程宰左顾右盼，应接不暇。须臾之间，尽皆不见。程宰自思：“我夜间无欲不遂，如此受用，日里仍是人家佣工，美人那知我心事来！”遂把往年贸易耗折了数千金，以致流落于此，告诉一遍，不胜嗟叹（jiē tàn，感叹声）。美人又抚掌大笑道：“正在欢会时，忽然想着这样俗事来，何乃不脱洒如此！虽然，这是郎的本业，也不要怪你。我再教你看一个光景。”说罢，金银满前，从地上直堆至屋梁边，不计其数。美人指着问程宰道：“你可要么？”程宰是个做商人的，见了偌多金银，怎不动火。心热口馋，支手舞脚，却待要取。美人将箸（筷子）去馔碗内夹肉一块，掷程宰面上道：“此肉粘得在你面上么？”程宰道：“此是他肉，怎么粘得在吾面上？”美人指金银道：“此亦是他物，岂可取为己有？若目前取了些，也无不可；只是非分之物，得了反要生祸。世人为取了不该得的东西，后来加倍丧去的，或连身子不保的，何止一人一事？我岂忍以此误你！你若要金银，你可自去经营，吾当指点路径，暗暗助你，这便使得。”程宰道：“只这样也好了。”

其时是己卯（正德十四年，公元1519年）初夏，有贩药材到辽东的，诸药多卖尽，独有黄柏（为芸香科植物黄皮树或黄檗的干燥树皮，性味苦寒，有清热燥湿、泻火除蒸、解毒疗疮之功效）、大黄（具有攻积滞、清湿热、泻火、凉血、祛瘀、解毒等功效）两味卖不去，各剩下千来斤。此是贱物，所值不多。那卖药的见无人买，只思量丢下去了。美人对程宰道：“你可去买了他的，有大利钱在里头。”程宰去问一问价钱，那卖的巴不得脱手，略得些就罢了。程宰深信美人之言，料必不差，身边积有佣工银十来两，尽数买了他的归来，搬到下处（住处，住所），哥子程寀看见累累堆堆，偌多东西，却是两味草药。问知是十多两银子买的，大骂道：“你敢失心疯（神经错乱，精神失常）了？将了有用的银子，置这样无用的东西！虽然买得贱，这偌多几时脱得手去，讨得本利到手？有这样失算的事！”谁知隔不多日，辽东疫疠（指具有传染或流行特征而且伤亡较严重的一类疾病）盛作，二药各铺多卖缺了，一时价钱腾贵起来，程宰所有多得了好价，卖得罄尽（qìng jìn，全尽无干），共卖了五百余两。程寀不知就里（不知道内幕。就里，其中，内情），只说是兄弟偶然造化（福气，福分）到了，做着了这一桩生意，大加欣羡道：“幸不可屡侥。今既有了本钱，该图些傍实（可靠，实在）的利息，不可造次（匆忙、仓促、鲁莽）了。”程宰自有主意，只不说破。

过了几日，有个荆州（湖北省中南部城市）商人贩彩缎到辽东的，途中遭雨湿黴黰（méi zhěn，指因发霉而变黑，生发了斑点），多发了斑点，一匹也没有颜色完好的。荆商日夜啼哭，惟恐卖不去，只要有捉手（买主）便可成交，价钱甚是将就（迁就）。美人又对程宰道：“这个又该做了。”程宰罄将前日所得五百两银子，买了他五百匹。荆商大喜而去。程寀见了道：“我说你福薄！前

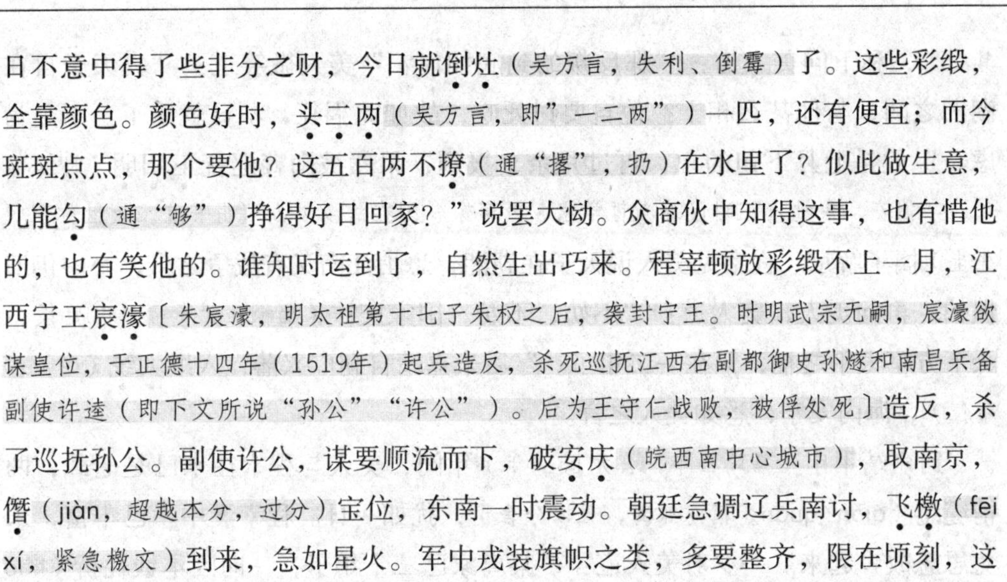

日不意中得了些非分之财，今日就倒灶（吴方言，失利、倒霉）了。这些彩缎，全靠颜色。颜色好时，头二两（吴方言，即"一二两"）一匹，还有便宜；而今斑斑点点，那个要他？这五百两不撩（通"撂"，扔）在水里了？似此做生意，几能勾（通"够"）挣得好日回家？"说罢大恸。众商伙中知得这事，也有惜他的，也有笑他的。谁知时运到了，自然生出巧来。程宰顿放彩缎不上一月，江西宁王宸濠〔朱宸濠，明太祖第十七子朱权之后，袭封宁王。时明武宗无嗣，宸濠欲谋皇位，于正德十四年（1519年）起兵造反，杀死巡抚江西右副都御史孙燧和南昌兵备副使许逵（即下文所说"孙公""许公"）。后为王守仁战败，被俘处死〕造反，杀了巡抚孙公。副使许公，谋要顺流而下，破安庆（皖西南中心城市），取南京，僭（jiàn，超越本分，过分）宝位，东南一时震动。朝廷急调辽兵南讨，飞檄（fēi xí，紧急檄文）到来，急如星火。军中戎装旗帜之类，多要整齐，限在顷刻，这个边地上，那里立地（立刻；即时）有这许多缎匹？一时间价钱腾贵起来。只买得有就是，好歹不论。程宰所买这些斑斑点点的，尽多得了三倍的好价钱。这一番除了本钱五百两，分外足足撰（通"赚"）了千金。

庚辰（正德十五年，公元1520年）秋间，又有苏州商人贩布三万匹到辽阳，陆续卖去，已有二万三四千匹了。剩下粗些的，还有六千多匹。忽然家信到来，母亲死了，急要奔丧回去。美人又对程宰道："这件事又该做了。"程宰两番得利，心知灵验，急急去寻他讲价。那苏商先卖去的，得利已多了。今止（仅，只）是余剩，况归心已急，只要一伙卖，便照原来价钱也罢。程宰遂把千金尽数买了他这六千多匹回来。明年（第二年）辛巳三月，武宗皇帝驾崩，天下人多要戴着国丧（旧指皇帝、皇后、太上皇、太后的丧事，在一定的时间内禁止宴乐婚嫁，以示哀悼）。辽东远在塞外，地不产布，人人要件白衣，一时那讨得许多布来？一匹粗布，就卖得七八钱银子，程宰这六千匹，又卖了三四千两。

如此事体（事情），逢着便做，做来便希奇古怪，得利非常。记不得许多。四五年间，展转弄了五七万两，比昔年所折的，倒多了几十倍了。正是：

人弃我堪取，奇赢自可居。
虽然神暗助，不得浪贪图。

且说辽东起初闻得江西宁王反时，人心危骇（惶恐惊骇），流传讹言（é yán，传布的流言；假话；谣言），纷纷不一。有的说在南京登基了，有的说兵过两淮了，有的说过了临清（今山东省北部）到德州（今山东省西北部）了。一日几番说话，也不知那句是真，那句是假。程宰心念家乡切近，颇不自安（自安其心），私下问美人道："那反叛的到底如何？"美人微笑道："真天子自在湖湘之间，与他甚么相干？他自要讨死吃，故如此猖狂，不日就擒了。不足为虑。"此是七月下旬的说；再过月余，报到，果然被南赣巡抚王阳明（即王守仁，字伯安，余姚人，明代著名哲学家、教育家，因在故乡创办阳明书院，故世称阳明先生）擒了解京。程宰见美人说天子在湖湘，恐怕江南又有战争之事，心中仍旧惧怕。再问美人，美人道："不妨，不妨。国家庆祚（福禄，赐予福禄）灵长，天下方享太平之福，只在一二年了。"后来嘉靖自湖广兴藩，入继大统（帝业；帝位），海内安宁，悉如美人之言。

到嘉靖甲申（嘉靖三年，公元1524年）年间，美人与程宰往来已是七载，两情缱绻（qiǎn quǎn，情意深笃，难以分舍），犹如一日。程宰囊中幸已丰富，未免思念故乡起来。一夕对美人道："某离家已二十年了，一向因本钱耗折（hào shé，减少；亏损），回去不得。今蒙大造（大恩德），囊资丰饶，已过所望。意欲暂与家兄归到乡里，一见妻子，便当即来，多不过一年之期，就好到此，永奉欢笑。不知可否？"美人听罢，不觉惊叹道："数年之好，止于此乎？郎宜自爱，勉图后福，我不能伏侍左右了！"欷歔（xī xū，抽搭）泣下，悲不自胜。程宰大骇道："某暂时归省（guī xǐng，出嫁的女儿回家探望父母），必当速来，以图后会。岂敢有负恩私（所宠爱的人）？夫人乃说此断头话（表示永别的话）！"美人哭道："大数（命运注定的寿限）当然，彼此做不得主。郎适发此言，便是数当永诀了。"

言犹未已，前日初次来的东、西二美人，及诸侍女仪从（仪卫随从）之类，一时皆集。音乐竞奏，盛设酒筵。美人自起，酌酒相劝，追叙往时初会与数年情爱，每说一句，哽咽难胜。程宰大声号恸，自悔失言，恨不得将身投地，将头撞壁，两情依依，不能相舍。诸女前来禀白道："大数已终，法驾（天子车驾的一种）齐备，速请夫人登途，不必过伤了。"美人执着程宰之手，一头垂泪，一头分付道："你有三大难，今将近了，时时宜自警省，至期吾自来相救。过了此后，终身吉利，寿至九九，吾当在蓬莱三岛，等你来续前缘。你自宜居心清净，力行善事，以副吾望。吾与你身虽隔远，你一举一动，吾必晓得。万一做了歹事，以致堕落，犯了天条，吾也无可周全了。后会迢遥（时间久长），勉之！勉之！"叮宁了又叮宁，何止十来番。程宰此时神志俱丧，说不出一句话，只好唯唯应承，苏苏落泪而已。正是：

世上万般哀苦事，无非死别与生离。

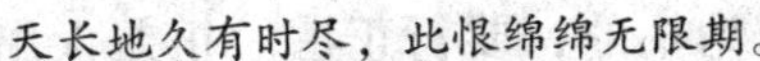

天长地久有时尽，此恨绵绵无限期。

须臾，邻鸡群唱，侍女催促，诀别启行。美人还回头顾盼（看）了三四番，方才寂然一无所见。但有：

蟋蟀悲鸣，孤灯半灭。凄风萧飒（xiāo sà，萧条冷落；萧索），铁马（悬挂在檐角的铁片，风吹相击作响）玎珰（dīng dāng，形容金属、瓷器等撞击的声音）。曙星（拂晓之星。多指启明星）东升，银河西转。顷刻之间，已如隔世。

程宰不胜哀痛，望着空中，禁不住的号哭起来。才发得声，哥子程寀隔房早已听见，不像前番随你间壁翻天覆地，总不知道的。哥子闻得兄弟哭声，慌忙起来问其缘故。程宰支吾道："无过是思想家乡。"口里强说，声音还是凄咽的。程寀道："一向流落，归去不得。今这几年来，生意做得着，手头饶裕（富饶丰裕），要归不难，为何反哭得这等悲切起来？从来不曾见你如此，想必有甚伤心之事，休得瞒我！"程宰被哥子说破，晓得瞒不住，只得把昔年遇合美人，夜夜的受用，及生意所以做得着，以致丰富，皆出美人之助，从头至尾述了一遍。程寀惊异不已，望空（向着空中）礼拜。明日与客商伴里说了，辽阳城内外没一个不传说程士贤遇海神的奇话。程宰自此终日郁郁不乐，犹如丧偶一般。与哥子商量，收拾南归。

其时有个叔父在大同做卫经历（掌出纳文书的官员），程宰有好几时不相见了，想道："今番归家，不知几时又到得北边。须趁此便，打那边走一遭，看叔叔一看去。"先打发行李资囊，付托哥子程寀监押，从潞河（北京市通州区以下的北运河）下在船内，沿途等候着他。

他自己却雇了一个牲口，繇京师出居庸关，到大同地方。见了叔父，一家骨肉，久别相聚，未免留连几日，不得动身。晚上睡去，梦见美人定来催促道："祸事到了，还不快走！"程宰记得临别之言，慌忙向叔父告行。叔父又留他饯别，直到将晚，方出得大同城门。时已天黑，程宰道："总是前途赶不上多少路罢了，不如就在城外且安宿了一晚，明日早行。"睡到三鼓，梦中美人又来催道："快走！快走！大难就到，略迟脱不去了。"程宰当时惊醒，不管天早天晚，骑了牲口，忙赶了四五里路。只听得炮声连响，回头看那城外时，火光烛天，照耀如同白日，元来是大同军变。

且道如何是大同军变？大同参将（明代镇守边区的统兵官，无定员，位次于总兵、副总兵，分守各路）贾鉴不给军士行粮，军士鼓噪，杀了贾鉴。巡抚都御史张文锦出榜招安（也作"招抚"。劝说使归附；用笼络手段使投降归顺），方得平静。张文锦密访了几个为头的，要行正法。正差人出来擒拿，军士重番鼓噪起来，索性把张巡抚也杀了，据了大同，谋反朝廷。要搜寻内外壮丁，一同叛逆，故此点了火把出城，凡是饭店经商，尽被拘刷（全部收禁、收缴或扣留）了转去，收在伙内，无一得脱。若是程宰迟了些个，一定也拿将去了。此是海神来救了第一遭大难了。

程宰得脱，兼程到了居庸，夜宿关外，又梦见美人来催道："趁早过关，略迟一步，就有牢狱之灾了。"程宰又惊将起来，店内同宿的多不曾起身。他独自一个，急到关前挨门而进。行得数里，忽然宣府军门（宣府，"宣慰司都元帅府"的简称，为行省和郡县间的转承机关，掌管军民事务。军门，明代对军事衙门的通称）行将文书（指公文、书信、契约等）来，因为大同反乱，恐有奸细混入京师，凡是在大同来进关者，不是公差吏人有官文照验（查验；勘合）在身者，尽收入监内，盘诘（进行反复仔细的追问。诘，jié）明白，方准释放。是夜与程宰同宿的人，多被留住下在狱中。后来有到半年方得放出的，也有染了病竟死在狱中的。程宰若非文书未到之前先走脱了，便干净无事，也得耐烦（能忍耐）坐他五七月的监。此是海神来救他第二遭的大难了。

程宰赶上了潞河船只，见了哥子，备述一路遇难，因梦中报信得脱之故，两人感念不已。一路无话，已到了淮安府高邮湖中，忽然：

黑云密布，狂风怒号。水底老龙惊，半空猛虎啸。左掀右荡，浑如落在簸箕中；前跷后擷（跌；摔），宛似滚起饭锅内。双桅折断，一舵飘零。等闲（寻常，平常）要见阎王，立地须游水府。

正在危急之中，程宰忽闻异香满船，风势顿息。须臾黑雾四散中，有彩云一片，正当船上。云中现出美人模样来，上半身毫发分明，下半身霞光拥蔽，不可细辨。程宰明知是海神又来救他，况且别过多时，不能厮见，悲感之极，涕泗（涕泪俱下，哭泣）交下，对着云中，只是磕头礼拜。美人也在云端举手答礼，容色恋恋，良久方隐。船上人多不见些甚么，但见程宰与空中施礼之状，惊疑来问。程宰备说缘故如此，尽皆瞻仰。此是海神来救他第三遭的大难，此后再不见影响（音信）了。

后来程宰年过六十，在南京遇着蔡林屋时，容颜只像四十来岁的。可见是遇着异人无疑。若依着美人蓬莱三岛之约，他日必登仙路也。但不知程宰无过（不外乎，只不过）是个经商俗人，有何缘分，得有此一段奇遇。说来也不信，

却这事是实实有的。可见神仙鬼怪之事，未必尽无，有诗为证：

流落边关一俗商，却逢神眷不寻常。

宁知钟爱缘何许，谈罢令人欲断肠。

主要人物形象分析

有情有义谢小娥

谢小娥是情真仇切的有情人，为了报答父与夫的亲情，小娥不惜冒着触犯王法、失去生命的危险去复仇。她也是坚忍沉毅的复仇者。在家庭遭受巨大变故、孤立无援的境况下，她一改柔弱的形象，拿起复仇的利剑，走上了为亲人雪恨的道路。但同时谢小娥也是封建礼教的牺牲品，在其历尽甘苦，为亲人讨回了公理后，马上就以无比坚决的态度，表明了自己对封建“贞节”的归属和认同，附近豪族闻小娥之名，都来求婚，小娥却誓不再嫁，削发为尼。

忠厚质朴的秦重

《卖油郎独占花魁》中的男主人公秦重勤恳孝顺、质朴忠厚，心地善良。他自幼父母双亡，朱家油铺老掌柜很看重他。可这种器重却遭到了同伙的忌妒和陷害。但是他凭着自己的一双手和素日积下来的好名声，最后证明了自己的清白，重获朱掌柜的信任。此外他还重情义。他对花魁王美儿一见钟情后，用大半年时间辛苦积攒15两银子，等了一个月才换来见她一面。他等到三更才等来大醉而归的王美儿。这时秦重不仅不愿趁人之危，而且还尽心尽意地奉茶端茶服侍，甚至花魁因酒醉的呕吐物他也怕弄脏被子而用自己的衣袖接了。就因为他这种质朴醇厚、有情有义的性格使他最后过上美好的生活。

聪敏机智的十三郎

《襄敏公元宵失子》中的十三郎南陔是宋神宗期间大臣王襄敏公的排行十三的五岁幼童，他聪明伶俐，漂亮可爱，很是招人喜欢。有一次仆人驮着他看花灯，由于花灯时节人头攒动，热闹非凡，这个仆人看得很是投入，却不留心南陔被人偷了。可这小家伙却临危不乱，不动声色地在坏人肩上扎了一截五彩短线，然后碰到一顶当官的轿子就大喊捉贼，贼人吓跑了，凭着这根五彩丝线官府也顺利地抓到了这帮贼子，小小年纪就能这般沉稳机智，怪不得受到了当时皇帝的奖赏。